ullstein

Das Buch

April 1945, die letzten Tage der Reichshauptstadt Berlin: Während die Bomben fallen, verteidigt das letzte militärische Aufgebot die Nazi-Herrschaft. In den Flüchtlingskolonnen und unter den sich auflösenden deutschen Heereseinheiten fahnden Sicherheitsdienst und Gestapo immer noch nach Juden, Oppositionellen und Deserteuren. Das Mißtrauen der Menschen untereinander ist groß: Jeder könnte ein Verräter sein.

Inmitten des Chaos sucht der junge Soldat Joachim Lassehn verzweifelt ein Versteck. Friedrich Wiegand, ein im KZ gefolterter Gewerkschafter, versucht durch Sabotageakte das Kriegsende zu beschleunigen. Der Arzt Walter Böttcher hilft Untergetauchten, in der Illegalität zu überleben. Und die Kneipe von Oskar Klose ist der konspirative Treffpunkt einer kleinen Widerstandsgruppe, der die SS auf der Spur ist.

In seinem großen Roman *Finale Berlin*, einem der ersten Bestseller der Nachkriegszeit, verfolgt Heinz Rein das packende Schicksal einer Widerstandsgruppe und läßt den Leser die Atmosphäre im untergehenden Nazi-Reich miterleben.

Der Autor

Heinz Rein, 1906 in Berlin geboren, arbeitete in den 1920er Jahren als Bankangestellter und Sportjournalist. 1933 wurde der politisch links engagierte Autor arbeitslos, die nationalsozialistischen Machthaber erlegten ihm ein Schreibverbot auf, Rein befand sich zeitweise in Gestapohaft. Nach 1945 war er Literaturreferent in der deutschen Verwaltung der sowjetischen Besatzungszone. Später lebte er als freier Schriftsteller in der DDR. Nach dem Bruch mit der SED in den frühen fünfziger Jahren zog er nach Baden-Baden, wo er 1991 starb.

Heinz Rein

Finale Berlin

Roman

Mit einem Nachwort von
Fritz J. Raddatz

Ullstein

Besuchen Sie uns im Internet:
www.ullstein-taschenbuch.de

MIX
Papier aus verantwortungsvollen Quellen
FSC® C083411

Lizenzausgabe im Ullstein Taschenbuch
1. Auflage Januar 2017

Die Erstausgabe von *Finale Berlin* erschien 1947 im Dietz Verlag in Berlin, diese Neuausgabe folgt der Ausgabe der Büchergilde Gutenberg von 1980, »die vom Autor überarbeitet und verbessert wurde«.
Umschlaggestaltung: zero-media.net, München
Titelabbildung: © akg-images/RIA Nowosti
Druck und Bindearbeiten: CPI books GmbH, Leck
Printed in Germany
ISBN 978-3-548-28730-0

›Die Kugel mitten in der Brust, die Stirne breit gespalten,
So habt ihr uns auf blut'gem Brett hoch in die Luft gehalten!
Hoch in die Luft mit wildem Schrei, daß unsre Schmerzgebärde
Dem, der zu töten uns befahl, ein Fluch auf ewig werde!‹

Ferdinand Freiligrath, *Die Toten an die Lebenden*

Vorfinale

›Eris schüttelt ihre Schlangen,
Alle Götter fliehn davon,
Und des Donners Wolken hangen
Schwer herab auf Ilion.‹

Schiller, *Kassandra*

Berlin, April 1945

Lissabon, San Franzisko und Tokio wurden in wenigen Minuten durch Erdbeben zerstört, es dauerte mehrere Tage, bis die Feuer von Rom, Chikago und London erloschen waren. Die Brände und Erdbeben, die über jene Stelle der Erdoberfläche herfielen, die den geographischen Schnittpunkt von 52 Grad 30 Minuten nördlicher Breite und 13 Grad 24 Minuten östlicher Länge bildet, haben fast zwei Jahre gedauert. Sie begannen in der klaren, dunklen Nacht des 23. August 1943 und endeten im Regengrau des 2. Mai 1945.

An dieser Stelle, 32 m über dem Meeresspiegel, eingebettet in eine Düne der Eiszeit, lag bis zu jener Nacht, da die Zerstörung ihren unheilvollen Lauf begann, die Stadt Berlin. Sie war vom Fischerdorf zur Burgstadt, zum Sitze der Markgrafen und Kurfürsten von Brandenburg, zur Residenz der Könige von Preußen und zur Hauptstadt des kaiserlichen und republikanischen Deutschen Reiches erhoben worden, sie war entstanden als Folge des Vorstoßes kolonisierender deutscher Stämme in das Siedlungsgebiet der Wenden und Slawen und hatte jahrhundertelang abseits von den Stammgebieten der deutschen Kultur gelegen, war Bollwerk im deutschen Kolonialland, Außenwerk des alten deutschen Westens und Vorposten des neuen deutschen Ostens geworden und erst spät in den Bereich und noch später in den Mittelpunkt der deutschen Geschichte gerückt, sie ist gefügt aus einer Vielzahl von Klein-, Mittel- und Großstädten, von Dörfern, Siedlungen, Gütern und Vorwerken, die zwischen der Havel und der östlichen märkischen Seenplatte verstreut lagen und in Richtung auf die alten Burgstädte Berlin und Kölln zusammengewachsen waren. Der Stichel der Geschichte hat sehr sparsam gearbeitet, der Spuren ihres Aufstiegs und ihrer Wandlungen waren nicht viel, aber sie hatten ihr vieldeutiges Gesicht durch einige edle Züge geläutert, die dem Stadtkern fest eingeprägt waren. Die Spuren ihres Niederganges, der unmittelbar nach ihrer Erhebung zur Reichshauptstadt des Großdeutschen Reiches einsetzte, sind nicht zu zählen. Feuersbrünste, Flächenbrände genannt, und Stahlgewitter, gewebt aus Bombenteppichen, haben das blutvolle Antlitz der Stadt in die Grimasse eines Totenschädels verwandelt.

Am 23. August 1943 empfing die Stadt die erste Wunde, als zwölfhundert Flugzeuge der britischen Luftwaffe zum ersten großen Schlage ausholten. Die südlichen Vororte Lankwitz, Südende und Lichterfelde wurden zu einer rauchgeschwärzten Todesinsel im Meere des Lebens, aber diesmal verschlang das Meer nicht die Insel, sondern die Insel verdrängte das Meer, denn bald war sie nicht mehr allein, überall, in Moabit und in der Friedrichstadt, um Ostkreuz und in Charlottenburg, am Moritzplatz und um den Lustgarten erstanden Todesinseln, sie trieben ihre Ufer immer weiter vor und wuchsen zusammen, bis die ganze Stadt schließlich ein Todesland wurde, mit einigen Wassern, in denen noch Leben war. Jeder Angriff brach ein Stück aus dem Gefüge der Stadt heraus, vernichtete Eigentum und verschlechterte die Lebensbedingungen.

Ganze Stadtteile wurden zertrümmert und verödeten. Ausgedehnte Fabrikgelände, flankiert von erkalteten Essen, wurden eine Wildnis von niedergebrochenen Hallenkonstruktionen und verrosteten Maschinen, Röhren, Stangen, Drähten, Trägereisen, zahlreiche Straßen, in denen aufrechte Fassaden noch wie lebensvolle Häuser die Bürgersteige säumten, wurden zu zynischen Attrappen. Andere Bezirke sind bis zur Unkenntlichkeit verstümmelt und mit hart keuchendem Leben angefüllt, die Torsos ihrer verunstalteten Häuser erheben sich nackt und häßlich zwischen Ruinenhaufen, sie ragen wie Inseln aus dem Meere der Zerstörung, sie sind gerupft und zerzaust, die Sparren der verwehten Dächer sind wie Rippen, denen das Fell abgezogen wurde, die Fenster sind blind wie Augen, deren Lider ständig heruntergeklappt sind und die nur hin und wieder gläsern blinzeln, die Mauern sind kahl und haben den Putz verloren, wie alternde Frauen, von deren Gesicht ein unbarmherziger Schwamm Rouge und Schminke gewischt hat.

In anderen Stadtteilen ist die Zerstörung nicht so vollständig, in ihre Häuserzeilen hat die Pranke des Krieges zwar gewaltige Lücken geschlagen, sie geben oft einen überraschenden Blick auf Hinterhäuser frei, die dem Schlage entgangen sind und so zum ersten Male in das Blickfeld der Straßen rücken, sie können ihre häßlichen Fassaden nicht mehr hinter dem billigen Prunk der Vorderhäuser verbergen, da der Orkan der Explosionen gewissermaßen den Vorhang gelüftet hat. In diesen Straßen gibt es alle Grade und Spielarten der Zerstörung, von der vollkommenen Vernichtung bis zu den Papp- und Cellonglashäusern, Häuser, deren Dachstühle abgebrannt, und andere, die bis zum ersten Stockwerk von den Bränden verzehrt worden sind, und solche, die der Luftdruck leergefegt und ihnen die Fensterkreuze, Jalousien und Türen aus den Leibern gerissen hat und über denen sich die dürren Skelette der Dachstühle wie Knochen aus Kadavern aufsteilen. Es gibt Wohnungen, die wie Schwalbennester über den weggesprengten Fassaden hängen, weil die Bomben schräg einfielen, und Keller, die dem Drucke der einstürzenden Häuser standhielten, und nur rauchende Ofenrohre zwischen meterhohen Schuttbergen lassen erkennen, daß dort Menschen wie in einem Fuchsbau vegetieren. Die Anatomie der Häuser bietet sich unverhüllt dar, die Aufgänge und Zwischenwände, die Fahrstuhlschächte und Schornsteine sind wie Knochen, die Gas- und Wasserleitungen wie Arterien, die Radiatoren und Badewannen wie Eingeweide. Die Überreste des Lebens siechen inmitten des Ruinendschungels dahin, und nur die Natur beginnt die nackte Zerstörung zu bekleiden, indem sie die Schuttberge mit Unkraut überwuchert.

Das weitverzweigte Netz des Verkehrs, gewebt aus den zahlreichen Linien der Straßenbahnen und Autobusse, der Hoch- und Untergrundbahnen, der Stadt- und Ringbahn, der S- und Vorortbahnen ist zerrissen, notdürftig geflickt, behelfsmäßig hergerichtet, die Fahrpläne wechseln von Tag zu Tag, weil Zerstörungen an Geleisen, Oberleitungen, Stromschienen, Signalkabeln, Tunnels, Viadukten, Brücken und Bahnhöfen zu Einschränkungen, Stillegungen, Umleitungen zwingen.

Die besonderen Züge der Stadt, die Bauten des bürgerlichen Klassizismus, gruppiert um die Spreeinsel und die Schwingachse der Straße Unter den Linden, die Charakteristika ihres Antlitzes, geschaffen von den Meisterhänden Schinkels, Schlüters und Eosanders, Rauchs, Knobelsdorffs und Langhans', sind ausgelöscht, bevor die Reißbrettarchitektur Speers von ihr Besitz ergreifen konnte, ihre Wahrzeichen sind jetzt die Hochbunker, Akkumulatoren der Angst, Inhalatoren der Flucht, graugrüne Betonklötze mit Flakgeschützen, die, wuchtig wie Übermammuts, den Friedrichshain, den Humboldthain und den Zoologischen Garten zerstampfen, ihre brutal-zweckmäßige Architektur ist durch keinen versöhnlichen Zug gemildert. Ihnen gesellen sich die zahlreichen Tief- und Flachbunker auf den Plätzen und an den Bahnhöfen der Innenstadt, in Siedlungen und Laubenkolonien, und deren primitivste Abart, die Splittergräben, bei, die in Parks, Waldstücken und an den Böschungen der Vorortbahnen in die Erde hineingewühlt sind.

Die Stadt hatte bei Ausbruch des Krieges 4 330 000 Einwohner, im April 1945 sind es nur noch 2 850 000. Die Männer sind zum Heeresdienst eingezogen, zur Organisation Todt dienstverpflichtet, zum Volkssturm aufgerufen, mit ihren Betrieben verlagert, die Frauen in die angeblich nicht luftgefährdeten Gebiete geflüchtet, die Alten und Kranken evakuiert, die Jugendlichen zum Arbeitsdienst einberufen, die Schulkinder in den Kinderlandverschickungslagern untergebracht, die Juden abtransportiert. Der Bevölkerungsverlust ist tatsächlich noch weit größer, denn unter den 2 850 000 Bewohnern der Stadt sind 700 000 ausländische Zwangsarbeiter aus den unterworfenen und abhängigen Ländern, Ukrainer, Polen, Rumänen, Griechen, Jugoslawen, Tschechen, Italiener, Franzosen, Belgier, Niederländer, Norweger, Dänen, Ungarn und die arbeitsfähigen Juden und Konzentrationäre aus den Todeslagern des Ostens. Sie sind in Baracken gepfercht, die auf den Ödstrecken zwischen der Stadt und den Vororten, auf Schuttplätzen und in Baulücken, meist längs der Eisenbahnlinien, eilig errichtet und mit Stacheldrahtzäunen umgeben sind. Sie haben eine frappante Ähnlichkeit mit den für die Ausgebombten erstellten Behelfsheimsiedlungen, die grau und trostlos zwischen Waldstücken und Schrebergärten stehen, nur daß hier (wie überall) der Stacheldraht durch das unsichtbare

Netz eines bis ins letzte ausgeklügelten Systems der Überwachung und des Zwanges ersetzt ist.

Die Ministerien haben Berlin verlassen, sind ›verlagert‹ oder in ›Ausweichstellen‹ abgerückt, in der Wilhelmstraße werden die Büros abgewrackt, werden Lastzüge Tag und Nacht mit Akten, Schränken und Kisten, aber auch mit Möbeln, Hausrat und Koffern beladen. Die hohe Ministerial- und Parteibürokratie flieht aus der Stadt, nur sogenannte ›Meldeköpfe‹ bleiben zurück, aber auch für sie ist gesorgt und die großzügige ›Transportbewegung Thusnelda‹ mit den Sonderzügen ›Adler‹ und ›Dohle‹ in Lichterfelde-West und Michendorf und zahlreichen Privatautos vorgesehen.

Unter dem Gebrüll der Alarmsirenen schweigen die Musen, nur die Stimmen ihrer jüngeren, illegitimen Schwester ertönen in den wenigen Stunden zwischen Stromsperren und Fliegeralarmen aus Mikrophonen und Tonfilmapparaturen, aber der heldische Baß des Mars wird überkreischt vom hysterischen Diskant einer befohlenen Unbeschwertheit, die kleine Schar der ›Kameraden‹, ›Kolberg‹, ›Spähtrupp Hallgarten‹, ›Schwarzer Jäger Johanna‹ und ›Der große König‹ stehen einsam zwischen den unendlichen Kolonnen der ›Jungen Herzen‹, ›Ein fröhliches Haus‹, ›Kollege kommt gleich‹, ›Der Mustergatte‹, ›Rund um die Liebe‹, ›Frau meiner Träume‹, ›Es fing so harmlos an‹, ›Es lebe die Liebe‹, ›Das Hochzeitshotel‹, ›Die große Liebe‹, ›Der Mann, der Sherlock Holmes war‹, ›Frauen sind doch bessere Diplomaten‹, ›Ein Mann für meine Frau‹, ›Fritze Bollmann wollte angeln‹, ›Liebesbriefe‹, ›Leichtes Blut‹, ›Tolle Nacht‹ und ›Man rede mir nicht von Liebe‹, der erlahmende Schneid des ›Fridericus Rex‹ und des ›Horst-Wessel-Liedes‹ vermischen sich mit dem ›Königswalzer‹, den Wochenschaumusiken, den gequälten Gelächtern und den Heultönen der Sirenen zu einer grausigen Kakophonie.

In dieser Ruinenstadt, deren Leib verbrannt und zerbrochen, deren Eingeweide zerfetzt und aufgerissen sind, wohnen die Menschen eng zusammengedrängt, sie führen ein Leben, das schrecklicher und schwieriger ist als das der Soldaten, deren Leben ganz auf Kampf und Gefahr eingestellt ist. Die Menschen dieser Stadt führen unter der kaum geringeren beständigen Bedrohung durch Explosion und Brand, durch Erstickung und Verschüttung noch eine Art Privatleben und schleppen den kärglichen Ballast der Zivilisation mit sich herum, sie müssen für sich und ihre Familien sorgen, sie müssen arbeiten und in jeder Sekunde damit rechnen, ihre Tätigkeit, der sie gerade obliegen, sei es schlafen oder lieben, fräsen oder rechnen, kochen oder rasieren, abrupt zu unterbrechen und sich einem Schicksal auszuliefern, das ihnen keine Chance des Entweichens läßt, sie führen ein Nomaden- und Höhlendasein, sie lassen in ihre Kinder den Keim einer vielleicht unheilbaren Neurose senken und liefern sie dem Analphabetismus aus, sie sehen mit an, daß die Substanz der Jugend in Arbeitsdienstlagern und Flakstellungen aufgezehrt und das Gefühl für eine sinnvolle Lebensordnung durch die Erziehung zum kriegerischen Nomaden getötet wird. Sie haben sich von ihrem Ursprung bereits so weit entfernt, das Menschliche verdorren und verkümmern lassen, daß sie schließlich nur noch Mechanismen sind, die auf den leisesten Druck eines Fingers oder eines Zungenschlages willig reagieren. Es ist das Phlegma fatalistisch gewordener Menschen, die sich ihres eigenen Willens völlig begeben haben und stur den einmal eingeschlagenen Weg weitergehen, Befehl wie Sonderzuteilung gleichmütig hinnehmen und ihre innere und äußere Gleichgültigkeit immer wieder als Heldentum und ihre Geduld als Standhaftigkeit preisen und sich bescheinigen lassen, sie sind nicht mehr das ›verwegene Geschlecht‹, als das Goethe sie bezeichnete. Unter der Asche ihrer betäubten Seelen schwelt noch die Hoffnung auf die göttliche Vorsehung, die aus dem Munde des Antichrist verkündet wird, auf jene berühmte Wendung durch Gottes Fügung, auf die sich die Hitler und Goebbels, Fritzsche und Dittmar jetzt so gern berufen. Sie wissen, daß das Verhängnis, das die Wucht eines Gefälles von der Wolga und vom Atlantischen Ozean her hat, nicht vor den Toren ihrer Stadt zum Stillstand kommen wird, aber kein revolutionärer Funke glüht in ihnen auf, kein entfesselter Zorn sprengt die Ketten des Zwanges, kein Aufschrei der Verzweiflung weckt die Gewissen. Die Katastrophen, die die britische und amerikanische Luftwaffe schulmäßig im Luftraum über der Stadt exerzieren, absorbieren die Denkfähigkeit, sie schicken die Betroffenen auf die Jagd nach Unterkunft, Nahrung und Kleidung, Bezugsscheinen, Lebensmittelkarten und Bombenausweisen, sie beschäftigen die Verschonten mit Instandsetzung, Sicherung der Habe und vermehrten Strapazen, um die Arbeitsstätten zu erreichen. Die Formen zivilisierten Lebens sind zerbrochen, die Wohnungen sind dunkle Höhlen geworden, da die schützende Hülle, die um die empfindlichen Nervenstränge der Großstadt, die Telefon- und Stromkabel, die Gas- und Wasserleitungen und die Kanalisation gelegt ist, aufgerissen und zerfetzt ist. Die Menschen der Großstadt sind wieder zu Pumpe, Herd und Talglicht zurückgekehrt.

Die Bewegungen der Menschen, ihre Sprache haben etwas seltsam Gehetztes, jedes Geräusch, das aus der fließenden Eintönigkeit aufzuckt, läßt sie zusammenfahren und erregt lauschen. Sie kennen nur ein Gesprächsthema: die Luftlage, ob das Reich feindfrei, ob Bomberverbände eingeflogen sind, welchen Kurs sie nehmen, ob sie abfliegen. Jeder, der seine Wohnung verläßt, nimmt von seinen Angehörigen Abschied wie jemand, der eine lange, beschwerliche Reise in die Ungewißheit eines unbekannten, gefährlichen Landes unternimmt, jeder führt einen Koffer, einen Rucksack, eine pralle Aktentasche oder eine Umhängetasche mit sich, da die Alarme sie oft überraschen und zwingen, irgendwo, weitab von der Wohnung, Deckung zu nehmen.

Aber es ist nicht nur die Gefahr des Luftkrieges, die auf den Menschen lastet, eine andere Bedrohung hat das Gewicht dieser Last noch erhöht: die Fronten. Seit den Rheinübergängen bei Remagen und Oppenheim haben die westlichen Alliierten in einem unerhörten Raid durch West- und Mitteldeutschland die Elbe erreicht, aus den Brückenköpfen von Pulawy, Warka und Baranow sind die sowjetischen Heere durch Polen und Ostdeutschland bis an die Oder vorgebrochen, aber obwohl die Front im Westen in zügiger Bewegung ist, hat Berlin sein Gesicht nach Osten gerichtet, wo hinter der Oder die sowjetischen Heere in drohender Bereitschaft stehen.

Es ist die Unruhe vor dem Sturme, die über der Stadt liegt,

eine Unruhe, die erzeugt wird von der unheimlichen Ruhe, die sich hinter dieser letzten Barriere im Osten der Stadt ausbreitet, es ist eine rastlose Ruhe, in der ununterbrochen die Eisenbahnzüge und Autokolonnen aus den Rüstungsbetrieben des russischen Hinterlandes, aus Tscheljabinsk, aus Swerdlowsk, aus Gorki, aus Magnitogorsk, aus den Ural- und Kusnezk-Kombinaten an die Oder vorrollen. Es ist niemand in der Stadt, der nicht weiß, daß jeder Tag der Ruhe vor dem großen Sturm dazu benutzt wird, um neue Geschütze in Feuerstellung gehen, neue Panzer in Bereitstellungsräume einrücken, neue Flugzeuge in Startbereitschaft rollen, neue Divisionen in die Einsatzräume schleusen zu lassen. Die fernen Welten, Sowjetunion und Vereinigte Staaten, sind unheimlich nahe gerückt, die Distanz zwischen dem Sternenbanner und der Roten Fahne ist auf die Entfernung Frankfurt an der Oder–Magdeburg verkürzt, und in der Mitte liegt die belagerte Stadt, die – einst geschützt durch die Fluten der Wolga und des Ärmelkanals – ein unerreichbares Hinterland schien, der Torso Berlin. Zwar stehen die feindlichen Heere noch hinter den großen Strömen, die die letzten Wälle bilden, aber ihre Luftflotten schließen sie bereits ein und schnüren ihre dünnen Lebensfäden ab, sie bereiten den letzten Angriff vor, der in jeder Stunde über Oder und Elbe losbrechen und sich mit der Gewalt einer Lawine auf die Stadt heranwälzen kann.

Der Torso ist in eine improvisierte Festung verwandelt und in Verteidigungszustand gebracht worden. Panzergräben sind tief in das Vorfeld der Stadt eingeschnitten, Laufgräben ziehen sich quer durch Schrebergärten und Felder, Einmannlöcher sind in Bahndämme, Böschungen und Waldstücke eingelassen, Pakstellungen und Panzersperren blockieren alle Zufahrtsstraßen, bewegungsunfähige Panzer sind an Straßenkreuzungen eingegraben, Flakartillerie hat sich auf Endziele eingeschossen, die Betriebe haben die Arbeit eingestellt, da elektrischer Strom, Kohle und Treibstoffe ohnehin kaum zur Verfügung stehen, ihre Arbeiter und Angestellten schanzen im Vorgelände der Stadt, werfen immer neue Gräben auf, reihen Barrikade hinter Barrikade. In den Straßen, in Restaurants und Lichtspielhäusern, in Bunkern und den Wartesälen der Bahnhöfe fahnden Streifen der

Wehrmacht, der SS, der OT, der Gestapo und der Polizei nach Arbeitsflüchtigen und Deserteuren, bietet die Partei noch einmal alle Machtmittel auf, um jeden zum Einsatz zu zwingen.

Wie eine dunkle Wetterwand stehen die Fronten im Osten und Westen der Stadt. Sie sind wie ferne Gewitter, noch ist kein Donnergrollen zu hören, noch lauern die Blitze hinter der Wolkenwand, aber ein wirbelnder Wind kündigt das Nahen des Unwetters an, eine beklemmende, schwefelgelbe Helligkeit breitet sich aus, Gewitterschwüle liegt über der Stadt. Eine zitternde Erwartung hat sich der Menschen bemächtigt, sie schwanken zwischen der Hoffnung auf ein Wunder, das von der Führung immer wieder versprochen und in unmittelbare Aussicht gestellt wird, und dem lähmenden Entsetzen vor dem Ende mit Schrekken. Während die Bomben und Phosphorkanister auf die Stadt fallen, so wie einst Pech und Schwefel auf Sodom und Gomorrha regneten, warten die kleinen Gruppen der Widerstandsbewegung auf die Befreiung mit schmerzlicher Sehnsucht, weil sie nicht vermögen, sich aus eigener Kraft zu befreien.

I. Teil

Unruhe vor dem Sturm

»Wir müssen jetzt wie Friedrich der Große denken und handeln. Aber wenn wir untergehen sollten, dann wird mit uns das ganze deutsche Volk untergehen, und zwar so ruhmreich, daß selbst noch nach tausend Jahren der heroische Untergang der Deutschen in der Weltgeschichte an erster Stelle steht.«

Dr. Joseph Goebbels
Reichsminister für Volksaufklärung und Propaganda
im März 1945 zu Journalisten

I

14. April, 14.00 Uhr

In den frühen Nachmittagsstunden des 14. April 1945 wird die Tür eines Restaurants in der Straße Am Schlesischen Bahnhof in einer Weise geöffnet, wie es niemals zuvor geschehen ist. Sie wird nicht weit aufgerissen oder einfach mit den Füßen aufgestoßen, wie manche Gäste es gern tun, es wird auch nicht übermütig oder mit Kraftaufwand auf die Klinke geschlagen oder einfach ohne jede Zeremonie aufgeklinkt, nein, die Tür wird langsam, fast behutsam geöffnet, nur einen schmalen Spalt weit, die Lücke zwischen dem Türrahmen und dem flankierenden Schaufenster ist gerade so breit, daß sich ein schmächtiger junger Mann eben noch hindurchzwängen kann. Er drückt die Tür hastig wieder ins Schloß, läßt seinen Blick blitzschnell durch das leere Lokal laufen und steuert mit schnellen Schritten, als fürchte er, daß ihm jemand zuvorkommen könnte, auf die entlegenste Ecke zu, die zugleich auch die dunkelste ist. Hier läßt er sich schwer und mit einem fast vernehmbaren, tiefen Aufatmen nieder, lehnt sich für ein paar Sekunden weit zurück und schließt die Augen, dann aber reißt er mit einer gewaltsamen Anstrengung, die ihn gleichsam wie ein Schlag durchfährt, die Augenlider wieder hoch und ruft mit lauter Stimme: »Ein Bier!«

Der Wirt dieser Kneipe hat in seinem dreißigjährigen Budikerdasein schon manchen seltsamen Vogel bedient und versteht sich daher recht gut auf die richtige Einschätzung seiner Gäste. Er vermag ohne weiteres einen schweren Jungen von einem Gelegenheitsdieb, eine Tippelschickse von einer Amateurnutte, einen Nepper von einem gewöhnlichen Kartenspieler zu unterscheiden, er weiß sofort, wann er es mit einem Radaubruder und wann mit einem harmlos Angetrunkenen zu tun hat. Er zieht seine Schlüsse, wenn man die mehr instinktiven Erkenntnisse so nennen will, aus Benehmen und Kleidung, Haltung und Gebärde, Sprache und Blick, und bei dem da, der sich eben durch die Tür gezwängt, sich scheu in eine finstere Ecke gedrückt und erleichtert aufgeatmet hat, als sei er in das letzte Rettungsboot gesprungen, in dessen Augen Gehetztsein und Angst sitzen, dessen Bewegungen von nervöser Wachsamkeit sprechen, dessen Kleidung zusammengesucht und nicht eben vom besten Schneider ist, Kleidung, in die er ganz zweifellos nicht hineingehört, denn der junge Mann hat zwar ungepflegte, aber lange, schmale Hände, mit biegsamen, beweglichen Fingern, bei dem ist ohne Zweifel Verschiedenes nicht in Ordnung.

Während der Wirt das Bier in einen Becher schäumen läßt und dann seinen massigen Körper hinter der Theke hervorschiebt, mustert er den einsamen Gast noch einmal genau, die Skimütze, die auf der rechten Seite schmutzige Druckstellen zeigt, die dreckbespritzten Stiefel, die er todsicher schon seit Tagen nicht mehr von den Füßen gehabt hat, den zerschlissenen grünlichen Rucksack: die Sache ist ganz klar. Der junge Mann ist ein Deserteur.

Als er das Bier vor ihn hinsetzt, sagt er so nebenbei: »Na, wohin soll die Reise gehen, junger Mann?«

Der Angeredete schrickt zusammen und blinzelt unruhig. »Reise?« fragt er zurück. »Wieso denn Reise? Sehe ich denn wie ein Reisender aus?«

Der Wirt lacht glucksend auf.

»Sie müssen das nicht so wörtlich nehmen, junger Mann«, meint er. »War nur so 'ne Frage. Man muß doch mit seinen Gästen was reden, nicht wahr?«

Dabei setzt er sich seinem Gast gegenüber und blickt ihm mit unverhohlener Neugier ins Gesicht.

»Gewiß«, bestätigt der junge Mann, aber aus seiner Miene ist unschwer zu erkennen, daß er nicht unterhalten sein will, daß ihm das Gespräch sogar lästig ist. Er trinkt das Bier mit einem gewaltigen Schluck aus und schiebt dem Wirt das Glas hastig zu. »Noch eins!«

»Sofort«, sagt der Wirt, aber er macht keine Miene, aufzustehen, seine kleinen Augen, die zwischen geschwollenen Augenlidern sitzen, lassen den Gast nicht los, umkreisen ihn fortwährend.

Der junge Mann wendet sich verlegen ab und beginnt die Plakate an den Wänden zu lesen. ›Ein Volk, ein Reich, ein Führer!‹, ›Boa-Lie, das köstliche Erfrischungsgetränk‹, ›Wir kapitulieren nie!‹, ›So appetitlich frisch, Bergmann Privat‹, ›Juden haben keinen Zutritt!‹ Er wendet sich angewidert ab, nimmt das ›12-Uhr-Blatt‹ vom Haken und beginnt zu lesen.

»OKW: Schwerpunkt Mittelabschnitt
Schwere Straßenkämpfe toben in der Donaustadt – Weimar gefallen.«

Wie Siegesfanfaren breiten sich die Überschriften fett und schwarz aus. Er überfliegt den Bericht, ihn interessieren anscheinend nur die Fronten rings um Berlin.

»Führerhauptquartier, 13. April
Von der Front bis zur Pommerschen Bucht werden keine Kampfhandlungen von Bedeutung gemeldet. Der Gegner setzt in Schlesien und an der unteren Oder seine Angriffsvorbereitungen fort. Marinekampffähren versenkten ...«

»Du«, sagt der Wirt und klopft mit dem Zeigefinger ein paarmal auf den Tisch. »Ich möcht' dich mal was fragen.«

Der junge Mann zuckt flüchtig zusammen, aber er blickt nicht von der Zeitung auf.

»Zwischen Ems und Weser ...
Bei Wittenberge an der Elbe stehen Aufklärungskräfte im Kampf mit unserer Brückenkopfbesatzung auf dem Westufer. Weiter südlich drangen die Amerikaner gegen Magdeburg vor.«

»Laß doch die Faxen!« sagt der Wirt, und in seiner Stimme mischen sich seltsam Befehl und Bitte. »Seit wann bist du denn unterwegs?«

Der junge Mann wirft noch rasch einen Blick auf die Überschriften.

»Ein verwüsteter Erdteil schickt Roosevelt seinen Fluch nach«
»Der Kriegsanstifter vom Schicksal gerichtet«
»Große Bestürzung in London«
»Massenmorde auf seinem Schuldkonto«

Dann läßt er die Zeitung sinken und starrt den Wirt mit weit aufgerissenen Augen an.

»Wie meinen Sie das, Herr?«

»Wann du getürmt bist, will ich wissen!« sagt der Wirt ungeduldig.

»Ich verstehe Sie nicht«, sagt der junge Mann und legt die Zeitung wieder beiseite, als störe sie ihn jetzt, dann richtet er sich steil auf, legt beide Hände auf die Knie und schiebt den Oberkörper vor. Seine Haltung deutet Angespanntheit und Sprungbereitschaft an.

»Mir machst du doch nichts vor, mein Junge«, meint der Wirt und verzieht seinen dicken, schwabbligen Mund zu einem breiten Grinsen, »du bist getürmt, bist abgehauen, hast in den Sack gehauen, hast die Faxen dicke oder – man kann es natürlich auch so ausdrücken – bist desertiert.«

Der junge Mann schnellt hoch und zieht hastig einen Revolver aus der Manteltasche. »Ich schieße sie glatt über den Haufen, wenn Sie versuchen sollten, mich den Greifern auszuliefern«, ruft er atemlos.

Der Wirt lehnt sich behaglich in den Stuhl zurück, legt das Kinn auf die Brust und blickt unter hochgezogenen Augenbrauen auf. »Steck das Ding weg«, sagt er ruhig. »Hast du bei mir nicht nötig.«

»Ich traue Ihnen nicht«, sagt der junge Mann erregt und nimmt den Finger nicht vom Abzug, »ich traue niemandem, jeder ist heutzutage ...«

»Nicht jeder, mein Junge, nicht jeder«, unterbricht ihn der Wirt. »Leg das Ding weg und setz dich wieder hin.«

Der junge Mann nimmt zögernd wieder Platz, aber er legt den Revolver nicht fort und beobachtet jede Bewegung des dicken Gastwirts. »Wer sind *Sie* denn«, fragt er, »daß Sie sich davon ausnehmen?«

Der Wirt lacht schallend auf. »Ich bin Oskar Klose, Kneipenwirt. Mein Name steht draußen groß und breit dran für jeden, der zu lesen versteht. Und wer bist du?«

»Nein, nein«, sagt der junge Mann, »so können Sie mit mir nicht reden. Mich hier ausholen und dann ...« Er schüttelt den Kopf, holt eine Geldtasche aus dem Mantel und legt einen Fünfmarkschein auf den Tisch. »Ziehen Sie das Bier ab.«

Der Wirt knipst den Geldschein verächtlich zurück. »Warum traust du mir nicht, Junge?« fragt er.

»Warum sollte ich gerade *Ihnen* vertrauen?« fragt der junge Mann zurück. »Vertrauen ist eine Pflanze, die in Hitler-Deutschland nicht mehr gedeiht.«

»Jetzt hast du dich doch verschnappt, mein Junge«, sagt Klose und legt seine fette Hand auf den Arm des jungen Mannes.

Der junge Mann schüttelt die Hand unwillig ab. »Lassen Sie das, sonst ...«, fügt er drohend hinzu und legt den Revolver wieder an.

»Jetzt aber Schluß mit dem Quatsch«, sagt Klose böse und schlägt mit der flachen Hand auf den Tisch. »Ich meine es gut mit dir, und du ... Du hast die Scheiße satt, bis oben hin, das ist doch ganz klar.«

»Da bin ich wohl nicht der einzige in Deutschland«, wirft der junge Mann ein.

»Nee, das bist du ganz bestimmt nicht«, sagt Klose. »Und du kannst mir glauben, daß ich das braune Kroppzeug hasse wie die Pest, du kannst wirklich Vertrauen zu mir haben. Oder meinst du, du bist der erste, der meinen Laden angesteuert hat, weil er die verfluchte Uniform in den Dreck geschmissen hat und abgehauen ist, ganz gleich, was daraus wird?«

»Da erzählen Sie mir nichts Neues, Herr Klose«, sagt der junge Mann. »Aber es gibt soviel Verrat und Spitzelei ...«

»Kommt vor, kommt sogar oft vor«, gibt der Wirt zu, »aber bei mir ...« Er schüttelt den Kopf. »Setz dich wieder hin, dann will ich dir mal was erzählen.«

Der junge Mann setzt sich wieder auf seinen Stuhl, aber er bleibt ganz vornean sitzen, sprungbereit und aufmerksam, noch immer läßt er den Revolver nicht aus der Hand.

»Ich habe den ersten Weltkrieg mitgemacht«, beginnt Klose, »das heißt natürlich mitmachen müssen. Ich war ein schlechter Soldat, nicht, daß ich feige bin, ich hab' schon oft in meinem Leben das Gegenteil bewiesen, aber das ging nicht in meinen Kopf rein, daß wir kleinen Leute uns für die großen Herren die Knochen kaputtschlagen lassen sollen, und wenn man solche Gedanken im Kopf hat, kann man kein guter Soldat sein. Stimmt's?«

Der junge Mann nickt. »Genau so ist es jetzt, nur …«

Klose winkt ab. »Du kannst nachher auspacken, jetzt rede ich erst. Mich haben sie damals ein paarmal an den Pfahl gebunden, du, das vergißt man sein Lebtag nicht, und so manches andere auch nicht, so wie mir zum Beispiel die SA nach der sogenannten Machtübernahme die Scheiben zertöpperte und mich grün und blau schlug, weil bei mir ›Solidarität‹ und ›Fichte‹ getagt haben und weil ich immer gespendet habe für die IAH und die Rote Hilfe und für die Eiserne Front, aber davon hast du ja keinen Schimmer mehr. Wie alt bist du denn?«

»Zweiundzwanzig.«

Klose schüttelt bedauernd den Kopf. »Da bist du ja schon nicht mehr in normalen Zeiten aufgewachsen, das heißt, so ganz normal ging's ja vorher auch nicht mehr zu … Aber als du anfingst zu denken, hatten dir die Giftmischer das Gehirn schon verkleistert. Und wie heißt du?« Der junge Mann zögert mit der Antwort und spielt verlegen mit dem Revolver.

»Na, raus mit der Sprache, Knabe«, muntert Klose ihn auf.

»Joachim Lassehn«, sagt der junge Mann schließlich.

»Sehr angenehm«, sagt Klose mit einer kleinen ironischen Verbeugung. »Und ich bin Oskar Klose, achtundfünfzig Jahre alt, verwitwet, Besitzer dieser hochherrschaftlichen Kutscherkneipe, aber das weißt du schon. Und was bist du von Beruf?«

Lassehn lacht bitter auf und zuckt resigniert die Schultern. »Beruf?« fragt er. »Wie sollte ich zu einem Beruf kommen? Überlegen Sie doch mal, Herr Klose, dann werden Sie einsehen, daß Ihre Frage, entschuldigen Sie schon, Unsinn ist. Ostern einundvierzig habe ich mein Abitur gemacht, dann ließ ich mich auf der Hochschule für Musik immatrikulieren, Klavierstudium, ein Semester habe ich gerade absolviert, dann kam der Einberufungsbefehl zum Arbeitsdienst. Der fiel mir verdammt schwer, denn ich bin ziemlich schwächlich, und meine Hände« – er streckt dem Gastwirt seine schmalen, zarten Hände hin – »taugen nun einmal mehr zum Klavierspielen als zum Schippen. Und vom Arbeitsdienst ging's dann gleich zum Militär. Wie sollte ich da einen Beruf haben?«

»Hast recht, Joachim«, stimmt Klose zu, »war 'ne dumme Frage von mir. Und weiter?«

»Ist schnell erzählt, Herr Klose«, antwortet Lassehn. »Ausbildung im Munsterlager, Besatzung in Norwegen und dann frisch auf zum fröhlichen Jagen gegen die Sowjets. Hatte bald die Schnauze voll, können Sie mir glauben. Ich weiß nicht, ob ich eine besondere Art Mensch bin, aber ich kam nicht in Konnex mit meinen Kameraden. Sie fanden immer alles richtig und gut und glaubten alles unbesehen, aber vielleicht darf man nicht allzu hart mit ihnen ins Gericht gehen, denn sie sind ja zur Urteilslosigkeit, zum sturen Gehorsam, zum Götzenanbetertum erzogen worden. Können Sie sich in unsere Lage versetzen, Herr Klose. Sechs Jahre Nazischule, vier Jahre HJ, ein Jahr Arbeitsdienst, dazu hämmern sie in Presse und Rundfunk auf unsere Gehirne ein, können Sie sich da wundern ...«

»Ich wunder' mir über janischt mehr, sagte der selige Otto Reuter«, wirft Klose ein, aber er lächelt dabei nicht, in sein gutmütiges, breites Gesicht mit den roten Hängebacken ist ein böser, verkniffener Zug getreten. »Hast recht, Junge, verflucht noch mal, aber erzähl erst mal von dir. Klar, daß die bald spitz hatten, was mit dir los war.«

»Selbstverständlich«, bestätigt Lassehn, »sie haben mich nach allen Regeln der preußischen Militärkunst schikaniert und geschurigelt, wo sie nur konnten, besonders als sie mich dabei abfaßten, wie ich ein sowjetisches Flugblatt nicht ablieferte.«

»Was für ein Flugblatt«, fragt Klose.

»Von deutschen Soldaten in russischer Gefangenschaft, ich habe den Wortlaut noch ziemlich genau im Gedächtnis:

›Kameraden an der Front! Deutsche Männer und Frauen! Unsere Opfer sind sinn- und zwecklos. Unsere Kameraden sterben für eine vollkommen aussichtslose Sache.

Es gibt zwei Deutschlands:

Das Deutschland der Nazischmarotzer und das Deutschland der Werktätigen, das Deutschland der vertierten Raub- und Mordgesellen und das Deutschland des ehrlichen und fleißigen Volkes.

Zwischen diesen beiden Deutschlands klafft ein Abgrund. Das deutsche Volk braucht nicht die Versklavung anderer Völker, sondern seine eigene Befreiung aus der Naziknechtschaft.

Das deutsche Volk muß nicht Herr fremder Gebiete, sondern muß Herr seines eigenen Landes werden. Es muß sein eigenes Haus von der Nazipest säubern, die das deutsche Volk zu Hunger, Entbehrungen und endlosen Kriegen verdammt.

Durch den Sturz Hitlers kann und wird unser Volk die Geschicke Deutschlands in seine eigenen Hände nehmen.

Es wird ein neues Deutschland schaffen, in dem das Volk Herr im eigenen Hause sein wird.‹

So ungefähr war der Text.«

»Kenn' ich, Junge«, meint Klose.

»Kennen Sie?« fragt Lassehn erstaunt. »Waren Sie denn auch draußen?«

»Nee«, lacht Klose, »aber auf Kurzwelle einunddreißig Meter sendet Moskau deutsch.«

Lassehn nickt. »Daher also. Aber lassen Sie mich weitererzählen. Als ich mich eines Tages weigerte, russische Kriegsgefangene zu exekutieren, die nichts anderes verbrochen hatten, als daß sie ein Mitgliedsbuch der Kommunistischen Partei in der Tasche hatten oder Juden waren, oder nur einfach deshalb, weil sie intelligent aussahen, da war's, wie man zu sagen pflegt, passiert. Ich kam in eine Strafkompanie.«

Klose nickt. »Verstehe, Himmelfahrtskommando, Minen ausbuddeln, Blindgänger entschärfen, Brückenschlag im feindlichen Feuer und so. Richtig?«

»Richtig!« bestätigt Lassehn. »Versuchte schon damals, zum Iwan überzulaufen, aber es war nicht möglich, die ss paßte zu scharf auf. Dann wurde ich im Dezember dreiundvierzig bei Woronesch verwundet, zuerst schien es nur ein einfacher Oberschenkeldurchschuß zu sein, aber die Wunde verschlimmerte sich, weil man versäumt hatte, mir eine Tetanusspritze zu verabreichen. Wochenlang bestand die Gefahr, daß mein rechtes Bein amputiert werden mußte, ich habe jedenfalls monatelang festgelegen, zuerst in Charkow, dann in Kowel, schließlich landete ich in Oberschlesien, in Ratibor, als sich unser großer Führer in grandiosem Siegesmarsch der Heimat näherte. Als die Russen am zwölften Januar am Baranow-Brückenkopf zum Großangriff antraten, da wurde unser Lazarett rücksichtslos geleert, wer nicht gerade am Verenden war, wurde felddienstfähig geschrieben. In Ratibor wurde eine Ersatzkompanie aufgestellt, der wurde ich zugeteilt. Die Kompanie war noch nicht einmal voll ausgerüstet, als die Russen ins oberschlesische Industriegebiet einbrachen. So wie wir waren, teilweise ohne Waffen, ohne warme Kleidung, kamen wir an die Front, alles ging drunter und drüber – und da machte ich nicht mehr mit, ich warf die Knarre weg, holte mir aus einem verlassenen Bauerngehöft Zivilkleidung und setzte mich ab. Es war eine höllisch schwierige Sache, bis nach Berlin zu kommen, überall strolcht die Feldpolizei und wimmelt die Gestapo herum, und die sind jetzt sehr schnell dabei, einen umzulegen. Na, jedenfalls bin ich jetzt in Berlin.«

Klose hat aufmerksam zugehört. »Sehr schön, mein Junge«, sagt er, »aber was wird nun?«

Lassehn hebt die schmalen Schultern. »Ich habe keinen bestimmten Plan«, antwortet er, »lange kann der Krieg doch nicht mehr dauern, unsere sind ja total fertig. Wenn der Russe an der Oder erst einmal loslegt ...«

»Ganz meine Meinung«, bestätigt Klose, »aber lassen wir die hohe Strategie einmal beiseite und wenden wir uns der brennenden Tagesfrage zu: Wo willst du unterkommen? Wo wohnen deine Eltern?«

Lassehn senkt den Kopf. »Meine Eltern sind im August dreiundvierzig beim großen Angriff auf Lankwitz umgekommen«, sagt er leise.

Eine kleine Pause entsteht. Klose hebt langsam die Schultern, als wollte er mit dieser Bewegung ein Bedauern ausdrücken, dann steht er auf und schaltet den Radioapparat ein. »Wolln mal sehn, was die Luftlage macht«, sagt er dabei.

»... mit dem Gongschlag vierzehn Uhr zwei Minuten. Achtung, die Luftlagemeldung. Über dem Reichsgebiet befindet sich kein feindlicher Kampfverband. Ich wiederhole: Über dem Reichsgebiet ...«

»Frechheit«, wirft Klose ein, »über dem Reichsgebiet. Über dem uns noch verbliebenen Rest des Reichsgebietes muß es heißen.«

»... kein feindlicher Kampfverband. Es folgt der Wehrmachtsbericht. Führerhauptquartier, den vierzehnten April. Das Oberkommando der Wehrmacht ...«

»Wolln mal sehen, was sie uns heute vorsetzen«, sagt Klose.

»Das wichtigste ist die Oderfront«, meint Lassehn, »die Ruhe – dort ...«

»Ruhe!« sagt Klose. »Hör lieber zu!«

»An der Front bis zum Stettiner Haff, an der Danziger Bucht und in Kurland fanden keine besonderen Kampfhandlungen statt.

An der Elbe gelang es dem Feind nach heftigen Kämpfen mit schwächeren Kräften südöstlich Magdeburg auf dem Ostufer des Flusses Fuß zu fassen. In Mitteldeutschland drangen die Amerikaner durch Angriffe nach Norden und Südosten weiter ein. Aufklärungsverbände fühlten gegen die Saale bei Halle und gegen den Raum beiderseits Zeitz vor.«

Klose schaltet den Apparat wieder mit einer verächtlichen Bewegung aus. »Das Weitere kennen wir«, sagt er wütend, »kennen wir ganz genau. Der Angriff wurde siegreich abgeschlagen, der

Ort ging leider verloren.« Er wendet sich wieder Lassehn zu, der beide Arme breit auf den Tisch gestützt hat und starr vor sich niederblickt, und tippt ihm mit ausgestrecktem Zeigefinger ein paarmal auf die Schulter. »Nicht gehenlassen, Junge«, sagt er, »nicht weich werden.«

Lassehn sieht ihn mit verschwimmenden Augen an. »Ist schon vorüber, Herr Klose.« Klose setzt sich wieder.

»Hast du gar keine Verwandten in Berlin?« fragt er.

In Lassehns Gesicht spielt ein kleines, zaghaftes Lächeln hinein.

»Verwandte? Nein, oder doch, nämlich ...« Er zögert merklich. »Nämlich eine Frau.«

»Drück dich gefälligst unmißverständlich aus, Joachim«, sagt Klose, verständnisinnig lächelnd, »du meinst eine Braut oder Freundin, so'n kleinen Betthasen zum Einkuscheln. Hab' ich recht?«

»Diesmal nicht, Herr Klose«, antwortet Lassehn ernst. »Wie ich schon sagte: eine Frau. Ich bin nämlich verheiratet.«

»Junge, Junge«, sagt Klose und schüttelt den Kopf. »Warum denn das?«

»Seltsame Frage, Herr Klose, und schwer zu beantworten.«

»Große Liebe und so, verstehe.«

Lassehn schüttelt ganz unmerklich den Kopf. »Große Liebe?« sagt er nachdenklich. »Ich weiß nicht, ob es große Liebe war. Ein paar Monate vor meiner Verwundung erhielt ich Urlaub, ich war sehr allein, Freunde habe ich nicht, denn ich bin immer ein Einzelgänger gewesen, meine Freunde sind Bach und Beethoven und Chopin gewesen. Frauen hatten bis dahin in meinem Leben überhaupt keine Rolle gespielt, da lernte ich sie kennen, und mit einem Male überwältigten mich die Einsamkeit und die verhaßte Pflicht, wieder an die Front zurückkehren zu müssen ... Wissen Sie, Herr Klose, wenn man so tief im Dreck steckt, ist einem schließlich alles gleich, aber wenn Sie den Dreck erst einmal abgestreift und wieder Sauberkeit kennengelernt haben und dann in den Dreck zurückmüssen ... Also ich brauchte einfach jemanden, der gewissermaßen die Zielscheibe für meine Gedanken, Wünsche und Sehnsüchte sein konnte, da erwachte in mir der brennende Wunsch nach weiblicher Zärtlichkeit, der Wunsch, ganz in einem anderen Menschen aufzugehen, es war ...«

Lassehn unterbricht sich und sieht Klose fragend an. »Hoffentlich langweile ich Sie nicht, Herr Klose, Sie sind es sicher nicht gewohnt ...«

»Ich bin allerhand gewohnt! Sprich nur ruhig weiter, mein Junge«, sagt Klose ermunternd, »du sprichst beinah wie ein Dichter, ist mal was andres, höre ich ganz gern, also weiter im Text.«

Lassehn nickt ihm dankbar zu. »Es tut wohl, sich einmal richtig aussprechen zu können. Ja, also es war ja nicht nur das allein, es war also auch gewissermaßen der Wunsch, eine Zuflucht für seine Gedanken zu haben, wenn man wieder draußen in Schnee und Dreck und Eis lag, wenn das Leben wertloser schien als alle anderen Dinge auf der Welt, wenn nur rohe Landsergespräche auf einen eindrangen, vom Fressen und Saufen, von Weibern und vom ... Gott, Sie wissen das ja selbst, Herr Klose, Sie sind ja auch Soldat gewesen. Ja, da lernte ich Irmgard kennen und verliebte mich in sie, wie ich mich wahrscheinlich auch in jede andere verliebt hätte, weil eben die Bereitschaft dazu latent war. Ihr ging es wohl ähnlich, und noch am selben Abend waren wir uns darüber einig, daß wir noch in diesem Urlaub heiraten würden. So etwas geht ja ganz schnell, wenn die Papiere da sind, und außerdem nahmen sie es bei den Urlauberehen ja nicht so genau. Nun ja, da heirateten wir eben, in unser beider Leben änderte sich dadurch nicht viel, ich ging wieder an die Front, meine Frau blieb bei ihrer Tante wohnen und übte ihren Beruf weiter aus ... Ja, das ist eigentlich alles.«

Klose wiegt den Kopf hin und her. »Junge, Junge«, sagt er dann und stößt den Atem heftig aus. »Nur um das bißchen ... na, du weißt schon, Mensch, mußte denn da gleich geheiratet werden?«

»Aber Herr Klose«, widerspricht Lassehn, »ich sagte Ihnen doch schon, daß es das nicht war.«

»Du kannst mir doch nichts einreden, Junge«, sagt Klose energisch. »Anders war sie wohl nicht rumzukriegen?«

»Das hat allerdings auch eine Rolle gespielt«, gibt Lassehn zu, »aber nicht die entscheidende.«

»Wie alt ist denn dein Fräulein Frau?« fragt Klose.

»Dreiundzwanzig.«

Klose nickt ein paarmal. »Hat ihr imponiert, junge Frau zu spielen. Und außerdem« – Klose blickt Lassehn prüfend ins Gesicht –, »kann mir vorstellen, daß du ein ganz hübscher Bursche bist, wenn du rasiert und anständig in Schale bist, dazu hast du so was Künstlerhaftes, das haben die Mädchen gern. Na, da hat sie dich eben geheiratet. Was ist denn heutzutage auch die Ehe? Heute heiratet man so, wie man früher Freundschaften schloß, kommt ja gar nicht darauf an. Die Ehe ist heute soviel wert wie der ganze Hitler-Staat. Über eins bin ich mir aber vollkommen klar: du kennst deine Frau kaum, ist ja auch gar nicht anders möglich.«

»Da haben Sie recht, Herr Klose«, sagt Lassehn, »die wenigen Tage, die uns verblieben ...«

»Verstehe ohne Brille«, lacht Klose, »raus aus den Betten, rin in in die Betten, und dazwischen nur Flitterwochengespräche. Du kennst von deiner Frau die Beine, die Brust, das süße Schnäuzchen und andere hübsche Sachen, aber wes Geistes Kind sie ist, davon hast du keinen blassen Schimmer. Stimmt's oder hab' ich recht?«

Lassehn blickt Klose überrascht an und nickt. »Es ist erstaunlich, Herr Klose, wie Sie das so ...«

Klose lacht glucksend. »Nischt ist erstaunlich, aber der olle Klose ist nicht aus Dummsdorf, sondern aus Rixdorf, und da werden nur schlaue Knäblein geboren. Kann dich verstehen, Musikstudente Joachim Lassehn, wolltest einmal richtig leben, bevor du wieder nach Woronesch zurückgingst, bevor du dich wieder in die Lotterietrommel des Todes schütten ließest. Ging mir damals genau so, wenn ich aus Frankreich auf Urlaub zu Hause war, da habe ich auch Bäume ausgerissen und alles Geld auf den Kopf gehauen, daß es nur so rauchte. Wenn Leben und Tod so dicht gekoppelt sind wie im Kriege, dann schöpft man das Leben aus wie einen Brunnen, daß nur ja kein Tropfen ungenutzt bleibt. Du hast das wohl ein bißchen zivilisierter gemacht, Joachim, aber genau besehen war es dasselbe.«

Lassehn sitzt ganz still da.

»Bist ja so stille geworden, Junge«, sagt Klose. »Woran denkst du denn?«

»An die Worte unseres Bataillonskommandeurs, als wir zum ersten Male in den Kampf gingen«, antwortet Lassehn.

»Und was hat der gute Onkel seinen lieben Kinderchen erzählt?« fragt Klose.

»Daß der Krieg der Vater aller Dinge sei«, antwortet Lassehn, »daß sich erst in ihm die Persönlichkeit entwickele und die wahren menschlichen Werte zeigten.« Er lacht auf, es ist ein kurzes, stoßweises Lachen, wie in kleine, höhnische Aufschreie zerteilt, sein jungenhaftes Gesicht, in das männliche Falten tief eingewurzelt sind, ist böse und drohend gespannt, die fast sanften, blauen Augen haben die Starre eines lauernden Raubtierblickes.

»Scheint dir nicht eingeleuchtet zu haben«, sagt Klose. »Dein eigener menschlicher Wert ist dir da wohl plötzlich recht fragwürdig vorgekommen, was?«

»Ja«, bricht Lassehn los, »ich habe im Kriege Fähigkeiten in mir entdeckt, von deren Vorhandensein ich bis dahin keine Ahnung hatte, nämlich die Fähigkeit zu Rache, Mord und Totschlag. Da war ein Obergefreiter bei uns, ein sogenannter Volksdeutscher aus den Sudeten, seine Worte kniffen mich wie Zangen, seine Befehle waren wie Stöße in den Nacken ...« Lassehn ballt die Hände, die bisher ruhig auf dem Tisch gelegen haben.

»Der hat dich dauernd beim Arsch gehabt«, ergänzt Klose und nickt. »Das kenn' ich, mein Junge, da wird in einem was lokker und federt, bis die Feder eines Tages losschnellt.«

»Ja«, bestätigt Lassehn ein wenig ruhiger, »dann sind Geduld, Sturheit und Ergebenheit verweht, dann durchfährt einen ein Rachegefühl wie ein heißer Schmerz und macht besinnungslos ... So ein Augenblick war das, die Wut war wie ein Nebel um mich, da holte ich mit dem Gewehrkolben aus und schlug blindwütig zu.« Er holt tief Atem und entspannt seine Hände.

»Na, und?« fragt Klose.

Lassehn sitzt unbeweglich da. »Er wich gewandt aus, und ich schlug ins Leere«, erwidert er langsam.

»Und weiter?« drängt Klose.

»Nichts«, antwortet Lassehn. »Er riß ein Messer aus dem Stiefelschaft und wollte sich auf mich stürzen, aber plötzlich war eine Rata über uns und warf ein paar Bomben. Wissen Sie, Herr Klose, die Russen haben eine Sorte Fliegerbomben, kleinkalibrig, aber mit großer Brisanz, so ein Ding fiel in der Nähe, und ein Sprengstück riß dem Obergefreiten die Brust auf ...«

»Hast du Schwein gehabt, mein Junge«, sagt Klose. »Hätt' ich dir übrigens gar nicht zugetraut, mit dem Gewehrkolben auf einen Vorgesetzten ...«

»Das sagte ich ja schon«, meint Lassehn lebhaft. »Ich bin ein friedlicher Mensch, Herr Klose, ich hasse Gewalt in jeder Form, aber ...«

»Schon gut«, sagt Klose und legt seine Rechte auf Lassehns Arm. »Jetzt wolln wir uns wieder mal der Gegenwart zuwenden. Wo wohnt denn deine verehrte Frau Gemahlin?«

»In Charlottenburg«, antwortet Lassehn und seufzt tief auf.

»Was hat denn der junge Ehemann?« fragt Klose. »Sitzt hier rum, anstatt nach Hause zu gehen. Traust dich wohl nicht?«

»Ja«, platzt Lassehn heraus, »genau das ist es.« Sein Gesicht ist ernst, um seinen Mund liegt ein Zug stummer Verzweiflung. »Stellen Sie sich doch einmal die Situation vor, Herr Klose. Meine Frau lebt in dem Bewußtsein, daß ich an der Front bin, und jetzt tauche ich hier plötzlich auf, illegal, heimlich, verdreckt und verkommen, ein Deserteur, ein Vaterlandsverräter. Weiß ich denn, wie sie das auffassen wird?«

»Es ist nicht gut, wenn der Mensch zuviel denkt«, sagt Klose. »Mensch, Joachim, das wär' ja gelacht... Sie ist doch deine Frau!« Lassehn hebt den Kopf mit einem Ruck. »So? Ist sie meine Frau?« Klose kneift die Augen zusammen. »Was soll denn das nun wieder heißen? Du hast doch vorhin gesagt, das ist alles in Ordnung, mit Standesamt und so, und jetzt redest du wieder anders. Mußt du mir schon erklären, Junge.«

»Sehen Sie, Herr Klose, die Sache ist so«, sagt Joachim langsam. »Irmgard ist zwar meine Frau, juristisch und ... und auch in anderer Beziehung, Sie verstehen schon, aber darüber hinaus ist nichts zwischen uns, absolut nichts. Ich habe sie ja auch seit den paar Tagen Ehe nicht wiedergesehen, und das ist jetzt beinahe zwei Jahre her.«

Klose pfeift ziehend durch die Zähne. »Daher weht der Wind. Hm, hm, jetzt ist mir alles klar, Kerlchen, du weißt von deiner Frau eigentlich nur, wie sie aussieht, wie sie küßt und wie sie im Bett ist. Mensch, Joachim, ich lach' mich tot.«

Lassehn schüttelt unwillig den Kopf. »Ich kann nichts Lächerliches dabei finden, Herr Klose, die ganze Angelegenheit ist ausgesprochen ernst, denn ich bin kein oberflächlicher Mensch, das dürfen Sie mir glauben.«

Klose wird wieder ernst. »Hast recht, Joachim, entschuldige meine Heiterkeit, war nicht böse gemeint. Aber jetzt geht mir ein Seifensieder auf, da kommt einer nach Hause, der die schöne graue Felduniform ausgezogen hat, der nicht mehr an den Endsieg glaubt, und er traut sich nicht nach Hause, denn seine Frau ist möglicherweise eine Naziziege und schlägt die Hände entsetzt über ihrem treudeutschen Dutt zusammen. Habt ihr euch denn nie geschrieben?«

»Doch«, antwortet Lassehn, »wenn auch nicht sehr oft, aber aus diesen Briefen habe ich kein Bild gewinnen können. Irmgard schrieb nur über kleine Alltäglichkeiten oder frischte Erinnerungen an die kurze Zeit unseres Zusammenlebens auf, außerdem waren ihre Briefe auch stets ziemlich kurz. Aber nun einmal hiervon abgesehen, da ist noch etwas.«

»Noch was? Ja, Menschenskind, was denn?«

»Sie sagten vorhin, ich wüßte eigentlich nur, wie meine Frau aussähe.«

»Na und?«

»Ich weiß nicht einmal das, Herr Klose«, sagt Lassehn bedrückt.

»Es sind ja jetzt ziemlich zwei Jahre her, ich habe sie niemals vorher und niemals nachher gesehen, ihr Bild ist im Laufe dieser zwei Jahre vollkommen überdeckt worden durch Krieg und Verwundung, durch Elend und Tod. Zuerst habe ich ihr Gesicht noch deutlich vor meinen Augen gehabt, aber das Bild verblaßte immer mehr, ich versuchte verzweifelt, es mir ins Gedächtnis zurückzurufen, aber es war vergeblich, es gelang mir einfach nicht. Und ihr geht es vielleicht nicht anders. Es ist nicht ausgeschlossen, daß wir auf der Straße aneinander vorbeigehen und uns nicht erkennen. Ich weiß, wie die Partitur der Mondscheinsonate aussieht, ich kann Ihnen jede Note der Appassionata aufschreiben, aber ich weiß nicht, wie meine Frau aussieht. So, nun wissen Sie alles.«

Klose hat mit unbewegtem Gesicht zugehört. »Junge, Junge«, sagt er nach einer Weile, »das ist 'ne Sache. Was soll denn nun mit euch zwei Hübschen werden?«

»Das weiß ich selbst noch nicht«, erwidert Lassehn, »aber eins ist mir jedenfalls klar, daß ich vorsichtig sein muß, ich muß mich an meine Frau heranpürschen wie ein Jäger an ein gefährliches Wild, das, wenn es gereizt wird, zur mordenden Bestie werden kann. Kein schöner Vergleich, aber er hat seine innere Berechtigung.«

Klose hat ihm kopfschüttelnd zugehört. »Junge, Junge«, sagt er. »Wie ist denn deine Frau so? Ist sie gutmütig oder ist sie 'n Aas? Meinst du, daß sie es fertigbringt, dich zu verpfeifen?«

»Das weiß ich eben nicht, Herr Klose«, antwortet Lassehn, »und deshalb bin ich auch nicht sofort zu ihr gegangen.« Er hält inne und denkt nach. »Gutmütig ist sie wohl, jedenfalls hat sie auf mich diesen Eindruck gemacht, aber wie ihr wirkliches Wesen ist ... ja, davon habe ich keine Ahnung.«

»Na, dann werden wir mal überlegen müssen, was wir da machen, Kleiner«, sagt Klose und steht auf. »Vorsicht, da kommt einer. Paß mal auf, Junge, wenn ich jetzt ganz plötzlich ohne jede Veranlassung das Radio einschalte, dann heißt das Gefahr.«

II

14. April, 21.00 Uhr

Die Nacht ist auf die Ruinenstadt Berlin herabgesunken. Hell strahlt die schlanke Sichel des Mondes am tiefblauen Himmel, Stern funkelt neben Stern, es ist eine Nacht wie geschaffen zu Besinnlichkeit und Einkehr, für friedlichen Schlaf und glückliche Träume, aber in dieser Stadt gibt es das nicht mehr. Aus der Dunkelheit der hereinbrechenden Nacht kriecht eine würgende Angst vor dem Unentrinnbaren, preßt ein fieberheißes Entsetzen der Erwartung die Herzen zusammen. Das große Schweigen der Nacht, das früher wie eine sanfte Hand war, ist zur furchtbaren Drohung geworden, die Menschen zwingen sich zur Lautlosigkeit, um die Rufe der Sirenen nicht zu überhören, die immerfort in ihren Ohren gellen, auch wenn sie schweigen, sie kreisen in den Hirnen, sie sind immer da wie die Erinnerung an einen schrecklichen Traum, weil die schrecklichen Träume Tag für Tag und Nacht für Nacht zu zermalmender, feuriger Wirklichkeit werden. Hier sind nur noch Furcht und Schrecken nächtlicher Bedrohung, Fieberträume, angstvolles Warten, dünner Schlaf, immer ein Lauschen nach dem Heulton der Sirenen, äußerste Rücksichtslosigkeit im Kampf um das eigene Leben beim Ansturm auf die bombensicheren Luftschutzbunker, hier gibt es jetzt keine Ruhe nach der Hast und der Arbeit des Tages, kein Ruhen in weichen Betten. Hier hocken jetzt schon Zehntausende dicht gedrängt in den Bunkern und Untergrundbahnhöfen, lauern sprungbereit Millionen auf das Höllenkonzert der Sirenen, stehen Koffer, liegen Stahlhelme, Gasmasken, Schutzbrillen griffbereit, die Radioapparate laufen auf vollen Touren, aber niemand hört auf die Musik oder die Worte, es ist auch ganz gleichgültig, ob Beethoven oder Lehár den Lautsprechern entströmt, Rilke oder Goebbels, man läßt alles stumpf in sich hineinströmen, man lauscht nur auf den Augenblick, in dem

Musik oder Sprache ausgeblendet werden, die Stimme des Sprechers gleichsam einen Vorhang beiseite schlägt und an die Rampe tritt, die Zeit ansagt und sein unheilverkündendes ›Achtung, Achtung, eine Luftlagemeldung‹ beginnt, oder im Drahtfunk der Dreiklang einsetzt und sich der Divisionsgefechtsstand Berlin meldet. Dann beginnt die Stadt, in der die Straßenbahnen gespenstisch durch ausgestorbene Häuserschluchten fahren und die S-Bahn sich wie eine Geisterbahn zwischen Ruinenreihen hindurchwindet, für eine Viertelstunde zu leben, dann hetzen die Menschen mit Koffern, Rucksäcken, Taschen, Decken, Bettrollen, Kinderwagen zu den Bunkern, stürzen die Treppen hinunter in die Luftschutzkeller, hocken sich auf schmale Wandbänke und lauschen mit angespannten Sinnen, ihr ganzer Körper wird zur Ohrmuschel, ihre Gehirne sind wie Selenzellen, die auf bestimmte Geräusche bestimmte Reaktionen auslösen. Unterdes sind hoch über der Erde die Flugzeuge, greifen Scheinwerferarme nach ihnen, donnern die Flakgeschütze in die Luft, schweben rote, gelbe, grüne Leuchtkaskaden zur Erde, fallen tod- und verderbenbringende Lasten, Konstruktionen aus Stahl und Pulver, herab und löschen alles aus, was sie berühren. Wenn die langgezogenen Schreie der Sirenen über der brennenden Stadt schallen, quellen die Menschen aus den Höhlen und Löchern, atmen auf, wieder einmal die Habe gerettet, das Leben bewahrt zu haben, für den Rest der Nacht der Vernichtung entronnen zu sein.

In seinem Restaurant steht Klose hinter der Theke und fuchtelt mit den Armen. »Los, los, Herrschaften«, ruft er, »Schluß jetzt, gibt gleich Fliegeralarm, sie sind schon in Magdeburg, im Anflug auf die Mark Brandenburg. Also 'n bißchen Beeilung, Herrschaften.«

»Was ist denn unterwegs?« fragt einer der Gäste, »'n schwacher?«

»Das Übliche«, antwortet Klose. »So Stücker zwei Dutzend Schnelle, der Kampfverband ist nach Mitteldeutschland abgebogen.«

»Na, Gott sei Dank«, entgegnet der andere.

»Wieso Gott sei Dank?« fragt Klose. »Laß die andern doch die Bomben auf 'n Deetz kriegen, denkst du, die Hauptsache, dein kostbares Leben bleibt erhalten, nicht wahr?«

»Jeder ist sich selbst der Nächste«, beharrt der andere.

»Bist mir ein schöner Volksgenosse«, sagt Klose, »mit dir kann der Führer Staat machen.«

»Ich pfeif' auf die Volksgenossen, Klose«, entgegnet der Sprecher, »jeder für sich, die NSV für uns alle.«

»Ist prima Fliegerwetter«, sagt ein anderer der Gäste, während er bezahlt.

»Quatsch nicht, Krause«, entgegnet Klose, »Fliegerwetter ist für die immer, müßtest du eigentlich schon intus haben. Die kommen bei Sonnenschein und Vollmond, bei Regen und Schnee und in finsterer Nacht, da ist kein Kraut und kein Göring gegen gewachsen, und wenn er noch so viele Mädchen in Männerhosen steckt.«

»Kannst sagen, was du willst, ist 'ne Gemeinheit, uns Nacht für Nacht einzudecken«, sagt ein Eisenbahner.

»Ist totaler Krieg, Herr Verkehrsminister«, sagt Klose und zuckt die Achseln, »da kannst du nischt machen. Was meinst du, wenn unsre so könnten, wie sie wollten … Aber nun raus, Leute und die Tür schnell wieder zu, damit kein Licht auf die Straße fällt.«

Als die Gäste das Restaurant verlassen haben, schließt Klose ab, läßt die Jalousie herunter und geht in das Hinterzimmer. Hier liegt Lassehn auf dem Sofa und schläft tief, seine Atemzüge sind das einzige Geräusch in der kleinen Stube mit den altmodischen Möbeln, er liegt auf der Seite, mit dem Gesicht zur Wand, er hat nur den Mantel ausgezogen und über sich gebreitet, unter die Stiefel hat er einen Bogen Zeitungspapier gelegt, sogar die Skimütze hat er aufbehalten.

Vor dem Sofa bleibt Klose stehen und blickt auf den schlafenden Lassehn.

»Du«, sagt er und rüttelt ihn vorsichtig an den Schultern, »gibt gleich Fliegeralarm.«

Lassehn dreht sich von der Wand weg und blinzelt verschlafen ins Licht. »Was ist denn?« fragt er mit schwerer Zunge.

»Gibt gleich ... da tutet es schon. Fliegeralarm, Junge«, erwidert Klose. »Was mach' ich denn jetzt mit dir?«

»Hier in der Nähe ist ja ein großer Bunker«, sagt Lassehn und richtet sich auf, »drüben am Wriezener Bahnhof.«

»Nein, mein Junge«, entgegnet Klose schnell, »da kannst du nicht hin, da wird scharf kontrolliert, da haben sie dich gleich beim Wickel – so wie du aussiehst, aber in meinen Luftschutzkeller kann ich dich auch nicht mitnehmen, der Luftschutzwart ist 'n ganz Scharfer, der hat mich sowieso schon auf der Rübe, nee, nee, da wärst du gleich hin, und ich mit und die andern vielleicht ... Na, lassen wir das.«

»Könnte ich nicht oben bleiben, in Ihrer Wohnung, meine ich?« fragt Lassehn zaghaft. »Sie können sich darauf verlassen, daß nichts ...«

»Weiß ich«, unterbricht ihn Klose, »siehst mir nicht aus wie einer, der andere beklaut.« Er hält inne und nickt dann. »Also gut, bleib oben. Ich würd' ja auch nicht in den Keller gehen, aber der Luftschutzwart besteht darauf, daß alle Hausbewohner bei Alarm unten sind, besonders die unsicheren Kantonisten, so wie ich einer bin. Du, der hat Angst, daß einer den Fliegern Lichtsignale gibt. Als ob die das nötig hätten! Ich hab' dir da übrigens ein paar Zeitungen auf den Tisch gelegt, kannst hineingucken, wenn du Lust zum Lesen hast. Lohnt sich schon.« Er macht eine kleine Pause und pfeift die ersten Takte des Carmen-Marsches. »Also bis nachher.« Er klopft Lassehn auf die Schulter und verläßt das Zimmer.

Lassehn bleibt allein, und sofort wird ihm bewußt, wie weit er sich schon in Kloses Obhut begeben hat, daß er sich bei ihm schon fast ein wenig geborgen fühlt. Gerade die einfache, unpathetische Art, gewissermaßen nur so nebenbei für ihn zu sorgen und zu denken, für ihn, der erst vor ein paar Stunden als ein wildfremder und ausgestoßener Mensch ganz zufällig in seine Kneipe kam, die Selbstverständlichkeit, mit der er sich seiner angenommen, ihm zu essen und zu rauchen gegeben und eine Schlafstelle eingeräumt hat, ohne auch nur ein Wort darüber zu verlieren, sich als Wohltäter zu preisen und sich seine Güte wie eine Blume ins Knopfloch zu stecken, gerade das hat Lassehn wohlgetan, und deshalb fühlt er sich jetzt doppelt verlassen. Es ist keine Furcht, die ihn befällt, sondern nur ein Gefühl unendlicher Verlassenheit in einer klammernden Stille, ihm ist, als sei er jetzt ganz allein, alle Bewohner dieser Stadt haben irgendeine Zuflucht aufgesucht, von der sie sich Schutz versprechen, nur er ist allein den britischen Fliegern hilflos preisgegeben.

Er dreht sich der Wand zu und versucht, wieder einzuschlafen, aber es gelingt ihm nicht, die Gedanken sind jetzt aufgescheucht, sie pochen in den Schläfen, hämmern in den Pulsen, jagen das Blut durch die Adern. Der Schlaf kommt nicht wieder, die Müdigkeit, die große Müdigkeit, die mehr eine Sehnsucht nach Stille und Ruhe und Geborgenheit als eine körperliche Erschöpfung ist, wird von den Gedanken zerpocht. Lassehn lauscht in die Stille, aber alles ist ruhig, unheimlich ruhig, die Nacht ist gewebt aus Dunkelheit und Stille.

Lassehn wälzt sich auf den Rücken und denkt an die Vergangenheit. Das Bild der Eltern ersteht vor ihm, der Vater mit kleinem Spitzbart, kühlen Augen, schütterem dunkelblondem Haar, immer ein wenig unnahbar, peinlich korrekt, ganz Beamter, immer bereit, dem Staate zu geben, was des Staates war, die Mutter, klein, etwas behäbig, flink mit der Zunge und auf den Beinen, gütig, immer vermittelnd und verstehend, und er selbst, ein schlechter Schüler, nicht weil er faul oder dumm war, sondern weil er nicht hineinpaßte in den starren Zwang der Schule und der Hitler-Jugend, er war Musiker, nur Musiker, und dieser fast manische Hang ließ alles andere zur Wesenlosigkeit herabsinken und die Forderungen und Notwendigkeiten des Lebens bedeutungslos werden, den täglichen Kampf mit der Schule und das Ringen mit dem Vater, der nicht zugeben wollte, daß sein Sohn Musiker würde, das Widerstreben gegen die Massenorganisationen und den Geltungstrieb der Subalternen, gegen die Uniformierung des Denkens und die Unterwerfung, gegen den Dienst in der HJ und die gleichzeitige Abhängigkeit von ihr (denn ohne gute Führungsnote wäre eine Immatrikulation an der Hochschule für Musik gar nicht möglich gewesen). Niemals bisher hatte er das Glück des Aufgehens in der Musik kosten dürfen, immer war noch etwas anderes da, das sich eindrängte und gebieterisch Beachtung forderte.

Je tiefer er in die Erinnerung steigt, um so mehr Schatten fallen über ihn her, um so schmerzlichere Züge entdeckt er in ihr. Er schließt die Augen, um die Bilder der Vergangenheit zu verscheuchen, aber sie dringen durch die geschlossenen Augenlider. Er hat Arbeitsdienstmann und Soldat werden und mit den Zivilkleidern auch sein altes Leben ablegen müssen, sein altes Leben, das waren Beethoven und Rilke, die Havelseen und die Singakademie, friedliche Abendschatten zwischen ragenden Kiefern und ein Fußweg zwischen wogenden Kornfeldern, das war ein Himmel, unbefleckt von den Wölkchen platzender Schrapnells, hochschießender Erdfontänen und dem Rauch lodernder Städte. Und was ist von dieser Vergangenheit übriggeblieben? Die Eltern sind elend und hilflos verbrannt, in einem Massengrab in Baumschulenweg beigesetzt worden, er selber, immer ein Einzelgänger, nie der vielbesungenen Volksgemeinschaft zugehörig, hat sich jetzt ganz herausgelöst aus ihr, er hat einen Schritt getan, der nicht mehr rückgängig gemacht werden kann. Aber wohin führt der Weg, den er jetzt beschritten hat? Wo ist sein Leitstern? Was ist sein Ziel?

Lassehn ringt mit Erbitterung um Klarheit, er wehrt sich verzweifelt gegen die nihilistische Einflüsterung, daß das Leben weder Verhängnis noch Vorsehung, weder vorherbestimmtes Schicksal ist noch vom Wohlwollen jener Macht, die er noch Gott zu nennen gewillt ist, abhängt, sondern absolute Sinnlosigkeit ist. Wie ist denn seine Flucht vor sich gegangen? Er hat sie oft erwogen und ebensooft wieder verworfen, bevor sie zu einem klaren Plane und festen Vorsatz gereift war, er hat auf den günstigen Augenblick gewartet, er hat ihm aufgelauert, und da waren viele günstige Augenblicke, aber sie fanden seine Bereitschaft nicht vor, bis er dann plötzlich, beim Marsch durch einen Wald, stolperte und fiel und eine Wickelgamasche sich löste. Er war zurückgeblieben, um sie in Ordnung zu bringen, und als er sich wiederaufrichtete, war die Kompanie schon um zwanzig Meter voraus, er hatte auf den letzten Mann geblickt und war stehengeblieben, aus den zwanzig Metern waren dreißig Meter geworden, und er hatte sich noch immer nicht gerührt, und es waren fünfzig Meter, und er war wie von einer Starre befallen, und dann waren es hundert Meter, er wollte sich in Bewegung setzen, aber da verschwand der letzte Mann gerade hinter einer Wegbiegung. Da hatte er den vorgestreckten Fuß wieder zurückgenommen und ihn fest gegen das Moos gestemmt, Trotz war in ihm aufgeschossen, und plötzlich wußte er: das ist die Gelegenheit, nicht er hatte ihr, sondern sie hatte ihm aufgelauert und ihn ergriffen, als er achtlos an ihr vorübergehen wollte. Er war erst hastig seitwärts in den Wald gegangen und dann gelaufen, und schließlich hatte er sich ins Unterholz geworfen, als die Lungen keinen Atem mehr hergaben. Wie benommen hatte er in die schwankenden Wipfel der Kiefern geblickt, bis ihn die Kälte wieder auftrieb. So ist es gewesen, es ist kein mutiger Entschluß gewesen, er hat sich treiben lassen, und es ist der Zwang gewesen, der ihn auf dem einmal beschrittenen Weg weiterstieß.

Zuerst ist seine Flucht nur ein Sprung aus einem Zuge, der ins Verderben raste, gewesen, die Rettung des blanken, nackten Lebens, aber er hat keineswegs das Gefühl eines Geretteten, der wieder festen Boden unter seinen Füßen spürt, denn mit jedem Schritt, den er zaghaft ins unbekannte Neuland tut, wächst seine Unsicherheit. Er besitzt nicht die Robustheit und Unbekümmertheit eines marodierenden Landsknechtes, er fühlt sich immer und überall umstellt, immer erhebt sich die Frage nach dem Sinn seines Tuns, das nun, vom bloßen Gedanken zur Realität, plötzlich von der Zwangsgemeinschaft des Volkes abgespalten, selbständig geworden und in seinen Ansprüchen nicht vorausberechenbar ist. Fest steht nur, daß er die Brücken hinter sich abgebrochen hat, und immer wieder steigt ein großes Verwundern auf, daß es geschehen konnte. Oft kommt er sich vor wie ein Toter, der durch das Reich der Lebenden schreitet, er hat an nichts mehr teil, an Freuden nicht und auch nicht an Leiden, aber das ist es nicht einmal, was ihn so sehr bedrückt, denn er ist ja auch früher seinen Weg meist allein gegangen. Aber er fühlt sich leer und ausgebrannt, die Musik ist kaum noch mehr als eine Erinnerung an ferne, schöne Tage, die Erinnerung an seine Frau ist verblaßt wie ein altes Bild. Sollte nichts mehr übriggeblieben sein als ein Dahinvegetieren, Befriedigung primitivster Bedürfnisse, Hunger, Durst, Paarung?

Lassehn liegt da wie ein Kranker, versperrt in sich selbst, aber in ihm ist kein Schmerz, nur ein dunkles Verlorensein. Schmerz hätte sein Blut aufzucken und brennen lassen und seine Gedanken zerstochen, aber dieses Verlorensein in der unergründlichen Tiefe des Grauens ist kein Schmerz, es läßt die Gedanken immer wieder ins Leere fallen, ihm ist, als könne nichts mehr sein auf seinem Wege, nichts mehr in sein Herz hineinsinken. Neben der Musik ist nie etwas dagewesen, keine der glühenden und pathetischen Reden hat je Eindruck auf ihn gemacht, immer haben ihn die Landsknechtsideen angewidert, und stets ist er vor der geistigen und physischen Vergewaltigung in die Musik geflohen, aber plötzlich weiß er, daß das zu wenig, daß die Musik nur ein Ausweg, eine Flucht aus der Wirklichkeit gewesen ist, daß er eigentlich immer den Zwang in sich gefühlt hat, zu flüchten.

Lassehn öffnet die fest verkrampften Augenlider, schleudert den Mantel von sich und stellt sich mit einem Satz auf die Füße, läuft vor den Spiegel und starrt entsetzt in das matte Glas. Das also ist von ihm übriggeblieben? Besieh dich genau, Joachim Lassehn, ganz genau, das bist du: hohlwangig, mit fest eingekerbter steiler Falte über der Nasenwurzel, tiefen, grauen Schatten unter den Augen, kurzem, borstigem Haar, dichtem dunkelblondem Flaum auf Lippen, Kinn und Wangen, eng gespannter Haut über den Schädelknochen ... Mit durchdringendem Blicke starrt sich Lassehn ins Spiegelgesicht, zieht sich mit dem schartigen Messer der Selbstzerfleischung die Haut herunter, löst das Fleisch vom fahlen Gebein und sieht den Totenschädel mit leeren Augenhöhlen und nacktem Jochbein.

Lassehn hebt die Faust, um die Vision zu zerschlagen, aber die Hand sinkt kraftlos herab. Was ist er? Ein Toter, der nicht den Anblick seines eigenen Schädels, entblößt von allen lebendigen Zutaten, ertragen kann? Ein Toter (zwar noch diesseits der Lethe), der es nicht wagt, den kleinen kläglichen Rest Leben aufzugeben? Ein Toter, der sich schon geschlagen weiß, aber immer noch versucht, dem Sensenschlage des Todes, der ihn endgültig niederwerfen wird, auszuweichen?

Lassehn läßt sich auf einen Stuhl fallen und birgt das Gesicht in den Händen, seine Lungen keuchen wie nach einem heftigen Laufe.

»Nein«, sagt er dann leise. »Nein, nein!« ruft er sich dann zu und springt auf. »Nein!« brüllt er sein Spiegelbild an und dreht ihm den Rücken zu.

Da fällt sein Blick auf die Zeitungen. Was sollen ihm Zeitungen? Er zuckt gleichgültig mit den Schultern. Was geht ihn das an, was die in ihren Zeitungen schreiben? Aber er blättert sie doch flüchtig durch, ›Angriff‹, ›Völkischer Beobachter‹, ›12-Uhr-Blatt‹, ›Deutsche Allgemeine Zeitung‹, ›Berliner Morgenpost‹, ›Das Reich‹, seltsam, daß Klose Wert darauf zu legen scheint, daß er in diesem Einheitsbrei der Meinungen herumlöffelt. Aber hat nicht ein seltsames Lächeln um seine Lippen gespielt, als er mit einer kurzen Kopfbewegung auf die Zeitungen wies? Lassehn nimmt die Zeitungen noch einmal zur Hand, und jetzt erst bemerkt er, daß verschiedene Artikel rot angekreuzt sind.

Will doch mal sehen, was so interessant und wichtig ist, daß es den Rotstift auf sich gezogen hat, denkt er.

Da ist die ›Berliner Morgenpost‹ vom 2. März.

»Trotzige Festung der Waffen und Herzen.

Beispiel für das ganze deutsche Volk: Der Geist von Königsberg – Kämpft bis zum letzten Kolbenschlag!

Ostpreußen, 2. März.

Den Geist, der Soldaten und Bevölkerung von Königsberg vereint, gibt ein Aufruf des Kreisleiters Wagner wieder, in dem es u. a. heißt:

›So wie die Verteidigung der Festung Königsberg sich gefestigt hat, haben sich die Verluste der Sowjets und die Schwierigkeiten in ihrem Nachschub erhöht. Mit jedem Tag kommen wir der Stunde näher, in der unsere Armeen antreten und die bolschewistischen Horden aus Deutschland herausfegen werden. Bis dahin wollen wir alles tun, um besser ausgebildet, standhafter und härter zu werden.

Nutzt daher jede freie Minute zur Waffenausbildung und Pflege der Waffen! Die Waffe ist euer Leben! Sie zu beherrschen ist euer Sieg! Wer seine Waffe oder Panzerfaust im Stich läßt und vor dem Feinde aus der Hand legt, ist ein Verräter und muß sterben! Nutzt jede Minute zum Ausbau und Verbessern der Stellungen! Jeder Spatenstich tiefer in die Erde kann euch das Leben retten! Grabt euch stets sofort ein und krallt euch in jedes Stück Heimaterde. Schweiß spart Blut! Kämpft wie Indianer, schlagt euch wie die Löwen!

Jedes Mittel, mit dem ihr die Stellung haltet und die Bolschewisten vernichtet, ist recht und heilig. Zurückgegangen wird nicht! Wer nicht kämpfen will und abhaut, wird umgelegt! Schlagt jeden Feigling, Klugscheißer und Pessimisten! Wenn ein Führer oder Unterführer schwach wird, dann reißt der Tapferste die Führung an sich! Weder Alter noch Dienststellung, sondern Mut und Entschlossenheit allein sind dabei ausschlaggebend. Die bolschewistische Infanterie ist Ausschuß und zusammengerafftes Pack. Wenn sie Feuer in die Schnauze bekommt, ist die Sache schon halb gewonnen. Wankt nicht vor den Panzern! Vernichtet sie mit Panzerfaust oder laßt euch überrollen! Nachfolgende Infanterie schlagt zusammen!

Der Führer sagt: Das letzte Bataillon auf dem Schlachtfeld wird ein deutsches sein. Wir wollen die Kraft und den Stolz besitzen, uns zu diesem Bataillon zählen zu dürfen. So appelliere ich an eure Leidenschaft. Männer! Soldaten! In unsere Hände ist das Schicksal unserer Mütter, Frauen und Kinder gegeben, das Schicksal unserer Stadt und die Freiheit unserer ostpreußischen Heimat! Volkssturmmänner! Uns geht die Sonne nicht unter! Heil unser Führer!‹«

Lassehn nimmt ›Das Reich‹ zur Hand, es ist vom 11. März.

»Der Zeitpunkt, der die Wende bringt.«
Von Reichsminister Dr. Goebbels.

Der Artikel ist ihm zu lang, er liest nur die rot angestrichenen Stellen.

»Die Geschichte bietet kein Beispiel dafür, daß der bis zur letzten Stunde ungebrochene Mut eines Volkes am Ende doch von der rohen Gewalt überwältigt werden könnte. Im entscheidenden Augenblick schaltet sich immer rechtzeitig jene den Menschen unerklärliche Macht der Vorsehung ein, die es nicht zuläßt, daß die ewigen Gesetze der Geschichte außer Kurs gesetzt werden.

Auch die seelische Kraft eines Volkes kann in ihrer Wirkung sehr wohl vorausberechnet werden, aber natürlich nur von dem, der sich darauf versteht.

Wir besitzen dem Feind gegenüber ein Übergewicht, das er gar nicht auszugleichen vermag. Es kann sich nach Lage der Dinge erst nach einer gewissen Dauer voll auswirken. Diesen Zeitpunkt müssen wir abwarten, so viel Opfer das auch kostet. Er wird die endgültige Wende des Krieges bringen.«

Das also schrieb Goebbels vor vier Wochen. Und was gab der Oberreichssäufer Ley von sich? Der ›Angriff/Nachtausgabe‹ vom 17. März druckte seinen Artikel

»›Fahrt an die Rheinfront.‹ Von Dr. Robert Ley.
›Nun ist der Rhein tatsächlich wieder die Front geworden, und deutsche Männer müssen ihn auf Leben und Tod verteidigen. Ich möchte damit nicht sagen, daß der Rhein deutsches Schicksal darstellt. Dafür gilt hier das gleiche, was ich seinerzeit von Berlin sagte: Wir schlagen uns vor dem Rhein, um den Rhein und hinter dem Rhein. Wir schlagen uns, solange ein Atemzug in uns ist, ganz gleich, wo es wäre. Räume, Flüsse, Städte und Provinzen spielen dabei gar keine Rolle.

Unter dem Geschützdonner von Meiderich, Bomben und Granaten geht die Arbeit weiter. Die Schlote rauchen, das Förderseil surrt seinen gewohnten Ton, die Bahnen rollen und die Menschen gewöhnen sich an das Artilleriefeuer. Sie sind soviel Leid gewöhnt, haben so manchen Flächenwurf miterlebt und werden nun auch mit den Granaten fertig. Jedenfalls: sie arbeiten weiter. Sie produzieren unter schwerstem Artilleriefeuer, damit der Soldat Waffen zum Kämpfen hat. Wer nicht gebraucht wird und eine freie Minute hat, schanzt, baut Panzersperren oder exerziert im Volkssturm. Ein herrliches Volk, diese Deutschen an Rhein und Ruhr – dort bilden alle, Arbeiter, Ingenieure und Betriebsführer, eine einzige Wehr- und Schicksalsgemeinschaft. Ich bin stolz darauf, ihnen zuzugehören.

Ich kam gerade in Köln rechtsrheinisch an, als der Gauleiter Grohé als letzter im Schlauchboot herüberkam.

Wer nun glaubte, einen gebrochenen Mann vorzufinden, irrte sich. Im Gegenteil! Voll Fanatismus und wildem Haß wie ehedem, wo wir beide den Kampf um Köln begannen, sagte er zu mir: ‚Jetzt, wo ich diese feigen Hunde da drüben kennengelernt habe, bin ich mehr denn je von unserem Sieg überzeugt.' Nun wußte ich, daß der alte Fanatiker und Nationalsozialist Josef Grohé, der sich früher dutzende Male in schweren und schwersten Saalschlachten herumgeprügelt und aufs beste bewährt hatte, heute den Amerikanern die Hölle heiß machen würde.

Wir werden alles das zum zweiten Male zurückerobern. Kein Quadratmeter deutschen Bodens und kein Mensch deutschen Blutes wird ihnen belassen. Sie werden all das wiedergutmachen müssen, was sie an Deutschland verbrochen haben. Nichts wird ihnen geschenkt, und nichts wird vergessen werden, Auge um Auge, Zahn um Zahn!«

Lassehn legt die Zeitungen angeekelt beiseite. Er fühlt und spürt es, ja, er weiß, daß er das, was er getan hat, nicht getan hat, um nur das Leben zu erhalten, sich aus dem allgemeinen Chaos des Unterganges herauszuretten, sondern daß da noch etwas anderes ist, was ihn mit unwiderstehlicher Gewalt treibt, eine unbegreifliche Kraft, gespeist aus einer Quelle, die ihm innewohnt, die er aber nicht kennt. Ist da nicht irgend etwas, an dem man sich entzünden kann, dem Herz und Geist entgegenlodern können? Er kennt keine Idee, die sein Leben trägt und einem Ziele entgegendrängt, er kennt nur Ablehnung dessen, was ihm bisher mit Pathos und Brachialgewalt als Idee aufgezwungen werden sollte, er kennt nur Ekel, weil er an den gepflegten Händen und den blanken Stiefeln der Träger dieser Idee Blut triefen sieht, er kennt nur Resignation, weil er in die Maschinerie geraten ist, die jeden wie ein Insekt zertritt, der auch nur den Versuch macht, aus der Phalanx auszubrechen.

Es muß etwas geben, für das es sich zu leben lohnt, aber er kennt es nicht, man hat es ihm bisher vorenthalten oder verfälscht, Lüge und Verleumdung so dicht in ihn gesät, daß das Unkraut der Vorurteile das Denkvermögen überwuchert hat.

Lassehn blickt noch einmal in den Spiegel und zieht mit dem Zeigefinger seiner Rechten die Konturen seines Gesichtes nach, er gleitet wie streichelnd über Kinn, Wangen, Lippen, Nase, Stirn, Ohren, und diese leise Berührung seines eigenen Fingers tut ihm merkwürdig wohl, ihm ist, als hauche er sich selber damit wieder Atem ein, als habe diese Berührung den Kontakt mit dem Leben wiederhergestellt.

»Nein«, sagt er noch einmal und schüttelt den Kopf, ein schwaches Lächeln kräuselt seine blassen, blutleeren Lippen. Er ist noch kein Toter, nur ein Scheintoter, dem jetzt durch die geheimnisvolle Kraft einer unbekannten Idee wieder Leben eingehaucht worden ist. Die Zeit, die zwischen den Beginn seiner Flucht und den Anfang eines neuen Lebens gelegt ist, ist nicht länger ein leerer, toter Zwischenraum im tiefsten Wellental seines Lebens, sie ist wie eine Fermate nach einer schmerzlich verklingenden Coda, ein stiller Takt, in dem sich die Energie sammelt zu neuen Akkorden, die von der Grenze tödlicher Resignation hinüberleitet in einen trotzigen Lebenswillen. Er weiß, daß er jetzt um Erkenntnisse ringen wird, zwar ist ihm nicht klar, wo er sie finden und wer sie ihm vermitteln wird, aber das kümmert ihn im Augenblick nicht.

Ganz unvermittelt springen seine Gedanken auf Klose über, und jetzt wird aus den schwach verzogenen Lippen wirklich ein Lächeln, das die Nase kraust und zwei deutliche Linien zum Kinn zieht.

Klose ist eigentlich der einzige Mensch in Lassehns Gesichtskreis, den die nationalsozialistische Welle nicht hat überspülen oder niederreißen können, an dem alle hochtönenden Reden und raffinierten Propagandatricks wirkungslos abgeglitten sind, der sich durch nichts hat korrumpieren lassen. Lassehn weiß gar nicht, daß es solche Menschen noch gibt, da er noch auf keinen getroffen ist, er weiß auch nicht, woher die Standhaftigkeit Kloses kommt und weshalb seine Widerstandskraft so ungebrochen ist, aber er ahnt, daß die Wurzeln dieser Kraft in eine Zeit zurückreichen müssen, in der er, der höhere Schüler Joachim Lassehn, noch nicht bewußt gedacht hat. Über diese Zeit weiß er nichts oder nur das, was die Lehrer, die Jugendführer, die Propagandaoffiziere, die Zeitungen und der Rundfunk ihn wissen ließen, und das war ...

Die Kette seiner Gedanken wird jäh unterbrochen. Die Flakgeschütze bellen und hämmern plötzlich los, ein gewaltiges Dröhnen wird in die Stille hineingeschleudert, darüber ziehen die feinen, singenden Töne der Flugzeuge hin und rast das Jaulen der fallenden Bomben zur Erde. Der Boden schwankt, das Haus erzittert in seinen Grundmauern, Druckluft preßt sich durch alle Ritzen, Kalkstaub rieselt von den Wänden.

Lassehn hört dem Höllenkonzert einige Minuten zu, dann nimmt er seinen Mantel von der Erde auf und legt sich wieder auf das Sofa. Das Geschehen da draußen geht ihn nichts an, er schiebt die Skimütze über die Augen und zieht sich den Mantel bis zum Halse herauf.

Wenige Augenblicke später ist er fest eingeschlafen.

III

14. April, 23.00 Uhr

Als Lassehn wieder erwacht, weiß er nicht, ob er nur wenige Minuten oder viele Stunden geschlafen hat. Eine Wolke von Müdigkeit lagert noch über ihm. Er will sich dem Schlaf wieder anheimgeben, als eine Stimme sein Ohr trifft. Es ist nicht Kloses Stimme, diese ein wenig dröhnende, ein wenig rauhe Stimme im Berliner Tonfall, es ist eine gepflegte, harte, sachliche, ein wenig manierierte Stimme, die eines geübten, routinierten Sprechers.

Lassehn schiebt die Mütze, die seine Augen bedeckt, beiseite und hebt den Kopf, aber er kann nichts sehen, er muß sich aufsetzen, um den Kopf wenden zu können, und da sieht er …

Am Lautsprecher sitzt Klose, aber er ist nicht allein, es sind noch zwei andere Männer da, sie sitzen dicht am Lautsprecher, haben die Köpfe vorgestreckt und die Hände wie Lauschende hinter die Ohren gelegt. Sie haben harte, kantige Gesichter, in denen Entschlossenheit und Trotz die Muskeln anspannen.

Die Stimme, die ihn geweckt hat, tönt aus dem Lautsprecher, spricht klar und phrasenlos, sie färbt nicht schön, sie nennt die Dinge beim Namen, ergießt bitteren, beißenden Spott über die Nazigötter und läßt sie zu verluderten, raffgierigen, blutrünstigen Spießbürgern werden.

Niemals bisher hat Lassehn eine solche Sprache gehört. Sein Herz beginnt wild zu klopfen, um seine Stirn legt sich ein eiserner Kranz, er blinzelt unruhig und sieht sich ängstlich um, er möchte fragen, aber er lauscht wie gebannt, er hält den Atem an, um auch nur ja kein Wort zu verlieren. Die Stimme dort drüben kommt aus einer ganz anderen Welt, einer Welt, um die nicht die eiserne Klammer einer Gewaltherrschaft liegt. Lassehn möchte schreien, es ist etwas in ihm, das herausgeschrien werden muß, Freude, Hoffnung, Befreiung, Haß, Qual, aber nur ein heiseres Röcheln entringt sich seiner Kehle.

Klose dreht sich um und legt die Finger auf den Mund, die beiden anderen Männer verharren in ihrer Haltung, ohne aufzusehen.

»Soldatensender West auf Kurzwelle einundvierzig und zweiunddreißig Meter. Unsere Nachrichtensendung ...«

Ein Knacken im Lautsprecher, Klose hat den Apparat abgeschaltet. Lassehn schwingt die Füße vom Sofa und erhebt sich, streicht sich das Haar zurecht und zupft seine Jacke gerade, dann steht er unschlüssig mitten im Zimmer.

»Komm her, Joachim«, ruft Klose und winkt ihm zu, »ich will dir meine Freunde vorstellen.«

Lassehn geht langsam auf sie zu.

»Nicht so zaghaft, Junge«, ermuntert ihn Klose und weist nacheinander auf die beiden Männer. »Das ist Doktor Walter Böttcher und das Friedrich Wiegand, ehemaliger Gewerkschaftssekretär.« Lassehn macht zwei steife, ungelenke Verbeugungen und murmelt seinen Namen.

»Setz dich hin, Junge«, sagt Klose, »und tu nicht so fremd, ich hab' den beiden schon von dir erzählt, kleiner Deserteur.«

»Herr Klose«, sagt Lassehn bittend und läßt sich schwer auf einen Stuhl nieder, »gebrauchen Sie doch nicht immer diesen Ausdruck.«

»Weshalb nicht?« fragt Dr. Böttcher und sieht Lassehn aufmerksam an. »Deserteur zu sein ist keine Schande, Herr Lassehn, im Gegenteil, Sie haben durch Ihre Desertion mehr Mut bewiesen als Ihre Kameraden, die ihre vermeintliche Pflicht stur weitertun. Ich bin nämlich der Meinung, daß Ihre Desertion keine Feigheit ist, weil Sie damit verhaßte Fesseln abgeworfen haben und sich nicht länger mißbrauchen lassen, weil Sie sich nicht weiter schuldig machen wollten an den Verbrechen, die an fremden Völkern und auch am deutschen Volke begangen werden. Feige sind vielmehr die anderen, die alle Befehle, auch wenn sie grausam und gewalttätig sind, ausführen und dabei ihr Gewissen abtöten, sie sind zwar nach urpreußischer Auffassung pflichttreu und tapfer, aber sie sind es nur, weil sie feige sind, weil ihnen der Mut fehlt, Schluß zu machen und sich zu widersetzen. So müssen Sie das sehen, Herr Lassehn.«

»Ich danke Ihnen, Herr Doktor«, sagt Lassehn leise und sieht Dr. Böttcher voll an. »Es ist schwer, sich zurechtzufinden, man hat so gar keine Maßstäbe, keine Richtschnur.«

»Ihre Generation, Herr Lassehn, ist in einer bedauernswerten Lage«, sagt Dr. Böttcher ernst. »Wir, das heißt besonders Wiegand und ich und auch unser gemeinsamer Freund Klose, haben sehr oft darüber gesprochen und sind zu dem Schluß gekommen, daß noch keine junge Generation so unglücklich gewesen ist wie die Ihre. Die Größe ihres Unglücks wird erst nach dem Zusammenbruch, der ja nur eine Frage von wenigen Monaten ist, in ihrer ganzen Furchtbarkeit offenbar werden, sie wird durch die Zertrümmerung ihres Fundaments den Halt unter den Füßen verlieren und ins Leere stürzen, sie wird dann dastehen mit leeren Händen und enttäuschten Herzen, sie wird den Betrug und die Verführung erkennen, deren Opfer sie geworden ist, aber sie wird auch allen anderen Idealen und jedem neuen Glauben abschwören, die sich ihnen dann anbieten werden, sie wird auf jeden, der dann einen Führungsanspruch erhebt oder von Weltanschauung spricht, nur mit tiefem Mißtrauen und Verachtung herabsehen, und sie wird, bewußt oder unbewußt, mit den Maßstäben messen, die ihr anerzogen sind.«

»Diese Jugend, Herr Doktor, zu der auch ich gehöre«, wendet Lassehn ein, »hat ja nichts anderes kennengelernt. Die Verachtung für alles, was vor dem Nationalsozialismus da war, ist ihr in Fleisch und Blut übergegangen, und selbst wenn sie eines Tages die Nichtswürdigkeit des Nationalsozialismus und das Verbrechertum seiner Führer erkennen sollte, so hat sie damit noch keineswegs Vertrauen zu den geistigen und politischen Führern aus der Zeit vor neunzehnhundertdreiunddreißig gewonnen.«

»Sie haben vollkommen recht«, mischt sich jetzt Wiegand in das Gespräch ein. »Es wird zuerst vielleicht weniger darauf ankommen, dieser Jugend sofort alte oder auch neue Ideen fix und fertig vorzusetzen, als sie zunächst einmal das vergessen zu machen, was der Nationalsozialismus aus vielen trüben Quellen unaufhörlich mit ätzenden Säuren hat in sie einsickern lassen.«

»Ist klar, Leute«, greift jetzt auch Klose ein, »was in der Jugend in einen hineingetrommelt worden ist, das sitzt wie mit Widerhaken fest. Damals, als ich zur Schule ging, da wurden der Alte Fritz und Bismarck verherrlicht, und ich bin, ganz offen gestanden, erst sehr viel später kritisch geworden.«

»So ging es Ihnen und uns, Klose«, sagt Dr. Böttcher, »aber immerhin gab es im kaiserlichen Deutschland eine Opposition, es gab gewisse Freiheiten, man hatte die Möglichkeit, sich anders zu informieren. Diese Jugend aber hat keine Gelegenheit dazu, sie ist ausgeschlossen von allem, was außerhalb des Kreises des Nationalsozialismus liegt, sie lernt alles nur wie durch einen Zerrspiegel kennen, die sogenannte nationalsozialistische Weltanschauung wird ihr gebrauchsfertig und als Allheilmittel infiltriert, und alle Dinge dieser Welt, ob es sich nun um die deutsche Geschichte oder um Briefmarkensammeln, um Biologie oder Tanzmusik handelt, werden ihr in diesem Sinne interpretiert.«

Lassehn seufzt tief auf, und in seine Augen treten Hilflosigkeit und Qual. »Wie heißt es im ›Faust‹?

›O glücklich, wer noch hoffen kann,
Aus diesem Meer des Irrtums aufzutauchen,
Was man nicht weiß, das eben brauchte man,
Und was man weiß, kann man nicht brauchen.‹

Ganz genau so ist es. Ich beneide Sie, Herr Doktor, ich beneide Sie alle, und zwar um ... Wie soll ich es sagen? Ja, ich beneide Sie gewissermaßen um Ihr Alter.«

Dr. Böttcher lacht bitter auf. »Ja, so ist es. Wohl zum ersten Male in der Welt fühlt sich die Jugend dem Alter nicht überlegen, ist sie nicht stolz darauf, jung zu sein. Wenn Sie eben sagten, Herr Lassehn, daß Sie uns um unser Alter beneiden, so haben Sie das nicht ganz treffend formuliert, es ist nicht unser Alter, das Ihnen jetzt so begehrenswert erscheint, sondern das Wissen und die Erfahrungen, die wir in jener Zeit akkumuliert haben, da der Nationalsozialismus das Denken noch nicht auf eine einzige primitive Formel beschränkt hatte. Zwar ist den meisten Ihrer Generation diese Erkenntnis noch nicht ins Bewußtsein getreten, weil sie noch überdeckt wird vom Kriege und den krampfhaft zuversichtlichen Reden der Hitler und Goebbels, aber eines

Tages wird der Krieg vorbei und werden die Hitler und Goebbels nicht mehr dasein, dann erst, wenn das große Schweigen über sie hereinbrechen und niemand mehr dasein wird, der ihnen die Richtigkeit ihres Handelns bescheinigt, wenn man ihnen von allen Seiten nur ihre Fehler vorhalten wird, dann erst werden sie erkennen, daß ihre Jugend schmählich verraten, ihre Begeisterungsfähigkeit schändlich mißbraucht, ihr Denken in die Irre geleitet worden ist. Dann wird sich vor ihr das große Vakuum auftun, denn während die älteren Generationen sich noch in frühere Auffassungen zurückflüchten können, in den Sozialismus, in den Kommunismus, in den Liberalismus oder in die Demokratie, in die Kirche oder in irgendein philosophisches System, wird die Jugend geistig völlig entblößt dastehen. Haben Sie irgendeine Vorstellung von dem, was nach der unausweichlichen Niederlage sein wird, Herr Lassehn?«

Lassehn schüttelt den Kopf.

»Nein, Herr Doktor, wie sollte ich auch«, antwortet er. »Hitler-Deutschland hat sich mir bisher, trotz allem, doch immerhin als ein geordnetes Staatswesen dargestellt ...«

»... aufgebaut auf gewissenlosem Betrug und zusammengehalten durch brutale Machtmittel«, fällt Dr. Böttcher ein.

»Gewiß«, gibt Lassehn zu, »aber wenn diese Ordnung einmal fällt, wenn alle unterdrückten Instinkte und Leidenschaften einmal frei werden, dann kann nur das Chaos regieren.«

»Es besteht kein Zweifel«, sagt Dr. Böttcher bedächtig, als wäge er jedes Wort, »daß uns dieser Krieg in die größte Katastrophe unserer Geschichte treibt, aber wir sind ja im Verlieren von Weltkriegen nicht mehr unerfahren, Herr Lassehn, auch nach dem Kriege von neunzehnhundertachtzehn kehrte ein Millionenheer in die Heimat zurück, Männer, die jahrelang nichts anderes gekannt hatten als Schützengräben und Mannschaftsbordelle, menschenmordenden Nahkampf und Befriedigung primitivster Bedürfnisse, die in geistiger und physischer Hinsicht entsetzlich herabgewürdigt worden waren und nur noch atavistische Erinnerungen an ein normales Leben hatten. Diese Männer, und unter ihnen sind viele Hunderttausend gewesen, die direkt von der Schulbank in die Kasernen und auf die

Schlachtfelder geführt wurden und die vom Leben genausoviel oder -wenig wußten wie Sie heute, kehrten auch eines Tages in die Heimat zurück, und eine Welle von Roheit und Gemeinheit, von Mord und Gewalt ging durch unser Land, aber es waren auch Kräfte da, die das Chaos ordneten und die Gewalten bändigten.«

»Die Bändiger sind nachher von den Gebändigten wieder überwältigt worden, lieber Doktor«, sagt Klose. »Eure Fehler ...«

Dr. Böttcher schneidet ihm das Wort mit einer raschen Handbewegung ab. »Wir wollen jetzt nicht zum soundsovielten Male über unsere und eure Fehler rechten, lieber Klose«, sagt er. »Hier geht es jetzt darum, diesem jungen Mann, der noch nie an etwas geglaubt oder an etwas zu glauben Gelegenheit gehabt hat und der sich zu weigern scheint, auch zukünftig an etwas zu glauben, weil, ganz unbewußt sicherlich, die Naziterminologie noch in ihm sitzt, diesem jungen Manne also klarzumachen, daß auch nach diesem Kriege wieder eine Ordnung in Deutschland auferstehen wird, nicht *obwohl*, sondern *weil* der Nationalsozialismus verschwunden sein wird.«

»Ich kann mir nicht denken, Herr Doktor«, zweifelt Lassehn, »daß aus dieser Welt von Abscheulichkeiten, Gemeinheit und Verbrechen jemals wieder ein Weg in ein geordnetes Leben, in ein Leben mit Sauberkeit und Freiheit, mit Musik und Liebe führen könnte. Welcher Art soll diese Ordnung sein?«

»Das wissen wir heute noch nicht«, antwortet Dr. Böttcher, »es wird letztlich von der Schlußphase des Krieges abhängen. Um aber wieder auf die Ausgangspunkte unseres Gespräches zurückzukommen: es hat auch damals viele Leute gegeben, und zwar hauptsächlich aus dem Bürgertum, die sich einfach nicht vorstellen konnten, daß Deutschland den Krieg verlieren könnte, weil es den Untergang ihrer Welt bedeuten würde. Nun, die Welt ist nicht untergegangen, nur eine gewisse bürgerliche Welt war untergegangen.«

»Es schien aber nur so«, wirft Wiegand ein, »die kapitalistische und agrarische Herrenschicht tauchte nur aus dem Blickfeld fort, sie lebte weiter, zuerst bescheiden, zurückhaltend, sie war gar nicht zu bemerken, aber sie konservierte in der Stille sorgfältig alle ihre geistigen und materiellen Bestandteile, um sie alsdann, da sie erstaunlicherweise unangetastet blieben, nach und nach mit ihrer vollen Schwere einzusetzen, und sie ist schließlich die Basis für den Nationalsozialismus geworden. Dieser Krieg, dessen hoffentlich letzten Akt wir jetzt erleben, ist im Grunde nur eine Fortsetzung des ersten Weltkrieges, der Deutschland zwar materiell zu Boden warf, aber politisch unangetastet ließ.«

»Das ist der große Vorwurf, der den Siegern von Versailles zu machen ist: sie haben nichts oder wenig dazu getan, um in Deutschland die Demokratie zu fördern«, sagt Dr. Böttcher und nickt bestätigend, »sie haben es vielmehr durch ihre Politik dahin gebracht, daß das politisch unreife deutsche Volk wieder einmal Wirkung und Ursache verwechselte und teils die Demokratie ablehnte, teils nicht zu nutzen verstand und langsam, aber sicher wieder dem Militarismus und Nationalismus in seinen verschiedenen Formen in die Arme glitt. Das wird diesmal verhindert werden müssen, und ich bin mir vollkommen klar darüber, daß es nur mit Hilfe unserer jetzigen angeblichen Feinde möglich sein wird.«

»Über eins aber müssen wir uns klar sein«, sagt Wiegand, als Dr. Böttcher eine kleine Pause einschaltet. »Die Soldaten, die diesmal zurückkehren werden, sind nicht Soldaten von der Art des ersten Weltkrieges, verroht, verludert, enttäuscht, verbittert und müde, diese Soldaten sind durch die Schule der sogenannten nationalsozialistischen Weltanschauung gegangen, sie haben im Bewußtsein, einer Herrenrasse anzugehören, unvorstellbare Grausamkeiten und länderweite Verwüstungen begangen, sie haben die Maxime, nach der Recht ist, was nutzt, in aller Konsequenz durchgeführt. Hat der Soldat des ersten Weltkrieges den uniformierten Gegner im Kampfe Mann gegen Mann gewissermaßen in der Notwehr erschlagen, so hat der Soldat dieses Krieges im Bewußtsein und im Glauben an seine rassische Überlegenheit und den Herrschaftsanspruch seines Volkes nicht nur den gegnerischen Soldaten, sondern auch zahllose Menschen jeden Geschlechts und Alters gemordet und ihrer Habe beraubt. Diese geistige Einstellung wird auch durch die militärische Niederlage nicht ohne weiteres beseitigt werden, sie wird noch lange in den Menschen nachwirken, und zwar mindestens so lange, bis sie einsehen lernen, daß nicht strategische Irrtümer die Niederlage ihres Führers herbeigeführt haben, daß nicht erst der Krieg ein Fehler, sondern die ganze sogenannte Bewegung bereits ein Verbrechen war.«

»Sie sprechen von der kommenden Niederlage wie von einer unumstößlichen Tatsache, meine Herren«, sagt Lassehn jetzt. »Verstehen Sie mich recht, ich wünsche den Sieg nicht, denn ich bin mir darüber klar, daß wir Deutsche uns im Falle eines Sieges zu einer gefährlichen menschlichen Raubtierrasse entwickeln würden, aber so feststehend ...«

»Mensch, Joachim«, unterbricht ihn Klose fast böse, »die Sowjets stehen an der Oder, bereit zum letzten Sprung auf Berlin, auf der anderen Seite haben die Engländer und Amerikaner längst Westwall und Rhein überwunden und an einigen Stellen sogar die Elbe erreicht, und da zweifelst du noch?«

»Ich halte das räumliche Moment dabei noch gar nicht einmal für das entscheidende‹, sagt Dr. Böttcher und verschafft sich mit einer Handbewegung Gehör, »was viel schwerer wiegt, ist unsere absolute materielle Unterlegenheit. Sind Sie sich nicht darüber klar, daß die vielgerühmte Panzerfaust nur ein Surrogat ist, weil die schweren Abwehrwaffen fehlen? Wissen Sie nicht, daß die Luftwaffe aus Brennstoffmangel oft nicht aufsteigen kann? Haben Sie es nicht erlebt, daß die amerikanische und britische Luftwaffe jeden Punkt, den sie treffen will, zu jeder Tages- und Nachtzeit ungehindert bombardieren kann? Ist Ihnen nicht bekannt, daß man jetzt die allerletzten Reserven, halbe Kinder und invalide Greise, als Volkssturm an die Front schickt? Sehen Sie nicht in den Straßen Berlins diese lächerlichen Panzersperren, die einen Gegner aufhalten sollen, der den Atlantikwall, den Westwall und alle großen Ströme spielend überwunden hat?«

»Er glaubt an die Wunderwaffe«, sagt Klose lächelnd.

»Nicht ganz danebengeraten, Herr Klose«, sagt Lassehn. »Ich glaube nicht daran, aber ich fürchte, daß die da oben noch irgend etwas Ungeheuerliches vorbereiten. Es laufen so viele Gerüchte um, ob es nun die V 3 oder eine Verzweiflungswaffe, Gasgranaten oder der bakteriologische Krieg ist ...«

»Mensch, Joachim, Musikstudente«, lacht Klose, »auf den Schwindel fällst du rein? Ja, wen die erst einmal in der Mache hatten ...«

»Du solltest darüber nicht lachen, Klose«, sagt Wiegand ernst. »Ich gestehe ganz offen, daß es Augenblicke gibt, in denen die sture Zuversicht von Goebbels und Fritzsche mich wie ein Strick würgt.«

Dr. Böttcher nickt ihm zu.

»Vor ein paar Monaten schrieb Goebbels im ›Reich‹ die folgenden Sätze:

›Wir sahen kürzlich moderne deutsche Waffen, bei deren Anblick uns das Herz einen Augenblick stillstehen blieb.‹

Dieser Satz hat mich, ich gebe das unumwunden zu, bis in meine Träume verfolgt.«

»Es ist nicht leicht, es ist sogar sehr schwer, sich in Ihre geistige Lage zu versetzen«, sagt Dr. Böttcher dann, »Sie haben weder eine feste geistige Basis, noch wurzeln Sie in einer anderen Lebensauffassung, Sie lehnen den Nationalsozialismus, die staatlich vorgeschriebene und zwangsweise verordnete Weltanschauung ab, aber Sie besitzen keine andere, weil Sie keine andere kennenlernten. Glauben Sie an Gott?«

Lassehn zuckt die Achseln. »Ich weiß es nicht, Herr Doktor«, antwortet er, »ich weiß es wirklich nicht. Ich bin nicht gerade religiös, aber auch nicht atheistisch erzogen worden, der Glaube meines Elternhauses war gewissermaßen ein gut bürgerliches Requisit, das man bei einigen wenigen Gelegenheiten, bei der Konfirmation zum Beispiel oder zu Weihnachten, aus der Mottenkiste holte, es gehörte zur Reputation, es war ein Glaube ohne jede Verpflichtung und im Grunde auch ohne Inhalt.«

»Sie glauben also auch nicht an Gott«, stellt Dr. Böttcher sachlich fest. »Philosophische Systeme außer dem Rosenberg-Mythus dürften Ihnen unbekannt sein, ja, um Himmels willen, was ist denn der Sinn Ihres Lebens? Etwa einzig und allein die Erfüllung materieller Wünsche?«

»Nein, Herr Doktor«, antwortet Lassehn, »ich habe den Sinn meines Lebens in der Musik gesehen.«

»Die Formulierung Ihrer Antwort zeigt schon, daß es jetzt nicht mehr der Fall ist oder zumindest, daß Ihnen erhebliche Zweifel daran gekommen sind.« Dr. Böttcher rückt an seiner Brille, indem er sie mit zwei Fingern ein wenig in die Stirn schiebt. »Musik«, fährt er dann leise fort, »Musik ist eine der köstlichsten Gaben des menschlichen Geistes, aber sie allein kann nicht der Inhalt, das Ziel eines Lebens sein, Musik allein ist zuwenig, sie muß in etwas wurzeln. Es gibt kein Ding an sich, junger Freund.«

»Die Musik hat mich, solange ich in der Lage war, sie auszuüben, ganz erfüllt«, widerspricht Lassehn, »in mir hatte nichts anderes Raum, und ihr schreibe ich es hauptsächlich zu, daß ich nicht nationalsozialistisch infiziert werden konnte. Sie können mich nicht überzeugen ...«

»Sie sind noch sehr jung, Herr Lassehn«, entgegnet Dr. Böttcher milde und legt seine Hand leicht auf Lassehns Arm, »und ich will mein Alter keineswegs als Argument ausspielen, Sie werden mir aber sicher glauben, wenn ich behaupte, über mehr Erfahrung und mehr Einsicht in die Dinge zu verfügen. Sie sagen, daß Ihr vollständiges Aufgehen in der Musik Sie dazu befähigt habe, der nationalsozialistischen Infektion zu widerstehen. Ich glaube aber, daß Sie, ganz von der Musik besessen, auch jedem anderen Einfluß widerstanden haben würden. Haben Sie die Kunst bisher nicht als ein Ding an sich betrachtet?«

Lassehn nickt.

»Allerdings, Herr Doktor, die Kunst ist sich selbst Aufgabe, die hat keinen bestimmten Zweck.«

»Oho«, sagt Dr. Böttcher lebhaft, »sind die Künstler nicht in ihre Umwelt eingeordnet, werden sie nicht geformt von ihren Einflüssen, unterliegen sie nicht den allgemeingültigen Gesetzen? Ja oder nein?«

»Allerdings«, gibt Lassehn widerwillig zu, »aber in ihrer Kunst erheben sie sich über den Alltag.«

Dr. Böttcher lächelt nachsichtig. »Sie glauben sich über den Alltag zu erheben, Herr Lassehn, aber Sie sind ihm genau so verhaftet wie jeder andere. Die Kunst steht nicht außerhalb oder über den Gesetzen des Lebens, die Unabhängigkeit des Künstlers ist nur eine Illusion, auch die Kunst ist nicht apolitisch und muß ohne die tragende Stütze eines Ideals oder eines Glaubens im Artistischen erstarren. Niemals werden Sie Bach in höchster Vollendung spielen können ohne die Gabe, sich in sein naivgläubiges Denken einzufühlen, niemals werden Sie Beethovensche Sonaten in ihrer ganzen Tiefe erfassen können, wenn Sie nicht den revolutionären Feuerkopf begreifen, immer werden Sie nur ein Techniker bleiben, wenn nicht Ihre eigene Geistes- und Seelenhaltung den Partituren Leben einhaucht.«

Lassehn hat den Kopf gesenkt. »Wo ist der Ausweg, Herr Doktor?« fragt er leise. »Sie haben mir den geistigen Schwebezustand meiner Lage aufgezeigt, und ich habe ja schon seit Jahren das beklemmende Gefühl, als rinne mir mein Leben wie Sand durch die Finger, Sie haben mir aber noch nicht angedeutet, wie ich aus dieser Situation herauskommen kann. Sie und Herr Wiegand und Herr Klose haben Ihre politische und weltanschauliche Grundlage. Wollen Sie mich nicht daran teilnehmen lassen?«

»So einfach wie bei den Nazis ist das nicht«, sagt Dr. Böttcher lächelnd, »daß man in die Partei eintritt und die Weltanschauung gratis und franko mit Vorschriften, Verhaltungsmaßregeln, Ausführungsbestimmungen et cetera frei Haus geliefert bekommt. Unsere Weltanschauung, Herr Lassehn, will erarbeitet sein, sie kann nicht erlernt werden, aber ich will mich gern mit Ihnen befassen, vor allem aber werde ich Sie der Obhut unseres Freundes Wiegand übergeben, der mehr Zeit hat als ich. Ich bin Arzt und habe eine große Kassenpraxis, aber Wiegand lebt ja auch illegal.«

Lassehn wendet sich mit einem Ruck herum. »Sie leben illegal?« fragt er hastig. »Ich werde es ja auch tun müssen ...«

Wiegand wehrt mit beiden Händen den Fragensturm ab, der jetzt über ihn hereinzubrechen droht. »Langsam, langsam, Herr Lassehn«, sagt er bedächtig. »Sie wollen sicher von mir Ratschläge haben, wie man das macht. Nun, die Antwort ist eigentlich ganz einfach. Es gibt kein Schema, man muß sich der Situation gemäß verhalten, grundsätzlich mißtrauisch sein, immer die Augen offenhalten und die Zunge hüten. Wann sind Sie denn von der Truppe ... ach so, das wünschen Sie ja nicht zu hören. Seit wann sind Sie denn schon unterwegs?«

Lassehn denkt einen Augenblick nach. »Seit dem ...« – er legt den Kopf in den Nacken – »seit dem zweiundzwanzigsten Januar.«

»Das sind ja schon fast drei Monate«, sagt Wiegand, »da sind Sie doch nicht mehr ohne jede Erfahrung.«

»Gewiß«, gibt Lassehn zu, »aber ich war während dieser ganzen Zeit unterwegs, habe die Landstraßen und vor allem die Wälder unsicher gemacht, ich habe mich den Kolonnen ausländischer Arbeiter angeschlossen und mich unter Flüchtlingstrecks gemischt, ich weiß aber nicht, wie die Verhältnisse in Berlin liegen, denn ich bin seit September dreiundvierzig nicht mehr hier gewesen.«

»Es ist äußerste Vorsicht geboten, Herr Lassehn«, sagt Wiegand ernst, »die Kontrollen sind gerade in diesen Tagen sehr verschärft worden. Haben Sie nicht den neuesten Aufruf gelesen, in dem die Bevölkerung zu verstärkter Aufmerksamkeit aufgefordert wird?«

Lassehn verneint.

»Ich lasse Ihnen das ›12-Uhr-Blatt‹ da, da können Sie es dann nachlesen«, spricht Wiegand weiter. »Wir haben schon vorhin über Sie gesprochen, Sie können sich abwechselnd bei Klose und bei mir aufhalten.«

»Bei Ihnen?« fragt Lassehn verwundert. »Sie leben doch selbst illegal?«

Wiegand lächelt mit geschlossenen Lippen. »Gewiß, aber man kann auf die verschiedenste Weise illegal leben. Sie stellen sich das wohl so vor, daß man entweder dauernd in einem dunklen Keller hockt oder mit vorsichtig eingezogenem Kopf durch die Straßen schleicht. Nein, mein Lieber, das kann man auf die Dauer nicht, aber hiervon ganz abgesehen, kommt es auch darauf an, aus welchem Grunde man illegal lebt. Ein Krimineller, hinter dem ein Steckbrief erlassen ist, lebt ja gewissermaßen auch illegal, weil er nicht ins Zuchthaus will, ein Jude, der sich vor der

Gestapo verborgen hält, lebt ebenfalls illegal, um dem Abtransport nach dem Osten und damit dem sicheren Tode zu entgehen, ein Soldat, der wie Sie seine Truppe verlassen hat, weil ihn die Sehnsucht unwiderstehlich nach Hause treibt oder weil er den blutigen Wahnsinn des Krieges nicht länger zu ertragen vermag, lebt ebenfalls illegal, weil er den einmal vollzogenen Schritt nicht rückgängig machen kann, ohne gehängt zu werden.«

Wiegand hält inne und sieht Dr. Böttcher fragend an.

»Und auf welche Weise leben Sie illegal?« fragt Lassehn.

Wiegand zögert noch mit der Antwort.

»Gewissermaßen auf gesetzmäßige«, lacht Dr. Böttcher auf.

»Kannst dem Jungen ruhig alles erzählen«, wirft Klose ein, »der ist echt, hab' 'nen Blick dafür, der hält dicht, der verpfeift keinen.«

»Auf gesetzmäßige Weise illegal?« fragt Lassehn erstaunt. »Das verstehe ich nicht.«

»Ich könnte das Paradoxon noch weitertreiben«, sagt Dr. Böttcher. »Er lebt auf ungesetzmäßig gesetzmäßige Weise illegal, aber das können Sie natürlich nicht verstehen. Wiegand ist regelrecht polizeilich gemeldet, er besitzt einwandfreie Papiere, sogar einen Wehrpaß, der schon mancher Kontrolle standgehalten hat, er arbeitet sogar in einem wichtigen Betriebe, nämlich im Bahnbetriebswerk Karlshorst. Es ist alles in schönster Ordnung mit ihm.«

»Aber wo ist denn da die Illegalität?« fragt Lassehn.

»Ach, du Schäfchen«, lacht Klose breit. »Friedrich Wiegand heißt nur bei uns Friedrich Wiegand, für die Welt da draußen, für die Polizei, für die Militärbehörde und für die anderen Behörden heißt er ... Wie heißt du, Fritz?«

Wiegand hat sein Mißtrauen, das immer in ihm wachsam ist, noch nicht ganz überwunden, er lächelt und nickt ein wenig.

»Franz Adamek«, sagt er.

»Das habe ich ja nun kapiert«, sagt Lassehn und stimmt in das Lächeln der Männer ein, »Sie leben in legaler Illegalität. Weshalb aber leben Sie illegal?«

»Auch das sollen Sie erfahren, Herr Lassehn«, sagt Wiegand mit einigem Widerstreben. »Ich bin früher Gewerkschaftssekretär gewesen und war an einigen Streiks, wie ich wohl sagen darf, hervorragend beteiligt. Als unser liebwerter Parteigenosse, Ministerpräsident und Forstmeister Hermann Göring am achtundzwanzigsten Februar neunzehnhundertdreiunddreißig den Reichstag ansteckte, da bin ich zum ersten Male festgesetzt worden. Und das wiederholte sich bei verschiedenen Anlässen: alle politischen Funktionäre wurden, wie man das so schön nannte, in Schutzhaft genommen, das heißt in ein Konzentrationslager gesteckt. Als der größte Führer aller Zeiten dann am einundzwanzigsten Juni neunzehnhunderteinundvierzig gen Ostland zu reiten begann, da war wieder einmal eine derartige Aktion fällig, aber diesmal faßten sie mich nicht, denn ich hatte Wind davon bekommen und tauchte unter, wurde illegal. Genügt Ihnen das?«

Lassehn schüttelt den Kopf. »Noch nicht, Herr Wiegand«, erwidert er, »ich habe noch eine Frage, die mir nicht unwichtig erscheint. Weshalb lebten Sie nicht einfach unterirdisch weiter? Begaben Sie sich nicht in eine große Gefahr, als Sie lediglich unter fremdem Namen und wahrscheinlich an anderer Adresse weiterlebten?«

»Sie haben vollkommen recht«, gibt Wiegand zurück, »die Gefahr, erkannt zu werden, besteht in jedem Augenblick, und ich weiß auch, daß ich in der Fahndungsliste der Gestapo stehe. Das schreckt mich jedoch nicht ab, meine illegale Tätigkeit fortzuführen.«

Lassehn denkt einen Augenblick nach. »Illegale Tätigkeit«, sagt er dann, »und die Betonung liegt auf Tätigkeit, verstehe.«

»Erraten«, sagt Wiegand, das Lächeln, das um seine Lippen liegt, spiegelt sich zum ersten Male in seinen Augen. »Ich sagte ja schon, daß man aus verschiedenen Gründen illegal leben kann. Ich tue es aus politischen Gründen, denn selbst für den Fall, daß man mich nicht in ein KZ gesteckt haben würde, hätte ich mich kaum bewegen können, da ich ständig überwacht worden wäre, es wäre mir nicht möglich gewesen, mit meinen politischen Freunden zusammenzutreffen, ich könnte meine aktive …« Er hält inne und beißt sich auf die Lippen. »Kurz gesagt, jeder meiner Schritte würde schärfstens beobachtet werden.«

»Und unter Ihrem Decknamen leben Sie unbehelligt?« fragt Lassehn.

»Soweit man heute unbehelligt leben kann«, antwortet Wiegand. »Ich wechsle von Zeit zu Zeit mein Quartier, um niemandem Einblick in meine Verhältnisse zu gewähren, um niemandem die Möglichkeit zu geben, sich mit meinen Gewohnheiten vertraut zu machen, und um schließlich in einer Gegend nicht bekannt zu werden, was ja nur meine Bewegungsfreiheit beeinträchtigen würde. Der schwerste Fehler derer, die illegal leben, ist der, sich in Sicherheit zu wiegen, zu glauben, daß man unbeobachtet ist oder nicht auffällt. Die Erfahrung hat mich gelehrt, daß jeder jeden beobachtet, daß jeder seinem Nachbarn mißtraut, sei es, weil er fürchtet, bespitzelt zu werden, oder weil er selbst ein Spitzel ist, ganz abgesehen von jenen Kreaturen, die, ohne eigentlich Spitzel zu sein, sich gern zum Werkzeug der Partei machen, um so ihre Ergebenheit und Zuverlässigkeit unter Beweis zu stellen. Jeder trägt heute eine Maske, die er nur abnimmt, wenn er allein ist, selbst im engsten Kreise der Familie wird noch mit sorgfältig abgewogenen Worten gesprochen, wenn Kinder dabei sind. Viel Unglück ist schon dadurch entstanden, daß Kinder unbedachte Äußerungen ihrer Eltern in ihrer Harmlosigkeit ausplauderten. Ich kenne einen Fall, daß eine ganze Gruppe aufflog, weil die Andeutung eines unserer Genossen von seinem sechsjährigen Sohne weitergetragen wurde.«

»Ich schlage vor, den Schulungskurs über Theorie und Praxis des illegalen Lebens zu beenden«, sagt Dr. Böttcher und blickt auf seine Armbanduhr. »Es ist gleich zwölf Uhr.«

»Dann ist es auch für mich höchste Zeit, zu gehen«, sagt Wiegand und steht auf, »ich muß morgen früh um sechs wieder antreten.«

Auch Dr. Böttcher erhebt sich. »Und ich habe morgen wieder einen arbeitsreichen Tag vor mir. Lassen Sie uns zur Vordertür hinaus, Klose?«

Klose nickt. »Ist schon besser, da seid ihr gleich auf der Straße und braucht nicht erst über den Hof.«

Lassehn ist unschlüssig sitzen geblieben.

»Und was ist mit Ihnen?« fragt Wiegand.

»Der Junge bleibt heute nacht bei mir«, nimmt Klose ihm die Antwort ab. »Und morgen hast du ja wohl was Bestimmtes vor?« wendet er sich direkt an Lassehn.

»Morgen wollte ich nach Charlottenburg«, antwortet Lassehn zaghaft.

»Richtig«, sagt Klose, »wolltest ja Terrain sondieren bei deiner jungen Frau. Na ja, hast recht, hast dort vielleicht 'ne schönere Bleibe, mit Liebe und so.«

Wiegand gibt Lassehn die Hand. »Auf Wiedersehen, Herr Lassehn«, sagt er schlicht, »wir treffen uns hier bei Klose wieder?«

Lassehn drückt ihm fest die Hand, die Frage tut ihm wohl, sie dünkt ihn wie ein Vertrauensbeweis. »Ja, selbstverständlich«, antwortet er eifrig.

Auch Dr. Böttcher streckt ihm die Hand hin. »Auf Wiedersehen, junger Mann, halten Sie sich nur an Klose, dann sind Sie gut aufgehoben.«

Klose schließt die Tür des Restaurants auf, er dreht den Schlüssel ganz langsam und ohne jedes Geräusch herum, öffnet die Tür vorsichtig und blickt in die stille, dunkle, nächtliche Straße. »Die Luft ist rein«, sagt er, sich umwendend. »Auf Wiedersehen.«

Dr. Böttcher und Wiegand huschen auf Fußspitzen hinaus. In wenigen Sekunden sind sie in der Dunkelheit verschwunden.

IV

15. April, 9.00 Uhr

In der Kurfürstenstraße steht ein Haus, das sich von den anderen Häusern in seiner Nachbarschaft deutlich unterscheidet. Es ist kein vierstöckiges Mietshaus, sondern ein anspruchsvolles Gebäude, es hat keine gewöhnliche Haustür, sondern ein Portal mit spiegelnden Türen, die von ein paar ionischen Säulen eingerahmt sind, es enthält keine Wohnungen, sondern Säle. Dieses Gebäude ist früher Sitz und Treffpunkt vieler Logen gewesen, hier kamen Menschen zusammen, um ein paar Stunden ungezwungener, entspannender Geselligkeit zu verbringen, man zelebrierte hier die zwar schon ein wenig verstaubten, ein wenig lächerlichen, aber, wie man sich einbildete, höchst geheimnisvollen Riten der Bruderlogen mit würdevollem Ernst und übte nebenbei eine stille Wohltätigkeit. Wenn diese offiziellen Zeremonien aber abgewickelt waren und sich die übliche Geselligkeit, Kaffeekränzchen mit anschließendem Tanz oder kabarettistische Abendunterhaltungen mit dilettantischen Einlagen der Mitglieder oder solide Skatrunden mit einem Viertelpfennig für den Point, ausbreitete, dann hätte jemand, der unbefangen und unvoreingenommen hier eingetreten wäre, keineswegs auf den Gedanken kommen können, daß hier die Mitglieder der gefährlichen und völkerverhetzenden Logen zusammen waren, er hätte vielmehr den Eindruck gewonnen, daß hier ein gutbürgerlicher Gesangverein oder Kegelklub ein geselliges Beisammensein veranstaltete, denn man sah würdige alte und ältere Damen an Tischen sitzen und hörte bescheidenen Kaffeeklatsch reden, man sah schöne junge Frauen und hübsche Mädchen mit gepflegten Männern und netten Jünglingen im Tanz über das Parkett gleiten, man sah schließlich in den Nebenzimmern die ältere Männergeneration beim Poker oder Skat sitzen, wie überall wurden auch hier zarte Fäden gesponnen, Kuppelpelze verdient und Geschäfte entriert. Es waren absolut harmlose Leute, die hier aus und ein gingen und deren Spleen einzig und allein der war, daß sie sich nicht Klub oder Verein, sondern Loge oder Bruderschaft nannten.

Als das Unglaubliche geschah, daß ein Mensch aus der Wiener Unterwelt vom senilen Generalfeldmarschall des großen Weltkrieges zum Kanzler des Deutschen Reiches ernannt wurde, da änderte sich in diesem Hause in der Kurfürstenstraße manches. Nicht länger mehr bewegten sich zierliche Damenschuhe oder würdevolle Lackschuhe über das Parkett, sie wurden abgelöst durch den Schritt fester Langschäfter und derber Militärstiefel, jetzt schollen scharfe, abgehackte, befehlende, näselnde Stimmen durch die Räume, und wo einst über die Unterstützung notleidender Vereinsmitglieder, genannt Brüder und Schwestern, Beratungen abgehalten worden waren, da begann jetzt eine riesige Spinne ihr tödliches Netz zu weben und nach allen Seiten hin vorzutreiben. Die behäbigen Vereinsvorstände, genannt Meister vom Stuhle, waren verschwunden, in den Zimmern saßen jetzt große, schlanke Männer mit harten, kantigen Gesichtern und kalten Augen, sie trugen graue Uniformen, auf den schwarzen Spiegeln der Kragen waren Sterne oder Balken und die beiden ss-Runen und am Unterarm ihres Jackenärmels eine schwarze Raute mit den Buchstaben SD befestigt.

Das Reichssicherheitshauptamt der ss hatte sich in der Kurfürstenstraße niedergelassen. Sicherheitsdienst, das war die harmlose Bezeichnung für den Machtapparat, der über unbeschränkte Mittel verfügte, niemandem Rechenschaft schuldig war, für den es kein Gesetz gab und der jedes Gericht ignorierte, dessen einzige Aufgabe darin bestand, die Macht der nationalsozialistischen Partei mit allen Mitteln zu sichern und alle Gegner rücksichtslos zu vernichten. Der Sicherheitsdienst streckte von hier aus seine Fühler aus, vertikal, horizontal, in jede Richtung, in jede Dimension.

Es gab kein Gebiet des Lebens in Deutschland und namentlich in Berlin, das nicht von hier aus überwacht wurde. Von hier aus wurde das Heer der Spitzel ausgesandt und in alle Kanäle des öffentlichen und privaten Lebens geschleust, hier sammelte sich die Flut aller Berichte, Anzeigen und Denunziationen, nichts war den Buchhaltern und Rendanten des Todes zu unbedeutend oder zu gering, um hier nicht registriert, in Karteien vermerkt oder zu Akten verarbeitet zu werden, von hier aus wurden die Konzentrationslager mit immer neuem Menschenmaterial gespeist, wurden den Gesetzesbrechern des Volksgerichtshofes immer neue Opfer zugeführt. In diesem Hause war die Würde des Menschen ein unbekannter Begriff, wurde die Freiheit des Individuums ersetzt durch den Zwang in die Gemeinschaft, wurden die Menschen eingeteilt in solche, die für, und solche, die gegen den nationalsozialistischen Staat waren, wobei alle diejenigen, die nicht für ihn waren oder auch nur in diesem Verdacht standen, ohne weiteres als Gegner angesehen und entsprechend behandelt wurden. Hier wurden unter Hinzuziehung gefügiger technischer Experten alle Prozeduren ersonnen, deren sich auch der grausamste Richter der Inquisition nicht hätte zu schämen brauchen, und die technischen Monstrositäten ausgeklügelt, die eine ebenso gewinnbringende wie rückstandslose Vernichtung von Millionen minderrassigen und daher lebensunwerten Kreaturen ermöglichten.

Die Kurfürstenstraße, bisher eine der vielen Straßen des alten Berliner Westens ohne jede Besonderheit, wurde zum Begriff. Es gibt viele Berliner Straßen, deren Namen zu einem, mitunter auch falschen, Begriffe geworden sind. So ist die Ritterstraße Synonym für Export- und Importhandel geworden, die Ackerstraße für Lumpenproletariat, die Tauentzienstraße für mondäne Halbwelt, die Münzstraße für Unterwelt, die Lindenstraße für die Sozialdemokratie und die General-Pape-Straße für Aushebungen und Musterungen. Dem Nationalsozialismus blieb es vorbehalten, Straßennamen zu Synonymen für tödliche Furcht werden zu lassen, Prinz-Albrecht-Straße, Burgstraße, Kurfürstenstraße, Große Hamburger Straße, Vorladungen von hier verbreiteten Angst und Schrecken, denn Beschuldigung war meist gleichbedeutend mit Verurteilung zu KZ-Haft, Zeugenschaft mit Mittäterschaft.

In einem der Zimmer dieses Hauses in der Kurfürstenstraße sitzt ein großer, breiter Mann, er trägt die Uniform des SD, auf den Spiegeln seines Kragens glänzen vier silberne Sterne, die Züge seines breiten, ein wenig schwammigen Gesichtes sind bemerkenswert gestrafft, die Lippen sind dünn und farblos und liegen fest aufeinander, die linke Wange ist vom Mund bis zum Ohr durch einen kräftigen Durchzieher gespalten, das weißlich-blonde Haar ist ein wenig gelichtet und seitlich sorgfältig gescheitelt, die hellblauen Augen haben etwas von der Farbe eines kalten Winterhimmels.

Dieser Mann, dem alle Abwehrbeauftragten der Berliner Betriebe Rechenschaft schuldig sind, ist der Sturmbannführer Wellenhöfer, der Leiter der Abteilung Abwehr der Leitstelle Berlin. Er ist gefürchtet, denn ihm haftet der Ruf an, ein eiskalter Verstandesmensch, ein unerbittlicher Spürhund, ein rücksichtsloser Draufgänger zu sein. Er ist dafür bekannt, keinen Gefühlsregungen zugänglich zu sein und keine Rücksicht zu kennen. Seine lächelnde Miene, die er sowohl seinen Untergebenen wie auch allen Besuchern und sogar den unglücklichen Opfern seiner Spürhunde gegenüber zur Schau trägt, ist eine wohlberechnete Maske, die die anderen aus der Reserve herauslocken, sie zu Vertraulichkeiten verleiten, zu Unbesonnenheiten hinreißen lassen soll. Nur wer Wellenhöfer ganz genau betrachtet und ihm aufmerksam und ohne Scheu ins Gesicht sieht, der erkennt, daß sein Lächeln nicht echt, gewissermaßen nur aufgesetzt ist wie eine Larve, durch die nur die Augen unverstellt blicken. Lippen und Augen sind in ihrem Ausdruck nicht kongruent, denn während um den Mund Lächelfalten liegen und zwischen den Lippen sogar hin und wieder die Zähne aufblitzen, liegt in den Augen ein kalter Glanz. Obwohl Wellenhöfer von seinen Untergebenen knappe, klare, sachliche Berichte fordert, keine Umschweife duldet und jede Höflichkeitsfloskel brüsk ablehnt, läßt er die Menschen, die das Unglück haben, von ihm verhört zu werden, darauflos erzählen, er unterbricht sie nie, er ermuntert sie sogar bisweilen ein wenig, im übrigen aber verharrt er in einem quälenden Schweigen. Er weiß, daß sein Opfer um so redseliger wird, je länger er schweigt, und daß einmal mit Sicherheit der Augenblick kommt, in dem der Erzähler Dinge spricht, die er gar nicht hat sagen wollen. Wenn dieser Augenblick gekommen ist, dann stößt Wellenhöfer wie ein Raubvogel herab, schlägt seinem Opfer die Fänge ins Fleisch und läßt nicht eher los, bis er alles, was noch an Verborgenem in ihm ist, herausgezerrt hat. Wellenhöfer ist ein Mann, der nichts dem Zufall überläßt. Alle Aktionen von einiger Bedeutung führt er selbst oder leitet sie zumindest durch genaue Direktiven, er hat einen untrüglichen Blick für das Wesentliche, er verzeiht eher einen großen Fehler, der in der Hitze des Gefechts begangen wurde, als eine Nachlässigkeit oder gar das Nichtbefolgen eines Befehls.

Am Vormittag des 15. April 1945 sitzt ihm ein Zivilist gegenüber. Aus seiner Haltung ist unschwer zu erkennen, daß eine gewaltige Last auf seinem gebeugten Rücken liegt, er sitzt auf dem äußersten Rande eines Sessels, hat die Arme fest in die Seiten gepreßt und vor der Brust eingewinkelt, seine Finger spielen nervös mit den Knöpfen seiner Weste, den Kopf hat er tief zwischen die Schultern gezogen, sein Blick ist unsicher und springt von Punkt zu Punkt, nur den Blick des Sturmbannführers vermeidet er geflissentlich.

Dieser Mann ist der Reichsbahn-Oberinspektor Deiters, Abwehrbeauftragter des Betriebswerkes Karlshorst der Deutschen Reichsbahn. Er ist nicht zum ersten Male in diesem Zimmer bei Wellenhöfer. Seit sich im Betriebswerk Karlshorst eine Reihe von Schäden ereignet haben, die man nur als Sabotageakte bezeichnen kann, ist er wiederholt zur Kurfürstenstraße beordert worden, und jedesmal ist er von Wellenhöfer in immer schärferem Tone gefragt worden, ob es ihm denn immer noch nicht gelungen sei, den oder die Attentäter zu fassen oder wenigstens die Fortsetzung der Sabotageakte durch einen scharfen Überwachungsdienst zu verhindern, und immer wieder hat Deiters diese Frage nicht nur verneinen, sondern stets sogar zugeben müssen, daß da wieder eine Lokomotive unbrauchbar gemacht worden, dort ein Kohlenkran ausgefallen ist, daß die Zahl der Heißläufer immer größer wird und daß eines Tages sogar die Schiebebühne der großen Werkhalle so schwer beschädigt worden ist, daß eine Anzahl Lokomotiven blockiert waren und nicht ausfahren konnten. Ein einziges Mal hatte man den Täter beinahe gefaßt, als er einen Sprengkörper in die Rauchkammer einer 03 gelegt hatte, aber im letzten Augenblick hatte er sich seines Bedrängers mit einem Schraubenschlüssel erwehren und in der Dunkelheit der weiten Halle verschwinden können. Immerhin war man, und das war das einzig Positive des nächtlichen Handgemenges, einen Schritt weitergekommen, als man nun wußte, daß der Attentäter zweifellos ein Deutscher war, denn er hatte, als er beim Schließen der Rauchkammer überrascht worden war, einen Fluch durch die Zähne gezischt, wie ihn in diesem Tonfall kein Ausländer gebrauchen konnte. Das war aber auch alles gewesen, trotz des sich immer mehr verdichtenden Netzes der Überwachung und Kontrolle kam man keinen Schritt weiter voran. Es war nur klar, daß der Täter unter den im Werke Beschäftigten zu suchen war, denn neben der genauen Ortskenntnis des Werkgeländes mit seinen Lokomotivhallen, Wagenschuppen, Kesselhäusern, Krananlagen, Werkstätten, Signaleinrichtungen, Wasserkränen, Ausschlackgruben, Gleisen und Weichen verriet die Art der Sabotage auch eine hervorragende Sachkenntnis, denn mit einem Minimum an Aufwand wurde ein Maximum an Zerstörung erreicht.

Wenn auch das große Werk nicht zum Erliegen kam, da ja genug Ausweichmöglichkeiten bestanden, so traten doch immerhin empfindliche Störungen auf.

Der Täter, der auch Einblick in die Lokleitstelle haben mußte, hatte mit Vorliebe gerade jene Maschinen unbrauchbar gemacht, die zum Einsatz für den Nachschub der Ostfront vorgesehen waren.

Jetzt wartet Deiters nun auf das Ergebnis der Nachforschungen des SD, nachdem man ihm Anfang Februar kurzerhand die weitere Verfolgung der Angelegenheit aus der Hand genommen hatte. »Ich habe Sie heute herbestellt, Herr Deiters«, beginnt Wellenhöfer das Gespräch, »um Ihnen zu sagen, daß wir den Täter mit ziemlicher Sicherheit festgestellt haben.«

Deiters fährt von seinem Sitze auf.

»Tatsächlich?« sagt er beinahe atemlos. »Ich gratuliere!«

»Danke!« sagt Wellenhöfer nachlässig, sieht ihn mit kühler Verachtung an und zündet sich eine Zigarette an.

»Wer ist es denn, wenn ich fragen darf?« fragt Deiters. »Sie müssen mich ja schießlich davon in Kenntnis setzen, damit ich meine Maßnahmen treffen kann.«

Wellenhöfer bläst den Rauch seiner Zigarette spielerisch vor sich hin. »Sie haben überhaupt keine Maßnahmen zu treffen, Herr Deiters«, sagt er schneidend kalt. »Sie werden das tun, was ich anordne, nicht mehr und nicht weniger.«

»Gewiß«, sagt Deiters und lächelt verlegen, »ich meinte nur so.«

»Ihre Meinung ist absolut unerwünscht und auch ohne jedes Interesse«, fährt der Sturmbannführer im gleichen Tone fort. »Ich habe Sie heute herbestellt, nicht um Ihre belanglosen Ansichten zu hören, sondern um Ihnen Befehle und genaue Verhaltensmaßregeln zu erteilen.«

Deiters duckt sich unter der scharfen, angreiferischen Stimme. »Selbstverständlich«, sagt er leise. »Darf ich mir noch eine Frage erlauben, Herr Sturmbannführer?«

»Sie dürfen«, antwortet Wellenhöfer verächtlich. »Im übrigen mache ich Sie wiederholt darauf aufmerksam, daß es eine Anrede Herr Sturmbannführer nicht gibt. Es setzt mich immer wieder in Erstaunen, daß Sie als Parteigenosse die Gepflogenheiten der ss nicht besser kennen. Was also wollen Sie wissen?«

»Ist der Täter schon verhaftet?« fragt Deiters jetzt.

»Verhaftet?« fragt Wellenhöfer zurück. »Sie sind wohl blödsinnig geworden, Herr!«

»Ich … ich verstehe nicht, Sie sagten doch …«, stotterte Deiters.

»Daß Sie nichts verstehen, ist mir hinlänglich bekannt«, fährt Wellenhöfer fort. »Verhaftet! Sie hätten natürlich schlankweg verhaftet, wären wie der berühmte Ochse im Porzellanladen aufgetreten. Nein, mein Lieber, so ein Kerlchen wie Ihren Attentäter verhaftet man doch nicht, man läßt ihn noch ein Weilchen frei herumlaufen und beobachtet ihn, denn so ein Geselle hat immer seinen Anhang. Wenn wir die ganze Bande haben, dann wird zugegriffen, eher nicht.«

»Bis es aber soweit ist«, wagt Deiters einzuwenden, »kann er doch noch allerhand Schaden anrichten.«

»Halten Sie mich für einen Idioten?« brüllt der Sturmbannführer los, er stößt den Kopf wie ein Stier vor und stemmt beide

Hände fest auf den Schreibtisch. »Natürlich muß der Mann aus dem Betriebswerk heraus, er muß an eine Stelle versetzt werden, wo er sich nicht rücken und rühren und keinen Schaden anrichten kann, wo er ständig unter Aufsicht steht. Deshalb habe ich Sie ja heute herbestellt, um ...«

Das Telefon schrillt dazwischen, Wellenhöfer hebt den Hörer ab. »Wellenhöfer«, meldet er sich kurz. »Siering ist da? Soll sofort zu mir kommen.«

Er legt den Hörer auf und wendet sich wieder Deiters zu. »Untersturmführer Siering ist der Mann, der die Sache zum vorläufigen erfolgreichen Abschluß gebracht hat. Sie werden gleich hören.«

Einige Minuten vergehen, Wellenhöfer raucht seine Zigarette genießerisch zu Ende, Deiters lehnt sich in seinen Sessel zurück und blickt starr vor sich nieder, als es klopft, schrickt er zusammen.

Ein junger Mann steht vor der Tür.

»Heil Hitler! Untersturmführer Siering zur Stelle!«

Wellenhöfer erwidert den Gruß und deutet auf den Stuhl. »Das ist der Oberinspektor Deiters vom Betriebswerk Karlshorst«, sagt er mit nachlässiger Handbewegung zu Deiters hin.

Siering nickt ihm kurz zu und setzt sich.

»Mein Verdacht ist zur hundertprozentigen Sicherheit geworden, Sturmbannführer«, sagt er.

»Gut, Siering!« Wellenhöfer nickt befriedigt. »Ich danke Ihnen, nach endgültiger, erfolgreicher Durchführung werde ich Sie zur Beförderung eingeben.«

»Verbindlichsten Dank«, sagt Siering.

Wellenhöfer winkt ab. »Schon gut«, sagt er. »Nun möchte ich aber noch einmal das Ergebnis Ihrer Tätigkeit im Zusammenhang berichtet haben.«

»In Gegenwart dieses Herrn?« fragt Siering mit einer Kopfbewegung zu Deiters hin.

»Tut nichts«, erwidert Wellenhöfer, »wir müssen ihn ohnehin ins Vertrauen ziehen, außerdem wird er durch Ihren Bericht einmal einen ungefähren Begriff davon erhalten, wie man in solchen Fällen zu arbeiten hat. Also schießen Sie los.«

Siering lehnt sich zurück und kreuzt die Arme über der Brust. »Es galt zuerst, den Kreis der Verdächtigen zu umgrenzen und diesen Kreis nach und nach enger zu ziehen«, beginnt er. »Zunächst stellte ich die Zeiten fest, zu denen die verschiedenen Sabotageakte begangen wurden, und dabei kam ich zu einem bestimmten Ergebnis: alle Sabotageakte wurden in der Schicht verübt, die von zehn Uhr abends bis sechs Uhr morgens dauert. Es kamen mithin nur die Arbeiter, Angestellten und Beamten in Betracht, die während dieser Stunden Dienst hatten, das sind mit Ausnahme einiger Büroangestellter, die nur Tagesdienst haben, alle.«

»Nun wohl doch nicht alle«, wirft Deiters ein, »das leitende Personal der Dienststelle werden Sie sicher wohl nicht verdächtigt haben.«

Der Untersturmführer fährt herum und blickt Deiters an, als bemerke er seine Anwesenheit zum ersten Male.

»Weshalb nicht?« fragt er zurück. »Grundsätzlich ist jeder verdächtig, auch Sie, Herr Oberinspektor.«

»Aber ich bitte Sie ...«, wehrt Deiters ab.

»Unterbrechen Sie mich nicht«, sagt Siering schroff, »ich habe keine Lust, mich mit Ihnen über meine Arbeitsmethode auseinanderzusetzen, im übrigen möchte ich Sie nur auf den zwanzigsten Juli verweisen.« Er kehrt Deiters wieder den Rücken und wendet sich dem Sturmbannführer zu. »Ich fahre also fort. Die Daten der Sabotageakte schränkten diesen großen Kreis der Verdächtigen bereits erheblich ein, denn aus diesen Daten ergab sich folgendes: die Sabotageakte wurden nur nachts und ganz regelmäßig in Intervallen von etwa drei Wochen verübt, das heißt, sie häuften sich in einer Woche, dann trat eine Pause von vierzehn Tagen ein, in denen alles seinen ordnungsgemäßen Gang ging, dann begannen sie wieder, um nach Ablauf einer Woche aufzuhören, und zwar wiederum für vierzehn Tage. Das konnte kein Zufall sein. Des scheinbaren Rätsels Lösung tat sich mir auf, als ich die Dienstpläne des Betriebswerkes Karlshorst zur Hand nahm: die Wochen, in denen die Sabotageakte verübt wurden, fielen genau mit einer Schicht zusammen. Der Kreis, in dem der Täter zu suchen war, wurde also erheblich kleiner, nämlich genau um zwei Drittel.«

»Großartig!« Deiters kann sich des Einwurfs nicht enthalten.

»Ja, großartig«, sagt Wellenhöfer ironisch, »darauf sind Sie nicht gekommen, Sie Fachmann von echtem Schrot und Korn. Weiter, Siering.«

»Ich hatte so einen festen Personenkreis, mit dem ich mich nun zu befassen hatte«, fährt Siering fort. »Die Ausländer schieden ja wohl aus, da der Täter, als er einmal beinahe erwischt worden wäre, auf gut deutsch geflucht haben soll. Ich muß offen sagen, daß mir diese Angabe durchaus nicht so wertvoll erschien, wie der Herr Oberinspektor es darzustellen beliebte. Was mich vielmehr davon überzeugte, daß der Täter ein Deutscher ist, das war die Gründlichkeit und die Systematik seines Vorgehens, die ich den Belgiern, Holländern, Serben, Italienern und was da sonst für Zeug im Betriebswerk herumwimmelt, nicht zutraue. Wenn der Kreis der Verdächtigen auch erheblich kleiner geworden war, so waren es immerhin noch eine ganze Anzahl von Personen, genau siebenundvierzig. Eine unauffällige Konfrontierung des Lokführers, der damals mit dem Saboteur ins Handgemenge geraten war, mit diesen siebenundvierzig Personen führte zu keinem Ergebnis. Durch weitere Nachforschungen und eingehende Verhöre schieden eine weitere Anzahl Personen aus, ich erwähne hier nur die beiden Arbeiter, die mit dem Ausschlacken der Lokomotiven beschäftigt sind und tatsächlich während der ganzen Nacht ununterbrochen zu tun haben und sich auch gegenseitig beobachten können, ferner den Heizer, der die Öfen des Kesselhauses beschickt, den Lokführer und den Heizer des Teckels, das heißt der Werkslokomotive, die ebenfalls eine gegenseitige Kontrolle ausüben, ferner entließ ich eine Anzahl Beamte, die bereits im Ruhestand gelebt, sich aber wieder freiwillig zur Verfügung gestellt haben, sowie einige zweifellos zuverlässige Parteigenossen aus dem Kreis der Verdächtigen. Durch diese deduktive Methode war die Zahl der Verdächtigen auf achtzehn gesunken, aber dann blieb sie konstant. So blieb mir nichts übrig, als diese achtzehn Personen einer genauen Überprüfung zu unterziehen, ich untersuchte ihre häuslichen Verhältnisse, unterhielt mich mit ihren Nachbarn und Hauswartsleuten und machte mich mitunter sogar mit ihnen direkt bekannt. So spitzte sich der Verdacht schließlich auf einige wenige Personen zu, aber Verdacht ist noch kein Beweis, und wenn ich auch ohne weiteres einen Haftbefehl gegen die sechs Personen, die ich letztlich als in Frage kommend betrachtete, erwirkt haben würde, so wäre vielleicht der wirkliche Täter unter ihnen gewesen, aber wir hätten die andere Bande nicht gefaßt, zu der er zweifellos gehört. Es würde zu weit führen, Sturmbannführer, wollte ich hier im einzelnen jedes Indiz anführen, das für die eine oder andere Person sprach, ich will nur so viel sagen, daß diese sechs Personen sämtlich Einzelgänger waren, die keine Familie hatten und von außerhalb stammten, zum Teil aus Gebieten, die im Augenblick für uns nicht erreichbar sind. Die Meldekarten der Polizeireviere waren vollkommen farblos und boten keinen Hinweis, nur fiel mir auf, daß einer von ihnen merkwürdig oft umgezogen war, er ist seit März neunzehnhundertzweiundvierzig in Berlin polizeilich gemeldet und in diesen drei Jahren nicht weniger als siebenmal umgezogen. Um nicht voreilig falsche Schlüsse zu ziehen, habe ich an allen sieben Voradressen Nachforschungen angestellt und dabei ermittelt, daß sein häufiger Wohnungswechsel nicht etwa erfolgte, weil er ausgebombt worden ist, wie man vielleicht annehmen könnte, er ist auch in sechs Fällen nicht vom Vermieter gekündigt worden, sondern hat das Zimmer selber aufgegeben. Er hat zwar überall einen guten Ruf hinterlassen, man schildert ihn als einen ruhigen, zurückhaltenden Mann, der nie Besuche empfangen hat, und man war höchst überrascht, als er eines Tages ohne jeden Grund das Zimmer aufkündigte. Ein paar Tage Observation führten zu keinem Ergebnis, wobei mir allerdings der allabendliche Fliegeralarm wiederholt einen Strich durch die Rechnung machte. Ich erwähne die Verdachtsmomente gegen die anderen fünf Personen nicht, sondern will hier nur aufzeigen, wie und weshalb ich auf … auf diese gewisse Person verfallen bin.

Als ich gestern nachmittag die Personalakten dieser sechs Personen wieder einmal in der Hand hatte und immer wieder durchblätterte, alles noch einmal genau überlas, um vielleicht doch noch aus einer ganz belanglosen Einzelheit einen Hinweis zu erhalten, da las ich auch, daß für diesen … diesen gewissen Mann für die Zeit vom sechzehnten Januar bis siebenten Februar eine Krankmeldung vorlag: behandelnder Arzt Doktor Walter Böttcher, Frankfurter Allee vierzehn, Diagnose: Sepsis. Dieser Doktor Böttcher ist uns ja kein Unbekannter, aber es liegt seit Jahren nichts gegen ihn vor, seine Konsultation durch den Betreffenden kann ein Zufall sein, denn er wohnt in der Nähe von Doktor Böttcher, nämlich in der Lebuser Straße. Andererseits könnte man natürlich auch argumentieren, daß der Betreffende absichtlich in der Nähe Doktor Böttchers wohnt, in dem er wahrscheinlich einen Gesinnungsgenossen hat. Nun, die eine Wahrscheinlichkeit ist soviel wert wie die andere.« Siering unterbricht sich, er hat sich in Eifer geredet, seine Wangen haben sich heftig gerötet, und in seine Augen ist der Blick eines Jagdhundes getreten, er fährt mit den Fingern der rechten Hand zwischen Uniformkragen und Hals, als sei ihm der Kragen plötzlich zu eng geworden.

»Sie erzählen gut«, sagt Wellenhöfer wohlwollend und nickt seinem Untergebenen zu, »Sie steigern sich wie ein Kriminalschriftsteller.«

Deiters bestätigt die Worte durch heftiges Kopfnicken, auch seine Spannung ist groß.

»Ich kam von der Krankmeldung nicht los«, fährt Siering schließlich fort, »immer wieder und wieder las ich sie, und dann durchfuhr es mich wie ein Blitz, ich holte mein Notizbuch hervor und überflog die Daten der Sabotageakte, und dann hatte ich es: in die Zeit vom sechzehnten Januar bis siebenten Februar fiel eine Woche mit der in Frage kommenden Schicht, nämlich der vom einundzwanzigsten bis siebenundzwanzigsten Januar, und in dieser Schicht hatte sich zum ersten Male seit Beginn der Sabotageakte nichts ereignet. Es war nun klar!« Siering atmet auf, als habe er sich von einer schweren Last befreit. »Aber ich wollte ganz sichergehen«, fährt er dann hastig fort. »Ich habe mir heute früh, als die Vermieterin des Betreffenden fortgegangen war, Eintritt in die Wohnung verschafft und eine Durchsuchung seines Zimmers vorgenommen. Ich muß sagen: der Mann ist ein absolutes Neutrum, nicht ein Stück Eigentum ist vorhanden, das Rückschlüsse auf seine Person zuläßt, nicht ein Wäschestück trägt ein Monogramm, kein Bild von Familienangehörigen ist vorhanden, absolut nichts, aber gerade diese völlige Neutralität hat den Schlußpunkt auf meinen Verdacht gesetzt: ich halte den Mann für einen Illegalen.«

»Und wie heißt der Mann?« fragt Wellenhöfer.

»Franz Adamek«, antwortet Siering.

»Donnerwetter«, fährt Deiters auf, »der Adamek? Kaum zu glauben, ein ruhiger, besonnener Mann, ein guter Arbeiter, es ist kaum zu glauben!«

Wellenhöfer ignoriert die Bemerkung völlig. »Franz Adamek?« sagt er. »Nie gehört. Liegt irgend etwas gegen ihn vor?«

»Nein«, antwortet Siering, »ich habe schon alle Fahndungslisten durchgesehen, aber der Name erscheint nirgends, braucht ja allerdings auch nicht sein richtiger zu sein.«

»Stimmt!« bestätigt Wellenhöfer. »Wenn der Verdacht richtig ist, daß der Mann illegal lebt, dann tut er es natürlich unter falschem Namen.«

»Ich traue mir schon zu, seinen richtigen Namen aus ihm herauszuholen«, sagt Siering. »Man könnte ...«

Wellenhöfer hebt die Hand. »Augenblick mal, Siering«, sagt er schnell, »bevor wir uns weiter unterhalten, will ich erst einmal den Herrn Deiters abfertigen.« Er wendet sich dem Oberinspektor zu. »Hören Sie genau hin, was ich Ihnen jetzt sage, Herr Deiters, Sie haften mir persönlich dafür, daß meine Weisungen genauestens ausgeführt werden. Der Adamek muß sofort versetzt werden, Sie werden ihm diese Versetzung durch eine x-beliebige dritte Person mitteilen lassen, denn Sie wissen schon zuviel, als daß Sie ihm das unbefangen sagen könnten, ich traue Ihnen kein schauspielerisches Talent zu.«

»Wie Sie wünschen«, sagt Deiters kleinlaut, »ich werde ihn ins Kesselhaus versetzen, da ist er ständig ...«

»Sie haben in dieser Sache gar keine Entschlüsse zu fassen«, unterbricht ihn Wellenhöfer schroff. »Schichtarbeit kommt für den Adamek nicht mehr in Frage, Sie werden ihn in eine Stopfkolonne stecken, ihn einem scharfen, zuverlässigen Rottenführer unterstellen, der ihn nicht aus den Augen läßt. Haben Sie mich verstanden?«

»Jawohl«, erwidert Deiters, »ich werde es so anordnen.«

»Ich bitte darum!« sagt Wellenhöfer, der scharfe Tonfall seiner Stimme straft seine Worte Lügen, denn nicht von Bitte, sondern von Befehl ist hier die Rede. »Und jetzt lassen Sie uns allein.«

Deiters sieht sich auf diese Weise verabschiedet, er erhebt sich, macht zu Wellenhöfer und Siering hin eine Verbeugung und hebt die Hand zum Hitler-Gruß, dann verläßt er das Zimmer.

Wellenhöfer blickt ihm finster nach. »Unzulängliches Menschenmaterial«, sagt er ärgerlich, »denen muß man alles genau vorkauen, wenn etwas klappen soll.« Sein Gesicht hellt sich auf, als er Siering anblickt. »Sie werden den Adamek weiter unter Aufsicht behalten, ich gebe Ihnen noch zwei gute Leute dazu. Ich lege Wert darauf, zu erfahren, mit wem dieser Adamek Umgang hat. Sie haben volle Handlungsfreiheit, Siering, Sie sind an nichts gebunden. Sie wissen, was das heißt?«

»Selbstverständlich, Sturmbannführer«, bestätigt Siering mit einem Kopfnicken und nestelt an seiner Jacke. »Hier ist noch ein Bild von Adamek, ich habe es den Personalakten des Betriebswerks entnommen.«

»Geben Sie her«, sagt Wellenhöfer und nimmt das Bild entgegen. Er zieht die Augenbrauen dicht zusammen und hält das Bild in weitem Abstand. »Diese Visage kenne ich doch«, sagt er langsam, »die kenne ich ganz bestimmt. Aber woher?«

»Das ist auch kein Alltagsgesicht«, bemerkt Siering.

»Eben darum«, bemerkt Wellenhöfer nachdenklich. »Verflucht noch mal, woher kenne ich den Strolch?«

Er sitzt für Sekunden unbeweglich da, nur seine Augen blinzeln unruhig.

Siering sitzt ganz still da, er hütet sich, die Konzentration seines Vorgesetzten zu stören.

Dann schlägt Wellenhöfer mit der Faust dröhnend auf den Tisch. »Jetzt weiß ich's«, sagt er laut. »Als ich in Sachsenhausen ein Kommando hatte, da ist mir das Aas schon untergekommen. Sein Name ist mir im Augenblick nicht geläufig, aber das werden wir gleich haben.« Er hebt den Hörer des Telefons und wählt auf der Nummernscheibe. »Archiv?« fragt er dann in die Muschel. »Hier Wellenhöfer. Ich benötige sofort die Liste der Häftlinge, die in den Jahren vierunddreißig bis sechsunddreißig in Sachsenhausen eingesessen haben.«

Er legt den Hörer wieder auf. »Ich kann mich genau auf den Kerl besinnen, war irgend so ein Gewerkschaftsfritze, einer von den radikalen«, sagt er zu Siering, in seiner Stimme schwingt eine gewisse Erregung, es ist die Spannung eines passionierten Jägers, der gutes Büchsenlicht hat und in dessen Schußfeld jeden Augenblick ein seltenes Wild treten kann. »Dieser Adamek, oder wie er sonst heißt, war einer von den Kerlen, die trotz aller Schläge nicht kleinzukriegen waren, in deren Fressen stets so ein verdammt überlegener Zug saß, daß in mir immer die heiße Wut hochkochte und ich auf sie eindrosch, wo ich nur konnte. Und trotz alledem habe ich diese Überlegenheit aus den Schweinen nicht herausprügeln können.«

»Kenne das, Sturmbannführer«, bestätigt Siering, »in diesen Hunden ist etwas, an das wir nicht herankönnen, weiß der Teufel, was das ist und woran das liegt. In Dachau kam mir einmal ein Pfaffe unter, der den Führer von der Kanzel herunter kritisiert hatte, ich stellte ihn vor mich hin und sagte ihm: ›Hör zu, Pfaffe! Jetzt sagst du ganz laut und deutlich ‚Heil Hitler!'‹ Der Pfaffe sah mich mit großen Augen unverwandt an, dann sagte er laut und deutlich: ›Gelobt sei Jesus Christus!‹ Warte, du schwarzes Aas, dachte ich, du wirst es schon noch lernen, und hieb ihm eins mit der Reitpeitsche quer über die Fresse, daß er gleich rote Striemen bekam. ›Du sollst ‚Heil Hitler' sagen‹ brüllte ich ihn an. Der Pfaffe stand unbeweglich da, nur seine feisten Backen wabbelten auf und ab, nicht einmal das Blut wischte er sich aus den Augen. ›Gelobt sei Jesus Christus!‹ wiederholte er laut und deutlich. Da hieb ich zum zweiten Male zu, forderte ihn abermals auf, und er antwortete wieder auf die gleiche Weise, und so ging das mindestens zwanzigmal, Heil Hitler und Gelobt sei Jesus Christus und dazwischen immer eins in die Fresse, bis das Schwein schließlich umkippte und verreckte, aber während er seinen pfäffischen Geist aufgab, brabbelte er immer noch sein ›Gelobt sei Jesus Christus‹. Ich muß ehrlich sagen, daß ich die Haltung des Kerls bewunderte, aber gerade das stachelte mich an und machte meine Wut nur um so größer.«

Wellenhöfer nickt. »Genau so ein Kerl war der Adamek«, sagt er, »ich ließ ihn die Latrinen mit den Händen ausräumen, er mußte die ss-Mannschaftsräume mit einem taschentuchgroßen Aufwischlappen blitzeblank scheuern, aber der überlegene Zug aus seinem Gesicht war nicht herauszubekommen. Die Visage dieses Kerls hat mich schließlich so gereizt, daß ich ihn eigenhändig auf den Bock geschnallt und ihm fünfundzwanzig übergezogen habe, daß es nur so knallte, aber das Aas hat nicht geschrien. Er ist dann ohnmächtig geworden, und als er durch eine kalte Dusche wieder auf die Beine gekommen war, da blickte er mich an, als wollte er sagen: Meinen Körper kannst du zerschlagen, meine Gesinnung nicht. Ich hätte das Aas bestimmt noch einmal totgeschlagen, aber ich wurde nach Buchenwald abkommandiert, das damals gerade eingerichtet wurde. Verflucht noch mal, und jetzt kommt der mir wieder unter, nur sein Name … Aber das werden wir gleich haben, da kommt wohl schon die Liste.«

Es klopft, ein ss-Mann tritt ein, grüßt, übergibt eine Liste, verschwindet.

Wellenhöfer schlägt die Liste auf und beginnt zu lesen. Es ist ganz still in dem Zimmer, nur das rasche Atmen Wellenhöfers und das Rascheln des Papiers ist vernehmbar. Siering sitzt gespannt da und verfolgt den Finger Wellenhöfers, der von Zeile zu Zeile wandert. Dann wird die Stille jäh unterbrochen. Wellenhöfer schleudert die Liste auf den Tisch, springt auf und schlägt seinem Untersturmführer heftig auf die Schulter.

»Sie haben einen großen Fang gemacht, Siering«, sagt er. »Was schert uns hier der kleine Saboteur aus Karlshorst, dieser Franz Adamek wird schon seit einundvierzig gesucht, er dürfte auch am zwanzigsten Juli beteiligt sein.«

»Wer ist er denn nun wirklich?« fragt Siering gespannt.

»Friedrich Wiegand heißt das Schwein!« antwortet Wellenhöfer triumphierend.

V

15. April, 10.00 Uhr

Die Berliner Stadtbahn ist ein Viadukt auf zahllosen gemauerten Bögen von elf Kilometer Länge, sie durchstößt in viergleisiger Spur den Kern der Stadt von Osten nach Westen. Die Häuser und Fabriken schieben sich dicht an sie heran, ihre rohen, rußgeschwärzten Brandmauern sind eine riesige Balustrade, in die an der Jannowitzbrücke, am Alexanderplatz, an der Börse, am Bahnhof Friedrichstraße, am Zoologischen Garten und am Savignyplatz Lücken geschlagen sind, durch die das Getriebe der Stadt in breiter Welle an den Viadukt schlägt. Nur zwischen den Bahnhöfen Tiergarten und Bellevue, beim Überqueren der Ost-West-Achse genannten Charlottenburger Chaussee, errafft der flüchtige Blick bedeutendere Einzelheiten, den Tiergarten, das Brandenburger Tor, die Siegessäule, die Charlottenburger Brücke, bevor die dunkle Schlucht der Brandmauern wieder über ihm zusammenschlägt.

Lassehn hat die S-Bahn am Schlesischen Bahnhof bestiegen, um nach Charlottenburg zu fahren.

Ein lähmendes Entsetzen packt ihn, denn er schaut in das entstellte Antlitz der Stadt und sieht rauchgeschwärzte Mauern, blinde Fensterhöhlen, verbogene Eisenträger, verkohltes Holz, Gebirge von Schutt, zerfetzte Oberleitungen, zersplitterte Bäume, aufgerissene Straßen.

Die Stadtbahn ist eine Geisterbahn, Berlin ein bewohntes Pompeji geworden, eine Stadt, die an vielen Stellen bereits verwest ist und an anderen aus frischen Wunden eitert.

Die beiden kantigen, klobigen Hochhäuser kurz vor der Einfahrt zum Bahnhof Alexanderplatz sind merkwürdigerweise stehen geblieben, ihre weißen Türme, früher prangend und leuchtend von Glas und Zement und schneeweißem Putz, sind jetzt wie schäbige Eleganz aus Pappe, Holz und schmutziggrauem

Zement. Kurz nach der Ausfahrt aus dem Bahnhof Alexanderplatz beginnt eine fast vollständige Zerstörung, sie erstreckt sich eigentlich bis Charlottenburg. Lassehn blickt in graue, dunkle Schluchten, sie sind versperrt durch eingestürzte Mauern, und der Parkplatz von langen Reihen zerstörter Autos, sie waren früher helle Straßen mit Balkonen, auf denen Geranien blühten, mit Lichtreklamen und Autos, die über glatten, spiegelblanken Asphalt glitten. Hinter dem Lehrter Bahnhof aber breitet sich die schaurige Einöde des ehemaligen Hansaviertels aus. In einer einzigen Nacht ist es vollständig ausgelöscht worden, loderte es in einem riesigen Flächenbrand unter einem tiefverhängten, regennassen Himmel auf.

Lassehn ist wie benommen.

In diesen 30 Minuten, die die Fahrt vom Schlesischen Bahnhof nach Charlottenburg dauert, wird ihm eigentlich zum ersten Male bewußt, daß diese Stadt seine Heimat ist, und er hat darin bisher nichts Bemerkenswertes gesehen, ihre Gaben als Selbstverständlichkeit hingenommen, als könnte es gar nicht anders sein. Jetzt sieht er ein, daß vieles unwiederbringlich verloren ist und, da das Ende des Krieges noch nicht abzusehen scheint, noch viel mehr in Schutt und Asche sinken wird.

Eine Frage brennt in ihm, und er kann die Antwort nicht finden. Was befähigt die Menschen, ein solches Dasein, das sie euphemistisch Leben nennen, zu erdulden und zu dulden? Ist es wirklich der Glaube an eine große Idee, an eine göttliche Vorsehung, der sie dazu befähigt? Oder ist es nur der eiserne Zwang, der jeden unbarmherzig zertritt, der sich ihm nicht fügt? Oder ist es nur die kleine Chance, gerade das eigene kleine Ich aus dem allgemeinen Chaos herauszuretten?

Lassehn mustert die Gesichter seiner Mitreisenden. Es sind müde, schlaffe Gesichter, in denen sich nur Hoffnungslosigkeit und Resignation spiegeln, aber es gibt auch harte, verbissene Gesichter, mit Falten und Kanten, aus denen kein unbeschwertes Lächeln mehr blühen kann. Er erinnert sich eines Artikels, den er kürzlich in der Zeitung gelesen und die er zufällig aufgehoben hat, er blickt noch einmal in die Gesichter und holt die Zeitung aus der Manteltasche, seine Augen gleiten über die Zeilen. Ja, da steht es:

»Wir sind ein Volk in Verteidigungsstellung geworden. Wir arbeiten, arbeiten und kämpfen, wandern und trecken, leiden und dulden, und das alles tun wir in einer stummen Würde. Keine Schwäche darf uns anwandeln, keine Sekunde dürfen wir wankelmütig werden. Wir müssen fest auf unseren Beinen stehenbleiben, auch wenn wir aus tausend Rissen und Schrammen bluten und der Körper unseres Volkes von ungezählten Wunden durchzogen ist. Sie werden später einmal unsere Ehrennarben sein. Die Nation wird dann für alle Zeiten das Gesicht des Kriegers tragen.«

Der das schrieb, ist nicht irgendein Schreiberling, nicht irgendein PK-Berichterstatter, der seiner lyrisch-kriegerischen Ader freien Lauf gelassen hat, nein, der Artikel ist von keinem Geringeren als von Dr. Joseph Goebbels geschrieben und am 11. Februar 1945 im ›Reich‹ unter der Überschrift ›Ein Volk in Verteidigungsstellung‹ erschienen.

Lassehn blickt immer wieder aufmerksam in die Gesichter, aber da ist nichts von stummer Würde, von der Ehre, die Wunden des Krieges empfangen und seine Narben tragen zu dürfen, von Stolz, einer Nation von Kriegern und nicht von gutgenährten, friedlichen Bleichgesichtern anzugehören. Er kann aus den Gesichtern nichts herauslesen als Verzweiflung und sturen Trotz, als ein widerwilliges Ducken vor einem Verhängnis, dessen Schatten sie bereits streift, als ein Hadern mit einem Schicksal, das sich nicht zwingen lassen will. Es schien einst so klar und eindeutig mit ihnen zu sein, der oft zitierte Sinn der Geschichte und die immer wieder beschworene Vorsehung schienen ihnen wirklich geneigt zu sein. Zwar war man mit diesem Krieg anfangs nicht einverstanden gewesen, tat das, was man für seine Pflicht hielt, aber Begeisterung war nicht aufgeflammt. Die Heeressäulen marschierten nicht wie 1914 singend, mit Musik und blumengeschmückt durch die Straßen zu den Bahnhöfen, die Frauen und Mädchen jubelten ihnen nicht wie damals zu, und in den Fenstern flatterten keine Fahnen, es war immerhin ein Krieg, der mit einem Überfall begann und zunächst wenig Resonanz fand. Nach dem Sieg über Polen aber begann man sich mit der

Tatsache des Krieges anzufreunden, und was vor und bei Beginn des Krieges nicht gelungen war und auch nicht gelingen konnte (weil alles heimlich und unterirdisch betrieben worden war und weil auch bei raffiniertester Verdrehung der Tatsachen kein Verteidigungskrieg daraus gemacht werden konnte), nämlich die Zustimmung und ein gewisses Maß an Begeisterung zu erzeugen, das trat ein, als Dänemark, Norwegen, Holland, Belgien, Frankreich, Jugoslawien und Griechenland fielen, der militärische und politische Erfolg den Führern des Reiches recht zu geben schien und überdies der reiche Segen aus den bezwungenen Ländern hereinströmte (nachdem die verführerische Scheinblüte der Vorkriegsjahre keinen Zweifel an der Richtigkeit der nationalsozialistischen Wirtschaftsführung gelassen hatte), da war man mit dem Krieg völlig einverstanden, da war er ihre Sache, da glaubte man plötzlich an sich selbst, und überdies gebot es die Klugheit, es mit dem Sieger zu halten.

Als dann der deutsche Heeresbann sogar bis Moskau vorstieß, ganz Europa niedergeworfen und Großbritannien eine abseits gelegene, der Ausradierung verfallene Insel zu sein schien, da schlossen sich auch die letzten Zögernden an, da war die Schar der Aufrechten nun hoffnungslos in die Minderheit geraten. Die große Masse des Volkes hielt es mit den Siegern, sie war durch eine gigantische Propaganda, die sich aller Mittel der Massenpsychologie und der Lüge bediente, völlig betäubt und gegen äußere Einflüsse immun geworden, sie war dadurch, daß sie schließlich mit einer Verbrecherbande gemeinsame Sache gemacht hatte, auf Gedeih und Verderb mit ihr verbunden, so fest an sie gekettet, daß deren Sturz auch ihr Sturz, die Vergeltung an jenen auch die Vergeltung an ihnen werden mußte, deshalb wurden alle Entscheidungen, die gegen sie fielen, nicht als Entscheidungen, sondern als Begleiterscheinungen oder Wechselspiel des Kriegsglücks und schließlich, als die Rückschläge zur Serie wurden, als unentrinnbares Schicksal angesehen. Deshalb ertrug man auch alle Rückschläge, die mit der Winterschlacht vor Moskau begannen, sich über Stalingrad, El Alamein und die Ausschaltung der U-Boot-Waffe fortsetzten, in den Landungen in Italien und Frankreich, dem Verlust der rumänischen Erdölgebiete und den Vorstößen bis Warschau, Aachen und Budapest kulminierten und schließlich bis an Elbe und Oder und zu gewaltigen täglichen Luftangriffen auf das Reich führten.

Das ist die Situation dieser Apriltage. Trotzdem sich alle Voraussagen als falsch erwiesen haben, trotz aller gegenteiligen Versicherungen und immer wieder getäuschten Hoffnungen, obwohl die materielle Überlegenheit der Gegner eigentlich zu evident ist, als daß sie noch übersehen werden könnte, und ihre Strategie das Reich mit tödlicher Sicherheit immer enger zusammenpreßt, will die große Masse des Volkes noch immer nicht an eine Niederlage und einen Untergang glauben. Jedes optimistische Wort von Goebbels im ›Reich‹, jedes von oben her inspirierte und mit gewichtiger Miene geflüsterte Gerücht wird gierig aufgenommen, auch jetzt noch, da man an den Endpunkten der Vorortbahnen in Erkner, Strausberg und Königs Wusterhausen bei einigermaßen günstigem Winde den Kanonendonner der Ostfront vernehmen kann. Auf welche Motive gründet sich dieser fast schon groteske Glaube? Ist er nur in der Angst vor dem Bolschewismus und den westlichen Demokratien begründet?

Lassehn mustert immer wieder die Gesichter um sich herum, aber er kann aus ihnen nichts herauslesen, die Gesichter sind nicht nur hart, sie sind auch verhärtet.

In Charlottenburg verläßt Lassehn die S-Bahn. Der Bahnhof ist nur noch ein Wrack, das Dach ist abgedeckt und reckt die verbogenen Eisenträger in die Luft, die Aufbauten des Bahnsteigs sind zertrümmert, die Wartesäle ausgebrannt und eingestürzt, der ganze Betrieb ist auf Improvisation eingestellt, und rings um den Bahnhof steht eine schaurige Kulisse von zerstörten Häusern.

Lassehn überquert den Stuttgarter Platz, auf dem das Leben erstorben scheint, und geht wie benommen in die Kaiser-Friedrich-Straße hinein. Verwahrloste Kinder klettern mit wildem Geschrei über die Schutthalden und in den Sprengtrichtern, auf Mauerresten und Barrikaden gewandt wie Bergziegen, die Farben der toten Stadt, das Schwarz der Brände und das Rot des Rostes, sind ihnen vertraut, und es kümmert sie nicht, daß Tränen und Blut, Flüche und Gebete über den Ruinenfeldern hängen. Der Krieg, den wir bisher in fremde Länder getragen haben, denkt er, ist diesmal wie ein Bumerang gegen uns gekehrt und hat zurückgeschlagen, er läßt uns für Warschau, Rotterdam, Coventry entgelten. Furchtbare Logik einer rächenden Gerechtigkeit!

Dann steht er vor einem Hause. Wohnte hier nicht seine Frau? Das weiße Schild mit der Nummer ist von einem Sprengstück getroffen und unkenntlich geworden, die Nebenhäuser sind zerstört. Lassehn ist noch im Zweifel. War damals eine Buchhandlung im Hause? Er weiß es nicht mehr, er hat ja nur eine Woche hier gewohnt, schließlich entschließt er sich, hineinzugehen. Als er die Tür öffnen will und eben die Hand auf die Klinke legt, wird sie von innen aufgedrückt und heftig aufgestoßen. Lassehn weicht rasch einen Schritt zurück.

Eine Dame tritt aus der Tür, sie streift Lassehn mit einem flüchtigen Blick und murmelt eine Entschuldigung, dann geht sie an ihm vorbei: Lassehn bleibt wie gelähmt stehen, es hat ihn wie ein elektrischer Schlag durchfahren. War das nicht Irmgard, seine Frau? Er muß alle Kraft zusammennehmen, um den Kopf zu wenden und der Dame nachzublicken. Die Figur kommt ihm bekannt vor, aber es gibt Zehntausende von Frauen und Mädchen in Berlin, die ihr gleichen. Und ihr Gang? Nein, ihren Gang kennt Lassehn nicht, er ist stets nur neben seiner Frau gegangen, es hat sich nie die Gelegenheit ergeben, daß sie vor ihm ging, es gibt überhaupt keine Einzelheit, die ihm deutlich in Erinnerung geblieben ist. Würde Lassehn aufgefordert, zu beschwören, daß die Dame, mit der er am 15. April 1945 um 11 Uhr vormittags im Tor des Hauses Kaiser-Friedrich-Straße 46 zusammengetroffen ist, seine Frau gewesen ist, er könnte diesen Eid nicht leisten. Sie hat eine gewisse Ähnlichkeit mit dem Bilde, das er noch unklar in seiner Erinnerung aufbewahrt, eine gewisse Ähnlichkeit, mehr nicht. Hat das seine Ursache in seinem mangelhaften Erinnerungsvermögen oder hat sich seine Frau so verändert, daß er die Identität zwischen Erinnerung und Wirklichkeit nicht mehr herzustellen vermag?

Lassehn schüttelt die Starre ab und betritt den dunklen Hausflur, in den kein Schimmer eines Lichtes fällt, das Fenster der

Haustür ist mit Brettern vernagelt, und die Nachtbeleuchtung funktioniert nicht, er tastet sich an eine Tür heran, deren Milchglasscheibe einen Schimmer Licht in das Dunkel des Flures entläßt, und klopft. Es ist zufällig die Tür der Pförtnerloge.

Eine kleine untersetzte Frau öffnet. »Ja, wat is denn?« fragt sie, sie behält die Klinke in der Hand und scheint entschlossen, den Klopfer kurz abzufertigen.

»Entschuldigen Sie«, sagt Lassehn, »wohnt hier im Hause noch Frau Lassehn?«

»Wie heißt die Frau?« fragt die Portiersfrau zurück.

»Lassehn«, erwidert Lassehn.

»Wohnt hier nich«, sagt die Frau.

Lassehn lächelt überlegen. »Wenn sie hier nicht mehr wohnt«, sagt er nachsichtig, »dann hat sie aber früher hier gewohnt, mindestens bis September dreiundvierzig.«

»Nee, nee, junger Mann«, sagt die Frau entschieden, »da irr'n Se sich bestimmt, ick bin hier seit zwanzich Jahr'n Portiersfrau, ick kenn' meine Mieter janz jenau. Wie war der Name? Buchstabier'n Se doch mal.«

»Lassehn«, antwortet Lassehn. »El–a–es–es–e–ha–en.«

»Nie jehört«, sagt die Frau bestimmt, »hat bestimmt nie hier jewohnt.«

»Aber liebe Frau ...« – Lassehn blickt nach dem Türschild, auf das gerade vom Fenster her ein Sonnenstrahl trifft – »aber liebe Frau Buschkamp, Frau Lassehn hat bestimmt hier gewohnt oder wohnt sogar noch hier. Ich habe doch selbst ...« Er hält inne, irgend etwas hemmt seine Zunge, warnt ihn, sein Inkognito aufzugeben.

»Wat haben Se?« fragt die Frau schnell.

»Ich habe sie selbst hier einmal besucht«, ergänzt Lassehn den angefangenen Satz. »Ich weiß nur nicht mehr ...«

Frau Buschkamp blickt ihn aufmerksam an. »Wie alt is se denn, diese Frau Lassehn?«

»Dreiundzwanzig«, antwortet Lassehn.

»Hab' ick hier nich, 'ne Frau von dreiundzwanzich Jahr'n«, sagt Frau Buschkamp entschieden. »Bei wen soll die hier denn jewohnt hab'n?«

»Im Vorderhaus«, erwidert Lassehn, bei ihrer Tante, einer Frau … irgend etwas mit Meyer.«

Frau Buschkamp läßt die Klinke los und öffnet die Tür etwas weiter.

»Komm' Se mal rin, junger Mann«, sagt sie freundlich, »die Sache int'ressiert mir. Da is 'n Stuhl«, fährt sie fort, »Se seh'n mir ooch nich jerade aus, als ob Ihn'n det Steh'n Vajnüjen macht.«

Lassehn dankt und läßt sich schwerfällig nieder.

»Jetzt woll'n wa den Fall Lassehn mit de Tante Meyer mal beschnarchen«, sagt Frau Buschkamp gemütlich, »det int'ressiert mir direkt, wo ick hier doch alle kenne. Hier jeht kaum eener raus und rin, den ick nich kenne. Aber Lassehn? Is nich, junger Mann, nie jehört, in mein Haus nich.«

»Aber ich weiß doch bestimmt …«, wendet Lassehn ein. »Irmgard heißt sie mit Vornamen.«

»Irmgard?« sagt Frau Buschkamp nachdenklich. »Mensch, Meyer«, schreit sie dann los und lacht laut auf. »Sie mein' die Irma Niedermeyer, klar, die kenn' ick, die is jerade aus'm Haus, Se mißten ihr eijentlich noch jetroff'n hab'n. Eben is se raus!«

Lassehn ist wie gelähmt, ihm ist, als presse ihm eine eiserne Hand die Brust zusammen. Also ist die Dame, mit der er vor wenigen Minuten an der Haustür zusammengetroffen ist, doch seine Frau gewesen! Sie hat ihn nicht erkannt! Sie hat einen Herzschlag lang vor ihm gestanden, eine flüchtige Entschuldigung gemurmelt, ihr Blick hat ihn gestreift, und sie hat ihn nicht erkannt, kein Fünkchen des Erkennens ist in ihr aufgezuckt. Lassehn verbirgt seine Bestürzung hinter einem zustimmenden Lächeln.

»Ja«, sagt er und bemüht sich, seiner Stimme einen gleichgültigen Klang zu geben, »Irmgard Lassehn geborene Niedermeyer, das ist die Dame.

»Irmgard Lassehn jebor'ne Niedermeyer?« wiederholt Frau Buschkamp erstaunt. »Mensch, stimmt ja«, fügt sie dann hinzu und schlägt sich mit der flachen Hand gegen die Stirn, »die Irma hat ja jeheirat', war so wohl Mitte dreiundvierzich, det hab' ick janz vajessen. Is ja ooch keen Wunder …«

»Was ist kein Wunder?« erkundigt sich Lassehn.

»Na, Mensch, det is doch kene Ehe«, sagt Frau Buschkamp verächtlich und schüttelt energisch den Kopf. »Kommt 'n Soldate uff Urlaub, lacht sich 'n Meechen an und jeht mit ihr in't Bette, und damit det Kind 'n Namen hat, wird jeheirat'.«

»Ein Kind?« fragt Lassehn.

»Na, ick meente man bloß so«, sagt Frau Buschkamp, »is doch so 'ne Redensart. Det is so 'ne janz moderne Ehe, so uff de Schnelle, janz unvabindlich, Umtausch jestattet, keener weeß wat vom andern, aber jeheirat' wird, imma hinein, der Führer braucht Soldaten. Jott, wie jroß is dein Tierreich, die Duslich'n wer'n nich alle.«

»Erlauben Sie mal ...«, protestiert Lassehn, er fühlt sich getroffen und möchte dieser einfachen Frau am liebsten die Gründe für seine Heirat auseinandersetzen, aber dann besinnt er sich schnell. Er hat für ein paar Augenblicke vergessen, daß er ein Deserteur ist, der nicht aus dem Schatten treten darf.

»Hab ick Ihn'n uff'n Schlips jetret'n?« fragt Frau Buschkamp und blickt Lassehn aufmerksam an. »Wer sind Se denn iebahaupt, junger Mann?«

»Mein Name ist Kempner«, antwortet Lassehn, »ich bin ein Freund von Herrn Lassehn, das heißt eigentlich nur ein Bekannter, ich wollte einmal sehen ...«

»Moment mal«, unterbricht ihn Frau Buschkamp, »de Musike wird wieder so leise.« Sie lauscht ins Nebenzimmer. »Det jibt jleich wieda 'ne Luftlagemeldung. So een Scheib'nkleister, man kommt zu janischt mehr ... ›Achtung, Achtung, wir geben eine Luftlagemeldung. Starker Verband feindlicher Flugzeuge über der mittleren Nordsee im Anflug auf Schleswig-Holstein. Ich wiederhole ...‹«

»Na, denn woll'n wa mal langsam allet fertich mach'n«, meint Frau Buschkamp und blickt auf die Straße, »de Bunkerdivision is schon untawejens.«

Lassehn ist betroffen, er erinnert sich an Kloses Worte, daß öffentliche Schutzräume jetzt laufend scharf kontrolliert werden. Er hat zwar noch sein Soldbuch, aber keinen Urlaubsschein, außerdem trägt er keine Uniform, jede Wehrmachts- oder Gestapostreife kann ihm zum Verhängnis werden. »Wo kann man denn bei Alarm hier unterkommen?« erkundigt er sich.

»Im Bahnhof is een öffentlicha Luftschutzraum, aber da lass'n se een' nur mit Fahrkarte rin«, antwortet Frau Buschkamp, »aber hier 'n paar Häuser weita ieba de Pestalozzistraße driebawech is ooch eener. Na, noch is ja nich so weit.«

»Wo gehen *Sie* denn hin?« fragt Lassehn.

»Ick bleib' hier in mein'n Haus«, antwortet Frau Buschkamp stolz, »de olle Buschkampen läßt ihr Haus nich alleene, wo so ville alte Leute sind. Det wär' ja noch scheener.«

Lassehn hört mit interessierter Miene zu, aber ihn geht das alles nichts an. Die Situation, in die er geraten ist, indem er sich selbst verleugnet hat, und die Tatsache, daß seine Frau an ihm wie an einem Fremden vorübergegangen ist, reizen ihn, es ist die vielleicht einmalige Gelegenheit, von einem unbefangenen Menschen etwas über seine Frau und – über sich selbst zu erfahren. »Um noch einmal darauf zurückzukommen, Frau Buschkamp«, beginnt er wieder, »Sie deuteten vorhin an, daß Frau Lassehn und ihr Mann sich nur ganz kurze Zeit kannten ...«

»Jawohl, jenau so war't«, erwidert die Portiersfrau. »Se miss'n schon entschuld'jen, wenn ick bei de Untahaltung 'n bisken rumkrame, aba ick muß alles fertich hab'n wenn't tutet.«

»Sie kennen Frau Lassehn schon lange?« fragt Lassehn.

»Lange? Wie man't nimmt, seitdem se hier in't Haus wohnt, so Sticker sechs, sieb'n Jahre«, erwidert Frau Buschkamp. »Is 'n hibschet Meechen, allet wat recht is, aber sonst ...« Sie macht eine abwehrende Gebärde, während sie einen Mantel aus dem Schrank nimmt und ihn griffbereit an einen Haken hängt.

»Wie meinen Sie das?« fragt Lassehn gespannt.

Frau Buschkamp dreht sich mit einem Ruck herum. »Woll'n Se mir ausfrag'n, junger Mann?«

Lassehn lacht gezwungen. »Aber keine Spur, liebe Frau Buschkamp«, versichert er, »ich frage halt so, ohne besondere Absicht.« Frau Buschkamp kneift die Augen zusammen. »Ohne besondre Absicht?« fragt sie ungläubig. »Wer't jloobt, wird seelich. Aber wat ick sage, kann ick ooch vaantwort'n, da brauch' ick meene Worte janich uff de Joldwaage zu leg'n, aba ick will ooch wiss'n, wer derjenichte is, der mir fragt. De olle Buschkampen is nich doof, mein Lieba, da miss'n Se frieher uffsteh'n, wenn Se mir besabbern woll'n.«

»Ich sagte Ihnen doch schon, mein Name ist Kempner«, antwortet Lassehn, »ich bin ein flüchtiger Bekannter von Lassehn. Und da ich hier gerade einmal in der Nähe bin …«

»Ob Se mir nun sag'n, det Se Kempner oder Schulze oder Müller heeß'n«, sagt die alte Frau energisch, »det is jehupft wie jesprung'n, der Name will janischt besag'n. Se dricken sich reichlich unklar aus, junger Mann. Sind Se valleicht von 'ne Auskunftei?«

Diese Verdächtigung ist so überraschend, daß Lassehn zuerst ganz verblüfft ist, aber dann lacht er befreit auf. »Auskunftei?« sagt er lächelnd. »Aber nicht doch, es ist nur persönliches Interesse …« Frau Buschkamp geht einen Schritt auf Lassehn zu und blickt ihn fest an. »Erst is der Lassehn ein Freund von Ihn', dann is er 'n flüchtjer Bekannter, un jetzt is et persönliches Int'resse«, sagt sie und schüttelt energisch den Kopf, »det paßt doch nich zusamm'. Oda sind Se valleicht scharf uff de Irma?«

Lassehn macht eine abwehrende Handbewegung. »Sie irren sich, Frau Buschkamp.«

Frau Buschkamp kneift verschmitzt ein Auge zu. »Na, na, junger Mann«, meint sie gutmütig. »Na, mir jehts ja nischt an, aber Se hätt'n bei ihr keene Chancen.«

Lassehn muß an sich halten, um nicht erleichtert aufzuatmen. »Sie ist ihrem Mann also treu?« fragt er.

Frau Buschkamp zuckt die Achseln. »Det weeß ick doch nich«, antwortet sie. »Se hab'n mir falsch vastand'n, ick meente, *Sie* hab'n bei ihr keene Chancen.«

»Weshalb denn nicht?« fragt Lassehn betroffen.

»Da mißt'n Se schon anders ausseh'n, meint Frau Buschkamp, »tip-top in Schale sind, wie 'n Kavalier aus 'n Modenblatt oder besser noch in 'ne schnieke Offiziersuniform. Die Irma is etepetete! Die … Au Backe, de Musike is schon wieda wech.«

Im Lautsprecher ist die Musik abgeblendet, nach einigen Sekunden bangen Schweigens, in dem nur das eintönige Summen des Stromes zu vernehmen ist, meldet sich der Sprecher.

»Achtung, Achtung, wir geben eine Luftlagemeldung. Der im Anflug auf Schleswig-Holstein gemeldete Kampfverband über und im Anflug auf Nordwestdeutschland. Weiterer Kampfverband im Anflug auf Niederösterreich. Ich wiederhole ...«

Frau Buschkamp legt eine Umhängetasche, eine Gasmaske und einen Stahlhelm bereit. »Det wird wieda richtich«, sagt sie ernst. »Hau'n Se man rechtzeitig ab, Herr Kempner, det Se bei Alarm zehause sind. Wo woh'n Se denn?«

»Am Schlesischen Bahnhof«, erwidert Lassehn. »Ob ich das noch schaffe?«

»Wenn Se Jlick hab'n«, sagt Frau Buschkamp. »Aber Se wollt'n doch bei Niedermeyers een' Besuch mach'n? Is ja schließlich ejal, wo Se in' Keller hocken.«

»Wenn Frau Lassehn doch eben fortgegangen ist ...«, wendet Lassehn ein.

»Kiek mal eener an«, sagt Frau Buschkamp und stemmt die Arme in die Hüften. »Ick sage ja, Se sind scharf uff de Irma. Nach ihm fragen Se janich?«

»Ja, natürlich, wo ... wo ist denn Herr Lassehn?« fragt Lassehn stotternd.

Frau Buschkamp kichert, es klingt wie der Schrei eines Hähers. »Is man jut, det Ihn' *die* Frage noch injefall'n is. Det wiss'n Se also ooch nich? Der ... ick vajeß den Namen imma wieda ... also der Mann von der Irma is doch Soldate, war in't Lazarett, irj'ndwo in Oberschlesien, weeß Jott, wo der jetzt 'rumwimmelt, de Irma hat schon seit'n paar Monat'n keene Post von ihm.«

»Wann war denn Herr Lassehn zum letzten Male auf Urlaub?« fragt Lassehn. Er möchte gern eingehendere Fragen stellen, aber er hat nicht den Mut dazu, er fürchtet den scharfen Blick und die flinke Zunge der resoluten Frau.

»Uff Urlaub? Ick vasteh' immer uff Urlaub!« sagt Frau Buschkamp. »Noch janich, der junge Ehemann hat damals acht Tage bei seine junge Frau jeschlaf'n, und seitdem is zappenduster. Ooch 'ne Ehe! Beriechen sich kaum und jleich wird jeheirat', Hundehochzeit nenn ick so wat. Nanu, tutet det schon? Ach nee, war bloß 'ne Straßenbahn, man is schon halbvarrickt, bei jedet Jeräusch zuckt man zesamm'.«

Lassehn nickt ein paarmal. Er weiß nicht, wie er die Fragen, die aus ihm herausdrängen wollen, anbringen soll, ohne sich verdächtig zu machen.

»War ibrijens 'n netter junger Mann, der von de Irma, hab'n ja nur zwei- oder dreimal jeseh'n«, fährt Frau Buschkamp fort, »hipschet Kerlchen, 'n bisken weich, hat eij'ntlich nich zu de Irma jepaßt.«

»So?« wirft Lassehn ein. Eine sonderbare Spannung hat ihn befallen, ihm ist, als spräche durch den Mund dieser einfachen Frau ein objektiver Richter seinen Urteilsspruch.

»Ick hab' mir ja damals sehr jewundert«, fährt Frau Buschkamp fort, »als de Irma damals mit den Jingling ankam. Vasteh'n Se mir recht, Herr Kempner, ick fand den jung'n Mann sehr nett, aber zu de Irma hat er nich jepaßt, für die war der eij'ntlich zu schade.«

»Weshalb eigentlich?« fragt Lassehn betroffen. »Ich hatte vielmehr den Eindruck ...«

»Ach wat«, schneidet ihm Frau Buschkamp das Wort ab, »Sie sind ja ooch noch 'n halber Knabe, wat vasteh'n Se denn von solche Sach'n? Seh'n Se mal, de Irma is een selbstbewußtet Meechen, die weeß jenau, wat se will, die braucht 'n Mann, der mind'stens zehn Jahre älter is, der ihr in jede Beziehung wat vormach'n kann, vasteh'n Se, in *jede* Beziehung. Und der ... Na, wie heeßt er denn noch ...«

»Lassehn«, hilft Lassehn aus.

»Richtich«, fällt Frau Buschkamp ein, »und der Lassehn war det richt'je Medium for se, mit den konnt' se bestimmt mach'n, wat se wollte. Als se mit den det erstemal hier ankam, da stand ick jrade vor de Hausdiere und ärjerte mir über de Jör'n. Na, und als ick den sah, wie er mit de Irma untajehakt ankam, da dacht ick mir: Wat bringt die denn da for'n Kerlchen an? Der sieht ja aus, als hätt' er noch nie mit'n Meechen jeschlaf'n.«

Lassehn erschrickt vor dem hellsichtigen Blick dieser Frau.

»Ick hätt' mir ja janischt weiter jedacht, wenn se den nur einmal mit in't Bette jenomm' hätte, wollt' se valleicht mal probier'n, wie so eener ... Na ja, Se vasteh'n mir schon. Aber det se den jeheirat' hat, det vasteh' ick heute noch nich, und ick freß 'n Besen, wenn se dafier nich ihre janz besond'ren Jrinde jehabt hat.«

Lassehn hält den Atem an vor Spannung, ihm wird bewußt, daß diese fremde Frau viel mehr von seiner Frau weiß als er. Gedanken, die oft eine warnende Stimme erheben wollten, jedoch stets beschwichtigt worden sind, nehmen nun Gestalt an, aber er hat ja jetzt keine Muße, sie Stück für Stück eingehend zu betrachten und sie miteinander in Beziehung zu setzen. Die Stimme dieser fremden Frau, die jetzt richtig ins Reden gekommen ist und sich nun anscheinend ganz abspulen muß, läßt ihm keine Zeit, weil sie mit jedem Satze neue Perspektiven aufspringen läßt, die vordem noch ganz versteckt gelegen und sich durch keine Ahnung angekündigt haben.

»Ick muß sag'n, mir hat der Junge leid jetan«, fährt Frau Buschkamp unbeirrt fort, »der hat sich valleicht mit sein janzet Jefiel rinjekniet, und als de acht Tage vorbei war'n, da hat er weeche Knie jehabt, aba sonst ooch nischt. Wiss'n Se, Herr Kempner, ick bin 'ne olle, einfache Frau, aber mit Oogen im Koppe und mit'm Herz uff'n richt'jen Fleck. Wenn ick die beeden jeseh'n hab', dann kam mir der junge Mann imma vor, als ob de Irma ihn nur neb'n sich jeduld't hat. Ja, als se noch mit den ander'n jing, mit den Fliejerhauptmann, da war se janz weg von Liebe, da hat se mit de Oogen jebimmelt und jehimmelt, den wär' se am liebsten in de Hose jekroch'n ...«

Lassehn ist, als greife eine eiskalte Hand nach seinem Herzen und presse es mit Knochenfingern zusammen, die Stimme der Frau kommt von ganz weit her, er kann keinen zusammenhängenden Gedanken fassen, in seinem Gehirn ist es abwechselnd übervoll von Gedanken und dann wieder ganz leer, er steht auf und blickt aus dem Fenster, er fühlt, daß er bleich bis in die Haarwurzeln geworden ist, aber er will es die Frau nicht sehen lassen, er beißt die Zähne fest zusammen, um den Fragen zu wehren, die jetzt aus ihm herausquellen wollen, und es gelingt ihm, sie zurückzuhalten. Nur ein heiseres Röcheln zieht durch seine Zähne, er überdeckt es mit einem künstlichen Husten.

»Na ja, wo de Liebe hinfällt«, spricht Frau Buschkamp weiter.

Lassehn hat sich jetzt so weit gefaßt, daß er mit ruhiger Stimme eine Frage stellen kann, aber er bleibt noch abgewandt, weil er die Muskeln seines Gesichts nicht in der Gewalt hat. »War die

Frau Lassehn oder vielmehr das damalige Fräulein Niedermeyer mit dem Fliegerhauptmann verlobt?« fragt er.

»Valobt? Nee, 'n Ring hat se nie jetrag'n«, antwortet Frau Buschkamp, »aber mechtich vaknallt war se in den, wa ja 'n jroßer, scheener Kerl, een richt'jer Mann. Sehn Se, und det vasteh ick eben nich, det se nu jrade kurz danach det Jej'nteil heirat', so'n niedlich'n Jingling, den se erst anlern'n muß. Und deswej'n behaupt ick ooch imma wieda, det de Irma een' janz bestimmt'n Jrund jehabt hab'n muß, det se sich sofort 'n andern anjeschafft und sich sojar mit'n vaheirat' hat.«

»Wie meinen Sie das, Frau Buschkamp?« fragt Lassehn, er krallt die Hände fest ineinander, um an sich zu halten. »Ist denn der Fliegerhauptmann ...«

»... wegjeblieb'n, janz eenfach wegjeblieb'n«, ergänzt Frau Buschkamp, »jibt noch mehr hibsche Meechens in Berlin, die woll'n alle noch schnell von de Liebe kost'n, bevor se 'ne Bombe uff'n Kopp kriej'n. Det is nich mehr wie frieher, det de Meechens sich sowat lange überlej'n. Wo se jede Stunde damit rech'n miss'n, det det wunderscheene Leb'n in Hitlers dritt'n Jottesreich kann aus sind, da woll'n se rasch noch mal Frau jewesen sind, und wenn't ooch nur 'n janz kurzet Jlick zwischen zwee Alarme is. Scheen weit sin wir jekomm'.«

Lassehn hat sich wieder umgedreht und nickt ein paarmal, um seine Zustimmung anzudeuten, aber ihn interessieren im Augenblicke keine allgemeinen Betrachtungen, seine Aufmerksamkeit ist auf ein ganz besonderes Thema gerichtet, das sich nun auf einen ganz bestimmten Punkt zuspitzt, den er jetzt mit einer Frage angehen muß, ganz gleich, was daraus wird. Er sammelt all seine innere Kraft und bemüht sich gleichzeitig, sein Gesicht in gleichgültige Falten zu legen. Die Frage würgt ihn im Halse, sie nimmt ihm den Atem, sie steigt wie ein Geiser aus ihm heraus, nichts kann sie mehr aufhalten.

»Und aus welchen Gründen, Frau Buschkamp«, spricht er ganz langsam, ganz betont nebensächlich, weil er so die Unsicherheit seiner Stimme am besten unterdrücken kann, »meinen Sie, hat das Fräulein Niedermeyer den Lassehn geheiratet, obwohl ihr die Liebe für den anderen noch im Herzen saß?«

»Scheen hab'n Se det jesagt, junger Mann«, meint Frau Buschkamp, »hätte der olle Joethe ooch nich besser ausdrick'n kenn'. Ja, so fragt man Leute aus, und nachher heeßt't, de olle Buschkampen hat det jesagt. Jetz kommt's, Herr Kempner, de neechste Luftlagemeldung.«

Die Musik, die ununterbrochen an Lassehns Ohr vorübergeglitten und gar nicht mehr wahrgenommen worden ist, ist wieder unterbrochen. Dann tönt die fettige Stimme des Ansagers:

»Achtung, Achtung, wir geben eine Luftlagemeldung. Der im Anflug auf Nordwestdeutschland gemeldete starke Kampfverband jetzt im Anflug auf den Raum Hannover–Braunschweig. Kampfverband über Niederösterreich im Abflug nach Süden. Ein weiterer Kampfverband im Anflug auf Westdeutschland. Ich wiederhole ...«

»Na, denn is't bald soweit«, sagt Frau Buschkamp. »Da, kiek'n Se mal aus't Fenster, wie se nach de Bunker renn'. Wenn det Radio Nordwestdeutschland sagt, sind se halb und wenn et Hannover–Braunschweig sagt, sind se janz varrickt.«

»Und was sind Sie bei Alarm?« fragt Lassehn.

»Leichen uff Urlaub, die bei'n Totenjräba uff de Schippe sitz'n«, fährt Frau Buschkamp fort. »Wie die det aushalt'n ...«

»Nun, Sie halten es doch aus«, wendet Lassehn ein.

»Ick bin 'ne olle Frau«, antwortet Frau Buschkamp, »mir schmeißt nischt mehr um, ick halt' mein Leb'n ooch janich fier so wertvoll, aber die jung'n Frau'n mit de kleen' Kinder, und in de Wirtschaft soll ooch noch allet schnieke sind wie im Fried'n, die jeh'n kaputt dabei. Und ob Se't jloob'n oder nich: die fein' Damens hier in unsre Jejend, die schimpf'n uff de Amerikaner und de Engländer, det se't wag'n, Bomben uff uns ruffzeschmeiß'n. De Nazis sind nicht schuld, iwo, und der Fiehrer wird't den schon noch zeij'n.« Frau Buschkamp unterbricht sich. »Mensch, der Kuckuck!«

»Wie bitte?« fragt Lassehn. »Der Kuckuck? Was für ein Kukkuck?«

Frau Buschkamp sieht ihn fassunglos an. »Sie wiss'n nich, wat det bedeut'?«

»Ich bin erst gestern in Berlin angekommen«, entschuldigt sich Lassehn, »daher meine Unkenntnis.«

»Mit Ihn' stimmt doch wat nich, junger Mann«, sagt Frau Buschkamp und kneift die Augen zusammen, »aber jetzt hab' ick keene Zeit, Ihn'n uff'n Zahn ze fiehl'n. Sehn'se, der Flaksender jeht ooch schon.«

Drei Töne klingen jetzt aus dem Lautsprecher, immer dieselben drei Töne: es ist der gefürchtete Dreiklang des Todes. Und dann meldet sich eine andere Stimme, nicht mehr die routinierte Stimme des Rundfunksprechers, sondern die harte, abgehackte Stimme eines Offiziers.

»Achtung, Achtung, Gefechtsstand der Flakdivision Berlin. Wir geben Meldungen zur Luftlage. Die Spitzen des starken Verbandes feindlicher Kampfflugzeuge befinden sich jetzt mit Ostkurs im Raume Magdeburg–Stendal. Die Masse des feindlichen Verbandes folgt in den Räumen zwischen Magdeburg–Braunschweig und Hannover–Braunschweig. Für das westliche Vorfeld der Reichshauptstadt wird öffentliche Luftwarnung gegeben.«

»Da hab'n wa den Salat«, sagt Frau Buschkamp wütend.

Lassehn hat sich vorübergehend von der Frage, die in ihm brennt, abdrängen lassen, aber jetzt stößt er wieder zu ihr vor. »Sie wollten mir noch eine Frage beantworten, Frau Buschkamp«, erinnert er.

»So, wollt' ick det?« fragt Frau Buschkamp zurück.

»Jawohl«, sagt Lassehn bestimmt, »nämlich die Frage, weshalb das Fräulein Niedermeyer, die Irma, wie Sie sie nennen, so überraschend den jungen Lassehn geheiratet hat, Sie deuteten vorhin an, daß Sie die Gründe hierfür ahnten.«

Frau Buschkamp geht ganz dicht an Lassehn heran, der hinter einem Stuhl steht und dessen Lehne fest umkrampft. »Det is 'ne Jewissensfrage, Herr Kempner, und Ihr Int'resse is sehr weitjeh'nd. Aber da Se 'n Freund von den Lassehn sein woll'n, will ick't Ihn' sag'n, damit Se den Jung'n Bescheid jeb'n kenn'. Ick wasch doch für die Niedermeyers ooch de Wäsche, und da is mir damals uffjefall'n, det een janz bestimmtet Wäschestick von de Irma ein paarmal jefehlt hat. Vasteh'n Se mir?«

Lassehn sieht Frau Buschkamp verständnislos an. »Ehrlich

gestanden, nein, Frau Buschkamp«, antwortet er. »Was hat das mit der Wäsche zu tun?«

Frau Buschkamp schüttelt den Kopf über soviel Naivität. »Na, denn muß ick eb'n janz deutlich wer'n, junger Mann«, sagt sie. »Ick jloobe, det die Irma den jung'n Mann, den Lassehn, nur jeheirat' hat, weil se von ihr'n vafloss'nen Liebhaber, den Hauptmann, in and'ren Umständ'n war. So, nun wiss'n Se't.«

Lassehn ist wie betäubt. »Sie glauben ...«

»Jetzt hab' ick keene Zeit zu jloob'n«, sagt Frau Buschkamp kurz. »Heer'n Se denn nich? Alarm!«

VI

15. April, 11.30 Uhr

Um und über Berlin rollt der Tagesangriff der Amerikaner. Manövermäßig ausgerichtet fliegen die Staffeln, Gruppen, Verbände, Geschwader der Bomber und des Jagdschutzes das Gebiet Berlin an, am laufenden Bande gefertigte Meisterwerke von Geist und Technik, umzuckt von den Blitzen der Flakgeschütze und den Feuerstößen der Jäger, fliegende Arsenale, deren Kanonen und Maschinengewehre so ausgerichtet sind, daß es keinen toten Winkel gibt, und in deren Leibern hell- und dunkelhäutige Männer kauern, amerikanische Studenten, Arbeiter, Drugstoreverkäufer, Clerks, Farmer, sie warten und lauern, seit sich vor Stunden die Luftschrauben auf den Flugplätzen Großbritanniens zu drehen begannen, auf die wenigen Sekunden, in denen das Objekt dieser Flugjagd im Zielgerät erscheint.

Die drei Millionen Einwohner der Stadt kauern jetzt in den Kellern und Laufgräben, stehen dicht gedrängt in den Bunkern und den unterirdischen Bahnhöfen der U- und S-Bahn, die Feuerwehren der Stadt und der weiteren Umgebung stehen startbereit, die Löschkommandos in den Betrieben haben Spritzen und Einreißhaken, Beile und Picken in Bereitschaft gestellt, die Polizei hat höchste Alarmbereitschaft, unaufhörlich ticken die Morseapparate in den Revieren, die Rohre der Flakgeschütze sind steil in den Himmel gerichtet.

In den Straßen stehen die leeren Straßenbahnen und Autobusse und beladene Fuhrwerke, deren ausgespannte Pferde irgendwo in einem Hausflur abgestellt sind.

In den Häuserschluchten ist es gespenstisch leer und lautlos, hin und wieder nur rast ein Motorrad durch die Stille, von ganz weit her rollt und dröhnt das Feuer der Batterien der äußeren Flakzone. Die Stadt hat den Atem angehalten, das Blut in ihren Adern gerinnt, die Pulse fliegen in jagender Angst, unter einem klarblauen Frühlingshimmel mit einigen weißen Wölkchen hat sich eine tödlich Erwartung über sie gesenkt.

Da liegt nun diese große Stadt, 880 qkm groß erstreckt sie sich weit in die märkische Landschaft, sie ist in weitem Umkreise von weit überlegenen und glänzend ausgerüsteten Feinden umstellt, und auch der Himmel über ihr ist vom Gegner besetzt. Nichts schirmt sie, keine Hand Gottes legt sich schützend über sie, keine vernebelnde Wolke, keine schwarze Finsternis der Nacht, die vielen Flakbatterien ebensowenig wie die wenigen Jagdgeschwader und auch nicht die vielen Beobachtungsstellen, die sich von der Reichsgrenze bis in die Stadt selbst erstrecken. Flaksender, Polizeisender, Müosender berichten zwar in ununterbrochener Folge über Stärke, Kurs und Standort des Gegners, verfolgen sie beharrlich von Planquadrat zu Planquadrat, aber das alles hat nur platonischen Wert, denn nichts vermag den Angriff abzuwehren oder aufzuhalten oder auch nur zu verzögern, unaufhaltsam und unbeirrbar, wie ein Langstreckenläufer mit der Stoppuhr in der Hand gleichmäßig Runde für Runde eine Aschenbahn umkreist, so fliegen die Pulks ihren Kurs, zeichnen sie die weiße Spur ihrer Kondensstreifen in den unbefleckten Himmel, stecken sie mit bizarren Malen, die wie erstarrte Blitze erdwärts zeigen, das Zielgebiet ab, öffnen sich ihre Schächte, stürzen die Bomben in rasendem Fall auf Häuser, Bahnhöfe, Fabriken, Straßen, Brücken, Gerechte und Ungerechte, Lebende und Ungeborene, erzittern die Lüfte von Explosionen, von den Schreien der Steine und Menschen, und die große Stadt liegt hilflos da und bietet sich den vernichtenden Schlägen dar.

Lassehn sitzt im Luftschutzkeller des Hauses Kaiser-Friedrich-Straße 26. Er hat sich eine entlegene Ecke ausgesucht, in die kaum ein Schein der Lampen fällt, ihn geht das Geschehen rings um ihn nichts an, er ist ganz weit weg, er erkennt jede Einzelheit, hört jedes Geräusch, fühlt die Erschütterungen, aber er nimmt das alles mit der Gelassenheit eines völlig unbeteiligten Zuschauers wahr. Der langgestreckte Luftschutzraum ist in zwei Keller unterteilt, einige Glühbirnen, in schirmlose Fassungen geschraubt, streuen ein unangenehm helles, kaltes Licht in die Gewölbe, an den Mauern ziehen sich Bänke entlang, an den

Querwänden stehen Luftschutzbetten, zwischen den nachträglich eingezogenen Stützpfeilern stehen ebenfalls Bänke und in allen Lücken und Ecken Sitzgelegenheiten aller Art, Korbstühle, Ledersessel, Hocker, Fußbänke, Couches, Sofas, Kinderstühlchen, Schemel, Rohrstühle, an den Wänden stapeln sich Kolli wie in einer Gepäckaufbewahrung, schwarze, braune, gelbe, graue Koffer, aus Leder, Cord, Vulkanfiber, Pappe, auf manchen leuchten noch bunte Plakate aus besseren Zeiten, ›Grand Hotel Bellagio‹, ›Hotel Carlton, Budapest‹, ›Bellevue-Terminus, Engelberg‹, ›Weißer Hirsch, Schwarzburg‹, prall gefüllte Bettsäcke, Rucksäcke wie für Riesen gearbeitet, Pappkartons, Kisten aller Größen, auf einem Garderobenständer hängen in langer Reihe Anzüge, Mäntel, Kleider, Kostüme, Pelze. Der Keller ist gedrängt voll, kein Platz ist unbesetzt, jeder hat den Platz eingenommen, der ihm nach langer Gewohnheit als der seinige zugesprochen ist. Früher, als im Jahre 1940 die Luftangriffe zwar lange Alarmzeiten, aber nur geringe Schäden brachten, war der Gang in die Luftschutzkeller fast eine Art Volksbelustigung gewesen, da hatten sich Skatrunden und Plaudergruppen zusammengefunden, hatten die Kinder zwischen den Bankreihen Spielplätze aufgetan, da war das Ganze nahezu gefahrlos und fast ein Mittel gewesen, die Volksgenossen der Hausgemeinschaft miteinander in Kontakt zu bringen, damals hatten noch die Fanfaren der Sondermeldungen und die Chöre des Engelland-Liedes aus den Lautsprechern getobt, war keine Schlagzeile des VB fett und breit genug gewesen, um den Herrschaftsanspruch des Nationalsozialismus zur eigenen Sache zu machen, war die Flugwaffe der Gegner mit einem geringschätzigen Achselzucken abgetan worden, hatte man geglaubt, ihr ausweichen zu können, und oft lebhafte Diskussionen über den theoretisch besten Platz geführt. Die einen behaupteten, in der Nähe des Durchbruchs zum Keller des Nebenhauses, die anderen in nächster Umgebung des Ausganges am sichersten zu sein, wieder andere hielten die Wand, die das Fundament des Hauses nach dem Hofe zu bildet, für den besten Platz, während manche gerade der gegenüberliegenden Wand, Fundament der Brandmauer, diese Eigenschaft zusprachen, und wieder andere bevorzugten die Plätze an den

Versteifungen. In bezug auf das Verhalten bei Gefahr waren die Ansichten nicht weniger unterschiedlich. Während die einen bei sich nähernden Bombenwürfen sich flach auf den Fußboden werfen, richten sich andere steil auf, während manche bei Druckwellen ihre Lunge rasch leer atmen, verhalten andere die Luft.

Es gibt in diesem Keller nur zwei Personen, die allem Geschehen mit stoischer Ruhe entgegensehen, und das sind Frau Buschkamp und Joachim Lassehn. Diese Ruhe entspringt jedoch völlig verschieden gearteten Motiven, denn während sie bei Frau Buschkamp in einer natürlichen Furchtlosigkeit ihre Ursache hat, ist es bei Lassehn eine vollkommene Gleichgültigkeit.

Zuerst herrscht in den beiden Kellern noch die nervöse Geschäftigkeit, wie sie den ersten Minuten nach einem Alarm zu folgen pflegt, sie sind ausgefüllt vom Einnehmen der Plätze, von der Begrüßung der Hausbewohner untereinander, vom Verstauen des Gepäcks, vom Schließen der Lüftungsklappen, dann werden noch Vermutungen über das vermutliche Ziel des feindlichen Verbandes ausgetauscht, wobei es von Wichtigkeit ist, zu wissen, von welcher Himmelsrichtung her der Verband einfliegt, aber all das geschieht fast automatisch, mit der Mechanik eines hundertmal geübten Vorganges.

Dann aber ist die Geschäftigkeit vorbei, eine unheimliche Stille beginnt sich auszubreiten, alle Sinne verkümmern zugunsten des Gehörs, nur das Ohr lebt noch, keiner spürt den muffigen, schwammigen Kellergeruch, niemand empfindet die aus dem Steinfußboden aufsteigende Kälte, nicht einer sieht die in dem kalten Licht der unverkleideten Glühbirne angespannten, verzerrten Gesichter. Ein ersticktes Schweigen preßt die Kehlen zusammen, in der lautlosen Stille sind die schweren Atemzüge das einzige Geräusch, alle lauschen nur, während die Herzen in immer schnelleren Stößen jagen und die Hände flattern, auf die Geräusche, die von der Oberwelt her in den Keller rieseln, und obwohl der Keller völlig unter Straßenniveau liegt, kein Fenster hat, die eisernen Türen der Gasschleusen und die Luftklappen fest geschlossen sind, hört man doch das feine, gleichmäßige Singen der Viermotorigen, das Dröhnen der Flakabschüsse und das widerliche Zischen, Jaulen und Heulen der niedersausenden

Bomben, und obwohl es nach vier Jahren Luftkrieg eine allgemein bekannte Tatsache ist, daß die Bomben, deren Niedergehen man hört, bereits ihr Vernichtungswerk vollzogen haben, weil die Bomben schneller sind als der Schall, den ihr Luftsog erzeugt, ziehen doch alle die Köpfe tief zwischen die Schultern, das Blut scheint in den Adern zu gefrieren, die Fingernägel krallen sich tief in die Handballen, die Anspannung des Geistes hat einen Grad erreicht, der ihn schon fast in willenlose Ergebenheit stürzen läßt. Wie von einem unsichtbaren Griffel werden Linien des Entsetzens in die Gesichter gezeichnet. Ein betäubendes Krachen zerreißt die Luft, der Keller beginnt zu schwanken, wellenartig wie bei einem Erdbeben, ein ziehendes Gefühl dringt von unten in die Körper, eine furchtbare Druckwelle preßt die Luft in raschem Stoß durch die geschlossenen Türen und hämmert gegen die Trommelfelle, Dachziegel prasseln auf das Pflaster, Fensterscheiben zerklirren, berstendes Gestein zersplittert, das Haus scheint in den Gelenken zu knacken, die Glühbirnen flakkern, ihr Licht wird schwächer, nur die Glühfäden glimmen schließlich noch, erholen sich wieder, verlöschen, einige Frauen schreien grell auf, Kinder beginnen zu weinen, ein anderes wimmert leise, eine alte Frau kniet vor ihrer Bank und betet laut »Vater unser, der du bist im Himmel!«, einer der wenigen Männer ruft mit lauter, nicht ganz fester Stimme »Ruhe! Ruhe!«. Und immer noch einmal und noch einmal Zischen, Schwanken, Druckwelle, Einschlag, dann ist es so plötzlich vorbei, wie es angefangen hat, die ersten Wellen des angreifenden Verbandes haben das Stadtgebiet überflogen. Das Licht flackert wieder auf, dann strahlt es in ursprünglicher Helle, die Frauen schluchzen noch ein paarmal auf und schneuzen sich heftig, dann blicken sie sich an, und in ihren Augen sitzt neben der Verstörtheit noch ein großes Verwundern, daß der Tod sie nur angerührt, sie mit seinem Eiseshauch gestreift, aber sie dennoch dem Leben gelassen hat.

Lassehn ist unberührt geblieben von diesem Geschehen, nichts hat ihn erreicht, nicht die Gefahr, nicht die Erlösung aus ihr, nicht das Schreien der Frauen und die Aufforderung, Ruhe zu bewahren, er sitzt in seiner Nische, die aus der Mauerflucht zurückgebaut ist, hat die Füße weit von sich gestreckt und den Kopf tief gesenkt, daß sein Kinn die Brust berührt.

Er versucht die Gedanken, die vorhin auf ihn eingedrungen sind, zu ordnen, aber das ist ein schweres Unterfangen, denn sie haben sich zu einem festen Knäuel zusammengeballt, das nicht leicht zu entwirren ist, er vermag den Anfang nicht zu finden, und deshalb zwingt er seine Gedanken von der Gegenwart und der noch völlig verhängten Zukunft fort und stößt die Tür zur Erinnerung auf. Sie öffnet sich zuerst nur zu einem winzigen Spalt, aber bald fliegt sie weit auf, als der Strom der Gedanken gegen sie schlägt. Vieles, was damals unklar, unverständlich und rätselhaft gewesen ist, was über den Erlebnissen wie ein Schemen gehockt hat, wahrnehmbar und doch nicht greifbar, wird heute kristallklar und schmerzt in überdeutlicher Unerbittlichkeit.

Die Bilder gleiten vorüber, sie gleichen sich nicht in der Schärfe, manche sind schon verblaßt, manche scheinen unterbelichtet, aber viele zeichnen sich klar gegen den düsteren Hintergrund ab. Dieser düstere Hintergrund war die Stimmung des Urlaubers Joachim Lassehn, geboren aus der Verzweiflung, beste Jahre nutzlos vertun zu müssen. Diese Verzweiflung war nicht erst die Folge der zermürbenden Kämpfe bei Woronesch und Orel, sie hatte bereits begonnen, als er zum Arbeitsdienst einrücken mußte, als man versuchte, alle Individualität in eine bestimmte Form einzuschleifen, jeden selbständigen Gedanken zu unterdrücken, Körper und Geist ganz auf das militärische Ziel auszurichten. Es waren nicht so sehr die Strapazen der Arbeit und die Monotonie der Ausbildung, die Lassehn zurückstießen, als eben diese Unterdrückung jeder nicht reglementierten Regung, und was der Arbeitsdienst noch unter dem Vorwande der Ertüchtigung und des sozialen Ausgleiches begonnen hatte, setzte das Militär fort, hier hielt man die Aufrechterhaltung dieser Phrasen nicht mehr für notwendig, hier wurde ohne Umschweife auf das Ziel losmarschiert, den jungen Menschen körperlich zu ertüchtigen und geistig zum willenlosen Werkzeug zu machen, um ihn dann auf dem kürzesten Wege auf das Schlachtfeld zu führen.

In Norwegen fand sich Lassehn in eine feindselige Umgebung versetzt, es fielen zwar keine Schüsse, und es gab keinen Kampf, denn der unterirdische Widerstand der Norweger war Sache der Gestapo und ihrer Quislinge, aber Lassehn war, obwohl dem Heere des Siegers zugehörig, in Wahrheit der Gedemütigte. Es war unerträglich, in die stolzen, abweisenden Gesichter der Norweger zu blicken, zu erleben, wie sie sich sofort demonstrativ erhoben und das Kaffeehaus verließen, sobald ein deutscher Soldat auch nur die Schwelle überschritt, oder wie in der überfüllten Straßenbahn der Platz neben ihm leer blieb. Er schämte sich seiner Überlegenheit und verwunderte sich immer wieder, mit welcher Selbstverständlichkeit seine Kameraden sich durch das Tragen hellgrauen Tuches mit Achselklappen und Hoheitsabzeichen, Uniform genannt, überlegen fühlten. Er verabscheute die Uniform, die er tragen mußte, weil sie die Zielscheibe von Haß und Verachtung und gerechtem Zorne war, er vermochte nicht, mit dem herrischen Schritte des Eroberers durch die Straßen zu gehen und den Menschen des besiegten Volkes herausfordernd ins Gesicht zu sehen, er verstand seine Kameraden nicht, die in diesem Meere von Feindseligkeit ruhig zu schwimmen vermochten und sich dabei sogar wohl fühlten. Der Umstand, daß Norwegen keine Front war, wog für sie alle Mißhelligkeiten, soweit sie überhaupt wahrgenommen wurden, bei weitem auf.

Dann kam der Einsatz des Regiments an der Ostfront. Sosehr Lassehn den Kampf verabscheute, der nun an die Stelle der Überwachung eines unterdrückten Volkes treten würde, so schien ihm der Kampf, der nun bevorstand, doch zunächst wie eine Erlösung. Das Gefühl der Erleichterung war aber nur von sehr kurzer Dauer, denn auch die Ostfront hatte ein Hinterland mit einer feindlichen Bevölkerung, und zu seinem Entsetzen mußte Lassehn erkennen, daß der Krieg nicht etwa nur darin bestand, ein feindliches Heer zu bekämpfen, sondern daß der Sinn dieses Krieges gerade der zu sein schien, das Land hinter der Front nicht zu befrieden, sondern es mit dem Blute und den Leichen der zurückgebliebenen Bevölkerung für die einst nachrückenden Besiedler des kolonialen Ostraumes zu düngen, sofern sie nicht als Siegesbeute in die Arbeitssklaverei entführt wurde. Er vermochte die Eindrücke, durch die er hindurch mußte, nicht abzustreifen und sich dann heiteren Dingen zuzuwenden, der Krieg hatte die winzige Neige, die noch an Lebensbejahung und Zukunftshoffnung in ihm war, aufgesogen. Als diese Erkenntnis sich in ihn gesenkt hatte, dachte er ernstlich an Selbstmord, aber da gerade durfte er auf Urlaub fahren. Urlaub bedeutete ja nicht nur, für ein paar Wochen den Befehlen und Kommandos zu entrinnen, den Schorf von Blut und Dreck abzureißen und die Poren der Haut durch das Einatmen einer nicht von Leichendunst gesättigten Luft öffnen zu können, Urlaub verhieß ja auch, der quälenden Gemeinsamkeit der Unterstände enthoben zu werden und sich endlich wieder einmal dem eigenen Rhythmus überlassen zu dürfen. Er fand Berlin verändert vor, die behördlich empfohlene Flucht nach der Vernichtung Hamburgs hatte die Stadt in ein wildes Fieber versetzt, und die ersten drei großen englischen Nachtangriffe waren wie Höllenstürme über sie niedergegangen. Lassehn war noch mit einem Gefühl, daß alles wohl nur halb so schlimm sein würde, die Leonorenstraße entlanggegangen, als er am Bahnhof Lankwitz die Lichterfelder Bahn verlassen hatte, aber als er die Kreuzung Kaiser-Wilhelm-Straße erreichte, war er fassungslos stehengeblieben, denn er war plötzlich inmitten einer toten Stadt, in der die Spuren des Lebens zu Trümmerhaufen zusammengefallen waren. Er war dann wie betäubt weitergegangen, hatte Schritt an Schritt gereiht, ohne seinen Willen einzusetzen, seine Stiefel hatten auf Glasscherben geknirscht, seine Füße waren über Schutthaufen gestolpert, sie hatten ihn an der Lankwitzer Kirche vorbei in die Gallwitzstraße, über den Havensteinplatz zur Seydlitzstraße dirigiert, und ununterbrochen waren nur Tod und Zerstörung auf ihn eingedrungen, er hatte nach rechts und links geblickt, und aus den geschwärzten Ruinen waren die Bilder der verbrannten Vergangenheit aufgestiegen, des behäbigen, bürgerlichen Lebens, zusammengesetzt aus undurchsichtiger Wohlanständigkeit und gewissensbequemer Behaglichkeit, snobistischer Überheblichkeit und inferiorem Parvenutum. Das war dort alles gewesen, Litfaßsäulen mit ihren lockenden Versprechungen, Tanzmatinee und Philharmonisches Orchester, Sommernachtsball und Schwergewichtsmeisterschaft, Läden mit bunten Emailleschildern, Spratts Hundekuchen und Juno, Fromms Gummiwaren und Chlorodont, Fernsprechzellen mit dem stilisierten Hörer und ›Fasse dich kurz‹, grüner Rasen und Straßenbäume, Linden, Kastanien, Akazien, und Wohnungen, Wohnungen, Wohnungen in langen Neubaublocks, 2, 2½, 3, 4 Zimmer, mit Ofen-, Etagen- und Zentralheizung, Warmwasserbereitung und Junkers-Badeöfen, Müllschlucker und Gemeinschaftsantenne, mit altmodischen und neusachlichen Möbeln, mit Führerbildern in den Eßzimmern und Elfenreigen über den Betten, mit Bücherschränken, Goethe, Schiller, Lessing, Uhland, ›Mein Kampf‹, ›Mythus des zwanzigsten Jahrhunderts‹, ›Via Mala‹, ›Die Wiskottens‹, ›Soll und Haben‹, und Fahnen, Fahnen, Fahnen, rot mit weißem Kreis und dem schwarzen Hakenkreuz darin, vom kleinen Wimpel zwischen den Doppelfenstern bis zur meterlangen Hauswirtsfahne aus der Bodenluke ... Es erschien Lassehn nur irgendwie logisch, daß er seine Eltern nicht mehr vorfand, daß auch der Wohnblock in der Seydlitzstraße niedergebrannt war, seine Eltern mit vielen anderen im Keller erstickt und mit zahllosen anderen Opfern in Baumschulenweg beigesetzt worden waren. Lassehn hatte völlig empfindungslos, kalt und erstorben vor den langen, einförmigen Reihen der Gräber gestanden, die kaum größer waren als Maulwurfshügel.

Er war, um sich mit der Vergangenheit zu konfrontieren und sich selber zu beweisen, daß es noch irgendeine Beziehung zu ihr gab, nach dem Prager Platz gefahren, um Ursula, die jüngste Schwester seiner Mutter, zu besuchen, die er mit der aussichtslos schmerzlichen Liebe des um einige Jahre jüngeren Neffen liebte. Es war ein trüber Tag gewesen, der Abend war frühzeitig hereingebrochen, und erst, als er am Nürnberger Platz die Untergrundbahn verließ, war ihm eingefallen, daß Ursula nicht mehr in Berlin weilte, aber aus Trotz war er dennoch die Stufen zur Nürnberger Straße emporgestiegen, hatte den Prager Platz gekreuzt, diesen runden Platz, der wie von riesigen Grabsteinen umstellt war, und war in die Aschaffenburger Straße hineingegangen, in diese ausgebrannte Steinschlucht mit Trümmerhalden und Mauerkulissen, in denen leere Fenster wie tote Augenhöhlen glotzten. Es war dunkel und nichts zu erkennen gewesen, aber wie er, wenn er am Flügel saß, nicht erst seine Notenkenntnis zu bemühen brauchte, um zu spielen, so fand er auch in der Dunkelheit und inmitten der Zerstörung das Haus, dessen Treppen er so oft und nie ohne Herzklopfen emporgestiegen war, er durchkletterte den Hohlweg, der früher ein Hausflur und nun wie ein ausgetrocknetes, steiniges Flußbett war, und stand dann vor dem Gartenhaus, wie man hier im Westen der Stadt das Hinterhaus nannte, und wenn nicht ein verschleierter, fahler Mond durch das Gemäuer gegeistert und die verkohlten Balken schmerzlich deutlich beleuchtet hätte, so hätte er meinen können, daß das Haus noch stünde. Minutenlang hatte er unverwandt in das leere, kahle, nackte Haus gestarrt, in eine Ecke, in die sich tiefe, schwarze Schatten streckten. In dieser Ecke hatte der Stutzflügel gestanden, an dem hatte er gesessen, und da war auch ein Sessel gewesen, in dem hatte sie gelehnt und unbeweglich zugehört, und es waren immer dieselben Stücke gewesen, die er ihr hatte vorspielen müssen, Beethovens Ecossaises und Webers Perpetuum mobile oder, wenn ihnen ganz festlich zumute war, die Appassionata, Musik aus einer anderen Welt, von einem fernen Stern, und wenn er geendet hatte, dann war sie aufgestanden und hatte ihre Hände sanft über sein Haar gleiten lassen. Der grelle Scheinwerfer eines vorüberfahrenden Autos hatte ihm dann für Sekundenschnelle über die Schulter gegriffen und die Verzauberung gelöst, die leeren Mauern und den getöteten Baumstumpf überleuchtet und das sanfte Antlitz der Vergangenheit jäh in die Fratze der Gegenwart verwandelt.

Das also war der düstere Hintergrund, Arbeitsdienst, Küstrin, Stavanger, Orel, Lankwitz, Baumschulenweg, Aschaffenburger Straße, kein heller Fleck mischte sich in das Dunkel, kein freundlicher Ton drang aus der Kulisse, keine Erinnerung an Freundschaft und Zärtlichkeit begleitete ihn, nur die Musik war noch da, aber sie tönte immer leiser in ihm, sie wurde überschrien, überbrüllt, überdonnert, sie schwang unerreichbar weit und hoch in den Sphären, der junge Soldat stand allein in der großen Stadt, die Einsamkeit war plötzlich wie eine riesige Glasglocke über ihn gestülpt worden. Ringsum pulsierte das Leben, nur er war ausgeschlossen, seine spröde Natur, seine Verschlossenheit ließen es nicht zu, daran teilzunehmen, sich vorurteilslos und bedenkenfrei anzuschließen, sich in den Taumel eines hysterischen Vergnügungsbetriebes zu stürzen, er konnte es nicht, es lag ihm nicht, es war seiner Natur zuwider, aber die Vorstellung, an die Ostfront zurückkehren zu müssen, wieder den rohen Gesprächen der Kameraden, dem Blutdunst des Kampfes und wahnwitzigen Befehlen unterworfen, den leidenden Gesichtern einer gequälten Bevölkerung ausgeliefert zu sein, ohne auch nur den kleinsten Halt in der Heimat zu besitzen, jemanden, an den er seine Gedanken verschwenden konnte, wenn sie von Blut und Ekel überkrustet zu werden drohten, diese Vorstellung machte ihn aufgeschlossener und empfänglicher, als es je der Fall gewesen war, aber der Motor seiner Empfänglichkeit mußte erst von außen her gespeist werden.

Genau in diese Zeit fiel Lassehns Begegnung mit Irmgard Niedermeyer. Er saß ihr in der S-Bahn gegenüber, er war zuerst gar nicht auf sie aufmerksam geworden, hatte einen beliebigen Platz angesteuert und sich niedergesetzt. Sein Blick ging auf die Häuserzeilen, die in endlosen Reihen entlang der Bahn standen und deren Fenster mitunter einen kurzen Einblick in die Wohnungen gewährten, dann aber wandte er, wie von einer magischen Gewalt angezogen, den Kopf vom Fenster fort, und seine Augen trafen den Blick des Mädchens, das ihm schräg gegenübersaß und den Kopf hastig abwandte, als Lassehns Blick sich an sie heftete. In Lassehn brach unvermittelt etwas auf, die Trauer löste sich in einer quälenden Sehnsucht nach Zärtlichkeit und Fürsorge, nach einem Ruhepunkt und einem Ziel für seine Gedanken auf. Er betrachtete das Gesicht des Mädchens, es war schmal und ein wenig bleich, in die runde Stirn fiel das dunkle, braune Haar mit einer sanften Welle, der Mund hatte einen zärtlichen, leidenschaftlichen Schwung. Das Gesicht des Mädchens war von Traurigkeit überschattet, aber die Züge von Lebenslust und Lebensfreude waren doch nicht ganz überdeckt, hin und wieder spielte ein zaghaftes, kleines Lächeln hinein, das die Mundwinkel leicht kräuselte und in den Augen kleine, helle Funken aufspringen ließ. Lassehn nahm jeden Zug des Gesichts in sich auf, er atmete es gleichsam ein, wie ein Erstickender die frische Luft in tiefen Atemzügen in die Lunge pumpt. Eine riesengroße Sehnsucht, Zärtlichkeit zu geben und zu empfangen, erwuchs in ihm, sein Blick ließ das Mädchen nicht mehr los, und jetzt war es umgekehrt, ihr Gesicht wandte sich ihm langsam zu, als wende eine unsichtbare Hand ihren Kopf in diese Richtung, aber da Lassehn sich nicht abwandte und den Blick auch nicht niederschlug, haftete ihr Blick fest ineinander.

Beider Gesichter waren in einem tiefen Ernst gespannt, nur ein Blinzeln zuckte ab und zu hinein. Lassehn hätte nicht angeben können, ob dieser Blick wenige Sekunden oder viele Minuten dauerte, und als sich die Blicke voneinander lösten, winkte in ihren Gesichtern ein kleines Lächeln. Lassehn schloß die Augen vor Glück, sein Herz schlug harte Takte bis in die Schläfen hinauf, und als er die Augen wieder öffnete, empfing ihn der Blick des Mädchens bereits, und nun trennte nichts mehr ihren Blick, keine Verlegenheit, keine Scham.

Als das Mädchen ausstieg, verließ Lassehn, als könnte es gar nicht anders sein, ebenfalls den Wagen, er wurde beim Aussteigen abgedrängt und verlor das Mädchen für einige Sekunden aus den Augen. Sofort bemächtigte sich seiner eine wühlende Erregung, er durchpflügte die Menschenmenge mit weiten, rücksichtslosen Schritten – da sah er sie an der Treppe stehen, die zu den Ausgängen führte, sie stand da und blickte ihm ruhig entgegen –, sie wartete auf ihn. Lassehn streckte ihr die Hand entgegen, im selben Augenblick kam ihm das lächerlich und einfältig und unbeholfen vor, aber er wußte nicht, wie er sich benehmen, was er sprechen sollte, nie vorher hatte er ein Mädchen auf der Straße angesprochen, er hatte, von kleinen, bedeutungslosen Flirts abgesehen, mit Mädchen überhaupt noch nichts zu tun gehabt. Im Arbeitsdienst und während seiner Militärzeit hatte er sich stets geweigert, sich seinen Kameraden bei ihren ordinären Vergnügungen anzuschließen, und daher manchen Spott und auch manche abseitige Verdächtigung über sich ergehen lassen müssen, gelegentliche Bekanntschaften waren immer an der Oberfläche haftengeblieben, denn er besaß nicht die Gabe der leichten

Unterhaltung, immer mischten sich in seine Gespräche rasch schwere Töne, denen, wenn sie kein Echo fanden, sehr bald ein Schweigen folgte. So waren Mädchen ihm zwar nicht unbekannt geblieben, aber stets rätselhaft und schwer verständlich erschienen, er hatte ihre Bekanntschaft auch nicht gesucht und schließlich auch keine Gelegenheit mehr, sie zu suchen, zumal ihm an flüchtigen Freundschaften und unverbindlichen erotischen Bindungen nichts gelegen war.

Und jetzt hatte ihn ein Blick getroffen, der nicht zu einem oberflächlichen Flirt winkte, sondern in dessen Tiefe etwas Schicksalhaftes zu leuchten schien, ein Lächeln war an ihn gerichtet worden, das nicht aus Koketterie, eher aus Schwermut und Ernst entsprungen schien, ein Mädchen war einfach stehengeblieben und hatte wie selbstverständlich auf ihn gewartet, es hatte seine Hand genommen, sie waren gemeinsam durch die Bahnhofssperre gegangen und durch ein paar Straßen geschritten. Zuerst waren zwischen ihnen keine Worte, immer nur Blick und ein Druck der Hände, er hatte den Herzschlag des Mädchens in seiner Hand gespürt, und ein großes Glücksgefühl hatte ihn überwallt wie einen, der aus der kalten Einsamkeit seines Lebens erlöst wird, er begann zu reden, zuerst langsam, mit vorsichtigen, wägenden Worten, seine Rede war wie ein Stein, der sich erst nicht bewegen läßt, aber einmal in Bewegung gekommen und an einen Abhang geraten, ins Rollen kommt.

Lassehn schöpfte sich an diesem Nachmittag aus. Nach kurzer Trennung traf er das Mädchen am selben Abend wieder, es war wie ein nicht zu fassendes Wunder. Am nächsten Tage ließen sie sich vor dem Standesamt in Charlottenburg aufbieten, acht Tage später heirateten sie, und weitere acht Tage später mußte Lassehn an die Front zurück. Diese zwei Wochen waren ein einziger Rausch, aber das Glück war mit Schmerz gemischt, die Schönheit von der Fratze des Grauens überzerrt, die Vereinigung schon im voraus mit der Trennung belastet, aber vielleicht erzeugte gerade dieser Dualismus den einzigartigen Rausch. Lassehn ging zum ersten Male in einem anderen Menschen völlig auf, er versank ganz in ihm, er verspürte den Herzschlag eines

Mädchens, einer Frau, seiner Frau, an seiner Brust, ihren heißen, hastigen Atem an seinem Munde, ihre Wärme in allen Poren seines Körpers, es war eine Lust, die trunken machte, die unersättlich war in dem Bestreben, sich ganz dem anderen hinzugeben und ihn ganz zu besitzen, die alle anderen Gedanken auslöschte und alles Tun auf sich zog. Das Geheimnis des anderen Geschlechts hatte sich ihm zum ersten Male offenbart. Die Tage waren nun ein einziges zitterndes Warten auf die Nacht, und die Nacht war nur ein Warten auf den Morgen, der einen Kopf mit zerzaustem, dunklem Haar an seiner Schulter enthüllte. Lassehn schämte sich oft seines Glückes, das ihn hier in einem weißen Bett neben einem weichen, warmen Körper liegen ließ, während seine Eltern eben erst eines schrecklichen Todes gestorben waren, aber er rechtfertigte sich dann stets vor sich selber. Mußte er nicht zurück an die Front, hatte er nicht das Recht, vorher sein Leben noch auszuschöpfen?

Heiß steigt die Erinnerung in Lassehn auf, heiß und schmerzlich, aber der Schmerz, der ihn jetzt ergreift, ist ein anderer als jener, der die Begleitmelodie seines Glückes gewesen ist. Dieser ist der Schmerz der Erkenntnis, daß auch jenes Glück nicht echt war. Jetzt, da neue Erkenntnisse in ihn gedrungen sind, erscheint vieles, was damals rätselhaft und von seiner Unerfahrenheit der Unberechenbarkeit des Wesens der Frau zugeschrieben worden war, in einem ganz anderen Lichte.

An den Erinnerungen, die jetzt auf ihn eindringen, ist er früher stets vorübergegangen, aber jetzt werden die Erinnerungen zu gegenständlich, als daß er ihnen noch weiter auszuweichen vermöchte, sie zwingen ihn unerbittlich zu Analyse und Bilanz, sie fordern gebieterisch Erkennen und Abrechnung. Lassehn hat sich damals von seiner Frau nicht verstanden gefühlt, er hatte ein unbezähmbares Verlangen nach Zärtlichkeit, nach einer weichen Hand, die sanft über sein Haar glitt, nach wunschloser Ruhe an einer geliebten Schulter, nach dem Pochen ihres Herzens und dem Rauschen ihres Blutes, aber das verstand sie nicht, wenn er wunschlos war und nur ihre Nähe wollte, um sich selbst dadurch bestätigt zu finden, dann riß sie ihn mit einer brutalen Zärtlichkeit an sich, erstickte ihn mit Liebkosungen und gab nicht eher nach, bis alles in einer wilden Umarmung endete. Lassehns Bedürfnis nach unerotischer Zärtlichkeit endete aber nicht immer in dieser Weise, es kam auch vor, daß seine Frau sich ihm unmotiviert entzog, sich seiner Nähe wie eines überflüssig gewordenen Kleidungsstückes entledigte und ihn mit einem Blick streifte, der leer und wesenlos war und ihn wie einen gleichgültigen Fremden traf.

Lassehn hatte damals wohl gefühlt, daß die geschlechtliche Bindung allein noch nicht den völligen Kontakt zwischen ihnen herzustellen vermochte, immer öfter tauchte die Ahnung auf, daß seine Frau das Buch ihres Lebens keineswegs so offen vor ihn gelegt, wie er sein Leben vor ihr ausgebreitet hatte, aber alle Ahnungen und Bedenken waren so klein und nichtig geblieben gegen die große Leidenschaft, von der sie immer wieder überwältigt wurden. Jetzt jedoch zeigte es sich, daß diese Ahnungen und Bedenken Wurzeln geschlagen hatten und jetzt im Licht einer ganz neuen Betrachtung üppig ins Kraut schießen. Vieles, was damals unbeachtet geblieben oder mit einem Achselzucken abgetan worden ist, gewinnt jetzt an Bedeutung. Weshalb hatte Irmgard darauf bestanden, sofort zu heiraten? Lassehn hatte es damals als eine durchaus natürliche Forderung empfunden, sie war seinem Wunsche sogar entgegengekommen, wenn auch die Plötzlichkeit ihn überraschte, heute aber wird ihm die Diskrepanz zwischen dieser Forderung und Irmgards sonstiger Einstellung zu diesen Dingen bewußt. Diese Einstellung war frei und nicht belastet mit althergebrachten Begriffen, sie war auch, wie sie gelegentlich leichthin andeutete, in erotischen Dingen gar nicht unerfahren und vor ihrer Verheiratung mit ihm schon andere Bindungen eingegangen. Weshalb also hatte sie ihm die Umarmung nur gewährt, nachdem sie rechtlich verbunden waren, während sie bei anderen Männern auf dieser Forderung nicht bestanden hatte? Lassehn hatte damals eine Erklärung zu ihren Gunsten gesucht und sie darin gefunden, daß sie nicht gewillt war, sich ausnutzen zu lassen, er war sich damals der Plattheit dieses Standpunktes nicht bewußt geworden. Heute weiß er – und diese Erkenntnis schmerzt ihn tief –, daß es auch keineswegs der Anspruch auf die materielle Versorgung war, die ihr als

Frau eines Soldaten zustand, daß es nicht einmal der Überdruß der erotischen Vagabondage, sondern lediglich der Versuch war, das noch ungeborene Kind eines anderen Mannes durch eine Ehe mit ihm zu legitimieren.

Aber weshalb gerade durch mich? fragt sich Lassehn verzweifelt. Weshalb hat sie gerade mich aus der Masse der Männer herausgehoben? Bin ich nur Mittel zum Zweck gewesen? Hat sie sich ihm nur aus diesem Grunde so hemmungslos hingegeben und seine zaghaften Hinweise auf die Verantwortung mit leidenschaftlichen Ausbrüchen erstickt, um jeden später auftauchenden Zweifel zerstreuen zu können? War das alles nur Berechnung gewesen? War hier nicht doch auch Liebe mit im Spiele gewesen, trotz der anderen Gründe, die vielleicht Ursache, aber keineswegs mehr Wirkung waren? Jede Frage zieht sogleich eine neue Frage nach sich, die Kette der Gedanken reißt nicht ab.

Wenn es aber Liebe war, hätte sie dann nicht offen sprechen müssen? Hätte sie nicht die Verpflichtung gefühlt, erst einmal mit der Vergangenheit ins reine zu kommen, indem sie offen und schonungslos gegen sich selbst und gegen ihn war, anstatt mit einer Lüge oder zumindest mit einem schuldbewußten Verschweigen eine neue Verbindung einzugehen? Aber das war wohl Feigheit gewesen, die stärker war als Aufrichtigkeit, vielleicht auch Angst, daß alles – eben erst begonnen – schon wieder zu Ende sein könnte. Jedenfalls, und zu diesem Ergebnis ist Lassehn schließlich gekommen, liegen die Dinge keineswegs so eindeutig und klar, wie Frau Buschkamp sie anzusehen beliebt, ihre Auslegung ist doch etwas zu simpel. Lassehn gehört zu den Menschen, die nicht an vorsätzliche Schlechtigkeit glauben, er räumt der Schwäche, Fahrlässigkeit, Furcht, der Feigheit und dem Unvermögen als vermeintlich geringere Sünden den Vorrang ein und weiß nicht, daß es die Süße der ersten Umarmung ist, die heute noch in ihm nachzittert. Lassehn tastet sich durch seine Gefühle wie durch ein Urwalddickicht, in dem jeder Schritt erobert und jeder Weg neu ausgehauen werden muß, aber er muß diesen Weg gehen, denn an seinem Ende stehen Wahrheit und Klarheit, er muß unter allen Umständen mit seiner Frau sprechen, je eher, desto besser, er muß wissen, ob der Weg, den er am 21. September 1943 mit ihr betreten hat, in eine gemeinsame Zukunft führt oder ob er schon endete, als er zwei Wochen später an die Ostfront abfuhr.

Da fällt plötzlich wie ein Stein eine Frage in ihn hinein. Wo ist das Kind, das Irmgard damals trug?

VII

15. April, 12.00 Uhr

Lassehn fährt auf, als eine Hand seine Schulter mit hartem Griffe packt.

»Wer sind *Sie* denn?« fragt eine rauhe, barsche Stimme.

Lassehn hört die Worte wie aus weiter Ferne. Er ist so tief in der Vergangenheit versunken gewesen, daß er nur langsam wieder in die Gegenwart auftaucht. Jetzt reißen ihn die groben Worte, kehren seine Gedanken wieder in die Gegenwart zurück.

»Wie bitte?« fragt er ganz mechanisch.

»Wer Sie sind, will ich wissen?« wiederholt die Stimme ungeduldig und fordernd.

Endlich zerreißt der Schleier, den die Vergangenheit um ihn gelegt hat, Lassehn wird sich bewußt, wo er sich befindet: im Luftschutzkeller des Hauses Kaiser-Friedrich-Straße 26 in Charlottenburg. Und er ist sich auch blitzschnell seiner Situation bewußt: ein Deserteur mit unzulänglichen Ausweisen in einer Stadt, in der scharf auf fahnenflüchtige Soldaten gefahndet wird, ein Deserteur, umgeben von Fremden, von denen jeder zum Verräter werden, jeder ein Spitzel sein kann, und sei es auch nur in der Furcht, einem Deserteur Vorschub geleistet, ihn nicht ausgeliefert zu haben, denn obwohl das ganze Gebäude dieses Staates bebt und wankt und sich Partei, Gestapo und Wehrmacht unter den vernichtenden Schlägen eines überlegenen Gegners in Agonie winden, spannt sich ihre Macht immer noch wie ein eiserner Reifen um alle, ist die Furcht vor dem Terror noch groß genug, um jeder Drohung den gewünschten Nachdruck, jedem Befehl den unbedingten Gehorsam zu verschaffen, recken sich noch immer hinter jedem der schwarze Schatten der SS, das Grauen der Konzentrationslager und die Bluturteile des Volksgerichtshofes auf. Der Mann, der vor Lassehn steht, ist in ein gewissermaßen militärisches Zivil gekleidet, Stahlhelm, Windjacke mit Koppel und Gasmaske, Langschäfter und Stiefelhose, blaue Armbinde und Parteiabzeichen.

Lassehn tastet in seiner Hosentasche nach dem Revolver, er will die Waffe für alle Fälle schußbereit haben. Während er noch in seiner halb ruhenden Lage verharrt, spannt sich jeder Muskel in ihm, erwägt er die Möglichkeit einer Flucht.

»Mit welchem Recht fragen Sie mich?« fragt er.

»Ich bin der Luftschutzwart dieses Hauses«, antwortet der Mann.

»Sehr interessant«, meint Lassehn gelassen, »ich habe nichts dagegen, von mir aus können Sie es bleiben.«

Auf der Stirn des Mannes schwillt eine Ader dick und rot an, aber er beherrscht sich noch. »Ich bin für die Sicherheit des Luftschutzraumes verantwortlich«, sagt er, »außerdem bin ich Blockwalter der Partei. Also, wer sind Sie?«

»Mein Name ist Kempner«, sagt Lassehn jetzt. »Genügt Ihnen das?«

Der Mann geht auf die Frage gar nicht ein. »Ihren Ausweis, Ihre Papiere will ich sehen!« verlangt er.

»Besitze keine«, sagt Lassehn, »habe alle Papiere auf der Flucht verloren.«

»Auf der Flucht?« fragt der Luftschutzwart erstaunt. »Was für eine Flucht denn?«

»Vor den Russen natürlich«, antwortet Lassehn und bemüht sich, ein unbefangenes Gesicht aufzusetzen. »Mußten zu Hause alles im Stich lassen, ging ja alles Hals über Kopf.«

Der Mann mustert ihn eindringlich. »Von wo?« fragt er kurz.

»Aus der Neumark«, antwortet Lassehn, »zwischen Soldin und Lippehne.«

»Und keine Papiere?« forscht der Mann weiter. »Papiere hat man doch immer bei sich.«

»Nicht immer«, widerspricht Lassehn, »wenn man auf dem Felde arbeitet ...«

Der Mann kneift die Augen dicht zusammen, man sieht es ihm an, daß sich hinter seiner Stirn die Gedanken jagen und überstürzen. »Seit wann sind Sie denn unterwegs?«

Lassehn wiegt den Kopf. »Na, seit etwa vierzehn Tagen, drei Wochen vielleicht«, antwortet er. Worauf will der denn mit seinen Fragen hinaus? denkt er.

»Mann, da stimmt doch was nicht«, sagt der Luftschutzwart nach einer kleinen Pause.

Habe ich mich verheddert? denkt Lassehn. Klingt doch alles ganz glaubwürdig, könnte mir vorstellen, daß es wirklich so gewesen ist. »Was soll denn nicht stimmen?« fragt er und mißt die Entfernung zum Kellerausgang mit Blicken.

»Sie sagten doch, Sie hätten gerade auf dem Felde gearbeitet«, sagt der andere, »als Sie so plötzlich abrücken mußten.«

»Jawohl«, erwidert Lassehn. »Und weshalb ...«

»Mitte März haben Sie auf dem Felde gearbeitet?« fragt der Mann noch einmal. »Bei Schnee und Eis? Vielleicht Kartoffeln gebuddelt oder Mohrrüben geerntet? Mann, das glauben Sie doch selber nicht.«

Lassehn erschrickt, er sieht ein, daß seine Ausrede ein schwerer Fehler gewesen ist, in seinem Kopf beginnt es unerträglich zu kreisen, ihm ist, als höbe sich ihm langsam die Schädeldecke ab.

Der Mann tritt jetzt ganz dicht an Lassehn heran. »Was ist nun?« fragt er drohend. »Entweder Sie weisen sich aus, oder Sie kommen sofort nach der Entwarnung mit zum Revier. Inzwischen werden Sie hier ruhig sitzen bleiben.«

»Ich denke gar nicht daran!« sagt Lassehn und richtet sich langsam auf, dabei entsichert er den Revolver in seiner Hosentasche.

»Sie haben kein Recht ...«

»Werden Sie ja nicht frech!« sagt der Mann. »Kein Recht? Jeder hat heute das Recht, verdächtige Personen festnehmen zu lassen. Haben Sie noch nichts gehört von Deserteuren, Spionen und Agenten? Im übrigen ist das hier wohl Ausweis genug!« Dabei deutet er auf sein Parteiabzeichen.

»Das ist ...«, will Lassehn einwenden, er will sagen, daß auch das Abzeichen ihn nicht legitimiere.

»Wat is denn hier los?« spricht eine Frauenstimme dazwischen. Frau Buschkamp ist dazugetreten und hat mit einem Blick die Lage erfaßt.

»Wat woll'n Se denn von mein' Neffen, Herr Exner?«

Der Luftschutzwart dreht sich hastig um. »Das ist Ihr Neffe, Frau Buschkamp?« fragt er erstaunt.

»Wat denn sonst!« sagt Frau Buschkamp. »Is jestern erst hier injetrudelt, der is doch halb dot, den lass'n Se man zufried'n.«

Lassehn hat das Eingreifen der Portiersfrau erst mit Erstaunen, dann mit Erleichterung aufgenommen, er weiß zwar nicht, welche Gründe sie hierzu veranlaßt haben, aber auf jeden Fall ist er ihr dankbar, daß sie ihm über die prekäre Lage hinweghilft. Wenn er erst wieder die Kellertreppe gewonnen hat, ist ihm nicht mehr bange, nur in dem vollgestopften Luftschutzraum, wo sich überall ausgetreckte Beine, Kinderwagen, Koffer, elektrische Öfen einer Flucht entgegenstellen, ist es gefährlich.

»Weshalb hat er denn nicht sofort gesagt, daß er Ihr Neffe ist?« fragt der Mann.

»Sie haben mich ja nicht danach gefragt«, wirft Lassehn ein und läßt sich wieder in seine ruhende Lage zurückgleiten. Wenn sich die Situation auch etwas entspannt hat, so muß er doch noch sehr auf der Hut sein, da ihn die so plötzlich erworbene Neffenschaft vor neue Probleme stellt, die er vorsichtig lösen muß, da sich ihm jetzt die allgemeine Aufmerksamkeit zuwendet und das Mißtrauen des Blockwalters nur abgelenkt, nicht eingeschläfert ist.

»Schlaf man weiter«, sagt Frau Buschkamp zu Lassehn, »mußt ja todmiede sind.«

»Sie übernehmen die Verantwortung für den jungen Mann?« sagt Exner.

»Übernehm' ick, klar«, erwidert Frau Buschkamp. »Nu hau'n Se man ab, hoffentlich is bald Entwarnung, det er sich in't Bette packen kann.«

»Sieht nicht so aus«, sagt ein anderer, der sich gerade durch den schmalen Gang windet, »sind noch allerhand Verbände im Anflug.«

Exner dreht sich zu dem Sprecher um. »Von wo fliegen sie denn ein?« fragt er. Der Ausdruck seines Gesichts hat unmittelbar gewechselt, die Drohung, die aus seinen Augen gesprungen ist und sein Kinn entschlossen vorgeschoben hat, weicht einer

Furcht, die seine Wangen zittern macht und in seine Augen einen dunklen Schatten wirft.

»Von Potsdam und Luckenwalde her«, antwortet der andere, »wahrscheinlich fliegen sie von Süden und Südwesten her ein.«

»Wollen wir mal den Polizeisender hören«, sagt Exner.

Die beiden entfernen sich, das Interesse rückt sofort wieder von Lassehn ab, die weiteren anfliegenden Wellen der amerikanischen Bomber überschatten seine bedeutungslose kleine Person. Er drückt die Sicherung seines Revolvers zurück und schiebt ihn wieder tief in die Hosentasche.

»Frau Buschkamp«, sagt er leise und sieht die alte Frau dankbar an, »ich danke Ihnen ...«

Frau Buschkamp macht mit der Hand eine schnelle, abwehrende Bewegung. »Dummer Bengel«, sagt sie laut, »wat mußte den Herrn Exner ärjern?«

»Aber ...«, will sich Lassehn zur Wehr setzen.

»Stille biste«, fährt ihn Frau Buschkamp an, »willste deine olle Tante Unjelej'nheiten mach'n?«

Lassehn lächelt und nickt, er versteht endlich, daß in Frau Buschkamp eine neugewonnene Tante vor ihm steht und daß diese neue Verwandtschaft für sie keineswegs ungefährlich ist, ein einziger falscher Ton nicht nur ihn, sondern auch diese alte Frau in höchste Gefahr bringen kann. Er gibt sich keiner Täuschung darüber hin, daß die Szene sich in das Bewußtsein der versammelten Hausbewohnerschaft eingeritzt hat und sofort wieder zum Tönen gebracht wird, sobald die unmittelbare Bedrohung durch den Tagesangriff vorüber ist. Er sieht der alten Frau nach, die nun wieder an ihren Platz neben dem Durchlaß geht, der beide Keller verbindet, sie setzt sich, nimmt eine Brille aus der Manteltasche und beginnt in einem abgegriffenen Buch zu lesen. Was hat diese fremde Frau bewogen, so für ihn einzutreten, ihre Stimme für ihn zu erheben, sich in eine Gefahr zu begeben, die jeden Augenblick akut werden kann und deren Folgen nicht absehbar sind? Was hat sie veranlaßt? Mitleid? Güte?

Lassehn ist geneigt, alles Gute im Menschen immer der Gefühlskomponente zuzuschreiben, es aus der eingeborenen Güte der menschlichen Seele zu erklären, er weiß nicht, oder es hat sich ihm noch nicht dergestalt dargetan, daß er es zu erkennen vermochte, daß Regungen, wie Mitleid, Hilfsbereitschaft, Treue, auch einer Gesinnung entspringen können. Durch den Nationalsozialismus sind viele Worte ihres edlen Inhalts beraubt worden, und so haftet auch dem Begriff Gesinnung der Ludergeruch des Nationalsozialismus an. Lassehn weiß zwar seit gestern, daß es noch Gesinnungen gibt, die der Nationalsozialismus nicht hat austreten und die er durch keinen noch so gewandten Zungenschlag hat übertölpeln können, aber in dieser alten, resoluten Frau mit den ein wenig verkniffenen Augen und der flinken Berliner Zunge vermutet er sie nicht.

Aus welchen Gründen also hat sie ihn herausgehauen? Nur aus Menschenfreundlichkeit, aus Mitleid, aus Güte? Lassehn hat in den paar Jahren, in denen er auf sich gestellt gewesen ist, keine Menschen kennengelernt, denen diese Eigenschaften zugehörten, ihm sind vielmehr immer nur Härte, Egoismus, Mißtrauen begegnet, jeder Mensch schien eine Insel zu sein, eine Insel ohne Strand, an dem keine fremden Boote auflaufen konnten. Und jetzt haben sich an zwei aufeinanderfolgenden Tagen zwei wildfremde Menschen seiner angenommen, ein Gastwirt vom Schlesischen Bahnhof und eine Portiersfrau aus Charlottenburg, seltsame Parallelität der Ereignisse. Gestatten sie einen Rückschluß auf das Volk dieser Stadt?

Lassehn läßt seinen Blick unter den gesenkten Augenlidern rundum gehen. Aus den Gesichtern der Menschen ist der Ausdruck der Angst ein wenig gewichen, man hört zwar noch in Abständen das tiefe Brummen der Viermotorigen, aber keine Explosionen mehr, die unerhörte Spannung der ersten Viertelstunde, als Bombe um Bombe in der Nähe niederrauschte, als jeder seine Tasche fester packte, sich wie zum Sprunge duckte, bereit, jeden rücksichtslos beiseite zu stoßen, um den Ausgang zu gewinnen, diese Spannung löst sich jetzt in sprudelnde Gesprächigkeit, in kleine, nervöse Beschäftigungen auf.

Die Beziehungen der Menschen zueinander, eben noch hart an der Grenze der Feindschaft, werden wieder versöhnlicher, langsam gewinnen der Nachbar und die Nachbarin, eben noch Rivalen im Kampfe um das Leben, wieder menschlichere Züge, aber das alles ist nur dünn aufgetüncht.

Würde der Bomberpulk noch eine Serie von Bomben in der Nähe werfen, die Tünche würde sofort abplatzen und wilde Instinkte bloßlegen. Aber Welle auf Welle überfliegt das westliche Stadtgebiet ohne Abwürfe, und aus den Meldungen des Polizeisenders wird bald klar, daß die Bomber sich im Abflug befinden, mit Bombenwürfen also kaum noch zu rechnen ist. Je größer die Distanz wird, die sich zwischen die Stadt und die abfliegenden Verbände legt, um so mehr nehmen die Gesichter wieder menschlichere Züge an, und da und dort schallt sogar ein Lachen durch den Keller. Obwohl es klar ist, daß die Amerikaner jeden Tag große Angriffe fliegen können, und obgleich nichts sicherer ist als der nächtliche Angriff von einigen Dutzend britischer Moskitos, so wissen die Menschen sich im Augenblicke gerettet, glauben sie sich der unerträglichen Last, die auf sie gelegt ist, entledigt, und dieses Bewußtsein läßt sie aufleben, läßt sie auch Pläne für die nächsten Stunden machen, sogar Verabredungen für einen abendlichen Kinobesuch treffen. So unglaublich es scheint, inmitten der Ruinen, in halbzerfallenen Häusern, in durch Trümmer und Panzersperren blockierten Straßen sind noch Lichtspieltheater in Betrieb, sie haspeln ihre Vorstellungen in den wenigen Stunden ab, in denen keine Stromsperre über sie verhängt ist, aber selbst dann können sie selten genug ihr Programm in einem Zuge abrollen lassen, weil die Phrasen der Wochenschausprecher und das Geplapper der Leinwandschatten von den Sirenen übertönt werden. Lassehn weiß, daß mit dem Wiedererwachen der Lebensgeister sich das Interesse wieder ihm zuwenden wird, und da er kein Bedürfnis nach einem zweiten Zusammenstoß mit dem Luftschutzwart Exner verspürt, erhebt er sich und geht mit schlenkernden Schritten und in bewußt nachlässiger Haltung, nicht zu schnell, aber auch nicht zu langsam, dem Ausgang zu.

»Muß mal eine Zigarette stoßen gehen«, sagt er im Vorbeigehen zu Frau Buschkamp.

Im Kellervorraum stehen einige Männer und rauchen, mit einem flüchtigen Blick sieht Lassehn, daß Exner in einer Ecke auf einen großen Mann in brauner Parteiuniform lebhaft einredet. Alles in ihm drängt zur eiligen Flucht, aber er beherrscht sich, beschleunigt seine Schritte nur wenig, und erst als die Windung der Kellertreppe ihn allen Blicken entzieht, springt er rasch die Stufen empor, stößt die Kellertür auf und steht auf dem Hof. Ein wolkenlos blauer Himmel spannt sich über der von Häusern umbauten Lücke, es ist ganz still, eine tiefe Ruhe ist in dieser Mittagsstunde über die große Stadt gebreitet, in der die Menschen wie Ratten durch unterirdische Gänge huschen.

Im Hausflur zündet sich Lassehn eine Zigarette an und zieht den Rauch tief in die Lungen. Soll er nun gehen? Er ist doch eigentlich hierhergekommen, um seine Frau zu sehen, mit ihr zu sprechen, die Möglichkeit eines Zusammenlebens zu erwägen, ein Unterkommen zu finden, bis ... ja, bis wann?

Lassehn tritt vor die Haustür. Die Straße ist leergefegt, als habe ein Magnet alles Leben aus ihr gesaugt, er blickt die Kaiser-Friedrich-Straße entlang, nach Nordosten zu erhebt sich eine dunkle, grauschwarze Wolkenwand, die sich langsam höherschiebt.

Seltsames Wetter, denkt er, hier ein Frühlingshimmel, hellblau, mit blanker Sonne, kleinen, weißen Wölkchen, und dahinten die dunkelgraue, drohende Unwetterwand, in der es quirlt und brodelt, aus der es aufzuckt, und dabei ist kein Wind, kaum ein Lufthauch zu spüren. Seltsames Wetter! Aber plötzlich durchzuckt ihn eisiger Schreck. Das, was dahinten aufsteigt, das ist keine Wetterwolke, das sind Rauch und Qualm, Verwüstung und Vernichtung, Tod und Verderben, das ist die schreckliche Spur des Krieges, die jetzt von Ägypten und der kasakischen Steppe, von Narvik und Kreta bis nach Berlin reicht. So sieht das also aus. Während hier nur kleine Seitenhiebe fielen, ist dort hinten der volle, gezielte Schlag der Bomber niedergesaust.

Lassehn fährt zusammen, als hinter ihm die Haustür aufgezogen wird, seine Hand fährt sofort in die Hosentasche nach dem Revolver, das ist in diesen Tagen schon eine ganz instinktive Bewegung geworden, aber er schiebt den Revolver wieder schnell zurück und ist fast ein wenig beschämt. Frau Buschkamp ist aus der Haustür getreten.

»Ach, Sie sind es«, sagt Lassehn.

»Ja, ick bin et«, sagt Frau Buschkamp. »Wat steh'n Se denn hier vor de Hausdiere rum? Soll'n die Joldfasane Appetit uff Ihn'n kriej'n?«

»Ich überlege gerade etwas«, antwortet Lassehn.

»Aber nich uff de Straße«, sagt Frau Buschkamp entschieden. »Se hab'n woll zu ville Luft? Oder woll'n Se uffjehang'n werd'n?«

Lassehn schüttelt den Kopf, ist fast ein wenig ärgerlich, die Fürsorge der alten Frau scheint ihm zu weit zu gehen. »Sehen Sie dort hinten«, sagt er ablenkend und weist in die Richtung der unheilvollen Wolke.

»Is nich neu, da kiek ick janich mehr hin«, sagt Frau Buschkamp. »Hab'n wa allet schon mitjemacht, in sowat hab' ick schon mitten drin jesess'n, uns kann nischt mehr erschüttern. Nu aber ...«

Sirenen schneiden drei lange, grelle Töne in die Totenstille, die wie ein Leichentuch über die Stadt gebreitet ist.

»Vorentwarnung«, sagt Frau Buschkamp. »Na, wieder mal dem Tod von de Schippe jehoppst.«

»Glück ist alles«, sagt Lassehn, um überhaupt etwas zu sagen.

Frau Buschkamp mustert ihn mit raschen, abschätzenden Blicken.

»Komm' Se man erst rin zu mir«, sagt sie. »Bisken fix, bevor die andern aus'm Keller jekroch'n komm'.«

Lassehn folgt ihr zögernd.

»Ich danke Ihnen«, sagt er dann, als er ihr in der Pförtnerloge gegenübersitzt.

»Schon jut«, winkt Frau Buschkamp ab, »ick nehm' nischt dafier.«

»Weshalb haben Sie das getan?« fragt Lassehn. »Sie kennen mich doch gar nicht.«

Frau Buschkamp sieht ihn nachsichtig an. »Muß man een' denn kenn', wenn man aus't Wasser zieht?« fragt sie.

»Allerdings nicht«, gibt Lassehn zu, »aber Sie hatten doch gar keine Veranlassung ...«

»Nu halten Se aber mal de Luft an, junger Mann«, fährt Frau Buschkamp empört auf. *»Sie* hätt'n mir vaschütt jeh'n lass'n, wa?«

»Ich weiß es nicht«, gibt Lassehn ehrlich zu. »Verfluchter Mist«, fährt er los und wütet gegen sich selber. »Sie haben ganz recht, wenn Sie mir indirekt einen Vorwurf machen, Frau Buschkamp, dieses Nazisystem, das jeden angeblich zum Helden und Drachentöter erzieht, hat uns in Wirklichkeit zu erbärmlichen Feiglingen gemacht, zu Duckmäusern vor jeder scheißbraunen Uniform, zu Kriechern vor jedem Stück Emaille, alle Menschlichkeit hat man in uns erstickt, alle Individualität breitgewalzt, und wenn die Menschlichkeit in Deutschland noch nicht ganz ausgestorben ist, dann nur deshalb, weil die Hunde noch nicht Zeit genug hatten, auch den letzten Rest von Anstand und Gerechtigkeitssinn aus uns herauszupressen.« Lassehn ist über seinen Ausbruch selbst erstaunt, aber er fühlt sich befreit und vor dieser alten Frau mit den klaren Augen ein wenig gerechtfertigt.

Frau Buschkamp sieht ihn ernst und nachdenklich an. »Det hab'n Se scheen jesagt, Herr Kempner, jenau so is det, ick hätt' det bloß nich so ausdrick'n kenn'.« Über ihr zerfurchtes, verrunzeltes Frauengesicht läuft ein heftiges Zucken. »Ween' kennt' man, wat die Vabrecher aus uns jemacht hab'n«, sagt sie. »Wat meen' Se, wie ick mir mindawertich und vakomm' vorkomm', det ick ab und zu mal Heil Hitler jesagt hab'? Aber die setz'n een' ja so unter Druck, det man manchmal wahrhaftich nich anders kann, aber innerlich sind wa janz die Alten jeblieb'n, dadruff kenn' Se sich valass'n! Een Jlick, det die noch nich da rinkieken kenn'.«

Sie schlägt sich auf die Brust und lacht höhnisch auf. »Unsaeen' kriej'n die nich kleen, die nich, und iebazeuj'n kenn' se uns erst recht nich. Se sind ja noch'n junger Mann, Herr Kempner, Se hab'n ja kaum wat andret kenn'jelernt, aber det, wat Se kenn'jelernt hab'n, det mißte Ihn' ja eij'ntlich jeniej'n, wenn Se nich 'n Brett vor'n Kopp hab'n.«

Lassehn nickt. »Allerdings, aber – entschuldigen Sie meine vielleicht eindringliche oder aufdringliche Frage – weshalb sind Sie gegen die Hitlerherrschaft?«

Frau Buschkamp steht auf und stemmt die Hände in die Hüften. »Mann, det frag'n Se ooch noch?«

»Mich interessieren Ihre Gründe«, sagt Lassehn betont, »ich bin gewissermaßen ein Schüler, der ...«

»Na, denn kiek'n Se sich man um«, sagt Frau Buschkamp schnell, »denn seh'n Se Jrinde jenuch, aber Se braucht'n janich uff'n Kriech zu wart'n, um die Bande zu hass'n. Mann, sind Se denn blind jewes'n? Hab'n Se nich alebt, wie se de Juden vafolcht hab'n, wie se uns de Jewerkschaften kaputtjemacht hab'n, wie se die best'n Jenoss'n ins Konzertlager jeschleppt und uff de Flucht aschoss'n hab'n? Hab'n Se nich alebt, det een janzet Volk de Schnauze halt'n muß, det de Kap'talisten als vakleid'te Sozialisten uns alle unter de Fuchtel jekricht hab'n und det se nu mit ihr'n vafluch'n Kriech allet kurz und kleene schlag'n?«

Lassehn ist durch den Ausbruch der Frau überrascht, ihre ruhige, überlegene Art ist einem flammenden Zorn gewichen, in ihrem Gesicht zuckt es, tiefe Falten haben sich zwischen die Runzeln gelegt. Wenn Lassehn auch nicht alles verstanden hat, was die alte Frau hervorgesprudelt hat, eines weiß er sicher, daß diese Flut aus einem gerechten Zorn quillt.

»So seh' ick det im Jroß'n«, fährt Frau Buschkamp fort. »Und wie sieht det im Kleen' aus? Wie wirkt sich det bei'n kleen' Mann aus, bei'n einfach'n Prolet'n? Seh'n Se mir an, ick bin jetzt jrade sechzich, und uff meine oll'n Tage steh' ick nu alleene, mein' Mann hab'n se vor acht Tag'n zum Volkssturm jeholt, meine Dochter is mit ihre Jör'n evakuiert, ihr Mann is vamißt, meine and're Dochter is mit ihr'n Betrieb valagert, nach Westpreußen, weeß der Himmel, wo die jetzt steckt, und mein Sohn ...« Sie unterbricht sich und setzt sich wieder hin. »Seh'n Se, Herr Kempner, da hat man nu een Leb'n lang jearbeit't, jerackert und jeschufft', da hat man een Sohn jroßjezog'n, hat'n uff de Beuth-Schule jeh'n lass'n, det er Techniker, valleicht Inschenör wer'n kann und denn ...« – ihre Stimme sinkt ab und wird fast ein Flüstern – »und denn kommt eenes Tages een Brief, und da steht drinne: ›Für Führer, Volk und Vaterland bei Marsa Matruh den Heldentod gestorben.‹ Ick weeß jenau, wat det heeßt, det heeßt nemlich, det se'n in' Wiestensand vascharrt hab'n, valleicht hab'n se ooch 'n kleenet Holzkreuze uffjestellt, und bei'n neechst'n Sandsturm war't weg, vaweht. So is det, Herr Kempner, da hat man een' Jung'n jroßjezog'n, da hat man allet dranjehängt, Liebe, Sorje, Stolz, Hoffnung, ooch Vadruß und Ärjer, ville Arbeet und Jeld, da war man stolz druff, det er wat jeschafft hat und det man wat dazu jetan hat, und denn heeßt't eenes Tages: Heldentod. Aus, vorbei, eenfach Heldentod, die Partei spricht Ihn' ihr tiefstes Mitjefiehl aus. Für Fierer, Volk und Vaterland. Is wat jeschiss'n druff. For wat is er denn jestorb'n? For wat Jutet? Denn wird' ick et noch hinnehm'. Aber dafor? For die? In de Wieste vascharrt, Spielzeuch for de Hyän', Fraß for de Schakale?« Sie sitzt wie erstarrt da und hat die Hände schlaff im Schoß liegen.

Lassehn ist erschüttert, er tritt an die alte Frau heran und legt eine Hand leicht auf ihre Schulter, für einen Augenblick ist er sogar versucht, seine Hand auf das dunkle, braune Haar, in das sich schon reichlich graue Strähnen mischen, gleiten zu lassen, aber er läßt es doch, es scheint ihm zu vertraut.

»Ich kann Ihren Schmerz verstehen, Frau Buschkamp«, sagt er leise, »man hat Leben gesät und Tod geerntet.«

Frau Buschkamp ruckt den Kopf wieder hoch, für Sekunden ist ihr Blick ganz erloschen, aber dann schüttelt sie die Starre ab.

»Aber jloob'n Se man nich, det ick vor Trauer vajehe, nee, nee, Herr Kempner, ick bin aus anderm Holz jeschnitzt.« Sie lacht grell auf. »Der is nich umsonst jestorb'n, mein Werner, der hat mir wat hintalass'n, wat mir uffrecht hält. Und wiss'n Se, wat det is? Een Haß, een janz jroßer Haß, den mir keener abkoofen kann, eene abitterte Todfeindschaft uff die Banditen, die sich Rejierung und Partei nenn'. Nu dirfen Se aba nich jloob'n, det ick det Jesindel nich vorher ooch jehaßt habe, klar, immer hatt' ick 'n Haß uff die Brieder, aber det war jewissermaßen een alljemeener Haß, so wie Sie valleicht Hunde hass'n oda Wanzen, ihr Haß jilt ja nich een' bestimmt'n Hund oder eene janz bestimmte Wanze, Sie hass'n die Jattung. Seh'n Se, und so is det bei mir. Aus mein' Haß is nach den Tod von mein' Werner een janz persönlicha Haß jeword'n, der jilt jeden Nazi, den ick kenne, und dadruff kenn' Se sich valass'n, det ick keen' vajesse, wenn det mal anders kommt. Die kleen' Hitlers, die uns tachtäjlich kujenier'n und schikanier'n, uns immer uff's Maul jlubsch'n, ob een och ja keen Wort uff ihr stolzet Jroßdeutschland aus de Zähne rutscht, die an uns're Diere steh'n und lausch'n, ob wa valleicht 'n ausländ'schen Sender injestellt hab'n, die jenau de List'n kontrollier'n, wieviel jeda for de Wintahilfe jestift't hat, und uffpass'n, ob ooch jeda den Drecklapp'n von Fahne aus't Fensta zu bammeln hat, die imma druff acht'n, det wa ooch ja Heil Hitler sag'n, diese kleen' Hitlers, so wie der Exner hier und noch so'n paar and're Strolche, die hasse ick janz perseenlich, die Hunde mecht' ick mal baumeln seh'n, denn die sin beinah' mehr schuld an unser Unjlick, als die da ob'n, denn wat kennt'n die da ob'n, der Adolf, der Klumpfuß, der Hermann, der Leichenheini und wie se alle heeß'n, wat kennt'n die schon anfang'n, wenn die hier unten nich mitmach'n wird'n? Janischt kennt'n die anfang'n. Und wat sagen Sie dazu, Herr Kempner?« Lassehn zuckt die Achseln. »Ich habe über die ganze Sache nicht so viel nachgedacht wie Sie ...«

»Nachjedacht? Hab'n Se nachjedacht jesagt?« fährt Frau Buschkamp dazwischen. »Da jibt's doch janischt zum Nachdenken, det hat man doch in't Jefiehl, det sieht man doch, wenn man Oogen im Koppe hat und se nur richtich uffmacht. Se seh'n mir eij'ntlich janich danach aus, det Se doof jebor'n sind und nischt dazujelernt hab'n, Se seh'n mir ooch janich wie'n Bauer aus. Mit det Jesichte und die Hände? Die Jeschichte, die Se den Exner in' Keller azehlt hab'n, hat er Ihn' doch nur jejloobt, weil Se mein Neffe sind. Det mit Ihn' wat nich stimmt, sieht man Ihn' an de Neesenspitze an, Sie kenn' sich nich vastell'n, Sie nich.«

Lassehn erschrickt. »Meinen Sie?« fragt er hastig.

Frau Buschkamp lacht kurz auf. »Seh'n Se, die Frage allene hat Ihn' schon varat'n! Wat is denn nu mit Ihn'? Hab'n Se wirklich keene Papiere?«

»Doch«, entgegnet Lassehn, »ich habe Papiere, sogar echte, aber sie sind nicht vollständig.«

»Na und?« Frau Buschkamp sieht ihn fragend an.

»Unvollständige Papiere sind unter Umständen schlimmer als gar keine«, antwortet Lassehn.

»Moment mal«, fällt Frau Buschkamp ein, »unvollständ'je Papiere sind schlimmer ...« Sie schüttelt den Kopf heftig. »Nee, vasteh' ick nich.«

Lassehn zögert noch für Sekunden. Soll er der alten Frau die Wahrheit sagen? Ist er dazu verpflichtet? Aber dann entschließt er sich. »Die Sache ist so«, beginnt er langsam, »ich habe zwar mein Soldbuch, aber keinen Urlaubsschein, und das heißt ...«

In den Augen der alten Frau leuchtet es auf. »Jetzt is mir allet klar«, sagt sie und nickt. »Also so eener sind Sie? Und außerdem loofen Se hier in Räuberzivil rum. Sie sind jetürmt von Preußens, abjehau'n. Stimmt's?«

Lassehn nickt nur, obwohl er weiß, daß ihm von dieser Frau keine Gefahr droht, schnürt es ihm trotzdem die Kehle zu, daß sie nun um sein Geheimnis weiß.

»Imponiert mir, Herr Kempner, imponiert mir mechtich«, sagt Frau Buschkamp anerkennend. »Aber nu hau'n Se man ab, mechlicherweise kommt der Exner, det braune Aas, uff den Jedank'n, Ihn' doch noch uff'n Pelz ze rick'n, und det woll'n wa liebers vameid'n.«

»Und Sie!« Lassehn stellt die Frage, die ihn vorhin schon so eingehend beschäftigt hat. »Haben Sie sich da nicht etwas übernommen ...«

Frau Buschkamp winkt ab.

»Mit den Exner werd' ick schon fertich, det lass'n Se man meine Sorje sind. Aber wenn Se mal keene Bleibe hab'n, dann komm' Se man ruhich zu de olle Buschkampen, die bringt Ihn' schon unta. So, und jetz' wird' ick mir an Ihre Stelle zuneechst mal vaflücht'jen ...«

Lassehn nickt. »Aber ich wollte doch eigentlich noch zu Niedermeyer ...«

»Da is doch jetz' keener da, Herr Kempner«, sagt Frau Buschkamp, »die olle Tante is bestimmt nich zehause, wenn die Nordwestdeutschland heert, denn nischt wie raus und rin in' Zoobunker, und de Irma is jrade wegjejang'n, als Sie kam', da is jetzt doch nischt zu mach'n, da miss'n Se speter noch mal wiedakomm'.« Lassehn wendet sich zum Gehen und streckt der alten Frau die Hand hin. »Ich danke Ihnen, Frau Buschkamp«, sagt er herzlich. »Ich komme bald wieder, bestimmt. Auf Wiedersehen!«

»Uff Wiedaseh'n, Herr Kempner!«

Das ›Herr Kempner‹ trifft Lassehn wie eine Ohrfeige, sie schmerzt ihn tief, weil er der alten Frau nicht die volle Wahrheit gesagt hat.

VIII

Ethnologie einer deutschen Kleinstadt

›Die Menschen haben freiwillig ihres Adels sich begeben, freiwillig sich auf diese niedere Stufe herabgestellt. Erschrocken fliehen sie vor dem Gespenste ihrer inneren Größe, gefallen sich in ihrer Armut, schmücken mit feiger Weisheit ihre Ketten.‹

Schiller, *Don Carlos*

Es ist für den Charakter eines Ortes entscheidend, ob er aus der Landschaft oder irgendwelchen landschaftlichen Gegebenheiten heraus entstanden ist, dem Vorhandensein einer Furt, dem Zusammenfließen von Gewässern, der Kreuzung von Straßen, dem Reichtum der Natur, der Fruchtbarkeit der Felder, oder ob er einfach gegründet worden ist, einer nicht risikolosen Spekulation sein Entstehen verdankt, wenn seine Geburt nicht im Schoße der Erde, sondern im nüchternen Büro eines Grundstücksmaklers stattfindet, wenn der Same, der ihn gezeugt, und die Eizelle, die ihn empfangen hat, nicht den Urkräften der Natur zugehören, sondern die Früchte eines kommerziellen Geistes sind, der in dem Boden nur die Parzelle, im Walde nur das Holz und im Gewässer nur den verteuernden Uferstreifen sieht und das alles entsprechend bilanziert. Der Geist, der sich in dem Erzeuger solcher Orte manifestiert und bei der Taufe Pate steht, begleitet ihn auf seinem ferneren Wege, denn ein Dorf oder eine Stadt sind nicht nur Materie, Stein und Holz und Eisen und Asphalt, sie sind von Menschengeist bewegt und zusammengefügt worden, er schlägt sich auf ihnen nieder, sie nehmen ihn in ihren Poren auf und strahlen ihn zurück. So entsteht eine unablässige Wechselwirkung, die sich im Laufe der Zeit abschwächt oder verstärkt, entweder überwältigt die Materie den Menschen, oder der Mensch vergewaltigt die Natur.

Eichwalde, an der Vorortbahn vom Görlitzer Bahnhof nach

Königs Wusterhausen gelegen, ist das Produkt einer Gründung, entsprungen den Hirnen von Kaufleuten und Grundstücksspekulanten. Es gibt hier keine Tradition und keine Überlieferung, landwirtschaftliche Notwendigkeiten haben hier keine Rolle gespielt, entscheidend war die günstige Verkehrslage und die Nähe der Großstadt. Die Anlage des Ortes geschah nach einem vorgefaßten Plan. Vieles ist nur Plakat und lockende Versprechung geblieben, da die rasche Bebauung des Siedlungsraumes eine Einlösung nicht mehr notwendig zu machen schien. Man hatte von vornherein auf die Heranziehung einer gewissen Bevölkerungsschicht gezielt, indem man die Errichtung von industriellen Anlagen jeder Art untersagte, man wollte ein mittelbürgerliches Publikum, Beamte, leitende Angestellte und mittlere Geschäftsleute, heranziehen, das zwar seine ökonomische Kraft aus dem industriellen Proletariat zog, sich aber sonst von ihm distanzierte und vor allem in seinen Wohnbezirken nicht durch den Anblick von Arbeitern und später von Arbeitslosen belästigt werden wollte, sich aber andererseits die Exklusivität der Großbourgeoisie von Wannsee und Nikolassee, Dahlem und Grunewald nicht leisten konnte. Auf den Nachbarort Schulzendorf, dessen Häuser zum beträchtlichen Teil von Bauhandwerkern in monate- und jahrelanger mühseliger Arbeit in den Freistunden nach Feierabend und an Sonntagen selbst erstellt worden waren, wurde als ›Maurersiedlung‹ verächtlich herabgesehen. Ganz hatte man allerdings den Zuzug von nichtbürgerlichen Elementen nicht verhindern können, da der Erwerb von Neuland ja schließlich jedem freistand. So sickerte in dieses mittelbürgerliche Milieu immerhin eine Anzahl von Existenzen ein, die nach der Marxschen Terminologie der Arbeiteraristokratie zuzurechnen waren. Trotzdem aber bildete die Bevölkerung Eichwaldes – von Ausnahmen abgesehen – ein homogenes Ganzes, und diese Homogenität ist im Grunde nur auf eine Ursache zurückzuführen: den Grundbesitz. Es ist der Grundbesitz der mittel- und kleinbürgerlichen Menschen, die durch Arbeit, Glück und andere günstige Umstände zu Besitz gelangt sind, sich fest an ihn klammern, ihn mit allen Mitteln behaupten und auf jeden mit einem Gefühl der Verachtung herabsehen, der es nicht soweit gebracht hat. Daß hier – auf dem Boden der Furcht vor Expropriation – sozialistische Ideen keinen Eingang finden konnten, ist jedem klar, der den Charakter solcher Siedlungen kennt.

In diesem Orte – und hier steht Eichwalde für hundert und aberhundert von Orten, Dörfern, Kleinstädten, Siedlungen, Flecken, Weilern, Gemeinden – lebt jeder für sich, hier hält sich jeder für eine besondere Individualität, aber es ist die Individualität von Schafen, die lediglich nicht dicht beieinander in der Herde getrieben werden, sondern in weiten Abständen einhertraben, aber deshalb ihre Eigenart der Spezies Schafe keineswegs aufgeben. Der Begrenztheit ihrer wirtschaftlichen Bewegungsmöglichkeit entspricht die Enge ihrer Gedankenwelt. Die Unterwürfigkeit und Verehrung des politischen und militärischen Kraftprotzentums wird ergänzt durch die Verachtung der Schwachen, der Unterworfenen, der Gestürzten. Hier findet der Nationalsozialismus den besten Nährboden, als sich herausstellt, daß er absolut gesellschaftsfähig ist, daß sich sogar Bankiers, Großindustrielle und Militärs, Universitätsprofessoren, Dichter und Künstler mit der Parteimedaille schmücken und die Bezeichnung Arbeiterpartei nur eines der vielen Aushängeschilder des Braunauers ist. Ist man bisher den Parolen einer der 33 Parteien der Weimarer Republik und einer falsch verstandenen Demokratie gefolgt, so ergreift man jetzt mit beiden Händen das starke Seil einer neuen Autorität. Der unbestrittenen Autorität der Monarchie war ein Vakuum gefolgt, in der alle Autoritäten, Regierung, Kirche, Familie, ins Wanken gerieten, keinen Halt mehr boten und sich schließlich auflösten, soziales Ansehen und wirtschaftliche Sicherheit verlorengingen. So überträgt man die eigene Inferiorität bedenkenlos auf die Nation und macht sie schließlich zur Richtschnur des Handelns. Der unglückliche deutsche Hang zum Doktrinarismus, zur Unbedingtheit und Ausschließlichkeit kommt dem totalen Machtanspruch der nationalsozialistischen Gewalthaber entgegen, man läßt sich willig zur sogenannten Volksgemeinschaft zusammenzwingen und gleichschalten, man tut noch das Seine dazu, sich umzustellen und sich die Terminologie des Braunen Hauses anzueignen, enthält sie doch alle Ingredienzien des angeblich deutschen Wesens in schauriger Übersteigerung, Nationalstolz und Sozialgefühl, Soldatentum und Geschäftsgeist, Pionierarbeit und Antisemitismus. Die Konstituierung einer neuen mittelbürgerlichen Schicht scheint nunmehr gesichert, nachdem der Aufstieg und die Macht der Arbeiterschaft diese in die gleiche Ebene gehoben und das Kleinbürgertum somit ihres Anspruchs beraubt hat, die vorletzte Sprosse der sozialen Stufenleiter zu besetzen. Die Autorität von Gottes Gnaden ist – nach dem Interregnum einer autoritätslosen Zeit – ersetzt worden durch den Herrschaftsanspruch einer neuen Autokratie, die erst zögernd anerkannt, da sie aus den eigenen Reihen stammt, und dann begeistert begrüßt wird, weil sie Erfolg hat. Daneben wittern die glaubenssüchtigen Mittel- und Kleinbürger, die durch den Verlust ihrer Vermögen und Ersparnisse in der Inflation sich bedenklich dem Niveau der proletarischen Massen genähert haben, die Konjunktur, und wann hätte je ein bürgerliches Herz den Lockrufen einer Konjunktur widerstanden. Man sieht die Ankurbelung der Wirtschaft und hört die Rufe von Arbeit und Brot, man verlacht die warnenden Stimmen, die da prophezeien, daß dieselbe Kurbel einst zu einem schaurigen Todestanze gedreht werden, daß man an dieser Arbeit eines Tages verenden und an diesem Brote ersticken würde. Man empfindet die Fesseln, die der Nationalsozialismus seinen Untertanen anlegt, gar nicht als solche, denn die deutsche Unterwürfigkeit unter die Staatsraison und den Befehl von oben wird durch die Erhebung in die Adelsrasse in eine neue Ebene gehoben, das Recht auf Selbstbestimmung und persönliche Freiheit wird durch das Primat des deutschen Volkes in der Welt kompensiert. Geblendet von den wirtschaftlichen Erfolgen der Scheinblüte werden die kleinbürgerlichen Massen dem Nationalsozialismus hörig und identifizieren sich mit seinen Zielen, die sie zu den ihren machen und in parvenuhaftem Stolz überbetonen, sie begeben sich der eigenen Entschlußfähigkeit und verzichten auf jede moralische Denktätigkeit, da der Führer immer recht hat. Und da niemand sich sonst zum Wort meldet, gleiten sie schließlich in ein psychisches Trauma, in dem ihre völlige geistige und seelische Vergewaltigung gelingt. Das Pendel des deutschen Daseinsgefühles hat immer zwischen Selbstverachtung und Selbstüberhebung hin- und hergeschwungen, und auf die ›actio‹ nach der einen Seite ist jetzt die ›reactio‹ nach der anderen gefolgt, man atmet befreit auf, nunmehr in einem Volk von Brüdern aufzugehen, ein und derselben Partei anzugehören oder anhängen zu dürfen. Die Verkehrung aller Werte in ihr Gegenteil, die groteske Verzerrung aller Tugenden bis zur Unkenntlichkeit, die Verächtlichmachung aller Ideale, die die Hegemonie des nationalsozialistischen Programms auch nur antasten, das alles wird widerspruchslos hingenommen, man begibt sich in eine Vormundschaft, der eine unfaßbare geistige Selbstentäußerung folgt. Die Einsetzung des Hasses als Staatsidee wird begeistert begrüßt, in ihm kann sich das aufgestaute Ressentiment des Kleinbürgers auf politische, religiöse und rassische Minderheiten entladen. Man lauscht wie gebannt auf jene mächtige Stimme, die mit frechem Hohn die geistigen Erkenntnisse einer vieltausendjährigen Weltgeschichte für ungültig erklärt, die jeden Stein in Deutschland bewegt und jedes Rad zum Rollen bringt, die Heere in Bewegung setzt und die Weltmeere durchpflügt, der man alles verdankt und die immer recht hat, und man wird dabei nicht gewahr, daß Treue zu Charakterlosigkeit, Achtung zu Byzantinismus, Gehorsam zu Sklaverei, Staatsdienst zu Denunziantentum werden.

Da, wo Eichwalde in die Gemeinde Zeuthen übergeht, steht in einer kleinen, kurzen Nebenstraße ein Häuschen, es ist schmal und hat einen spitzen Giebel, es unterscheidet sich eigentlich in nichts von den anderen Häusern der Umgebung, ist von der Straße weit zurückgebaut und hat rings um sich ein paar hohe Kiefern stehen, während die Front nach der Straße von ein paar Blautannen gebildet wird. Dieses Haus, so unscheinbar es nach außen hin wirkt, hat lange im Mittelpunkt des allgemeinen Interesses gestanden, bis dieses Interesse, Mischung aus Neugier und Sensationslust, von anderen, größeren Ereignissen überdeckt worden ist, da Sensationshascherei und Neugier kein Dauerzustand sein können. Bei verschiedenen Gelegenheiten aber wurde die öffentliche Aufmerksamkeit immer wieder auf dieses Haus gelenkt, und dann erinnerte man sich sofort seiner obskuren Vergangenheit. Nichts haftet so gut im Gedächtnis des kleinbürgerlichen Menschen wie die Erinnerung an Dinge, die anderen abträglich sind und dadurch das eigene Ich erhöhen, nichts ist auch besser geeignet, in den Augen der herrschenden Partei wohlgefällig zu erscheinen und als loyaler Bürger zu gelten, als sich dem Boykott Verfemter anzuschließen.

Das Haus, von dem hier die Rede ist, gehört dem früheren Gewerkschaftssekretär und Reichstagsabgeordneten Friedrich Wiegand. Er hat sich allerdings des eigenen Heimes nur selten und der idyllischen Ruhe und des Friedens der märkischen Landschaft überhaupt nicht erfreuen können, da er sein Haus in den Jahren bezogen hatte, in denen in Deutschland schwerste Arbeitskämpfe ausgefochten wurden, die ihn von einem Streik zum anderen, von einer Aussperrung zur nächsten, von einer Tarifverhandlung zur folgenden jagten, von Berlin ins Ruhrgebiet, von der Wasserkante nach Oberschlesien, von Sachsen nach Baden führten.

Diesen Jahren folgte unmittelbar die Herrschaft des Nationalsozialismus, der Wiegand nur Verfolgung und Inhaftierung brachte. Am Tage des Reichstagsbrandes wurde er zum ersten Male verhaftet, dann nach siebenundzwanzig Monaten entlassen und unter schärfste Überwachung gestellt, in den folgenden Jahren, bei jeder inneren und äußeren Krise des Hitler-Regimes, stets wieder in Haft gesetzt und in Konzentrationslagern gefangengehalten, bis er sich dann, kurz vor dem Überfall auf die Sowjetunion, entschlossen illegal machte, da die polizeiliche Überwachung und die fortwährenden Kontrollen der Gestapo ihm keine Bewegungsfreiheit mehr ließen und die illegale Arbeit seine ganze Person beanspruchte. Wiegand verschwand aus Eichwalde, er war einfach nicht mehr da, keine Haussuchung förderte einen Hinweis auf seinen Verbleib zutage, keine überraschende nächtliche Kontrolle führte zu seiner Entdeckung oder wies auf seine Spur.

In dem Haus war seine Familie zurückgeblieben, seine Frau und seine vier Kinder. Seine Frau, Lucie Wiegand, ist eine der Frauen, die zu ihrem Mann auf Gedeih und Verderb halten, nicht weil es Sitte und Moral so wollen, auch nicht aus Gewohnheit und natürlichem Beharrungsvermögen, sondern weil ein unbändig starkes Gefühl und ein fester Glaube an die Sache, die er verficht, sie an ihn bindet. Sie ist keine Sekunde wankelmütig geworden, sie hat niemals in Anwandlungen der Schwäche mit ihrem Schicksal gehadert, das sie fortwährend des Mannes beraubte, sie hat auch niemals versucht, den Ehemann Friedrich Wiegand gegen den Politiker Friedrich Wiegand auszuspielen, sie hat ihn im Gegenteil immer darin bestärkt, nicht nachzugeben, sie hat niemals daran gedacht, ihn zum Einschwenken in das nationalsozialistische Lager zu bewegen, um den drohenden Gefahren zu entgehen und endlich eine einigermaßen friedliche Existenz herbeizuführen.

Im nationalsozialistischen Staate ist der Umgang mit kriminellen Verbrechern nicht unbedingt gefährlich, der Umgang mit sogenannten staatsfeindlichen und politisch unzuverlässigen Elementen (und selbstverständlich auch mit Juden) dagegen ein schweres Delikt.

Um die Familie Wiegand zog sich alsbald ein magischer Kreis, den niemand zu betreten wagte, da der Scheinwerfer der polizeilichen Überwachung jeden anleuchtete, der sich diesem Kreise auch nur zu nähern gewagt hätte. Aber es war niemand da, der dieses Wagnis unternommen hätte, denn ihm steht das Bestreben des deutschen Bürgers, um keinen Preis aufzufallen oder sich mißliebig zu machen, entgegen. Der Haß, der in den meisten Siedlern gegen den Verfechter des Sozialismus immer geschwelt hatte, kam plötzlich ans Tageslicht und wurde lebendig.

Lucie Wiegand hatte die Ächtung, die ihr bald nach der Übernahme der Regierung durch die Nationalsozialisten auferlegt wurde, mit Stolz getragen, den Ring des Schweigens, der sich um sie legte, nicht zu durchbrechen versucht und keinen Gruß erwidert, der ihr nur heimlich und verstohlen geboten wurde. Sie hatte mit der sie umgebenden bürgerlichen Welt stets wenig Kontakt gehabt, die Berührungspunkte mit ihr waren immer nur allgemeiner und oberflächlicher Natur gewesen, sie vermißte den Umgang nicht, die Verfemung schmerzte sie nicht, aber sie enthüllte die Feigheit und Verlogenheit ihrer bürgerlichen Umgebung, für die sie plötzlich nun nicht mehr tragbar geworden war.

Lucie Wiegand ist eine mittelgroße, zarte Frau, sie ist, obwohl sie vier Kinder geboren hat, immer noch schlank wie ein junges Mädchen, das schmale Gesicht, dessen Schönheit auch durch den Hauch, den Sorge und Leid über sie geworfen haben, nur wenig getrübt ist, hat den den Rotblondinen eigenen zarten Teint. Die körperlichen Vorzüge sind denen der Seele und des Geistes ebenbürtig. So wie ihr Körper trotz der zarten Konstitution ungewöhnlich widerstandsfähig ist, so ist auch ihre seelische und geistige Haltung von dem starken Willen bestimmt, sich keinem äußeren Zwang zu beugen, sie hat sich auch in den trübsten Stunden nie von dem, was man gemeinhin als Schicksal bezeichnet, das unwiderruflich über die Menschen verhängt sein soll, beugen lassen, sondern ihr Leben immer positiv ausgerichtet, sie hat sich nicht wie die meisten Frauen in Kleinigkeiten verzettelt, sondern immer ein großes Ziel vor Augen gehabt. Als im Frühjahr 1941 wieder eine Verhaftungswelle gegen frühere kommunistische und sozialdemokratische Funktionäre und gegen linksbürgerliche und katholische Politiker anbrandete und Friedrich Wiegand damit rechnen mußte, wieder in ein Konzentrationslager geworfen zu werden, da stimmte sie sofort zu, als er die Illegalität als den einzigen Ausweg bezeichnete.

Ständig umstellt von Haß und Verfolgung, umgeben von Feindschaft und Verachtung, sah sie dennoch in ihrem Leben weder ein Verhängnis noch ein düsteres Schicksal, denn es war ja gewissermaßen durch sie selbst, durch ihr politisches Bekenntnis und ihren Willen, auf ihm zu verharren, herbeigeführt worden. Dennoch war ihr Leben von einer tiefen Tragik beschattet. Es war die Tragik der Eltern in Deutschland, die dem Nationalsozialismus aus politischen, religiösen oder sonstigen Gründen feindlich gesinnt waren, die aber mit ohnmächtigem Grimm mitansehen mußten, wie ihnen die Erziehung und die geistige Lenkung ihrer Kinder vollständig aus den Händen gewunden und in eine Richtung gedrängt wurde, deren Folgen ihnen klar waren, gegen die sie aber nichts zu unternehmen vermochten. Darüber hinaus hatte das Leben für Lucie Wiegand noch eine besondere Bitternis bereitgehalten.

Robert, der älteste Sohn, war ein rücksichtsloser Streber, er war mit einer Intelligenz geschlagen, die alle ideellen Werte ins Materielle übersetzte. Gesinnung war für ihn nur eine Sprosse in der Stufenleiter des Lebens, ein Ding, das man sich aneignete oder das man abstieß, eben so, wie es die Umstände gerade erforderten, der Inhalt der Gesinnung spielte dabei keine Rolle, wenn sie nur dem erstrebten Ziel dienlich war. Diese Eigentümlichkeit im Wesen des Knaben hatte sich zwar in der Schule schon recht unangenehm ausgewirkt und ihm seitens der Eltern manche Rüge eingetragen, aber sie war zunächst doch gewissermaßen in der privaten Sphäre geblieben. Das änderte sich aber sofort, als der Nationalsozialismus an die Macht kam und mit seinen Forderungen und Erpressungen in alle Poren des öffentlichen und privaten Lebens eindrang. Der Knabe sah sich plötzlich isoliert, hämische und gehässige Bemerkungen wie Dreck auf sich zufliegen, und er mußte auch bald erkennen, daß ihn die Eltern nur durch Zuspruch trösten, ihm aber keineswegs öffentliche Hilfe leisten und beispringen konnten. Obwohl er ein guter Schüler war – er besuchte damals die Untertertia der Eichwalder Oberschule –, sah er doch sein Vorwärtskommen gehindert oder zumindest gehemmt, zumal einige Lehrer nun die Maske vom Gesicht nahmen und sich durch besonders strenge Behandlung des ›Sozibengels‹ einen guten Ruf bei den Parteidienststellen und dem neuen Bürgermeister zu erringen suchten.

Da dem Knaben Rücksichtnahme, gleich welcher Art, fremd war, wenn es sich um seine eigene Person handelte und wenn Rücksicht nur ein Hindernis bildete, und da ihm die öffentliche Anerkennung wichtiger als die innere Bestätigung war, tat der damals 13jährige einen Schritt, der ihn mit einem Schlage von den Eltern trennte: er wurde Mitglied der Hitler-Jugend, die damals noch nicht die Zwangsorganisation der deutschen Jugend war. Aber er tat nicht nur das, er desavouierte seine Eltern öffentlich, er rückte von ihnen ab und war in kürzester Zeit das eifrigste Mitglied der Hitler-Jugend.

Lucie Wiegand – ihr Mann war damals gerade zum ersten Male in Haft gesetzt worden – war nun keineswegs die Frau, die ihren Sohn für sein eigenmächtiges Vorgehen geohrfeigt oder ihn mit Vorwürfen überhäuft hätte, sie versuchte vielmehr, überzeugend auf ihn einzuwirken, sie begriff, daß der Knabe angesichts der bürgerlichen Umgebung, die mit fliegenden Fahnen dem neuen Volkstribun hörig wurde, nicht abseits stehen wollte, daß er es nicht ertragen konnte, andere sich in Begeisterung winden und sich einer Massenpsychose hingeben zu sehen und selbst nur als unbeteiligter, ausgestoßener Zuschauer dabeistehen zu dürfen, daß sich ein schwerer Minderwertigkeitskomplex seiner bemächtigt hatte, aber alle ihre Worte prallten an der Entschlossenheit des Knaben ab, nicht die Rolle eines Paria spielen zu wollen, sondern ein Gleichberechtigter und Gleichgeachteter unter den anderen zu sein.

Auch als Wiegand aus dem Konzentrationslager entlassen wurde und heimkehrte und von der Wandlung seines Sohnes Kenntnis erhielt, änderte sich nichts mehr, der Knabe war keinen Vernunftgründen zugänglich, er ging den einmal beschrittenen Weg mit der eisernen Konsequenz, die er von seinem Vater geerbt hatte, weiter und ließ das Gift des Nationalsozialismus willig in sich einsickern, wie er überhaupt alles gierig in sich aufnahm und sich aneignete, was seiner neuen Rolle förderlich und dienlich war.

Von der Ablehnung der Eltern und ihrer Gesinnung bis zu ihrer Verachtung war nur ein Schritt, das Haus seiner Eltern war ihm schließlich nur Obdach, Tränke und Futterstelle, und was wirklich noch an Gefühlspartikeln übriggeblieben war, wurde durch die systematische Untergrabung der elterlichen Autorität durch die Hitler-Jugend gründlich beseitigt. Lucie Wiegand litt unsagbar unter diesem Verhältnis. Wenn sie in das harte Gesicht ihres Sohnes blickte, wenn sie seine kalten Augen über sich und ihren Mann hingleiten fühlte, dann sprang ein Entsetzen in ihr auf: das war ihr Sohn, den sie in Liebe empfangen, der sich in ihrem Leibe entfaltet hatte? Sie durchlief dann in Gedanken alle Stadien seines Werdeganges, vom ersten Anlegen an die Brust bis zum gegenwärtigen Tage. Von welcher Dämonie war der Knabe besessen, daß er alles Gute, das sie in ihn hineingepflanzt zu haben glaubte, zugunsten eines fast schon manischen Strebertums unterdrückte?

Immer wieder versuchte sie auf alle erdenkliche Weise, in ihn zu dringen, sie spielte das Gefühl aus und ließ den Verstand sprechen, aber sie kam gar nicht an ihn heran, die Zugehörigkeit zur Hitler-Jugend entband ihn von jeder familiären Beziehung, von Ehrfurcht, von Dankbarkeit. In ihrer Verzweiflung ließ sie sogar die materielle Variante spielen, aber da lachte der 17jährige nur höhnisch auf und sah auf seine Mutter, die klein und zart, mit hilflosen Augen und hängenden Schultern vor ihm stand, mit einer überlegenen Miene und einem verachtungsvollen Blick herab, denn damals war gerade das Wort vom Tausendjährigen Reiche geprägt worden.

Je älter Robert Wiegand wurde, um so größer wurde die Spannung zwischen ihm und seinem Vater. Als Friedrich Wiegand bei der Österreich-Krise im März 1938 wieder einmal von der Gestapo abgeholt wurde, sprach der Sohn das zynische Wort, daß es vielleicht besser wäre, den Vater ständig in Haft zu setzen, ehe er die ganze Familie ins Unglück brächte, er würde sich ja doch nicht mehr ändern, ihm fehle einfach der Sinn, das Neue zu begreifen, er wolle es wohl auch nicht, ein Staatsfeind sei ein Staatsfeind, und der Umstand, daß er zufällig sein Vater sei, ändere nichts an der Tatsache.

Nachdem Robert Wiegand maturiert und sein Arbeitsdienstjahr absolviert hatte, meldete er sich freiwillig zur SS. Jetzt, im April 1945, sind annähernd drei Jahre vergangen, seit er nicht mehr in Eichwalde war. An seinen letzten Urlaub, den er nur zur Hälfte bei ihr verbrachte, kann Lucie Wiegand nur mit Grauen zurückdenken, denn sie hatte mit Schaudern erkennen müssen, daß das, was sich ihr Sohn nur scheinbar oberflächlich angeeignet hatte, was ihm einst nur Mittel zum Zweck gewesen, ihm inzwischen in Fleisch und Blut übergegangen und zum wesentlichsten Bestandteil seines Lebens geworden war. War im Jüngling zwar selten, aber doch hin und wieder ein versöhnlicher Zug durchgebrochen, so schien er mit der Uniform auch einen Panzer angelegt zu haben, an dem Tränen, Vorwürfe und Trauer, Bitten und Flüche wirkungslos abprallten, mit dem Tragen der Uniform schien er ein Recht erworben zu haben, das ihn von jeder persönlichen Bindung freisprach und ihn zur völligen Unempfindlichkeit gegenüber menschlichen Schicksalen verpflichtete, er hatte schließlich den seelischen Endzustand erreicht, in dem kein Raum mehr war für individuelles Denken und Fühlen. Und wieder hatte sich die schreckliche Frage vor Lucie Wiegand erhoben, ob der, der von minderrassigen Menschen wie von lästigem Ungeziefer, von der notwendigen Herabsetzung des biologischen Potentials des Feindes wie von der Ausrottung schädlicher Pflanzen sprach, wirklich ihr Sohn sei, als Same sich einst in sie gesenkt und mit ihrem Blut genährt worden sei. In dieser Nacht weinte sie lange, nicht aus Trauer, sondern vor Scham, sie prüfte sich selbst und legte schonungslos die eigenen Gedanken bloß, aber sie konnte sich keiner Schuld zeihen, sie und ihr Mann hatten stets alles getan, um den Knaben wie sie selbst werden zu lassen, aber es hatte sich erwiesen, daß der äußere Zwang stärker gewesen war, aber – und auch darüber war sie sich in jener Nacht klar geworden – nicht nur der Druck von außen konnte es gewesen sein, es mußte noch etwas anderes sein, in den nationalsozialistischen Lehren mußte ein Ferment wirken, das die schützende Hülle, die der Menschheit in langen Jahrhunderten anerzogen worden war und die wilden Instinkte des kannibalischen Urwaldmenschen überdeckt hatte, zersetzte, den Barbaren wachrüttelte und alle wilden Triebe, Herrschsucht und Eroberungstrieb, Raubgier und Mordlust, Vergewaltigung und Brandstiftung, wieder bloßlegte, sie anstachelte und aufpeitschte. Die entzündete Phantasie der unglücklichen Mutter sah ihren Sohn kalten Blutes auf die gequälten Bewohner des besiegten russischen Landes mit Maschinenpistole und Reitpeitsche eindringen, die Brandfackel in friedliche Dörfer werfen, sie sah in seinem Gesicht, das noch immer die Züge des Kindes trug, als es noch unschuldigen Geistes war, die Kainsmale der beiden S-Runen eingegraben, es war einfach unfaßbar, daß ihr Sohn die gleiche Uniform trug wie jene Verbrecher, die ihr den Mann ein paarmal geraubt hatten und auch jetzt noch in gewissen Abständen nachts in ihre Häuslichkeit eindrangen, alles durchsuchten, sie unflätigst beschimpften und ihre Wut über die ergebnislosen Durchsuchungen an irgendwelchen Gegenständen ausließen, mit einer frechen Handbewegung eine Vase vom Büfett fegten oder den Hund mit einem schnellen Fußtritt in eine Ecke schleuderten.

Trost spendeten ihr in der Verzweiflung ihre anderen drei Kinder, der 20jährige Ernst, die 16jährige Katharina und die 13jährige Rosemarie. Obwohl sie jünger als Robert und mithin der nationalsozialistischen Beeinflussung bereits in jüngeren Jahren als er ausgesetzt waren, ja, überhaupt noch kaum etwas anderes kennengelernt hatten, hatte das elterliche Gegengewicht noch einen gewissen Ausgleich schaffen können. Ganz allerdings war der nazistische Einfluß nicht zu verhindern gewesen, war das Weltbild, das ihnen die Eltern vermittelten, durchlöchert worden. Besonders die beiden Mädchen, bei denen das Gefühl der Gradmesser der Dinge war, vermochten sich dieser Beeinflussung nicht zu entziehen, aber ein fester Kern des Zweifels blieb doch in ihnen zurück. Gerade das Gefühl befähigte sie aber auch dazu, diesen Kern immer wieder zu festigen, da sie niemals auch nur auf den Gedanken gekommen waren, die Lauterkeit der Mutter anzuzweifeln, und gerade der Umstand, daß ihnen ihr ältester Bruder durch die Lehrer immer wieder als leuchtendes Beispiel eines überzeugten und fanatischen Nationalsozialisten vorgehalten wurde, bewirkte, daß der Zweifel sich immer wieder anreicherte.

Ernst Wiegand hatte im Alter von 14 Jahren einen komplizierten Beinbruch erlitten und ein stark verkürztes Bein zurückbehalten, er war infolgedessen vom Arbeitsdienst befreit und vom Wehrdienst ausgemustert worden. Er war eine seltene Mischung, ein verträumter Idealist und zugleich auch ein harter Realist, er flüchtete aus der rauhen Wirklichkeit und verlor sich in eine weltenferne Romantik, aber er zergliederte auch die Erscheinungen der Gegenwart mit scharfer Logik und überraschender Erkenntnis. Er ging seinen Weg wie einer, dessen Schritte nur hin und wieder einen Halt zu finden und dessen Blicke nur kurze Umrisse des Weges wahrzunehmen vermögen, dessen Füße aber weder festen Boden unter sich fühlen noch dessen Augen den weiteren Verlauf der Straße erkennen können. Manches in den Lehren der Nationalsozialisten zog ihn an, da er nicht erkannte, daß sie die großen Güter deutscher Kultur nur als Vorspann und Schild benutzten, daß hinter Goethe, Beethoven und Kant die Reihen der ewigen Landsknechte, der Sklavenhalter und der mordenden Rassetheoretiker marschierten, daß man die Kultur bei allen möglichen Gelegenheiten ohne irgendwelche Verpflichtung wie einen Sonntagsanzug trug (denn ein Mörder bleibt auch im Frack ein Mörder), daß sie das überlieferte Geistesgut frech und mit Roßtäuschermanieren für ihre Zwecke zurechtbogen und verfälschten. Ernst Wiegand erlag der Naziideologie dennoch nicht, weil das, was bei seinen Schwestern als Zweifel ein zwar veränderlicher, aber fester Bestandteil ihrer Geisteshaltung war, bei ihm schon (ein freilich recht lückenhaftes) Wissen war. Das, was ihm einmal als wahr und richtig eingegangen war, saß wie mit Widerhaken in ihm fest, und in den wenigen Stunden, die er in den Jahren der Illegalität seines Vaters mit ihm an heimlichen Treffpunkten verbracht hatte, war er zum Bersten voll gewesen mit Fragen und hatte die kurze Spanne Zeit benutzt, soviel Wissen wie möglich in sich hineinzustopfen. Von diesen Zusammenkünften ging jedesmal ein helles Licht aus, bis es dann wieder von der offiziellen Propagandamaschine überschattet wurde. Ernst Wiegand wurde an allem irre, er glaubte seinem Vater, aber er glaubte auch manches, was auf vielerlei Weise dem Volk als ewige Wahrheiten, als unveräußerliche Tradition und berechtigter Anspruch einer großen Nation einfiltriert wurde, es überstieg seine Einbildungskraft, sich vorzustellen, daß das, was im Brustton der Überzeugung und mit der Miene des Biedermannes von Kanzeln, Kathedern und Rednerpulten herab vorgetragen wurde, nichts als Lüge und Betrug, Fälschung und Verleumdung war. So schwankte er, weil ja das eine das andere ausschloß, immer zwischen dem, was ihm gewissermaßen angeboren war und immer wieder neu in ihm erzeugt wurde, und dem, was mit brachialer Überzeugungsgewalt und alles andere ausschließendem Führergnadentum auf ihn eindrang, er ertappte sich manchmal dabei, wie sich die mit sturer Beharrlichkeit gepredigten Vorurteile und verkündeten Wertungen auch seiner bemächtigten, und daß er all seine Logik aufbieten mußte, um ihrer Herr zu werden. Dennoch konnte er nicht verhindern, daß ein Rest wie zäher Bodensatz in ihm zurückblieb. Seinen älteren Bruder Robert verachtete er gründlich, und diese Verachtung wurde zum Haß, als der Ältere während des letzten Urlaubs die niederträchtige Äußerung tat, daß es besser wäre, wenn der Vater nie wieder aus seiner Illegalität zurückkehren würde. Nur der Umstand, daß Ernst mit seinem Betrieb – er arbeitete als Feinmechaniker in der Elektroindustrie – gerade an jenem Tage nach Schlesien verlagert wurde, verhinderte es, daß es zu Tätlichkeiten zwischen den Brüdern kam. Seine plötzliche Abreise ersparte ihm eine Niederlage, die er niemals verwunden hätte, denn er war nicht nur körperlich der Schwächere, sondern seinem Bruder auch auf geistigem Gebiete von vornherein unterlegen, seiner aus Instinkt und halbem Wissen entsprungenen Ablehnung des Nationalsozialismus hätte die von der Macht durchdrungene, selbstsichere und siegesgewisse Robustheit und Brutalität des zukünftigen Herrn der Welt gegenübergestanden, alle seine Augumente wären in Zynismen erstickt und mit dem alles andere ausschließenden Dogma der Rassentheorie niedergeschlagen worden.

Im April 1945 stand Lucie Wiegand allein. Ihr Mann lebte im Schatten der Illegalität, nur eine halbe Stunde Eisenbahnfahrt von ihr entfernt und doch unerreichbar, ihr älterer Sohn war irgendwo an der Ostfront im Kampf, vom jüngeren wußte sie nichts, da er sich mit seinem Betrieb in einer Stadt befunden hatte, die inzwischen von den Russen überrannt worden war, die 16jährige Tochter mußte in Pommern ihr Arbeitsdienstjahr ableisten, und die 13jährige Rosemarie befand sich in einem KLV-Lager des Sudetengebietes. Sie selbst war als Rüstungsarbeiterin dienstverpflichtet worden und mußte bei Schwarzkopff in Wildau täglich neun Stunden monotoner Arbeit verrichten. In ihren Zügen ist der müde, erschöpfte Ausdruck hineingezeichnet, der schwer arbeitenden Frauen anhaftet, aber dennoch sitzt in ihren Augen ein Schimmer, er entzündet sich jeden Tag mehr und wird zum Leuchten, denn die Mahlsteine der alliierten Kriegsmaschine zerstampfen die Fronten mit ungeheuerlicher Wucht. Wenn die Katastrophe letztlich vielleicht auch alle verschlingen wird, eines aber bringt sie beglückend mit sich: das Ende des verfluchten Hitler-Reiches.

IX

15. April, 14.30 Uhr

Der Schichtwechsel im Betriebswerk Karlshorst ist vorüber. Zwischen den Gleisen der Fern- und S-Bahn und den vielen Abstellgleisen, den langen Reihen von Personen-, D-Zug- und Güterwangen, rangierenden Lokomotiven, Weichen und Signallampen, Signalbrücken und Stellwerkhäusern strömen die Abgelösten zum Betriebsbahnhof Rummelsburg, ihr Schritt ist eilig, denn vor wenigen Minuten haben die Sirenen wieder laut aufgeheult und öffentliche Luftwarnung verkündet, jeder möchte rasch nach Hause, bevor Vollalarm gegeben wird.

Friedrich Wiegand hat keine besondere Eile, ihm ist es gleichgültig, ob der Alarm ihn hier oder anderswo in einen Keller oder Unterstand zwingt. Er hat zwar ein Heim, aber das ist ihm versperrt, er hat Frau und Kinder, aber er darf sie nicht sehen, aber daran denkt er im Augenblick nicht, ihn beschäftigt etwas ganz anderes, und deshalb geht er auch langsam, läßt sich überholen und überhört die warnenden Zurufe. Im Schnellschritt kann man nicht nachdenken, und Nachdenken ist gerade das, was er jetzt tun muß. Er muß Klarheit über einige Dinge gewinnen, das ist viel wichtiger, als einem Fliegerangriff auszuweichen oder die Frage zu prüfen, welcher Luftschutzraum am sichersten oder ob noch genügend Zeit ist, einen Bunker zu erreichen.

Die Gefahr, die ihm aus der Luft droht, schreckt ihn nicht, da ist eine ganz andere Gefahr, sie ist noch nicht erkennbar, noch nicht greifbar, aber sie ist da, sie liegt in der Luft. Wiegand wiegt sich keine Minute in Sicherheit, er streift die Vorsicht nie ab, sie ist ihm zur Gewohnheit geworden, sie wägt jedes Wort, lenkt jede Geste, sie regelt sein Verhalten zur Umwelt und bestimmt sein Handeln.

Dabei ist es nicht kleinliche Furcht um sein Leben, es ist die Sorge um die Aufgabe, die er sich gestellt hat, diese Aufgabe, die höchste Einsatzbereitschaft verlangt und ohne jeden Beifall, ohne Anerkennung ist, die ihren Lohn nur in sich selbst findet.

Die Zerstörung oder zeitweilige Unbrauchbarmachung von Lokomotiven, das Zerschneiden von Signaldrähten, die Außerbetriebsetzung wichtiger Weichen, die Brandstiftung von Kohlenbunkern und nicht zuletzt das Anbringen von Flugblättern und Aufrufen an vielen Stellen des Betriebswerkes, das ist die Arbeit, die Wiegand seit langem leistet. Sie verlangt einen hohen Grad von Wendigkeit, denn er muß immer gerade dort sein, wo man ihn nicht vermutet, er muß jedesmal seine ganze Aufmerksamkeit konzentrieren, um im richtigen Augenblick vorzugehen, ohne Verdacht zu erregen oder ertappt zu werden. Er ist dabei ganz auf sich gestellt, es ist ein immerwährender Kampf um die Gelegenheit, um den günstigen Augenblick, gegen den Zufall und die Meute, die nach ihm jagt. Er hat den Vorteil, die Jäger zu kennen, die Männer des Werk- und Bahnschutzes, der seit einigen Monaten verstärkt ist und Tag und Nacht das Gelände überwacht, aber die Wachleute tun es mit der sturen Gründlichkeit von Beamten, sie gehen treu und brav ihre Runden, sie erscheinen immer zu denselben Zeiten an bestimmten Punkten, daß man fast die Uhr danach stellen könnte, alle paar Tage veranstalten sie eine Durchsuchung der Arbeiter und Angestellten, einmal in der Lokomotivwerkstatt, dann wieder in den Wagenhallen, ein andermal bei den Kränen oder an den Ausgängen, aber alles, was dabei herauskommt, sind Funde von schwarzgehandelten Zigaretten oder Alkoholika oder ein Rucksack voll Kohle oder Holz, mit dem der Dieb seine Kohlenration aufzubessern gedachte. Nein, diese Sorte von Jägern fürchtet Wiegand nicht, sie sind zu einfallslos, sie arbeiten als Kriminalbeamte mit der gleichen Monotonie, wie sie ein Stück Eisen an der Drehbank bearbeiten oder Fahrkarten verkaufen würden. Gefährlicher sind schon die Kollegen, die sich eine Beförderung durch Spitzelei und Angebertum verdienen möchten, oder diejenigen, die in der Partei oder SA sind und jetzt das drohende Unheil wittern, das ihre ganze Existenz, Gut und Leben bedroht, die jedem am liebsten an die Gurgel möchten, der nicht hundertprozentig für den Nationalsozialismus eintritt, die jeden zwingen möchten, mit ihnen zu kämpfen und auch zu sterben, die niemandem das Überleben der Katastrophe gönnen, die sie schon hypnotisiert, die mit Riesenschritten auf sie zustrebt und bereits ihre Schatten über sie wirft, aber diese Leute sind Wiegand nicht ebenbürtig, er hat in den letzten Jahren gelernt, seine Zunge zu zähmen und abzurichten, sein Gesicht in heuchlerische Falten zu legen, und Heuchelei und eine gefällige Sprache sind ja die Requisiten, die im Dritten Reiche zuallererst benötigt werden.

Aber da ist seit einiger Zeit etwas Neues. Es ist Wiegand nicht entgangen, daß vor etlichen Wochen wiederholt ein junger Mann im Betriebswerk erschienen ist, den er vorher nie gesehen hat. Nun ist es natürlich nichts Außergewöhnliches, daß neue Leute im Betriebswerk auftauchen, aber um diesen jungen Mann ist etwas ganz Besonderes, er trägt keine Reichsbahnuniform, manchmal ist er in unauffälliges Zivil gekleidet, und dann ist er meist in Begleitung von Inspektoren und Oberinspektoren der Werksleitung, oder aber er trägt einen blauen Overall, der noch ziemlich neu ist und keine Spuren von Arbeit aufweist, keine blanken Stellen, keinen Riß, keine Flicken und keine Ölflecke, dann streunt er wie ein Jagdhund umher, der die Fährte verloren hat, oder er schlendert scheinbar harmlos herum, aber seine Augen schießen dabei unablässig Blicke. Er gibt sich als Ingenieur aus, der den Betrieb kennenlernen soll, und er spielt seine Rolle nicht schlecht, er hat auch einige maschinentechnische Kenntnisse, aber es ist eben nur eine Rolle, die er spielt. Wiegand hat bald herausgehört, daß er trotzdem alles andere als ein Ingenieur ist, er kommt ihm vor wie jemand, der einige lateinische Zitate, aber nicht die einfachste Deklination oder Konjugation kennt, weil er von der Sprache selbst keine Ahnung hat.

Weshalb also treibt sich dieser junge Mann im Betriebswerk herum? In diesen Wochen, in denen jede Arbeitskraft der Reichsbahn bis zum letzten ausgenutzt wird, sollte dafür Zeit sein, einen jungen Ingenieur hier gewissermaßen volontieren zu lassen wie einen Juniorchef in einem befreundeten Betriebe? Unwahrscheinlich, ganz unwahrscheinlich. Es ist ja kein Geheimnis, daß die Stimmung im Betriebswerk Karlshorst ausgesprochen schlecht ist, mit dem Vorrücken der alliierten Armeen, namentlich aber seit die Russen bei Küstrin und Frankfurt stehen, sind die Ausländer immer widerspenstiger geworden, sie bleiben oft einfach ohne jede Erklärung von der Arbeit fort, sie werden aufsässig, und vor wenigen Tagen ist es vorgekommen, daß eine Stopfkolonne von Ostarbeitern über einen Rottenführer hergefallen ist und ihn halb totgeprügelt hat, da sie nicht länger mitansehen konnten, wie er eine Gruppe von Ukrainerinnen, die schwerste Gleisarbeit verrichten mußten, mit seinen sadistischen Quälereien verfolgte. Sollte jetzt wieder ein Exempel statuiert werden, sollten wieder ein paar Mann KZ-reif gemacht werden? Der Bengel riecht nach Spitzel, und er kann es mit dem Parfüm des Wohlwollens und des Sympathisierens mit den Arbeitern nicht verdecken, er hat einen leisen Stich ins Achtgroschenjungenhafte, er schauspielert gut, aber nur für den oberflächlichen Beobachter, Wiegands Blick aber hat sich in den Jahren seiner Illegalität geschärft, er sieht zwar keine Gespenster, aber er blickt hinter die Masken und hört die Untertöne.

Oder ... Wiegand bleibt stehen, wie ein Stein ist eine Vermutung in ihn hineingefallen. Oder sollte die Anwesenheit dieses Burschen mit seiner Sabotagetätigkeit und der Verteilung von Flugblättern zusammenhängen? Wiegand zwingt sein Gedächtnis auf einen ganz bestimmten Punkt.

Wie ist das gewesen? Der Bursche hat sich auch an ihn herangemacht, daran besteht kein Zweifel, die Gespräche, die meist nur ein paar Minuten dauerten, sind nicht gerade vom Zaun gebrochen worden, aber wiederum nicht ganz natürlich zustande gekommen, sie haben irgendwelche betriebstechnische Dinge zum Ausgangspunkt gehabt und sind dann immer auf den Krieg und die allgemeine Lage übergesprungen, der junge Mann hat dann immer wieder durchblicken lassen, daß er genug vom Krieg habe und daß der Führer Schluß machen solle, bevor alles verloren sei. Wiegand hat stets nur nach innen gelächelt, das Stadium, in dem er auf provokatorische Redensarten hereinfiel, hat er seit Jahrzehnten überwunden, und so hat er sich nicht dazu verleiten lassen, in diese Kerbe zu hauen, sondern im Gegenteil auf den Bluthund Stalin, den Alkoholiker Churchill und den Kriegsverbrecher Nummer eins Roosevelt geschimpft und im übrigen seine Siegeszuversicht, sein Vertrauen auf die neuen Waffen, die ja jetzt in Aktion treten würden, herausgestrichen, aber obwohl Wiegand sich schon beim ersten Gespräch nur positiv geäußert hat, hat der junge Mann noch zwei- oder dreimal seine Nähe gesucht. Sollte doch ein Verdacht auf ihn gefallen sein?

Wiegand durchläuft in Gedanken sein Verhalten in der vergangenen Zeit, aber er findet nichts, was ihn als besonders verdächtig aus der Masse hätte herausheben können, er ist stets mit äußerster Vorsicht zu Werke gegangen, niemals hat er einen Zeugen gehabt, niemals auch einen Vertrauten, er hat immer allein gearbeitet, weil er darin die beste Gewähr sieht, unentdeckt zu bleiben. Nur einmal hätte man ihn beinahe gefaßt, er erinnert sich noch genau dieser Nacht, alle Einzelheiten haben sich fest und unauslöschlich in sein Gedächtnis geprägt. Es war während eines Fliegeralarms, einige Dutzend Moskitos hatten im Osten der Stadt Luftminen und Bomben niedergehen lassen, sofort nach der Vorentwarnung hatte Wiegand mit einigen anderen den Schutzraum verlassen, die Lampen an den hohen Masten über den Rangiergleisen hatten noch nicht gebrannt, in der Lokomotivwerkstatt war noch die Notbeleuchtung eingeschaltet, ein paar spärliche, blaugläserne Birnen hatten ein trübes Licht in die lange, dunkle Halle gestreut.

Er wußte, daß auf Gleis 5 gerade eine Lok fahrfertig gemacht worden war, in Erkner war ein Munitionszug wegen Maschinenschadens liegengeblieben, und Karlshorst mußte eine 03 als Ersatz stellen, sie stand schon unter Dampf und mußte nur noch wassern. Die Halle war noch menschenleer, wie ausgestorben, nur das eintönige Stampfen des Luftkompressors war zu hören und das Brummen von ein paar Nachtjägern, die ihre nutzlosen Kreise über der Stadt zogen. Er sprang kurz entschlossen auf die Maschine, schlug die Hebel, die die Rauchkammer verschlossen, mit einem Schraubenschlüssel zurück und warf eine Sprengpatrone zwischen die Rauchrohre. Gerade als er die Tür der Rauchkammer schließen und die Verschlußhebel wieder vordrücken wollte, packte ihn jemand, der den Alarm anscheinend in einer Lok verschlafen hatte, von hinten bei der Schulter.

Der Schreck betäubte Wiegand wie ein Faustschlag, der direkt auf das Herz trifft, aber nur für Sekunden, er ließ sich nicht auf einen Kampf ein, sondern schlug den Angreifer mit einem Schraubenschlüssel nieder und tauchte in der Dunkelheit unter. Als wenige Minuten später entwarnt wurde, stand er an seinem Arbeitsplatz. Natürlich hatte es eine große Untersuchung gegeben, aber sie war völlig ergebnislos verlaufen, auf ihn war nicht der Schimmer eines Verdachtes gefallen, und sonst hatte er sich niemals eine Blöße gegeben.

Nein, Wiegand schüttelt den Kopf und geht weiter, es ist ausgeschlossen, daß ... Und doch, irgend etwas in ihm mahnt zu besonderer Vorsicht. Aber er wird ja auch vorläufig keine Gelegenheit mehr haben, Sabotageakte zu begehen, da er ab morgen zu einer Gleisbaukolonne versetzt ist. So unangenehm ihm diese Versetzung auch ist, so beruhigt sie ihn aber doch, denn wenn man in ihm den Saboteur vermutete, so würde man ihn doch wohl im Betriebswerk gelassen haben, um ihn in flagranti zu ertappen.

Als Wiegand in der Lebuser Straße anlangt, zerreißen die Sirenen mit einem langen Heulton die Luft. Entwarnung! Die amerikanischen Verbände haben also die Richtung geändert und Berlin nicht angeflogen.

Lebuser Straße 4, das ist ein öder, grauer Kasten aus Stein, der die Bezeichnung Haus nicht mehr verdient, eigentlich niemals verdient hat, fünf Stockwerke hoch stemmt es sich zwischen ebenso mißratenen Nachbarn klotzig und roh in die Höhe und umsäumt einen kleinen, dunklen Hof mit verzogenem und löcherigem Asphalt und übervollen Müllkästen, es gliedert sich in Vorderhaus, zwei Seitenflügel und ein Quergebäude, jeder Winkel ist bis aufs äußerste ausgenutzt, Komfort hat der Architekt hier als Raumverschwendung angesehen, denn er hätte den Mietzins geschmälert. Dumpf und stickig ist der Atem des Gebäudes, das Gewinnsucht und ein gefälliger Architekt erschaffen haben.

In seinem Zimmer legt sich Wiegand auf das Sofa, er ist sehr müde und möchte erst noch ein paar Stunden verschlafen, ehe er zu Klose geht, aber der Schlaf kommt nicht, obwohl die Müdigkeit schwer auf die Augenlider drückt und die Glieder wie Blei sind. Es sind nicht nur die Gedanken, die unaufhörlich in ihm kreisen und ihm den Schlaf fernhalten, es ist noch etwas anderes, irgend etwas, was ihn wachhält. Die feindselige Vorsicht, mit der jeder Deutsche fremden Personen begegnet, die Heuchelei, mit der er sich gürtet, die scheue Ablehnung, die er wie einen Panzer anlegt, sie sind Wiegand in besonderem Maße eigen. Er ist ein nüchterner und real denkender Mensch, er gibt nichts auf Ahnungen und Vorzeichen, er ist nicht im geringsten abergläubisch, aber er reagiert auf die feinsten Regungen seines Instinkts, er gewahrt die geringsten Abweichungen und die feinste Schwingung seiner Kompaßnadel. Es ist irgend etwas in seinem Zimmer, das ihn unruhig macht, irgend etwas, irgend etwas. Aber was?

Er greift nach der ›Montagspost‹ und überfliegt den Wehrmachtsbericht, wie immer liest er zuerst die Nachrichten von der Ostfront, aber im Osten ist alles ruhig.

»Zwischen Drau und Donau... Die tapferen Verteidiger von Breslau ... Zwischen der Neiße-Mündung und dem Oderbruch führten die Sowjets zahlreiche Angriffe, die besonders westlich Küstrin durch starken Panzereinsatz unterstützt waren. Unsere Divisionen wiesen die Bolschewisten ab und vernichteten in harten Kämpfen 98 Panzer. Artillerie belegte Bereitstellungen und Aufmarschräume des Feindes wirkungsvoll mit schwerem Feuer. Aus der westlichen Weichselniederung ... Samlandfront ... Holland ... zwischen Ems und unterer Elbe ...

Südöstlich Magdeburg warfen Grenadiere die über die Elbe vorgedrungenen Amerikaner zurück. Südlich davon sind Gegenangriffe gegen weitere örtliche Brückenköpfe im Gange.

Ruhr ... Im Bergischen Land ... West- und Süd-Harz ... Südlich Bernburg erzwang eine starke amerikanische Kampfgruppe den Saaleübergang. Die auf Leipzig und Chemnitz vordringenden Angriffstruppen wurden durch Eingreifreserven und Auffangtrupps im Vorfeld der Städte zum Stehen gebracht.«

Wiegand legt die Zeitung beiseite, er ist aufgestört, richtet den Oberkörper auf und blickt umher, aber alles hat seine gewohnte Ordnung, nichts ist verändert. Aber da ist doch etwas ... Plötzlich weiß Wiegand, was ihn aufgescheucht hat: es riecht nach Tabak im Zimmer, nicht aufdringlich, aber doch wahrnehmbar. Wiegand weiß genau, daß er seit Tagen hier nicht geraucht hat, der Duft, der hier im Zimmer schwebt, verrät, daß erst vor ganz kurzer Zeit hier geraucht worden ist. Tabakwolken, die sich vor längerer Zeit niedergeschlagen haben, riechen anders, sie haben etwas Dumpfes, Schales an sich, aber dieser Duft ist unverkennbar frisch. Wiegand läßt sich vom Sofa gleiten, geht im Zimmer umher und schnuppert wie ein Hund mit erhobener Nase.

Nein, er irrt sich nicht. Es hat jemand vor ganz kurzer Zeit im Zimmer geraucht, er vermeint sogar zu verspüren, daß es keine der üblichen Zigaretten gewesen ist, eine Stambul oder Juno oder eine der neuen Einheitssorten, sondern eine mit süßlichem Virginiaaroma. Wer hat hier geraucht? Es ist müßig, Überlegungen über etwas anzustellen, wenn die Möglichkeit besteht, sich Gewißheit zu verschaffen. Wiegand verläßt sein Zimmer, quert den Korridor und sucht die Vermieterin in ihrer Küche auf.

»Hat jemand heute nach mir gefragt, Frau Schmitz?« beginnt er das Gespräch.

»Nein, Herr Adamek«, erwidert die Frau.

»Es hat auch niemand in meinem Zimmer auf mich gewartet?«

»Aber nein, Herr Adamek«, beteuert Frau Schmitz, »es ist niemand dagewesen.«

Wiegand steht einen Augenblick unschlüssig, er weiß nicht, ob und wie er seine Fragen weiter vortreiben soll, aber dann entschließt er sich rasch, er muß der Sache auf den Grund gehen, zuviel hängt davon ab.

»Rauchen Sie eigentlich, Frau Schmitz?« fragt Wiegand vorerst. Frau Schmitz sieht erstaunt auf und läßt den Strumpf, an dem sie gerade stopft, in den Schoß sinken.

»Sie fragen reichlich komisch, Herr Adamek«, sagt sie unwillig. »Komisch oder nicht komisch«, entgegnet Wiegand ungeduldig, »beantworten Sie doch, bitte, meine Frage.«

»Wenn Sie es durchaus wissen wollen«, sagt Frau Schmitz ein

wenig beleidigt, »ich rauche nicht, die paar Zigaretten auf meine Frauenkarte schicke ich ...«

Wiegand winkt rasch ab.

»In meinem Zimmer ist aber geraucht worden«, sagt er bestimmt, »gestern oder heute.«

Frau Schmitz legt das Stopfzeug mit einer entschiedenen Bewegung beiseite, als wollte sie damit eine ganz neue Phase des Gesprächs eröffnen.

»Was wollen Sie damit sagen, Herr Adamek?«

»Sagen gar nicht, Frau Schmitz, nur fragen«, antwortet Wiegand.

»Dann tut es mir leid, ich verstehe ihre Frage nicht«, sagt Frau Schmitz.

Wiegand gibt sich einen Ruck.

»Ich möchte von Ihnen wissen, wer heute oder eventuell gestern in meinem Zimmer geraucht hat.«

»Niemand hat in Ihrem Zimmer geraucht, Herr Adamek, es ist überhaupt niemand dagewesen«, sagt Frau Schmitz jetzt betont. »Oder glauben Sie vielleicht, daß ich einen Freund habe und ausgerechnet in Ihrem Zimmer ... Ich muß doch sehr bitten, Herr Adamek.«

»Sie verstehen mich falsch, Frau Schmitz«, begütigt Wiegand die aufgeregte Frau, »ich verdächtige Sie absolut nicht, das liegt mir wirklich fern, aber ich muß wissen, wer in meinem Zimmer war.«

»Ich weiß es nicht«, sagt Frau Schmitz und hebt die Schultern, »ich weiß es wirklich nicht. Ist denn das für Sie so wichtig?«

Lebenswichtig ist es, denkt Wiegand, aber das kann er der Frau natürlich nicht sagen, er hat noch nicht hinter die Maske sehen können, die jeder im Hitler-Reich trägt, es hat ihn bisher auch nicht interessiert. Fragen erzeugen für gewöhnlich Gegenfragen, und er hat keineswegs die Absicht, auch nur ein Zipfelchen des Tarnmantels zu lüften, den er tragen muß, er ist für diese Frau der Eisenbahnarbeiter Franz Adamek aus Ratibor, der mit seiner Frau in Scheidung lebt, das hat er ihr gesagt, als er im September 44 bei ihr ein möbliertes Zimmer gemietet hat, und diesen Angaben hat er bisher nichts hinzugefügt. Allen Versuchen der Frau Schmitz und ihres Mannes, der vor einigen Tagen zum Volkssturm eingerückt ist, eine Art Hausgemeinschaft herzustellen, ist er ausgewichen, und außer ein paar allgemeinen Redensarten bei zufälligen Begegnungen sind kaum zwei Dutzend Worte zwischen ihnen gewechselt worden.

»So wichtig ist das nun wieder nicht«, erwidert Wiegand, »aber ich hätte es doch ganz gern gewußt. Sie wissen doch, meine Frau spioniert mir immer nach ... Waren Sie gestern längere Zeit fort?«

»Gestern abend war ich auf eine oder anderthalb Stunden bei meiner Schwester in der Fruchtstraße«, erwidert Frau Schmitz und sieht Wiegand mit erstaunt fragendem Blick an. »Meinen Sie, daß jemand in meiner Abwesenheit ...«

Wiegand geht auf die Frage nicht ein. »Und ist Ihnen irgend etwas aufgefallen? Hat jemand hier auf der Treppe oder vor der Haustür herumgelungert?«

Frau Schmitz schüttelt den Kopf. »Nein, ich habe niemanden gesehen. Aufgefallen ... Wenn Sie das was Besonderes nennen, daß der Schlüssel so schwer herumging, wo er doch sonst so gut schließt ...«

»Das Schloß war nicht in Ordnung?«

»Das ist nun wieder zuviel gesagt«, meint Frau Schmitz, »aber er ging so schwer herum, gerade so, als hätte jemand daran herumgepetert. Meinen Sie wirklich, daß jemand versucht hat, in die Wohnung zu kommen?«

»Ich meine, daß jemand es nicht nur versucht hat, sondern sogar in der Wohnung gewesen ist, und zwar in meinem Zimmer«, sagt Wiegand bestimmt. »Nun, jedenfalls ist die Sache damit erledigt, es fehlt ja auch nichts. Guten Abend, Frau Schmitz.«

Die Sache ist absolut nicht erledigt, denkt Wiegand, als er die Küche verläßt und wieder sein Zimmer aufsucht, sie fängt jetzt erst richtig an, und ob nichts fehlt, das werden wir erst noch genau feststellen.

Als er sein Zimmer wieder betritt, nimmt er den Zigarettengeruch ganz deutlich wahr. Er beginnt ganz systematisch alle Behältnisse durchzusehen, in denen er seine Sachen untergebracht hat. Zwar liegt alles wohlgeordnet da, aber doch nicht so unberührt und so geordnet, als daß Wiegand nicht bemerkte, daß sie von fremden Händen bewegt worden sind. Wiegand hat, seitdem er illegal lebt, die Gewohnheit angenommen, sich fest einzuprägen, wie er seine Sachen hinterläßt, und jetzt sieht er ganz deutlich, daß alles berührt und dann wieder an die alte Stelle zurückgelegt worden ist. Der Unbekannte, der seine Sachen einer Durchsicht unterzog, hat sich große Mühe gegeben, alles so zu hinterlassen, wie er es vorgefunden hat, aber ganz ist es ihm doch nicht geglückt, denn Wiegand weiß ganz genau, daß nicht die ›Nachtausgabe‹, sondern die ›Berliner Morgenpost‹ obenauf gelegen hat, er hat absichtlich das Futter der rechten Brusttasche seiner Joppe nach oben gestülpt gelassen, und jetzt ist es fein säuberlich glatt nach innen gesteckt, er bemerkt auch, daß die Matratze seines Bettes etwas höher über die Seitenwand hinausragt und das Bettuch nur lose hineingestopft ist, und da sind noch weitere Anzeichen, winzige Kleinigkeiten nur, aber sie deuten unzweifelhaft darauf, daß hier eine gründliche Durchsuchung durch einen ganz gerissenen Schnüffler durchgeführt worden ist. Und er hat auch etwas mitgenommen, einen Bildausweis nämlich, der zwei Jahre alt ist und den Wiegand nicht mehr braucht, weil die Reichsbahn inzwischen neue Ausweise herausgegeben hat.

Als Wiegand sein Zimmer eingehend untersucht hat, setzt er sich in einen Sessel, schlägt die Beine übereinander und faßt das Ergebnis zusammen. Jemand hat sich heimlich Eingang in die Wohnung verschafft und sein Zimmer sehr gründlich untersucht, im Betriebswerk hat sich ein Fremder ein paarmal sehr lebhaft für ihn interessiert. Besteht zwischen diesen beiden ein Zusammenhang? Die Frage ist von großer Bedeutung, denn sie birgt eine weitere Frage in sich: Gilt die Fahndung dem Eisenbahnarbeiter Franz Adamek oder dem früheren Reichstagsabgeordneten Friedrich Wiegand? Auf jeden Fall steht fest, daß er in Verdacht geraten ist, in irgendeinen Verdacht, und Verdacht allein bedeutet im Dritten Reich Gestapo und KZ. Unklar ist nur, weshalb man ihn noch nicht verhaftet hat, nicht ausreichende Beweise haben die Gestapo noch niemals an einer Verhaftung gehindert, so zart besaitet sind die Herren aus dem Prinz-Albrecht-

Palais und der Kurfürstenstraße nicht, und daß man ihn noch frei herumlaufen läßt, muß einen Grund haben, geschieht nicht ohne bestimmte Absicht. Diese Absicht zu ergründen, ist jetzt keine Zeit, jetzt muß schnell und entschlossen gehandelt werden.

Wiegand sitzt noch ein paar Minuten ganz still und blickt in die Dämmerung, die durch das Fenster hereinbricht, er fühlt das Netz, das über ihn geworfen ist, beinahe körperlich, er spürt es auf der Haut, wie es sich zusammenzieht und ihn einschnürt, ihm die Luft nimmt, aber er ist nicht ängstlich, die Furcht hat er in den schweren Jahren des Naziterrors verlernt und auch vorher nicht gekannt, wenn es bei Demonstrationen oder Saalschlachten die eigene Person einzusetzen galt, aber kein Netz ist so dicht gewebt, als daß es nicht einen Durchschlupf hat. Man muß ihn nur zu finden wissen.

Wiegand steht auf und packt seine sämtlichen Sachen zusammen, es sind nicht viele, sie gehen bequem in den mittelgroßen Koffer, den er vom Kleiderschrank nimmt. Wenn es ganz dunkel geworden ist, wird er die Wohnung verlassen und nicht mehr in sie zurückkehren, und auch zur Arbeit wird er morgen nicht mehr gehen, es hat keinen Sinn, sich unnötig in Gefahr zu begeben und zu warten, bis die Faust der Gestapo mit voller Wucht auf einen niedersaust.

Wiegand gibt sich keiner Selbsttäuschung hin: man ist ihm auf der Spur, und diese Spur gilt es zu verwischen.

X

15. April, 15.00 Uhr

Von Charlottenburg zum Schlesischen Bahnhof zu kommen ist in diesen Tagen schwieriger, umständlicher und fast auch zeitraubender, auf jeden Fall mühseliger und anstrengender, als früher eine Reise von Berlin nach Königsberg gewesen ist. Die S-Bahn, die ohnehin nur in Teilabschnitten oder eingleisig verkehrt, ist nach dem Angriff ganz ausgefallen, auch die Untergrundbahn fährt nicht, oder es heißt meist schon nach wenigen Stationen: ›Alles aussteigen!‹, und ob und wo und wann der Betrieb wieder einsetzen wird, ist nicht bekannt und auch selten in Erfahrung zu bringen, die Straßenbahnen, deren Fahrplan sich sowieso von Tag zu Tag ändert, fahren nach dem Tagesangriff nur unregelmäßig nach den westlichen und südwestlichen Vororten, nach Spandau, Lichterfelde, Wilmersdorf, Halensee, Grunewald, in Richtung Innenstadt und Moabit fährt überhaupt keine Linie.

Lassehn hat sich zuerst vom Strom der Menschen treiben lassen, der sich in östlicher Richtung bewegt. Am Wittenbergplatz hat er sich einer Gruppe von drei Personen, zwei Herren und einer Dame, angeschlossen, deren Ziel der Alexanderplatz ist. Die Bekanntschaft ist ganz zwanglos zustande gekommen, nach den Luftangriffen sind die Menschen etwas aufgeschlossener als sonst, es ist allerdings nichts von echter Freundlichkeit in dieser Aufgeschlossenheit, sie ist nur die Reaktion auf die wieder einmal überstandene Gefahr, das große Verwundern und eine Art Dankbarkeit für das gerettete Leben. Mit der oft zitierten Volksgemeinschaft hat das nichts zu tun, sie ist nur eine Art Rückversicherung, die man in Anspruch nimmt, wenn das Gefühl des Alleinseins oder eine drohende Gefahr so übermächtig werden, daß man sie allein nicht mehr tragen kann, es ist das befreiende Gefühl, wieder den Anschluß an die Herde gefunden zu haben.

Für kurze Zeit begrüßt man im Nebenmann oder in der Nachbarin wieder ein Wesen von verwandter Art, ruht der große Konkurrenzkampf, der Kampf um einen Platz im Bunker oder in der S-Bahn, in der Schlange vor den Lebensmittelgeschäften oder um die Gunst der Parteibonzen.

Die Luftangriffe (und der Krieg überhaupt) haben die Menschen nicht zu der Goebbelsschen Volksgemeinschaft, sondern eher zu einer Art losen Zwangsinnung der Bedrohten zusammengefügt. Das Gefühl dieser Menschen vor und während eines Luftangriffes läßt sich etwa mit dem eines Schülers vergleichen, der mit Erleichterung feststellt, daß nicht nur sein Extemporale mit mangelhaft zensiert wurde, sondern fast die ganze Klasse schlecht abgeschnitten hat. Nach der überstandenen Gefahr, wenn das Leben wieder aus Höhlen und Kellern an das von Rauchwolken verdunkelte Tageslicht emporsteigt, sind die Menschen von einem Gefühl beherrscht, das jenem Empfinden vergleichbar ist, das Reisende gegeneinander hegen, wenn sie den Ansturm auf einen Zug hinter sich haben und nun im Abteil einander gegenübersitzen, wenn in ihnen noch die Freude über den errungenen Platz nachhallt und sie in dem eben noch gefährlichen Rivalen nur noch einen nunmehr unschädlichen und daher gleichberechtigten Mitreisenden sehen.

Lassehn hat vor dem Untergrundbahnhof Wittenbergplatz gestanden, dessen Eingänge verschlossen sind, in seinem Gesicht hat sich die Ratlosigkeit zu deutlich gespiegelt, als daß sie hätte übersehen werden können. Während er noch unentschlossen vor dem Gitter steht und überlegt, ob es sich noch zu warten lohne, sind zwei Herren und eine Dame an das Gitter herangetreten, haben einen schnellen, geübten Blick in das verödete Innere der Schaltervorhalle geworfen und sind dann wieder umgedreht, die Dame hat Lassehn mit einem raschen Blick gestreift und ist vor ihm stehengeblieben.

»Da werden Sie wohl lange warten können«, sagt sie freundlich. »Meinen Sie nicht, daß die Untergrundbahn ...«, will Lassehn sich erkundigen.

»Sie sind wohl von außerhalb?« fragt die Dame statt einer Antwort.

Sehe ich so aus? denkt Lassehn rasch und nickt.

»Komm doch, Lisa«, sagt einer der beiden Herren, »ist sowieso schon spät genug.«

»Gleich, Dickerchen«, sagt die Dame und schüttelt die Aufforderung mit einer lässigen Bewegung ab. »Wo wollen Sie denn hin?« wendet sie sich wieder an Lassehn.

»Zum Schlesischen Bahnhof«, antwortet Lassehn. »Ob die Untergrundbahn nicht doch ...«

»Darauf können Sie nicht warten, junger Mann«, sagt der Herr, den die Dame mit Dickerchen angeredet hat, er hat ein breites, rotes Gesicht mit wabbligen Wangen und einem massigen Kinn. »Schließen Sie sich uns an«, sagt der andere Herr, »wir wollen zum Alex.« Er ist ein mittelgroßer, hagerer Mann mit einer dunklen Hornbrille, man könnte ihn für einen Lehrer halten.

»Wenn ich darf ...«, sagt Lassehn förmlich. Er blickt unverwandt auf die Dame, sie hat helle, freundliche Augen, und ihr Mund ist dunkelrot zurechtgeschminkt.

Und nun geht Lassehn mit ihnen durch die Kleiststraße, in der kaum ein Haus unzerstört ist, rechts und links sind nur ausgebrannte Ruinen, die Querstraßen sind durch Trümmer versperrt. Sie gehen zuerst auf der Promenade und dort, wo die Untergrundbahn zum Hochbahnhof Nollendorfplatz aufsteigt, auf dem Damm. Es ist den Berlinern längst zur vertrauten Gewohnheit geworden, auf den Dämmen zu gehen, da die Bürgersteige oft durch Trümmer und Schutt unpassierbar geworden sind und weil es außerdem gefahrloser ist, denn es ist keine Seltenheit, daß die ragenden Mauern plötzlich zusammenfallen. Gerade in diesen Tagen war in der Stadt die Rede davon, daß in der Müllerstraße eine Hausruine über eine Straßenbahn gestürzt ist und mehr als vierzig Menschen erschlagen hat, die Zeitungen haben allerdings von diesem Unglück noch keine Notiz genommen.

Lassehn hört den Gesprächen der drei zu, er selbst beteiligt sich nicht an ihnen, er hat bald herausgehört, daß die Dame verheiratet und ihr Mann als Stabszahlmeister in Italien ist, daß sie in einem Büro arbeitet, das sie Reichsstelle nennt, und der Rotgesichtige ein Kollege von ihr ist, während der Herr mit der

Hornbrille ihnen ganz fremd ist, die Bekanntschaft rührt lediglich aus einem gemeinsamen Aufenthalt in einem öffentlichen Luftschutzraum her, und nur das gemeinsame Ziel hat sie zu Gefährten gemacht. Das Gespräch wird im wesentlichen von der Dame beherrscht. Lassehn ist erstaunt, daß es soviel Worte über Dinge gibt, die angesichts der Ruinen und unter der ständigen Bedrohung aus der Luft zur vollkommenen Bedeutungslosigkeit herabgesunken sein müßten. Während Lassehns Blick immer wieder über die zerborstenen Mauern, die rauchenden Schutthaufen, die Berge von Trümmern irrt, Frauen mustert, die mit verstörten Gesichtern Eimer mit Schutt aus den Häusern tragen oder in stoischer Haltung an den Straßenpumpen auf Wasser warten, während seine Stiefel auf Glasscherben knirschen und über Silberstreifen gleiten, schreiten die drei durch die zerstörten Straßen mit absoluter Gleichgültigkeit, in ihren Augen spiegelt sich weder Erschrecken noch Erstaunen, und in Lassehn erhebt sich die Frage, ob diese Menschen überhaupt noch großer Empfindungen fähig sind. Es scheint, daß die Fülle großer Ereignisse, negativer wie positiver Art, ihre Seelen mit der Hornhaut einer völligen Empfindungslosigkeit überzogen hat und daß nur kleine und kleinste Gefühle in sie eindringen können, daß in ihren Hirnen nur Platz ist für Sorgen allerpersönlichster Art, Essen, Trinken, Schlaf und Paarung, Sonderzuteilung und Luftlagemeldung.

Lassehn fängt nur hin und wieder ein paar Worte ihrer Gespräche auf, aber er vermag mit ihnen nichts anzufangen, sie erwecken keine Assoziationen, in ihm tönt etwas ganz anderes. Angesichts der Zerstörung, die nur selten aus dem Straßenbild weicht, schmerzt ihn die Oberflächlichkeit beinahe körperlich, schließlich kann er sich nicht enthalten, in einer Gesprächspause etwas zu bemerken.

»Ich wundere mich«, sagt er und ist bemüht, keinen Ton des Vorwurfs in seiner Stimme mitschwingen zu lassen, »daß Sie so gleichmütig durch diese Verwüstungen gehen können. Mich packt ein unsagbares Grauen ...«

Der Rotgesichtige wendet sich Lassehn überrascht zu und blickt ihn an, als bemerke er seine Anwesenheit erst jetzt.

»Verstehe ich nicht«, sagt er, »das ist doch schon etwas so Alltägliches …«

Der Herr mit der Hornbrille unterbricht ihn. »Alltägliches, gewiß, aber nur für uns, die wir das Wachstum der Zerstörung miterlebt …«

»Wachstum der Zerstörung?« wirft Lassehn ein. »Das ist doch …«

»… paradox, wollen Sie sagen«, fällt der Herr mit der Hornbrille ein. »Ja, gewiß, das ist es, ein höhnisches Paradoxon, denn Wachstum und Zerstörung sind ja gegensätzliche Begriffe, aber lassen wir das einmal beiseite. Ich wollte sagen, und so müssen Sie meine Worte verstehen, daß wir ja miterlebt haben, wie Haus um Haus, Straße um Straße, Bezirk um Bezirk zerfielen, denn das geschah ja nicht auf einmal, es war ja nicht, wenn ich mich des Vergleiches bedienen darf, ein schneller operativer Eingriff, sondern es ist eine große Wunde, aus der der Eiter immer wieder und immer weiter fließt. Wir waren, als wir die ersten zerstörten Häuser mit ihren aufgerissenen Flanken, den verbogenen Eisenträgern und den zersplitterten Balken gesehen haben, genau so entsetzt, wie Sie es jetzt anscheinend sind, denn die ersten zerstörten Häuser waren Lücken inmitten des Lebens, jetzt vegetiert das Leben inmitten der Zerstörung. Die Zerstörung ist jetzt so groß und umfangreich geworden, daß eine zerstörte Straße gar nichts Besonderes und keines Aufsehens wert ist. Sie können sich da nur schwer hineindenken.«

»Wenn man als Fremder natürlich mitten in dieses zerstörte Berlin hineinversetzt wird«, sagt die Dame schnell und beinahe atemlos, als fürchte sie, nicht mehr zu Worte zu kommen, »dann ist man natürlich entsetzt. Aber man lebt, wie Sie sehen, auch inmitten der Trümmer und in den Pausen zwischen den Luftangriffen.«

»Ist denn das noch Leben?« wendet Lassehn ein. »Ist nicht jede Handlung schon überschattet von den kommenden Gefahren, von …«

»Ach was«, unterbricht ihn der Rotgesichtige schroff, »werden Sie bloß nicht elegisch, Jüngling, das paßt gar nicht hierher. Wir leben noch …«

»... und wir lieben auch noch«, sagt die Dame und lacht ein wenig hysterisch. »Freut euch des Lebens ...« Sie summt ein paar Takte, doch sie verstummt bald wieder.

Aber die Gespräche sind doch ins Stocken geraten, anscheinend ist doch etwas Nachdenklichkeit in die Dame und den Rotgesichtigen hineingefallen, der andere Herr ist von Beginn an ohnehin stets mehr Zuhörer als Wortführer gewesen.

Bisher hat Lassehn die Dame nicht besonders beachtet, er hat vorhin ihre Erscheinung nur mit einem flüchtigen Blick wahrgenommen und eigentlich nur ihren brennendroten Mund gesehen, ihr Lachen und der vertrauliche Ton ihrer Stimme lenken erst jetzt seine Aufmerksamkeit auf sie. Sie ist gut mittelgroß und das, was man vollschlank nennt, ihr Kostüm ist so gearbeitet, daß es die Reize und Vorzüge ihrer Figur voll zur Geltung bringt, sie trägt zwar derbe Skistiefel und aufgerollte dicke Wollsocken, aber das wird durch den sehr kurzen Rock mehr als ausgeglichen, der ein paar schlanke, wohlgeformte Beine sehen läßt. Lassehns Blick, der von den Füßen vorsichtig nach oben gleitet, verharrt nun auf ihrem Gesicht, es ist das hübsche Gesicht einer nicht mehr ganz jungen Frau, mit kleiner Nase und üppigem Mund, haarscharf verlaufenden Augenbrauen und runden hellen Augen, deren lange dunkle Wimpern die erfahrene Hand einer Kosmetikerin verraten. Das helle Haar, das nur mit einer Locke unter dem festgebundenen dunkelbraunen Turban sichtbar ist, ist fast weißlichblond. Ihr Alter ist schwer zu bestimmen. Lassehn hält sie für Ende der zwanziger oder Anfang der dreißiger Jahre, aber er ist seiner Sache nicht sicher, denn er hat in solchen Dingen keine Erfahrung.

Alles in allem, stellt Lassehn fest, ist sie eine Erscheinung von starkem, sogar gefährlichem Reiz, in jeder Bewegung, in jedem Blick offenbart sich eine nur mühsam verhaltene Sinnlichkeit, sie wirkt auf Lassehn in gleichem Maße abstoßend wie anziehend, sie hat alles an sich, was stimulierend auf die Sinne wirkt, und nichts von dem, was den Reiz eines Mädchens bestimmt.

»Sie sind ungewöhnlich munter, meine Dame«, sagt der Herr mit der Hornbrille. »Wo nehmen Sie eigentlich Ihre gute Laune her?«

»Aus Kleinigkeiten, aus lauter Kleinigkeiten«, antwortet sie lachend. »Daß heute schönes Wetter ist …«

»… und zugleich prächtige Sicht für die Amerikaner«, fällt der Rotgesichtige ein.

»… und über ein halbes Pfund Butter, das ich gestern extra bekommen habe …«, fährt die Dame fort.

»… für hundertfünfundsiebzig Mark«, sagt der Rotgesichtige.

»… und daß ich meine Wohnung noch habe«, setzt die Dame die Aufzählung fort.

»… die heute zum Teufel gegangen sein kann«, ergänzt der Rotgesichtige hartnäckig.

»… und sicher auch über einen Feldpostbrief Ihres Gatten«, erlaubt sich jetzt der Herr mit der Hornbrille anzufügen.

Die Dame sieht ihn mit einem beinahe verweisenden Blick an. »Ja, natürlich, gewiß, auch das«, sagt sie hastig, aber es klingt nicht so überzeugend freudig, wie sie die Butter und das schöne Wetter erwähnt hat.

Inzwischen sind sie an die Potsdamer Brücke gelangt, auch hier sind fast nur Trümmer, Ruinenhäuser und Maulwurfshügel, aber das ist bereits eine gewissermaßen geordnete und aufgeräumte Zerstörung, der Schutt liegt nicht auf den Bürgersteigen, er ist in das Innere der Ruinen geschafft worden, in die Lücken der ausgebrannten Fassaden sind die behauenen Ziegelsteine sorgfältig geschichtet, Plakate und Schilder verkünden die neuen Domizile der zerstörten Firmen und Fabriken, halbverwitterte Kreideinschriften besagen ›Alle leben‹ oder ›Wir leben noch‹, oder da ist das Berliner Adreßbuch von 1945 aufgezeichnet, ›Otto Schulz, jetzt Hauptstr. 74 bei Pfeiffer‹ (das ist einer, der in der Nähe bleiben wollte), oder ›Familie Baensch nach Basdorf, Summterstr. 26‹ (sie hat es vorgezogen, Berlin zu verlassen), aber da sind auch Inschriften mit frischer weißer Ölfarbe: ›Unsere Mauern mögen brechen, unsere Herzen nie‹, oder ›Führer, wir folgen dir‹, oder ›Wir kapitulieren nie!‹

Nördlich der Brücke erhebt sich der Torso des Runden Platzes, das Halbrund eines Gebäudes, schon wieder verfallend, bevor es vollendet wurde, die Rundbögen der Fenster mit Brettern verschalt, umspannt noch von den Spinnenarmen des Baugerüstes, protziger Zeuge eines parvenuhaften Bauwillens, der blindwütig Häuser, für Jahrhunderte errichtet, niederriß, um seine babylonischen Tempel aufzurichten.

»Ich muß sagen, Herrschaften«, meint der Rotgesichtige, »ich habe einen gewaltigen Hunger.«

»Gehen wir in den Bayernhof«, sagt die Dame schnell, »vielleicht gibt's dort etwas Vernünftiges zu essen.«

»Einverstanden!« sagt der Herr mit der Hornbrille.

»Gemacht!« sagt der Rotgesichtige.

Lassehn sagt nichts dazu, er hat Lust, sich jetzt von der Gesellschaft zu trennen, er hat zwar einen wühlenden Hunger, aber keine Lebensmittelkarten, und außerdem scheint ihm der Besuch eines Restaurants zu gefährlich, die Sonderstreifen der Wehrmacht, der Gestapo und der OT machen – außer in Kinos – mit Vorliebe in Restaurants Jagd auf Deserteure, Juden und andere Illegale, die die horrenden Preise des schwarzen Marktes nicht bezahlen können und auf die markenfreien Stammessen in den Lokalen angewiesen sind, aber die Gesellschaft der Dame mit den roten Lippen (und Lassehn sieht unverwandt auf diesen aufreizenden Mund) hält ihn fest. Ehe er einen Entschluß fassen kann, wird er schon in eine Zelle der Drehtür gedrängt und steht in einem weiträumigen Restaurant, das ganz schlicht, mit Holztäfelung, blankgescheuerten Holztischen und Bauernstühlen ausgestattet ist und doch einen beinahe distinguierten Eindruck macht.

Das Restaurant ist um diese Stunde nur mäßig besucht. Der Rotgesichtige und die Dame scheinen hier gut Bescheid zu wissen, sie streben auf einen Tisch in der rückwärtigen, wenige Stufen erhöhten Abteilung des Restaurants zu. Lassehn hat sich mitreißen lassen, obwohl er nicht weiß, wie sich die Dinge weiterentwickeln werden, er ahnt, daß er sich hier möglicherweise in eine Gefahr begibt, aber Gefahren lauern eigentlich überall, und hier ist eine Frau mit einem aufreizend roten Mund und einem lockenden, verlockenden Körper, sie geht jetzt vor Lassehn und steigt die Stufen zur Estrade empor, ihr Rock schiebt sich bis in die Kniekehlen hoch und spannt sich eng um die Hüften, und jetzt sieht Lassehn die Dame, wie Männer eine Frau zu sehen pflegen, fortgeweht ist der Schleier, den die Kleidung über kräftige Schenkel, einen schmalen Leib mit ausladenden Hüften, eine blühende Brust breitet. Lassehn ist wie benommen, eine brennende Sehnsucht nach weiblicher Zärtlichkeit quält ihn, das Blut schießt ihm wild zum Herzen und strömt durch die Adern.

Dann sitzt er neben ihr, die beiden Herren ihnen gegenüber. Der Rotgesichtige scheint verärgert, weil die Dame neben Lassehn zu sitzen kommt, aber er bemüht sich krampfhaft um eine gleichgültige Miene und nimmt mit gelassener Bewegung seine Brieftasche aus der Jacke, gibt dem Kellner eine Bestellung auf und reicht ihm seine Lebensmittelkarte, der Herr mit der Brille und die Dame haben einige lose Reisemarken auf den Tisch gelegt und warten, bis der Kellner sich ihnen zuwendet.

Nur Lassehn sitzt da, er weiß nicht, wo er seine Augen lassen soll, er kommt sich jetzt, da er unter Menschen ist und die lose Verbindung zu den drei Personen an seinem Tische eine Art gesellschaftliche Form annimmt, doppelt verlassen und hilflos vor. Sie alle, die hier im Vollgefühl der Geborgenheit ihrer staatsbürgerlichen Unantastbarkeit sitzen und über gültige Ausweise und Lebensmittelkarten verfügen, eine Wohnung oder wenigstens ein Zimmer, einen Menschen, der ihnen Zuflucht oder Stütze ist, sie alle sitzen hier, trotz Krieg, trotz Not und Tod noch immer in ihrer bürgerlichen Würde, wie sie früher im ›Rheingold‹ oder bei Kempinski gesessen haben, ein wenig bescheidener, aber im Grunde unverändert, nur er sitzt da wie ein Außenseiter, er kommt sich vor wie ein Landstreicher, der unversehens in eine vornehme Gesellschaft geraten ist.

»Und was wünschen Sie, mein Herr?«

Lassehn schrickt aus seiner Versunkenheit auf, als der Kellner sich ein wenig zu ihm herabbeugt. »Ein Stammessen, bitte«, antwortet er.

»Bedaure sehr, mein Herr«, sagt der Kellner und richtet sich wieder auf, »aber Stammessen servieren wir am Nachmittag nicht.« Lassehn ist bestürzt, er verwünscht seine Fahrlässigkeit, hierher mitgegangen zu sein. »Dann lassen wir es«, sagt er, es soll gleichgültig, so ganz obenhin klingen, aber er merkt selbst, daß es nur kleinlaut und kläglich ist, er versucht zu lächeln, aber ihm gelingt nur ein krampfhaftes Zucken mit den Mundwinkeln.

Der Kellner zieht arrogant die Augenbrauen in die Höhe. »Aber ein Glas Bier darf ich bringen, mein Herr?« Er sagt es ganz korrekt, aber es klingt, als habe er gesagt: »Ach, du armes Schwein, nicht einmal die lumpigen fünf Gramm Fett hast du?«

»Augenblick«, sagt jetzt die Dame, kramt eilig in ihrer Handtasche und legt zwei kleine bunte Abschnitte auf den Tisch. »Bringen Sie dem Herrn dasselbe wie mir.«

In der Miene des Kellners kommt etwas wie Vertraulichkeit auf. »Der Herr wird sicher ...«

Aber die Dame unterbricht ihn schroff. »Halten Sie hier keine Volksreden«, sagt sie in befehlendem Tone, »sehen Sie lieber zu, daß Sie uns rasch bedienen.«

Das Gesicht des Kellners erstarrt sofort wieder zu einer unbewegten Miene, er nimmt die Marken vom Tische und entfernt sich eilig.

»Du scheinst ja mit Marken reichlich gesegnet zu sein«, sagt der Rotgesichtige, seine Stimme klingt rauh von mühsam verhaltener Wut.

»Ob reichlich oder nicht reichlich«, entgegnet die Dame schnell, »geht dich das etwas an?«

»Natürlich nicht«, meint der Rotgesichtige und zieht die Unterlippe zwischen die Zähne. »Haben Sie denn keine Lebensmittelkarten?« fährt er dann auf Lassehn los.

»Nein«, sagt Lassehn wie entschuldigend, »ich bin erst gestern in Berlin angekommen.«

»Dann müssen Sie doch Reisemarken haben«, setzt der Rotgesichtige das Verhör fort.

»Das ging alles so schnell ...«, will Lassehn erklären. Er fühlt, wie er innerlich ganz kalt wird, mit dem Ellenbogen tastet er die Hosentasche ab, um seinen Revolver zu fühlen, und mißt mit den Augen die Entfernung bis zum Ausgang ab, es sind nur etwa vierzig Meter, und der Mittelgang ist breit, aber an verschiedenen Tischen rechts und links sitzen Offiziere und zwei RAD-Führer.

»Laß den Herrn doch zufrieden«, sagt die Dame herrisch.

»Ich kann mir vorstellen, daß so eine Flucht vor den Bolschewisten keine Kleinigkeit ist, Herr ...«

»Joachim Lassehn«, sagt Lassehn, er lächelt befreit und macht eine kleine Verbeugung zu der Dame und den beiden Herren hin.

»Elisabeth Mattner«, stellt sich die Dame vor und lächelt ihm begütigend zu.

Die beiden Herren nennen ebenfalls ihre Namen, aber Lassehn versteht sie nicht, sie interessieren ihn auch nicht, daß die Dame Elisabeth mit Vornamen heißt, nimmt er begierig in sich auf. Das ist schon immer so gewesen, wenn er ein Mädchen kennengelernt hat, dann hat er nicht eher geruht, bis er ihren Vornamen gewußt hat. Mit einem Nachnamen kann man nichts anfangen, er klingt hölzern und immer förmlich, absolut unpersönlich, aber ein Vorname ist Musik, er kann variiert werden, in einen Vornamen kann man Zärtlichkeit, Sehnsucht und Hoffnung einströmen lassen, von einem Vornamen kann man träumen, man kann ihn flüstern, und diese hier heißt also Elisabeth.

Der Rotgesichtige gibt immer noch nicht Ruhe. »Es ist doch recht seltsam, daß ein so junger Mann wie Sie noch in Zivil herumläuft«, sagt er verbissen.

Jetzt, da Lassehn die Dame auf seiner Seite weiß, wird er kühn. »Bin ich Ihnen darüber Rechenschaft schuldig?« fragt er.

»Bravo!« ruft die Dame. »Geben Sie es ihm tüchtig!«

Das Gesicht des anderen färbt sich noch röter, an der Schläfe schwillt ihm eine Ader dick und bläulich an. »Ich hätte nicht übel Lust, Sie feststellen zu lassen«, zischt er durch die Zähne, in seinen haßvoll aufgerissenen Augen steht ein drohend flackerndes Licht.

Am liebsten hätte Lassehn seinen Revolver wie gestern nachmittag bei Klose auf den Tisch gelegt, aber hier geht das natürlich nicht. Ruhig bleiben, flüstert er sich selbst zu, ganz ruhig bleiben, nur mit Ruhe und Frechheit kannst du aus dieser Situation herauskommen, nicht durch Weichwerden und Nachgiebigkeit. »Und was versprechen Sie sich davon?« fragt er.

Der Herr mit der Hornbrille, der sich eine Zeitung vom Haken genommen und darin gelesen hat, versucht zu vermitteln. »Wollen wir uns doch nicht streiten, sonst schmeckt das Essen nicht«, sagt er. »Sie haben doch sicher einen Ausweis, Herr Lassehn, zeigen Sie uns den, und dann ist alles in Ordnung.«

»Du bist ja bloß eifersüchtig«, faucht die Dame den Rotgesichtigen an, bevor Lassehn etwas sagen kann. »Lassen Sie sich auf nichts ein, Herr Lassehn, Sie haben das gar nicht nötig.«

»Eifersüchtig? Lachhaft!« sagt der Rotgesichtige mit schiefem Mund. »Im übrigen mische dich nicht in Angelegenheiten ...«

In diesem kritischen Augenblick bringt der Kellner die Speisen, er serviert sie etwas umständlich und fragt, ob es schnell genug gegangen sei.

Lassehn atmet auf, Zeit gewonnen, heißt viel gewonnen. Während er ißt, wird ihm erst bewußt, was die Dame, diese Frau Elisabeth, eben gesagt hat: der Rotgesichtige ist eifersüchtig! Eifersüchtig? Auf ihn? Bisher hat er das Verhalten der Dame als allgemeine, unverbindliche Freundlichkeit ausgelegt. Sollte es mehr als das sein? Haben sie sich nicht erst vor einer Stunde kennengelernt? Kennengelernt? Auch das ist schon zuviel gesagt, sie sind gemeinsam einen Weg gegangen, das ist alles. Also Freundschaft kann es nicht sein. Und Liebe? Liebe natürlich erst recht nicht, so sieht doch Liebe nicht aus, Liebe erwächst aus einem zarten Keim, Liebe ist Stille und Ruhe, Einsamkeit und Schmerz, aber diese Frau Elisabeth ist lustig und streitbar, in ihren Blick ist noch keine Seele getreten. Lassehn zergrübelt sich das Hirn, während er die Suppe löffelt, aber er findet keine Erklärung, denn er weiß nicht, daß es auch eine animalische Lust gibt, die nur den Körper fordert und mehr nicht.

Plötzlich spürt er, wie etwas seinen Fuß berührt, er blickt vorsichtig unter den Tisch und sieht, daß der rechte Fuß der Dame dicht an seinem linken ruht. Es kann ein Zufall sein, daß ihr Fuß den seinen berührt, er will seinen Fuß zurücknehmen, aber er ist so verwirrt, daß er seinen Fuß gegen den ihren stemmt, und da spürt er deutlich den Gegendruck. Obwohl es töricht ist, anzunehmen, daß sich die Wärme ihres Fußes dem seinen mitteilt, denn sie trägt derbe Skistiefel und er feste Langschäfter, durchzuckt es ihn doch heiß, als habe sie mit ihrer Hand seinen Körper berührt. Lassehn mustert ihr Gesicht über den Tellerrand hinweg, aber ihr Gesicht ist nicht verändert, es zeigt den gleichen unbekümmerten Ausdruck wie vorhin, vielleicht, daß ein kleiner gespannter Zug darin zu erkennen ist.

Im Augenblick aber beansprucht ihn das Essen, er nimmt es zu sich mit der Aufmerksamkeit und Dankbarkeit eines Menschen, der seit Wochen keine richtige Mahlzeit eingenommen hat, er muß sich gewaltsam beherrschen, um die Suppe nicht in rasendem Tempo auszulöffeln und die Gemüsespeise mit den duftenden Kartoffeln nicht mit einigen gewaltigen Bissen zu verschlingen, aber obwohl er sich zurückhält, ist er viel früher fertig als die anderen. Die Mahlzeit hat einen gewissen Abstand zwischen ihm und seinem Gegner, dem Rotgesichtigen, hergestellt, aber ihre Beendigung verringert ihn wieder, er fühlt, wie der Rotgesichtige ihn fortwährend mustert, und verbirgt sich hinter der ›Deutschen Allgemeinen Zeitung‹, die er breit vor sich entfaltet. Sein Blick fällt auf einen Artikel, der sich mit der neuen Technik des Fliegeralarms befaßt.

»Die militärische Entwicklung hat zur Folge, daß feindliche Flugzeuge nicht wie bisher längere Zeit vor Einflug in das Berliner Warnnetz erfaßt werden können. Durch die Nähe der Front ist die Zeitspanne zwischen dem Beginn des Fliegeralarms und dem Eintreffen der feindlichen Flugzeuge über der Reichshauptstadt geringer geworden. Die zuständigen militärischen Dienststellen setzen alles daran, daß die Zeit zwischen Auslösen des Fliegeralarms bis zum Beginn der Feindseligkeiten zehn Minuten nicht unterschreitet. Vor allem werden bei Nacht alle technischen Möglichkeiten ausgeschöpft, um den Fliegeralarm rechtzeitig auszulösen. Die Frontnähe hat begreiflicherweise eine häufigere Alarmierung zur Folge, da Jagd- und Schlachtflugzeuge öfter in das Berliner Warngebiet gelangen können.«

Weiter kommt er nicht, denn der Rotgesichtige spricht ihn wieder an.

»Sie sind augenscheinlich recht ausgehungert, junger Mann«, sagt er ganz beiläufig, auf seinem Gesicht liegt so etwas wie ein Lächeln, aber es wirkt nicht echt, ein bösartiges Glimmen im

Hintergrunde seiner Augen verrät, daß er das Lächeln wie einen Vorhang vor seine feindlichen Absichten gezogen hat.

Lassehn geht auf die Äußerung nicht ein, er zündet sich die letzte der fünf Zigaretten an, die ihm Klose am Morgen mit auf den Weg gegeben hat.

»Mit Zigaretten scheinen Sie wenigstens versorgt zu sein«, bohrt der Rotgesichtige weiter, er hat seine Mahlzeit beendet und schiebt den Teller weit von sich, als brauche er Platz für die jetzt beginnende Auseinandersetzung.

Lassehn raucht seine Zigarette weiter, in seinem Gehirn jagen sich die Gedanken. Wenn er nur wüßte, wie er diesem widerlichen rotgesichtigen Kerl entkommen kann, ohne gleichzeitig die Verbindung mit dieser Frau Elisabeth zu verlieren. »Was wollen Sie eigentlich von mir?« fragt Lassehn und zieht die Augenbrauen unwillig zusammen, er spürt noch immer den Gegendruck von Frau Elisabeths Fuß, und das erhöht sein Selbstbewußtsein.

Der Rotgesichtige stützt beide Unterarme auf den Tisch und blickt Lassehn scharf an. »Ich will Ihnen einmal etwas sagen, junger Mann«, sagt er langsam, jedes Wort betonend, »es treibt sich augenblicklich allerhand Gesindel in Berlin herum, Deserteure, Saboteure, Spione, die Kommunisten sind auf einmal wieder sehr lebendig, und die Juden werden auch schon wieder frech …«

»Sie übertreiben, mein Herr«, sagt der Herr mit der Hornbrille, »so schlimm ist es doch wohl nicht.«

»Was wissen Sie denn?« fährt der Rotgesichtige herum. »Die Gefahr darf nicht unterschätzt werden, und deshalb ist jeder anständige Deutsche verpflichtet, alle verdächtigen und unzuverlässigen Elemente unschädlich zu machen, alle Mittel und Wege sind dabei recht.«

Der Herr mit der Hornbrille kneift die Augen zusammen. »Sie haben es nicht nötig, mich über die Pflichten eines anständigen Deutschen zu belehren«, sagt er erregt.

»Die Meinungen über das, was Anstand ist, sind verschieden, und …«, beginnt der Rotgesichtige.

»Allerdings!« fällt der Herr mit der Hornbrille ein. »Wenn aber das anständig sein soll, als Denunziant aufzutreten …«

Der Rotgesichtige wendet sich ihm jetzt ganz zu. »Ich verbitte mir diese Ausdrucksweise ganz entschieden«, sagt er drohend, »außer für diesen jungen Mann werde ich mich anscheinend auch für Ihre Person interessieren müssen.«

Der Herr mit der Hornbrille knickt sichtlich zusammen. Lassehn erkennt, daß er sich bewußt wird, in der Hitze der Auseinandersetzung zuviel gesagt zu haben, daß er seine Worte zurücknehmen oder wenigstens nachträglich verwässern möchte, denn er weiß sicher so gut wie jeder andere, daß hinter jedem, der heute die Staatssouveränität anruft, eine konsequent brutale Macht steht, die alles zertritt, was ihr im Wege steht oder hinderlich ist. Es ist ein leichtes für den, der sich aus irgendwelchen Gründen, aus Haß, Eifersucht, Rache, Neid, Profitinteresse, gekränkter Eitelkeit oder einfach aus Lust am Bösen, eines Gegners entledigen will, diesen ins Verderben zu bringen.

»Sie mißverstehen mich, werter Herr«, lenkt der Herr mit der Hornbrille ein, »Sie mißverstehen mich gründlich.«

Lassehn fühlt einen faden Geschmack im Munde. Der Herr mit der Hornbrille ist in seinem Privatleben sicher ein guter Bürger, unbescholten und wahrscheinlich auch tüchtig in seinem Beruf, aber er ist ein schwacher Charakter, der sich sofort duckt, wenn ein anderer die Faust ballt, der Greuel und Unrecht geschehen läßt und sein Gewissen mit der landläufigsten aller Ausreden beschwichtigt, daß er daran doch nichts ändern könne.

»So?« sagt der Rotgesichtige langsam. »Ich pflege richtig zu verstehen. Wenn die Gegner unseres Reiches, das wir unter so schweren Opfern erkämpft haben, jetzt glauben, daß ihre Stunde gekommen sei, so irren sie sich gründlich. Meine Meinung ist ja nicht ausschlaggebend, und ich will sie auch gar nicht in die Waagschale werfen, aber ich bitte den letzten Artikel von Doktor Goebbels im ›Reich‹ und den Leitartikel von Doktor Ley in der ›Nachtausgabe‹ zu lesen ...«

»Sehr richtig«, sagt der Herr mit der Hornbrille eifrig, »der Artikel ›Ohne Gepäck‹ war besonders ...«

Der Rotgesichtige streift ihn mit einem verächtlichen Blick. »Glauben Sie denn, daß Männer wie Doktor Goebbels und Doktor Ley«, fährt er fort, »mit solcher Ausdruckskraft und solchem Elan schreiben könnten, wenn sie nicht selbst von der unbedingten Richtigkeit ihrer Worte überzeugt wären?«

O Gott, denkt Lassehn, dabeisitzen und das mitanhören zu müssen und nicht einen Ton sagen zu dürfen, nicht einfach aufstehen und sagen zu können: »Ihr Rindviecher! Ihr Idioten! Ihr dreimal verfluchten Hunde!«, ach, wie kläglich und feige sind wir geworden, wie hat man uns in Fesseln geschlagen, wie hat man erst unsere Zungen gelähmt und dann unsere Gehirne verstopft, unseren Charakter verbogen und unser männliches Selbstbewußtsein zerbrochen, aber Feigheit und Heuchelei großgezogen, wie schäbig ist unser Charakter geworden.

Jetzt mischt sich die Dame zum ersten Male in den Streit. »Da muß ich dem Dicken ja recht geben«, sagt sie, »wenn auch die Lage gegenwärtig etwas schwierig aussieht, so wird sich das bald ändern.« Sie dämpft ihre Stimme zu einem geheimnisvollen Flüstern herab. »Ich weiß aus ganz sicherer Quelle, daß in den nächsten Tagen unsere Vau drei eingesetzt wird, und dann ...« Sie vollendet den Satz nicht, aber in ihrer Stimme schwingt ein Ton von Zuversicht und Hoffnung, und ihre Augen blicken in die Ferne, als sähe sie die deutschen Armeen schon wieder an der Wolga und am Atlantik.

»Sie glauben gar nicht, wie wir alle darauf warten, gnädige Frau«, sagt der Herr mit der Hornbrille sofort und verdreht fast die Augen.

Du feige Sau, denkt Lassehn wütend, wenn du schon nicht deine Meinung sagen darfst, dann halte wenigstens die Schnauze, aber tu nicht so als ob, nur um dir vor diesem dicken Schwein ein Alibi zu verschaffen.

»Ich hatte vorhin durchaus nicht den Eindruck, daß Sie ein so guter Nationalsozialist sind«, sagt der Rotgesichtige immer noch mißtrauisch, »Ihre Äußerungen vorhin waren reichlich ... na, sagen wir unvorsichtig.«

»Ich bedaure unendlich, wenn Sie einen falschen Eindruck von mir gewonnen haben, mein Herr.« Der Herr mit der Hornbrille windet sich förmlich in Beflissenheit.

Aber der Rotgesichtige hört gar nicht mehr hin, seine Aufmerksamkeit ist jäh von ihm abgeglitten, sie gilt auch nicht mehr

Lassehn, sondern zwei Herren, die gerade durch die Drehtür gekommen sind und den Mittelgang entlanggehen. In seine Augen tritt ein gespannter, böser Blick, Lassehn folgt diesem Blick und mustert die Herren, aber er kann nichts Auffälliges an ihnen entdecken, es sei denn, daß sie etwas fremd, wie Italiener oder Ungarn, wirken. Als sie an Lassehns Tisch vorbeigehen, federt der Rotgesichtige beinahe vor Spannung, er hat die Hände fest auf die prallen Schenkel gestemmt und den Kopf wie zum Stoß zwischen die Schultern gezogen.

»Was hast du denn, Dickerchen?« fragt die Dame und sieht den beiden Herren nach, die in der äußersten Ecke des Restaurants am letzten Tische der Reihe Platz nehmen.

»Wenn das keine Juden sind, bin ich ein Bantuneger«, antwortet der Rotgesichtige, ohne den Blick von den beiden Herren zu wenden. »Denen werde ich es besorgen, ohne Stern herumzulaufen und den Arier zu spielen. Judenbande, verfluchte!«

Lassehn krallt die Fingernägel schmerzhaft tief in die Handballen. Er hat für Juden sowohl Sympathien wie Antipathien gehegt, wie für andere Menschen auch, er hat die Antipathie nie auf die Gesamtheit übertragen und die Sympathie den Individuen zugewandt, die ihm dessen wert schienen, und da er seine Wertungen und Beurteilungen aus der Musik zu beziehen gewohnt ist und der Begriff Jude eigentlich erst konkrete Gestalt annahm, als man ihn vom Gymnasium beinahe relegiert hätte, weil er bei einem Schülerkonzert nach stürmischem Applaus ein Mendelssohnsches Scherzo als Zugabe gespielt hatte, hat er diese allgemeine Diffamierung stets als besonders niederträchtig empfunden. Für Sekunden tönt in ihm jenes Mendelssohnsche Scherzo in e-Moll, das mit ein paar Staccati beginnt und in perlende Läufe von erhebender Reinheit übergeht, aber er vermag die Melodie nicht zu Ende zu führen, er wird schmerzhaft auf die Erde zurückgerissen.

Der Rotgesichtige ist aufgestanden und hat seinen Stuhl lärmend zurückgestoßen. »Den beiden werde ich es besorgen«, sagt er entschlossen. »Schließen Sie sich mir an?« fragt er den Herrn mit der Hornbrille.

Der Herr mit der Hornbrille nickt zwar eifrig, aber er erhebt sich nur zögernd.

»Sind wir denn dazu legitimiert?« fragt er vorsichtig.

»Jeder Deutsche ist legitimiert«, antwortet der Rotgesichtige schroff. »Oder wollen Sie erst einen Haftbefehl erwirken oder sonstwen um Erlaubnis fragen? Die sind doch vogelfrei! Aber wenn Sie Angst haben ... Bitte!«

»Nein, selbstverständlich nicht«, sagt der Herr mit der Hornbrille eilig, »ich stehe natürlich zu Ihrer Verfügung.«

»Na also, warum nicht gleich so?« meint der Rotgesichtige und lächelt mit schiefem Munde. »Also los!«

Lassehns Hand zuckt nach seinem Revolver, aber er reißt sie zurück, es ist aussichtslos, er würde den beiden Juden nicht helfen können, aber sich selber mit hineinreißen, denn das Restaurant hat sich inzwischen gefüllt, und unter den Gästen sind zahlreiche Offiziere und ein paar Unteroffiziere der Waffen-ss. Er fühlt sich hundselend, als er sich die beiden dem letzten Tisch nähern sieht, aber dann wird er abgelenkt.

»Kommen Sie, Herr Lassehn«, sagt die Dame, sie steht auf und knöpft ihre Kostümjacke hastig zu. »Wir gehen, was die da machen, damit wollen wir nichts zu tun haben.«

Lassehn erhebt sich langsam, er sieht den Rotgesichtigen und den Herrn mit der Hornbrille jetzt an den letzten Tisch herantreten, aber er kann nicht verstehen, was da gesprochen wird, das Stimmengewirr im Restaurant ist zu laut.

»Los, beeilen Sie sich doch«, drängt die Dame. »Was geht uns das da an? Reizt es Sie gar nicht, mit mir allein zu gehen?«

Obwohl Lassehn die Szene im Hintergrund innerlich miterlebt, denn statt der beiden Juden hätte es ebensogut ihn, den Deserteur Joachim Lassehn, treffen können, schießt es heiß in ihm auf, als er auf den roten Mund der Dame blickt, der leicht geöffnet ist und Wollust verspricht. Er drückt dem Kellner, der sich gerade in der Nähe aufhält und den Aufbruch bemerkt hat, Geld in die Hand und folgt der Dame, die mit schnellen Schritten auf die Drehtür zugeht, er dreht sich noch einmal um, aber er kann nichts mehr erkennen.

Dann nimmt ihn die Drehtür auf, und er steht mit der Dame auf der Potsdamer Straße.

XI

15. April, 20.00 Uhr

Als Lassehn wieder bei Klose am Schlesischen Bahnhof anlangt, ist die Dämmerung herabgesunken, in der sich der sinkende Tag und die aufsteigende Nacht für eine kurze Spanne begegnen. Lassehn ist irgendwie belebt, er hat die ersten Schritte in Berlin getan, zwar unsicher und tastend noch, sie waren vom Zufall gelenkt, wenn man einen Fliegeralarm, eine menschliche alte Frau und einen lockend roten Frauenmund als Zufall bezeichnen will, aber es sind eben Schritte gewesen, und ein Kind, das die ersten Gehversuche in den Raum hinein unternimmt und gegen die schwankende Umwelt sein Gleichgewicht bewahrt, kann sich darüber nicht mehr freuen. Er ist sich dabei durchaus klar darüber, daß er vom Glück sehr begünstigt und daß vom festen Boden unter den Füßen bis zum alles verschlingenden Abgrund nur ein kleiner Schritt gewesen ist.

Da es Sonntag ist, hat Klose sein Restaurant nicht geöffnet, an der Ladentür, die durch ein Scherengitter versperrt ist, hängt ein Schild ›Bier ausverkauft‹. Lassehn muß durch den dunklen Hausflur gehen und rennt mit einem Mann zusammen, der den Flur vom Hof her durchschreitet und ihn fast zu Boden stößt. Lassehn hat einen derben Fluch auf der Zunge, aber er behält ihn bei sich, aus Rede und Gegenrede kann schließlich Streit werden, und Lassehn muß alles vermeiden, was ihn irgendwie, angenehm oder unangenehm, auffallen lassen könnte. Deshalb reagiert er weder mit Worten noch mit Taten, sondern setzt seinen Weg über den Hof in den Seitenflügel fort, in dem sich der Hintereingang zu Kloses Restaurant befindet.

»Ah, der Weltreisende«, begrüßt ihn Klose, als er ihm öffnet.

»Hat nicht ganz geklappt«, sagt Lassehn noch im Treppenhaus, »ich habe …«

»Nicht hier, mein Junge«, unterbricht ihn Klose, »komm erst

mal rein. – Die Wände haben Ohren«, sagt Klose dann, als er mit Lassehn am Tisch sitzt, »daran mußt du immer denken, aber nun erzähle mal, was los war.«

»Ich habe eine ganze Menge erlebt, Herr Klose«, antwortet Lassehn, »aber das, worauf es mir ankam ...«

»Was ist denn nun mit deiner jungen Frau?« fragt Klose dazwischen und blinzelt lächelnd. »Nimmt sie dich nicht rein in ihr Bettchen?«

Lassehn berichtet, er spricht stockend und sucht ständig nach Worten, um das, was er zu sagen hat, zu umschreiben, er will nicht lügen, aber auch nicht die Wahrheit zugestehen, die ihn erniedrigend dünkt.

Obwohl Klose merkt, daß ihm Lassehn etwas verheimlicht, dringt er nicht in ihn. »Es ist also tatsächlich so gekommen, wie du vermutet hast«, sagt er nachdenklich, »ihr habt euch nicht erkannt. Was willst du nun weiter machen?«

»Ich muß unbedingt mit ihr sprechen«, antwortet Lassehn, »schließlich ist sie doch meine Frau, ich habe Rechte an sie und sie an mich, und dann ... da ist auch noch etwas, was unbedingt geklärt werden muß.« Lassehn denkt an das Kind, das in Irmgard bereits lebte, als er sie kennenlernte, und das später auf eine geheimnisvolle Weise verschwunden ist.

»Da willst du also vorläufig bei mir bleiben?« fragt Klose. »Oder wie hast du dir das gedacht?«

Lassehn blickt starr vor sich nieder. »Wenn es möglich ist, Herr Klose«, sagt er zaghaft, »möchte ich bei Ihnen bleiben.«

Klose legt ihm eine Hand auf den Arm. »Wenn es nicht möglich ist, wird es möglich gemacht. Weißt du, was Solidarität ist?«

Lassehn blickt Klose an, in seinem Blicke sind Verlegenheit und Frage gemischt. »Eigentlich nicht«, antwortet er und spricht wie zu sich selber, »Solidarität, solidarisch, das kommt aus dem Lateinischen von solidus, echt, gediegen, hart, fest, wahrhaft ...«

»Ob das lateinisch oder griechisch oder sonstwas ist, das weiß ich allerdings nicht«, sagt Klose, und sein Gesicht ist von ungewöhnlichem, fast feierlichem Ernst, »aber daß es aus der Arbeiterbewegung kommt, das weiß ich genau, und es bedeutet, daß einer für den anderen einsteht, ihm beispringt, wenn er in Not ist, das verstehen wir unter Solidarität.«

»Das gibt es im Felde aber auch«, wendet Lassehn ein. »Ich habe Fälle erlebt ...«

»Zugegeben, glaube ich ohne Beweis, war ja auch Soldat«, unterbricht ihn Klose, »aber das kannst du damit nicht vergleichen, Soldat ist man gezwungenermaßen, Soldaten werden in eine Gemeinschaft gepreßt, sie haben gar keine andere Möglichkeit, als gemeinsam zu leben und füreinander einzustehen, bei uns aber ist das anders, wir haben uns freiwillig zusammengefunden, was bei den Soldaten Zwang, ist bei uns Gesinnung, und alles hat seine Wurzel in der Freiwilligkeit.«

»Ich gehöre doch gar nicht zu Ihnen«, wirft Lassehn ein.

»Quatsch nicht, Krause«, fällt Klose in seinen burschikosen Ton zurück, »zu uns gehört jeder, der gegen den Faschismus ist, ob er nun desertiert ist oder Sabotage treibt, ob er heimlich Flugblätter verteilt oder überhaupt passive Resistenz übt. Du bist doch kein Nazi ...«

Lassehn schüttelt den Kopf.

»Bestimmt nicht, das wissen Sie ja, Herr Klose.«

»War ja auch keine Frage, nur eine Feststellung«, fährt Klose fort. »Zu uns gehört jeder, der kein Nazi ist, ganz gleich aus welchen Gründen, der Wiegand zum Beispiel ist Kommunist geworden und der Doktor Böttcher Sozialdemokrat, und du kannst bei mir auch andere kennenlernen, katholische Priester und Leute, die früher lauwarme Demokraten waren, aber jetzt gehören sie alle zusammen, der gemeinsame Feind hat sie endlich zusammengebracht. Wäre früher ganz undenkbar gewesen, daß der Wiegand mit den Katholiken die gleiche Ausgangsstellung bezogen hätte, dazu waren sie beide viel zu dogmatisch, der eine mit, der andere ohne Gott, jeder hielt seinen Standpunkt für den alleinseligmachenden.«

»Und heute gibt es keine Unterschiede mehr?« fragt Lassehn.

Klose schüttelt den Kopf. »Die Unterschiede sind geblieben, und sie werden auch gar nicht geleugnet, aber sie sind keine extremen Gegensätze mehr, sie schließen sich nicht mehr unbedingt aus.«

»Ich verstehe immer alles nur halb«, sagt Lassehn und hebt bedauernd die Schultern, »mir fehlt zuviel, als daß ich Ihnen ganz folgen könnte, mir geht es so, als wenn ich mitten in ein Theaterstück hineinkomme, und da ich den Anfang nicht kenne, verstehe ich alles nur halb oder gar nicht, aber eines habe ich doch bemerkt, daß Herr Wiegand und Herr Böttcher nicht ganz übereinstimmen.«

»Stimmt, mein Junge, stimmt ganz genau«, sagt Klose, »aber sie sind gewissermaßen Brüder, die sich um eine Erbschaft verzankt haben und von denen keiner seine eigenen Fehler zugeben will und wie hypnotisiert auf die des anderen blickt, sie werfen sich ihre Vergangenheit vor und vergessen darüber, daß sie einen gemeinsamen Vater haben. Jetzt besinnen sie sich wieder darauf, und das ist gut so.«

Lassehn nickt. »Ich gehöre zu ihnen, wenn ich auch nicht recht weiß, wie ich dazu gekommen bin.«

Klose macht eine abwehrende Handbewegung. »Das weißt du sehr gut, Junge, denke nur einmal darüber genau nach, der Fehler oder, genauer gesagt, der Mangel ist der, daß es nicht aus einer bestimmten Gesinnung heraus geschehen ist, und deshalb bist du so unsicher. Aber wenn du nur weißt, wo du hingehörst oder wenigstens die Richtung kennst, dann ist schon viel gewonnen. Aber nun wollen wir uns einmal der praktischen Seite der Angelegenheit zuwenden, ist ja wohl auch wichtig, oder nicht?«

Lassehn nickt, ihm ist ein wenig beklommen, denn ihm ist klar, daß die eigentlichen Schwierigkeiten erst jetzt beginnen, er ist bisher unterwegs gewesen, hat ein Ziel gehabt und sich in die Richtung dieses Zieles treiben lassen, er ist allein oder mit den Trecks der Flüchtlinge marschiert oder manchmal auch gefahren, wie es gerade kam, hat in Scheunen oder verlassenen Häusern oder Massenquartieren genächtigt, sich skrupellos Lebensmittel angeeignet oder an Massenspeisungen teilgenommen, bei denen niemand nach seinem Namen gefragt oder sonstige Angaben verlangt hat, aber jetzt ist seine Flucht gewissermaßen stationär geworden, und es gilt, so etwas wie Ordnung und System in das jetzt beginnende Leben zu bringen.

»Du willst doch essen und trinken«, spricht Klose jetzt weiter. »Hast du Geld, Junge?«

Lassehn nickt wieder. »So an zweitausend Mark«, antwortet er. »Ist nicht viel heutzutage, bei den Schwarzmarktpreisen«, meint Klose. »Und was hast du sonst noch?«

»Ein paar Kleidungsstücke, Wäsche und Kleinigkeiten, aber die sind bei meiner Frau.«

Klose trommelt mit den Fingern auf die Tischplatte. »Na, werden mal sehen, wie wir dich durchbringen, morgen werde ich ein paar Reisemarken organisieren, außerdem fällt bei mir ja auch immer etwas ab.«

»Herr Klose ...«

»Schon gut«, wehrt Klose ab, »das laß mich man machen, ich hab' so meine Beziehungen, du wirst schon nicht verhungern, Junge.« Lassehn seufzt tief auf. »Wenn der Krieg nur bald zu Ende wäre, damit ich Ihnen nicht so lange zur Last liege.«

»Kannst dich darauf verlassen, den Sommer erleben die nicht mehr«, sagt er bestimmt, »die paar Wochen oder Monate wirst du schon durchhalten, denn auf dich kommt es in erster Linie an. Es gibt Leute, die schon jahrelang illegal leben, mitunter ohne Geld und oft ohne Beziehungen, die laufen tagsüber ziellos herum oder sitzen in Kinos, sie schlafen in Splittergräben oder in Häuserruinen, du, das ist ein Leben, immer gehetzt, immer hungrig, jeder laute Schritt, jedes bremsende Auto, jeder aufmerksame Blick irgendeines x-beliebigen sind vielleicht Verrat und Tod ... Jetzt ist es für die Illegalen wohl etwas leichter, geht ja schon alles drunter und drüber.«

Lassehn stemmt die Ellenbogen auf den Tisch und stützt den Kopf schwer in die Hände. »Herr Klose, es ist ja auch nicht allein die Sorge um das bißchen Fressen und Schlafen, was mich so ungeduldig sein läßt«, sagt er langsam und schwer atmend, »es ist die Ungeduld der Erwartung, endlich aus dem ungewissen Dasein herauszukommen, mit dem ganzen Elend Schluß zu machen und neu anzufangen ...«

»Verstehe«, sagt Klose, »verstehe ohne Brille, willst wieder anfangen zu klimpern, deinen Beethoven und Schubert und wie die alle heißen.«

Lassehn schüttelt heftig den Kopf. »Nein, Herr Klose, diesmal haben Sie mich nicht verstanden«, sagt er. »Was Doktor Böttcher mir gestern gesagt hat, ist mir immer wieder durch den Kopf gegangen, und ich habe eingesehen, daß er recht hat, Musik allein ist zuwenig, hat er gesagt. Sehen Sie, und deshalb will ich zuallererst ein Fundament finden, auf dem ich mein neues Leben gründen kann.«

»Und was wird mit der Musik?« fragt Klose.

»Die muß solange Begleitmelodie sein, bis sie mit meinem Leben, mit meinem zukünftigen Leben, in vollen Akkorden zusammenklingt«, antwortet Lassehn.

»Das hört sich ja sehr schön an, mein Junge«, sagt Klose und lächelt verschmitzt. »Hoffen wir, daß unser geliebter Führer bald akkordiert, das wäre vorerst der schönste Akkord, vorher wird es allerdings noch ein paar kräftige Diss ... Diss ...«

»Dissonanzen«, hilft Lassehn aus.

»Richtig, Dissonanzen geben, so mit Sturmgebraus und Wogenprall, aber nicht am Rhein, sondern an Spree und Panke, daß die Wand wackelt. Mensch, wenn man das so sieht, wie sie in den Straßen Panzersperren bauen, direkt ein Glück, daß die Stadt so zerbombt ist, da haben sie wenigstens Klamotten und Eisen genug, da können sie gar nicht in Verlegenheit kommen.«

»Glauben Sie denn, daß Berlin verteidigt wird?« fragt Lassehn. »Klar, die lassen das Volk bis zum letzten kämpfen«, sagt Klose erbittert, »die schrecken doch vor nichts zurück. Hast doch den VB in der Hand gehabt, da mußt du doch Leichenheinis neuesten Aufruf gelesen haben.«

Lassehn verneint.

Klose nimmt die Zeitung vom Haken, schiebt sie ihm zu und deutet auf einen Artikel. »Da, lies das, dann weißt du genug.«

Lassehn zieht die Zeitung zu sich heran und liest:

»Ein Erlaß des Reichsführers SS

Jeder Ort wird verteidigt! DNB, 12. April

Reichsführer SS Heinrich Himmler hat folgenden Befehl erlassen: Der Feind versucht durch Irreführung deutsche Orte zur Übergabe zu veranlassen. Durch vorgeprellte Panzerspähwagen unternimmt er es, die Bevölkerung mit der Drohung einzuschüchtern, daß im Falle der Nichtübergabe der Ort durch angeblich aufgefahrene Panzer oder Artillerie zusammengeschossen würde. Auch diese Kriegslist des Feindes verfehlt ihr Ziel. Jedes Dorf und jede Stadt werden mit allen Mitteln verteidigt und gehalten. Jeder für die Verteidigung eines Ortes verantwortliche deutsche Mann, der gegen diese selbstverständliche nationale Pflicht verstößt, verliert Ehre und Leben.«

»Nun bist du ja wohl im Bilde«, sagt Klose, als Lassehn aufblickt. »Aber es sind Hunderttausende Frauen und Kinder und alte Leute in der Stadt«, wendet Lassehn ein. »Wird man die noch wenigstens herausbringen?«

Klose schüttelt den Kopf. »Wohin denn, Joachim, überleg doch mal, ist doch alles überfüllt von den Flüchtlingen aus dem Osten, und außerdem sind die Eisenbahnen auch gar nicht in der Lage dazu, die Amerikaner und der Tommy zerschlagen doch systematisch das ganze Eisenbahnnetz, das rollende Material wird von Tag zu Tag knapper und schlechter, Mann, die pfeifen doch auf dem letzten Loch, und die Strolche da oben wissen das auch ganz genau, so dumm sind die nicht.«

»Aber warum machen sie denn nicht Schluß?« sagt Lassehn verzweifelt. »Wäre doch immerhin anständiger, als noch viele Unschuldige in den sicheren Tod mit hineinzureißen.«

»Jetzt halt aber mal die Luft an, Joachim«, sagt Klose, »du bist vielleicht ein guter Musiker, aber sonst ein verflucht dummer Kerl. Sei mir nicht böse, mein Junge, daß ich das so unverblümt sage, aber ich rede so, wie mir der Schnabel gewachsen ist. Du leidest nämlich an dem Erbübel der Deutschen, sie sind gute Musiker und tüchtige Buchhalter, versierte Ingenieure und fleißige Straßenfeger, sie sind gründliche Kenner der Kulturen aller Zeiten und wissen genau Bescheid über alle möglichen komplizierten Dinge, sie sind überhaupt ungewöhnlich tüchtig und fleißig, wißbegierig und begabt, aber ... Ja, jetzt kommt das große Aber, mein lieber Junge, aber sie sehen nicht über ihre Nasenspitze hinaus, der Musiker nicht über sein Klavier, der Straßenfeger nicht über seinen Besen, der Buchhalter … na, und so weiter, ihr Nabel ist das Zentrum der Welt, wir Deutschen sind nämlich nicht ein Teil dieser Welt, sondern die Welt ist nur um uns herum gebaut, zu unserer Ergänzung, als unser unvollkommenes Anhängsel, die anderen sind nur Dilettanten und Anfänger, das ist so lange in allen Tonarten in die Deutschen hineingetrommelt worden, daß sie es ohne weiteres glauben und diesen Glauben von Generation zu Generation weiterreichen.«

Klose stockt für ein paar Sekunden, er hat schnell, fast ein wenig erregt gesprochen und muß erst Atem holen. »Mir fällt da ein Vergleich ein, den Doktor Böttcher einmal angestellt und der haargenau paßt, er hat uns Deutsche mit einem Briefmarkensammler verglichen, der genau auf alle Einzelheiten achtet, auf Wasserzeichen, Papierart, Zähnung, Farbtönung, Gummiriffung und was es sonst noch alles gibt, und der darüber die Schönheit der Briefmarke ganz vergißt, der sie durch die Lupe in Einzelheiten zerlegt und zergliedert, aber sie als Ganzes gar nicht beachtet, er nennt das dann wissenschaftliches Briefmarkensammeln, Philatelie, vom eigentlichen Wesen der Briefmarke erfaßt er nichts. Und so geht es uns Deutschen auf allen Gebieten, wir sehen vor lauter Einzelheiten das Ganze nicht, wir verzetteln uns in Kleinigkeiten und Nebensächlichkeiten und überlassen die Führung den politischen Spezialisten, die es ja können müssen, weil sie eben Spezialisten sind. Wir sind ein verdammt seltsames Volk!«

Lassehn hat wie gebannt zugehört. »Ja, das ist mir auch schon aufgegangen, Herr Klose«, sagt er, als Klose eine Pause macht, um sich eine Zigarette anzuzünden. »Ich habe heute in der Barnimstraße, in der Nähe vom Königstor, eine Gruppe von Männern beobachtet, die eine Panzersperre bauten, quer über die Straße, nur mit einer kleinen Lücke für den Durchgangsverkehr, sie brachen die Pflastersteine aus der Erde, rammten zwei Reihen Eisenträger senkrecht ein und verkleideten die Zwischenräume mit Brettern und Blechen. Eigentlich brauche ich Ihnen das ja nicht zu schildern, weil Sie es ja sicher aus eigener Anschauung kennen, ich erzähle es ja auch nicht der technischen Einzelheiten wegen, sondern gewissermaßen um der psychischen Anomalie willen. Die Männer, die diese Arbeiten ausführten, waren sicherlich davon überzeugt, daß eine Verteidigung Berlins ein furchtbares Unglück würde, sie waren sich wohl darüber klar, daß die Bezwinger des Atlantikwalls oder die Überwinder der großen russischen Ströme nicht an ein paar lächerlichen Panzersperren scheitern werden. Die Männer waren ziemlich übelgelaunt und müde, sie beeilten sich nicht sonderlich, aber sie leisteten ihre Arbeit mit erschütternder Gewissenhaftigkeit, sie überzeugten sich davon, daß die Eisenträger tief genug in die Erde gerammt worden waren, sie diskutierten lebhaft darüber, ob die Außenwände stark genug wären, um dem Druck der Sand- und Gesteinsmassen zu widerstehen und so weiter. An einer anderen Stelle – es war wohl am Braunen Weg – war eine Sperre gerade fertig geworden, und ich muß sagen, die Arbeiter an dieser Stelle unterschieden sich von denen in der Barnimstraße in nichts, sie gingen um die fertige Sperre immer wieder herum und prüften ihre Haltbarkeit, sie waren stolz auf ihre Arbeit und ließen sich von einem braunen Bonzen, der wohl die Arbeit geleitet und überwacht hatte, belobigen und auf die Schulter klopfen. Ist diesen Männern denn nicht klar gewesen, daß sie mit diesen Barrikaden, die sie errichteten, vielleicht ihre eigenen Häuser niederreißen und den Rest der Stadt vernichten, wenn sie wirklich verteidigt werden sollte?«

Klose nickt mehrmals, aus seinem breiten Gesicht ist das Lächeln jetzt ganz verschwunden, eine düstere Miene ist aufgestiegen. »Das hast du gut beobachtet, Joachim, und es ist leider wahr, man muß es einmal aussprechen, die deutsche Arbeiterschaft hat leider zum großen Teil versagt, sie hat gewissenhaft und fleißig in den Rüstungsbetrieben gearbeitet, als ob es um ihre eigene Sache ginge. Man muß nur einmal gesehen haben, wie sich die Leute nach Alarmen, wenn die Straßenbahnen und andere Verkehrsmittel ausfallen oder der Andrang sich staut, morgens in den S- und U-Bahnen drängen und stoßen, sich gegenseitig beschimpfen und oft sogar prügeln, nur um ja rechtzeitig oder wenigstens möglichst schnell in die Betriebe zu kommen. Junge, ich sage dir, es ist beschämend, man könnte verzweifeln und sich fragen, ob sie denn alle den Verstand verloren haben, ob ihnen nicht klar ist, daß jede Granate, die weniger gedreht, jeder Niet, der weniger gehämmert, jedes Stück Eisen, das nicht gezogen wird, den Krieg verkürzen muß.«

Er schlägt mit der flachen Hand dröhnend auf den Tisch. »Man könnte wahnsinnig darüber werden, daß es einer Handvoll von gerissenen Demagogen und Scharlatanen gelungen ist, ein ganzes Volk von ihrer Idee besessen zu machen.«

»Es ist den Nazis gelungen«, sagt Lassehn, »den Nationalsozialismus der deutschen Nation gleichzusetzen, die Auffassung allgemein werden zu lassen, daß der Untergang des Nationalsozialismus auch unbedingt den Untergang Deutschlands und des deutschen Volkes bedeuten müsse. Ich habe mehrere Kameraden gehabt, die ganz offen erklärten, daß sie mit dem Nationalsozialismus nicht sympathisierten, sich aber in einer Zwangslage befänden und Deutschland verteidigen müßten, und ich muß ehrlich gestehen, daß ich ähnlich dachte und die letzten Reste dieser Denkungsart heute noch nicht ganz abgestreift habe, daß ich, wenn auch schließlich nicht mehr an einen Sieg, so doch noch auf ein ehrenhaftes Kompromiß hoffte ...«

»Kompromiß mit Hitler?« ruft Klose. »Niemals! Churchill, Stalin und Roosevelt werden sich niemals mit diesen Ehrenwortakrobaten und permanenten Vertragsbrüchigen in Verhandlungen einlassen, ganz abgesehen davon, daß die Frage heute vollkommen überholt ist, da die anderen den Daumen an seiner Kehle halten. Nein, nein, mein lieber Junge, ehrenhaft kann das deutsche Volk nur wieder werden, wenn es sich dieser braunen Horde entledigt. Aber wie sind wir eigentlich in dieses Gespräch hineingerutscht? Wovon sind wir denn eigentlich ausgegangen, Joachim?«

Lassehn muß sich erst besinnen, das Gespräch hat eine Richtung eingeschlagen und eine Bedeutung erlangt, die es gleichgültig sein lassen, aus welcher Veranlassung es entstanden ist. »Ich sagte«, beginnt er nach einer Weile, »daß es anständiger wäre, wenn die Nazis doch rechtzeitig Schluß machen ...«

»Richtig, das war's«, fällt Klose ein. »Wie kannst du den Nazis Anstand zutrauen, Junge? Erkennst du denn nicht, daß der rundköpfige Braunauer Idiot mit der Schmalztolle und der klumpfüßige Zwerg sich vor lauter Angst jedesmal überschreien, weil sie nicht mehr zurückkönnen? Daß sie Deutschland ganz bewußt in den Abgrund reißen, weil sie keinen Ausweg mehr wissen? Haben sie es nicht deutlich ausgesprochen, daß, wenn die nationalsozialistische Partei untergehen sollte, sie das ganze deutsche Volk mit in den Abgrund reißen werden, weil es dann ja doch nur der sadistischen Willkür und der Versklavung durch die Bolschewisten und die westlichen Plutokratien ausgeliefert sein würde? Nein, mein Junge, Anstand ist ein Wort, das die Nazis nicht kennen.«

»Ich muß mir immer wieder vorstellen«, sagt Lassehn, »wie das hier sein wird, Artilleriebeschuß, Straßenkampf, Panzerkämpfe, Fliegerangriffe, und das alles inmitten einer bewohnten Stadt ...«

»Und dazwischen noch Gestapo, ss und wildgewordene Amtswalter ...«, wirft Klose ein.

Lassehn schaudert zusammen.

»Ich kann es einfach nicht glauben«, sagt er.

Klose legt ihm eine Hand auf die Schulter. »Mein lieber Junge«, sagt er und kneift die Augen zusammen, »du scheinst trotz allem immer noch nicht zu wissen, wozu die Nazis imstande sind. Weißt du zum Beispiel, was sie in Breslau gemacht haben? Da haben sie mitten in der Stadt einen Flugplatz angelegt, ein richtiggehendes Rollfeld ...«

»Mitten in der Stadt?« fragt Lassehn ungläubig. »Das ist doch unmöglich.«

»Unmöglich?« sagt Klose mit einem kurzen, trockenen Auflachen. Lassehn nickt. »Ich meine ... das ist doch schon rein technisch unmöglich.«

»Du ahnungsloser Engel! Für die Nazis gibt es keine technische und schon gar keine menschliche Unmöglichkeit. Werd' dir erzählen, wie sie's gemacht haben. Erst haben sie die Häuser und Kirchen angesteckt, dann haben sie sie gesprengt und Schutt und Eisen abgefahren, und dann mußten Frauen und ausländische Zivilarbeiter das Rollfeld planieren, die Keller und Granattrichter auffüllen und glattwalzen, und das alles unter schwerem Artilleriebeschuß. Da staunst du, mein Jungchen, was?«

Lassehn schüttelt sich. »Entsetzlich!«

»Ja, entsetzlich. Und weißt du, was in Kolberg los gewesen ist?« Lassehn verneint.

»Da wollten die Herren wohl Achtzehnhundertsieben spielen, Gneisenau, Schill und der olle Nettelbeck, heroische Verteidigung, frei nach Veit Harlan. Du weißt wirklich nicht, was sich in Kolberg abgespielt hat?«

»Nein, woher sollte ich das ...«

Klose stemmt die Zähne wie ein angriffslustiges Raubtier gegeneinander. »Ja, natürlich, woher solltest du? So sagen sie alle und schlagen sich an die unschuldige Staatsbürgerbrust. Woher sollte ich und was kann ich schon dazu?«

»Herr Klose ...«

Klose winkt ab. »Schon gut. Immer den Kopf in den Sand stekken und nur nicht aus Tatsachen lernen.« Er macht eine kleine Pause und wirft den Zigarettenrest ärgerlich in den Aschenbecher. »Also Kolberg wurde auch verteidigt, obwohl die Stadt überrandvoll war mit Flüchtlingen aus Ost- und Westpreußen, über hunderttausend Menschen waren in der Stadt, in der sonst nur knapp vierzigtausend wohnen, die Straßen waren vollgestopft mit Tausenden von Fuhrwerken, aber darauf haben die Herrschaften keine Rücksicht genommen. Der Befehl lautete: ›*Die ganze Stadt wird verteidigt!*‹, also wurde sie verteidigt, und erst als Panzergranaten in die Stadt schlugen, da wurde mit der Räumung begonnen. ›*Reibungslose Evakuierung*‹ hat der ›Völkische‹ später geschrieben. Weißt du, wie das ausgesehen hat?«

»Woher ...«

»Ja, richtig, woher solltest du, ich weiß schon. Dann werd' ich dir erzählen, wie die reibungslose Evakuierung ausgesehen hat. Die Stadt war von allen Seiten eingeschlossen, da Partei und alle Behörden mit Schnellbooten abgehauen waren, übernahm die ss das Kommando. Die einzige Lücke in der Einschließung war die See, und nun trieb die ss die Menschen wie Vieh bei Sturm und Schnee und Regen und Kälte zum Hafen, bei ununterbrochenem Artilleriefeuer und Tieffliegerangriffen wurden sie in kleine Boote verladen, weil die Transporter auf der Reede, fünfzehn Kilometer vor der Stadt, ankerten. Über zwanzigtausend Menschen sind dabei ums Leben gekommen, Joachim, weil die überladenen Boote kenterten, bei den Straßenkämpfen, bei den Sprengungen und weil die ss reihenweise die umlegte, die sich weigerten, die Stadt zu verlassen. So ist das gewesen, mein Junge, und so wird das auch hier bei uns in Berlin werden, da gebe ich dir Brief und Siegel.«

Lassehn blickte starr vor sich nieder. »Und jetzt stehen die schwarzen Wetterwolken drohend vor unserer Stadt, ihre Schatten fallen schon über sie her, aber man tut, als bemerke man nichts, die Menschen leben hier noch gleichmütig dahin, sie arbeiten noch und führen immer noch einen Rest Privatleben, Polizei und Behörden verordnen noch und verlangen die Befolgung ihrer Anordnungen, und das alles geschieht mit einer Selbstverständlichkeit, als ob es immer so weitergehen müßte, heute, morgen, übermorgen.«

»Ja, mein Junge, das ist eben die vielgerühmte Standhaftigkeit«, sagt Klose, »aber das ist weder Standhaftigkeit noch Mut, das ist einfach ein stures Phlegma und eine fatalistische Gleichgültigkeit, das ist die große Gabe der Deutschen, sich selbst etwas vorzulügen und es beinahe zu glauben. Wenn morgen die T 34 oder die Shermans über den Alex rollen, dann nimmt man das zur Kenntnis, konstatiert, daß sie die Verkehrsregeln beachten, und lebt im übrigen gelassen weiter, wenn man nur sein Stückchen Privatexistenz hinübergerettet hat.«

»Das klingt reichlich pessimistisch«, meint Lassehn.

»Man kann über das Bürgertum und alle diejenigen, die sich dazu rechnen, nur pessimistisch denken«, entgegnet Klose, »das Bürgertum ist es ja auch, das sich immer noch an Hitler und seinen Staat klammert, weil es ahnt, daß mit dem Sturz des Dritten Reiches auch das Bürgertum als selbständige Klasse erledigt ist. Sie haben Hitler den Krieg auch nicht übelgenommen, nur weil er ihn jetzt verliert, kommen ihnen plötzlich Bedenken. Was hast du denn, Joachim?«

Lassehn hat den Kopf lauschend vorgestreckt.

»Ich glaube, es klopft, Herr Klose«, antwortet er.

Klose steht auf und geht ein paar Schritte auf die Tür zu, die in den Korridor führt. »Stimmt«, sagt er, »verschwinde mal vorsichtshalber in den Schankraum.«

XII

15. April, 20.30 Uhr

Als die Dämmerung in die Straßenschluchten sinkt und graue Inseln in das Wolkenmeer des Himmels hineinwachsen, verläßt Wiegand seine Wohnung. Vor der Haustür bleibt er wie absichtslos stehen und zündet sich eine Zigarette an, aber das ist nur eine Gelegenheit, um Umschau zu halten, er rechnet damit, daß ein Spitzel in der Nähe herumlungert, um ihn zu überwachen, aber er kann nichts entdecken, die Straße ist um diese Zeit nicht sehr belebt, nur die ganz Vorsichtigen sind bereits mit Sack und Pack zu den Hochbunkern im Friedrichshain unterwegs.

Nachdem Wiegand die Zigarette angebrannt hat, geht er die Lebuser Straße langsam bis zur Großen Frankfurter Straße hinauf, bleibt ein paarmal stehen und setzt den Koffer ab, als ob er ihm zu schwer wird, und wirft einen vorsichtigen Blick zurück, aber er bemerkt niemand. Die Dämmerung begünstigt allerdings einen Verfolger, die Straßen sind nicht beleuchtet, nur hin und wieder fällt ein schwacher Lichtschein aus einer Haustür.

An der Ecke Große Frankfurter Straße bleibt Wiegand wieder stehen, er hat Schritte hinter sich gehört, er will sie näher kommen und sich von ihnen überholen lassen, er beschäftigt sich eingehend mit seiner Zigarette und wirft noch einen Blick in die Lebuser Straße zurück. Ein Mann mit einem Rucksack geht an ihm vorbei und biegt in die Große Frankfurter Straße ein, vor dem zerstörten Kino ›Filmstern‹ bleibt er stehen, setzt einen Fuß auf einen Schutthaufen und beschäftigt sich mit seinem Schuhband. Wiegand blickt noch einmal in die Straße zurück, aber niemand ist mehr zu sehen, es ist jetzt auch ganz still, er ist der Meinung, vorhin die Schritte mehrerer Personen vernommen zu haben, aber nur ein Mann ist an ihm vorübergegangen, ebender Mann mit dem Rucksack, der jetzt unschlüssig vor dem ›Filmstern‹ steht. Wiegand nimmt seinen Koffer wieder auf, er hat ursprünglich direkt zu Klose gehen wollen, aber jetzt beschließt er, erst noch ein paar Haken zu schlagen, um einen etwaigen Verfolger loszuwerden, er biegt in die Große Frankfurter Straße ein und geht sie langsam in Richtung Strausberger Platz entlang. Riesige Schutthaufen versperren die Bürgersteige, hier gibt es kein Haus mehr, das verschont geblieben ist, in den letzten Monaten ist diese Gegend von einem gewaltigen Schlage nach dem andern getroffen worden, nachdem sie vorher kaum in Mitleidenschaft gezogen worden war, bei Nacht sind ein paar Luftminen von verheerender Wirkung, am Tage Reihenwürfe niedergegangen, denn hier sitzen in Hinterhäusern und Fabrikgebäuden, von Wohnblocks umrahmt, eine vielfältige feinmechanische und elektrotechnische Industrie und zahlreiche Textilwerkstätten, die sämtlich für die Rüstung arbeiten.

Am Strausberger Platz bleibt Wiegand abermals stehen. In der Strausberger Straße fährt gerade ein Wagen der Linie 1 ab, die jetzt hier Endstation hat, da die Gleise in der großen Frankfurter Straße aufgerissen sind, der Fahrer tritt wütend auf die Klingel, weil wahrscheinlich ein Handwagen nicht von den Schienen herunter will. Das Klingeln erzeugt ein seltsam flaches Echo in der halbzerstörten Straße, aus dem Tageskino auf der anderen Seite zwischen Markus- und Krautstraße kommen die Besucher der vorletzten Vorstellung, der einzigen, die mit einiger Sicherheit zwischen Arbeitsschluß und Alarmbeginn ohne Störung verläuft, und für ein paar Minuten ist die Straße von Stimmengewirr und dem lebhaften Klappern von Absätzen erfüllt, dann sinkt die Stille um so schwerer in die Dunkelheit zurück. Aus Böers Apotheke leuchtet ein mattes Licht, und an den losen Fensterrahmen der Depositenkasse der Deutschen Bank rüttelt der Wind.

Die Dämmerung hat sich inzwischen verdichtet, fast ist die Dunkelheit schon über die Stadt gebreitet, die wenigen bewohnten Häuser sind wie riesige dunkle Kästen in die pittoresken Gebirge von Stein und Schutt gestellt, nur die Lichtleisten an den Verdunklungen der Fenster oder eine knarrende Haustür, die für einen Augenblick die Sicht auf eine blaue Glühlampe freigibt, verraten, daß Leben in ihnen ist. Aus der Weberstraße kommt eine Gruppe von Männern, aber es sind auch zwei oder drei Frauen unter ihnen, die hell lachen und Zudringlichkeiten abwehren, die Unterhaltung wird laut und ohne Zurückhaltung geführt, Wiegand lauscht für einige Sekunden den melodiösen französischen Lauten und beneidet die Menschen um ihre Unbekümmertheit, er steht immer noch auf dem Strausberger Platz vor dem Café, in dem er sich ein paarmal mit seiner Frau getroffen hat, da er es nicht wagen konnte, nach Eichwalde zu fahren. Er blickt sich um, aber der Mann mit dem Rucksack ist verschwunden.

Langsam steigt Wiegand die Stufen zur Untergrundbahn hinunter und löst einen Kurzstreckenfahrschein, als er sich umdreht, um einen Blick auf die Uhr zu werfen, geht ein Mann mit einem Rucksack durch die Sperre. In diesen Tagen gibt es viele Männer mit Rucksäcken in Berlin, aber Wiegand glaubt in ihm doch den Mann wiederzuerkennen, der vorhin aus der Lebuser Straße gekommen ist und dann vor dem ›Filmstern‹ gestanden hat, er kann sich natürlich irren, aber auf jeden Fall wird er sich so verhalten, als ob er unter der Beobachtung jenes Mannes steht, und da gibt es verschiedene erprobte und bewährte Tricks, um einen lästigen Verfolger loszuwerden, Häuser mit einem Durchgang zu einer anderen Straße, Geschäftsgebäude mit Paternostern, Aufspringen auf eine in Fahrt befindliche Bahn oder schließlich das direkte Angehen des Verfolgers, ihm freundlich verstehen zu geben, daß seine Verfolgung nicht unbemerkt geblieben ist.

Auf dem Bahnsteig geht Wiegand ein paarmal auf und ab. Der Mann mit dem Rucksack sitzt auf einer Bank und liest die ›Nachtausgabe‹, ohne aufzusehen, den Zug in Richtung Alexanderplatz läßt er vorüberfahren, ein Versuch mitzukommen wäre allerdings auch aussichtslos gewesen, da die Wagen vollgestopft sind. Es ist die letzte halbe Stunde vor dem abendlichen Alarm, die meisten Züge der Untergrundbahn fahren fast leer, nur ganz bestimmte Linien sind überfüllt, und eine von diesen ist die Linie E von Friedrichsfelde nach dem Alexanderplatz. Der Alexanderplatz übt auf die ängstlichen Gemüter des Ostens und Nordostens die größte Anziehungskraft aus, er hat nämlich nicht nur zwei absolut sichere Tiefbunker, er hat auch einen Untergrundbahnsteig, der zwei Etagen tief in der Erde liegt und gleichfalls als unbedingt sicher, sozusagen als bombensicher in des Wortes wahrster Bedeutung, gilt. Der abendliche Alarm ist ein fester Bestandteil des Lebens geworden, man rechnet mit ihm nicht wie mit einer unbekannten Größe, sondern er ist ein Ereignis, das fest in den Ablauf des Tages eingebaut und beinahe nicht mehr fortzudenken ist, der Abend teilt sich wie selbstverständlich in die Zeit ›vor dem Alarm‹ und die Zeit ›nach dem Alarm‹, wie man in der Geschichte nach Jahren ›vor Christi Geburt‹ und ›nach Christi Geburt‹ rechnet.

Wiegand bleibt vor einer Anschlagtafel stehen, das Papier riecht noch nach Druckerschwärze, rote Worte heben besonders wichtige Texte hervor.

»Meldepflicht für Flüchtlinge

Viele Volksgenossen haben in den letzten Wochen im Innern des Landes Schutz gesucht; Arbeiter, Angestellte und Beamte haben ihren Arbeitsplatz, Soldaten die Verbindung zu ihren Dienststellen oder Truppenteilen durch Feindeinwirkung verloren. Um sie alle sofort wieder aktiv in den Abwehrkampf unseres Volkes einzureihen, ist folgendes angeordnet worden:

1. Urlaub, außer im Falle der Erkrankung, wird zunächst nur noch für Tapferkeitstaten gewährt.
2. Die Uk-Stellung aller Männer aus feindbesetzten Gebieten ist hinfällig.
3. Alle Wehrmachtsangehörigen, die sich nicht bei ihren Dienststellen oder Truppenteilen befinden, einschließlich der Beurlaubten und auf Kommando entsandten Soldaten, haben unaufgefordert sich sofort nach den für die Wehrmacht geltenden Bestimmungen bei den zuständigen Stellen (Standortältester, Kommandantur, Ortspolizei oder Frontleitstelle) zu melden.
4. Alle anderen Personen, die seit dem 1. Januar 1945 ihren Wohnsitz verlassen haben, müssen unaufgefordert sofort nach Einweisung in eine Unterkunft am neuen Aufenthaltsort folgende Meldepflichten erfüllen:

a) Alle Volksgenossen haben sich bei der für ihren neuen Aufenthaltsort zuständigen polizeilichen Meldestelle zu melden.

b) Alle nicht eingezogenen Männer der Jahrgänge 1884 bis 1929 haben sich außerdem bei dem für ihren neuen Aufenthaltsort zuständigen Wehrmeldeamt oder Wehrbezirkskommando unter Vorlage ihrer Milltärpapiere zu melden.

5. Die Meldepflichtigen erhalten Bezüge aus öffentlichen Kassen nur nach Erfüllung der Meldepflicht. Die Ernährungsämter, Versorgungsbehörden usw. sind angewiesen, nur beim Nachweis der Meldungen Lebensmittelkarten auszuhändigen und Zahlungen zu leisten.
6. Jeder, der einen Meldepflichtigen beherbergt, hat sich durch Vorlage der abgestempelten Meldepapiere nachweisen zu lassen, daß die Meldepflicht erfüllt ist. Wird dieser Nachweis nicht unverzüglich geführt, so hat der Beherberger sofort bei der polizeilichen Meldebehörde Meldung zu erstatten.
7. Wer von Personen weiß, die verdächtig sind, sich der Wehr- oder Arbeitspflicht zu entziehen, muß sofort bei der nächsten Polizeibehörde Anzeige erstatten.

Die Verletzung der Meldepflicht ist strafbar. Wer aber die Meldung unterläßt, um sich seiner Wehr- oder Arbeitspflicht zu entziehen, wird als Deserteur betrachtet und als solcher behandelt. Bestraft wird nicht nur der Schuldige, sondern auch jeder, der ihm in irgendeiner Weise Vorschub leistet.«

Wiegand liest mit ironisch verzogenen Mundwinkeln, er erkennt diesen Aufruf als das, was er ist: letztes Aufbäumen eines besiegten Systems, das noch die Agonie mit den gleichen Mitteln, die es immer angewandt hat, zu verlängern versucht: nach einleitenden Phrasen der Schlag auf den Magen und der Griff nach dem Geldbeutel, die Androhung von Strafe und schließlich die Aufforderung zur Denunziation. Wiegand ist so eingehend mit dem Lesen beschäftigt, daß er das Rollen des herannahenden Zuges überhört hat und sich überrascht umwendet, als der Zug in den Bahnhof einläuft und die Bremsen kreischend in die Räder greifen. Er steigt in einen Raucherwagen ein und läßt sich gleichmütig auf das rote Lederpolster nieder, der Mann mit dem Rucksack scheint in einen anderen Wagen … Nein, da ist er, er betritt den gleichen Wagen wie Wiegand, nur daß er die Tür am anderen Ende des Wagens benutzt und im Schutze der Seitenwand, die die mittlere Reihe der Sitze abschließt, stehenbleibt, es ist eine unvollkommene Deckung, denn der Wagen ist fast leer.

Auf dem Bahnhof Memeler Straße steigt eine Gruppe Ukrainer zu, sie tragen das blaue Ostarbeiterabzeichen und benutzen die seltene Gelegenheit, in der Untergrundbahn sitzen zu dürfen, ohne daß scheele Blicke oder Anrempelungen sie treffen, sie bringen den dumpfen, abgestandenen Geruch der Baracken mit sich, den Dunst selten gelüfteter Kleider, sie sind ja so, wie sie gerade auf den Feldern arbeiteten oder auf der Straße gingen, den modernen Sklaventreibern in die Hände gefallen, in die Sauckelsche Zwangsarbeiterarmee gepreßt und in Viehwagen nach Deutschland transportiert worden. Wiegand hat in ihnen stets die unterdrückten Brüder gesehen, er hat aber auch oft bemerken müssen, daß mancher Arbeiter in ihnen nur das Arbeitsvieh sieht, das unter seine Botmäßigkeit gestellt worden ist, und an keinem anderen Beispiel wie an dem der ausländischen Zwangsarbeiter ist es Wiegand so klargeworden, wie weit sich die nationalsozialistische Denkungsart von Herrenrasse und Untermenschentum schon des Volkes bemächtigt, wie tief sich das Gift des Rassenwahns schon in die Hirne eingefressen hat. Die verächtliche Behandlung, die dummüberlegene Haltung vieler deutscher Arbeiter, das Fehlen jeglichen Gefühls für die Lage der mißbrauchten russischen Menschen hat ihn immer wieder erschüttert, er hat allerdings auch nicht wenig Fälle erlebt, in denen die Kollegen in den Ostarbeitern nur die auf eine andere, ganz besondere Art unterdrückten Klassengenossen sehen, ihnen Erleichterungen verschaffen und ihnen behilflich sind, sich in der fremden Welt zurechtzufinden und sie vor Übervorteilungen seitens der Vorarbeiter oder anderer Roßtäuscher zu schützen, aber das geschieht natürlich alles unter Beachtung größtmöglichster Vorsicht, da Werkschutz und Werkschar, Betriebsobmann und Abwehrbeauftragter alle sogenannten Verbrüderungsversuche von vornherein unterbinden oder erste Ansätze sofort abwürgen, immer die Drohung mit der Gestapo im Munde führen und die Wortführer der Russen rücksichtslos einem Arbeitslager überantworten, von dem es nur in seltenen Fällen eine Rückkehr gibt. Dennoch hat alle Spitzelei und alles Angebertum eine Verständigung zwischen klassenbewußten Arbeitern und ihren russischen Kameraden nicht verhindern können. Die Anrede ›Towarisch‹ ist längst zum geflügelten Wort geworden.

Wiegand läßt den Blick über die breiten, gutmütigen Gesichter der Ukrainer gehen, er hat darüber den Mann mit dem Rucksack beinahe vergessen, der noch immer an der Tür steht und sich jetzt damit beschäftigt, eine Tabakspfeife in Brand zu setzen. Als der Zug in den Bahnhof Petersburger Straße einläuft, wirft er einen schnellen Blick auf Wiegand, und als Wiegand sitzen bleibt, setzt er sich ebenfalls auf die hintere Längsbank und entfaltet wieder seine Zeitung.

Wiegand will es jetzt darauf ankommen lassen, er will den Zug im letzten Augenblick verlassen, bevor er wieder anfährt, aber er kommt gar nicht dazu, seinen Plan auszuführen, denn der Zug fährt gar nicht weiter.

»Alles aussteigen! Fliegeralarm!«

Der Ruf der Bahnsteigschaffnerin hallt dumpf im Gewölbe des Bahnhofes.

Wiegand nimmt seinen Koffer auf und steigt aus, vor der Sperre hantiert er absichtlich lange, um als letzter den Bahnhof zu verlassen. Es sind kaum mehr als drei Dutzend Personen, die durch die Sperre gehen, der Mann mit dem Rucksack ist einer der letzten, auch er hat anscheinend das Verlassen des Bahnhofes solange wie möglich hinausgezögert.

Die Frankfurter Allee ist eine einzige dunkle Schlucht, der Himmel ist schwarzdunkel, kein Stern ist in das düstere Leichentuch des Himmels hineingestickt, es ist so dunkel, daß Wiegand kaum fünf Schritt weit sehen kann, er geht aufs Geratewohl in die Petersburger Straße hinein, zur Linken erhebt sich eine gewaltige Geröllhalde, erst nach etwa hundert Metern beginnt die Häuserzeile. Mit Mühe kann Wiegand den weißen Pfeil und die weißen Buchstaben LS erkennen, er setzt seinen Koffer ab und bleibt an der Haustür stehen, um Luft zu holen, die sanfte Steigung der Petersburger Straße zum Baltenplatz hin hat ihm ein wenig den Atem weggenommen. Ein finsteres Schweigen ist über die Straße gesunken, von der Ringbahn her dröhnt das stoßende Fauchen einer schweren Güterlokomotive, durch die Warschauer Straße aus der Richtung der Brücke tönt das Knattern eines Motorrades, das dünne, abgeblendete Licht seines Scheinwerfers streut in die Finsternis.

Als Wiegand seinen Koffer wiederaufnehmen will, legt sich eine Hand von hinten auf seine Schulter, er fährt herum und sieht sich dem Schatten eines eher kleinen als mittelgroßen Mannes gegenüber.

»Hier dürfen Sie nicht herumstehen«, sagt der Mann barsch und befehlend, er hat eine dünne, knarrende Stimme. »Suchen Sie sofort den Schutzraum auf!«

»Nur ruhig Blut«, entgegnet Wiegand und greift nach seinem Koffer. »Wo ist denn hier der Keller?« Er läßt den Schein seiner Taschenlampe in den Hausflur fallen und sieht flüchtig eine braune Uniform und blanke Langschäfter.

»Sind Sie verrückt geworden?« herrscht ihn der Mann an. »Machen Sie sofort die Lampe aus!«

»Höflich sind Sie gerade nicht«, sagt Wiegand und geht in den Hausflur hinein. »Weisen Sie mir lieber den Weg in den Schutzraum.«

»Geradeaus durch den Hausflur, Hof rechts, erste Tür.« Die Stimme schnarrt es herunter wie einen tausendmal hergesagten Vers. »Aber ein bißchen fix!«

Wiegand ist versucht, dem Mann in der braunen Uniform die Faust in die Zähne zu stoßen, zu oft hat er sich gewaltsam beherrschen und die seelische Explosion innerlich abwürgen müssen, und hier scheint die Gelegenheit günstig, nur er und der Braune sind in diesem Augenblick im Hausflur, schon hat er die Faust geballt und sich halb zurückgewandt, aber da reißt er sich gewaltsam zurück, er darf sich nicht zu Unbesonnenheiten hinreißen lassen, und außerdem kann der Mann mit dem Rucksack irgendwo in der Nähe sein.

Im Luftschutzkeller, einem langen, verwinkelten Raume mit vielen Stützen, setzt er sich auf eine Bank, die nicht direkt im Licht einer Lampe steht. Ihn geht das alles hier nichts an, das Stimmengewirr, der Lautsprecher, der abwechselnd belanglose Musik und die Meldungen des Divisionsgefechtsstandes bringt, die Vermutungen über das Ziel der britischen Verbände, für ihn ist das Aufsuchen dieses Luftschutzraumes nur ein Aufenthalt, eingestreut in seine Flucht, die eigentlich schon am 30. Januar 1933 begonnen und ihn schließlich in die Illegalität getrieben hat.

Seine Gedanken wandern zurück und stoßen gleich wieder vor in die Zukunft, er ist nicht der Mann, der in die Vergangenheit taucht wie in ein warmes Bad oder sentimentale Erinnerungen auffrischt, um die trostlos-graue Farbe der Gegenwart bunt zu durchsetzen, die Vergangenheit ist für ihn die Summe von Erfahrungen, sie dient der Erkenntnis der Fehler und mithin der Gestaltung der Zukunft, einer Zukunft, die bald Gegenwart werden muß und der Herz und Verstand ungeduldig entgegendrängen. Wiegand begreift sich selbst nicht, daß er vorhin im Hausflur beinahe seiner Wut nachgegeben hätte. Hat er bis jetzt zwölf Jahre Hitler-Diktatur überstanden und sich viele Male gezügelt, so wird er sich jetzt nicht unnötig in Gefahr begeben.

Er hat gelernt zu schweigen, wo geschwiegen, und zu reden, wo geredet werden muß, er denkt an den Tag, als er nach zweieinviertel Jahren aus Sachsenhausen entlassen wurde. Er hatte im Lager nicht verzweifelt, obwohl die Mißhandlungen und Demütigungen fast nicht mehr zu ertragen und kein Ende der Qual abzusehen war, die Konzentrationäre waren ja keine Strafgefangenen, die im Gefängnis oder im Zuchthaus eine ganz bestimmte Zeit, die in einem Urteil eines ordentlichen Gerichts festgesetzt ist, zu verbringen hatten und für die jeden Tag die Gewißheit der Freiheit näher rückte, die Konzentrationäre waren ins Zeitlose geraten, die Tage flossen grau in die Ungewißheit. Heute weiß er, was damals nur eine Ahnung war, daß diese Ungewißheit ein Teil des höllischen Systems ist, denn er hat in der Schreibstube von Sachsenhausen zufällig ein Rundschreiben des Innenministeriums gesehen, in dem es hieß:

»Die Dauer der Schutzhaft darf dem Häftling auf keinen Fall bekanntgegeben werden, auch wenn der Reichsführer SS und Chef der deutschen Polizei oder der Chef der Sipo und des SD diese bereits festgesetzt haben.«

Es überläuft ihn noch jetzt, nach fast zehn Jahren, wie ein eiskalter Schauer, wenn er an dieses Leben zurückdenkt, an dieses Leben, das haarscharf an der Grenze des Verstandes, fast schon im Schattenkreise des Todes verlief, und ein heißer Zorn wallt immer wieder in ihm auf, wenn er an das Martyrium Ernst Heilmanns, Abgeordneten der Sozialdemokratischen Partei, denkt, der den SS-Banditen aus irgendwelchen Gründen besonders verhaßt war und mit dem sie ein zynisch-brutales Spiel trieben, indem sie ihn in eine Hundehütte pferchten, ihm ein Halsband umlegten und ihn an eine Kette fesselten, indem sie ihn zwangen, auf allen vieren zu kriechen, ohne den Gebrauch der Hände aus einem Napf zu essen, zu bellen und Männchen zu machen und aus seinem eigenen Kot Figuren zu formen. Wiegand hat nichts vergessen, nicht die fürchterlichen Prügelprozeduren und die stundenlangen Zählappelle, das Baumhängen und die sadistischen Quälereien, aber dennoch ist niemals auch nur für eine Sekunde Verzweiflung und Hoffnungslosigkeit in ihm gewesen, bis …

Ja, bis zum Tage seiner Entlassung. Sie war ganz plötzlich, ganz unvermittelt erfolgt, sie überraschte ihn beinahe mehr als seine Verhaftung in der Nacht des 28. Februar 1933, als der Reichstag in Flammen aufging, und ehe er noch recht zur Besinnung gekommen war, stand er schon außerhalb des Stacheldrahtzaunes, und vor ihm lag offenes Land, ohne Zäune, ohne Posten, ohne Appelle, ohne Prügel. Er war wie betäubt, wußte gar nicht, wie er nach Oranienburg gekommen war, er war nicht wie berauscht in die Freiheit gestürzt und schnell zugegangen, er hatte langsam Fuß vor Fuß gesetzt, als bewegte er sich auf unsicherem Boden. In Oranienburg war er in die S-Bahn gestiegen und bis zum Stettiner Bahnhof gefahren, obwohl er auf dem Bahnhof Gesundbrunnen eigentlich hätte umsteigen müssen, er war erst noch kreuz und quer durch die Straßen des Berliner Nordens und der

Innenstadt gelaufen, er hatte sich umgeblickt und den Menschen in die Gesichter gestarrt, und aus der anfänglichen Beklommenheit, die sich ihm wie eine stickige Luft auf die Brust gelegt hatte, war Entsetzen geworden.

Er hörte, daß es noch Lachen und Frohsinn gab, er sah, daß noch Sorglosigkeit und Unbekümmertheit lebten, und er erkannte schließlich, daß es das auch gegeben hatte, während die Stacheldrähte der Konzentrationslager schuldlosen Menschen tief ins Fleisch drangen. In diesen Augenblicken wurde ihm schmerzlich tief bewußt, daß das Leben weitergegangen und über sie hinweggeschritten war und daß es weitergehen würde, auch wenn wiederum Tausende, Zehntausende, Hunderttausende wie Gekreuzigte in den Drähten der Lager hängen würden. Während Menschen, deren Verbrechen nur darin bestand, sich nicht der nationalsozialistischen Ausschließlichkeit zu unterwerfen, sich in Qualen, Blut, Fieber und Kot wanden, würden sie über Rühmanns alberne Späße quietschend lachen und sich über Zarah Leanders Glyzerintränen eine kleine Rührung aus den Augenwinkeln wischen, würden sie im Takte der ›Blonden Kathrein‹ schunkeln und beim Horst-Wessel-Lied erhabene Gefühle produzieren, würden sie mit Rilkes ›Stundenbuch‹ in überirdische Gefilde steigen und an Hitlers Proklamationen von der deutschen Berufung in der Welt glauben, von dem Eiterherd in ihrer Mitte würden sie nichts wissen oder nichts wissen wollen, und wenn doch etwas zu ihrer Kenntnis gelangte, würden sie es abschütteln, wie man Staub aus den Kleidern klopft. Wiegand erkannte in dieser bitteren Stunde, daß das Volk längst seinen Frieden mit den neuen Herren und ihrer neuen Ordnung gemacht hatte, auch wenn es die Ordnung eines überdimensionalen Zuchthauses war.

Diese Erkenntnis hatte ihn zum ersten Male verzweifeln lassen, er war durch die Straßen der Stadt gelaufen und hatte sich immer wieder gefragt: Wozu? Wofür das alles? ›Es gibt Tage, wo mich ein Gefühl heimsucht, schwärzer als schwärzeste Melancholie – die Menschenverachtung‹, Nietzsches furchtbare Worte aus dem ›Antichrist‹ hatten sich ihm einzuflüstern versucht, aber er war ihnen schließlich doch nicht unterlegen.

Wiegand denkt an die lange Reihe der Opfer, sie begann mit Karl Liebknecht und Rosa Luxemburg, setzte sich über Eisner, Rathenau und Erzberger fort, erfaßte Scheer, Mühsam und Klausener und endete bei Breitscheid und Thälmann, er vergißt auch nicht die unendlich vielen namenlosen Zwischenglieder der Kette, der täglich noch neue Opfer angereiht werden, an denen sich die nationalsozialistische Justiz und die Himmlersche Barbarei vollziehen, die entsetzliche Tode sterben, erhängt, guillotiniert, zerfoltert, ertränkt, erschossen, vergast, niedergemetzelt, erschlagen, tödlich infiziert werden. Was täglich und stündlich in den Gefängnissen und Zuchthäusern, Konzentrationslagern und Arbeitslagern und an den Fronten geschieht, ist nichts anderes als Mord, kaltblütiger, ausgeklügelter Mord.

Wiegand hat wohl gemerkt, daß ein Mann sich dicht neben ihn gesetzt hat, aber er hat diesen Mann bisher nicht weiter beachtet. Plötzlich fühlt er eine Hand auf seinem Arm, es ist kein Griff, sondern eher eine vertrauliche Berührung, er wendet sich dem Manne zu und blickt in das zerfurchte, verwitterte Gesicht eines älteren Arbeiters mit hellen Sperberaugen unter dichten, dunklen Brauen.

»Das ist ein seltsamer Zufall, Genosse«, sagt der Arbeiter leise.

Wiegand ist für Sekunden betäubt, aber er läßt sich nichts anmerken, er hat gelernt, jeden Muskel seines Gesichts zu beherrschen. Es ist weder Angst noch Furcht in ihm, er hat ja gute, echte Papiere bei sich, die schon mancher genauen Kontrolle standgehalten haben, er ist der Reichsbahnarbeiter Franz Adamek aus Ratibor. Was ihn verblüfft und für Sekunden außer Fassung bringt, ist die Anrede Genosse. Genosse sagt ein Arbeiter zu ihm, nicht Volksgenosse oder Parteigenosse, einfach Genosse, und das nach zwölf Jahren Hitler-Terror, Gestapodruck, Spitzeltum und korrumpierten Gesinnungen. Trotzdem ist Wiegand zurückhaltend, die Jahre der Illegalität sind nicht spurlos an ihm vorübergegangen, sie haben eine fast psychosenhafte Vorsicht in ihm erzeugt.

»Was meinen Sie?« fragt Wiegand daher.

»Ein seltsamer Zufall«, wiederholt der Arbeiter.

»Was ist ein seltsamer Zufall?« fragt Wiegand.

»Daß wir uns hier treffen, Genosse«, antwortet der Arbeiter fast ein wenig ungeduldig.

»Ich verstehe immer noch nicht«, sagt Wiegand ablehnend. »Wovon sprechen Sie?«

»Du erinnerst dich meiner natürlich nicht mehr«, sagt der Arbeiter, »aber ich kenne dich ganz genau, nur dein Name ist mir im Augenblick entfallen.«

»Sie irren sich ganz bestimmt, werter Herr«, widerspricht Wiegand.

Der Arbeiter stutzt, über sein Gesicht läuft ein Schatten von Mißmut. »Ich irre mich nicht«, sagt er, seine Stimme, die zuerst fast beschwingt geklungen hat, ist jetzt klanglos. »Du bist es, und du bist es doch nicht, denn ...« Er vollendet den Satz nicht und wendet sich mit einer Handbewegung ab.

Wiegand durchforscht sein Gedächtnis, aber er kann sich auf den Mann nicht besinnen, das will allerdings nichts besagen, denn er hat ja früher in Hunderten von Versammlungen gesprochen, und sein Bild ist ab und zu durch die Zeitungen und Illustrierten gegangen, es ist eigentlich seltsam – und erst in diesem Augenblick wird es ihm bewußt –, daß nie jemand ihn erkannt oder ein Erkennen geäußert hat.

»Sie verwechseln mich sicher mit jemandem, lieber Herr«, sagt er und hofft, damit in dieser Angelegenheit das letzte Wort gesprochen zu haben.

Der Arbeiter wendet sich ihm noch einmal zu und sieht ihm prüfend ins Gesicht. »Nein, mein Lieber, ich irre mich bestimmt nicht, ein Gesicht wie das deine vergißt man nicht, noch dazu, wenn es sich mit solchen Erinnerungen verbindet, aber ich sehe ein, daß ich eine viel zu gute Meinung von dir gehabt habe ...« Er hört nicht auf zu sprechen, seine Stimme versickert einfach in einem zornigen Raunzen, das sich in seinem buschigen Schnurrbart verfängt.

»Von wem sprechen Sie eigentlich, Herr?« fragt Wiegand.

Der Arbeiter zuckt unter der Anrede fast zusammen. »Na, ja«, sagt er ironisch, und um seine Lippen spielt ein Lächeln der Geringschätzung, »auch korrupt geworden, der Herr Genosse, hat sich an die Nazis herangeschlängelt, ist vielleicht selber einer geworden. War wohl ein schönes Pöstchen bei der Arbeitsfront zu haben? Pfui Teufel!«

»Wollen Sie mir nicht erklären …«, beginnt Wiegand.

»Jawohl, das will ich, du Lump«, sagt der Arbeiter erbittert. »Ich hab' dich mit Genosse angeredet, und da lag alles drin, Vertrauen, Solidarität, Gesinnung und Hoffnung, und du hast mir mit Herr und werter Herr geantwortet. Ist ja klar, willst nicht mehr daran erinnert werden, daß du einmal Genosse warst, an Marx und Engels geglaubt hast, an Klassenkampf und historischen Materialismus und Arbeitersolidarität.«

»Hören Sie auf«, sagt Wiegand bebend, »Sie wissen nicht, was Sie reden, außerdem sprechen Sie viel zu laut.«

»Ist mir ganz egal«, sagt der Arbeiter böse, dämpft aber seine Stimme doch herab. Während er spricht, bilden sich in seinem Gesicht Falten und Schluchten, Linien und Winkel, in denen die Gedanken wie auf Geleisen hin- und hergleiten. »Ist ja alles sinnlos gewesen, die ganzen zwölf Jahre Durchhalten, wenn sogar einer wie du mit den Verbrechern gemeinsame Sache macht. Man möchte einen Strick nehmen und sich aufhängen.«

Wiegand fühlt sein Herz schmerzhaft klopfen, die Worte dieses unbekannten Arbeiters erzeugen einen bitteren Zwiespalt in ihm. Da ist die hundertmal geübte Vorsicht, sie warnt, sich auf nichts einzulassen, sie befiehlt, hart und abweisend zu bleiben, da ist aber auch ein Gefühl der Verbundenheit, der Hinneigung, der Brüderlichkeit zu diesem Manne, für den zwölf Jahre Leyscher Phrasen umsonst aufgewandt worden sind, der sich seinen Sozialismus weder durch die Beigabe des Wörtchens national noch durch die Konzessionen ›Kraft durch Freude‹ oder ›Schönheit der Arbeit‹ hat verwässern lassen. Und da ist noch etwas, und das ist beinahe noch wichtiger: Darf er die Enttäuschung in diesem Manne Wurzeln schlagen lassen? Es geht ja nicht um seine, Wiegands, Person, es geht darum, daß er, der Arbeiterführer, hier einen Arbeiter schwer enttäuscht, der zwölf Jahre lang standhaft geblieben ist. Er blickt ihn von der Seite an. Nein, das ist kein Spitzel und Verräter, die Worte haben zu echt geklungen, sein Verhalten ist zu überzeugend. Während er noch seine Worte wägt, spricht der andere schon weiter.

»Jetzt weiß ich auch, wer du bist, hochverehrter Volks- und vielleicht auch Parteigenosse in der nationalsozialistischen Arbeiterpartei«, sagt der Arbeiter und blickt Wiegand höhnisch lächelnd ins Gesicht, »Sie sind der Herr Friedrich Wiegand, ehemaliger revolutionärer Gewerkschaftler und heutiger DAF-Bonze ...«

Der Hohn tut Wiegand beinahe körperlich weh. »Lassen Sie das«, sagt er streng, »Sie sprechen viel zu laut, ich bin der Reichsbahnarbeiter Franz Adamek.«

Der Arbeiter blickt Wiegand fest an. »Immer die alte Kiste«, sagt er verächtlich. »Einer, der seine Vergangenheit auslöschen will, ist wütend auf den, der ihn zwingt, sich an sie zu erinnern.« Er preßt die Lippen fest aufeinander. »Aber mir machen Sie nichts vor, Sie sind ...«

»Ich bin Franz Adamek, niemand anders«, sagt Wiegand schnell. »Verstehst du?«

»Nein, Sie sind ...«

Wiegand packt den Arbeiter fest am Arm. »Still«, flüstert er. »Wer ich wirklich bin, darf keiner wissen, du weißt es, weil du mich zufällig erkannt hast. Verstehst du jetzt?«

Der Arbeiter sieht ihn ein paar Sekunden finster prüfend an, sein Blick ist starr auf ihn gerichtet, dann zuckt ein Schein des Verstehens in seinen Augen auf.

»Illegal?« fragt er erregt.

Wiegand nickt. »Jetzt wirst du wohl verstehen, daß ich mich nicht gleich von jedem anquatschen lassen darf, ich glaube auch ...«

»Geht in Ordnung«, sagt der Arbeiter, »ist kein Wort mehr darüber zu verlieren.«

»Und woher kennst du mich?« fragt Wiegand.

»Kannte dich schon früher, aber immer nur so aus der Entfernung«, antwortet der Arbeiter, »aber im April oder Mai zweiunddreißig kamst du zu uns raus, zu Frister nach Oberschöneweide, sprachst in einer Streikversammlung, als sie wieder einmal mit der Stoppuhr durch die Bude liefen und uns die Löhne kürzen wollten. Werde das nie vergessen, wie du die Kumpels mitgerissen hast, ich war damals im Betriebsrat von

Frister, habe sogar neben dir gesessen. Weißt du natürlich nicht mehr, ist auch zu lange her, bist damals großartig in Form gewesen, Friedrich Wie ...« Er schlägt sich mit der Hand auf den Mund. »Entschuldige, das soll ich ja nicht sagen. Wie heißt du denn jetzt?«

»Adamek, Franz Adamek«, sagt Wiegand. »Und wie heißt du?«

»Richard Schröter«, erwidert der Arbeiter. »Ich dachte, dich hätten sie längst im KZ umgebracht. Was machst du denn jetzt?«

»Ich arbeite im Betriebswerk Karlshorst«, antwortet Wiegand, »richtiger gesagt, ich habe bis heute mittag dort gearbeitet, aber ich gehe nicht mehr hin.«

»Dicke Luft?«

Wiegand nickt. »Ganz dicke Luft. Und was machst du?«

Schröter lächelt mit geschlossenen Lippen. »Ich bin von Beruf krank geschrieben, ich arbeite doch nicht für den Krieg. Wenn man's versteht, kann man sich ganz schön drücken, man muß es nur wollen und einen guten Arzt haben, und den habe ich, wenn du zum Vertrauensarzt mußt, gibt er dir vorher 'ne Kochsalzspritze, oder du schluckst 'ne gehörige Dosis Pervitin, und die Gelehrten zerbrechen sich dann den Kopf über dein seltsames Leiden.«

»Und sonst ...«, wirft Wiegand ein.

»Du glaubst doch nicht etwa, daß ich zu Hause sitze und die Daumen umeinanderdrehe?« fällt Schröter rasch ein. »Traust du mir wohl auch nicht zu, wie wir gebaut sind. Schon mal was von Flugzetteln gehört, von Sabotage und so? Wir sind eine kleine Gruppe ... Achtung, die braune Gefahr!«

Durch den Gang kommt ein kaum mittelgroßer, hagerer Mann in der braunen Uniform der Nazipartei, braune Jacke mit hellbraunen Spiegeln, zwei goldenen Litzen und drei goldenen Sternen, Hakenkreuzarmbinde mit goldener Eichenlaubtresse, brauner Pistolentasche, brauner Stiefelhose und braunblanken Langschäftern. Unter der braunen Mütze mit der blauen Paspel sitzt ein verkniffenes, faltiges Gesicht mit stechenden Augen und bräunlichen Schattenringen, scharfer Nase und kleinem dunklem Schnurrbart. Er geht langsam durch den Gang und läßt den Blick in alle Ecken laufen.

Eine Totenstille herrscht im Nu im Luftschutzraum, keiner sagt ein Wort, manche zwingen sich ein untertäniges Lächeln ab, andere stellen sich schlafend. Draußen das hohle, dumpfe Knallen der Flak.

»Heil Hitler, Volksgenossen!« ruft der Braune. Es ist kein Gruß, es ist der Befehl, sich zu beugen vor diesem Ruf, der wie Geßlers Hut drohend aufgepflanzt wird.

»Heil Hitler!« Aus vielen Mündern kommt der Tribut, laut, deutlich, gemurmelt, geflüstert, gespien, manche bewegen nur die Lippen, aber keiner bleibt den Tribut schuldig.

In Wiegand würgt eine ohnmächtige Wut. Das mit ansehen zu müssen, wie sechzig oder siebzig Menschen, Arbeiter, Angestellte, Kaufleute, Frauen, Männer, Greise und Greisinnen, Kinder, schweigen, sich ducken, wie geprügelte Hunde kuschen und Ergebenheit winseln, sich unterordnen, sich anbiedern, untertänig lächeln, nur weil solch ein mickriger Kerl mit der Miene eines Herrschers seine braune Uniform durch die Gänge trägt, das sehen zu müssen, wie sonst recht ehrenwerte Menschen plötzlich zu Heuchlern, Kriechern, Arschleckern, Feiglingen werden, weil sich hinter dieser scheißbraunen Uniform immer noch eine unheimliche Macht, Herr über Tod und Leben, Gedeih und Verderb drohend aufreckt, das geht über Wiegands Kraft.

Vor Wiegand bleibt der Braune stehen. »Sie sind hier fremd! Wer sind Sie? Haben Sie einen Ausweis?« schnarrt er.

Wiegand nimmt wortlos seinen Reichsbahnausweis aus der Tasche und reicht ihn dem Braunen.

»Stehen Sie auf, wenn ich mit Ihnen spreche!« herrscht ihn der Braune an und blickt abwechselnd auf den Ausweis und auf Wiegands Gesicht.

In die Fresse, denkt Wiegand, in die Fresse, verfluchter brauner Köter, ich stehe nicht auf vor dir. Er bleibt sitzen, die Muskeln an seinen Backenknochen spielen unausgesetzt, die Zähne schmerzen ihn, so fest pressen sie sich gegeneinander. »Und hier ist mein Wehrpaß«, sagt er und streckt dem Braunen das kleine dunkelbraune Buch hin.

Der Braune nimmt den Wehrpaß entgegen und blättert in ihm. »Uk? Warum Uk?« fragt er.

»Reichsbahn«, antwortet Wiegand, »ist wohl genauso wichtig wie die Front.«

Der Braune klappt den Wehrpaß wieder zu und gibt ihn Wiegand zurück. »Weshalb stehen Sie nicht auf, Adamek?«

In Wiegand erhebt sich ein unbändiger Trotz, er muß seinen ganzen Willen einsetzen, um ruhig zu bleiben, die Hände zucken vor verhaltener Wut, dem Feind, der ihm greifbar nahe ist, nicht an die Kehle zu gehen. Ja, er wird aufstehen, aber auf eine ganz besondere Weise. Er springt auf, knallt die Hacken zusammen und schlägt die Hände gegen die Hosennaht. »Reichsbahnarbeiter Adamek zur Stelle!« schreit er in den Keller hinein.

Unterdrücktes Lachen rollt durch den Keller, jemand prustet laut los. Der Braune läuft kirschrot an, seine faltigen Wangen zucken auf und nieder, er steht einen Augenblick unschlüssig, dann tritt er einen Schritt zurück. »Ruhe!« brüllt er.

Sofort ist es wieder totenstill, manche ziehen sogar furchtsam die Köpfe zwischen die Schultern. Der Braune steht breitbeinig und mustert die Gesichter aus schmalen Augen, dann wendet er sich Wiegand zu, der immer noch steif wie eine Puppe dasteht, die Hände an der Hosennaht, und reicht ihm den Ausweis. »Die Sache wird für Sie noch ein Nachspiel haben, Adamek!« sagt er streng.

»Zu Befehl!« sagt Wiegand und legt die Rechte salutierend an seinen Hut.

»Lassen Sie das, zum Teufel!« schreit der Braune ihn an und dreht sich um, geht ein paar Schritte fort und wendet sich noch einmal um. »Sie haben sich da in die richtige Gesellschaft begeben«, zischt er. »Dieses asoziale Subjekt, der Schröter ... Meine Herren, wir sprechen uns noch!«

Langsam geht der Braune weiter, vor einer jungen Frau bleibt er stehen. Sie sitzt ganz still da, hat den Kopf gegen die Wand gelehnt und die Hände schlaff im Schoß liegen, ihr Gesicht, einst sicher von strahlender Schönheit, ist leblos, die Augen sind weit geöffnet, aber in ihnen liegt ein Ausdruck, der Menschen eigen ist, die über ihre Umgebung hinweg in die Vergangenheit oder die Zukunft blicken.

»Heil Hitler, Frau Franke!« sagt der Braune. »Auch wieder zurück?«

Es soll vielleicht wohlwollend klingen, aber es wird doch fast eine inquisitorische Frage.

Die junge Frau bleibt unbeweglich sitzen, nur der Ausdruck ihrer Augen ändert sich, der Blick ist verwirrt und ratlos.

»Wo ist denn Ihr Töchterchen?« fragt der Braune weiter, schon ein wenig ungeduldig, er ist nicht gewohnt, daß man ihm die Antwort schuldig bleibt, jeder hat sofort Rede und Antwort zu stehen, denn in Hitler-Deutschland gibt es kein Fleckchen Erde, das nicht Kasernenhof, und keinen Menschen, der nicht Soldat ist.

Der Blick der jungen Frau hat sich inzwischen zurechtgefunden, ist ganz in die Gegenwart zurückgekehrt, in den Luftschutzkeller des Hauses Petersburger Straße gelangt und stürzt sich jetzt auf den Mann in der braunen Uniform. Der Kopf der jungen Frau löst sich ganz langsam von der Wand, die Hände heben sich aus dem Schoß und nehmen den Kopf wie eine kostbare, zerbrechliche Vase behutsam in sich auf, die schlanken, nervösen Hände zittern leicht, die Zeigefinger pressen sich auf die Gehörgänge, als wollten sie sie fest gegen die Geräusche der Umwelt verschließen, als dürfte es in ihnen nur aus ihr selber tönen.

»Weshalb antworten Sie mir nicht?« fragt der Braune, seine Stimme hat schon beinahe wieder die volle Schärfe. »Als Zellenwalter ...«

Weiter kommt er nicht. Die junge Frau nimmt die Hände von ihrem Gesicht, in ihren Augen brennen Fackeln der Trauer und des Zornes. »Ich bitte um Entschuldigung, wenn ich mich bei Ihnen noch nicht wieder angemeldet habe«, sagt sie, ihre Stimme schwankt nach oben und unten, ihre Kinnladen zittern vor äußerster Beherrschung. »Es hat sich einiges verändert in mir. Ich werde mich nie wieder bei Ihnen melden!« Die Stimme gewinnt an Entschlossenheit, sie ist noch brüchig, aber sie schwankt nicht mehr.

»Volksgenossin Franke, ich muß schon bitten ...«, beginnt der Braune.

»Bitten Sie, bitten Sie, soviel Sie wollen«, sagt die junge Frau. »Ich habe endgültig genug, ich will Schluß machen mit dem Wahnsinn, Schluß, Schluß, Schluß!« Sie spricht jetzt laut, die schmalen Hände ballen sich zu Fäusten. »Unterbrechen Sie mich nicht, jetzt rede ich, lange genug habt nur ihr da oben geredet, wir durften nur zuhören und mußten schweigen, aber jetzt lasse ich mir nicht mehr den Mund verschließen, jetzt bricht es aus mir heraus, und jetzt müssen *Sie* zuhören. Sie fragen, wo meine Tochter ...«

»Ich warne Sie, Volksgenossin Franke ...«, will der Braune sie unterbrechen.

Die junge Frau fegt seine Worte mit einer Handbewegung fort. »Meine Tochter liegt verscharrt, irgendwo zwischen Schneidemühl und Kreuz, auf der Flucht erfroren, in meinen Armen erfroren. Wissen Sie, was das heißt, verehrter Herr Parteigenosse? Mitansehen zu müssen, wie der Körper meines Kindes langsam erfror, wie ein Glied nach dem anderen abstarb, wie das Leben aus dem kleinen Körper floh, wie der Herzschlag immer dünner wurde, wie schließlich das zarte Wesen, das noch kaum einen Sonnenaufgang zuvor gelächelt und mit ungelenker Zunge die ersten Sätze geformt hatte, kalt und reglos, dunkelblau gefroren und mit gebrochenen Augen an meiner Brust lag, aus der es das Leben getrunken hatte ...« Die Stimme der jungen Frau stürzt in sich zusammen, es ist, als ob die Worte langsam und schwer wie Tränen tropfen, ein Schluchzen steigt in ihre Kehle.

»Beruhigen Sie sich doch, liebe Frau Franke«, versucht der Braune zu Worte zu kommen.

Aber die Rede der jungen Frau ist nicht mehr zu hemmen, die Flut der Rede, bisher von Furcht und Angst zurückgehalten und aufgestaut, hat jetzt Lücken in den Damm gerissen und schwemmt alle Bedenken und Zurückhaltung fort. »Und weshalb ist das so gewesen? Ich will es Ihnen sagen, und das ist kein jüdisches Greuelmärchen und keine Feindpropaganda, denn ich habe es selber mitgemacht und mit meinen eigenen Augen gesehen. Der einzige Zug, der in Heilsberg noch zur Verfügung stand, den haben die Parteibonzen heimlich für sich und ihre

Weiber organisiert, sie sind bei Nacht und Nebel getürmt, als es plötzlich hieß: Russenpanzer zwanzig Kilometer vor der Stadt. Da zogen wir zu Fuß los – denn ihr hattet uns ja vorher die Hölle heiß gemacht – heim ins Reich, bei Eis und Schnee, Frauen, Kinder und alte Leute, wir quälten uns durch den hohen Schnee und stemmten uns gegen den eisigen Wind, während die Bonzen mit ihren Weibern und zahllosen Koffern schön behaglich nach Westen dampften. Und so war es überall, wo wir hinkamen, die Bonzen waren mit ihren Autos auf und davon, sie haben die Räumungsbefehle so lange in der Tasche behalten, bis sie selber fix und fertig zur Flucht waren, und dann haben sie stolz gemeldet, daß ›ihre‹ Bevölkerung bis zum allerletzten Augenblick standhaft und tapfer ausgehalten hat. Für uns blieben schließlich nur offene Loren übrig, und das bei zehn bis fünfzehn und zwanzig Grad unter Null. Was wissen Sie denn, mein hochverehrter Herr Zellenwalter ...«

Der Braune will die Flut der Rede eindämmen.

»Volksgenossin Franke, ich ...«

»Haben Sie schon einmal davon gehört, was sich auf den Bahnhöfen abgespielt hat?« spricht die junge Frau erregt weiter. »Wenn schließlich ein Zug kam, dann setzte ein wilder Sturm ein, wer strauchelte, für den gab es kein Entrinnen unter den Stiefeln einer tobenden Menge, die vor Angst halb oder ganz irrsinnig war. Kinder gerieten unter die Räder und wurden zermahlen, sie wurden den Müttern von den Händen gerissen und zertreten, buchstäblich zertreten zu einem unförmigen Haufen Fleisch und Blut und Kleidern. Und dann die Fahrt, der Fahrtwind faßte uns von vorn, der Ostwind von hinten, und beide holten uns die letzte Wärme so aus den Kleidern, daß wir uns wie nackt vorkamen. Als der Zug einmal auf freier Strecke hielt, da stiegen wir aus, um die Toten unter die Erde zu bringen, sechs Kinder und vier alte Leute, aber wir mußten sie liegenlassen, denn die Erde war tief gefroren und hart wie Stein, da legten wir sie zusammen zu einem Hügel, schaufelten Schnee darüber und legten ein paar Tannenzweige darauf. Das war ein christliches Begräbnis, mein Herr Parteigenosse, das kann ich Ihnen sagen, da war nichts von stolzer Trauer, da waren nur Flüche und Verwünschungen auf Führer und Partei, und wenn es einen Gott im Himmel gibt, dann läßt er euch ebenso elend verrecken.«

»Das wußte ich natürlich nicht, liebe Volksgenossin«, sagt der Braune. »Ich kann Ihre Erregung verstehen ...«

»Nichts verstehen Sie«, fährt die junge Frau auf ihn los, »Sie nicht und die anderen da oben auch nicht, ihr kaltschnäuzigen Hunde, sonst hättet ihr schon längst Schluß gemacht.«

»Ich will jetzt nichts mehr hören«, sagt der Braune wütend, »ich halte das, was Sie eben geäußert haben, Ihrer Erregung zugute.«

»Ich bin erregt«, sagt die junge Frau laut, »aber ich weiß genau, was ich rede. Viel zu lange sind wir ruhig gewesen, und ihr habt unser Schweigen für Zustimmung gehalten, wenn es eine Schuld gibt, dann ist es die unsere, euch so lange geduldet zu haben. Sehen Sie sich doch einmal um, Sie Freund des Volkes, wie sie alle dasitzen, eingeschüchtert und verstört, obgleich sie alle zum Bersten voll sind vor Wut, sie wagen nicht einmal Zustimmung zu murmeln oder zu nicken, wenn euch einer die Wahrheit ins Gesicht schreit. Machen Sie, was Sie wollen, aber ich nehme nicht ein Wort von dem zurück, was ich gesagt habe.«

»Ich ersuche Sie, zu schweigen«, herrscht er sie an. »Oder ...«

»Ich fürchte nichts mehr«, sagt die junge Frau und lehnt den Kopf wieder gegen die Wand, ihre Stimme ist zu einem Flüstern herabgesunken, sie schließt die Augen, unter den Lidern quellen Tränen hervor. Der Braune dreht sich um, steht einen Augenblick unschlüssig und blickt in den Keller hinein, dann geht er rasch dem Ausgang zu. Als er den Keller verlassen hat, schwirren die Stimmen wie Fliegen durcheinander, Flüche und Verwünschungen steigen wie Blasen an die Oberfläche, der oder jener weiß plötzlich, wie man mit dem Goldfasan umgehen müßte.

»Asozial bin ich«, lacht Schröter grimmig, »weil ich nicht den Hakenkreuzlappen herausstecke, weil ich mich nicht an der Winterhilfe beteilige, weil ich nicht in der Arbeitsfront bin. Asozial! Dieser elende Geselle, dieser Himmelstoß der braunen Armee! Aber der ist jetzt auf Touren, einer macht ihn lächerlich, und eine Frau tritt ihm kräftig auf die Hühneraugen, das ist noch nicht dagewesen!«

»Wer ist dieser Kerl eigentlich?« fragt Wiegand.

»Das ist Otto Hille, Zellenwalter und gegenwärtig auch kommissarischer Ortsgruppenleiter der Ortsgruppe Baltenplatz, einer der gefährlichsten braunen Hunde, die in Berlin herumlaufen, der hat ganz persönlich schon einen Haufen Menschen auf dem Gewissen. Ich werde dir einiges über ihn erzählen.«

XIII
Biographie eines Nationalsozialisten

›Feigheit, Faulheit und Dummheit sind die Ursachen, warum ein so großer Teil der Menschen zeitlebens gern unmündig bleibt und warum es den anderen so leicht wird, sich zu ihren Vormündern aufzuwerfen.‹

Kant

Dies ist die Biographie des Zellenwalters und kommissarischen Ortsgruppenleiters Otto Hille aus Berlin O 112, Rigaer Straße 65. Zunächst erscheint es notwendig, auf die Struktur der NSDAP und ihrer zahlreichen Nebenorganisationen einzugehen. Hier sind zwei Phasen deutlich zu unterscheiden, die erste von der Genesis bis zur Regierungsübernahme, die zweite von der Regierungsübernahme bis zum Sturz. Der letzte Abschnitt soll hier keiner näheren Betrachtung unterzogen werden, da sich in dieser Phase der Entwicklung mit zunehmender Konsolidierung das ganze deutsche Volk mehr oder weniger freiwillig von der nationalsozialistischen Lawine überrollen ließ und weil sie, von der psychologischen Seite her betrachtet, weniger ergiebg ist. Der Nationalsozialismus, seine furchtbare Größe und seine unheimliche Kraft, seine unerbittliche Grausamkeit und seine absolute Amoralität, ist überhaupt nur zu verstehen, wenn man die Charaktere und Temperamente, die Wünsche und Ziele, die Interessen und Gründe der Menschen analysiert, die bereits vor 1933 zur Partei gestoßen sind, denn sie waren es, die der Partei ihr Gepräge, ihre Grundsätze und ihren Inhalt gegeben haben, sie sind in die zweite Phase der Parteigeschichte völlig unverändert mithinübergenommen worden und haben ihre Gültigkeit nie verloren. Trotz aller Verkleidung und Umschreibung, trotz aller kulturellen Tünche und diplomatischen Eleganz schimmerte die wahre Substanz immer und überall durch. In diesem

Punkte hatte Hitler zweifellos recht, als er sagte, daß die Partei immer nach dem Gesetz handeln müsse, nach dem sie angetreten sei. Diese Gesetze waren Verrat, Mord, Terror, Grausamkeit, Amoralität, und diesen Gesetzen treu geblieben zu sein und sie stets und überall befolgt zu haben, das ist in der Tat die einzige Treue, die den Nationalsozialisten nachgesagt werden kann.

So heterogen die Elemente auch waren, die sich in der Partei zusammenfanden, bevor sie *die* Staatspartei wurde, so lassen sie sich doch auf einen Nenner bringen: sie waren sämtlich Entgleiste oder im Begriffe, aus den Gleisen zu geraten. Da sind zuallererst die Soldaten, die nicht wieder in eine friedliche Beschäftigung hineinfinden oder noch nie eine gehabt haben, und die Offiziere, deren Beruf plötzlich seinen Nimbus eingebüßt hat und keine Möglichkeiten mehr bietet, ihnen gemeinsam ist das Bedürfnis, sich unterzuordnen und zugleich befehlen zu dürfen, ewige Unteroffiziere, die zu befehlen gewohnt sind und keine Verantwortung zu übernehmen brauchen, da sie die Befehle von übergeordneten Stellen empfangen. Da sind weiter die Unzähligen, die in ihren bürgerlichen Berufen Schiffbruch erlitten haben und die Ursache hierfür niemals in sich selber, in ihrer Unzulänglichkeit oder ihrer Faulheit, sondern immer in anderen und in der Ungunst der Verhältnisse erblicken. Dieser Kategorie sind die ewigen Nichtstuer, die bemoosten Häupter der Universitäten, die an der Oberbuchhalter- oder Werkmeisterecke Gescheiterten zuzurechnen. Da sind weiter die von der Natur gezeichneten, deren Inferiorität mit einem herostratischen Geltungsbedürfnis gekoppelt ist, da sind auch die Mitglieder der Ringvereine, denen sich hier auf ihrem ureigensten Gebiete die Gelegenheit bietet, in die Arena der Politik zu steigen. Sie alle beschlossen, Politiker zu werden, weil der Führer es getan hatte und weil es die einfachste und müheloseste Art schien, nach oben zu kommen.

Ihnen gesellten sich die Massen des Kleinbürgertums und des Mittelstandes zu, sie waren ohne politischen Ehrgeiz und eigentlich das, was ihr Führer einmal verächtlich einen Interessentenhaufen genannt hatte, sie klammerten sich an den Nationalsozialismus als die einzige Hoffnung, das wankende und berstende

Gebäude der bürgerlichen Gesellschaftsordnung vor dem Zerfall zu bewahren und seine Stabilität wiederherzustellen. Schließlich muß auch noch eine Horde politischer Desperados genannt werden, nämlich alle diejenigen, deren politisches Strebertum in anderen Parteien nicht befriedigt worden war, die sich nicht hatten durchsetzen können oder die aus meist recht eindeutigen Gründen mehr oder weniger zwangsweise ausgeschieden waren.

Dieses Konglomerat von Landsknechttum und Gangstertrieb, bürgerlichem Besitzwahn und gescheiterten Existenzen, den im Lebenskampfe Unterlegenen und vom Schicksal Verfolgten, krankhaftem Geltungstrieb und rassischer Überheblichkeit, dieses sonderbare und widernatürliche Wesen stellte den Typ dar, der Anspruch darauf erhob, der homo teutonicus novus und der Bringer einer neuen Kultur zu sein, und dem es gelang, jeden Bezirk des vielfältigen Lebens eines begabten Volkes in das Prokrustesbett einer armseligen politischen Fibel zu zwängen und es zur geistigen Onanie zu verurteilen. Was später hinzukam, was von den wissenschaftlichen Handlangern und philosophischen Schmierenstehern als These und Dogma verkündet und von Generation zu Generation als Axiom unbesehen weitergereicht werden sollte, war nur nachträgliche Rechtfertigung und Begründung, man versuchte damit nur, die Maske des Biedermannes über die Fratze des Barbaren zu stülpen. Was wirklich an ehrlichem Idealismus und naivem Glauben vorhanden war, blieb ohne jeden Einfluß auf die sogenannte weltanschauliche Linie und wurde nur mit tiefem Mißtrauen am Rande geduldet. Das Wesen der Partei war unveränderlich und unwiderruflich begründet in der bunt zusammengewürfelten Rotte von Abenteurern, entwurzeltem Bürgertum und üblem Lumpenproletariat und nicht zuletzt in der ihr willen- und instinktlos folgenden Herde des unpolitischen Klein- und Mittelbürgertums, das sich vom Monopolkapital bedroht sah und das Absinken in das industrielle Proletariat fürchtete.

Der Zellenwalter und kommissarische Ortsgruppenleiter Otto Hille kann als der Prototyp eines Nationalsozialisten aus der Zeit vor 1933 gelten, er ist ein sogenannter alter Kämpfer, dessen Parteibuch eine Nummer unter hunderttausend aufweist und dessen Parteiabzeichen von einem goldenen Eichenlaubkranz umrahmt ist. Er vereinigt in seinem Charakter die wesentlichen Merkmale, die einen echten Nationalsozialisten kennzeichnen: Brutalität und Gefühllosigkeit, Frechheit und Überheblichkeit, Sturheit und Ideenlosigkeit. Die Daten seiner Biographie, an sich belanglos, werden dadurch, daß sie im Bannkreise zweier Kriege und in der uneingeschränkten Machtentfaltung der größten Verbrecherorganisation aller Zeiten ihre Beziehung finden, in eine allgemeine Ebene gehoben.

Otto Hille, der braune Landsknecht Adolf Hitlers, steht hier nicht als Individuum. So wie er wird man nicht nur aus sich selbst, so wird man nur geformt von einer unmenschlich großen Zeit. Deshalb steht er hier als Typ, dessen Einzelzüge hier und da nicht jedem seiner Parteigenossen entsprechen mögen, die aber, ihrer äußeren Hülle entblößt, den Kern treffen.

Hille, 1885 in Berlin geboren, wächst in der Enge eines kleinbürgerlichen Elternhauses auf, er ist der Sohn eines Milchhändlers, ein fader, blonder Bengel, der sich frühzeitig damit vergnügt, schwächere Schulkameraden unter seine Botmäßigkeit zu zwingen, und exhibitionistische Neigungen zeigt. Er soll, da er der einzige Sohn ist, etwas ›Besseres‹ werden, die soziale Leiter um mindestens eine Stufe erklimmen, er wird in ein Realgymnasium geschickt, aber er scheitert bereits in der Untertertia, er hat keine Lust zum Lernen, er steht lieber hinter dem Ladentisch des Milchgeschäftes, schenkt Milch ein, wiegt Butter und Käse ab und rechnet erstaunlich flink. Er versteht schon frühzeitig mit Geld umzugehen, und nicht alle Münzen, die durch seine Hände gehen, finden auch den Weg in die väterliche Ladenkasse. Non olet, diese beiden Worte sind beinahe die einzigen, die aus der Lateinstunde in ihm haftengeblieben sind und die ihn sein Leben lang begleiten. Seine Lehrzeit in einem Maklerbüro dauert genau viereinhalb Monate, dann beendet er sie dadurch, daß er einfach nicht mehr hingeht, weder durch Drohungen noch durch Bitten ist er zu bewegen, seine Lehre fortzusetzen. Da er standhaft bleibt, geben die Eltern, damals schon die Schwächeren, nach, sie sind verzweifelt, daß der soziale Aufstieg des Sohnes schon in den Anfängen scheitert, es ist die Verzweiflung des Kleinbürgers, der seinen eigenen Stand verachtet. Der junge Mann lungert im Geschäft und auf der Straße herum, hilft ab und zu im Laden, wenn er Geld braucht, und verschwindet mitunter wochenlang, um dann in sehr reduziertem Zustand wieder zu den väterlichen Milchkannen zurückzukehren. Als er mit neunzehn Jahren zu den Lübbener Jägern einrückt, hat er schon zahlreiche Weibergeschichten, eine Gonorrhoe und eine Anzeige wegen Verbreitung von Geschlechtskrankheiten hinter sich.

Die Gewohnheit, Erfahrungen persönlicher Art zu verallgemeinern und die eigene Mentalität bei anderen als gegeben vorauszusetzen, abweichende Erfahrungen aber als zufällig und andersgeartete Mentalitäten als anormal zu betrachten, diese Gewohnheit ist Hille in ganz besonderem Maße eigen, sie führt naturgemäß zur Überschätzung der eigenen Person und verleitet zur Geringschätzung der Umgebung. So wie Hille die Frauen allgemein nach seinen Erfahrungen mit leichtsinnigen Weibern einschätzt, so beurteilt er seine Militärdienstzeit nach den an ihm erzielten Ergebnissen. Weil die Kunst der Unteroffiziere ihn, einen verlotterten Burschen, zurechtbiegt, ihn eisern an Ordnung gewöhnt, ihm die Knochen gehörig zusammenstaucht, ist er überzeugt, daß das Militär im allgemeinen und die deutsche Wehrpflicht im besonderen eine vorzügliche Schule der Erziehung sind. Das Soldatenleben mit seinem unerbittlichen Zwang, seinem monotonen Ablauf des täglichen Lebens und seiner Unbekümmertheit in bezug auf Tagessorgen sagt ihm sehr zu, die Tatsache, daß man ohne eigene Initiative, sondern lediglich nach Befehlen und Vorschriften zu leben vermag, ist die überraschendste Entdeckung dieser Jahre. Als er seine zwei Jahre abgedient hat, kapituliert er, und jetzt ist er selbst Herr des Kasernenhofes, zwar nur ein kleiner, aber das genügt ihm. Es ist das einfachste Leben, das man sich denken kann: man empfängt Befehle und gibt sie eine Tonart schärfer weiter, man nimmt Anschnauzer entgegen und lädt sie mit doppelter Wucht auf die Untergebenen ab, alles ist genau vorgeschrieben und reglementiert, der Ablauf des Tages ist genau geregelt, es gibt nichts zu denken und zu bedenken, für die täglichen Bedürfnisse ist zureichend gesorgt, und was sonst noch fehlt, muß der väterliche Milchladen hergeben.

In den Krieg von 1914 geht Hille gern. Obwohl die Möglichkeit besteht, als Ausbilder in Lübben zu bleiben, besteht er auf seiner Verwendung an der Front. Das hat nichts mit Tapferkeit, Mut oder Begeisterung zu tun, denn der Krieg ist auf dem Exerzierplatz von Lübben allemal ungefährlicher als in Frankreich oder Polen, und auch Unteroffiziere fühlen sich als Heimatstrategen ungleich wohler denn als Heldenleichen im Massengrab. Hille hat seine besonderen Gründe, er hat nämlich inzwischen geheiratet, richtiger gesagt heiraten müssen, da eine Lübbener Bürgerstochter durch ihn in andere Umstände geraten war und ihre Eltern auf einer Heirat bestanden hatten. Hille, dem das Leben unter Männern mit gelegentlichen Ausflügen zur Venus vulgivaga durchaus behagt hatte, ergreift gern die günstige Gelegenheit, das Vaterland an der Front zu verteidigen, um dadurch dem lästigen Familienleben zu entgehen.

Nach dem Kriege kann Hille zuerst gar nicht begreifen, daß es mit dem Soldatenspielen endgültig vorbei sein soll. Es bietet sich zwar die Gelegenheit, zu Roßbach oder Ehrhardt oder Lüttwitz zu gehen, aber das ist eine besondere Art von Soldatenspielen, sie ist zu unstet, zu abenteuerhaft, sie erfordert immerhin Initiative und Entschlußkraft, und dafür ist Hille nicht zu haben, er ist für Dienstvorschrift und Exerzierreglement, und wenn das nicht möglich ist, dann läßt er es lieber ganz sein. In ihm lebt nur eine kleinbürgerliche Abenteurerlust, die Sehnsucht nach Exzessen und Ausschweifungen ist zwar immer latent vorhanden, aber sie überwältigt nie ganz das Verlangen nach Subalternität. Ausschreitungen – ja, Exzesse – gern, aber auf Befehl oder nach Vorschrift, die lustvolle Empfindung, andere zu schleifen und zu schikanieren, sie wie Wachs in den Händen zu kneten, erreicht erst dann den höchsten Orgasmus, wenn man sich von oben her gedeckt weiß und die Verantwortung in höhere Regionen verlagert ist. Er liebt zwar die Ungebundenheit und Unmäßigkeit, aber sie dürfen nur sporadisch vorkommen und müssen um einen festen Kern herum gruppiert sein, in den er sich jederzeit flüchten kann. Da es nicht mehr die Kaserne sein kann, wird es wieder das Haus der Eltern.

Er zieht mit seiner Familie, seiner Frau und drei Kindern, nach

Berlin und übernimmt das Milchgeschäft seines Vaters am Weidenweg. Das geht so vor sich, daß seine Frau an die Stelle seiner Mutter, die während des Krieges verstorben ist, tritt, Haushalt und Geschäft versieht, sich müht und plagt und rackert, während Hille sich um nichts kümmert. Mit der Atmosphäre des Berliner Ostens umfängt ihn wieder der Geist seiner Jugendzeit, die Gespräche der Halbwüchsigen und ihre zweideutigen Lieder, die abendlichen Zusammenkünfte auf dem Petersburger Platz und auf der Weberwiese, die verschwiegenen kleinen Kinos und die primitiven Cafés, deren einziger Vorzug in ihrer schwachen Beleuchtung und ihrer Unübersichtlichkeit zu bestehen scheint. Hille ist inzwischen zwar fünfunddreißig Jahre alt geworden, aber immer noch nicht aus den Pubertätsjahren herausgekommen, er beginnt ein liederliches Leben, treibt sich in zweifelhaften Lokalen mit ebenso zweifelhaften Mädchen herum, er besucht eifrig die Rennbahnen und kennt die Pferde in Ruhleben und Mariendorf, Hoppegarten und Karlshorst beinahe besser als seine Kinder, er stürzt sich in den Spekulationstaumel der beginnenden Inflation und beschäftigt sich überhaupt mit allen möglichen Dingen – nur mit regulärer, ehrlicher Arbeit nicht. Wenn seine Frau am frühen Morgen die schweren Milchkannen in die Behälter gießt, schläft er noch, und wenn sie mittags den Laden schließt, steht er gerade auf und tobt, wenn das Essen noch nicht auf dem Tisch steht. Aber das Soldatenleben hat doch zu feste Wurzeln in ihm geschlagen, seiner Haltlosigkeit und Unbeständigkeit fehlt das Übergeordnete, er meldet sich zur Polizei, wird aber abgewiesen, schließlich wird er, der allgemeinen Strömung folgend, Mitglied der Sozialdemokratischen Partei. Schon nach kurzer Zeit wird er gewahr, daß er sich in der Adresse geirrt hat, da wird diskutiert und abgestimmt, und das ist nichts für ihn, er paßt nur dorthin, wo befohlen und ihm keine Verantwortung auferlegt wird, sein Interesse bleibt mäßig, und als man eines Tages andeutet, daß man ihn aus der Partei werde ausschließen müssen, wenn er seinen Lebenswandel nicht ändere, da geht er von selbst, nicht ohne eine sehr schlechte Meinung von pflaumenweichen und rückgratlosen Politikern mitzunehmen, die eine Staatsform, die sie Demokratie nennen, erstreben, in der jedermann gleiche Rechte und Pflichten haben soll. Das ist für sein Unteroffiziersgehirn zu hoch, der Begriff Staat ist für ihn untrennbar mit dem Begriff Befehl verbunden, sie sind eigentlich sogar Synonyme. Auch der Verein ehemaliger Lübbener Jäger oder der Kriegerverein Kyffhäuser befriedigen ihn nicht, zwar erschallen dort aus alkoholrauhen Kehlen bekannte markige Laute und gelegentlich wird marschiert in einer Gangart, die mit dem Stechschritt kaum noch Ähnlichkeit hat, aber es steckt nichts dahinter, keine Macht und kein Elan, nur Besoffenheit und Sentimentalität.

Hille streunt durch das Leben wie ein Jagdhund, immer mit der Nase auf der Erde und mit aufgestellten Ohren. Was rings um ihn geschieht, geht ihn nichts an, sofern es nicht eine ganz direkte Beziehung zu seiner Person hat. Wahlen und Reichstagssitzungen, Betriebsräte und Verfassungsfragen sind für ihn leere Begriffe, Rathenaus Ermordung berührt ihn weniger als eine Disqualifikation Rastenbergers, und die Konferenz von Locarno ist bei weitem nicht so wichtig wie das Gewicht Nebukadnezars im Großen Osterpreis von Karlshorst.

Ende 1923 gerät Hille zum ersten Male mit dem Gesetz in Konflikt, es beginnt auf Clärchens Witwenball in der Auguststraße und endet vor der Strafkammer III in Moabit. Er gerät mit einem Mann wegen eines Mädchens beim Tanzen aneinander, der Streit setzt sich auf der Straße fort, Hille schlägt den Widersacher mit einem Faustschlag nieder, der andere fällt unglücklich mit dem Hinterkopf auf die Bordschwelle, Schädelbruch und Tod, Verhaftung und Gerichtsverhandlung sind die Folgen. Hille findet einen milden Richter, der Spruch lautet auf ein Jahr Gefängnis wegen fahrlässiger Tötung und Überschreitung des Notwehrrechts in der Trunkenheit.

Hille verbüßt die Strafe in Plötzensee. Er ist ein vorbildlicher Gefangener, nicht weil er zerknirscht ist und bereut, ein Menschenleben vernichtet zu haben, sondern weil die alte preußische Ordnung wieder von ihm Besitz ergreift. Wenn es nicht gerade ein Gefängnis wäre, würde das große rote Backsteingebäude zwischen der alten Radrennbahn und dem Spandauer Kanal direkt ein idealer Aufenthalt sein, in ihm herrschen Ordnung und

Disziplin, Präzision und Sauberkeit, in ihm ist die Faust einer Autorität zu spüren, die man der milden Weimarer Republik gar nicht zugetraut hätte. Hier gibt es sogar die Möglichkeit, befördert zu werden, und Hille wird dann auch bald Kalfaktor. Sobald er auch nur ein Zipfelchen von Macht in seinen Händen spürt, wird er wieder unerbittlich und streng zu seinen Mitgefangenen, die nun seine Untergebenen sind, und Anhänger und Zuträger der Gefängniswärter. In dem Gange, dessen Zellen ihm unterstellt sind, klappt es am besten, bei ihm läuft alles wie am Schnürchen, und als das Jahr herum ist, tut es Hille beinahe leid, wieder in das autoritätslose und befehlsarme bürgerliche Leben zurückkehren zu müssen.

Aber er findet bald seinen Platz, an den er nach Neigung und Charakter hingehört. Zuerst will er zwar nichts von der neuen Partei wissen, weder behagt ihm das Attribut sozialistisch noch die Standesbezeichnung Arbeiter, wofür die Worte national und deutsch nur einen teilweisen Ausgleich zu bieten vermögen, auch hat er mit Politik nichts im Sinn, seine Erfahrungen während der einjährigen Mitgliedschaft in der SPD schrecken ihn, aber bald sieht er ein, daß in der neuen Partei mit dem langen Namen eine ganz andere Art von Politik getrieben wird, hier gibt es keine Diskussionen und Abstimmungen, hier wird von oben herab befohlen und angeordnet, hier wird alles fix und fertig vorgedacht, hier steht über allem die Devise *›Der Führer hat immer recht‹*. Allein der Umstand, daß der Mann an der Spitze der Partei ein Führer und kein Vorsitzender ist, beweist, daß hier alles anders gemacht wird als bei den übrigen zwanzig Parteien. Hilles Erstaunen wandelt sich bald in Freude, als er merkt, daß es auch in der Politik militantes Lenken und Handeln gibt, daß man hier nicht nach seinem Lebenswandel und seinem Vorleben – abgesehen von der arischen Reinheit seines gonorrhoeisch verseuchten Blutes – fragt, sondern nur danach, ob er blindlings gehorchen und Befehle ausführen will. Das ist das richtige für Hille, und so wird er Kämpfer für Adolf Hitler, den unbekannten Gefreiten des Weltkrieges und gottähnlichen Feldmarschall der braunen Heerscharen, und so wie Hille früher in der Instruktionsstunde eingelernte Phrasen und Werturteile gelehrt hat, ohne sich im geringsten um deren Inhalt zu kümmern, so nimmt er nun die neue politische Terminologie willig in sich auf, ohne über sie nachzudenken. Er weiß, was er wissen muß, er spricht, was ihm zu sprechen vorgesprochen wird, und das genügt vollkommen.

Jetzt beginnt das Leben wieder, es wird marschiert und paradiert, befohlen und gehorcht, man beugt sich einer Autorität und hat die Aussicht, bald zu den Befehlenden zu gehören. In der SA ist er bald Rotten- und kurze Zeit später schon Scharführer, und wie er in Plötzensee seinen Trakt in bester Zucht und Ordnung gehabt hat, so ist seine Schar bald in der Gegend zwischen Ostkreuz und Zentralviehhof als die schneidigste und kampfkräftigste Einheit ihres Sturmes bekannt. Es folgen die ersten Saalschlachten mit der Kommune in den Prachtsälen des Ostens und Straßenscharmützel an den Rändern des Friedrichshaines und im Laubengelände zwischen Eldenaer Straße und Landsberger Chaussee. Hatte sich Hille bei Souchez und am Toten Mann möglichst im Hintergrund gehalten, da die Franzosen ja immerhin scharf schossen, so ist er jetzt allen voran, da es sich um einen unbewaffneten Gegner handelt, der noch dazu wenig oder gar keine Kriegserfahrung besitzt, außerdem steht Hille meist unter Alkohol und will den Sturmbräuten imponieren. Seine Heldenuntaten lassen ihn bald als für größere Aufgaben berufen erscheinen: ihm wird die Führung eines SA-Sturmes übertragen, und als Dr. Goebbels nach Berlin kommt, um hier die Führung des Gaues Berlin der NSDAP zu übernehmen, wird Hille mit seinem Sturm der persönlichen Begleitmannschaft des neuen Gauleiters zugeteilt. Als Hille seinen Sturm als angetreten meldet und seine stramme Ehrenbezeigung macht, ist er zuerst verblüfft, dann will er wütend auf den miesen Judenjungen mit dem Klumpfuß losfahren, der sich mit ihm einen üblen Scherz erlaubt, aber glücklicherweise ist seine militärische Disziplin stärker als sein Impuls, und das ist sein Glück, denn der kleine Mann mit dem jüdischen Äußeren ist in der Tat der neue Mann, den der Führer zur Eroberung Berlins ausgesandt hat. Hille ist zwar enttäuscht, aber rasch entdeckt er arische Züge in dem Antlitz des Doktors, und als dieser die erste Rede vor der versammelten

Berliner SA im Sportpalast hält, ist Hille überzeugt, daß der Führer richtig gewählt hat. Wie Öl gehen ihm die Schlagworte und Phrasen des neuen Gauleiters ein, und als er nach der Versammlung mit seinen Getreuen im Sturmlokal sitzt und immer noch eins hinter die braune Binde gießt, da äußert er sich begeistert über den Doktor als einen Mann, der ›das ganze Gesicht voll Schnauze‹ hat. Von nun an ist der SA-Sturm Hille ständiger Begleiter des Dr. Goebbels, ob er in den Pharus-Sälen in der Müllerstraße oder in den Tennishallen in Wilmersdorf, im Saalbau Friedrichshain oder in der Neuen Welt in der Hasenheide spricht.

Bevor wir nun auf Hilles große und größte Zeit eingehen, muß noch erwähnt werden, daß er sich Anfang 1931 noch einmal für ein halbes Jahr von der Öffentlichkeit nach Plötzensee zurückzieht, weil er auf einem Wettzettel eine kleine Radierung vorgenommen hat, die der Strafrichter als Urkundenfälschung auslegt, auch scheint es notwendig, noch einiges über sein Privatleben zu sagen. Das öffentliche Leben eines Menschen erwächst aus der privaten Sphäre, was sich an politischen und geistigen Zügen im Charakterbilde eines Menschen abzeichnet, entsteht ja nicht beziehungslos, es ist vielmehr Synthese von eingeborener Wesensart und umweltlichen Einflüssen, die zuerst ihren Niederschlag im privaten Leben finden. Was an politischem Zielstreben und weltanschaulicher Pose zunächst undeutlich und aus den Gründen, aus denen sie erwachsen, schwer zu erkennen ist, wird blitzartig erhellt, wenn man in den privaten Kulissen der Heldengrößen und politischen Übergenies herumstöbert.

Seit seiner Rückkehr aus dem Weltkrieg hat Hille kein reguläres Stück Arbeit angefaßt, er hat sich im Strom der bewegten Zeit mittreiben lassen, ohne sich Gedanken über die Richtung und das Gefälle des Stromes zu machen, bis er an das seichte, braune Ufer des Nationalsozialismus gespült wird. Ist er vorher zwischen Rennbahn und Kneipe hin- und hergependelt, so verläuft seine Spur jetzt von der Kneipe zum Versammlungslokal und von dort zurück in die Kneipe. Er ist unermüdlicher Kämpfer, weniger aus Passion als aus Widerwillen vor seinem Zuhause, wo er nur noch Schlafbursche und oft auch nicht einmal das ist. Seine Frau ist nur ein Haustier, das zu arbeiten und alles für ihn zu richten, die materielle Grundlage für sein politisches Faulenzerleben zu schaffen und für die fünf Kinder zu sorgen hat. Obwohl Hille seine Frau gründlich verachtet und es ihr nicht vergessen kann, daß sie sich seinerzeit fest an ihn gehängt hat, nur weil er ihr zwischen zwei Tänzen im dunklen Garten des Lübbener ›Lindenhof‹ zugegebenermaßen zu nahe gekommen ist, schläft er ab und zu bei und wird sofort handgreiflich, wenn sie nicht in allem gefügig ist und sich seine Rücksichtslosigkeit nicht gefallen lassen will, um nicht fortwährend in andere Umstände zu geraten. Irgendwelche zärtlichen Gefühle oder sanftere Regungen seiner Frau gegenüber hat Hille nicht, er ist deren wohl auch gar nicht fähig.

Hille ist weder bemüht, die schmale ökonomische Basis, die das Milchgeschäft bietet, auszuweiten, noch irgendwelche andere Arbeit zu verrichten, er ist jetzt ganz Politiker und bewegt sich dabei auf der gleichen Linie wie die meisten seiner Sturmkameraden, die aus Neigung oder Unfähigkeit arbeitslos sind. Es ist Hille endlich gelungen, ein Stück Kasernenhofdasein in das gegenwärtige Leben zu transponieren, er kann seine Raufhändel jetzt unter dem Hakenkreuzbanner eines politischen Idealismus austragen und seine Insuffizienzgefühle mit dem Glauben an seine Höherrassigkeit kompensieren. Sein Haß gegen Juden stammt – wie andere Ansichten, Erfahrungen, Meinungen auch – aus Erfahrungen allerpersönlichster Art, die er auf alle Juden überträgt. Es ist nicht uninteressant, diese Erfahrungen aufzuzeigen, um an ihnen die Hille eigene Art, logische Folgerungen zu ziehen, kennenzulernen und hierdurch seine Geistesverfassung zu charakterisieren. Als Hilles Frau wieder einmal schwanger ging, stellte ihn der jüdische Arzt, der um die Ecke herum in der Thaerstraße wohnte und bei dem seine Frau in Behandlung war, zur Rede und forderte ihn auf, dafür zu sorgen, daß seine Frau nicht mehr die schweren Milchkannen zu heben brauche, im übrigen empfehle er ihm einige Zurückhaltung in gewisser Beziehung. Hille verbat sich diese Einmischung in seine ehelichen Verhältnisse und verbot dem unverschämten Juden kurzerhand das Haus. Daß seine Frau wenig später eine Fehlgeburt hatte und sich ein schweres Unterleibsleiden zuzog, war ein unberechenbarer Zufall und nur auf ihre zunehmende Zimperlichkeit zurückzuführen. Die zweite Erfahrung, die Hilles Judenhaß bestärkte, machte er mit dem Besitzer des Hauses, in dem der Milchladen gelegen war und der das Unglück hatte, Levinsohn zu heißen. Dieser freche hebräische Gauner hatte sich erdreistet, Hille wegen der Mietrückstände zu mahnen und, da er auf diese Mahnung nicht reagierte, sogar zu verklagen.

So weist das Charakterbild bereits alle die Züge auf, an denen das deutsche Wesen Hitlerscher Prägung späterhin fast ganz Europa genesen lassen wird.

Das Jahr 1933 ist eigentlich der Höhepunkt im Leben Hilles. Der Rausch der Macht, der Triumph über alle Gegner sind überwältigende Gefühle, sie weichen später der ruhigen, gleichmäßigen Aufwärtsentwicklung, der vollkommenen Aufsaugung des Volkes und der Durchtränkung des gesamten Lebens der Nation mit der braunen Lauge der nationalsozialistischen Ideen. Hille leitet im März 1933 noch den Boykott gegen die jüdischen Geschäfte in der Frankfurter Allee, bildet selber und überwacht die Absperrketten um die Kaufhäuser Tietz und Brünn, er führt seinen Sturm noch bei der heldenhaften Aktion in der Grenadierstraße, bei welcher einige alte Juden verprügelt und ihrer Bärte beraubt werden, aber dann verschwindet er von der Straße, er wird zwar noch zum Sturmbannführer der SA ernannt, scheidet aber sehr bald aus dem aktiven Verband aus, da die SA bald nicht mehr als standesgemäß und als die proletarische Organisation der Partei angesehen wird. Hille widmet sich nun ganz der Parteiarbeit, wird Block- und dann Zellenwalter und übt sogar einen Beruf aus: er wird Referent in der Kreisleitung der Deutschen Arbeitsfront. Zwar bringt er keine Sachkenntnis und noch weniger Fleiß mit, und er hat auch gar nicht die Absicht, sich erstere anzueignen und letzteren zu üben, aber die Arbeit läuft von ganz allein, eine tüchtige Sekretärin erledigt alles für ihn, er hat nur seinen Namen unter Schriftstücke zu setzen, und im übrigen ist er von jeher der Ansicht gewesen, daß sich die Zahl der Fehlerquellen ganz von selbst verringert, je mehr er das Volumen an Arbeit zu beschränken weiß. Es ist ja alles so einfach, und es gibt nichts, was nicht genau vorgeschrieben oder angeordnet wäre, es ist alles bis aufs I-Tüpfelchen geregelt, man braucht nichts anderes als ein gutes Gedächtnis zu haben, wann und wie die vielen Vorschriften, Ausführungsbestimmungen, Anordnungen, Richtlinien, Verfügungen, Erlasse, Befehle anzuwenden sind. Das wunderbarste aber ist die große Verantwortungslosigkeit, weil alles von oben herab angeordnet wird, man ist nur ausführendes Organ, Initiative ist nicht nur nicht notwendig, sie ist sogar unerwünscht, denn alles muß einheitlich ausgerichtet und gleichgeschaltet sein, es gibt keine Meinungen und keine Ansichten, keine Kritik und keinen Widerspruch. Es geschieht alles gemäß, pflichtgemäß, befehlsgemäß, weisungsgemäß, ordnungsgemäß, nur das Wort gewissensgemäß ist in diesem Vokabular nicht enthalten. Hille faßt sein Amt als ein Instrument der Macht auf, das von oben her gelenkt und nach unten mit aller Schärfe angewandt wird.

Es ist ein herrliches Leben für den Subalternmenschen Hille. Er spricht in Versammlungen, und nichts ist einfacher als das. Die Reden werden oft im Manuskript fix und fertig geliefert, immer aber sind sie im Thematischen genau umrissen, und man hat nur nötig, sie ein wenig auswendig zu lernen, aber auch das ist nicht schwer, denn der Inhalt der Reden ist – abgesehen von den jeweiligen Aktualitäten – immer derselbe, Zeitung und Rundfunk liefern überdies genug Anhaltspunkte, die man unbedenklich verwenden kann, da sie aus denselben trüben Quellen schöpfen.

An dieser Stelle muß die Frage aufgeworfen werden, ob Hille von dem, was er spricht und zu glauben vorgibt, wofür er angeblich kämpft und arbeitet, auch tatsächlich überzeugt ist. Die Antwort ist nicht schwer. Selbstverständlich glaubt er nicht daran, so dumm ist er nicht, er kennt sich selber recht gut und vermag auch die Gestalten einigermaßen zu beurteilen, die jetzt von der braunen Welle nach oben gehoben worden sind, es sind ja durchweg ehemalige Sturmkameraden oder Freunde aus anderen Stürmen, die jetzt in den Staats- und Magistratsverwaltungen, Partei- und Arbeitsfrontdienststellen sitzen, alte Kämpfer, wie sie sich selbst nennen und dann diesen Titel sogar offiziell erhalten, die als Eignung für den Posten nur ihre Gesinnung und ihr Mitgliedsbuch mitbringen. Er weiß, daß viele von ihnen verkommene Subjekte, Trinker, Defraudanten, Nichtskönner und Nichtstuer sind, und wenn er selber in den Spiegel blickt, muß er sich ob des eigenen Aufstiegs selbst ins Gesicht grinsen. Dieses Wissen um seine eigene Erbärmlichkeit und die der anderen erzeugt in ihm nur eine maßlose Verachtung für die Masse des Volkes, das ihnen auf den Leim gekrochen ist und immer noch schön brav und artig auf der Leimrute sitzt, sich immer wieder düpieren läßt und die braune Führerschar respektiert. Hille hat die suggestive Macht der Wiederholung, die den Glauben erzeugt, erkannt, und so wie sein Führer jede Rede damit beginnt, daß er einst ein unbekannter Soldat gewesen ist, ehe er sich entschloß, Politiker zu werden, so erinnert Hille immer wieder daran, daß nur der Nationalsozialismus das deutsche Volk vor dem Sturz in den Abgrund bewahrt, daß nur eine Schar unermüdlicher und uneigennütziger, von großen Idealen geleiteter Männer das Rad der Geschichte in letzter Minute herumgerissen habe. Die zahllosen Gemeinplätze und Schlagworte, die die Schulungsbriefe und das ›Arbeitertum‹ liefern, gehen ihm glatt von der Zunge, er glaubt sie schließlich beinahe selber. Wenn Hille auf der Rednertribüne in einer Werkhalle oder einem Versammlungslokal steht und den Blick über die Masse gleiten läßt, während seine Zunge ganz mechanisch die hundertmal heruntergeleierten Redensarten einmal mehr formt, dann muß er sich mühsam beherrschen, um nicht ein höhnisches Grinsen in die andächtig zu ihm erhobenen Gesichter zu schleudern. Wer ihn bei seinen Reden aus nächster Nähe beobachtet, kann mühelos feststellen, daß er auch in der scheinbar größten Erregung ganz kalt und innerlich unbeteiligt bleibt, weil er dieses Theater schon oft aufgeführt hat und seines Erfolges sicher ist. Das Gefühl der Macht wird immer mehr die alles übertönende Saite in ihm, ihre Erhaltung und Festigung das Ziel der politischen Arbeit. Es ist nebensächlich, worauf die Macht sich aufbaut, ob sie in der unheimlichen Drohung der Gestapo oder in der Furcht vor wirtschaftlichen Nachteilen, in den Bajonetten des neu erstandenen Reichsheeres oder in den Herzen des Volkes begründet ist, wenn er durch die Menge schreitet und sie ihm eine Gasse bildet. Wenn er die Standarte durch die Straßen führt und alle Hände sich zum Deutschen Gruß aufrecken, dann ist es ihm völlig gleichgültig, ob es aus Ehrfurcht oder Angst geschieht, wichtig allein ist, daß es geschieht. Welch berauschendes Gefühl, angestaunt, bewundert, respektiert, geachtet oder auch gefürchtet und gehaßt zu werden. Achtung wie Haß beweisen, daß er nicht mehr ein unbedeutender Jemand ist, sondern sich schon über die Masse erhoben hat und unter sich blicken darf.

Der politische Aufstieg Hilles hat tiefgehende Veränderungen in seinem Privatleben zur Folge. Das Milchgeschäft am Weidenweg verkauft er noch im Jahre 1933 und bezieht in der Kniprodestraße eine prächtige Vierzimmerwohnung, deren Eßzimmer allein den mehrfachen Wert des Milchgeschäftes samt Einrichtung und Ware und anschließender Wohnung hat. Diese neue Wohnung ist Eigentum eines Reichstagsabgeordneten, der doppelt belastet ist, da er Sozialdemokrat und Jude ist, er ist in der Nacht des Reichstagsbrandes verhaftet und in das Konzentrationslager Dachau gebracht worden, wo er bald vom Leben zum Tode gebracht wird. Sein Bruder, der Anspruch auf den Nachlaß erhebt, wird mit Drohungen und dem Hinweis auf das Schicksal des Verstorbenen dazu gebracht, ihm die Wohnung für einen lächerlich geringen Preis zu überlassen. Es ist im kleinen wie im großen, man setzt den Gegner unter Druck, zuerst legt man ihm noch Sammetpfötchen ins Genick, indem man nicht »Ich werde …«, sondern »Ich könnte mir denken …«, nicht »Ich weiß …«, sondern »Wenn ich mich recht erinnere …« sagt. Wenn sich der Nacken nicht willig beugt, wird man massiver, droht und erpreßt, bis der Gegner weich wird. Ist man aber schließlich soweit gekommen, geht alles ganz gesetzmäßig weiter, alle Formalien des bürgerlichen Rechts werden peinlich genau beachtet, und es ist eine hundsgemeine Verleumdung, daß Hitler-Deutschland kein Rechtsstaat ist. Zwischen Hille und dem Rechtsnachfolger des im KZ Verblichenen wird ein Kaufvertrag geschlossen, ein Notar ist zugegen, um ihn zu beglaubigen, und Hille erlegt den Kaufpreis in gültigen Banknoten des Deutschen Reiches, er ist somit rechtmäßiger Besitzer einer arisierten Vierzimmerwohnung. Der Umzug hat auch den Vorteil, daß er sich aus der alten

Umgebung am Weidenweg, wo er zu bekannt ist, lösen kann, und wenn auch die Kniprodestraße vom Weidenweg nur zehn Minuten entfernt ist, so sind es doch zehn Berliner Minuten, und das bedeutet fast soviel, als wenn auf dem Lande zwei Dörfer stundenweit voneinander liegen. Immerhin findet sich auch hier eine Stimme, die von seinen Vorstrafen wissen will, aber das läßt sich Hille nicht gefallen, er zerrt den Verleumder vor Gericht, und siehe da, das polizeiliche Führungszeugnis Hilles ist unbefleckt wie das eines neugeborenen Kindes. Es ist keine Zauberei, keine Hexerei im Spiele, das ist nur einer der Tricks des Dritten Reiches, der natürlich vor Gericht nicht zur Sprache kommt. Ein geheimer Erlaß des Innenministeriums hat nämlich verfügt, daß die Vorstrafen verdienter Nationalsozialisten in den Strafregistern zu löschen sind.

Hille ist jetzt ein den Staat erhaltender und den Staat repräsentierender Bürger geworden, aber an seine bürgerliche Wohlanständigkeit glaubt er selbst nicht, er wird noch immer von denselben Triebkräften beherrscht, und er macht Politik mit den gleichen Mitteln, nur die Nuancen ändern sich: er säuft jetzt nicht mehr in Kneipen, sondern bei Gerold oder Kempinski oder gar zu Hause, er macht seine erotischen Ausflüge nicht mehr nach der Mulack- und Steinstraße oder zu den Gelegenheitsnutten an den Rändern des Friedrichshaines, sondern zur Halbwelt der Friedrichstraße und des Kurfürstendamms, er steht in Karlshorst oder Ruhleben nicht mehr am Sattelplatz, sondern sitzt breit und gewichtig auf der Zieltribüne. Er ist sogar stolz auf seine Frau, als ihr in einer NSV-Feierstunde das silberne Mutterkreuz um den abgemagerten Hals gehängt wird, und wenn ihm auch seine fünf Kinder recht gleichgültig sind, so kann er mit ihnen doch beweisen, daß er für seine Person die Bevölkerungspolitik des Führers schon längst praktisch in die Tat umgesetzt hat.

Hille ist ein treuer Gefolgsmann Adolf Hitlers und einer der zahlreichen Garanten des Dritten Reiches, das ihn sozial gehoben hat und das er schon um seiner eigenen Person willen verteidigen muß. Er sieht – zum ersten Male in seinem Dasein – seinen Lebensweg vor sich, er führt geradewegs in die Pensionsberechtigung, aber von ihm zweigen vor diesem Ziele noch hier und da kleine Seitenwege ab, die in das gelobte Land der ewig unbefriedigten Wünsche führen.

Der Ausbruch des Krieges erweckt in ihm zunächst zwiespältige Gefühle, er bringt Unruhe in den gleichmäßigen Ablauf seines Lebens, eine unbestimmte Ahnung steigt in ihm auf und würgt ihn manchmal in unruhigen Nachtstunden, die nicht von alkoholischen Nebeln verschleiert sind. Aber die Ahnungen und Zweifel werden durch den Blitzsieg über Polen erstickt, sie werden wesenlos, als die nordischen Länder, Holland, Belgien und Frankreich niedergeworfen werden, und sinken vollkommen ins Vergessen, als die Stöße der deutschen Heere, die auszogen, um Danzig wieder deutsch zu machen und den Polnischen Korridor aufzuschließen, bis nach Moskau und Alexandrien führen. Hille sieht das heilige deutsche Reich europäischer Nation entstehen, von Narvik bis Gibraltar, von Archangelsk bis Baku und mit Sicherungsvorposten in Aden und Dakar, er ist sich mit seinen Kollegen und Parteigenossen vollkommen einig darüber, daß es nichts gibt, was dem Siegeszug der Armeen Adolf Hitlers und seiner Feldherrnkunst widerstehen kann. Aber dann geht es plötzlich nicht mehr weiter, es geht sogar zurück, in Rußland und Afrika, zuerst sind es nur taktische Rückzüge, Frontbegradigungen, Stellungsverbesserungen, Absetzbewegungen, Verkürzungen der Nachschublinien, Ausweichmanöver, aber Hille ist immerhin ein alter Frontkrieger, und seine Erfahrungen aus dem ersten Weltkrieg warnen ihn. Sind da nicht überraschende Parallelen mit dem ersten Weltkrieg? Der unaufhaltsame Siegesmarsch bis ins Herz der feindlichen Länder, dann Stillstand und schließlich die Serie der Rückschläge, die materielle Überlegenheit der Gegner mit ihren Schwärmen von Panzern und Flugzeugen, das Scheitern des Unterseebootkrieges und endlich der Abfall der Bundesgenossen? Die Fronten sind zwar noch weit von der Heimat entfernt, aber der Arm des Krieges langt diesmal weit über die Front bis in die Heimat hinein. Es sind nicht nur die feindlichen Flugzeuge, die den deutschen Himmel verdunkeln, es ist mehr die Stimme der Wahrheit und des Gewissens der Menschheit, die trotz aller Störsender von den feindlichen Radiostationen durch den Äther dringt und den Nebel durchstößt, der sich um Gehirne gelegt hat.

Mehr noch als den äußeren Feind beginnt Hille den Gegner im Innern des Landes zu hassen, den Verneiner, den Skeptiker, den Defätisten, denn jeder von ihnen unterminiert das Fundament, auf dem auch er sein Leben fest gegründet hat. Jedes Nein, jede Dosis Skepsis bricht ein Steinchen aus diesem Fundament, schlimmer als Mord und Vergewaltigung sind die Vergehen, die im Jargon des Freislerschen Volksgerichtshofes als Wehrkraftzersetzung und Feindpropaganda bezeichnet werden. Die Auflösung der menschlichen Beziehungen hatte in der Kampfzeit begonnen, der Krieg hatte sie beschleunigt, die Kette der ununterbrochenen Rückschläge vollenden nun ihren völligen Niederbruch. Hille richtet sich ganz auf ein neues Ziel aus: auf die Unschädlichmachung solcher Personen, die nicht alle Kraft für den Endsieg einsetzen. Kein Mittel ist ihm zu gering, kein Weg zu krumm, er trägt seine braune Uniform nur noch bei bestimmten Gelegenheiten oder dienstlichen Anlässen, er geht regelrecht auf Jagd. Er sitzt mit unbeteiligter Miene und gespitzten Ohren in Friseurgeschäften, Restaurants und in der S-Bahn, er mischt sich unter die Arbeiter, die nach Feierabend aus den Fabrikportalen strömen, und knüpft überall Gespräche an, er schleicht über Treppen und lauscht an den Türen, er überliefert zahlreiche Personen der Gestapo, Rundfunkhörer, die ausländische Sender hören, Juden, die sich dem Abtransport nach dem Osten entzogen haben und illegal leben, Leute, die unmutige Bemerkungen über die Führung des Reiches machen, Soldaten, die von der schlechten Stimmung an der Front sprechen, Frauen, die beim Anstehen über die braunen Bonzen schimpfen, er schießt in der Elbinger Straße einen amerikanischen Flieger nieder, der sich durch Fallschirmabsprung gerettet hat, und überliefert gleichzeitig zwei Frauen und einen Mann der Gestapo, die sich schützend vor den Amerikaner gestellt haben, er ergreift einen alten Arbeiter, der ein abgeworfenes englisches Flugblatt weiterreicht. Hille ist wie besessen, er ähnelt fast einem von Lykanthropie Befallenen, aber er ist jetzt nicht mehr als ein Schmierenschauspieler, der seine Schlußszene spielt, während rings um ihn bereits die schäbigen Kulissen abgebaut werden, und der sich der Unglaubwürdigkeit seiner Rolle bewußt ist. Während er nach außen hin, wenn er nicht gerade auf Jagd ist, noch eine unerschütterliche Siegeszuversicht zur Schau trägt, bröckelt sein Optimismus mehr und mehr ab, er fühlt den Boden unter den Füßen schwanken, er sieht alles in Frage gestellt. Er klammert sich verzweifelt an jede günstige Nachricht, er stürzt sich wie ein Verdurstender auf das ›Reich‹, um aus den Goebbelsschen Leitartikeln Hoffnung zu trinken, aber das Verhängnis kommt Schritt für Schritt näher, es scheint nicht mehr aufzuhalten, es streckt schon seine Hand nach ihm aus. Auch die Verleihung des Kriegsverdienstkreuzes und die Berufung zum kommissarischen Ortsgruppenleiter vermögen ihn nur vorübergehend hochzureißen. Hille ist ganz angefüllt mit Wut, Haß, Rachsucht, in ihm glüht der Wille zur Vernichtung alles Lebens, er weiß, daß es um ihn geschehen ist, daß es für ihn nicht den Ausweg der ganz großen Bonzen gibt, die sich seit Tagen mit vollbepackten und hochbeladenen Autos über die Heerstraße in westlicher Richtung in Sicherheit bringen. Er kann sich nicht damit abfinden, daß andere leben sollen, wenn er in den Orkus hinab muß, deshalb blättert jetzt alle äußere bürgerliche Wohlanständigkeit wie loser Putz ab, löst sich der Begriff Gemeinschaft wie Rauch auf, und die nationalsozialistische Bestie läuft Amok durch die Straßen Berlins.

XIV

15. April, 22.00 Uhr

Klose öffnet die Wohnungstür.

»Ja, was ist ... Ach, du bist es, Fritz. Komm rein.«

Wiegand tritt ein, legt Hut und Mantel ab und stellt den Koffer in eine Ecke.

»Was ist denn los?« fragt Klose. »Mit Koffer? Ist was pasisert?«

Er geht an die Tür, die in das Restaurant führt, und klinkt auf. »Kannst wieder nach hinten kommen, Joachim.«

»Noch ist nichts geschehen«, antwortet Wiegand und setzt sich schwer auf einen Stuhl. »Aber ich glaube, sie sind mir auf der Spur. Guten Abend, Lassehn.«

Lassehn ist eingetreten und hat Wiegand die Hand entgegengestreckt. »Guten Abend, Herr Wiegand.«

»Kommt der Doktor heute abend?« fragt Wiegand und wendet sich an Klose. »Hat er angerufen?«

»Bisher nicht«, sagt Klose und blickt auf die Uhr. »Ist ja noch früh, gerade erst zehn. Jetzt möchte ich aber wissen, was los ist, Fritz.«

Wiegand erzählt in kurzen, klaren Sätzen. »So, nun weißt du Bescheid, Oskar. Für heute nacht möchte ich bei dir bleiben. Kannst du es einrichten?«

»Muß eben gehen«, antwortet Klose schnell, »in der Kammer habe ich noch ein altes Feldbett, das stellen wir hier oder in der Küche auf. Bist du sicher, daß dir niemand gefolgt ist?«

»Ziemlich sicher«, erwidert Wiegand. »Da war zwar so ein Kerl mit einem Rucksack, mit einem undefinierbaren Gesichtsausdruck, weißt du, so als ob einer sich Mühe gibt, harmlos zu erscheinen, und er hatte seltsamerweise den gleichen Weg wie ich. Kann ja ein Zufall gewesen sein, nach dem Alarm habe ich ihn dann nicht mehr gesehen. Ich bin vorsichtig gewesen, Oskar, kannst du mir glauben, ich weiß ja, was davon abhängt.«

»Ist dir jemand vor der Haustür begegnet oder auf dem Hof?« fragt Klose.

»Begegnet? Nein, nur im Hausflur standen ein paar junge Burschen«, antwortet Wiegand.

»Wir müssen verflucht vorsichtig sein«, meint Klose, »der Sasse, das Schwein, machte gestern im Luftschutzkeller ein paar anzügliche Bemerkungen. ... Das ist der Doktor!« Zwei kurze und zwei lange Klingelzeichen ertönen im Flur. »Machst du mal auf, Joachim?«

»Selbstverständlich!« Lassehn springt auf, er ist froh, daß er sich einmal nützlich machen kann, und wenn auch nur eine Tür zu öffnen ist.

Dann sitzen sie um den Tisch herum, Klose, Wiegand, Dr. Böttcher, Lassehn. Klose hat ein Spiel Karten aufgeteilt, Wiegand und Dr. Böttcher haben je zehn Karten vor sich liegen, Klose hält zehn Karten in der Hand, fächert sie spielerisch auseinander und schiebt sie wieder zusammen, in der Mitte des Tisches liegen zwei verdeckte Karten, außerdem hat jeder Geld neben sich liegen, ein paar Scheine und eine Anzahl Münzen.

»Was hat das zu bedeuten?« fragt Lassehn, der das Verteilen der Karten mit Erstaunen verfolgt hat. In dieses Erstaunen mischt sich auch eine bange Vermutung, daß diese drei Männer vielleicht doch nicht mehr als eine politisierende Skatrunde sind.

»Wir sind eine Skatrunde, mein Junge«, sagt Klose und grinst von einem Ohr bis zum anderen, »eine ganz harmlose Runde, verstehst du?«

»Offen gestanden, nein«, antwortet Lassehn.

»Wir müssen immer mit der Möglichkeit rechnen«, sagt Dr. Böttcher, der neben Lassehn sitzt, und legt eine Hand leicht auf seine Schulter, »daß ein Fremder kommt, eine Kontrolle oder Razzia oder sonst etwas, und da sind Skatkarten gewissermaßen unser Alibi. Skatspielen ist bis jetzt noch nicht verboten worden.«

Lassehn lächelt verstehend. »Aber ich habe ...«

»Nein, du hast keine Karten, Joachim«, fällt Klose ein, »erstens wird Skat zu dritt gespielt, und zweitens hast du ja wohl keinen Ausweis, mit dem du dich sehen lassen kannst. Dich müssen wir sowieso verstecken. Kapiert?«

»Durchaus«, sagt Lassehn. »Wohin soll ich denn verschwinden, wenn …«

»Nach vorn«, sagt Klose und deutet mit dem Kopf nach der Tür, die ins Lokal führt, »und dann in den Keller.«

»Ist irgend etwas im Gange?« fragt Dr. Böttcher.

»Nicht direkt, Doktor«, sagt Klose, »aber Vorsicht ist die Mutter der Porzellankiste, außerdem ist Wiegand jetzt endgültig illegal.« Dr. Böttcher wendet sich Wiegand mit einem Ruck zu. »Ist man Ihnen auf den Fersen, Wiegand?«

»Ich nehme es an«, antwortet Wiegand.

»Hinter wem sind sie denn her?« fragt Dr. Böttcher weiter. »Hinter Franz Adamek oder Friedrich Wiegand?«

Wiegand hebt die Schultern. »Ich nehme an, daß es mit meiner Tätigkeit in Karlshorst zusammenhängt, aber die andere Möglichkeit ist nicht von der Hand zu weisen. In diesem Falle … ja, ich muß meine Frau unter allen Umständen warnen.« Er schweigt für ein paar Sekunden und furcht die Stirn. »Lassehn, Sie könnten mir einen großen Dienst erweisen.«

Lassehn beugt sich eilfertig vor. »Furchtbar gern, Herr Wiegand. Was kann ich für Sie tun?«

»Ich möchte Sie bitten, morgen nach Eichwalde zu fahren und meiner Frau bestimmte Informationen zu bringen, Sie müssen aber sehr vorsichtig sein, denn mein Haus wird möglicherweise scharf beobachtet. Trauen Sie sich das zu?«

Lassehn nickt. »Zwar war ich noch nicht in … Wie heißt der Ort?«

»Eichwalde, eine Station hinter Grünau, Sie können von Grünau mit der Görlitzer Vorortbahn oder mit der Straßenbahn sechsundachtzig bis Schmöckwitz fahren, ich sage Ihnen noch genau Bescheid.«

»Ihre Illegalität wirft ganz neue Perspektiven auf«, sagt Dr. Böttcher nachdenklich. »Zunächst einmal müssen Sie untergebracht werden.«

»Die Frage ist schon gelöst, edler Doktor«, sagt Klose, »Wiegand bleibt bei mir.«

»Und der junge Mann?« fragt Dr. Böttcher und blickt auf Lassehn.

»Ist der Dritte im Bunde«, antwortet Klose, »es wird schon gehen.«

»Ich halte es nicht für ungefährlich, zwei Leute bei Ihnen unterzubringen«, gibt Dr. Böttcher zu bedenken, »ich bin auch der Meinung, daß wir unsere Zusammenkünfte wieder einmal woanders abhalten sollten, vor allen Dingen aber ist es grundfalsch, lieber Klose, daß Sie sonntags den Laden geschlossen halten. Wenn jemand durch die Ladentür zu Ihnen kommt, so ist das nichts Außergewöhnliches, wenn aber der Hintereingang des öfteren benutzt wird, so kann das auffallen. Wir machen einen schweren Denkfehler, wenn wir uns bereits in Sicherheit wiegen, es ist falsch, anzunehmen, daß die Bande jetzt, da sie mit einem Fuß schon im Grabe steht, resigniert und die Karre laufen läßt. Genau das Gegenteil ist der Fall, sie sind jetzt wie tolle Hunde, es kommt ihnen gar nicht darauf an, ein paar Unbeteiligte mit umzulegen. Deshalb müssen wir besonders vorsichtig sein, vor allem darf, wenn einer ergriffen werden sollte, keine Verbindung zur Gruppe erkennbar werden.«

»Ich hätte heute Gelegenheit gehabt, Verbindung zu einer anderen Gruppe aufzunehmen«, berichtet Wiegand, »in einem Luftschutzkeller in der Petersburger Straße bin ich mit einem alten Genossen bekannt geworden, den ich zwar nicht kenne, der aber mich – nach seinen Angaben – von früher her kennt.«

»Und weshalb haben Sie die Verbindung nicht aufgenommen?« fragt Dr. Böttcher.

»Der Mann, von dem ich sprach, ist sicher zuverlässig«, antwortet Wiegand, »ich weiß aber nicht, ob er auch geschickt und vorsichtig genug ist, ich wollte auch nichts unternehmen, ohne erst mit euch gesprochen zu haben.«

»Lasse ich ohne weiteres gelten«, sagt Dr. Böttcher, »wir müssen andererseits jetzt aber auch aus unserer Isolierung mehr heraustreten, eine Vergrößerung unseres Aktionsradius und eine Vereinheitlichung unserer Arbeit tun sehr not. Ich bin der Meinung, daß wir unsere Kräfte jetzt konzentrieren müssen, denn es geht mit Riesenschritten dem Ende zu. Sie wollen etwas sagen, Herr Lassehn?«

Lassehn hat sich mit einer schüchternen Handbewegung bemerkbar gemacht. »Ja«, sagt er, »wenn ich einmal dazwischenreden darf, Herr Doktor ...«

»Bitte«, sagt Dr. Böttcher und nickt ihm ermunternd zu.

»Schieß los«, fordert Klose ihn auf und blickt ihn gespannt lächelnd an.

»Ich möchte mich gern an Ihrer unterirdischen Arbeit beteiligen«, sagt Lassehn ernst.

»Mein lieber Junge, das ist kein romantisches Versteckspiel, Trapper und Indianer und so«, sagt Klose und lächelt nicht mehr, »das ist eine verdammt ernste und gefährliche Sache, die Kopf und Kragen ...«

»Augenblick mal, Oskar«, unterbricht ihn Wiegand, »das allein ist nicht das Entscheidende, außerdem ist sich Lassehn darüber sicher klar, daß unsere Tätigkeit um Tod und Leben geht. Bevor wir Ihr Anerbieten, sich an unserer Arbeit zu beteiligen, überhaupt erwägen«, wendet er sich an Lassehn und blickt ihn dabei unverwandt an, »muß ich Sie fragen, aus welchen Gründen Sie das tun wollen, werden Sie von der Sucht nach Abenteuern geleitet oder gebietet Ihnen Ihre Gesinnung das?«

Lassehn hält dem Blicke stand. »Nicht aus Abenteuerlust, Herr Wiegand«, antwortet er, »mein Bedarf an Abenteuern ist reichlich gedeckt, das dürfen Sie mir glauben, aber eine Gesinnung ...« – er senkt den Kopf wie beschämt – »nein, die ist bei mir erst noch im Werden.« Er hebt den Kopf mit entschlossener Bewegung und sucht Wiegands Blick. »Aber ich weiß, was mich treibt: der Haß auf dieses verfluchte Hitler-Regime.«

Dr. Böttcher nickt ihm zu.

»Haß ist ein guter Motor, Lassehn, er muß aber mit Überzeugung gespeist werden«, meint er ein wenig nachsichtig. »Haben Sie sich auch überlegt, mit wem Sie hier an einem Tisch sitzen und zusammenarbeiten wollen?«

Lassehn blickt ihn fragend an. »Ich denke doch mit Ihnen, Herr Wiegand ...«

»So meine ich das nicht«, fällt Dr. Böttcher ein, »ich meine, welche Delikte Sie mit uns begehen würden, wenn Sie an unserer Arbeit teilnehmen? Hochverrat, Landesverrat, Wehrkraftzersetzung, Vergehen gegen das Heimtückegesetz, Vergehen gegen das

Gesetz zum Schutze von Volk und Staat, Verbreitung feindlicher Nachrichten und ... Mehr brauche ich ja gar nicht zu sagen. Wegen jedes Deliktes legt man Ihnen unbarmherzig den Strick um den Hals, wenn man Sie erwischt. Sind Sie sich darüber klar?«

»Durchaus«, bestätigt Lassehn mit einem Nicken, und für einen Augenblick läuft ein Lächeln über sein Gesicht. »Im übrigen kommt es auf ein Delikt mehr oder weniger nicht an, denn allein durch meine Desertion habe ich schon mein Leben verwirkt.«

Dr. Böttcher blickt Lassehn prüfend an. »Und Sie wollen sich nicht wieder bei der Truppe als Versprengter melden?«

Lassehn schüttelt den Kopf. »Nein, ich habe ein für allemal die Brücken hinter mir abgebrochen, es kann keinen Weg zurück mehr geben, Herr Doktor. Ich will nicht pathetisch werden, aber ich muß Ihnen sagen, mich hat etwas gepackt, ich möchte es fast einen heiligen Zorn nennen. Bisher waren in mir nur Abscheu, Abwehr, Distanzierung, aber das ist nicht genug, es drängt mich jetzt zum Handeln, mir ist, als wäre plötzlich ein Schleier weggezogen.«

»Der Junge ist in Ordnung«, sagt jetzt Klose, »und wenn er manchmal ein bißchen schüchtern ist, Courage hat er doch, und er läßt sich nicht so leicht an den Wimpern klimpern. Wie er gestern so die Knarre rausgeholt hat und mir 'ne blaue Bohne in meinen jungfräulichen Körper pusten wollte ...«

»Sie wollten Klose ...«, beginnt Wiegand erstaunt.

»Ich hatte doch gar keine Ahnung, mit wem ich es zu tun hatte«, entschuldigt sich Lassehn, »denn Herr Klose ...«

»Mensch, Joachim, drück dich nicht so gewunden aus«, fällt Klose lachend ein. »Ich hatte gleich richtig getippt, daß er von der Front getürmt ist«, sagt er wie erklärend zu Dr. Böttcher und Wiegand, »und da hatte er Angst, daß ich ihn hochgehen lasse. War dein gutes Recht, Junge, hat mir sehr imponiert! Das ist auch meine Devise, wenn ich schon hochgehe, dann nehme ich noch ein paar von den Brüdern mit.«

»Sind Sie fertig, Klose?« fragt Dr. Böttcher ein wenig ungeduldig. »Ich möchte nämlich auf das eigentliche Thema zu sprechen kommen.«

»Man zu«, sagt Klose, er ist nicht gekränkt und lacht in seiner breiten Art.

»Ich sprach vorhin davon, daß wir unsere Arbeit konzentrieren und gleichzeitig auf eine breitere Basis stellen müssen, ich halte es für die vordringlichste Aufgabe, auf den Volkssturm Einfluß zu gewinnen. Der Volkssturm darf, wenn es zum Kampf um Berlin kommen sollte, in seinem und unser aller Interesse nicht kämpfen, in seinem eigenen Interesse nicht, weil er völlig unzureichend bewaffnet ist und keine Erfahrung im Kampf hat, er würde einfach überwalzt werden. Auch wenn es sich um eine gute und gerechte Sache handelte, wäre es ein sinn- und aussichtsloser Kampf, um wieviel mehr noch, da jeder Schuß, der von uns abgegeben, jede Granate, die abgeschossen wird, die Identifizierung mit dem barbarischsten System der Weltgeschichte bedeutet. Wir müssen den Volkssturmmännern klarmachen ...«

»Denen machen Sie nichts klar«, unterbricht ihn Klose, »da ist Hopfen und Malz verloren.«

»Wir müssen ihnen klarmachen«, fährt Dr. Böttcher unbeirrt fort, »daß der Krieg so schnell wie möglich beendet werden muß, um zu retten, was noch zu retten ist, wenn unsere Stadt nicht völlig in Trümmer sinken soll, sie müssen erkennen, daß sie Frau und Kind verteidigen, nicht indem sie kämpfen, sondern indem sie die Waffen niederlegen, und von den Volkssturmeinheiten muß der Weg zur Wehrmacht gefunden werden. Daß wir sehr vorsichtig sein müssen, ist selbstverständlich, wir müssen den anderen immer erst abtasten, wie die Boxer zu sagen pflegen, es gehört Fingerspitzengefühl dazu, die richtigen Leute herauszufinden und die passenden Worte zu sagen. Theoretische Erörterungen halte ich für zwecklos, richtig ist es vielmehr, auf jeden ganz persönlich einzugehen, die allgemeinen Folgerungen zieht er, wenn er nicht gerade ausgesprochen asozial ist, ganz von allein. Habe ich mich verständlich ausgedrückt?«

»Durchaus«, bestätigt Wiegand.

»Alles klar wie Kloßbrühe, Herr Professor«, meint Klose.

Dr. Böttcher nickt. »Ich bitte euch, für diese Aufgabe nur die besten Leute anzusetzen, ein einziger Fehlgriff kann verhängnisvoll für alle werden. Wir müssen aber auch immer wieder den resignierenden und depressiven Meinungen entgegentreten, die auf den Satz ›Es hat ja doch keinen Zweck‹ hinauslaufen. Ob unsere Arbeit einen Zweck und einen Sinn hat, können wir gegenwärtig gar nicht beurteilen, dazu stehen wir viel zu sehr mitten im Geschehen selbst, es wird sich später erweisen, aber selbst wenn sie tatsächlich sinn- und zwecklos sein sollte, so sind wir doch verpflichtet, sie zu tun, weil unser Gewissen es verlangt. Es gibt nur drei Möglichkeiten, nämlich erstens, in der Rüstung zu arbeiten oder mit der Waffe zu kämpfen, das heißt also, an dem faschistischen Verbrechen mitschuldig zu werden, zweitens, resignierendes Beiseitestehen oder Abwarten, das heißt, dem Verbrechen Vorschub leisten, und drittens, eine aktive Gegnerschaft. Für uns gibt es nur diese dritte Möglichkeit. Wenn uns entgegengehalten wird, daß wir gegen unser eigenes Vaterland konspirieren, dann kann ich darauf nur erwidern, wenn das unser Vaterland ist, dieser von Hitler und Himmler beherrschte Staat, dann bin ich kein Deutscher mehr, ein Land, in dem Freiheit, Menschlichkeit und Gerechtigkeit überholte Begriffe sind, kann niemals mein Vaterland sein.«

Dr. Böttcher hält inne und räuspert sich. »Das denen zu sagen, die schwankend geworden sind oder werden wollen, ist notwendig, im übrigen sprechen die Tatsachen eindeutig für uns. Ich erwarte die russische Offensive in den nächsten Tagen, und sie wird dann zweifellos bis nach Berlin reichen. Weshalb sehen Sie so bedrückt aus, Herr Lassehn?«

Lassehn hat die Hände fest um die Knie gespannt und den Blick gesenkt. »An dieser Arbeit kann ich noch nicht teilnehmen«, sagt er ehrlich, »das traue ich mir noch nicht zu.«

»Da hätten wir dich auch gar nicht rangelassen, Kleiner«, sagt Klose entschieden, »aber es gibt noch mehr zu tun, zum Beispiel morgen … Ach, morgen willst du ja für Wiegand nach Eichwalde fahren.«

»Aber erst am Spätnachmittag«, sagt Wiegand, »am Tage läßt er sich da draußen besser nicht sehen.«

»Na also, paßt ja großartig«, meint Klose, »da kann er morgen vormittag Flugblätter abholen und zu Ihnen bringen, Doktor.«

Er wendet sich wieder an Lassehn. »Na, denn man rein ins Vergnügen.«

Lassehn will etwas erwidern, aber Dr. Böttcher kommt ihm zuvor. »Unser Freund Klose beliebt sich etwas humoristisch auszudrücken, er hat seine eigene Art, die Dinge zu benennen, aber ich möchte doch noch einmal auf den Ernst – und auch auf die Wichtigkeit – unserer Arbeit aufmerksam machen. Eins merken Sie sich, bitte: Sie haben niemandem Rede und Antwort zu stehen, den Sie nicht ganz genau kennen. Die Gestapo hat überall ihre Helfershelfer, sie tarnen sich so geschickt, daß man sie mitunter kaum erkennen kann. Ich möchte Ihnen bei dieser Gelegenheit einmal eine Begebenheit schildern, die Ihnen klarmachen wird, mit welcher Geschicklichkeit die Gestapo arbeitet.«

Dr. Böttcher schließt die Augen für ein paar Sekunden und stößt dann die Zigarette mit einer entschlossenen Bewegung in den Aschbecher. »In meine Sprechstunde kam vor einigen Monaten ein Mann, etwa fünfunddreißig Jahre alt, groß, kräftig, auffallend gut ernährt, er hatte einen Krankenschein von der Betriebskrankenkasse der BVG und klagte über Magenschmerzen. Ich untersuchte ihn gründlich, konnte aber nichts finden. Nun ist das bei Magenleiden ja nichts Außergewöhnliches, es gibt da Erkrankungen, die äußerst schwierig festzustellen sind, selbst eine Röntgendurchleuchtung gibt da nicht immer voll Aufschluß. Dieser Mann, der sich Altenberger nannte, war zuerst ein Patient wie jeder andere auch, er kam regelmäßig zur Untersuchung, ließ sich etwas verschreiben und sprach nur das unbedingt Notwendige. Ich war ärgerlich, weil ich keine genaue Diagnose stellen konnte, und wollte ihn an einen Facharzt überweisen, aber das wollte er nicht, ich sei ihm empfohlen worden, und er habe Vertrauen zu mir. Auch das ist nichts Ungewöhnliches, ich habe dergleichen des öfteren erlebt, denn Kranke sind unberechenbare Menschen, und Vertrauen zum Arzt ist oft ein besseres Heilmittel als die beste Medizin.

Nachdem dieser Altenberger mich ein paarmal konsultiert hatte, begann er beim fünften oder sechsten Besuch von politischen Dingen zu reden, er sprach zuerst ganz allgemein, um dann deutlicher zu werden, obwohl ich ihn keineswegs ermunterte. Er schimpfte auf Hitler und den verdammten Krieg und erwartete offenbar, daß ich in die Kerbe schlüge. Nun bin ich ungewöhnlich vorsichtig und zurückhaltend und lasse mich nicht ausholen. Ich verwies ihm seine Redensarten. Es bestand natürlich die Möglichkeit, daß der Mann echt war, aber mir fiel doch verschiedenes an ihm auf, und deshalb ging ich aus meiner Reserve nicht heraus.«

»Hör gut zu, Joachim«, wirft Klose ein, »da kannst du was lernen.«

»Die Art, wie jemand seinem Unmut Luft macht, ist eigentlich schon ein untrügliches Kennzeichen«, fährt Dr. Böttcher fort, »denn Schimpfen und Schimpfen ist zweierlei, nämlich ob es mit Überzeugung geschieht oder nach einem vorgefaßten Plan, das ist nämlich etwas, was die meisten Spitzel nicht bedenken. Nicht nur Worte machen das Schimpfen aus, Augen und Stimme, Gesichtsausdruck und Bewegung machen echtes Schimpfen mit, oder aber sie bleiben ziemlich unbeteiligt. Seht ihr, und bei diesem Altenberger lebten die Augen überhaupt nicht mit, in ihrem Hintergrund schien mir immer ein kaltes Lauern zu liegen, und seine Bewegungen und sein Mienenspiel schienen wie gelernt, gerade so, als habe er vor einem Spiegel gestanden und das alles eingeübt.

Aber der Mann ließ trotz meiner ablehnenden Haltung nicht locker, er bohrte und bohrte, und schließlich schimpfte er nicht mehr, sondern sagte ganz offen, er suche Verbindung mit Widerstandsgruppen oder mit Illegalen. Ich fragte ihn, weshalb er sich mit diesem Ersuchen gerade an mich wende, und spielte den Entrüsteten. Darauf meinte er, bei einem Arzt sprächen sich die Leute doch am ehesten aus, und im übrigen sei ich doch als ein Mann bekannt, der mit dem Nationalsozialismus nichts im Sinne habe. Ich sagte empört, daß ich nicht wüßte, wie ich zu diesem Ruf käme, doch darauf lachte er bloß. Ich verbat mir derartige Reden und hoffte, ihn damit loszuwerden, aber der Mann kam wieder und konsultierte mich weiter, aber er sprach kein überflüssiges Wort mehr. Es war ganz offenbar, daß er um mein Vertrauen warb.

Ich wurde schwankend, denn wenn er wirklich ein ehrlicher Gegner des Faschismus war, tat es mir natürlich leid, ihn abgewiesen zu haben, und da ich in allem sehr gründlich bin und den

Dingen unbedingt auf den Grund gehe – Eigenschaften, die allen Ärzten eigen sein sollten –, fragte ich ihn einmal ganz beiläufig, wer ihn eigentlich an mich empfohlen hätte. Das wisse er nicht mehr genau, antwortete er, es sei wohl einer seiner Kollegen gewesen. Nun hatte ich zur damaligen Zeit einige Angestellte und Arbeiter von der BVG als Patienten, und auch früher waren häufig BVGer zu mir in die Sprechstunde gekommen, das war also durchaus möglich.

Ich beschloß jedenfalls, der Sache nachzugehen, es handelte sich hier ja nicht nur darum, einem Achtgroschenjungen keine Handhabe gegen mich zu bieten, ich mußte auch unsere ganze Arbeit umstellen, da viele unserer Leute als Patienten in meine Sprechstunde kamen, um sich Instruktionen und Material zu holen. Auf Altenbergers Krankenschein war als Adresse Neue Königstraße 10 angegeben. Als ich in der Weinstraße einen Krankenbesuch zu machen hatte, fiel mir ein, daß Altenberger ja ganz in der Nähe wohnte, und so fuhr ich mit heran, und da stellte sich heraus, daß das Haus Neue Königstraße 10 vollständig zerstört war, und zwar schon im November dreiundvierzig. Immerhin bestand noch die Möglichkeit, daß das Personalbüro versehentlich seine alte Adresse auf dem Krankenschein vermerkt hatte. Da rechts und links von der Neuen Königstraße ebenfalls alles zerstört und niemand da war, den ich fragen konnte, fuhr ich zum Polizeirevier in der Jostystraße und fragte nach Gustav Altenberger, die Personalien hatte ich auf seinem Krankenschein. Unbekannt, hat nie hier gewohnt, lautete die Auskunft, es stünde überhaupt niemand dieses Namens in der Einwohnerkartei.

Die Sache war also ziemlich klar. Jetzt stellte ich ihn noch auf eine besondere Probe. Als er beim nächsten Besuch wieder über heftige Magenschmerzen klagte, verschrieb ich ihm ein Mittel, das in der verordneten Dosis ungewöhnliche Herzbeschwerden hervorrufen mußte, ich wollte feststellen, ob er das Medikament auch tatsächlich einnahm.

Als er zwei Tage später wieder erschien, fragte ich ihn, wie die Arznei gewirkt habe, und er beteuerte, daß sie ausgezeichnet geholfen habe.

Nun wußte ich Bescheid, der Mann war überhaupt nicht krank, er nahm die verordneten Arzneien gar nicht ein, er kam nur zu mir, um Eingang in eine Widerstandsgruppe zu finden und sie dann auszuheben. Es erhob sich nun die Frage, wie ich ihn loswerden konnte, ohne daß ich mich verdächtig machte, und ich tat, was das Zweckmäßigste in solchen Situationen ist, ich ließ ihn sich totlaufen, das heißt, ich behandelte ihn weiter auf sein angebliches Magenleiden hin und reagierte auf keine Bemerkung. Er sah schließlich wohl das Zwecklose seines Versuches ein, aber er versuchte noch, mich auf anderem Gebiet zu Fall zu bringen, er bat mich nämlich, krank geschrieben zu werden, aber ich weigerte mich, seinem Verlangen zu entsprechen, da ich nichts feststellen konnte. Damit erreichte ich, daß er schließlich wegblieb.

Wie gut ich daran tat, mich auf nichts einzulassen, mag Ihnen die Tatsache beweisen, daß ich Altenberger kürzlich wiedersah, und da trug er SS-Uniform mit dem ominösen SD-Abzeichen. Sie sehen also, daß man nicht vorsichtig genug sein kann. Jemandem ein paarmal die Hand gedrückt zu haben genügt noch lange nicht. Es gibt leider auch unter uns noch manchen, der zu vertrauensselig ist, wenn ihm ein Gesicht des öfteren begegnet, dann ist es schon ein Bekannter, und er lockert sogleich die Zügel, die ihm die Vorsicht anlegt. Das Bedürfnis nach Vertrauen ist ja durchaus verständlich und sehr schätzenswert, aber unter den gegenwärtigen Umständen vollständig unangebracht, man muß die Gabe haben, in die Menschen hineinzusehen, zu erkennen, was echt und falsch ist an ihnen.«

»Sie machen dem Jungen nur angst, Doktor«, sagt Klose, als der Doktor eine Pause einschaltet.

Lassehn schüttelt den Kopf und macht eine abwehrende Handbewegung.

»Wenn ihm davon angst wird«, entgegnet Dr. Böttcher und blickt Lassehn ernst an, »dann soll er lieber gleich die Hände davon lassen. Ich will ihm nur das Bewußtsein vermitteln, daß jeder von uns wie auf einem Drahtseil läuft und unweigerlich in die todbringende Tiefe stürzt, wenn er nicht genau Balance hält. Ich will damit folgendes sagen, Lassehn: Versuchen Sie nicht, zu improvisieren, sondern handeln Sie genau nach den Ihnen erteilten Weisungen, es sei denn, es tritt eine unvorhergesehene Lage oder Gefahr ein, dann allerdings müssen Sie selbst entscheiden. Verstehen wir uns?«

Lassehn nickt.

»Vollkommen, Herr Doktor. Nur eine Frage habe ich noch. Wie weise ich mich Dritten gegenüber aus oder wie mache ich ihnen klar, daß ...«

Dr. Böttcher lächelt.

»Sie bekommen nicht nur ein Kennwort, sondern ein ganzes Bund Schlüsselworte mit auf den Weg, die Sie ausweisen, im übrigen wird Klose Sie eingehend instruieren.« Er macht eine kleine Pause und richtet das Wort wieder an Wiegand. »Jetzt habe ich mit Ihnen noch etwas anderes zu besprechen, lieber Wiegand. Sagten Sie vorhin nicht, daß Sie mit einer anderen Gruppe heute hätten Verbindung aufnehmen können?«

»Ja, aber ich habe noch gezögert«, antwortet Wiegand. »Es ist ein gewisser Richard Schröter aus der Petersburger Straße 12, er ist ...«

»Der Mann ist gut«, fällt Dr. Böttcher lächelnd ein, »sehr gut sogar, er ist unter dem Namen Rumpelstilzchen nicht unbekannt.«

»Sie kennen ihn?« fragt Wiegand erstaunt.

»Ganz genau, er ist nicht nur mein Patient ...«

»Dann sind Sie also der gute Arzt, der ihm Pervitin zu schlukken gibt, bevor er zu den Schindern von der AOK muß.«

Dr. Böttcher ist ein wenig unwillig. »Das hat er Ihnen also erzählt?«

»Ja, aber nur so ganz nebenher und erst, als klar war, wer und was ich bin«, erwidert Wiegand. »Ist es Ihnen unangenehm?«

Die Unmutsfalten auf Dr. Böttchers Stirn haben sich rasch wieder geglättet.

»Vor Ihnen ganz und gar nicht, Wiegand, wir führen unseren Kleinkrieg gegen Hitler und Himmler ja nicht nur mit Waffen, Flugzetteln und Sabotage, sondern auch mit Injektionsspritze und Fälschungen. Der Schröter ist absolut einwandfrei, er ist ein paarmal als Verbindungsmann einer Gruppe bei mir gewesen, die sich ›Ringbahn‹ nennt. Sie haben gute Arbeit geleistet, unter anderem ist der Brand in der Knorr-Bremse ihr Verdienst.«

Wiegand schiebt die Augenbrauen zusammen. »Bei der Knorr-Bremse? Da schmücken sich die Herren mit falschen Federn, denn der Brand ist durch Fliegerangriff entstanden.«

Dr. Böttcher nickt. »Stimmt auffallend, aber es waren nur ein paar Stabbrandbomben und ein Phosphorkanister, rein gar nichts in dem großen Gelände, erst dadurch, daß die Luftschutzgeräte nicht in Ordnung, die Wasserschläuche durchschnitten und die Hydranten mit Sand verschüttet waren, hat der Brand einen solchen Umfang angenommen.«

»Sehr gut«, sagt Klose und reibt sich die Hände, »die Jungens sind richtig.«

»Schröter kommt morgen in meine Sprechstunde«, sagt Dr. Böttcher zu Wiegand. »Wollen Sie nicht auch hinkommen? Sie können sich dann mit Schröter über verschiedenes verständigen, denn er ist auch Verbindungsmann zur Gruppe ›Scala‹ im Westen.«

»Gut, ich komme«, antwortet Wiegand. »Wann?«

Dr. Böttcher überlegt einen Augenblick. »Gegen sechs etwa«, sagt er dann. »Setzen Sie sich ins Wartezimmer, ich nehme Sie als letzten heran.«

»Wird gemacht«, sagt Wiegand, »im übrigen …«

Da gellt der schrille Ton der Flurklingel auf.

»Es klingelt«, sagt Klose und springt auf. »Verflucht noch mal, wer kommt denn jetzt angeschissen, um diese Zeit?«

»Ruhig Blut«, sagt Wiegand.

»… und kalte Füße«, ergänzt Klose. »Los, Joachim, verschwinde. Wollen mal sehen, wer uns die Ehre gibt.«

XV

15. April, 22.30 Uhr

Klose kommt mit einem Mann in das Zimmer zurück. Es ist, als hätten sich hier zwei zusammengefunden aus der reinen Freude am Gegensätzlichen, Klose ist mittelgroß und behäbig breit, der andere ungewöhnlich lang und hager, Klose trägt ein etwas saloppes Zivil, der andere die strammsitzende braune Uniform des Politischen Leiters, Klose spricht langsam und ohne jede Handbewegung, der andere überhastet sich beim Sprechen und fuchtelt wild mit den Armen in der Luft.

»Das ist Herr Sasse, unser Blockleiter und Luftschutzwart«, sagt Klose mit einer Handbewegung, die mehr Hinweis als Vorstellung ist, er hält sich ein wenig hinter dem ungebetenen Gast und wirft Dr. Böttcher und Wiegand warnende Blicke zu.

»Heil Hitler, meine Herren!« sagt der Braune und hebt grüßend die rechte Hand.

Dr. Böttcher und Wiegand murmeln mit halbgeschlossenen Lippen ein paar undeutliche Worte.

Sasse wendet sich zu Klose zurück. »Ihre Verdunklung ist nicht recht in Ordnung, Herr Klose. Wollen doch mal sehen, was damit los ist.« Seine Stimme hat einen wohlwollenden Klang, sie ist wie die eines Lehrers, der kleine Fehler seiner Schüler rügt und sie schon im voraus vergeben hat.

Während Sasse ans Fenster geht und das schwarze Verdunklungsrouleau prüft, indem er es fest gegen den Fensterrahmen drückt, nehmen Dr. Böttcher und Wiegand die Karten auf und fächern sie auseinander. Es hat den Anschein, als seien sie mitten im Spiel unterbrochen worden.

»Soweit ist Ihre Verdunklung ja ausreichend«, sagt Sasse und wendet sich wieder ins Zimmer zurück, »nur sollten Sie an den Seiten ein paar Klammern oder Leisten anbringen, damit das

Papier fest anliegt.« Während er spricht, laufen seine Augen durch das Zimmer, bohren sich in jede Ecke und spähen in jeden Winkel, mustern die beiden Männer und bleiben für Sekunden an der Tür haften, die in den Laden führt.

»Wird in Ordnung gebracht«, sagt Klose, er steht immer noch und verfolgt aufmerksam jede Bewegung des Braunen.

Sasse tut so, als bemerke er die abwartende und abweisende Haltung Kloses nicht, er setzt sich ohne weiteres an den Tisch, und zwar auf den Platz, den Lassehn eben verlassen hat, nimmt die braune Mütze ab und fährt sich mit der Hand über den kahlen Schädel.

»Kleines Spielchen?« fragt er gemütlich und nickt Dr. Böttcher ermunternd zu.

»Ein Vergnügen muß der Mensch haben«, sagt Klose und stellt sich hinter seinen Stuhl, indem er sich auf die Lehne stützt. Du bist doch nicht wegen der Verdunklung gekommen, denkt er, du willst doch bloß schnüffeln.

Dr. Böttcher versucht, sein Gesicht in verbindliche Falten zu legen. »Unsere kleine Skatrunde«, sagt er. Rot ist Trumpf, denkt er, und ihr braunes Gesindel kommt genau nur auf neunundfünfzig. Wiegand zwingt sich ein schwaches Lächeln ab und blickt auf seine Uhr. »Ist gleich elf Uhr, wir wollten gerade die letzten drei Runden ansagen.«

»Lassen Sie sich durch mich nicht stören, meine Herren«, sagt Sasse und blickt von einem zum anderen, »ich kiebitze gern einmal, das heißt, wenn es Sie nicht stört.«

Keiner antwortet ihm.

Dr. Böttcher macht eine unbestimmte Handbewegung.

»Na, denn mal ran an die Gewehre!« ruft Sasse.

Klose setzt sich zögernd und nimmt langsam seine Karten wieder auf, er wirft Dr. Böttcher und Wiegand einen auffordernden Blick zu. »Na, denn man los«, sagt er, »ich bin vorn, du sagst mir was, Fritz.«

Die drei Männer beginnen zu spielen, der vierte sitzt in seiner braunen Uniform als Zuschauer dabei. Jeder weiß, daß hier mit den wahren Absichten Versteck gespielt wird, die drei, daß der Braune nicht wegen der Verdunklung gekommen und wegen des

Skatspielens geblieben ist, der Braune, daß die drei alles andere als eine harmlose Spielrunde sind.

Sie spielen verbissen und unaufmerksam, lassen die Karten immer wieder sinken und machen Pausen, aber Sasse fordert sie immer wieder auf, das Spiel fortzusetzen, und es klingt wie Hohn in seiner Stimme. Er blickt in die Karten und gibt fortwährend Ratschläge, er guckt in den verdeckten Skat und kommentiert jeden Stich mit vielen Worten. Jeder normale Kartenspieler hätte aufbegehrt und sich die Einmischung energisch verbeten, diese drei Spieler aber lassen alles über sich ergehen, sie antworten weder auf seine Fragen, noch entkräften sie seine Einwände, sie spielen ganz mechanisch, reizen, passen, stechen, bedienen, aber das alles geschieht gewissermaßen nur nebenbei, ganz außerhalb ihrer Gedanken.

Wiegand empfindet dieses Spiel wie die höhnischen Befehle der SS-Wachmannschaften im Konzentrationslager, die einen Häftling auf den Block schnallten und ihn auspeitschten, während die anderen Konzentrationäre unbeweglich dabeistanden, genau ausgerichtet nach altpreußischer Kasernenhofordnung, in strammer Haltung, mit den Händen fest an der blau-weiß gestreiften Hosennaht, und dazu ›Freut euch des Lebens‹ singen mußten. Und so, wie er sich unter den beobachtenden Blicken des Politischen Leiters Sasse nicht vom Spiele drücken kann, weil er die Fiktion, daß hier tatsächlich Karten gespielt wird, aufrechterhalten muß, genausowenig konnte er damals das Singen verweigern, denn während zwei SS-Leute abwechselnd mit ihren Ochsenziemern in den aufgeschnallten Häftling hineinprügelten, strichen andere, wie Hunde um eine Schafherde, mit lauernden Blicken um sie herum und achteten genau auf die Münder, bereits, sofort loszuschlagen, wenn einer es wagen sollte, das Lied von der Lebensfreude nicht mitzusingen.

Diesen Blick, der damals wie ein seiner Überlegenheit sicheres Raubtier von Mund zu Mund sprang, sieht Wiegand jetzt wieder um sich und die anderen kreisen, aber in einem ist die Situation doch von der damaligen grundverschieden. Damals, bei der Prügelprozedur in Sachsenhausen, wußte jeder, woran er war: dort die Bestien in menschenähnlicher Gestalt, hier die Häftlinge, deren Seelen in dem Sumpf von Roheit und Gemeinheit und in der Atmosphäre des völligen Ausgeliefertseins fast erloschen waren, in denen jeder Muskel von unterdrückter, gewaltsam in den Körper zurückgedrängter Wut zitterte. Die Rollen waren klar verteilt, ein Irrtum war nicht möglich. Der Haß und die Wut, die damals unverhüllt aus den Augen sprangen, sind heute verdeckt von trügerischer Jovialität und heuchlerischer Harmlosigkeit. Eine schwere Spannung liegt über den vier Menschen, und jeder spürt, ohne daß auch nur ein Wort gewechselt wird, wie sich die Lage zuspitzt und einer Entscheidung entgegentreibt.

Dr. Böttcher ist von einer leichten Unruhe befallen, aber er beobachtet sich und die anderen mit dem kühlen Verstande eines Psychologen, der die Gelegenheit zu Studien an seltenen Objekten in einer ungewöhnlichen Situation nicht ungenutzt vorübergehen lassen will, sein Gesicht ist beherrscht, seine Augen blicken meist über den Rand seiner Brille und haben den suchenden Blick des Forschers, der durch ein Mikroskop blickt, er spielt ruhig und besonnen und legt die Karten, wenn er am Spiel ist, langsam auf den Tisch.

Klose ist absolut ruhig, er sitzt behäbig zurückgelehnt da, er faßt keine voreiligen Entschlüsse, sein phlegmatisches Temperament läßt die Dinge sich entwickeln und an sich herankommen, um seine Lippen liegt ein ironisches Lächeln, das bis in die Augenwinkel steigt, er zieht die Karten schnell und schmettert sie mit rascher Bewegung auf den Tisch.

Wiegands Gesicht ist ein einziger geraffter Muskel, dem ein künstliches Lächeln wie ein Fremdkörper aufgepfropft ist, er blickt starr in die Karten und schleudert sie mit einer fast verächtlichen Bewegung auf den Tisch. Er ist, obwohl eine ungeheure Spannung immer mehr Besitz von ihm ergreift, ganz ruhig, denn er ist zu allem entschlossen.

Sasse sitzt auf seinem Stuhl ganz vornean, er hat die Hände auf die Knie gestützt und den Oberkörper vorgebeugt, in seinem Gesicht zwischen den Falten und Runzeln ist ein Lächeln fest eingekniffen, er spricht ununterbrochen, nicht aus Redebedürfnis oder weil ihn das Spiel interessiert, sondern um die drei Spieler zu reizen, um sie aus der Ruhe aufzustören, sie nervös zu machen und sie zu Äußerungen oder Handlungen zu veranlassen, die ihm eine Möglichkeit geben, dieser Skatrunde in das wahre Gesicht zu blicken.

Aber es geschieht nichts, das Spiel geht weiter, die Spannung verdichtet sich immer mehr zu einer schwarzen Gewitterwolke, die vom Horizont heraufsteigt.

Sasse ist, obwohl mit der Autorität eines allmächtigen Staates ausgerüstet, am unruhigsten, ihm ist die Atmosphäre, in die er sich hineinbegeben hat, zuerst am unerträglichsten, er fühlt deutlich, wie die Sehne seiner Spannung überdehnt wird und am Zerspringen ist, er wartet daher nicht länger, und wenn er auch seine Worte keineswegs zu wägen braucht, so will er mit ihnen doch den größtmöglichen Effekt erzielen, sich mit ihnen langsam an das gesteckte Ziel heranpirschen, und das kann er nicht, wenn erst die Erregung sein Gehirn überschwemmt und seine Zunge unsicher macht.

Als wieder ein Spiel beendet ist und Klose die Karten mischt, fallen die ersten Worte so ganz nebenher und scheinbar absichtslos. »Übrigens hat gestern abend während des Fliegeralarms bei Ihnen Licht gebrannt, Klose«, sagt Sasse.

Klose mischt ruhig weiter. »Ist nicht möglich, Herr Sasse«, antwortet er leichthin, »ich drehe immer die Sicherungen heraus, bevor ich in den Keller gehe.«

»Dann haben Sie es gestern eben verabsäumt«, beharrt Sasse. »Dafür haben Sie auch sicher Ihren Grund gehabt, nicht wahr?« Klose mischt noch immer, aber er schneidet die Karten jetzt langsam. »Verstehe nicht, was Sie meinen, Herr Sasse, ich bin auf dem rechten Auge kurzsichtig.«

Sasse schlägt ihm jovial auf die Schulter. »Kleine Freundin auf der Bude gehabt, alter Sünder, was?« Das Lächeln sitzt immer noch in seinem Gesicht, aber die innere Erregung wischt es schon fast aus seinen Zügen heraus, und ein bösartiges Glimmen im Hintergrunde seiner Augen verrät, daß er dieses Lächeln nur mit fast schauspielerhafter Gewandtheit über sein Gesicht geworfen hat. »Lassen Sie den Blödsinn«, sagt Klose unwirsch und schüttelt die Hand ab, er legt die Karten auf den Tisch und schiebt sie Wiegand zu. »Abheben!« fordert er ihn auf.

Die Lächelfalte verschwindet jetzt ganz aus Sasses Gesicht, übrig bleiben nur Verkniffenheit und ein bösartiges Lauern. »Aber es war jemand in Ihrer Wohnung«, beharrt er, »das weiß ich genau.«

»Dann wissen Sie mehr als ich«, entgegnet Klose und beginnt, die Karten zu verteilen.

In das Gesicht des Braunen steigt jetzt eine helle Röte. »Weichen Sie mir doch nicht aus, Herr Klose«, sagt er, seine Stimme bewahrt noch mühsam den Klang eines freundschaftlichen Zuredens. »Sehen Sie, ich bin doch verantwortlich für alles, was hier in diesem Haus vorgeht. Das verstehen Sie doch, Herr Klose?«

Klose zuckt die Achseln und antwortet nicht, er nimmt die Karten auf, fächert sie auseinander und steckt sie um. »Ihr sagt euch was«, wendet er sich an Dr. Böttcher und Wiegand.

Die helle Röte in Sasses Gesicht verdunkelt sich rasch zu einem tiefen Rot.

»Lassen Sie das Theater«, sagt er laut, seine Stimme ist jetzt hart und befehlend. »Ich will wissen, wer gestern abend während des Alarms in Ihrer Wohnung gewesen ist.«

Dr. Böttcher legt seinen Kartenfächer verdeckt auf den Tisch. »Ich passe«, sagt er zu Wiegand und wendet sich dann an Sasse. »Wollen Sie uns nicht spielen lassen, Herr Sasse? Was Sie mit Herrn Klose privat abzumachen haben, erledigen Sie doch wohl besser morgen. Uns geht das alles nichts an.«

Sasse schießt einen bösen Blick auf Dr. Böttcher. »Quatschen Sie nicht dazwischen«, fährt er ihn an. »Ihr drei gehört doch zusammen, ihr seid doch eine Mischpoke.«

Wiegand legt die Karten langsam auf den Tisch und schiebt den Stuhl ein wenig zurück, um nicht durch den Tisch behindert zu werden. »Machen wir lieber Schluß für heute«, sagt er.

Sasse steht mit einem Ruck auf und reißt seinen Revolver aus der Ledertasche. »Sie bleiben sitzen!« Seine Stimme ist schrill vor Wut und Erregung. »Oder ich knalle Sie auf der Stelle nieder wie einen tollen Hund!«

Die Spannung der Ungewißheit ist verflogen, jetzt herrscht die Spannung des offenen Kampfes. Die Gesichter entblößen sich wie eine Landschaft, die vom Scheine der hinter einer Wolke hervorbrechenden Sonne aufgehellt wird. Da sitzen die drei Männer an einem Tisch, vor ihnen liegen noch die Karten, die ihnen bisher als Schutzwehr für unerwünschte Fragen, als Vorwand für ihre Zusammenkünfte gedient haben, und einige Meter von ihnen, gegen die Kredenz gelehnt, steht ein langer Kerl in brauner Uniform und mit einem Revolver in der Hand, seine braune Mütze liegt noch auf dem Tisch wie ein Versprengter inmitten eines feindlichen Haufens.

Wiegand zieht die Lippen zwischen die Zähne, er sitzt dem Braunen am nächsten, aber immerhin sind es drei bis vier Meter, die zwischen ihnen liegen. Dr. Böttcher und Klose sitzen ungünstig, zwischen ihnen und dem Braunen steht der Tisch, außerdem haben sie ihre Stühle zu dicht unter den Tisch gerückt, als daß sie ohne jede Vorbereitung aufspringen könnten.

Dr. Böttcher sieht auf Wiegand und verständigt sich mit ihm durch einen Blick, er weiß, daß es jetzt darauf ankommt, ein Gespräch in Gang zu bringen oder sich einem Verhör zu unterziehen, und daß das eine oder das andere oder beides endlos zerdehnt werden muß, um Zeit zu gewinnen und die Aufmerksamkeit des Braunen abzuschwächen.

Kloses breites, gemütliches Gesicht ist zu einer drohenden Maske erstarrt, seine Augen blicken aus schmalen Spalten, seine Lippen entblößen die aufeinandergepreßten Zähne, vom Munde ziehen sich harte Falten bis zum Kinn herunter, das seine ganze Fülle verloren zu haben scheint.

»Wer war gestern bei Ihnen?« bellt Sasse wieder los. »Du denkst wohl, wir schlafen, du Kneipenbulle? Habe deine Bude ganz genau beobachtet, drei sind hineingegangen, und hier sitzen bloß zwei. Wo ist der dritte?«

»Ist kein dritter da«, knurrt Klose böse, »lassen Sie mich in Ruhe.«

»War so ein junger, schlaksiger Bengel«, sagt Sasse und fuchtelt mit dem Revolver herum, »hat mich im Hausflur beinahe umgerannt. Der da mit der Brille ist es nicht, und der andere da auch nicht. Verflucht noch mal, wo ist der dritte?«

Klose tut einen Augenblick so, als ob er nachdenkt. »Ach,

der«, sagt er dann, »der ist längst wieder abgehaun, der hat bloß nach Zigaretten gefragt.«

»Schwindel«, sagt der Braune schnell, »kein Wort davon ist wahr. Der ist nicht wieder herausgekommen, ich habe genau aufgepaßt.«

»Hier ist keiner außer uns«, sagt jetzt Dr. Böttcher.

Der Braune beachtet ihn gar nicht. »Klose, wo ist der junge Mann, ich will das wissen.« Seine Stimme wird wieder um einige Grade milder. »Kann ja sein, daß die Sache harmlos ist, aber ich will wissen, was hier vorgeht.«

»Gar nichts geht hier vor«, sagt Klose und schlägt auf den Tisch. »Lassen Sie uns endlich zufrieden.«

»Könnt' dir so passen«, meint Sasse mit breitem, höhnischem Grinsen und fuchtelt mit der Pistole. »Willst du jetzt endlich die Schnauze aufmachen, du dickes, vollgefressenes Schwein?«

Klose wirft die Lippen auf. »Leck mich am Arsch«, sagt er dann gelassen, »hier ist kein anderer.«

Sasse läßt seinen Blick wieder durch das Zimmer gehen. »So, hier ist kein anderer?« sagt er dann verhalten. »Und wem gehört die Skimütze dort auf dem Sofa?«

»Mir«, sagt Wiegand rasch.

»Schwindel«, entgegnet Sasse, »ihr beide habt Hüte aufgehabt, mich macht ihr nicht dumm. Verdammte Bande, ich laß euch hochgehen, ihr seid mir alle drei nicht geheuer, die Gestapo wird euch schon die Zunge lösen. Muß ein seltener Vogel sein, den ihr da in eurem Nest habt.«

»Hier ist wirklich niemand, verehrter Herr«, beginnt Dr. Böttcher, »ich habe ...«

»Schnauze halten!« brüllt Sasse los. »Kein Wort glaub' ich euch, kein Wort. Ihr bleibt jetzt so sitzen, genau so, und wehe, wenn ihr euch bewegt. Ich schieße sofort!« Er läßt den Blick noch einmal rundum gehen und tastet die Gesichter ab. »So, dann wollen wir mal telefonieren.« Er streckt die Hand nach dem Telefon aus, das auf der Kredenz steht.

Zeit gewinnen, denkt Dr. Böttcher, nur Zeit gewinnen, er blickt wie gebannt auf die Tür, die in den Laden führt, sie ist dem Blick des Braunen entzogen, weil sie in seinem Rücken ist. Dr. Böttcher muß seinen Blick gewaltsam von der Tür abwenden, um den Braunen nicht aufmerksam zu machen. »Ich glaube, wir haben uns gründlich aneinander vorbeiverstanden«, sagt er.

Sasse läßt die schon ausgestreckte Hand auf dem Hörer ruhen. »Wird sich alles klären, mein Lieber, die aus der Prinz-Albrecht-Straße sind ganz groß im Aufklären von Mißverständnissen.«

»Sicher sind sie das«, sagt Dr. Böttcher, sein Blick geht über die Ränder seiner Brille hinweg wieder zur Tür. Die Klinke bewegt sich langsam, fast millimeterweise nach unten. »Ich weiß gar nicht, wofür Sie uns halten, Herr Sasse.«

Sasse lacht höhnisch auf, er hat immer noch die Hand auf dem Telefonhörer. »Für Lumpen, Strolche, Verräter, wenn Sie es ganz genau wissen wollen«, brüllt er, »eigentlich sollte man mit euch gar kein Federlesen machen und euch einfach umlegen.«

Dr. Böttcher lenkt Wiegands Aufmerksamkeit mit einer Bewegung seiner Augenbrauen auf die Tür. Wiegand spannt seine Muskeln an, die Gelenke federn wie die eines Läufers vor dem Start, sein Blick ist von finsterer Entschlossenheit, seine Zähne mahlen hart gegeneinander. »Lassen Sie doch den Unsinn«, sagt er, »Sie wissen doch gar nicht, wer wir sind.«

Sasse lacht wieder höhnisch auf. »Eure Namen sind mir scheißegal«, zischt er durch die Zähne, »aber ihr seid Kumpels von Klose, und das genügt mir. Hast dich wohl schön in Sicherheit gewiegt, Klose, was?«

»Braune Mistsau, verfluchte«, knurrt Klose.

»Endlich mal ein offenes Wort«, grölt Sasse. »Na, warte, mein Junge, dich werde ich bald baumeln sehen, werd' 'nen extra starken Strick für dich bestellen, du rotes Schwein.«

Dr. Böttcher blickt auf die Tür, sie öffnet sich ganz langsam, schon spürt er einen kalten Luftzug. Jetzt muß es der Braune doch auch gleich merken, denkt er.

»Wo starren Sie denn immer hin?« fragt Sasse und wendet sich halb um.

Dr. Böttcher fühlt sein Herz plötzlich harte, zerrende Takte schlagen, jetzt muß ...

Wiegand beugt sich vor, er sieht die Tür halb offen, er setzt wie eine Katze zum Sprung an.

Da geschieht es. Die Tür fliegt ganz auf, Lassehn steht auf der Schwelle, ein kurzer, scharfer Knall, eine kleine Rauchwolke, der Braune wankt, greift mit den Händen in die Luft und sinkt seitwärts um, reißt im Fallen ein paar Schalen von der Kredenz, Glas splittert, ein dumpfer Knall, die Diele dröhnt für ein paar Sekunden. Dann ist es ganz still.

Klose ist wie ein Tiger über dem Braunen. »Der ist alle«, ruft er. »Hast du gut gemacht, Joachim.«

Lassehn steht noch in der Türöffnung, sein Gesicht ist bleich, doch von angespanntem Willen straff und entschlossen, aber jetzt läuft ein heftiges Zucken um seinen Mund, die Züge lockern sich, die Arme fallen schlaff herab, er lehnt sich wie erschöpft gegen den Türrahmen und blickt auf den Braunen und auf Dr. Böttcher, der sich jetzt über ihn beugt. »Ist er tot?« fragt er erregt.

»Nein«, antwortet Dr. Böttcher, »leider nein, drei Zentimeter tiefer, und es wäre ins Herz gegangen.«

»Verfluchte Scheiße«, sagt Klose, »jetzt haben wir den Kerl hier auf dem Hals.«

Lassehn tritt über die Schwelle und sieht auf den Braunen nieder, er hat den Revolver immer noch in der Hand, in seinen Augen sitzen Grauen und Entsetzen, er zittert wie im Fieberschauer. »Und was soll jetzt werden?« fragt er mit tonloser Stimme.

Wiegand zieht die Tür ins Schloß und legt Lassehn eine Hand auf die Schulter. »Ruhe, Lassehn«, sagt er, »nur Ruhe, wir müssen jetzt entschlossen und schnell handeln. Ist die Verwundung tödlich?« wendet er sich an Dr. Böttcher.

Dr. Böttcher hat seinem Besteckkasten ein Verbandspäckchen entnommen, die Umhüllung abgerissen und aus weißem Mull einen Tampon zurechtgemacht, den er in die Wunde stopft. »Nicht unbedingt, soweit ich das jetzt beurteilen kann«, antwortet er. »Allerdings ...« Er unterbricht sich und zuckt mit den Achseln.

»Was? Reden Sie, Doktor«, drängt Wiegand, »wir haben keine Zeit zu verlieren.«

»Eine schnelle Operation könnte ihn möglicherweise retten«, sagt Dr. Böttcher.

Klose stößt den Atem schnaufend aus. »Mensch, Doktor, wie stellen Sie sich das vor?«

»Gar nicht«, antwortet Dr. Böttcher. »Ich weiß, was Sie sagen wollen, Klose. Wenn er am Leben bleibt ...«

»... gehen wir alle hops«, ergänzt Klose. »Ist doch klar wie dicke Tinte.«

»Sie wollen ...«, beginnt Lassehn, seine Lippen beben, er blickt auf den Braunen, der vor der Kredenz liegt, sein kahler, blanker Schädel leuchtet beinahe gespensterhaft im Schatten.

»Keine Sentimentalität«, sagt Wiegand scharf. »Die Frage steht so: er oder wir, einen Mittelweg gibt es nicht. Wenn *er* lebt, müssen *wir* daran glauben. Oder meinen Sie, daß der uns schonen wird? Das erste Wort, das er über die Lippen bringt, ist unser Tod.«

Lassehn ist kalkweiß im Gesicht. »Das habe ich nicht gewollt«, sagt er.

Dr. Böttcher zieht Lassehn ganz ins Zimmer und drückt ihn auf einen Stuhl. »Wenn Sie es nicht gewollt haben, hätten Sie nicht schießen dürfen. Sie haben anscheinend noch nicht die richtige Einstellung zu ... nun, sagen wir, zu Ihrer Tat gefunden. Sie haben aus Notwehr gehandelt, Lassehn, ist Ihnen das nicht klar?«

»Aus Notwehr?« Lassehn blickt Dr. Böttcher an, in seinen Augen streiten Ungläubigkeit und Hoffnung miteinander.

»Sogar aus berechtigter Notwehr«, eifert Dr. Böttcher, »nicht nach den nationalsozialistischen Gesetzen, aber die erkennen Sie doch wohl nicht an?«

»Ich kenne gar keine anderen«, sagt Lassehn. »Nach welchen Gesetzen sollte ich denn gehandelt haben?«

»Nach dem Naturgesetz der Selbstbehauptung und Selbsterhaltung«, erwidert Dr. Böttcher. »Wenn Sie den Mann nicht erschossen hätten, dann wären Sie und wir drei dazu kaltblütig aufgehängt worden. Ist Ihnen das klar?«

Lassehn nickt befreit. »Allerdings, aber nun habe ich ihn doch nur schwer verwundet ...«

Wiegand greift rücksichtslos in das Gespräch ein. »Jetzt keine langen Reden und akademischen Erörterungen, Herrschaften, jetzt müssen wir schnell und rücksichtslos handeln. Hoffentlich hat niemand den Schuß gehört.«

»Über meiner Wohnung haust ein altes Ehepaar«, sagt Klose, »die schlafen längst und haben bestimmt nichts gehört, rechts ist der Hausflur, links die Drogerie, da ist nachts kein Mensch. Ich glaube nicht, daß jemand was gehört hat, im übrigen sind die Nächte sowieso unruhig genug ...«

»Das wollte ich wissen«, sagt Wiegand schnell. »Geben Sie den Revolver her, Lassehn ...«

Lassehn zögert, er hält den Revolver immer noch in der Hand.

»Geben Sie schon her«, sagt Wiegand eindringlich, geht auf Lassehn zu und nimmt ihm die Waffe aus der Hand. Für ein paar Sekunden steht er unbeweglich vor dem Braunen, der noch immer auf dem Boden liegt, ein wenig gekrümmt, die Beine etwas angewinkelt, eine Hand auf dem Kopf, als wolle er ihn schützen, die andere seltsam verdreht auf dem Rücken. Es ist unheimlich still im Zimmer, nur der Atem der Männer ist in ihm.

»Mach schon«, sagt Klose mit einer ungeduldigen Handbewegung. Wiegand blickt auf Dr. Böttcher, er ist ganz ruhig, seine Hand, die den Revolver hält, zittert nicht.

»In die Schläfe«, sagt Dr. Böttcher, »direkt aufsetzen, dämpft den Schuß und spritzt nicht.«

Wiegand beugt sich über den Braunen und setzt die Mündung des Revolvers an die Stirnseite, er findet die Schläfe nicht gleich, es ist auch zu dunkel in dieser Ecke des Zimmers. Da bewegt sich der Braune etwas, das kalte Eisen an seinem Schädel löst einen Reflex aus, die eine Hand zuckt und rutscht vom Kopf herunter, sie fällt auf den Fußboden. Es ist nur ein kurzes, dumpfes Geräusch, aber es durchschneidet die Stille wie ein Donnergebrüll, Wiegand fährt ein wenig zurück, der Revolver gleitet ab, aber er hat sich sofort wieder in der Gewalt, setzt die Mündung der Waffe abermals an und drückt ab. Ein dumpfer Knall und ein kurzes Knirschen, der Körper des Braunen bäumt sich ein wenig und poltert nieder, die Beine strecken sich, als wollten sie etwas von sich stoßen.

»Aus, vorbei«, unterbricht Klose die lastende Stille. »Und weiter?«

»In Berlin dürften jetzt wohl keine Schwierigkeiten bestehen, eine Leiche loszuwerden«, sagt Dr. Böttcher mit klarer Stimme. »Dunkel ist es heute nacht auch. Wohin am besten, Klose?«

Klose überlegt. »Am besten, wir bringen ihn um die Ecke rum«, beginnt er und lacht dann grimmig. »Paßt genau, stimmt auffallend, wir bringen ihn um die Ecke, haben ihn ja schon rumgebracht.«

»Nun mal im Ernst«, sagt Dr. Böttcher verweisend, »man darf ihn nicht gleich finden, um so besser sind die Spuren verwischt. Wohin mit ihm?«

»In der Koppenstraße sind genug Ruinen«, antwortet Klose und ist wieder ernst. »Ist nicht weit, vielleicht hundert oder hundertfünfzig Meter.«

»Weiß Bescheid«, sagt Dr. Böttcher. »Sie helfen mit, Lassehn?«

Lassehn hat unbeweglich und wie teilnahmslos auf dem Sofa gesessen, jetzt schreckt er bei der Aufforderung Dr. Böttchers auf. »Nehmen Sie sich zusammen, Lassehn«, sagt Wiegand streng. »Wie oft haben Sie als Soldat im Krieg anonym getötet, Unschuldigere als den da, russische Bauern oder Arbeiter oder Studenten, und jetzt verlieren Sie die Nerven, weil Sie einen erschossen haben, der Ihnen unmittelbar an die Kehle will? Ja, mein Lieber, mit Gefühlchen ist hier nichts zu machen, und mit Inkonsequenz erst recht nicht, da hätten Sie lieber bei der Truppe bleiben und sich weiter zum Morden kommandieren lassen, weiterhin das ausführen sollen, was Ihnen Befehl und die angebliche Pflicht vorschreiben. Aber das wollten Sie ja auch nicht!«

Lassehn schüttelt die Starre, die ihn befallen hat, gewaltsam ab. »Sie haben recht, Herr Wiegand«, sagt er, »es war ein Rückfall.«

»Verstand allein nutzt dir gar nichts«, meint Klose und schüttelt ein paarmal den Kopf, »du mußt ihn auch anwenden können.«

»Keine langen Unterhaltungen«, sagt Dr. Böttcher energisch. »Wir bringen den Mann jetzt weg, und Sie räumen hier alles auf, Klose, entfernen Blutflecke, wenn welche da sein sollten. Ich denke, wir nehmen ihn in die Mitte wie einen Betrunkenen, und der dritte stützt ihn von hinten, wenn wir jemandem begegnen, hat es den Anschein, als ob wir einen Betrunkenen nach Hause bringen. Aber erst will ich noch die Kopfwunde verschließen. Wiegand, reichen Sie mir doch mal meinen Besteckkasten.«

Dr. Böttcher arbeitet schnell und mit sicheren Händen, dreht einen Tampon und stopft ihn mit einer Pinzette in die Kopfwunde, dann klebt er zwei Streifen Leukoplast quer darüber. »So, das wird genügen«, sagt er und erhebt sich wieder.

»Ich schließe vorn auf«, sagt Klose, »dann braucht ihr nicht über den Hof zu zotteln.« Er holt einen Bund Schlüssel aus der Hosentasche und klinkt die Tür zum Laden auf, bleibt aber auf der Schwelle stehen.

Für ein paar Sekunden stehen die Männer unschlüssig und weichen einander mit den Blicken aus. Obwohl sie schon oft, der eine berufsmäßig, weil er Arzt ist, und die anderen gewohnheitsmäßig, weil sie Soldaten gewesen sind, mit Toten, mit verstümmelten und zerfetzten Leichen zu tun gehabt haben, zögern sie doch etwas, den Toten zu berühren, die Achtung vor dem menschlichen Leben, auch dem des Feindes, ist zu groß, als daß sie ohne weiteres vergessen könnten, daß dieser Mensch in seiner braunen Uniform vor ein paar Minuten noch hier gestanden und kein Gedanke an den Tod ihn angerührt hat.

»Na, denn los«, sagt Wiegand. »Kommen Sie, Doktor. Lassehn, Sie stützen ihn mit den Hüften hoch. Werden Sie das können?«

Lassehn schluckt heftig, er hat einen üblen Geschmack im Mund, aber er sieht ein, daß er mit Hand anlegen muß, schließlich hat er ja die Situation heraufbeschworen. »Wird schon gehen«, antwortet er, »im Felde haben wir noch ganz andere Sachen anfassen müssen.«

Dr. Böttcher nickt ihm zu, dann stemmen sie den Körper des Braunen hoch, Dr. Böttcher und Wiegand greifen ihm unter die Achseln, Lassehn zerrt ihn am Koppel in die Höhe. Dann legen sich Dr. Böttcher und Wiegand seine Arme um ihre Nacken, sie müssen den Oberkörper Sasses hochstützen, indem sie die Hände unter seine Achseln stemmen, denn der Braune ist bedeutend größer als sie, aber auch so schleifen seine Beine noch nach, der Kopf hängt vornüber und pendelt hin und her. Diese Bewegung des kahlen, blanken Kopfes erinnert Lassehn plötzlich an eine groteske Reklamefigur, wie er sie früher oft in den Schaufenstern gesehen hat, ein dürres Männchen mit großen, runden, hervorquellenden Augen, kahlem Schädel und dicken, aufgeworfenen Lippen, die sich mechanisch bewegten, während der Kopf wie ein umgekehrtes Perpendikel hin- und herschwang und eine Hand mit einem Stab gegen die Glasscheibe pochte.

Klose greift die braune Mütze vom Tisch und stülpt sie über den Schädel des Toten. »Ab nach Walhall«, sagt er dabei.

Der leblose Körper scheint zentnerschwer zu sein, er muß mehr geschleift und gezerrt als getragen werden, schon nach wenigen Schritten bricht den drei Männern der Schweiß aus, aber es bleibt ihnen keine andere Wahl, die Leiche muß beseitigt werden.

Klose schließt die Ladentür leise auf und schiebt das Scherengitter vorsichtig beiseite. »Alles ruhig«, wendet er sich zurück, »kein Mensch auf der Straße.«

»Ohne Pause bis zur Ecke«, sagt Wiegand.

Dann sind sie auf der Straße, es ist stockdunkel, sie können kaum ein paar Meter weit sehen, nur drüben am Schlesischen Bahnhof ist die Dunkelheit durchbrochen, durch das scheibenlose Gerippe der Halle schimmern ein paar trübe Lichter, von der Rampe des Bahnpostamtes tönt das Stampfen einer Lokomotive, die Scheinwerfer eines Autos schleudern für Sekunden schmale Lichtbündel in die Schwärze der Straße.

Die hundert Meter von Kloses Restaurant bis zur Ecke Koppenstraße scheinen endlos zu sein, Meter um Meter muß die Strecke durchschritten werden, der Tote wird immer schwerer, Wiegand und Dr. Böttcher haben es längst aufgegeben, den Körper unter den Achseln hochzustemmen, sie haben die Arme des Toten, die um ihre Schultern geschlungen sind, mit beiden Händen gepackt, und so hängt ihnen die Leiche buchstäblich am Hals. Lassehn muß sich damit begnügen, den zwischen Dr. Böttcher und Wiegand pendelnden Körper zu schieben.

Kein Mensch ist zu sehen, die Straße ist wie ausgestorben, nur unter den Viadukten der Koppenstraße hallt der gleichmäßige Schritt eines Polizisten.

Endlich ist die Koppenstraße erreicht, hier steht kaum noch ein Haus, alles ist ausgebrannt, zerstört, zerborsten.

»Hier hinein«, sagt Wiegand leise.

Sie stehen vor einer Lücke, die einstmals ein Haustor gewesen ist, Steine und Schutt versperren den Eingang, aber das ist gerade der richtige Ort. Dr. Böttcher und Wiegand lösen sich aus der Umarmung des Toten, lassen ihn zu Boden gleiten und verharren ein paar Sekunden mit keuchenden Lungen.

»Bleiben Sie hier stehen, Lassehn«, flüstert Wiegand, »und wenn jemand kommt, pfeifen Sie.«

Dann fassen Wiegand und Dr. Böttcher die Arme des Toten und ziehen ihn über die Schutthaufen in das Innere der Ruine, über eine freie Fläche, die einst ein Hof gewesen ist, bis zu einer ragenden Mauer, die früher die Fassade eines Hinterhauses gebildet hat. Die Gesteinsmassen haben hier die Kellerdecke durchschlagen, aber den Kellerraum nur teilweise aufgefüllt.

»Bleiben Sie stehen, Doktor«, sagt Wiegand, »und nehmen Sie auch den anderen Arm.«

Dr. Böttcher greift nach dem anderen Arm des Toten, der ihm wie ein Stafettenstab übergeben wird. Wiegand faßt die Füße der Leiche und bringt sie dadurch in parallele Richtung mit dem Kellerrand, dann schieben sie den Körper langsam über den Rand hinaus.

»Jetzt«, sagt Wiegand leise.

Sie lassen gleichzeitig los. Die Leiche gleitet in den Keller hinunter, rollt ein paar Meter und bleibt liegen, sie hat noch ein paar Steine mitgerissen, sie poltern dumpf, dann ist es ganz still. Der Tote ist im Schatten der Nacht verschwunden.

Wiegand und Dr. Böttcher haben dem Geräusch nachgelauscht und ein paar Sekunden unbeweglich gestanden, dann klettern sie über die Schuttberge zurück. Als sie auf der nachtstillen Straße stehen, ist ihnen zumute, als tauchten sie aus dem schaurigen Dunkel einer Katakombe wieder an das Tageslicht zurück.

XVI

16. April, 11.00 Uhr

Auch da, wo die Stadt am dichtesten besiedelt ist, wo sich Haus eng an Haus drängt, die Wohnungen wie Waben in einem Bienenkorb sich dicht aneinanderpressen, wo die Höfe nur schmale Kamine und die Straßen nur Schluchten sind, wo Familie neben Familie, Mensch dicht bei Mensch lebt, wo in den Vorderhäusern vielköpfige Familien in Miniaturwohnungen hausen und in den Hinterhäusern Kleinindustrie in dunklen, verräucherten, verkommenen Fabriksälen arbeitet, wo die vielen Cafés, Kneipen, Restaurants, Tanzsäle, Bars, Dielen, Billardsalons Kinos wie Sommersprossen in das dunkle Gesicht des Proletarierviertels eingesprenkelt sind und fragwürdige Vergnügungen, heruntergekommene Dirnen, Abfall der eleganteren Gegenden, für geringen Lohn flüchtige Befriedigung anbieten, wo die Bürgersteige überquellen von Menschen und die Fahrdämme verstopft sind von Fahrzeugen aller Art, Handwagen, Lieferautos und Riesenlastzügen, Pferdegespannen, Fahrrädern und Straßenbahnen, wo niemals, auch nicht zu spätester Nacht- oder zu frühester Morgenstunde, Ruhe herrscht, wo Unruhe, Hast und Eile das Lebenselement bilden und alles nur Zweckgebundenheit, kahle Nüchternheit und Realität ist, wo die Stadt sich zu einem dichten, undurchdringlichen Kern zusammenballt und die Häuser sich nicht entlang den Straßen aufreihen, sondern die Straßen wie in einen mit Häusern bebauten Felsen hineingehackt erscheinen, selbst da gibt es noch Idyllen. Es sind keine blumigen Wiesen oder schattige Wälder, anmutige Flußläufe oder sanfte Hügel, alles das gibt es hier nicht, das würde auch gar nicht hierher passen, aber es gibt hier Winkel, die, wenn sie auch nicht still und bescheiden im verborgenen blühen, doch etwas ruhiger atmen und deren Herzschlag in gemäßigterem Rhythmus geht.

Ein solcher Winkel ist der Durchgang von der Großen Frankfurter zur Weberstraße. Hier ist in die dunkle Häuserzeile der Großen Frankfurter Straße eine Bresche geschlagen, zwischen geschwärzten, häßlichen Brandmauern stößt eine schmale Gasse durch, sie biegt nach wenigen Metern nach Nordosten um und öffnet sich dann zu einem Platz, auf dem die Markuskirche steht. Hier gibt es sogar, eingesprengt in die Einöde von Asphalt, Granitplatten, Kleinpflasterung und Kopfsteinen, zwei kleine Inselchen von Erde, auf denen spärliches Grün sproßt. Diese kleine Gasse, die nicht einmal einen Namen hat und nur als ›Durchgang zur Weberstraße‹ bezeichnet wird, hat nur Fußgängerverkehr, hier rollen keine Wagen und sausen keine Autos, die Ströme der großen Stadt fließen nördlich und südlich vorbei, die Stimmen der Großstadt, Lärm, Geschrei, Krach, dringen nur von fern her ein, branden gedämpft gegen die Mauern und versickern.

Lassehn ist früher niemals in diese Gegend gekommen. Jetzt, da er sie zum ersten Male durchschreitet, ist alles tot, es ist die Totenstille der durch Fliegerbomben, Brandkanister und Luftminen getöteten Stadt, die Stille der kleinen Gasse ›Durchgang zur Weberstraße‹ hat sich auch über die anliegenden Straßen gebreitet, Straßenbahnen klingeln nicht mehr durch die Große Frankfurter Straße, das Sausen der Transmissionen und das Dröhnen der Lastautos ist verstummt, die Stimmen der Menschen sind erloschen, über die rauchgeschwärzten Mauern und die Berge von Trümmern ist die Stille wie ein Leichentuch gedeckt, nur da und dort glüht noch ein Fünkchen Leben in dem Torso eines Gebäudes, das durch Zufall der völligen Vernichtung entgangen ist, nur den Außenputz und die oberen Stockwerke verloren hat und in dem die Menschen noch ein gespenstisches Dasein zwischen Hekatomben von Erschlagenen, Verbrannten, Erstickten führen, die unter den Ruinen liegen und zwischen denen die Ratten rasch und gefräßig umherhuschen.

Wie sehr auch die schrecklichsten Bilder abstumpfen und schließlich kaum einen Blick auf sich zu ziehen vermögen, ja schließlich überhaupt nicht mehr ins Bewußtsein dringen, das hat Lassehn beim Durchschreiten dieses östlichen Teils der Innenstadt erlebt. Er ist durch die Andreas-, Lange- und Markusstraße gekommen, hat die Wallnertheaterstraße, den Braunen Weg und die Blumenstraße gekreuzt, aber er hat geradeaus und rechts und links kaum etwas anderes als ausgebrannte, zerstörte und gesprengte Häuser, verwüstete, rauchgeschwärzte Straßenzeilen gesehen und den eklen Brandgeruch geatmet, in den sich die Schwaden ausströmenden Gases mischen. Er ist wie über ein Gräberfeld geschritten, über dem die Luft stillzustehen scheint, nur flüchtig hat ihn der Gedanke gestreift, daß die Klüfte und Abgründe, die Krater und Halden dieser Steingebirge einst Häuser waren, die von Baumeistern und Ingenieuren auf einem Reißbrett entworfen, von Maurern und Zimmerleuten, Rohrlegern und Installateuren, Dachdeckern und Fliesenlegern erbaut und schließlich von Menschen bewohnt worden waren, und daß alles das, was in jahrelanger Arbeit an materiellen Gütern in diese Häuser hineingetragen worden ist und was sich an Erleben in ihnen wie Patina niedergeschlagen hat, in wenigen Minuten in einen Haufen von glühenden Ziegeln, Holz und Eisen durcheinandergewürfelt worden ist.

Die Anpassungsfähigkeit des menschlichen Geistes ist eine der bedeutendsten, aber zugleich auch eine der schrecklichsten Gaben des Menschen, die abstumpfende Gewohnheit oder die gewohnheitsmäßige Abstumpfung vermögen so vollständig Besitz von ihm zu ergreifen, daß das Furchtbare nicht mehr furchtbar, das Grausige nicht mehr grausig, das Schreckliche nicht mehr schrecklich ist. Ein zerstörtes Haus, ein aufgerissener Fahrdamm rufen in der Netzhaut des Auges keinen ungewöhnlichen Reflex mehr hervor, teilen sich dem Gehirn nicht als Erregung mit.

Lassehn hat das ganz sachlich festgestellt und die Bilder, die sich ihm aufdrängen wollten, beiseite geschoben, er hat sich ganz auf die Aufgabe, die ihm gestellt worden ist, konzentriert, das hat ihm den Weg durch die Ruinenfelder erleichtert und geebnet. Als er die Ecke Markus- und Große Frankfurter Straße erreicht hat, ist er für ein paar Sekunden stehengeblieben, ehe er den Durchgang entdeckt hat, den ihm Klose genau beschrieben hat. Klose hat ihm noch sehr viel mehr mitgeteilt, und alles hat sich Lassehn genau einprägen müssen, denn nichts darf aufgeschrieben werden. Er hat sich erst ein paarmal vorsichtig umgesehen, ehe er den Fahrdamm der völlig ausgestorbenen Großen Frankfurter Straße überschritten hat, und ist dann zögernd in die schmale Gasse ›Durchgang zur Weberstraße‹ hineingegangen. Sein Zaudern entspringt keiner Furcht, es ist Erstaunen, das seine Schritte gehemmt hat, Erstaunen darüber, daß hier in dieser chaotischen Stein- und Schuttwüste noch irgendwo Leben sein soll. Er ist in die kleine Gasse hineingegangen, hat auf der rechten Seite ein paar Schutthaufen überstiegen, sich durch eine halbeingefallene Mauerlücke gezwängt und dann vor einem Abstieg gestanden, der in einen Keller führt, auf dessen Decke sich Schutthügel wölben. Lassehn ist wieder stehengeblieben, weil ihn Zweifel bedrängen, ob er Klose richtig verstanden hat, er hat sich alle Angaben noch einmal ins Gedächtnis gerufen und ist schließlich doch zu dem Ergebnis gekommen, daß er sich nicht geirrt hat. Er ist dann die Kellertreppe hinabgestiegen und hat schließlich in einem dunklen Raum gestanden, der feucht war und nach Moder roch. Erst nach einer Weile, als seine Augen sich an die Finsternis gewöhnt hatten, hat er eine Nische und in ihr eine Tür entdeckt. Gegen diese Tür hat er zweimal kurz und zweimal lang geklopft.

Die Tür ist dann geöffnet worden, ein kleiner, untersetzter Mann hat die Klinke in der Hand behalten, aber kein Wort gesagt.

Lassehn hat ihm ein Stück Zeitungspapier gereicht, der Mann hat es genommen und es sorgfältig, beinahe pedantisch an einen Zeitungsfetzen gepaßt, den er aus der Brusttasche geholt hatte, und erst, als er festgestellt hat, daß die beiden Teile genau zusammenpassen, hat sich zwischen Lassehn und dem Mann eine seltsame Unterhaltung entsponnen.

»Was wollen Sie?«

»Ich soll Grüße von Onkel Otto bestellen.«

»Ich kenne keinen Onkel Otto.«

»Auch nicht den aus Halberstadt?«

»Aus Halberstadt?«

»Aus Halberstadt im Lande Sachsen.«

»Ach, den meinen Sie, was will er denn?«

»Sämereien.«

»Wieviel denn?«

»Sechshundert.«

»Haben Sie eine Tasche mit?«

»Ja, hier ist sie.«

Die Tür ist wieder ins Schloß gefallen, ein paar unendlich lange Minuten vergehen, in denen Lassehn seine Augen rundum gehen läßt. Sie haben nichts entdecken können, nur Dunkelheit, Kälte und Nässe sind hier in dem Kellervorraum, dazu ein penetranter Brandgeruch und eine unwirkliche Stille. Dann hat sich die Tür wieder geöffnet, die Tasche ist ihm zurückgereicht worden, für einen Augenblick hat Lassehn in den Keller hineinsehen können, im Scheine von zwei trüben Glühbirnen eine Apparatur gesehen, die wohl eine Handpresse ist.

»Hier ist die Tasche«, hat der Mann gesagt und die Tür wieder rasch herangezogen.

»Danke«, hat Lassehn erwidert.

»Gruß an Onkel Otto.«

»Werde ich ausrichten. Auf Wiedersehen.«

»Auf Wiedersehen.«

Lassehn hat sich schon zum Gehen gewandt, da hat ihn die Stimme noch einmal zurückgeholt.

»Du bist neu!«

»Ja.«

»Viel Glück, Genosse!«

Eine Hand hat sich ihm entgegengestreckt, Lassehn hat sie ergriffen und einen kurzen, festen Druck gespürt, dann ist die Tür wieder geschlossen worden.

Und jetzt steht Lassehn wieder in der Großen Frankfurter Straße. Trotz der bedrückenden Umgebung ist er beschwingt, und er weiß genau, weshalb das so ist. Es ist der feste Händedruck jenes Mannes, sein Du und das Wort Genosse, es ist der Inhalt der Aktentasche, den er zwar nicht kennt, der ihn aber in jene Gruppe einreiht, die sich, wie er nun weiß, Widerstandsbewegung nennt. Er hat wohl früher schon einmal davon gehört, aber es war nur ein Name, ab und zu hat er sich darunter eine Partisanenabteilung oder eine Bande wie Schillers Räuber unter einem Karl Moor vorgestellt, aber jetzt muß er sich selbst belächeln. Es gibt heute, in der Mitte des zwanzigsten Jahrhunderts, keine unzugänglichen Wälder, keine abgeschlossenen Landstriche mehr, es gibt auch keine Menschen und erst recht keine Gruppen mehr, die außerhalb der Gemeinschaft zu leben vermögen. Das Netz der behördlichen Überwachung und Erfassung ist fest über jeden geworfen, und das System der Lebensmittelkarten, bei Beginn des Krieges als neues, wirksames Kontrollinstrument geschaffen, hat die Maschen dieses Netzes so eng gezogen, daß es sich mit dem polizeilichen und militärischen Meldeapparat vorzüglich ergänzt. Die Revolutionäre der Gegenwart ziehen sich nicht mehr in Wälder zurück, um dort ein mehr oder weniger romantisches Leben wie Karl Moor und seine Gesellen zu führen, sie sind – und dahinter ist Lassehn jetzt gekommen – janusköpfige Wesen, sie üben einen bürgerlichen Beruf aus, denn sie sind gezwungen, sich der staatlichen Organisation anzupassen und sich ihren Forderungen äußerlich zu unterwerfen, wenn sie sich nicht von vornherein jeder Möglichkeit berauben wollen, für deren Beseitigung zu kämpfen. Es entsteht so die paradoxe Lage, daß auch die geschworenen Feinde dieses Staates in irgendeiner Weise für ihn wirken, für ihn tätig sind, ja, ihn sogar fördern und unterstützen müssen, durch ihre Arbeit, durch ihre zwangsweise Mitgliedschaft in Vereinen, dadurch, daß sie ihre Steuern zahlen und Spenden nicht umgehen können (und gerade die Spenden für das WHW und Rote Kreuz, den VDA und Kolonialbund, selbst für die Knochen- und Altpapiersammlung sind der Preis für eine bescheidene Sicherheit), daß sie sich seiner Terminologie bedienen, denn mehr noch als jeder andere müssen sie darauf bedacht sein, nicht aufzufallen. Wer auffällt, büßt auch den letzten Rest von Bewegungsfreiheit ein, den das Dritte Reich seinen Bürgern noch gelassen hat, sie müssen prächtige Fassaden errichten, an denen die Embleme dieses Staates sichtbar angebracht sind. Diese Fassaden sind die Potemkinschen Dörfer des Dritten Reiches. Die Gegner des Staates unterscheiden sich von seinen Bejahern im Grunde nur dadurch, daß sie mit einem Minimum an Leistungen für die Erfüllung ihrer staatsbürgerlichen Pflichten, die ihnen abgefordert werden, auszukommen suchen. Diejenigen, die wie Lassehn illegal leben, nehmen an der konspirativen Tätigkeit kaum teil, sie können es auch nicht, weil sie weder ausreichende Papiere besitzen noch eine bürgerliche Tätigkeit als Alibi vorzuweisen vermögen.

Lassehn geht die Große Frankfurter Straße entlang, am Strausberger Platz bleibt er ein paar Minuten an den Riesenkratern stehen, die in die Untergrundbahn hineingesprengt sind, und schreitet dann weiter. Aus dem Gehen ist ein Schlendern geworden, beinahe sorglos und unbeschwert, ihm ist – zum ersten Male, seit er wieder in Berlin ist – fast behaglich zumute. Die Frühjahrssonne brennt angenehm im Nacken und jagt das träge Blut rauschend durch die Adern, merkwürdigerweise verliert selbst die vollständige Zerstörung, die sich hier ausbreitet, an Schrecken. Lassehn findet es heute nicht mehr seltsam und beinahe frivol, daß die Mädchen sich in den Hüften wiegen und da und dort ein Lächeln anbringen.

Vor Lassehn dehnt sich jetzt die Große Frankfurter Straße, die sich ostwärts des Strausberger Platzes zu einer prächtigen breiten Straße mit einer Mittelpromenade erweitert und schnurgerade nach Osten aus der Stadt herausstößt. Von der einstigen Größe dieser Straße ist allerdings nichts übriggeblieben, lediglich ihre Anlage verrät noch, daß sie einst eine Schwingachse Berlins gewesen ist. Auch hier grinsen rechts und links die schwarzen Fratzen der ausgebrannten Häuser, recken sich die dürren Skelette der Eisenkonstruktionen wie niedergebrochene Käfige und türmen sich die Schutthalden auf. Die Altersheime und Hospitäler zwischen Lebuser- und Fruchtstraße sind ebenfalls nur Ruinen, auch das Rose-Theater, Musentempel aller Kleinbürger des Berliner Ostens, besteht nicht mehr. Da, wo die Große Frankfurter Straße in die Frankfurter Allee übergeht, ist das Frankfurter Tor, aber der Name ist nicht mehr als eine Allegorie, es erhebt sich weder ein Tor noch ein torähnliches Gebäude, es ist nur eine Erinnerung, und das auch nur für die ganz Alten oder die Heimatkundigen, die es seltsamerweise auch in der Riesenstadt Berlin gibt, allen anderen Bewohnern dieser Gegend ist es nicht mehr bekannt, daß die Nahtstelle zwischen Großer Frankfurter Straße und Frankfurter Allee heute noch Frankfurter Tor heißt.

Die Weberwiese im Dreieck Memeler Straße, Frankfurter Allee und Königsberger Straße hat ihre eigentliche Aufgabe, Sauerstoff- und Ruhespender in der steinernen und ozonarmen Einöde des Berliner Ostens zu sein, aufgegeben. Sie ist nie schön oder auch nur gepflegt gewesen, sie war immer ein typischer Armeleuteplatz, die Bezeichnung Wiese für diesen Platz mag in früheren Jahrzehnten vielleicht einmal berechtigt gewesen sein, er ist schon lange nicht einmal mehr ein Stückchen Erdreich, das Gedanken an Wachstum und Ernte erwecken könnte, sondern nur ein Sandfleck mit ein paar dürftigen Büschen und einigen alten Bäumen, aber jetzt ist er nicht einmal mehr das. Im Zeichen des Luftkrieges hat man ihn umgewühlt, sich in ihn hineingebohrt und Maulwurfshügel aufgeworfen, die ihrer Form nach Riesensärge sind und deren offizielle Bezeichnung Splittergräben ist.

Lassehn ist so in sich versunken, seine Beine sind ganz von allein gelaufen, daß er erst wieder zu sich kommt, als er gegen einen Schuttberg läuft. Ein Blick auf die Nummer eines Hauses zeigt ihm, daß er bereits über sein Ziel hinaus ist. Ganz zufällig fällt sein Blick auf eine Abteilung Soldaten, die mit dem Bau einer Panzersperre beschäftigt ist. Eine Litfaßsäule, deren oberer Teil abgesplittert ist, wird mit Sand und Steinen gefüllt, Eisenträger werden in den Boden gerammt, die Zwischenräume mit verbogenen Firmenschildern, Gittern, Balken und Brettern verbunden, und ein Fuhrwerk bringt neue Eisenträger und Profileisen heran. Aber das alles interessiert Lassehn nicht, es ist ja nicht die erste Panzersperre, deren Bau er mit ansieht, sein Blick haftet an dem jungen Oberleutnant, der die Abteilung zu führen scheint. Die Vorsicht gemahnt ihn, nicht zu verweilen, sofort weiterzugehen, auch wenn dieser junge Oberleutnant einst ein guter Freund und Schulkamerad gewesen ist, so will das nichts besagen, die Menschen sind heute unberechenbar, das falsche Pathos einer mißverstandenen Pflicht und einer verlogenen Ehre (von der schmierigen Unterwürfigkeit und heuchlerischen Liebedienerei nicht zu reden) haben das Denken bestäubt und verzerrt.

Lassehn entschließt sich nur schwer, weiterzugehen, zu verlockend ist die Möglichkeit, ein paar Worte mit einem zu sprechen, der seinem früheren Lebenskreise zugehört. Nach ein paar Schritten bleibt Lassehn stehen und dreht sich um, er wirft noch einen Blick zurück, und da ist es geschehen. Dieser Blick trifft gerade in die Augen des jungen Oberleutnants, die Blicke haken sich ineinander fest, und jetzt kann sich Lassehn nicht mehr losreißen, er bleibt stehen, während der junge Offizier mit langen Schritten auf ihn zukommt.

»Ist das die Möglichkeit!« ruft der junge Offizier. »Joachim Lassehn.«

Lassehn nickt und streckt ihm die Hand hin. »Dietrich Tolksdorff«, sagt er bewegt, »du bist es also wirklich?«

»Klar, alter Junge«, sagt Tolksdorff und schlägt kräftig in die ihm dargebotene Hand ein. »Ist das aber ein Zufall! Wie geht es dir, Joachim?«

Obwohl die Frage kaum mehr als eine Redensart ist, trifft sie Lassehn völlig unvorbereitet. Was soll er antworten, er, der Deserteur, seinem früheren Freunde, dem Oberleutnant? »Durchwachsen«, antwortet er und umgeht so die Antwort, aber er weiß, daß es nicht bei dieser Antwort bleiben kann. Tolksdorff war in der Schule der Beste in Mathematik und Latein, in jenen Disziplinen also, deren elementarer Bestandteil die Logik ist.

Tolksdorff mustert Lassehn mit einem kritischen Blick. »Läufst in einer eigenartigen Kluft herum, Joachim«, sagt er.

Lassehn zuckt mit den Achseln. »Hatte etwas zu erledigen, wozu ich schlecht in Uniform gehen konnte«, antwortet er. »Und wie geht es dir?« fragt er anschließend, um weiteren Fragen zunächst vorzubeugen. »Weshalb bist du nicht an der Front?«

Tolksdorff hebt ebenfalls die Schultern, es ist eine langsame, resignierte Bewegung. »Front ist jetzt überall, Joachim«, erwidert er, »außerdem habe ich bei Nettuno schwer was mitbekommen, daß ich für Fronteinsatz kaum mehr in Frage komme. Augenblicklich bin ich Ausbilder bei der fünften Nachrichten-Ersatz-Abteilung in Nedlitz, aber jetzt sind wir hier eingesetzt.« Er deutet mit einer Kopfbewegung auf die im Bau befindliche Panzersperre. »Hat denn das noch einen Sinn?« fragt Lassehn und blickt seinem früheren Freunde fest in die Augen.

Tolksdorff wendet den Kopf beiseite. »Ein Soldat hat nicht nach dem Sinn zu fragen«, antwortet er, »er empfängt seine Befehle und führt sie aus. Du bist doch auch Soldat, Joachim, wenn du heute auch nicht gerade so aussiehst, deshalb verstehe ich deine Frage nicht.«

Lassehn schüttelt den Kopf. »Ich bin Soldat«, sagt er entschieden, »ja, allerdings, aber ich bin es weder aus Ehrgeiz noch aus Berufung, während du …«

Tolksdorff wendet sich ihm wieder langsam zu. »Nun? Du darfst offen reden, Joachim.«

»Du bist Soldat aus Neigung, daher erkennst du das Soldatische als oberstes Gesetz an«, fährt Lassehn langsam fort. »Oder nicht?«

»Du irrst«, entgegnet Tolksdorff, »ich bin Soldat, weil unser Vaterland mich braucht.«

»Mißbraucht!« wirft Lassehn ein.

Tolksdorff sieht ihn erstaunt an. »Wie bitte?«

»Mißbraucht, sagte ich«, sagt Lassehn. »Oder ist dir noch nicht klargeworden, daß mit euch, mit dir und mir, mit deinen Leuten und uns allen, mit unserem ganzen Volke ein ungeheuerlicher Mißbrauch getrieben wird?«

Tolksdorff blickt vor sich nieder, dann faßt er rasch nach Lassehns rechtem Arm. »Komm«, sagt er, »hier können wir nicht stehenbleiben, setzen wir uns für ein paar Minuten hin.« Er weist auf ein paar große Quadersteine, die aus einem Hause herausgesprengt sind und eine zerstörte Toreinfahrt blockieren.

Dann sitzen sie nebeneinander in dem halbzerstörten Hausflur, der einen Blick auf mehrere Fabrikhöfe freigibt, in denen es kein Leben mehr gibt. Lassehn in seinem abgetragenen dunkelbraunen Wintermantel, einer schwarzen, umschlaglosen Hose, die ihm Klose heute früh gegeben hat, mit seiner Skimütze und den derben Stiefeln sticht seltsam ab gegen den Oberleutnant Tolksdorff in tadellosem, hellgrauem Ledermantel, gutsitzender Reithose und schwarzen Langschäftern, aber er ist durchaus nicht bedrückt und wird keineswegs mehr von jenem Gefühl geplagt, das ihn seine eigene Handlungsweise als schimpflich empfinden läßt. Diese Empfindung, die ihn anfänglich beherrscht hat, ist ganz von ihm abgefallen, an ihre Stelle ist etwas Neues getreten, es hat noch keine Gestalt und keinen Namen, aber es ist da, und dieses Etwas läßt ihn sich seinem früheren Kameraden überlegen erscheinen.

»Du sagst, man treibt mit uns Mißbrauch«, beginnt Tolksdorff. »Ich will nicht einmal sagen, daß du völlig im Unrecht bist, ich bin aber der Meinung, daß eine Erörterung hierüber gegenwärtig ganz unwichtig ist.«

»Erlaube mal«, fährt Lassehn auf, »ich glaube vielmehr ...«

Tolksdorff winkt ab. »Laß mich erst mal ausreden, Joachim«, sagt er. »Die Erörterung dieser Frage ist augenblicklich unwichtig, und ich will dir auch sagen, warum sie es ist. Es geht augenblicklich gar nicht um Mißbrauch, Recht oder Unrecht, es geht einfach um Deutschland, um unser Leben. Das ist doch klar. Oder nicht?« Lassehn verharrt einen Augenblick unbeweglich, dann schüttelt er den Kopf. »Es geht um unser Leben, es geht um Deutschland, das ist richtig«, antwortet er, »aber die Voraussetzungen sind falsch. Gerade weil es um Deutschland geht, müssen wir Schluß machen, und zwar sofort.«

»Schluß machen?« fragt Tolksdorff. »Wie stellst du dir das vor? Womit wollen wir Schluß machen?«

»Mit dem Krieg selbstverständlich! Oder willst du, daß die Gebiete, die bis jetzt noch verschont geblieben sind, auch überwalzt, zerstampft, vernichtet werden?«

»Joachim, du weißt nicht, was du redest«, entgegnet Tolksdorff. »Gerade weil wir das verhindern wollen, kämpfen wir ja.«

Lassehn lacht kurz auf. »Daran glaubst du noch, Dietrich?« fragt er. »Die Walze ist abgespielt! Merkst du nicht, daß es nur ein Krächzen ist, was dir früher wie Musik in den Ohren geklungen hat?«

»Solche Vergleiche beweisen gar nichts«, wehrt Tolksdorff ab, er holt zwei Zigaretten aus der Außentasche seines Mantels und reicht Lassehn eine, dann läßt er ein Feuerzeug aufspringen und schützt das schwache Flämmchen mit der hohlen Hand.

Lassehn beugt sich über Tolksdorffs Hände, um Feuer anzusaugen, und erst in diesem Augenblick sieht er dem Freunde aufmerksam ins Gesicht. Vorhin war es das bekannte, ihm vertraute Antlitz des früheren Kameraden, mit dem schmalen Schädel, der hohen Stirn, den klugen, braunen Augen und der geraden Nase über dem schmalen Munde, jetzt aber, da sein Blick die Züge genauer durchforscht, bemerkt er, daß zwar die Grundformen unverändert geblieben sind, daß aber neue, unbekannte Linien hineingezeichnet sind und ein anderer Ausdruck sich eingeprägt hat. Die Lebensfreude und Zukunftshoffnung, die Aufgeschlossenheit und Geistesfrische sind verschwunden, statt dessen sind Resignation und verbissener Trotz da, und sie können auch von dem krampfhaft aufrechterhaltenen Optimismus nicht überdeckt werden.

»Solche Vergleiche beweisen alles«, nimmt Lassehn das Gespräch wieder auf. »Ist die Walze nicht bei Stalingrad und am Kuban-Brückenkopf, am Mius und bei Warschau, bei Tobruk und bei Nettuno, in der Normandie und bei Aachen immer wieder gespielt worden? Haltet aus, haltet aus, haltet aus im Sturmgebraus! Und was war das Ergebnis? Daß wir jetzt einen Kursus in Hitlerscher Strategie auf deutschem Boden nehmen, jetzt heißt es Kassel, Chemnitz, Breslau, Königsberg, Frankfurt an der Oder, und morgen wird es Bremen, München, Rostock und schließlich Berlin heißen!«

»Hör auf, Joachim«, sagt Tolksdorff beschwörend »So weit darf es nicht kommen!«

Wieder lacht Lassehn bitter auf. »Das hängt doch gar nicht von euch ab, Dietrich! Ihr könnt den Gegner doch gar nicht mehr aufhalten!«

Tolksdorff richtet den Kopf wieder hoch und wendet sich Lassehn langsam zu.

»Ihr, sagst du, ihr, rechnest du dich denn nicht mehr dazu?« fragt er eindringlich.

»Nein«, sagt Lassehn kurz, »ich gehöre nicht mehr dazu, ich will auch nicht mehr.«

Ein langes Schweigen entsteht zwischen den beiden jungen Männern, sie sitzen dicht nebeneinander auf den Gesteinsbrokken, zwischen ihnen schienen eben noch Fäden gespannt zu sein, die aus früherer Kameradschaft gewoben waren, aber jetzt ist plötzlich eine Kluft zwischen ihnen aufgerissen, so breit, daß die Fäden zerreißen müssen.

Tolksdorff bricht das Schweigen zuerst. »Du bist immer ein anständiger Kerl gewesen, Joachim«, sagt er, »ich verstehe nicht, was dich veranlaßt, so zu sprechen.«

Lassehn blickt ihn fest an. »Und du bist immer viel zu klug gewesen, Dietrich, als daß du nicht begreifen könntest, was rings um uns vorgeht. Du hast doch Augen im Kopf, und logisches Denken war immer deine Stärke. Oder bist du blind geworden und hast dir das Gehirn verkleistern lassen?«

»Laß das!« sagt Tolksdorff schroff.

»Ihr müßt doch einsehen, daß jeder weitere Widerstand Wahnsinn ist«, sagt Lassehn eindringlich. »Ihr könnt noch viel retten, wenn ...«

»Ihr, ihr, immer dieses ihr«, fährt Tolksdorff los, »ich kann das schon nicht mehr hören. Wir sind doch machtlos!«

»Sehr richtig, machtlos! Das ist das richtige Wort«, sagt Lassehn, »machtlos nach außen und noch viel machtloser nach innen, aber daß ihr es seid oder wir es sind, denn diesmal muß ich mich ja wohl miteinbeziehen, das ist unsere eigene Schuld. Man hat uns belogen und betrogen, man hat unsere Glaubensfähigkeit mißbraucht und uns zu Robotern herabgewürdigt ...«

»Joachim«, sagt Tolksdorff, und seine Stimme hat die Schärfe wieder ganz verloren, sie ist leise und bittend geworden.

»Das willst du nicht hören«, sagt Lassehn wild, »bringt dich wohl aus deiner Seelenruhe, Dietrich Tolksdorff, treibt wohl einen Stachel in die Phrasenhülle, in die du dich hast einwickeln lassen, um nicht nachdenken zu müssen?«

»Laß das«, sagt Tolksdorff noch einmal. »Du darfst mich nicht für so dumm halten, als daß ich nicht mehr zu erkennen vermag, daß unser Fundament, das unangreifbar und unverletzbar, unverrückbar und sicher, wie in die Ewigkeit hinein ...«

»... für tausend Jahre«, spottet Lassehn.

»Ja, für tausend Jahre, wie in die Ewigkeit hineingebaut schien«, fährt Tolksdorff ernst fort, »daß dieses Fundament aufgesplittert ist. Meinst du, ich könnte übersehen, daß unsere Lage immer aussichtsloser wird?«

»Jetzt hab' ich dich, Dietrich«, sagt Lassehn triumphierend, »es konnte ja auch gar nicht anders sein, denn daß du mir bisher zugehört hast, ohne wild zu werden, das hat mir schon bewiesen, daß du innerlich gebrochen bist und nicht mehr an das glaubst, woran du zu glauben vorgibst. Nur deshalb habe ich es ja auch gewagt, so offen zu sprechen.«

»Ich möchte das Gespräch lieber beenden, Joachim«, sagt Tolksdorff müde.

»Kommt nicht in Frage, das wäre Feigheit vor dem Freund«, entgegnet Lassehn entschieden. »Ich habe zumindest noch eine wichtige Frage an dich zu richten.«

»Und die wäre?«

»Obwohl du das also erkannt hast, machst du noch weiter mit?«

»Tust du etwas anderes, Joachim?« fragt Tolksdorff.

Lassehn blickt ihn fest an. »Jawohl«, antwortet er, »ich mache nicht mehr mit, seit ein paar Monaten schon.« Er will noch hinzufügen, daß er jetzt vom Nicht-mehr-mit-Machen zur Aktivität übergegangen ist, aber er unterläßt es, es erscheint ihm doch zu gewagt.

»Du bist ...«, beginnt Tolksdorff, aber er beendet den Satz nicht, das Wort will ihm nicht über die Zunge.

»Jawohl, ich bin desertiert, von Hitlers blutiger Fahne«, sagt Lassehn mit fester Stimme, »und ich werde dir auch sagen, weshalb ich es tat. Weil ich den Wahnsinn nicht länger mitmachen konnte, weil ich nicht mehr mitschuldig werden wollte an den Verbrechen, die an fremden Völkern und an unserem eigenen Volke begangen worden sind und noch täglich und stündlich weiter begangen werden. Ich gestehe, daß mir diese Erkenntnis gewissermaßen auch erst post festum gekommen oder erst jetzt geweckt worden ist, sie wurde bisher von der Feigheit, die den Dingen nicht klar ins Auge sehen will, unterdrückt. Ich bin sozusagen aus persönlichen Empfindungen davongelaufen, aber sie haben jetzt ihre nachträgliche Rechtfertigung in dieser Erkenntnis gefunden, und ich stehe auch für sie ein, du aber stehst für nichts ein, Dietrich.«

»Das stimmt nicht, Joachim«, widerspricht Tolksdorff, er löst die Gürtelschnalle seines Mantels und knöpft ihn auf. »Ich habe für Deutschland eingestanden, mein Junge, hier das Eiserne

Kreuz erster und zweiter Klasse und das Deutsche Kreuz in Gold. Ist das nichts?«

Lassehn hat nur einen flüchtigen Blick auf die Orden geworfen. »Du hast mich mißverstanden, Dietrich«, sagt er, »ich habe deine Vaterlandsliebe nicht in Zweifel gezogen, aber sie ist, ich muß das wiederholen, mißbraucht worden, es ist schon so, wie ich eben sagte: du stehst für nichts ein. Du bist der Meinung, deine Pflicht zu erfüllen, indem du einen Staat schützest, den du, wenn auch nicht verabscheust, so doch zumindest ablehnst, du hast aber nicht den Mut, für diese Erkenntnis einzustehen und die Konsequenz aus ihr zu ziehen. Trotz aller militärischen Tapferkeit, die du für ein nichtswürdiges Objekt verschleudert hast, bist du ein moralischer Feigling, weil du den gegenwärtigen Zustand trotz dieser Erkenntnis nicht änderst. Was du sprichst und was du auch tust, das tust du wider besseres Wissen und bessere Einsicht.«

Tolksdorff ist von Lassehns Worten sichtlich angerührt, in seinem jungen Gesicht zuckt es heftig. »Aber ich kann doch unserem Volke nicht in den Rücken fallen«, sagt er fast verzweifelt.

»Nicht unserem Volke fällst du in den Rücken«, sagt Lassehn schnell, »sondern diesem Staat.«

Tolksdorff schüttelt den Kopf.

»Aber das ist doch dasselbe.«

»Nein«, sagt Lassehn entschieden, »das ist es eben nicht. Deutschland ist mit dem Nationalsozialismus nicht identisch, und der Hitlerstaat nicht mit dem deutschen Volk.«

Tolksdorff knöpft seinen Mantel wieder zu, er tut es langsam und mit pedantisch genauen Bewegungen, um Zeit zu gewinnen. »Es ist eine ausweglose Situation«, sagt er schließlich. »Beide Möglichkeiten sind gleich furchtbar, daß Deutschland den Krieg verliert und daß es ihn gewinnt, das ist mir längst klar, aber ich habe mich immer gegen diese Erkenntnis gewehrt, und ich tue es wohl im Grunde heute noch, ich kann einfach nicht glauben, daß deutsche Staatsmänner und Feldherren so verantwortungslos sind, ein ganzes Volk nur um ihrer selbst willen zu opfern.«

»Du mußt es glauben«, sagt Lassehn hart, »du kommst um diese furchtbare Erkenntnis nicht herum. Ich bin niemals Nationalsozialist gewesen, du weißt ja wohl noch, daß ich in der Schule Schwierigkeiten über Schwierigkeiten deswegen hatte, es ist mir eigentlich niemals recht bewußt geworden, weshalb das so war. Ich weiß auch heute im Grunde nur, daß meine Abneigung sich aus vielen Komponenten zusammensetzt.«

Tolksdorff atmet schwer. »Das ist doch keine Weltanschauung, gegen etwas zu sein«, wendet er ein. »Weshalb sind die meisten unserer Generation denn Nationalsozialisten geworden und sind es auch heute noch? Weil wir gar nichts anderes kennen, uns stand ja nichts zur Auswahl, der Nationalsozialismus bot sich uns doch als der einzige Halt im geistigen Vakuum an. Wenn wir jetzt diesen Halt verlieren ...«

»Der berühmte Sperling in der Hand«, höhnt Lassehn.

»Und was hast du getan?« fragt Tolksdorff. »Hast du außerhalb des Bannkreises gestanden?«

»Ich hatte mich ganz in mich selber zurückgezogen«, antwortet Lassehn, »abgeriegelt gegen alles, was in uns hineingepreßt und gewaltsam in unser Denken gedrängt werden sollte.«

Tolksdorff schüttelt den Kopf langsam. »Das kann man doch gar nicht«, entgegnet er, »aber mein Urteil ist vielleicht zu subjektiv, *ich* konnte es jedenfalls nicht, geistig zu vagabundieren. Und daß du es konntest, Joachim ...«

»Du vergißt die Musik, Dietrich«, erinnert Lassehn.

»Richtig«, sagt Tolksdorff. »Du warst ja immer so sehr Musiker, daß du gar nichts anderes brauchtest.«

Wieder entsteht eine kleine Pause. Lassehn lauscht einer Melodie nach, die in ihm ertönt, Tolksdorff stemmt nervös die Fingerspitzen gegeneinander.

»Du sprichst immer in der Vergangenheit«, nimmt Tolksdorff das Gespräch schließlich wieder auf, »gerade so, als wolltest du andeuten, daß sich jetzt etwas in dir geändert hat. Habe ich recht?« Lassehn nickt. »Jawohl«, sagt er mit fester Stimme, »ich habe das geistige Vakuum, wie du es vorhin nanntest, überwunden und, obwohl das Leben eines illegalen Deserteurs ungeheuer schwer und gefahrvoll ist, doch das Gefühl, eine unerträgliche Last abgeworfen zu haben und frei zu sein.«

»Und was hat diese Wandlung erzeugt?« fragt Tolksdorff.

Lassehn lächelt.

»Diese Frage kann ich dir, selbst wenn ich es wollte, nicht präzise beantworten, ich bin zufällig mit ein paar Männern bekannt geworden, die gegen den Nationalsozialismus sind.«

»Das sind heute viele«, wirft Tolksdorff ein.

Lassehn nickt. »Gewiß, aber diese Männer sind nicht von dieser Art«, entgegnet er, »ich habe mich auch schlecht und mißverständlich ausgedrückt. Diese Männer rücken nicht vom Nationalsozialismus ab, wie es heute viele tun, weil die Sache jetzt offensichtlich schiefzugehen droht und weil sie sich für später ein Alibi verschaffen wollen, nein, sie sind entschiedene Gegner der Nazis, nicht aus persönlichen, sondern aus weltanschaulichen Gründen, in ihnen lebt die Kraft einer Überzeugung, die durch keine Lockung zu ködern oder keine Drohung zu brechen gewesen ist.«

Tolksdorff hat zugehört, halb gespannt, halb ungläubig. »Und du hast dich ihnen angeschlossen?«

»Ja«, antwortet Lassehn, »und ich weiß auch, daß ich recht daran getan habe, und ich weiß vor allem, daß man nichts tut, wenn man nicht alles tut, daß man nichts wagt, wenn man nur halb wagt.«

»Ich bin nie abgeneigt gewesen, etwas hinzuzulernen«, sagt Tolksdorff. »Ich habe zum Beispiel oft darüber nachgedacht, was den Russen ihre beinahe übermenschliche Ausdauer und ihre fast unwiderstehliche Kraft verleihen mag. Ich habe niemals recht geglaubt, daß es nur die Maschinenpistolen der Kommissare gewesen sind, wie man uns ja immer einzureden versucht hat, ich konnte andererseits aber keine Klarheit gewinnen, woher diese Menschen ihre Kraft nahmen. Es war ja einfach undenkbar, solche Fragen zu diskutieren, es wäre einem Selbstmord gleichgekommen, wenn man sie überhaupt nur aufgeworfen hätte.«

»Man hat ja alle Begriffe, die nicht dem Nationalsozialismus entsprechen, nur verzerrt und verbogen sehen gelernt«, sagt Lassehn, »man hat die Vorurteile gegen Sozialismus und Demokratie, Parlamentarismus und Pazifismus so fest in uns hineingepflanzt, daß wir … Mir fehlt der rechte Vergleich.« Er hält inne und schließt für Sekunden die Augen. »Ich könnte hier nur einen Vergleich aus der Musik anbringen, du weißt ja, daß sich bei mir alles in Musik umsetzt oder verdichtet.«

Tolksdorff nickt. »Ja, ich weiß das noch genau«, antwortet er lächelnd.

Auch Lassehn muß jetzt lächeln. »Die Vorurteile sind so fest in uns verankert wie eine Melodie, die wir in frühester Jugend falsch gelernt und falsch gesungen haben, und selbst wenn wir diese Melodie später nach den richtigen Noten vom Blatt singen, klingt die alte Melodie immer noch in uns nach, sie ist uns oft lieber als die richtige. Genau so ergeht es uns mit den Vorurteilen, sie vergiften unser Denken und wirken in uns auch dann noch nach, wenn wir uns bereits vom Gegenteil überzeugt haben. Verleumde nur ruhig, etwas bleibt doch immer hängen, genau nach dieser Methode arbeiten die Nazis, so verbinden wir mit bestimmten Begriffen und Namen bestimmte Vorstellungen, Stalin – ein Henker, Churchill – ein Säufer, Roosevelt – ein Judenknecht, Pazifismus – Knochenerweichung, Parlamentarismus – Schwätzerei, Demokratie – lendenlahme Politik.«

Tolksdorff ist aufgestanden und geht unruhig auf und ab. »Und welches ist die neue Erkenntnis, die du gewonnen hast, Joachim?« fragt er und blickt eindringlich auf Lassehn.

»Bis zu einer Erkenntnis ist es noch nicht gereift«, erwidert Lassehn kopfschüttelnd, »so schnell gewinnt man neue Erkenntnisse nicht, aber ich weiß, daß es Dinge gibt, für die es zu leben lohnt, es ist etwas in mir aufgebrochen, das mich aus meiner geistigen Haltlosigkeit herausgeführt hat. Es ist zwar alles noch unklar, aber es ist da.«

Tolksdorff bleibt vor Lassehn stehen. »Schade, daß du selbst nicht weißt, was dich so belebt.«

Lassehn sieht auf.

»Weshalb schade?« fragt er erstaunt.

»Weil ich ...« Tolksdorff ist ein wenig verlegen. »Weil ich deine neuen Gesichtspunkte gern einmal kennengelernt hätte.«

Lassehn senkt den Kopf tief auf die Brust, ein Gedanke ist in ihn hereingefallen, phantastisch kühn, wie es ihn dünkt, aber vielleicht doch nicht ganz unmöglich. »Wie wäre es, Dietrich«, sagt er langsam und denkt dabei an Dr. Böttcher, »wenn ich dich einmal mit jemandem zusammenbrächte ...«

»Einverstanden«, sagt Tolksdorff entschlossen. »Es würde mich immerhin doch interessieren«, fügt er einschränkend hinzu. »Wann und wo soll denn die Disputation steigen?«

Lassehn schüttelt den Kopf. »Ich kann über die Zeit dieses Herrn nicht verfügen«, wehrt er ab, »und außerdem kann ich nicht voraussehen, ob er damit einverstanden ist, wenn ich ihm einen Offizier ins Haus bringe, aber ich will ihn fragen. Wo finde ich dich?«

»Wir haben hier noch ein paar Tage zu tun«, erwidert Tolksdorff, »ich würde es dann einrichten ...«

»Es ist hier ganz in der Nähe«, fällt ihm Lassehn ins Wort. Drei Häuser weit nur entfernt, denkt er, nur drei Häuser, aber eine Welt liegt noch dazwischen.

XVII

16. April, 16.00 Uhr

Als nach der öffentlichen Luftwarnung die Sirenen wieder den langen Heulton geben, verläßt Lassehn die Wohnung Dr. Böttchers. Die frohe Stimmung, die ihn vorhin ergriffen hat, als er seine ersten illegalen Schritte getan hat und im blanken Aprilsonnenschein die Große Frankfurter Straße entlanggegangen ist, beherrscht ihn immer noch, sie hat sich sogar noch verstärkt. Er hat auch allen Grund, zufrieden zu sein. Zunächst hat er die Flugblätter heil abgeliefert und damit seine erste Aufgabe im Dienst der Widerstandsgruppe ›Berolina‹ erfolgreich durchgeführt, er hat ferner die Zusage erreicht, in den nächsten Tagen mit Tolksdorff bei Dr. Böttcher erscheinen zu dürfen, dann hat er ausnehmend gut zu Mittag gegessen, und eine gute Mahlzeit ist auch für einen intellektuell eingestellten jungen Mann wie Lassehn immerhin eine nicht zu verschmähende Angelegenheit, namentlich wenn sowohl reichliche wie gute als auch regelmäßige Mahlzeiten zu den Seltenheiten gehören.

Der Hauptgrund für seine Beschwingtheit kommt aber aus einer anderen Region. Lassehn fährt mit der Hand zärtlich über die Stelle, an der er seine Brieftasche stecken hat. In dieser Brieftasche befindet sich jetzt nicht mehr sein Soldbuch, das ohne Urlaubsschein oder Marschbefehl doch geradezu wertlos war, sondern ein Wehrpaß mit Entlassungsvermerk und eine Uk-Stellung. In diesen Wehrpaß ist sein Bild mit wunderbarer Geschicklichkeit hineinpraktiziert worden, die Rundstempel, die über die Ecken seines Bildes laufen, sind fast haargenau den Rändern der Stempel angepaßt, die im Wehrpaß eingedrückt sind, und es gehört schon eine unwahrscheinliche Genauigkeit dazu, die geringfügigen Abweichungen zu entdecken. Solche Ausweise, noch dazu ein Revolver in der Hosentasche, verleihen mehr Sicherheit, als ein gutes Gewissen und redliche Absichten es vermögen.

Lassehn brennt jetzt darauf, die Güte seiner Papiere zu erproben, es ist etwas Abenteuerlust in ihm, also gerade das, wovor ihn Klose ausdrücklich gewarnt hat. Er geht provozierend an einer Wehrmachtsstreife vorbei, die mit Stahlhelm und Kette an der Ecke Frankfurter Allee und Samariterstraße steht, aber die beiden Feldgendarmen beachten ihn gar nicht, sie stehen mit verbissenen Gesichtern und auf dem Rücken verschränkten Armen wie angewurzelt im Strudel der zahlreichen Passanten.

Lassehn geht noch einmal und wieder vorbei, aber mit dem gleichen Mißerfolg, schließlich gibt er es auf und geht die Frankfurter Allee weiter ostwärts hinauf, sein Ziel ist die S-Bahn, die zwischen der Pettenkofer- und Möllendorffstraße die Frankfurter Allee überspannt und deren Brücke seltsamerweise der ›Verbinder‹ genannt wird.

Während Lassehn sich in der Schlange am Fahrkartenschalter anschließt, denkt er schon kaum noch an seine Papiere, er stellt sich bereits auf die neue Aufgabe ein, und das ist die Fahrt nach Eichwalde. Er ist noch niemals die Strecke nach Königs Wusterhausen gefahren, er kennt den Berliner Osten überhaupt nicht, er kann sich nur ganz dunkel an eine Dampferfahrt auf dem Müggelsee erinnern, aber das ist schon lange her. Er hat, als seine Eltern noch in der Schönhauser Allee wohnten, ausschließlich die nördlichen Vororte, Tegel, Frohnau, Birkenwerder, Bernau, Lübars, bevorzugt, und später, als die Eltern nach Lankwitz verzogen, die westlichen Randgebiete von Grunewald bis Werder, von Pichelsberge bis Falkensee durchwandert. Es ist eine unumstößliche Tatsache, daß die Berliner es nicht mögen, erst die ganze Stadt zu durchqueren, um in die Umgebung zu gelangen, sie drängen direkt von ihrem Wohnbezirk ins Freie, es gibt kaum einen Berliner, der die gesamte Umgebung seiner Heimat kennt, sofern es nicht gerade ein fast berufsmäßiger Wandervogel ist.

Als Lassehn die Fahrkarte gelöst hat, bleibt er vor der Eisenbahnkarte des Schaltervorraums stehen, sucht erst seinen gegenwärtigen Standort, den S-Bahnhof Frankfurter Allee, und besieht sich dann die östlichen Vorortstrecken nach Strausberg, Fürstenwalde und Königs Wusterhausen. Da der Vorraum ziemlich dunkel ist, tritt er ganz dicht an die Karte heran und läßt den Finger an dem roten Strich vom Görlitzer Bahnhof nach Königs Wusterhausen entlanggleiten. Er ist gerade bis Schöneweide gekommen, als ihn jemand anspricht.

»Na, wohin denn, Herr Nachbar?«

Lassehn dreht sich um und sieht sich einem kleinen, dürren Männchen gegenüber, das durch einen schwarzen, steifen Hut vergeblich an Größe zu gewinnen sucht.

»Nach Eichwalde«, antwortet er. »Da muß ich wohl in Treptower Park umsteigen, nicht wahr?«

»Richtig«, antwortet der Kleine, »und dann noch einmal in Grünau. Kommen Sie man mit, ich hab' fast denselben Weg.«

Warum nicht? denkt Lassehn. Jetzt, da er gute Papiere hat, will er den Menschen ja nicht mehr ausweichen, im Gegenteil, er sucht jetzt ihre Bekanntschaft, er spitzt überall die Ohren, drängt sich in jede Ansammlung hinein, ihn interessiert jetzt alles, was gesprochen wird und was unausgesprochen zwischen den Worten sitzt.

Der Bahnsteig ist schwarz von Menschen, selbst wenn jetzt ein Leerzug einliefe, würde nur ein Teil der Wartenden Platz finden können.

Lassehn bleibt hilflos in der Mitte des Bahnsteigs stehen.

»Da ist ja gar nicht an Mitkommen zu denken«, sagt er.

»Sagen Sie das nicht, Herr Nachbar«, meint der Kleine. »Wenn Sie richtig stehn, 'nen kräftigen Anlauf nehmen und Druck dahintersetzen, sind Sie im Nu drin.«

»Wenn das aber jeder so machen würde ...«, wendet Lassehn ein. »Macht ja nicht jeder so, Herr Nachbar«, sagt der Kleine und zwinkert vergnügt. »Die Menschen sind nun einmal eingeteilt in solche, die drängeln, und solche, die sich wegdrängeln lassen. Ich gehöre zu denen, die drängeln. Und Sie?«

Lassehn zuckt mit den Achseln. »Ich muß heute unbedingt noch nach Eichwalde«, sagt er.

»Unbedingt gibt's heute nicht mehr«, sagt der Kleine. »Oder doch. Wir müssen siegen, unbedingt, sagt der Führer. Oder vielleicht nicht?«

»Der hat schon manches gesagt«, mischt sich ein Arbeiter ein und lacht höhnisch. »Hat bloß nicht immer gestimmt, nur in einem hat er recht behalten. Gebt mir zehn Jahre Zeit, und ihr werdet Deutschland nicht wiedererkennen. Stimmt ausnahmsweise genau.«

»Das ist alles vorher einkalkuliert, hat er gesagt«, meint der Kleine, »so 'n paar kleine Rechenfehler spielen ja keine Rolle, wir haben's ja dazu. Nicht wahr, Kollege?«

»Und die Dußligen sind wir wieder dabei«, sagt der Arbeiter.

»Wir sind von Anfang an die Dußligen gewesen«, sagt der Kleine, »wenn wir auf'n Kien gewesen wären, hätten die Brüder keinen Blumentopf gewinn' können. Oder vielleicht nicht?«

»Haltet gefälligst die Backen«, sagt ein großer, vierschrötiger Mann. »Der Führer ist schon in Ordnung, bloß auf euch Armlöcher hat er sich nicht verlassen können. Euch Brüder müßte man hochgehen lassen, jetzt solche Reden zu führen, wo es ums Ganze geht.«

»Du hast wohl noch was zu verlieren, Dickerchen?« lacht der Kleine. »Laß man, wenn du erst ausgebombt bist, red'st du auch anders.«

Der Vierschrötige wechselt die Tonart, er spricht nicht nur zu dem Kleinen, zu Lassehn und dem Arbeiter, er spricht jetzt zu allen, die in seiner Nähe stehen. »Seid doch vernünftig, Volksgenossen, wir müssen siegen ...«

»Sonst seid ihr im Eimer«, fährt eine Stimme dazwischen.

»Was heißt denn ihr, Volksgenossen«, sagt der Vierschrötige, »wir gehören doch alle zusammen, wir sind eine verschworene Gemeinschaft.«

»Das ist bestimmt der große Bruder von Goebbels«, wirft die Stimme wieder ein.

Alle lachen, der Vierschrötige schweigt verbissen.

Lassehn ist über den freimütigen Ton erstaunt, er ist der sicherste Beweis dafür, daß die Autorität der Partei im Schwinden begriffen ist. Die Redensarten, die versteckt und auch offen angebracht werden, wären noch vor einem Jahr in der Öffentlichkeit unmöglich gewesen, aber das Merkwürdige daran ist, daß sich der Widerstand oder die Auflehnung eben in diesen Redensarten erschöpfen, sie sind aus der passiven Abneigung, nicht aus der kämpferischen Gegnerschaft entstanden, denn obwohl das nationalsozialistische Regime in den letzten Zügen liegt, hält es immer noch die Fäden des gewaltigen Netzwerkes, das über das deutsche Volk geworfen ist, fest in der verkrampften Hand und zwingt jeden, sein Rädchen in der Höllenmaschine des Dritten Reiches zu treiben.

Die Debatte wird beendet, als der Zug einläuft, die Aussteigenden zwängen sich durch eine schmale Gasse, die von der Menschenmauer unwillig gebildet wird, dann drängt die Masse mit gewaltiger Wucht auf die Eingänge zu. Obwohl Lassehn keineswegs besondere Anstrengungen macht, wird er, wie von einem Sog erfaßt, hineingerissen, es ist unmöglich, sich ihm zu entziehen. Es ist gleichsam, als ob der durch die Ausgestiegenen im Wagen entstandene Hohlraum gleich einem Rezipienten die Menschen ansaugt.

Als der Zug sich schwerfällig in Bewegung setzt, steht Lassehn fest eingekeilt, er kann kein Glied rühren, sich auch nur um einen Zentimeter vor- oder rückwärts bewegen.

Der kleine Mann mit dem schwarzen, steifen Hut steht in unmittelbarer Nähe und grinst Lassehn vergnügt an. »Na, sehen Sie, Herr Nachbar, Sie haben's ja auch geschafft.«

Lassehn lächelt zurück. »Zufall, ich weiß gar nicht, wie das zuging.«

»Weiß mancher nicht«, sagt der Kleine vieldeutig. »Der Zug hier ist direkt symbolisch. Oder vielleicht nicht?«

»So?« meint Lassehn. »Weshalb denn?«

»Wir haben uns alle mit Gewalt hineingedrängt«, sagt der Kleine, »und nun sind wir drin und können uns nicht mehr rühren, jetzt stehen oder sitzen wir fest, und raus können wir auch nicht.«

»Ist doch Quatsch, was du da redest«, sagt ein Mann hinter dem Kleinen, »wenn du willst, kannst du doch auf dem nächsten Bahnhof aussteigen.«

Der Kleine hält an seinem Vergleich fest. »Stimmt nicht ganz«, entgegnet er, »ich kann nur aussteigen, wenn ihr mich aussteigen laßt, und wenn ich es wirklich schaffe, wie sehe ich dann aus? Zerknautscht und halb tot, und die Sachen haben sie mir fast vom Leibe gerissen. So werden wir aussehen, wenn wir aus … na, wenn wir aus dem andern Zug mal aussteigen. Oder vielleicht nicht?«

»Du wirst bald ausgestiegen werden«, sagt eine scharfe Stimme über das Gepäcknetz hinweg, »wenn du nicht bald die Schnauze hältst.«

Betretenes Schweigen folgt den Worten.

»Na, hier rings um Ostkreuz sieht's ja auch reizend aus«, sagt schließlich jemand.

»Die Engländer und Amerikaner radieren eben«, sagt der Kleine. Ein mittelgroßer, breitschultriger Mann versucht, sich zum Ausgang durchzudrängen. »Die Großschnauze muß ich mir doch einmal ansehen«, sagt er.

»Lohnt sich nicht«, sagt der Kleine schlagfertig, »so schön bin ich gar nicht.«

»Schweigen Sie doch«, sagt Lassehn zu dem Kleinen, »Sie machen sich bloß Unannehmlichkeiten.«

Der Kleine nickt. »Ich weiß«, sagt er, »aber ich kann jetzt nicht mehr die Schnauze halten, zu lange hat man alles hinunterschlucken müssen. Oder vielleicht nicht?«

Lassehn will noch etwas sagen, aber da läuft der Zug auf dem Bahnhof Ostkreuz ein.

Der mittelgroße Mann drängt sich rücksichtslos zum Ausgang durch und tippt dabei dem Kleinen und Lassehn auf die Schulter. »Sie beide steigen mal mit mir aus!«

Lassehn erschrickt leicht. Hat er denn was gesagt? Er hat doch nur den Kleinen beschwichtigt.

»Machen wir«, sagt der Kleine. Als der Zug hält, steigt er aus und ist im Nu in der Menge verschwunden.

Der Mittelgroße versucht, ihn zu verfolgen, aber die Menschenmauer auf dem Bahnsteig hat sich sogleich hinter dem Kleinen wieder fest geschlossen. Der Mittelgroße schickt dem Kleinen noch ein unflätiges Schimpfwort nach und hält sich an Lassehn.

»Wer ist der Kerl?« fragt er.

»Ich kenne ihn nicht«, antwortet Lassehn, »er hat mich vorhin auf dem Bahnhof Frankfurter Allee angesprochen, habe ihn nie vorher gesehen.«

Der Mittelgroße blickt ihn mißtrauisch an. »Zeigen Sie mal Ihre Papiere«, fordert er.

Lassehn reicht ihm den Wehrpaß. Da ist ja nun die Probe, die er sich vorhin gewünscht hat, aber ein heftiges Herzklopfen spürt er doch. »Und wer sind Sie?« fragt er.

»Jeder Deutsche ist berechtigt, verdächtige Personen feststellen zu lassen«, sagt der Mittelgroße barsch. »Scheinen Sie noch nicht zu wissen.«

»Weshalb bin ich denn verdächtig?« will Lassehn wissen.

»Weil Sie sich in Begleitung eines Individuums befunden haben, das mir leider entkommen ist«, antwortet der Mittelgroße. »Im übrigen bin ich von der Geheimen Staatspolizei, wenn Sie es genau wissen wollen«, fügt er hinzu und weist eine längliche, gelbe Blechmarke vor, die an einer Kette befestigt ist und die er aus der Hosentasche holt.

»Was kann ich denn dafür ...«, will Lassehn einwenden.

»Reden Sie nicht soviel«, unterbricht ihn der Gestapobeamte barsch und blättert in dem Wehrpaß. »Ist das alles?« fragt er dann. »Hier ist meine Uk-Stellung«, erwidert Lassehn und reicht ihm den rosafarbenen Schein hin.

Der Gestapobeamte liest ihn durch und schlägt den Wehrpaß wieder auf. »Wie heißen Sie?« fragt er dann unvermittelt schnell.

»Steht doch alles drin«, erwidert Lassehn. Ein Glück, denkt er, daß Dr. Böttcher darauf bestanden hat, daß ich den Inhalt der Papiere auswendig lerne. Gute Papiere allein reichen noch nicht aus, hat er gesagt, man muß auch ihren Inhalt genau kennen, oder glauben Sie, daß den Spürhunden nicht bekannt ist, daß es zahlreiche falsche Papiere oder echte Papiere in unrechten Händen gibt?

»Antworten Sie auf meine Frage!« herrscht ihn der Gestapobeamte an.

»Horst Winter«, sagt Lassehn jetzt.

»Wann sind Sie geboren?«

»Achtzehnten Mai neunzehnhundertzwanzig in Strasburg, Uckermark.«

»Wo ist Ihr Arbeitsbuch?«

»Das hat die Firma.«

»Welche Firma?«

»Steht doch auf der Bescheinigung«, sagt Lassehn mit gespielter Ungeduld.

»Welche Firma?« beharrt der Gestapobeamte.

»Argus-Motoren in Reinickendorf.«

Der Gestapobeamte brummt etwas vor sich hin und klappt den Wehrpaß zu. »Hau ab, Mensch«, sagt er ärgerlich und gibt Lassehn das Buch und die Bescheinigung zurück, dann geht er mit suchenden Blicken den Bahnsteig entlang und steigt die Treppe zum Bahnsteig E hinunter, auf dem gerade ein Zug nach Mahlsdorf einläuft.

Lassehn hat die Probe bestanden, ihn befällt ein Gefühl, das zu gleichen Teilen aus Stolz und Erleichterung besteht, ähnlich wie damals nach der Reifeprüfung. Er blickt auf die Uhr und stellt fest, daß er noch reichlich Zeit hat, er hält sich aus dem Gewühl fern und sieht erst jetzt, wo er sich befindet. Er steht auf dem Ringbahnsteig D des S-Bahnhofes Ostkreuz, der sich wie der Mittelrang eines Theaters hoch über der Schienenlandschaft erhebt, die hier in das Stadtgebiet eingesprengt und von allen Seiten von Häusern umstellt ist, die Seitenränge werden von den beiden Kurven der Ringbahn zu den Bahnsteigen A und B gebildet, das Parkett sind die beiden Bahnsteige nach Erkner und Mahlsdorf, die Gleise der Fernbahn und die Abstellgleise, es fächert sich nach der Warschauer Brücke zu weit auseinander und verläuft nach Osten zu in zwei viergleisige Strecken, die aus der Stadt hinausführen.

Vor einer Bekanntmachungstafel, an der nur ein verwittertes, zerzaustes Plakat hängt, bleibt Lassehn stehen und beginnt mehr aus Langeweile als aus Interesse zu lesen.

»Bekanntmachung.

Es wird auf Befehl des Führers im Einvernehmen mit dem Reichsminister und Chef der Reichskanzlei, dem Reichsminister des Innern und dem Leiter der Parteikanzlei angeordnet:

I. In feindbedrohten Reichsverteidigungsbezirken werden Standgerichte gebildet.

II. Das Standgericht besteht aus einem Strafrichter als Vorsitzer sowie einem politischen Leiter der NSDAP und einem Offizier der Wehrmacht, der Waffen-SS oder der Polizei als Beisitzern.

III. Die Standgerichte sind für alle Straftaten zuständig, durch die die deutsche Kampfkraft oder Kampfentschlossenheit gefährdet wird.

IV. Das Urteil des Standgerichts lautet auf Todesstrafe, Freisprechung oder Überweisung an die ordentliche Gerichtsbarkeit. Es bedarf der Bestätigung durch den Reichsverteidigungskommissar, der sofort Zeit und Art der Vollstreckung bestimmt. Ist der Reichsverteidigungskommissar nicht erreichbar und sofortige Vollstreckung unumgänglich, so übt der Anklagevertreter diese Befugnisse aus.«

Das ist wieder so ein echtes Nazigesetz, denkt Lassehn, alles Gummi. Was ist Gefährdung der Kampfkraft oder Kampfentschlossenheit? Eine abfällige Bemerkung, die Unterlassung einer Meldung, die Verweigerung von Schanzarbeit, der Nichtgebrauch der Waffe? Und wenn der Reichsverteidigungskommissar nicht erreichbar ist – und wie oft wird er es nicht sein? –, dann ist der Richter auch gleichzeitig Henker, eine Berufungsinstanz ist nicht vorgesehen.

»Na, hat der böse Onkel Ihnen nichts getan?« kräht plötzlich eine Stimme neben Lassehn.

Lassehn blickt zur Seite und lacht den Kleinen an, der grinsend neben ihm steht. »Da sind Sie ja wieder«, sagt er. »Geschwindigkeit ist keine Hexerei.«

»... sagte der Moskitobomber und flog in ein paar Stunden von England nach Berlin und zurück«, ergänzt der Kleine und schiebt sich gewandt in eine Lücke der Menschenmauer. »Da kommt der nächste Zug. Auf ihn mit Gebrüll, kommen Sie, Herr Nachbar.«

Das Einsteigen geht diesmal ganz glatt, der Zug ist nicht überfüllt.

Lassehn lehnt gegen die Trennwand zwischen den Sitzplätzen und dem Eingang, der Kleine steht neben ihm und blickt ihm aufmerksam ins Gesicht. »Muß alles in prima bester Ordnung mit dir sein«, sagt er, »sonst hätte der dich nicht aus den Klauen gelassen. Oder vielleicht nicht?«

»Natürlich ist alles in Ordnung«, entgegnet Lassehn selbstbewußt. »Haben Sie daran gezweifelt?«

Der Kleine zuckt die Achseln. »Bei so jungen Burschen wie dir ...« Er vollendet den Satz nicht und schnickt ein paarmal mit den Fingern. »Sind nämlich allerhand Soldaten auf Achse. Oder vielleicht nicht?«

»Auf Achse?« fragt Lassehn.

»Na, Mensch, sei doch nicht so begriffsstutzig«, sagt der Kleine und stößt mit der Schulter nach Lassehn. »Die haben sich abgesetzt, aber nicht vom Feinde, sondern von der eigenen Truppe, die sind hakenkreuzfahnenflüchtig geworden, die haben keine Lust, noch kurz vor Toresschluß den Heldentod für Führer und Reich zu sterben.«

Natürlich, ich bin nicht der einzige, denkt Lassehn und blickt aus dem Fenster. Für ein paar Sekunden hat er einen Blick auf den Rummelsburger See mit den verödeten Anlegestellen, die wie zahnlose schwarze Stümpfe in das trübe Wasser hineinragen, dann kreuzt der Zug die Stralauer Allee mit dem Osthafen, seinen Riesenkränen und den Kohlenhalden, und gleich darauf fährt er mit dumpfem Rollen über die große Spreebrücke.

»Du denkst wohl auch lieber, als du sprichst«, sagt der Kleine. »Muß auch solche geben. Was bist du denn von Beruf?«

»Musikstudent«, antwortet Lassehn abwesend. »Müssen wir jetzt nicht umsteigen?«

Der Kleine nickt und sieht Lassehn prüfend an. »Musikstudent?« fragt er, während sie aussteigen und auf die andere Seite des Bahnsteigs gehen. »Gibt's denn so was noch im totalen Krieg?«

Lassehn denkt an seinen neuen Ausweis. »Du hast nach meinem Beruf gefragt«, erwidert er, »nicht danach, was ich jetzt arbeite.«

»Na, also, was machst du jetzt?« fragt der Kleine.

»Bin bei Argus dienstverpflichtet«, antwortet Lassehn ein wenig ungehalten. »Willst du sonst noch etwas wissen?«

Der Kleine lacht auf. »Bist empfindlich wie 'ne Jungfer beim ersten Mal«, sagt er kichernd. »Mußt du dir abgewöhnen, Kollege, heutzutage brauchst du 'ne Haut wie'n Schildkrötenpanzer, an dem alles abprallt. Oder vielleicht nicht?«

Lassehn bleibt die Antwort schuldig.

»Ich bin ganz empfindungslos geworden«, spricht der Kleine weiter, »was nicht direkt meine Haut ritzt, das spür' ich gar nicht, das lass' ich gar nicht an mich rankommen.«

»Kann nicht jeder so sein«, widerspricht Lassehn, »das ist Veranlagung.«

»Quatsch«, sagt der Kleine verächtlich. »Bist 'n seltsamer Vogel, wenn du jetzt nach fast sechs Jahren Krieg noch Gefühle hast. Gefühle sind Luxus, so was können wir uns nicht leisten, bei unserer schwachen Gesundheit. Oder vielleicht nicht?«

»Sie meinen ...«

»Paß mal auf, du Musikante«, fährt der Kleine gönnerhaft fort. »Vorhin, gerade als ich aus unserer alten Schwitzbude kam, wurde 'n alter Mann überfahren, an der Ecke Pettenkoferstraße. Meinst du, da hat sich ein Aas drum gekümmert, daß da 'n alter Mann auf der Straße lag und ihm das Blut man bloß so über das Gesicht in seinen weißen Bart lief? ›Warum paßt den der Olle nicht auf?‹ hat eine Frau im Vorbeigehen gesagt. Und ein andrer hat gemurmelt: ›Was hat 'n der hier auch zu suchen?‹ Alle haben sie 'n weiten Bogen um ihn gemacht.«

»Und was haben Sie gesagt?« fragt Lassehn?«

»Gar nichts«, antwortet der Kleine ruhig, »aber gedacht hab' ich: wieder 'ne Lebensmittelkarte weniger. Und so gewissermaßen zum Trost hab' ich denn noch hinzugefügt: vielleicht hätt' es den Alten heute nacht doch erwischt, wenn die Moskitos Abendvisite machen. Mensch, so ist das jetzt nun mal! Oder vielleicht nicht?« Lassehn atmet schwer. »War der alte Mann denn nun gleich tot?«

»Weiß ich nicht«, antwortet der Kleine gelassen, »ich hab' doch keine Zeit, mich um so was zu kümmern. Mensch, ich bin froh, wenn ich vorm Fliegeralarm zu Haus bin. Heut ist sich jeder selbst der Nächste. Oder vielleicht nicht?«

Lassehn winkt müde ab.

»Jetzt denkst du wohl: Herrgott, ist das 'n Stück Vieh. Bin ich vielleicht wirklich, Mensch, ich könnt' manchmal vor mir selber ausspucken, aber wenn du einigermaßen heil durch die braune Scheiße kommen willst, dann mußt du so sein. Oder vielleicht nicht?«

Lassehn ist das ununterbrochene Gerede seines Begleiters lästig, er zuckt nur mit den Achseln und blickt auf das spärliche Grün des Treptower Parkes, der sich hier bis an die S-Bahn heranschiebt. Treptow, der Name weckt Erinnerungen an seine Kinderjahre, zögernd öffnet sich die Tür in eine Zeit, die weltenfern zu liegen scheint. Treptow, das klingt wie eine sanfte, schwermütige Melodie, die man in Gedanken an einen teuren Toten vor sich hinsummt, einen Toten, der plötzlich in seiner ganzen ehrfurchtgebietenden Größe vor einem auftaucht.

»Wohnst du in Eichwalde?« fragt der Kleine hartnäckig weiter. Lassehn schüttelt die Frage unwillig ab, er sucht nach einem Vorwand, den Kleinen loszuwerden, aber es fällt ihm nichts ein, und so legt er sein Gesicht in abweisende Falten, er will jetzt der Erinnerung nachhängen und sich nicht stören lassen. Treptow, das hieß Zenner, Sternwarte und Plänterwald, das bedeutete Abtei, Große Spielwiese und Altes Eierhaus, das war Karpfenteich, Ruderklub Hellas und Spreetunnel, Treptow, das war wogendes, schäumendes Leben, auf weiten Rasenflächen lagerte das Volk von Berlin, schlafend, essend, schwatzend, spielend, lachend, schimpfend, singend, musizierend, unter einer Wolke von Rufen, Kreischen, Johlen, Lärmen, Kichern, zwischen den ausgebreiteten Decken, auf denen die Familien wie auf Inseln hockten, wälzten sich nackte Kinder herum, stelzten spärlich bekleidete Mädchen mit wiegenden Hüften umher, gingen würdige Männer in ernsten dunklen Anzügen, und auf alle sprühte eine blanke Sonne herab, Treptow, das ist ein Teil sorgloser, behüteter Jugend, sonntägliche Symphonie von Erwartung und Freude, Aufgeschlossenheit und Unbeschwertheit. Da waren die Riesenkannen und Tassen aus Steingut, wie für die Ewigkeit gemacht, da waren die Kuchenpakete, die für jeden ein Lieblingsgebäck enthielten, für den Vater Streuselkuchen, für die Mutter Napoleonschnitten, für ihn Bienenstich, da waren die abenteuerlichen Fahrten mit dem Wasserrad bis zur Liebesinsel, eine der seltenen Gelegenheiten, da der Vater aus sich herausging und ahnen ließ, daß auch er einmal jung gewesen war, da war schließlich das große Erlebnis des Mittwochs, Treptow in Flammen, Riesenfeuerwerk, Sterne, die von der Erde in die Höhe schossen, sich in allen Farben des Regenbogens entfalteten und ganze Bilder auf den dunklen Hintergrund des Himmels zauberten, zerplatzten und in die Nacht zurucksanken.

Rührung steigt in Lassehn auf, sie würgt ihn im Halse und zwingt seine Gedanken in die Vergangenheit. Er steht hier inmitten der unruhigen, schimpfenden Menschenmenge auf einem Bahnsteig des halbzerstörten S-Bahnhofes Treptow, ringsum erheben sich die schauerlichen Kulissen des Krieges, aber Lassehn nimmt das nicht wahr, die Gegenwart ist von der Vergangenheit überblendet, das gütige Gesicht der Mutter erscheint vor ihm, die kleinen, fröhlichen Falten, die ständig um Augen und Mund saßen und die sie auch, wenn sie scheinbar böse war, nicht verbannen konnte, das ernste, fast immer ein wenig strenge Antlitz des Vaters ersteht vor ihm, das sich nicht oft auflockerte, weil es ihm nicht gegeben war, das Leben von der leichten Seite zu nehmen, da blickt er in die Züge Ursulas, der jüngsten Schwester seiner Mutter, die nur wenige Jahre älter als er war und einige Zeit bei ihnen gewohnt hatte, ihr reines, stilles Mädchenantlitz unter einem dunkelblonden Mittelscheitel zeichnet sich vor ihm ab, er sieht sich selbst, einen etwas schüchternen, linkischen Knaben, in dem die Schwerblütigkeit des Vaters überwiegt und das fröhliche Naturell der Mutter nur selten durchschlägt, in dem sich frühzeitig alles zu Musik formt.

»Paß auf, der Grünauer Zug kommt«, sagt der Kleine und stößt ihn an.

Lassehn taucht wieder an die Oberfläche der Gegenwart, er hält sich dicht an den Kleinen, denn er ist noch etwas benommen. Es ist seltsam, daß wir die Vergangenheit einkapseln, sie wie ein Bild in der Brieftasche mit uns herumtragen können, ohne sie zu bemerken, daß aber eine zufällige Assoziation genügt, um sie sofort lebendig zu machen und die Personen lebendig aus dem Bild heraustreten zu lassen.

»Du warst ja vorhin ganz weg«, sagt der Kleine, als sie eingestiegen sind und die Türen sich automatisch schließen.

Lassehn nickt. »Treptow erweckt so allerlei Erinnerungen an meine Jugendzeit«, sagt er.

Der Kleine lacht hell auf. »Mensch, du sprichst von Jugendzeit? Bist du vielleicht schon ein alter Mann, daß du von Jugendzeit reden kannst? Du bist doch höchstens fünfundzwanzig. Oder vielleicht nicht?«

Lassehn blickt über den Kleinen hinweg, der Zug geht jetzt gerade in die Kurve und läuft neben der Görlitzer Bahn her. »Du hast recht, und du hast auch nicht recht«, meint er langsam, »ich bin den Jahren nach noch ein junger Mann, aber meine Jugendzeit liegt weit hinter mir, sie ist endgültig abgeschlossen, da liegt schon zuviel dazwischen, außer der Erinnerung ist nichts übriggeblieben.« Die Eltern liegen im Massengrab, denkt er die Worte weiter, die Musik ist ein ferner Traum, die Frau eine Enttäuschung ... Der Kleine legt eine Hand auf seinen Arm. »Scheinst allerhand durchgemacht zu haben«, sagt er. »Das verdankst du alles unserem Führer. Aber ich will nicht weiter fragen, du scheinst das nicht gern zu haben.«

Der Zug rollt jetzt auf dem Bahndamm, zwischen weiten Laubengeländen und Flakstellungen, Sportplätzen und Neubausiedlungen, die Stadt hat hier ihr strenges Gesicht verwandelt, aber es trägt nicht mehr die Züge kleinbürgerlicher Strebsamkeit, proletarischen Fleißes und unbekümmerter Freude am Körper, der Krieg hat auch hier brutal hineingeschlagen und die Sportplätze zu militärischen Zwecken herabgewürdigt. Hinter dem Laubengelände zeichnet sich die Silhouette der Stadt mit Fabrikschornsteinen, Kränen, Türmen und Gasometern gegen den abenddunkelnden Himmel ab.

Als der Zug in den Bahnhof Baumschulenweg einläuft, sagt der Kleine: »Wo du hinspuckst, nur Ruinen, und jeden Tag geht noch mehr zum Teufel. Und immer noch kein Schluß ...«

»Nicht eher, als bis ...« Bis die Hunde selbst zusammengeschlagen worden sind, will Lassehn sagen, aber er hält die Worte zurück, es kann sein, daß der Kleine echt ist, es ist sogar wahrscheinlich, aber Klose hat ihm eingeschärft, sich zu keiner

Äußerung hinreißen zu lassen, die ihn in irgendeinen Verdacht geraten lassen könnte. Die Tätigkeit eines Illegalen, hat Klose gesagt, besteht nicht darin, mit dem Schnabel vorneweg zu sein, denn ein Wort verpufft schnell und wirkungslos, dein Flugblatt aber reißt Zweifel auf, stößt in die Sicherheit hinein und bestärkt die Wankelmütigen.

Der Kleine will zu einer neuen Frage ansetzen, als die Tür aufgerissen wird und ein paar junge Leute das Abteil geräuschvoll betreten, sie tragen blaugraue Uniformen und Skimützen und die rot-weiß-rote Hakenkreuzarmbinde der Hitler-Jugend, die Mützen sitzen ihnen schief auf den Ohren. Sie erfüllen den Wagen sofort mit ihren Gesprächen, wobei es weniger auf die Worte als auf die Lautstärke ankommt, dazu wird fortwährend gelacht, aber keine echte Heiterkeit entquillt den jungen Mündern, es ist nur die Sucht, um jeden Preis aufzufallen, das Bewußtsein, sich laut und lärmend aufspielen zu dürfen, ohne dafür gerügt zu werden. Die Uniform, die sie einerseits einer strengen Disziplin unterwirft, erlaubt ihnen andererseits eine ungehemmte Flegelhaftigkeit, die sich jedermann gefallen lassen muß. Ihre Blicke gehen rundum, um den Eindruck festzustellen, den ihr Benehmen auslöst, es ist ihnen gleichgültig, ob dieser Eindruck ein guter oder schlechter ist, ob sie Bewunderung oder Abscheu erregen, ihnen kommt es nur darauf an, die seltene Gelegenheit, über der Masse aufzutauchen, auszunutzen und ihre Überlegenheit über die Nichtuniformierten zu erproben.

Lassehn fragt den Kleinen flüsternd, was das für junge Leute seien, er hat diese Uniform bisher nicht kennengelernt.

Der Kleine lacht. »Das sind die neudeutschen Helden von der Luftwaffe«, antwortet er keineswegs leise, »Gemisch aus Heldenhaftigkeit und Hosenscheißertum. Oder vielleicht nicht?«

»Meinen Sie uns?« fragt einer der Luftwaffenhelfer und pflanzt sich in drohender Haltung vor dem Kleinen auf.

»Mir dir habe ich mich gar nicht unterhalten, du Rotzer«, sagt der Kleine wegwerfend und wendet sich wieder an Lassehn. »Wie spät ist es eigentlich?«

Lassehn antwortet und versucht, ein möglichst unbeteiligtes Gesicht aufzusetzen, ihm ist der erneute Zusammenstoß, der sich hier schon wieder vorbereitet, unangenehm, er will nichts damit zu tun haben, er will seinen Auftrag durch nichts gefährden lassen. Als der Zug kurz darauf in den Bahnhof Schöneweide einläuft und der Kleine sich rasch mit einem »Mach's gut, Kollege« verabschiedet, atmet er erleichtert auf.

XVIII

16. April, 17.30 Uhr

Durch die Kopenicker Straße fährt eine dunkelgraue Adler-Limousine, sie verschärft ständig das Tempo, beachtet die einfachsten Verkehrsregeln nicht, überholt rechts oder fährt bis auf die äußerste linke Seite der anderen Fahrbahn heran und läßt sich weder vom Haltearm der Verkehrspolizisten noch vom Rot der Ampeln aufhalten.

Hinter dem Schlesischen Tor beginnt die Stadt sich zu lichten, schüttelt sie den düsteren Zug aus ihrem Gesicht und durchsetzt es mit dem Grün der Rasenflächen und dem Rostrot und Schiefergrau der Bäume. Als der Wagen am Schlesischen Tor die Gerade der Straße Am Treptower Park erreicht, steigert er sich zu rasender Fahrt, durchdröhnt die Unterführung der S-Bahn am Bahnhof Treptow, läßt die alten Bäume des Parks wie Schatten vorüberhuschen und stößt dann in die Köpenicker Landstraße. Für ein paar Minuten verfängt er sich in der Berliner Straße in Niederschöneweide, hier schließt sich die Stadt noch einmal zu einer kompakten Masse zusammen und liegt wie eine geballte Faust in der geöffneten Weite der Landschaft, aber wo einst aus den Schornsteinen der Qualm der Arbeit in den Himmel stieg und alles von den Dünsten der chemischen Industrie und dem süßlichen Brodem des verarbeiteten Hopfens überlagert war, ist jetzt Totenstille und Brandgeruch, reihen sich jetzt nur Ruinen und halbzerstörte Werkstätten auf, Agefko, Kali-Chemie, Schultheiss-Patzenhofer, Telefon- und Kabelwerke.

Am Bahnhof Schöneweide, wo an der Einfahrt zur Güterabfertigung ein Panzer eingegraben ist und sein Rohr nach Osten aufgereckt hat, schwenkt der Wagen in die Grünauer Straße ein und rast dann mit aufheulendem Motor unter der Eisenbahnbrücke der Stichbahn nach Spindlersfeld in die Hauptausfallstraße nach Osten, Berlins längste Straße überhaupt, hinein, in das Adlergestell. Der Wagen schlingt den schnurgeraden Strich dieser Straße in sich hinein und läuft mit der S-Bahn, die links auf dem Bahndamm mit singenden Elektromotoren und dem Knakken der Räder über den Schienenlücken ihren rot-grün-gelben Strich zieht, um die Wette, er fegt an den Bahnhöfen Adlershof und Grünau vorbei und setzt sich dann in der Linie des Adlergestells mit einem kleinen nördlichen Knick von der S-Bahn ab.

Von hier ab ist das Adlergestell in den Grünauer Forst eingeschnitten, die Bäume schimmern rostrot und schattig in der blanken Sonne, der Moosgrund duftet nach erwachendem Frühling, aber das nimmt der Fahrer der dunkelgrauen Adler-Limousine nicht wahr, er hat das Steuerrad mit beiden Händen fest umklammert, seine Augen, die von der tief in die Stirn gezogenen Mütze beschattet sind, blicken starr auf das asphaltdunkle Band der Straße, über der Nasenwurzel ist ein drohende Falte tief eingekerbt, die bis hoch in die Stirn steigt und mit den Querrunzeln der Stirnhaut unheilverkündende Runen bildet.

ss-Untersturmführer Siering ist schlechter Laune, eine wühlende Unruhe zittert bis in seine Fingerspitzen. Er hat einen unangenehmen Vormittag hinter sich, er hat vor dem Sturmbannführer Wellenhöfer gestanden und Bericht erstattet, aber es ist ein Bericht gewesen, der sich trotz aller Erklärungen und Entschuldigungen schließlich nur in negativen Ausdrücken hat bewegen können und darauf hinausgelaufen ist, daß die Spur Adameks alias Wiegand verlorengegangen ist. Ein Fliegeralarm hat den Beobachter behindert, aus seiner Wohnung ist Adamek-Wiegand seit dem Vorabend verschwunden, und auch auf seiner Arbeitsstelle ist er nicht mehr erschienen, trotz aller Vorsicht ist man also doch nicht vorsichtig genug gewesen. Bekanntlich ist nichts ärgerlicher als die Feststellung, daß die eigene Schlauheit von der Schlauheit anderer noch übertroffen wird, daß die feingelegte Schlinge sich zwar zuzieht, aber nicht mehr als einen leeren Knoten schürzt und die erhoffte Beute entschlüpft ist. Sturmbannführer Wellenhöfer hat den Bericht schweigend angehört, sein Gesicht ist unbewegt geblieben. Als Siering seinen Bericht beendet hat, ist Wellenhöfer aufgestanden und ans Fenster getreten, er hat lange auf die zerstörten Häuser geblickt, als sehe er sie zum ersten Male, und Siering, der in strammer Haltung am Schreibtisch stand, nicht beachtet. Siering kennt seinen Chef lange genug, um nicht zu wissen, daß das kein gutes Zeichen ist. Wellenhöfer ist ein Mann, der nichts nachträgt, weder gute noch schlechte Taten, der ein Dutzend Erfolge über einem einzigen Mißerfolg, eine Serie von Mißerfolgen über einer gelungenen Sache vergißt. Als Wellenhöfer sich dann schließlich wieder umdreht und sich zunächst eine Zigarette angezündet hat, ohne Siering eine anzubieten, ist er erst ein paarmal auf und ab gegangen, dann hat er Siering endlich angeblickt und das Gesicht zu einer scharfen Grimasse verzogen. »Sie schaffen mir den Wiegand wieder heran, Siering!« Mehr hat Wellenhöfer nicht gesagt, aber in diesen paar Worten ist alles beschlossen gewesen. Siering weiß, daß der Sturmbannführer das nicht nur nebenbei dahingesagt hat, obwohl es so geklungen hat, und hat dann seine Maßnahmen getroffen, Posten in der Lebuser Straße aufgestellt und Wachen in den Lebensmittelgeschäften hinterlassen, in denen Adamek alias Wiegand mit seinen Karten eingetragen ist, er hat in und um das Betriebswerk Karlshorst ein paar Leute postiert und schließlich eine Überwachung des Dr. Böttcher in der Frankfurter Allee angeordnet, aber im Grunde verspricht er sich wenig von diesen Maßnahmen. Und deshalb jagt er jetzt nach Eichwalde, wo die Frau dieses Wiegand wohnt, er hat den Fuß dauernd auf dem Gaspedal und fährt fast ununterbrochen im vierten Gang. Nicht, daß er es besonders eilig hat, nach Eichwalde zu kommen, er weiß, daß es auf ein paar Stunden mehr oder weniger nicht ankommt, denn aufgescheuchtes Wild verläßt seinen Bau nicht sofort wieder, aber diese Raserei entspricht seinem inneren Zustand. Die Wesensart eines Menschen prägt sich nicht nur in seiner Handschrift aus und ist in seinem Gesicht mit unverwischbaren Zeichen eingemeißelt, sie drückt auch allen seinen Handlungen ihren Stempel auf. Die ganze Brutalität und Rücksichtslosigkeit Sierings kann kaum besser als an seiner Art zu fahren beispielhaft deutlich gemacht werden, die fortwährende Verletzung der Verkehrsvorschriften, die Verschleuderung des Materials durch Übersteigerung der Geschwindigkeit und gewaltsames Anziehen der Bremsen, die rücksichtslose Art des Überholens und das bedenkenlose Überfahren belebter Straßenkreuzungen sind Kennzeichen für seine völlige Nichtachtung der toten Materie wie des lebenden Wesens. Siering reagiert seine Wut ebenso am leblosen Material wie am menschlichen Ungeziefer ab, das seine Fahrt zu hemmen imstande wäre, er jagt mit singendem Motor und Heulen des Boschhorns das Adlergestell entlang durch den Grünauer Forst, er vermindert auch an den Überwegen und Schneisen die Fahrt nicht und fletscht mit den Zähnen, als sich ein paar Leute nur durch einen raschen Sprung beiseite retten können.

Als sich die ersten Häuser von Schmöckwitz zeigen, vermindert Siering die Fahrt und hält an der Tankstelle, die hier den Weg nach Eichwalde und Zeuthen markiert, er fragt nach dem Rathaus, erhält Bescheid und tritt wieder auf das Gaspedal. Wenige Minuten später biegt er von der Bahnhofstraße links ein und hält vor dem Rathaus. Es ist ein helles, solides Gebäude, es verrät nicht gerade die Künstlerhand eines Architekten, sondern eher die Pratze eines biedern, braven Meisters, der sein Handwerk versteht.

Hier im Rathaus zu Eichwalde, Kreis Teltow, Regierungsbezirk Potsdam, sitzt im Zimmer siebzehn der Polizeileutnant Kiepert, ein großer, stattlicher Mann mit ein wenig rundlichem Gesicht, blondem, frühzeitig ergrautem Haar, guten Manieren und forscher Haltung. Er ist einer der vielen Millionen Deutscher, denen der Nationalsozialismus zwar Lebenselement geworden ist, die sich aber doch noch einige kleine private Anschauungen bewahrt haben, die nicht mit den nationalsozialistischen Doktrinen kongruent sind und denen sie teils aus Gewohnheit, teils aus Eigensinn anhängen, und die sich diese Vorbehalte als Individualität auslegen.

In diesen Menschen, die zwar alle Befehle ausführen und die Autorität des Staates anerkennen, ist das Gewissen noch nicht ganz erstorben, aber es regt sich gewissermaßen nur außerdienstlich und im allerengsten Kreise, sie betäuben es mit dem beliebten kategorischen Imperativ ›Befehl ist Befehl‹ oder ›Gesetz ist Gesetz‹ und erheben nicht die Frage, ob Befehl und Gesetz auch Menschenrecht oder Gottesgebot sind. Der Befehl, den die Erbsünde einer verderblichen Tradition gleichberechtigt neben die Gebote Gottes gestellt hat, enthebt ihn jeder persönlichen Entscheidung, er ist das Regulativ, das sein Gewissen leichtmacht und ihn zu einer Masche in jenes Netz eingewebt hat, das mit mathematischer Präzision um ein Volk gespannt worden ist, das von jeher das Gute wie das Böse apathisch und gehorsam über sich hat ergehen lassen.

Kiepert gehört zu den Menschen, die erst nach 1933 zur nationalsozialistischen Partei gestoßen sind, die zwar nach außen hin für den flüchtigen Beschauer gute Nationalsozialisten sind, aber keineswegs über die brutale Konsequenz der alten Kämpfer und Parteigenossen von vor 1933 verfügen. Sie sind sich auch nicht klar darüber, daß sie im Grunde weit schuldiger sind als diese, weil sie um der Existenz, der Fortkommens und auch der Bequemlichkeit willen wider besseres Wissen und auch gegen die Stimme des Gewissens handeln, sie halten sich für Individuen, weil sie Vorbehalte gegen dieses oder jenes nationalsozialistische Dogma haben, und wissen gar nicht, daß sie dennoch den Roßtäuscherkunststücken erlegen und langsam, aber sicher der Vermassung des Denkens anheimgefallen sind, sie glauben schließlich wirklich, daß Hitler der Arm der Vorsehung ist und die Deutschen das auserwählte Volk sind, und sie geben ihre letzten Bedenken auf, als der Krieg die Frage des Seins oder Nichtseins aufwirft. Sie haben sich, ohne es zu merken und vielleicht auch nicht einmal zu wollen, inzwischen dem nationalsozialistischen Regime so fest verbunden, daß der Verlust des Krieges, der Sturz der Partei auch die Katastrophe für ihre eigene Existenz bedeuten würde. Der Taschenspielertrick, die nationalsozialistische Partei dem deutschen Volke gleichzusetzen, ist den Nazis damit endgültig geglückt, und wenn der zweite Weltkrieg auch keine Begeisterung ausgelöst hat, so ist die innere Bereitschaft namentlich des bürgerlichen und kleinbürgerlichen Teils des deutschen Volkes nicht geringer gewesen als der Massentaumel des Jahres 1914.

Der Polizeileutnant Kiepert würde es sich höchstwahrscheinlich sehr verbitten, wollte man ihn als einen zu Brutalitäten und Exzessen neigenden Menschen bezeichnen, vielleicht würde er über eine solche Anschuldigung nur ungläubig und mitleidig lächeln. Tatsächlich ist er nach allgemeinen Begriffen ein umgänglicher Mensch, der ein harmonisches Familienleben führt und niemandem zu nahe tritt, er ist sich kaum bewußt, daß er sich zum Werkzeug eines tyrannischen Staates, einer grausamen Polizeijustiz und einer ungeheuerlichen Unterdrückungspolitik degradieren läßt. Wenn er hin und wieder sein Gewissen durchforscht und sein Verhalten einer Inventur unterzieht, fühlt er sich schuldlos. Auch wenn er manche Anordnung mit innerem Widerstreben durchführt und den davon Betroffenen ein Gefühl des Mitleids nicht ganz versagen kann, so mißt er sich gleichwohl keine Schuld zu, er argumentiert sich seine Bedenken damit fort, daß, wenn es hier überhaupt eine Schuld gibt, sie in den Befehlen begründet liegt, auf die er keinen Einfluß hat und an denen ihm keine Kritik zusteht. Mitunter befällt ihn allerdings auch ein Zorn auf diejenigen, die ihn durch ihre Existenz in eine Art Gewissenskonflikt bringen. Jedenfalls glaubt Kiepert seinem Gewissen Genüge zu tun, wenn er sein privates Leben ganz von seiner öffentlichen Tätigkeit abspaltet, hier einwandfrei und da korrekt ist, er hat kein Empfinden dafür, daß das, was er Pflichterfüllung nennt, nichts anderes ist als aktive Teilnahme an den nationalsozialistischen Verbrechen über die Stationen der Fahrlässigkeit, der Mitwisserschaft, der Begünstigung und der Vorschubleistung. Seine berufliche Tätigkeit nach den Grundsätzen auszurichten, die für sein Privatleben Geltung haben, wäre eine absurde Idee.

Kiepert ist das typische Produkt eines Bürgers des Dritten Reiches, Synthese von persönlicher Ehrenhaftigkeit, schwachem Charakter und unbedingter Willfährigkeit zu allen Forderungen des Staates. Es ist der schizophrene Charakter des deutschen Normalbürgers, seine Negierung der Einheit zwischen dem gesellschaftlichen und individuellen Sein und schließlich die von oben her erzwungene Einengung in ein rassisches Bewußtsein, der es ermöglicht, daß ein ganzes Volk von Millionen arbeitsamer und ordnungsliebender Menschen zu einer Armee von Heloten herabsinkt, die eine entfesselte Technik gegen alle Menschlichkeit mit dem Mechanismus eines Roboters bedient.

Kiepert sitzt um diese ruhige Mittagsstunde in seinem Büro, es ist still im Rathaus, da am Nachmittag nur selten Besucher vorsprechen. Er blättert in den vor ihm liegenden Papieren, nebensächlichen und unbedeutenden Anfragen und Anzeigen. Da hört er einen raschen, hallenden Schritt auf dem Korridor, und gleich darauf wird die Tür aufgerissen. Kiepert will dem dreisten Besucher eine heftige Bemerkung entgegenschleudern, aber er springt eilfertig auf, als er die beiden SS-Runen auf dem Kragenspiegel und die SD-Raute auf dem rechten Ärmel erblickt, ein weiterer Blick auf die drei Sterne der Achselstücke läßt ihn den SS-Mann als Untersturmführer erkennen.

»Heil Hitler!«

»Heil Hitler!«

Die Grüße sind wie Trompetenstöße.

»Untersturmführer Siering vom Reichssicherheitshauptamt.«

»Polizeileutnant Kiepert. Bitte, nehmen Sie Platz!«

Kiepert schließt die Tür seines Büros, während Siering sich setzt, die Beine übereinanderschlägt und den Polizeileutnant mit abschätzenden Blicken mustert. Kiepert setzt sich wieder an seinen Schreibtisch und schiebt die Papiere wie ordnend zusammen, dabei überlegt er angestrengt, welchen Grund dieser plötzliche und auf jeden Fall unerwünschte Besuch des SD-Mannes vom RSHA haben könnte, und obwohl dieser eigentlich ein Kollege von der anderen Fakultät ist, ist ihm doch unbehaglich zumute. Mit der Gestapo hat niemand gern etwas zu tun, auch er, Kiepert, geht ihr am liebsten aus dem Wege, um so mehr, wenn es sich um einen solchen wilden Draufgänger handelt, der, ohne anzuklopfen, hereinstürmt und einen mit Blicken abtastet, dessen hartes, entschlossenes Gesicht und dessen kalte Augen eine einzige Drohung sind. Im Dritten Reich gibt es kaum einen Menschen, der ein in jeder Beziehung reines Gewissen hat, und auch der Polizeileutnant Kiepert muß sein Gedächtnis rasch durchforschen, um sich selber seine Makellosigkeit ... Verflucht noch mal, hat er nicht in der vorigen Woche mit dem Juden Wiener, dem einzigen des Ortes, auf der Straße gesprochen und ihm sogar die Hand gegeben? Hat er nicht den Betriebsobmann des Sägewerks Ratthöfer zurechtgewiesen, mit den Ostarbeitern etwas menschlicher zu verfahren? Hat er nicht ... Alles nur Bagatellen, atavistische Anwandlungen menschlicher Schwäche, Zukkungen eines noch nicht ganz verhärteten Gemüts, verzeihliche Rückfälle in das, was als Humanitätsduselei unerwünscht und verboten ist, alles nur Bagatellen, aber sie können schwer wiegen wie Todsünden, wenn sie durch die scharfe Brille des konsequenten Nationalsozialisten betrachtet und mit der Sonde der Gestapo zutage gefördert werden.

»Womit kann ich dienen?« fragt Kiepert und gibt sich Mühe, seiner Stimme einen forschen, unbefangenen Klang zu geben.

»Womit kann ich dienen? Womit kann ich dienen?« fährt Siering auf den Polizeileutnant los. »So fragen die Heringsbändiger und Schacherjuden!«

Kiepert ist durch den heftigen Ausbruch des Untersturmführers betroffen und fährt zurück, in seinen Zügen prägt sich die gekränkte Würde des Polizeioffiziers, Polizeigewaltigen eines Ortes von sechstausend Einwohnern, aus. Der andere hat kein Recht – und hoffentlich auch keine Ursache –, so mit ihm zu sprechen, denn er ist als Polizeileutnant einem Untersturmführer der SS im Range zwar gleichgestellt, aber das steht natürlich nur auf dem Papier, tatsächlich ist jeder SD-Mann, auch der einfache Sturmmann, zwar nicht nach der Dienstrangordnung, aber machtmäßig der Vorgesetzte. Deshalb schweigt Kiepert und schluckt die scharfe Bemerkung herunter, die ihm schon auf der Zunge gelegen hat, zumal er noch nicht weiß, weshalb der andere gekommen ist.

»Ich komme mit einem Sonderauftrag her«, sagt Siering und zieht ein kleines buntes Päckchen aus der Tasche, knipst eine Zigarette aus der papiernen Umhüllung und zündet sie an, er legt das Päckchen vor sich auf den Rand des Schreibtisches und lehnt sich zurück, als er die ersten Züge inhaliert.

Kiepert wirft einen raschen Blick auf das Päckchen und versucht die Aufschrift zu lesen. Es ist ein Päckchen North State Blue. Wo hat der Bengel das her? denkt er, englische Zigaretten, jetzt, im sechsten Kriegsjahr?

Siering hat den Blick beobachtet. »Haben wir einem Fallschirmspringer abgenommen«, sagt er nachlässig und zieht den Rauch tief in die Lungen.

Kiepert sagt noch immer nichts, er pflegt in undurchsichtigen Lagen immer erst den anderen reden zu lassen.

»Verflucht anständiges Kraut«, fährt Siering fort und stößt den Rauch durch die Nase aus. »Ja, also zur Sache. Hier im Ort wohnt eine Frau Wiegand.«

Kiepert atmet auf, die Demütigung ist vergessen, sie wird von der Erleichterung überdeckt, daß der Blitzstrahl des Zeus auf einen anderen niederfährt, auch wenn der andere eine Frau ist, eine Frau übrigens, deren menschliche Größe ihm oft wider Willen Achtung abgerungen hat.

»Sie kennen die Angelegenheit?« fragt Siering.

»Selbstverständlich«, antwortet Kiepert und schließt eine Seitentür seines Schreibtisches auf, »wir haben ja oft mit ihr, in erster Linie allerdings mit ihrem Mann, zu tun gehabt.« Er zieht ein Schubfach auf und nimmt ein Aktenstück heraus.

»Die Schmierereien interessieren mich nicht«, wehrt Siering ab, als der Polizeileutnant ihm die Akten überreichen will, »ich möchte wissen, welche Maßnahmen von Ihnen ergriffen worden sind, um in dieser Sache voranzukommen.«

»Maßnahmen?« Kiepert ist erstaunt und hält das Aktenstück unschlüssig in der Hand. »Der Wiegand mußte sich täglich im Revier melden, aber er ist flüchtig seit ...« Er schlägt das Aktenstück auf und blätert darin.

»Das weiß ich allein!« brüllt Siering los. »Dazu brauche ich Sie nicht!« Kiepert ist durch den erneuten Ausbruch des Untersturmführers noch verblüffter als beim ersten Male. Der Kerl hat eine eklig schlechte Laune und ist unberechenbar, denkt er, eben war er noch ganz friedlich, und jetzt tobt er schon wieder los, dem muß irgend etwas verquer gegangen sein.

»Wir hatten dem Reichssicherheitshauptamt seinerzeit gemeldet, daß Wiegand flüchtig geworden ist«, sagt Kiepert mit belegter Stimme und wiegt jedes Wort vorsichtig ab, »seitdem sind dortseits keine Maßnahmen verfügt worden.«

»Keine Maßnahmen verfügt! Keine Maßnahmen verfügt!« äfft Siering nach. »Bei euch muß alles verfügt werden, man muß euch mit der Nase in die Scheiße stuken wie einen jungen Hund, damit ihr was riecht.«

Kiepert steckt auch das ein und bleibt äußerlich ruhig, obwohl eine gelinde Wut in ihm aufsteigt. Lausebengel, flucht er in sich hinein, ich könnte gut dein Vater sein.

Siering raucht seine Zigarette zu Ende und zündet sich am glimmenden Stummel sofort wieder eine neue an. »Der Wiegand ist ein ganz gefährlicher Bursche«, sagt er in einer etwas gemilderten Tonart, »der hat die ganze Zeit seit seiner angeblichen Flucht in Berlin gelebt, gerade jetzt hatten wir ihn aufgespürt, und da hat so ein Hornochse von Vigilant seine Spur wieder verloren.«

Kiepert nickt. Der ist dir also durch die Lappen gegangen, denkt er. »Verstehe«, sagt er, »und nun vermuten Sie ...«

»Ja, daß er hier auftaucht«, fällt Siering ein, »aber das ist es eigentlich nicht, weshalb ich hierhergekommen bin. Wir hatten eigentlich angenommen ...« Er unterbricht sich und wendet sich gegen die Tür.

Ein alter Mann in langer, abgetragener Joppe, hohen Bauernstiefeln und einer schwarzen, kegelförmigen Pelzmütze ist eingetreten und steht in demütig abwartender Haltung an der Tür.

»Was ist denn los?« brüllt Siering ihn an. »Warum klopfen Sie nicht an?«

Du hast es nötig, denkt Kiepert. »Was gibt es denn?« fragt er.

»Ich hatte geklopft«, sagt der Alte mit unverkennbar ostdeutschem Dialekt und macht eine entschuldigende Handbewegung, »vermutlich haben die Herren es überhört.«

»Raus!« brüllt Siering.

Der alte Mann bleibt unschlüssig stehen. »Ich wollte Sie um ...«, beginnt er zaghaft.

»Raus!« brüllt Siering noch einmal. »Oder ich mache Ihnen Beine!«

»Packzeug«, sagt er verächtlich zu Kiepert, als die Tür hinter dem Alten sich wieder geschlossen hat.

Kiepert will ein Wort für den alten Mann einlegen, der vor ein paar Tagen mit einem Flüchtlingstreck am Ort eingetroffen ist, aber er läßt es lieber. Woher nehmen solche Burschen nur die Anmaßung? denkt er. »Sie wollten mich gerade den Zweck Ihres Hierseins wissen lassen, Herr Kamerad«, sagt er höflich.

Siering lümmelt sich mit den Ellenbogen auf dem Schreibtisch. »Was wollte ich vorhin eigentlich sagen, als das alte Rindvieh dazwischenplatzte?« fragt er.

»Sie sagten, daß Sie damals angenommen hätten ...«, wiederholt Kiepert den unterbrochenen Satz Sierings.

»Richtig«, fällt Siering ein. »Ja, wir hatten angenommen, daß der Wiegand nach Rußland getürmt ist, weil absolut keine Spur von ihm zu entdecken war, aber jetzt wissen wir, daß das Schwein sich die ganze Zeit in Berlin aufgehalten hat, wenn nicht sogar hier in Eichwalde.«

»Letzteres halte ich für ausgeschlossen«, wendet Kiepert ein, »hier ist er viel zu bekannt, als daß er es wagen könnte, hier aufzutauchen, zumal sein Nachbar ...«

Siering winkt ab. »Uninteressant, war auch nur'ne Nebenbemerkung. Was ich sagen will, ist das: der Wiegand hat sich von Mai einundvierzig an unter falschem Namen in Berlin aufgehalten. Halten Sie es für wahrscheinlich, daß seine Frau hiervon nichts gewußt hat?«

Kiepert schüttelt den Kopf. »Nein«, muß er zugeben.

»Aber die alte Sau hat das immer abgestritten«, poltert Siering los. »Wenn bei ihr gefahndet wurde, und das kam besonders in der ersten Zeit nicht selten vor, hat sie nie etwas gewußt, immer die Doofe gespielt, und die Kameraden vom Fahndungsdienst haben dem Aasstück auch immer geglaubt.«

Kiepert ist peinlich berührt, aber er gibt sich Mühe, es sich nicht anmerken zu lassen, Mitleid oder Mitgefühl sind im Dritten Reich nur den staatlicherseits genehmigten Objekten zu gewähren, wenn man sich nicht selbst verdächtig machen will. Kiepert kennt Frau Wiegand und hat ihre Haltung insgeheim oft bewundert, er hat sich bei dienstlichen Obliegenheiten ihr gegenüber immer korrekt verhalten und gelegentlich mit wie zufällig hingeworfenen Bemerkungen durchblicken lassen, daß er nicht aus eigener Initiative, sondern auf höheren Befehl handele, den er keineswegs billige.

Ich werde ihr die Schnauze schon öffnen«, wütet Siering weiter, »darauf können Sie sich verlassen.«

Und was soll ich dabei? denkt Kiepert betreten. Soll er das allein machen, ich will nichts damit zu tun haben.

Siering stößt die Zigarette in den Aschenbecher. »Sie hüllen sich ja vollständig in Schweigen«, sagt er und blickt Kiepert aus zusammengekniffenen Lidspalten an, »ein sehr beredtes Schweigen, Verehrtester.«

»Wie … wie soll ich das verstehen?« fragt Kiepert.

Siering legt die Hände auf die Schreibtischplatte und beugt sich weit vor. »Sie verstehen mich ganz genau, mein Lieber«, sagt er scharf. »Ist Ihnen wohl nicht recht, wenn das Gesindel scharf angefaßt wird?«

»Ich muß doch sehr bitten, Herr Kamerad …«, beginnt Kiepert. »Ach, quatschen Sie nicht«, unterbricht ihn Siering brüsk. »Meinen Sie, ich sehe nicht, was mit Ihnen los ist? Eure verdammte Schlappschwanzpolitik ist nur daran schuld, wenn das Mistzeug sich heute wieder aus den Löchern wagt, wittern wohl schon Morgenluft.« Er schlägt mit der flachen Hand auf die Tischplatte, daß das Schreibzeug klirrt. »Aber denen werde ich es noch besorgen, daß ihnen die Jauche im Arsch kocht.«

Das ist ein ganz süßes Kerlchen, denkt Kiepert angewidert. »Ich stehen Ihnen selbstverständlich bei der Bekämpfung von staatsfeindlichen und defätistischen Elementen voll zur Verfügung«, sagt er.

»Außerordentlich liebenswürdig«, höhnt Siering. »Bin Ihnen sehr zu Dank verbunden!«

Kiepert strafft seine Gesichtszüge und steht auf. »Ich bitte meine Staatstreue nicht in Zweifel zu ziehen, Herr Kamerad«, sagt er bestimmt.

»Setzen Sie sich«, sagt Siering ruhig und lächelt ironisch breit. »Daß Sie Parteigenosse sind, brauchen Sie mir nicht erst zu sagen, das sehe ich auch so.«

Kiepert entschließt sich, sich nicht weiter in die Enge treiben zu lassen und zum Angriff überzugehen. »Jetzt ist es aber genug, Herr Kamerad«, sagt er entschieden und stemmt die Fäuste auf den Schreibtisch. »Ich muß Sie bitten …«

Siering winkt lässig ab.

»Regen Sie sich wieder ab«, sagt er, »den Zeitpunkt, wann es genug ist, bestimme ich und nicht Sie, aber jetzt wollen wir mal zur Sache kommen. Ich ordne hiermit folgendes an: das Haus des Wiegand ist sofort unter schärfste Beobachtung zu stellen. Wie ist die Lage des Grundstücks?«

Kiepert atmet erleichtert auf. Der Übergang zu sachlichen Erörterungen setzt nicht nur den Anpöbeleien ein Ende, er ermöglicht ihm auch gewissermaßen eine Rehabilitierung, indem er Eifer und Gesinnung beweisen kann. Für einen Augenblick denkt er dabei zwar an Frau Wiegand, deren kleine, zierliche Figur er für Sekunden vor sich sieht, und kann ein Bedauern nicht ganz unterdrücken, aber parallel mit dieser Empfindung spult sich die Entschuldigung in ihm ab, daß sich jeder selbst der Nächste sei und jeder eben die Konsequenzen für seine Taten und seine Gesinnung zu tragen habe.

»Das Grundstück grenzt unmittelbar an die Gemarkung Zeuthen«, antwortet er, nimmt einen Bogen Papier zur Hand und entwirft eine Skizze, »links liegt eine unbebaute Parzelle, rechts und unmittelbar gegenüber befinden sich Einfamilienhäuser.«

»Und der Hauseingang von Wiegands Grundstück?« fragt Siering. Kiepert überlegt. »Wenn ich nicht ganz irre«, sagt er nach einer kleinen Pause und fügt der Skizze noch eine Ergänzung hinzu, »liegt er auf der Seite, die dem Nebenhause zugekehrt ist, also hier.«

»Günstig«, kommentiert Siering und läßt sich eine Zigarette aus dem blauen Päckchen in die Hand gleiten. »Rauchen Sie auch eine!« fügt er hinzu und schiebt Kiepert das Päckchen zu.

»Bin so frei«, sagt Kiepert und reißt rasch ein Streichholz an, um dem SD-Mann Feuer zu geben, dann entnimmt er dem Päckchen ebenfalls eine Zigarette und setzt sie in Brand. Der Druck, der ihm vorhin wie ein Reifen um die Stirn gelegen hat, ist jetzt einer freudigen Erregung gewichen, er hat ersichtlich den ungünstigen Eindruck, den er anfangs auf den Untersturmführer gemacht hat, wieder verwischen können. Hätte er ihm sonst eine Zigarette angeboten? Und noch dazu eine englische? Er raucht die Zigarette an, sie schmeckt nicht nur würzig nach echtem Virginia, sie schmeckt auch süß, weil er mit dem Tabakaroma zugleich das Wohlwollen des Spenders einatmet.

»Also ich wünsche eine scharfe Überwachung der Frau Wiegand«, sagt Siering jetzt, »natürlich keinen Posten, der stramm und beamtenhaft mit seinen Plattfüßen vor dem Hause auf und ab latscht. In das Nebenhaus und in das Haus gegenüber stecken Sie je zwei Mann. Jeder, der das Wiegandsche Haus verläßt oder betritt, ist festzunehmen und sofort dem Reichssicherheitshauptamt zu überstellen, jeder, ohne Ausnahme. Sie haften mir für genaue Durchführung dieser Maßnahme. Ist das klar?«

»Durchaus«, bestätigt Kiepert nickend. »Nur ...«

»Was nur?« fährt Siering sofort los.

»Wir haben im ganzen Ort nur vier Polizisten«, fährt Kiepert fort. »Dann setzen Sie eben Hilfspolizisten oder Stadtwacht ein, aber jüngere, bewegliche Kräfte, keine Muselmänner. Sind die Leute zuverlässig?«

»Ich denke schon«, antwortet Kiepert.

»Denke, denke«, sagt Siering ärgerlich, »das Denken überlassen Sie den Pferden, die haben 'n größeren Kopf. So etwas muß man wissen. Mann Gottes, haben Sie denn die ganzen zwölf Jahre geschlafen, daß Sie heute noch nicht wissen, wer hundertprozentig zuverlässig ist und wer nicht? Ist Ihnen nicht der Erlaß des Gauleiters Stürtz in bezug auf die Überwachung der Volksgenossen auf die innere Festigkeit bekannt?«

»Natürlich«, verteidigt sich Kiepert, »aber es handelt sich hier nicht um einen Polizeierlaß, sondern einen Erlaß der Partei, und dafür ist der Ortsgruppenleiter zuständig.«

»Zuständig, zuständig«, bellt Siering wieder los, »damit wälzt ihr immer alles von euch ab. Wer ist denn hier Ortsgruppenleiter?«

»Der Bürgermeister Rutz, er ist aber ...«

»Bürgermeister und Ortsgruppenleiter in einer Person und trotzdem eine Sauwirtschaft?« schimpft Siering. »Ihr solltet euch mal ein bißchen eisenhaltige Luft um die Nase wehen lassen, ihr habt euern Arsch viel zu lange in bequeme Schreibtischsessel gedrückt, Mensch, wenn ich hier was zu sagen hätte ...«

Gott sei Dank hast du das nicht, denkt Kiepert und raucht die Zigarette zu Ende. Sie schmeckt ihm nicht mehr recht, die Jovialität, die ihm mit ihr verabreicht worden ist, hat sich rasch wieder verflüchtigt.

»Also veranlassen Sie sofort die notwendigen Maßnahmen«, befiehlt Siering, »und dann werden wir uns mal die Frau Wiegand ansehen und ihr die Mäusezähnchen aufbrechen. Sie begleiten mich, Herr Leutnant!«

Das hat Kiepert nicht erwartet, er erschrickt fast und hat Mühe, sich zu beherrschen. »Ist meine Anwesenheit unbedingt erforderlich, Herr Kamerad?«

Siering steht mit einem Ruck auf und stellt sich breitbeinig vor Kiepert, die Arme in die Seiten stemmend. »Sie haben wohl Mitleid mit dem Saustück? Können kein Blut sehen, he?« sagt er drohend und blickt Kiepert mit einem Stirnrunzeln und aus halbgeöffneten Augen an.

»Aber nicht doch«, beteuert Kiepert, »ich fragte nur, weil ich noch eine Menge Büroarbeit habe.«

»Lassen Sie den Papierkram liegen«, sagt Siering verächtlich.

»Ihr seid alle nur Tintenpisser anstatt Tatmenschen. So, und nun machen Sie ein bißchen dalli, dann fahren wir zu dem Schätzchen.«

XIX

16. April, 18.30 Uhr

Lucie Wiegand steht am Hauklotz hinter dem Hause und spaltet Holz, ihre Hand hebt sich müde, ihre Schläge fallen in langen Abständen und sind nicht sehr kräftig. Hin und wieder geht ihr Blick über den Garten hin. An den Sträuchern springen die ersten grünen Knospen auf, die Erde duftet herb, darüber spannt sich ein wolkenloser, hellblauer Himmel, die Luft ist sanft und mild.

Lucie Wiegand seufzt. Unbegreiflich, daß die Natur ewig gleichbleibt ungerührt ob des menschlichen Elends, sie birgt Trost in ihrer frühlingshaften Auferstehung, aber sie wirft auch zugleich Verzweiflung in uns, daß der Mensch sich mit zunehmender Zivilisation immer weiter von ihr entfernt, den Keim des Lebens sinnlos erschlägt und zerstampft, den mütterlichen Schoß der Erde mit Bomben und Granaten aufreißt und umpflügt, die Wälder zerfetzt und verbrennt.

Lucie Wiegand steht eine Weile mit hängenden Armen da, es gibt Augenblicke, in denen das Leben kaum noch zu ertragen ist, und dies ist ein solcher Augenblick. Sie ist am Morgen um einhalb sechs Uhr aufgestanden, hat neun Stunden lang bei Schwartzkopff in Wildau an der Fräsmaschine gestanden und ist eben nach Hause gekommen, jetzt ist das Haus zu besorgen, der Garten fordert Arbeit, denn noch ist keine einzige Scholle umgebrochen, und da ist eine riesengroße Müdigkeit, die sie ganz aushöhlt und jede Bewegung zur Qual werden läßt, die sie ganz gleichgültig werden macht und sie auch nicht bei Alarm aus dem Bett zu treiben vermag. Sie liegt dann mit angehaltenem Atem, aber ohne innerliche Erregung im Bett, fatalistisch ergeben, zuckt wohl zusammen, wenn die Schulzendorfer Flak losdonnert oder die Wellen nächtlicher Explosionen anschwemmen, aber meist ist sie schon wieder fest eingeschlafen, ehe die drei langen Töne der Sirenen die Vorentwarnung anzeigen. Als vor Monaten in der Zeuthener Straße eine Bombe fiel, die Dachziegel scheppernd herunterrutschten und die Fenster an den Riegeln rüttelten, da hatte sie sich aufgerichtet und auf den nächsten Schlag gewartet, aber er kam nicht, die Motorengeräusche verstummten wieder, und die Müdigkeit zwang sie sogleich wieder in den Schlaf.

Als Lucie Wiegand gerade den Arm hebt, um ein Scheit zu zerspalten, hört sie die Klingel im Haus dreimal kurz anschlagen, sie geht um das Haus herum und sieht zwei Männer an der Pforte stehen.

Der Polizeileutnant Kiepert, denkt sie. Was will der denn? Es muß etwas Besonderes sein, wenn er sich selbst herbemüht, und mitgebracht hat er sich auch noch einen, in Grau. Einen Soldaten? Dann erschrickt sie. Das ist nicht das übliche Grau, das Kieperts Begleiter trägt. Und die schwarzen Spiegel? SS? Sie geht zögernd den Gartenweg entlang zur Pforte, für einen Augenblick hat sie noch den Gedanken erwogen, sich rasch wieder hinter das Haus zurückzuziehen und sich nicht zu melden, aber dazu ist es wohl zu spät, die beiden Männer haben sie sicher bereits gesehen.

»Sie wünschen?« fragt sie, ohne die Pforte vorerst zu öffnen, sie blickt nur den Polizeileutnant an, den sie kennt und der immer verhältnismäßig rücksichtsvoll gewesen ist.

»Heil Hitler, Frau Wiegand«, sagt Kiepert. »Wir möchten Sie gern einmal sprechen.«

Siering hat ein wenig zurückgestanden, nicht aus Bescheidenheit oder Verlegenheit, denn das sind Eigenschaften, die er nicht besitzt, sondern weil er es liebt, die Leute erst aus dem Hintergrund zu beobachten, ihre schwachen Stellen zu erspähen, aus ihren Bewegungen und ihrer Haltung den Grad ihrer Widerstandskraft, aus ihren Gesichtern das Maß ihrer geistigen Konzentration festzustellen. Zwar ist seine Hauptwaffe die Brutalität, aber es gibt verschiedene Methoden, sie anzuwenden, man kann wie ein Raubvogel ganz plötzlich auf das Opfer herabstürzen und die Fänge sofort tödlich in seinen Leib krallen, man kann aber auch wie ein Katzentier sein Opfer packen, es wieder loslassen und ihm einen Zipfel von Hoffnung reichen, um es dann um so härter zu schlagen, man kann schließlich auch wie ein Wolf im Schafspelz die Aufmerksamkeit des Opfers abschwächen und einschläfern, um es dann aus allernächster Nähe um so vernichtender zu treffen.

»Worum handelt es sich denn?« fragt Lucie Wiegand.

Kiepert macht eine unbestimmte Handbewegung und wendet sich halb zu dem Untersturmführer zurück.

Siering steht noch immer unbeweglich. Diese kleine, zierliche Frau mit dem schlichten rotblonden Haar, dem feinen, müden, bleichen Gesicht ist also Wiegands Frau. Als sie, in Skihosen und hellblauem Pullover, der den Hals mit einem Rollkragen umschließt und sie noch schlanker erscheinen läßt, hinter dem Haus hervorkam, hat er sie zuerst für ein junges Mädchen gehalten. Siering ist überrascht, er weiß nicht recht, ob er enttäuscht oder erfreut ist, er weiß überhaupt nicht, wie er sich Wiegands Frau vorgestellt hat, nur eins ist gewiß: so jedenfalls nicht.

Lucie Wiegand blickt zum ersten Male auf den SD-Mann. »Wollen Sie mir nicht sagen ...«, wendet sie sich an ihn.

»Das können wir hier nicht übern Gartenzaun besprechen«, sagt Siering und blickt der Frau ungeniert ins Gesicht. Er ist von ihrer Schönheit und ihrer zarten Anmut kaum beeindruckt, er hat Personen, die seiner Vernehmung ausgesetzt sind, stets als Gegner betrachtet, die ihm wissentlich und manchmal auch unwissentlich Geheimnisse vorenthalten, die ihnen mit allen Mitteln entrissen werden müssen, dabei haben ihn Hilflosigkeit oder Unschuld, Charakterstärke oder Überzeugungstreue nie veranlaßt, die Art seines Vorgehens auch nur um einen Grad zu mildern, sondern ihn zu noch schärferen Methoden greifen lassen. Und plötzlich weiß Siering auch, wie er sich Wiegands Frau vorgestellt hat: als eine große, dürre Frau mit eckigen Bewegungen und flacher Brust, mit kühlen, forschenden Augen hinter einer Hornbrille, ein halb maskulines Weib.

Lucie Wiegand fühlt den forschenden und kalten Blick auf sich ruhen, als sie die Gartentür aufschließt, das Herz schlägt ihr bis zum Hals, als sie dann auf das Haus zugeht und den festen Schritt der beiden Männer hinter sich im Kies knirschen hört, sie spürt, wie eine unheimliche, schreckliche Ahnung glühend in ihr aufsteigt und sich dann in eine eiskalte Starre verwandelt.

Was ist mit Fritz? denkt sie. Haben sie ihn entdeckt? Aber was wollen sie dann von mir? Mich festnehmen? Dazu brauchen sie doch nur einen Polizisten zu schicken, daß der Kiepert selbst kommt und sogar einen ss-Offizier mitbringt, das ist ein schlechtes Zeichen.

»Bitte, hier hinein«, sagt sie und klinkt eine Zimmertür auf.

Kiepert hat die hellgrüne Mütze beim Betreten der Diele abgenommen und bleibt befangen in der Mitte des Zimmers stehen, Siering hat sich überall umgesehen und sogleich Platz genommen, einen Ellenbogen auf den Tisch gestützt und die Beine mit den schwarzglänzenden Langschäftern übereinandergeschlagen, die Mütze hat er aufbehalten.

Auch Lucie Wiegand ist stehengeblieben. »Bitte, nehmen Sie Platz, Herr Kiepert«, fordert sie auf.

Kiepert dankt und lehnt sich gegen das Fensterbrett, er ist entschlossen, nur die Rolle des Zuschauers zu spielen, aber im gleichen Augenblick sagt er sich in bitterer Selbsterkenntnis, daß hier nicht sein Entschluß maßgebend ist und er aktive Hilfe leisten wird, wenn der Graue es fordert.

Für Sekunden ist es beklemmend still. Da sind drei Menschen in einem Zimmer, zwei Männer und eine Frau, aber sie haben nichts miteinander gemein, als daß sie eben Menschen sind, Produkt des Zusammentreffens von Samenfaden und Eizelle, bestehend aus einer bestimmten Art und Menge Protoplasma, begabt mit der Fähigkeit, Gefühle, Affekte und Gedanken vermittels Kehlkopf, Stimmbändern und Zunge zu Lauten, genannt Sprache, zu formen und diese durch sichtbare Zeichen, genannt Schrift, darzustellen, aber in der Beschaffenheit dieser Fähigkeiten und der Art, von ihnen Gebrauch zu machen, liegt die Verschiedenartigkeit der Menschen und errichtet Schranken zwischen ihnen, die trotz aller äußeren Ähnlichkeit, bei aller Gleichheit ihrer biologischen Funktionen und bei aller Gebundenheit an die gleichen zivilisatorischen Bedingungen unüberwindbar sind.

Da ist ein Mann, in dem alle barbarischen Instinkte wieder

durchgebrochen sind, die durch zwei Jahrtausende Christentum, durch humanistische Erziehung und die Furcht vor dem Gesetz überwunden schienen, und der sich mit erstaunlicher Geschwindigkeit in den Homo primigenius zurückverwandelt hat, da ist eine Frau, die sich ihr Leben nicht dadurch bequem gemacht hat, daß sie sich vor dem Elend der Menschheit abschließt, sondern für die Beseitigung uralten Unrechts wirkt, und da ist endlich ein Mann, der keinem dieser Extreme zugehört und in einem Dualismus dahintreibt, weil er zwei Gewissen hat, ein privates und ein öffentliches. In ihm, der im Dritten Reich am häufigsten vertretenen Gattung des Homo sapiens, ist die Menschlichkeit zwar nicht erstorben, der aber – wie er meint – dem Druck der barbarischen Befehlshaber nachzugeben gezwungen ist; er ist sich nicht bewußt, daß er damit einen nur durch Höflichkeit gemilderten Barbarismus übt.

Siering betrachtet seine Fingernägel eingehend und hebt dann den Blick. »Wir haben gestern Ihren Mann verhaftet, Frau Wiegand.«

Nanu, denkt Kiepert, mir hat er doch erzählt, daß er ihnen entwischt ist.

Lucie Wiegand wird bleich bis in die Lippen. Also doch, denkt sie, gerade jetzt, so kurz vor Toresschluß. »Und Sie kommen zu mir, um mir diese Mitteilung zu überbringen?« fragt sie mit mühsam beherrschter Stimme.

»Natürlich nicht«, antwortet Siering und holt das blaue Päckchen wieder aus der Tasche. »Darf ich rauchen?«

»Bitte«, sagt Lucie Wiegand abweisend.

Kiepert preßt die Lippen aufeinander, um nicht zu lachen. Der Bursche kann ja auch höflich sein, konstatiert er, aber das ist sicher nur einer seiner Tricks, er will die kleine Frau erst zutraulich machen.

Siering zündet die Zigarette umständlich an und raucht schweigend ein paar Züge, aber während er sich scheinbar ganz dem Genuß der Zigarette hingibt, beobachtet er seine Gegnerin unausgesetzt, sein Blick umkreist sie wie ein Raubvogel, der auf den günstigsten Augenblick wartet, um auf seine Beute herabzustürzen. Es ist eine alte kriminalistische Erfahrung, daß unmotiviertes Schweigen die Leute unsicherer macht und sie oft schneller zum Reden bringt als eindringliche Fragen.

Lucie Wiegand steht noch immer abwartend zwischen Tür und Schreibtisch, sie ist ja nicht unerfahren im Umgang mit der Gestapo und weiß daher, daß das behutsame Vortasten mit verbindlichen Redensarten und das Schweigen immer nur die Ruhe vor dem Sturme sind.

»Ja, also, Frau Wiegand«, sagt Siering schließlich, »wir sind zu Ihnen gekommen, um etwas zu erfahren.«

Natürlich, darauf geht es hinaus, denkt Lucie Wiegand.

»Aus Ihrem Mann ist ja nicht allzuviel herauszubringen gewesen«, fährt Siering fort, »obwohl er seine Lage bestimmt verbessern würde, wenn er offen reden würde, und da habe ich mir gedacht, daß Sie ihm helfen werden.«

Ihm, denkt Lucie Wiegand, euch soll ich helfen, aber da habt ihr euch geirrt, von mir werdet ihr nichts erfahren. »Ich kann Ihnen nicht behilflich sein«, sagt sie.

»Sie haben mich nicht ausreden lassen, liebe Frau Wiegand«, sagt Siering ruhig und zieht ein paarmal an seiner Zigarette, »Sie sollen ja nichts über Ihren Mann sagen, das verlangen wir gar nicht von Ihnen, wir sind ja nicht die Unmenschen, für die Sie uns wahrscheinlich halten. Der Herr Polizeileutnant Kiepert wird es Ihnen bestätigen, daß ich höchst ungern zu Ihnen gekommen bin. Stimmt es, Herr Kamerad?«

Nein, du Schwein, denkt Kiepert.

»Ja, das ist wahr«, sagt er und nickt.

»Da hören Sie, Frau Wiegand«, sagt Siering freundlich. »Ich möchte ja auch nur von Ihnen wissen, in welchen Lokalen oder sonstigen Treffpunkten Ihr Mann mit seinen Genossen zusammengekommen ist, das ist alles.«

Das ist allerhand, denkt Kiepert und blickt gespannt auf die kleine zarte Frau, die wie eine Bildsäule mitten im Zimmer steht. Wird sie reden?

»Das weiß ich nicht«, antwortet Lucie Wiegand, »ich weiß überhaupt nicht, wo mein Mann sich aufhält oder aufgehalten hat.«

»Aber verstehen Sie mich doch recht«, sagt Siering ein wenig ungeduldig, »Sie sollen ja gar nichts über Ihren Mann sagen, Sie sollen ihm ja im Gegenteil helfen, ich verspreche Ihnen, daß er glimpflich davonkommt, wenn wir die anderen fassen, schließlich ist sich jeder selbst der Nächste. Oder etwa nicht?«

Lucie Wiegand geht auf die Frage gar nicht ein. Mich fangt ihr nicht, denkt sie, das Ganze ist doch eine Falle, nicht ungeschickt, aber ich sehe die Schlinge.

Siering raucht die Zigarette mit schnellen Zügen zu Ende und wirft den Stummel in den Aschenbecher. »So kommen wir nicht weiter«, sagt er, seine Stimme ist jetzt eine Tonart schärfer, die kleinen freundlichen Falten an den Augen sind verschwunden.

Aha, denkt Kiepert, jetzt geht's los.

Lucie Wiegand sieht über den Untersturmführer hinweg durch das Fenster auf den grünen Rasen. »Sie müssen schon versuchen, sich die gewünschten Informationen anderweitig zu verschaffen«, sagt sie.

»Seit wann haben Sie denn Ihren Mann nicht gesehen?« fragt Siering.

»Mein Mann wohnt seit Juni neunzehnhunderteinundvierzig nicht mehr hier«, umgeht Lucie Wiegand die Antwort.

»Das will ich nicht wissen«, sagt Siering scharf. »Ich habe Sie gefragt, wann Sie Ihren Mann zum letztenmal *gesehen* haben.«

»Eben zu diesem Zeitpunkt«, sagt Lucie Wiegand jetzt.

»Schwindel, Frau Wiegand«, meint Siering, immer noch ruhig, aber mit erhobener Stimme, aufgelegter Schwindel. Ihr Mann hat die ganzen vier Jahre in Berlin gelebt, und Sie haben ihn nicht gesehen? Wer soll Ihnen denn *das* glauben?«

Lucie Wiegand schweigt verbissen, sie krampft die Hände fest ineinander. Fest bleiben, denkt sie, nicht nachgeben, ganz gleich, was jetzt kommt.

»Glaube ich Ihnen einfach nicht«, fährt Siering fort, er hebt das übergeschlagene Bein zurück und stößt es hart auf den Teppich, er sitzt mit gespreizten Beinen sprungbereit da, die Hände auf den Knien, den Kopf vorgestreckt, die Mütze im Nacken.

Lucie Wiegand zuckt die schmalen Schultern und wirft Kiepert einen kurzen Blick zu.

Der Polizeileutnant wendet den Blick verlegen ab. Ich kann dir nicht helfen, kleine Frau, denkt er, der ist stärker als ich, viel stärker, hinter ihm steht der leibhaftige Böse.

Siering steht mit einem Ruck auf und geht dicht an die kleine Frau heran. »Wollen Sie jetzt reden oder nicht?« fragt er drohend.

»Nein«, antwortet Lucie Wiegand ebenso laut und deutlich.

»Verfluchte kommunistische Mistsau!« brüllt Siering jetzt los. »Ich werde dir schon die Zunge locker machen! Das ist die erste Rate!« Er hebt die Hand und schlägt ihr mit dem Handrücken mitten ins Gesicht.

Lucie Wiegand wankt ein paar Schritte zurück und lehnt sich gegen den Türpfosten, unter dem hellblauen Pullover hebt sich die zarte Brust in heftigen Stößen.

Kiepert ist zusammengezuckt, als hätte der Schlag ihn selbst getroffen, er blickt wie gebannt auf das Gesicht Lucie Wiegands, in dem sich eine dukle Stelle auf der Stirn abzeichnet, und dann auf die Hand Sierings, die jetzt gleichmütig eine Zigarette aus dem blauen Päckchen knipst.

»So, mein Schatz«, sagt Siering höhnisch, »nun hast du wohl eingesehen, daß mit mir nicht zu spaßen ist. Setz dich dahin.«

Er stößt einen Stuhl mit dem Fuß zu ihr hin.

Lucie Wiegand rührt sich nicht von der Selle, sie hat die Hände fest um den Türpfosten geklammert und blickt unverwandt auf den Untersturmführer, ihr Gesicht brennt wie Feuer, es ist maskenhaft starr geworden.

»Du sollst dich setzen!« schreit Siering und zündet sich die Zigarette an. »Willst du auch eine, Schatz?«

Kein Muskel bewegt sich in Lucie Wiegands Gesicht.

Das ist nicht mit anzusehen, denkt Kiepert und wendet den Blick zum Fenster hinaus.

»Also mach schon das süße Schnäuzchen auf«, sagt Siering und geht vor ihr auf und ab. »Du hast ihn doch in den vier Jahren oft besucht, bestimmt hast du das, bist doch ’ne junge Frau und siehst nicht gerade kaltschnäuzig aus, du kommst doch ohne das noch nicht aus, du brauchst das doch noch, macht dir doch bestimmt noch Spaß, die berühmte Bewegung. Ist doch so?«

Ferkel, denkt Kiepert angewidert.

Lucie Wiegand atmet schwer, sie fühlt die Tränen aufsteigen, aber sie drängt sie gewaltsam zurück. Nein, sie will nicht weinen, keine Schwäche zeigen vor dem da.

»Na, sag schon, wo seid ihr zusammen gewesen?« spricht Siering weiter und läßt ihr Gesicht keinen Augenblick unbeobachtet. »In der Friedenstraße, in der Gollnowstraße, in der Landsberger Allee, in der Elbinger Straße, in der Löwestraße, in der Lebuser Straße? Du siehst, ich bin genau im Bilde, mein Kind. Na, sag schon, wo?«

Lucie Wiegand bleibt stumm, sie zieht die Lippen zwischen die Zähne und sieht an dem Grauen vorbei.

»Oder vielleicht bei Dr. Böttcher?« Siering schießt die Frage wie einen Pfeil ab.

Lucie Wiegand kann ein Zusammenzucken nicht ganz vermeiden, aber sie reißt sich sofort wieder zusammen.

Siering hat die Bewegung wohl bemerkt und lacht mit breitem Munde triumphierend auf. »Du sollst endlich auspacken, Puppe«, sagt er und fährt mit der brennenden Zigarette dicht vor ihrem Gesicht herum. »Oder ich ziehe andere Register mit dir auf, ich bin schon mit ganz anderen Leuten fertig geworden, du kleine Laus. Ich habe ganz probate Mittel, um das süße Schnäuzchen zum Reden zu bringen. Schon mal was vom dritten Grad gehört?« Lucie Wiegand preßt die Lippen fest aufeinander und schließt die Augen bis auf einen kleinen Spalt.

»Na, wie ist's? Wird aus uns beiden ein Paar?« bohrt Siering weiter.

Lucie Wiegand öffnet den Mund ganz langsam und befeuchtet die trockenen Lippen mit einer raschen Bewegung der Zunge. »Nein«, sagt sie dann entschlossen.

»Täte mir leid um dich, mein Schatz«, sagt Siering und grinst dabei über das ganze Gesicht. »Wärst eigentlich 'n netter kleiner Betthase, wenn du nicht gerade ein Kommunistenweib wärst. Man könnt' schon Appetit auf dich kriegen.«

Kiepert wendet sich ins Zimmer zurück, er kann sich nicht mehr zurückhalten. »Herr Kamerad«, sagt er, »auf diese Weise ...«

Siering dreht sich blitzschnell auf den Absätzen herum. »Was ist los?« brüllt er. »Wohl verrückt geworden? Hier geht's um größere Sachen als um so eine Hure. Verstanden?«

Kiepert beißt sich auf die Lippen und sagt kein Wort.

»Ob Sie verstanden haben, will ich wissen?« brüllt Siering.

»Ja«, stößt Kiepert zwischen zusammengepreßten Lippen hervor. »Wollte ich Ihnen geraten haben«, sagt Siering immer noch drohend und raucht ein paar schnelle Züge. »So, und nun wieder zu dir, mein Kind. Du hast bisher anscheinend nur mit solchen Waschlappen wie dem da« – er macht eine Kopfbewegung zu Kiepert hin – »zu tun gehabt, aber ich bin aus anderem Holz geschnitzt, mein Liebling. Bilde dir bloß nicht ein, daß ich Rücksicht auf dich nehme, weil du 'ne Frau bist.«

Lucie Wiegand öffnet die halbgeschlossenen Augen und blickt den Untersturmführer starr an.

»Ich will wissen, wo dein Mann ist, und du kannst dich darauf verlassen, ich hole es aus dir heraus, und wenn ich dich umkrempeln müßte.«

Er will wissen, wo Fritz ist? durchfährt es Lucie Wiegand, sie haben ihn also nicht. Ein tiefes Aufatmen hebt ihre Brust. Sie sind ihm auf der Spur gewesen, haben diese Spur wieder verloren, und ich soll sie auf die Fährte setzen, deshalb also ist dieses Scheusal nach Eichwalde gekommen.

Siering tritt wieder ganz dicht vor Lucie Wiegand hin und hält die Zigarette wie eine Waffe gegen sie gerichtet. »Na, wo ist dein Alter?« fragt er, sein Blick ist eine einzige schreckliche Drohung. »Machst du jetzt endlich die Schnauze auf, du Hurstück?«

Lucie Wiegand sieht ihn furchtlos an. »Nein«, sagt sie fest.

»Also nicht«, sagt Siering, er spricht die beiden Worte ganz gedehnt und ohne jede Betonung, aber es liegt eine furchtbare Drohung in ihnen.

Kiepert beugt sich weit vor, ihm ist, als würde ihm der Hals zugedrückt.

Siering, der gut einen Kopf größer ist als die kleine, zierliche Frau, beugt sich zu ihr herunter. »Was hast du unter dem Pullover alles an, Puppe?« fragt er, seine Stimme hat zwar die Härte nicht verloren, aber es schwingt noch ein anderer Ton, eine widerliche Freundlichkeit, in ihr mit.

Was soll diese Frage? denkt Kiepert. Will er etwa ... Nein, das gibt es doch nicht.

Lucie Wiegand überhört die Frage, in ihr tönt es immer noch, sie haben den Fritz noch gar nicht, sie haben ihn nicht, sie suchen ihn ja noch.

»Du willst es also nicht sagen, Kleine?« sagt Siering. »Paß mal auf, gleich werden wir es haben.« Mit einem sicheren, harten Griff packt er Lucie Wiegands Hände, die sie gegen den Türpfosten gestemmt hat, und biegt sie mit aller Kraft nach hinten herum, dann stößt er mit der anderen Hand die Zigarette auf ihren Arm, das Feuer frißt sich im Nu durch die Wolle bis auf die Haut, es riecht sofort nach verbrannter Wolle und versengtem Fleisch. Lucie Wiegand windet sich unter dem harten Griff des SS-Mannes, aber sie kommt nicht auf gegen die überlegene Kraft des Mannes, er hält sie eisern fest und drückt die Zigarette weiter in ihren Arm hinein. Kiepert ist wie gelähmt, er war auf weitere Schläge gefaßt, aber das hat er nicht erwartet. »Herr Kamerad«, sagt er heiser und macht ein paar Schritte in das Zimmer hinein, »das geht aber wirklich nicht.«

»Schnauze halten!« schreit Siering, läßt aber Lucie Wiegand los und wirft den Zigarettenrest achtlos auf den Teppich.

Lucie Wiegand sinkt erschöpft gegen den Türpfosten, sie schließt die Augen, ihr Gesicht ist schmerzverzerrt, aber kein Ton kommt über ihre Lippen.

Kiepert ist wieder gegen das Fenster zurückgewichen. Ich bin ja machtlos, denkt er, ich könnte natürlich ... Heiß steigt ein Gedanke in ihm auf, aber er verwirft ihn sofort wieder. Für ein paar flüchtige Sekunden hat er erwogen, den Untersturmführer einfach niederzuschießen, Frau Wiegand würde ihn bestimmt nicht verraten, aber das ist nur eine vorübergehende Aufwallung, sie hätte Mut und Initiative erfordert, und die besitzt er nicht.

»Mein lieber Mann«, sagt Siering jetzt gegen Kiepert gewendet, »wir sprechen uns später noch.« Er setzt sich und schlägt die Beine übereinander. »Na, schöne Frau«, sagt er mit einer Stimme, die ganz voll Hohn und Spott ist, »willst du jetzt reden?«

Lucie Wiegand öffnet die Augen, ein Zucken läuft über ihr Gesicht. »Ja«, sagt sie mit fester Stimme.

»Na also, hab's ja gewußt«, sagt Siering gemütlich und zündet sich wieder eine Zigarette an. »Warum nicht gleich so? Hättest dir das Loch im Pullover und die Tätowierung auf dem Ärmchen ersparen können.«

Kiepert horcht auf. Sie will aussagen? denkt er. Arme, kleine Frau, der hat dich schnell kleingekriegt. Aber ihre Stimme hat so merkwürdig fest geklungen, gar nicht wie die eines Menschen, der nach Folterqualen endlich zu seinem Geständnis bereit ist.

»Na, was hast du mir nun zu sagen, mein goldiger Schatz?« sagt Siering. »Mach auf das zuckersüße Mäulchen.«

Lucie Wiegand richtet sich auf und preßt ihren Rücken fest gegen den Türpfosten, als brauche sie einen Halt für das, was sie nun sagen will. »Und wenn ihr mich in Stücke reißt, nicht ein Wort werdet ihr aus mir herausbringen, dreimal verfluchtes Faschistengesindel!«

Kiepert hält den Atem an, etwas Schreckliches muß jetzt passieren.

Siering ist für eine Sekunde verblüfft, aber dann richtet er sich langsam auf und ist mit einem Sprunge bei Lucie Wiegand. »Du freches Aasstück, du verfluchtes Hurenstück«, brüllt er los und schlägt rechts und links in ihr Gesicht, packt sie an der Schulter und schleudert sie in das Zimmer hinein, stellt sich schweratmend neben sie und hebt einen Fuß, um ihr einen Tritt zu versetzen.

Da schrillt die Klingel im Hause.

»Was ist denn los?« brüllt Siering.

Kiepert späht aus dem Fenster, es ist inzwischen dämmerig geworden. »Ein junger Mann steht am Gartentor, soweit ich erkennen kann«, antwortet er dann.

»Einer von Ihren Leuten, Kiepert?« fragt Siering.

»Ich glaube nicht«, erwidert Kiepert.

»Glauben tut der Pfaffe«, schimpft Siering.

Die Glocke schlägt zum zweiten und gleich darauf zum dritten Male an. »Wir wollen uns den Vogel doch mal ansehen, der hier in das Kommunennest hineinspazieren will«, sagt Siering zynisch, »aber wie kriegen wir den Burschen hier rein, ohne daß er Lunte riecht?«

»Er kommt schon, Sie brauchen sich gar nicht zu bemühen«, sagt Kiepert und atmet auf, daß die schreckliche Szene ihren vorläufigen Abschluß gefunden hat. »Er hat inzwischen entdeckt, daß das Gartentor unverschlossen ist. Ich kann den jungen Mann jetzt genau erkennen, er ist mir nicht bekannt, ist auch kein Eichwalder, soweit ich beurteilen kann.«

Siering öffnet die Tür zur Diele und wirft einen raschen Blick auf Lucie Wiegand. Sie liegt unbeweglich auf dem Teppich, mit dem Kopf auf den angewinkelten Armen, und hat die Füße dicht an den Leib gezogen, über ihre Wangen laufen zwei große Tränen.

XX

16. April, 19.00 Uhr

Auf dem Bahnhof Eichwalde wird Lassehn noch einmal kontrolliert, diesmal von zwei bewaffneten Zivilisten, die eine weiße Armbinde mit der Aufschrift ›Stadtwacht‹ tragen, sie patrouillieren gelangweilt auf dem Bahnsteig und stürzen sich pflichtlüstern auf jeden Ortsfremden.

Lassehn zeigt seine Papiere vor und kann sogleich passieren, man hat nur flüchtig hineingeblickt und sie ihm dann zurückgegeben.

Jetzt geht Lassehn die Bahnhofstraße entlang. Nach ein paar Tagen ununterbrochener Schau von Verwüstung ist der Anblick einer unzerstörten Stadt so unfaßbar wie einem Verhungernden der Anblick eines gutgenährten Menschen. Hier ist alles friedlich, geht ruhig seinen Gang, vielleicht daß die Menschen ein wenig mehr hasten, als sie es in normalen Zeiten getan haben, die Geschäfte sind hier keine bretterverschlagenen Höhlen, sie haben noch Schaufenster, die Häuser gläserne Fenster und tragen rote Ziegeldächer, die Straßen sind gefegt, man tritt nicht auf Glasscherben und stolpert nicht über Trümmerhaufen, die Bäume schießen ins erste Grün, die Sträucher in den Vorgärten haben schon ihre Knospen weit herausgestreckt, in den Gärten hinter den Häusern wird die Erde umgegraben, als sei die Ernte ganz gewiß.

Der Krieg scheint an diesem Kleinstadtidyll unmittelbar vor den Toren Berlins bisher vorübergegangen zu sein.

Je weiter sich Lassehn vom Bahnhof entfernt, desto mehr verdichten sich Ruhe und Frieden. Haben in der Nähe des Bahnhofes noch die Häuser vorgeherrscht und sind die Gärten nur Anhängsel gewesen, so herrschen jetzt die Gärten vor, in welche die Häuser nur hineingestellt sind. Lassehn ist wie benommen, die Stille betäubt ihn fast, er hört seine eigenen Schritte auf dem

Pflaster, Vogelstimmen dringen an sein Ohr, der Wind fächelt hier wie ein Schleier, er wirbelt nicht Kalkstaub und Asche hoch und trägt keinen brandigen Geruch in jeden Winkel.

Während er durch die Straßen schreitet und eine leichte Benommenheit ihn umfängt, muß er an Wiegand denken, für den er diesen Weg macht und der seit Jahren diese Straßen meiden muß. Dieses jahrelange Ausgeschlossensein aus dem eigentlichen Lebenskreis, die ständige Versuchung, aus seinem Schattendasein in diesen Kreis hineinzugreifen, das erscheint Lassehn noch schwerer, noch unerträglicher als die lauernde Gefahr, die wie die Spitze einer Lanze ständig auf sein Herz gerichtet ist. Lassehn kann die Stille, die hier gleichsam zwischen den Gärten schwebt, nicht rein empfinden, es ist eine Stille, die eine schmerzlich verzehrende Sehnsucht in ihm entzündet, weil sie eine Stille inmitten eines Orkans von vielfältigen scheußlichen Toden und Verstümmelungen, von Haß und Gemeinheit, und die Stille keine Stille, sondern nur ein Atemholen zu neuem Haß und neuen Gemeinheiten ist. Diese Stille hat ihn oft auch überwältigt, wenn er nachts auf Posten stand und in den Himmel blickte, an dem Stern neben Stern flimmerte und der Mond sein kaltes, blaues Licht über die Landschaft schüttete.

Dieser Himmel wölbt sich über allen Menschen, hat er dann gedacht, über allen Menschen, die jetzt in Betten und Schlafsäcken, auf Strohschütten und auf der Erde liegen und in Schlaf gesunken sind, die ihr Tun unterbrochen haben, um am nächsten Morgen ihre verdammten und seligen, ihre elenden und satten Leben weiterzuführen. Weshalb kann der Friede der Nacht nicht bis in den Tag hineinwachsen, weshalb ist die Natur nur ein Akkumulator, der neue Kräfte anreichert, die dann wieder in Tod und Verderben umgesetzt werden?

Dann steht Lassehn an der Gartenpforte mit dem Aluminiumschild ›Wiegand‹ und klingelt, er hört die Glocke anschlagen und wartet. Niemand kommt, ihm zu öffnen. Er läutet zum zweiten Male und drückt mehr spielerisch als zweckbewußt auf die Klinke, und da gibt die Pforte nach, sie ist gar nicht verschlossen.

Sie ist also zu Hause, denkt Lassehn und geht über den Kiesweg auf das Haus zu, klopft an die Haustür und tritt ein, steht in einer kleinen Diele und räuspert sich vernehmlich, aber es bleibt ganz still im Hause, beklemmend still …

Merkwürdig, denkt Lassehn und schüttelt unmerklich den Kopf, alle Türen sind offen, ich habe zweimal geklingelt, aber niemand hat sich gemeldet.

Er geht ein paar Schritte weiter in die Diele hinein und blickt auf ein Bild, das ein paar Wildenten über einer eintönigen Dünenlandschaft mit Strandhafer zeigt, dann räuspert er sich noch einmal.

»Hier hinein, junger Mann«, sagt da plötzlich eine männliche Stimme aus einer Tür, die ein wenig geöffnet ist.

Scheint Besuch da zu sein, denkt Lassehn. Er klopft zweimal an die Tür und öffnet sie. »Guten …« Er kann den Satz nicht zu Ende sprechen, das Herz scheint mit einer ungeheuren Gewalt plötzlich in die Kehle gestiegen zu sein. Er sieht sich einem ss-Offizier und einem Polizisten gegenüber. Verdammt noch einmal, er ist in eine Falle geraten.

Der ss-Offizier hat die Schrecksekunde Lassehns ausgenutzt, ihm die Tür aus der Hand gestoßen und sie hinter ihm geschlossen, der Polizeibeamte in der grünen Uniform lehnt mit über der Brust gekreuzten Armen gegen das Fensterbrett, Lassehn erkennt jetzt, daß er Leutnantsrang hat.

»Stellen Sie sich an den Schreibtisch«, sagt der Untersturmführer herrisch. »Sehen Sie sich vor, stolpern Sie nicht.«

Lassehn steht einen Augenblick zögernd, ein leichtes Zittern befällt ihn, die Gedanken gehen wirr durcheinander, eine ungeheure Mattigkeit befällt ihn.

»Haben Sie nicht gehört?« fährt der Untersturmführer ihn an.

Lassehn macht einen Schritt in der befohlenen Richtung und bleibt wieder stehen, er versucht hastig, seine Gedanken zu ordnen. Sich nicht gleich verloren geben, wenn du irgendwo hineinrasselst, hat Klose gesagt, es ist nicht alles aussichtslos, was auf den ersten Blick so scheint, oft ist es das nur, weil du dich selber aufgibst, zum Sterben ist immer noch Zeit. Jetzt erst sieht er, was ihm im ungewissen Licht des Zimmers bisher verborgen geblieben ist: eine Frau liegt auf dem Fußboden, die Hände schützend um den Kopf gelegt und die Beine dicht an den Leib gezogen. Im

Augenblick ist ihm alles klar, die Frau kann niemand anders sein als Frau Wiegand, und die Art, wie sie daliegt, deutet ganz klar darauf, daß ...

»Wenn Sie meiner unmißverständlichen Einladung nicht sofort Folge leisten«, sagt der Untersturmführer mit zynischer Betonung, »können Sie gleich dazugelegt werden.«

Nur Ruhe, denkt Lassehn und geht die paar Schritte bis zum Schreibtisch, nur Ruhe, keine Übereilung, die Gelegenheit, blitzschnell zu handeln, ist sowieso verpaßt, es geht nicht nur um mich, es geht auch um die Frau. Mein Gott, was mag dieser Hund mit ihr angestellt haben?

»Na endlich«, sagt der Untersturmführer. »Sind Sie immer so langsam?«

Lassehn gibt keine Antwort, er zwingt die Erregung, die wie sprudelndes Wasser immer wieder in ihm aufwallt, mit aller Gewalt in sich nieder, er beißt die Zähne fest aufeinander, um ihrer Herr zu werden. Es hat keinen Sinn, sich da etwas vorzumachen, die Situation ist wenig günstig, der ss-Offizier hat die Tür, der Polizeileutnant das Fenster besetzt, das zweite Fenster ist etwa sechs Meter entfernt. Um es zu erreichen, müßte er das ganze Zimmer der Länge nach durchqueren, aber selbst wenn es möglich wäre, das Fenster zu gewinnen, es verbietet sich von selbst, die Frau allein zurückzulassen.

»Was wollen Sie hier?« fährt der Untersturmführer auf Lassehn los.

»Einen Besuch machen«, antwortet Lassehn. »Ist das verboten?«

Der Untersturmführer mustert ihn von Kopf bis Fuß mit einem abschätzenden Blick. »Wen wollten Sie besuchen?«

»Frau Wiegand natürlich«, antwortet Lassehn.

Zum ersten Male, seit Lassehn ins Zimmer getreten ist, bewegt sich Lucie Wiegand, sie hebt den Kopf und blickt ihn mit verschwimmenden Augen an, aber da sie im Schatten des Schreibtisches liegt und die Dämmerung ohnehin ins Zimmer einzufließen beginnt, kann Lassehn ihr Gesicht nicht erkennen.

»Großartig«, sagt der Untersturmführer höhnisch, »ich halte das absolut für keine natürliche Sache, Frau Wiegand zu besuchen. Auch wir sind hier, um Frau Wiegand zu besuchen, nur ist das bei *uns* nicht so natürlich, wie es *Ihnen* erscheint.«

Lassehn blickt den Untersturmführer herausfordernd an. »Was wollen Sie eigentlich von mir?«

»Sie haben hier nicht zu fragen«, weist der Untersturmführer ihn schroff zurecht. »Weshalb besuchen Sie Frau Wiegand?«

»Weil Frau Wiegand die Mutter eines meiner Schulkameraden ist«, antwortet Lassehn, der auf diese Frage vorbereitet gewesen ist. Ein Glück, daß Klose mich noch ein wenig informiert hat, denkt Lassehn dankbar, guter Klose, du hast wirklich an alles gedacht.

Wieder hebt Lucie Wiegand für ein paar Sekunden den Kopf und blickt Lassehn an, dann läßt sie den Kopf wieder schwer auf die Arme sinken.

»Wie heißen Sie?« fragt der Untersturmführer.

»Horst Winter.«

»Wohnen Sie in Eichwalde?«

»Ich habe früher hier gewohnt.«

»Gott, wie rührend anhänglich«, höhnt der Untersturmführer, »kommt der gute Freund trotz der miesen Verkehrsverhältnisse von ... von wo?«

»Von Reinickendorf.«

»... von Reinickendorf nach Eichwalde«, fährt der Untersturmführer fort. »Rührend, wenn man dran wackelt.« Er wendet sich an den Polizeileutnant »Kennen Sie den jungen Mann, Herr Kamerad?«

Der Polizeileutnant schüttelt den Kopf. »Nein, ich kenne ihn nicht, das will allerdings nicht viel heißen, denn ich bin erst seit neunzehnhundertvierzig in Eichwalde, und da ...«

»Schon gut«, winkt der Untersturmführer ab. »Sie kennen den jungen Mann natürlich, Frau Wiegand?«

»Ja«, sagt Lucie Wiegand leise, »ich kenne ihn.«

»Na ja, war nicht anders zu erwarten. Wie war sein Name doch?« fragt der Untersturmführer mit einem bösartigen Augenzwinkern. »Horst Winter«, sagt Lassehn schnell.

Der Untersturmführer holt aus und klatscht Lassehn den flachen Handrücken ins Gesicht. »Wenn du noch einmal die

Schnauze aufmachst, wenn du nicht gefragt bist«, schreit er wütend, »dann kriegst du noch eine, dann aber mit der Faust.«

Lassehn ist zurückgetaumelt. Für den Bruchteil einer Sekunde erwägt er, zurückzuschlagen, aber er krallt nur die Fingernägel in den Handballen, er hätte vielleicht eine kleine Chance gehabt, den ss-Strolch niederzuschlagen, wenn er sofort angegriffen hätte, aber da ist noch der Grüne und vor allem die Frau. Ein Ausbrechen, eine Flucht wäre nicht nur sinnlos, es wäre auch eine Gemeinheit, die wehrlose Frau in den Händen der Banditen zurückzulassen.

»Wer hat dich geschickt?« fragt der Untersturmführer. Bevor Lassehn den Mund überhaupt öffnen kann, fügt er noch drohend hinzu: »Und versuche ja nicht, mich anzulügen, sonst geht's dir verflucht dreckig.«

Lassehn bleibt die Antwort wiederum schuldig, er läßt den Blick vorsichtig rundum gehen.

Der Untersturmführer hat den Blick bemerkt. »Du kommst nicht lebend aus dem Zimmer«, sagt er und zieht die Pistole aus der braunen Ledertasche, »wenn du versuchen solltest, zu türmen.«

Lassehn beißt sich auf die Lippen, er sieht ein, daß er einen Fehler gemacht hat, er hätte antworten, irgendwelche Namen und Adressen nennen, sich willfährig zeigen müssen, um die Aufmerksamkeit des ss-Banditen abzuschwächen. Er wird versuchen, das jetzt nachzuholen, nicht auf einen Hieb, nicht zu auffällig. Um keinen Verdacht zu erregen, wird er erst noch widersprechen …

»Also los, mach endlich die Schnauze auf«, sagt der Untersturmführer in einem Tone, der zwischen Drohung und Zureden schwankt, »wir wissen mehr, als du dir träumen läßt.«

»Dann brauchen Sie mich doch nicht«, sagt Lassehn hartnäckig.

Der Untersturmführer zieht die Luft mit einem hörbaren Geräusch ein, als müsse er gewaltsam an sich halten. »Du, das Ding geht verdammt leicht los«, sagt er und spielt an der Sicherung der Pistole. »Willst du nun reden?«

Da hebt Lucie Wiegand den Kopf. »Nein«, sagt sie, »nein, nein, nein, er wird nicht reden.«

»Halt die Schnauze, du Aas«, brüllt der Untersturmführer und stößt mit dem Fuß nach ihr. »Na warte, mein Täubchen, dir werden sie in Ravensbrück schon die Flötentöne beibringen.«

Du Hund, denkt Lassehn. »Lassen Sie die Frau zufrieden«, sagt er, »ich will ja alles sagen.«

»Na also«, meint der Untersturmführer. »Bist vernünftiger als die da. Wer hat dich nach Eichwalde geschickt? Wiegand oder – Doktor Böttcher?«

Donnerwetter, denkt Lassehn, der scheint wirklich allerhand zu wissen. »Wie sagten Sie? Doktor Böttcher?«

»Jawohl, Doktor Böttcher, hast schon richtig verstanden.«

»Kenne ich nicht«, antwortet Lassehn achselzuckend.

Der Untersturmführer tritt ganz dicht an Lassehn heran und setzt ihm die Mündung der Pistole auf den Leib. »Wenn du glaubst, daß du mich anschwindeln kannst, hast du dich sehr geirrt, mein Junge«, sagt er drohend. »Wer hat dich sonst geschickt?«

»Ein gewisser Richter«, antwortet Lassehn und blickt auf die Pistole. Sie ist ja gesichert, denkt er, der hat so lange mit ihr herumgespielt, daß er schließlich vergessen hat, sie zu entsichern. Seltsam, der Grüne ist völlig passiv, der steht da, als ginge ihn das Ganze nichts an. Wenn ich zum Schuß kommen sollte, ob ich den auch mit erledigen muß?

»Wo ist Richter?« fragt der Untersturmführer ärgerlich. »Wo wohnt er?«

»Weißt ich nicht«, erwidert Lassehn und hebt die Schultern, »ich habe ihn immer an dritter Stelle getroffen.«

»Und wo?«

»Entweder im Prälaten oder bei Wollermann am Alexanderplatz.«

»Und Wiegand war auch dabei?«

»Manchmal.«

Der Untersturmführer nimmt die Pistole ein wenig zurück und blickt Lassehn mit zusammengerafften Augenbrauen an. »Und wo wohnt Wiegand?«

Lucie Wiegand richtet sich auf. »Sagen Sie nichts«, ruft sie, »Sie dürfen nichts verraten.«

Der Untersturmführer macht einen Schritt rückwärts und wendet sich halb zu Lucie Wiegand herum. »Na warte, du verdammte Votze!« schreit er wütend, er hebt die Pistole und will mit dem Schaft auf sie einschlagen.

Da trifft ihn ein gewaltiger Fußtritt Lassehns, der ihn umwirft, im gleichen Augenblick reißt Lassehn seinen Revolver aus der Hosentasche und feuert dreimal auf den Untersturmführer, dann dreht er sich um und richtet die Waffe auf den Polizeileutnant. »Hände hoch!« ruft er. »Bei der geringsten Gegenwehr schieße ich Sie nieder, wie den da.«

Der Polizeileutnant ist vollständig überrascht und hebt sofort die Hände hoch.

Lassehn geht um den Schreibtisch herum und wirft einen kurzen Blick auf den Untersturmführer. »Der ist hinüber«, sagt er und wundert sich selbst, daß seine Stimme so gelassen klingt. Seltsame Duplizität der Ereignisse, niemals in seinem Leben hat er bewußt getötet, und jetzt hat er an zwei Abenden zwei Männer erschossen, aber was ihn gestern noch erregt hat, läßt ihn heute ganz kalt.

»Stellen Sie sich sofort in die Ecke«, befiehlt er dem Polizeileutnant, »mit dem Gesicht zur Wand. Ich schieße sofort, wenn Sie nicht jede Weisung genau befolgen.«

Der Polizeileutnant geht mit schwerfälligen Schritten in die Ecke und stützt sich mit erhobenen Händen gegen die Wand. »Was haben Sie vor?« fragt er mit bebender Stimme.

»Ich will uns nur in Sicherheit bringen, das ist alles«, sagt Lassehn, er geht dicht an den Polizeileutnant heran und zieht ihm die Pistole aus der Ledertasche, dann tritt er ins Zimmer zurück und bemüht sich um Lucie Wiegand. »Stehen Sie auf, gnädige Frau«, sagt er und legt die Waffe auf den Schreibtisch. »Packen Sie sofort einen oder zwei Koffer, hier können Sie jetzt nicht mehr bleiben.«

Lucie Wiegand steht klein und zierlich vor Lassehn, sie reicht ihm gerade bis zur Schulter und blickt ihn lange und eindringlich an. »Ich danke Ihnen«, sagt sie und faßt nach Lassehns Hand.

Lassehn entzieht ihr die Hand hastig.

»Ach, Unsinn«, sagt er verlegen, »wir wollen uns jetzt nicht mit Dank und Sentimentalitäten aufhalten, wir müssen uns beeilen, um so schnell wie möglich wegzukommen. Den da« – er deutet auf den Polizeileutnant – »sperre ich solange in den Keller. Wollen Sie mir den Weg zeigen?«

Lucie Wiegand nickt. »Der Hintereingang führt in den Keller«, sagt sie. »Der Kiepert war immer anständig zu mir«, fügt sie noch wie bittend hinzu.

»Kommen Sie«, sagt Lassehn zum Polizeileutnant, »ich will davon absehen, Sie zu fesseln und zu knebeln, wenn Sie sich ruhig verhalten, nur in den Keller muß ich Sie sperren, unserer eigenen Sicherheit wegen.«

Der Polizeileutnant dreht sich um, sein Gesicht ist fahlgrau, die Oberlippe zittert wie im Schüttelfrost, er wirft einen verstohlenen Blick auf den Untersturmführer, der quer vor der Tür liegt, die er bewacht hat.

»Los, wir haben keine Zeit«, sagt Lassehn ungeduldig und stößt die Tür auf. »Und ich wiederhole, daß Sie genau wie der da drei Kugeln in den Leib bekommen, wenn Sie Krach schlagen. Haben wir uns verstanden?«

»Ja«, sagt der Polizeileutnant leise und steht unentschlossen vor der Leiche des Untersturmführers.

»Gehen Sie schon«, sagt Lassehn. »Oder haben Sie noch nie einen Toten gesehen?«

Der Polizeileutnant schweigt und steigt über den Leichnam hinweg, seine Schultern fallen tief ab, die Arme hängen kraftlos in den Gelenken, den Kopf hält er gesenkt.

Als sie die Kellertreppe hinuntersteigen, sagt Lassehn noch einmal: »Ich warne Sie, sich eher bemerkbar zu machen, als bis wir das Haus verlassen haben.«

In der Kellertür bleibt der Polizeileutnant stehen. »Schießen Sie mich doch lieber nieder«, sagt er mit schwacher Stimme. »Oder glauben Sie, daß ich nach solch einem Vorfall noch weiter Dienst machen darf?«

»Ihr Dienst interessiert mich nicht«, sagt Lassehn schroff. »Meinetwegen sagen Sie, daß eine bewaffnete Bande das Haus überfallen hat, oder erfinden Sie eine andere Räubergeschichte. Und nun gehen Sie endlich hinein.«

Der Polizeileutnant zögert noch immer. »Wie Sie sich das vorstellen ...«, beginnt er.

Lassehn hört gar nicht mehr hin, er versetzt dem Polizeileutnant einen Stoß und schlägt die Kellertür zu, legt das Schloß vor und dreht den Schlüssel herum. »Der ist besorgt und aufgehoben«, zitiert er und lächelt Lucie Wiegand an.

Lucie Wiegand gibt das Lächeln zurück. »Und das Loben besorge ich«, sagt sie.

Lassehn wehrt ab. »Hoffentlich ist es kein Fehler, daß ich den Grünen nicht auch erschossen habe«, sagt er nachdenklich, als sie die Kellertreppe wieder hinaufsteigen. »Auf jeden Fall wollen wir uns beeilen, gnädige Frau.«

»Das ›Gnädige Frau‹ lassen Sie beiseite«, sagt Lucie Wiegand schlicht, »ich habe diese Anrede nie für mich in Anspruch genommen, und unter den gegenwärtigen Umständen klingt es direkt wie Hohn.« Sie schüttelt den Kopf. »Wo wollen Sie denn mit mir hin? Ich weiß ja noch nicht einmal, woher und von wem Sie kommen?«

Lassehn lacht ein wenig.

»Richtig, darüber haben wir ja noch gar nicht gesprochen oder sprechen können, die ungewöhnliche Situation hat mich gleich in sich hineingerissen wie in einen Strudel, so daß ich mich Ihnen noch gar nicht vorgestellt habe.«

Sie steigen die Treppe nebeneinander empor.

»Ich heiße Joachim Lassehn.«

»Und ich bin Lucie Wiegand.«

Sie tauschen die Namen wie Grüße aus, ohne Verbeugung, ohne Kopfbewegung, ohne Floskeln wie ›Gestatten Sie‹ und ›Sehr erfreut‹, es geschieht ganz kameradschaftlich und wie selbstverständlich.

»Aber nun müssen Sie mir auch sagen, Herr Lassehn ...«, beginnt Lucie Wiegand.

»Entschuldigen Sie, wenn ich Sie unterbreche«, sagt Lassehn hastig, »aber die Zeit drängt, wir müssen so schnell wie möglich fort, nachher will ich Ihnen gern Rede und Antwort stehen.«

Lucie Wiegand nickt. »Sie haben recht«, sagt sie, »aber ich bin so gut wie reisefertig, meine Luftschutzkoffer sind immer gepackt.«

»Großartig«, meint Lassehn, »je schneller wir fortkommen, um so besser ist es, denn ich weiß nicht, ob der da unten nicht doch versuchen wird, Lärm zu schlagen, und ich möchte ...« Lassehn stockt und blickt etwas unsicher auf die kleine Frau, die jetzt auf eine Tür zugeht und sie aufklinkt.

Ich möchte nicht noch einen umlegen müssen, hat er sagen wollen. aber er hält die Worte zurück, sie könnten so klingen oder doch so ausgelegt werden, als sei es seine Gewohnheit, Menschen zu töten und hierüber in der kaltschnäuzigen, bedenkenlosen Art eines nationalsozialistischen Landsknechts zu reden, Lassehn weiß, welche Überwindung es ihn gestern gekostet hat, auf den Naziblockwart zu schießen, als er zum ersten Male nicht auf Befehl, sondern aus eigenem Antrieb einen Menschen getötet hat, und selbst heute, wo ihm die blanke Notwehr und die Verteidigung einer wehrlosen Frau die Waffe mit gebieterischem Zwang in die Hand gedrückt hat, ist ihm der Tod dieses unbekannten Untersturmführers nicht völlig gleichgültig. Auch dieser SS-Offizier – mag er auch ein Bandit gewesen sein –, auch er ist ein Mensch, dem Schoße einer Mutter entstiegen, er hat eben noch geatmet, sich bewegt, gesprochen, und jetzt ... Verdammte Sentimentalität, schilt Lassehn sich selbst. Was hat er denn gesprochen und wie hat er sich bewegt? Hast du denn überhaupt eine Rechtfertigung vor dir selber notwendig?

Lucie Wiegand rührt an seiner Schulter. »Hallo, Herr Lassehn«, sagt sie und blickt ihm besorgt ins Gesicht. »Was ist Ihnen denn?« Lassehn erwacht wie aus einem Traum. »Entschuldigen Sie, ich war eben mit meinen Gedanken ...« Ganz woanders hat er sagen wollen, aber das stimmt ja nicht, er ist mit ihnen ja hier gewesen, in dem Zimmer, dessen Tür weit offensteht und in dem der Mann mit der grauen Uniform reglos liegt.

»Ich packe rasch noch ein paar Kleinigkeiten in einen Handkoffer«, sagt Lucie Wiegand. »Nur eins sagen Sie mir noch rasch. Was ist mit meinem Mann?«

»Ihr Mann ist gesund und munter«, antwortet Lassehn, »nur hat er aus der Lebuser Straße verschwinden müssen. Um Ihnen diese Nachricht zu überbringen, hat er mich nach Eichwalde geschickt.« Ein heller Schein läuft über Lucie Wiegands Gesicht.

»Ich danke Ihnen«, sagt sie. »Und jetzt ...« Ihr Schritt, der eben noch ein wenig schleppend gewesen ist, wird plötzlich beschwingt.

»Kann ich Ihnen behilflich sein?« fragt Lassehn.

»Nein«, sagt Lucie Wiegand und errötet ein wenig, »es sind nur ein paar ganz persönliche Dinge, die ich noch rasch einpakken will.« Sie hält inne und furcht die Stirn. »Oder doch«, fügt sie dann hinzu, »Sie könnten die beiden Koffer, die unter der Kellertreppe stehen, schon heraufbringen. Wollen Sie?«

»Selbstverständlich«, sagt Lassehn eifrig.

Während Lucie Wiegand das Zimmer betritt, steht Lassehn für Sekunden unbeweglich in der Diele. Da war doch noch etwas, was er hat mitnehmen wollen ... richtig, das war es. Er steigt über die Leiche hinweg in das Zimmer und hebt die Pistole des Untersturmführers auf. Die werden wir vielleicht noch gut gebrauchen können, denkt er.

»Frau Wiegand«, sagt er dann und klopft gegen die Tür, »können Sie die beiden Pistolen noch in Ihrem Koffer unterbringen? Wir werden sie vielleicht noch dringend brauchen.«

»Gewiß«, antwortet Lucie Wiegand und nimmt die beiden Pistolen entgegen. Bei der Berührung des kalten Eisens zuckt sie ein wenig zusammen und wendet sich rasch ab. »Es wird schon gehen«, sagt sie und schließt die Tür wieder hinter sich.

Lassehn macht sich sofort den Vorwurf, ihr durch den Anblick und die Berührung der Waffen unnötige Gemütsbewegungen verursacht zu haben.

Es ist ganz still im Hause, das einzige Geräusch ist ein Rascheln, es kommt aus dem Zimmer, in dem Lucie Wiegand den Koffer packt, aus dem Keller dringt kein Laut.

Lassehn steigt die Kellertreppe absichtlich geräuschvoll hinunter und lauscht dann an der Kellertür. Der Polizeileutnant verhält sich ganz ruhig, nicht einmal ein Schritt ist zu hören. Lassehn findet die beiden Koffer unter der Kellertreppe und bringt sie in die Diele.

Im gleichen Augenblick erscheint auch Lucie Wiegand in der Tür, sie hat einen Mantel übergezogen, einen bunten Schal als Kopftuch umgebunden und trägt einen dunkelbraunen Lederkoffer. »Wir können gehen, Herr Lassehn«, sagt sie, ihre Stimme ist ganz ruhig, ohne jede Spur von Erregung, sie sagt es so leichthin, als forderte sie ihn auf, von einem Zimmer in ein anderes zu gehen.

Lassehn nimmt die beiden Koffer wieder auf, er verharrt noch einen Augenblick und blickt Lucie Wiegand verstohlen ins Gesicht. Schrecklich, denkt er, jetzt muß die Frau ihr Haus verlassen, um ins Ungewisse zu gehen, hier bleibt alles zurück, woran ihr Herz hängt, kleine unscheinbare Dinge vielleicht, die aber im Leben einer Frau viel bedeuten, Dinge, mit denen sie in den langen Jahren zusammengewachsen ist, die ein Teil von ihr selbst sind, und die sie sich nun selber mit dem scharfen Messer des zwangsweisen Verzichts herausschneidet.

»Worauf warten Sie noch?« fragt Lucie Wiegand und wendet ihr Gesicht voll in seinen Blick hinein.

Bewundernswerte Frau, denkt Lassehn und fühlt, wie eine große Welle von Ehrerbietung und Zärtlichkeit in ihm aufsteigt, diese aufrechte Haltung, dieser entschlossene Zug in ihrem Antlitz, dieser klare Blick, obwohl es in ihr vielleicht wühlt und schmerzt. »Ja, gehen wir«, sagt er.

Als sie das Haus verlassen, ist die Dunkelheit schon fast vollständig niedergesunken, sie durchqueren den Garten und verlassen das Grundstück nach der rückwärtigen Seite. Als sie den angrenzenden Wald erreichen, bleibt Lucie Wiegand noch einen Herzschlag lang stehen und wirft einen Blick zurück. Ihr Haus zeichnet sich wie eine Silhouette in den dunkelnden Himmel hinein, überragt von den hohen, schwankenden Schatten der Bäume. Dann wendet sie sich mit einem entschlossenen Ruck ab, und sie tauchen in das Dunkel des Waldes.

XXI

16. April, 19.30 Uhr

Bevor Wiegand ein Haus betritt, pflegt er zuerst dessen Umgebung genau zu beobachten. So läßt er auch den Blick aufmerksam rundum gehen, als er am späten Nachmittag auf der nördlichen Straßenseite der Frankfurter Allee sich dem Hause Dr. Böttchers nähert.

Die Straße ist nicht sehr belebt, die Frankfurter Allee ist unter ein paar heftigen, gezielten Hieben der britisch-amerikanischen Luftwaffe verendet, Geschäfte existieren hier nicht mehr.

Wohnungen gibt es nur vereinzelt, und auch ihren Rang als Hauptverkehrsstraße erster Ordnung hat sie eingebüßt, da ihre einst spiegelblanke Asphalthaut Buckel und Löcher aufweist; sie ist ein Teil jenes Berlin, dessen Antlitz nach Dr. Goebbels' Diktion heldenhafte Züge aufweist, weil es aus vielen Wunden blutet.

Auf der Promenade, schräg gegenüber dem Haus Nr. 14, sind Arbeiter damit beschäftigt, die beschädigte Tunneldecke der Untergrundbahn provisorisch zu schließen und die herabhängenden Drähte der Oberleitung der Straßenbahn zu beseitigen. Am Rande des Granattrichters steht ein Mann und schaut den Arbeitern zu. Irgend etwas in der Erscheinung des Mannes kommt Wiegand bekannt vor, dieses ein wenig lümmelhafte Herumstehen, mit den Händen tief in den Hosentaschen und dem Filzhut ein wenig im Nacken, diese fast unmerkliche, aber doch unverkennbare gespannte Erwartung in der Haltung …

Der Mann gibt sich den Anschein, als sehe er den Arbeitern interessiert zu, aber sein Blick springt doch immer wieder auf den Bürgersteig hinüber, wo nichts zu sehen ist als der längst gewohnte Anblick der Ruinen, ausgenommen das Haus Nr. 14 mit einem Schild, auf dessen einstmals weißem Emaille in schwarzen Buchstaben ein paar Worte stehen.

Dr. med. Walter Böttcher
prakt. Arzt,
Sprechstunden 9–10 und 16–18 Uhr
außer Mittwoch u. Sonnabendnachm.

Wiegand will seiner Sache ganz sicher sein, er schlendert an die Baugrube heran und blickt dem Mann flüchtig ins Gesicht, dann weiß er Bescheid. Dieser scheinbar harmlose Zuschauer ist niemand anders als der Mann mit dem Rucksack, der ihm gestern abend von der Lebuser Straße so beharrlich bis zur Petersburger Straße gefolgt und dem er dann beim Fliegeralarm sozusagen abhanden gekommen ist. Es kann kein Zufall sein, daß dieser Mann jetzt hier, vor dem Hause Dr. Böttchers, herumsteht, es ist ein sicherer Beweis dafür, daß die Fahndung bereits einen viel größeren Umfang angenommen hat, als bisher zu vermuten war, und daß jetzt auch Dr. Böttcher in diese Fahndung einbezogen ist, beweist, daß man auf irgendeine Weise seiner, Wiegands, Verbindung zu Dr. Böttcher auf die Spur gekommen ist.

Wiegand entfernt sich wieder von der Baugrube. Der Mann hat ihn gar nicht bemerkt, er richtet seinen Blick stur auf die Haustür des Hauses Nr. 14, seine Umgebung interessiert ihn nicht, auf die Idee, daß er selbst beobachtet werden könnte, kommt er wohl gar nicht, er wähnt sich, indem er scheinbar interessiert an einer Baugrube steht, ausreichend getarnt. Wiegand lächelt vor sich hin, aber dann wird er wieder ernst, er muß Dr. Böttcher sofort anrufen, um ihn zu warnen, aber das wird gar nicht einfach sein, in dieser zerbombten Stadt gibt es nicht viele Telefonapparate, die noch funktionieren.

Wiegand geht in die Tilsiter Straße hinein. Hier sind die Zerstörungen nicht so umfangreich, hier müßte eigentlich noch ein Telefon zu finden sein, das benutzbar ist, aber wenn er in den Zigarrengeschäften und Restaurants nach der Möglichkeit fragt, das Telefon zu benutzen, wird ihm nur mit Achselzucken und Kopfschütteln geantwortet, die Apparate seien stromlos oder die Selbstanschlußämter außer Betrieb. Die schützende Hülle, die die empfindlichen Nervenstränge der Großstadt, die Telefon- und Stromkabel, die Gas- und Wasserleitungen, umgibt, ist aufgerissen und zerfetzt. Erst an der Kochhannstraße, gegenüber der Schultheiss-Patzenhofer-Brauerei, findet er einen Tabakladen, dessen Telefon in Ordnung ist, er wählt die sechs Zahlen auf der Nummernscheibe, aber schon nach der zweiten Zahl brummt das Besetztzeichen, er legt den Hörer auf die Gabel zurück und versucht es nach einer Weile zum zweiten Male, dann noch ein drittes und viertes Mal, aber er kann keine Verbindung bekommen. Immer ist das Summerzeichen in der Hörmuschel.

Mißmutig geht Wiegand die Tilsiter Straße wieder zurück, er muß unbedingt mit Dr. Böttcher sprechen, er soll ja mit Schröter zusammentreffen, sie wollen über die Aktivierung ihrer Gruppen sprechen und die Möglichkeit einer Zusammenarbeit erörtern. Wenn allerdings Dr. Böttcher ebenfalls unter Verdacht steht, so würde mit ihm eine wichtige Zentrale ausfallen, nicht nur, daß die Sprechstunde ein idealer Treffpunkt war, auch Dr. Böttchers Tätigkeit als Arzt motivierte sein ständiges Unterwegssein und legitimierte ihn zu jeder Tages- und Nachtstunde.

Wiegand ist wieder an der Frankfurter Allee angelangt. Der Spitzel steht immer noch auf der Promenade, halb der Baugrube, halb dem Hause Nr. 14 zugewandt. Es ist ausgeschlossen, in das Haus zu gelangen, ohne von ihm gesehen zu werden, einen Hintereingang hat das Haus nicht, aber …

Das ist eine Möglichkeit. Wiegand biegt von der Tilsiter Straße in die Frankfurter Allee ein, geht sie bis zur Petersburger Straße hinauf, kreuzt sie hier und geht auf der anderen Seite bis zur Lasdehner Straße zurück. Die Lasdehner Straße bildet mit der Frankfurter Allee einen spitzen Winkel, die Höfe der Ruinen in der Lasdehner Straße grenzen an die Hinterhäuser der Frankfurter Allee, und das ist es, was Wiegand gerade braucht. Er durchschreitet eine ausgebrannte, halb eingestürzte Toreinfahrt, klettert über die Geröllhalden eines ehemaligen Quergebäudes und steht auf dem Hinterhofe des Hauses Frankfurter Allee Nr. 14. Dr. Böttchers Wohnung hat im Seitenflügel noch einen Hintereingang, der selten benutzt wird und meistens verriegelt ist.

Wiegand steigt die Hintertreppe hinauf und klopft sein Zeichen gegen die Hintertür.

Ein paar Sekunden vergehen, dann werden die Riegel zurückgedrückt.

»Hallo, Wiegand«, sagt Dr. Böttcher herzlich und streckt ihm die Hand hin. »Auf diesem ungewöhnlichen Wege?«

Wiegand tritt ein und drückt die Tür ins Schloß. »Hat seinen Grund, Doktor«, sagt er. »Ist Schröter hier?«

»Wir warten schon auf Sie«, sagt Dr. Böttcher. »Ist etwas verquer gegangen?«

Sie gehen den Korridor entlang. Wiegand nickt und begrüßt Schröter, dann umreißt er in kurzen Sätzen die Situation. »Sie sind hinter uns her«, schließt er seinen Bericht, »daran gibt es nichts zu rütteln.«

Für ein paar Sekunden ist ein ernstes Schweigen zwischen den Männern.

»Es gilt zunächst, festzustellen, wer unter Beobachtung steht«, sagt Schröter, »ob Dr. Böttcher oder du, Wiegand.«

»Das ist ziemlich einfach festzustellen«, sagt Dr. Böttcher. »Wenn ich nachher einen Krankenbesuch mache, wird es sich ja herausstellen.«

»Nicht unbedingt«, wirft Schröter ein, »die Beobachtung braucht gar nicht Ihnen persönlich, sondern eher Ihrer Praxis, dem Kreise Ihrer Patienten, zu gelten.«

»Die Beobachtung gilt mir«, sagt Wiegand entschieden, »das steht für mich außer Zweifel, der da unten wartet nur auf mich. Aber wie sind die Brüder darauf verfallen, mich gerade hier zu erwarten, vor Ihrem Hause, Doktor?«

Dr. Böttcher zuckt die Achseln. »Vielleicht hat man Sie schon früher beobachtet, Wiegand?«

»Ausgeschlossen«, meint Wiegand, »ich hätte das bestimmt bemerkt.«

»Du bist nicht unfehlbar«, wirft Schröter ein.

»Wenn Wiegand schon früher beobachtet worden ist«, meint Dr. Böttcher, ohne die Kontroverse zu beachten, »so würde das bedeuten, daß man auch Kloses Restaurant unter Beobachtung setzt oder sogar schon gesetzt hat.«

Wiegand schüttelt den Kopf. »Nein, bei Klose war die Luft immer rein«, sagt er, »die müssen einen ganz besonderen Anhaltspunkt haben, daß sie den Mann gerade vor Ihrem Hause aufbauen. Aber welchen?«

»Ihre Besuche bei mir sind ohne weiteres und sehr glaubhaft zu motivieren«, meint Dr. Böttcher, »Sie sind doch bei mir in Behandlung.«

Wiegand blickt Dr. Böttcher starr an. »Behandlung! Das ist das Stichwort!« ruft er. »Der Krankenschein, Doktor, der Krankenschein!«

»Der Krankenschein? fragt der Arzt verblüfft.

»Auf meinem Krankenschein steht doch Ihr Name, Doktor«, sprudelt Wiegand, »ich war doch im Januar krank geschrieben, da habe ich natürlich die Krankmeldung bei der Personalstelle einreichen müssen ...«

»So kann es sein«, sagt Dr. Böttcher nachdenklich. »Es wäre interessant zu wissen, wem die Gestapo nun auf die Spur gekommen ist, dem Reichsbahnarbeiter Adamek oder dem früheren Reichstagsabgeordneten Wiegand.«

»In der Lebuser Straße hat nur ein gewisser Adamek gewohnt«, sagt Wiegand, »die Fahndung nach Wiegand ist doch zweifellos längst ad acta gelegt, vier Jahre lang halten die keine Akte in Evidenz.«

»Möchte ich auch annehmen«, mischt sich Schröter ein, »besonders nach dem zwanzigsten Juli haben sie anderes zu tun gehabt.«

»Da bin ich anderer Meinung«, widerspricht Dr. Böttcher, »gerade der zwanzigste Juli kann dazu geführt haben, daß alte Akten wieder hervorgesucht und neue Fahndungsbefehle erlassen wurden, aber lassen wir das einmal beiseite. Wichtig ist jetzt, zu ergründen, ob meine Wohnung hier unter Beobachtung steht oder ob der Mann auf der Promenade nur auf Wiegand wartet. Im ersteren Falle müßten wir unsere Arbeit sofort umstellen.«

»Die Angelegenheit ist von so grundlegender Bedeutung, daß wir die Probe aufs Exempel machen müssen«, sagt Wiegand entschlossen.

»Und wie willst du das anstellen?« fragt Schröter.

»Indem ich einfach an ihm vorbeigehe«, erwidert Wiegand, »folgt er mir, dann weiß ich Bescheid, tut er es nicht, dann ist die Sache auch klar.«

»Sie wollen ihm auf die Spur helfen?« fragt Dr. Böttcher erstaunt. »Das ist nicht ungefährlich.«

»Weiß ich«, sagt Wiegand, »aber es muß sein, im übrigen können Sie sich darauf verlassen, daß ich ihn schnell wieder loswerde. Dabei wirst du mir behilflich sein, Schröter.«

Schröter nickt.

»Mach' ich«, stimmt er zu, »aber jetzt wollen wir endlich in die Tagesordnung eintreten.«

»Einziger Punkt ist die Zusammenarbeit der Gruppen ›Ringbahn‹ und ›Berolina‹, sagt Dr. Böttcher lächelnd.

Auch über Wiegands Gesicht läuft ein Lächeln.

»Einstimmig angenommen«, sagt er.

»Wir brauchen vor allem Flugblätter«, meint Schröter, »unsere Druckerei ist letzten Freitag ausgebombt worden. Könnt ihr uns da aushelfen?«

Dr. Böttcher nickt.

»Dreihundert kann ich Ihnen sofort geben«, antwortet er, steht auf, hängt ein Bild von der Wand und öffnet einen Wandtresor. »Das haben wir augenblicklich da.«

Schröter nimmt das ihm übergebene Blatt. ›Wie verhalte ich mich bei Luftangriffen? Herausgegeben vom Reichsluftschutzbund‹, liest er. »Sehr schön, sogar mit Hoheitsabzeichen, auf den ersten Blick durchaus vertrauenerweckend. Na, dann wollen wir mal sehen, wie ich mich verhalten muß.« Er blättert um.

> »An das deutsche Volk und an die deutsche Wehrmacht!
> Von ernster Sorge um das Schicksal unseres Volkes erfüllt, haben wir uns ungeachtet der Unterschiede des Glaubens und der politischen Richtungen ...«

»Moment mal«, unterbricht er sich. »Das ist doch ...«

»... das *Manifest der Nationalen Friedensbewegung«*, ergänzt Dr. Böttcher.

»... vom Dezember zweiundvierzig«, fährt Schröter fort und

legt das Blatt vor sich auf den Tisch. »Herrschaften, das ist nicht mehr aktuell, außerdem ist es viel zu lang.«

Wiegand nimmt das Blatt auf und liest es flüchtig durch. »Du hast recht«, sagt er, »das Manifest ist zwar eine großartige Gesamtschau, ein Appell an das deutsche Volk, es ist vielleicht ein Dokument, das einmal mit Mazzinis Manifest des jungen Italien verglichen werden wird, aber es ist im gewissen Sinne überholt.« Er wendet sich an Dr. Böttcher. Ich nahm an, daß etwas Neues herausgebracht wird, Doktor, etwas, das klar und eindringlich auf die gegenwärtige Situation eingeht.«

Dr. Böttcher zuckt die Achseln. »Die intellektuelle Ader unseres Kameraden E ist wieder einmal durchgebrochen, aber ich habe bereits einen neuen Aufruf verfaßt, den ich sofort in den Satz geben will und den wir verteilen, sobald die Russen an der Oder zum Angriff antreten oder die Amerikaner über die Elbe gehen. Der Aufruf hat folgenden Text:

›Soldaten! Volkssturmmänner!
Der letzte Akt im Drama unseres Volkes hat jetzt begonnen. Eine verbrecherische Führung setzt den völlig aussichtslosen Kampf noch fort, obwohl es längst klar ist, daß unsere militärischen Gegner an Menschen und Waffen weit überlegen sind. Ganz Deutschland ist heute Kriegsschauplatz. Die Luftwaffe der Alliierten beherrscht den deutschen Luftraum bei Tag und Nacht, ihre Panzerarmeen rollen unaufhaltsam vorwärts.

Soldaten!

Man hat euch immer wieder in den völlig aussichtslosen Kampf gehetzt, man hat euch bluten lassen, die Gräber eurer Kameraden sind über ganz Europa verstreut. Sie sind nicht für Deutschland gestorben, sie sind gestorben für die Verbrecher der Nationalsozialistischen Partei.

Volkssturmmänner!

In ihrer militärischen Hilflosigkeit und in ohnmächtiger Wut über ihre unausbleibliche Niederlage schicken euch die braunen Verbrecher als letztes Kanonenfutter in den Kampf, nur um ihr eigenes erbärmliches Leben um ein paar Tage zu verlängern.

Soldaten! Volkssturmmänner!

Laßt euch nicht länger mißbrauchen. Jeder Schuß, den ihr noch abgebt, verlängert nur die Qualen eurer Frauen und Kinder. Macht dem blutigen Wahnsinn ein Ende!‹«

Dr. Böttcher hält inne. »Ich denke, das ist klar und sachlich, sprachlich wie inhaltlich. Was denkt ihr darüber?«

»Da ist nichts auszusetzen«, sagt Wiegand beifällig, »aber vielleicht könnte man noch ein paar positive Schlußworte anfügen, etwa in dem Sinne: Kämpft für ein neues, besseres Deutschland.«

»Kann ich machen«, meint Dr. Böttcher. »Wollen Sie es übernehmen, das Manuskript heute noch zur Druckerei zu bringen? Sie soll nichts anderes mehr drucken.«

Wiegand nimmt das Blatt entgegen. »Wird heute noch erledigt«, sagt er. »War Lassehn hier?«

Dr. Böttcher nickt. »Er hat ja die anderen Flugblätter gebracht«, erwidert er. »Von hier aus ist er nach ... zu Ihnen gefahren. Hoffentlich klappt es.«

»Der Junge ist gut«, meint Wiegand, »noch ein wenig zaghaft und unsicher, aber andererseits auch entschlossen und tatkräftig.«

Er wendet sich an Schröter. »Wir haben da nämlich vor ein paar Tagen einen jungen Deserteur bei uns aufgenommen, der sich jetzt die Sporen verdient.«

»Arbeiter?« fragt Schröter.

Wiegand schüttelt den Kopf. »Nein, Intellektueller, Musiker, einer, der nach einem neuen Weg sucht.«

»Ausgerechnet bei uns?« fragt Schröter.

»Weshalb nicht bei uns?«

»Mein lieber Schröter«, greift Dr. Böttcher ein, solche Erörterungen sind jetzt und überhaupt völlig müßig. Um Sozialist zu sein, muß man nicht unbedingt in einer proletarischen Wiege gelegen haben, und um aktiver Kämpfer gegen die Hitler-Banditen zu werden, muß man nicht einmal Sozialist sein.«

»So?« fährt Schröter auf. »Was muß man denn sein?«

»Ein Kämpfer für Freiheit, Recht und Menschlichkeit«, antwortet Dr. Böttcher.

»Na also«, sagt Schröter und fährt mit den Armen durch die Luft, »das ist doch nichts anderes als Sozialismus!«

Dr. Böttcher schickt einen langen Blick über den Tisch. »Möglich«, sagt er langsam, »obwohl mir diese Interpretation ein wenig neu ist. Ich will Ihnen einmal etwas sagen, Schröter, obwohl jetzt eigentlich nicht die Zeit für theoretische Erörterungen ist. Ihr müßt endlich einmal die Hüllen der proletarischen Überheblichkeit abstreifen, wir wollen doch nicht den Ariernachweis durch den Proletariernachweis ablösen. Das neue Deutschland, das ja nach dem Sturz des Nationalsozialismus kommen wird, darf nicht mit dogmatischen Engstirnigkeiten beginnen.«

»Das heißt also, wir sollen unsere Ideen verwässern lassen?« sagt Schröter hartnäckig.

»Davon spricht niemand«, schaltet sich jetzt Wiegand in das Gespräch ein. »Was der Doktor meint, ist wohl folgendes. Wir wollen den Alleinanspruch der Nationalsozialisten nicht durch einen anderen Alleinanspruch ablösen, es soll niemand seine Idee, wie du es nennst, verwässern lassen, du nicht und andere auch nicht. Wenn der Krieg vorbei ist, werden wir andere Probleme zu lösen haben, und das kann nur gemeinsam geschehen.«

»Gemeinsam mit wem?« fragt Schröter und beugt sich über den Tisch.

»Gemeinsam mit denen, die auch jetzt illegal mit uns zusammenarbeiten«, antwortet Wiegand, »bürgerlichen Intellektuellen, Katholiken, Pazifisten, um die alten Bezeichnungen zu gebrauchen.« Schröter läßt sich auf seinen Stuhl zurückgleiten. »Verstehe«, sagt er und lächelt verächtlich, »Weimarer Koalition, Große Koalition, Hindenburgfront, Harzburger Front, die Stufenleiter ist mir nicht unbekannt.«

»Mann«, sagt Dr. Böttcher erbost, »Sie scheinen zu glauben, daß es unbedingt wieder so kommen muß, daß es eine Zwangsläufigkeit der Fehler gibt. Es ist mir bekannt, daß die Geschichte zwar ein großartiger Lehrmeister ist und daß oft mit Hartnäkkigkeit darauf bestanden wird, ihre Lehren zu mißachten, aber wir wollen doch zu denen gehören, die eine Lehre annehmen, der blutige Anschauungsunterricht hat uns sehend gemacht.«

Schröter zuckt die Achseln. »Ohne mich«, sagt er.

»Dann ohne dich«, sagt Wiegand entschieden.

»Soll ich das so verstehen, daß Sie Ihre illegale Arbeit einstellen?« fragt Dr. Böttcher.

Schröter tippt mit dem Zeigefinger gegen die Stirn. »Sie sind wohl nicht ganz gescheit, dafür lebe ich doch, nur dafür.«

»Jetzt sage ich na also«, lacht Dr. Böttcher, »dann sind wir uns also einig, und genau so einig werden wir uns nachher sein. Nicht wahr, Schröter?«

Schröter hebt die Schultern. »Ich weiß nicht ...«

»Das klingt schon anders«, meint Dr. Böttcher. »Ich darf wohl in aller Bescheidenheit daran erinnern, daß viele – und nicht die unbedeutendsten – Führer der Arbeiterschaft dem bürgerlichen Lager entstammen, das Sie anscheinend so sehr verachten, ich nenne nur Marx, Engels, Lassalle, Mehring, Lenin und Liebknecht.«

»Das waren rühmliche Ausnahmen«, wendet Schröter ein.

»Wenn es früher solche Ausnahmen von unzweifelhafter Größe gegeben hat, denen sogar ein theoretischer und praktischer Führungsanspruch ohne weiteres eingeräumt wurde, weshalb soll es denn jetzt nicht auch Menschen geben, die nichts anderes wollen, als mit uns gegen Hitler zu kämpfen?« fragt Dr. Böttcher. »Sie sollen ja nicht mit dem Bürgertum als Klasse paktieren, obwohl ich, nebenbei gesagt, daran zweifle, daß das Bürgertum nach dem Kriege weder als Klasse noch als Machtfaktor existieren wird, aber Sie sollen denjenigen Bürgerlichen, die guten und ehrlichen Willens sind, die Hand reichen und sie unvoreingenommen und als gleichberechtigt anerkennen.«

»Gleichberechtigt?« fährt Schröter auf. »Der Weg zum Sozialismus ...«

»... wird nicht nach einem Lehrbuch oder einem fest umrissenen Fahrplan begangen«, fällt Dr. Böttcher ein. »Was in Rußland richtig war, kann in Deutschland falsch sein. Gerade wenn Sie ein guter Marxist sind, müßten Sie wissen, daß die ökonomischen Verhältnisse eines Landes und nichts anderes die Methoden vorschreiben, nach denen der Sozialismus verwirklicht werden kann.«

»Wir wollen doch nicht von vornherein wertvolle Elemente abstoßen«, sagt jetzt Wiegand. »Wir haben in unserem illegalen Kampf viele furchtlose und treue Kämpfer in unseren Reihen, die nicht der Arbeiterschaft entstammen, und wir haben andererseits – und das wirst du ja wohl auch wissen – viele, leider allzu viele, aus unseren eigenen Reihen mit fliegenden Fahnen zu den Nazis überlaufen sehen. Stimmt das oder stimmt das nicht?«

»Ja, das stimmt«, gibt Schröter zu, »aber das waren eben keine klassenbewußten Arbeiter.«

»Es waren Arbeiter«, sagt Wiegand ganz sachlich, »du kannst nicht auf der einen Seite eine Differenzierung zugeben und sie auf der anderen Seite in Abrede stellen.«

»Wenn Sie jetzt gemeinsame Sache mit einem katholischen Pfarrer machen ...«, beginnt Dr. Böttcher.

»Mach' ich«, fällt Schröter ein, »mach' ich, wenn er nur gegen Hitler ist.«

»... dann werden Sie dadurch nicht fromm und er nicht atheistisch«, vollendet Dr. Böttcher den Satz, »und ihr geht trotzdem zusammen. Müssen Differenzen politischer oder weltanschaulicher Art auch immer eine persönliche Distanzierung zur Folge haben?«

»Nicht unbedingt«, gibt Schröter zu. »Worauf wollen Sie hinaus?«

»Sollen Sie gleich hören«, erwidert Dr. Böttcher. »Ich stelle also fest, daß Sie durch den gemeinsamen Kampf Ihre marxistische Ideologie verwässern lassen. So sagten Sie doch?«

Schröter überhört die Frage. »Weil uns der Kampf gegen Hitler zusammenzwingt.«

»Gerade das wollte ich hören«, sagt Dr. Böttcher schnell und ein wenig triumphierend. »Und nachher wird uns auch wieder etwas zusammenzwingen, aber dann nicht ein Kampf gegen, sondern ein Kampf für.«

»Wofür?«

»Für Deutschland.«

»Für Deutschland?«

»Ja, für Deutschland. Ist das so erstaunlich?«

Schröter wiegt den Kopf hin und her. »Wissen Sie, wenn ich

das Wort Deuschland höre, dann überrieselt es mich immer, dann höre ich immer Tschingdara-bum-bum und schwarzweißrotes Böllerschießen.«

»Und ich höre Schubertsche Lieder und Eichendorffsche Gedichte, ich sehe den Thüringer Wald und die Weserniederung«, entgegnet Dr. Böttcher. »Mein lieber Schröter, manchen von euch – und Sie scheinen auch zu denen zu gehören – geht es wie den Juden. So wie die Juden gleich Antisemitismus wittern, wenn jemand das Wort Jude auch nur ausspricht, so hört ihr immer Nationalismus, wenn das Wort Deutschland fällt.«

»Die Worte Heimat und Vaterland sind kein Reservat der Nationalisten«, fügt Wiegand hinzu. »Oder ist dir entgangen, daß die Sowjetunion ihren Kampf den großen vaterländischen Krieg nennt?«

Schröter blickt Wiegand starr an.

»Du bist nicht mehr derselbe, der du damals warst, Wiegand«, sagt er.

»Stimmt«, sagt Wiegand, »ich habe nämlich an Dogmatik verloren und an Verständnis gewonnen. Ich kann nicht einsehen, weshalb diejenigen, die sich in den Konzentrationslagern als gute Kameraden bewährt haben, mit einem Male nicht mehr unsere Genossen sein sollen, Genossen im weitesten Sinne des Wortes.«

Schröter zuckt die Achseln.

»Du hast vielleicht recht, Wiegand, du hast sogar wahrscheinlich recht«, sagt er langsam, »aber das ist ja jetzt nicht so wichtig. Wir wollen …«

»… den Wehrmachtsbericht hören«, fällt Dr. Böttcher ein. »Um vierzehn und fünfzehn Uhr kam er noch nicht durch, und um sechzehn Uhr wollte ein junges Mädchen unbedingt in den Finger geschnitten werden.« Er steht auf und schaltet den Radioapparat ein.

»Wenn die Russen nur endlich loslegen wollten«, sagt Schröter und macht eine ungeduldige Handbewegung. »Die Amerikaner sind in den letzten Tagen merkwürdig langsam geworden.«

»Gib jetzt Ruhe«, verweist ihn Wiegand.

»… mit dem Gongschlag war es zwanzig Uhr«, setzt sich jetzt der Rundfunksprecher durch. »Es folgt die Wiederholung des Wehrmachtsberichts.

Aus dem Führerhauptquartier, sechzehnter April.
Das Oberkommando der Wehrmacht gibt bekannt. Im ostmärkischen Grenzgebiet setzte der Feind seine Angriffe südöstlich Mürzzuschlag und bei Sankt Pölten fort …«

Dr. Böttcher, Wiegand und Schröter sitzen vornübergebeugt da. Die Worte tropfen unendlich langsam wie eine ölige Flüssigkeit aus dem Lautsprecher. Alles ist wichtig, was jetzt gesprochen wird, gewiß, aber es ist nicht das, worauf sie warten, die Worte streichen nur wie ein flüchtiger Hauch an ihnen vorüber.

»… Sankt Pölten ging verloren …«
»… In Wien haben die Sowjets unseren Brückenkopf südlich der Donau überwältigt …«
»… Straße Göding-Austerlitz mit stärkeren Kräften unsere Front durchstoßen …«
»… südöstlich Ratibor eingebrochenen Feind zum Stehen gebracht …«

»Jetzt kommt die Oderfront«, ruft Schröter und steht unruhig auf.

»… Nach vergeblichen Vorstößen am gestrigen Tage traten die Bolschewisten in den heutigen Morgenstunden zwischen der Neißemündung und dem Oderbruch nach heftigem Trommelfeuer mit starken Infanterie-, Panzer- und Luftwaffenkräften zum Großangriff an. Erbitterte Kämpfe sind auf der ganzen Front im Gange …«

»Es ist soweit«, sagt Dr. Böttcher ernst, »der Kampf um Berlin beginnt.«

II. Teil

Bis fünf Minuten nach zwölf

›Wenn der Krieg verlorengeht, wird auch das deutsche Volk verloren sein. Es ist nicht notwendig, auf die Grundlage, die das Volk zu einem primitiven Weiterleben braucht, Rücksicht zu nehmen. Im Gegenteil, es ist besser, selbst die Dinge zu zerstören, denn das deutsche Volk hat sich als das schwächere erwiesen, und dem stärkeren Ostvolk gehört dann ausschließlich die Zukunft. Was nach dem Kampf übrigbleibt, sind ohnehin nur die Minderwertigen, denn die Guten sind gefallen.‹

Adolf Hitler
Führer und Reichskanzler des Großdeutschen Reiches
(Aussage des Reichsministers Speer im Nürnberger Hauptkriegsverbrecherprozeß)

I

»Tagesbefehl des Führers 17. April

An die Ostfront-Soldaten –
Asiens letzter Ansturm wird zerbrechen.

Führerhauptquartier, 16. April
Der Führer hat an die Soldaten der Ostfront folgenden Tagesbefehl erlassen:
›Soldaten der deutschen Ostfront!
Zum letztenmal ist der jüdisch-bolschewistische Todfeind mit seinen Massen zum Angriff angetreten. Er versucht, Deutschland zu zertrümmern und unser Volk auszurotten. Ihr Soldaten aus dem Osten wißt zu einem hohen Teil heute bereits selbst, welches Schicksal vor allem den deutschen Frauen, Mädchen und Kindern droht. Während die alten Männer und Kinder ermordet werden, werden Frauen und Mädchen zu Kasernenhuren erniedrigt. Der Rest marschiert nach Sibirien.

Wir haben diesen Stoß vorausgesehen, und seit dem Januar dieses Jahres ist alles geschehen, um eine starke Front aufzubauen. Eine gewaltige Artillerie empfängt den Feind. Die Ausfälle unserer Infanterie sind durch zahllose neue Einheiten ergänzt. Alarmeinheiten, Neuaufstellungen und Volkssturm verstärken unsere Front.

Der Bolschewist wird dieses Mal das alte Schicksal Asiens erleben, das heißt, er wird und muß vor der Hauptstadt des Deutschen Reiches verbluten.

Wer in diesem Augenblick seine Pflicht nicht erfüllt, handelt als Verräter an unserem Volk. Das Regiment oder die Division, die ihren Platz verlassen, benehmen sich so schimpflich, daß sie sich vor den Frauen und Kindern, die in unseren Städten dem Bombenterror standhalten, werden schämen müssen.

Achtet vor allem auf die verräterischen wenigen Offiziere und Soldaten, die, um ihr eigenes erbärmliches Leben zu sichern, im russischen Solde vielleicht sogar in deutscher Uniform gegen uns kämpfen werden. Wer Euch Befehle zum Rückzug gibt, ohne daß ihr ihn genau kennt, ist sofort festzunehmen und nötigenfalls augenblicklich umzulegen, ganz gleich welchen Rang er besitzt.

Wenn in diesen kommenden Tagen und Wochen jeder Soldat an der Ostfront seine Pflicht erfüllt, wird der letzte Ansturm Asiens zerbrechen, genau so wie am Ende auch der Einbruch unserer Gegner im Westen trotz allem scheitern wird.

Berlin bleibt deutsch, Wien wird wieder deutsch und Europa wird niemals russisch.

Bildet eine verschworene Gemeinschaft zur Verteidigung nicht des leeren Begriffes eines Vaterlandes, sondern zur Verteidigung Eurer Heimat, Eurer Frauen, Eurer Kinder und damit unserer Zukunft!

In dieser Stunde blickt das ganze deutsche Volk auf Euch, meine Ostkämpfer, und hofft nur darauf, daß durch Eure Standhaftigkeit, Euren Fanatismus, Eure Waffen und unter Eurer Führung der bolschewistische Ansturm in einem Blutbade erstickt.

In dem Augenblick, in dem das Schicksal den größten Kriegsverbrecher aller Zeiten von dieser Erde weggenommen hat, wird sich die Wende des Krieges entscheiden.

gez.: Adolf Hitler«

Lassehn faltet das ›12-Uhr-Blatt‹ zusammen. Endlich ist es soweit, der Endkampf beginnt, jetzt muß es sich entscheiden. Zwischen der Oder und Berlin liegt nichts mehr, kein bedeutender Flußlauf, kein Gebirge, kein Ostwall, nur die sandige märkische Ebene mit ein paar Seen und einigen flachen Hügelwellen, Kiefernwäldern und Heideflächen, kleinen Städten und stillen Dörfern, Vorwerke Berlins, dessen Riesenleib sich weit in die märkische Landschaft hinein erstreckt und sich mit den Enden seines Verkehrsnetzes fast bis an die Oder herantastet.

Wie eine Vision steigen die Bilder des Krieges vor Lassehn

auf, Panzer, die Weizen- und Sonnenblumenfelder niederwalzen, Artillerie, die Dörfer in Brand schießt, Pelotons, die Massenerschießungen ausführen, Landstraßen, auf denen verstörte Menschen mit ihrer armseligen Habe dahinziehen, und Wälder … Schauerlicher als ein entstellter Menschenleib, als ein zerstörtes Haus oder eine gesprengte Brücke ist ein zersplitterter und verbrannter Wald, er ist ein Gräberfeld, dessen Leichen nicht von Hügeln bedeckt sind, die ihre nackten Stümpfe anklagend aus der Erde recken, ein Gräberfeld, von keinem Blatt, keiner Blume, keinem Grashalm geschmückt, ohne Duft von Harz und Moos und Blüte, ohne den Gesang der Vögel und das Rascheln der Käfer, ohne Farbe, nur brandige, verkohlte, tote Erde.

Ein Schauer befällt ihn wie ein heftiger Schüttelfrost, Eisen und Blut wurden in eine fremde Erde gesät, und jetzt geht die Saat hier auf, rollen die Panzer, brausen die Flieger über die heimatliche Erde, schlägt die Artillerie in sie hinein, sinken ihre Dörfer und Städte in Asche, werden ihre Menschen wie von Erinnyen über die Landstraße gehetzt.

Lassehn sitzt in der S-Bahn, wieder auf der Fahrt nach Charlottenburg, er hat eine Anzahl Flugblätter bei sich, ganz neue, sie sind noch ein wenig feucht von Druckerschwärze, sie strömen einen strengen Duft aus, ihm ist, als müsse jeder diesen Geruch wahrnehmen, der so eindringlich aus der Innentasche seines Mantels steigt, aber niemand achtet auf diesen Geruch. Es hätten sich Wunder ereignen können, niemand wäre ihrer gewahr geworden, die Gedanken der Menschen sind heute über das eigene wichtige Ich und das nebensächliche Dasein des Nachbarn hinaus in die Ferne geglitten, sie wenden sich nach Osten, wo ein breiter Strom durch die Mark Brandenburg fließt, letzte Barriere, an der sich die Wucht eines entschlossenen und überlegenen Gegners brechen soll. Wie ein Spruchband an der hohen Fassade eines Hauses in immerwährender Wiederholung einen Reklametext erneuert, so steigt immer wieder ein Gedanke in das Bewußtsein der Menschen. *Die Sowjets sind an der Oder zum Großangriff angetreten.*

Mit diesem Gedanken ist eine Frage unlösbar verknüpft, deren Beantwortung über Gedeih und Verderb, Leben und Tod entscheidet. *Wird Berlin verteidigt oder wird es zur offenen Stadt erklärt?*

Zwar ist die Stadt in Verteidigungszustand gebracht worden, Panzergräben sind tief in das Vorfeld der Stadt eingeschnitten, Laufgräben ziehen sich quer durch Schrebergärten und Felder, Einmannlöcher sind in Bahndämme, Böschungen und Waldstücke eingelassen, Pakstellungen und Panzersperren blockieren alle Zufahrtstraßen, Flakartillerie hat sich auf Erdziele eingeschossen – das alles ist deutlich sichtbar und kann nicht, es soll auch nicht übersehen werden. Man hat den Ausbau der Stellungen und Hindernisse von Anfang an miterlebt und zunächst darüber gelächelt, wie man über eine zwecklose Spielerei zu lächeln pflegt, aber bald wurden die Gesichter ernst, als aus der scheinbaren Spielerei System und Methode wurde, Barrikade sich an Barrikade reihte, Graben sich hinter Graben zog, aber immerhin sind alle Maßnahmen, die bis jetzt getroffen worden sind, doch nur als Vorsichtsmaßnahmen betrachtet worden, die dem Gegner Entschlossenheit vortäuschen und ihn dadurch abschrecken soll; sie sind wie eine Waffe gewesen, die man vorsichtshalber bei sich trägt, ohne je von ihr Gebrauch zu machen. Jetzt aber scheint es, daß man gezwungen wird, sich doch mit dieser Waffe vertraut zu machen, man muß sie laden und feuerbereit halten, denn es könnte sein, daß die Stadt wirklich verteidigt wird.

Jeder ist sich darüber klar, was es heißt, eine Stadt wie Berlin zu verteidigen. Fast drei Millionen Menschen leben in der zerschlagenen, niedergebrochenen Stadt, Hunderttausende Frauen, Hunderttausende Kinder, Hunderttausende Greise, weit über eine halbe Million ausländischer Zwangsarbeiter, die auf den Augenblick ihrer Befreiung warten und deren lange unterdrückte Rachegefühle angesichts der verbündeten Heere vor den Toren der Stadt immer mehr angeschürt werden.

Es scheint ausgeschlossen, daß eine verantwortungsbewußte Führung die Stadt in das Kampfgeschehen wird einbeziehen lassen. Hatte man nicht Rom, Paris, Florenz und Brüssel geschont, um – wie man mit prahlerischer und eitler Geste verkündete – der Welt die unersetzlichen Kulturen dieser Städte zu erhalten? Besteht nicht die Möglichkeit, daß man Berlin, das Herz des deutschen Reiches, um es nicht der völligen Zerstörung anheimfallen zu lassen, zur offenen Stadt erklären würde? Zwar hat es in der Geschichte der Feldzüge dieses Krieges noch kein Beispiel dafür gegeben, daß die nationalsozialistische Führung eine deutsche Stadt nicht verteidigt hat, um sie und ihre Bewohner zu schonen, man hat Aachen und Köln, Breslau und Posen, Wien und Königsberg mit tollwütiger Verbissenheit verteidigt, ohne den Gegner auch nur ernstlich aufgehalten zu haben. Berlin ist aber nicht mit den anderen Städten zu vergleichen, die zur Zeit ihrer Belagerung noch über ein Hinterland verfügten, in das die Zivilbevölkerung evakuiert werden konnte, der Reichshauptstadt steht kein Hinterland mehr zur Verfügung, weil der Heerbann der Gegner sich von Osten *und* Westen her unaufhaltsam an sie heranschiebt und seine Flugwaffe ununterbrochen ihre tödlichen Kreise über sie zieht.

Es gibt ja auch keine Transportmittel mehr, es gibt eigentlich auch keine Straßen mehr, denn die Eisenbahnen sind den ständigen Angriffen der Bombenflugzeuge ausgesetzt, und die Straßen stehen unter der Überwachung der Tiefflieger.

Wie eine dunkle Wetterwand zieht jetzt der sowjetische Großangriff im Osten der Stadt herauf, er ist wie ein fernes Gewitter, noch ist kein Donnergrollen zu hören, aber ein wirbelnder Wind kündigt das Nahen des Unwetters an, noch lauern die Blitze hinter der Wolkenwand, aber eine beklemmende, schweflige Helligkeit breitet sich über der Stadt aus.

Gewitterschwüle liegt über der Stadt. Eine zitternde Erwartung hat sich der Menschen bemächtigt, es ist ein Schwanken zwischen der Hoffnung auf irgendein Wunder, das von der Führung immer wieder versprochen und in unmittelbare Aussicht gestellt worden ist, und dem lähmenden Entsetzen vor dem Ende mit Schrecken. In die Augen der Menschen, die gestern noch apathisch und stumpf resignierten, ist plötzlich ein gehetzter, angstvoll-unruhiger Ausdruck getreten. Die ständigen Fliegeralarme sind zur täglichen Gewohnheit geworden und werden, da sie ja ein fester Bestandteil des Alltags geworden sind, wie etwas Naturnotwendiges hingenommen. Die Menschen sind gleichgültig geworden, die Lethargie hat die Windungen ihrer

Gehirne schon viel zu sehr verfilzt, als daß sie verzweifelt sein könnten, denn Verzweiflung setzt immer Denken voraus, Erkenntnis der Umstände und Beurteilung der Lage. Was sich aber jetzt im Osten vorbereitet, nur achtzig Kilometer vom Kern der Stadt entfernt, ist etwas ganz anderes, etwas Neues, es bricht wie ein Orkan aus, es reißt auch den Trägsten hoch. Es gibt keinen Mann und keine Frau in dieser Stadt, die nicht wissen, was es heißt, eine Stadt zu verteidigen, Straßenkampf, Artilleriebeschuß, Tieffliegerangriffe. Die einen wissen es aus eigener Erfahrung aus zwei Weltkriegen, als französische und russische Städte im Kampf Haus um Haus, Straße um Straße in Schutt und Asche sanken und der Erdboden wie von einem Riesenbagger umgewühlt wurde, den Frauen und den anderen ist es aus den Wochenschauen bekannt, in denen der Kampf und seine Zerstörungen mit einem gewissen Behagen gezeigt wurden, da es sich ja um feindliche Städte handelte.

Aus der Gefahr, die nur in Intervallen über die Menschen herfällt und ihnen dazwischen immer wieder Zeit läßt, Atem zu holen, Schäden notdürftig zu beheben und einen winzigen Rest bürgerlichen Lebens zu führen, wird jetzt die ständige Bedrohung, da die Flut aus dem Osten zu fließen beginnt. Man vermeint die vielen tausend schwarzen Münder der drohend aufgereckten Rohre zu sehen, die jetzt feurig aufbrüllen und ihre Geschosse auf die deutschen Stellungen schleudern, man vermeint das Dröhnen und Rasseln der Ketten der Panzergeschwader zu hören, die sich jetzt wie eine alles zermalmende Stahlwalze auf die Brückenköpfe zu in Bewegung setzen, man vermeint zu sehen, wie sich die ruhig pendelnden Propeller der sowjetischen Flugzeuge in surrende Silberscheiben verwandeln, wie sich ihre Bombenschächte öffnen und ihre Last auf deutsche Nachschubkolonnen herabstürzen lassen, man vermeint schließlich die unendlichen Scharen der erdbraunen sowjetischen Soldaten zu sehen, die im Schutze der vorrollenden Panzer und unter den Fittichen ihrer Flugzeuge mit Hurra in das von ihrer Artillerie umgepflügte, aufgewühlte, zerrissene Land vorbrechen und es mit Ungestüm überschwemmen. Und was vermag die deutsche Heeresführung diesem immer noch kraftstrotzenden, vorzüglich ausgerüsteten

Gegner gegenüberzustellen, von dem Hitler im Oktober 1941 sagte:

> »Der Feind liegt geschlagen am Boden, er wird sich nie wieder erheben.«

Die Divisionen, die sich längs der Oder und der Neiße eingeschanzt haben, sind seit drei Jahren von einer Niederlage in die andere getaumelt, sie haben nur Rückzüge und verlorene Schlachten, Einkesselungen und Umfassungen kennengelernt, sie sind müde und verbraucht und sehen in die zahlreichen Lücken nur müden und verbrauchten, verdrossenen und schlecht ernährten, unzureichend bewaffneten und unzulänglich ausgebildeten Ersatz, überalterte und blutjunge Jahrgänge einrücken, und sie wissen auch, daß sich in ihrem Rücken keine Aufnahmestellung befindet und kein Raum mehr ist, eine neue Widerstandslinie zu bilden.

Lassehn läßt den Blick über die zerstörte Stadt gehen. Wie anders hatte er sich seine Rückkehr nach Berlin vorgestellt, aber es ist vielleicht gut so, daß es so kommt, kommen mußte. Merkwürdig, er ist immer derselbe geblieben, der ein wenig in sich versponnene Jüngling, den das Leben rings um ihn nichts anging, das ihn auch in den Jahren seiner Militärzeit nicht verwandelt hat. In den wenigen Tagen jedoch, seit er wieder nach Berlin zurückgekehrt ist, ist eine Veränderung mit ihm vor sich gegangen, er ist härter und selbstbewußter, hellsichtiger und hellhöriger geworden. Wie viele Menschen hat er in diesen paar Tagen kennengelernt! Mit Klose fing es an, dann kamen Wiegand und Doktor Böttcher, es folgten Frau Buschkamp und Elisabeth Mattner, der Rotgesichtige und der Herr mit der Hornbrille, der kleine Mann aus der S-Bahn, der ss-Offizier und schließlich Lucie Wiegand.

Unmittelbar springen seine Gedanken auf den Ausgang des gestrigen Abends über. Es ist alles gutgegangen, nachdem alles schon verloren schien. Noch jetzt steigt es ihm eiskalt bis ans Herz, als er den Abend noch einmal durchlebt, der Schreck, als er sich jählings dem ss-Offizier gegenübersieht, und die lähmende Sekunde, als plötzlich zwei Leute im Dunkel des Grundstückes auftauchen und ein drohendes ›Stehenbleiben!‹ brüllen, als er und Lucie Wiegand sich gerade in die schützenden Arme des dunklen Waldes begeben wollen. Selbstverständlich waren sie nicht stehengeblieben, sondern tiefer in den Wald hineingelaufen, sie waren über Baumwurzeln gestolpert und von niederhängenden Ästen zurückgerissen worden, ihre Füße sind im weichen, glitschigen Moos versunken, die beiden schweren Koffer haben Lassehn fast zu Boden gerissen, dann haben sie einen Gartenzaun überklettert und sich eng unter einen Kaninchenstall gekauert. Die beiden Männer hatten wohl ein paar Sekunden gezögert, ihnen zu folgen, und das ist für Lassehn und Lucie Wiegand ein entscheidender Vorsprung geworden. Zwar hat er noch Schritte im Unterholz rascheln gehört und Rufe vernommen, aber dann ist es ruhig geworden. Anscheinend haben sie die Suche aufgegeben oder sie in anderer Richtung fortgesetzt, möglicherweise war auch der Polizeileutnant inzwischen ausgebrochen und hatte sie zunächst die Leiche des SS-Offiziers bergen lassen, jedenfalls war es nach ein paar Minuten wieder ruhig geworden.

Eine Weile hatten Lassehn und Lucie Wiegand noch unter dem Kaninchenstall gehockt, es war ganz still, nur das Keuchen seiner Lungen und das erregte Atmen der Frau waren in der Stille und in der Einsamkeit der hereinbrechenden Nacht gewesen. Diese wenigen Minuten, während die Verfolger in der Nähe waren und nach ihnen suchten, sind für Lassehn mit erregenderer Spannung angefüllt gewesen als die erste Begegnung mit Klose, das Zusammentreffen mit dem Luftschutzwart in Charlottenburg oder mit dem Rotgesichtigen im ›Bayernhof‹, die Zusammenstöße mit dem Naziblockwart in Kloses Hinterzimmer oder mit dem Untersturmführer in Wiegands Haus. Bei all diesen Gelegenheiten ist doch immer eine gute Portion Gelassenheit in ihm gewesen, denn es war ja dabei nur um ihn selbst gegangen, hier aber ging es noch um die Frau, die gewissermaßen seinem Schutz anvertraut war und für die er einzustehen hatte. So hatten sie dagehockt, eng aneinandergepreßt, Lassehn hatte die Koffer wie eine Brustwehr vor sich aufgestellt, einen Arm fest um die Frau gelegt und in der anderen Hand den Revolver gehalten.

Aber nichts war geschehen. Als ihre Lungen sich beruhigt hatten, war die Stille ganz auf sie herabgesunken. Sie wußten nicht, wie lange sie so gehockt hatten, als sie sich wieder erhoben, sie hatten auch keine Zeit, darüber nachzudenken, das Leben war ihnen neu geschenkt worden und hatte sogleich wieder Entschlüsse gefordert. Sie hatten das Gartengrundstück verlassen und waren durch ein paar Straßen gegangen. Auf dem Bahnhof Zeuthen brannten wegen der Stromsperre nur zwei Karbidlampen, und unter einer der Laternen hatte Lassehn der Frau ins Gesicht gesehen, es war fast unbewegt, ihre Mundwinkel flatterten ein wenig wie Vögel, die ihre Flügel zu regen beginnen, aber sonst waren in ihrem Gesicht nur Entschlossenheit und Tapferkeit gewesen.

Dann war alles glattgegangen. Die Fahrt mit dem Dampfzug bis Grünau und das Umsteigen in die S-Bahn gingen ohne Aufenthalt vor sich. In Schöneweide hatte es allerdings noch eine Unterbrechung wegen Fliegeralarm gegeben, der übliche abendliche Anflug von Moskitobombern, der sie für eine Stunde in den Hochbunker am Bahnhof Schöneweide zwang, aber dann kam wirklich nichts mehr dazwischen, dann hatten sie es geschafft.

Mit überdeutlicher Klarheit haben sich Lassehn die Einzelheiten eingeprägt: wie er mit Lucie Wiegand in Kloses Hinterzimmer tritt, in dem Dr. Böttcher, Wiegand und noch ein paar andere Männer sitzen, die er nicht kennt, wie er erschöpft und unendlich glücklich zugleich die schweren Koffer absetzt, wie Wiegand aufspringt und seine Frau mit einer zarten, ganz sachten Bewegung zu sich heranzieht, wie die Gespräche auf einmal verstummen und alles nur auf die beiden sieht, die sich für ein paar Sekunden wortlos umarmen, wie ihr Kopf an seiner Brust ruht und Wiegands Hände um ihren zuckenden Rücken liegen und beruhigend über ihr Haar gleiten, wie die Männer sich abwenden oder sich verlegen mit irgend etwas zu schaffen machen, wie schließlich Wiegand seine Frau an das Sofa führt, fragt und Antworten erhält, auf Lassehn zugeht und ihm fest die Hand drückt, wie ihm, Lassehn, dabei zumute ist, als sei er mit diesem Handschlag in eine Gemeinschaft als gleichberechtigtes und gleichgeachtetes Mitglied aufgenommen, wie Lucie Wiegand jetzt, da sie sich geborgen weiß, zum ersten Male ihre Haltung verliert und die überwundene Qual aus sich herausweint, wie ein kleiner Mann mit einem Seehundsbart auf ihn zukommt, ihn lange und eindringlich ansieht, ihm die Hand derb schüttelt und ›Genosse‹ sagt, wie dann Klose schließlich auf seine burschikose Art die Szene mit einem Scherzwort beendet und sich alles in Geschäftigkeit auflöst ...

Plötzlich fällt Lassehn ein, daß er nicht mit der S-Bahn fährt, um zu träumen und Erinnerungen nachzuhängen, sondern daß er ein Ziel und unterwegs noch etwas zu erledigen hat. Der Zug kreuzt gerade den Humboldthafen und läuft in den Lehrter Stadtbahnhof ein. Lassehn nimmt ein paar Flugblätter aus der Manteltasche, blickt sich vorsichtig um und läßt sie neben sich auf die Bank gleiten, dann verläßt er das Abteil, taucht sofort in der Menschenmenge unter und steigt in einen anderen Wagen. Bellevue und Savignyplatz wiederholt er das Manöver, und alles geht wunderbar glatt. Als er in Charlottenburg den Zug endgültig verläßt, bleiben wieder einige Flugblätter liegen.

Zwar ruft ihm noch ein Landser nach: »He, Sie haben Ihre Zeitungen liegengelassen!«

Aber Lassehn winkt großmütig ab. »Hab' sie schon gelesen, Kamerad, kannst sie behalten!« Gerade für dich sind sie ja bestimmt, denkt er noch hinzu.

Als Lassehn den Bahnhof Charlottenburg verläßt und den Stuttgarter Platz überquert, laufen seine Gedanken vor ihm her, als wollten sie ihm den Weg weisen. Er muß jetzt einen Teil seines Lebens ordnen oder ihn wenigstens in einen Begriff zwängen, es ist zwar nicht mehr so drängend und so wichtig, wie es vor zwei Tagen schien, aber immerhin handelt es sich doch um einen nicht ganz unwichtigen Bestandteil seines Daseins, und obwohl heute Schicksale niemanden interessieren, da jeder ausreichend mit sich selbst beschäftigt ist und nicht einmal Zeit für sein eigenes Schicksal hat, sondern mit den Problemen der Minute, die er gerade durchlebt, befaßt ist, obwohl Ordnung sich im allgemeinen Chaos wie eine ruhige, unbewegte Wasserfläche inmitten hochaufschäumenden Wellenganges ausnehmen würde, will Lassehn es doch versuchen.

Während er wieder die Kaiser-Friedrich-Straße durchschreitet, ist ihm, als sei er nicht vor genau zwei Tagen, sondern vor unendlich langer Zeit hier entlanggegangen, denn in diesen beiden Tagen hat sich entscheidend viel in ihm geändert, und es ist gut so, daß ihm diese zwei Tage Aufschub vom Zufall in die Hand gespielt worden sind. Wäre er Irmgard vorgestern gegenübergetreten, so hätte er es getan wie einer, der um Nachsicht und Hilfe bittet, der unsicher und ohne Ziel daherschwankt und jede Gelegenheit zu ergreifen gewillt ist, um sich wiederaufzurichten. In diesen zwei Tagen hat er jedoch nicht nur Halt und Ziel gefunden, sondern auch ein Selbstbewußtsein erlangt, das ihm bislang nicht eigen gewesen.

Lassehn versucht gar nicht erst, mit Frau Buschkamp zu sprechen, er will sich jetzt durch nichts mehr aufhalten lassen, er hat auch keinen vorgefaßten Plan, er durchschreitet den Hausflur schnell, wirft einen raschen Blick auf die Tür der Portiersloge und steigt entschlossen die Treppe empor. Das Treppenhaus ist dunkel wie ein Schuppen, die Fenster sind mit rohen Brettern verschalt, durch die Fugen dringt nur ein spärliches Tageslicht.

Dann steht er vor der Wohnungstür, sie trägt nur das Schild ›Niedermeyer‹. Für einen Augenblick wallt es bitter in Lassehn auf. Junge Frauen pflegen im allgemeinen stolz auf ihren neuen Namen zu sein, aber bei Irmgard ist das anscheinend nicht der Fall, sie hat es bisher nicht für notwendig gehalten, ihren neuen Namen, seinen Namen, hier anzubringen.

Für ein paar Minuten verharrt Lassehn noch vor der Wohnungstür. Jetzt ist der Augenblick da, auf den er seit anderthalb Jahren gewartet, dem er mit verzweifelter Hoffnung entgegengestrebt, der erst wie ein heller Stern in dunkler Nacht unerreichbar hoch über ihm gefunkelt hat und der dann ein ferner, immer mehr verblassender, kaum noch wahrnehmbarer Schatten geworden ist. Dieser Augenblick ist ein einziges Ziel gewesen und hat ihn entschädigen sollen für alle Leiden und Nöte, für die Roheit und Gemeinheit des Krieges, der ihn von allem trennte, was ihm das Leben lebenswert machte, der alles niederhielt, was gut, und alles aufquellen ließ, was böse und schlecht ist, dieser Augenblick, der ihn die qualvollen Nächte vergessen machen sollte, in denen sich ein Alptraum voll Blut und Dreck, Leichen und Zerstörung riesenschwer auf seine Brust wälzte oder in denen die Verzweiflung wie ein Nachtmahr auf ihm hockte, daß er vor Entsetzen den Atem anhielt und sich nicht zu rühren wagte. Noch wenige Minuten zuvor hatte er geglaubt, sich der Erinnerung endgültig entledigt zu haben, aber jetzt packt sie ihn doch und rieselt ihm schmerzlichsüß ins Blut, die Erinnerung an jene Nacht, als sein fast erstorbenes Ich aus der Wüste der Verzweiflung und Einsamkeit in die Gemeinschaft des anderen Geschlechtes floh, als er zum ersten Male im Blute einer Frau ertrank, wie ihr Leib sich vorwölbte, ihn zu sich herabzog und gewaltsam Besitz von ihm ergriff, wie sein Bewußtsein erlosch, nur noch Wärme und Weichheit, Raserei und Rausch da waren, Ermattung und neues Verlangen kamen, Brunst und Verschmelzung einander folgten und wieder alles im Schoße und im Munde der Frau ertrank.

Lassehn schüttelt die Erinnerung ab und drückt, wie ein Schwimmer mit einigen kräftigen Stößen an die Oberfläche taucht, dreimal heftig auf den Klingelknopf, der Ton der hellen Glocke reißt ihn endgültig in die Gegenwart zurück.

Die Tür öffnet sich nur zu einem kleinen Spalt. »Sie wünschen?« fragt eine Frauenstimme.

Die Tante, denkt Lassehn. Erkennen kann er sie nicht, da es im Treppenhaus völlig dunkel ist. »Ich möchte Frau Lassehn sprechen«, sagt er. Weshalb sage ich nicht meine Frau? denkt er verwundert.

»Wen bitte?« Der Ton der Frauenstimme ist erstaunt und abweisend zugleich.

»Frau Lassehn«, wiederholt Lassehn und schaltet die Treppenbeleuchtung ein, deren Knopf er endlich entdeckt hat. »Frau Irmgard Lassehn.« Mein Name scheint hier im Hause nicht geläufig zu sein, nicht einmal der Tante meiner Frau, vielleicht sogar kaum meiner Frau. »Sie wohnt doch hier?« setzt er fragend hinzu.

»Ge–wiß, aller–dings«, sagt die Frauenstimme gedehnt. »Wer sind Sie denn?«

Irmgards Mann! Erkennen Sie mich denn nicht? will Lassehn sagen, aber er sagt etwas ganz anderes, es sind Worte, die sich ihm aufdrängen und gleichsam einem dunklen Instinkt entspringen. »Ich bringe Nachricht von ihrem Mann.«

Die Tür wird ganz geöffnet. »Bitte, treten Sie ein.«

Lassehn erkennt jetzt Frau Niedermeyer, aber es ist mehr ein intellektuelles als ein visuelles Erkennen. Nur der Umstand, daß ihm diese große, ein wenig dürre Frau mit dem dünnen, gescheitelten Haar und der dunklen Hornbrille hier in der Tür ihrer Wohnung entgegentritt, identifiziert sie, in jeder anderen Umgebung hätte Lassehn sie nicht erkannt.

»Ist Frau Lassehn zu Hause?« fragt er.

»Ja, ja«, bestätigt Frau Niedermeyer, »sie hat sich gerade ein wenig niedergelegt, da sie Frühdienst hatte.«

»Es tut mir leid ...«, sagt Lassehn mit einer entschuldigenden Handbewegung. Eigenartiges Gefühl, wieder diesen Korridor entlangzugehen.

»Nehmen Sie einen Augenblick Platz«, sagt Frau Niedermeyer und klinkt eine Tür auf. »Ich werde meine Nichte rufen.«

Lassehn tritt in das Eßzimmer und setzt sich auf einen Stuhl. Er ist gewissermaßen bei sich selber zu Besuch, er sitzt hier ruhig im Eßzimmer und wartet auf seine Frau, obwohl er doch berechtigt wäre, zu ihr ins Schlafzimmer zu gehen. Lassehn zuckt über sich selbst die Achseln, er sieht der Entwicklung der Dinge mit Spannung und Gleichgültigkeit zugleich entgegen.

Sein Blick bewegt sich wie suchend im Zimmer. Es ist alles unverändert, fast unverändert, es steht alles noch an seinem Platz, auch das Hitlerbild hängt noch an der Wand, nicht eine kleine, billige Photographie, die für die gelegentlichen Besuche des Blockwarts gewissermaßen als Alibi aushängt, sondern ein großes Bild in Öl, das den Führer im wehenden braunen Mantel mit aufgeschlagenem Kragen, ohne Mütze und mit der genialen Locke in der Stirn zeigt. Nur das Zimmer selbst weist einige kleine Veränderungen auf, die Wand hat ein paar Risse, die von der Decke bis zum Fußboden wie dicke, schwarze Striche klaffen, von der Decke ist Stuck und Verputz abgefallen und hat das hellgelbe Stroh der Zwischendecke bloßgelegt, die Fenster sind mit Pappe vernagelt, und in einer Ecke stehen griffbereit ein paar große Luftschutzkoffer. Lassehn schrickt auf, als die Tür geht, aber es ist nicht Irmgard. »Meine Nichte wird gleich erscheinen«, sagt Frau Niedermeyer. »Ich stelle Ihnen das Radiogerät an, die Nachrichten müssen ja auch gleich durchgegeben werden.«

Lassehn nickt. »Sehr freundlich«, sagt er.

»Wir machen jetzt eine Krise durch«, meint Frau Niedermeyer fast ein wenig bekümmert, »aber sie wird überstanden, weil sie überstanden werden muß.«

Das hast du dem Goebbels vom Maul abgeguckt, denkt Lassehn und beißt sich auf die Lippen, um nicht zu lächeln. »Ja, natürlich«, sagt er.

»Auch im Siebenjährigen Krieg hat es für Preußen sehr bedrohlich ausgesehen«, fährt Frau Niedermeyer fort, »auch damals waren die Russen schon bis Berlin gelangt, aber Preußen hat doch gesiegt.«

Stimmt ja gar nicht, denkt Lassehn, Hubertusburg war bestenfalls ein Remis.

»Gott ist mit uns«, sagt Frau Niedermeyer mit erhobener Stimme, »er hat damals die Zarin Elisabeth hinweggerafft ...«

Jetzt ist Roosevelt an der Reihe, denkt Lassehn, sonst bist du keine echte Naziziege, die aus der Krippe des ›Völkischen Beobachters‹ frißt.

»... und jetzt ist der Kriegsverbrecher Roosevelt zur rechten Zeit gestorben. Das ist der Finger Gottes!«

Lassehn ist keineswegs gläubig, der Begriff Gott hat in seinem Weltbild noch keinen Platz gefunden, aber es ist doch etwas in ihm, das den Namen Gottes nicht in die Niederungen einer solchen Diskussion ziehen lassen will, er möchte aufspringen und der Frau seinen Hohn wie Pfeffer ins Gesicht streuen, doch er tut es nicht, er darf es nicht, aber es gärt doch zu sehr in ihm, als daß er alles ruhig und widerspruchslos hinzunehmen vermag.

»Sie lassen einen wichtigen Unterschied außer acht, gnädige Frau«, sagt er. »Rußland war damals ein absolutistischer Staat, in dem der Wille, die Neigungen und Abneigungen der Zarin allein maßgebend waren, wie sie auch über Krieg und Frieden selbstherrlich entschied. Die Vereinigten Staaten aber sind eine Demokratie, und ihr Präsident ist nur das ausführende Organ des Volkswillens, der Tod Roosevelts wird infolgedessen nichts an der Politik der Vereinigten Staaten ändern, daher wird auch die psychologische Wirkung seines Todes weit überschätzt.«

Frau Niedermeyer hat schon bei den ersten Worten Lassehns überrascht aufgeblickt, zwar ist ihr Gesicht noch in konventionelle Höflichkeitsfalten gelegt, aber ein etwas säuerlicher Zug liegt wie Mehltau über ihm. Kritik an einer offiziellen Auslegung ist etwas so Ungewohntes, daß es ihr fast die Sprache verschlägt, zumal sie auf kritische Einwände nicht vorbereitet ist. Sie antwortet nicht und wendet sich halb zum Lautsprecher.

»... folgt der Bericht zur Lage.
Das Hauptereignis der letzten vierundzwanzig Stunden an unseren Fronten ist der am Montagmorgen begonnene Großangriff der Sowjets. An der unteren Oder zwischen Fürstenberg und Schwedt mit Schwerpunkt beiderseits Küstrins sind erbitterte Kämpfe mit den nach heftigem Artilleriefeuer anstürmenden sowjetischen Infanterie- und Panzerverbänden entbrannt. Die Hauptstöße richten sich zur Stunde gegen die Höhenschwelle bei Seelow, durch deren Wegnahme der Feind seine bisher voneinander isolierten Einsatzstellen zwischen Kienitz und Lebus zu einem einheitlichen Brückenkopf zu verschmelzen sucht. Der Feind kam aber bisher über örtliche, mit sehr hohen Verlusten erkaufte Einbrüche nicht hinaus.«

Der Wehrmachtsbericht vom Vortag hatte sich nur mit der allgemeinen Redewendung vom Großangriff begnügt, der ergänzende Bericht ist schon viel substantieller. Lebus, Kienitz, Seelow, Lassehn kennt das Oderbruch, ihm sind diese Orte mehr als Namen, er hat das Land zweimal durchwandert. Seelow, das liegt schon fast fünfzehn Kilometer westlich der Oder, von hier sind es nur noch rund fünfunddreißig Kilometer bis zum Stadtrand, da gibt es keine Möglichkeit mehr, den Raum operativ auszunutzen oder sich abzusetzen, jeder Schritt rückwärts gibt den sowjetischen Panzerarmeen weitere Entwicklungsmöglichkeit und öffnet die Schleusen ihrer Brückenköpfe.

Die Stimme des Sprechers tönt monoton aus dem Lautsprecher, es sind die immer wieder gebrauchten und längst schäbig gewordenen Redewendungen.

»... unsere Grenadiere, Pioniere und Panzerschützen stemmten sich mit aller Kraft dem Ansturm entgegen ...«
»... bisher lediglich örtliche Einbrüche ...«
»... Abwehrschlacht mit ihrem ständigen Wechsel von Stoß und Gegenstoß ...«
»... einige kleine Einbrüche ...«
»Unsere Panzer vereitelten den Durchbruch ...«
»... im Gegenangriff aufgefangen ...«

Von der Front im Westen dieselben abgegriffenen Redebilder, die gleichen stereotypen Meldungen, die trotz angeblicher eigener Erfolge den Gegner immer tiefer ins Land dringen lassen.

»... Mündungsgebiet der Saale nach Osten geführten Vorstöße haben bisher nur begrenzte Bedeutung ...«
»... Druck der Nordamerikaner zwischen Bernburg und Chemnitz wieder stark.«
»... bei Bitterfeld drängt der Gegner gegen die Freiberger Mulde ...«
»... Autobahn Jena–Hainichen geringe Fortschritte der Nordamerikaner ...«
»... größere Bodengewinne im Brockengebiet versagt ...«

Mein Gott, denkt Lassehn, wer kann denn das noch hören, ohne daß ihm die Zornesröte wie eine heiße Flamme ins Gesicht schießt, ohne daß seine Hände nicht nach dem Hals des Sprechers zittern? Gibt es denn überhaupt noch einen Menschen in Deutschland, der das für bare Münze nimmt? Hat es denn nicht immer geheißen: Angriffe abgewiesen, Einbrüche abgeriegelt, Vorstöße aufgefangen, standhafte Abwehr, elastisches Ausweichen und erfolgreicher Gegenangriff? Wer glaubt das denn noch, da es heute nicht mehr Tobruk und Benghasi, Leningrad und Charkow, Caen und Le Havre, sondern Leipzig und Magdeburg, Frankfurt an der Oder und Stettin, Wien und Bayreuth heißt? Gibt es noch einen einzigen Menschen …

Doch, es gibt ihn, er sitzt ihm sogar gegenüber, die da mit dem dreieckigen Abzeichen der NS-Frauenschaft auf der eingetrockneten Brust, die sich bei jeder günstig klingenden Phrase aufatmend hebt, als sei die Gefahr gebannt, weil unsere Grenadiere sich mit aller Kraft dem sowjetischen Ansturm bei Küstrin entgegenstemmen, weil unsere Truppen die Angriffe der Amerikaner im Raume Merseburg blutig abschlagen, weil die Briten unseren vorspringenden Frontbogen zwischen Ems und unterer Weser nicht einzudrücken vermögen.

Lassehn möchte seine Hände verzweifelt gegen die Stirn pressen. Er könnte es verstehen, wenn jemand – von Entsetzen gelähmt – die Katastrophe erwartet und sein Haupt willig beugt, um den vernichtenden Schlag zu empfangen, oder daß sich jemand wild ins Feuer stürzt, um darin zu verbrennen, aber daß man – wie diese Frau – noch dasitzen, befreit aufatmen kann, das geht über jeden Begriff, das ist der wahre Mythus des zwanzigsten Jahrhunderts.

Mein Gott, denkt Lassehn verzweifelt, und jetzt noch diese Musik, Glühwürmchenidyll von Paul Lincke, dem deutschen Altmeister der Tonkleisterer … Und hier habe ich einmal acht Tage gelebt! »Der bolschewistische Ansturm wird diesmal zerschellen«, sagt Frau Niedermeyer zuversichtlich, »zwischen der Oder und Berlin stehen unsere besten Truppen in guten Stellungen, unsere Führung hat den Angriff ja erwartet.«

Lassehn kann nicht mehr an sich halten.

»Ich bewundere Ihr kurzes Gedächtnis, gnädige Frau«, sagt er ironisch.

»Wie meinen Sie das?« fragt Frau Niedermeyer ein wenig pikiert. »Haben Sie vor und nach der letzten russischen Großoffensive nicht genau dieselben Beruhigungspillen geschluckt?« fragt Lassehn. »Ich habe hier eine Zeitung, es ist der VB vom 19. Dezember 1944, da schrieb so ein famoser Kriegsberichter von der Weichselfront:

›Es ist seit dem Ende der bolschewistischen Sommeroffensive fleißig gearbeitet worden. Das Ergebnis ist ein Netz von Befestigungen und Panzerhindernissen in einem Ausmaß und einer Tiefe, wie wir sie im Osten noch nicht gekannt haben.‹

Und über die Ostpreußenfront schrieb ein anderer PK-Mann:

›Es sind die besten Regimenter, die man jemals im Osten sah. Allein die Panzergräben, die das ostpreußische Grenzgebiet hügelauf und und hügelab durchziehen, haben eine Gesamtlänge von vielen tausend Kilometern überschritten. Die zweite sowjetische Offensive gegen Ostpreußen kommt. Sie wird eine Offensive ohne Überraschungen sein.‹

Am 16. Januar, vier Tage nach Beginn der großen Offensive, stellte das OKW fest:

›Der Ansturm kam für unsere Truppen nicht überraschend. Die anstürmenden Bolschewisten liefen sich schnell in unsere Verteidigungszonen fest‹,

aber bereits nach wenigen Tagen standen die Russen an der Oder und hatten ganz Ostpreußen eingekesselt. Warum sollte es gerade diesmal anders sein, gnädige Frau?«

Frau Niedermeyer ist, während Lassehn spricht und die Zeitungen auseinanderfaltet, aufgestanden und hat nervös einige Stühle hin und her gerückt. »Das sind doch alles Spitzfindigkeiten. Was bezwecken Sie damit, junger Mann?«

Lassehn begreift sich selbst nicht, daß er diese Frau hat überzeugen wollen, er zuckt nur mit den Achseln und steckt die Zeitungen wieder ein.

»Ich vertraue auf den Führer!« sagt Frau Niedermeyer. »Wir sind zu klein, um seine Absichten zu durchschauen.«

Lassehn ist nahe daran, zu explodieren, aber er kommt nicht mehr dazu, denn die Tür wird aufgeklinkt.

II

17. April

Irmgard Lassehn geborene Niedermeyer tritt ein, mittelgroß, von schlanker Fülle, sicher und selbstbewußt, sie trägt über dem Schlafanzug einen bunten Morgenrock, aber sie ist sorgfältig frisiert und hat auch Puder und Lippenstift nicht vergessen, die hohen Bögen über den Augenbrauen sind fein nachgezogen.

Lassehn erhebt sich wie von Marionettenschnüren emporgezogen und starrt ihr ins Gesicht. Das ist also die Frau, seine Frau. Ein seltsam vielfältiges Gefühl bemächtigt sich seiner, Erstaunen, Hilflosigkeit, Abwehr, Fremdheit, er durchforscht die Vielfalt der Gefühle, aber eines kann er nicht entdecken: Zärtlichkeit. Nein, Zärtlichkeit ist nicht dabei. Vorhin, als er vor der Wohnungstür stand, hat die Erinnerung sein Blut in Wallung gebracht, jetzt ist nur Fremdheit da. Das ist eine ganz fremde Frau. Sie sieht ihn mit kühlem Blick und sachlich-freundlicher Miene an und schließt mit gemessenen Bewegungen die Tür hinter sich, nachdem sie Frau Niedermeyer mit einer kurzen Bewegung der Augenbrauen dazu aufgefordert hat, das Zimmer zu verlassen.

»Heil Hitler!« sagt sie und hebt die rechte Hand leicht zum Gruße. »Bitte, behalten Sie Platz!«

Sie erkennt mich tatsächlich nicht, durchfährt es Lassehn, auch jetzt nicht, da ich ihr gegenübersitze und ihren Blicken voll ausgesetzt bin.

»Sie bringen Nachricht von meinem Mann?« fragt Irmgard Lassehn, ihre Stimme ist ruhig, fast unbewegt, keine Erregung der Ungewißheit schwingt in ihr.

»Ja«, sagt Lassehn mit gepreßter Stimme, sein Herz hämmert wild gegen die Brust. Sie fragt so unbewegt und sachlich, als handle es sich um ein Kolli, nach dessen Verbleib sie an einem Gepäckschalter fragt.

»Und was ist mit ihm?« Keine Ungeduld ist in ihrer Stimme, ihr schönes, schmales Gesicht unter der hauchdünnen Schicht bronzefarbenen Puders ist noch immer unbewegt.

Lassehn weiß immer noch nicht, was er will, irgend etwas in ihm ist dagegen, sich jetzt schon erkennen zu geben, es reizt ihn wie ein Weg ins Ungewisse. »Ihr Mann lebt«, sagt Lassehn und vermeidet ihren Blick, der forschend auf ihm liegt.

»Wo ist er gegenwärtig?« fragt Irmgard Lassehn.

»Ganz in der Nähe«, antwortet Lassehn doppelsinnig.

»Und weshalb kommt er nicht selbst?« forscht sie weiter, ihre Stimme ist um weniges lebhafter geworden. »Ist er verwundet oder welche anderen Gründe hindern ihn?«

»Das ist nicht ganz einfach zu erklären«, weicht Lassehn aus, er will Zeit gewinnen, denn erst jetzt wird ihm klar, in welche Situation er sich begeben hat, daß ihm die Rückkehr in die Wirklichkeit um so schwerer werden muß, je weiter er dieses Gespräch fortführt.

»Sie haben übrigens eine gewisse Ähnlichkeit mit meinem Mann«, sagt Irmgard Lassehn. »So auf den ersten Blick ...«

»Sie haben ihn ja wohl auch nur kurze Zeit gekannt?« fragt Lassehn.

»Hat er Ihnen das erzählt?« Irmgard Lassehn sieht ihn forschend an.

Lassehn nickt. »... da kann man ein Gesicht wohl bald vergessen«, fährt er fort, »auch wenn es einem acht Tage lang sehr nah gewesen ist.«

»Hat er Ihnen das auch gesagt?« fragt Irmgard Lassehn weiter. »Er weiß wohl auch nicht mehr, wie ich aussehe?«

Lassehn schüttelt den Kopf. »Er hat Sie mir oft beschrieben«, antwortet er, »ich glaube nicht, daß er Sie vergessen hat.«

Irmgard Lassehn lächelt ein wenig. »Eine Frau vergißt man nicht, auch wenn man nur acht Tage mit ihr verheiratet war«, sagt sie leichthin, als handle es sich um eine ganz unpersönliche Angelegenheit, »aber das meinte ich ja eigentlich nicht.« Sie hält inne und blickt an Lassehn vorbei. »Doch das gehört ja nicht hierher.« Ihre Worte fallen ein wenig zögernd, als erwarte sie einen Widerspruch.

Lassehn macht eine unbestimmte Handbewegung und beugt sich ein wenig vor.

»Weshalb nicht? Ich kenne Ihren Mann sehr gut, wir waren ziemlich vertraut ...«

Sie wendet ihm das Gesicht wieder langsam zu. »Ich meinte«, nimmt sie den angefangenen Satz wieder auf, »ob er noch weiß, wie ich aussehe, ob er mich wiedererkennen würde. Aber das können Sie ja nicht wissen.«

»Weshalb nicht?« widerspricht Lassehn. »Wir haben auch darüber gesprochen.«

Irmgard Lassehn spreizt die Finger nervös gegeneinander. »Und ... und zu welchem Ergebnis ist er gekommen?«

»Er war sich darüber klar, daß er Sie, wenn er Ihnen an einem dritten Ort begegnete, möglicherweise nicht erkennen würde«, erwidert Lassehn. Er ist wie betäubt, irgend etwas in ihm zwingt ihn, die einmal eingeschlagene Richtung des Gespräches einzuhalten, er ist wie hypnotisiert von dem Phänomen, von sich selbst in der dritten Person zu sprechen und sprechen zu hören.

Für ein paar Sekunden ist Schweigen zwischen ihnen. Lassehn mustert die fremde Dame, die seine Frau ist, mit einem verstohlenen Blick und kommt zu dem Ergebnis, daß ihm weder Einzelheiten ihres Gesichtes noch ihres Körpers vertraut sind. Ein Reflex der Erinnerung streift ihn nur, als er ihre nackten Füße sieht, die in Sandalen stecken und deren Nägel sorgfältig geschnitten und dunkelrot lackiert sind. Unglaublich, daß man einer Frau so ruhig, fast gleichgültig gegenübersitzen kann, die einen in acht langen Nächten in ihren Schoß gebettet hat, deren Atem wie ein heißes Röcheln in seinem Munde verströmt ist, deren Körper wie Glut an einem gebrannt hat ...

»Sie sind ein Kamerad meines Mannes?« fragt Irmgard Lassehn nach einer Weile.

»Ja«, antwortet Lassehn und blickt ihr voll ins Gesicht, »wir waren Kameraden, sehr gute Kameraden.«

»Sie betonen das so eigenartig, Herr ...«

»Winter«, ergänzt Lassehn. »Verzeihung, ich vergaß, mich vorzustellen.«

Irmgard Lassehn nimmt den Namen mit einem kurzen Neigen des Kopfes zur Kenntnis. »Sie betonen das so eigenartig, Herr Winter«, wiederholt sie.

Ich habe das wirklich getan, denkt Lassehn, und zwar nicht unabsichtlich, denn ich möchte gerne von ihr etwas über mich erfahren. »Eigenartig?« sagt er.

»So … so, als wollten Sie damit etwas andeuten«, erläutert sie ihre Frage, im Hintergrund ihrer Augen funkelt es kurz auf, als ob dort etwas auf der Lauer liege.

»Ich wollte damit nur sagen, daß … daß Joachim und ich viel von Ihnen gesprochen haben«, sagt er entschlossen, »und ich daher manches weiß …«

Irmgard Lassehn beugt sich mit einem Ruck vor. »Was wissen Sie?« fragt sie schnell und fast drohend.

»Ich wollte sagen, daß ich Sie kenne, gnädige Frau, obwohl Sie mir ganz fremd sind«, antwortet Lassehn. »Es klingt paradox, ist aber tatsächlich so.« In ihm ist ein Gefühl aufgekommen, in dem Heiterkeit und Trauer seltsam gemischt sind.

Irmgard Lassehn lehnt sich wieder zurück und lächelt ironisch. »Ich habe vor ein paar Jahren zufällig ein Buch von Leonhard Frank gelesen, *›Karl und Anna‹*, und darin war von zwei Soldaten die Rede, die auch gute, sehr gute Kameraden waren … Kennen Sie das Buch?«

»Nein«, antwortet Lassehn. »Weshalb erzählen Sie mir das?«

»Der eine der beiden Soldaten war auch verheiratet«, spricht Irmgard Lassehn weiter, ohne auf die Frage einzugehen, »und er vertraut seinem Kameraden alle Einzelheiten über seine Frau an, auch die intimsten Dinge seines Ehelebens. Verstehen Sie, Herr Winter?«

Lassehn nickt. »Ich verstehe, aber so in die Details ist Joachim nicht gegangen«, sagt er, wie zu seiner eigenen Entschuldigung.

»Wie weit ist denn mein Herr Gemahl in seiner Mitteilsamkeit gegangen?« Um ihren Mund liegen ironische Falten. »Sie dürfen mir ruhig alles sagen, Herr Winter, Sie tun mir damit weder weh, noch machen Sie mich ärgerlich.«

»Weshalb wollen Sie denn das wissen?« fragt Lassehn widerspenstig.

»Es ist gewissermaßen ein psychologisches Interesse«, antwortet sie.

Aus dem zwiespältigen Gefühl, das Lassehn bis jetzt beherrscht hat, wird die Heiterkeit, hervorgerufen durch die Tragikomik der Situation, eliminiert. »Sie sprechen von Ihrer Ehe wie von einer ganz nebensächlichen Angelegenheit, gnädige Frau«, sagt er gereizt.

Irmgard Lassehn zuckt die Achseln. »Sie scheinen der Meinung zu sein, Herr Winter«, entgegnet sie, »daß eine Ehe von acht Tagen einen Dauerzustand begründet oder eine Garantie für ewige Liebe ist. Sie sind bemerkenswert naiv, darin gleichen Sie übrigens meinem Mann, er hat in dem Verhältnis der Geschlechter zueinander auch ein Mysterium gesehen.«

»Ist es das nicht auch?« fragt Lassehn.

Irmgard Lassehn lächelt mit entblößten Zähnen. »Ich sehe darin eine biologische Angelegenheit«, sagt sie wie belehrend.

So bist du also, denkt Lassehn und blickt wieder auf ihre Füße, feine, schmale Füße, von untadeliger Weiße, zartrosa durchblutet, mit feinen Äderchen, glatten Zehen, schlanken Knöcheln, sie federn auf den Zehenspitzen und spannen die Muskeln. Wie eine Vision sieht Lassehn diese Füße vor sich, wie sie sich des Morgens aus dem Bett schoben, gleichsam die Fühlung mit der Welt außerhalb des Bettes herstellten, schöne, schlanke Mädchenfüße. Und das ist also übriggeblieben, kein Gesicht, kein Körper, keine Seele, nur ein paar schöne, schlanke Mädchenfüße.

Lassehn reißt sich gewaltsam zusammen. »Ich verstehe nur nicht, weshalb Sie Joachim geheiratet haben. Um ... der biologischen Funktion willen hat man es doch nicht nötig, eine Ehe einzugehen.«

Irmgard Lassehn mustert ihn mit einem überlegenen Blick. »Die biologischen Funktionen, Herr Winter, sind eng mit materiellen Dingen verknüpft, wenn Ihnen das noch nicht bekannt sein sollte. Um mich ganz konkret auszudrücken: ein Soldat, der an die Front zurückgeht, ist dem Tode näher als dem Leben, ein Mädchen muß also logischerweise damit rechnen, daß er für seine Verpflichtungen, die sich aus dem Verhältnis ergeben, nicht mehr einstehen kann. Verstehen Sie nun?«

Lassehn nickt.

»Durchaus, gnädige Frau.«

Er fühlt, wie Zorn in ihm aufsteigt, der nicht mehr weit von Haß entfernt ist. Das also ist meine Frau, Synthese von Brunst und kommerziellem Sinn. Gibt es denn das, ist gar nichts anderes mehr da? Bin ich hergekommen, um über Liebe und Ehe zu disputieren? Nein, ich bin hier, um Klarheit zu gewinnen ...

»Ich sehe nicht ein, weshalb wir Frauen immer das Risiko übernehmen sollen«, fährt sie fort. »Wir Frauen sind zwar nicht mehr das schwache Geschlecht und auch materiell unabhängiger geworden, aber die Natur hat es leider so eingerichtet, daß uns in biologischer Hinsicht die größere Last aufgebürdet ist, und dafür dürfen wir uns wohl schadlos halten.«

»Ihre Ehe mit Lassehn war also, wenn ich mich so ausdrücken darf, ein Sicherheitsventil«, sagt Lassehn.

»Nennen Sie es so«, bestätigt Irmgard Lassehn. »Unter normalen Umständen hätte ich ihn wahrscheinlich nicht geheiratet, eine Freundschaft hätte es auch getan.«

Lassehn hält die Hände im Rücken verschränkt und vermeidet den Blick seiner Frau. »Ich weiß von Joachim, daß er sehr viel mehr in diese Ehe gelegt hat, sie ist ihm nicht nur ein erotisches Erlebnis gewesen.«

»Hat er auch darüber gesprochen?« erkundigt sie sich und lächelt ironisch.

»Natürlich, sonst könnte ich es ja nicht behaupten«, erwidert Lassehn.

»Interessant«, sagt Irmgard Lassehn und zieht die Augenbrauen überrascht hoch.

»Sie scheinen sich gar nicht darüber klar zu sein«, sagt Lassehn fast erbittert, »was das heißt. Er hat Ihnen seine Seele, Sie haben ihm nur Ihren Körper gegeben, ein sehr ungleiches – mit Verlaub zu sagen – Geschäft.«

Irmgard Lassehn lehnt sich weit in den Sessel zurück und schlägt die Beine übereinander. »Sie lesen wohl viel Liebesromane, Herr Winter?«

Lassehn blickt sie starr an. Der Morgenrock hat sich ein wenig entfaltet, er läßt den Ansatz der vollen Brust sehen und enthüllt den schlanken Hals, aber nichts rührt sich in Lassehn. Die Brust, die da unter dem Morgenrock zu atmen scheint, der Leib, der unter der dünnen bunten Seide verborgen ist, sie sind nur ein Teil einer Wachsfigur.

»Wenn ich mir eine Frage erlauben darf, gnädige Frau«, sagt Lassehn schließlich.

Irmgard Lassehn macht eine gewährende Handbewegung.

»Weshalb haben Sie ihn denn geheiratet?« fragt er und verbessert sich schnell. »Ich meine jetzt nicht die gesetzliche Formalität, sondern …« Er schweigt verlegen, er hat für einen Augenblick vergessen, daß er seiner Frau ja als wildfremder Mann gegenübersitzt und daß es ihm daher nicht erlaubt ist, zu weitgehende Fragen zu stellen.

»Nun?« ermuntert ihn Irmgard Lassehn. »Sie dürfen ruhig fragen, ich bin nicht prüde, außerdem gönne ich Ihnen das Vergnügen eines erotischen Gesprächs.«

Lassehn gibt sich einen Ruck. »Sie wissen schon, was ich meine, gnädige Frau«, sagt er und legt eine Pause von ein paar Sekunden ein, aber Irmgard Lassehn kommt ihm nicht zu Hilfe, sie blickt ihn erwartungsvoll an und wippt mit dem übergeschlagenen Bein. »Weshalb Sie gerade den Joachim …« – Lassehn holt tief Atem und stößt die Frage heftig aus – »zu sich ins Bett genommen haben?« bricht er dann unbeherrscht los.

Irmgard Lassehn ist nicht empört, sie hat wieder ein überhebliches Lächeln um den Mund. »Sie scheinen der Meinung zu sein«, sagt sie gedehnt, »daß ich eine schlechte Wahl getroffen habe.«

»Keineswegs«, widerspricht Lassehn, »ich meinte etwas anderes.«

»Nämlich?« Irmgard Lassehn blickt ihn nicht an, sie wippt mit dem übergeschlagenen Bein und läßt es auspendeln, es ist eine Bewegung, die wohl ihr völliges Unbeteiligtsein andeuten soll.

»Ich meinte, daß Sie und Joachim völlige Gegensätze sind, daß Sie gar nicht zueinander passen«, sagt er, »und da ich weiß, daß Joachim eine recht passive Natur ist, muß ich annehmen, daß die Initiative von Ihnen ausgegangen ist.«

»Sie haben nicht ganz danebengeraten, Sie Psychologe«, sagt Irmgard Lassehn. »Um also Ihre Frage zu beantworten, an der Sie so merkwürdig lebhaft interessiert sind: mein Mann war damals sehr allein, ziemlich verzweifelt, und da tat er mir leid, das ist es, alles Weitere ergab sich von allein. Daß ich ihn geheiratet habe, nun das war … wie sagten Sie doch vorhin so schön? Ja, richtig, ein Sicherheitsventil.«

»Also keine Liebe?« fragt Lassehn eindringlich.

Irmgard Lassehn zieht den Morgenrock fest um ihren Körper und setzt die Füße wieder nebeneinander, es ist, als wolle sie mit dieser Bewegung das Gespräch beenden.

»Also keine Liebe?« wiederholt Lassehn die Frage und sieht sie dabei eindringlich an.

»Ihre Fragerei wird mir langsam zu dumm«, sagt Irmgard Lassehn jetzt und wirft eine Locke, die ihr in die Stirn gefallen ist, mit einer heftigen Kopfbewegung zurück.

Lassehn spürt, daß das Gespräch jetzt an einer entscheidenden Stelle angelangt ist, daß das, was bisher an Rede, Frage und Antwort gewechselt worden ist, nur das Vorgeplänkel war.

»Aber ich bin noch lange nicht fertig«, sagt er hart.

Irmgard Lassehn wird zum ersten Male heftig. »Was soll das heißen?«

»Das werden Sie gleich hören!«

Irmgard Lassehn steht auf. »Gar nichts will ich mehr hören«, sagt sie ungeduldig, »ich habe mich viel zu lange mit Ihnen aufgehalten. Nur eine Frage noch möchte ich beantwortet haben, dann dürfen Sie gehen. Wo ist mein Mann augenblicklich?«

»Ihre rührende Fürsorge ehrt Sie. Ist Ihnen diese Frage schließlich doch noch eingefallen?« höhnt Lassehn, er steht ebenfalls auf und tritt dicht an die Frau heran, blickt ihr aufmerksam ins Gesicht und sagt dann langsam: »Er steht vor dir, Irma.«

»Lassen Sie den Blödsinn«, sagt Irma Lassehn befehlend und weicht vor ihm zurück. »Wenn Sie durchaus etwas fürs Herz brauchen, junger Mann, bitte, es laufen genug Frauen und Mädchen ohne Mann herum, die Ihnen ein weiches Bett bereiten und Sie gerne an ihr verwaistes Herz ziehen würden, aber mich lassen Sie gefälligst zufrieden. Oder hat Ihnen mein Mann die Nächte mit mir so feurig beschrieben, daß Sie unbedingt mit mir schlafen wollen?«

Lassehn wird von wilden Gefühlen hin und her geworfen, Haß, Zorn, Verachtung, Empörung, die Hand zuckt wie im Krampf, er muß mühsam an sich halten, daß sie nicht in das hübsche, impertinente Gesicht fährt.

»Ich bin Joachim Lassehn«, sagt er mit mühsam verhaltener Stimme. »Erkennst du mich wirklich nicht?«

Irmgard Lassehn bricht in Lachen aus. »Sie kennen also doch das Rezept aus dem Roman ›*Karl und Anna*‹, und nach diesem Rezept wollen Sie jetzt vorgehen, Sie wollen sich für den Ehemann der Frau ausgeben, weil der Trottel von Mann auch die Bettgeheimnisse ausgeplaudert hat.« Sie lacht wieder. »Bei mir nicht, verehrter Herr, bei mir nicht.«

Lassehn ist für einen Augenblick ratlos, er sieht plötzlich ein, daß eine Fiktion, einmal zum Konkretum erhoben, nicht mehr aufgehoben werden kann, am wenigsten durch die Wahrheit. »Ich bin wirklich Joachim Lassehn, Irma«, sagt er noch einmal.

»Reden Sie kein Blech«, sagt Irmgard Lassehn ungeduldig. »Sie haben eine gewisse Ähnlichkeit mit meinem Mann, das gebe ich zu, und das wollen Sie sich nun zunutze machen.«

»Ich will mir gar nichts zunutze machen«, entgegnet Lassehn erbost. »Du brauchst nicht zu glauben, daß ich auf die sogenannten ehelichen Rechte poche, du magst dein Bett ruhig weiter allein benutzen oder mit sonstwem teilen ...«

»Halten Sie den Mund!« ruft Irmgard Lassehn dazwischen.

»... unsere Ehe steht ja sowieso nur auf dem Papier«, spricht Lassehn unbeirrt weiter, »und wenn dieser glorreiche Krieg einmal vorbei ist, werden wir uns auch juristisch auseinandersetzen.«

Die Worte bleiben auf die junge Frau nicht ohne Eindruck, aber sie beharrt noch bei ihrer Weigerung, Lassehn als ihren Mann anzuerkennen. »Sie sind nicht mein Mann«, sagt sie, »ich glaube Ihnen einfach nicht.«

Lassehn zuckt die Schultern, es scheint ihm mit einem Male sinnlos, sich jetzt unbedingt als Irmgards Mann ausweisen zu wollen, er begreift plötzlich überhaupt nicht, was er hier will, weshalb er diesen Weg nach Charlottenburg angetreten hat.

»Letzten Endes ist es mir ganz gleich, ob du mir glaubst oder nicht ...«, beginnt er kraftlos.

»Wenn Sie wirklich mein Mann sind«, unterbricht ihn Irmgard Lassehn, »dann haben Sie doch sicher Papiere bei sich, die Sie als Joachim Lassehn ausweisen.«

Die Papiere sind längst über den Jordan, denkt Lassehn, ich bin ja jetzt Horst Winter aus Strasburg in der Uckermark, ich habe vergessen, daß ich ein Illegaler bin, der nicht mehr in sein früheres Leben zurückkann, daß ich in dem Augenblick, in dem ich illegal wurde, für meine alte Welt gestorben bin, daß ich mit den neuen Papieren mir auch ein anderes Leben aneignen muß, das keine Beziehung mehr zu meinem früheren Ich haben darf.

»Meine Papiere sind zum Teufel gegangen«, sagt er. »Ich konnte allerdings auch nicht ahnen, daß ich es nötig haben würde, mich meiner eigenen Frau gegenüber auszuweisen.«

»Augenblick«, unterbricht ihn Irmgard Lassehn und öffnet die Tür. »Tante Else, komm doch mal, bitte.«

»Was wollen Sie denn?« Unwillkürlich hat er wieder Sie gesagt. Irmgard Lassehn wird der Antwort enthoben, Frau Niedermeyer tritt ein und läßt den Blick zwischen den beiden hin und her gehen.

»Was ist denn, Irmchen?« fragt sie.

»Nimm doch den Herrn einmal unter die Lupe, Tante«, sagt Irmgard Lassehn, »guck ihn dir genau an.«

»Was soll das, Irmchen?« fragt Frau Niedermeyer erstaunt. »Du weißt, daß ich für schlechte Scherze nicht zu haben bin.«

»Bitte, guck ihn dir genau an«, sagt Irmgard Lassehn ungeduldig. Frau Niedermeyer widerspricht nicht mehr, sie ist es anscheinend gewohnt, sich dem Willen ihrer Nichte unterzuordnen, sie blickt Lassehn aufmerksam an und wendet sich dann wieder Irmgard Lassehn zu. »Nun und?« fragt sie.

»Fällt dir nichts Besonderes auf, Tante?« fragt Irmgard Lassehn. »Nicht, daß ich wüßte«, antwortet Frau Niedermeyer.

»Dieser Herr behauptet, mein Mann zu sein«, sagt Irmgard Lassehn jetzt.

Frau Niedermeyer wirft noch einmal einen prüfenden Blick auf Lassehn.

Er sieht deinem Manne nicht unähnlich, Irmchen«, sagt sie, »das ist aber auch alles.«

»Danke, Tantchen«, sagt Irmgard Lassehn und lächelt überlegen. »Laß uns jetzt wieder allein.«

»Zwei zu eins, Halbzeit eins zu eins«, triumphiert Irmgard Lassehn, nachdem Frau Niedermeyer das Zimmer verlassen hat. »Was sagen Sie nun, verehrter Herr?«

Lassehn zuckt die Achseln. »Wenn *du* mich schon nicht erkennst«, antwortet er, »dann tut es die Tante erst recht nicht, das ist doch klar. Diese Probe hättest du dir sparen können.«

Irmgard Lassehn wehrt seinen Einwand mit einer Handbewegung ab. »Wir wollen doch einmal sachlich und ohne Umschweife reden.«

»Ganz meine Meinung«, pflichtet Lassehn bei.

»Ich stelle fest, daß wir zum ersten Male übereinstimmen«, sagt Irmgard Lassehn. »Jetzt sagen Sie mir einmal klipp und klar, was Sie von mir wollen.«

»Gewißheit über meine Ehe, nicht mehr und nicht weniger«, erwidert Lassehn.

»Fangen Sie doch nicht wieder damit an«, sagt Irmgard Lassehn unwillig. »Wenn Sie wirklich mein Mann sind, warum haben Sie es dann nicht gleich gesagt? Weshalb haben Sie erst diese Komödie aufgeführt?«

»Ich vermag selbst nicht zu sagen, was mich dazu trieb«, antwortet Lassehn, »aber als ich die ersten Schritte getan hatte, konnte ich nicht mehr zurück, ich wollte aber auch nicht mehr, weil du mich nicht erkanntest, mich wie einen Fremden behandeltest und von mir in der dritten Person sprachst. Die Gewißheit, um die es mir ging, hast du mir ja auch verschafft.«

»Nicht, daß ich wüßte«, wirft Irmgard Lassehn ein.

»Du hast mir bewiesen, daß unsere Ehe, wenn wir die acht Tage Zusammenleben so nennen wollen, nur eine kleine Episode in deinem Leben war, nicht bedeutsamer als irgendwelche deiner früheren Freundschaften. Du brauchst nicht ungeduldig zu werden, unsere Unterredung ist gleich beendet. Ich möchte nur meine Frage von vorhin wiederholen: also keine Liebe?«

Irmgard Lassehn verzieht den Mund zu einem breiten Lächeln. »Was soll diese Frage? Ob mit oder ohne Liebe, du bist doch wohl auf deine Kosten gekommen. Oder nicht?«

Das Du, das Irmgard jetzt zum ersten Male gebraucht, trifft Lassehn wie ein Schlag ins Gesicht. »Danke«, sagt er mit gepreßter Stimme, »das war deutlich.«

Irmgard Lassehn tritt dicht an ihn heran. »Wenn du wirklich Joachim Lassehn bist«, sagt sie, »dann gibt es ein untrügliches Kennzeichen, zu dumm, daß es mir nicht früher eingefallen ist. Du hast hinter dem linken Ohr eine kleine Narbe, die wie eine Spirale geformt ist, das ist, offen gestanden, das einzige Kennzeichen, das mir in Erinnerung geblieben ist.«

Lassehn weicht zurück. »Ich habe es nicht nötig, mich von meiner Frau identifizieren zu lassen«, sagt er erbittert. »Laß das!«

Aber Irmgard Lassehn läßt sich nicht zurückweisen, sie streicht sein Haar hinter dem linken Ohr zurück und tastet die Stelle ab, dann tritt sie ein paar Schritte zurück und mustert Lassehn noch einmal von Kopf bis zu den Füßen. »Du bist wirklich Joachim«, sagt sie leise. »Das ist eine Gemeinheit, sich hier so einzuschleichen!« schreit sie plötzlich los. »Was hast du dir dabei gedacht?« Lassehn sieht sie starr an. »Was hast *du* dir dabei gedacht, als du mich heiratetest?« fragt er zurück. »Als du mich in dein Bett nahmst, das noch warm von einem anderen war?«

»Ich bin dir keine Rechenschaft schuldig«, entgegnet Irmgard Lassehn abweisend und wirft den Kopf zurück. »Über meine Vergangenheit schon gar nicht.«

»Und wo ist das Kind?« fragt Lassehn plötzlich.

»Welches Kind?«

»Das du schon trugst, als wir heirateten!«

»Woher weißt du das?« fährt Irmgard Lassehn auf.

»Ich weiß es, das mag dir genügen«, sagt Lassehn gelassen. »Nun?« Irmgard Lassehn geht ein paar Schritte auf und ab, dann lehnt sie sich gegen das Büfett und macht sich am Gürtel ihres Morgenrockes zu schaffen. »Ich hatte im achten Monat eine Fehlgeburt, als unser Nebenhaus von einer Bombe getroffen wurde. Willst du nun noch etwas wissen?«

Lassehn schüttelt den Kopf. Das Erlebnis jener acht Tage, das ihn bisher durchglüht hat, wenn er sich erinnerte, ist jetzt auch für ihn zu der unbedeutenden Begegnung zusammengeschrumpft, die sie für Irmgard gewesen ist, dem Erlebnis haftet nichts mehr von der rätselhaften, wunderbaren Kraft an, die die Geschlechter zueinander zwingt, es hat alle zarte Aura eingebüßt, und übrig bleibt nur der Zusammenprall der Leiber. Lassehn horcht in sich hinein, aber keine Stimme des Bedauerns meldet sich, er ist nicht verzweifelt, kaum noch enttäuscht, er ist ja auch nicht unvorbereitet hierhergekommen.

Irmgard Lassehn kreuzt die Arme über der Brust. »Und was soll nun werden, mein Herr Gemahl?« fragt sie. »Wie verbleiben wir?«

»Es bleibt alles so, wie es war«, erwidert Lassehn, »betrachte meinen heutigen Besuch als nicht geschehen, führe dein Leben wie bisher weiter, später werden wir weitersehen.«

»Später?«

»Ja, nach dem Endsieg.«

Eine kleine Pause entsteht. Lassehn und Irmgard stehen sich gegenüber, ihre Haltung ist keineswegs feindselig, eher höflich-abwartend, geschäftlich-verbindlich, zwischen ihnen liegen nur drei Schritte, aber sie können diese drei Schritte nicht zurücklegen, denn diese Distanz ist unüberwindlich, eine hohe Mauer ist zwischen ihnen aufgerichtet.

»Als du damals auf dem Bahnhof Zoo in den Fronturlauberzug stiegst«, beginnt Irmgard Lassehn schließlich, »da war für mich im Grunde unsere Ehe schon beendet, ich ging nach Hause, und alles war so wie vorher, bevor ich dich kennenlernte, es war nichts zurückgeblieben, und als ich am Abend zu Bett ging, da fehlte mir zwar etwas, aber das warst eigentlich nicht du, es war einfach ... Du hältst mich jetzt vielleicht für schamlos, Joachim, aber ich erzähle es so, wie es ist, ich bin nun einmal so, und viele meiner Bekannten sind nicht anders. Hast du noch einen Augenblick Zeit?« Lassehn nickt nur.

»Dann will ich dir noch rasch erzählen, wie ich so geworden bin, und du magst es meinetwegen als Entschuldigung oder Begründung hinnehmen. Für eine Frau ist ja das erste Erlebnis meist entscheidend für ihr späteres Leben, und wenn sie auch

Distanz dazu gewinnt, ganz kommt sie nie davon los. Und bei mir war das so. Als ich das Lyzeum verließ, da kam ich mit unserer ganzen Klasse zum Arbeitsdienst, in ein Lager bei Lauenburg in Pommern, das heißt, wir wohnten nur im Lager, tagsüber arbeiteten wir bei den Bauern. Ganz in der Nähe war eine Fliegerschule für Segelflieger von der Hitler-Jugend, die im Motorflug ausgebildet wurden. Das Weitere kannst du dir denken, die Flieger machten sich einen regelrechten Sport daraus, uns zu überrollen, wie sie das nannten. Zuerst wehrten wir uns wohl noch, aber schließlich ließen wir alles mit uns geschehen. Ich will ja nicht sagen, daß es in allen Lagern so gewesen ist, bei uns jedenfalls war es so. Zwei von den Mädels haben sich aufgehängt, als sie merkten, daß sie in andere Umstände gekommen waren, ein paar sind unheilbar frigide geworden, aber die anderen, und zu denen gehörte ich, waren robust genug, um das zu überstehen, es mußte schließlich so sein, es gehörte eben dazu wie Essen und Trinken, Schlafen und Stoffwechsel. Da hast du die Erklärung dafür, daß ich in der sogenannten Liebe nur eine biologische Funktion sehe. Hast Pech, mein lieber Junge, du paßt nicht in unsere Zeit, du bist zu weich, zu romantisch, heute gibt es keine Leiden des jungen Werther mehr, die Leiden des Werther von heute werden nicht mit Seele, sondern mit Protargol und Sulfonamiden behandelt.«

Lassehn hat zugehört, ohne eine Miene zu verziehen. Er hat sich bisher gegen die Erkenntnis gewehrt, aber er muß sich jetzt selbst eingestehen, daß er bei Irmgard nur irgendeiner gewesen ist, daß die Urlaubsehe nur eine Episode für sie gewesen ist.

»Du denkst wohl kaum an eine Fortsetzung oder Wiederaufnahme unserer Ehe?« fragt sie.

»Ich bin weder wegen der Fortsetzung noch wegen der Wiederaufnahme zu dir gekommen«, antwortet Lassehn. »Ich war bereits vor ein paar Tagen einmal hier, aber ich traf dich nicht an. Wahrscheinlich war es gut so, denn da hätte ich vielleicht noch an Früheres anknüpfen können, aber das ist jetzt vorbei, das geht jetzt nicht mehr. Und du bist mir dabei sehr behilflich gewesen.«

»Ich?«

»Ja, du, indem du die Legende, die noch in mir lebte, gründlich zerstört hast«, antwortet Lassehn. »Und das ist gut so, ich könnte mit dir jetzt gar nicht zusammenleben, selbst wenn ich es wollte, aber ich will ja auch gar nicht.« Er holt ein paar dumpfe Lachtöne aus seiner Kehle. »Es gibt ja so viele Frauen und Mädchen in Berlin, die ohne Mann herumlaufen und mich gern in ihr Bett nehmen würden. Sagtest du vorhin nicht so? Warum sollst also du es gerade sein, nur weil du zufällig meine Frau bist?«

Irmgard Lassehn hebt die Schultern. »Tu, was dir beliebt.«

»Wenn wir doch nur biologische Funktionen ausüben, ist es ja schließlich ganz gleich, mit wem«, fährt er fort, »vorausgesetzt natürlich, daß der Rassestandpunkt gewahrt bleibt.«

»Laß das!« sagt Irmgard Lassehn scharf.

»Ist doch klar, daß ich mich nicht mit einer Jüdin oder einer Negerin einlassen würde«, sagt Lassehn ironisch, »mein arischer Körper würde darunter sicher leiden. Aber wie ist das eigentlich? Mit einer Japanerin darf ich doch, sie ist zwar auch fremdrassig, aber mit uns politisch und militärisch verbündet. Da drückt man wohl ein Auge zu?«

»Was fällt dir ein, so über Rasse zu reden!« fährt Irmgard Lassehn auf. »Die Rasse ist die Grundlage alles nationalsozialistischen Denkens, daran darf nicht gerüttelt werden.«

»Sieh einmal an«, meint Lassehn, »ich wußte gar nicht, daß du auch in der Partei bist. Steck dir beim nächsten Male, falls uns ein Wiedersehen beschieden sein sollte, deine Parteinadel an den Morgenrock, damit man gleich weiß, woran man ist.«

»Ich bin zwar in der Partei«, entgegnet Irmgard Lassehn erregt, und zum ersten Male schießt ihr eine heftige Röte ins Gesicht, »aber der Rassegedanke beschränkt sich keineswegs auf die Parteimitgliedschaft, er ist Allgemeingut unseres Volkes.«

»Du hast sicher weitgehende Fühlungnahme mit der Masse des Volkes«, lächelt Lassehn, »daß du ein so umfassendes Urteil abzugeben vermagst.«

»Beenden wir das Gespräch, wer es durch die Sprache des Blutes nicht begreift, mit dem Verstande tut er es erst recht nicht. Im übrigen ... mir fällt auf, daß du in Zivil bist.«

»Ich bin von der Wehrmacht entlassen«, sagt Lassehn schnell.

»Das glaube ich dir nicht«, entgegnet Irmgard Lassehn und blickt ihn forschend an. »Seit dem zwölften Januar ist niemand mehr entlassen worden, das weiß ich zufällig ganz genau, ich bin nämlich, falls dir das noch nicht bekannt sein sollte, Stabshelferin im OKH. Mir kannst du nichts vormachen.«

Es ist höchste Zeit, zu verschwinden, denkt Lassehn, jetzt wird es gefährlich. Er denkt an die Warnung, sich in keine private Angelegenheit einzulassen, es führe in neunundneunzig von hundert Fällen zu Komplikationen. Und das hier ist ein bißchen viel auf einmal: Stabshelferin, Parteimitglied, persönliche Feindschaft.

»Was denkst du von mir, Irma!« ruft er mit gespielter Empörung. »Du hast deine Truppe verlassen«, sagt sie erregt. »Pfui Teufel! In dieser Stunde der höchsten Gefahr … Ich schäme mich für dich!«

»Nicht nötig«, entgegnet Lassehn gleichmütig, »jeder schämt sich für sich selber, ich für meine Feigheit, nicht früher Schluß gemacht zu haben, du dafür, daß du Komplizin einer miserablen Verbrecherbande bist.«

Irmgard Lassehn stampft wütend auf. »Du bist ja verrückt!« ruft sie. »So kann nur einer reden, der seine fünf Sinne nicht beieinander hat oder – ein Verräter ist.«

»Was du Verrat nennst, ist in Wirklichkeit die Erfüllung menschlicher Verpflichtung«, entgegnet Lassehn erregt, »aber das verstehst du nicht, das kannst du gar nicht begreifen. Euer Gewissen ist ja systematisch stumpf gemacht, betäubt, verwirrt worden, man hat eure Ohren nur auf einen einzigen Ton abgestimmt, eure Augen nur auf einen einzigen Punkt fixiert, ihr glaubt zu leben, und ihr werdet gelebt, ihr glaubt zu denken, aber ihr seid nur Gedankenautomaten …«

»Hör auf!« sagt Irmgard Lassehn böse.

Um Lassehns Mund spannt sich ein hartes Lächeln. »Das ist euer Leben«, fährt er unbeirrt fort, »euch Befehlen unterzuordnen, euren eigenen Willen völlig auszuschalten, euch in die mörderische Maschinerie wie ein Rädchen einfügen oder auch auswechseln zu lassen, das ist euer Leben, der absolute Verzicht, es selbst sinnvoll zu gestalten und die Richtung eures Daseins zu bestimmen. Ihr seid eine willenlose und im Grunde auch amorphe Masse geworden …«

»Ich will das nicht mehr hören!« schreit Irmgard Lassehn los. »Ich – will – das – nicht – mehr – hören!«

»Gellt es dir in den Ohren wie die Trompeten des Ewigen Gerichts?« fragt Lassehn beharrlich-eindringlich. »Bricht es durch den Panzer der Gefühllosigkeit, den ihr für unverwundbar haltet? Ist da noch ein Fünkchen Menschentum in dir, das angefacht wird und dich innerlich anbrennt?«

»Ob du recht hast oder nicht, das ist jetzt ganz unerheblich«, entgegnet Irmgard Lassehn und blickt ihn drohend an, »wir stehen jetzt nun einmal, wo wir stehen, und es ist ganz gleichgültig, wie wir dahin gelangt sind. Es gibt jetzt nur noch eins, zu kämpfen und nochmals zu kämpfen, um das drohende Verhängnis abzuwenden.«

Lassehn lächelt feindselig. »Weil du einen Mord begangen hast, mußt du, um unentdeckt zu bleiben, einen zweiten begehen, um der Vergeltung zu entrinnen, mußt du Mord an Mord reihen, gibt es kein Zurück mehr, bis … ja, bis du selbst an der Reihe bist.«

»Zwischen uns gibt es keine Verständigung«, sagt Irmgard Lassehn.

»Ja«, stimmt Lassehn zu, »die gibt es nicht. Wo ist mein Koffer? Ich möchte ihn mitnehmen.«

Sie sieht Lassehn an, ein harter, stechender Glanz liegt plötzlich in ihrem Blick. »Persönliche Rücksichten haben jetzt zu schweigen«, sagt sie langsam, als wolle sie ihren Worten dadurch eine besondere Bedeutung verleihen. »Ich werde dich der nächsten Streife übergeben, ich werde dir nicht von den Fersen weichen. Wenn es so weit gekommen ist, daß der Feind jetzt tief im Lande steht, dann sind Leute wie du daran schuld.«

Lassehn lacht ein paar dunkle Töne. »Mein liebes Kind«, sagt er dann drohend, »ich habe einen Revolver mit sechs Schuß bei mir.« Er nimmt die Waffe aus der Tasche und hält sie auf der flachen Hand. »Wäre schade um deinen Körper, der so trefflich zu lieben versteht.«

Irmgard Lassehn weicht einen Schritt zurück, sie ist bleich bis in die Lippen geworden, es ist, als ob das Rot und der Puder gleichsam von der Haut eingesaugt werden.

»Wo ist mein Koffer?« fragt Lassehn und nimmt den Revolver in die rechte Hand.

»Im Flur«, antwortet Irmgard Lassehn mit bebenden Lippen. »Wir haben ihn ...«

»Schon gut«, winkt Lassehn ab und geht langsam zur Tür. »Solltest du versuchen, das Fenster zu öffnen, um mir die Leute auf den Hals zu hetzen, so wäre das dein sicherer Tod. Ich habe nämlich noch ein paar Leute mitgebracht, die im Hausflur und auf der anderen Straßenseite warten, es sind verwegene Burschen und ganz vorzügliche Schützen. Es wäre gut, wenn du dein Verhalten danach einrichten würdest.«

Irmgard Lassehn lehnt erschöpft gegen den Tisch. »Geh«, sagt sie mit ersterbender Stimme. »Bitte, geh!«

In diesem Augenblick tut sie Lassehn fast ein wenig leid, er wendet sich in der Tür noch einmal um. »Wie verabschiede ich mich nun von dir?« fragt er. »Auf Wiedersehen? Nein, auf ein Wiedersehen lege ich keinen Wert, und du wahrscheinlich auch nicht. Guten Tag?« Er lacht noch einmal kurz auf. »Gute Tage wirst du im Dritten Reich nicht mehr erleben, wenn erst die Stalinorgel über Berlin braust. Dann also: Heil Hitler!«

III

19. April

»Es spricht Reichsminister Doktor Goebbels am Vorabend des Geburtstages des Führers.«

Für ein paar Sekunden ist nur das summende Geräusch des elektrischen Stromes zu vernehmen, dann erhebt sich die nasale, rheinische Stimme:

»In dem Augenblicke des Kriegsgeschehens, in dem, so möchte man glauben, noch einmal, vielleicht zum letzten Male, alte Mächte des Hasses und der Zerstörung von Westen, Osten, Südosten und Süden gegen unsere Front anrennen, trete ich, wie immer noch seit 1933, am Vorabend des 20. April vor das deutsche Volk hin, um zu ihm vom Führer zu sprechen.

Ich kann nur sagen, daß die Zeit in all ihrer dunklen und schmerzenden Größe im Führer den einzigen würdigen Repräsentanten gefunden hat. Wenn Deutschland heute noch lebt, wenn Europa und mit ihm das gesittete Abendland mit seiner Kultur und Zivilisation noch nicht ganz im Strudel des finsteren Abgrundes, der sich gähnend vor uns auftut, versunken ist, sie haben es ihm allein zu verdanken. Denn er wird der Mann dieses Jahrhunderts sein.

Wenn es aber männlich und deutsch ist, als Führer eines großen und tapferen Volkes ganz auf sich allein gestellt diesen Kampf zu bestehen, im Vertrauen auf die eigene Kraft und Sicherheit sowie auf die Hilfe Gottes den übermächtig drohenden Feinden die Stirn zu bieten, mit ihnen zu kämpfen, statt vor ihnen zu kapitulieren, dann ist es ebenso männlich und deutsch, als Volk einem solchen Führer zu folgen, bedingungslos und treu, ohne Ausflüchte und Einschränkungen, jedes Gefühl der Schwäche und Wankelmütigkeit von sich abzuschütteln, auf den guten Stern zu vertrauen, der über ihm und über uns allen steht, auch und gerade wenn er zeitweise von dunklen Wolken verdüstert ist, im Unglück nicht feige, sondern trotzig zu werden, statt der vom Feind erwarteten weißen Fahne der Unterwerfung das alte Hakenkreuzbanner eines fanatischen und wilden Widerstandes zu hissen, Gott zu danken, immer wieder und wieder, daß er uns für diese schrecklich große Zeit einen wahren Führer schenkte.

Der Krieg neigt sich seinem Ende zu. Der Wahnsinn, den die Feindmächte über die Menschheit gebracht haben, hat seinen Höhepunkt bereits überschritten. Das Haupt der feindlichen Verschwörung ist vom Schicksal zerschmettert worden. Es war dasselbe Schicksal, das den Führer am 20. Juli 1944 mitten unter Toten, Schwerverwundeten und Trümmern aufrecht und unverletzt stehenließ, damit er sein Werk vollende, unter Schmerzen und Prüfungen zwar, aber doch so, wie es im Sinne der Vorsehung liegt. Das deutsche Volk hat ihn geboren, es hat ihn auf den Schild gehoben, es hat ihn sich in freier Wahl zum Führer erkoren, es kennt seine Werke des Friedens, und es ist nun gewillt, seine ihm aufgezwungenen Werke des Krieges bis zum erfolgreichen Ende zu tragen und durchzuführen.

Wer anders könnte die Richtung aus der Weltkrise weisen als der Führer! Sein Werk ist ein Werk der Ordnung! Seine Feinde können ihm nur ein Teufelswerk der Anarchie und der Verwüstung der Menschen und Völker entgegenstellen.

Wenn also die Welt noch lebt, nicht nur die unsere, sondern auch die übrige, wem anders hat sie es zu verdanken als dem Führer! Sie mag ihn heute schmähen und verunglimpfen und mit ihrem niedrigen Haß verfolgen, sie wird diesen Standpunkt einmal revidieren oder bitter bereuen müssen. Er ist der Kern des Widerstandes gegen den Weltzerfall. Er ist Deutschlands tapferstes Herz und unseres Volkes glühendster Wille. Ich darf mir ein Urteil darüber erlauben, und es muß heute gerade gesagt werden: wenn die Nation noch atmet, wenn vor ihr noch die Chance des Sieges liegt, wenn es noch einen Ausweg aus der tödlich ernsten Gefahr gibt, wir haben es ihm zu verdanken.

Wir schauen voll Hoffnung und in einer tiefen, unerschütterlichen Gläubigkeit auf ihn. Trotzig und kampfesmutig stehen wir hinter ihm, Soldat und Zivilist, Mann und Frau und Kind, ein Volk, zum Letzten entschlossen, da es um Leben und Ehre geht.

Wir stehen zu ihm wie er zu uns in germanischer Gefolgschaftstreue, wie wir es geschworen haben und wie wir es halten wollen. Wir rufen es ihm nicht zu, weil er es auch so weiß und wissen muß: Führer, befiehl, wir folgen! Wir fühlen ihn in uns und um uns. Gott gebe ihm Kraft und Gesundheit und schütze ihn vor jeder Gefahr. Das übrige wollen wir schon tuen.

Deutschland ist noch immer das Land der Treue. Sie soll in der Gefahr ihren schönsten Triumph feiern. Niemals wird die Geschichte über diese Zeit berichten können, daß ein Volk seinen Führer oder daß ein Führer sein Volk verließ. Das aber ist der Sieg! Worum wir so oft im Glück an diesem Abend den Führer baten, das ist heute im Leid und in der Gefahr für uns alle eine viel tiefere und innigere Bitte an ihn geworden: er soll uns bleiben, was er uns ist und immer war: unser Hitler!«

Für ein paar Sekunden ist es still.

»So, nun wißt ihr Bescheid«, sagt Klose und schaltet den Radioapparat aus, als die ersten Töne des Badenweiler Marsches aufklingen.

Das Restaurant Kloses ist trotz der abendlichen Stunde und des nahenden Fliegeralarms recht gut besetzt, aber es sind keine zufälligen Besucher, keine Stammgäste und keine Laufkunden. Die Häuser in der unmittelbaren Nachbarschaft sind zerstört, und unterwegs ist nur der, der eine dringende Angelegenheit zu erledigen hat. Da in zerstörten Häusern niemand zu wohnen pflegt und Leute, die unterwegs sind und denen das Geheul der Sirenen schon in den Ohren gellt, sich nicht die Zeit nehmen, ein Glas faden Kriegsbieres zu trinken, müßte die Schultheiss-Quelle von Oskar Klose in der Straße Am Schlesischen Bahnhof eigentlich menschenleer sein.

Sie ist es nicht. Klose lehnt mit verschränkten Armen auf der Theke und läßt den Blick rundum gehen, aber es ist nicht der abschätzende Blick eines geschäftstüchtigen Gastwirts, der in Gedanken die Zahl der ausgeschenkten Mollen addiert und den Anstich eines neuen Fasses in Erwägung zieht, da der Druck im Bierhahn schon schwach ist, es ist auch nicht der ungeduldige Blick eines müden und abgespannten Geschäftsmannes, der seine Gäste zum Teufel wünscht, damit er den Laden endlich schließen und sich zur Ruhe begeben kann, nein, in dem Blick, mit dem Klose seine Gäste umfaßt, liegt ein Ausdruck von Zufriedenheit, wie ihn ein Vater haben mag, der seine wohlgeratenen Kinder wieder einmal um sich versammelt sieht.

Da sitzen an den Tischen auf der rechten Seite des Restaurants Dr. Böttcher, Wiegand, Schröter, Lassehn, Lucie Wiegand und noch sechs andere Personen, unter denen der hellblonde Kopf eines jungen Mädchens besonders auffällt.

»Nachdem wir nun vernommen haben«, sagt Dr. Böttcher und lehnt sich in seinen Stuhl zurück, »daß der Sieg unser sein wird, weil wir den Führer haben, wollen wir jetzt unsererseits die Maßnahmen besprechen, die wir ergreifen müssen. Wir sind uns klar darüber, daß unsere Kräfte viel zu schwach sind, um eine organisierte Gegenbewegung zu schaffen, es fehlt uns an Waffen, es fehlt uns an Menschen, und es fehlt uns vor allem die Kenntnis darüber, wieviel Widerstandsgruppen in Berlin vorhanden sind. Die Schwierigkeiten, die einer Verständigung und einer Zusammenarbeit in größerem Ausmaße entgegenstehen, sind zu groß, als daß sie unter den gegebenen Verhältnissen überwunden werden könnten. Wir haben zwar heute einen Kameraden einer anderen Gruppe unter uns, nämlich den Kameraden Rumpelstilzchen, aber die Verbindung mit ihm und seiner Gruppe ist nur zufällig zustande gekommen, es bleibt uns auch in Zukunft nichts anderes übrig, als weiterhin isoliert zu arbeiten und uns bewußt zu beschränken.

Wir wissen genau, daß *wir* das Regime nicht zu Fall bringen können, daß der Stoß, der den Nazismus vom Thron wirft, von außen erfolgen muß. Es ist uns seit langem klar, daß er von innen her nicht mehr geführt werden kann, und diese Erkenntnis, die sich bei den meisten von uns schon lange vor dem Kriege durchzusetzen begann, hat den Schwerpunkt unserer Arbeit verschoben, sie konnte nicht länger mehr auf die direkte Beseitigung der Hitler-Diktatur ausgerichtet sein, da das Kräfteverhältnis zu ungleich war. Das deutsche Volk in seiner Gesamtheit war leider kein Resonanzboden für unsere Bestrebungen, es hat nicht die politische Einsicht besessen, um erkennen zu können, wohin die Politik des sogenannten Dritten Reiches trieb. Der Krieg hat hieran wenig geändert, die Hoffnung, die manche auf die Truppe gesetzt hatten, hat getrogen, kein einziger Fall von Meuterei oder Gehorsamsverweigerung einer geschlossenen Einheit ist bekannt geworden. Diese bittere Erkenntnis hat manchen sich resigniert zurückziehen lassen, wir aber, die wir unseren illegalen Kampf fortsetzen, mußten uns mit der Paralysierung kleiner und kleinster Teile des Machtapparates der Partei begnügen. Es war klar, daß unsere wenigen Flugblätter die Millionenauflagen der Zeitungen nicht an Wirkung übertreffen konnten, wir waren uns bewußt, daß unsere schlecht installierten und unzureichend ausgerüsteten Kurzwellensender, ständig von den Peilwagen der Gestapo verfolgt, nicht die Großsender der staatlichen Propagandamaschine übertönen konnten. Dennoch dürfen wir von uns behaupten, daß unsere Arbeit nicht ganz umsonst gewesen ist. Jedes Flugblatt, jede Sendung, jedes Wort hat einen Stachel in das Selbstbewußtsein, in die Selbstsicherheit des Bürgers gestoßen, hat manchen Arbeiter veranlaßt, seine Arbeitsleistung herabzumindern, hat die Kampfkraft manches Soldaten geschwächt. Ich möchte unsere Arbeit mit der Tätigkeit von Termiten vergleichen, die ein Holzhaus vom Boden und von innen her aushöhlen und es für den Zusammensturz reif machen.

Wenn ihr mich nun fragt, weshalb ich heute darüber spreche und auch die Vergangenheit anrühre, obwohl uns die Gegenwart auf den Nägeln brennt, so antworte ich euch darauf: weil wir an einem entscheidenden Wendepunkt angelangt sind. Wir befinden uns in der letzten Phase des Krieges, die Russen setzen zum Stoß auf Berlin an, und es steht außer Zweifel, daß sie in wenigen Tagen unsere Stadt erreichen werden. Hier ist die ›Nachtausgabe‹ mit dem heutigen Wehrmachtsbericht:

»Aus dem Führerhauptquartier, 19. April

Das Oberkommando der Wehrmacht gibt bekannt:
Am dritten Tage der großen Abwehrschlacht vor Berlin warfen die Bolschewisten Menschen und Material in bisher nie gekanntem Ausmaß in den Kampf. Unsere tapferen Truppen hielten, durch das Beispiel ihrer Offiziere mitgerissen, dem feindlichen Massensturm stand und vereitelten alle Durchbruchsversuche. Südlich Frankfurt behaupteten unsere Verbände ihre Stellungen gegen weit überlegene sowjetische Kräfte. Die beiderseits Seelow bis östlich Müncheberg vorgedrungenen Bolschwisten wurden durch sofortige Gegenstöße abgeriegelt. Südlich Wriezen brachten unsere Truppen den angreifenden Gegner nach harten Kämpfen zum Stehen. Nach unvollständigen Meldungen wurden gestern erneut 218 Panzer vernichtet.

Auch westlich der Lausitzer Neiße griffen die Bolschewisten mit allen verfügbaren Kräften an. Trotz des verbissenen Widerstandes unserer Divisionen konnte der Gegner nach schweren Kämpfen unter Verlust zahlreicher Panzer nördlich von Görlitz und nordwestlich Weißwasser schmale Angriffskeile bis in den Raum östlich Bautzen und an die Spree beiderseits Spremberg vorbei treiben.«

Ich nehme an, daß ihr die Karte der Mark Brandenburg im Kopf habt, um zu wissen, was das bedeutet. Wriezen und Müncheberg, das sind nur noch rund fünfzig Kilometer bis Stadtmitte, nur fünfundzwanzig Kilometer bis zum Stadtrand, Bautzen und Spremberg, das heißt die Umfassung Berlins von Süden her. Wir haben in fünfeinhalb Kriegsjahren reichlich Gelegenheit gehabt, die Terminologie der Wehrmachtsberichte zu studieren. Aus der Geschichte der östlichen, westlichen und afrikanischen Feldzüge wissen wir daher genau, wie Redewendungen wie ›große Abwehrschlacht‹, ›Menschen und Material in nie gekanntem Ausmaß‹, ›überlegene sowjetische Kräfte‹ zu werten sind. Da wir die Weite des Raumes nicht mehr als operative Waffe anwenden und – um mit Goebbels zu reden – ihn nicht mehr wie ein

Boxer für die Fußarbeit anwenden können, ist klar, was das bedeutet: das Ende. Daß die Lage vom OKH nicht nur zu optimistisch angesehen, sondern geradezu bewußt verfälscht wird, will ich euch an einem Beispiel beweisen.«

Dr. Böttcher hält für ein paar Sekunden inne und nimmt eine Ausgabe des ›Völkischen Beobachters‹ aus der Tasche.

»In einem Kommentar zum Wehrmachtsbericht heißt es unter anderem:

›Insgesamt hat der Feind am ersten Angriffstage über 260 Panzer eingebüßt, das ist mehr als die Hälfte seines Einsatzes.‹

Mehr als die Hälfte seines Einsatzes, das würde bedeuten, daß die Russen mit etwa fünfhundert Panzern in die Schlacht um Berlin eingetreten sind.«

Dr. Böttcher kräuselt die Lippen zu einem kleinen Lächeln und faltet die Zeitung wieder zusammen. »Aus zuverlässiger Quelle – nämlich Radio Moskau – weiß ich, daß die Russen in der Schlacht um Berlin nicht über fünfhundert, sondern über viertausend Panzer verfügen, daß über viertausend Schlachtflieger eingesetzt sind, daß sie die Schlacht mit einem Trommelfeuer aus zweiundzwanzigtausend Rohren einleiteten und daß zwei Heeresgrupen angreifen, nämlich die Gruppe Shukow, die frontal gegen Berlin vorgeht, und die Gruppe Konjew, die im Süden an Berlin vorbeistößt. Das ist die Lage.«

»Und welche Konsequenzen ziehen wir daraus?« ruft Schröter.

»Darauf wollte ich gerade zu sprechen kommen«, erwidert Dr. Böttcher. »Ich sehe unsere Aufgabe darin, der kämpfenden Truppe, vor allem dem Volkssturm, die Sinnlosigkeit jedes weiteren Widerstandes klarzumachen und sogar, wo es möglich ist, aktive Widerstandsgruppen gegen die SS zu bilden, um einen Straßenkampf zu vermeiden. Wir müssen leider damit rechnen, daß die Parole vom Kampf bis aufs Messer bei der Hitler-Jugend Widerhall findet. Wenn es vielleicht auch nicht viel Hitler-Jungen sind, die dieser Parole Folge leisten werden, müssen wir immer bedenken, daß eine einzige Panzerfaust sofort massiertes

Artillerie- oder Granatwerferfeuer auf sich ziehen kann. In solchem Falle müßten wir versuchen, die Hitler-Jungen zu entwaffnen, wenn nötig mit Gewalt.«

Dr. Böttcher räuspert sich und läßt den Blick von einem zum anderen gehen.

»Kameraden! Die Stunde der Befreiung naht, aber die wenigen Tage, die uns noch von ihr trennen, werden vielleicht die schwersten unseres ganzen illegalen Kampfes sein. Wir müssen auf der Hut sein vor den Spitzeln der Gestapo und den Jägern der Feldgendarmerie, wir müssen mit Verzweiflungsakten der braunen Bonzen rechnen, aber die Artilleriegeschosse, die Bomben und die Maschinengewehrkugeln unserer Befreier bedrohen *uns* genau so wie *jeden* anderen, wir sind also doppelter Gefahr ausgesetzt, aber das soll uns keinen Augenblick daran hindern, das, was wir als unsere Pflicht erkannt haben, auch durchzuführen. Der Kamerad Wiegand wird jedem nachher die besonderen Aufgaben zuweisen.«

Klose macht sich durch eine Handbewegung bemerkbar, indem er auf den Fußboden deutet.

Dr. Böttcher nickt ihm zu. »Ja, richtig. Die Gruppe trifft sich bis auf weiteres hier bei Klose, da meine Wohnung anscheinend unter Beobachtung steht. Sobald die Straßenkämpfe einsetzen, steht hier bei Klose ein gut ausgebauter Keller zur Verfügung, unser Kamerad Klose hat auch vorsorglicherweise einen nicht unbedeutenden Vorrat an Lebensmitteln angelegt und ferner für Schlafgelegenheit gesorgt.«

»Ich kann noch nicht glauben«, sagt jetzt das blonde Mädchen, »daß es zum Kampf um Berlin kommen wird.«

»Liebe Kameradin Poeschke«, sagt Wiegand, »Rücksichtnahme ist ein Wort, das im Vokabular der Nationalsozialisten fehlt, sie kennen sie auch nicht gegenüber den Herdentieren, die sie Volksgenossen nennen.«

»Aber das Volk muß doch endlich aufwachen!« sagt das blonde Mädchen verzweifelt. »Wenn man die Leute unterwegs reden hört ...«

Schröter macht eine wegwerfende Handbewegung und blickt sie fast böse an. »Reden, reden«, sagt er heftig, »ja, reden tun sie schon, aber damit ist auch alles getan. Wenn einer mit dem Bonbon kommt oder irgendein Lausejunge mit Hakenkreuzarmbinde, dann werden sie sofort klein und häßlich, dann halten sie entweder gleich Umschau nach dem nächsten Mauseloch, oder sie lächeln verbindlich, heben die Hand und sagen ›Heil Hitler!‹ Nein, nein, liebe Kameradin ... wie war dein Name?«

»Lotte Poeschke«, antwortet das blonde Mädchen.

»Nein, liebe Kameradin Poeschke«, fährt Schröter fort, »mit der Aktivität der Masse können wir nicht rechnen. Möglich, daß da und dort einer heraustritt, wenn er uns in Aktion sieht, aber die meisten werden in ihren Kellern hocken, genau wie bei den Bombenangriffen, und wenn sie auch schon nicht mehr an den Sieg glauben, so werden sie doch immer weiter ›Heil Hitler‹ schreien und jeden Befehl ausführen und nicht eher damit aufhören, als bis der erste Russe leibhaftig vor ihnen steht. Du wirst sehen, genau so kommt es.«

»Zum Verzweifeln!« sagt die Blonde und blickt starr vor sich hin. »Mir gefällt nur eins nicht«, sagt ein grauhaariger Mann, der bis jetzt ruhig dabeigesessen hat, »daß die Amerikaner und Engländer sich an der Elbe so ruhig verhalten. Ich könnte mir vorstellen, daß sie jetzt erst recht loslegen, um ein Wettrennen nach Berlin zu veranstalten, statt dessen ...« Er holt eine Zeitung aus der Tasche und faltet sie auseinander. »Die DAZ schreibt heute zum Beispiel:

›Man braucht nun in der Tat nur die täglichen Berichte des Oberkommandos der Wehrmacht etwa aus den letzten acht Tagen mit Aufmerksamkeit nachzulesen, deren Exaktheit und männliche Offenheit nach wie vor unbestritten und unbestreitbar sind. Zweierlei wird dann klar: an zahlreichen Abschnitten tauchen in all diesen Tagen die gleichen Orte und Räume als umkämpft, aber vom Feinde noch unbezwungen auf; in anderen naturgemäß bedeutenden Abschnitten drückt der Feind weiter mit Erfolg, aber gegen stark verhärteten und sehr wendig geführten Widerstand vor, hat sich schwerer Gegenangriffe zu erwehren und verbraucht sich so in einem Maß und Tempo, daß sich dadurch die Schwierigkeiten des Nachziehens der notwendigen Kräfte durch ein in wütender Volkserhebung brodelndes Hinterland doppelt gefährlich auswirken. Die Folgen sind bereits sichtbar geworden: der Augenblick des Losbrechens der sowjetischen Offensive fällt genau zusammen mit dem Moment, wo sich bei unseren westlichen Feinden die ersten Spuren von Atemnot deutlich zeigen.‹«

»Mann«, sagt Schröter wütend und schlägt mit der Faust auf den Tisch. »Daß du denen auch nur so viel glaubst! Mal nennen sie es Atemnot, mal letzte Reserven, mal Differenzen zwischen den Alliierten und mal Terminnot, das ist doch immer derselbe Schwindel, mal 'ne Oktave höher, mal eine tiefer.«

»Du mußt nicht so streng sein«, sagt Wiegand beschwichtigend. »Die Suggestivkraft der Nazimethoden ist eben so ungeheuer, daß sie auch uns nicht unberührt läßt. Es gibt Augenblicke, in denen man sich ihnen einfach nicht entziehen kann, und daher ...«

Wiegand schweigt. Die Tür ist aufgegangen, ein Mann in der blauen Uniform der Eisenbahner ist eingetreten, er geht an die Theke und bestellt eine Molle, trinkt sie in einem Zuge aus und bestellt eine zweite.

»Was ist denn mit dir los?« fragt Klose. »Mensch, du bist ja ganz fertig.«

Der Eisenbahner zieht sich einen Stuhl an die Theke heran und läßt sich schwerfällig nieder. »Was ist denn das für ein Verein?« fragt er leise und deutet mit dem Daumen über die Schulter.

»Ach, 'ne kleine Geburtstagsfeier«, sagt Klose gleichgültig. »Was ist denn mit dir? Siehst aus wie'n Bräutigam nach 'ner langen Hochzeitsnacht.«

»Ich komme eben von Strausberg«, antwortet der Eisenbahner und holt tief Luft. »Mensch, Klose ...« Er schüttelt den Kopf wie einer, der eine unglaubliche Wahrheit nicht anerkennen will.

»Sind die Russen schon in Strausberg?« fragt Klose gespannt.

»Dicht davor«, antwortet der Eisenbahner, nimmt die Mütze ab und wischt sich den Schweiß von der Stirn. »Ihre Panzer rollen schon auf dem Autobahnring. Es ist aus, vorbei.«

»Meinst du?« fragt Klose.

»Klar«, flüstert der Eisenbahner mit einem scheuen Blick hinter sich. »Ich fahr' doch die Küstriner Strecke. Nach Müncheberg können wir schon seit gestern nacht nicht mehr hinein, da sind sie schon drin, Mensch, und die Flieger, wie die Bienenschwärme sind die über dir, die rasieren dir beinah den Schornstein von der Lok. Und eine Artillerie hat der Iwan, die haut alles kurz und klein.«

»Und die Stimmung?« fragt Klose.

»Oberfaul«, antwortet der Eisenbahner und trinkt das Bier aus. »Gib mir noch eins, Oskar. Weißt du, als unsere noch bei Seelow standen, da war noch etwas wie Ordnung drin, aber jetzt ist es aus. Mensch, das ist doch keine schlagkräftige Truppe mehr. Wehrmacht, Volkssturm, Arbeitsbataillone von der OT, Partei, Hitler-Jugend und dahinter überall die SS.« Er schüttelt den Kopf. »Und dagegen die Russen, frische, ausgeruhte, junge Kerls, gut gekleidet, gut genährt, glänzend bewaffnet und prima ausgebildet.« Er macht eine Pause und setzt wie entschuldigend hinzu: »Was man so hört, verstehst du?«

Klose nickt. »Und das ist der Feind, von dem Adolf im Oktober einundvierzig gesagt hat, er liegt am Boden und wird sich niemals mehr erheben.«

»Und wir haben das geglaubt«, sagt der Eisenbahner seufzend.

»Wir?«

»Du nicht?«

Klose verneint mit einer Handbewegung. »Und was machst du jetzt?«

»Wie meinst du das, Oskar?«

»Ob du noch weiter auf deine Lok kletterst und gen Osten fährst?«

Der Eisenbahner zuckt die Achseln, es ist eine Bewegung der Hilflosigkeit und Schicksalsergebenheit. »Was soll ich denn anders machen?« fragt er.

Schröter ist aufgestanden und hat sich fast lautlos neben den Eisenbahner geschoben. »So'n bißchen Sand in den Kreuzkopf und die Steuerung wär' gar nicht schlecht«, sagt er nachdenklich.

Der Eisenbahner fährt erschrocken herum. »Was soll denn das für einen Sinn haben?« fährt er los.

»Und was soll das für einen Sinn haben, wenn du noch weitermachst?« fragt Schröter zurück.

»Wer bist du denn überhaupt? Mischt sich hier einfach in ein Gespräch ein ...«

»Ich bin Otto Schulze, Gauleiter von Stralau-Rummelsburg«, antwortet Schröter und grinst über das ganze Gesicht. »Aber mal im Ernst, Kollege, hast du dir schon mal überlegt, ob deine Arbeit noch einen Sinn hat?«

»Was geht mich der Sinn an«, erwidert der Eisenbahner, »ich mach' meine Arbeit.«

»Mann«, sagt Schröter und lächelt nachsichtig, »dir ist das Gehirn von der Hitze auf dem Führerstand eingetrocknet, sonst würdest du nicht so einen Mist daherreden. Wenn deine Lok ausfällt, kann sie keine Munition mehr nach vorn bringen, wenn du keine Munition mehr nach vorn bringen kannst, ist vorne bald Feierabend, und wenn vorne Feierabend ist, dann ist der Krieg aus.«

»Ja, und dann kommen die Bolschewisten!«

»Die kommen sowieso«, sagt Schröter schnell. »Du hältst sie nicht mehr auf, ob du nun noch nach vorne fährst oder nicht.«

»Dann ist es doch ganz egal ...«

»Mensch, bist du so dämlich oder tust du nur so? Das ist gar nicht egal, Kollege, je eher Schluß ist, um so besser. Oder stellst du dir das amüsant vor: Straßenkämpfe in Berlin, Panzervorstoß in der Frankfurter Allee abgewiesen, Einbruch in der Thaerstraße abgeriegelt, Durchbruchsversuch an der Warschauer Brücke vereitelt, Bahnhof Ostkreuz fest in unserer Hand ...«

»Hör auf, um Gottes willen!«

»So kommt das, Kollege, genau so und nicht anders. Und warum?«

»Weiß ich nicht.«

»Dann werde ich's dir sagen: weil ihr Dämelsäcke eure sogenannte Pflicht bis zum letzten tut ...«

»Erlaube mal ...«, fährt der Eisenbahner auf.

»Gar nichts erlaube ich«, spricht Schröter unbeirrt weiter. »Weil ihr immer die Hosen gestrichen voll habt.«

»Ich muß an meine Familie denken«, wendet der Eisenbahner ein, er fährt sich mit der Rechten zwischen Kragen und Hals, als sei ihm der Kragen plötzlich zu eng geworden.

»Endlich mal ein vernünftiges Wort«, lobt Schröter. »Wenn du wirklich an deine Familie denkst, dann mußt du auch was dafür tun, daß dieser verdammte Krieg zu Ende geht, bevor der Kampf Berlin erreicht. Oder möchtest du, daß deine Frau und deine Kinder, wenn du welche hast, zu guter Letzt noch eine Granate auf den Kopf kriegen, nachdem sie den Bombenkrieg überstanden haben?«

Der Eisenbahner nickt. »Ist eigentlich ganz klar«, sagt er und blickt nachdenklich zur Decke. »Aber meine Lok ist nicht die einzige …«

»Wenn schon«, sagt Schröter und wechselt mit Klose einen Blick.

»Wo's doch *sooo* viel Sand gibt!«

»Du stellst dir das so einfach vor …«, sagt der Eisenbahner immer noch widerstrebend.

»Einfach? Nein, aber wenn wir immer nur das tun wollten, was einfach ist …«, pariert Schröter sofort.

Der Eisenbahner setzt seine Mütze wortlos auf und legt Geld auf den Tisch, dann steht er auf und geht langsam auf die Tür zu. »Wiedersehen«, sagt er und legt zwei Finger an den Schirm seiner Mütze. In der Tür wendet er sich noch einmal um. »Keine schlechte Idee, Kollege, mit dem Sand, woll'n mal sehen, was sich machen läßt.«

»Hast du großartig gemacht«, sagt der junge Arbeiter, der neben Lassehn sitzt. »So ganz auf die Ruhige.«

Schröter winkt ab.

»Vom guten Vorsatz bis zur Ausführung ist noch ein sehr weiter Schritt«, sagt er.

Klose stellt das Radiogerät wieder an, das er nach der Goebbels-Rede abgeschaltet hatte. »Woll'n mal sehen, ob die Moskitos schon unterwegs sind.«

»Weshalb sollten sie gerade heute nicht unterwegs sein?« ruft Dr. Böttcher.

»In der Nacht ist der Mensch nicht gern alleine, denn die Liebe im hellen Mondenscheine ist das Schönste, ihr wißt ja, was ich meine, einesteils und andrerseits und außerdem ...«

»Stell doch den Blödsinn ab«, ruft Schröter ärgerlich.

»Weshalb denn?« widerspricht Klose. »Macht sich doch ganz nett, wenn einer reinkommt. Ihr sitzt ja wie 'ne Trauergesellschaft da.«

»In der Nacht ist der Mensch nicht gern alleine, denn die Liebe im hellen ...«

Die Musik verlischt wie eine Kerze, die Stimme der Sängerin rückt gleichsam in die Ferne, ist plötzlich nicht mehr da, das Stromgeräusch wird vorherrschend.

»Achtung, Achtung, wir geben eine Luftlagemeldung. Schwacher Verband schneller Kampfflugzeuge über Hannover–Braunschweig im Anflug auf die Mark Brandenburg. Ich wiederhole ...«

»Na also«, sagt Klose, »programmgemäß, wie sich das gehört.«

»... das ist mir alles ganz egal.
In der Nacht ist der Mensch nicht gern alleine ...«

Die Stimme der Sängerin ist wieder da, eine temperamentvolle, akzentuierte erotische Stimme, aber in ihr schwingt trotz aller Klangschönheit und Glockenreinheit schon der schrille Ton der Sirenen zum allabendlichen Totentanz.

»Frau meiner Träume«, sagt der junge Arbeiter neben Lassehn. »So heißt nämlich der Film, schön farbig und schön kitschig, geradezu triefend von sozialem Volksstaat.«

»Warum guckst du dir so einen Quatsch an?« fragt Schröter und tippt mit dem Zeigefinger gegen die Stirn. »Hast du gar nichts andres zu tun?«

»Mal langsam, Kamerad«, sagt der Arbeiter. »Kino ist eine wunderbare Sache, so schön duster ...«

»An so was denkst du jetzt?« fragt Schröter wütend.

Der junge Arbeiter lächelt. »Paß mal auf, ich werde dir was erzählen, vielleicht kannst sogar du noch was lernen.« Er zwinkert dem blonden Mädchen zu. »Die Lotte und ich, wir gehen als zärtlich liebend Paar ins Kino, aber wir wechseln während der Vorstellung ein paarmal die Plätze, und jedesmal, wenn wir aufstehen, lassen wir auf unseren Plätzen was zurück, nämlich ein Flugblatt, fein säuberlich an die Lehne geheftet. Wenn der Sitz hochgeklappt ist, ist nichts zu sehen, es ist ein gewöhnlicher Sitzplatz wie jeder andere, außen neutral, aber innen ...« Er pfeift durch die Zähne.

Schröter nickt ihm anerkennend zu. »Verstehe, und wenn in der nächsten Vorstellung einer den Sitz herunterklappt, dann ist aus dem gewöhnlichen Sitz ein ganz besonderer, sozusagen staatsfeindlicher Platz geworden, dann enthüllt er sein wahres Gesicht.« Er lacht kurz auf.

»Gut, Junge, sehr gut. Hast du schon mal Schwierigkeiten gehabt?«

Der junge Arbeiter schüttelt den Kopf. »Noch niemals«, antwortet er, »aber wir verlassen das Kino auch immer schon vor Schluß der Vorstellung. Vorsicht ist die Mutter der Porzellankiste.«

»Ja«, fällt das blonde Mädchen ein und macht ein komisch-trauriges Gesicht, »und dadurch versäumen wir stets den Happy-End-Kuß. Ist das nicht schlimm?«

Schröter schmunzelt und blickt abwechselnd auf den jungen Arbeiter und die Blonde. »Na, ich nehme an, ihr holt es dann in natura nach, ihr beide.«

Der junge Arbeiter schüttelt abwehrend den Kopf.

Das Gesicht des blonden Mädchens, das eben noch unbeschwert und fröhlich schien, ist jetzt voller Schatten, es ist, als sei die Sonne, die eben noch ihre Strahlen auf ihr Gesicht geworfen hatte, plötzlich von einer dunklen Wolke überzogen worden. »Bitte nicht«, sagt sie leise und wendet den Kopf ab, um zu verbergen, daß ihre Augen voller Tränen stehen.

Schröter blickt sie erschrocken an und legt seiner derbe, schwielige Hand auf ihren Arm. »Was ist denn, Mädchen?« fragt er. »Was habe ich denn gesagt?« Seine Augen irren von der Blonden zu Wiegand und zu Dr. Böttcher.

Wiegand winkt wie beschwörend ab. »Unsere Lotte ist kein junges Mädchen mehr, wenn sie auch so aussieht«, sagt er leise, »sie ist eine junge Frau und hat ein Töchterchen von neun Jahren. Ihr Mann ist ... später mal.«

Lotte Poeschke schüttelt den Kopf und versucht, die Tränen mit dem Handrücken zu trocknen. »Kannst dem Genossen Rumpelstilzchen ruhig davon erzählen«, sagt sie, »ist ja schon vorbei.«

»Tut mir leid, wenn ich da was angerührt habe«, sagt Schröter. »Bist du mir böse, Lottchen?«

»Nein«, sagt sie und lächelt durch die letzten Tränen hindurch.

Schröter stimmt in ihr Lächeln ein, auch wenn er nicht weiß, warum. »Was ist denn mit dir?«

»Unsere Lotte ist vielleicht die tapferste Frau von Berlin«, sagt Wiegand ernst, »aber es ist nicht gut, daran zu rühren.«

Lotte Poeschke senkt den blonden Kopf, ihr helles, blondes Haar glänzt im Schein der trüben, tief herabgezogenen Hängelampe auf, und jetzt sieht Schröter, daß in dem Blond da und dort schon graue Fäden sind.

Lucie Wiegand ist aufgestanden und hinter sie getreten, sie streicht ihr zart über das Haar und legt das Gesicht an ihre Wange. »Die Männer sind nun mal ein bißchen tolpatschig«, sagt sie, »und neugierig dazu.«

Die blonde Frau richtet den Kopf wieder auf. »Wenn ihr dem Kameraden Rumpelstilzchen davon erzählen wollt«, sagt sie entschlossen, »ich habe nichts dagegen, nur ich kann es nicht.«

Dann spricht Wiegand, er spricht langsam, mit vorsichtigen, behutsamen Worten, weil er nicht in die Gefahr geraten will, pathetisch oder sentimental zu werden, und was er schildert, ist dies.

Lotte Poeschke entstammt einem wohlbürgerlichen jüdischen Haus, sie ist ganz in jener traditionellen Weise erzogen worden, die den deutschen Juden eigen ist, dieser seltsamen Mischung von eigenbrötlerischer Isolierung und bereitwilliger Assimilation, dem Deutschtum aufgeschlossen, aber dem Judentum noch zugewandt, der bürgerlichen Welt, die sie immer noch nicht als vollberechtigt anerkannte, nicht fest verhaftet, aber dem Proletariat, mit dem sie das Los der Unterdrückten teilte, nicht zugehörig. Lotte Poeschke, damals noch Lotte Joachimsohn, findet ihren Weg von der jüdischen Wandervogelbewegung zur Arbeiterjugend, nicht um der bürgerlichen Eintönigkeit zu entrinnen, nicht aus snobistischer Spielerei, sondern gedrängt vom sozialen Impuls ihres Herzens. In der Arbeiterjugend lernt sie den Mechaniker Poeschke kennen und heiratet ihn, zum Entsetzen ihrer bürgerlichen Familie, die jetzt erkennen muß, daß ihre soziale Einstellung keine jugendliche Verirrung, sondern ihr Lebensinhalt geworden ist. Nach 1933 leistet sie sofort illegale Arbeit, es gibt kaum eine Tätigkeit, die sie nicht ausübt, Flugblattverteilung, Kurierdienst, Sabotage, Flüsterpropaganda, Waffendiebstahl, und alles geht jahrelang gut, das Glück weicht nicht von ihrer Seite, ihr unschuldiges Mädchengesicht, ihr wunderbares Lächeln, ihr hellblonder Scheitel bewahren sie vor Verdächtigung und Verfolgung, aber die Schwingen des Todes, die sie oft nur beschattet haben, werfen sie eines Tages mit gewaltigem Flügelschlag nieder. Nach der Brandstiftung in der Ausstellung ›Sowjetparadies‹ im Berliner Lustgarten geht fast die gesamte Gruppe hoch, auch Lotte Poeschke und ihr Mann sind dabei, sie kommen in Leipzig vor den Volksgerichtshof, das übliche Verfahren rollt ab und über sie hinweg, die Anklageschrift liefert zugleich den Text für das Urteil, die Offizialverteidiger winden sich in Beflissenheit vor den richterlichen Barrieren, die anbefohlenen Todesurteile werden verkündet und vollstreckt. Einundzwanzigmal an einem Tage verliest der Generalstaatsanwalt mit monotoner Stimme das Todesurteil, einundzwanzigmal werden junge Menschen, die für nichts anderes als die Sache ihres unterdrückten Volkes kämpften, auf den Block geschnallt, einundzwanzigmal saust das Beil des Scharfrichters nieder, einundzwanzig Köpfe werden an diesem Tage von den Rümpfen geschlagen, einundzwanzigmal ergießt sich ein Strahl warmen Blutes in die Erde, einundzwanzigmal verzucken Körper in den Tod. Nur Lotte Poeschke ist übriggeblieben, sie ist am Hinrichtungstag erkrankt, und da das Gesetz bestimmt, daß an einem Kranken ein Todesurteil nicht vollzogen werden darf, wird ihre

Hinrichtung aufgeschoben, einen Tag, zwei Tage, eine Woche, viele Wochen, sie ist inzwischen längst gesund geworden, aber die Hinrichtung wird nicht vollzogen, dazu wäre ein neuer Gerichtsbeschluß notwendig, aber dieser kann nicht gefaßt werden, da die Akten inzwischen verlorengegangen sind. Ob sie versehentlich mit den Akten der anderen einundzwanzig abgelegt, ob sie durch Fliegerangriff vernichtet oder ob sie von wohlwollenden Justizbeamten beiseite geschafft worden sind, ist ungeklärt.

Tatsache ist jedenfalls, daß Lotte Poeschke, die zum Tode Verurteilte, vergessen wird, sie wandert von Gefängnis zu Gefängnis, aber nirgends will man sie haben. Die Justizmaschinerie ist in Unordnung geraten, Lotte Poeschke ist keine Untersuchungsgefangene, aber sie ist auch keine Strafgefangene, die zu Gefängnis oder Zuchthaus verurteilt ist, sie ist nicht einmal ein Schutzhäftling, sie ist eine zum Tode verurteilte Hochverräterin, deren Akten, die ihr Todesurteil enthalten, nicht auffindbar sind. Da aber in den Akten auch das Beweismaterial niedergelegt ist, kann man den Prozeß gegen sie nicht ohne weiteres wieder aufrollen. Der Fall Lotte Poeschke droht in Vergessenheit zu geraten, er verliert schließlich beinahe das Prädikat Fall, und übrig bleibt nur das juristische Neutrum Lotte Poeschke, die in keiner Art von Strafanstalt eine Aufenthaltsberechtigung hat, die unter kein Rubrum paßt. Ordnung muß bekanntlich sein, auch zwischen den Mahlsteinen der Justiz. Wie die Apparatur der staatlichen Rechtsmaschinerie das Haupt eines Massenmörders oder eines Freiheitskämpfers auf den Block legt und das Fallbeil auf seinen fein säuberlich ausrasierten und entblößten Nacken herabsausen läßt, wenn alle juristischen Formalitäten erfüllt sind, wie die Gerichtskasse den Angehörigen der Hingerichteten eine Rechnung über die Hinrichtungskosten (genau spezifiziert in Gebühr gemäß §§ 49 und 52 GKG für Todesstrafe, Postgebühren gemäß § 72^{1} GKG, Gebühren gemäß § 72^{6} GKG für den Pflichtverteidiger, Kosten für die Strafhaft à RM 1,50 je Tag, Kosten für die Strafvollstreckung, Porto für die Übersendung der Kostenrechnung) übersendet und sie zur Zahlung auffordert, genauso können ihre zermalmenden Räder nicht ineinandergreifen, wenn auch nur ein Zahn fehlt.

Da entdeckt irgendein gewissenhafter Justitiar, daß die p. Poeschke Jüdin ist, das heißt, es ist gewissermaßen eine Wiederentdeckung, denn mit ihren Akten war auch der ihr durch Gesetz aufgezwungene Beiname Sara verlorengegangen, und diese Entdeckung hebt den Fall Poeschke sofort in eine ganz andere Ebene, sie beseitigt mit einem Schlag alle Kompetenzschwierigkeiten. Da die ordentlichen Gerichte und Strafvollzugsbehörden für Juden nicht mehr zuständig sind, wird der Fall Poeschke samt der dazu gehörenden Person dem Reichssicherheitshauptamt der Geheimen Staatspolizei übergeben.

Lotte Poeschke gerät jetzt in die Fänge einer anderen Justizbürokratie, ein anderer, neuer Kreislauf beginnt. Sie kommt in das Judensammellager, das dem Jüdischen Krankenhaus im Norden Berlins angegliedert ist. Hier gibt es drei Arten von Häftlingen, solche, die für den Abtransport nach dem Osten und als Heizmaterial für die Verbrennungsanlagen, solche, die für Transporte nach Theresienstadt eingeteilt sind, was den Weg zur Hölle über die Zwischenetappe des Fegefeuers bedeutet, und solche, die unter der Bezeichnung N. r., das heißt ›Nicht registriert‹, geführt werden. Lotte Poeschke kommt für einen Abtransport nicht in Betracht, da sie zur Verfügung der Geheimen Staatspolizei bleiben muß, sie wird daher unter die dritte Kategorie eingereiht, und hier gibt es die Wahl zwischen den Lichterfelder Exerzierplätzen und dem Konzentrationslager Ravensbrück, das eine bedeutet einen schnellen Tod durch vier Gewehre, das andere ein langsames Verenden durch Hunger, Prügel, Vivisektion und Krankheit.

Da die Lager der Gestapo sich weitgehend selbst verwalten, wird Lotte Poeschke, da sie gelernte Krankenschwester ist, Revierschwester. Trotz aller inneren Qualen geht sie an ihre neue Tätigkeit, denn hier hat sie sofort wieder Gelegenheit, ihr warmes Herz, ihren heiteren Sinn, ihre menschliche Gesinnung verströmen zu lassen, sie pflegt die Kranken mit selbstloser Hingabe, sie hat immer ein Lächeln auf den Lippen und stets ein freundliches Wort der Anteilnahme, sie ist im Nu der hilfreiche Engel des Lagers. Sie genießt als Krankenschwester eine gewisse

Freiheit, und obwohl sich hier und da die Gelegenheit bietet, zu entfliehen, tut sie es nicht, weil sie die Ordner, die von der Gestapo zur Bewachung des Lagers gepreßt worden sind, durch ihre Flucht nicht belasten will. Eines Tages aber ist sie doch verschwunden, niemand weiß, wie es geschehen konnte, niemand kann dafür zur Rechenschaft gezogen werden. Sie hat die Verwirrung während eines Fliegerangriffes ausgenutzt und ist durch einen unterirdischen Gang, der das Lager mit dem Krankenhaus verbindet und bei Fliegeralarm aufgeschlossen wird, entschlüpft.

Nach vier Jahren Gefangenschaft ist Lotte Poeschke wieder frei, aber sie hält sich nicht ängstlich verborgen, sie nimmt ihre illegale Tätigkeit wieder auf, sie fängt da wieder an, wo sie vor ihrer Verhaftung aufgehört hat, und sie tut es mit einer Selbstverständlichkeit, als ob nicht vier lange, schwere Leidensjahre dazwischenliegen.

Wiegand hält für einen Augenblick inne und räuspert sich, er hat zuerst mit sachlich-berichtender, fast ein wenig monotoner Stimme gesprochen, aber er hat sich dann von Satz zu Satz gesteigert. »Das hört sich alles so ... so sachlich an«, spricht er weiter. »Wir schlagen eine Akte auf, da steht drin: Lotte Sara Poeschke geborene Joachimsohn, geboren am Soundsovielten, deutsche Staatsangehörige, glaubenslos, zuletzt wohnhaft da und da, Körpergröße ein Meter sechzig, Haare blond, Augen blau, besondere Kennzeichen keine, Häftlingsnummer zwei-null–einhundertsechzehn, die Daten der Verhaftung, Voruntersuchung, Hauptverhandlung, Todesurteil, Haft, Überstellung, Flucht, aber der Häftling zwei–null–einhundertsechzehn ist nicht nur ein Akteninhalt, zwei–null–einhundertsechzehn ist eine Frau, die atmet und fühlt, in deren Adern rotes Blut rauscht, die viel denkt, sie ist eine Frau, deren Mann seinen Kopf auf dem Schafott verlor, die ihren eigenen Kopf nur zufällig zwischen den Schultern trägt, zwei–null–einhundertsechzehn ist eine Frau, die *denkt,* an ihren Mann und an die anderen zwanzig Genossen, die die entsetzlichen Erinnerungen nicht bannen und den furchtbaren Bildern nicht wehren kann, in deren Ohren noch die Schritte der zum Tode Verurteilten dröhnen, als sie an ihrer Zelle vorbei zum Richtblock geführt wurden, eine Frau, die *denkt,* an ihr Kind, das irgendwo im Lande herumgestoßen wird, ohne den Schutz des Vaters, ohne die Liebe der Mutter, Demütigungen und Hunger ausgesetzt, als Mischling, als Judenbastard, als Untermensch beschimpft und verachtet. Vier Jahre immer zwischen vier engen Mauern, immer das Sausen des Fallbeils in den Ohren, Trauer um den Mann im Herzen, Sorge um das Kind im Nacken, eine Frau, die *glaubt,* über ihr eigenes Schicksal hindurch und hinweg an die Größe und die Kraft der Idee ...« Wiegand macht eine Bewegung, als müsse er den eigenen Worten wehren. »Genug davon!«

»Das ist also unsere Kameradin Lotte Poeschke«, sagt Schröter und umspannt ihre Hand. »Wenn alle Frauen so wären wie du ...« Die Ladentür geht auf, ein Mann in der braunen Uniform der Politischen Leiter der Partei tritt ein.

»Heil ... Heil Hitler!«

Klose erwidert den Gruß mit ein paar undeutlichen Worten, die er zwischen den Zähnen hervorstößt.

»Sehr begeistert klingt ... klingt Ihr Gruß gerade nicht«, sagt der Braune und setzt sich an die Theke.

»Bin müde«, murmelt Klose. »Keine Nacht kann man ausschlafen. Macht endlich Schluß mit den Luftgangstern.«

»Kommt, kommt bes ... bestimmt«, sagt der Braune mit unsicherer Zunge, »nur noch ein paar ... Tage Geduld, ein paar Tage Geduld, dann bereiten wir den Bolsche ... Bolschewisten und Plu ... Plutokraten mit unseren neuen Waffen ein ... ein ... Cannae ...« Er schlägt mit der flachen Hand auf die Theke, daß die Gläser klirren.

»Was für ein Ding?« fragt Klose.

»Ein Cannae, das ist soviel wie ... wie ... Mann, lesen Sie den Völk ... Völkischen Beobachter, da steht's drin, das mit ... mit dem Cannae. Eine Molle!«

Klose schenkt ein und schiebt ihm das Bierglas zu.

Der Braune trinkt das Bier halb aus und schüttelt sich. »Brr, das schmeckt wie Pferdep ... Pferdepisse, hahaha.« Er schiebt die Mütze in den Nacken und fächelt sich Luft zu. »Hab' mal 'ne Frage an Sie, Volksge ... Volksgenosse, 'ne Frage.«

Klose blickt ihn forschend an. »Bitte!«

»Ich suche den Blockw … Blockwalter Otto Sasse«, sagt der Braune. »Ot–to Sas–se.«

»Wohnt hier im Vorderhaus, drei Treppen links«, antwortet Klose und fühlt sein Herz plötzlich klopfen.

»Weiß ich«, sagt der Braune, »weiß ich, aber der ist … ist seit ein paar Tagen nicht anzutreffen, da macht überh … überhaupt keiner auf.«

Klose zuckt mit den Achseln. »Die Frau ist im Sudetengau, evakuiert«, antwortet er.

Der Braune trinkt das Bier aus und schiebt es Klose hin. »Noch eine«, fordert er. »Am Sonntag war er noch auf der Ortsgr … Ortsgruppe, weißt du, auf der Ortsgr … Ortsgruppe, hat abger … abgerechnet, und seitdem ist er verschw … verschwunden, einfach verschwunden, weg, fottefliegt, nicht mal beim Panzerf … Panzerfaustübungssch … Panzerfaust–ü–bungs–schießen war er da, auf dem Küstr … Küstriner Platz. Und dabei ist der Sasse einer der pflichteif … pflichteifrigsten Männer, jawohl, ist er. War eben noch mal oben, die Hühnerst … Hühnerstiege, aber ist nicht, kein Schwanz rührt sich, kein Schw … Schwanz. Und der Vau-Be von drei Tagen steckt im Briefka … Briefkasten, jawohl, von drei Tagen.«

»Tscha, hm«, sagt Klose gedehnt, »da kann ich Ihnen auch nicht helfen.«

Der Braune legt die Stirn in Falten und nimmt einen kleinen Schluck. »Wann haben Sie … Sie ihn denn zule … zuletzt gesehen?«

»Kann drei, vier Tage her sein«, antwortet Klose, »er kam nicht oft zu mir.«

Der Braune schweigt und trinkt sein Bier in ganz kleinen Schlucken aus. »Hast du nicht ’n Schnaps da, ’n Schnaps? Das ist doch Pfer … Pferdepisse.«

Klose schüttelt den Kopf. »Nichts zu machen, edler Häuptling, leergebrannt ist die Stätte …«

Der Braune droht ihm mit dem Finger. »Alter Sch … Schieber. Was sind denn das für … für Leute?« fragt er mit einer Kopfbewegung.

»Kenn' die Leute nicht«, erwidert Klose. »Hab' so was von Verlobung gehört.«

»Die machen so merkw ... merkwürdig gesp ... gespannte Gesichter, machen die«, lallt der Braune und dreht sich mit seinem Stuhl ganz herum, »scheint 'ne todernste Verl ... Verlobung zu sein, jawohl, todernst. Komisch, daß die hier rums ... rumsitzen, wo jeden Augenbl ... Augenblick Alarm sein kann.«

»Gerade darum sitzen die hier«, entgegnet Klose, »weil der Bunker nur ein paar Minuten weit ist.«

Der Braune hebt die Hand und fuchtelt herum. »Klose, Ihre Kneipe ist mir nicht geh ... geheuer«, sagt der Braune und blickt Klose scharf an. »Der Sasse hat ein paarm ... paarmal auf der Ortsgr ... Ortsgruppe Beschw ... Beschwerde gegen dich geführt, du dickes Schwein, jawohl, ein paarmal.«

»Bin mir nichts bewußt«, verteidigt sich Klose, »mein Laden ist sauber, aber ich kann natürlich nicht jedem unter die Weste gukken und ihn auf Herz und Nieren untersuchen. Im übrigen hat die Gestapo erst vor zwei Tagen meine Bude auf den Kopf gestellt.«

»Bei Ihnen?« sagt der Braune erstaunt und reißt die Augen weit auf. »Drüben in der Mad ... Madaistraße war Razz ... Razzia, in den Hotels und Kneipen in der Madaistraße.«

»Und bei der Gelegenheit haben die Herren auch mich beehrt«, sagt Klose bestimmt. Ist zwar geschwindelt, macht sich aber brillant, setzt er in Gedanken hinzu.

»Wu ... wußt' ich gar nicht«, sagt der Braune befriedigt. »Na, um so besser für dich. Geht da nicht die Sir ... Sirene?«

Klose schüttelt den Kopf. »Nein, das war 'ne Lok vom Bahnhof, muß aber gleich soweit sein. Ist schon neun durch.« Er klatscht in die Hände. »Herrschaften, macht euch reisefertig, ich mach' gleich zu.«

Der Braune erhebt sich schwankend und stößt heftig auf, dann bewegt er die Hände wie ein Redner, der sich Gehör verschaffen will. »Mom ... Moment mal«, sagt er laut und torkelt auf den Tisch zu, an dem die Gruppe sitzt. »Gest ... Gestatten, verehrte Volksg ... Volksgenossen, Zellen ... Zellenleiter Emil Hoffmeister.« Er knallt die Hacken gegeneinander und streckt den rechten Arm aus. »Heil unser Füh ... Führer!«

Die Tischrunde sitzt schweigend da. Dr. Böttcher hebt leicht die Hand, um einen Gruß anzudeuten.

»Was sitzt ihr denn da ... wie die Öl ... Ölgötzen?« schreit der Braune und stemmt die Hände auf den Tisch. »Ist das 'ne Verl ... Verlobung? 'ne Trauerge ... Trauergesellschaft seid ihr, jawohl, 'ne Trauer–ge–sellschaft. Habt ihr denn keinen Klimperfr ... Klimperfritzen?«

Niemand antwortet, alle starren böse auf den Mann in der verhaßten braunen Uniform, nur der Dr. Böttcher versucht, das Schweigen durch einen Witz aufzulockern.

»Macht ... macht eure Schn ... Schnauzen auf, ihr Armlöcher!« brüllt der Braune. »Ich bin der Zellenl ... Zellenleiter Emil Hoff–mei–ster. Ans Klavier einer von euch, ans Klav ... Klavier!«

»Gibt gleich Fliegeralarm«, sagt Wiegand und steht auf, »wir gehen jetzt.«

»Setz dich, du ulkiger Heini!« brüllt der Braune. »Ans Klav ... Klavier einer von euch. Wird's bald?« Er beugt sich herunter und mustert die Gesichter. »Du kannst best ... bestimmt Klav ... Klavier spielen«, sagt er und stößt den Zeigefinger gegen Lassehn vor, »best ... bestimmt kannst du das.«

Dr. Böttcher gibt Lassehn einen Wink.

Lassehn steht widerwillig auf und geht ans Klavier. Seit anderthalb Jahren hat er nicht mehr gespielt, er hat oft seine Hände in Sehnsucht nach den elfenbeinernen Tasten ausgestreckt und sie in Läufen und Akkorden, Arpeggien und chromatischen Tonleitern in die Luft greifen lassen, aber jetzt widerstrebt es ihm, an ein Klavier gezwungen, befohlen zu werden. Aber er darf sich nicht widersetzen, es hat keinen Sinn, den Braunen durch Widerstand zu reizen, er schlägt den Deckel zurück und läßt die Hände unschlüssig auf den Tasten ruhen.

»Los!« brüllt der Braune. »Fang an!«

Lassehn schließt für Sekunden die Augen, dann beginnt er den ersten Satz von ›Les Adieux‹, aber er kommt nur ein paar Takte weit.

Der Braune stößt ihn in den Rücken. »Was ... was ist denn das für Quatsch?«

»Beethoven«, antwortet Lassehn, »Ludwig van Beethoven.«

»Ist nicht zeitgem … zeitgemäß, der olle Beethoven, sagt der Braune, »spiel das Horst-Wes … Horst-Wessel-Lied.« Er beschreibt mit der Hand einen Halbkreis und hebt sie dann zum Deutschen Gruß. »Und ihr singt alle mit, alle Mann, hört ihr? Eins, zwei, drei!

Die Fahne hoch,
die Reihen fest geschlossen,
SA marschiert,
mit ruhig fe …

Weshalb singt ihr denn nicht mit, ihr Schw … Schweine?«

»Ist doch Fliegeralarm, Mann«, sagt Klose und legt ihm eine Hand auf die Schulter. »Hören Sie denn nicht? Die Moskitos sind da!«

IV

20. April

Es ist eine der erstaunlichsten Tatsachen, daß anormale Umstände zur täglichen Gewohnheit werden können, wenn sie sich in Serien aneinanderreihen. Nicht nur, daß die Sinne des Menschen rasch abstumpfen, sei es durch Leid oder Freude, von Wohltaten oder Gemeinheiten, auch seine Gewohnheiten passen sich besonderen Situationen an, sobald diese zum Standard werden. Die ursprünglichen Gewohnheiten und Empfindungen erschlaffen rasch unter dem Druck einer neuen Lebensführung, durch ebendiese ungewöhnlichen Umstände erzwungen, sie werden überdeckt und sind bald nur noch vage Erinnerung. Es liegt in der Natur des modernen Menschen, auch für eine Lebensweise, die weit von jeder bis dahin bekannten Norm entfernt ist, eine Art System zu erfinden und sich auch in der Einöde der Entbehrung wohnlich einzurichten, sein Nervensystem reagiert auch auf Außergewöhnlichkeiten, sofern sie mit einer gewissen Regelmäßigkeit wiederkehren, mit Zuverlässigkeit. Die Gewohnheit ist die rechte Schwester der geistigen Trägheit, sie hüllt den Menschen in eine weiche Hülle, die sich in jede Falte und jede Windung seines Gehirns schmiegt, sie dirigiert von hier aus die effektorischen und beeinflußt die rezeptorischen Nerven, sie unterwirft sie sich schließlich ganz, sie verkehrt am Ende die Begriffe, die Norm wird zur Ausnahme, die Ausnahme zur Norm, Furcht ist nicht mehr Furcht, Qual nicht mehr Qual, Gefahr nicht mehr Gefahr, aus einer akuten Krankheit wird ein chronischer Leidenszustand, der als unabänderlich hingenommen wird. Was nach außen physisch als Gleichgültigkeit und psychisch als Phlegma in Erscheinung tritt, ist nichts anderes als eine Mimikry des Gehirns. Im Ablauf des Krieges wird das offenbar. Die Menschen gewöhnen sich daran, in abgedunkelten Räumen zu wohnen, ihre Nahrung auf eine bestimmte Kalorienmenge und einen veränderten Vitamingehalt umzustellen oder zu reduzieren, ihre männlichen Angehörigen, die zum Kriegsdienst eingezogen sind, ständig einer tödlichen Gefahr ausgesetzt zu wissen, und als der Krieg auch weit hinter die Fronten greift und die Luft ebenfalls Kriegsschauplatz wird, beweist sich die Kraft der Gewohnheit am deutlichsten: der Danse macabre, zu dem das Orchester der Sirenen, Flakgeschütze, Flugzeugmotoren und Bombenexplosionen aufspielt, wird zum täglichen Reigen und als selbstverständliches Ereignis in den Ablauf des Alltags eingebaut.

Seit Lassehn wieder in Berlin ist, sind erst sieben Tage vergangen, sie sind angefüllt gewesen mit mannigfachem Geschehen, zahlreichen Begegnungen und mit einer Tätigkeit, die er bisher nicht einmal vom Hörensagen gekannt hat. Dieses Leben, das zuerst wie ein tiefer, dunkler Wald vor ihm gelegen hat, in dessen Schatten sich kein Weg abzeichnete und dichtes Unterholz jeden seiner Schritte feindselig hemmte, hat überraschend schnell eine fast methodische Form angenommen, nur hin und wieder ist ein großes Verwundern in Lassehn, und das betrifft ihn selbst. Es ist alles schon selbstverständlich geworden: daß er am Tage unterwegs ist, um Flugblätter zu holen und sie irgendwo zu hinterlassen, in der Untergrund- oder S-Bahn, in Bedürfnisanstalten oder Wohnungsbriefkästen, daß er abends seine Schritte nach der Straße Am Schlesischen Bahnhof lenkt, daß er in Kloses Restaurant wie zu Hause ist, daß Klose für Essen sorgt und daß er sich, ohne noch besonders um Erlaubnis zu fragen, für die Nacht auf das Sofa im Hinterzimmer hinhaut, und auch das ist selbstverständlich geworden, daß er Ausweise in der Tasche hat, die auf den Namen Horst Winter lauten, der bei einem Fliegerangriff ums Leben gekommen ist und nun über seinen Tod hinaus lebenserhaltend wirkt, daß er eine scharfgeladene Pistole ständig griffbereit bei sich führt und gewillt ist, rücksichtslos von ihr Gebrauch zu machen (und es ja auch schon zweimal getan hat).

Jetzt sitzt Lassehn in der Straßenbahn 64, um nach Hohenschönhausen zu fahren. Er hat zuerst versucht, aus dem Fenster zu blicken, aber das ist nicht möglich, die wenigen Straßenbahnen, die im April 1945 noch durch die Berliner Straßen fahren, bieten diese Möglichkeit nicht mehr, denn die Fenster sind entweder, sofern zufälligerweise noch Glas in ihren Rahmen sitzt, blau gestrichen und erlauben nur eine verschwommene Sicht in die Straßen, oder aber sie sind mit Pappe oder Holz sehdicht vernagelt.

Er hat auf seinem Platz die DAZ vom 19. April gefunden und flüchtig hineingesehen. Der krampfhafte Optimismus dieser Zeitung, die sich sogar mit ihrer Unabhängigkeit spreizt, ist ihm besonders zuwider. Jeder Soldat weiß, daß der Höhepunkt einer Angriffsschlacht nicht schon am ersten Tage erreicht wird und daß ein vorläufiges Urteil über Erfolg oder Mißerfolg nicht bereits nach drei oder vier Tagen möglich ist, aber dem militärischen Kommentator der DAZ ist davon nichts bekannt, denn er schreibt folgendes:

> »Es läßt sich mit aller Sicherheit bereits eine entscheidende Feststellung treffen: die Hoffnungen unserer Feinde auf ein jähes Überrennen der von ihnen angegriffenen Ostfrontabschnitte sind nicht in Erfüllung gegangen. Zwar steht zu erwarten, daß der Feind noch weitere Kräftereserven in seine Angriffsschwerpunkte hineinpumpen wird, allein die Entwicklung der ersten drei Tage läßt bereits die Annahme zu, daß sich diese Reserven in der Hauptsache nicht so sehr als zusätzliche Kräfte, sondern vielmehr als Ersatz für die sehr hohen Verluste dieser ersten drei Schlachttage geltend machen werden. Man ist sich drüben, nach einer kurzen Periode hemmungslosen Siegestaumels, nun schon wieder darüber klargeworden, daß von einem ›alliierten Panzerrennen nach Berlin‹ nicht mehr die Rede sein kann.«

Als er die Zeitung rasch überflogen und sie danach achtlos beiseite gelegt hat, zumal das Lesen in dem heftig schleudernden Wagen und dem abgeblendeten Licht ohnehin eine Qual ist, ist keine andere Ablenkung als die eigenen Gedanken da.

Er ist unterwegs nach Hohenschönhausen, zu jener Dame Elisabeth Mattner, mit der er vor einigen Tagen nach dem Tagesangriff der Amerikaner vom Wittenbergplatz zum Alexanderplatz marschiert ist und die ihn im Restaurant ›Bayernhof‹ aus der unangenehmen Gesellschaft des rotgesichtigen Mannes befreit hat. Lassehn hat, als er sich am Alexanderplatz von ihr verabschiedete, eine Einladung empfangen. Zwar hat die Dame Elisabeth Mattner nur gesagt: »Besuchen Sie mich doch einmal, Herr Lassehn!«, aber es ist mehr als eine Phrase, quasi rhetorische Einladung gewesen. In ihrer Stimme hat ein Versprechen getönt, in ihre Augen ist dabei ein Schein schmeichelnder, zügelloser Werbung getreten, ihre warme, weiche Hand hat ungewöhnlich lange in der seinen gelegen und sich fest in sie geschmiegt. Da Lassehn seine Wirkung auf Frauen immer unterschätzt hat, ist ihm die Freundlichkeit der Dame Elisabeth Mattner zunächst nur als eine Art typisch weiblicher Höflichkeit oder Anteilnahme erschienen, und er hat sich vor sich selber fast geschämt, weil er sie, als sie im ›Bayernhof‹ vor ihm die Stufen hinaufging, mit Blicken und Gedanken entkleidet und betastet hat.

Später, als sie in der Friedrichstraße Trümmerberge überklettern mußten, ist er ihr behilflich gewesen und hat sie gestützt, um sie vor Sturz zu bewahren, und als er dabei ihren Arm ergriffen hat, ist er mit ihrer Brust in Berührung gekommen, die voll und prall aus der Kostümjacke herausdrängt. Lassehn ist unter der Berührung erschrocken zusammengezuckt, hat den Griff sofort gelockert und hätte fast eine Entschuldigung gestottert, aber es hat sich bald herausgestellt, daß das kein Zufall gewesen ist. Die Dame Elisabeth Mattner hat bei der nächsten Überwindung eines Trümmerhaufens, der keineswegs besonders hoch und kaum schwierig zu übersteigen war, um seine Unterstützung gebeten und, als er ihren Arm vorsichtig ergriffen hat, ihre Brust durch eine rasche Wendung mit seiner Hand in Berührung gebracht. Schließlich sind sie Arm in Arm weitergegangen, nicht wie ein Ehepaar zu gehen pflegt, das die Arme lose ineinanderlegt, es geschah auch nicht in der Art, wie Liebesleute sich unterfassen, indem sie die Unterarme gegeneinanderlegen und die Finger ineinanderschränken, um recht viel von der Wärme des anderen in sich aufzunehmen, nein, es ist eine ganz besondere Art gewesen, wie Lassehn und die Dame Elisabeth Mattner miteinander gegangen sind. Es geschah in der Weise, wie ein Mann eine Frau unterzufassen pflegt, die er stützen muß, weil sie unsicher auf den Beinen oder schwächeanfällig ist, nämlich indem er ihren Oberarm umspannt hat. Dadurch aber, daß sie ihren Oberarm eng an ihren Körper gewinkelt hat, ist Lassehns Hand zwischen die Wärme ihres Armes und die Wärme ihrer Brust gelegt worden.

Natürlich ist in Lassehns Blut eine jähe Wallung aufgezuckt, aber es hat sich nicht zu einem wilden, ungestümen Begehren verdichtet, er hat sich alle Wünsche selbst verboten, zumal sich im Gesicht der Dame nur Unbefangenheit gespiegelt hat. Schließlich hat Lassehn die frauliche Wärme, die von ihrer Brust in seinen Körper gerieselt ist, dankbar wie ein kostbares Geschenk hingenommen und sie zeitweise sogar über einem interessanten Gespräch über ein musikalisches Thema vergessen.

Bei der Verabschiedung unter dem Stadtbahnviadukt des Bahnhofes Alexanderplatz hat die Einladung mit dem unausgesprochenen Versprechen zwar einiges, was vorher unklar oder Zufall gewesen zu sein schien, als Absicht oder Versuch, Probe oder Prüfung deutlich gemacht, aber sein Blut noch keineswegs zur begehrlichen Flamme entfacht. Dem haben damals zwei Dinge entgegengestanden, das ist der Gedanke an Irmgard, mit der zu sprechen er noch Gelegenheit gefunden hatte, und die Rücksicht auf jenen unbekannten Herrn Mattner, den Ehemann der Dame Elisabeth Mattner, der an der Italienfront steht und als Zahlmeister ja schließlich sein – wenn auch vorgesetzter – Kamerad ist.

Lassehn ist einer jener jungen Männer, welche die Frau, die ihnen zulächelt oder bereit ist, ihre Sympathie bis zur völligen Hingabe zu steigern, nicht einfach als Beute oder Objekt der Lust betrachten, ohne hieran irgendeine Verbindlichkeit oder Verantwortung zu knüpfen, er sieht in den Frauen und Mädchen immer noch die schutzbedürftigen, hilflosen, schwachen Wesen, die sie längst nicht mehr sind. Ihm ist entgangen, daß die langen Kriegsjahre die Frauen hart und selbständig gemacht haben, daß sich damit auch ihre Gefühlshaltung entscheidend geändert hat und überkommene Begriffe endgültig überwunden worden sind. Niemals zuvor ist das Leben der Frauen so auf die gegenwärtige Stunde ausgerichtet, ist die Vergangenheit spurlos wie in einem Grabe versunken, die Zukunft so völlig undurchsichtig verhüllt gewesen, niemals zuvor hat der Impuls des Augenblicks, das Diktat des Zufalls so den Rhythmus ihrer Gefühle bestimmt und ihre Bedenken abgeschwächt. Die Welle der Gefahr, die sie täglich und stündlich umbrandet, hat die Deiche der Hemmungen eingerissen, die Sehnsucht nach Zärtlichkeit in die Gier nach scharfen Reizen verwandelt. An der schmalen Schwelle zwischen Leben und Tod, da rings um sie die materiellen Dinge verkohlen und die geistigen Stützen wegbrechen, bleibt ihnen nur der Körper als Gefäß eines kurzen Glücks, das wie ein Schmetterling rasch im Fluge eingefangen werden muß und wie dieser schnell an Farbe verliert, wenn man ihn berührt. Glück, das ist jetzt nicht mehr ein zärtlich verströmendes Adagio, da die Sirenen Tag und Nacht brüllen, nicht mehr ein milde fächelnder Wind unter abendlichen Bäumen, da Feuerstürme über die Stadt rasen, nicht mehr ein Wort aus klassischem Munde, da satanischer Vernichtungswille alle Vernunft niederschreit, Glück ist zur Erfüllung körperlicher Bedürfnisse herabgesunken, ist Fraß und Paarung, Glück ist nur in der hysterischen Jagd nach Zigaretten, Bohnenkaffee und Alkohol, nach Umarmung und Orgasmus zu finden. Der Geschlechtsakt ist zur körperlichen Verrichtung herabgesunken.

Und jetzt ist Lassehn doch auf dem Wege nach Hohenschönhausen, um der Dame Elisabeth Mattner den so leichthin und nebenher versprochenen Besuch abzustatten. Er geht zu ihr zwar nicht mit dem festen Vorsatz, die Dame Elisabeth Mattner zu umarmen, aber er hat auch nicht die Absicht, sich einer solchen Umarmung zu entziehen, wenn sich die Gelegenheit dazu ergeben und ihre Bereitwilligkeit zu erkennen sein sollte. Nach seiner Begegnung mit jener rätselhaft fremden Frau, die Irmgard Lassehn heißt und für acht Tage seine Frau gewesen ist, ist in Lassehn eine Wandlung vor sich gegangen, die vielleicht nicht grundlegend ist (da ein Charakter sich nicht grundlegend zu verwandeln vermag), aber das Mysterium des Geschlechts hat sich ihm entblättert, und übrig geblieben sind nur Berechnung, Täuschung, Brunst. Da aber niemand über seinen eigenen Schatten zu springen vermag und Lassehn gewohnt ist, sich auch vor sich selber zu rechtfertigen, hat er sich zurechtgelegt, daß ihn mit Irmgard zwar noch ein formal-juristisches Band, aber sonst nichts verbindet und daß die Dame Elisabeth Mattner ihr Verhalten mit sich selber abzumachen hat. Es ist ein Versuch, sich im vorhinein von jeder Verantwortung freizusprechen und sich die Absolution zu sichern, sich aber im übrigen jener unbekannten Komponente unseres Lebens auszuliefern, die Schicksal heißt und tatsächlich nur Zufall ist.

Lassehn schreckt auf, als der Schaffner die Haltestelle Weißenseer Weg ausruft, er drängt sich zum Ausgang durch, muß einige derbe Schimpfworte über sich ergehen lassen und springt vom Wagen ab, der sich bereits wieder in Bewegung gesetzt hat.

Da steht er nun in der hereinbrechenden Dunkelheit, und zuerst scheint es, als befinde er sich auf freiem Felde. Für einen Augenblick taucht in ihm der Verdacht auf, daß die Dame Elisabeth Mattner ihn genarrt hat, aber als seine Augen sich an die Dunkelheit gewöhnt haben, erkennt er die Umgebung. Da, wo die Straßenbahn hineingefahren ist, ist eine Häuserzeile, ihre Ausläufer scheinen teilweise zerstört, wie angenagt, sie wird gekreuzt von einer breiten Straße, die von den Eiffeltürmen einer Hochspannungsleitung überragt wird. Diese Straße ist der Weißenseer Weg, sie paßt in kein Schema, denn sie ist noch keine Großstadtstraße, sie ist aber auch keine Chaussee mehr, sie ist keine Ausfallstraße, sondern eher ein Überlandweg, sie ist eine breite Straße mit zwei Straßenbahngeleisen, teils in der Mitte des Fahrdammes auf einer Art Promenade, teils auf der östlichen Seite, rechts und links reihen sich vereinzelt Häuser auf und erstrecken sich unbebaute Felder, der Fahrdamm ist gepflastert und asphaltiert, aber die Bürgersteige sind auf weite Strecken nichts als Feldwege. Es gibt nichts Trostloseres als eine unbekannte Gegend in der Dunkelheit des hereinbrechenden Abends. Lassehn ist noch niemals hier gewesen, er weiß überhaupt nicht, wo er sich befindet, er hat sich vor ein paar Tagen die Adresse der Dame Elisabeth Mattner eingeprägt und sich gemerkt, daß er mit der Linie 64 bis zur Berliner Straße Ecke Weißenseer Weg zu fahren und in Fahrtrichtung der Straßenbahn weiterzugehen hat, das ist aber auch alles. Lassehn steht unschlüssig da, Dunkelheit und Verlassenheit rinnen ihm wie Frösteln über die Haut, er kann sich nicht entschließen, auch nur einen Schritt in die Straßenzeile zu tun, zu eindringlich steigt in ihm die Frage nach dem Sinn dieses Besuches auf. Aber dann schüttelt er die Frage ab und setzt sich entschlossen in Bewegung, geht an einer zerstörten Tankstelle und ein paar zertrümmerten Häusern vorbei, ein paar Menschen huschen wie flüchtige Schatten vorüber, von weit dringt das Klingeln der Straßenbahn in die Finsternis. Es scheint unmöglich, sich zurechtzufinden, aber schließlich findet er das gesuchte Haus doch, steigt die zwei Treppen im Scheine seiner Taschenlampe hoch, da die Treppenbeleuchtung nicht funktioniert, und klopft entschlossen an der Tür mit dem gelben Messingschild ›W. Mattner‹.

Ein paar Sekunden vergehen, ohne daß sich etwas in der Wohnung rührt. Unentschiedene Naturen neigen dazu, ihre Entschlüsse von zufälligen Erscheinungen abhängig zu machen und sich mit der Erklärung abzufinden, daß es eben so hat sein sollen. In Lassehn ist ein seltsames Gefühl von Enttäuschung und Befriedigung, aber während er noch zu ergründen versucht, was stärker in ihm ist, die Enttäuschung über das entgangene Abenteuer oder die Befriedigung darüber, daß es vielleicht gut so sei, hört er einen Schritt.

In der Tür steht die Dame Elisabeth Mattner, sie hält eine Kerze in der Hand und leuchtet Lassehn ins Gesicht.

»Ach, Sie sind es, Herr Lassehn«, sagt sie erfreut und streckt ihm die Hand hin. »Das ist wirklich eine Überraschung. Bitte, treten Sie ein.«

»Guten Abend, gnädige Frau«, sagt Lassehn und ergreift ihre Hand. Er fühlt sich fast in den Flur hineingezogen.

Lassehn ist verlegen, fast bereut er schon, der Einladung gefolgt zu sein, schließlich ist das doch eine fremde Frau, und auch ihr Lächeln macht sie ihm nicht vertrauter. Er läßt ihre Reden, die wie ein Sprühregen auf ihn herabrieseln, über sich ergehen, während er Hut und Mantel ablegt und ihr in ein Zimmer folgt. Der Schein der Kerze beleuchtet es nur spärlich, und auch das Gesicht der Frau ist fern und entrückt. Erinnerung läßt die Farben entweder zu feurig oder zu matt erscheinen, mit der Wirklichkeit deckt sie sich nie, und das hier ist ein Fall, in dem die Farben auf der Palette des Gedächtnisses zu prächtig waren. Das hier ist eine hübsche, freundlich Frau, aber der erotische Reiz, der damals von ihr ausgegangen ist, scheint ihr nicht mehr eigen zu sein. Lassehn ist zu unerfahren, um zu wissen, daß der sinnliche Reiz einer Frau nicht immer und in jeder Situation ausstrahlt, daß er sich erst entzünden muß und in hohem Maße von der seelischen Disposition desjenigen abhängig ist, der ihn empfängt. Die Bereitschaft zur Umarmung kann latent vorhanden sein, aber sie bedarf des Funkens, um sie auszulösen. Dieser Funken aber glüht in Lassehn nicht.

»Sie sind heute so ungewöhnlich schweigsam, Herr Lassehn«, sagt Elisabeth Mattner und legt eine Hand auf seinen Arm.

»Entschuldigen Sie, gnädige Frau«, sagt Lassehn, »aber ich bin heute ein bißchen durcheinander. Wie ist es Ihnen inzwischen ergangen?«

Elisabeth Mattner erzählt ein paar Einzelheiten, die Lassehn kaum in sich aufnimmt, er blickt sie fortwährend an, so wie jemand, der eine Photographie ansieht und in ihr nach bekannten Zügen forscht. Elisabeth Mattner ist dauernd in Bewegung, rückt ein Deckchen gerade oder stellt eine Kristallvase an einen anderen Platz, sitzt auch zwischendurch ein paar Minuten oder geht einfach umher.

»Wollen Sie mir etwas vorspielen?« fragt sie schließlich und weist auf das Klavier.

»Gern«, erwidert Lassehn und setzt sich sofort an das Klavier. »Haben Sie einen bestimmten Wunsch, gnädige Frau?« Elisabeth Mattner lehnt gegen die Kredenz, das Flackern der niederbrennenden Kerze zeichnet einen grotesken Schatten an die Wand.

»Etwas Zärtliches«, sagt die Stimme aus dem Halbdunkel leise, »etwas sanft Zärtliches.«

Lassehn läßt die Hände für ein paar Sekunden auf den Tasten ruhen, dann spielt er Mendelssohns ›Frühlingslied‹ und Schuberts ›Leise flehen meine Lieder‹, er spielt es mit ganz leichtem Anschlag, ganz pianissimo, seine Hände berühren die Tasten nur hauchzart, es ist beinahe, als bewegten sich die Tasten allein durch seinen Willen. Die Töne schweben wie Kirschblüten durch das halbdunkle Zimmer. Lassehn spielt nicht zärtlich, weil er nicht spielen kann, wie man ihm befiehlt oder es von ihm wünscht, er ist kein intellektueller, sondern ein emotioneller Spieler, er kann in seinem Spiel immer nur das ausdrücken, was ihn gerade bewegt, und das sind jetzt Einsamkeit, Sehnsucht, irgendein unbekannter Schmerz.

Da Töne nicht die Klarheit der Sprache haben und verschieden gedeutet werden können, legt die Dame Elisabeth Mattner sich sein Spiel auf ihre Weise aus, nämlich als das, was sie zu hören gewünscht hat: als Zärtlichkeit.

Lassehn, der am Klavier sitzt und schon nach den ersten Takten vergessen hat, wo er sich befindet, taucht in die Musik wie in ein warmes Bad, er weiß nicht, daß der erotische Sinn der Frauen oft nur wie ein Fahnentuch eingerollt ist und sich weit entfaltet, wenn nur ein Hauch von Zärtlichkeit hineinbläst. Und das tut er jetzt mit dem Spiel seiner Hände.

Als er das zweite Lied beendet hat, tritt die Dame Elisabeth Mattner hinter ihn und beugt sich mit der Schwere ihres Körpers über seine Schulter, sie bringt ihre Lippen dicht an sein Ohr und fährt ihm mit der Hand über das Haar. »Wunderbar«, flüstert sie, »wunderbar spielst du.«

Lassehn läßt die Hände sinken und wendet sich halb zurück. Plötzlich ist wieder alles, wie es vor ein paar Tagen gewesen ist, plötzlich ist die Dame Elisabeth Mattner keine fremde Frau mehr, er fühlt wieder ihre Hand, warm und fest, ihre Brust, weich und atmend, und ihre Stimme, leise und zärtlich. Er sitzt für ein paar Augenblicke wie gelähmt da, ehe das Begehren in ihm aufschießt, aber da hat die Dame Elisabeth Mattner sich schon wieder aufgerichtet, sie geht hin und her, tut da etwas und hier etwas, spricht ein paar Worte, ganz belanglose, nebensächliche Worte.

Lassehn sitzt bebend da. Was ihn vorher nervös machte, das erregt ihn jetzt, seine Augen folgen jedem Schritt, jeder Hantierung der Frau, unter der dünnen Seide der Bluse zittern ihre Brüste bei der geringsten Bewegung.

»Weshalb sehen Sie mich so an, Herr Lassehn?« fragt die Dame Elisabeth Mattner. Hat sie vergessen, daß sie eben noch du gesagt hat?

Die Erregung würgt Lassehn die Kehle zu, daß er nicht sprechen kann.

Die Dame Elisabeth Mattner streicht an ihm vorbei, ein Duft von Parfüm und Körpergeruch streift ihn verwirrend.

Lassehn steht auf. »Gnädige Frau«, beginnt er und weiß nicht, was er sagen will, es ist wie ein Hilferuf.

Elisabeth Mattner bleibt sofort stehen und dreht sich um. »Na, was ist denn, mein Junge?« fragt sie. »Bist du immer so unentschlossen?« Jetzt, denkt Lassehn, jetzt muß ich mich auf sie stürzen, sie erwartet es von mir. Aber er steht da und kann sich nicht rühren, da fühlt er ihre Arme um seinen Hals und ihren Mund auf seinen Lippen, zuerst ist es nur ein zarter, weicher Kuß, ihre Lippen sind weich und warm, aber dann werden sie ungestüm, öffnen seinen Mund, seine Zähne mit Gewalt, ihr Atem fließt zusammen, und alles löst sich auf in der Eruption des Rausches, kein Gedanke ist mehr in ihm, nur wildes, ungestümes Begehren, Raserei, Versinken. Als wieder Gedanken in Lassehn gleiten, löst er sich aus den Armen der Frau.

»Warst du glücklich?« fragt sie.

Lassehn antwortet, indem er über ihr Haar streicht. War er glücklich? Ist er es noch? Ist das Glück, besinnungslos im Schoße einer fremden Frau zu versinken? Ist das Gefühl, das seinen Körper durchrissen hat und jetzt noch in ihm nachzittert, Glück? Er weiß es nicht, er ist irre geworden, seit er weiß, daß das Glück, das er bei Irmgard zu finden geglaubt hatte, nichts anderes als eine Umarmung und alles andere nur eine Illusion gewesen ist. Hat eine selige Welle sein Herz schmerzlich erbeben lassen? Seltsam, daß er jetzt nicht mehr gnädige Frau und Sie zu ihr sagen darf.

»Wie darf ich dich nennen?« fragt er, um die Stille nicht zu eindringlich werden zu lassen.

»Sag Lisa«, flüstert sie dicht an seinem Ohr.

Was empfindet sie? denkt Lassehn. Liebe? Brunst? Er möchte gern in ihr Gesicht sehen, aber es ist völlig finster in dem Zimmer, es ist eine vollkommene Schwärze, die nicht einmal die Umrisse erkennen läßt.

»Ich war sehr glücklich«, erwidert Elisabeth Mattner.

Lassehn erschrickt fast. Ist da vielleicht doch mehr als nur der Zusammenprall zweier heißer Körper? »Liebst du mich?« fragt er. Das hört sich albern, abgegriffen, naiv an, schilt er sich selber und möchte im nächsten Augenblick seine Worte wie einen Angelhaken aus dem Wasser zurückreißen.

Elisabeth Mattner lacht leise auf, kleine, glucksende Töne. »Dummer Junge«, sagt sie und zieht ihn dicht zu sich heran, »weshalb immer gleich ...«

In diesem Augenblicke birst das Licht mit der Gewalt einer Explosion in die Dunkelheit des Zimmers.

Elisabeth Mattner zieht rasch eine Decke über ihren Körper. »Die Stromsperre ist aufgehoben«, sagt sie und blinzelt ins Licht, ihre Stimme ist ganz ruhig, kein Unterton der Erregung schwingt in ihr mit. »Das gibt gleich Fliegeralarm.«

Lassehn richtet sich ein wenig auf. »Und was machen wir dann, Lisa?« fragt er. Der Name kommt nur schwer von seinen Lippen, aber er gebraucht ihn, um sie nicht zu kränken.

Elisabeth Mattner zieht an der Schnur, die über dem breiten Bett an der Wand herabhängt, und schaltet die Deckenlampe wieder aus. »Gar nichts, mein Junge«, antwortet sie und knipst die Nachttischlampe an. »Wir bleiben hier oben. Hier ist nachts noch nie etwas passiert.«

»Hast du keine Angst?« fragt Lassehn.

»Angst?« fragt sie zurück und schüttelt langsam den Kopf. »Nein, Angst habe ich nicht mehr, das Gefühl, das man Angst nennt, habe ich längst überwunden, und an seine Stelle ist eine fatalistische Ergebenheit getreten. Ich weiß nicht, was du schon alles mitgemacht hast, mein Junge, Panzerschlachten oder Sturmangriffe oder Feindflüge oder vielleicht sogar Torpedierung, aber ich behaupte, daß du mir kaum etwas voraus hast.«

»Du meinst an Heldentaten?« fragt Lassehn ironisch.

Elisabeth Mattner verzieht ihr Gesicht zu einer geringschätzigen Miene. »Quatsch, Heldentaten«, sagt sie schnell, »an so etwas glaubst du doch nicht etwa? Oder doch?«

Lassehn schüttelt den Kopf.

Elisabeth Mattner nimmt die Antwort mit einem Nicken entgegen. »Ich wollte sagen, daß du und ihr alle, die ihr an der Front seid, uns nichts mehr voraus habt an Gefahr. Wer wie ich alle die schweren Tages- und Nachtangriffe mitgemacht, wer einmal unter den hellen Segeln der Leuchtbomben gestanden hat und trotz regendunkler Nacht in ihrem taghellen Schein jede Einzelheit genau erkennen konnte, jeden Winkel scharf ausgeleuchtet sah, wer während eines Fliegerangriffs die Dachböden kontrollierte und die Stabbrandbomben rechts und links und vorn und hinten durch die Dachziegel krachen hörte, wer stundenlang vom versengenden Atem einer Flammenwand angeweht wurde und wie irrsinnig Wasser in sie hineinpumpte und nachher weitere Stunden auf dem Dache Wache stehen mußte, die ringsum brennende Stadt mit Entsetzen sah und einen verzweifelten Kampf gegen den Funkenflug kämpfte, wer mit keuchenden Lungen und halbblinden Augen durch brennende Straßen um sein Leben lief, der hat keine Angst mehr, mein lieber Junge, der ist schon auf Erden durch das Fegefeuer gegangen, aber er ist dadurch nicht geläutert worden ...«

»Sondern?« fragt Lassehn.

»Mag ja sein, daß da und dort einer ist, der das alles als eine Prüfung oder Strafe Gottes ansieht und nun erst recht fromm wird«, fährt Elisabeth Mattner fort, »aber bei den meisten ist in dem großen Feuer auch noch das moralische Bewußtsein verbrannt und die Sinnlosigkeit des ganzen Lebens so offenbar geworden, daß man gar nicht anders als sinnlos leben kann.«

»Sinnlos?«

»Ja, sinnlos, wie von Sinnen, in einer ununterbrochenen Hetzjagd, immer dem Leben hart auf den Fersen, um ihm auch das kleinste Quentchen Glück oder Genuß oder Freude abzugewinnen.«

»Carpe diem, hat Horaz gesagt«, bemerkt Lassehn. »Carpe horam, muß es jetzt heißen.« Er winkelt einen Arm unter den Kopf und blickt ihr ins Gesicht, Seltsam, es ist nicht vertrauter als vorher, dieses hübsche, regelmäßige Gesicht unter dem weißlich-blonden Haarschopf, mit dem dunkelroten Mund und der kleinen Nase, die beim Küssen nicht stört. Lassehns Blick geht über jeden Zug ihres Gesichts hin, aber er liest keine Erregung, kein Glück und keinen Schmerz aus ihm, aber etwas ist doch anders in ihm, es hat den künstlich-gespannten Ausdruck von vorhin verloren, es ist von Zufriedenheit und Sattheit erfüllt, und irgendwo, tief in den Augen versteckt, lauert noch Gier.

»Du schaust mich so seltsam an, mein Junge«, sagt Elisabeth Mattner.

»Sag nicht immer mein Junge«, sagt Lassehn etwas unwillig.

»Weshalb nicht?« entgegnet sie und fährt ihm mit der Hand beruhigend über das Haar. »Mein Mann bist du doch nicht. Das heißt, du warst es eben, aber du bist es nicht.«

»Laß das«, wehrt Lassehn ab und rückt von ihr ab, »ich finde es nicht sehr passend ...«

Elisabeth Mattner lächelt nachsichtig. »Wir sind doch keine Kinder«, unterbricht sie ihn. »Was geht dich eigentlich mein Mann an? Der ist weit weg, und wenn er hier wäre, müßte er sich damit abfinden. Ich will dir mal etwas erzählen, Joachim, und du magst es meinetwegen als Rechtfertigung oder Entschuldigung auffassen. Als mein Mann zuletzt auf Urlaub war, so vor zwei oder zweieinhalb Jahren, ich weiß das gar nicht mehr so genau, da ist er nur acht Tage bei mir gewesen.«

Lassehn schüttelt den Kopf. »Acht Tage nur?« fragt er. »Von Italien?«

»Von Afrika sogar«, antwortet sie.

»Gibt es ja gar nicht«, wendet Lassehn ein. »Hörst du? Fliegeralarm!«

»Laß die Sirenen heulen«, sagt sie und macht eine wegwerfende Handbewegung, »einen Tod kann man nur sterben. Der Tod im Bett ist zwar kein Heldentod, aber mit einem Mann in den Armen ... Hast du Angst?«

Lassehn schüttelt den Kopf.

»Na, also«, sagt Elisabeth Mattner und lächelt ihn an. »Ja, du sagst, acht Tage Afrika-Urlaub gibt es gar nicht. Stimmt natürlich, aber er versuchte es mir einzureden, erzählte etwas von Kurierdiensten und tat sehr geheimnisvoll. Ich habe es auch beinahe geglaubt, nämlich so lange, bis ich erfuhr, daß er noch weitere zwölf Tage in Hannover verbracht hat, und zwar bei seiner Freundin, so einem Blitzmädel, die er von seiner Tätigkeit beim Luftgaukommando her kannte. Das ist mein Gemahl, der Herr Stabszahlmeister. Siehst du, mein Junge, und seit der Zeit bin ich anders.«

Lassehn merkt plötzlich, daß er von Frauen wenig weiß, in ihm sind viele Fragen, und er muß an sich halten, um sie nicht alle auf einmal aus sich herauszuschleudern.

»Seltsam«, sagt Elisabeth Mattner und spricht wie zu sich selbst, »da fliegen jetzt englische Flugzeuge auf unsere Stadt zu und werden gleich ihre Todesflügel über uns ausbreiten, die Kanonen werden dann schießen, die Menschen hocken zu Millionen in Bunkern, Kellern, Höhlen, Gräben, nur wir beide schweben gleichsam in der Mitte, zwischen den Flugzeugen und den Unterirdischen, zwischen Himmel und Erde, wir liegen nackt in einem Bett, und ringsum ist alles Dunkel.« Sie reckt die Arme unter der Bettdecke hervor und dehnt den Körper mit geschlossenen Augen.

Lassehn blickt wie gebannt auf die blonden Vogelnester in ihren Achselhöhlen. »Ich möchte dich noch etwas fragen, Lisa«, sagt er langsam, »du darfst es mir aber nicht übelnehmen.«

Elisabeth Mattner liegt noch immer mit geschlossenen Augen da. »Bitte, frage nur«, ermuntert sie ihn.

Lassehn zögert noch, weil er nicht weiß, wie er das, was er fragen will, in Worte kleiden soll, die Elisabeth Mattner nicht verletzen. »Du bist doch ... doch bestimmt keine leichtsinnige oder leichtfertige Frau, daß du ... daß du dich ... daß du mich zu dir genommen hast, ohne daß du mich eigentlich kennst.«

Elisabeth Mattner öffnet die Augen und sieht ihn mit forschenden, suchenden Blicken an.

»Mein lieber Junge«, sagt sie und lächelt mit geschlossenem Munde, »auch ich war einst eine Jungfrau mit lockigem Haar, romantisch, verträumt und liebessehnsüchtig, meine erste sogenannte große Liebe brauchte sechs Wochen, bis ich ihm den ersten richtigen Kuß schenkte, und weitere acht Monate, bis ich mit ihm zum ersten Male ins Bett ging. Du darfst mir glauben, daß ich mein Temperament immer gezügelt habe ...«

»Es schießt«, sagt Lassehn dazwischen und lauscht zum Fenster hin, »nicht sehr weit weg.«

»Das ist der Friedrichshain-Bunker«, sagt Elisabeth Mattner, »der tut uns nichts. Was sagte ich zuletzt? Ach richtig, ich habe mein Temperament immer gezügelt, mein Junge, die Inkubationszeit zwischen Bekanntschaft und Beischlaf hat zwischen vier Monaten und fünfviertel Jahren geschwankt, das ist immerhin eine recht ungewöhnliche Standhaftigkeit für eine heißblütige Frau, und daß ich das bin, hast du ja wohl gespürt. Als ich vor sieben Jahren heiratete, da hatte ich erst vier Freundschaften hinter mir. Nicht sehr viel, nicht wahr?«

Der Ehemann war also der fünfte, und das ist nicht sehr viel? denkt Lassehn. Aber er nickt statt einer Antwort, um das Gespräch nicht in einen Nebenweg zu lenken.

»Ich bin meinem Mann durchaus treu gewesen«, spricht die Frau weiter, »das heißt, bis ich von der Urlaubsgeschichte erfuhr. Da habe ich den Wünschen, die in mir schliefen, nachgegeben, und wie das so ist, wenn Wünsche in den Bereich des Möglichen und Erreichbaren gelangen und die Riegel der moralischen Hemmungen weggesprengt werden, dann wird man von Haltlosigkeit übersprudelt. Ich will ja nicht behaupten, daß das allgemein so ist, bei mir ist es jedenfalls so.«

Lassehn hält beinahe den Atem an. »Ich bin also ... nicht der erste?« sagt er. »Ich meine, nachdem du erfahren hattest ...«

Elisabeth Mattner streckt die Arme nach Lassehn und will seinen Kopf zu sich heranziehen. »Aus welchem Grunde bist du daran interessiert?« fragt sie schmeichelnd. »Genügt es dir nicht, daß du mich umarmen darfst? Du hast meinen Körper in Besitz genommen, so wie er ist oder war, vor einer halben Stunde war. Hat es deinen Genuß geschmälert, daß du nicht der sechste, sondern der zwölfte oder dreizehnte bist?«

Lassehn befreit sich sanft von ihrem Griff. »Du hast meine Frage nicht ganz verstanden oder nicht restlos beantwortet«, sagt er, »sie zielte eigentlich ...«

Elisabeth Mattner verschränkt die Arme unter dem Kopfe. »Ich weiß schon, was du meinst«, unterbricht sie ihn. »Mein lieber Junge, wir haben Krieg, auch hier bei uns in Berlin, unser Leben wird uns schon seit Jahren immer nur für eine kurze Zeit wiedergeschenkt, nämlich für die Pausen von einem Bombenangriff zum anderen. Weißt du, wenn man jeden Tag den Tod vor Augen hat, wenn jedes Geheul der Sirenen zugleich dein Ave-Läuten sein kann, dann packt dich der Hunger nach Genuß, dann willst du die kurze Frist, die dir möglicherweise noch beschieden ist, bis zur Neige auskosten, das gilt für die Liebe genau so wie für alle anderen Dinge. Ich nenne das die Intensivierung unserer Gefühle, was früher Monate brauchte, benötigt jetzt nur noch Tage, und was sich früher in Tagen vollzog, geschieht jetzt in Stunden. Wenn ich ...« Sie unterbricht sich und lauscht nach dem Fenster hin. »Hörst du? Vorentwarnung!«

Lassehn nickt, er hat gespannt zugehört und starrt auf den roten Mund, der so ruhig, fast gleichmütig vom Tode spricht.

Aus Elisabeth Mattners Gesicht ist das Lächeln fast ganz verschwunden, ein harter Ernst sitzt jetzt in ihren Mundwinkeln. »Wenn ich heute einen Mann kennenlerne, der mir gefällt, dann ist das nicht so wie früher; das erste Du, der erste Kuß, hiernach eine Weile gar nichts und dann vielleicht das Bett, nein, mein Junge, dazwischen liegen heute Tod und Verstümmelung. Der Mann, der mir am Nachmittag gefällt, kann schon am Abend durch Phosphor nur noch eine armlange, verkohlte Leiche oder durch eine Luftmine in tausend Teile zerfetzt sein, es kann aber auch mich treffen. Weshalb soll ich da also warten, moralische Hemmungen einschalten? Das ist heute alles anders, heute vollzieht sich das alles wie in einem Zeitraffer, Bekanntschaft, Kuß, Hingabe, Trennung, das muß alles bis zum nächsten Fliegerangriff in einem Zuge durchgekostet werden. Verstehst du das nicht, daß einem die Gier nach dem Genuß wie eine Angst im Nacken sitzt, nämlich die Angst, etwas zu versäumen, sein Leben nicht ausgelebt zu haben? Was du vielleicht moralische Verkommenheit und geistige Verwahrlosung nennst, das ist nichts anderes als eine Narkose der Seele.« Elisabeth Mattner fröstelt zusammen und zieht die Decke dicht unter das Kinn. Willst du sonst noch etwas wissen?« fügt sie noch hinzu.

Lassehn schüttelt den Kopf. Hat sie nicht alle Fragen, die vorhin in ihm waren, ausreichend beantwortet? »Nein«, sagt er.

»Oder vielleicht doch. Du bist also der Meinung, daß für Liebe in unserer Zeit kein Raum mehr ist?«

Elisabeth Mattner blickt starr zur Decke. »Liebe«, sagt sie und atmet schwer. »Was ist denn überhaupt Liebe? Stellst du Liebe zur Bedingung, ehe du von einer Frau Besitz nimmst? Genügt es dir nicht, ihren Körper uneingeschränkt zu besitzen und zwischen ihren Schenkeln zu ruhen?«

»Im Augenblick der Vereinigung genügt es mir wohl«, antwortet Lassehn, »aber nachher ... Das ist so wie mit einem Rausch, während der Alkohol mich noch befeuert, schmeckt der Wein noch, aber wenn ich aufhöre zu trinken, dann habe ich einen faden Geschmack im Munde, dann wird mir übel ...« Er beendet den Satz nicht, denn der Vergleich trifft nicht eigentlich das, was er hat ausdrücken wollen.

»Hast du immer geliebt, hast du stets erst die seelische Reifeprüfung absolviert, bevor du mit einem Mädchen geschlafen hast?« fragt Elisabeth Mattner und wendet ihm den Blick wieder zu. »Hast du deine Neigung, deine Sympathie, deine Freundschaft oder was sonst es war, seelisch immer erst voll ausreifen lassen, bevor du ... na, und so weiter?«

Lassehn antwortet nicht, die Frage trifft genau in seine Unsicherheit. »Die Sirenen entwarnen«, sagt er nur mit einer Kopfbewegung zum Fenster hin.

»Warum antwortest du nicht?« fragt Elisabeth Mattner und lächelt leise. »Du hast vorhin gefragt, ob ich dich liebe. Jetzt frage ich dich: Liebst du mich?«

»Ich weiß es nicht, Lisa«, antwortet Lassehn, »ich weiß es wirklich nicht, und daß ich es nicht weiß, quält mich. Vorhin, als sich mir dein Schoß öffnete, ich deinen Herzschlag eng an meiner Brust fühlte und die Spitzen deiner Brüste mich wie Dolche durchbohrten, als unsere Münder den gleichen Atem hatten, da war eine purpurne Wolke in meinem Gehirn, und ich glaubte dich zu lieben, aber als ich mich aus dir löste und die Wolke verflog, als mein Herz wieder einen anderen Takt als das deine schlug, da war alles nur Fleisch.«

Elisabeth Mattner gleitet an seine Seite und zieht seinen Kopf an ihre Schulter. »Weshalb quälst du dich, mein Junge?« fragt sie weich und sucht seine Lippen. »Du wirst nie glücklich sein, wenn du alles zerdenkst, laß dich von deinen Trieben beherrschen und lenken, dann kannst du noch ein bescheidenes Glück pflücken, mehr ist auf der Speisekarte unseres Lebens nicht verzeichnet.«

»Du findest dich damit ab, daß es so ist?« fragt Lassehn und schmiegt seine Wange tief in ihren Hals hinein.

Lassehn fühlt, wie ihre Schultern zucken. »Ich habe das Denken aufgegeben«, antwortet sie, »denken macht nicht glücklich.«

Lassehn hebt den Kopf und sucht ihren Blick. »Du verzichtest auf das Denken, Lisa? Begreifst du nicht, daß du dich damit des Attributs begibst, das den Menschen über das Tier erhebt?«

Elisabeth Mattner lacht schrill auf. »Das Denken erhebt den Menschen über das Tier?« sagt sie. »Mein lieber Junge, das sagen die Philosophen, die einsam und gottverlassen in ihren Stuben hocken oder auf rosaroten Wolken hoch über der Erde segeln. Kein Tier ist so grausam, feige, hinterlistig, gemein wie der denkende Mensch. Womit erheben wir uns über das Tier? Indem wir Flammenwerfer, Phosphorkanister, Gaskammern, Giftgase erfinden? Ach, sprich mir doch nicht vom Menschen als einem edlen Geschöpf.« Ihre Stimme sinkt wieder zu einem Flüstern herab. »Nicht denken, nur nicht denken, nur leben, leben.« Sie zieht Lassehns Kopf wieder zu sich herab und drängt ihren Körper dicht an den seinen. »Nicht denken, mein Junge, nur leben und lieben, ehe es zu spät ist.«

Lassehn sieht den dunkelroten, durstig geöffneten Mund und fühlt die Glut ihres Körpers, der sich fest an ihn preßt, das Flämmchen seines Widerstandes verzuckt in einem purpurnen Traum, und er versinkt wieder in ihrem Schoß, der sich ihm ungestüm entgegendrängt.

Als Lassehn erwacht, ist es wieder nachtschwarz im Zimmer, ihm ist, als sei er durch ein Geräusch erwacht. Er lauscht angestrengt in die Finsternis, aber er hört nur das Ticken einer Uhr und den ruhigen, gleichmäßigen Atem der schlafenden Frau, die dicht bei ihm liegt und ihn mit ihrer Wärme einhüllt, sonst ist es beklemmend still. Lassehn löst sich behutsam von der Frau, verschränkt die Arme unter dem Kopf und starrt in die Dunkelheit.

Nicht denken, hat sie gesagt, nur lieben. Ist denn das Liebe? Dieser Zusammenprall der Körper, diese wilde Besitzergreifung der Körper voneinander, diese Aufpeitschung der Sinne bis zur Bewußtlosigkeit? Ist das Liebe? Nicht das stille, zärtliche Ineinanderversinken, das der Körper eigentlich kaum noch bedarf? Er erinnert sich plötzlich einer Jugendfreundschaft, es ist eine Erinnerung, die ihm auch später noch das Blut zu Kopfe steigen ließ. Es ist nur ein kleines Erlebnis von Sekundendauer, aber es ist fest in ihm eingebrannt. In der Dunkelheit des Zimmers sieht er das schmale, reine Gesicht Ellen Eggebrechts vor sich, die ein wenig hervorstehenden, slawischen Backenknochen, die zartfarbene, durchscheinende Haut, die hellen, klaren Augen, die leicht gehobene, kindliche Oberlippe, das dunkelblonde Haar, das in zwei schlichten Zöpfen am Hinterkopf aufgesteckt ist. Sie waren zusammen aufgewachsen, zwischen ihnen war immer Unbefangenheit gewesen, bis ... ja, bis er sich eines Tages über ein Buch beugte, das sie las, und sein Gesicht ihre Wange streifte, es war nur eine flüchtige Berührung, ein Hauch von Wärme war von ihr auf ihn übergesprungen, sie blickten sich an und erröteten, eine süße, schmerzliche Zärtlichkeit hatte ihn überflutet, kein wildes Begehren hatte ihn erschreckt.

Die Erinnerung ist ganz unwirklich, sie ist entrückt wie ein Märchen aus uralter Zeit. Der Mund der Frau, deren gieriger Atem ihn vorhin angeweht hat, ihre Küsse mit scharfen Zähnen, züngelnder Zunge und saugenden Lippen haben ihn wie ein heißer Wind gestreift und nicht jene Spur hinterlassen, die sanft flutende Wärme der herben Mädchenwange, jene zufällige zärtliche Berührung ist beinahe gegenwärtiger als der heiße Körper der Frau, die ruhig atmend neben ihm schläft, eine nackte, weiche, warme, wildzärtliche Frau, von der er und die von ihm Besitz ergriffen, die keine Liebe, nur Befriedigung der Sinne verlangt hat.

Lassehn knipst die Nachttischlampe an und blickt der schlafenden Frau aufmerksam ins Gesicht. Sie liegt da wie ein schlafendes Kind, die Hände unter der Wange wie zum Gebet gefaltet, das helle, blonde Haar hat sich wie eine Welle tief in die Stirn geschoben, die Nasenflügel beben leise unter den gleichmäßigen

Stößen des Atems, der wie ein Föhn über ihn hinweht, der tiefrote Mund springt wie eine dunkle Wunde aus der hellen, zarten Haut des Gesichts, dieser Mund, der ihn gelockt und der der Kuppler gewesen ist. Lassehns Blick tastet jede Einzelheit ihres Gesichts ab, es ist ein Blick voll Dankbarkeit für die Ruhe, die sie seinem aufgestauten Blut gegeben hat, für den Trost, daß inmitten der Wüste von Trauer und Tränen Frauenleiber noch Vergessen schenken können. Liebe, nein, Liebe ist das nicht, er hat sich in ihren Leib gebettet, zwischen ihren Brüsten wie in einer schützenden Höhle gelegen und in ihrem Schoße Zuflucht gesucht.

Lassehn streift die Haarwelle aus ihrer Stirn und fährt ihr sanft über das Haar. Da zuckt er zusammen, ein Pfeifen geht durch die Luft, dann folgt ein Einschlag. Er weiß sofort, daß dieses Geräusch ihn vorhin aufgeweckt hat und daß es ein Artilleriegeschoß ist. Artillerie? Natürlich, Flakgeschütze dröhnen tiefer, und Bomben haben nicht dieses ziehende Pfeifen. Wo schießt jetzt Artillerie? Aber dann springt ihn ein Gedanke wie eine Katze an. Die Russen!

Im Nu fallen alle Gedanken an die Frau neben ihm ab. Da – da ist es wieder, dieses ziehende Pfeifen und ein Einschlag. Lassehn richtet sich auf und lauscht mit angespannten Sinnen, jede Pore seines Körpers saugt nur Geräusche ein. Ein paar Minuten vergehen, dann folgt wieder ein Schuß. Es besteht kein Zweifel mehr: die Russen haben mit der Beschießung Berlins begonnen.

Lassehn beugt sich zu der schlafenden Frau herab. »Lisa«, sagt er und streicht ihr über das Gesicht. »Lisa, wach auf!«

Elisabeth Mattner schlägt die Augen auf, ihre Augenlider gleiten wie ein Vorhang langsam hoch, für eine Sekunde ist noch Schlaftrunkenheit in ihrem Blick, dann gleitet ein Lächeln in ihn hinein. »Was ist denn, mein Junge?« fragt sie und streckt die Arme nach ihm aus.

»Wir haben Artilleriebeschuß«, sagt Lassehn erregt.

Das Lächeln der Frau gleitet jetzt von den Augen über das ganze Gesicht, wie die Sonne ein Feld mit ihrem Schein überzieht. »Was geht uns das an, Joachim«, sagt sie und umschlingt seinen Hals. »Komm, du, heute nacht leben wir noch, wer weiß, was morgen ist.«

Lassehn löst ihre Hände sanft von seinem Nacken. »Es ist ernst, Lisa«, wehrt er ab. »Da, hörst du?«

Elisabeth Mattner richtet sich erschrocken auf. »Das ist ... das ist doch ...«

»... Artilleriebeschuß«, ergänzt Lassehn. »Es ist soweit, Stalin ante portas!«

Die Stille der Nacht ist jäh unterbrochen, im Haus ist es plötzlich lebendig geworden, Türen werden geöffnet und geschlossen, Schritte poltern, erregte Stimmen klingen auf. Elisabeth Mattner lauscht mit erhobenem Kopf, sie kreuzt die Arme über der nackten Brust und klammert die Hände um die Schultern. »Mein Gott«, sagt sie mit zuckenden Lippen. »Wie ist das möglich?«

Lassehn lacht kurz auf. »Seltsame Frage! Warst du nicht darauf vorbereitet? Nach den letzten Berichten ...«

»Augenblick mal«, unterbricht ihn die Frau und lauscht nach dem Fenster hin. Ein Auto ist vorgefahren, hupt dreimal und nach einer Pause noch zweimal, die Tür fällt ins Schloß, aber der Motor tuckert weiter.

Elisabeth Mattner streift Lassehn mit einem flüchtigen Blick, gleitet rasch aus dem Bett und beginnt, sich eilig anzukleiden.

Lassehn hat sie mit Verwunderung beobachtet und errät sofort den Zusammenhang zwischen ihrem Aufstehen und dem Hupensignal.

»Was ist denn, Lisa?« fragt er. »Willst du schon aufstehen? Es ist doch erst drei Uhr.«

»Frag nicht soviel, sondern zieh dich lieber an«, entgegnet Elisabeth Mattner ungeduldig. »Da ist irgend etwas passiert, wenn er um diese Stunde kommt.«

»Wer ist er?« fragt Lassehn.

»Du sollst dich anziehen«, wiederholt Elisabeth Mattner ärgerlich. »Oder bleib meinetwegen liegen, aber verhalte dich ruhig. Hast du verstanden?«

»Jawohl, gnädige Frau«, erwidert Lassehn. »Aber wer ist er? Etwa dein Mann? Für diesen Fall ...«

»Du machst mich ganz nervös mit deiner Fragerei«, sagt Elisabeth Mattner und befestigt ihre Strümpfe mit fliegenden Händen. »Mein Gott, was mag da los sein, wenn er jetzt mitten in der Nacht ... Da ist er schon!«

Die Flurklingel schrillt dreimal durch die Wohnung und nach einer kleinen Pause noch zweimal.

»Wer ist er?« fragt Lassehn hartnäckig und beginnt ebenfalls, sich anzukleiden.

»Ein guter Bekannter«, antwortet Elisabeth Mattner und zieht einen Morgenrock über. »Du kennst ihn übrigens, es ist der Herr mit dem roten Gesicht.«

»Ja, ich entsinne mich«, sagt Lassehn gedehnt. »Ist er nicht Kollege von dir?«

»Er ist mein Vorgesetzter«, antwortet Elisabeth Mattner, »Ministerialdirektor im Innenministerium.« Sie tritt an Lassehn heran und küßt ihn flüchtig. »Bitte, verhalte dich ruhig, ja?«

Lassehn nickt, dann ist er allein im Zimmer. Er zieht sich rasch an und öffnet die Tür zum Nebenzimmer ein wenig, es interessiert ihn, was den Rotgesichtigen, den Herrn Ministerialdirektor, zu dieser Nachtstunde unterwegs sein läßt und zu der Dame Elisabeth Mattner führt, die wahrscheinlich seine Sekretärin ist, die er Lisa und die ihn Dickerchen nennt ... Nein, das kann nicht sein, dieser schwabbelige Kerl und Lisa ... Lassehn unterdrückt den Verdacht, der ihn wie ein plötzlicher Hustenreiz anfällt.

Da hört er schon die Stimmen im Nebenzimmer.

»Mach dich rasch fertig, Lisa«, sagt der Rotgesichtige aufgeregt, »es ist keine Zeit zu verlieren, vor einer halben Stunde hat Staatssekretär Kritzinger die Transportbewegung Thusnelda angeordnet.«

»Steht es so schlimm?« fragt Elisabeth Mattner ungläubig.

Die Stimme des Rotgesichtigen klingt ungeduldig. »Mein Gott, lebst du denn auf dem Mond? Hast du den heutigen Wehrmachtsbericht nicht gelesen?«

»Nein, ich bekam keine Zeitung mehr, und dann war Stromsperre ...«

Der Rotgesichtige raschelt mit einer Zeitung. »Hör gut zu, Lisa. Ich werde dir rasch ... Ja, hier ist er.

›Aus dem Führerhauptquartier, 20. April.

Das Oberkommando der Wehrmacht gibt bekannt:
Zwischen den Sudeten und dem Oderbruch tobt die Schlacht gegen den bolschewistischen Massenansturm mit äußerster Erbitterung. Westlich der Lausitzer Neiße ...‹

Das ist es noch nicht. Ja, hier ist es.

›In der Schlacht vor Berlin errangen unsere tapferen Divisionen beiderseits Frankfurt einen vollen Abwehrerfolg und stellten im Gegenangriff die alte Hauptkampflinie wieder her. Bei Müncheberg und Wriezen hat sich die Lage verschärft. Trotz zäher Gegenwehr gelang es starken freindlichen Panzerkräften, aus dem Raum Müncheberg weiter nach Südwesten und Süden bis in den Raum von Tempelberg und Buchholz vorzustoßen. Gegenangriffe sind angesetzt. Bei Wriezen warfen die Sowjets neu herangeführte Verbände in den Kampf. Im Raum von Sterneberg und Prötzel wird erbittert gekämpft. Nach unvollständigen Meldungen ...‹

Und so weiter, und so weiter. Das ist der Wehrmachtsbericht von heute, mein Kind, also die Lage von gestern, inzwischen ist ein Tag vergangen ...«

»Aber Gegenangriffe sind doch angesetzt«, wendet Elisabeth Mattner ein. »Meinst du nicht ...«

Lassehn hört, wie der Rotgesichtige die Hände zusammenschlägt. »Na und? Was will das denn schon heißen? Gegenangriffe werden stets angesetzt, auch bei Stalingrad haben wir Gegenangriffe unternommen, bei Falaise und bei Tunis, aber ob sie Erfolg haben, das ist wieder eine Sache für sich. Die Russen sind kaum noch aufzuhalten, vor Berlin jedenfalls nicht, ich habe zuverlässige Meldungen, daß sie schon in Fürstenwalde, Hoppegarten und Hohen Neuendorf sind.« Er spricht schnell, die Worte überstürzen sich, seine gespreizte, gedehnte Redeweise ist einem vulgären Tonfall gewichen. »Im übrigen mußt du gehört haben, daß die Stadt schon unter Ari-Beschuß liegt.«

»Ja, ja«, sagt Elisabeth Mattner eifrig, »ich wußte zuerst gar nicht, was los ist.«

Der Rotgesichtige stampft ungeduldig auf. »Mach doch, Mädchen, steh nicht herum, zieh dich an und sag, welche Koffer du mitnehmen willst. Der Chauffeur kann sie dann heruntertragen.«

»Ich soll jetzt gleich ...«

»Selbstverständlich! Worauf willst du denn warten? Oder willst du von einem Bolschewisten aufs Kreuz geworfen werden?« Er lacht kurz auf. »Dazu bin ich ja wohl da, wenigstens hin und wieder, soweit der kleine Vorrat reicht.«

Lassehn ist wie betäubt. Es ist also doch so, der Rotgesichtige und Lisa ... Ihm wird übel, der Widerwille in ihm ist so stark, daß er sich die Ohren zuhalten muß, aber er kann dem lauten, erregten Gespräch doch nicht entgehen.

»Ich kann jetzt noch nicht mitkommen, Georg«, sagt Elisabeth Mattner. »Heute früh, sagen wir gegen acht Uhr.«

»Ausgeschlossen«, erklärt der Rotgesichtige entschieden. »Jede Stunde ist kostbar. Donnerwetter, mach doch schon!«

»Wann geht denn der Zug?«

»Zug? Zug? Ich verstehe immer Zug«, ruft der Rotgesichtige, »an Eisenbahn ist gar nicht mehr zu denken, die Linien nach Süden und Südwesten sollen auch schon durchstoßen sein, Halle und Leipzig sind ebenfalls schon futsch, mein Liebling.«

»Ja, was soll eigentlich werden?«

»Weiß ich auch nicht, Mädchen«, sagt der Rotgesichtige, »jetzt hauen wir erst einmal ab. Ist doch klar, die Sache geht schief, da müssen wir sehn, daß wir aus dem Schlamassel heil rauskommen.«

»Wie willst du denn ...«, fragt Elisabeth Mattner verwirrt.

»Mein Auto wartet unten, Benzingutscheine habe ich genug. Mach doch endlich!«

»Und wohin?«

»Nach Eutin zunächst, die Landräte sind schon angewiesen, für Quartiere zu sorgen. Später machen wir eventuell weiter nach Holstein. Was starrst du denn immer auf die Schlafzimmertür?«

»Tue ich gar nicht«, widerspricht Elisabeth Mattner.

»Du machst mich doch nicht dumm, ich kenn' doch deine Touren, mein Liebling. Hast du jemanden bei dir?«

Lassehn gibt sich einen Ruck, er entsichert noch rasch seinen Revolver und stößt die Tür auf. »Guten Morgen«, sagt er und blickt den Rotgesichtigen herausfordernd an. »Sehr erfreut, Sie wiederzusehen.«

Wenn er gedacht hat, daß der Rotgesichtige auf ihn losstürmen und von einem Wutanfall gepackt werden würde, so hat er sich getäuscht. Der Rotgesichtige pariert seinen Blick mit einem überlegenen, amüsierten Lächeln. »Sieh da«, sagt er, »sind Sie nicht der junge Mann, den wir vor ein paar Tagen am Wittenbergplatz aufgegabelt haben und mit dem Lisa dann davongelaufen ist? Natürlich sind Sie es, jetzt erkenne ich Sie, trotzdem sie heute einen anständigeren Anzug tragen.«

Elisabeth Mattner steht ein wenig abseits und wippt ungeduldig auf den Absätzen. »Streitet nicht«, sagt sie streng, »wir haben jetzt andere Sorgen. Sei vernünftig, Joachim.«

»Joachim heißt der Knabe«, meint der Rotgesichtige. »Warst du zufrieden mit ihm?«

»Schweigen Sie!« ruft Lassehn empört. »Sie sollten sich schämen ...«

»Ich bin nicht eifersüchtig, junger Mann«, sagt der Rotgesichtige, »schließlich kann Lisa über sich verfügen, wie sie es für richtig befindet.«

Das Gespräch quält Lassehn, die Forsche, die er sich vorhin bei seinem Eintritt in das Zimmer zugelegt hat, ist nicht echt gewesen, sie fällt jetzt von ihm ab wie ein welkes Blatt. »Lisa«, sagt er gequält, »ich kann es nicht glauben, daß du und dieser Mann ... Nein, nein, sag, daß es nicht so ist!«

»Weshalb denn nicht?« sagt der Rotgesichtige. »Weil ich nicht so jung bin wie Sie und äußerlich unvorteilhaft absteche?« Er lacht ein tiefes, glucksendes Lachen. »Ich habe eben andere Qualitäten, junger Mann, gute Beziehungen zu höchsten Stellen und so, und unsere Lisa – ich darf doch unsere sagen oder haben Sie etwas gegen die Anwendung dieses Pronomens? –, also unsere Lisa weiß das zu schätzen, sie hat nämlich neben ihrem starken Liebesbedürfnis noch andere Ansprüche, und die können Sie wahrscheinlich nicht erfüllen, da sind die besseren älteren Herren …«

»Gib Ruhe, Georg!« herrscht Elisabeth Mattner ihn an. »Du wirst ordinär. Also was ist nun?«

»Was soll denn sein?« fragt der Rotgesichtige zurück. »Du meinst, weil ich den jungen Mann bei dir vorgefunden habe? Du weißt doch, daß ich nicht zimperlich bin. Also beeil dich!«

»Der Herr Ministerialdirektor belieben zu türmen?« fragt Lassehn höhnisch. »Das einfache Volk darf hierbleiben und kämpfen.«

»Ich warne Sie, junger Mann!« sagt der Rotgesichtige drohend. »Sie waren mir schon damals reichlich verdächtig. Glauben Sie ja nicht, daß Sie für mich tabu sind, weil Sie mit Lisa geschlafen haben!«

»Sie sind mir ein reizender Volksgenosse, verehrter Herr!« sagt Lassehn gelassen. »In den paar Tagen hat sich eine Kleinigkeit geändert, euer Thron wackelt, Herrschaften!«

Der Rotgesichtige macht einen Schritt auf Lassehn zu. »Ich werde … Ich werde Sie …«

»Gar nichts werden Sie«, sagt Lassehn, »ehe Sie auch nur einen Laut von sich geben können, knalle ich Ihnen eine Kugel in Ihren Wanst, daß Ihnen Hören und Sehen und Ihr ganzes schäbiges Leben vergeht.«

»Bitte, Georg, gib Ruhe«, greift Elisabeth Mattner ein und wendet sich dann an Lassehn. »Ja, dann gehst du wohl am besten, Joachim. Tut mir ja leid …«

Lassehn ist gelassen. »Du bist mir keine Erklärung schuldig«, sagt er und geht zur Tür. »Ich wünsche gute Reise«, fügt er hinzu, »aber glaubt ja nicht, daß ihr dadurch eurer Strafe entgeht. Ob in Berlin oder Holstein oder sonstwo, wir erwischen euch doch.«

Als er die Treppe hinabsteigt, ist ihm, als erwache er aus einem wüsten Traum.

V

21. April

Das Gesicht des Bezirkes, der den Schlesischen Bahnhof einschließt, hat sich in diesen Tagen entscheidend geändert. Der Strom der Flüchtlinge, der sich vom Bahnhof in die Frucht-, Lange-, Breslauer und Koppenstraße ergoß, um von hier aus in das Innere der Stadt einzusickern, ist versiegt, die Kolonnen von Handwagen, Leiterwagen, Kastenwagen, Schubkarren, Kinderwagen, Bauernwagen, Fahrrädern, hochbeladenen Privatautos und Lastfuhrwerken, die graue, stumpfe Masse erschöpfter, verzweifelter, halbverhungerter und halbirrer Frauen, taumelnder und jammernder Greise und Greisinnen, schreiender und wimmernder Kinder sind in die Kanäle der Ruinen von Berlin verströmt, sie sind auf der Flucht vor der Front gewesen und haben die Front doch wie mit magischer Anziehungskraft hinter sich hergezogen, der Donner der Geschütze und das Motorengeheul der Flugzeuge sind das Echo ihrer Schritte geblieben.

Für eine kurze Spanne Zeit ist eine seltsame Stille entstanden, als ob ein Flußbett leergelaufen und der sandige, steinige Grund bloßgelegt worden ist. Dann aber sind andere Wogen wild herangeschlagen und haben die Front in die Straßen gespült: die Gegend wurde zur Etappe, zur frontnahen Etappe. Die Straßen sind vollgestopft mit Fahrzeugen aller Art, Lkw's, Pkw's, Tigerpanzern, Sturmgeschützen, Pak, Feldartilleriegeschützen, Selbstfahrlafetten, Feldküchen, Sanitätswagen, Lautsprecherwagen der Propagandakompanien, Privatwagen mit Antennenrahmen, Tankwagen, Gewehrpyramiden stehen dazwischen, Granatwerfer, Maschinengewehre, Munitionskisten, und überall Soldaten, Soldaten, Soldaten.

Berlin ist immer eine Stadt mit Soldaten gewesen, aber diese Soldaten, die jetzt in der Gegend des Schlesischen Bahnhofes herumstreunen, sind von einer Art, wie sie Berlin bisher nicht kennengelernt hat. Berlin kennt Soldaten in Krieg und Frieden, ausmarschierende und heimkehrende, siegreiche und geschlagene Soldaten, es hat die Regimenter im preußischen Stechschritt bei den Kaiserparaden auf dem Tempelhofer Felde exerzieren sehen, es war Zeuge, wie sie im August 1914 singend und blumengeschmückt und unter Tränen bejubelt in den Krieg zogen und vier Jahre später zwar geschlagen, aber fast in gewohnter Ordnung zurückkehrten, es freundete sich, nach vorübergehender Militärmüdigkeit, mit der neuen Reichswehr an, die in unverwüstlicher preußischer Tradition mit klingendem Spiel zur Wache am Ehrenmal Unter den Linden aufzog, und wurde ganz intim mit der neuen Wehrmacht nationalsozialistischer Prägung, die bei den Hitler-Paraden auf der Charlottenburger Chaussee stolz ihre neuen Errungenschaften und erstaunliche Vielfalt zur Schau stellte. Die Stadt erlebte schließlich im Jahre 1939 den sang- und klanglosen Ausmarsch der Regimenter aus den Kasernen, ohne daß einer der zahlreichen, sonst so redseligen Führer des großmäuligen Deutschen Reiches sie einer Ansprache gewürdigt und ihnen versichert hätte, daß Gott mit ihnen sei. Noch einmal, und zwar im Herbst 1940, wurde die Stadt von einer gewaltigen soldatischen Welle überspült, als die Truppentransporte Tag und Nacht und Woche um Woche über die Stadtbahn und die Umgehungsbahnen von Westen nach Osten rollten, einem zwar nur geheimnisvoll gewisperten, aber dennoch offenkundigen Ziel entgegen. In den folgenden Jahren wurde die Stadt von unzähligen Urlaubern angelaufen und gekreuzt, diesen Urlaubern, die weniger deutschen Soldaten als türkischen Hamals glichen, die keuchend, schwitzend, triefend, mit gebeugten Rükken, aber verklärten Gesichtern ungeheure Lasten, Kisten, Säcke, Rucksäcke, Tornister, Koffer, Kartons, Gepäck aller Art, schleppten, soldatische Reiseandenken aus den unterworfenen Ländern.

Alle diese Kategorien von Soldaten gibt es heute in Berlin nicht mehr, die Stadt lernt jetzt einen neuen Soldatentyp kennen, der ihr bislang ferngeblieben ist, nämlich den müden, unrasierten, verdreckten, abgekämpften, ausgehungerten Soldaten: das Frontschwein. Sie treiben sich nutzlos herum oder sitzen irgendwo in

Gruppen, drehen sich Zigaretten oder pirschen sich immer wieder an die Feldküche heran, gehen den Offizieren möglichst aus dem Wege und rufen den Mädchen rohe Scherzworte nach, bei Beschuß gehen sie ganz automatisch in Deckung und tauchen wieder auf, wenn die Gefahr vorüber ist. Die Offiziere geben sich den Anschein von Geschäftigkeit, gehen eilig oder mit gewichtigen Mienen umher, geben Befehle oder widerrufen sie, schicken Melder los und nehmen Meldungen entgegen, aber wer in ihren Gesichtern zu lesen versteht, der erkennt zwischen ihren Befehlen und Anordnungen die tiefe Unsicherheit und mühsam verhaltene Nervosität.

Die Straßen rings um den Schlesischen Bahnhof haben sich in ein Heerlager verwandelt, auch die Bürgersteige sind besetzt, überall ziehen sich Telefonschnüre entlang, in den Hausfluren haben sich provisorische Schreibstuben niedergelassen, und in Kellern, Läden, Lagern, Fabriken, Wohnungen, unter Brückenbögen und in Tunnels sind Schlafgelegenheiten und fliegende Sanitätsstationen eingerichtet worden, Kommandostimmen, Befehle, Flüche, Schimpfworte, Gebrüll, Motorenlärm, Rasseln von Panzern, Schreibmaschinengeklapper, Pferdewiehern, Lautsprechermusik, das ist die Geräuschkulisse dieser Tage, Schweiß, Benzingestank, Ölbrodem, Pulverdampf, Feldküchenduft, Tabakdunst, Brandgeruch, Rauchschwaden, Chloroform, Blut, das ist die Geruchwolke, in die diese Tage eingehüllt sind.

Die Berichte der PK-Korrespondenten erweisen sich angesichts dieser Heerscharen, auf gut kommißpreußisch Sauhaufen genannt, als das, was sie sind: als Lehrstücke aus der nationalsozialistischen Propagandafibel für Schwachbegabte. Hier erweisen sich alle noch so schön stilisierten PK-Berichte, in denen das lyrische Moment der Naturbeschreibung nicht fehlen darf (weil damit die literarische Befähigung des Schreibers und die menschliche Größe des deutschen Soldaten so ganz nebenbei, aber doch keineswegs unauffällig bewiesen werden sollen), als Legende, sie werden ihrer propagadistischen Gewänder beraubt, und übrig bleiben nur die beiden Dinge, die allein für den Soldaten wichtig sind: Fraß und Schlaf. Dazwischen wird befohlen und gehorcht und – wenn es sein muß – auch gekämpft.

Zunächst aber wird am Schlesischen Bahnhof nicht gekämpft, wenn auch das Feuer der russischen Artillerie von Stunde zu Stunde anschwillt und die Tiefflieger manchmal so dicht über den Dächern dahinrasen, daß ihre roten Sterne auf dem Weißmetall deutlich zu erkennen sind.

In der Straße Am Schlesischen Bahnhof, zwischen Kloses Restaurant und der Wehrmachtsunterkunft, sind zwei Vierlingsflakgeschütze aufgefahren, an der Ecke Lange- und Fruchtstraße ist eine Pak mit Richtung auf die Gütergleise des Ostbahnhofs in Stellung gegangen, auf dem Küstriner Platz und in der Mühlenstraße stehen Panzer mit aufgeklappten Turmluken, die Rohre drohend nach Osten gerichtet, Pionierkommandos sind damit beschäftigt, Sprengladungen unter den Eisenbahnviadukten über die Frucht- und Koppenstraße und an den Spreeübergängen im Zuge der Brommy- und Schillingstraße anzubringen. Die Eingänge zum Schlesischen Bahnhof, dieser eisenrippigen Doppelhalle, sind von Gendarmerieposten mit Maschinenpistolen bewacht, sie haben die Beine fest und breit gegen das Pflaster gestemmt und die Kinnriemen ihrer Stahlhelme fest angezogen, denn im Bunker unter dem Bahnsteig A hat ein General seinen Befehlsstand aufgeschlagen. Die Generalstabskarte, die vor ihm ausgebreitet liegt, verzeichnet keine russischen oder polnischen Namen mehr, sie ist nicht im Maßstab 1:100 000 oder 1:250 000 angefertigt, sie ist auch eigentlich gar keine Generalstabskarte. Die Größe der Aufgabe, das Vaterland aus dem ihm aufgezwungenen Kriege zum langverheißenen Endsieg zu führen, steht seltsamerweise im umgekehrten Verhältnis zum Maßstab der Generalstabskarten, und so ist die Karte, über welche der General sein sorgenvolles Haupt beugt, im Maßstab von 1:20 000 gefertigt, sie ist nur ein Pharus-Plan von Berlin.

Inmitten des Heerlagers vegetieren die kümmerlichen Reste zivilistischen Lebens wie das spärliche Grün zwischen den Trümmern zerfallener Häuser. Es ist im Laufe des Krieges immer mehr zusammengeschrumpft, fast alle Errungenschaften der Zivilisation fielen nacheinander aus, nachdem die geistige und seelische Einschnürung geglückt war. Der Sturz in die Primitivität vollzog sich nicht auf einmal, die Einschränkungen und zwangsweisen Verzichte, die von der Führung mit einem vielsagenden Augenzwinkern über den Kanal (wo es noch viel, viel schlechter bestellt sei) als kriegsnotwendig bezeichnet wurden, drängten das Leben langsam, aber unaufhaltsam in einen winzigen Winkel zurück, jede Ordnung war nur ein Provisorium, jeder Zustand nur interimistisch. Der Verzicht auf eine bestimmte Menge und Art von Nahrungsmitteln wurde als selbstverständlich hingenommen, der Verzicht auf ungestörten Schlaf und eigenes Obdach kam hinzu, nachdem bereits lange vorher Verzichte vielfältiger Art hingenommen worden waren, aber die Menschen hatten sich in einem seltsamen Beharrungsvermögen zwischen den Ruinen der Stadt, in den ungewissen Stunden zwischen den Fliegeralarmen und in den kurzen Pausen zwischen Arbeit und Schlaf noch immer ein kleines Quantum an persönlichem Leben bewahrt. Es wird jetzt, im Zeichen der Front, ausgelöscht, von der Todesangst breitgewalzt. Der Krieg, bisher ein chronisches Leiden mit schockartigen Koliken, überfällt sie jetzt mit einem lähmenden, brennenden Fieber. Das Heldentum, die Standhaftigkeit, der Opfersinn, die Gefolgschaftstreue, die man ihnen andichtet und einsuggeriert, ist nichts als der urinstinktive Lebenswille, und wenn es in den Gehirnen überhaupt noch Gedanken gibt, dann den, befreit zu werden, vom *Kriege befreit zu werden,* gleich durch wen, gleich wie, gleich wodurch, durch Shukows, Montgomerys und Eisenhowers Armeen, oder auch durch Hitler und die Wunderwaffe.

Nur wenige sind es, die den Dingen mit Gelassenheit entgegensehen, weil sie die Katastrophe schon voraussahen, als die Menge noch Siege feierte. Einer von ihnen ist Klose, er steht mit aufgerollten Hemdsärmeln in der Tür seines Lokals und läßt seinen Blick über die Soldaten und den Troß gehen. Wer sich die Zeit nähme, ihm genauer in das breite Gesicht mit dem ein wenig feisten Kinn zu sehen, der würde im Hintergrunde seiner Augen ein böses, haßvolles Licht entdecken, aber wer hat in diesen Stunden, da der Vulkan des Krieges seine eiserne Lava über die Stadt auszuschütten beginnt, schon Zeit, anderen ins Gesicht zu blicken.

Nach einer Weile weicht der harte, stechende Glanz aus Kloses Augen, und sein Gesicht füllt sich mit einem schlaffen Lächeln von Ekel, er nimmt einem Zeitungsverkäufer das einseitige Blatt ab, tritt in das Lokal zurück und beginnt zu lesen.

»›Der Angriff‹ vereinigt mit ›Berliner illustrierte Nachtausgabe‹

›Sonnabend, 21. April 1945.

Des Führers heilige Sendung
Von Dr. Robert Ley
Als ich gestern aus dem niederschlesischen Frontgebiet nach Berlin zurückfuhr, dachte ich am Geburtstag des Führers über diese seltene und einmalige Persönlichkeit, über seinen schicksalhaften geschichtlichen Auftrag und über seine übermenschliche Arbeitsleistung für die Rettung des deutschen Volkes nach, und ich möchte meine Gedanken hier niederschreiben.

Gerade jetzt, wo die unbestechliche Vorsehung durch den plötzlichen Tod Roosevelts die handelnden Personen dieses Weltringens in den Vordergrund schiebt und zum Vergleich mit der Errettung des Führers am 20. Juli herausfordert, ist es unbedingt notwendig, über das Tagesgeschehen hinaus, nach dem Auftrag der Vorsehung an die handelnden Personen – ob Freund oder Feind – zu fragen. Bei Roosevelt hat das Schicksal klar und deutlich gesprochen. Er hat gegen alle Vernunft und damit gegen die Vorsehung den verbrecherischsten Krieg aller Zeiten begonnen, ungeheuerliches Leid und unvorstellbare Not über die Menschheit gebracht. Er hat sich schuldig vergangen an Gott und den Menschen, deshalb wurde er verurteilt, er mußte sterben. Bei Adolf Hitler hat auch das Schicksal klar und eindeutig seinen Willen kundgetan. Die Vorsehung bewahrte den Führer vor dem schändlichen Anschlag und schenkte ihm das Leben, um seinen geschichtlichen Auftrag zu erfüllen. Sage mir keiner: Das ist Zufall. Nein, das ist Bestimmung. Ich glaube an den historischen Auftrag des Führers und an seine heilige, d. h. heilbringende Mission, das deutsche Volk vor dem Untergang zu retten und das nationalsozialistische Deutschland zum Siege zu führen.

Was wäre geschehen, wenn Adolf Hitler und seine Idee nicht gekommen wären? Wäre Adolf Hitler nicht gekommen, wäre heute das deutsche Volk gar nicht mehr da. Bilde sich keiner ein, es gehe heute um den Nationalsozialismus und seine Führer. Wenn wir bestechlich und gemein genug wären, um das deutsche Volk, sein Leben und seine Freiheit an die bolschewistischen und plutokratischen Henker auszuliefern, würden uns die Juden in Moskau und New York genauso akzeptieren, wie sie irgendwelche Verräter akzeptieren. Weil jedoch der Führer und seine Partei unbestechlich und unbeirrbar ihren geschichtlichen Auftrag – dem deutschen Volke Leben und Freiheit zu bewahren – nachgehen und erfüllen, deshalb hassen sie ihn und deshalb hassen sie uns.

In schwersten Situationen war ich um den Führer und in seiner Nähe. Ich hatte auch das seltene Glück, den Führer als Mensch kennenzulernen. Jedoch ihn in seiner ganzen Größe kennengelernt zu haben, war mir erst jetzt in den letzten Wochen und Monaten vergönnt. Das Größte an Adolf Hitler ist sein unerschütterlicher Glaube und seine beispiellose Standhaftigkeit. Wenn alles wankt, der Führer wankt nie. Wenn viele den Kopf hängen lassen, der Führer bleibt sich in seiner Zuversicht immer gleich. Wenn keiner mehr einen Ausweg findet, der Führer findet ihn. Er glaubt an den Sieg und seine Mission: Deutschland vor dem Untergang zu bewahren.

Der Widerstand des deutschen Volkes ist nicht zu brechen, weil Adolf Hitler nicht gebrochen werden kann.‹«

Klose schleudert das Blatt mit einem verächtlichen Gelächter auf den Tisch. »Das ist denn doch ...«, ruft er und schüttelt den Kopf. »Wenn man das liest, ist man einfach sprachlos über soviel Frechheit.«

»Du beleidigst deine Intelligenz, wenn du dich damit auseinandersetzt«, sagt Wiegand und nimmt die Zeitung auf. »Weshalb ärgerst du dich eigentlich so?«

»Wenn man solchen Mist liest, dann platzt einem doch der Kragen«, antwortet Klose wütend und spült ein paar Gläser aus.

Wiegand überfliegt das Blatt und lächelt ironisch. »Hast du etwas anderes erwartet, Oskar?«

»Natürlich nicht«, antwortet Klose, »aber diese Unverfrorenheit verblüfft mich doch. Bisher haben die Nazis ihren Schwindel immer gut verpackt, aber jetzt ist der Abstand zwischen Lüge und Wahrheit so groß ...«

»... daß er nicht übersehen werden könnte, meinst du?« fällt Wiegand ein. »Ja, mein Lieber, das spielt doch längst keine Rolle mehr, so wie Exhibitionisten um ihre verbrecherischen Neigungen wissen und ihnen dennoch freien Lauf lassen, so wie diese sich trotz aller Strafen immer wieder entblößen, so reden und schreiben Goebbels, Ley, Dietrich, Fritzsche und die anderen, unabhängig von den Realitäten, immer weiter, und es ist noch nicht einmal ganz sicher, ob es nicht ein ähnlicher psychopathischer Zustand ist. Für uns, die wir Abstand zu den Dingen bewahren, ist die Diskrepanz nahezu ungeheuerlich geworden.«

»Wir sind ja nun wirklich abgebrüht«, sagt Klose, »und doch kann einem der Kaffee immer wieder hochkommen. Wo ist eigentlich Lassehn?«

»Ich warte schon mit Schmerzen auf ihn«, sagt Wiegand und steht auf. »Er soll ein paar Volkssturmarmbinden holen, das ist augenblicklich die beste Tarnung.«

»Klar«, sagt Klose, »die greifen doch jetzt jeden Mann, der noch nicht auf allen vieren kraucht, das vierte Aufgebot vom Volkssturm soll ja auch schon aufgerufen sein.«

Wiegand geht unruhig hin und her. »Wenn dem Jungen bloß nichts passiert ist.«

»Ist keine Kleinigkeit, jetzt unterwegs zu sein«, meint Klose und trocknet sich die Hände ab, »überall Kontrollen und dann der Beschuß ... Hast du übrigens 'ne Ahnung, wo er heute nacht war?«

»Er hat nicht darüber gesprochen«, erwidert Wiegand, »aber ich vermute, er war bei einer Frau. Gestern nachmittag hatte er meine Frau gebeten, ihm seinen einzigen guten Anzug, den er gerettet hat, aufzubügeln.«

»Ist ja 'n junger Kerl«, lacht Klose, »so was muß auch in Kriegszeiten sein, mir scheint aber, er hat 'ne Enttäuschung erlitten. Sein Gesicht, als er heute so um sechs ankam ...«

»Richtig«, stimmt Wiegand zu, »er sah so fahl, so müde, aber nicht übernächtigt aus, ich möchte sagen, es war eine Art seelischer Müdigkeit. In dem Jungen steckt ein guter Kern, der nicht vom Nazismus angefressen ist, ich halte ihn auch charakterlich für einwandfrei, aber er ist ein wenig zu weich.«

»Das ist nur halbwegs richtig«, wendet Klose ein, »wie er den Sasse und vor allem den ss-Bullen bei euch draußen erledigt hat, das war ganz groß.«

»Das ist schon richtig«, sagt Wiegand und blickt durch das Schaufenster auf die Straße, »aber hinterher versagen dann die Nerven. Was ihm fehlt, ist ein solides politisches oder weltanschauliches Fundament. Aber wo soll ein junger Mensch das jetzt her haben, wenn er es nicht von zu Hause mitbekommen hat.« Er schweigt für einen Augenblick und lauscht angespannt. »Die Artillerie wummert heute fast ohne Pause, die Einschläge sind auch gar nicht mehr so weit weg. Warte nur, balde ... Du, wir bekommen Besuch.«

Die Tür wird heftig aufgestoßen, zwei Dutzend Volkssturmmänner drängen sich stoßend und lärmend ins Lokal. Es ist eine bunt zusammengewürfelte Rotte, meist ältere Leute mit angegrautem Haar, eckigen, unbeholfenen oder behäbigen Bewegungen, einige hinken stark, einer hat sogar eine Unterarmprothese. Ihre Bewaffnung besteht aus drei Panzerfäusten, einem Panzerschreck und rund einem Dutzend 98er Gewehre, einige sind ohne Waffe. Keiner von ihnen ist uniformiert, einheitlich ist allen nur die rotschwarz-rote Armbinde und die verdrossene Miene. Einer trägt eine uralte feldgraue Hose mit aufgesetzten Knieflicken und einen ziemlich neuen Offiziersrock ohne Achselstücke, ein anderer paradiert mit Husarenattila und Reithose, dazu trägt er Haferlschuhe und Sportstutzen, zwei andere tragen die alte dunkelblaue Uniform der Schutzpolizei, die anderen Zivilanzüge, aber es ist keiner unter ihnen, der sich nicht verpflichtet fühlt, sich irgendwie ein militärisches Aussehen zu geben, sei es durch Koppel oder Schulterriemen, Langschäfter oder Kommißstiefel, Militärmütze oder Werkscharschiffchen, Tornister oder Brotbeutel, einige haben sogar Deckenrolle, Rucksack, Gasmaske, Seitengewehr, Hirschfänger, Revolvertasche bei sich.

»Grüß euch Gott, Kameraden!« ruft Klose. »Noch rasch eine kleine Stärkung, und dann ran an den Feind!«

»Quatsch nicht!« verweist ihn ein langer, hagerer Mann, dessen faltiger, verschrumpfter Hals hoch aus dem Kragen seiner Litewka ragt. »Komm lieber mit Bier rüber!«

»Bin schon dabei, solange der kleine Vorrat reicht«, entgegnet Klose, läßt ein Glas nach dem anderen vollaufen und mustert die Volkssturmmänner mit ironisch abschätzenden Blicken. »Wenn man euch so ansieht«, fährt er dann fort, »dann muß ich daran denken, was der kleine Goebbels im November beim großen Volkssturmappell gesagt hat.«

»Was hat er denn gesagt?« fragt einer.

»Die Wahrheit, wie immer nur die Wahrheit«, antwortet Klose, nämlich:

»›Der Volkssturm ist nach dem Willen des Führers eine durch und durch moderne Truppe!‹

Wenn ihr die modernen Soldaten seid, dann möcht' ich erst mal die unmodernen sehn.«

»Quassel nicht soviel. Hast du nicht ein paar Zigaretten?« fragt ein anderer, der ein Paar elegante Reitstiefel und dazu eine geflickte, mißfarbene Stiefelhose trägt.

»Nee«, sagt Klose und grinst breit über das ganze Gesicht, »aber Bockwurst und Salat oder 'n Wiener Schnitzel könnt ihr haben, oder 'n paar handfeste Buletten ...«

»Mensch, hör auf!« sagt ein kleiner Mann, der seine schiefe linke Schulter vergeblich unter einer weiten Windjacke zu verbergen sucht. »Oder ich schieß dir meine Panzerfaust in den Wanst.«

»Mach das lieber nicht«, entgegnet Klose und schäumt die lange Reihe der Gläser mit einer einzigen schnellen Bewegung ab, »gerade *die* Panzerfaust kann nachher fehlen, um Berlin zu retten und um den letzten T 34 abzuschießen.«

»Sind wir hier in 'ner Kneipe oder 'ner Irrenanstalt?« fragt ein Asthmatiker und zerrt wütend an seinen Schnurrbartenden, er trägt eine blaue speckige Postuniform, um die er ein altes Koppel geschnallt hat.

»Wieso denn?« fragt Klose mit ernstem Gesicht. »Hat der Führer nicht gesagt:

›Wie lange dieser Krieg auch dauern mag, das letzte Bataillon auf dem Schlachtfeld wird ein deutsches sein.‹

Mir scheint, ihr nehmt den Kampf um Berlin nicht ernst, Herrschaften, es geht um den Bestand unseres herrlichen Reiches. Eng geschart um unseren großen Führer ...«

Der lange Hagere macht eine bezeichnende Grimasse. »Das Reich kommt mir nachgerade zum Halse raus, und der Führer kann mich ...«, sagt er wütend und macht eine eindeutige Handbewegung. »Wir haben genug von der Scheiße!«

»Versteh' ich nicht«, sagt Klose und schüttelt den Kopf, »daß ihr dann noch rumlauft wie aus dem Panoptikum entsprungen.«

»Du hast leicht reden, alter Mollenhengst«, mischt sich der kleine Schiefe ein und fuchtelt mit den Armen durch die Luft.

»Wieso? Für mich wär' das kein Problem«, sagt Klose und pfeift durch die Zähne. »Huit, huit, und ab nach Kassel oder Posemuckel oder sonstwohin.«

»Oder hoch, hoch, hoch – an den Laternenpfahl nämlich«, sagt der mit der Husarenattila.

»Genau so ist das«, bekräftigt einer in einer blauen Polizeiuniform. »Bleibt uns ja gar nichts anderes übrig, als mitzumachen.«

»Ihr seid mir schöne deutsche Helden«, sagt Klose und stellt eine Batterie Gläser auf die Tische, »statt einmal kurz Schluß zu machen, wenn's vielleicht auch Kopf und Kragen kostet, da macht ihr immer weiter, was euch genau so um euer kostbares Leben bringen kann und außerdem den Kampf bis in eure Häuser, eure Wohnungen und Keller trägt. Aber es ist ja bequemer, sich befehlen zu lassen und Befehle auszuführen, selbst wenn sie ein Hohn auf jede Vernunft sind. Nur nicht denken, nur keine eigenen Entschlüsse fassen. Scheißer seid ihr, alle miteinander!«

»Sei mal 'n bißchen vorsichtig, Dicker«, sagt der mit den eleganten Reitstiefeln, »sonst baumelst du noch, bevor der Iwan mit seiner Artillerie in deinen Laden reinfunkt. Hört doch mal!« ruft er mit einer gebieterischen Handbewegung. »Seid doch mal ruhig!« Alle lauschen jetzt nach der Straße hin, das Artilleriefeuer ist heftiger und lauter geworden, die Einschläge liegen jetzt näher, die Schaufensterscheiben klirren leise.

»Die fangen an, sich auf den Schlesischen Bahnhof einzuschießen«, sagt der kleine Schiefe.

»Jede Stunde Kampf bedeutet Tod und Verderben für eure Familien«, sagt Klose ernst. »Oder glaubt ihr, die Russen noch aufhalten zu können?« Der lange Hagere macht eine matte, hilflose Handbewegung und murmelt ein paar undeutliche Worte.

Ein mittelgroßer, dunkelhaariger Mann mit einer scharfen Brille meldet sich jetzt zum Wort. »Ich habe die Hoffnung noch nicht ganz aufgegeben«, sagt er und begleitet seine Worte mit einem heftigen Nicken, »daß der Kampf nicht bis zum Letzten geht.«

»Armer Irrer«, sagt Klose, »du glaubst, was du hoffst. Ich sage dir, der Kampf geht bis zum Weißbluten, wenn ihr nicht vorher Schluß macht. Hier, lies doch mal den ›Angriff‹ von heute, was die über Magdeburg schreiben, da kannst du den richtigen Begriff bekommen. Da, nimm – lies vor!«

Der mit der Brille nimmt zögernd das Blatt und beginnt zu lesen.

»›Schutthaufen werden zu feuerspeienden Bergen
Heldenkampf von Magdeburg

Magdeburg setzt den feindlichen Eindringlingen, wie der Kriegskorrespondent einer großen amerikanischen Nachrichtenagentur meldet, haßerfüllten Widerstand entgegen, mit dem die Anglo-Amerikaner nicht mehr gerechnet haben.

Als die amerikanischen Panzer durch die Straßen der Stadt rollten, in der man nach den schweren Terrorangriffen der vergangenen Tage keinen Widerstand mehr erwartete, verwandelten sich die Schutthaufen in feuerspeiende Berge. Die Bevölkerung, Männer, Frauen und Jugendliche, hatten sich hinter den Ruinen ihrer Stadt verschanzt, um dem verhaßten Feinde seine Schandtaten mit der Panzerfaust und dem Gewehr heimzuzahlen. Verschiedene Widerstandsinseln, hinter deren Barrikaden sich Magdeburger Bürger, unter ihnen Knaben und Greise, mit wilder Verbissenheit und Erbitterung verteidigen, behindern den amerikanischen Vormarsch nachhaltig.‹«

Als er geendet hat, schweigen die Männer betreten.

»Tscha«, meint Klose und blickt von einem zum anderen, »da nehmt euch mal 'n Beispiel dran, das sind noch Kerls, die verschanzen sich, wenn's sein muß, hinter ihrem eigenen Vollbart.«

»Wenn man bloß wüßte, was man machen soll«, murmelt der lange Hagere und trinkt sein Glas Bier gedankenverloren aus.

»Man müßte die Hunde einfach übern Haufen knallen«, sagt der mit den Reitstiefeln, »päng, päng, päng, einfach übern Haufen, jawohl, das müßte man.«

»Wenn ihr mal in die Grube sinkt«, mischt sich Wiegand jetzt zum ersten Male in das Gespräch ein, »heute oder morgen oder vielleicht erst übermorgen, dann kriegt euer Massengrab ein Hakenkreuz mit der Inschrift: ›Hier ruhen die Volkssturmleute Müßte, Hätte, Sollte, Wenn und Aber, sie starben an ihrer eigenen Entschlußlosigkeit den geduldigen deutschen Heldentod für den größten Führer aller Zeiten.‹«

Alle wenden sich Wiegand zu, der in einer dunklen Ecke sitzt.

»Da ist ja noch einer«, sagt der mit der Husarenattila.

»Aber recht hat er«, sagt der kleine Schiefe, »hundertmal recht, aber ...« Er zieht die verwachsene Schulter hoch, läßt sie resigniert wieder sinken. »Mensch, die haben uns doch so in der Zange ...«

»Wir müssen wirklich mal ernstlich überlegen«, sagt einer, der eine Panzerfaust auf den Knien liegen hat.

»Klar«, sagt Klose, »aber nicht zu schnell, mach erst 'ne Zeichnung und reich sie dem OKW zur Begutachtung und Genehmigung ein.«

»Laß doch die Witze, Dicker«, sagt der lange Hagere ärgerlich. »Das ist alles nicht so einfach ...«

Ein gewaltiger Donnerschlag fährt nieder, das Haus zittert für Sekunden, die Ladentür springt auf, die Scheiben klirren, Kalk rieselt in weißen Wolken von den Wänden, auf der Straße werden Schreie laut, Hufe eines wild gewordenen Pferdes klappern über das Pflaster.

»Donnerwetter!« ruft der in Postbeamtenuniform. »Jetzt geht's hier auch los!«

»Ja, sieh nur zu, daß du noch irgendwo ein ruhiges Plätzchen in Berlin findest«, sagt Klose höhnisch.

»Ist jetzt keine Zeit für Späße«, sagt der lange Hagere wütend. »Ich glaube ...« Er spricht nicht zu Ende und zieht den Kopf zwischen die Schultern. Eine zweite Granate pfeift heran und schlägt ein, jetzt folgt Schuß auf Schuß, Einschlag auf Einschlag, dazwischen knattern die Motoren der Tiefflieger und die Schüsse ihrer Bordwaffen. Nach einer Viertelstunde ist der Feuerschlag vorüber.

»Das war die Ouvertüre, Herrschaften«, sagt Klose.

»Verflucht, juchhe, das hat kräftig hingehauen«, sagt der mit den Reitstiefeln, »muß doch mal sehen, was draußen los ist.«

Er geht durch die Tür, die noch offensteht, und prallt mit einem ss-Offizier zusammen. Mit einem Satz ist er wieder im Lokal.

»Achtung!« ruft er laut, schlägt die Hacken zusammen und nimmt die Hände an die Hosennaht.

Alle springen auf und nehmen die vorschriftsmäßig stramme Haltung an.

Der ss-Offizier mustert sie rasch mit einem kalten Blick. »Meldung!« sagt er scharf. »Wird keine Meldung gemacht?«

Der Hagere tritt vor und hebt die Hand zum Deutschen Gruß. »Zugführer Albrecht und neunzehn Volkssturmmänner, Hauptsturmführer.«

»Danke«, schnarrt der Hauptsturmführer. »Wo sind Sie im Einsatz?«

»Küstriner Platz, Panzersperre Müncheberger Straße, Plaza und Ostbahnhof.«

»Und was tun Sie hier?«

»Wir sind bis zwanzig Uhr abgelöst, Hauptsturmführer.«

»Blödsinn, jetzt gibt's keine Ablösung mehr. Beim Militär gibt's keinen Achtstundentag, verstanden? Habe genug Beschäftigung für alle. Jeder Mann wird jetzt dringend gebraucht. Zurück, marsch, marsch!«

Der Hagere zögert noch einen Augenblick.

»Na, wird's bald?« brüllt der Hauptsturmführer. »Ihr braucht nur zu sagen, wenn ihr nicht wollt, sind noch verschiedene Laternen frei, und Stricke haben wir auch noch.«

»Zug angetreten«, ruft jetzt der Hagere. »Ohne Tritt, marsch.«

Im Gänsemarsch verlassen die Volkssturmmänner das Lokal, der Hauptsturmführer beschließt den Zug.

Klose schlägt mit der Spülbürste in das Becken, daß das Wasser hoch aufspritzt. »Zum Kotzen, Fritz!« sagt er wütend. »Das Gehorchen sitzt denen so in den Knochen, daß ... Eben waren sie schon halbwegs entschlossen, Schluß zu machen, aber so ein paar Sterne und Streifen und die richtige Schnauze dazu, schon wird geduckt und gekuscht, dabei wär's 'ne Kleinigkeit gewesen, den Burschen umzulegen, wär' bei der Knallerei draußen ja gar nicht aufgefallen.«

»Bestimmt nicht«, sagt Wiegand aus seiner Ecke heraus, er sitzt unbeweglich da, das Kinn tief auf die Brust gesenkt, die Augen halb geschlossen, eine bittere Falte ist fest um seine Mundwinkel gekerbt.

Klose sammelt die Biergläser ein und blickt auf die Straße.

»Sieht draußen reizend aus«, sagt er halb zurückgewandt. »Die Pak an der Fruchtstraße ist zum Teufel, nur noch Alteisen und Kadaver, und die Wehrmachtsunterkunft hat auch ein Ding abbekommen, scheinen auch ... Achtung, Tiefflieger!«

Klose springt in das Lokal zurück. Mit ungeheurem Lärm rast ein Flugzeug tief über die Straße, sein Schatten streift die Schaufenster für den Bruchteil einer Sekunde.

»Jetzt wird's gemütlich«, sagt Klose und wischt sich mit dem nackten Unterarm den Schweiß von der Stirn. »Bist ja so ruhig, Fritz. Was ist denn mit dir?«

Wiegand atmet schwer. »Der Hauptsturmführer, der eben hier war«, sagt er, »das ist ...« Er schüttelt sich wie jemand, der eine bittere Medizin schluckt.

»Na, was denn?« ermuntert ihn Klose.

»Mein Sohn«, sagt Wiegand mit tonloser Stimme.

Klose setzt sich auf den nächsten Stuhl und schlägt die Hände auf die Schenkel. »Der Robert?«

Wiegands Stimme ist wie erloschen. »Ja, der Robert.«

VI

21. April

Der Hackesche Markt und der Schlesische Bahnhof liegen in der Luftlinie genau 2,2 Kilometer auseinander. Jene Normalart des Menschen, der Homo sapiens per pedes oder Fuß- und Spaziergänger, die aufrecht und auf ebener Erde zu gehen pflegt, ohne von Tönen gestört zu werden, die entweder dadurch entstehen, daß eine durchlöcherte Trommel durch elektrischen Strom in Drehung versetzt wird und die in ihr befindliche Luft mittels der Zentrifugalkraft herausschleudert, oder daß in Metallhülsen eingeschlossenes Pulver durch Schlagbolzen zur Explosion gebracht wird, diese Gattung benötigt etwa eine halbe Stunde, um jene Entfernung zurückzulegen.

Lassehn ist nach dem Hackeschen Markt unterwegs. Die Linie 1 ist die beste Verbindung, Joachim (allerdings nur bis zum Rosenthaler Platz), aber sie fährt ja wohl nicht mehr, es ist ein ganz einfacher Weg, du kannst ihn gar nicht verfehlen, gehst durch die Holzmarktstraße, dann husch-husch über die Alexanderstraße unter der Bahn durch, da, wo früher das ›Belvedere‹ war, spuckst am Roland-Ufer in die gute, alte Spree und latschst dann die Neue Friedrichstraße entlang, die der Stadtbahnkurve von der Jannowitzbrücke bis zur Börse folgt, an der Spandauer Brücke schwenkst du rechts ein, und schon bist du am Hackeschen Markt. Das Ganze ist nicht mehr als ein Katzensprung für einen jungen, frischen Mann, wenn du dich ranhältst, bist du in einer knappen halben Stunde da.

So ähnlich hat Klose gesagt, aber der gute Klose weiß auch nicht alles. Er weiß zwar viel, weil er in seiner Kneipe alles mögliche (und unmögliche) hört, aber alles weiß er eben doch nicht, weil er seinen schweren Leib ungern weiter als zwischen Ladentür und Hinterzimmer bewegt. Lassehn ist bereits fast eine Stunde unterwegs, aber er ist erst bis zur Alexanderstraße vorgedrungen, denn es gibt die verschiedensten Hindernisse und Aufenthalte. Da ist ein Durchgang gesperrt, weil Einsturzgefahr besteht, an anderer Stelle stehen Wachtposten unter Gewehr und verhindern jede Passage, dann gibt es Tieffliegerangriffe und Feuerüberfälle, vor denen man in Deckung gehen muß; eine Straße war unpassierbar, weil die Fassaden beider Straßenseiten brannten, in der Straßenbreite unerträgliche Hitze und beißender Rauch brodelten und ein Regen von glühender Asche auf sie niederging. Dreimal wird er von einer Heeresstreife angehalten und scharf kontrolliert, und schließlich verläuft er sich noch, er ist durch die vielen Umwege so verwirrt, irrt zwischen den Ruinen wie zwischen riesigen labyrinthischen Zäunen umher und weiß schließlich gar nicht mehr, wo er sich eigentlich befindet. Die Straßenschilder sind zerstört, und die Ruinenhaufen tragen keinen Hinweis.

An der Alexanderstraße erwägt Lassehn, die S-Bahn zu benutzen, aber er verwirft den Gedanken sogleich wieder, da die Verkehrsmittel (soweit sie überhaupt in Betrieb sind) nur noch mit besonderen Fahrtberechtigungsausweisen der Dringlichkeitsstufe III benutzt werden dürfen. Da das Roland-Ufer ebenfalls gesperrt ist, versucht Lassehn, in die Schicklerstraße zu gelangen, aber auch das gelingt nicht, und so wird er wieder in eine schmale Straße nach Osten zu abgedrängt. Von einem eiligen Passanten erfährt er, daß er sich in der Kaiserstraße befindet.

Er geht ein paar Schritte in die Straße hinein, aber wenn er gedacht hat, eine tote, verlassene Straße zu finden, so hat er sich getäuscht. Die Straße ist nicht leer, im Gegenteil, sie ist belebt, vor einem Kolonialwarengeschäft stehen Frauen an, aber sie stehen nicht wie sonst in dichten, gedrängten Reihen zu dreien oder vieren, mit mürrischen, stumpfen oder geduldigen Gesichtern, aber flinken Zungen, nein, sie haben sich einzeln aufgereiht, dicht an die Mauer gedrängt, und in jedes Gesicht ist die bleiche Angst hineingezeichnet, in jedem Gesicht sitzen flackernde Augen und pressen sich zuckende Lippen aufeinander, denn über die Dächer hinweg pfeifen die Granaten der russischen Artillerie und dröhnen die Motoren der roten Jagdbomber, Granatsplitter klirren auf die Straße, es klingt jedesmal, als würde die

Saite einer Harfe angerissen. In das Dach eines Hauses auf der anderen Straßenseite hat ein Brandgeschoß geschlagen, Ziegel poltern auf das Pflaster und zerspringen scheppernd nach allen Seiten, im Gebälk des Daches knistert das Feuer und leckt mit brandroten Zungen schon nach den unteren Stockwerken. Es ist ein weißlich-trüber Tag mit tiefhängenden Wolken, und so wird der Qualm tief in die Straßenzeile hinabgedrückt, ein leichter Wind treibt Ruß vor sich her. Aber keine der Frauen weicht aus der Reihe, sie pressen Taschentücher vor die entsetzten Münder und setzen Luftschutzbrillen auf, sie ziehen die Kopftücher, Schals und Turbane enger um die Köpfe und stopfen jedes Haar unter die schützende Hülle. Da stehen sie, stumm, mit Gesichtern, die wie versteint sind, die Hände mit den Einkaufstaschen und Netzen fest an den bebenden Körper gepreßt, zwischen Feuer und Granathagel. Jedes Geräusch, das Pfeifen der Granaten, das Surren der Propeller und das Fauchen des Feuers läßt sie zusammenschauern, und das alles um ein armseliges Pfund Grieß oder Grütze, ein halbes Pfund Zucker oder Mehl.

»Das Feuer müßte gemeldet werden«, murmelt eine der Frauen mit dem zerfurchten Gesicht einer früh gealterten Arbeiterin.

»Wo denn? Wie denn? Wem denn?« fragt die Nachbarin. »Oder wollen Sie gehen? Ihren Platz aufgeben?«

»Denke ja gar nicht daran«, sagt die mit dem zerfurchten Gesicht. »Nachher bin ich meinen Platz los. Laß doch die Bude abbrennen!«

»Warum macht er denn noch nicht auf?« ruft eine jüngere Frau vom Ende der Reihe her.

»Der wartet noch auf Anweisungen des Ernährungsamts«, ruft eine junge Frau.

»Der läßt uns warten, bis ...«, sagt ein derbes, junges Mädchen in einem Overall.

Das Bersten einer Granate reißt ihr die Worte vom Munde, eine Steinfontäne spritzt hoch und prasselt nieder, Schreie des Entsetzens schrillen auf, Staub und Qualm wälzen sich über die Einschlagstelle.

Lassehn hat sich flach auf die Erde geworfen, er hat das Heranpfeifen der Granate gehört und »Deckung« gebrüllt, aber man hat ihn nicht oder zu spät verstanden. Als er sich wieder erhebt, sieht er die Frauen mit angstverzerrten Gesichtern und röchelnden Mündern gegen die Mauer lehnen, nur eine liegt am Boden, es ist eine ältere Frau, unter einem braunen Kopftuch haben sich ein paar Strähnen graues Haar hervorgelockert, der Rock hat sich bis zum Knie hochgeschoben und läßt schwarze, gestrickte Wollstrümpfe und derbe Stiefel mit Schnallen sehen. Ihre Hände, große, knochige, verarbeitete Hände mit dicken, blauen Adern und abgebrochenen Nägeln, umklammern fest mehrere Lebensmittelkarten.

Lassehn beugt sich über die Frau und faßt vorsichtig nach ihrer Schulter. »Alles vorbei, Großmutter«, sagt er.

Die alte Frau rührt sich nicht. Lassehn dreht sie vorsichtig auf den Rücken und blickt in das alte, verfallene, graue Gesicht.

»Was ist denn mit ihr?« fragt eine junge Frau aus der Reihe und nähert sich zaghaft. »Ist sie ...«

»Weiß nicht«, antwortet Lassehn und zuckt die Schultern. »Vielleicht ist ...« Ist sie nur ohnmächtig, hat er sagen wollen, aber die Worte stocken schon in der Kehle, er sieht, daß der Mantel der Frau an einer Stelle unterhalb der Taille zerfetzt ist. Es ist nur ein Loch von der Größe eines Daumennagels, aber Lassehn kennt diese Art von zerfetzter Kleidung, er weiß, was es bedeutet, wenn die Faserränder des Stoffes wie nach innen gebogen sind, er weiß auch, was es bedeutet, wenn eine solche Wunde nicht nach außen blutet. Er faßt nach dem Arm der Frau und versucht, ihren Puls zu fühlen, aber er findet den Schlag ihres Herzens nicht.

Die junge Frau steht nun neben Lassehn, der sich immer noch über die alte Frau beugt und ihre Hand hält. »Sagen Sie doch etwas«, kommt es fast keuchend über die Lippen der jungen Frau. »Mein Gott, reden Sie doch!«

Lassehn läßt die Hand der alten Frau langsam auf das Pflaster gleiten und steht auf. »Wir müssen versuchen ... Ist denn hier in der Nähe nicht ein Krankenhaus oder eine Rettungsstation?«

»Vielleicht im Luftschutzbunker am Alex«, antwortet die junge Frau. »Aber wie ...«

»Wollen Sie nicht mit anfassen?« fragt Lassehn und blickt ihr voll ins Gesicht.

»Ich kann doch hier nicht fort«, antwortet die junge Frau und blickt sich wie suchend nach der Reihe um, als wollte sie feststellen, ob ihr Platz noch frei ist.

»Sie ist vielleicht noch zu retten«, sagt Lassehn eindringlich, »aber sie muß vorsichtig getragen werden.«

»Ist sie denn getroffen oder nur ohnmächtig?«

»Vermutlich Granatsplitter im Unterleib, innere Verblutung, wenn nicht ganz schnell geholfen wird …«

Er hält inne. Von der Alexanderstraße her ertönen Marschtritte, ein Zug ss-Grenadiere mit Panzerfäusten, Maschinenpistolen und Karabinern biegt in die Kaiserstraße ein, sie tragen die Stahlhelme mit den ss-Runen halb im Nacken und haben die Kragen ihrer Uniformjacken geöffnet.

Lassehn läuft ihnen entgegen. »Kameraden«, sagt er mit fliegendem Atem, »da drüben ist eben eine alte Frau von einem Granatsplitter getroffen worden.«

Der ss-Unterscharführer, der rechts neben dem Zuge marschiert, streift Lassehn mit einem flüchtigen Blick. »Na und?« fragt er abweisend. »Wir sind im Einsatz.«

Lassehn läuft neben dem Unterscharführer her. »Sie ist vielleicht noch zu retten«, sagt er beschwörend. »Wenn ihr sie vorsichtig auf den Kolben eurer Karabiner tragt …« Er weist mit der Hand auf die alte Frau, die quer über dem Bürgersteig liegt.

Der Unterscharführer und ein paar ss-Männer blicken auf die alte Frau und zucken die Achseln, keiner verhält auch nur eine Sekunde den Schritt, in keinem Gesicht regt sich ein Muskel, der in den gleichmütig-kalten Mienen einen Funken von Gefühl erkennen läßt.

»Wir sind im Einsatz«, wiederholt der Unterscharführer. »Von Weißensee her sollen ein paar bolschewistische Panzer durchgebrochen sein.«

»Wo gehobelt wird, fallen Späne«, sagt einer aus dem Zug heraus, »das ist immer so gewesen.«

Der Zug biegt in die Kurze Straße ein, Lassehn bleibt zurück. Er hat die Granaten, die über ihn hinwegpfeifen, und den fressenden Brand in der Straße vergessen und steht ein paar Sekunden entschlußlos auf dem Fahrdamm, dann geht er mit schleppenden Schritten wieder auf die alte Frau zu.

Die junge Frau steht mit hängenden Armen da und blickt starr auf die alte Frau. »Ich glaube, sie ist tot«, sagt sie.

In diesem Augenblick zuckt der Körper wie im Krampf auf, die Beine strecken sich, als wollten sie etwas fortstoßen, die Hände krampfen sich auseinander, und eine graue Starre breitet sich über das verwitterte Greisinnenantlitz.

»Sie hat es überstanden«, sagt die junge Frau mit bebenden Lippen, dann dreht sie sich brüsk um und reiht sich wieder ein.

Lassehn hebt die Lebensmittelkarten auf, die den Händen der alten Frau entglitten sind, es sind eine Karte für Erwachsene und drei Karten für Kinder. ›Therese Kaupisch, Berlin C, Elisabethstraße 63‹, liest er, ›Dieter Kaupisch‹, ›Rosemarie Kaupisch‹, ›Gudrun Kaupisch‹, eine alte Frau, die für sich und ihre drei Enkel einkaufen ging und nicht mehr zurückkehren wird. Ein Granatsplitter hat ein Loch in ihren Leib gerissen, aus dem das Leben entflohen ist.

Lassehn geht auf die junge Frau zu, mit der er eben gesprochen hat, sie lehnt mit geschlossenen Augen gegen die Wand und hat die Arme fest über der Brust gekreuzt. »Darf ich Ihnen die Karten anvertrauen?« sagt er. »Wollen Sie darauf einkaufen? Die Adresse steht ja auf den Karten.«

Die junge Frau nimmt die Karten wortlos entgegen und stopft sie achtlos in ihre Tasche.

Lassehn blickt die Reihe entlang, die Lücke, die durch den Tod der alten Frau entstanden ist, hat sich bereits geschlossen, die Überlebenden sind nachgerückt. Dann dreht er sich um und legt die alte Frau in den Rinnstein, wie man ein Hindernis wegräumt, ein alter Mann aus der Reihe bekreuzigt sich und murmelt ein paar Worte in seinen eisgrauen Bart.

Als Lassehn schon ein paar Meter in die Kurze Straße hineingegangen ist, dreht er sich noch einmal um. Da liegt die alte Frau, die Gosse ist ihr Sarg, der Kanonendonner ihr Grabgeläute, eine Reihe gefühlverlorener Menschen ihr Trauergefolge. Das ist der Abschluß eines arbeitsreichen Lebens, Abfall einer unmenschlich großen Zeit. Wo gehobelt wird …

Dann steht Lassehn in der Landsberger Straße, die hier breit und ausladend aus der engen Häuserzeile auf den Alexanderplatz zustößt. Da, wo die Landsberger und die Neue Königstraße im spitzen Winkel zusammenlaufen und zwei Untergrundbahneingänge die Schwelle zur Unterwelt des Alexanderplatzes bilden, sind drei Pakgeschütze aufgefahren. In der Mitte des Platzes, zwischen den Straßenbahngleisen, die hinter den Verkehrsinseln in südlicher und nördlicher Kurve auseinandergleiten, steht ein schweres Flakgeschütz, es hat sein Rohr mit vielen weißen Abschußringen nicht himmelwärts gerichtet, sondern zielt in die Neue Königstraße hinein, die von Weißensee über die Greifswalder Straße einen der Zugänge zum Alexanderplatz bildet. Im zerstörten Warenhaus Tietz rauchen zwei Feldküchen, durch die Königstraße vom Rathaus her rast ein Kradmelder und fegt in halsbrecherischer Kurve in die Memhardstraße hinein zur Alexanderkaserne. Eine unheimliche Stille ist plötzlich über den weiten Platz gefallen, der sonst von brodelndem Leben erfüllt ist. Das Artilleriefeuer verstummt oder rummelt irgendwo weit fort wie ein fernes Gewitter, die Stimmen der Soldaten und das Klappern von Eisen gegen Eisen sind viel zu schwach, um sich auf dem großen Platz durchzusetzen. Außer den Soldaten ist kein Mensch auf dem Platz. Seitdem es am frühen Vormittag Alarm gegeben hat, ist noch keine Entwarnung erfolgt.

Langsam hat sich die Erkenntnis durchgesetzt, daß der Alarm ein Dauerzustand ist.

Plötzlich stößt ein neues Geräusch in die düstere Ruhe des Platzes. Mit aufheulenden Motoren stürzt sich ein Tiefflieger auf den Platz, fast rast er gegen den durchscheinenden Turm der Georgenkirche, knallt ein paar Salven auf die Pakgeschütze und zieht die Maschine über der Halle des Bahnhofes wieder hoch.

Lassehn ist in einen Hausflur gesprungen, ein Querschläger fährt dicht neben ihm in die Wand und bestäubt ihn kalkweiß. Für ein paar Sekunden fällt die Stille wieder über den weiten Platz zurück. Zwei Sanitäter tauchen aus dem Untergrundbahnschacht gegenüber dem Tietzschen Warenhaus auf, sie laufen mit langen Schritten und in geduckter Haltung über den Platz und bemühen sich um einen Verwundeten. Vom Büschingplatz her kommt ein Radfahrer in der braunen Jacke der Hitler-Jugend und kurzen, dunklen Hosen durch die Landsberger Straße, er tritt wie rasend auf die Pedale und hat den Oberkörper fast auf der Lenkstange liegen, er lehnt das Rad gegen die eiserne Umfassung des Untergrundbahneingangs und springt die Stufen in die Tiefe hinunter. Dann dringt ein anderes Geräusch auf den Platz ein, zuerst nur unklar und verschwommen, dann immer deutlicher: es ist das mahlende Geräusch von Panzerketten.

Lassehn blickt die Landsberger Straße entlang, doch der Blick reicht nicht weit, dicker Qualm eines brennenden Hauses wird durch einen Windstoß tief in die Straßenzeile hineingedrückt, undeutlich zeichnen sich die Umrisse der Häuser ab. Vor dem Eden-Kino steht ein Auto in hellen Flammen, der beißende Gestank schmorenden Gummis weht bis zum Alexanderplatz, aus der Frankfurter Straße kommen ein Mann, zwei Frauen und ein halbwüchsiges Mädchen gelaufen, sie keuchen unter der Last von Rucksäcken und Koffern auf den Bunker in der Landsberger Straße zu, das Mädchen sinkt ein paarmal in die Knie, der Mann stolpert und verliert seinen Hut.

Die Rohre der Geschütze halten genau auf die Qualmwolke in der Landsberger Straße. »Straße frei!« schreit einer von der Bedienungsmannschaft der Pakgeschütze.

Der Mann mit den Frauen und dem Mädchen hat inzwischen den Bunkereingang erreicht, er stellt die beiden Koffer ab und fährt sich mit dem Rockärmel über die Stirn, dann setzt er mit grotesken Sprüngen über den Damm, um seinen Hut zu holen.

»Straße frei!« brüllt ein Richtkanonier noch einmal.

Im gleichen Augenblick brechen aus der Qualmwolke in der Landsberger Straße Blitz und Donnerschlag, Blitz und Donnerschlag, und noch einmal Blitz und Donnerschlag. Dumpfes, hallendes Echo, aufspritzende Einschläge, Prasseln der Granatsplitter, Rauchwolken, Aufschreie, dann schieben sich die breiten, grauen Leiber von zwei T-34-Panzern aus der Qualmwolke heraus, sie fahren schräg gestaffelt und feuern Schuß auf Schuß. Auch die Pakgeschütze beginnen jetzt zu schießen, aber bereits nach den ersten Schüssen werden sie von einem der Panzer überrollt. Von der Alten Schützenstraße her stürmen jetzt mehrere ss-Männer mit Panzerfäusten. Lassehn erkennt den Unterscharführer, der vorhin mit seinem Zuge durch die Kaiserstraße marschiert ist, er geht hinter einem Sandhaufen in Deckung und legt zwei Panzerfäuste vor sich hin. Der erste Panzer hat inzwischen den Alexanderplatz umfahren und kurvt an der Dircksenstraße, der andere hat rechts gewendet, die Trottoirzunge, die von der Mündung der Frankfurter in die Landsberger Straße spitz vorspringt, überschnitten und feuert auf das Pakgeschütz, das den nördlichen Fahrdamm der Landsberger Straße sperrt. Von der Dircksenstraße her eröffnet jetzt der erste Panzer das Feuer auf das Flakgeschütz, aber seine Schüsse liegen zu hoch, die Granaten fegen über den Platz in das Haus des Arbeitsamts hinein. Jetzt kommt der Unterscharführer zum Schuß, er trifft die Kette des T 34, greift nach einer anderen Panzerfaust und visiert, im gleichen Augenblick rollt der Panzer an, der ss-Mann zieht ab und springt ein paar Schritte zurück, eine, zwei, drei Sekunden vergehen, dann ist eine Wolke um den Panzer, sprühende Lichtpunkte springen auf, Funken regnen, aber der Panzer fährt noch, er rollt über die Verkehrsinseln wieder auf die Landsberger Straße zu, schwenkt die Kuppel herum und feuert Schuß auf Schuß. Dann steht er plötzlich in Flammen. Der Unterscharführer wirft die Arme triumphierend hoch und holt seine Leute mit einer herrischen Bewegung heran, sie laufen dem Panzer nach und halten die Maschinenpistolen im Anschlag.

Der andere Panzer, der noch in der Frankfurter Straße steht, ändert jetzt die Schußrichtung und feuert hintereinander, auch das Flakgeschütz beginnt zu schießen, gewaltig dröhnen die Abschüsse über den Platz, aber die Einschläge liegen hinter dem Panzer, sie reißen große Steinbrocken aus einem Wohnhaus, ein Balkon stürzt auf das Pflaster, Fensterrahmen wirbeln durch die Luft, Glassplitter gehen wie ein Regen nieder. Der zweite Panzer dreht jetzt ab und rollt wieder in die Qualmwolke der Landsberger Straße hinein.

Inzwischen haben die ss-Männer den brennenden Panzer umstellt, das Turmluk öffnet sich, und drei Rotarmisten klettern heraus. Lassehn kann ihre Gesichter genau erkennen, zwei haben junge, breite, braungebrannte Gesichter, mit wasserhellen Augen und kurzem, borstigem, dunkelblondem Haar, auf den niedrigen, kantigen Stirnen steht der Schweiß wie eine dicke Fettschicht und tropft wie Stearin auf die graugrünen Uniformblusen, der dritte ist ein Mongole, mit schrägen, schmalen Augen, spitzen Backenknochen und dunklen Kinderaugen, die Oberlippe ist von einer Hasenscharte zusammengerafft, er trägt eine graue Pelzmütze, deren Seitenklappen lose herabhängen. Sie klettern nacheinander aus dem Turmluk, springen schwerfällig auf das Pflaster und heben die Arme hoch.

Der Unterscharführer geht dicht an sie heran und mustert sie mit finsteren Blicken, dann reißt er ihnen mit einem schnellen Griff die Orden und Medaillen von der Uniform.

»Was machen wir mit den Kerlen?« fragt einer der SS-Männer. »Wo sollen wir jetzt Gefangene hinbringen?«

Der Unterscharführer wendet sich halb zurück. »Gefangene? Bist wohl blödsinnig!« bellt er los. »Jetzt gibt's nur noch Tote und Lebendige.«

»Mach keinen Unsinn«, sagt der SS-Mann, »du kannst sie hier doch nicht mitten auf dem Alex abknallen, hier sind überall Leute, kommen schon wieder welche aus dem Bunker.«

»Laß mich nur machen«, sagt der Unterscharführer und wendet sich wieder den Rotarmisten zu. »Hau ab, Iwan«, sagt er und grinst, eine Handbewegung in die Richtung, in welche eben der Panzer davongefahren ist, begleitet seine Worte.

Die Russen blicken in die angedeutete Richtung, zucken mit den Achseln und sprechen auf den Unterscharführer ein.

»Nach Hause, domoi, ihr«, sagt der Unterscharführer und zeigt noch einmal in die gleiche Richtung.

Die Russen blicken sich ratlos an und lächeln ein ungläubiges Lächeln. Man führt uns nicht in Gefangenschaft? Man erschießt uns nicht? Man will uns sogar laufenlassen? mögen sie jetzt denken. Aber der Krieg ist ja wohl so gut wie zu Ende, sie haben Berlin schon beinahe erobert, und Berlin ist Deutschland.

Sie sprechen miteinander ein paar Worte, dann deutet einer auf sich und die beiden anderen und zeigt dann auf die Landsberger Straße.

»Wirr forrt?« fragt er.

»Jawoll, Iwan«, sagt der Unterscharführer ungeduldig, er kneift die Augen zusammen und blickt über drei Russen hinweg auf den Bunkereingang, vor dem jetzt ein paar Dutzend Menschen stehen, die vorsichtig Ausschau halten.

»Spassibo«, sagt der Mongole und entblößt die weißen Zähne zu einem breiten Lächeln, »spassibo.«

Für ein paar Sekunden stehen die drei Rotarmisten noch im Öldunst und Qualm des ausbrennenden Panzers, drehen sich wie unschlüssig auf den Absätzen, dann gehen sie ein paar Schritte, drehen sich noch einmal um, nicken den SS-Leuten zu und verfallen in leichten Laufschritt.

»Schießen!« kommandiert der Unterscharführer.

Die SS-Männer reißen die Maschinenpistolen hoch und feuern drei Salven hinterher. Zwei Russen stürzen sofort, der dritte stolpert noch ein paar Schritte und fällt dann vornüber, hebt den Oberkörper noch einmal und wendet sich wie fragend zurück, bis ihn ein Schuß aus der Pistole des Unterscharführers endgültig umwirft.

»Die Hunde wollten türmen«, sagt der Unterscharführer zu ein paar Leuten, die vom Bunker her den Damm überqueren. »Da blieb mir ja nichts anderes übrig ...«

Auf der Flucht erschossen, denkt Lassehn, so wird das also gemacht. Er ballt die Fäuste und fühlt, wie ihm Tränen der Wut in die Augen steigen. Der Tod der alten Frau in der Kaiserstraße, nur eine Viertelstunde zuvor, ist beinahe wieder vergessen, er hat ihn mit einer dumpfen Trauer angerührt, aber der Tod der drei russischen Soldaten erregt ihn und wühlt ihn auf, der Tod der alten Frau war ein Unfall oder ein Unglück, man mag es Zufall oder Schicksal bezeichnen, aber das hier war kalter, hinterlistiger Mord.

Lassehn mustert das Gesicht des Unterscharführers. Ihm ist beklommen zumute, der da trägt menschliche Gesichtszüge wie er selbst, vielleicht, daß seine Lippen strichdünn schmal und seine Augen von der kalten Bläue eines Winterhimmels sind, aber nichts sonst deutet darauf hin, daß dieser Mann ein kaltblütiger Mörder ist, seine Hände sind sicher, als er sich jetzt eine Zigarette anzündet, sie zittern nicht, in seinem Gesicht ist nur

Gleichgültigkeit, und seine Stimme klingt gelassen, ohne jeden Unterton der Erregung, als er einen Befehl gibt.

»Räumt die Kerls da weg«, sagt er, »schmeißt sie irgendwo in die Ruinen.«

Lassehn verläßt das Haustor, in dem er bis jetzt gestanden hat, und überquert die Landsberger Straße. Da liegt noch der Hut, ein dunkelgrüner Veloursliut mit grauer Kordelschnur, den der Mann mit dem Koffer verloren hat, nur der Hut ist noch da und ein Blutfleck, der Körper des Mannes, der diesen Hut getragen hat, ist zerfetzt, zerrissen, zerspalten. Er hat den Hut retten wollen und dabei das Leben verloren.

Lassehn überschreitet den Alexanderplatz, geht an dem noch immer brennenden Panzer vorbei und in die Dircksenstraße hinein. Was ist in diesen Menschen anders als bei mir, daß sie so kaltblütig morden können? Nur weil andere einer fremden Rasse angehören, anderer Gesinnung sind oder eine gegnerische Uniform tragen? Auch wenn sich diese Männer durch die beiden S-Runen von ihrer Umgebung abheben, sie sind doch auch Menschen, aufrecht gehende Säugetiere, begabt mit der Fähigkeit, zu sprechen und Gedanken zu assoziieren, in Unschuld geboren und in der Fürsorge einer Mutter aufgewachsen, in ihren Geist ist doch der gleiche Same gelegt worden wie in den meinen, aber der Nährboden, in den er gesunken ist, muß ein anderer sein, er ist zersetzenden Fermenten zugänglicher, die schließlich alles überwuchern, was Christentum und Humanismus in jahrtausendelangem, mühevollem Wirken dem Urgeiste des Barbaren aufgezwungen, eingepfropft, anerzogen, eingeboren haben. Es ist ein unbegreifliches Spiel der Natur, daß sie diese Wesen, deren Geist durch den Rückfall in den Barbarismus jahrtausendelange Menschheitsgeschichte negiert, nicht äußerlich kennzeichnet.

›Aber das sind doch nur Hypothesen‹, spricht Lassehn zu sich selbst, ›wo ist die Antwort, mein Gott, wo ist die Antwort?‹

Er geht wie im Traum weiter, dann aber schüttelt er die Befangenheit ab, als neben ihm, hoch oben auf den Stadtbahnbögen, eine S-Bahn vorüberrasselt. Er kann auf die Fragen, die ihn bedrängen, keine Antwort finden, es ist jetzt auch nicht die Zeit dazu, da er sich auf seine Aufgabe ausrichten muß. Er blickt sich um, um sich zu orientieren. Fast wäre er zu weit gelaufen, denn links neben ihm erhebt sich, inmitten der Ruinenfelder, die runde Halle des Bahnhofs Börse. Lassehn atmet auf, als er rechts in die Straße An der Spandauer Brücke einbiegt und das Viereck des Hackeschen Marktes vor ihm liegt. Er ahnt nicht, daß in die Kette der Erlebnisse dieses Tages gerade hier das schauerlichste Glied eingefügt werden wird.

Vor dem Eingang zum Hackeschen Hof, diesem weitläufigen Industriegebäude mit einer breiten Toreinfahrt, die nur durch ein paar alte, bunte Filmplakate des Imperial-Kinos an Düsterheit verliert, haben sich eine Anzahl Personen gestaut, erregte Stimmen überschreien einander. Lassehn überschreitet den Fahrdamm und geht an der Ansammlung vorüber, er will nur seinen Auftrag erfüllen und sich durch nichts mehr aufhalten lassen, aber sein Schritt stockt, schließlich bleibt er doch stehen.

Er sieht einen jungen Mann, der von einem Amtswalter der Partei mit Fußtritten und Stößen in den Rücken durch die Menge gestoßen wird. Der junge Mann trägt Zivilkleidung, sein Gesicht ist grau und fahl, als sei es in Asche getaucht worden, das blonde Haar hängt ihm wirr in die Stirn und ist schweißverklebt, jeder Stoß, der ihn trifft, läßt ihn erbeben wie einen jungen Baum im Anprall des Herbststurmes.

Lassehn erschrickt bis ins Herz. Ein Illegaler? Ein Deserteur? Ein Defätist? Ein Verbrecher? Er entsichert den Revolver, vielleicht kann er hier eingreifen, aber während er noch überlegt, ist die kleine Chance schon zerronnen. Von der Oranienburger Straße her kommen drei SS-Leute im Laufschritt, ihre genagelten Stiefel klappern über das Pflaster. Vor der Dresdner Bank taumelt ihnen der junge Mann entgegen, ein besonders heftiger Tritt des Braunen wirft ihn aufs Pflaster.

Die SS-Männer bleiben stehen, sie tragen keine Stahlhelme, sondern graue Schirmmützen mit dem Totenkopfabzeichen und haben die SD-Raute auf dem rechten Ärmel.

»Was ist mit dem da?« fragt einer der SD-Männer, der das Rangabzeichen eines Rottenführers auf dem schwarzen Spiegel seiner Uniformjacke trägt.

Der Amtswalter, in brauner Uniform, Langschäftern, Parteiabzeichen mit goldenem Kranz, senkt die Pistole und hebt die Hand zum Deutschen Gruß. »Das ist ein Deserteur«, sagt er, »so ein verfluchter ...«

»Moment mal«, unterbricht ihn der Rottenführer, »wissen Sie das ganz genau, Kamerad?«

»Jawohl«, erwidert der Braune, »ganz genau, gestern abend kam er heimlich, still und leise an, da war er noch in Uniform, aber ich habe ihn doch gesehen ...«

»Kurz, kurz«, unterbricht ihn der Rottenführer, »wir haben nicht viel Zeit.«

Der Braune nickt. »Und jetzt wollte er abhauen, in Zivil, wie ihr seht.« Der Rottenführer stößt mit dem Fuß nach dem jungen Mann, der immer noch auf dem Pflaster liegt und die Arme schützend um den Kopf gelegt hat. »Steh auf«, sagt der Graue, »aber 'n bißchen rasch.«

Der junge Mann versucht sich zu erheben, er zieht ein Knie unter den Leib und richtet den Oberkörper auf, aber seine Füße finden keinen Halt und rutschen wieder zurück.

»Du sollst aufstehen!« brüllt der Braune und stößt wieder zu.

Der junge Mann stemmt sich mit den Händen auf, kniet erst und reißt sich dann mit letzter Kraftanstrengung hoch.

»Bist du von der Truppe desertiert?« fragt der Rottenführer.

Der junge Mann schwankt wie ein Betrunkener, er will antworten, aber seine Lippen bewegen sich, ohne einen Ton hervorzubringen; nur der Adamsapfel steigt mit einem schmatzenden Geräusch auf und nieder.

»Zeig deine Papiere!« fordert der Rottenführer.

Der junge Mann steht mit hängenden Armen da, er macht gar nicht den Versuch, in seinen Taschen nach Papieren zu suchen, seine Blicke sind wie nach innen gerichtet, das Weiße der Augäpfel leuchtet gespenstisch aus der aschfahlen Haut, die Oberlippe mit dem schütteren Bartwuchs zuckt wie im Krampf.

Lassehn steht inmitten der Menge, er fühlt, daß er bleich bis in die Lippen geworden ist, er muß den Blick von dem jungen Mann abwenden, er kann den Anblick seiner Hilflosigkeit, seiner stummen, zitternden Ergebenheit nicht ertragen, er blickt seinen Nachbarn ins Gesicht und ist beinahe noch erschrockener. Er hat erwartet, daß die Menschen mit bitterbösen Mienen, zuckenden Wangenmuskeln, funkelnden Augen, geballten Händen dastehen, bereit, sich auf die Peiniger zu stürzen, die auch ihre Peiniger sind, aber er blickt in Gesichter, in deren Ausdruck lüsterne Erwartung und Furcht seltsam gemischt sind, und begreift, daß sich in den Menschen, die sich um diese Gruppe scharen, die gleiche Empfindung regt wie bei den Zuschauern eines Boxkampfes, denen die technischen Finessen allein nicht genügen, die vielmehr harten, blutigen Schlagwechsel und wenn möglich auch einen Knock-out sehen wollen. Aus den Gesichtern der Menschen ist unschwer zu erkennen, daß zwei Hoffnungen in ihnen im Widerstreit liegen, nämlich die Hoffnung, daß ihnen hier eine Sensation präsentiert wird, und die Hoffnung, daß sich schließlich alles zum Guten auflösen möge.

»Du antwortest nicht, du Aas?« brüllt der Rottenführer. »Da!« Seine Faust fährt dem jungen Mann hart ins Gesicht.

Der junge Mann schwankt und erhält sofort von dem Amtswalter, der hinter ihm steht, einen Stoß in den Rücken, daß er wieder vorwärts taumelt, das Blut stürzt ihm aus Mund und Nase und tropft schwer auf das Pflaster, seine Oberlippe schwillt dick an, aber immer noch sagt er kein Wort.

»Wo ist mein Sohn?« schrillt da eine Frauenstimme auf. »Walter, Walter!«

Eine mittelgroße, untersetzte Frau kommt aus der Toreinfahrt des Hackeschen Hofes gelaufen und stürzt auf die Gruppe zu, die Zuschauer weichen zurück und bilden eine Gasse.

»Was wollen Sie von meinem ...«, beginnt sie überhastet und atemlos auf den Rottenführer einzureden und preßt die Hände auf die keuchende Brust. Sie spricht den Satz nicht zu Ende, denn ihr Blick fällt auf den jungen Menschen, in dessen Gesicht sich zum ersten Male etwas regt.

»Mein Gott«, sagt sie ganz leise und schlägt die Hände vor das Gesicht. »Was haben sie mit dir gemacht?«

Der Rottenführer blickt mit zusammengekniffenen Augen auf die Frau. »Sie sind seine Mutter?« fragt er.

»Ja«, antwortet die Frau und nimmt die Hände vom Gesicht. »Glauben Sie mir, er ist ein guter Junge ...«

»... aber ein schlechter Deutscher«, fällt ihr der Rottenführer ins Wort. »Er hat den Eid, den er dem Führer geleistet hat, gebrochen, er ist ein Deserteur. In dieser ernstesten Stunde unseres Vaterlandes gibt es keine Gnade.«

»Er hat sich nichts dabei gedacht«, sagt sie, hebt die Hände und tritt dicht an den Grauen heran, »bestimmt nicht, er wird auch gewiß gleich wieder zu seiner Truppe zurückgehen. Nicht wahr, Walter?«

»Um zu den Bolschewisten überzulaufen«, sagt der Rottenführer höhnisch. »Bleiben Sie mir vom Leibe, Frau, und halten Sie keine Reden.«

Der junge Mann bleibt unbeweglich, aus seiner Nase rinnt noch immer das Blut, es läuft über den Mund und das Kinn und tropft auf seinen Anzug.

»Und Sie haben einen Deserteur begünstigt«, sagt jetzt der Amtswalter, »auch darüber wird noch zu reden sein, Frau.«

»Meine Mutter weiß von nichts«, sagt der junge Mann jetzt, »ich habe ihr gesagt, daß ich auf Urlaub zu ihr gekommen bin.«

Die Frau beginnt zu weinen, die Tränen laufen ihr über die Wangen und überschwemmen ihr Gesicht, aber sie macht keinen Versuch, sie zu trocknen.

»Plärr nicht, alte Hexe«, sagt der Rottenführer drohend. »Gehen Sie!«

»Was wird mit meinem Sohn?« fragt die Frau ängstlich und hebt bittend die Hände. »Wo bringen Sie ihn denn hin? Bitte, sagen Sie es mir, damit ich ihn besuchen kann.«

»Ihr Sohn bleibt ganz hier in der Nähe«, antwortet der Rottenführer, und in dem schmalen Blick seiner Augen ist eine furchtbare Drohung.

»Sie können sich darauf verlassen, ganz in der Nähe, Sie werden es schon erfahren. Gehen Sie jetzt!«

Die Frau zögert noch immer, ihre Augenlider zucken hilflos auf und nieder. »Ist das auch wirklich wahr, lieber Herr?« fragt sie mit zitternder Stimme. »Ist das auch wirklich ...«

»Gehen Sie jetzt, zum Teufel!« herrscht der Rottenführer sie an. »Oder es passiert etwas!«

»Geh, Mutter«, sagt der junge Mann, seine Stimme ist überraschend fest.

Die Frau nimmt ein Taschentuch aus ihrer Manteltasche und wischt ihrem Sohn das Blut aus dem Gesicht. »Du hast es mir zuliebe getan, Walter«, sagt sie dabei, »das mußt du den Herren sagen, wenn sie dich ausfragen, sie werden das bestimmt verstehen, ganz bestimmt, du bist ja sechs Jahre lang ein guter Soldat gewesen.«

Der junge Mann zieht die Unterlippe tief zwischen die Zähne und wendet sich halb ab. »Geh jetzt, Mutter, bitte.«

Die Frau steckt das Taschentuch wieder ein, dann geht sie mit gesenktem Blick durch den Ring der Menschen.

Der Rottenführer folgt ihr mit den Augen, bis sie in der Toreinfahrt verschwunden ist, dann gibt er den beiden SD-Männern ein Zeichen.

»Los, Handschellen anlegen!« sagt er scharf.

Dem jungen Mann werden die Hände mit rohen Griffen auf den Rücken gebogen und mit einer Stahlfessel umschlossen.

»Du weißt, was dir blüht«, sagt der Rottenführer und blickt sich dann suchend um. »Verflucht, gibt es denn hier keine anständige Laterne mehr?«

Der Amtswalter schüttelt den Kopf. »Haben die Engländer alles zerschmissen«, antwortet er, »aber drüben die Haltestelle vor Scherl ...«

Der Rottenführer blickt über die Straße. »Hoch genug«, entscheidet er, »geht in Ordnung. Los, rüber!«

Der junge Mann steht da und rührt sich nicht.

Der Rottenführer blickt ihn höhnisch an. »Ich könnte dich ja einfach über den Haufen knallen, du Strolch«, zischt er durch die Zähne, »aber du sollst sichtbar hängen, allen zur Warnung, außerdem habe ich deiner Mutter ja versprochen, daß du in der Nähe bleibst. Du siehst, ich halte mein Versprechen. Los jetzt!«

Der Braune stößt zu, sein Gesicht verzieht sich dabei zu einer widerlichen Grimasse. Wieder öffnet sich die Gasse, der junge

Mann taumelt vorwärts, und jetzt stoßen sie alle abwechselnd zu, die drei Grauen und der Braune, als wollte jeder seinen Anteil an der Mißhandlung des Deserteurs haben. Mit Stößen, Tritten und Hieben wird der junge Mann über den Damm getrieben, bis er an der Haltestelle steht.

Eine Straßenbahnhaltestelle markiert den Punkt, an dem Straßenbahnen halten, um Passagieren das Aus- und Einsteigen zu ermöglichen, sie besteht aus einem Eisenmast, der gelb gestrichen und in die Kleinpflasterung des Bürgersteiges eingelassen ist, sie trägt an ihrer Spitze eine weiße Fahne aus Eisen und Emailleüberzug mit der Aufschrift ›Haltestelle der Straßenbahn‹, in der Mitte des Mastes ist eine Eisentafel angebracht, auf der unter Glas die Routen und Fahrpläne der Straßenbahnlinien verzeichnet sind, die an dieser Haltestelle benutzt werden können. Anderen Zwecken, außer der Reklame für Kinos, Pfandleihen und Cafés, haben Straßenbahnhaltestellen bisher nicht gedient. Erst im April 1945 ist es den nationalsozialistischen Mördern gelungen, zu beweisen, daß Straßenbahnhaltestellen auch als Galgen benutzt werden können. Es versteht sich von selbst, daß Straßenbahnhaltestellen (wie auch Laternen und Ladengitter) keine komfortablen Galgen sind, mit Flaschenzug und Falltür, aber sie vermögen immerhin dazu zu dienen, lebendige Menschen durch Strangulation vom Leben zum Tode zu befördern.

Lassehn ist inmitten der Menge stehengeblieben, die auf den Verkehrsinseln der Rosenthaler Straße steht. Ringsum ist die halbzerstörte Kulisse des Hackeschen Marktes, sie trägt noch die Spuren des Lebens, das früher hier aus fünf Kanälen über den engen Platz rauschte, Imperial-Kino und Hackescher Hof, Lotterie-Einnahme Caesar und Commerzbank, Bio-Lichtspiele und Koester A.-G., Oranienburger Straße, Große Präsidentenstraße, Briefmarken-Mantow und Roesners Privatschule, Neue Promenade, Aschinger-Quelle, An der Spandauer Brücke, Billardsalon und 16. Polizei-Revier, Rosenthaler Straße, Eckert-Hüte und Scherl-Filiale, dreieckige Verkehrsinsel mit runder Telefonzelle, Straßenbahn- und Autobushaltestellen mit schmalen Einstiegplattformen, S-Bahnhof Börse und Untergrundbahnstation Weinmeisterstraße, Warenhaus Wertheim und Jüdische Gemeinde, Geheime Staatspolizei und Altersheim, sie alle haben früher ihre Wellen über den Asphalt des Platzes geworfen.

In der Luft tönt das Pfeifen und Orgeln der russischen Artilleriegeschosse, aber Lassehn bemerkt es nicht, eine Starre hat ihn befallen, er will sich umdrehen und fortstürzen, aber er ist wie festgeschmiedet, er ist wie benommen, er sieht alles wie durch einen Schleier. Plötzlich erinnert er sich, einmal irgendwo gelesen zu haben, daß man Verbrecher hängt, indem man eine Falltür unter ihnen öffnet oder eine Fußstütze fortzieht, so daß der Körper mit einem Ruck wegsackt und der Tod somit nicht durch Ersticken, sondern durch den Bruch des Halswirbels eintritt. Hier aber ist weder die eine noch die andere Vorrichtung vorhanden, es gibt also nur die eine Möglichkeit ... Nein, nein, schreit es in ihm, nein, das kann ja nicht sein, wir sind doch in Deutschland, im Jahre 1945, und das sind auch deutsche Menschen ...

Lassehn hofft noch immer, daß ... Ja, was denn? Daß sie nicht Ernst machen werden? Sie sind ja schon dabei, dem jungen Mann die Schlinge um den Hals zu legen, jetzt werfen sie das andere Ende des Seils über das Emailleschild ›Haltestelle der Straßenbahn‹ und ziehen es stramm. Noch steht der junge Mann auf seinen zwei Beinen, noch liegt das Seil nur lose um seinen Hals, noch ist die Schlinge nicht zugezogen, noch schlägt ein zwanzig- oder zweiundzwanzig- oder fünfundzwanzigjähriges Herz die rasendsten Takte seines Lebens, noch strömt der verpestete, aber lebenspendende Atem der Berliner Straßen, chemische Verbindung von Sauerstoff und Stickstoff, Luft genannt, in seine Lungen, noch kann der Rottenführer abwinken und sagen: ›Genug! Aber merk dir das, beim nächsten Mal wirst du tatsächlich hochgezogen‹, aber nichts dergleichen geschieht. Lassehn hat die fürchterliche Konsequenz des Nationalsozialismus noch immer nicht begriffen, nämlich jenes oft zitierte Gesetz, nach dem er angetreten ist, das mit Mord begonnen hat und mit Mord endet.

Ein paar Sekunden unheimlichen Schweigens unter dem Dröhnen der Geschütze vergehen noch. Da steht der junge Mann, mit blutverschmiertem Gesicht und besudeltem Anzug, die Hände auf dem Rücken mit einer Stahlfessel verkettet und einem Strick um den Hals, sein Gesicht ist wächsern starr, als sei es schon gestorben, seine Augen sind erloschen, da stehen zwei SD-Männer hinter ihm, das andere Ende des Strickes fest in den Händen, als warteten sie auf ein Signal zum Tauziehen, da stehen der Rottenführer und der Amtswalter wie Kampfrichter, die das Startzeichen zu geben haben, und da steht eine vielköpfige Menge in einiger Entfernung, und das Ganze ist ein Volkstribunal, wie es der Führer und Reichskanzler des Großdeutschen Reiches befohlen hat.

Die unerträgliche Spannung entlädt sich in dem Aufschrei einer Frau, ihr Schrei gellt spitz und steil auf, er durchschneidet die Stille wie ein Blitz aus heiterem Himmel.

»Halt's Maul, hysterische Ziege!« brüllt der Rottenführer auf. »Los!« kommandiert er und fährt mit beiden Armen wild durch die Luft.

Die beiden SD-Männer beginnen zu ziehen, wechseln Griff um Griff, der Eisenmast schwankt, aber er hält, der junge Mann schwebt in der Luft, der Kopf hängt seltsam schräg, die Beine hängen schlaff herab, das Gesicht läuft rötlich an, wird rot, dunkelrot, bläulich, der Unterkiefer klappt herab, als sei ein Scharnier gelöst, ein gurgelndes Röcheln bricht aus dem Munde, die Zunge quillt dick und rötlichblau hervor, Schaumbläschen quirlen in den Mundwinkeln, die Augen treten aus den Höhlen, kein Aufzucken, kein Aufbäumen zeigt den Tod an, ganz unmerklich verröchelt das Leben aus dem Körper des jungen Mannes.

Die Menge zerstreut sich. Da ist nicht einer, der triumphiert, die Gesichter sind ernst, hart, böse, grimmig, nachdenklich, aber da ist auch nicht einer, der es wagt, ein Wort zu sagen oder eine Hand zu heben, sie schleichen scheu davon wie geprügelte Hunde, denn mit dem, der da jetzt eben sein Leben verröchelt hat, hängt auch zugleich ihr eigenes Gewissen am Galgen.

Lassehn steht noch ein paar Minuten auf der Verkehrsinsel, sieht, wie die beiden SD-Leute das Seil ein paarmal verschlingen und festknoten, und plötzlich ist auch ein Schild da, das sie in den Knopflöchern der Jacke des Erhängten befestigen. Lassehn überquert den Damm, liest

»Ich, der Pionier Walter Deichmann, hänge hier, weil ich zu feige war, meine Heimatstadt zu verteidigen«

und geht schnell weiter. Es würgt ihn in der Kehle, als habe er selbst einen Strick um den Hals, er tritt in das Haustor einer Ruine, um sich zu übergeben.

VII

22. April

Nachdem sich herausgestellt hat, daß die Luftschutzwarte am Vormittag des 21. April zum letzten Male in ihre Trillerpfeifen geblasen, auf ihre Gongs geschlagen und auf die Müllkästen getrommelt haben, daß auf diesen letzten Fliegeralarm keine Entwarnung mehr erfolgt, daß der Alarm mithin ein Dauerzustand geworden ist, liegt das Leben der Stadt endgültig in Agonie. Zwar verkehren die S- und U-Bahnen noch auf einigen Linien, aber sie dienen kaum noch der Bevölkerung, sie sind, was die Strecken anbelangt, zu militärischen Nervensträngen, und was die Bahnhöfe betrifft, zu Zufluchtsstätten der Bevölkerung geworden. Die russische Artillerie hat jetzt Feuerstellungen bezogen, von denen aus sie fast jeden Teil der Stadt unter Beschuß nehmen kann, die russische Luftwaffe ist dauernd und in überlegener Zahl über der Stadt. Die Divisionen Shukows haben das breite Vorfeld zwischen der Oder und Berlin siegreich überwunden, der Angriff, der sich bisher wie eine breite, zusammenhängende Woge der Stadt genähert hat, beginnt sich jetzt in viele einzelne Stoßkeile aufzusplittern, die von ungleicher Länge sind und sich mit sehr unterschiedlicher Geschwindigkeit im Osten und Nordosten in das Häusermeer hineinschieben. Die deutsche Abwehr ist keine geschlossene Linie mehr, hinter der eine zentrale Befehlsstelle die Bewegungen beobachtet, Gegenmaßnahmen anordnet und Reserven an bedrohte Stellen dirigiert. Der Kampf löst sich in eine Anzahl von Einzelgefechten auf, die nur in losem oder gar keinem Zusammenhang miteinander stehen, weit vorgeschobene Posten werden gegen die nachrückenden Reserven der Russen hartnäckig verteidigt, während wichtige Stützpunkte an den Zugängen der Stadt unbesetzt bleiben. Die Verteidigung der Stadt wird von Stunde zu Stunde mehr aufgelöst, jede Kampfgruppe handelt auf eigene Faust, da eine Verbindung zum Kampfkommandanten Berlins nur zufällig oder gar nicht möglich ist. Im Stadtinnern und in den noch unbesetzten Stadtteilen werden aus Hitler-Jungen, Volkssturmmännern, OT-Arbeitern, Parteimitgliedern, Werkschutzleuten und Reservepolizisten neue Einheiten aufgestellt, notdürftig bewaffnet und nach vorn geschickt, ohne daß die Einheitsführer wissen, wo die HKL, wie man die sich ständig verschiebenden Schwerpunkte der Häuserkämpfe noch nennt, eigentlich liegt, schwere Waffen werden kaum noch eingesetzt, da entweder keine Munition oder kein Treibstoff vorhanden ist.

Das Lokal von Oskar Klose in der Straße Am Schlesischen Bahnhof ist nicht länger ein Restaurant, denn Bier gibt es nicht mehr und Gäste erst recht nicht. Die linke Hälfte des Lokals dient als Schlafsaal und Wachraum für Landser, und in der rechten hat sich ein Feldlazarett eingerichtet, es riecht nach Schweiß, ungelüfteten Kleidern und Chloroform, von der früheren Bestimmung des Lokals hängen nur noch der säuerliche Bierdunst und der Geruch kalten Tabaks in der Luft. Klose hat sorgsamerweise aus dem Lokal alle Gegenstände entfernt, die für Soldaten von Wert und Interesse sein können, und beschränkt sich auf seine beiden Hinterzimmer, in denen außer ihm die beiden Wiegands und Lassehn wohnen. In dem Durcheinander dieser Tage fällt der Zuwachs an Einwohnern nicht auf oder findet seine stichhaltige Erklärung in der Flucht zahlreicher Bewohner der Außenbezirke in die innere Stadt.

Der Luftschutzkeller des Hauses, bisher nur sporadisch in jenen Augenblicken aufgesucht, wenn die Sirenen dazu aufforderten, ist jetzt Dauerquartier und Gemeinschaftswohnung geworden, ist Aufenthalts-, Eß- und Schlafraum zugleich, Kindergarten, Krankenhaus und Siechenheim in einem. Feldbetten, Liegestühle, Couches, Matratzen, Sessel, Hocker, Stühle, Schemel, Bänke, Kisten oder auch der Fußboden sind Sitz- und Schlafgelegenheiten zugleich, als Beleuchtung dient, da der elektrische Strom meist versagt, eine Kerze, eine Petroleumlampe oder eine Karbidlampe, die ein Eisenbahner vom Schlesischen Bahnhof herübergebracht hat. Da die Wasserleitungen versiegt sind, muß Wasser von den Straßenbrunnen geholt werden, die in den Pausen zwischen den Feuerschlägen umlagert sind. Im Vorkeller ist mit ein paar Ziegelsteinen eine primitive Kochstelle errichtet worden, besonders mutige Frauen kochen in den Parterrewohnungen, wenn der Artilleriebeschuß oder die Fliegerangriffe vorübergehend an Heftigkeit nachlassen, und in den allerersten Tagen des Kellerdaseins in der Frontstadt Berlin gehen die Frauen sogar noch einkaufen. Menschen, die auf engstem Raum ständig aufeinander angewiesen sind, andere ertragen müssen und einander nicht entgehen können, werden schnell von einer Reizbarkeit befallen, die sich bis zum Haß steigern kann. Kleine Schwächen des anderen, sonst nur Gegenstand eines nachsichtigen Lächelns, erzeugen eine Art von Idiosynkrasie, belanglose Meinungsverschiedenheiten, sonst mit ein paar erklärenden Worten geglättet, steigern sich bis zur besessenen Rechthaberei, alle Gegensätze, die bisher übersehen worden sind oder sich nur in gelegentlichen Reibereien im Treppenhaus geäußert haben, brechen auf wie Geschwüre, die bisher unsichtbar und kaum spürbar unter der Haut geeitert haben.

Nervosität, Gereiztheit, Sorge, Kummer, Tränen, Wut, Haß quirlen in den Menschen durcheinander wie die Wasser eines Sturzbaches, aber alles steigt aus der Angst empor, der Angst vor dem braunen Terror, der Angst vor den Artilleriegeschossen und den Fliegerbomben, der Angst um den Rest der Habe, der Angst vor den Russen, der Angst vor einer völlig ungewissen Zukunft, und nur hin und wieder werden die Ängste von den kleinen Sorgen des Alltags überschattet, der Sorge um Essen, um Wasser und um die Verrichtung primitivster Bedürfnisse.

Draußen im Lande bereitet sich trotz des Krieges ein verschwenderischer Frühling vor, steigen die Tage leuchtend und strahlend empor, springen die Knospen an den Bäumen und Sträuchern auf, bewegt sich im Erdreich die Saat, schwingen sich die Vögel durch die klare Luft, aber von alledem dringt nicht der leiseste Hauch in die Keller. Die Luft ist hier nicht nur stickig und verpestet durch den Gestank ungewaschener Leiber und ungelüfteter Kleidung, von Blähungen und Urin und Kleinkinderwindeln, von verbranntem Karbid und Essensgerüchen, vom feuchten Moder des Kellers und von Pulverdampf, der von der

Straße her durch alle Ritzen dringt, auch die Atmosphäre, in der die Menschen zusammenleben, ist erfüllt von Widerwillen, Ekel, Neid, Haß und Verachtung.

Zermürbender noch aber ist die völlige Ungewißheit, nicht nur in bezug auf die Zukunft, sondern auch auf die tagnahe Gegenwart, denn es ist ungewiß, ob der Kampf acht Tage oder acht Wochen dauern wird, man erinnert sich mit Schaudern, daß die Verteidiger Königsbergs wochenlang ausgehalten haben und die Verteidigung Breslaus immer noch andauert. Es ist keineswegs ausgeschlossen, daß der Kampf hin und her wogen und man abwechselnd unter dem Granathagel der russischen und der eigenen Artillerie den Angriffen der roten und deutschen Stukas ausgesetzt sein wird. Nicht weniger zermürbend ist die völlige Untätigkeit, weder können (und wollen) die Berufstätigen ihre Werkstätten aufsuchen noch die Hausfrauen ihre gewohnten Arbeiten verrichten; außer kleinen Beschäftigungen, der Zubereitung und dem Verzehr der kargen Mahlzeiten und einem Gang zum primitiven Notabort, gibt es keine Abwechslung. Die Gespräche vertropfen nach ein paar Sätzen von Rede und Gegenrede. Lesen ist unmöglich, da die Beleuchtung zu schwach ist. Die Dunkelheit des Kellers und die erzwungene Ruhe der Hände lassen nur Raum für eines, für Warten, Warten, Warten, auf irgend etwas, auf die Befreiung oder den Tod, wobei es noch völlig ungewiß ist, von wem und durch wen man befreit wird, durch wen und wie man den Tod erleidet. Man ist den Aufenthalt im Keller zwar seit langem gewohnt, aber da handelte es sich immer nur um eine oder zwei, manchmal auch drei Stunden, bis die Sirenen das Ende der Inhaftierung anzeigten, damit hatte man sich längst abgefunden wie mit chronischen Beschwerden, aber diesmal wird man von keiner Entwarnung wieder an die Oberfläche gerufen, in die Wohnungen oder die Betten, diesmal bleibt man in die Unterwelt gebannt, der man nicht entsteigen kann, ohne in die Hölle der Oberwelt zu geraten. Und so sitzen in dem Keller von fünfzehn Metern Länge und kaum zweieinhalb Metern Breite rund drei Dutzend Menschen, sie sitzen, hocken, kauern, liegen, jeder hat seinen bestimmten Platz inmitten seiner Habe, und über allen schwebt das ungewiß flackernde Licht einer Kerze oder hockt eine lastende Dunkelheit, in die auch nicht ein Lichtschimmer dringt, da der Keller unter Straßenniveau liegt und die schmalen Kellerluken durch Sandkästen abgedichtet sind. Die Reden, die zuerst noch gewechselt worden sind, kurze Fragen und abweisende Antworten, versiegen bald, und außer den Geräuschen, die von außen her eindringen, sind schließlich nur die Geräusche bewegter Luft zu vernehmen, das stoßweise Luftholen der Kurzatmigen, das Husten und Röcheln der Kranken, das Schnarchen und Stöhnen der Schläfer, das Schmatzen und Schlürfen der Esser, das Jammern und Weinen der Kinder, Räuspern und Niesen und das innerliche Rumoren der Körper, die aus der Ordnung gekommen sind, alles Geräusche intimer Natur, die sich nun vor allen Ohren und Nasen abspielen und den Widerwillen bis zum Ekel steigern.

Aus den streng abgeschlossenen Wohnungen, die mit Sicherheitsschloß, Riegel und Sperrkette nicht nur äußerlich abgeschlossen waren, sondern auch ihre inneren, streng gehüteten Geheimnisse hatten, sind die Menschen in eine enge, unentrinnbare Gemeinsamkeit gezwungen worden, die um so unerwünschter ist, da sie zwangsweise und unter dem Druck der Verhältnisse entstanden ist. Eine Gemeinsamkeit, die nicht aus innerlichem Antrieb geboren ist, sondern durch zufällige Umstände oder auf äußeren Druck zustande kommt, wird stets nur so lange bestehen, als das Gewicht des äußeren Druckes auf ihr lastet, gegenseitige Rücksichtnahme und Hilfeleistung sind ganz unverbindlich und werden nur ausgeübt, als der eigene Vorteil und Anspruch nicht verletzt oder geschmälert werden. Der Selbsterhaltungstrieb ist aller anerzogenen Hüllen völlig entkleidet, äußerste Rücksichtslosigkeit das Gebot der Stunde, den eigenen flüchtigen Vorteil wahrzunehmen tausendmal wichtiger, als einer mitleidigen Regung für andere nachzugeben. Die harten Herzen, die die nationalsozialistische Führung von den Deutschen verlangt hat, sind jetzt versteint, sie sind keiner Regung mehr fähig, sind nur noch Bestandteil der Physis.

Klose, die beiden Wiegands und Lassehn haben beschlossen, den gemeinsamen Luftschutzkeller solange wie irgend möglich zu meiden, Klose und Lucie Wiegand, um der schrecklichen Atmosphäre des Kellers, Friedrich Wiegand und Lassehn, um den Heeresstreifen zu entgehen, die jetzt systematisch alle Keller durchkämmen, um jeden nur halbwegs einsatzfähigen Mann in irgendeine Kampfgruppe zu stecken. Zwar tragen Wiegand und Lassehn jetzt Volkssturmarmbinden und haben sich mit Karabinern bewaffnet, die sie einfach von einer Hauswand fortnahmen, gegen die sie gelehnt waren, aber Volkssturmmänner haben nichts in einem Luftschutzkeller zu suchen, und wenn sie es doch tun, sind sie ganz der Gnade oder Ungnade derjenigen ausgeliefert, die mit ihnen den Keller bewohnen. Ein Wort eines mißgünstigen Kellernachbarn oder einer hysterischen Führeranbeterin kann genügen, um den Strick um den Hals gelegt zu bekommen. Wiegand und Lassehn ziehen es daher vor, sich in Kloses Wohnung aufzuhalten und, wenn sie unterwegs sind, die Volkssturmarmbinde anzulegen.

Die Untätigkeit lastet schwer auf den Männern, nur Lucie Wiegand ist ausreichend beschäftigt, sie bereitet das Essen und versucht, so etwas wie Ordnung in die Männerwirtschaft zu bringen, es macht ihr auch nichts aus, wenn man sie deshalb auslacht, sie fegt, wischt, wäscht und putzt, als sei es die natürlichste Sache von der Welt, inmitten des Artilleriefeuers eine Wohnung instand zu halten.

»Das ist doch vollkommener Unsinn, Lucie«, sagt Klose und schüttelt den Kopf, als Lucie Wiegand mit dem Staubtuch über die Möbel geht, »der Kalk rieselt wie ein Dauerregen von den Wänden, und du … Ihr seid komische Geschöpfe, ihr Frauen.«

Lucie Wiegand sieht mit einem seltsam-rätselhaften Blick zu Klose hinüber. »Meinst du?« fragt sie. »Es ist keineswegs sinnlos, denn es macht, wenigstens zeitweilig, gedankenlos.«

Dr. Böttcher, der gerade ins Zimmer tritt, sieht sie betroffen an. »Sie meinen, diese zwecklose Arbeit befreit Sie von Ihren Gedanken, Frau Lucie?«

Lucie Wiegand nickt. »Ja, das ist es, genau das, Doktor.«

Wiegand steht auf, geht auf seine Frau zu und blickt sie an. »Du bist seit ein paar Stunden sehr verändert, Lucie«, sagt er ernst. »Machst du dir Sorgen um die Zukunft?«

»Frauen haben so ihre Stimmungen«, wirft Klose ein. »Geht wieder vorbei.«

Lucie Wiegand stützt sich gegen den Fensterrahmen. »Sorgen um die Zukunft?« Sie verzieht den Mund zu einem zaghaften, kleinen Lächeln. »Nein, es ist etwas anderes …«

»Was denn?« fragt Wiegand.

Lucie Wiegand macht eine abwehrende Handbewegung. »Ach, es ist nicht so wichtig«, sagt sie und beginnt wieder zu arbeiten.

Wiegand faßt sie bei den Schultern und zwingt sie, ihn anzusehen.

»Sprich doch, Lucie.«

Lucie Wiegand entzieht ihm ihre Schulter, ohne ein Wort zu sagen. »Vielleicht kann ich dir helfen«, dringt Wiegand weiter in sie.

Wieder spielt ein kleines Lächeln um ihre Lippen. »Du kannst mir am wenigsten helfen, Fritz.«

In Wiegands ernstes Gesicht springt ein Zug von Überraschung. »Das verstehe ich nicht«, sagt er ratlos.

»Ist auch besser so, Fritz.«

Durch die Tür, die das Zimmer vom Lokal abschließt, dringt lautes Johlen und Grölen, dann ertönt eine Mundharmonika und dazu das Stampfen genagelter Stiefel.

»Die machen einen unverschämten Lärm«, sagt Klose und deutet mit dem Daumen auf die Tür. »Ja, lustig ist das Soldatensterben …«

Wiegand hat die Unterbrechung unwillig abgeschüttelt. »Oskar, Doktor, Lassehn, ihr könntet mich mit meiner Frau einmal ein paar Minuten allein lassen, oder noch besser, wir gehen hinüber …«

»Nein, nein«, sagt Lucie Wiegand laut und dämpft die Stimme sofort wieder, »was ich zu sagen habe, könnt ihr beide ruhig mitanhören.« Sie setzt sich schwer auf einen Stuhl und reibt die Hände gegeneinander.

Für eine lange Minute ist Schweigen im Zimmer, nur durch die Tür dringt das Lied von Lilli-Marlen und von draußen das Krachen explodierender Granaten und das ununterbrochene Schießen der Vierlings-Flak.

»Fritz«, sagt Lucie Wiegand schließlich, »ich muß es dir ja

sagen, bevor etwas Furchtbares geschieht. Du kannst hier nicht länger bleiben.«

»Nanu, junge Frau, was ist denn mit dir?« ruft Klose erstaunt. »Du ißt mich nicht, du trinkst mich nicht, du bist mich doch nicht krank?«

»Frau Wiegand hat sicher schwerwiegende Gründe, so etwas zu sagen«, sagt Dr. Böttcher.

»Laß die Witze, Oskar«, verweist ihn Wiegand. »Was ist denn geschehen, Lucie?«

Lucie Wiegand schließt für ein paar Sekunden die Augen. »Robert ist hier!« sagt sie fast flüsternd mit einem furchtsamen Blick zur Tür.

»Woher weißt du das?« fragt Wiegand erregt.

»Ich habe ihn gehört, durch die Tür dort«, antwortet Lucie Wiegand, »und ich habe ihn auch gesehen.«

»Wo?«

»Hier im Lokal.« Lucie Wiegand steht auf, geht an die Tür und schiebt die Gardine beiseite, welche die Türscheibe bedeckt.. »Ich hörte eine Stimme, die mir wie ein Messer ins Herz drang, zuerst wollte ich es nicht glauben, es schien mir unmöglich, unausdenkbar, aber als ich dann durch dieses Fenster blickte, da war kein Zweifel mehr möglich, es war Robert.«

»Hast du mit ihm gesprochen?« fragt Wiegand ruhig.

Lucie Wiegand schüttelt den Kopf. »Wie dürfte ich das tun, Fritz!« antwortet sie und tritt wieder ins Zimmer zurück. »Es würde ihn möglicherweise auf deine Spur bringen.«

»Und der Bursche ist imstande, seinen eigenen Vater hochgehen zu lassen«, wirft Klose ein. »Im Namen des Führers, des Görings und des killenden Himmlers.«

»Aber du möchtest gern mit ihm sprechen, Lucie?« fragt Wiegand, und eine düstere Falte steigt über seiner Nasenwurzel auf. »Und deshalb soll ich von hier ...« Er macht eine Handbewegung, als weise er sich selbst hinaus.

»Das darfst du nicht denken, Fritz!« ruft Lucie Wiegand. »Von mir ist hier gar nicht die Rede, aber bedenke, daß zwischen uns und ihm nur eine dünne, einfache Tür ist, und ein lautes Wort könnte dir bereits zum Verhängnis werden. Ein Fußtritt nur, und die Tür splittert ...« Sie bedeckt die Augen mit den Händen, ihre Schultern zucken.

»Ja, eine Tür nur«, sagt Klose, »eine Tür aus ganz gewöhnlichem Eichenholz mit ein bißchen Sperrholz und dünnem Glas, eine Tür wie Millionen andere Türen, aber auf der einen Seite ist die Hölle und auf der anderen ... Nein, das paßt nicht, ich hatte Himmel sagen wollen.«

»Diesseits das Recht und jenseits das Unrecht«, sagt Lassehn, der bisher schweigend dabeigesessen hat.

»Gut der Mann«, lobt Klose, »manchmal ist Bildung doch was wert.«

»Ihr müßt besonders vorsichtig sein«, sagt Dr. Böttcher.

Lucie Wiegand zuckt zusammen, irgend etwas fliegt heftig gegen die Tür, daß die Scheiben klirren. »Daß du so ruhig bist, Fritz ...«

»Worüber sollte ich mich erregen? Daß Robert hier ist? Ich weiß es übrigens schon seit gestern.«

Lucie Wiegand fährt auf. »Du weißt es?«

»Ja, er war gestern nachmittag bereits hier im Lokal.«

»Hat er dich gesehen?«

»Glücklicherweise nicht, ich saß in einer dunklen Ecke, außerdem war er mit einigen Volkssturmleuten sehr beschäftigt.«

»Er hat einen prachtvollen Ton am Leibe«, sagt Klose, »drohte mit Erhängen und so. Ein reizendes Kind!«

»Oskar!« sagt Wiegand vorwurfsvoll und blickt mit einer schnellen Bewegung der Augenbrauen auf seine Frau.

Lucie Wiegand blickt an sich nieder. »Ihr braucht auf mich keine Rücksicht zu nehmen«, sagt sie mit fester Stimme, »ich weiß genau, wie ... wie er ist. Ich wollte erst sagen, wie mein ... ja, wie mein Sohn ist, aber in mir sträubt sich alles, ihn so zu bezeichnen. Mein *Sohn,* wenn man das sagt, dann schwingt immer ein wenig Stolz und Zärtlichkeit mit, *mein* Sohn, das ist die Identifizierung mit ihm, das heißt, er ist von meinem Geist. Ach!« – ein Seufzer steigt aus der zarten Frau auf – »Wie gern wäre ich stolz auf ihn, wie gern würde ich ihn lieben, aber ich muß mich seiner schämen, und wenn ich ihn nicht hasse, dann nur darum, weil das Bild des Kindes noch nicht ganz aus mir verdrängt worden ist.«

Wiegand streicht seiner Frau über das Haar. »Dr. Böttcher sagte mir einmal, daß die seelische Struktur der unveränderlichste Bestandteil des Menschen wäre.«

Dr. Böttcher nickt. »Jawohl, und sie ist schon vorhanden und fest geprägt, bevor der Mutterleib den Embryo ausstößt. Wir müssen uns mit der immer wieder erstaunlichen Tatsache abfinden, daß Erziehung und Umwelt wohl den Intellekt formen, aber die seelische und charakterliche Anlage nur verstärken oder abschwächen, niemals aber entscheidend beeinflussen können.

»Das heißt also, daß alle Erziehung, alle Beeinflussung niemals an den eigentlichen Kern der Seele herankommen«, sagt Lucie Wiegand, »Umwelt, Erziehung und Schule sind also im Grunde nur wenig wirksame Zutaten.«

»Diese Frage mit ja beantworten, heißt die Entwicklung der Menschheit mit weltschmerzlicher Resignation betrachten«, erwidert Dr. Böttcher. »Wenn wir uns selbst nicht aufgeben wollen, müssen wir daran arbeiten, diesen Dualismus von Seele und Umwelt zu überwinden oder wenigstens auszugleichen. Und hier muß ich Sie berichtigen, Frau Lucie, Umwelt, Erziehung und Schule sind eigentlich keine Zutaten, sondern Gegengewichte. Der Fragenkomplex vereinfacht sich sofort, wenn wir einmal an die Stelle von Seele den Begriff Instinkt setzen.«

»Ich verstehe«, meint Lucie Wiegand, »Instinkte kann man zähmen, befriedigen, ablenken, überdecken, einschläfern …«

»Man kann ihnen, sofern es sich um bösartige Instinkte handelt, einfach die Gelegenheit nehmen, sich zu entwickeln«, ergänzt Dr. Böttcher, »aber das setzt natürlich eine hochentwikkelte soziale Gesellschaft voraus, von der wir weit entfernt sind. Immerhin waren wir auf dem Wege zu ihr um einige Etappen vorangekommen, aber gerade da erlebten wir einen Rückfall, der jahrzehnte- und jahrhundertelange Bemühungen vernichtet und der so ungeheuerlich ist, daß wir ihn in seinem ganzen Umfang noch gar nicht zu erfassen vermögen. Man hat die Klammern, die sich um die Instinkte gelegt und sie niedergehalten haben, gelockert und, wo das nicht genügte, aufgesprengt, man hat die Instinkte selbst aufgestachelt … Sie wollen etwas sagen, Frau Lucie?«

Lucie Wiegand nickt. »Ja«, sagt sie, »wie richtig das ist, dafür ist unser Sohn Robert leider ein treffendes Beispiel. Viele Züge, die wir schon, als er noch ein Kind war, an ihm beobachteten, sind zur furchtbaren Reife gelangt, wir haben vieles zuerst nur als Unarten und Schwächen bewertet, die sich mit der Zeit mildern und vielleicht ganz verschwinden würden, aber es erging uns wie so vielen, wie den meisten deutschen Eltern, denen die Erziehung ihrer Kinder im entscheidenden Stadium aus den Händen gewunden wurde, die keine Macht über und kaum noch Einfluß auf sie hatten, die es dulden mußten, daß ihre Kinder sich zu Richtern über sie aufschwangen und in ihrer Arglosigkeit, Ahnungslosigkeit und Vertrauensseligkeit den braunen Rattenfängern anhingen, ja, die sogar vor ihren Kindern schweigen oder wider besseres Wissen pro sprechen mußten, wo sie contra waren, wenn sie nicht in tödliche Gefahr geraten wollten …«

»… und die es nicht taten«, spricht Klose weiter, und keine einzige Lächelfalte ist jetzt in seinem breiten Gesicht, »denen erging es wie …« Er steht auf und zieht aus einem Stoß Zeitungen ein rotes Papier. »Da, lies, Joachim.«

Lassehn nimmt das rote Papier entgegen. Er sieht sofort, daß es ein Plakat ist, denn es ist noch steif von erstarrtem Leim, und liest:

»›Im Namen des Volkes!

Die vom Volksgerichtshof wegen Hoch- und Landesverrat zum Tode verurteilten

Erich Meißner

Alfred Urbans

Charlotte Urbans

wurden heute hingerichtet.

Berlin, den 12. September 1942.

Der Oberreichsanwalt beim Volksgerichtshof.‹«

Lassehn blickt beklommen auf Klose, er hält das rote Blatt noch in den Händen, ihm ist, als sei das Blatt noch feucht vom Blut der Hingerichteten.

»Durch ihre Kinder wurden sie verraten«, sagt Klose, »vielleicht arglos und wahrscheinlich unschuldig …«

»Auf jeden Fall unschuldig«, fällt Wiegand ein. »Wie können Kinder schuldig sein? Ist ein Ährenfeld schuldig, weil es vom Hagelschlag getroffen wird und keine Ernte trägt?«

»Du hast recht, Fritz«, sagt Klose. »Die drei, deren Namen du eben gelesen hast, Joachim«, fährt er, gegen Lassehn gewendet, fort und nimmt das rote Blatt wieder in die Hand, »waren gute Kameraden, furchtlos und unerschrocken, sie haben oft mit uns hier in diesem Zimmer gesessen. Trotz aller Quälereien, Versprechungen und Drohungen haben sie niemanden verraten …«

Klose unterbricht sich selbst, keiner spricht, alle sehen unbeweglich auf das blutrote Blatt, sie schweigen, als könnten Worte das Andenken an die drei hingerichteten Kameraden entweihen.

Lassehn ist erschüttert, er hat diese drei Menschen nicht gekannt, er hat bis zu dieser Minute nicht einmal von ihrer Existenz gewußt, aber unwillkürlich nehmen diese drei unbekannten Menschen die Gesichter der beiden Wiegands und Dr. Böttchers an, aber es sind auch die Züge Lotte Poeschkes und des jungen blonden Arbeiters darin gemischt. Sie haben hier gesessen, in diesem Zimmer, um diesen Tisch herum, Menschen von Fleisch und Blut, ja Blut, dann hat man sie … Ein Schauer überläuft seinen Körper.

»Bist du ängstlich geworden, Joachim?« fragt Klose, der das Erschauern bemerkt hat.

»Ängstlich?« fragt Lassehn zurück. »Weshalb sollte ich plötzlich ängstlich geworden sein?«

»Es schien mir so«, antwortet Klose und blickt ihn prüfend an. »Du kannst noch zurück, Joachim, wir zwingen dich nicht, bei uns zu bleiben.«

»Nein, Herr Klose«, sagt Lassehn entschieden. »Wie sollte es ein Zurück geben? Und wohin? In das Nichtwissenwollen, in die bürgerliche Ahnungslosigkeit? Wer einmal die Früchte vom Baum der Erkenntnis gegessen hat …«

Klose geht auf ihn zu und drückt ihm fest die Hand. »Gut, mein Junge«, sagt er mit einem Lächeln, das schon wieder aus dem Ernst seines Gesichts hervorbricht, »du kannst so bleiben. Hab' ja auch nichts anderes erwartet.«

Lassehn errötet ein wenig und versucht es zu verbergen, indem er sich mit der Hand über das Gesicht fährt. »Ich möchte unser Gespräch noch einmal aufnehmen, Herr Doktor«, sagt er. »Sie identifizierten vorhin Seele mit Instinkt. Ist das nicht eine Vermaterialisierung der Seele?«

»Ich habe Seele und Instinkt nicht unbedingt gleichgesetzt, Lassehn«, erwidert Dr. Böttcher, »sie sind es auch tatsächlich nicht, aber sie wohnen so dicht beieinander, daß man sie nicht zu trennen vermag. Seele ist übrigens nicht immateriell, Kant sagt, daß die Seele ein innerer Sinn in Verbindung mit dem Körper ist, und bezeichnet die Berufung auf immaterielle Prinzipien als eine Zuflucht der faulen Vernunft.«

»Ich habe bisher wohl zuwenig darüber nachgedacht«, gibt Lassehn zu, ich habe mich in meinem bisherigen Leben nur von zufälligen Eingebungen leiten lassen, außer der Musik war in mir nichts da.«

»Über der Vergangenheit und der Theorie wollen wir die Gegenwart nicht vergessen, meine Herren«, sagt Klose und schaltet den Radioapparat ein, »wenn wir Glück haben, gibt es Strom, und wir können den Wehrmachtsbericht hören.«

Die Skala des Apparates leuchtet auf, das Summen des elektrischen Stromes schwillt an, und die Stimme des Sprechers taucht wie von ganz weit her auf.

»Beinahe hätten wir die neueste Hitleriade verpaßt«, sagt Klose mit einer einladenden Handbewegung zum Apparat hin. »Bitte, Herrschaften, beeilen, es hat schon angefangen.«

»... Frontlücke durch erfolgreiche Gegenangriffe geschlossen. Die Besatzung von Bautzen verteidigte sich hartnäckig gegen den mit starken Kräften angreifenden Feind. Nach Westen vorstoßend, drangen die Sowjets in Bischofswerda und Königsbrück ein.

Südlich Kottbus ziehen die Bolschewisten weitere Kräfte zur Nährung ihrer Angriffe gegen den Raum südlich Berlin nach und erreichten mit ihren Angriffsspitzen die Linie Treuenbrietzen-Zossen südlich Königs Wusterhausen. In Kottbus und Fürstenwalde sind Straßenkämpfe im Gange. Östlich und nördlich Berlin schob sich der Feind in schweren Kämpfen bis an die äußere Verteidigungszone der Reichshauptstadt heran. In der Linie Lichtenberg–Niederschönhausen–Frohnau wird erbittert gekämpft.«

»Das genügt, sagt der Staatsanwalt«, meint Klose.

»Schalten Sie noch nicht ab, Klose«, wirft Dr. Böttcher hastig ein.

»Wir wollen sehen, wie weit die andere Seite ...«

»... Abschnitt Dessau–Bitterfeld ... wechselvolle Kämpfe ... nur schrittweise Boden gewinnen ...«

»... das erbitterte Ringen um die Muldeübergänge ... Bitterfeld verloren ...«

»... nördlich Chemnitz ... örtliche Einbrüche ...«

»... Großraum Stuttgart ... heftige Kämpfe ... Umfassung der Stadt ...«

»... nördlich Tübingen ... weiter Boden gewinnen ...«

»... gegen den Kaiserstuhl vordringende Gaullistische Verbände ...«

»Ganz nette Speisekarte«, meint Klose und schaltet den Apparat wieder aus.

»Gib die Karte her, Oskar«, sagt Wiegand.

»Große Lagebesprechung im kleinen Generalstab«, lacht Klose und holt eine buntfarbige Broschüre aus dem Bücherschrank. »Das hätte sich der gute Ullstein nicht träumen lassen, daß seine ›*Tausend Wege um Berlin*‹ einmal als Generalstabskarte für eine Schlacht um Berlin Verwendung finden würde. Heiliger Ullstein, wie hast du dir verändert! Sic transit ... Wie heißt das, Doktor?«

»Sic transit gloria mundi«, ergänzt Dr. Böttcher lächelnd und schlägt das Kartenbuch auf.

»Stimmt, die Gloria mundet nicht mehr«, sagt Klose.

»Die Lage ist ganz klar«, sagt Dr. Böttcher und reibt seine

Brille mit dem Taschentuch ab. »Unsere geniale Führung hat aus dem Kampf um Wien nichts gelernt und anscheinend damit gerechnet, daß die Russen Berlin frontal von Osten her angreifen werden.«

»Tun sie das nicht auch?« fragt Klose. »Lichtenberg ist doch ...« Dr. Böttcher hebt abwehrend die Hand. »Ausreden lassen, lieber Klose«, sagt er wie verweisend. »Die Russen greifen natürlich auch von Osten her an, aber weit wichtiger sind die beiden Zangenarme, die sich im Norden und Süden um Berlin herumlegen. Die erste Ukrainische Armee unter Shukow schiebt sich nicht nur von Osten her nach Berlin hinein, sie umgeht auch mit ihrem nördlichen Flügel die Stadt und hat – nach dem Wehrmachtsbericht – schon Frohnau erreicht. Im Süden hat die erste Weißrussische Armee unter Konjew, die bisher in ostwestlicher Richtung angriff, nach dem Vordringen der ersten Tage eine Schwenkung nach Nordwesten – eben auf die Linie Königs Wusterhausen–Zossen–Treuenbrietzen – vollzogen und schiebt sich in Süd-Nord-Richtung an Berlin heran, das heißt, daß Berlin auch von Süden her umschlossen wird. Es besteht gar kein Zweifel daran, daß die beiden Zangenarme, der Nordflügel Shukows und der Westflügel Konjews, weiter vorstoßen und sich westlich Berlins zur vollständigen Zernierung vereinigen werden. Das ist die nüchterne Betrachtung der Lage, wohlgemerkt nur auf Grund des deutschen Wehrmachtsberichtes vom heutigen Tage, der natürlich ein Resümee der Kämpfe des gestrigen Tages ist.«

Dr. Böttcher hält einen Augenblick inne und liest in seinen Notizen nach. »Der Wehrmachtsbericht sagt aber noch viel mehr, wenigstens für den, der nicht nur den heutigen Bericht liest oder hört, sondern auch die Berichte der Vortage in Erinnerung hat. Das Vordringen der Heeresgruppe Konjew von der Neiße her über die Linie Kottbus–Spremberg–Bautzen–Hoyerswerda und die anschließende Schwenkung auf die Linie Treuenbrietzen–Zossen–Königs Wusterhausen mit dem gleichzeitigen Anschluß an die Südflanke der Gruppe Shukow bewirkt, daß der ganze Südflügel der deutschen Front aus den Angeln gehoben ist.« Dr. Böttcher beschreibt seine Erklärungen mit ein paar sicheren Strichen auf der Karte.

Lassehn hat den Worten Dr. Böttchers aufmerksam zugehört und kann seinen Blick nicht von der Karte wenden. »Wenn das richtig ist«, sagt er erregt, »und ich habe keine Ursache, daran zu zweifeln, heißt das, daß die deutschen Truppen im Raume Frankfurt an der Oder–Kottbus eingeschlossen sind und für die Verteidigung Berlins ausfallen.«

»Sehr richtig«, sagt Dr. Böttcher und setzt seine Brille wieder auf. »Soweit ich im Bilde bin, handelt es sich um nicht weniger als zwei Armeen, nämlich die achte und die neunte mit schätzungsweise mindestens zwanzig Divisionen. Wie sagte der Führer, der größte Feldherr aller Zeiten? *›Ich bedaure, daß ich es nur mit militärischen Idioten zu tun habe.‹*«

»Das verstehen wir armseligen Schächer eben nicht«, sagt Klose und setzt eine komisch-bedauernde Miene auf, »solch ein einmaliges Genie muß mit anderen Maßstäben messen, und er selbst tut es ja auch. Ein Jahrtausend währt nur zwölf Jahre, dagegen sind die neun Stunden, die die Anglo-Amerikaner bei einer eventuellen Invasion in Frankreich nur an Land bleiben würden, etwas in die Länge geraten. Tausend und zwölf und neun dazu ... Das muß ich erst einmal in Ruhe ausrechnen. Rechnen ist keine Hexerei, Herrschaften, und übrigens ...«

»Es klopft«, sagt Wiegand. »Wenn die vorn nur nicht solchen Krach machen würden ...«

Alle lauschen angestrengt. Das Klopfen wiederholt sich, dreimal, kurze Pause, zweimal, Stille, dreimal, kurze Pause, zweimal.

»Das ist für uns«, sagt Wiegand. »Mach auf, Oskar.«

Klose nickt und verläßt das Zimmer, ein paar angespannte Minuten vergehen, dann kommt er mit ... ja, doch, es ist eine junge Frau oder ein junges Mädchen, sie atmet erregt und streicht sich eine blonde Haarlocke zurück, die unter dem blauen Luftschutzstahlhelm hervorgerutscht ist. Wiese ihr Gesicht nicht die weichen, zarten Züge eines Mädchens, wären ihre Augenbrauen nicht so schmal und nachgezeichnet und hätte ihre Stimme nicht einen sopranhellen Klang, man hätte sie fast für einen jungen Mann halten können, denn sie trägt einen dunkelblauen Skianzug.

»Guten Tag«, sagt sie und blickt mit ihren hellen, klaren Augen von einem zum anderen.

»Diese holde Fee schickt uns Rumpelstilzchen«, sagt Klose wie erklärend. »Na also, Mädchen, was bringst du? Heraus mit der Sprache!«

Ehe das Mädchen antworten kann, spricht Wiegand. »Bist du sicher, Oskar, daß sie tatsächlich von Rumpelstilzchen kommt?«

»Ganz sicher«, antwortet Klose, »da gibt es keinen Zweifel, Fritz. Also, Mädchen ... wie heißt du übrigens?«

Das Mädchen lacht hell auf und blickt dann befremdet zur Tür, die in das Lokal führt.

»Was ist denn da los? Habt ihr Einquartierung?«

»Nur davor«, sagt Klose. »Also wie heißt du?«

Wieder lacht das Mädchen auf. »Wie ich heiße, geht euch gar nichts an, Leute«, antwortet sie und nimmt den Stahlhelm ab. »Man nennt mich Rotkehlchen, und so könnt ihr auch zu mir sagen.«

»Netter Name«, sagt Klose und streichelt dem Mädchen die Wangen.

»Was ist also los, Rotkehlchen?«

Das Gesicht des Mädchens wird ernst. »Rumpelstilzchen bittet euch, mit ein paar entschlossenen Männern zu Hilfe zu kommen.«

»Zu Hilfe?« fragt Wiegand.

»Ich weiß nicht genau, was er vorhat«, antwortet das Mädchen, »aber er will irgendwo gegen die Hitler-Jugend vorgehen, die ein paar Stellungen besetzt hält. Könnt ihr ein paar Leute ...«

»Selbstverständlich«, sagt Wiegand. »Kommst du mit, Lassehn?«

»Ich bin mit dabei«, antwortet Lassehn schnell und errötet bis in die Haarwurzeln, es ist das erstemal, daß Wiegand ihn duzt, und er empfindet es als Auszeichnung.

»Legen Sie auf mich alten Knaben auch Wert?« fragt Dr. Böttcher und lächelt das Mädchen an.

»Sie sind doch noch im besten Volkssturmalter«, antwortet das Mädchen schlagfertig. »Sind Sie Sanitäter?« fragt sie und deutet auf die weiße Armbinde mit dem roten Kreuz.

»Muß wohl so sein«, sagt Dr. Böttcher. »Also dann wollen wir einmal ...«

»Ich bin mit einem Fahrrad hier«, sagt das Mädchen. »Habt ihr auch Fahrräder?«

»Haben wir«, antwortet Klose. »Also an die Gewehre, im wahrsten Sinne des Wortes. Wirst staunen, Rotkehlchen!«

Das Mädchen folgt den Hantierungen der Männer, die Volkssturmarmbinden anlegen und die Karabiner umhängen, und lächelt. »So schlau sind wir schon lange, Kameraden«, sagt sie, »das Fell des Löwen ist der beste Schutz gegen Löwen.«

»Ja, dann auf, marsch, marsch«, sagt Wiegand ungeduldig. »Tschüs, Klose, Wiedersehen, Lucie.« Er drückt Klose die Hand und fährt seiner Frau sanft über das Haar.

Auch Lassehn und Dr. Böttcher verabschieden sich. Als sie im Begriff sind, das Zimmer zu verlassen, hält Klose das Mädchen am Arm fest. »Warum nennt man dich Rotkehlchen, Mädchen?«

»Neugieriger Hammel«, sagt das Mädchen und lacht ihm ins Gesicht. »Aber wenn du es durchaus wissen willst, Dicker: weil ich angeblich eine hübsche Stimme habe.«

»So, so«, meint Klose und blinzelt zu Lassehn hinüber. »Wenn du einen Begleiter brauchst, auf dem Klavier natürlich, dann halte dich an den hübschen jungen Mann hier, Joachim heißt der Knabe.«

Lassehn wendet sich verlegen ab und drängt aus dem Zimmer, als er die Tür hinter sich ins Schloß zieht, hört er Klose pfeifen und erkennt auch die Melodie. Es ist der alte Berliner Schlager ›Schenk mir doch ein kleines bißchen Liebe, Liebe …‹

VIII

22. April

Da fahren vier Radfahrer durch die Fruchtstraße, zwei Volkssturmmänner, ein Sanitäter und einer mit einem Skianzug und Stahlhelm, sie haben es sehr eilig, denn sie treten kräftig in die Pedale, obwohl das Radfahren alles andere als ein Vergnügen ist. Überall liegen Gesteinsbrocken, Glasscherben und Granatsplitter herum, in den Lüften zuckt es feurig und drohend. So auf den ersten Blick (und wer hat schon soviel Zeit, ein paar eiligen Radfahrern einen zweiten Blick zu widmen) hat es ganz den Anschein, als seien ein paar Männer jenes legendären Volkssturmes unterwegs, der angeblich bereit ist, sich fest in den Boden der Heimat zu krallen und bis zum letzten Blutstropfen zu kämpfen. Sie sehen so zünftig aus, daß ihnen die motorisierte Heeresstreife, die die Fruchtstraße am Eingang zum Küstriner Platz sperrt, nach ein paar erklärenden Worten ohne weiteres Platz macht.

Das Viereck des Küstriner Platzes ist von der SS zur Verteidigung hergerichtet worden, seine Zugänge, die Frucht-, Rüdersdorfer und Königsberger Straße und der Braune Weg, sind sämtlich durch Barrikaden und Panzersperren blockiert, schwere Maschinengewehre und Pakgeschütze sind in Stellung gegangen, schwere Flak steht mit Schußrichtung auf die Gütergeleise des Ostbahnhofes, drei Vierlingsflakgeschütze richten ihre Rohre steil in die Luft, die Plaza ist Kaserne und anscheinend auch Befehlsstelle geworden, die Geschützbedienungen sind fast ausschließlich SS-Leute, nur an den Panzersperren stehen Volkssturmmänner und ein paar braune Gestalten. Wiegand lächelt still vor sich hin, als sie sich mit ihren Rädern durch das Gewimmel von Fahrzeugen hindurchwinden, der verdutzte Blick des Streifenunteroffiziers ist deutlich genug gewesen, er hat wohl schon seit langem niemanden (und erst recht keinen Volkssturmmann) gesehen, der es eilig hatte, nach vorn zu kommen.

Als sie den Küstriner Platz verlassen und in die Königsberger Straße hineinfahren, sind es allerdings keine verdutzten Gesichter und auch keine freundlichen Blicke, die sie treffen. In den Gesichtern der Volkssturmmänner zeichnet sich vielmehr ärgerliches Erstaunen ab, und einer von ihnen sagt keineswegs leise: »Solange es noch solche Idioten gibt, ist kein Feierabend«, und ein anderer ruft ihnen hinterher: »Vergnügten Heldentod!«

»Ein besseres Lob kann uns gar nicht ausgestellt werden«, sagt das Mädchen zu Wiegand, der neben ihr fährt.

»Bin ganz deiner Ansicht«, stimmt Wiegand zu und lacht. »Kleider machen Leute und Uniformen Helden. Wo fährst du denn mit uns hin, Rotkehlchen?«

»Wirst du schon sehen. Wie heißt du denn?«

»Fritz, wenn dir das genügt.«

»Durchaus. Und der Junge« – »das Mädchen wendet den Kopf halb zurück zu Lassehn, der neben Dr. Böttcher fährt – »heißt Joachim, das weiß ich schon. Und den mit der Brille nennt ihr Doktor. Ist er wirklich ein Doktor?«

»Er ist wirklich ein Doktor«, bestätigt Wiegand. »Wenn du mal ein Schmerzchen hast ...«

Das Mädchen schüttelt den Kopf. »Lieber nicht, kann ganz gut ohne auskommen. Paßt auf, wir biegen jetzt rechts in die Frankfurter Allee ein.«

Die Frankfurter Allee liegt unter rasendem Beschuß, es heult und kracht ohne Pause, Einschläge spritzen nach allen Seiten, Rauch, Qualm und Staub hängen zwischen den Häuserzeilen, da und dort steht ein Haus in hellen Flammen, ein anderes stürzt krachend in sich zusammen, die Masten der Straßenbahn sind verbogen und gebrochen, die Oberleitung hängt zerrissen herab, in das Pflaster sind tiefe Löcher gesprengt, brennender Hausrat liegt auf den Bürgersteigen und dem Fahrdamm, die Bäume sind wie von rohen Händen zerpflückt. Es ist eine unheimlich drohende, gefährliche Wand, die hier auf der Frankfurter Allee errichtet ist, und kurz sind die Pausen, in denen man sie durchlaufen kann.

»Wir müssen eine Feuerpause abwarten«, sagt Dr. Böttcher. »Dicht an die Mauern heran. Nun sagen Sie uns schon, wo Sie mit uns hinwollen, Rotkehlchen.«

»Die Thaerstraße hoch«, antwortet das Mädchen, »also noch ein kleines Stück die Frankfurter Allee ...«

»Bin im Bilde«, sagt Dr. Böttcher lächelnd, »kenne die Gegend ganz genau.«

Sie stehen eng an die Wand gepreßt, die Fahrräder dicht an sich herangezogen. Immer noch fegen Granaten heran, schlagen in die Häuser, auf die Promenade, auf den Fahrdamm, ein Tankwagen wird getroffen, eine riesige Stichflamme zischt wie aus einem Flammenwerfer hervor, auf dem Komturei-Platz an der Hertie-Ecke schlägt ein Treffer in das Gespann eines Munitionswagens, die Pferde bäumen sich wild auf, stürzen, schlagen wie rasend mit den Hufen um sich und brüllen wiehernd auf. Einem Apfelschimmel springen die Gedärme aus dem Leib, er versucht, wieder auf die Beine zu kommen, stemmt sich hoch, verwickelt sich in sein Gedärm, gleitet aus, stürzt, entblößt sein Gebiß zu einem schrecklichen Schrei, aber da sind plötzlich, wie dem Erdboden entstiegen, Menschen da, sie springen mit geknickten Knien, eingezogenen Köpfen, krummen Rücken heran, mit Eimern, Schüsseln, Näpfen, Töpfen, Kochgeschirren, eine wilde Balgerei setzt ein, Stoßen, Drängen, Schieben, Prügeln, jeder will der erste bei den Tieren sein, sie fahren mit Küchenmessern, Taschenmessern, Brotmessern, sogar mit Gabeln und Zangen in das Fleisch des noch nicht verendeten Tieres. Über ihnen zischen und pfeifen die Granaten, unter ihren Händen rinnt noch das warme Blut der Tiere, aber die Menschen achten nicht darauf, sie sehen nur Fleisch, Fleisch, Fleisch.

Lassehn hat sich zuerst schaudernd abgewandt, dann springt er entschlossen dazwischen.

»Ihr Schweine!« ruft er empört, stößt einen Mann mit hartem Griff beiseite und tötet die beiden Pferde durch Kopfschüsse.

Ein paar Blicke wenden sich ihm für eine flüchtige Sekunde zu, aber niemand ist beleidigt, nimmt sich die Zeit dazu, sich zu empören, sie wenden sich sofort wieder der unverhofften Beute zu. Lassehn steckt den Revolver ein und läuft wieder in Deckung, denn eben stürzt sich ein roter Jagdbomber mit aufheulenden Motoren und knatternden Bordwaffen herab, Einschläge springen auf, Querschläger sirren wie Raketen, und schon zieht sich die Maschine wieder singend hoch. Bei den toten Pferden liegen jetzt auch zwei Menschen auf dem Straßenpflaster.

Lassehn lehnt sich schweratmend gegen die Hausmauer und schließt für ein paar Sekunden die Augen. Da fühlt er seine Hand ergriffen und wie streichelnd kräftig gedrückt, er öffnet die Augen und blickt in das helle, ein wenig erregt-gerötete Gesicht des Mädchens.

Er zieht seine Hand hastig aus der ihren und blickt verlegen zur Seite.

»Machen Sie doch kein Aufhebens davon, Fräulein«, sagt er.

»Was ist denn mit dir?« fragt das Mädchen und blickt ihn erstaunt an. »Sie und Fräulein? Wo gibt's denn das?«

»Ich wußte nicht ... entschuldigen Sie ...«

Trotz des Ernstes der Lage lacht das Mädchen auf. »O Gott, bist du komisch, Joachim«, sagt sie. »Du darfst nicht nur, das gehört sich einfach so. Du bist wohl noch neu?«

»Ziemlich neu«, gibt Lassehn zu.

»Keine Unterhaltungen jetzt«, sagt Wiegand dazwischen, »das Feuer scheint nachzulassen. Wir wollen jetzt gleich versuchen, die Frankfurter Allee zu kreuzen und in die Thaerstraße zu gelangen. Augenblick noch.«

Sie lauschen angespannt, aber es scheint tatsächlich eine Feuerpause eingetreten zu sein. Aus Kellern und Ruinen, dem Untergrundbahnschacht und den Deckungsgräben der Weberwiese tauchen Leute auf, Soldaten, Volkssturmmänner, Frauen, Kinder, Fahrkolonnen setzen sich in Bewegung, die beiden gefallenen Pferde sind immer noch umlagert, an der Ecke Tilsiter Straße ist das verschalte Schaufenster eines Lebensmittelgeschäftes in Trümmer gegangen, ein paar Frauen steigen in den Laden, andere drängen sofort nach, Soldaten stehen dabei, lachen, feuern die Frauen an, einer schlägt mit dem Gewehrkolben sogar die Tür ein und schleppt zwei Zuckersäcke auf die Straße, schlitzt sie mit dem Seitengewehr auf und schöpft mit seinem Stahlhelm den Zucker in die hochgerafften Röcke der Frauen.

In Wiegands Blick funkelt tiefe Verachtung. »Los!« ruft er. »Quer über den Damm. Nicht aufsitzen!«

Sie laufen los, schieben die Räder vor sich her, balancieren sie über die Schutthaufen, werfen noch einen Blick auf die ausgeweideten Pferdekadaver und die beiden Gefallenen, die man wie störende Trümmer beiseite geräumt hat. Nach ein paar Minuten haben sie die Thaerstraße erreicht und steigen auf die Räder. Hier – kaum hundert Meter von der Frankfurter Allee entfernt – ist das Bild völlig anders, die Rundung des Baltenplatzes tut sich vor ihnen auf, und während sich die russische Artillerie weiter auf die Hauptverkehrsstraße einschießt, gleitet hier der Krieg scheinbar nur vorüber, ohne seine vernichtenden Schwingen voll zu entfalten, vor den Lebensmittelgeschäften und Fleischereien stehen die Frauen in langen Reihen.

»Heute ist doch Sonntag«, sagt Dr. Böttcher erstaunt.

»Ich muß mich auch sehr wundern«, meint Wiegand. »Das hat doch etwas zu bedeuten ...«

»Hat es auch«, sagt das Mädchen. »Wißt ihr denn nicht, daß vorhin durch Rundfunk bekanntgegeben worden ist, daß jetzt schon Lebensmittel für die fünfundsiebzigste und sechsundsiebzigste Zuteilungsperiode ausgegeben werden und daß die Geschäfte heute offenhalten müssen?«

»Keine Ahnung haben wir«, sagt Dr. Böttcher.

»Die eiserne Ration wird ausgegeben«, meint Lassehn.

»Weiter, weiter«, drängt Wiegand, als sie den Baltenplatz umfahren. »Und wie nun weiter, Mädchen?«

Das Mädchen streckt die Hand aus. »Wieder in die Thaerstraße hinein.«

Sie fahren weiter. Von der Ecke Eldenaer Straße bis zur Ringbahn dehnt sich jetzt zu beiden Seiten das Gelände des Viehhofes aus, von der Straße durch hohe Mauern streng geschieden, dann kommt das Gewirr der Lauben und Schrebergärten, armselige Zuflucht der landhungrigen und erddurstigen Kleinbürger und Arbeiter, schon mit spärlichem Grün und den ersten weißen Blüten der Kirschbäume durchsetzt.

Das Mädchen biegt von der Thaerstraße in das Laubengelände ein und springt leichtfüßig vom Rad ab.

»So, Herrschaften«, sagt sie und deutet auf eine Laube, die kaum zwei Meter vom Zaun entfernt ist, »wir sind da. Schnell hinein!«

Sie steigen ab, gehen um die Laube herum und lehnen die Räder gegen die Wand, dann treten sie durch die niedrige Tür in die Laube, Lassehn muß sich sogar bücken.

»Hab' euch schon kommen sehen«, sagt Schröter und zerrt an seinem Schnurrbart. »Fein, daß ihr gekommen seid. Los, rein mit euch!«

Die Laube besteht nur aus einem Raum mit einem Tisch, zwei Bänken, ein paar Stühlen, einem alten Küchenschrank und einem Herd, von der Decke hängt ein runder Eisenrahmen herab, in dem eine Petroleumlampe pendelt, der Fußboden ist grob zementiert und mit ein paar Strohmatten belegt, die Wände sind mit Heraklithplatten verkleidet.

Bei ihrem Eintritt haben sich zwei Männer erhoben, der eine trägt einen alten grauen Waffenrock, graue Feldmütze mit schwarzweißroter Kokarde und Volkssturmarmbinde, der andere eine braune, schäbige Lederjacke, blaue Schirmmütze, Breecheshosen und Ledergamaschen und ebenfalls Volkssturmbinde. Ihre Gesichter sind in das Halbdunkel des Raumes getaucht, aber sie geraten in den Lichtschein des Fensters, als sie den Ankömmlingen ein paar Schritte entgegengehen. Lassehn wirft einen raschen Blick auf die Gesichter, als er den beiden die Hand schüttelt, der in der Uniform hat ein schmales, entschlossenes, der andere ein breitflächiges Gesicht mit eingedrückter Boxernase.

Schröter lädt mit einer Handbewegung zum Sitzen ein. »Das sind die Kameraden Münzer und Gregor.«

»Brauchen wir denn jetzt noch Decknamen?« fragt Dr. Böttcher. »Ich frage nur so nebenbei.«

Schröter wiegt den Kopf hin und her. »Lassen wir es vorläufig noch dabei.«

»Warum auch nicht«, sagt Wiegand. »Also zur Sache. Weshalb hast du uns rufen lassen?«

»Unsere Gruppe ist leider zusammengeschmolzen«, sagt Schröter, »ein paar von unseren Leuten, die bei der Knorrbremse arbeiten, sind nicht mehr nach Hause gekommen, weil man sie einfach nicht mehr aus der Bude gelassen hat, der Betrieb ist jetzt gleichzeitig Werkstatt, Kaserne und Behausung.«

»Der nationalsozialistische Idealfall«, wirft Wiegand ein.

»Jawohl«, sagt Schröter, »da hast du recht. Und da der glückliche Zufall es so gefügt hat, daß der Betriebsführer ausgerechnet jetzt eine ganz unaufschiebbare Dienstreise antreten mußte, hat der größenwahnsinnige Betriebsobmann sich zum Alleinherrscher aufgeschwungen, Gewehre und Panzerfäuste an die hundertprozentig Zuverlässigen (oder die er dafür hält) verteilen und mit Hilfe einer ss-Einheit einfach das Standrecht erklären lassen, wobei er sich auf irgendein unbekanntes Notprogramm stützt. Jedenfalls können wir mit diesen Kameraden im Augenblick nicht rechnen.«

Schröter hat sich mit beiden Händen auf den Tisch gestützt und etwas hastig gesprochen, er wirft einen Blick aus dem Fenster auf die sorgfältig geharkten Beete und das hohe Gerüst der Bohnenstangen, aber er sieht weder das eine noch das andere, seine Gedanken konzentrieren sich auf das, was er nun sagen will. Mit langsamer Bewegung wendet er den Blick wieder in den Raum zurück, zieht dann den Stadtatlas der ›Berliner Morgenpost‹ aus der Tasche und faltet ihn auf dem Tisch auseinander.

»Wir haben es uns zur Aufgabe gestellt, unseren Bezirk vor einem vernichtenden, mörderischen Kampf zu bewahren.« Schröter spricht jetzt langsam und gesammelt, er fügt seine Worte sorgfältig aneinander. »Wir sind dabei anscheinend vom Glück begünstigt, denn wir haben ... Nein«, unterbricht er sich mit einem Kopfschütteln, »ich muß euch erst informieren, was ich unter unserem Bezirk verstehe, nämlich das Gebiet westlich des Weißenseer Weges zwischen Roeder- und Kniprodestraße. Wir haben hier drei Widerstandspunkte, das sind erstens die eingebauten Sturmgeschütze an der Kreuzung Thaer-, Oderbruchstraße, Landsberger Allee und Landsberger Chaussee, zweitens an der Kreuzung Kniprode- und Storkower Straße und drittens die Panzersperre kurz hinter dem S-Bahnhof Landsberger Allee. Die Sturmgeschütze haben Wehrmachtsbedienungsmannschaften und ein paar Volkssturmleute dabei, die Panzersperre ist fast ausschließlich von Hitler-Jugend/Volkssturm besetzt, außerdem befindet sich an der Brücke über die S-Bahn ein Sprengkommando der Wehrmacht, ss ist hier bisher nicht aufgetaucht. Das ist die Lage.«

»Und wo stehen die Russen?« fragt Wiegand und beugt sich über die Karte.

»Sie können nicht mehr weit sein«, erwidert Schröter, »wenn der Wind günstig steht, kannst du schon das Brummen ihrer Panzer hören. Soweit ich Meldung habe, kommen sie von Marzahn über Hohenschönhausen hauptsächlich durch die Landsberger Chaussee, die Große Leege- und die Berliner Straße, ihre Spitzen sollen schon ziemlich dicht am Weißenseer Weg sein. Unsere Aufgabe besteht nun darin« – Schröter setzt die Worte jetzt vorsichtig –, »unseren sogenannten Feinden den Weg dadurch frei zu machen, daß die drei erwähnten Stützpunkte keinen Widerstand leisten, denn er wäre nicht nur sinnlos, er wäre auch verbrecherisch, er würde die Häuser und Lauben, die noch stehengeblieben sind, in Schutt und Asche legen und Opfer unter der Bevölkerung, den Alten, Frauen und Kindern, fordern. Das müssen wir verhindern!« Schröter bekräftigt seine Worte mit ein paar Schlägen auf den Tisch.

»Euer Plan?« fragt Wiegand kurz.

»Kommt jetzt«, antwortet Schröter. »Wir haben unsere Gruppen in drei Untergruppen aufgeteilt, die eine mit Gregor« – er blickt auf den Mann in der grauen Uniform – »muß das Sturmgeschütz an der Storkower Straße, die andere mit Münzer das an der Thaer- und Oderbruchstraße ausschalten.«

»Ausschalten?« fragt Wiegand.

»Ja, ausschalten, entweder durch Überredung oder auch durch Waffengewalt, wenn es nicht anders geht. Es hört sich vielleicht gewaltig an, ist es aber tatsächlich nicht, mit den Geschützbedienungen und den paar Volkssturmleuten haben wir natürlich längst Fühlung aufgenommen und wissen genau, daß sie die Schnauze voll haben, sie wollen nicht mehr kämpfen.«

»Aber wenn irgendein Offizier oder ein wild gewordener Gefreiter dabei ist, dann ist der ganze Entschluß und aller gute Wille schnell in den Wind geblasen«, wirft Wiegand ein, »das Gehorchen sitzt unseren Landsern so in den Knochen, daß ein einziger Befehl irgendeines Schnösels Willen und Gewissen auslöscht wie ein schwaches Flämmchen.«

»Wissen wir«, meint Schröter. »Und einen solchen Befehl um

jeden Preis zu verhindern, dafür setzen wir die drei Untergruppen ein, denn darüber sind wir uns doch klar, daß ein einziger Schuß aus den Sturmgeschützen oder aus einer Panzerfaust uns die ganze Artillerie oder ein Panzerrudel oder Tieffliegerangriffe bringt. Wenn die Russen keinen Widerstand antreffen, schießen sie auch nicht.«

»Ist durchaus klar«, bestätigt Wiegand. »Und was ist mit der Panzersperre am Bahnhof Landsberger Allee?«

Schröter setzt sich und zieht das Kartenbuch zu sich heran. »Die Panzersperre am Bahnhof Landsberger Allee ist die härteste Nuß, sie ist gewissermaßen eine Doppelnuß, denn es handelt sich nicht allein um die Sperrenbesatzung, eine Motorstaffel der Hitler-Jugend, sondern auch um das Sprengkommando für die Brücke über die S-Bahn unmittelbar hinter der Fleisch-Großmarkthalle. Dieses Sprengkommando untersteht einem Pionieroberleutnant und dürfte rund ein Dutzend Mann umfassen. Ich sehe unsere Aufgabe also darin, die Hitler-Jugend zu entwaffnen, bevor sie auch nur einen Schuß abgeben kann, und außerdem die Sprengung der Brücke zu verhindern.«

»Und dazu hast du uns ausersehen?« fragt Wiegand, ohne den Blick von der Karte zu wenden.

»So ist es«, erwidert Schröter, »durch die Dezimierung unserer Gruppe muß ich leider ...«

»Schon gut«, fällt ihm Dr. Böttcher ins Wort. »Wir stehen selbstverständlich zur Verfügung. Es hat wohl nicht viel Sinn, sich jetzt akademisch darüber zu unterhalten und Pläne zu machen, wir müssen vielmehr aus der Gegebenheit des Augenblicks handeln. Wenn ich Sie recht verstehe, Kamerad Schröter, wollen wir gewissermaßen die Wölfe im Schafspelz spielen.«

»Richtig«, sagt Schröter, »genau das ist es.«

»Die Schwierigkeit besteht – auf einen Nenner gebracht – weniger in der Überwältigung der Sperrenbesatzung und des Sprengkommandos«, meint jetzt Wiegand, »als in der Wahl des richtigen Augenblicks. Wir dürfen keinen Augenblick zu spät handeln, aber auch keine Sekunde zu früh, zu spät nicht, weil wir die Hitler-Jugend und die anderen Soldaten nicht zum Schuß kommen lassen dürfen, und zu früh nicht, weil man uns dann noch die SS oder ein paar andere hitlertreue Henker auf den Hals hetzen kann. Diese eine Minute zu erkennen, in der wir die weiße Fahne hissen müssen, das ist unsere eigentliche Aufgabe.«

»Ich sehe, wir verstehen uns«, sagt Schröter erfreut und blickt auf die Uhr. »Es ist halb sechs, ich denke, wir fahren jetzt los.«

»Wieviel Mann sind wir?« fragt Wiegand.

»Ihr drei, ich und noch zwei Kameraden«, antwortet Schröter.

»Und ich«, meldet sich das Mädchen.

Schröter blickt zu ihr hinüber. »Das ist nichts für ein Mädchen, Rotkehlchen.«

Das Mädchen lächelt. »Das ist gerade etwas für kleine Mädchen«, widerspricht sie, »und wenn das kleine Mädchen nur als Blickfang für die Argusaugen der kriegerischen Hitler-Jugend dient. Ich verdrehe ihnen die Köpfe ...«

»... und die anderen drehen ihnen unterdes den Hals ab«, ergänzt der mit der Lederjacke. »Die Kleine hat schon recht, nehmt sie ruhig mit.«

Schröter steht auf. »Also dann los. Wir gehen einzeln, die Lauben sind zwar jetzt unbewohnt, aber Vorsicht ist die Mutter der Porzellankiste. Münzer und Gregor, ihr geht zuerst.« Er streckt ihnen die Hand hin. »Macht's gut, Kameraden!«

Die Männer drücken sich fest die Hände, dann öffnet der mit der Lederjacke die Tür und lauscht. Das Artilleriefeuer donnert wie ein aufziehendes Gewitter, vereinzelt knattern Maschinengewehre und singen Flugzeugmotoren dazwischen. Dann verlassen sie die Laube.

IX

22. April

Die Sprengung der Brücken über die Ringbahn ist die letzte Möglichkeit, die Panzervorstöße der Russen auf die Innenstadt zu verzögern. Eine dieser Brücken führt beim S-Bahnhof Landsberger Allee über die Bahngleise. Von Nordosten her läuft die Landsberger Chaussee in gerader Linie zwischen Laubengelände und Neubaublocks auf die Brücke zu, schwingt sich in sanftem Bogen über den tiefen Einschnitt der Ringbahn und stößt erst als Landsberger Allee und dann als Landsberger Straße direkt in das Zentrum zum Alexanderplatz vor.

Hinter der Brücke, wo die Straße wieder das Niveau erreicht, ist die Panzersperre aufgebaut, aus Pflastersteinen, Eisenschrott und Trümmerschutt gefügt; in der Mitte ist eine Lücke gelassen, gerade so breit, um die Straßenbahn durchzulassen. Rechts und links vor der Sperre stehen ein paar abgetakelte Lastautos, die, wenn die Sperre geschlossen werden soll, vor die Brücke gerollt werden sollen.

Die Sperre ist mit zehn Hitler-Jugend/Volkssturmleuten und Flakhelfern besetzt und hält durch Melder zu den beiden Sturmgeschützen an der Thaer- und Storkower Straße lose Verbindung, sie haben die Indianergeschichten der PK-Berichterstatter gelesen und sind oberflächlich mit der Panzerfaust ausgebildet worden, aber außer Fahrtenmessern oder Seitengewehren besitzen sie keine Waffen, nach Verschuß der acht Panzerfäuste, über die sie verfügen, sind sie wehrlos. Ihr Führer ist ein 19jähriger Rottenführer, der viel guten Willen und keine Ahnung hat, ist fest entschlossen, das zu tun, was man ihm als unabdingbare Pflicht eingebleut hat und was er auch dafür hält: bis zum letzten Atemzug zu kämpfen. Er untersteht zwar dem Oberleutnant des Sprengkommandos, ist aber tatsächlich ganz auf sich allein gestellt, denn der Oberleutnant kümmert sich um nichts, er hat das

Kommando einem Unteroffizier übergeben und sich in das Innere des Zentralviehhofes zurückgezogen, wo er eine Kiste mit Wermutwein aufgestöbert hat, den er nun in rascher Folge durch die Gurgel jagt. Die Politischen Leiter, die ursprünglich die Besatzung der Sperre befehligten und in den Kellern der umliegenden Häuser wilde Drohungen gegen alle jene ausgestoßen hatten, die auch nur den Gedanken an eine kampflose Übergabe zu erörtern wagten, sind inzwischen in das Stadtinnere abgerückt.

Als Schröter, Dr. Böttcher, Wiegand, Lassehn und das Mädchen die Sperre erreichen, ist sie bis auf eine schmale Lücke für Fußgänger geschlossen. Vor der Sperre geht ein Volkssturmmann mit umgehängtem Karabiner auf und ab.

»Hier bringe ich noch drei tüchtige Kämpfer«, sagt Schröter und zwinkert dem Posten zu.

»Ist in Ordnung«, sagt der Posten. »Quetscht euch man durch.«

Schröter zwängt sich als erster durch die Lücke, blickt rechts und links hinter die Sperre und wendet sich noch einmal halb zurück. »Alles in Ordnung, Hans?«

»Denke, ja«, erwidert der Posten, »die sitzen alle in der Wachstube, bis auf die beiden Melder, die gerade unterwegs sind.«

»Und das Sprengkommando?«

»Der Oberleutnant ist schon wieder oder immer noch besoffen, aber der Unteroffizier hat bereits Zündschnüre legen lassen. Die Russen sind wohl nicht mehr weit?«

»Kann jeden Augenblick soweit sein. Wo sind die Panzerfäuste?«

»Die hat der Thieme mit hereingenommen.«

»Thieme?«

»Na ja, der Rottenführer.«

Schröter überlegt einen Augenblick. »Also dann alle durch und noch einmal: Stichwort ist Stalingrad. Du, Lassehn, hör lieber zu, poussier nicht mit Rotkehlchen, das mußt du auf später verschieben.«

In Lassehns Gesicht schießt eine jähe Blutwelle. »Ich muß doch sehr bitten, Kamerad Schröter ...«

»Schon gut«, winkt Schröter kurz ab, »ich bin ja nicht dagegen, von mir aus, mach was du willst, aber jetzt sei, bitte, bei der Sache. Und du, Rotkehlchen ...«

»Alter Grummel«, lacht das Mädchen. »Bist du neidisch?«

Schröter macht eine ungeduldige Handbewegung. »Halt keine Reden, Mädchen! Los jetzt!«

Sie zwängen sich durch die schmale Lücke. Obwohl es die gleiche Straße ist, so haben sie doch das Empfinden, als träten sie jetzt gewissermaßen in die innere Stadt. Hinter der Sperre öffnet sich vor ihnen breit und leer die Landsberger Allee mit ihren vierstöckigen Mietskasernen, da und dort ragen ausgebrannte und eingestürzte Ruinen wie abgebrochene Zahnstümpfe zwischen den unzerstörten oder nur beschädigten Häusern. Die Straße ist wie ausgestorben, nur ab und zu huscht ein Schatten eilig über die Straße. Gleich dunklen Bändern spannen sich die verrosteten Geleise der Straßenbahn, der leichte Dunst der ersten Dämmerung hat sich herabgesenkt, der Abend ist grau und ohne den Glanz einer untergehenden Sonne. Die Häuser stehen kalt und abweisend da, jedes eine Insel für sich, die Wohnungen sind verlassen, nur in den Kellern wimmelt es wie ein Ameisenhaufen, herrschen Angst und Schrecken der Ungewißheit, was oben, 50, 100, 200 Meter entfernt, sich vorbereitet, an den Geschützstellungen, an der Brücke, an der Panzersperre, in den Einmannlöchern am Bahndamm und auf den Flaktürmen im Friedrichshain. Die Menschen ducken sich nicht nur vor den Gefahren, die der Kampf ihnen entgegenjagt, auf ihnen lastet auch der Schatten der Amtswalter, Blockwalter und Zellenwalter, der Frauenschaftsführerinnen, der Denunzianten und Liebediener, aber der Atem geht doch schon ein wenig freier, in der Luft tönt durch das Surren der Flugzeugmotoren und das Donnern der Artillerie die Fanfare der Freiheit.

Schröter wirft einen kurzen Blick in die verödete Straße. »Da ist die Wachstube«, sagt er und deutet auf ein niedriges Haus aus roten Klinkersteinen.

Sie treten ein. Die Wachstube ist die Depositenkasse einer Bank, im Schalterraum stehen Tische, Bänke, Stühle, hinter den Ladentischen ist Stroh aufgeschüttet, vier Gestalten schlafen mit über den Kopf gezogenen Mänteln, einer ist damit beschäftigt, einen Kanonenofen mit Holz und Aktenbündeln zu heizen, zwei andere sind dabei, Fleischbüchsen aufzuschneiden, in einem Sessel in der Nähe der Tür sitzt ein Volkssturmmann, den Karabiner zwischen den Knien.

»So, hier bringe ich noch Verstärkung«, sagt Schröter und läßt den Blick rundum gehen.

»Heil Hitler, Kameraden!« Aus einer Nische im Hintergrunde taucht ein langaufgeschossener Junge mit krausem blondem Haar auf, er trägt eine braune Jacke mit Kordelschnur, kurze braune Manchesterhose, derbe Stiefel und bis auf die Knöchel aufgerollte Strümpfe, er setzt mit einer schwungvollen Seitenflanke über den Ladentisch und streckt Lassehn, Dr. Böttcher und Wiegand die Hand hin. »Thieme, Rottenführer«, stellt er sich vor.

Schröter und die anderen erwidern den Gruß undeutlich und setzen sich an den Tisch.

»Sie haben die Sperre schon schließen lassen?« fragt Schröter.

»Ja«, antwortet der Rottenführer. »Was von Osten über Hohenschönhausen zurückgeht, weicht nach Norden und Süden aus, entweder nach Weißensee oder nach Lichtenberg.«

»Dann sind wir quasi auf uns selbst gestellt«, meint Wiegand.

»Oder erwarten Sie noch Verstärkungen aus der Innenstadt?«

»Natürlich«, antwortet der Rottenführer lebhaft, »allein könnten wir die Stellung hier ja kaum halten.«

»Die Reserven müßten allerdings bald anrücken«, meint Schröter.

»Stehen Sie in Verbindung mit dem Kampfkommandanten? Haben Sie überhaupt Verbindung mit rückwärtigen Stäben?«

»N ... ein«, sagt der Rottenführer zögernd.

»Wie stellen Sie sich denn die Verteidigung hier vor?« fragt Dr. Böttcher. »Ihre paar Panzerfäuste sind schnell verschossen.«

»Sie vergessen das Sprengkommando und die Sturmgeschütze«, entgegnet der Rottenführer, »außerdem haben die Politischen Leiter, die hier zuerst an der Sperre eingesetzt waren, versprochen, für Verstärkung zu sorgen. Ich weiß allerdings nicht ...« Er schweigt verlegen.

Schröter ist wie in Gedanken umhergegangen, als er die Panzerfäuste entdeckt hat, wendet er sich wieder an den Rottenführer. »Und wie ist das mit dem Sprengkommando? Haben Sie sich inzwischen mit dem Oberleutnant verständigt?«

Der Rottenführer beißt sich auf die Lippen. »Ich hatte ... bisher noch keine Gelegenheit dazu«, sagt er langsam. »Der Herr Oberleutnant hat starke neuralgische Schmerzen ... und der Unteroffizier weiß nicht recht, was er will, der kümmert sich nur um seine Brücke ...«

»Jeder macht seinen Trott weiter«, sagt Wiegand, »Schritt für Schritt in der einmal eingeschlagenen Richtung, Befehl ist Befehl, ganz gleich, was das für ein Befehl ist, ob er inzwischen seinen Sinn verloren (wenn er überhaupt je einen Sinn hatte) oder sich sogar in sein Gegenteil verkehrt hat.«

»Ich verstehe Sie nicht, Kamerad«, sagt der Rottenführer befremdet. »Unter der Devise Befehl ist Befehl ist Deutschland stark geworden und Großdeutschland wiedererstanden.«

»Ich kenne ja die Leute vom Sprengkommando nicht«, sagt Schröter, ohne auf die Worte einzugehen, »aber viel Staat ist mit denen wohl nicht zu machen?«

Der Rottenführer zieht die Lippen zwischen die Zähne und läßt sie wieder vorschnellen. »Was auch sein möge«, sagt er dann entschlossen, »wir werden unsere Pflicht für Führer und Volk tun.«

»Natürlich werden wir das«, meint Schröter, »aber wir wollen jetzt auch einmal an die Organisierung der Verteidigung gehen. Oder haben Sie schon so etwas wie einen Plan?«

»Eigentlich noch nicht«, antwortet der Rottenführer, »bisher handelte es sich ja im Grunde nur um die Bewachung der Sperre, außerdem ist mir das Kommando erst heute früh übergeben worden.«

Schröter nickt. »Verstehe, Sie sind noch ein bißchen unerfahren, ist ja auch keine Schande, aber Sie haben doch nichts dagegen, wenn wir, die wir alte Soldaten aus dem ersten Weltkrieg sind, die Sache ein bißchen in die Hand nehmen?«

»Natürlich nicht, Kamerad«, antwortet der Rottenführer, durch die respektvolle Frage Schröters sichtlich geschmeichelt, »ich bin Ihnen sogar dankbar, wenn Sie mich unterstützen.«

»Gut!« sagt Schröter und wirft Wiegand und Dr. Böttcher einen schnellen Blick zu. »Wieviel Mann haben Sie insgesamt?«

»Wenn die beiden Melder zurück sind, zwölf.«

»Und wir sind sechs Mann, paßt ja großartig, je zwei Mann von Ihnen und einer von uns, jede Gruppe erhält eine Panzerfaust, die beiden restlichen Panzerfäuste bleiben in Reserve. Wenn die Brücke gesprengt ist, kommt ja wohl noch das Sprengkommando hinzu. Einverstanden?«

Der Rottenführer nickt. »Durchaus. Soll ich jetzt gleich einteilen?«

»Wird wohl am besten sein«, sagt Schröter.

Die Schläfer werden aufgerüttelt, dann treten die Hitler-Jungen und Flakhelfer an. Während der Rottenführer eine kurze Ansprache hält und die Einteilung vornimmt, mustert Lassehn die Gesichter der Jungen. Ein heißer Grimm steigt in ihm auf, nicht gegen diese Knaben, die gewaltsam zu Helden gepreßt werden und deren Denken man, bevor sie auch nur einen selbständigen Gedanken zu fassen vermochten, verbogen hat. Sie haben noch Knabengesichter, da ist kaum einer, auf dessen Oberlippe schon ein Flaum sprießt, aber ihre Augen sind hart und ihre Mienen selbstbewußt. Sind sie jemals richtig jung gewesen, unbeschwert von Pflicht und Dienst, fröhlich, suchend im Geiste? Wissen sie jetzt noch immer nicht, daß sie Ton in der Lügner Hand, Gedankenautomaten, Geistesmaschinen, daß ihre Sinne stumpf geworden sind und nicht mehr zwischen Recht und Unrecht, Freiheit und Unfreiheit, Geist und Ungeist, Christ und Antichrist zu unterscheiden vermögen? Spüren sie nicht, daß sie wie gelähmt sind im Denken, blind im Erkennen, unfertig im Wissen? Aber wie sollten sie es denn spüren? Entbehrt ein Tier, im Zwinger geboren, die Freiheit, das Jagen in freier Wildbahn?

Lassehn schrickt zusammen, als er angeredet wird. »Sie bleiben vorläufig noch übrig, Kamerad«, sagt der Rottenführer zu ihm. »Sie übernehmen die beiden Melder, die noch unterwegs sind, und vielleicht hier unser tapferes Selbstschutzmädchen. Ich glaube, da kommen die Melder …«

Die Tür wird aufgeklinkt, aber nicht die beiden Melder treten ein, sondern zwei ältere Männer, sie tragen die blauen Armbinden der Luftschutzwarte, Stahlhelme und Gasmaskenbehälter, der eine ist ein alter Mann mit eisgrauem Schnurrbart, der andere ein mittelgroßer, vierschrötiger älterer Mann mit einer breiten hellroten Narbe auf der rechten Wange.

»Guten Abend«, sagt der mit der Narbe und blickt sich neugierig um.

»Heil Hitler!« sagt der Rottenführer und hebt die Hand zum Gruß. Die beiden Männer murmeln ein paar undeutliche Worte.

»Wer ist denn ... Ich meine, wer ist hier der ...«, beginnt der Vierschrötige. »Also, wir möchten den sprechen, der hier den Laden schmeißt, der die Sache hier unter sich hat.«

»Der bin ich«, sagt der Rottenführer. »Was gibt es denn?«

»Du?« sagt der Alte erstaunt und mißt den Rottenführer von Kopf bis Fuß. »Mensch, das glaubst du doch selbst nicht. Hier waren gestern doch 'n paar von der Partei, 'n paar Goldfasane, wo sind die denn hin?«

»Sie sind an anderer Stelle eingesetzt worden und haben mir das Kommando übergeben«, antwortet der Rottenführer.

»Also getürmt auf gut deutsch«, stellt der mit der Narbe fest und wirft die Lippen verächtlich auf.

»Was erlauben Sie sich!« fährt der Rottenführer empört auf.

»Nu reg dich man nicht so auf, Kleiner«, sagt der Alte begütigend und stößt seinen Begleiter an, »ist ja nicht so gemeint.«

»Will ich hoffen«, sagt der Rottenführer eisig, aber den Ton etwas mildernd, »wir müssen doch zusammenhalten, jetzt, in der schwersten Stunde unseres Vaterlandes.«

Der Alte nickt. »Jawoll, zusammenhalten, junger Mann, deswegen sind wir ja auch hier.«

»Na also«, sagt der Rottenführer befriedigt. »Wenn ich euch also recht verstanden habe, Kameraden, wollt ihr mit uns kämpfen ...«

Der Alte blickt den Rottenführer verdutzt an und läßt dann seinen Blick ratlos von einem zum andern gehen. »Kämpfen? Ich verstehe immer kämpfen.«

»Natürlich kämpfen«, bekräftigt der Rottenführer. »Oder weshalb sind Sie gekommen?«

Der mit der Narbe schiebt jetzt den Alten heftig beiseite. »Wir sind Luftschutzwarte aus der Eberty- und Thorner Straße und sprechen im Namen von über ein Dutzend Luftschutzwarten aus der Cothenius-, Paul-Heyse- und Kochhannstraße ...«

»Also gewissermaßen eine Abordnung?« fragt der Rottenführer dazwischen.

»Meinetwegen, nennen Sie es so«, antwortet der Mann mit der Narbe ungeduldig. »Und jetzt möchte ich Sie ersuchen, mich nicht mehr zu unterbrechen, denn was wir vorzubringen haben, ist brandeilig.« Er holt tief Luft und blickt den Rottenführer fest an. »Wir sind hierhergekommen, um von euch zu verlangen, daß hier kein unnötiger Widerstand geleistet wird. Unsere Keller ...«

Über das Gesicht des Rottenführers breitet sich Fassungslosigkeit aus, er blickt sich wie suchend um. »Ich verstehe nicht ...«

»Jetzt rede ich, zum Donnerwetter!« braust der Mann mit der Narbe auf. »Unsere Keller sind gestopft voll mit alten und kranken Leuten, Frauen, Kindern und Säuglingen, wir wollen nicht, daß sie zu guter Letzt noch vor die Hunde gehen, weil ihr ...«

»Genug davon«, schneidet ihm der Rottenführer das Wort ab, »ich will das nicht gehört haben, was Sie von mir verlangen.«

»Pfeffer ihm doch 'ne Handgranate in die Fresse«, sagt einer der Flakhelfer. »So ein feiges Gesindel! Defätistenpack und Verräter seid ihr!«

»Halt's Maul, du Grünschnabel!« schreit der mit der Narbe wütend. »Was weißt du denn, was hier vorgeht? Du bist doch noch naß hinter den Ohren! Bist wohl sehr stolz darauf, daß du hier Soldat spielen und den starken Mann markieren darfst?«

»Mensch, Horst, gib ihm Saures!« ruft ein anderer.

»Ruhe jetzt!« ruft der Rottenführer laut. »Wissen Sie, daß ich Sie glatt an die Wand stellen lassen könnte?« wendet er sich wieder an die Luftschutzwarte. »Aber ich nehme Ihr Ansinnen nicht ernst, ich rechne es Ihrer ...«

»Mensch, jetzt platzt mir aber der Kragen!« brüllt der Mann mit der Narbe los und hebt die Hand. »So ein Rotzer will hier ...«

Wiegand ergreift rasch den erhobenen Arm und tritt zwischen den Mann und den Rottenführer. »Ruhe, Kamerad, Ruhe ...«

Der andere schüttelt den Arm ab.

»Und ihr, du und du und du« – er zeigt auf Schröter und die anderen –, »ihr sitzt hier rum und laßt euch von diesem Lausejungen kommandieren. Scheißer seid ihr, gottserbärmliche Scheißer! Daß ihr euch nicht schämt!«

»Genug jetzt!« sagt der Rottenführer laut. »Gehen Sie! Ich habe mit Ihnen nicht zu verhandeln. Wir sind hier, um unsere Pflicht zu tun, für unseren Treueid auf den Führer einzustehen und, wenn es das Schicksal will, zu sterben.«

»Du kannst für dich beschließen, zu sterben«, entgegnet der Mann mit der Narbe, »für dich, wohlgemerkt, aber nicht für andere. Du redest vom Sterben wie'n Blinder von der Farbe. Mensch, merkst du denn nicht, daß das alles nur leere Worte sind?«

»Schweigen Sie!« ruft der Rottenführer.

»Von dir lasse ich mir nicht den Mund verbieten! Der Maulkorb fällt jetzt, mein Junge!«

»Ich stehe hier für unser deutsches Volk!«

»Sehr gut! Und wir werden nämlich vom Volk geschickt«, fällt der Alte mit dem weißen Schnurrbart ein. »Mein Kollege ist vielleicht ein bißchen heftig gewesen und hat sich zu grob ausgedrückt«, lenkt er ein, »aber er meint es nicht so. Hör doch mal ruhig zu, Junge, in unseren Kellern hocken nur alte Leute, Frauen und Kinder, willst du, daß sie für nichts und wieder nichts jetzt noch verrecken sollen?«

»Für Deutschland, das nennen Sie nichts und wieder nichts?« ruft der Rottenführer empört.

»Achtkantig rausschmeißen!« ruft ein Flakhelfer.

»Blaue Bohne in'n Hintern!« ruft ein anderer. »Was quatschst du mit den alten, verkalkten Zausels so lange?«

Der Alte mustert den Sprecher mit einem mitleidigen Blick. »Herr, vergib ihnen, sie wissen nicht, was sie tun, steht in der Bibel«, sagt er fast feierlich.

»Was wollt ihr paar Männeken denn gegen die Russen machen?« fragt der Mann mit der Narbe. »Die rücken mit Panzern, Geschützen und Jagdfliegern gegen euch an, wenn ihr auch nur einen Schuß loslaßt, zerquetschen sie euch wie Wanzen.«

»Ich fordere Sie noch einmal auf, die Wachstube zu verlassen«, sagt der Rottenführer.

»Gut, gut«, sagt der Mann mit der Narbe und zuckt die Achseln, »mit euch ist ja nicht zu reden, und mit euch« – er stößt den Kopf gegen Wiegand, Schröter und Dr. Böttcher vor – »auch nicht. Die Rotzer sind bloß dußlig, aber ihr seid feige und verantwortungslos, das ist viel schlimmer. Aber das sage ich euch, wenn der erste russische Soldat zu sehen ist, dann stecken wir weiße Fahnen raus! Ihr könnt euch ja für euren geliebten Führer kaputtschlagen lassen.«

»Ich mache Sie darauf aufmerksam«, sagt der Rottenführer, »daß Sie sich laut Erlaß von Doktor Goebbels damit außerhalb der Volksgemeinschaft stellen.«

»Stellen wir!« sagt der Mann mit der Narbe. »Stellen wir gern! Mit 'ner Kuh kann man nicht französisch reden und mit 'nem Nazi nicht vernünftig. Hätten wir eigentlich wissen müssen. Komm, Albert!«

»Wir gehen mit heraus!« sagt Wiegand schnell und wirft Schröter einen Blick zu. »Damit die draußen keine Dummheiten anstellen, Rottenführer.« Er nickt dem Rottenführer beruhigend zu.

Als sie auf der Straße stehen, blickt sich Wiegand vorsichtig um, dann packt er den Mann mit der Narbe beim Arm und sagt leise: »Bereitet in euren Häusern alles zur Übergabe vor, Kollegen, aber seid vorsichtig, nicht zu früh die weißen Fahnen herausstecken, richtet euch nach uns, postiert ein paar zuverlässige Leute in den Hausfluren.«

Der Mann mit der Narbe und der Alte starren ihn ungläubig an. »Ich versteh' dich nicht. Du meinst, wir sollen ...«

»Ja, doch, ja«, sagt Schröter ungeduldig, »du hast schon richtig verstanden. Was glaubst du, was das für Anstrengung gekostet hat, da drin den Mund zu halten? Mensch, wir sind nicht hier, um zu kämpfen, sondern um den Kampf zu verhindern. Hast du schon einmal von Rumpelstilzchen gehört?«

»Klar, das ist doch der ...«

»Ja, der«, unterbricht ihn Schröter rasch, »und das hier ist 'ne Rumpelstilzchensache. Kannst dich darauf verlassen, daß es klappen wird. Klar?«

»Klar! Aber eins versteh' ich noch nicht ...«

»Was? Schnell, schnell!«

»Weshalb steckt ihr die weiße Fahne nicht schon jetzt auf und haut die Hitler-Bubis aus der Bude?«

»Weil wir uns nicht unnötig in Gefahr begeben wollen!« antwortet Wiegand. »Oder glaubst du, wir haben Lust, uns die ss noch auf den Hals hetzen zu lassen? Die weiße Fahne geht hoch, wenn die Russen da sind, nicht eher.«

»Nachdem ihr vorher die Jungens umgelegt habt?«

»Blödsinn!« sagt Schröter mit einer schnellen Handbewegung. »Was können denn die Kinder dafür? Die sperren wir ein, bis alles vorbei ist. So, und nun geht los, bereitet alles vor, aber redet nicht darüber. Macht's gut!«

»Ihr seid in Ordnung«, sagt der Mann mit der Narbe, »ihr werdet die Sache schon schubbern. Na, dann woll'n wir mal!«

Die Männer drücken sich die Hände, dann gehen die beiden Luftschutzwarte in die Straße hinein.

»Hat die beiden allerhand Courage gekostet, hierherzukommen«, meint Schröter und sieht ihnen nach. »Der Mut ist doch noch nicht ganz ausgestorben.«

»Tröstlich, das zu wissen«, sagt Wiegand.

Dann treten sie wieder in die Wachstube ein.

»Haben Sie noch mit ihnen gesprochen?« fragt der Rottenführer. »Wir haben ihnen den Standpunkt noch einmal klargemacht«, erwidert Wiegand. »So alte Männer sind nun einmal komisch, und Sie sind ja auch ein bißchen jung, Rottenführer, aber Sie können sich darauf verlassen, die werden bestimmt keine Dummheiten machen.«

»Dann ist ja alles in Ordnung«, sagt der Rottenführer und atmet erleichtert auf. »Ich danke Ihnen.«

»Nichts zu danken«, sagt Schröter und lächelt, »ist gern geschehen.«

Der Rottenführer nickt ihm zu und wendet sich dann um. »Volkmar, du kannst die Wache ablösen gehen.«

Während sich der Angeredete noch den blaugrauen Mantel überzieht, wird die Tür aufgerissen, zwei Hitler-Jungen stolpern mit ihren Fahrrädern herein, ringen nach Luft und gestikulieren wild mit den Armen.

»Es geht los«, sagt der eine, »die Russen sind schon am Weißenseer Weg, in Hohenschönhausen ist kaum Widerstand geleistet worden, sie rücken jetzt langsam die Oderbruchstraße hoch.«

»Und was ist mit dem Sprengkommando?« fragt der Rottenführer.

»Wissen wir nicht«, antwortet der andere Melder. »Sollen wir …«

»Ich werde mal rasch sehen, was da los ist«, sagt Wiegand hastig, »und daß sie die Sache nicht verschlafen. Lassehn, komm mit, vergiß deine Knarre nicht.«

»Sie wollen …«, beginnt der Rottenführer.

»… mal rasch nach dem Rechten sehen«, ergänzt Wiegand.

Ehe der Rottenführer noch antworten kann, verlassen Wiegand und Lassehn die Depositenkasse und zwängen sich durch die Sperre. Vor ihnen wölbt sich die Landsberger Allee in flachem Bogen über die S-Bahn auf das Straßenkreuz am Steuerhaus hin. Es ist eine seltsame Stille in der Luft, kein Sausen von Straßenbahnen, kein quietschendes Schleifen der Bremsen der S-Bahn, keine Autohupen, kein Blöken und Grunzen vom Viehhof, keine Stimmen, keine Schritte, keine Fahrradklingel, die vielfältigen Geräusche der Großstadt sind wie ausgelöscht, nur das ratternde Mahlen von Panzerketten ist in der Luft und das Schilpen der Spatzen, irgendwo brummen Flugzeuge und donnern Geschütze, aber diese Geräusche haben nichts mit dieser Straße zu tun. Diese Straße ist leer und still. Berlin ist eine große Stadt, was ein Dutzend Straßen weiter geschieht, ist schon ein anderer Kriegsschauplatz.

Lassehn und Wiegand legen die hundert Meter bis zur Brücke im Laufschritt zurück. In einem Restaurant am Zugang zum S-Bahnhof hat sich die Wachstube befunden, die Tür steht weit offen. Wiegand und Lassehn werfen einen Blick hinein, aber der Raum ist leer und weist alle Merkmale hastigen Aufbruchs auf.

Wo ist das Sprengkommando? Mit ein paar raschen Schritten sind sie im dunklen Schalterraum des Bahnhofes. Öde und Verlassenheit springen sie an, das einzige Geräusch ist der Wind, der ein loses Plakat hin und her schlägt. Wo ist … Da tönen ein paar Stimmen, unten auf dem Bahnsteig wird gesprochen. Lassehn und Wiegand rennen die Stufen hinunter, der Bahnsteig liegt vor ihnen, verlassen und unwirklich still, am Fahrtrichtungsanzeiger ist noch ›Ring über Ostkreuz‹ gezogen, und da stehen auch die Männer des Sprengkommandos auf den Gleisen und starren auf die Brücke, die sich mächtig und massiv vor ihnen über den Bahneinschnitt wölbt.

»Eigentlich schade um die schöne Brücke«, sagt ein Pionier.

»Schade ist tot«, sagt der Unteroffizier und hält die Zündung in der Hand. »Los, rückt man schon immer ab, immer die Bahn entlang in Richtung Weißensee.« Er blickt auf seine Armbanduhr. »In zwei Minuten zünde ich.«

»Nein, nicht zünden«, ruft Wiegand, »sind noch Nachhuten von uns unterwegs.«

Der Unteroffizier zuckt die Achseln. »Dann müssen sie durch die Lauben oder die Storkower Straße hoch, ich hab' den Befehl, zu sprengen, wenn die russischen Panzerspitzen am Weißenseer Weg sind, und da sind sie jetzt, sogar schon drüber hinaus, alles andere geht mich nichts an. Los, verdrückt euch, oder ihr geht mit hoch.« Er setzt sich in leichten Trab, die Zündung in der Hand.

Lassehn und Wiegand folgen ihm. »Sei doch vernünftig, Kamerad«, sagt Wiegand.

»Laß mich doch zufrieden«, wehrt der Unteroffizier ab. »Ich bin nicht hier, um über Vernunft oder Unvernunft, Sinn oder Unsinn nachzudenken, sondern um einen Befehl auszuführen. Oder meinst du, ich will mich wegen Nichtausführung eines Befehls anscheißen lassen? Laß doch die Brücke zum Teufel gehen!«

»Nach dem Endsieg wird alles wieder schöner aufgebaut«, sagt Lassehn bitter und macht einen Schritt auf den Unteroffizier zu. »Du wirst nicht zünden.«

»Halt den Mund! Achtung, Deckung, ich zünde!« Er löst die Zündung aus und wirft sich an die Bahnböschung.

Lassehn und Wiegand springen über die Stromschiene und stürzen sich auf ihn, aber sie kommen zu spät. Sie starren auf die Brücke und warten auf den großen Schlag, dem eine Leuchtfontäne, ein zerreißendes Krachen, ein Ruck folgen würde, und dann wird der mittlere Brückenbogen zum grauen Himmel auffliegen.

Aber nichts geschieht, nichts ändert sich, die Brücke schwingt sich noch immer unversehrt mit sanfter Wölbung über die Bahngleise. Die seltsam starre Stille eines verlassenen Bahnhofes steht über dem Gelände, an der Verladerampe vor dem großen Kühlhaus hält eine Reihe grauer niederländischer Kühlwagen, auf den Abstellgleisen stehen ein paar Waggons in weiten Abständen.

»Fehlzündung!« sagt der Unteroffizier und löst sich von der Böschung. Er mustert Lassehn und Wiegand mit ein paar undefinierbaren Blicken und sagt: »Ihr bleibt hier, bis ich zurückkomme.«

»Laß uns nach oben, zu unserer Einheit«, sagt Wiegand.

Der Unteroffizier überlegt und nickt dann.

»Meinetwegen, aber macht rasch, sonst ...« Er vollendet den Satz nicht.

Wiegand und Lassehn klettern auf den Bahnsteig und gehen ihn wieder mit raschen Schritten auf die Brücke zu entlang. Der Unteroffizier macht eine Kopfbewegung zur Treppe hin. »Los, verschwindet!«

Wiegand wechselt mit Lassehn einen Blick. Sie steigen die ersten Stufen hoch, aber sie verhalten den Schritt, sobald sie außer Sichtweite sind.

»Er will eine Handgranate in die Sprengkammer werfen«, flüstert Wiegand erregt. »Los, Schuhe aus!«

In rasender Eile und mit vor Erregung bebenden Fingern lösen sie die Schuhbänder, dann laufen sie lautlos die Treppen wieder hinunter und stürzen sich auf den Unteroffizier, der auf den Brückenbogen zugeht und eine Handgranate in der hocherhobenen, drohend geschwungenen Hand hält. Er ist ganz auf seine Aufgabe konzentriert und starrt auf den graugrünen, dunkelverrußten Brückenträger. Schon schwingt er die Granate, da fällt ihm Lassehn in den Arm und entwindet sie ihm, während Wiegand die schußbereite Pistole auf ihn richtet.

Der Unteroffizier wehrt sich nicht, er blickt sie nur finster an. »Das wird euch teuer zu stehen kommen«, sagt er heiser.

»Spar dir deine Worte«, sagt Wiegand. »Geh zu deinen Leuten, oder noch besser, besorg dir ein paar Lumpen und geh nach Hause. Oder hast du noch nicht genug?«

»Klar hab' ich genug«, sagt der Unteroffizier. »Aber ihr redet, wie ihr es versteht. Wenn sie mich nun beim Kanthaken kriegen, weil ich meinen Befehl nicht ausgeführt habe, dann seid ihr schuld dran.«

»Gib nicht so an«, sagt Wiegand, während sie wieder ihre Stiefel anziehen. »Du kannst doch nichts dafür, wenn die Zündung versagt. So, und nun mach's gut.«

Der Unteroffizier steht mit hängenden Schultern da, dann dreht er sich um und geht den Bahnsteig wieder entlang. »Recht haben die ja«, murmelt er vor sich hin, »aber Befehl ist Befehl, das ist doch nun mal so.«

Wiegand und Lassehn hören gar nicht mehr hin, sie hasten die Treppe hoch, immer zwei, drei Stufen auf einmal nehmend. Die Straße ist immer noch wie leergefegt, aber das Geräusch der rollenden Panzer ist näher gerückt, ab und zu knallt es hart und trocken.

»Das hat geklappt«, sagt Wiegand und holt ganz tief Luft. »Hörst du, Lassehn, wie die Panzer rollen?«

»Ja«, antwortet Lassehn, »endlich ist es soweit. Hoffentlich schießt das Sturmgeschütz da vorn nicht.«

»Abwarten und Tee trinken. Komm!«

Sie gehen wieder rasch auf die Sperre zu. Der Rottenführer erwartet sie bereits.

»Was ist mit der Brücke?« fragt er hastig.

»Alles in Ordnung«, erwidert Wiegand. »Die Brücke geht hoch, wenn der erste Panzer auf sie zufährt.«

»Prima«, sagt ein junger Flakhelfer, der daneben steht. »Freu' mich schon darauf, wenn die Bolschewisten Himmelfahrt feiern.«

»Ist kein Grund zur Freude«, kann sich Lassehn nicht enthalten zu sagen, »die Russen sind auch Menschen, sie haben Frauen und Kinder und Vater und Mutter.«

»Mönsch«, sagt der Flakhelfer, »Sie sind wohl noch aus dem vorigen Jahrhundert? Die Laus ist auch ein Tier, hat Doktor Goebbels gesagt.«

»Keine Erklärungen jetzt«, verweist ihn der Rottenführer. »Wir sind nicht hier, um zu diskutieren, sondern um uns erteilte Befehle auszuführen.«

Schröter orientiert sich mit ein paar Blicken und verständigt sich mit Wiegand durch ein Augenzwinkern. Die Sperre ist inzwischen besetzt worden, zwei Hitler-Jungen, zwei Flakhelfer, die beiden Volkssturmmänner und Dr. Böttcher stehen auf Erhöhungen hinter der Sperre, vor ihnen liegen die Panzerfäuste und Karabiner. »Lassen Sie noch einmal antreten, Rottenführer«, sagt Schröter. »Ihr seid noch unerfahren, da möchte ich euch noch gern ein paar Ratschläge geben.«

»Noch einmal antreten?« fragt der Rottenführer. »Möchte ich jetzt eigentlich nicht, hören Sie doch mal, wie die Panzer rollen, sie kommen immer näher.« Er lauscht. »Sie können nicht mehr weit vom Steuerhaus sein. Warum schießt denn das Sturmgeschütz nicht? Es müßte doch längst das Feuer eröffnet haben! Verstehen Sie das?«

Schröter sieht ihm aufmerksam ins Gesicht, aber er antwortet nicht sofort, auch er lauscht, seine Augen sind zu einem schmalen Spalt zusammengekniffen, die Spitzen seines buschigen Schnurrbarts zittern unter den hastigen Stößen seines Atems. Das Rattern der Kettenräder auf dem Pflaster wird immer lauter, aber kein Schuß fällt, das Sturmgeschütz schweigt, die Panzer schießen nicht, sie rattern nur immer weiter.

»Doch, das verstehe ich schon«, sagt Schröter entschlossen und tritt ein paar Schritte zurück. »Alle mal herhören, Kameraden von der Hitler-Jugend und vom Volkssturm!« ruft er laut.

Alle drehen sich um, Wiegand und Lassehn folgen einem Wink Schröters, sie treten neben ihn und nehmen die Karabiner von den Schultern.

Das Rattern der Panzer wird zum Dröhnen.

»Der große Augenblick ist gekommen!« ruft Schröter und sucht die Augen seiner Leute. »Ich erinnere an die Helden von Stalingrad! Jawohl, von *Sta–lin–grad!*«

Lassehn, Wiegand und Schröter bringen ihre Karabiner in Anschlag.

»Hände hoch, ihr Jungen!« ruft Schröter. »Schluß jetzt mit eurer Kriegsspielerei! Hände hoch!«

Das Dröhnen der Panzer schwillt zum Donner an.

Die Hitler-Jungen und Flakhelfer sind völlig überrascht, sie begreifen die Situation noch nicht und lachen.

»Der macht vielleicht Scherze!« sagt einer der Flakhelfer.

»Der hat Sinn für Humor!« meint einer der Melder.

Nur der Rottenführer ist bleich geworden, er ist der einzige, der in Schröters finster-entschlossenes Gesicht geblickt und begriffen hat, daß hier weder Scherz noch Humor im Spiele sind, er steht da, wie zum Sprunge bereit, die Hände bereit wie zum Würgegriff.

»Hände hoch!« ruft Schröter noch einmal.

Dr. Böttcher und die beiden Volkssturmmänner zerren die Jungen von der Sperre fort, zögernd heben sie die Hände hoch.

»Los, in die Wachstube!« befiehlt Schröter.

Da biegt der erste Panzer von der Oderbruchstraße um das Steuerhaus in die Landsberger Allee ein, breit schiebt sich der graue Stahlkoloß in die Mitte der Straße, drohend hebt sich sein Rohr. »Weiße Fahne!« ruft Schröter.

»Niemals kapitulieren!« ruft der Rottenführer, springt an die Sperre und ergreift eine Panzerfaust, aber im gleichen Augenblick ist Lassehn über ihm, umspannt ihn mit beiden Armen von hinten und klammert sich an ihm fest.

Der erste Panzer verhält und fährt dann auf den Bürgersteig, weitere Panzer brechen aus der Oderbruchstraße hevor, staffeln sich in Schräglinie und rollen langsam gegen die Brücke vor.

Die Hitler-Jungen gehen geduckt und mit erhobenen Händen in die Wachstube. Lassehn und der Rottenführer wälzen sich auf der Straße, das Donnern der Panzer wird zum Eisengebrüll.

Da weht über der Panzersperre am S-Bahnhof Landsberger Allee eine weiße Fahne. Und so wie früher in den Fenstern Licht wurde, hier und da und dort, so tauchen jetzt an den Häusern weiße Fahnen auf, da und dort und überall. Die dunkle, kalte, abweisende Straße ist plötzlich wie in weiße Jubelschreie gehüllt.

X

23. April

Der Morgen des 23. April bricht trübe herein. Das Licht des aufsteigenden Tages ist nur ein fahles Grau, es verdrängt die Dunkelheit nur langsam und hebt die Straßen nur zögernd aus der Finsternis, diese Straßen, die früher von Lichtern strahlten und mit zahllosen Menschen belebt waren, in denen Lachen und Fröhlichkeit klangen und die heute die vordersten Nachschublinien der Front sind und direkt in den Tod führen. Die Nacht ist verhältnismäßig ruhig gewesen, es war eine beklemmende, angstvolle Nacht, die um die Stadt gebreitet war, die Nacht einer Frontstadt. Hin und wieder zuckte das Artilleriefeuer wie ein fernes Gewitter in die Stille hinein oder brausten Nachtjäger über die Häuser und ließen die Geschosse ihrer Bordwaffen wie zerspringende Sternschnuppen fallen, aber hinter diesen Geräuschen standen unsichtbar, unheimlich, drohend die Legionen der feindlichen Soldaten, die Kolonnen ihrer Panzer und die Geschwader ihrer Bombenflugzeuge, bereit, in jeder Sekunde zum Sturm anzusetzen, einen Feuerorkan losbrechen zu lassen, die Motoren der Panzer und Flugzeuge anzuwerfen, wie eine gewaltige Woge über die Stadt hereinzubrechen und alles zu verschlingen.

Die Menschen in den Kellern sind in die Nacht hinübergedämmert, der Wechsel des Lichts ist von ihnen nicht bemerkt worden, nur die Uhrzeiger haben ausgewiesen, daß die Tagstunden beendet und die Nachtstunden angebrochen sind, daß ein neuer Tag den alten abgelöst hat. Die Minuten sind endlos langsam vertropft, jede von ihnen wird trostlos und ist zähflüssig wie Öl, nur zögernd und widerwillig haben sie sich zu Stunden aneinandergereiht. Undurchdringliches Dunkel ist über die Keller gebreitet, nur Atem, Röcheln, Stöhnen, Schnarchen ist in ihnen, durchzuckt nur vom Winseln eines Säuglings oder dem Schrei eines Alptraumes, aufgehellt nur für Minuten durch das Flakkern eines Kerzenstumpfes. Die Lungen atmen wie Blasebälge, die Herzen wie Pumpen, in den Gehirnen schmelzen die Gedanken wie glühendes Blei formlos ineinander.

Der neue Morgen bleibt draußen, er dringt nicht durch die eisernen Türen in die Keller. Müdigkeit, Starre, Stumpfheit, Hilflosigkeit haften wie Schatten an, und nur das mechanische Hilfsmittel der Uhr verleiht den Menschen das Bewußtsein, daß außerhalb ihrer Katakomben Licht vom Himmel auf die Stadt herabströmt und durch die Fenster in die leeren Wohnungen sikkert. Mit dem neuen Tage, der da irgendwo, weltenfern, aufsteigt, bricht über die Menschen neue Qual herein, vermehrt sich die Ungewißheit, verlängert sich das Warten, das Ende der Nacht bringt kein Licht, belebt nicht den Geist, spannt nicht die Glieder, denn mit zunehmender Helligkeit beginnt das Artilleriefeuer wieder, setzen die Fliegerangriffe erneut ein, kommt die Front, die an den dunklen Rändern in der Nacht erstarrt war, wieder in Bewegung.

In der Küche der Kloseschen Wohnung hantieren Lucie Wiegand und Klose, Lassehn sitzt untätig auf dem Fensterbrett. Im Herd brennt, da es kein Gas mehr gibt, ein Feuer.

»Sieben Uhr vorbei«, sagt Lucie Wiegand. »Lassen wir die Männer noch schlafen?«

»Ich denke, ja«, erwidert Klose und spaltet ein Stück Holz, »die sind todmüde. Ich werde inzwischen Wasser holen.«

»Ich gehe«, sagt Lassehn und springt auf.

»Seien Sie vorsichtig«, warnt Lucie Wiegand, »der Beschuß setzt schon wieder ein.«

»Vorsicht allein genügt nicht«, meint Klose, »man muß auch Glück haben, eine jede Kugel trifft ja nicht. Geh mit Gott, Joachim, aber geh.«

Als Lassehn gegangen ist, geht Lucie Wiegand leise durch den Korridor, öffnet behutsam die Türen und blickt in die Zimmer. In dem Zimmer, das unmittelbar an den Laden schließt, schlafen noch Dr. Böttcher, Schröter und der neue Mann, der gestern nacht mit den anderen gekommen ist und den sie Gregor nennen. Das Sofa, auf dem Lassehn geschlafen hat, ist leer, Schröter schläft im Sitzen in zwei Sesseln, der Kopf hängt ihm wie leblos zur Seite, die Spitzen seines Schnurrbartes zittern unter den Stößen seines Atems, Dr. Böttcher und der neue Mann liegen auf zwei Matratzen, sie haben ihre Mäntel zusammengerollt und als Kissen unter die Köpfe geschoben. Im Schlafzimmer liegt Wiegand, er hat dic Arme unter dem Kopf gekreuzt und die Augen weit offen.

»Schon wach?« fragt Lucie Wiegand und tritt in das Zimmer.

Wiegand läßt sich vom Bett gleiten. »Bin gerade aufgewacht«, antwortet er. »Guten Morgen, Lucie. Bist du schon bei der Arbeit?«

»Guten Morgen, Fritz«, erwidert Lucie Wiegand. »Kaffee kochen, Schnitten zurechtmachen, sind ja drei Männer mehr satt zu machen.«

Wiegand zieht seine Frau zu sich heran. »Mutter der illegalen Kompanie«, sagt er und streicht ihr über das Haar. »Die anderen schlafen noch?«

»Ja«, sagt Lucie Wiegand, »nur Lassehn ist nach Wasser gegangen. Wer ist denn der Mann, den ihr Gregor nennt?«

Wiegand zuckt die Achseln. »Wir kennen seinen richtigen Namen nicht, Schröter behauptet, er sei früher oder sogar jetzt noch Dozent an der Universität und lehre Kirchenrecht, er soll große Beziehungen zum früheren Zentrum haben, aber Genaues wissen wir nicht. Jedenfalls hat er sich bisher als hundertprozentig zuverlässig erwiesen, und das ist die Hauptsache. Wo ist Klose?«

»In der Küche, er versieht das Feuer«, antwortet Lucie Wiegand. »Ich gehe jetzt in die Küche.«

»Ich komme gleich mit«, sagt Wiegand. »Besteht die Möglichkeit, sich zu waschen?«

Lucie Wiegand lacht, als sie durch den Korridor geht. »Waschen wird ganz groß geschrieben, denn Wasser ist knapp«, sagt sie. »Du mußt so lange warten, bis Lassehn zurück ist.«

Wiegand läßt sich schwer auf den Küchenstuhl nieder, nachdem er Klose begrüßt hat. »Es rumort schon wieder ganz schön«, sagt er, »und Flieger scheinen auch in Massen unterwegs zu sein.«

Lucie Wiegand legt ein paar Stück Holz und eine Preßkohle in den Herd, dann setzt sie sich ebenfalls und legt die Hände kraftlos in den Schoß. »Ach, Fritz«, sagt sie leise und sieht durch das Fenster auf den kleinen Ausschnitt grauen Himmels, den der andere Seitenflügel abgrenzt. »Wird es das jemals wieder geben, das eigene Heim, ein geregeltes Leben, keine Sorgen?«

Wiegand blickt sie erstaunt an. »Mutlos geworden, Lucie? So kenne ich dich gar nicht.«

»So'n kleines Seufzerchen erleichtert das Gemüte«, sagt Klose. »Nicht wahr, kleine Frau?«

Lucie Wiegand wendet den Blick wieder in die Küche zurück und schüttelt langsam den Kopf. »Mutlos? Nein, das ist es nicht, aber ruhebedürftig, ausgehungert nach Ruhe und Stille, einmal ohne Arbeit, Kampf und Verfolgung zu sein. Man wird müde, Fritz, und dazu die Sorge um die Kinder ...«

»Ich bin immer für restlose Offenheit gewesen, Lucie ...«

»Die Einleitung ist verdächtig, Fritz ...«

»Sehr verdächtig«, bestätigt Klose.

Wiegand lächelt schwach. »Ich habe dir damals, als wir uns kennenlernten, nichts versprochen, keine bürgerliche Ehe, so trautes Heim, Glück allein, ich habe dich gleich wissen lassen, daß mein Leben Kampf ist und bleiben wird, und ich verspreche dir auch heute nichts, denn das ist sicher, daß es nach dem Fall des sogenannten Dritten Reiches noch mehr Arbeit und noch mehr Kampf geben wird, nur ...«

»Nur?«

»... nur die Verfolgung werden wir hoffentlich entbehren müssen.«

Lucie Wiegand stimmt in sein Lächeln ein. »Du bist so, wie du bist, und ich will dich auch gar nicht anders haben. Wo Lassehn nur bleibt?«

»Die Brunnen sind morgens stark belagert«, beruhigt Klose, »gerade jetzt in der Frühe, weil das Artilleriefeuer noch schwach ist. Da kommt ...«

Dr. Böttcher erscheint in der Tür und blinzelt kurzsichtig. »Störe ich?«

»Keineswegs, Doktor«, sagt Lucie Wiegand, »wir leben ja nicht mehr in den Flitterwochen.«

Dr. Böttcher tritt ein und schüttelt sich. »Komme mir reichlich unbehaglich vor, ungewaschen, unrasiert, mit zerdrückten Kleidern und – offen gestanden – auch hungrig. Ich sehe, Frau Lucie, Sie haben schon einen Berg Schnitten zurechtgemacht. Darf man?«

»Dazu sind sie ja da«, sagt Lucie Wiegand lächelnd, gießt Kaffee in eine Tasse und schiebt sie ihm hin.

Dr. Böttcher beginnt hastig zu essen und den Kaffee in sich hineinzugießen, aber seine Augen kommen nicht zur Ruhe, sie zwinkern unruhig, sie kreisen in der Küche, als suchten sie etwas, sie hängen sich an den Wochenkalender und tasten eine alte Zeitung ab, die auf dem Herd liegt.

»Schmeckt es?« fragt Lucie Wiegand.

Dr. Böttcher blickt sie an, als habe er die Frage nicht verstanden. »Wenn man Sie so beobachtet«, sagt Lucie Wiegand belustigt, »erscheint einem die Frage, ob es Ihnen schmeckt, tatsächlich überflüssig.«

Dr. Böttcher nickt. »Entschuldigen Sie schon, Frau Lucie«, sagt er schließlich, »aber ich weiß wirklich nicht, ob es mir schmeckt. Das ist schon seit je und eh der große Ärger meiner Wirtschafterin, daß ich ihr nie zu sagen vermag, ob etwas geschmeckt hat oder nicht, ob es zu süß oder zu salzig oder sonstwas ist. Ich esse nur, um meinen Hunger zu befriedigen, dabei ist es mir ziemlich gleichgültig, wie und womit das geschieht, es ist mir einfach unmöglich, meine Gedanken auf das Essen zu konzentrieren. Ich weiß« – er hebt die Hände und wehrt einen Vorwurf von vornherein ab –, »daß es die Arbeit der Hausfrau nicht würdigt, und ich bitte daher sehr um Verzeihung. Es ist mir ferner nicht unbekannt« – er lacht kurz auf –, »denn schließlich bin ich ja Arzt, daß es nicht gesund ist, beim Essen zu lesen oder zu denken, aber man handelt oft im Leben wider Erkenntnis und Einsicht.«

»Sie sehen heute so ... wie soll ich es nur sagen? So ungewöhnlich lebhaft aus, Doktor«, sagt Klose. »Obwohl Sie doch wenig und bestimmt nicht bequem geschlafen haben.«

»So, sieht man mir das an?« fragt Dr. Böttcher lächelnd. »Ja, ich bin auch zufrieden, obwohl mein Haus abgebrannt ist und ich eigentlich traurig und mißvergnügt sein müßte.« Er denkt einen Augenblick nach und dreht die Hand unschlüssig hin und her. »Ich sagte eben zufrieden, aber das ist eigentlich nicht der richtige Ausdruck, es ist eine innere Ausgeglichenheit, die mir die Linien aus dem Gesicht glättet, und ich weiß auch, warum das so ist. Wir haben unsere illegale Arbeit bisher geleistet ohne sichtbaren Erfolg, wir haben die Menschen, an die wir uns durch unsere Geheimsender wandten, immer nur leicht anrühren können, unsere Worte sind immer ins Dunkle vertropft, in einer großen Wüste versprüht, unsere Flugzettel sind stets ins Nichts geflattert, wir haben ihre Wirkung nie beobachten können, weil wir uns von den Menschen, die sie empfingen, trennen mußten, bevor sie sie entfaltet hatten, unsere Sabotageakte kamen uns oft lächerlich klein vor, so als ob eine Mücke einen Elefanten anfliegt, wir sind immer ohne Echo geblieben, und es war letzten Endes nur der Glaube an uns selbst, daß wir nicht verzweifelten an der Wand des Schweigens, gegen die wir alle anrannten. Aber gestern abend, da ist wirklich etwas geschehen, da war ein Erfolg sichtbar, da brauste uns ein vielstimmiges Echo entgegen, da ist unsere Tätigkeit, mit der wir uns vielleicht nur vor uns selbst rechtfertigten, zum ersten Male zur wirklichen Tat geworden.«

»Sie sprechen da etwas aus, Doktor«, sagt Wiegand, »was ich mir bisher selbst verschwiegen habe und, wenn es einmal doch in mir aufglühte, um keinen Preis zugegeben hätte. Unsere Tätigkeit verschaffte uns zunächst ein Alibi vor uns selbst, sie beruhigte zuallererst unser Gewissen, und in zweiter Linie kam dann alles andere. Wir sind ja bekanntlich auch da egoistisch, wo wir uneigennützig selbstlos oder liebend sind, allerdings ist es ein Egoismus eigener Art, der zwar zuerst uns selbst befriedigt, aber ...«

»Philosophie am frühen Morgen?« fragt Lucie Wiegand.

»... bringt am Abend Kummer und Sorgen«, fällt Klose ein. »Aber jetzt beantwortet mir eine Frage, ihr Herren. Warum seid ihr überhaupt noch nach hier zurückgekommen? Für euch hätte der Krieg doch gestern abend um zwanzig Uhr beendet sein können.«

»Ich bin zurückgekommen, wenn du es genau wissen willst, weil ...«, beginnt Wiegand.

»... weil du deine Frau hier hast«, ergänzt Klose schnell, »das ist sogar mir klar, dich habe ich aber auch gar nicht gemeint. Aber der Doktor, der Joachim, Schröter und der Fremde.«

»Schröter und der Fremde haben ihre Aufgabe darin gesehen, unsere Gruppe zu verstärken«, antwortet Dr. Böttcher, »und ich gehöre ja wohl zu euch, zumal mein Haus jetzt ebenfalls die Frankfurter Allee als Ruine ziert. Ihr habt doch wohl auch nicht im Ernst angenommen, daß ich meine Tätigkeit als beendet betrachte, wenn ich persönlich meine Freiheit wiedererlangt habe?«

»Nein, das habe ich nicht angenommen, alter Chloroformhengst«, sagt Klose und lacht breit. »Aber Lassehn?«

»Ich habe zu Lassehn gesagt, er könne jetzt ja gehen, denn nun würde ihn niemand mehr wegen Desertion zur Rechenschaft ziehen«, antwortet Dr. Böttcher. »Da hat er mich angesehen, als könnte er den Sinn meiner Worte nicht sogleich erfassen, dann hat er den Kopf geschüttelt und ungefähr gesagt: ›Meine Desertion habe ich schon fast vergessen, ich bin längst nicht mehr bei euch, um Zuflucht zu suchen. Ich trage jetzt zum ersten Male eine Waffe für eine Sache der Gerechtigkeit und gegen die Tyrannei, und da sollte ich diese Waffe ablegen, bevor der Kampf endgültig beendet ist? Das traut ihr mir doch nicht zu!‹ Nein, wir haben ihm das nicht zugetraut, aber wir wollten ihn immerhin auf die Möglichkeit hinweisen, gewissermaßen gefahrlos auszusteigen.«

»Der Junge ist ganz groß in Ordnung«, sagt Klose, »der weiß, wo er hingehört.«

»Wenn er auch noch nicht weiß, weshalb und warum«, meint Dr. Böttcher. »Man kann wohl aus nihilistischer oder negativer Einstellung heraus etwas bekämpfen, aber nach dem Kampf muß diese Einstellung von etwas Positivem abgelöst werden, sonst wird der Nihilismus oder die Negation zur Gewohnheit. Der Lassehn und alle die anderen jungen Menschen, die das Nazireich verachten, kommen mir vor wie ein Bau, der nur ein paar schwache Stützen, Haß, Ekel, Abscheu, Verachtung, aber kein Fundament hat. Dieses Fundament müssen wir ihnen schleunigst mauern.«

»Na, denn mauert man«, sagt Klose und läßt sich vom Fenstersitz gleiten, »ich werde die beiden anderen Herren jetzt aufstöbern und ihnen den Dornröschenkuß verabreichen.«

»Es klopft«, sagt Lucie Wiegand und stürzt aus der Küche, »das wird Lassehn sein.«

Es ist tatsächlich Lassehn, er setzt die beiden Eimer ab und holt ein zusammengeknifftes Papier aus der Tasche. »Das klebt jetzt überall«, sagt er und entfaltet das Blatt. »Hört gut zu:

›Merkt Euch:
Jeder, der Maßnahmen, die unsere Widerstandskraft schwächen, propagiert oder gar billigt, ist ein Verräter! Er ist augenblicklich zu erschießen oder zu erhängen!
23. April 1945 gez.: Adolf Hitler.‹«

»Das ist die Anarchie«, sagt Dr. Böttcher nach einer Weile des Schweigens. »Der Aufruf an die Ostfront hat der Anarchie unter den Soldaten Tür und Tor geöffnet und mit einem Federstrich das aufgehoben, worauf das preußische Militär immer so sehr stolz war, nämlich auf die unbedingte Achtung des Vorgesetzten, und dieser Aufruf bewirkt es hinsichtlich der Bevölkerung. Es ist keine Rede von Gericht und Verhandlung, nicht einmal von Feld- oder Standgerichten.«

»Wenn ich Sie nicht schon so lange und so gut kennen würde«, sagt Wiegand und schiebt seine Kaffeetasse mit einem Ruck von sich fort, »so könnte ich in Versuchung geraten, Ihnen zu sagen, daß Sie reichlich spät entdeckten, daß das Dritte Reich kein Rechtsstaat ist.«

Dr. Böttcher lächelt. »Mein lieber Wiegand«, sagt er langsam, »diese Tatsache ist mir keineswegs unbekannt geblieben, aber – ja, jetzt kommt das große Aber – bisher ist ein Privileg des Staates, der Partei und ihrer verschiedenen Organisationen gewesen, Recht zu brechen, Menschen ohne richterlichen Haftbefehl einzusperren und ohne den Spruch eines Gerichts zu töten. Jetzt ist dieses Recht auf Tötung und Gewalt an alle übergegangen, es ist an keine Voraussetzung mehr gebunden, jeder darf so handeln, wie es sein sogenanntes gesundes Volksempfinden ihm vorschreibt. Jeder kann jeden umlegen, erhängen, erschießen, ohne fürchten zu müssen, dafür zur Rechenschaft gezogen zu werden, die Bezugnahme auf diesen Aufruf wird jeden Mord ausreichend begründen. Es bedarf weder einer Anklage noch eines Urteilsspruchs, Behauptung ist zugleich Beweis und Todesurteil. Es ist wohl das erstemal in der Geschichte, daß sich ein Staat des Vorrechts zu töten ganz offiziell begibt und die Rechtlosigkeit proklamiert.«

»Es ist nur ein Glück, daß die Mehrzahl der Menschen das nicht begreift«, sagt Lucie Wiegand.

Dr. Böttcher lacht kurz auf. »Frau Lucie, haben Sie schon einmal erlebt, daß die Nazis ihre Ziele und Absichten nicht ausführlich erläutert und ununterbrochen wiederholt hätten, daß schließlich auch der Dümmste es begreift? Wenn ihre Methode des Trommelns, wie sie es so gern nennen, diesmal versagt, so nur darum, weil ihnen die Propagandamittel nicht mehr in vollem Umfang zur Verfügung stehen und – last not least – weil das Volk stumpf geworden ist, es hockt seit Tagen in den Kellern, müde, ausgehöhlt, ergeben, ohne Kraft zu irgendeiner Aktion, gleich welcher Art.«

Lassehn lehnt gegen den Küchenschrank und hat die Arme über der Brust gekreuzt. »Ich habe bisher alles als Recht hingenommen, was als Gesetz proklamiert worden ist, ich bin zwar nicht der politischen, wohl aber der juristischen Terminologie der Nationalsozialisten erlegen. So wie das Leben des deutschen Soldaten unter dem kategorischen Imperativ ›Befehl ist Befehl‹ steht, so wird das Leben des Staatsbürgers von der Devise ›Gesetz ist Gesetz‹ beherrscht. Und so wie im militärischen Leben der Befehl unbesehen ausgeführt worden ist, so ist im Leben der Menschen Gesetz gleich Recht oder umgekehrt Recht gleich Gesetz.«

»Recht ist nur, was auch zugleich Gerechtigkeit ist«, sagt Dr. Böttcher. »Einen anderen Maßstab gibt es nicht. Gerechtigkeit ist zwar kein unverrückbarer Begriff, aber sie darf nicht zum Zweckideal herabgewürdigt werden, wie die Nazis es tun, indem sie verkünden ›Recht ist, was dem Volke nützt‹. Wohin diese Auffassung führt, haben wir mit Schaudern erlebt, nicht nur, daß Gesetze erlassen wurden, die jedem Rechtsempfinden Hohn sprechen, dadurch, daß neben diesem sogenannten bürgerlichen

Recht noch die ungeschriebenen Gesetze und die Willkür der Geheimen Staatspolizei existieren, für die es nur das Gesetz der Unterdrückung gibt, herrscht eine weitgehende Rechtsunsicherheit. Jedes Gesetz kann jederzeit durch die Geheime Staatspolizei durchbrochen, umgangen und damit praktisch außer Kraft gesetzt werden. Wir haben oft genug erlebt, daß die Gestapo Angeklagte, als sie von einem ordentlichen Gericht freigesprochen worden waren, im folgenden Augenblick in sogenannte Schutzhaft nahm und damit das Gerichtsurteil einfach aufhob. Alte Rechtsgrundsätze, wie das ›In dubio pro reo‹ oder das Prinzip, daß niemand wegen ein und derselben Straftat zweimal verurteilt werden kann, wurden als Humanitätsduselei abgetan. Der Häuptling der schwarzen Horden, Himmler, hat das einmal ganz unumwunden ausgesprochen, als er verkündete:

›Wir Nationalsozialisten haben uns ohne Gesetz an die Arbeit gemacht. Ich habe mich von vornherein auf den Standpunkt gestellt, ob ein Paragraph unserem Handeln entgegensteht, ist mir völlig gleichgültig. Ob die anderen Leute über die Brechung der Gesetze jammerten, war mir gänzlich gleichgültig.‹

Die Eliminierung jeglichen Rechtsempfindens durch die offen proklamierte Gesetzlosigkeit des Herren- und Rassenstandpunktes haben wesentlich zur Bestialisierung des deutschen Menschen beigetragen. Keine Niederlage kann vernichtend und total genug sein, um diese Entwicklung, die schon viel zu weit vorangetrieben ist, endlich aufzuhalten.«

Dr. Böttcher hat in seiner ruhigen, dozierenden Art zu sprechen begonnen und sich dann in Eifer geredet, jetzt glättet er die Erregung in seiner Stimme wieder und wendet sich an Lassehn. »Sie haben da noch etwas in der Hand, Lassehn. Wollen Sie es uns nicht zeigen?« fragt er.

Lassehn nickt und schwenkt eine Zeitung wie eine Trophäe. »Das ›12-Uhr-Blatt‹ von heute!«

Klose stürzt auf ihn zu und entwindet ihm die Zeitung.

»Stehen wunderschöne Sachen drin«, sagt Lassehn, während Klose die Zeitung überfliegt.

»Vorlesen, Oskar«, fordert Wiegand.

Klose blickt auf.

»Ungeheuerlich«, sagt er. »Wenn man's nicht schwarz auf weiß hätte … Na, denn hört mal zu.

›Die Stadt wird bis zum Letzten verteidigt.
Kämpft mit fanatischer Verbissenheit um eure Frauen, Kinder und Mütter! Wir werden bestehen.

12-Uhr-Blatt Berlin, 23. April.

Unsere Heimatstadt Berlin ist Frontstadt geworden. Der Reichsverteidigungskommissar und Gauleiter Dr. Goebbels hat deshalb an alle Berliner folgende Forderungen aufgestellt:

1. Alle zur Verteidigung der Reichshauptstadt eingesetzten Soldaten und Volkssturmmänner haben die ihnen befohlenen Plätze zu besetzen und nehmen, sobald sowjetische Truppen oder Panzer sich zeigen, sofort den Kampf auf.
2. Die Zivilbevölkerung hat allen Anordnungen, die von zivilen und militärischen Stellen getroffen werden, unbedingt Folge zu leisten.
3. Rüstungsbetriebe, Versorgungsbetriebe und die für die Führung der Reichshauptstadt verantwortlichen Behörden und Dienststellen arbeiten weiter.
4. Der Werkschutz sorgt für innere und äußere Sicherheit der Betriebe. Provokateure oder aufsässige Ausländer sind sofort festzunehmen oder noch besser unschädlich zu machen.
5. Sollten Provokateure oder verbrecherische Elemente versuchen, durch das Hissen von weißen Fahnen oder sonstiges feiges Verhalten in die zur Verteidigung der Stadt entschlossene Bevölkerung Unruhe zu tragen und Ihren Widerstand zu lähmen, so ist dagegen mit allen Mitteln einzuschreiten. Jeder Berliner ist für sein Haus und seine Wohnung selbst verantwortlich. Häuser und Wohnungen, die weiße Fahnen hissen, haben kein Anrecht mehr auf Schutz der Gemeinschaftshilfe und werden entsprechend behandelt werden. Die Bewohner solcher Häuser sind daher verantwortlich zu machen. Der örtliche Hoheitsträger der Partei hat eisern darüber zu wachen und demgemäß zu handeln. Solche

Häuser wären Krankheitsbazillen am Körper unserer Stadt, ihre rücksichtslose Bekämpfung ist daher ein Gebot der Stunde. Verräter sind sofort niederzuschießen oder aufzuhängen. Es gilt allein die Parole: Härtester und fanatischster Widerstand an allen Punkten.

Jeder kennt in dieser Stunde seine Aufgabe.

Auf Euch, Verteidiger von Berlin, blicken Eure Mütter, Eure Kinder und Eure Frauen! Sie haben Euch nun ihr Leben anvertraut. Ein jeder kennt seine Aufgabe. Die Stunde der Bewährung hat für Euch geschlagen. Die Männer von Breslau seien Euch Vorbild! Sie haben keinen Augenblick gezögert, ihren ganzen Mut und ihre Tapferkeit und ihren Glauben an das Reich und an den Führer einzusetzen. Die Stadt wird bis zum Letzten verteidigt werden. Bildet eine verschworene Gemeinschaft! Tretet Gerüchte aus! Sie dienen nur dazu, die Atmosphäre zu vergiften und Euren Kampfgeist zu unterhöhlen. Handle ein jeder so, als hinge von seinem Einsatz allein das Wohl unserer Reichshauptstadt ab! Die ganze Nation blickt auf Euch, Ihr Verteidiger von Berlin, und vertraut auf Euch und Eure unbedingte Pflichterfülfung.

Ein jeder weiß, daß die Stunde schwer ist. Über die Häuser der Arbeiter und Schaffenden rollt der Donner und pfeifen die Granaten. Mit Massen und Material stürmen die Bolschewisten gegen die Vorstädte an. Wenn wir die Bomben der Anglo-Amerikaner ertragen haben, dann werden wir auch vor Granateinschlägen nicht zurückweichen. Ihr Berliner seid bekannt für Eure Wendigkeit und Eure Härte. Es besteht kein Zweifel, daß ihr sie nun erst recht zeigen werdet.

So kämpft denn um Eure Stadt! Kämpft mit letzter Verbissenheit um Eure Frauen und Eure Kinder, um Eure Mütter und Eure Eltern! Ihr setzt das Leben für eine gute Sache ein.

Die militärische Verteidigung der Reichshauptstadt wurde einem Soldaten übergeben, der sich in diesem Krieg oft und oft in der Führung von Truppe und Volkssturm aufs höchste bewährt hat. Es ist der Träger des Eichenlaubes Generalleutnant Heymann. Euer Gauleiter ist bei Euch. Er erklärt, daß er mit seinen Mitarbeitern selbstverständlich in Eurer Mitte bleiben wird. Auch seine Frau und seine Kinder sind hier. Er, der mit zweihundert Mann einst diese Stadt erobert hat, wird nun die Verteidigung der Reichshauptstadt mit allen Mitteln aktivieren.

Ein großes Ziel kann nur durch große Wagnisse erreicht werden. Gerade in der Zeit der Gefahr und der Not erweist sich der Charakter und bewährt sich der Mann. So laßt denn nicht ab, die Waffen gegen den Feind zu richten! Steht und kämpft! So werden wir am Ende auch vor unseren Frauen und Kindern und vor unserer Heimatstadt Berlin bestehen.‹«

Als Klose zu Ende gelesen hat, legt er die Zeitung auf den Tisch. »Jedes Wort eine Lüge, eine hundsgemeine Lüge«, sagt Wiegand und nimmt die Zeitung auf. »Jeder Befehl ist ein Verbrechen, und zwischen Befehl, Drohung, Gemeinheit, Lüge und Zynismus immer die übliche Gemütskiste, die Frauen und Kinder, die Mütter und die Heimaterde. Sie drohen und bitten in einem zugleich. Denn wie soll man diesen Appell von Goebbels anders werten!

›Appell des Gauleiters Dr. Goebbels

Alle reihen sich umgehend in die Verteidigungsfront ein.

Der Gauleiter von Berlin, Reichsminister Dr. Goebbels, hat folgenden Aufruf an die Soldaten und Männer Berlins gerichtet:

In dieser schicksalhaften Stunde des Kampfes um die Reichshauptstadt wende ich mich an alle nicht eingesetzten Soldaten und Männer Berlins, sich umgehend in die Verteidigungsfront der Reichshauptstadt einzureihen. Soldaten und Verwundete, die noch Waffen führen können, melden sich sofort freiwillig auf der Kommandantur Berlin, Johannisstraße, Nähe Bahnhof Friedrichstraße.

Den gleichen Appell richte ich an alle Berliner Männer, die nicht im Volkssturm erfaßt und für die Verteidigung eingesetzt sind. Ich bin überzeugt, daß sich jeder Mann, der ein tapferes Herz besitzt und entschlossen ist, unsere geliebte Reichshauptstadt gegen den grausamen bolschewistischen Weltfeind bis zum Äußersten zu verteidigen, nach meinem Appell richtet und sich ebenfalls umgehend auf der Kommandantur Johannisstraße meldet.

Ehrenhaft und männlich wollen wir unsere Pflicht tun, dem ganzen Volke ein Vorbild der tapferen Gegenwehr sein. Ein Hundsfott, wer in dieser Stunde die schimpfliche Feigheit dem männlichen Kampfe vorzieht.

Soldaten, Verwundete, Männer Berlins! Auf zu den Waffen!

gez.: Dr. Goebbels,
Gauleiter von Berlin.‹«

»Weshalb wendet er sich mit einem Appell und nicht mit einem Befehl an die Soldaten und Männer? Weil er ganz genau weiß, daß ihnen die Zügel bereits aus der Hand geglitten sind. Das Ganze aber ist der schlagendste Beweis, daß die Herrschaften auf dem allerletzten Loch pfeifen.«

»Auf dem vorletzten«, sagt Dr. Böttcher ironisch. »Trotz der allgemeinen Auflösung versucht man noch krampfhaft, so etwas wie Ordnung vorzutäuschen. Bitte, meine Herrschaften, in der Zeitung sind noch amtliche Bekanntmachungen veröffentlicht: ›Welche Lebensmittel gibt es?‹ und ›Anordnung über den Verbrauch von Strom und Gas‹ und – ja, das muß ich euch vorlesen, das ist zu schön, um unterschlagen zu werden. Man höre und staune:

›Weiterverwendung der Hundesteuermarken mit der Jahreszahl 1942 im Steuerjahr 1945. Für das Steuerjahr 1945 werden in Berlin neue Hundesteuermarken nicht ausgegeben. Die Marken für 1942, die weiter für die Steuerjahre 1943 und 1944 galten, behalten auch für das Steuerjahr 1945 Geltung. Bei Neuveranlagung im Laufe des Steuerjahres 1945 erhalten die Hundehalter dementsprechend Steuermarken mit der Jahreszahl 1942.

Berlin, den 13. April 1945

Der Oberbürgermeister der Reichshauptstadt Berlin.
Hauptsteueramt H Steu lle.‹«

»Die Leute haben Sorgen!« sagt Klose. »Es fehlt eigentlich nur der Zusatz, daß Hundeschlachtungen meldepflichtig sind und daß soundso viel Prozent bei der nächsten Fleischzuteilung in Anrechnung gebracht werden. Bei uns herrscht jedenfalls Ordnung, auch mitten in der größten Unordnung.«

XI

23. April

Der Tag ist eine endlose Kette von Minuten, er geht tödlich langsam hin, und nichts ändert sich. Das Feuer der russischen Artillerie schwillt an und ebbt wieder ab, die sowjetischen Jagdbomber stoßen fast unausgesetzt herab und feuern ihre Salven im Tiefflug ab, Fesselballone stehen stundenlang unbehelligt in den östlichen und nördlichen Vororten der Stadt. Dazwischen liegen endlose Minuten vollkommener Ruhe. In den Straßen stauen sich die dezimierten und schwer angeschlagenen Einheiten, die Kolonnen der zurückflutenden Fahrzeuge und Soldaten, sie können nicht von einer Auffangstellung oder einem inneren Verteidigungsring aufgenommen werden, weil es sie nicht gibt, sie stoßen in die neu aufgestellten und eilig zusammengerafften Einheiten hinein, die nach vorn in irgendeine Hauptkampflinie marschieren, die ebenfalls nicht existiert.

Der Kampf konzentriert sich auf einige Widerstandsnester, im übrigen handeln die Kampfgruppen, selten mehr als ein Bataillon stark, auf eigene Faust, ihre Kommandeure nehmen Befehle entgegen, ohne zu wissen, wer sie erteilt hat, sie befehlen Angriffsziele, um sie nach wenigen Stunden schon wieder aufzugeben, sie verteidigen unwichtige Stützpunkte so lange, bis sie eingekesselt sind, verschossene Batterien werden von einem Stadtteil in einen anderen dirigiert, ohne die Möglichkeit zu haben, auch nur einen Schuß abzugeben. Die Soldaten sind müde und resigniert und lassen alles über sich ergehen, Artilleriefeuer und Bordwaffenbebeschuß, Ungeziefer und Hunger, Befehle zum Vorgehen und Befehle zum Rückzug, sie nehmen mit stumpfer Gleichgültigkeit den Jammer der Zivilbevölkerung hin, obwohl es diesmal nicht irgendwelche gleichgültigen Russen-, Franzosen- oder Jugoslawenweiber, sondern Frauen ihres eigenen Volkes sind, die mit irren Augen und verzweifelten Gebärden durch die zerstörten, brennenden Straßen laufen und vor den Geschäften anstehen, um noch irgendwo die letzten aufgerufenen Lebensmittel einzukaufen, während einige Querstraßen weiter bereits die russischen Panzerwagen rollen und über ihnen die Tiefflieger dahinjagen. Die Soldaten tun, was ihnen befohlen wird, ohne weiter als an die nächste Minute zu denken, Sorge und Vorsorge um Deckung, Fraß und Schlaf, daran zu denken, ist im Zeitraum der gerade ablaufenden Minute wichtiger und bedeutungsvoller als der Gedanke an den tiefen Sturz, den sie mit dem übernächsten Schritt unweigerlich tun müssen. Im Grunde stürzen sie schon seit Jahren, ihre Physis und ihre Seele haben sich diesen Stürzen schon so sehr angepaßt, daß sie erst wieder am Ende des Sturzes, beim Aufschlagen in der untersten Tiefe, empfindungsfähig werden.

Unter den Verteidigern der Stadt sind nicht wenige, die die Winterschlacht vor Moskau mitgemacht und jahrelang vor Leningrad gelegen haben, die Dutzende von Städten haben zerfallen und Hunderte von Dörfern in Flammen aufgehen, die Millionen von Menschen obdachlos umherirren oder in Ruinen vegetieren sahen, es hat in ihnen schließlich nur noch flüchtige Reflexe hervorgerufen, da sich Zerstörung und Elend zu oft und zu lange in der Netzhaut ihrer Augen widergespiegelt haben. Die Aufnahmefähigkeit ihrer Gehirne und das Reagens ihrer Gefühle ist längst erschöpft, die Empfindsamkeit ihrer Herzen so völlig abgekapselt, daß sie sich jetzt, da der Krieg an seinen Ausgangspunkt zurückgekehrt ist, nicht mehr entsetzen können. Sie sehen ein Haus nach dem anderen in Trümmer sinken, die Frauen bei Beschuß Wasser holen und von Geschäft zu Geschäft nach Lebensmitteln jagen, sie erleben, daß der Gegner ein Hindernis nach dem anderen spielend überwindet, sie wissen genau um die Leiden einer Stadt, über welche die Feuerglocke der Artillerie gestülpt ist und auf die sich die tödliche Welle des Straßenkampfes zuwälzt, aber sie lassen alles über sich ergehen wie die Katastrophe eines unvermeidbaren Schicksals.

ss, Feldpolizei und das neu eingerichtete fliegende Standgericht halten die Reste des auseinanderstrebenden, auseinandergefallenen Heeres noch mit brutalem Terror zusammen. Innerhalb von Minuten werden Todesurteile ausgesprochen und an irgendeinem Straßenbahnmast oder Laternenpfahl vollzogen, im Zentralkriegsgericht in der Rüsternallee in Charlottenburg amtiert noch eine Meute von Kriegsgerichtsräten, Oberfeldrichtern, Oberstabsrichtern, Heeresjustizinspektoren und ›zuverlässigen‹ Beisitzern, sie sprechen kein Recht, sondern führen nur Befehle aus und verhängen ›Im Namen des deutschen Volkes‹ täglich Dutzende von Todesurteilen, die unmittelbar nach Urteilsverkündung vollstreckt werden. Es ist nicht allein der äußere Druck, der die formlose Masse der Einheiten und Verbände immer wieder zusammenknetet, es ist auch der ihnen eingedrillte Zwang des Befehls, der von innen heraus wirkt, sie zwar nicht entschlossen bis zum Letzten kämpfen (sondern sich eher, wenn möglich, vor dem Kampfe zu drücken), aber bis zum Letzten gehorchen läßt.

Die Situation ist klar. Der strategische Plan der russischen Heeresführung wird offenbar, es ist nur eine Frage von einem oder zwei Tagen, daß er gelingt: die vollständige Einschließung Berlins. Von Tegel über Reinickendorf, Weißensee, Lichtenberg, Köpenick, den Teltow-Kanal, Stahnsdorf bis zu den Havel-Seen hat sich der Dreiviertelring um den Stadtkern schon geschlossen, die Ausfallstraßen nach Süden und Südwesten sind durchschnitten, die noch einigermaßen schlagkräftigen Korps im Süden und Südosten der Stadt sind von ihrem Verteidigungsraum, nämlich der Reichshauptstadt, abgeschnitten und in zwei großen Kesseln bei Halbe und Luckenwalde zusammengetrieben, wo sie langsam weiter eingeschnürt und zusammengedrückt werden. Offen ist lediglich noch die Heerstraße, die große Ausfallstraße nach Nordwesten über Spandau und Staaken, aber auch sie liegt schon zeitweilig im Feuer der russischen Artillerie.

In dieser Situation startet der Gauleiter von Berlin, Reichsverteidigungskommissar und Reichsminister für Volksaufklärung und Propaganda, Dr. Joseph Goebbels, im absolut bombensicheren Tiefbunker der Reichskanzlei seinen letzten bravourösen Coup: er erfindet die Entsatzarmee Wenck. Durch planmäßig ausgestreute Gerüchte vom Heranrücken starker, frischer Kräfte soll die verzweifelte Stimmung der Bevölkerung durch einen

Schimmer von Hoffnung aufgehellt werden, und seltsamerweise gelangt auch ein Flugblatt, das seiner textlichen Gestaltung nach nur für die Soldaten jener Entsatzarmee bestimmt sein kann, in die Hände der Zivilbevölkerung. Dieses Flugblatt, Kampferinjektion der letzten Hoffnung, hat folgenden Wortlaut:

»Soldaten der Armee Wenck!

Ein Befehl von größter Tragweite hat euch aus euren Aufmarschräumen gegen unsere westlichen Feinde herausgerufen und in Richtung nach Osten in Marsch gesetzt.

Euer Auftrag ist klar: Berlin bleibt deutsch! Die euch befohlenen Ziele müssen unter allen Umständen erreicht werden, denn auch von anderer Seite her sind Operationen mit dem Ziel im Gange, im Kampf um die Reichshauptstadt den Bolschewisten die entscheidende Niederlage beizubringen und damit die Lage Deutschlands grundlegend zu ändern.

Berlin kapituliert nie vor dem Bolschewismus! Die Verteidiger der Reichshauptstadt haben bei der Nachricht von eurem schnellen Anmarsch frischen Mut gefaßt und kämpfen mit Trotz und Verbissenheit in dem Glauben, bald das Donnern eurer Geschütze zu hören.

Der Führer hat euch gerufen!

Ihr seid wie in alten Zeiten des Sieges zum Sturm angetreten. Berlin wartet auf euch, Berlin sehnt euch mit heißem Herzen herbei!«

In Kloses Wohnung geht Schröter unruhig hin und her, er hat die Hände auf dem Rücken verschränkt und die Stirn tief in Falten gelegt.

»Ich kann diese Untätigkeit nicht länger ertragen«, sagt er. »Hier zu sitzen, Gespräche zu führen und zu warten, während draußen der Brand sich immer weiter in die Stadt hineinfrißt, Straße um Straße, Haus um Haus, Wohnung um Wohnung, und in den Kellern sitzen die Menschen wie in Mausefallen …« Er fährt mit den Händen wild durch die Luft. »Wir müssen etwas unternehmen!«

»Keine Unbesonnenheiten!« warnt Dr. Böttcher und blickt

von dem Schachbrett auf, das zwischen ihm und Lassehn steht. »Wir paar Mann können nicht für eine ganze Stadt einstehen, wir müssen uns auf dieses Haus oder diese Straße beschränken.«

»Zum Teufel mit Ihrer Besonnenheit!« poltert Schröter los. »Wir können hier doch nicht sitzen und warten, bis ... Was wollen Sie eigentlich?«

»Was ich will, wird die Situation ergeben«, sagt Dr. Böttcher gelassen. »Jede Situation hat ihre natürliche Logik, mein lieber Schröter. Ich bin heute ein paar Stunden unterwegs gewesen und habe die Stimmung der Soldaten kennengelernt.«

»Und die Stimmung ist gut?« fragt Schröter wie drohend.

»Die Stimmung ist schlecht«, antwortet Dr. Böttcher ruhig. »Aber was will das schon besagen? Soldaten sind oft schlechter Stimmung, sie schimpfen und meckern, aber ein scharfes Wort, ein Befehl nimmt sie sofort wieder an die Kandare. Ein Soldat ist wie ein gläubiger Christ.«

Gregor, der mit gekreuzten Armen gegen den Ofen lehnt, richtet sich auf. »Wie meinen Sie das?« fragt er.

Dr. Böttcher lächelt zu ihm hinüber. »Es liegt mir völlig fern, Sie kränken zu wollen, Gregor, aber der Vergleich, der sich mir aufdrängt, entbehrt nicht einer gewissen Logik. Ein gläubiger Christ kann mitunter verzweifeln (und auch Jesus hat ›Mein Gott, mein Gott, warum hast du mich verlassen!‹ in einem solchen Augenblick gerufen), aber er wird doch immer wieder zu seinem Glauben zurückkehren und sich an ihm aufrichten. Ein Soldat, und wenn er noch so heftig revoltiert, wird schließlich, wenn es darauf ankommt, doch dem Befehl gehorchen, und darum halte ich gar nichts davon, aus der Stimmung der Truppe irgendwelche Schlüsse zu ziehen.«

»Oder höchstens insofern, als die Krampfkraft einer demoralisierten Truppe entsprechend geringer einzuschätzen ist«, sagt Wiegand vom Fenster her.

»Das lasse ich gelten«, meint Dr. Böttcher. »Im übrigen aber ist die Stimmung in einem Staate wie unserem Dritten Reich ohne jede Bedeutung. Ich erinnere mich sehr wohl so manches Gespräches mit meinen Patienten, als die rückläufigen Bewegungen an den Fronten mit der Schnelligkeit und Wucht einer

Lawine auf uns zustürzten, und ihr werdet sicher die damals auch in unseren Kreisen weit verbreitete Meinung kennen, nämlich …«

»Laßt erst einmal deutsche Ortsnamen im OKW auftauchen«, ergänzt Wiegand schnell, »dann schlägt die Stimmung sofort um.«

»Sehr richtig!« sagt Dr. Böttcher. »Das meine ich. Ich weiß noch genau, wie wir alle, obwohl wir den Stimmungsfaktor nur als belanglose Nebengröße in unsere Rechnung einsetzten, der Magie dieses zweifellos nicht unbedeutenden Augenblicks erlagen. Und was geschah?«

»Gar nichts«, sagt Gregor. »Der Mann auf der Straße, wie der Engländer sagt, hat in Deutschland noch selten, im Dritten Reich überhaupt keinen Einfluß gehabt, die Stimme des Gewissens und der Vernunft warnte ihn nicht, weil der Nationalsozialismus ihm die Rolle der Mittäterschaft aufgenötigt hatte. Wir erlebten es, daß der Wehrmachtsbericht mit derselben Kaltblütigkeit und Selbstverständlichkeit deutsche Ortsnamen erwähnte, wie er vorher russische und afrikanische Orte genannt hatte, und es wurde ebenso mit einer Art galgenhumoriger Gleichgültigkeit hingenommen, daß der Remagener Brückenkopf nur schrittweise erweitert werden konnte, wie man vorher die stereotype Redewendung ›Malta wurde mit Erfolg bombardiert‹ zur Kenntnis genommen hatte.«

»Es gibt in der Physiologie ein Gesetz der abnehmbaren Reizwirkung«, sagt Dr. Böttcher. »Von ›Alle Tage Gänsebraten‹ bis zum ›Alle Tage Hiobsbotschaften‹ sind es im Grunde nur ein paar Schritte, ich will damit sagen, daß die seelische Reaktion – und das eben ist ja die Stimmung – auf eine ununterbrochene Kette von Widrigkeiten und Rückschlägen keine Empörung, sondern nur noch stumpfe Ergebenheit erzeugt, besonders in einem Volk, das an und für sich gehorsamssüchtig ist und dessen Reagens nicht mehr mit menschlichen, sondern nur noch mit mechanischen Maßen gemessen werden kann.«

»Dazu möchte ich auch etwas sagen«, sagt Lucie Wiegand, sie stützt sich mit beiden Händen auf die Tischplatte und hat den Blick gesenkt. »Ich betrachte diese Dinge nicht mit Ihrer wissenschaftlichen Gründlichkeit, Doktor, und auch nicht mit Ihrer« –

sie wirft Gregor einen schnellen Blick zu – »Objektivität, ich sehe sie ganz persönlich, ich horche nur in mich selbst hinein.«

»Und was hören Sie da?« fragt Dr. Böttcher mit einem flüchtigen Lächeln.

Lucie Wiegand hält den Blick noch immer auf die Tischplatte gerichtet.

»Vor ein paar Jahren brannte bei uns eine Laube ab«, beginnt sie, »und dabei sind zwei Kaninchen umgekommen.«

»Na und?« fragt Schröter.

Lucie Wiegand hebt die Augen und sieht Schröter mit einem abwesenden Blick an. »Ich weiß genau, was Sie denken, Schröter«, sagt sie und nickt ganz langsam. »Nur zwei Kaninchen, was ist das schon! Ja, Sie haben sicher recht, nur zwei Kaninchen.«

»Sie hätten später sowieso ans Messer gemußt«, ergänzt Schröter. »Oder nicht?«

»Sicher«, bestätigt Lucie Wiegand, »und trotzdem griff es mir ans Herz, ich weinte sogar und konnte einige Nächte danach nicht in den Schlaf finden, immer wieder, wenn ich die abgebrannte Laube sah, überfiel mich ein Gefühl der Trauer. Aber jetzt« – sie schüttelt den Kopf –, »ich habe von den furchtbaren Luftangriffen auf Dresden gelesen, ich gehe durch die ausgebrannten Straßen von Berlin, aber nichts rührt sich mehr in mir, mein Herz flattert nicht vor Entsetzen, keine Träne steigt in meine Augen. Der Flammentod von zwei Kaninchen wühlte mich auf, das Massensterben von Menschen erschüttert mich nicht oder nicht mehr.«

»Zwischen dem Brand Ihrer Laube und dem Untergang unserer Städte liegen Denunziation und Ächtung, Gestapoverhöre und Konzentrationslager, Bombennächte und Schafottode«, sagt Dr. Böttcher langsam, »Ereignisse, die Ihre Empfindungsfähigkeit derart absorbiert haben, daß die Vernichtung von Menschen und Kulturwerten gerade wegen ihres unbeschreiblichen Ausmaßes nur noch einen flüchtigen Reflex in Ihnen hervorruft.«

»Ich bin davon überzeugt, Frau Wiegand«, fügt Gregor hinzu, »daß ein Einzelschicksal, herausgehoben aus der Masse der Erschlagenen und Verbrannten, auch heute noch Ihr Gefühl zu erreichen vermag, zum Massenschicksal, dem Gastod der Juden und Polen, dem Sterben auf den Schlachtfeldern, den Leiden der Zivilbevölkerung, finden wir allerdings nur mehr einen intellektuellen Kontakt.«

Dr. Böttcher wendet sich wieder dem Schachbrett zu, aber er blickt nicht auf die Figuren, sondern auf Lassehn. »Da fällt mir übrigens etwas ein, Lassehn. Sprachen Sie heute früh, als Sie vom Wasserholen kamen, nicht davon, daß Sie einen früheren Freund getroffen haben, der hier ganz in der Nähe eingesetzt ist?«

»Lassehn nickt. »Ja, ich wollte mit ihm einmal zu einer Aussprache zu Ihnen kommen, aber inzwischen hat sich soviel ereignet, und Sie sind ja inzwischen auch ausgebombt worden ...«

»Was ist denn das für ein Freund?« erkundigt sich Schröter.

»Er ist Oberleutnant in einer Nachrichten-Ersatz-Abteilung«, antwortet Lassehn.

»Und was macht er jetzt?« will Schröter wissen.

»Er hat ein Kommando drüben am Güterbahnhof«, erwidert Lassehn.

»Sei nur vorsichtig, Junge«, meint Klose, der dicht am Radiogerät sitzt, »wenn du reinrasselst, sind wir alle mit dran.«

»Da können Sie ganz beruhigt sein, Herr Klose«, sagt Lassehn, »der ist kein Nazi.«

»... aber Soldat!« sagt Schröter feindlich. »Und Offizier dazu!«

»Ruhe, Schröter, nicht gleich so hitzig«, beruhigt Dr. Böttcher. »Wir wollen den unbekannten jungen Mann, auch wenn er Offizier ist, nicht von vornherein ablehnen. Er ist in Ihrem Alter, Lassehn?«

Lassehn nickt bestätigend.

»Also so Anfang bis Mitte Zwanzig. Das sind die Jahrgänge, die die Nazis schon völlig unter ihrem Einfluß hatten, mit denen wir aber sehr rechnen und an die wir unter allen Umständen herankommen müssen.«

»Und warum das?« fragt Schröter.

»Weil sie eines Tages, wenn wir abtreten (und der Zeitpunkt ist gar nicht so sehr fern, weil wir ja sämtlich keine Jünglinge mehr sind), zur Führung berufen sein werden«, sagt Dr. Böttcher ernst. »Denn darüber sind wir uns doch wohl klar, daß unsere Parteien, wenn sie eines Tages, wie ich hoffe, wiederauferstehen, stark überaltert sein werden.«

»Aber die Arbeiterjugend ...«, beginnt Schröter.

»... ist genau so durch die nazistische Schule, die Hitler-Jugend und den Arbeitsdienst gegangen wie alle anderen Jugendlichen, und sie steht heute genau so wie diese in der Wehrmacht und in der ss«, fällt Dr. Böttcher rasch ein. »Die Arbeiterjugend ist genausowenig immun gewesen, wie die Gesamtheit der Arbeiterschaft es gewesen ist. Es gibt meiner Überzeugung nach nur eines, und das ist ein Generalpardon für die deutsche Jugend.«

»Sehr richtig!« sagt jetzt Gregor. »Es wäre ja auch ein Nonsens, die Jugend zu verdammen. Man kann nicht einfach eine ganze Generation aus dem Leben der Nation ausstreichen, sie von der Gestaltung ihrer eigenen Zukunft ausschließen. Wenn dieser unselige Krieg vorüber ist, wird es – im großen gesehen – unter der Jugend nur zwei Richtungen geben, die eine wird unbelehrbar und nach wie vor nationalsozialistisch gesinnt sein, die Fehlerquellen in technischen und militärischen Unzulänglichkeiten, nicht aber in der geistigen und politischen Sphäre suchen, die andere, wahrscheinlich größere, wird nihilistisch sein, geistig und politisch nomadisieren und vegetieren, weil ihr die Grundlagen für ihr bisheriges Dasein, ihren Glauben und ihre, nun, sagen wir ruhig, Weltanschauung, plötzlich entzogen worden sind. Es ist klar, daß wir nicht dabeistehen und die Jugend sich selbst überlassen können, wir dürfen sie aber auch nicht« – er spricht jetzt mit erhobener Stimme und wendet sich an Schröter – »mit fertigen Weltanschauungen, Programmen und Dogmen überfallen. Das hieße, jemanden, der Rechnen lernen soll, sogleich in die Differentialrechnung einzuführen, es würde die geistige Verwirrung nur vergrößern ...«

Schröter beugt sich weit vor. »Und welches Rezept schlagen Sie vor?«

Gregors ernstes, asketisches Gesicht belebt sich, eine leichte Röte steigt ihm in die hageren Wangen. »Das Rezept, wenn wir es so nennen wollen, verschreibe ich nicht der Jugend, sondern uns, es ist eine Mixtur von Unvoreingenommenheit und Nachsicht.«

»Und Kritik an uns selbst«, sagt Wiegand. »Jawohl, Schröter, du hast richtig verstanden, Kritik an uns selbst. Denn daß es so weit gekommen ist, daß die deutsche Jugend den braunen Verbrechern in die Hände fiel und ihre Irrlehren nicht erkannte, ist – wenn überhaupt von Schuld die Rede sein kann – nicht ihre, sondern die Schuld derer, die es zuließen.«

»Mea culpa, mea culpa, mea maxima culpa«, sagt Gregor feierlich. »Bringen Sie Ihren Freund, Lassehn.«

Lassehn erhebt sich und steht einen Augenblick unschlüssig mitten im Zimmer. »Ihre Auseinandersetzung mit Tolksdorff wird auch für mich sicher zahlreiche Fragen klären«, sagt er.

Als Lassehn gegangen ist, hängt das Schweigen wie eine dunkle Wolke im Zimmer.

»Hoffentlich habt ihr euch nicht zuviel zugemutet«, sagt Klose endlich und dreht an den Knöpfen des stromlosen Radioapparates. »Die heutige Jugend ist 'ne andere als die, die aus dem Krieg Vierzehnachtzehn zurückkam. Die waren zwar auch Soldaten, mit preußischem Drill und Gehorsam in den Knochen, aber sie hatten das Denken noch nicht verlernt, sie waren keine Automaten, und sie hätten auch nicht jeden Befehl stur ausgeführt. Aber die heutige Jugend ...« Er macht eine geringschätzige Handbewegung.

»Ja«, sagt Gregor aus seiner Ecke, »Sie haben recht, Klose, wir waren Soldaten, aber auch in der grauen Einheitskluft waren wir Individualitäten und blieben es, trotz des Unisonogebrülls der Unteroffiziere und unter der Kruste von Schlamm und Dreck, wir kehrten aus Frankreich, Polen und Mazedonien zwar als rauhe Frontkrieger zurück, aber wir stürzten uns wie Wölfe auf das bürgerliche Leben, um uns in Wissen, Kenntnisse und Erfahrungen hineinzuwühlen, einen Platz einzunehmen und auszufüllen, das wirkliche Leben, das wir noch nicht kennengelernt hatten, zu ertasten.«

»Die heutige Jugend dagegen glaubt«, sagt jetzt Dr. Böttcher, »schon in eine fertige Form gegossen zu sein, in der Gestalt des Kriegers den wahren Menschen zu sehen und nicht in das bürgerliche Leben hineinfinden zu müssen, sondern umgekehrt das bürgerliche Leben mit dem Landsknechtstum zu durchdringen.

Die Ehrfurcht vor der geistigen Leistung ist ihr ausexerziert worden, das geistige Athen gilt ihr nichts, der barbarische Bizeps Spartas alles.«

Das Schweigen, das sich vorübergehend aufgelichtet hat, sinkt wieder über die Männer herab, ab und zu sind Granateinschläge zu hören, durch die Tür dringt das Stöhnen verwundeter Soldaten und die scharfe, befehlende Stimme eines Arztes.

»Immer noch kein Strom«, murmelt Klose am Radioapparat.

»Mach doch deinen Detektor flott«, sagt Schröter, »auf Strom kannst du kaum noch rechnen.«

»Hast eigentlich recht«, sagt Klose, »aber dann ist es wohl besser, wir ziehen mit dem Kasten ins Hinterzimmer. Der Lauscher an der Wand ...« Er deutet mit dem Daumen auf die Verbindungstür.

Lucie Wiegand tritt ein und setzt ein Tablett mit Schnitten auf den Tisch.

»Kleine Stärkung, meine Herren«, sagt sie. »Bitte zuzulangen. Wo ist Lassehn?«

»Auf Kundschafterpfaden im feindlichen Wigwam«, sagt Klose und zieht seinen Stuhl an den Tisch.

»Bitte, einmal ohne Witze, Klose«, weist Lucie Wiegand ihn zurecht. »Wo ist Lassehn?«

Klose mustert sie lächelnd und wendet sich dann an Wiegand. »Paß nur auf, Fritz, deine Frau ist in den Joachim verliebt.«

»Lassen Sie doch den Unsinn«, sagt Lucie Wiegand ärgerlich. »Ich wollte, der Joachim wäre mein Sohn, statt ...« Sie spricht den Satz nicht zu Ende und wendet sich brüsk um.

Klose wirft einen schnellen Blick auf Wiegand, dessen Gesicht sich jäh verdüstert. Unversehens ist der Schatten Robert Wiegands wieder über sie hinweggestreift, aber schon überspringt Klose die Klippe mit einem derben Scherz. Sie beginnen zu essen, und als nach ein paar Minuten an der Wohnungstür geschlossen wird, ist der kurze Zwischenfall fast schon wieder vergessen.

Dann tritt Lassehn ein, ihm folgt ein Offizier in einer grauen Uniform, die den guten Maßschneider verrät, mit Feldmütze und schwarzen Reitstiefeln, die bestaubt und verschmutzt und sicher seit Tagen nicht von den Füßen gezogen sind. Lassehn versucht, mit ein paar verbindlichen Worten den Offizier vorzustellen, nennt Namen und macht ein paar hinweisende Handbewegungen, aber dann entsteht ein peinlich-verlegenes Schweigen.

Es ist in der Tat ein seltsames Zusammentreffen in diesem kleinen, dunklen Hinterzimmer einer Kneipe des Berliner Ostens. Da steht ein Oberleutnant der Wehrmacht mit den Eisernen Kreuzen I. und II. Klasse, dem Deutschen Kreuz in Gold, der Ostmedaille, dem Infanterie-Sturmabzeichen und dem Narvikschild, mit den Hoheitsabzeichen des Hitler-Reiches an Uniformjacke und Mütze, und da sitzen im Halbkreis ein Arbeiter, ein Gastwirt, ein Gewerkschaftssekretär, ein Arzt und ein Fremder, der Theologe sein soll, in ihren unscheinbaren, vertragenen Zivilanzügen, illegale Kämpfer gegen ebendiesen Staat, dessen Uniform der Offizier trägt, und zwischen ihnen stehen, gleichsam als Mittler, ein Musikstudent und eine Frau, beide den Illegalen zugehörig, aber auch gleichzeitig dem jungen Offizier aufgeschlossen.

Die Männer setzen der verbindlichen Miene des Offiziers ihre harten, abweisenden Gesichter entgegen, sie sitzen wie sprungbereit da.

»Bitte, nehmen Sie Platz«, sagt Dr. Böttcher schließlich mit einer Handbewegung.

Der Offizier setzt sich auf einen Stuhl in der Nähe des Fensters, nimmt die Mütze ab und läßt seinen Blick über die Gesichter gleiten. »Ich möchte Ihnen von vornherein die Versicherung geben, meine Herren«, sagt er mit etwas rauher Stimme, »daß ich als Privatperson hierhergekommen bin und alles, was auch gesprochen werden sollte, für mich behalten werde. Sie brauchen also in keiner Weise Weiterungen zu befürchten.«

Schröter gluckst ein paarmal in sich hinein. »Mein lieber Mann«, sagt er fast drohend, »wenn wir uns vom Gegenteil würden überzeugen müssen, Sie würden dieses Zimmer nicht lebend verlassen. Das ist die Versicherung, die ich abzugeben habe.«

Dr. Böttcher hebt begütigend die Hand. »Das ist keine gute Einleitung zu einer Aussprache«, sagt er. »Ich denke doch, wir sind hier auf freundschaftliche Weise zusammengekommen, nicht wahr?«

»Ich habe es so aufgefaßt«, sagt Lassehn, der unruhig am Tisch stehengeblieben ist.

»Ich ebenfalls«, sagt der Oberleutnant Tolksdorff und dreht die Mütze in den Händen, »ich darf wohl sagen, daß die Schärfe nicht von mir hereingetragen worden ist.«

»Sie sind durchaus im Recht«, sagt Dr. Böttcher, »betrachten Sie sich als Parlamentär, der mit verbundenen Augen in die Festung des Feindes geführt und sie ebenso wieder verlassen wird.«

Der Oberleutnant neigt den Kopf bejahend.

Dann ist wieder Schweigen im Zimmer, die Männer sitzen sich gegenüber wie Boxer in ihren Ringecken, die auf den Schlag des Gongs warten, lässig zurückgelehnt, aber doch mit der Schnellkraft einer gespannten Feder.

Es ist Lassehn, der den Gong schlägt.

»Als wir letzthin miteinander sprachen, Dietrich«, beginnt er, »da sagtest du, daß es nicht dahin kommen dürfte, daß Berlin Front würde, daß ihr gerade dafür kämpftet, daß nicht weitere Gebiete vom Kriege niedergewalzt würden. Habe ich deine Worte ungefähr richtig zitiert?«

Tolksdorff nickt. »Du hast recht, Joachim.«

»Du siehst«, fährt Lassehn fort, »daß jeder weitere Widerstand die Gegner nur vorübergehend aufgehalten, der Bevölkerung aber die Leiden des Krieges keineswegs erspart, sondern sie im Gegenteil vermehrt hat.«

Jetzt greift wieder Schröter in das Gespräch ein. »Welche Entschuldigung können Sie dafür vorbringen, Herr Oberleutnant«, fährt er auf ihn los, »daß Sie diesen sinnlosen Kampf noch fortsetzen?«

Tolksdorff wendet sich dem Kleinen zu. »Ich könnte mich auf den höheren Befehl berufen«, erwidert er, »aber ich vermag es nicht mehr. Ich habe, wenn auch spät, eingesehen, daß hinter den Befehlen, die uns erteilt werden, kein ordnender Wille mehr steht.«

»Hinter den Befehlen steht der satanische Wille zur Vernichtung«, sagt Gregor in seiner Ecke, seine Stimme klingt leise, als spräche er nur zu sich selbst, »der Wille zur Selbstvernichtung und der Zerstörung aller Ordnung, der eigene Untergang soll der Untergang des ganzen Volkes sein, das ist das einzige, worüber die Herren, die sich Regierung des Großdeutschen Reiches nennen, noch eifersüchtig wachen. Wenn sie die Möglichkeit besäßen, unseren Erdball auseinanderzusprengen, sie würden es mit heroischer Erlösergebärde tun.«

»Es ist ein Kampf mit der Hydra«, sagt der Oberleutnant.

»Halt«, sagt Dr. Böttcher lebhaft und hebt die Hand, »Sie verfälschen Ihre eigene Einsicht schon wieder, oder sie ist gar keine. Sie sehen, wie mir scheint, nur die militärische Aussichtslosigkeit.«

»In erster Linie«, bestätigt Tolksdorff.

»Mit dieser Einsicht ist aber zunächst schon viel gewonnen«, greift Wiegand ein.

»Und gebietet Ihnen da nicht Ihre sogenannte soldatische Ehre, den unsinnigen Kampf einzustellen, oder wird sie durch ein Harakiri ersetzt?« spricht Schröter dazwischen.

»Wir verlagern das Gespräch auf eine falsche Ebene«, sagt Dr. Böttcher. »Wenn Ihr Zweifel nur in der Einsicht in die militärische Aussichtslosigkeit des Krieges bestehen sollte, so ist, wie Wiegand eben schon richtig sagte, bereits viel gewonnen, aber wir sind damit noch nicht an den Kern der Dinge herangekommen. Sie müssen einsehen lernen, Oberleutnant Tolksdorff, daß es tatsächlich gelungen ist, Ihnen den Sinn für die Unterscheidung von Gut und Böse, Recht und Unrecht auszuexerzieren, daß damit ein elementarer Bestandteil Ihres moralischen Bewußtseins nicht nur ausgefallen, sondern geradezu ins Gegenteil verkehrt worden ist. Ich gestehe Ihnen gern den guten Glauben und die redliche Absicht zu. Sie wußten oder glaubten zu wissen, was gut und recht und edel ist, Sie waren begeistert und voll Vertrauen, aber heute ...« Tolksdorff blickt nachdenklich auf seine nervös ineinandergeflochtenen Hände.

»... und heute ist kein Vertrauen und keine Begeisterung mehr in mir, auch kein Glaube und erst recht kein Wissen um Gut und Böse, Recht und Unrecht.«

Gregor steht auf und blickt Tolksdorff ernst an. »Sie haben gute Augen, Oberleutnant Tolksdorff«, sagt er langsam, »und wenn Ihr Hirn auch betäubt war, Ihre Augen sind nicht blind gewesen, und Ihr Herz muß oft vor Entsetzen wild geschlagen haben. Ist Ihnen da nicht die Erkenntnis aufgegangen, daß Sie von verhängnisvoll falschen Voraussetzungen ausgegangen sind und daß das Gute böse und das Recht unrecht war?«

»Ja«, sagt Tolksdorff leise, »aber erst – und das ist vielleicht meine große Schuld –, aber erst im Zusammenhang mit dem militärischen Zusammenbruch habe ich dieser Einsicht nachgegeben.«

»So ist das«, sagt Schröter wütend, »hättet ihr gesiegt, dann wären euch Unrecht, Unterdrückung, Mord und Unfreiheit ganz egal gewesen, da hättet ihr euch gar nichts daraus gemacht, daß andere Völker ...«

Dr. Böttcher wehrt Schröters Rede mit beschwichtigender Handbewegung ab. »Was gedenken Sie zu tun, um die Konsequenzen aus dieser Einsicht zu ziehen?« wendet er sich an den Oberleutnant.

Tolksdorff sieht Wiegand an. »Ich sage ganz offen: nichts. Weil ich nicht weiß, was ich tun soll.«

»Sie werden also«, nimmt Wiegand die Antwort auf, »weiterhin alle Befehle befolgen, alle?«

»Ich werde versuchen, sie zu mildern, abzuschwächen oder sogar zu umgehen«, antwortet der Oberleutnant.

»... im übrigen aber ausführen, wenn Ihnen das nicht gelingen sollte«, sagt Wiegand. »Ist Ihnen nicht klar, Herr Oberleutnant, daß Sie, nachdem Sie diese Einsicht und Erkenntnis gewonnen haben, mitschuldig werden, daß man Ihnen nicht einmal mehr Fahrlässigkeit, geschweige denn Unwissenheit zugute halten kann? Ist Ihnen nicht klar, daß jede Minute weiteren Widerstandes die Leiden der Frauen und Kinder verlängert?«

Tolksdorff senkt unter der Wucht der Fragen den Kopf.

»Mann«, sagt Schröter und stößt seine Worte wie einen Widerhaken in die schwache Stelle des Gegners, »gehen Sie doch einmal hinein in die Bunker und Keller und fragen Sie die Frauen, ob sie noch länger verteidigt werden wollen! Sie werden Ihr blaues Wunder erleben, was Sie da zu hören bekommen! Es gibt schon lange ein geflügeltes Wort in Berlin, nämlich: Lieber einen Russen auf dem Bauch als ein Haus auf dem Kopf.«

Der Oberleutnant hebt wieder den Kopf. »Ich habe in den letzten Tagen genug erlebt«, sagt er, »die Leute nehmen ja kein Blatt mehr vor den Mund, allerdings nur dann, wenn keine braune Uniform oder kein Parteiabzeichen in der Nähe ist. Weshalb rotten sich nicht einmal ein paar tausend Frauen zusammen und ziehen zur Reichskanzlei oder zu Herrn Goebbels?«

»Ach nee«, sagt Schröter und macht eine böse Grimasse, »Sie haben ja 'ne leicht komische Auffassung, mein verehrter Herr Oberleutnant. Von den Frauen verlangen Sie diesen Mut, aber ihr Heldenjünglinge richtet in altbewährter Feigheit lieber die Waffen gegen den sogenannten äußeren Feind als gegen die Verbrecher im Minister- und Generalsrang. Es dünkt euch wohl leichter, dem Heldentod zu entgehen als den Klauen der Gestapo? Ihr habt doch die Waffen!«

»Ich kann Ihnen nicht widersprechen«, sagt Tolksdorff nachgiebig. »Aber ich bin auch nicht ohne Argument. Ich frage Sie daher mit gleicher Schärfe: Und wer hat die Rüstungsbetriebe in Gang gehalten? Haben die Arbeiter in den Werkstätten nicht auch Waffen in der Hand gehabt, Drehbänke, Fräsmaschinen, Walzwerke, Hochöfen, Fördersohlen, Lokomotivwerkstätten? Sind sie nicht ebenso verantwortlich für ...«

»Halt!« ruft Wiegand fast ein wenig erregt. »Ganz so ist es doch nicht! Sie, Herr Oberleutnant, und mit Ihnen alle Offiziere haben eine Verantwortung übernommen, und zwar freiwillig, die Arbeiter aber haben – trotz der unleugbaren Bedeutung ihrer Arbeit – weder eine Verantwortung, noch sind sie freiwillig in die Betriebe gegangen. Ja, wenn Sie sagen würden, der Werkmeister, der seine Arbeiter zu einem Hetztempo zwingt, der Ingenieur, der Produktionsverbesserungen ersinnt, der Betriebsobmann, der Säumige oder Nachlässige der Gestapo anzeigt, der Werkscharmann, der für die Erfassung auch des kleinsten Restes von Abfallmaterial sorgt, die sind mitschuldig und verantwortlich, wenn Sie das sagen würden, dann könnte ich Ihnen zustimmen.«

»Es ist falsch, nur die eine Seite der Schuld zu bezichtigen«, sagt Dr. Böttcher. »Wenn wir überhaupt die Schuldfrage erörtern wollen, dann möchte ich hier gleich meine Meinung sagen, und die lautet: das ganze deutsche Volk – ausgenommen den kleinen Kern der illegalen Kämpfer – ist schuldig, aus Fahrlässigkeit, aus Unwissenheit, aus Feigheit, aus typisch deutscher Nonchalance, aber auch aus Überheblichkeit, Gemeinheit, Habgier und Herrschsucht. Es ist ja nicht zu leugnen, daß seine Führer Deutsche sind, wenn auch teilweise recht eigentümlicher Art und seltsamer Herkunft, aus Lettland, aus Österreich, aus Argentinien, aus Ägypten, einen seiner Paladine hat der Führer sogar selbst als verkommenes homosexuelles Subjekt, einen anderen als verrückten Phantasten bezeichnet. Haben Sie sich die Leute schon einmal genau angesehen, für die Sie kämpfen oder gekämpft haben?«

»Diesen Rundkopf mit dem Chaplinbart, der die Mütze so tief über die Augen zieht, weil er niemanden ansehen kann«, fällt Wiegand ein, bevor Tolksdorff antworten kann, »die zynische, höhnische Fratze des Goebbels mit dem aufgepappten Lächeln, diesen feisten, aufgeschwemmten Sybariten mit der Aura des Volkstribunen, dieses glatte, nichtssagende Gesicht Himmlers mit den kalten Augen hinter den randlosen Augengläsern, diesen aufgedunsenen, völlig unzurechnungsfähigen Ley, von dem jedes Wort platteste Phrase ist, diese Kohorte reichseinheitlich plappernder Idioten, die mit byzantinischem Augenaufschlag um das einmalige Genie des Führers scharwenzeln?«

»Ich kämpfe für das deutsche Volk«, sagt der Oberleutnant und wirft die Lippen trotzig auf, »für nichts anderes.«

»Irrtum, Herr Oberleutnant«, sagt Gregor, »ich kann Ihnen diese Entschuldigung nicht zubilligen. Sie kämpfen für die Unterdrückung des eigenen Volkes und fremder Völker, für die Aufrechterhaltung der Konzentrationslager, für die Versorgung der Gaskammern mit minderrassigem Menschenabfall, für die Niedermetzelung der deutschen Kultur, für die Austreibung Gottes aus dem deutschen Geist, dafür kämpfen Sie!«

»Die Wehrmacht hat damit nichts zu tun!« sagt Tolksdorff verbissen. »Die Wehrmacht ist keine politische, sondern eine militärische Organisation.«

»Die Wehrmacht deckt den braunen Unflat mit ihrer grauen Uniform«, eifert Gregor. »Ich kann mich nicht entsinnen, daß die Wehrmacht je von Partei und Regierung abgerückt ist, abgesehen von jenen tapferen Männern, die am zwanzigsten Juli vierundvierzig eine Bombe in der Aktentasche im Hauptquartier des Herrn Hitler zurückließen, leider, anstatt sie ihm direkt zwischen die Zähne zu feuern, auch auf die Gefahr hin, selbst dabei in den Tod zu gehen. Ich kann daher keineswegs eine Differenzierung der Schuld zulassen.«

»Ich sehe den Irrweg, den wir gegangen sind, heute erschrekkend klar vor mir«, sagt der Oberleutnant leise und wendet den Blick zum Fenster hinaus, als münde der Weg gerade auf diesen düsteren Hof eines Berliner Hinterhauses, »aber es kann doch nicht alles umsonst gewesen sein, die Siege, die Entbehrungen und die Leiden in Eiseskälte und im Wüstenbrand, der Tod der vielen Kameraden, die amputierten Glieder ...«

»Nein, es ist nicht umsonst gewesen, lieber Freund«, sagt Dr. Böttcher, »so wie in der Materie nichts verlorengeht, sondern sich, ohne an Volumen einzubüßen, nur verwandelt, so ist auch das geschichtliche Geschehen, in diesem Falle also der Krieg und die damit verbundenen Opfer, ein Vorgang, der sich in geistige und politische Leistung umsetzt. Demokrit sagt: ›Nichts, was ist, kann zu nichts werden.‹ Die Opfer dieses Krieges sind zwar dem fürchterlichsten Moloch gebracht worden, der seit Erschaffung der Welt in Menschengestalt sichtbar geworden ist, aber sie werden, so hoffen wir, nicht umsonst gebracht worden sein, aus den Leibern der Toten und aus den Trümmern der Städte werden Erkenntnisse wachsen, die eine Wiederholung ein für allemal unmöglich machen werden.«

Der Oberleutnant wendet sich wieder ins Zimmer zurück. »Sie sind also der Meinung, Herr Doktor, daß es keine Kriege mehr geben wird?«

Dr. Böttcher lächelt ernst. »Ich bin der Meinung, daß es möglich ist, Kriege zu vermeiden oder zu verhindern.«

Tolksdorff schüttelt den Kopf. »Sphärenmusik, Herr Doktor, auch nach dem ersten Weltkrieg ist eine Welle ›Nie wieder Krieg‹ über die Erde gegangen, man hat einen Völkerbund gegründet und Nichtangriffspakte abgeschlossen. Und das Resultat?«

»Ein mißlungener Versuch besagt gar nichts«, entgegnet Dr. Böttcher, »und außerdem hat es in Deutschland leider sehr bald wieder eine ›Recht-bald-wieder-Krieg-Bewegung‹ gegeben. Die Niederlage von neunzehnhundertachtzehn war sehr bald nicht mehr Ergebnis einer bankrotten Politik, sie wurde nicht zum Anlaß einer Selbstbesinnung, o nein, Waffenstillstand und Friede waren vielmehr nur eine Atempause, um die geschlagenen Heere zu sammeln und neu zu formieren. So konnte es geschehen, daß man in Compiègne und Versailles nur zwei verlorene Schlachten, nicht mehr, sah, denen die große siegreiche Bataille folgen mußte, wenn die Ehre gerettet sein wollte. Sie sind zu jung, um zu wissen, was sich bereits vor neunzehnhundertdreiunddreißig in Deutschland abgespielt hat.«

»Das weiß ich allerdings nicht, oder ich kenne es nur in der amtlichen nationalsozialistischen Version, aber ich habe einen noch viel gewichtigeren Einwand gegen Ihre These, Herr Doktor«, sagt der Oberleutnant. »Seit es Menschen gibt, gibt es auch Kriege, und solange Menschen diesen elenden Planeten bevölkern, werden sich die Auseinandersetzungen zwischen ihnen in kriegerischen Formen vollziehen.«

»Das ist die Ideologie des ewigen Landsknechtes«, sagt Dr. Böttcher. »Sie, Herr Oberleutnant, sollten sich eigentlich zu schade sein, ihr anzuhängen. Zunächst einmal ist Ihre Behauptung durch nichts bewiesen, sie fußt auf der reinen Theorie von der Unveränderlichkeit des menschlichen Wesens. Da sich die Menschen und Völker und mithin auch die von ihnen gebildeten Staaten nicht wesentlich wandeln, müssen auch zwangsläufig ihre Beziehungen zueinander, von unbedeutenden Modifizierungen abgesehen, unveränderlich sein. Das etwa ist Ihre Auffassung, nicht wahr?«

»Sie haben es vortrefflich formuliert«, sagt der Oberleutnant.

Dr. Böttcher holt tief Atem. »Erbanlagen können dem Menschen wie dem Raubtier zwar nicht völlig aberzogen werden, es ist aber möglich, sie zu mildern, abzuschwächen, sogar zu kompensieren und schließlich verkümmern zu lassen. Es ist unmöglich, Herr Oberleutnant, daß Sie als vernunftbegabter Mensch annehmen können, daß sich Mannestugenden wie Mut, Treue und Ehrenhaftigkeit nur durch und im Kriege zu manifestieren vermögen, weil unser ziviles Leben, wie ihr Soldaten meint, nicht vielfältig genug ist und keine Gelegenheit bietet, sie zu beweisen. Aber ich wollte etwas anderes sagen. Ebenso wie man Erbanlagen oder, wenn wir einmal dieses Wort anwenden wollen, Urinstinkte mildern und abschwächen kann, ebenso vermag man sie natürlich auch anzustacheln und überdimensional großzuzüchten, und das hat man getan, indem man entweder, und das ist die philosophische Variante, den Mythos vom Frontsoldatentum und die Lehre von der Naturnotwendigkeit und Naturbedingtheit der Kriege erfunden und die Ursachen der Kriege damit letztlich in die Abstraktion verlegt hat, wo sie dem empirischen Denken entzogen sind, oder indem man auf ganz sinnfällige, grobschlächtige Weise den Primitiven mit der Aussicht auf Raub, Beute und zügelloses Leben lockte und lüstern machte.«

»Wollen Sie behaupten, Herr Doktor«, entgegnet Tolksdorff trotzig, daß die Wehrmacht zu einem Teil aus Irrealisten und zum anderen aus Räubern zusammengesetzt ist?«

»Das wäre allerdings überspitzt formuliert«, erwidert Dr. Böttcher ruhig. »Ich möchte es so ausdrücken: das Militärische ist in Deutschland – und das nicht erst seit Hitlers Tagen – immer die herrschende und beherrschende Lebensform gewesen, ihr hatte sich alles unterzuordnen. In keinem anderen Land der Erde hat es jemals eine solche Diskrepanz zwischen der sogenannten Staatsgesinnung und dem Weltgefühl ihrer großen Geister gegeben wie in Deutschland, und nirgendwo ist der humanistische Einfluß geringer gewesen, obwohl gerade aus unserer Mitte entscheidende Beiträge zum Humanismus geleistet worden sind.«

»Diese Entwicklung hat nun in unserem Dritten Reich die höchste Vollendung gefunden: das Militärische wurde zur einzig möglichen Lebensart erklärt«, meint Gregor und blickt den Oberleutnant fest an. »Zu dieser Ausschließlichkeit, der man vielleicht doch nicht ganz sicher war, fügte man noch die der Rasse, indem man unumwunden erklärte, daß eine hochwertige Rasse bei der Erfüllung ihrer angeblichen Sendung nicht an allgemein anerkannte Gebote der menschlichen Moral gebunden sei. Da es gegen diese vom Staat und der Partei dekretierten ›Wahrheiten‹ nichts gab, keine andere Meinung und erst recht keinen Widerspruch, so standen für Ihre Generation, Herr

Oberleutnant, die Ergebnisse des Denkens von vornherein fest. Sie wurde geschult und ausgerichtet, und man hat das in unerhörter Konsequenz tun können, weil man ihr jedes andere Denken unmöglich machte und sie aus- und abschloß von allen Philosophien, Geistesrichtungen und politischen Bestrebungen, die mit dem Nationalsozialismus nicht parallel liefen oder mit ihm nicht gleichgeschaltet werden konnten. Sind Sie sich darüber nie klargeworden?«

Der Oberleutnant verzieht das Gesicht zu einem gequälten Lächeln. »Klarheit, Herr Doktor ... Ach, es schien doch alles so klar, so eindeutig, man begeisterte uns, und jetzt liegt alles in Scherben vor uns.«

»Aber Sie erweisen jeder einzelnen Scherbe noch Ihre Reverenz«, sagt Schröter dazwischen.

»Und da jetzt das ganze riesige Gebäude dieser barbarischen Daseinsform, der sogenannten militärischen Weltanschauung, ins Wanken gerät, da bleibt Ihnen nur der Glaube an ein Wunder, das die Gesetze der Kausalität aufhebt«, fällt Wiegand ein.

Dr. Böttcher winkt heftig ab.

»Ich bin noch nicht fertig, Herrschaften. Ich möchte Sie, Herr Oberleutnant, zunächst mit einem anderen Beispiel ad absurdum führen, bevor ich auf Ihre Behauptung von der Naturnotwendigkeit der Kriege zurückkomme. Die Menschen früherer Jahrhunderte haben in der Pest ein unabänderliches Schicksal, eine Gottesgeißel, gesehen, sie ist es heute nicht mehr, man hat sie auf ein paar endemische Herde beschränken und wird sie mit der Zeit völlig beseitigen können.«

»Und zwar durch die Entdeckung ihres Erregers, die Verbesserung der sanitären und hygienischen Verhältnisse«, wirft Tolksdorff ein.

»Mit anderen Worten, durch wissenschaftliche Erkenntnisse«, sagt Dr. Böttcher. »Sie scheinen der Meinung zu sein, mein Herr Oberleutnant, daß Kriege ebenfalls wie unausweichbare Naturkatastrophen sind und sich daher der wissenschaftlichen Erkenntnis widersetzen. Naturkatastrophen, Erdbeben, Orkane, Wolkenbrüche, Sandstürme können wir allerdings nicht verhindern, weil sie außerhalb unserer Machtsphäre liegen, nicht in uns selbst begründet sind, Kriege aber haben – und das ist der entscheidende Unterschied – genau bestimmbare Ursachen. Wir können uns nicht darauf berufen, daß die Kräfte, die sie verursachen, der Atmosphäre oder der Erdrinde innewohnen. Kriege entstehen im Menschenhirn, nirgendwo anders. Alle Mystik ist fauler Zauber, den uns diejenigen vormachen, die aus Kriegen in irgendeiner Weise Nutzen ziehen. Ich möchte mich nicht auf ein Gespräch über erkenntnistheoretische Philosophie einlassen, es würde zu weit führen und vielleicht zu sehr den Charakter einer akademischen Auseinandersetzung annehmen.«

Der Oberleutnant blickt auf seine Armbanduhr. »Ich darf wohl bemerken, daß meine Zeit leider sehr bemessen ist. Es tut mir leid, daß wir derartige Gespräche gewissermaßen zwischen Tür und Angel führen müssen.«

»Ich kann Ihnen das alles nicht so erklären wie der Doktor«, kommt jetzt Schröter zu Wort, »meine Einstellung zu den Dingen ist beinahe eher eine gefühls- als eine verstandesmäßige, aber eines weiß ich genau: daß ich diesen Verbrechern niemals Gefolgschaft leisten würde.«

»Ich habe aber den Treueid auf den Führer geleistet«, sagt Tolksdorff. »Einen Eid kann man doch nicht einfach ablegen wie eine Zeitung, die man ausgelesen hat.«

Schröter lacht gellend auf. »Der Eid bindet Sie nicht, wenn das Ihre einzige Sorge und Ihr letzter Vorbehalt ist ...«

»Ich möchte bemerken«, widerspricht Tolksdorff, »daß ich diesen Eid freiwillig abgelegt habe.«

Schröter will wieder mit einer bissigen Bemerkung auf den Oberleutnant losfahren, doch diesmal verschafft sich Gregor mit einer herrischen Bewegung Gehör. »Zunächst ist dazu zu sagen, daß Sie den Eid auf einen Mann abgelegt haben, der Sie und das ganze deutsche Volk über seine wahren Absichten getäuscht hat, juristisch ausgedrückt: er ist Ihnen unter Vorspiegelung falscher Tatsachen abverlangt worden, ja, noch mehr, der Mann, auf den Sie Ihren Eid leisteten, ist gar nicht berechtigt gewesen, die Eidesleistung zu verlangen. Genügt Ihnen die juristische Auslegung oder sind Sie gottgläubig, daß Sie sich auch vor Gott an diesen Eid gebunden fühlen?«

Der Oberleutnant hebt die Schultern in matter Bewegung.

»Also lassen wir das beiseite«, fährt Gregor fort. »Der religiöse Inhalt einer solchen Eidesleistung ist in unserer Zeit ohnehin gleich Null, sie ist zu einer leeren Formel geworden und ihrer wirklichen Bedeutung völlig entkleidet, seitdem an die Stelle Gottes der Götzenkult des Führertums getreten ist. Tatsächlich hat ja ein Fahneneid auch nur staatsrechtliche Bedeutung, und da möchte ich Ihnen zu bedenken geben, daß der Mann, der von Ihnen unbedingte Erfüllung Ihres Treueides verlangt, ein Wortbrüchiger in ganz großem Maßstab ist, der feierliche Zusagen und Staatsverträge bedenkenlos bricht, wie andere Leute eine obenhin getroffene Verabredung nicht einhalten. Oder wie nennen Sie die Verletzung der Nichtangriffspakte mit der Sowjetunion, mit Dänemark und Jugoslawien, des Münchener Abkommens, seiner Zusagen über die Beachtung der Neutralität von Belgien und Holland, seine wiederholten Zusicherungen, keinerlei territoriale Ansprüche mehr zu haben? Es gibt noch zahlreiche weitere Beispiele, ich habe nur die markantesten genannt.«

Tolksdorff atmet schwer. »Ich bin so im traditionellen Denken befangen«, sagt er, »daß ich bei allen Ungeheuerlichkeiten immer noch nach Entschuldigungen suche, weil ich es nicht fassen kann, daß eine solche Spaltung zwischen Worten und Taten möglich ist.«

»Sie suchen auch zugleich Entschuldigungen für sich selbst«, sagt Dr. Böttcher. »Es ist sicher schwer, einzusehen, das Opfer von Verbrechern und Irrsinnigen und Sadisten geworden zu sein, solange sie noch Führer und Reichskanzler, Oberbefehlshaber des Heeres, Reichsmarschall, Reichsminister oder ähnliche Titel an ihre Namen heften. Wir zweifeln keineswegs an Ihrer persönlichen Ehrenhaftigkeit, Herr Oberleutnant, aber wenn wir auch weiterhin an sie glauben sollen, müssen Sie sich von diesem Gesindel distanzieren. Das sind Sie nicht zuletzt sich selber schuldig.«

Der Oberleutnant blickt starr in seine Mütze, ehe er die Augen wieder aufschlägt. »Aber was soll aus Deutschland werden, Herr Doktor? Es muß doch einen Ausweg geben. Wir sind doch Deutsche, und ich nehme an, daß auch Sie sich dem deutschen Volke zugehörig fühlen.«

»Weshalb sollte ich es nicht?« fragt Dr. Böttcher zurück. »Oder glauben Sie, daß wir die Niederlage Deutschlands in einer Art selbstmörderischem Sadismus wünschen? Es ist schmerzlich genug, erkennen zu müssen, daß der Weg in eine bessere Zukunft nur über die Niederwerfung des eigenen Volkes führt und daß es besser ist, auf Trümmern die Fahne des Rechtes und der Freiheit des Individuums aufzupflanzen, als die Vermassung des Menschen mit Blut und Eisen durch einen Sieg endgültig zu besiegeln. Wir sind uns der Widernatur unserer Situation durchaus bewußt, die darin besteht, daß uns der Erfolg der eigenen Heere mutlos macht und die der gegnerischen Armeen mit Hoffnung erfüllt, daß die Verwüstung der fremden Länder unseren Zorn erregt und die Zerstörungen im eigenen Lande die Gewißheit in uns erstehen läßt, daß unser Volk im Feuer der eigenen brennenden Häuser die falschen Götter verbrennen wird. Ich wage sogar zu behaupten, daß wir die wirklichen Patrioten sind.«

»Obwohl Sie die Niederlage Deutschlands wünschen?« fragt Tolksdorff.

»Nicht obwohl, sondern weil«, sagt Dr. Böttcher entschieden. »Sehen Sie, Herr Oberleutnant, wir rühren hier an den Kernpunkt des Problems. Es ist dem Braunauer und seinen Wortführern tatsächlich gelungen, den Nationalsozialismus mit dem Deutschtum zu identifizieren und das deutsche Volk in seine eigene Schuld zu verstricken, es zum willenlosen Instrument seiner barbarischen Herrschgelüste zu machen und schließlich alle seine verbrecherischen Taten im Namen und leider auch mit der Unterstützung des deutschen Volkes zu begehen, daß hieraus ein Komplizentum auf Gedeih und Verderben entstanden ist. Hierdurch ist eine Unteilbarkeit der Schuld, juristisch ausgedrückt: eine Mittäterschaft, entstanden, und aus ihr erwächst die Angst vor der angeblich alttestamentarischen Rache der Gegner, die die Goebbelssche Propaganda durch gefälschte Zitate und frei erfundene Berichte in den grellsten Farben schildert, Genickschuß, Deportation, Sklavendasein, Ausrottung, Sterilisierung und dergleichen mehr. Hier haben Sie die wahre Erklärung für die sogenannte Gefolgschaftstreue des deutschen Volkes.«

»Es ist furchtbar, das einsehen zu müssen«, sagt Tolksdorff. »Ich muß zugeben, daß es eine Zeit gab, in der ich Deutschland und Nationalsozialismus tatsächlich für Synonyme hielt. Es schien mir so natürlich, daß es außerhalb jeder Diskussion stand ...«

»Wie alles außerhalb der Diskussion stand, was amtlich verlautbart wurde«, fällt Dr. Böttcher ein, »ob es eine Führerrede oder ein Artikel von Goebbels, ein PK-Bericht oder der Befehl irgendeines kleinen braunen Bonzen, ein Gedicht von Schirach oder ein staatspolitisch wertvoller Film von Harlan war, das alles stand selbstherrlich wie ein Wort Gottes außerhalb jeder Kritik, es waren weder Zweifel noch Gegenmeinungen möglich, der Führer und seine Lakaien waren das Maß aller Dinge, Aber ich habe Sie unterbrochen, entschuldigen Sie schon, doch es ist unmöglich, dabei ruhig zu bleiben.«

»Aber natürlich bin ich nicht blind gewesen«, fährt der Oberleutnant fort, »die Kluft zwischen Deutschtum und Nationalsozialismus wurde mir bald offenbar, aber dann flüchtete ich mich in eine andere Auslegung, und sie hat mir eigentlich bis heute angehaftet, ich glaube, daß auch hierin ein Grund für die von Ihnen erwähnte Gefolgschaftstreue zu suchen ist: als Deutsche müssen wir diesen Krieg gewinnen, das wurde allerdings mit dem kleinen Vorbehalt gedacht, daß man sich als Mensch davor beinahe fürchte.«

»Das ist eine weitverbreitete Anschauung«, sagt Dr. Böttcher, »aber sie ist leicht zu widerlegen. Wie kann es eine Divergenz zwischen deutsch und menschlich geben? Da ist irgend etwas nicht in Ordnung, mein Freund. Wenn deutsch nicht zugleich menschlich ist, wenn ich von meiner Menschlichkeit erst das Deutschtum subtrahieren muß, dann allerdings will ich kein Deutscher mehr sein. Aber deutsch ist immer menschlich gewesen, Dürer, Beethoven, Kant, Goethe, Leibniz sind in all ihren Werken deutsch *und* weltumfassend zugleich gewesen, es gab keine Differenz zwischen ihrer Volkszugehörigkeit und ihrem Kosmopolitentum. Oder glauben Sie, daß Beethoven, wenn er heute lebte, den Schlußsatz seiner Neunten so geschrieben hätte:

Seid umschlungen, Millionen deutschblütiger Abstammung? Nein, der Kuß galt der ganzen Welt, und das soll es heute nicht mehr geben dürfen? Alle Ihre Vorbehalte, Herr Oberleutnant, sind taube Nüsse gewesen, Sie hätten es schon am hohlen Klang erkennen müssen.«

»Ich bin Ihrer Dialektik nicht gewachsen«, sagt der Oberleutnant. »Sie können die Wahrheit nicht länger übersehen, das ist es«, sagt Gregor. »Weshalb zögern Sie noch, sie anzuerkennen? Es gibt nichts mehr zu entschuldigen und zu verteidigen, aber« – Gregor steht und schleudert seine Worte gleichsam ins Zimmer – »Sie haben noch eine Möglichkeit, sich vor Ihrem Gewissen zu entlasten, nämlich durch eine männliche Tat Unheil zu verhüten.«

»Welches Unheil und wo?« fragt Tolksdorff und erhebt sich. »Ich bin bereit.«

»Irgendein Unheil, ich weiß nicht welches«, antwortet Gregor, »aber es wird sich unschwer eine Gelegenheit finden lassen.«

»Benachrichtigen Sie uns, die wir hier gleichsam auf einer Insel leben, wenn uns Gefahr droht«, sagt Wiegand.

»Ich will das gern tun«, sagt der Oberleutnant, »aber welche Gefahr meinen Sie denn? Wenn die Russen kommen?«

»Ich fürchte die Russen nicht«, sagt Wiegand klar, »die Russen kommen zu mir und zu uns allen als Befreier, Gefahr droht uns nur von unseren sogenannten Volksgenossen, von der Feldpolizei und der SS.«

Der Oberleutnant nimmt die Antwort mit einem Nicken zur Kenntnis. »Aber jetzt will ich gehen.«

»Augenblick noch!« ruft Klose. »Verraten Sie uns doch rasch ein paar militärische Geheimnisse.«

»Wie meinen Sie das?« fragt der Oberleutnant überrascht.

»Ich meine den heutigen Wehrmachtsbericht«, erwidert Klose und klopft gegen den Radioapparat. »Goebbels' Schatzkästlein hat wieder einmal keinen Strom.«

»Da ist nicht viel zu berichten«, sagt Tolksdorff und holt den ›Angriff‹ aus der Tasche.

»Immer noch der alte Stiebel«, sagt Klose, als er in die Zeitung blickt. »OKW, wie klein ist dein Wortschatz. Hört zu, deutsche Männer und Frauen.

›Die Schlacht um die Reichshauptstadt ist in voller Heftigkeit entbrannt. Südlich der Stadt fingen unsere Truppen starke Panzerkräfte der Bolschewisten auf der Linie Beelitz–Trebbin–Teltow–Dahlewitz auf. Der verlorengegangene Bahnhof Köpenick wurde im Gegenstoß wieder genommen, ein feindlicher Einbruch längs der Prenzlauer Allee abgeriegelt.‹

Die Schlacht um Berlin steht demnach durchaus günstig. Angriff aufgefangen, Angriff abgeriegelt, im Gegenstoß wieder genommen, mein Liebchen, was willst du noch mehr? Noch ein paar Tage weiter, dann heißt es: Bolschewistischer Vorstoß in der ersten Etage der Reichskanzlei aufgehalten, der zweite Stock befindet sich fest in unserer Hand, um die Herrentoilette im Parterre wird noch erbittert gerungen.«

Trotz des Ernstes der Situation müssen alle lachen.

»Lies weiter«, sagt Wiegand, »die anderen Fronten sind ebenfalls von Interesse.«

»Die anderen sind auch nicht faul«, liest Klose weiter.

»Zwischen Dessau und Eilenburg haben unsere Truppen nach schweren Kämpfen neue Sicherungslinien auf dem Ostufer der Mulde aufgebaut.

Aus der fränkischen Alb und nordöstlich davon dringen einzelne amerikanische Panzergruppen nach Osten vor. Panzerspitzen überschritten die Naab bei Weiden. Im württembergisch-bayerischen Raum hat sich die Lage gestern verschärft. Überlegene Panzerkräfte der 7. amerikanischen Armee und gaullistische Verbände haben unsere Front nach heftigen Kämpfen an mehreren Abschnitten aufgerissen und im Vorstoß nach Süden die Donau zwischen Dillingen und Donaueschingen an einigen Stellen erreicht. Die Abwehrschlacht in Italien nimmt unter schwersten, für beide Seiten verlustreichen Kämpfen ihren Fortgang. Während der Feind im ligurischen Küstenabschnitt und im westetruskischen Apennin nach mehreren Kilometern Bodengewinn aufgefangen wurde, erzielten überlegene feindliche Kräfte im Abschnitt Bologna mehrere tiefe Einbrüche, die erst beiderseits Modena und nördlich Bologna abgeriegelt werden konnten. Auch zwischen Bologna und dem Comacchio-See gelang es dem Feind mit stark zusammengefaßten Kräften unter stärkstem Artillerie- und Fliegereinsatz an mehreren Stellen, in unser Hauptkampffeld einzubrechen.«

»Am achten November achtzehn hat Hindenburg, der zum Nationalheros erhobene Feldherr, von der kaiserlichen Regierung Waffenstillstandsverhandlungen um jeden Preis verlangt, obwohl seine Heere noch tief in Feindesland standen«, sagt Gregor, »er hatte als verantwortungsbewußter Soldat, wenn auch zu spät, eingesehen, daß der Krieg verloren war, und daraus die einzig mögliche Konsequenz gezogen. Unsere famosen Generale fechten unter der Fuchtel eines unzurechnungsfähigen Hysterikers noch immer weiter, sie sind schamlos genug, ihre Verantwortungslosigkeit als Tapferkeit und ihre feige Schwäche für unerschütterlichen Willen auszugeben. Wenn auch nur ein Funken von Ehrgefühl noch in Ihnen ist, Herr Oberleutnant, dann machen Sie Schluß!«

XII

24. April

Die Nacht vom 23. zum 24. April verläuft ruhig. Das Artilleriefeuer ist gegen Abend erlahmt, hin und wieder zuckt noch ein Abschuß, ein Einschlag, ein dumpfes Echo auf, Nachzügler wie die letzten Raketen eines verlöschenden Feuerwerks, da und dort fällt noch ein Schuß in die Stille hinein wie ein Stein ins Wasser, dann ist der Abend herabgesunken. Flieger sind auffallend wenig über der Stadt, nur ab und zu surrt ein Motor und empfängt als Echo das kurze Knattern eines leichten Flakgeschützes, das die glühenden Schnüre seiner Leuchtspurgeschosse in den dunklen Himmel jagt. Für Minuten wird die Stille durch das monotone Knarren von Panzerfahrzeugen oder das dumpfe Trappeln von Pferdehufen durchbrochen, aber diese Geräusche gehen in der Nacht unter, sie sprühen auf und verlöschen.

Als das Licht des neuen Tages durchdringt, wird die Stille durch eine ungeheure Kanonade zerrissen. Es ist 5 Uhr 15 Minuten: das Trommelfeuer der rings um Berlin in den Vororten aufgefahrenen russischen Artillerie hat begonnen. Wie ein Höllengewitter toben die Salvengeschütze los und wühlen wie mit Polypenarmen in den Straßen und Häusern, Granatwerfer nehmen Nahziele unter Beschuß, die sowjetische Luftwaffe fliegt Einsatz um Einsatz, Bombenflugzeuge werfen ihre Lasten ab, Tiefflieger stürzen sich auf die Nachschubkolonnen, die in den Straßen fest eingekeilt sind und nicht ausweichen können. Das Trommelfeuer dauert 45 Minuten, dann treten die russischen Infanterie- und Panzerverbände zum Angriff an. Vom Süden her überschreiten sie den Teltow-Kanal und dringen in Neukölln, Britz, Lichterfelde, Zehlendorf und Neubabelsberg ein, von Tegel und Reinickendorf stoßen Panzerverbände bis zum Wedding vor und stoppen ihren Vormarsch erst am Nordhafen und an der Ringbahn in unmittelbarer Nähe des Lehrter Bahnhofes, andere Panzerverbände dringen von Norden her durch den Tegeler Forst und über die Jungfernheide an den Spandauer Schiffahrtskanal vor, überschreiten ihn trotz der Sprengung aller Brücken und dringen in Siemensstadt ein, um Fürstenbrunn, zwischen Westend und Spandau, entbrennt ein heftiger Kampf, ebenso um den Damm der Stichbahn nach Gartenfeld. Im Nordosten und Osten der Stadt sind die russischen Verbände bis zur großen Kreuzung Elbinger, Petersburger Straße und Landsberger Allee vorgedrungen und erreichen die Ränder des Friedrichshains, sie ziehen überall sofort Artillerie nach und legen die Innenstadt unter ununterbrochenen Beschuß. Sobald irgendwo eine Bresche geschlagen ist, rollen die Panzer mit aufgesessener Infanterie vor.

Der Kampf ist von unterschiedlicher Dauer und Härte. Während im Süden der Stadt schwacher Widerstand geleistet wird und die wenigen hier eingesetzten Volkssturmeinheiten es vorziehen, sich ihrer Uniformen oder uniformähnlichen Bekleidungsstücke zu entledigen, leisten ss-Verbände, die als einzige Einheiten ausreichend und gut bewaffnet sind, erbitterten Widerstand und reißen Wehrmachts- und Volkssturmverbände mit in den mörderischen Kampf. In Siemensstadt und Zehlendorf kämpfen Polizeiverbände gänzlich isoliert und völlig unzureichend ausgerüstet, sie sind zum Teil nur mit alten italienischen Karabinern bewaffnet, für die griechische Munition ausgegeben wurde.

Die Kriegführung der Verteidiger Berlins beweist, daß eine Welle von Raserei und Vernichtungswillen ihr Handeln diktiert. Schonungslos wird das eigene Artilleriefeuer auf die Wohnstätten der Bevölkerung gelegt, bombardieren deutsche Flugzeuge ihre eigene Stadt, werden Brücken, Fabriken, Transformatorenstationen, Tunnels, Gasometer, Wasserwerke gesprengt. Die Männer des vierten Volkssturmaufgebotes, Tuberkulöse, Asthmatiker, Herzkranke, Epileptiker, Prothesenträger, Diabetiker, werden von zurückgehenden ss-Verbänden und Feldpolizei rücksichtslos mitgeschleppt, Frauen, Greise und Kinder bei Beschuß zum Bau neuer Panzersperren gezwungen. Die Stadt ist gestopft voll mit Menschen. In der durch Luftangriffe um 40 Prozent verringerten Wohnfläche leben noch immer fast drei Millionen Menschen, darunter über achthunderttausend Ausländer, die Keller, Bunker und unterirdischen Bahnhöfe quellen über, aber trotzdem wird der Kampf erbarmungslos fortgesetzt.

Als der Friedrichshain Kampfgebiet und die Schultheiss-Patzenhofer-Brauerei in der Landsberger Allee Ecke Tilsiter Straße verteidigt wird, wird – um das Leben der Zivilbevölkerung zu schonen – von den Russen die Räumung des Viertels zwischen Friedrichshain und Zentralviehhof befohlen. Tausende entsteigen den dunklen Katakomben, über den brennenden, rauchenden, eingestürzten Straßen wölbt sich ein klarblauer Himmel mit heller, warmer Frühlingssonne, aber die Menschen sehen sie nicht, noch nicht, noch beizt ihnen der Rauch und der Qualm die übermüdeten, entzündeten Augen, noch sind sie zu sehr damit beschäftigt, in wenigen Minuten ein paar Habseligkeiten zusammenzuraffen, denn es ist ungewiß, ob sie in ihre Wohnungen werden zurückkehren können, ob nicht die Granaten der deutschen Artillerie oder die Bomben der deutschen Flugzeuge jetzt das in Trümmer legen werden, was die Waffen des Feindes bisher verschont haben. Es sind keine Kostbarkeiten, die unter dem Dröhnen der Geschütze und den anfeuernden Rufen der russischen Soldaten zusammengesucht werden, Betten, Koffer, Lebensmittel, Haushaltsgerät, denn in diesem Teil der Stadt wohnt ein zwar arbeitsames, aber armes Volk, Arbeiter, Angestellte, subalterne Beamte, kleine Geschäftsleute, Rentner, Invaliden.

Durch die Landsberger Allee und Landsberger Chaussee zieht der endlose Zug der Flüchtlinge ostwärts nach Marzahn, Hönow und Alt-Landsberg, mit Kinderwagen, kleinen Transportkarren, Leiterwagen, Greise und Greisinnen an Stöcken, Beinamputierte in Selbstfahrern, Kinder auf den Armen und an den Händen der Mütter, abgezehrte, verhärmte, übermüdete Menschen, ausgebrannt von Angst, geschüttelt von Entsetzen, aber bewegt von dem Willen zum Leben. Sie alle begeben sich in den Schutz der russischen Etappe, um sich vor den Granaten ihrer eigenen Landsleute in Sicherheit zu bringen.

Als sie aus der Enge ihrer Straßen heraustreten in die Weite der

Ausfallstraße, da bricht in ihren Herzen auch Hoffnung auf, nicht sehnsüchtig und gläubig, sondern gierig und lodernd wie ein brennender Durst, denn jetzt erst bemerken sie den klarblauen Himmel, der sich wolkenlos über der gemarterten, geschändeten Stadt wölbt, die helle Sonne, die die erkalteten Sinne belebt, das erste zarte Grün an den Bäumen und Sträuchern und das leuchtende Weiß der Kirschblüten, Bombennächte, Feuerkämpfe, Gestapoterror bleiben hinter ihnen zurück, es ist, als entstiegen sie gleichsam den fremden Schatten, die sich solange fest an sie geheftet haben. Vor ihnen liegt noch die Ungewißheit, aber sie wiegt nicht mehr so schwer, denn sie haben das kostbarste Gut und den einzig wirklichen verlierbaren Besitz, das Leben, aus dem Dunkel und der Enge der Keller in den neuen Tag herausgehoben. Sie ahnen nicht, daß ihre Habseligkeiten und ihre Frauen Beute der Sieger werden.

Die Landsberger Chaussee ist eine breite Straße, sie stößt zwischen Lauben, Gärten, Feldern und Neubausiedlungen aus der Enge der Stadt ins offene Land hinaus. Nicht nur die Flüchtlinge sind auf ihr, auf der nördlichen Straßenseite rollt der Nachschub der russischen Armeen stadteinwärts, Panzer mit aufgesessener Infanterie, Lastautos, Kübelwagen, Sanitätswagen, Geschütze, Pferdegespanne, Pferdegespanne, Pferdegespanne, lange, flache Bauernwagen mit stämmigen, zottigen, kleinen Pferden unter der Duga, dem Rundjoch. So wälzen sich zwei Ströme durch die Landsberger Chaussee, ostwärts die Frauen, Greise und Kinder des geschlagenen, westwärts die Söhne des siegreichen Volkes.

Da tönt von irgendwo, noch von weit her, ein Brummen, es klingt, als sei ein Schwarm von Bienen unterwegs, aber das Geräusch schwillt unheimlich schnell an, wird zum Dröhnen und Donnern. Die Menschen auf der Straße blicken verwundert auf den anfliegenden Verband, zehn, zwölf, fünfzehn, zwanzig Maschinen scheinen es zu sein, sie halten geraden Kurs auf die Straße ... Russische Flugzeuge, die vom Fronteinsatz zurückkehren? Nein, das sind deutsche Maschinen vom Typ Ju 87, sie wachsen riesengroß heran, die schwarzen Kreuze auf den Tragflächen sind schon zu erkennen. Die Flüchtlinge ziehen unbekümmert weiter. Was haben sie von deutschen Flugzeugen zu befürchten? Da geschieht das Unerwartete, Unwahrscheinliche, Unglaubliche – die deutschen Sturzkampfflugzeuge stürzen sich mit aufheulenden Motoren auf den Nachschub der Russen, es kümmert sie nicht, daß auf der gleichen Straße Zehntausende von deutschen Menschen in die Zone des Hinterlandes ziehen. Das Angriffsziel wird befehlsgemäß angeflogen und bombardiert. Immer wieder stürzen sich die Stukas auf die Straße, ziehen die Maschinen singend in die Höhe und stoßen wieder wie gierige Raubvögel herab. Als sie abfliegen, bleiben an den Rändern der Landsberger Chaussee Hunderte von Toten und Verletzten zurück, deutsche Menschen, niedergemetzelt von deutschen Fliegern mit deutschen Bomben und deutschen Bordkanonen.

Da, wo sich im Süden der Stadt der Kottbusser Damm breit zum Hermannplatz öffnet und sechs wichtige Straßen sich vereinen, erhebt sich das modernste und schönste Warenhaus Deutschlands, das Karstadt-Gebäude, aus schweren Quadern, Stahl und Beton wie für Jahrtausende gefügt, sieben Stockwerke hoch, mit zwei Türmen deren Spitzen 78 Meter über dem Straßenniveau liegen und von denen früher blaues Licht weithin über die Stadt leuchtete. Das Riesenhaus dient nicht mehr seinem ursprünglichen Zweck, der allgemeine Warenmangel hat den größten Teil der Verkaufsräume schon längst veröden lassen, die Mehrzahl der Stockwerke werden von der Wehrmacht als Lagerräume benutzt, und seit der russische Angriff von Süden her auf den Teltow-Kanal zugestoßen ist, befinden sich hier Wehrmachtsgefechtsstäbe und die Artillerie-Beobachtungsstelle der Batterien des Jahnparkes an der Hasenheide, bis die SS-Division ›Nordland‹ von dem Gebäude Besitz nimmt. Sie beginnt sofort mit dem Abtransport der umfangreichen Lebensmittelvorräte, ununterbrochen rollen die Lastwagen. So wie man einem Hund einen Bissen zuwirft, wie sich die Reisenden eines Luxusdampfers damit vergnügen, Eingeborene im Hafen von Alexandrien oder Colombo nach Münzen tauchen zu lassen, so schleudern die SS-Leute hin und wieder eine Konservendose, eine Fleischbüchse, eine Kekspackung unter die Zuschauer, und um die Brocken entsteht ein wildes Wettrennen. Auf dem Hof und in den Lagerkellern werden einige Bestände zurückgelassen und mit zynischer Gelassenheit ›freigegeben‹, der Versuch einer geordneten Verteilung wird nicht unternommen. Ein wütendes Handgemenge entsteht inmitten des schweren Artillerie- und Granatwerferfeuers, Menschen werden niedergetreten und buchstäblich in Lebensmitteln erstickt, man steigt über Tote und Verletzte, watet in Mehl und Zucker, fällt über Milch- und Fleischbüchsen her, viele brechen unter den errafften Mengen zusammen, röcheln und keuchen über ihrer Beute, unfähig, sich wieder zu erheben, werden rücksichtslos überrannt. Plötzlich ist die SS wieder da und schießt blindlings zwischen die Plünderer, die sie selbst herbeigerufen hat.

Unterdessen hocken im Keller des Gebäudes angstgeschüttelt über fünfhundert Frauen und Kinder, sie haben hier Zuflucht gesucht, denn die Luftschutzräume des Karstadt-Hauses gelten als der sicherste Schutzraum Neuköllns, tief unter der Erde und mit einem massiven Betonklotz darüber. Als das Granatwerfer- und Artilleriefeuer sich verstärkt und die russischen Panzer schon in der Hermannstraße rollen, legt die SS Zündschnüre und verteilt Benzinkanister in den einzelnen Stockwerken und Gebäudeteilen, Sprengladungen in den Kellern. Eine Warnung ergeht nicht, weder an die Schutzsuchenden im Keller noch an die Bewohner der umliegenden Häuser. Der Wille zur völligen Vernichtung aller Werte, der länderweite Strecken verwüstete, Warschau in Trümmer legte und die englischen Städte von der Landkarte auszuradieren gewillt war, macht in seiner verbrecherischen Konsequenz auch vor der eigenen Hauptstadt nicht halt. Plötzlich brennt das zweite Stockwerk im Trakt Urbanstraße, mit rasender Schnelligkeit springt das Feuer von Stockwerk zu Stockwerk, zischen die Benzinkanister auf, sprühen die Flammen wie von Werfern geschleudert, die Fensterscheiben platzen und klirren, die Zwischenwände geben nach. Zuerst wird die Hauptfront am Hermannplatz, dann der Trakt an der Hasenheide ergriffen, und schließlich brennt das ganze riesige Gebäude von den Kellern bis zu den Türmen wie eine lodernde Fackel. Die Eisenträger glühen und geben nach, in kurzen Abständen bersten Explosionen in den Kellern, in das Knattern und Knistern der Flammen mischen sich die Abschüsse der Artillerie und das

Rattern der Maschinengewehre. Die Frauen und Kinder in den Schutzräumen, fast schon vollständig von den Feuern eingekreist, werden von ein paar beherzten Männern des zivilen Luftschutzes aus den Kellern geholt und unter ständigem Beschuß in den Tunnel der Untergrundbahn gebracht. Wenig später brechen die Decken und Mauern ein, das große, stolze Gebäude stürzt wie ein gefällter Riese der Urzeit in sich zusammen, ein glühender, qualmender Haufen von Schutt, Eisen und Glas.

Die Nord-Süd-Linie der S-Bahn, Querverbindung zwischen den Scheitelpunkten des Nord- und Südbogens der Ringbahn, steigt kurz hinter dem Bahnhof Humboldthain in die Erde hinunter, läuft mit dem Stettiner Bahnhof und den Bahnhöfen Friedrichstraße und Potsdamer Platz unterirdisch unter Straßen, Plätzen und Häusern und taucht erst kurz hinter dem Anhalter Bahnhof wieder an die Oberfläche. Etwa hundertfünfzig Meter hinter dem Anhalter Bahnhof, kurz bevor sich die Strecke in zwei Linien gabelt und zu den Bahnhöfen Großgörschenstraße und Yorckstraße aufsteigt, unterfährt die Bahn zwischen Schöneberger und Möckernbrücke den Landwehrkanal. Es ist die neuralgische Stelle des fünf Kilometer langen Tunnels; sie ist durch den Einbau einer großen Schottenkammer gegen Wassereinbruch gesichert.

Der Bau dieser Strecke, lange vorher schon geplant, wurde vom Dritten Reich als Reklameunternehmen aufgezogen und hatte schon damals in der gerade in Hermann-Göring-Straße umbenannten Budapester Straße zahlreiche Tote unter den Arbeitern gefordert, sie wurden von abrutschenden Sandmassen verschüttet und herabstürzenden Balken erschlagen und waren, als auch das prunkvolle Staatsbegräbnis und die salbungsvolle Rede des gerade zum Führer und Reichskanzler erhobenen Individuums aus dem Wiener Obdachlosenasyl nicht verwischen konnten, Opfer der ungenügenden Vorbereitung und überstürzten Ausführung des Baues und einer ungehemmten Prestigesucht geworden. Zwölf Jahre später sind es die gleichen Kreaturen, diesmal nicht im braunen Dreß der Partei, sondern in den feldgrauen Uniformen der Waffen-ss, die Hand an ihr eigenes

Werk legen. Was damals vielleicht Unzulänglichkeit und Fahrlässigkeit, geboren aus parvenühaftem Minderwertigkeitskomplex, war, ist diesmal ein blutiges Verbrechen.

In jenen Tagen des April sind die Bahnsteige und Schalterräume des Anhalter Bahnhofes in ein Heerlager von Menschen verwandelt, in Nischen und Winkeln stehen Frauen, Kinder, Greise eng gedrängt oder sitzen auf kleinen Klappstühlen, diesmal nicht für die paar Stunden eines Fliegerangriffs, sondern schon seit den Tagen des Kampfes um Berlin. Die Herzen trommeln, die Augen flackern, die Gesichter sind angstzerfurcht, denn oben tobt die Schlacht, brüllen die Kanonen, bellen die Minenwerfer, peitschen die Salven der Maschinengewehre, Einschlag auf Einschlag erschüttert die Tunneldecke, Kalkstaub rieselt herab, Einstürze poltern dumpf, Staubwolken decken die Eingänge zu, Pulvergeruch und Rauchschwaden wälzen sich die Treppen hinunter. Die Menschen verharren atemlos, jeder ist in sich selbst zurückgedrängt, allein inmitten der Menge.

Dann wird ein langer Zug von der Anhalt-Dresdner Bahn langsam in den Bahnhof hineingeschoben, er besteht nicht aus rotgrün-gelb gestrichenen S-Bahnwagen, sondern aus schwarzgrauen Eisenbahnwagen mit grüngelbem Tarnanstrich und roten Kreuzen auf weißem Grund, ein Lazarettzug, der vom offenen Gleis in die Sicherheit des Tunnels geleitet wird. Obwohl der Kampflärm immer mehr anschwillt und die Einschläge den Eingang fast verschütten, atmen die Menschen doch beinahe befreit auf: der Tunnel, die Bahnsteige sind anscheinend besonders sicher, denn wenn ein Lazarettzug mit vielen Verwundeten, die an ihre Betten gefesselt sind, hierhergebracht wird …

Stunde um Stunde verrinnt, eine Minute wie die andere treibt trostlos trübe vorbei. Der Kampflärm, der für eine kurze Spanne Zeit weniger aufdringlich gewesen ist, schwillt wieder an, die Einschläge trommeln wie Hagelschlag auf die Straße, aber die Tunneldecke hält. Aber da erscheint SS, räumt rücksichtslos den Bahnhof und treibt die Menschen in die Schächte. Plötzlich preßt ein weit entfernter Schlag die Luft wie eine Fontäne durch den Tunnel, aber niemand achtet darauf, die Augen sind nur nach vorn gerichtet.

Plötzlich schrillt ein Ruf wie ein Pfeil hoch: »Wasser!« Die Menschen sind wie erstarrt. Wasser? Noch glauben sie es nicht, sehen sich an, suchen in den Augen des anderen den gleichen Zweifel, die Bestätigung der Unwahrscheinlichkeit, der Unmöglichkeit. Da gurgeln die Wasser schon heran, dunkel glitzernd mit kleinen Schaumkämmen, noch sind sie flach, überspülen nur die Schienen. Die Menschen kommen in Bewegung, werden zur tobenden, schreienden, brüllenden, schiebenden, stoßenden Masse, Schreie, Weinen, Gebete, Flüche, Lachen Wahnsinniggewordener gellen auf. Wo ist eine Rettung? Wo ist ein Ausweg? Die Ausgänge sind verschüttet, oben tobt das Feuer der Schlacht, prasseln die Sprengstücke wie ein Platzregen nieder. Es gibt nur eine Möglichkeit: durch den Tunnel einen Ausstieg oder den Bahnhof Potsdamer Platz zu erreichen, vor den Wassern davonzulaufen, schneller als die Wasser zu sein, sich in einem Wettlauf mit dem nassen Tode zu messen. Dunkel, unergründlich glotzt der Schacht, aber es bleibt kein anderer Ausweg, die Menschen beginnen zu laufen, rennen, stolpern über die Schwellen und die spitzen Schottersteine vorwärts, stürzen, raffen sich wieder auf, bleiben liegen, werden erbarmungslos zertreten, Kinder werden von den Händen ihrer Mütter gerissen, die Verwundeten versuchen, aus dem Zug herauszukommen, aber die Wellen rasen jetzt heran wie Apokalyptische Reiter, sie gluckern nicht mehr leise, sie rauschen jetzt, überschlagen sich schmatzend, packen mit nasser Faust zu, verschlingen alles. Noch ein paar Rufe, ein paar erstickte Schreie, dann sinkt eine geisterhafte Stille in den S-Bahnschacht herein, eine Stille der Toten, eine Totenstille, nur die Wasser gurgeln, plätschern und rauschen, über dem nassen Grab orgeln die Granaten ihr schauriges Lied.

Frauen, Kinder, Greise, verwundete Soldaten schwimmen als bläulich aufgeschwemmte Wasserleichen mit unförmig aufgedunsenen Leibern ruhelos zwischen Anhalter und Stettiner Bahnhof unter den Pflastern der Stadt Berlin, weil die ss die Untertunnelung des Landwehrkanals sprengte.

In einem Garten zwischen Wilhelm- und Hermann-Göring-Straße, flankiert von alten Adelshäusern, deren klassische Fassaden den aufgeschwemmten, protzig-eilig hochgestemmten

Gebäudemassiven eines inferioren Bauwillens gegenüberstehen, hockt inmitten eines spärlichen Rasens ein viereckiger, grau-grüner Betonklotz, dem eine Halbrundung wie ein Wespennest angefügt und ein spitzer Kegel beigesellt sind. Dieser Betonklotz schirmt den Eingang zu einer Höhle ab, die nach neudeutschem Sprachgebrauch als Bunker bezeichnet wird, er liegt zwei Stockwerke unter der Erde, siebenunddreißig Stufen führen zwölf Meter tief in die absolute Bombensicherheit eines Luftschutzraumes hinab. Die vornehme Nachbarschaft der alt- und neupreußischen Residenzhäuser schließt aus, daß es sich hier um einen gewöhnlichen Luftschutzraum handelt, mit rohen Mauerwänden, feucht und modrig, flüchtig weiß überkalkt, mit ein paar kümmerlichen Absteifungen aus Baumstämmen, roh gezimmerten Bänken, ungenügender Beleuchtung, ohne Heizmöglichkeit, schlechter Belüftung. Es ist auch kein Volksbunker, der Hunderte oder Tausende von Menschen auf engstem Raum zusammenpreßt, mit preußischkahlen Räumen, schmal wie ein Handtuch, zwei Pritschen übereinander oder primitiven Bänken und engen Kellergängen, es ist auch kein behelfsmäßiger Schutzraum in zugigen S- oder U-Bahnhöfen, nein, der Bunker, von dem hier die Rede ist, ist ein Meisterwerk der Luftschutzarchitekten, sie haben sich keine Sparsamkeit an den kostbarsten Rohstoffen Hitler-Deutschlands, Stahl und Beton, aufzuerlegen brauchen und das kostbare Material tief in die Erde versenkt und gut geborgen.

Dieser Bunker, der unter einer dreieinhalb Meter dicken Betondecke liegt (und für den schon das Material bereitliegt, um sie um weitere anderthalb Meter zu verstärken, enthält eine Anzahl Zimmer, die sich durch die Art ihrer Möblierung deutlich voneinander unterscheiden und sofort erkennen lassen, daß sie nur einem Benutzer (und seiner Dienerschaft) zur Verfügung stehen. Es ist ein ungewöhnlicher, einmaliger Bunker. Nächst ein paar einfachen Räumen, auf die man das gern gebrauchte Adjektiv soldatisch-schlicht anwenden kann und die nur zweckmäßig einfach sind, da sie nicht für den Privatgebrauch bestimmt sind, sondern als Wachräume, Telefonzentrale und Sanitätszimmer, Maschinenraum (mit 120-PS-Dieselmotor), Arzt- und Apothekenzimmer (auch eine Kabine für den Hund ist nicht vergessen) dienen, führt, nachdem man vier schwere, eiserne Türen passiert hat, ein Gang vorbei an einer Art Bürozimmer in die eigentlichen Privaträume, Herrenzimmer, Schlafzimmer, Boudoir, Küche, Bad, alles erlesen und zweckmäßig eingerichtet. Die Zimmer sind mit weichen, wertvollen Teppichen, das Bad ist mit weißen Kacheln ausgelegt, mit erstklassiger Entlüftungsanlage und elektrischer Raumheizung versehen, weiche Polsterbänke, tiefe Sessel, mildes Licht ausstrahlende Beleuchtungskörper, kostbare Gemälde, fahrbare Teetische, Bücherschränke, gemütliche Nischen, eine Hausbar, eine Frisiertoilette mit vielfältigen Kosmetika, eine Bettcouch, überzogen mit schwerer Brokatseide, Stilmöbel aus ausländischen Edelhölzern zählen gleichfalls zu den Requisiten dieses Luftschutzraumes. Es ist nichts vergessen, was einem bescheidenen und anspruchslosen Sohn des arbeitenden Volkes, der – wie sein Fürsprech es verkündete – in asketischer Entsagung nur zwischen Feldbett und Schreibtisch lebt, und seiner Konkubine das spartanisch einfache Leben zu jenen Stunden ein wenig erleichtert, da haßerfüllte feindliche Flieger Stahlbehälter mit Pulverinhalt, genannt Bomben, auf die Stadt herabfallen lassen. Kein störendes Geräusch dringt in diese Eremitage, nicht das Heulen der Sirenen, das Singen der Flugzeugmotoren und das Dröhnen der Kanonen, weder das Rauschen und Pfeifen der Bomben noch das Krachen der Explosionen, das Poltern zusammenstürzender Häuser und das Prasseln der Feuer, auch nicht die Schreie der Getroffenen und die Flüche des Volkes.

Dieser Luftschutzraum liegt im Garten der Reichskanzlei und ist der Privatbunker Adolf Hitlers, Führer und Reichskanzler des Großdeutschen Reiches, allerdings nicht mehr vom Atlantik bis zur Wolga und vom Eismeer bis zum Suezkanal, auch nicht mehr von der Maas bis an die Memel und von der Etsch bis an den Belt, sondern von der Panke bis zur Havel und von der Isar bis zur Pegnitz. Adolf Hitler, der Führer und Feldherr, gesandt von der Vorsehung und auserwählt vom Schicksal, leitet von diesem Bunker aus die Verteidigung Berlins, so wie er zwei Jahre zuvor vom Führerhauptquartier in der ›Wolfsschanze‹ bei Rastenburg die Verteidigung Stalingrads und vor einem Jahr die Verteidigung des Atlantikwalles geleitet hat. Jetzt wird auch die Bestimmung jenes Zimmers klar, das vorhin als eine Art Bürozimmer bezeichnet worden ist: es ist das Lagebesprechungszimmer. Hier finden seit dem 22. April Besprechungen statt, die der Führer in der üblichen Weise abhält, in dem er mit sich überschlagender Stimme, mit heiserem, rollendem, balkanischem ›r‹, mit den wilden Gesten eines Schmierenkomödianten, mit Schweißausbrüchen und Augenrollen seine konstruktiven Pläne entwickelt und die anderen seinen Genieblitzen zunicken. Die anderen, das sind Reichsminister Bormann, Leiter der Parteikanzlei, Generalfeldmarschall Keitel, Chef der Obersten Heeresleitung, Generaloberst Jodl, Chef des Wehrmachtsführungsstabes, General Krebs, soundsovielter Generalstabschef von Führers Gnaden, General Burgdorf, Chefadjutant der Wehrmacht, SS-Brigadeführer Mohnke, Kampfkommandant der Reichskanzlei, und SS-Standartenführer Fegelein, Verbindungsmann zu Himmler, dem Reichsminister des Innern, Chef der deutschen Polizei, Reichsführer SS und Oberbefehlshaber des Ersatzheeres. Der Aufwand an militärischen Koryphäen entspricht nicht mehr ganz der Größe des Objekts, worauf schon die Auswahl der Landkarten deutet, mit denen dieses Zimmer ausgestattet ist, denn inzwischen ist die Festung Europa zuerst zur Festung Deutschland und schließlich zur Festung Berlin zusammengeschrumpft, und trotz aller Kernflüche, bis zum Stimmumbruch gebrüllter Befehle und hysterischer Anfälle geht das konzentrische Vorgehen der Russen weiter, und an diesem 24. April sieht sogar Adolf Hitler ein, daß die Herrlichkeit seines tausendjährigen Reiches sich vollendet und sich nur noch auf den Bezirk Berlin-Mitte beschränkt. Er schäumt noch einmal auf, als ihm Bormann den ultimativen Charakter von Görings Schreiben begreiflich macht, das folgenden Wortlaut hat:

»H. Q., 23.4.1945, 22 Uhr

Mein Führer!
Sind Sie einverstanden, daß ich nach Ihrem Entschluß, im Gefechtsstand in der Festung Berlin zu bleiben, gemäß Ihres Er-

lasses vom 29.6.1941 als Ihr Stellvertreter sofort die Gesamtführung des Reiches übernehme mit voller Handlungsfreiheit nach innen und außen?

Falls bis 22 Uhr keine Antwort erfolgt, nehme ich an, daß Sie Ihrer Handlungsfreiheit beraubt sind. Ich werde dann die Voraussetzungen Ihres Erlasses als gegeben ansehen und zum Wohle von Volk und Vaterland handeln. Was ich in diesen schwersten Stunden meines Lebens für Sie empfinde, wissen Sie, und kann ich durch Worte nicht ausdrücken.

Gott schütze Sie und lasse Sie trotz allem baldmöglichst hierherkommen.

Ihr getreuer
Hermann Göring.«

Er verflucht den Reichsmarschall und seine Luftwaffe, stößt ihn aus der Partei aus und schreit: *»Die ganze Luftwaffe gehörte aufgehängt!«*, aber dann ist er erledigt und sagt zu seinen getreuen Paladinen: *»Die Sache ist verloren.«* Was jetzt noch an Nachrichten zu ihm gelangt, interessiert ihn kaum noch, weder daß der ungetreue Paladin, der Reichsmarschall und oberste Befehlshaber der Luftwaffe Hermann Göring in Oberbayern eine Gegenregierung zu bilden versucht, noch der telefonische Anruf des Reichseinfaltspinsels Joachim von Ribbentrop, der ihm mit freudig erregter Stimme mitteilt, daß nach ihm aus der Schweiz zugegangenen Informationen der von ihm schon immer vorausgesagte Konflikt zwischen den Westmächten und den Bolschewisten nunmehr in sein akutes Stadium getreten sei. Zu diesem Zeitpunkt hat sich Hitler bereits in die Rolle des Selbstmörders hineingesteigert und eröffnet seinem Leibbaumeister Speer, daß er beschlossen habe, Berlin bis zum Letzten zu verteidigen und, falls die Stadt fallen sollte, Selbstmord zu begehen, daß er ferner die Vernichtung seiner Leiche und der Leiche Eva Brauns angeordnet habe, *›daß nichts Erkenntliches mehr übrigbleibe‹*, aber immer noch wird er von Mißtrauen geschüttelt, und jeder, auch seine engsten Mitarbeiter, der den Bunker betritt, muß eine gründliche Untersuchung durch die SS-Wachen über sich ergehen lassen.

Am frühen Nachmittag des 24. April erscheint zum vorletzten Male die Zeitung ›Der Angriff vereinigt mit Berliner illustrierter Nachtausgabe‹, sie trägt die Überschrift:

»Berlins heroischer Widerstand ist ohne Beispiel«

und enthält folgenden redaktionellen Artikel:

»Der Führer leitet die Verteidigung
der Reichshauptstadt.

Die Verteidigung der Reichshauptstadt leitet der Führer, der sich entschlossen hat, inmitten der Bevölkerung Berlins die Aufgabe der Rettung der Reichshauptstadt zu bewältigen. Der Führer wird alle Stunde über die Lage an allen Kampflinien in Berlin und der Umgebung unterrichtet. Er greift in die Befehlsgebung an allen Schwerpunkten selbst ein. Zahlreiche Offiziere, Unteroffiziere und Mannschaften werden von den Kampflinien in den Befehlsstand des Führers geholt, damit sie persönlich über ihre Erfahrungen berichten. Auszeichnungen besonders hervorragender Kämpfer nimmt der Führer selbst im Befehlsstand vor. Von allen Seiten werden zur Stunde Verbände an Berlin herangeführt oder in das Innere der Stadt geleitet, damit die Front verstärkt wird.«

Der Leitartikler Dr. Otto Kriegk schreibt in der gleichen Ausgabe u. a. folgendes:

»Die Bevölkerung der Reichshauptstadt, die fast unmittelbar hinter den Kampflinien arbeitet und alle nur denkbare Hilfe leistet, ist fest davon überzeugt, daß die Abwehr nicht etwa an den augenblicklichen Kampflinien, sondern mit dem Zurückschlagen der Bolschewisten aus dem Gebiet der Reichshauptstadt gelingt. Tiefangriffe von Schlachtfliegern mit Bomben- und Bordbeschuß, Einschläge von Granaten, das starke Feuer unserer Artillerie und unserer Flak sind zur Selbstverständlichkeit geworden. Was der Frontsoldat in den ersten Schlachten an Selbstschutz lernt, haben die

Männer und Frauen Berlins sich in den letzten Tagen angeeignet. In den Befehlsstellen und Sammelunterkünften des Volkssturms, in den Quartieren der Regimenter und Sicherungsverbände wird mit nüchterner Sachlichkeit geplant und durchgeführt, was zur Verstärkung der Abwehr notwendig ist. Die Berliner wissen, daß die Verteidigung ihrer Stadt nicht nur von innen, sondern auch von außen her geführt wird und daß dafür Verbände zur Verfügung gestellt worden sind, welche der Befehl ursprünglich in eine andere Richtung führte. Jedermann weiß, daß der Führer inmitten der Bevölkerung der Reichshauptstadt steht und daß die von ihm geführte Verteidigung über Kräfte verfügt, die der Feind in seine Berechnungen nicht einschließen konnte.«

XIII

25. April

Der Kampf rückt jetzt näher an die Gegend um den Schlesischen Bahnhof heran. In die Einschläge der Artillerie mischt sich bereits der Beschuß aus Granatwerfern, und wenn das Feuer für Minuten schweigt, ist sogar das Knattern der Maschinengewehre vernehmlich. Der Rauch und Qualm, der wie ein dicker, stickiger Brodem über den Straßen liegt, wird von den tiefhängenden Wolken niedergehalten und in die Straßenzeilen zurückgedrückt. Die Formen des zivilisierten Lebens sind zerbrochen, die Menschen, die in den Kellern hocken, waren einst gewohnt, sich jeden Tag zu waschen und die Zähne zu putzen, in bestimmten Abständen Wäsche und Strümpfe zu wechseln, mehr oder weniger gesittet mit Messer und Gabel zu essen, sich einer Wasserleitung, eines Gashahnes und eines elektrischen Schalters, einer Badewanne und eines Wasserklosetts zu bedienen, hinter einem Ladentisch oder einer Werkbank zu stehen, an einem Schalter oder auf einer Schulbank zu sitzen. Alles das gibt es nicht mehr, sie hocken jetzt untätig und stumpf, auf engem Raum zusammengedrängt, mit tief zwischen die Schultern gezogenen Köpfen, ihre Gesichter sind fahlgrün und eingesunken, die Augen sind entzündet, rotgerändert und mit tiefen Schatten, der Rauch und der Qualm, die bis in den Keller dringen, haben eine dichte Staubschicht über die Gesichter gelegt, denn Wasser zum Waschen ist nicht vorhanden, die Kinne, Wangen und Oberlippen der Männer sind vom Flaum eines sechstägigen Bartes verdunkelt, da weder Wasser noch Licht da ist, um sich zu rasieren, die Brüste der Mütter versiegen, da es keine Milch gibt, die letzten Vorräte, sorgfältig eingeteilt, gehen zu Ende, und wer noch ein Stück Brot oder einen Zipfel Wurst besitzt, ißt ihn heimlich, weil er nicht weiß, ob es ihm der Nachbar nicht vom Munde reißen wird. Da es keinerlei Beschäftigung, keine Ablenkung, nur Dunkelheit, Angst und Warten gibt, verschmelzen Tag und Nacht zu einem unendlichen Grau. Es ist unmöglich, am Tag, von dessen Anbrechen man nur durch die Aussagen einiger beherzter Männer und Frauen Kenntnis erhält, etwas anderes zu tun als in der Nacht, auf Luftschutzbetten, Bänken und Kisten, in Liegestühlen und Sesseln stumpf dahinzudämmern, die Sehnsucht nach Erlösung aufsteigen zu lassen, wie man die Arme einer Fata Morgana entgegenstreckt, die Nasen und Ohren unempfindlich zu machen. Je geringer die Möglichkeit wird, Distanz zu halten und Intimitäten zu verbergen oder ihnen zu entgehen, je schärfer jede Stunde dieses Höhlenlebens die Daseinsfrage stellt, um so durchscheinender wird der Firnis der Kultur, um so leichter hebt sich die Furnitur der Umgangsformen von den Menschen ab, und um so wütender steigen Abscheu und Ekel, Neid und Haß an die Oberfläche. Die Dunkelheit, die von Gestank erfüllte Luft werden unerträglich, aber oben tobt die Schlacht, prasseln die Granaten und fegen die Bordwaffen der Flugzeuge wie ein Orkan und drücken jeden Versuch, die Keller zu verlassen, unerbittlich in das Grab der lebenden Leichname zurück. Manch einer, der sich vorwitzig hinausgewagt hat, ist nicht mehr wiedergekommen.

Das Restaurant von Klose ist über Nacht von der fliegenden Sanitätskolonne geräumt worden, und Klose hat die Gelegenheit schnell benutzt, um das Scherengitter vorzuschieben und den Laden abzuschließen. Er hat so sein Lokal wieder für sich und vor allem die Verfügung über seinen Keller zurückgewonnen, der nicht nur einen besseren Schutz als die Parterreräume gewährt, sondern in dem auch Vorräte lagern, die gerade für die Zeit der Belagerung und des Abgeschnittenseins von jeder geordneten Versorgung angelegt worden sind.

Am frühen Nachmittag ist Dr. Böttcher zurückgekommen. Er hat einen Rundgang durch die umliegenden Häuser gemacht, er ist gewissermaßen auf Visite gegangen, ist von Hausflur zu Hausflur gesprungen und hat sich an den Wänden entlanggedrückt, er hat in den Kellern gefragt, ob jemand ärztlicher Hilfe bedarf, und geholfen, soweit dies möglich war, ein paar Löffel Brom oder Baldrian verabreicht, ein paar Dutzend Silargetten,

Redoxon- oder Albucid-Tabletten ausgegeben, beruhigende Worte und Ratschläge ausgeteilt. Dr. Böttcher ist erschöpft, aber mehr noch deprimiert, denn alles, was er hat tun können, ist wie ein Tropfen im heißen Wüstensand versickert. Alle Toxine und Antitoxine, allopathische und homöopathische Präparate können den leidenden Menschen nicht das geben, was sie zuallererst brauchten, um zu gesunden: Ruhe, Stille, Frieden, Ausgeglichenheit.

»Du siehst reichlich fertig aus, Doktor«, sagt Wiegand, als Dr. Böttcher sich hart auf einen Stuhl fallen läßt.

Dr. Böttcher nimmt die Brille ab und schwingt sie mit einer hilflosen Bewegung hin und her. »Ich frage mich«, sagt er, »ob es jemals möglich sein wird, die nervlichen, körperlichen und seelischen Schäden zu beseitigen, die den Menschen durch diesen irrsinnigen Krieg zugefügt worden sind.«

»Und was sprechen die Leute?« fragt Wiegand.

Dr. Böttcher hebt den Blick. »Die meisten Leute sind apathisch, völlig abgestumpft, sie wagen auch jetzt noch nicht den Mund aufzumachen, solange ein Parteibonze dabei ist, und sie werden es nicht eher tun, bis der letzte Amtswalter buchstäblich vom ersten russischen Soldaten abgelöst ist. Aber ich habe etwas erlebt, das mir so charakteristisch erscheint, daß ich es euch erzählen muß. Ich weiß nicht, ob das neueste Gerücht schon bis zu euch gedrungen ist …«

»Ist Hermann Göring mit riesiger Fallschirmjäger-Entsatzarmee zum Angriff angetreten, um den Führer herauszuhauen?« fragt Schröter grinsend.

»Eine Entsatzarmee unter Wenck ist angeblich im Anmarsch«, erwidert Dr. Böttcher, »aber bevor sie in den Kampf um Berlin eingreifen kann, müßte sie sich zuerst einmal mit den russischen Truppen auseinandersetzen, die westlich von Berlin stehen. Laut heutigem Heeresbericht« – er holt eine Zeitung aus der Tasche und faltet sie auseinander – »ja, da ist es.

›In der Schlacht um Berlin wird um jeden Fußbreit Boden gerungen. Im Süden drangen die Sowjets bis in die Linie Babelsberg–Zehlendorf–Neukölln vor. Im östlichen und nördlichen

Stadtgebiet dauern heftige Straßenkämpfe an. Westlich der Stadt erreichten sowjetische Panzerspitzen den Raum von Nauen und Ketzin. Nordwestlich Oranienburg wird das Nordufer des Ruppiner Kanals gegen starke Angriffe gehalten.‹

Panzerspitzen im Raum Ketzin–Nauen heißt auf gut deutsch, daß die Russen auch die letzte große Ausfallstraße nach Nordwesten blockiert haben. Und hier ist ein Artikel, den ich euch auszugsweise vorlesen werde.

›Heute morgen in Berlin einmarschiert.
Erste Eingreifreserven aus dem Westen.

Mit Freude und Genugtuung erlebte in den frühen Morgenstunden die Reichshauptstadt den Einzug der starken Eingreifreserven aus dem Westen, die zur Verstärkung der Verteidigungskraft herangezogen wurden. Unter tiefhängenden Wolken, abwechselnd mit Regenschauern, durch die die letzten Sterne der vergehenden Nacht blinken, fuhren Fahrzeuge, Panzer, Geschütze, Kübel und Kolonnen von Infanterie, schwer behangen mit Munition und Gerät, über eine der großen Einfallstraßen Berlins, eine der Nachschubadern, einen der Wege, die noch nicht von den bolschewistischen Panzern abgeschnitten oder gefährdet werden.

Die Haltung und Stimmung der Berliner gerade nach diesen Bildern, die vor ihren Augen sichtbar wurden, ist noch gefaßter und ruhiger geworden und hat die erste Schockwirkung nach dem Einbruch der Bolschewisten in das Stadtgebiet völlig überwunden. Echte Freudenszenen erlebten wir beim Eingang der Meldung über den Einzug dieser Truppen in diejenigen Gefechtsstände, die nun schon seit Tagen mit ihren Truppen in ununterbrochenem Ringen stehen. Was ein Panzermann mit lachendem Gesicht heute früh sagte, sprach er für alle aus. Er nannte die Parole dieses und des kommenden Tages: Nun aber druff, jetzt geht's noch mal rund.‹

Ich halte das alles für Bluff. Diese sogenannten Eingreifreserven, die heute früh einmarschiert sein sollen, sind glatter Schwindel, was jetzt noch an Truppen neu in den Kampf geworfen wird, kommt nicht von der Westfront, sondern aus Spandau und Döberitz, wo sie in der Adler- und in der Seeckt-Kaserne neu aufgestellt worden sind. Diese höchst fragwürdigen Formationen setzen sich aus Urlaubern, Genesendenkompanien, Bodenpersonal der Luftwaffe, das arbeitslos geworden ist, Volkssturmleuten vom vierten Aufgebot, Hitler-Jungen, Reservepolizisten, Werkschutz, Arbeitsmännern, OT-Verpflichteten und schließlich aus Deserteuren zusammen, die im letzten Augenblick Angst vor der eigenen Courage bekommen und sich wieder gestellt haben, sie sind schlecht bewaffnet und haben so gut wie keine schweren Waffen. Aber hiervon hatte ich eigentlich gar nicht sprechen wollen. Wie bin ich denn darauf gekommen?«

»Sie sprachen von einem Gerücht«, erinnert Lassehn.

»Richtig, das Gerücht!« Dr. Böttcher schüttelt den Kopf und lächelt kurz auf. Dieses Gerücht besagt: Deutschland hat Waffenstillstand mit England und Amerika geschlossen und geht mit ihnen gemeinsam gegen Rußland.«

»Blödsinn!« ruft Schröter erregt. »So etwas überhaupt ernst zu nehmen!«

»Nicht gleich so hitzig«, besänftigt ihn Dr. Böttcher. »Ich weiß genau so wie ihr alle, daß das Unsinn ist, und ich erwähne das Gerücht auch nur, um an ihm aufzuzeigen, wie – ich will nicht sagen das deutsche Volk – viele Deutsche heute noch reagieren. Ich halte diese Reaktion auf das Gerücht für nicht unwichtig, weil sie einen tiefen und bezeichnenden Einblick in die Mentalität der durch den Nationalsozialismus betäubten Hirne gibt.«

»Nicht so lange mit der Vorrede aufhalten«, mahnt Schröter ungeduldig.

»Ich bin schon soweit, hitziger Zeitgenosse«, entgegnet Dr. Böttcher. »Du mußt mich schon so nehmen, wie ich bin, ich muß mich abspulen. Wo ist übrigens Klose?«

»Er holt Wasser«, antwortet Lucie Wiegand.

Dr. Böttcher nimmt die Antwort mit einem Kopfnicken zur

Kenntnis. »So, dann komme ich zur Sache«, fährt er fort. »Ich befand mich in einem Keller, untersuchte zwei Kinder und verteilte ein paar Medikamente, aber als ich gehen wollte, trommelten die Einschläge so dicht, daß ich noch etwas wartete. Ich hörte auf die Reden, ohne mich selbst dazu zu äußern, und ich muß sagen, die Leute sprachen ziemlich offen, schimpften, gebrauchten allerlei liebliche Ausdrücke für unsere glorreiche Führung, ›Wenn der Scheißkerl endlich abnibbeln würde‹, sagte eine Frau, die neben mir saß, und eine andere junge Frau in der Nähe meinte: ›Wenn bloß erst die Russen da wären, damit der ganze Mist ein Ende hat‹, andere gebrauchten ähnliche Ausdrücke oder nickten lebhaft. Ich habe natürlich nur einen Teil der Leute beobachten können, da es ein ziemlich ausgedehnter und verwinkelter Keller war, aber ich habe keine Stimme gehört, die widersprach.«

»Das ist doch nichts Besonderes, was du da erzählst«, sagt Schröter. »Klar, daß die Leute die Faxen dicke haben ...«

Dr. Böttcher blickt ihn über die Brillengläser hinweg an, es ist der nachsichtige Blick eines Lehrers auf einen Schüler, der seine Lektion unzureichend gelernt hat. »Ist das so klar?« fragt er. »Was ich euch jetzt erzählen will, läßt die Sache keineswegs so eindeutig erscheinen, wie du glaubst, und ich habe die Schilderung der Stimmung in jenem Keller nur vorausgeschickt, um ... Ihr werdet es gleich merken. Als die Leute so beim besten Schimpfen waren, kam plötzlich ein Mann von der Straße hereingestürzt, kein Soldat, kein Goldfasan, nicht einmal ein Parteigenosse (jedenfalls trug er kein Abzeichen), sondern ein einfacher Zivilist, er war ganz aufgelöst und sprudelte seine Worte aufgeregt heraus. Dieser Mann brachte das Gerücht von dem angeblichen Waffenstillstand mit den westlichen Alliierten und dem neuen Bündnis gegen die Sowjets mit.«

Dr. Böttcher schnauft, als sei er plötzlich kurzatmig geworden. »Ich muß schon sagen, die Wirkung dieser Nachricht war einfach verblüffend. Nicht nur, daß das Schimpfen sofort verstummte, ich konnte direkt eine Welle von Freude verspüren, die durch die Menschen ging, dieselbe Frau, die Hitler wenige Minuten zuvor einen Scheißkerl genannt hatte, war plötzlich wieder begeistert, sprach nicht von Hitler, sondern von unserem Führer, der Deutschland in letzter Minute vor dem Bolschewismus bewahre, andere umringten den Mann und wollten alle möglichen Einzelheiten wissen, ob die Engländer und Amerikaner schon im Anmarsch seien, ob ihre Luftwaffe schon die Russen bombardiere und was solcher Fragen mehr sind.«

»Deprimierend«, sagt Gregor. »Man könnte den Eindruck gewinnen, daß das deutsche Volk noch immer siegen möchte, daß es nicht erkannt hat, daß nur eine totale Niederlage die Hitler-Diktatur beseitigen kann.«

»Wer sagt Ihnen denn«, fällt Wiegand ein, »daß das deutsche Volk in seiner großen Mehrheit von den Nazis befreit werden will? Es möchte den Krieg beendet sehen, wie und auf welche Weise, das ist von höchst untergeordneter Bedeutung, ob mit Churchill oder gegen Churchill, ob mit Stalin oder gegen Stalin, das spielt an sich gar keine Rolle. Wenn Hitler jetzt noch den Krieg gewinnen würde, ist es durchaus recht, ganz gleich, welche Folgen das nach innen und außen hat.«

»Sehr richtig«, sagt Dr. Böttcher. »Diese Szene, die ich in jenem Keller miterlebt habe und die ich für typisch halte, hat mir wieder einmal bewiesen, daß unser Volk geistig leider korrumpiert ist bis ins Mark. Es ist bitter, das auszusprechen, aber es ist leider die Wahrheit, und es wird dafür von der Geschichte einmal für schuldig gesprochen werden.«

»Schuld, Irrtum und Verbrechen haben unser Volk in den Abgrund geführt«, sagt Gregor, »auch der Selbstmord ist ein Verbrechen.«

Schröter hat am Detektorapparat hantiert und die Kopfhörer aufgesetzt. »Ruhe jetzt!« ruft er. »B.B.C. London!« Er horcht mit angespanntem Gesicht, in dem sich kein Muskel bewegt, und wirft ein paar kurze Bleistiftnotizen auf ein Stück Papier, als er die Kopfhörer abnimmt, blickt er sich wie triumphierend um. »In ganz kurzen Worten«, berichtet er. »Die Russen haben Brünn und Pillau erobert, die Engländer und Kanadier stehen unmittelbar vor Bremen und Hamburg, die Franzosen und Amerikaner stoßen in Bayern auf die österreichische Grenze, die Amerikaner in der Tschechoslowakei auf Eger zu, in Italien sind die Alliierten bis an den Po vorgedrungen, und« – er lächelt wie jemand, der einem Kinde eine Überraschung bereiten will – »das Beste habe ich mir bis zuletzt aufgehoben: die Russen haben bei Torgau die Elbe erreicht und sich mit der ersten amerikanischen Armee vereinigt. Nun?«

»Wer die Dynamik der alliierten Angriffe kennt, ist nicht so sehr überrascht«, sagt Dr. Böttcher bedächtig. »Der heutige Heeresbericht sagt im Grunde nichts anderes, nur in der üblichen, verschleierten, verklausulierten Form mit den Einschiebseln von hohen Feindverlusten, aufgehaltenen Vorstößen und erfolgreichen Gegenangriffen. Wer sich mit der Terminologie der Wehrmachtsberichte genau vertraut gemacht hat, der konnte schon immer viel herauslesen, denn sie entsprachen im großen und ganzen den Tatsachen, nur wurden ungünstige Ereignisse eben umschrieben oder verkleinert oder unterschlagen, im übrigen ist es ja ein beliebter Trick von Goebbels, unangenehme Tatsachen mit generöser Handbewegung zu ignorieren und zunächst einmal auf Eis zu legen, um sie dann, wenn sie von anderen Ereignissen überschattet worden sind, entweder ratenweise zuzugeben oder sie als längst bekannte Gegebenheiten ganz nebenbei zu erwähnen.«

»Für Journalisten, die auch nur einen Fußbreit vom vorgeschriebenen Wege abzuweichen wagten«, sagt Gregor, »standen die Tore der Konzentrationslager weit offen, um sie liebevoll hinter Stacheldraht zu nehmen. Aber es wagte keiner oder kaum einer, der Byzantinismus war nirgends so groß wie unter den Journalisten.«

»Einer der reizendsten Knaben ist dieser Dr. Otto Kriegk, seines Zeichens Leitartikler der ›Nachtausgabe‹«, sagt Wiegand und deutet auf die Zeitung, die Dr. Böttcher mitgebracht hat. »Der heutige Leitartikel hat es wieder einmal in sich.

›Der Führer leitet den Kampf um Berlin in aktivster Form

Der Kampf um die Reichshauptstadt steht heute auf dem Höhepunkt der Entscheidung. Die bolschewistischen Angreifer haben gestern und in der Nacht, meist vergeblich, den Versuch gemacht, von Norden, Osten und Süden tiefer in das Innere der Stadt einzudringen. Sie haben an einigen Schwerpunkten des Kampfes durch einen übergroßen Einsatz von Menschen und Material einige Einbrüche erreicht, mit deren Abriegelung die deutsche Verteidigung zur Zeit beschäftigt ist. Die Bolschewisten haben außerdem im Westen um Berlin herumgegriffen und den Versuch gemacht, in weiterer Entfernung von Berlin eine Absperrung zu erreichen. Sie sind dabei überall auf heftigen Widerstand einzelner Kampfgruppen gestoßen.

Das taktische Verhalten der Bolschewisten zeigt, daß ihnen allmählich klar wird, in welchem Umfang sie mit einer wesentlichen Verstärkung der deutschen Abwehrkraft in allernächster Zeit zu rechnen haben.

Die deutsche Verteidigung der Reichshauptstadt hat alle verfügbaren Mittel und Möglichkeiten nunmehr erfaßt, so daß in Berlin in einer geradezu idealen Form die Wehrmacht, die Partei und der Volkssturm zusammenwirken. Der Führer leitet selbst die Verteidigung der Reichshauptstadt.

Gauleiter Dr. Goebbels hat gestern die Berliner noch einmal In einem Aufruf ermahnt, ihre besondere Ehre darin zu sehen, die Reichshauptstadt zu verteidigen, weil der Führer sich an die Spitze dieses entscheidenden heldenhaften Kampfes gestellt hat. Der Führer führt den Kampf in aktivster Form und bleibt in der Reichshauptstadt, bis die von uns gesuchte Entscheidung – das Zurückwerfen der Bolschewisten nach Osten – erreicht ist.‹«

»Zynischer und verlogener könnte Goebbels auch nicht schreiben«, sagt Lassehn, als Wiegand zu Ende gelesen hat.

»Ach, du ahnungsloser Engel«, sagt Dr. Böttcher, »das alles ist doch Goebbels, es gibt keinen Leitartikel in Deutschland, der nicht haargenau nach Goebbels' Direktiven geschrieben ist. Oder wissen Sie nicht, daß die Redakteure der Zeitungen und Nachrichtenbüros täglich bei Goebbels oder Herrn Dietrich zum Befehlsempfang antreten müssen, weil wir ja bekanntlich die freieste und bestunterrichtete Presse der Welt haben? Goebbels hat doch der Presse sogar einmal für ihre Treue und Einsatzbereitschaft gedankt.«

»Mir drängt sich da immer ein Vergleich auf«, sagt Wiegand. »Wenn ich meinen kleinen Hund an der Leine hinter mir herzerre und ihn dabei fast erwürge, dann muß er mir folgen, weil ich eben der Stärkere bin, nur fällt es mir nicht ein, ihn dann zu streicheln und zu sagen, er sei ein gutes, treues Hundchen, das seinem Herrchen schön artig folge.«

»Aber die Pressemeute, ich wollte sagen, dein gutes, treues Hundchen, folgt dir schließlich auch ohne Leine«, sagt Dr. Böttcher, »es gehorcht dir schon auf einen Blick und kuscht sofort, wenn du nur deine Stimme erhebst.«

»Unser Hündchen ist sehr gelehrig und fügt eigene neue Kunststücke dem gewiß nicht kleinen Repertoire seines Dompteurs hinzu«, sagt Gregor, lächelt ein ganz klein wenig und wird dann wieder ernst. »Unsere NS-Journalisten finden immer noch einen Dreh, um auch den niederschmetterndsten Tatsachen noch einen günstigen Kommentar zu unterlegen. Ein geradezu klassisches Beispiel hat mir die DAZ vom 31. Januar geliefert, als sie schrieb:

›Gerade wenn man sich vergegenwärtigt, daß wir nunmehr in der dritten Woche seit Beginn der sowjetischen Offensive stehen, ohne daß bisher operative Gegenaktionen größeren Stils sichtbar geworden sind, muß man sich in der Ansicht bestärkt fühlen, daß unsere Führung bei der Arbeit ist, solche Gegenmaßnahmen in einem dem feindlichen Ansturm entsprechenden Umfange aufzubauen.‹

Also nicht unsere siegreichen Gegenangriffe waren der Rettungsanker für diesen vorbildlichen OKW-Kommentar, sondern gerade ihr Ausbleiben.«

»Wenn man nur die Überschriften liest, wird einem schon schlecht«, sagt Schröter. »Hört sich heldenhaft an, heroisch:

›So wird die Lage gemeistert‹
›Flakkanoniere als Panzerknacker‹
›Berliner Flak im Erdkampf‹

›Hitler-Jugend im Kampf‹
›Berliner Polizei hält Panzersperre M-Straße‹
›Kriegsmoral in der Reichshauptstadt vorbildlich‹
›Betriebsobmann schießt drei Sowjetpanzer ab‹
›Staffel politischer Leiter vernichtet Werferstellung‹

Hier, dieser Artikel ist besonders bezeichnend, der spricht für sich. Hört zu!

›Der Spruch des Volkes.

Nicht weit vom S-Bahnhof Schöneberg, an der Kreuzung der Hauptstraße und der Tempelhofer Straße, fand die Bevölkerung einen am Laternenpfahl mit einer Wäscheleine aufgehängten Soldaten. Den Waffenrock trug er nicht mehr. Am Hosenträger befestigte die Bevölkerung als sein Richter ein weißes Pappschild mit der Aufschrift: ‚Ich, Obergefreiter Höhne aus Berlin, war zu feige, meine Frau und meine Kinder zu verteidigen.'
Dieses ungewohnte Bild in den Straßen der Reichshauptstadt hat in diesen Tagen tiefe Berechtigung. Da hängt ein Deserteur. Nur ein paar Meter neben dem Gehängten stehen Frauen und Kinder mit Taschen und Netzen vor den Lebensmittelläden, um die Sonderzuteilung abzuholen. Sie müssen warten, denn die Arbeit in den Geschäften ist groß. Zu Hause haben sie ihr Sturmgepäck klargelegt, aber nicht, um damit durch die Frontlücken durchzusickern, nicht, um sich durch Geschwätz beim Feind einen vermeintlichen Freibrief für schonende Behandlung zu erheischen. Dieser Verräter, der da hängt, von der Bevölkerung gerichtet, kann uns nicht mehr schaden. Vorbei ist es mit seinem Traum, sich seiner soldatischen Pflicht zu entziehen, sein Volk im Stich zu lassen und unseren Truppen in den Rücken zu fallen. Wer den Tod in Ehre fürchtet, stirbt ihn in Schande.‹«

»Pfui Teufel!« sagt Wiegand erregt. »Vor ihrem Untergang und darüber hinaus zeigen die Nazis noch einmal, was sie sind, Mörder an fremden Völkern und am eigenen Volk.«

»Ich habe es am Hackeschen Markt ja selbst mit angesehen«, sagt Lassehn, aber ich habe mich noch immer damit herausgeredet, daß es nur ein Übergriff war, aber nach diesem Zeitungsartikel, da ist ja kein Zweifel mehr möglich. Wenn so etwas sogar gedruckt wird ...«

»Mensch, Lassehn«, sagt Schröter, »das sind doch die gleichen Bestien, ob sie nun Juden in die Gaskammern treiben, ihre eigenen Soldaten aufhängen oder solche Zeitungsartikel schmieren, nur die Waffen sind verschieden, Maschinenpistole, Strick oder Schreibmaschine, die mörderische Gesinnung ist die gleiche.«

»Schröter hat den Nagel auf den Kopf getroffen«, meint Dr. Böttcher. »Barbarei plus moderne Technik als Weltanschauung, das ist der Nationalsozialismus. Es klopft übrigens.«

»Meine Frau ist in der Küche«, sagt Wiegand und lauscht auf das Klopfen. »Das ist aber nicht Klose, er hat einen Schlüssel, außerdem würde er anders klopfen.«

»Vielleicht ist das dein Oberleutnant, Lassehn«, sagt Schröter, »kommt, um uns zur Exerzierstunde abzuholen.«

Als Lassehn antworten will, tritt Lucie Wiegand in das Zimmer. »Es klopft, aber es ist nicht unser Zeichen. Wer kann das sein? Soll ich öffnen?«

Das Pochen an der Tür wird lauter und ungeduldiger, Fäuste schlagen gegen die Türfüllung.

»Geh nach vorn, Lucie, in den Laden«, sagt Wiegand rasch, »ich werde aufmachen. Los, Pistolen raus, Lassehn, nimm die Taschenlampe.«

Wiegand geht durch den kurzen, dunklen Korridor und öffnet die Tür zu einem kleinen Spalt, hinter ihm stehen Schröter, Gregor und Dr. Böttcher mit Pistolen in der Hand, Lassehn richtet den Strahl seiner Taschenlampe gegen die Tür.

»Wer ist da?« fragt Wiegand.

»Macht uff«, sagt eine tiefe, brummende Männerstimme. »Is wat passiert.«

»Was ist passiert?« fragt Wiegand, ohne die Tür weiter zu öffnen. »Der dicke Budiker ... der wohnt doch hier?« fragt die Männerstimme.

»Na und?« fragt Wiegand, immer noch vorsichtig.

»Sind Sie 'n Verwandter von den?« fragt die Stimme weiter.

»Ja«, antwortet Wiegand, »Klose ist mein Schwager. Was wollen Sie denn von ihm?«

»Woll'n?« fragt die Stimme. »Janischt, von den kann keener mehr wat woll'n, der is ... Na, den hat's vorhin erwischt.«

Wiegand reißt die Tur auf und sieht sich einem großen, breiten Manne mit einer Lederjacke gegenüber. »Wo ist er?« fragt er hastig.

»Er liecht bei de Pumpe, in de Fruchtstraße, rechts um de Ecke, jejenieba von de Post.«

»Kann er denn nicht laufen?« fragt Dr. Böttcher, steckt seinen Revolver ein und greift nach seiner Bestecktasche.

»Loofen?« sagt der Mann und kräuselt die Lippen. »Der hat ausjeloofen, der is hin. Jrade, als er mit de Eimer loszoddeln wollte, da is et passiert, da surrt so'n Splitter durch die Luft wie so'n Schmetterling, bloß'n bißken härter, und det vaträjt so'n Kopp nich.«

»Los, wir müssen ihn sofort holen«, sagt Dr. Böttcher. »Kommt mit, vielleicht können wir irgendwo eine Bahre oder eine Trage auftreiben.«

»Buddelt man jleich 'n Loch hier uff'n Hoff«, sagt der Mann. »Der is mausedot, den weckt ihr ooch nich mehr uff.«

»Wo liegt er?« fragt Wiegand.

»Ha' ick doch schon jesagt«, erwidert der Mann, »rechts um de Ecke bei de Post. Hat'n scheen' Tod jehabt, der Dicke, eben noch quietschvajnügt, un in'n neechsten Oogenblick weg. So möcht' ick ooch mal sterb'n.«

»Los«, sagt Dr. Böttcher und drängt sich an dem Mann mit der Lederjacke vorbei. »Kommt schnell!«

Lassehn, Wiegand, Schröter und Gregor folgen dem Doktor und laufen über den Hof und durch den Hausflur.

»Den macht *ihr* ooch nich lebendich«, ruft der Mann noch hinterher, »und wenn ihr noch so schnell looft, der Tod is schneller. Srr, peng, und schon biste wech.«

Die Männer laufen in geduckter Haltung dicht an den Häuserwänden die Straße Am Schlesischen Bahnhof entlang und biegen dann rechts in die Fruchtstraße ein. Fast wären sie über einen Menschen gestolpert.

»Das ist ja Klose«, ruft Lassehn, der unmittelbar hinter Dr. Böttcher läuft.

Es ist Klose, er hat die Beine weit von sich gestreckt und lehnt, wie in halbruhender Stellung, mit dem Oberkörper gegen eine Hausmauer, eine Schulter ein wenig eingedreht, der Kopf ist nach hinten übergesunken, die Augen stehen unnatürlich weit offen, eine Hand hält noch einen Wassereimer fest umkrampft. Ein paar Meter weiter stehen ein paar Frauen an der Pumpe, ein Mann pumpt mit irrsinnig schnellen Bewegungen, niemand kümmert sich um den Menschen, der da auf dem Bürgersteig liegt, keiner macht irgendein Aufhebens davon, daß da eben ein Mensch jäh aus dem Leben in den Tod gerissen worden ist. Der Tod ist ein so alltägliches Geschehen geworden inmitten der Orgie von Zerstörung und Verwüstung, daß das eigene Leben der ausschließliche Mittelpunkt ist.

Dr. Böttcher kniet neben Klose nieder, er hat sofort die Wunde entdeckt, aus der rechten Schläfe sickert ein dünner Blutfaden, läuft über die Wange und tropft auf die Jacke. Der Doktor untersucht ihn rasch und wendet dann, noch neben Klose hockend, den Blick nach oben.

Lassehn sieht ein ratloses Flackern in Dr. Böttchers Augen, sieht, wie sein Adamsapfel aus dem Kragen springt und heftig auf- und niedersteigt.

»Ist er ...«, beginnt Lassehn und blickt Dr. Böttcher ängstlich an. Dr. Böttcher antwortet nicht, er richtet sich langsam auf, als koste es ihn eine große Anstrengung, beugt sich über Klose und drückt ihm die Augen zu, indem er den Zeigefinger behutsam auf die Augenlider legt und sie sacht herunterzieht, als breite er einen Schleier über den letzten Blick des Toten.

Für ein paar Sekunden stehen die Männer dicht um die Leiche. Über sie hinweg heulen und pfeifen die Granaten, um sie herum platzen Einschläge in das Pflaster und reißen Gesteinsbrocken aus den Häusern, gegenüber brennt ein Haus, feuerlohende Balken fallen auf die Straße und lassen Funken nach allen Seiten auseinanderspritzen, das endlose Knattern von Maschinengewehren dringt schon deutlich bemerkbar von Osten her in die Straße, Soldaten laufen mit scheppernden Seitengewehren, Gasmasken und Feldflaschen über den Fahrdamm, ihre genagelten Stiefel knirschen auf den Glasscherben, an der Ecke Mühlenstraße steht ein Feldgeschütz und feuert in kurzen Abständen, ein Hund, ein kleiner, schwarz-weiß gefleckter Terrier, läuft winselnd hin und her, er hüpft auf drei Beinen und hat das vierte eng an den Leib gezogen, er versucht sich dicht an die Soldaten zu drängen, aber er wird überall unwillig abgeschüttelt, Sanitäter schleppen ein paar Verwundete zu einem Auto, das mit laufendem Motor mitten auf der Straße hält, irgendwo auf den Gleisen stößt eine Lokomotive zischend den Dampf aus, aber die Männer sehen und hören nichts von alledem, die stehen da, ohne sich zu rühren, ohne ein Wort zu sagen, den Blick starr zu Boden gerichtet.

Schröter ist der erste, der sich aus der Starre reißt, er läuft mit langen Sätzen über den Damm auf das Sanitätsauto zu, spricht mit dem Fahrer und zerrt dann eine Tragbahre aus dem Wagen. Lassehn springt zu und faßt mit an, dann legen sie Klose auf die Bahre. Jeder handelt wie unter einem Zwang, keiner spricht ein Wort dabei, ihre Gesichter sind wie zu Wachsmasken erstarrt.

Über ihnen tobt das Feuer der Schlacht, rings um sie lohen Brände, Qualm und Rauch wälzen sich durch die Straße, wie warmer, körniger Staub senkt sich ein Aschenregen auf sie, aber sie setzen langsam Schritt vor Schritt. Als sie Kloses Haus fast erreicht haben, schlägt eine Granate kurz vor ihnen ein, Gregor wird durch den Luftdruck in die Knie geworfen, Gesteinsbrokken und Eisensplitter wirbeln um sie herum, alles ist für Sekunden in Staub gehüllt.

Lassehn wird von einem Splitter gestreift, der ihm die Stirnhaut ritzt, sein Blut tropft wie rote Tränen auf die Bahre, auf der Klose liegt.

Als Gregor wieder fest auf den Füßen steht, gehen sie weiter und setzen die Trage im Hausflur ab.

»Wartet hier«, sagt Dr. Böttcher und läuft mit langen, ungeschickten Schritten über den Hof. Nach wenigen Minuten kommt er zurück, er trägt zwei Spaten und reicht Wiegand einen. »Wir beide fangen an«, sagt er. »Komm!«

Dr. Böttcher und Wiegand beginnen in dem schmalen Erdstreifen auf dem Hofe zu graben, sie werfen Scholle um Scholle auf, keiner spricht ein Wort dabei, ihre Gesichter sind in einen tiefen Ernst gespannt, ihre Augen starr in das Erdreich gerichtet, das sich unter ihren Füßen immer tiefer auftut. Über dem kleinen Viereck, das die Hausmauern bilden, hängt ein grauer, verhangener Himmel, ein böiger Wind treibt schwarze Rauchwolken mit heftigen Stößen vor sich hin, schwerer Brandgeruch steigt in den tiefen Hofschacht hinein und erstickt den Geruch der umgebrochenen Erde.

Nach einigen Minuten lösen Lassehn und Schröter ab. Auch jetzt wird kein Wort gesprochen, Lassehn und Schröter stehen mit fordernden Blicken vor Dr. Böttcher und Wiegand und strecken die Hände nach den Spaten aus. Alle fünf graben nun abwechselnd, dann betten sie den Toten in das ausgehobene Grab.

Eine Minute noch stehen sie mit entblößten Häuptern. Lassehn fühlt, wie ihm die Tränen in die Augen steigen, in Wiegands Gesicht zuckt es heftig. Dr. Böttcher hat die Mundwinkel tief nach unten gezogen und die Augen halb geschlossen, Schröter hat die Hände zu Fäusten geballt und den Kopf weit vorgestreckt, nur Gregors Gesicht ist still und unbewegt, von schmerzlicher Resignation überschattet.

»Vater unser, der du bist im Himmel ...«, murmelt er.

Als er geendet hat, beginnen die Männer das Grab zuzuwerfen. Über ihnen rasen mit unheimlichem Heulen die glühenden Geschosse der Nebelwerfer.

XIV

26. April

Der Kampf um Berlin ist in ein Stadium eingetreten, das später einmal als das Sodom und Gomorrha einer modernen Großstadt bezeichnet werden wird. Der Morgen bricht herein, fahl sickert sein trübes Licht auf die Ruinenfelder herab: ein neuer Tag zieht herauf. Die Geschütze werden wieder aufbrüllen und Tod und Verderben über die Stadt schütten, die Flieger werden wieder wie vorsintflutliche Pterodaktylen über die Dächer rasen und mit eisernen Schnäbeln auf alles Leben einhacken, wieder werden Soldaten in einen sinnlosen Kampf getrieben, getötet oder verstümmelt werden, Frauen in bitterster Sorge um ihre Kinder nach Milch und Brot durch die zertrümmerten Straßen irren und von der Sense des Todes niedergemäht werden, Millionen Menschen weiterhin frierend, hungernd, fiebernd, angsterfüllt in Kellern und Untergrundbahnschächten kauern, werden Häuser zerspalten und Brände sich durch die Straßen fressen, Brücken wie gefällte Riesen in das Wasser der Flüsse und Kanäle sinken, wird die erste Blüte des Frühlings von Pulver, Rauch und Qualm überstäubt werden, werden Gebete, Flüche, Schreie, Wimmern, Todesröcheln in einen Himmel steigen, der eine dichte Wolkenwand vor sich und die Gestirne gezogen hat. Obwohl das Trümmermeer Berlin bereits in zwei Zonen zerfallen ist, in einen von den Russen eroberten und einen noch von den Deutschen verteidigten Teil, sind die Schrecken auch für die dem Kampfe bereits entrückte Bevölkerung nicht geringer, denn die deutsche Artillerie nimmt befehlsgemäß die Häuser ihrer eigenen Stadt unter Beschuß, und die deutsche Luftwaffe wirft Bomben gleichermaßen auf die bolschewistischen Feinde wie auf die deutschen, eben noch von ihr angeblich verteidigten Volksgenossen, aber während dort die letzten kläglichen Reste der einstigen Gewaltordnung im blutigen Chaos verröcheln, sind hier bereits die ersten Ansätze einer neuen Ordnung zu erkennen, wird das erste Brot wieder gebacken und von den Lastwagen der Roten Armee herab verteilt. Aber die russischen Soldaten sind nicht nur Befreier, viele sind auch Plünderer und Vergewaltiger.

Das alles geschieht, weil ein irrsinniger Hysteriker in seinem Vernichtungstrieb beschlossen hat, die Stadt rücksichtslos zu opfern, um sein Ende um wenige Tage hinauszuschieben und dann *›in heroischer Haltung auf den Ruinen Berlins zu fallen‹*. Er kauert in seinem Bunker und steht durch Funk, Fernschreiber und Telefon mit Generaloberst Jodl, Chef des Wehrmachtsführungsstabs, General der Artillerie Weidling, Wehrkreisbefehlshaber, Generalleutnant Reymann, Kampfkommandant von Berlin, General Braun, dem Chef des Heeresnachrichtenwesens, Generaloberst Schörner, Führer der Heeresgruppe Mitte, und Generaloberst von Henrici, Führer der Heeresgruppe Weichsel, in Verbindung, und obgleich die Aussichtslosigkeit der Lage mit jeder neuen Meldung deutlicher wird – in Berlin sind die Russen von Norden her bis zum Gesundbrunnen, von Süden bis Tempelhof und Friedenau, von Westen bis Spandau und Charlottenburg, von Osten bis zum Schlesischen und Görlitzer Bahnhof vorgedrungen, die Reichskanzlei liegt unter direktem Beschuß, um Berlin herum wird eine Division nach der anderen zerschlagen, Rathenow, Wittenberg, Prenzlau, Stettin werden von den Russen, Regensburg, Ingolstadt und Augsburg von den Amerikanern, Bremen von den Engländern erobert –, unternimmt es niemand, dem Tobsüchtigen in die Arme zu fallen. Zwischen Stunden völliger Teilnahmslosigkeit und wilder Raserei ist er noch jeden Zoll ein Führer, er befiehlt den Generaloberst Ritter von Greim aus Rechlin in Mecklenburg zu sich, der mit einem Fieseler-Storch auf der Charlottenburger Chaussee landet und dabei verwundet wird, und sagt: *»Ich habe Sie gerufen, weil Göring mich verraten hat«*, ernennt ihn zum Oberbefehlshaber der Luftflotte und befördert ihn zum Generalfeldmarschall, er ordnet an und leistet Unterschriften, ernennt und setzt ab, empfängt Abordnungen der in Berlin kämpfenden Truppen und verleiht Orden, er versetzt Fähnchen auf einer Karte von Berlin und

Umgebung und dirigiert Armeen, die nicht mehr existieren, er schließt mit seinem Intimus Martin Bormann einen Todesvertrag und veranstaltet Proben der geplanten Selbstmorde. Goebbels, in seinem Bunker unter der alten Reichskanzlei, ist von einer ununterbrochenen Redelust befallen, seine Kinder singen das Lied vom ›*Onkel Führer*‹, Bormann, der von seinem Bunker unter dem Postministerium in den Führerbunker übergesiedelt ist, schreibt in seinem Tagebuch und erkundigt sich fortwährend nach dem genauen Wortlaut der Äußerungen des Führers, Eva Braun beschäftigt sich damit, ihre Fingernägel zu polieren, sich des öfteren umzuziehen und wiederholt zu äußern: *»Besser, daß Hunderttausende andere sterben, als daß Er für Deutschland verlorengeht.«*

Nach einer unruhigen Nacht, die fortwährend von Detonationen und dem Knattern der Maschinengewehre aufgewühlt wird, geht in den frühen Morgenstunden ein Höllengewitter über die Gegend zwischen dem Schlesischen Bahnhof und der Jannowitzbrücke nieder. Als die Geschütze schweigen, setzt das Bellen der Granatwerfer ein und rückt das Knattern der Maschinengewehre näher. Es ist nicht mehr ein einziger ferner auf- und abschwellender Ton, jeder Schuß ist jetzt ein selbständiger Knall.

»Sie rücken näher«, sagt Wiegand. »Hört ihr die Maschinengewehre?«

»Vielleicht ist es heute soweit«, meint Schröter und geht unruhig hin und her. »Ich möchte am liebsten auf die Straße, um die Lage zu spannen.«

»Mach keinen Unsinn«, sagt Wiegand. »Oder hast du Lust, noch in irgendeine Formation gesteckt zu werden?«

»Natürlich nicht«, antwortet Schröter, »aber abwechselnd hier im Zimmer oder unten im Keller zu hocken, das macht mich ganz verrückt. Mir reicht's jedenfalls.«

»Geht uns allen so«, sagt Dr. Böttcher, »aber ich habe gesehen, wie sie es machen, Schröter. Wie eine Hundefängerkolonne durchstreift die Feldpolizei die Straßen, und wehe dem Mann, der noch einigermaßen rüstig aussieht, den schleppen sie mit, da nutzt auch kein Ausweis mehr, sie werden sämtlich zu Helden gepreßt – oder aufgehängt. Das geht sehr schnell, ein einziges abfälliges Wort, eine kleine Denunziation, schon ist der Strick um den Hals gelegt.«

»Genau so ist man im Mittelalter mit den sogenannten Hexen verfahren«, sagt Lassehn. »Schon der Verdacht genügte ...«

»Der Hexenprozeß war immerhin ein gerichtliches Verfahren«, entgegnet Dr. Böttcher, »natürlich ein sehr anfechtbares, aber es war doch immerhin ein Gericht, es gab sogar ein Gesetzbuch, den ›Hexenhammer‹, das Urteil wurde von einem Gremium gesprochen, und außerdem liegen die Hexenprozesse ein paar Jahrhunderte zurück, sie vollzogen sich in einer Atmosphäre finstersten Aberglaubens, aber jetzt, einhundertfünfzig Jahre nach der Proklamierung der Menschenrechte, im zwanzigsten Jahrhundert, in einem Staat, der unser Leben bis in den allerletzten Winkel durchorganisiert, der jeden Vorgang unseres bürgerlichen Daseins in exakte Gesetze gepreßt hat und der jetzt am Verröcheln ist, alle seine eigenen Grundsätze mißachtet und wie eine angeschossene Bestie wild um sich schlägt, jetzt entscheidet irgendein Lümmel, der ein paar Sterne oder Litzen auf den Achselstücken oder am Kragen trägt, mit einer Handbewegung über Leben und Tod und fügt den Hekatomben von Leichen, auf denen er steht, mit einer lässigen Handbewegung eine weitere hinzu, niemandem Rechenschaft schuldig. Wir halten im allerletzten Stadium des Nationalsozialismus, die uns angeblich arteigene Ordnung der Menschenverachtung wird zum wüstesten Nihilismus, die Rechtsunsicherheit zur absoluten Anarchie.«

»Das ist alles hundertprozentig richtig, was Sie eben sagten«, meint Gregor langsam, »es trifft zwar den Kern, aber es ist zu intellektuell empfunden, nein, nicht empfunden, sondern erfaßt, denn das Empfinden wiederzugeben, das uns befällt, dazu sind Worte nicht imstande. Mich packt eine Art ohnmächtiger Verachtung, es schüttelt mich ...«

»Ihr seid intellektuell überzüchtet«, sagt Wiegand, »daß ihr kaum mehr als einen gewissermaßen wissenschaftlichen oder politischen Abscheu, aber keinen heißen, zupackenden Zorn mehr empfinden könnt, alles geht bei euch erst durch den Filter des Verstandes.«

»Es wäre der Erörterung wert, ob der kühle Verstand und die heißen Herzen sich nicht vorzüglich ergänzen«, sagt Gregor, »ja, ob sie einander nicht sogar bedingen.«

»Wir wollen jetzt keine akademischen Auseinandersetzungen pflegen«, sagt Dr. Böttcher, »womöglich mit Contrat social und Kommunistischem Manifest, denn erstens ist jetzt nicht die Zeit dafür, und zweitens, weil es klopft.«

Alle lauschen.

Es klopft, drei Schläge, kurze Pause, zwei Schläge.

»Das ist unser Zeichen«, sagt Wiegand und steht auf. »Wer kann das sein?«

»Wirst du sofort sehen, wenn du öffnest«, meint Schröter mit einladender Handbewegung.

Wiegand verläßt das Zimmer und kehrt gleich mit dem Oberleutnant Tolksdorff zurück.

Tolksdorff ist ein wenig außer Atem, sein Gesicht ist gerötet, der Mund leicht geöffnet, die Lippen flattern unruhig.

»Herrschaften«, sagt er hastig, »es droht Gefahr. Die Russen sind nicht mehr weit weg und ...«

»Die Russen sind keine Gefahr für uns«, unterbricht ihn Schröter schroff.

»Das ist mir nicht unbekannt«, entgegnet der Oberleutnant. »Sie haben mich nicht ausreden lassen. Die Russen sind schon ganz nahe, und deshalb kämmt die ss alle Häuser von oben bis unten durch und schleppt jeden Mann mit, sie sind wie besessen.«

»Sie meinen also, wir können hier nicht bleiben?« fragt Dr. Böttcher.

»So ist es«, erwidert Tolksdorff. »Sie sind fünf gesunde, rüstige Männer, das sieht verdammt verdächtig aus. Es gibt eigentlich nur eine Möglichkeit ...«

»Wo stehen die Russen denn?« fragt Schröter wieder dazwischen. »Sie gehen in drei Gruppen vor, die eine kommt durch die Stralauer Allee und die Mühlenstraße hoch, die zweite durch die Revaler und Memeler Straße, und die dritte Gruppe stößt über die Eisenbahngeleise von der Warschauer Brücke her vor.«

»Das ist doch nicht von Bedeutung«, wirft Gregor ein.

»Das ist sogar von großer Bedeutung«, widerspricht Schröter. »Denn wenn die Russen schon so nahe sind, daß sie beinahe jeden Augenblick hiersein können ... So ist es doch, Herr Oberleutnant, nicht wahr?«

»Das ist nicht genau vorauszubestimmen«, antwortet der Offizier. »In der Revaler Straße und in der Stralauer Allee wird anscheinend heftiger Widerstand geleistet, da kommen die Russen nur langsam vorwärts, nur die mittlere Gruppe, die auf dem Bahneinschnitt vorgeht, ist schneller, die Sprengung der Warschauer Brücke hat sie nicht aufgehalten.«

»Und wie weit sind sie? Haben Sie 'ne ungefähre Ahnung?« fragt Schröter hartnäckig weiter.

»Diese Erörterungen scheinen mir müßig zu sein«, greift Dr. Böttcher ungeduldig ein. »Der Oberleutnant ist nicht zu uns gekommen, um hier eine Lagebesprechung abzuhalten. Sie sagten vorhin, es gäbe nur eine Möglichkeit, ich nehme an, Sie meinen eine Möglichkeit, uns vor den SS-Horden zu bewahren.«

Tolksdorff nickt lebhaft. »Ja, ja. Und diese eine Möglichkeit ...«

»... heißt hierbleiben und warten!« fällt Schröter ein.

»Nein«, sagt der Oberleutnant entschieden mit einer ungeduldigen Handbewegung, »viel eher als die Russen ist die SS hier, sie ist nur ein paar Häuser weiter, rechts von hier. Nein, die einzige Möglichkeit ist, daß Sie Ihre Volkssturmbinden anlegen und sich in meine Kompanie (was man jetzt so Kompanie nennt) einreihen. Ich halte das für den besten Schutz.«

»Und was dann weiter?« forscht Schröter.

»Das Weitere wird sich aus der Situation ergeben«, antwortet der Oberleutnant. »In den Straßen gibt es immer eine Möglichkeit, sich seitwärts in die Büsche zu schlagen, kurz bevor die Russen da sind, im großen Durcheinander fällt das gar nicht auf, hier aber sitzen Sie wunderbar auf dem Präsentierteller, da kann es Ihnen passieren, daß Sie gleich abgeknallt werden. Die SS wird hier von einem Hauptsturmführer geführt, der Kerl ist wie besessen, ich hätte nie gedacht, daß ein Mensch so sein kann, dabei ist der ganze Bursche kaum Mitte Zwanzig. Ich habe noch kein Wort aus seinem Mund gehört, das nicht gebrüllt oder wie ein Befehl gezischt wurde, kein Wort, das nicht eiskalter Zynismus und blutiger Hohn ist …« Tolksdorff schüttelt sich. »Wollen Sie sich diesem Unmenschen aussetzen?«

Schröter gestikuliert aufgeregt. »Mann, ich habe nicht zwölf Jahre auf die Freiheit gewartet, um mich jetzt draußen den Granaten und Kugeln und den Befehlen dieses ss-Offiziers auszusetzen.«

»Der Oberleutnant lächelt. »Eine jede Kugel, die trifft ja nicht«, sagt er und wird wieder ernst. »Aber wenn Sie hierbleiben wollen … Es war nur ein Vorschlag, ein gutgemeinter Vorschlag, meine Herren …«

»Wir müssen uns schnell entscheiden«, sagt Dr. Böttcher. »Wenn die Spürhunde schon in den Nebenhäusern sind … Sich in irgendeiner Wohnung zu verbergen hat wohl auch keinen Sinn?«

»Die schlagen jede Tür ein, die nicht offensteht«, erwidert Tolksdorff.

»Und klauen«, ergänzt Schröter.

»Worauf Sie sich verlassen können«, bestätigt der Oberleutnant und wendet sich wieder Dr. Böttcher zu. »Entscheiden Sie sich, meine Herren, die Zeit ist kurz, und die Minuten sind kostbar.«

»Ich bin für den Vorschlag des Oberleutnants«, sagt Dr. Böttcher.

»Und ihr?«

Gregor und Lassehn schließen sich ihm an, Schröter verharrt noch unschlüssig.

Wiegand sieht für Sekunden mit völlig abwesendem Blick zu Boden. »Der Hauptsturmführer, von dem Sie vorhin sprachen«, sagt er langsam, »kennen Sie zufällig seinen Namen?«

»Ja«, antwortet Tolksdorff, »Wiegand heißt er, die Leute nennen ihn Robert den Teufel.«

»Dann kann ich nicht mitkommen«, sagt Wiegand entschlossen. »Nein, das geht nicht.«

»Weshalb denn nicht?« fragt der Oberleutnant erstaunt.

»Dieser Hauptsturmführer … ja, er ist mein Sohn«, antwortet Wiegand mit tonloser Stimme.

»Ihr Sohn?« fragt Tolksdorff erstaunt.

»Ja, mein Sohn«, bestätigt Wiegand.

»Das ist kein Grund ...«

»Das ist ein sehr gewichtiger Grund!«

»Verstehe ich nicht«, sagt Tolksdorff ratlos. »Gerade weil es Ihr Sohn ist ...«

»Jawohl, gerade weil es mein Sohn ist, Herr Oberleutnant«, wiederholt Wiegand, »niemand kennt meine politische Vergangenheit, meinen unbeugsamen Widerstand und meinen tiefen Haß gegen den Nationalsozialismus so genau wie er.«

»Aber Sie sind doch sein Vater«, beharrt der Oberleutnant.

»Was ändert das? Ist Ihnen noch nicht aufgegangen, daß es eine der ersten Aufgaben des Nationalsozialismus war, alle menschlichen Beziehungen aufzulösen und das starre Prinzip an deren Stelle zu setzen?«

»Sie meinen, Ihr Sohn würde gegen seinen eigenen Vater vorgehen? Nein, das kann ich nicht glauben.«

»Ich weiß, was ich sage, Herr Oberleutnant«, entgegnet Wiegand bestimmt. »Vor ein paar Jahren äußerte er einmal, daß man am besten daran täte, einen so obstinaten Staatsfeind wie mich für immer hinter Gitter zu setzen.«

»Das ist einfach nicht zu fassen«, sagt der Oberleutnant.

»Sie müssen einsehen lernen, Herr Oberleutnant«, sagt Dr. Böttcher, »daß der Nationalsozialismus das Aushängeschild einer skrupellosen Verbrecherbande ist. Was Sie bisher nur als militärische Fehler, Disziplinlosigkeiten, gelegentliche Übergriffe oder vereinzelte Ausschreitungen angesehen haben, ist in Wirklichkeit ein ungeheuerliches System von Mord und Plünderung, Geistesschändung und Menschenverachtung, aber darüber werden wir einmal in ruhigeren Zeiten reden. Also ich bin für den Vorschlag des Oberleutnants.«

»Na, denn also los«, sagt Schröter und holt seine Volkssturmarmbinde aus der Tasche. »Aber das sage ich Ihnen gleich, mein verehrter Herr Oberleutnant, auf Russen schieße ich nicht. Wenn's darauf ankommt, drehe ich eher die Knarre um.«

»Glauben Sie, wir tun es?« fragt Gregor. »Wenn schon geschossen werden muß, dann in die Luft, das ist selbstverständlich.«

»Und Sie müssen sich gut verstecken, Herr Wiegand«, sagt Tolksdorff. »Wie ich zufällig hörte, steht das Lokal hier in einem besonderen Verdacht, da ist irgend so ein Politischer Leiter, Hoffmeister oder so ähnlich, der dauernd unter Alkohol steht, dieser Mann faselt immerzu von einem Amtswalter, der unter verdächtigen Umständen plötzlich verschwunden sein soll. Wissen Sie etwas darüber?«

»Keine Ahnung«, sagt Dr. Böttcher schnell. »Also ab dafür. Wiedersehen, Wiegand.«

»Verflucht, daß wir jetzt nicht zusammenbleiben können«, sagt Wiegand und drückt die ihm entgegengestreckten Hände.

Ein paar Händedrücke, ein kurzes Nicken, dann laufen die Männer über den Hof und durch den Hausflur auf die Straße. Lassehn hat noch im Laufen einen Blick auf Kloses Grab geworfen und für den Bruchteil einer Sekunde das gutmütige Gesicht des dicken Gastwirts vor sich gesehen, wie er damals – es scheint unendlich lange her zu sein, und dabei sind doch erst zehn Tage seitdem vergangen – breit und behäbig vor ihm gestanden und überlegen lächelnd auf den Revolver geblickt hat.

Aber jetzt ist nicht Zeit, Gedanken nachzuhängen. Der kleine Trupp überquert die Straße und erreicht mit ein paar langen Sprüngen das Bahnhofsgebäude. Im Schalterraum, in den Gängen und den Wartesälen herrscht ein tolles Durcheinander, fliegende Sanitätskolonnen, Feldküchen, Schreibstuben, Stäbe, Munitionsdepots sind hier untergebracht, aber alles ist im Aufbruch begriffen, hastig, eilig, nervös, Verbandmull, zerbrochene Medikamentenflaschen, leere Konservenbüchsen, Aktenbündel, Stahlhelme, Gasmasken, Brotreste, zerbrochene Stühle und Tische, Knäuel von Telefondraht, Zigarettenstummel, Zeltplanen liegen umher, alles bedeckt von den grauweißen Wolken des unaufhörlich von Decken und Wänden rieselnden Kalkstaubes, dem Rauch der Feldküchen, dem Qualm der brennenden Häuser.

ss-Feldgendarmerie durchpflügt alle Räume, ihre Augen laufen wie die flinker, gefräßiger Ratten umher. »Alle Mann nach dem Küstriner Platz!« rufen sie immer wieder. »Außer Schwerverwundeten und Sanitätern!« Ihre Stimmen klingen wie heiseres Bellen.

»Hat ja alles keinen Sinn mehr«, sagt ein älterer Landser. »Ist doch alles ...«

Ein Stoß in den Rücken läßt ihn schweigen. »Halt die Schnauze, altes Rübenschwein«, sagt ein Unterscharführer drohend. »Mach, daß du nach vorn kommst, aber 'n bißchen fix.«

Der Landser nimmt sein Gewehr von der Wand, er hantiert langsam, knöpft seinen Uniformrock auf und wieder zu und blickt verstohlen auf die Streife, die schon ein paar Schritte weitergegangen ist. »Saubande, verfluchte«, murmelt er und macht sich an seinen Stiefeln zu schaffen.

Der Unterscharführer dreht sich mit einem Ruck herum und ist mit einem Sprung wieder bei dem Landser. »Du bist ja noch hier!« brüllt er. »Hast wohl gedacht, wenn wir 'n paar Schritte weg sind, ist alles erledigt, was?«

Der Landser hängt sich sein Gewehr um und setzt sich in Bewegung.

»Ich geh' ja schon«, sagt er. »Man wird doch wohl noch ...«

»Gar nichts darfst du, du Mistkäfer«, brüllt der ss-Mann. »Versuch ja nicht, abzuhaun, sonst ...« Er hebt die Maschinenpistole und spielt mit dem Abzug, über sein brutales Gesicht läuft ein widerliches Grinsen. »Peng, sagte die Jungfrau, und da war sie keine mehr. Hau ab, du mit Lumpen behangener Kleiderständer!«

Lassehn ballt die Fäuste und zieht die Lippen fest zwischen die Zähne.

»Ruhe, Junge«, flüstert Dr. Böttcher ihm zu, der ihn genau beobachtet hat, »nur Ruhe. Ich weiß, es ist schwer, ein Gewehr in der Hand zu haben und nicht schießen zu dürfen.«

Sie winden sich durch die Gänge, an den Wartesälen und Wehrmachtsunterkünften vorbei zum Ausgang nach der Fruchtstraße, an ihnen vorbei drängt sich ein junger Gefreiter, er hinkt stark und hält die flüchtig verbundene Hand senkrecht hoch. Als er an Lassehn vorbeigeht, läuft er gerade der ss-Streife in die Arme. »Komm her, du Knabe«, ruft der Unterscharführer. »Wo willst du denn hin?«

»Einen anständigen Verband anlegen lassen, Unterscharführer«, antwortet der Gefreite.

»Quatsch mit Soße«, sagt der Unterscharführer. »Der Verband genügt. Drücken willst du dich! Hast wohl die Hosen voll, wenn der Iwan anrückt?«

»Nein, Unterscharführer«, widerspricht der Gefreite. »Außerdem habe ich mir den rechten Fuß verstaucht.«

»Und außerdem sitzt dir 'n Furz verquer, und du hast Sodbrennen«, äfft der Begleiter, ein Scharführer, ihm nach. »Mensch, mach, daß du wieder nach vorn kommst, sonst ... Du, wir fakkeln nicht lange, peng, sagte die Jungfrau, und da war sie keine mehr. Hast du verstanden?«

»Der Herr Leutnant hat mir aber ausdrücklich befohlen ...«, will sich der Gefreite widersetzen.

»Scheiß auf deinen Leutnant!« sagt der Unterscharführer und legt den Finger an den Abzug seiner Maschinenpistole. »Der hat hier gar nichts mehr zu sagen. Los, hau ab!«

Der Gefreite gibt sich noch immer nicht geschlagen. »Aber die Verwundung kann doch ... Der Herr Leutnant hat mir ausdrücklich befohlen ...«

»Halt die Fresse, du elendes Würstchen«, sagt der Unterscharführer. »Noch ein Wort, und ich jag' dir 'ne Serie von blauen Bohnen in den Hintern, daß du für alle Zeiten das Scheißen vergißt. Allez hopp!«

In das Gesicht des Gefreiten schießt eine heftige Röte, er stemmt die Füße fest gegen den Steinboden und rührt sich nicht von der Stelle.

»Und wenn mir dadurch die Hand abgenommen werden muß, weil die Wunde nicht rechtzeitig behandelt wurde ...«

»Geht mich 'nen Scheißdreck an«, faucht der Hauptscharführer. »Wenn du jetzt nicht sofort gehst ... Mensch, mir platzt gleich der Kragen.«

Tolksdorff kann nicht länger an sich halten, er tritt an die Gruppe heran. »Hauptscharführer, lassen Sie den Gefreiten zum Verbandsplatz gehen«, sagt er energisch.

Die beiden SS-Männer nehmen nachlässig die Hacken zusammen und heben die Hände zum deutschen Gruß. »Tut mir leid, Herr Oberleutnant, aber ich kann Ihren Befehl nicht entgegennehmen«, sagt der Hauptscharführer und blickt Tolksdorff mit verhalten-grimmigem Lächeln ins Gesicht.

»Was fällt Ihnen ein?« fährt Tolksdorff auf.

Der Hauptscharführer zuckt mit den Achseln. »Ausdrücklicher Befehl, Herr Oberleutnant«, sagt er und wendet sich wieder dem Gefreiten zu. »Steh hier nicht rum«, fährt er ihn an und hebt die Maschinenpistole. »Gleich hat's gebumst.«

Der Gefreite wagt nicht mehr zu widersprechen, aber er dreht sich noch immer unschlüssig auf den Absätzen und blickt den Oberleutnant hilfesuchend an.

Der Unterscharführer bemerkt den Blick und lächelt spöttisch. »Ist nicht drin, was du denkst. Los, ab durch die Mitte und nach vorn, sonst rauscht der Wald, wackelt die Wand.« Er versetzt dem Gefreiten einen Stoß gegen die Schulter und wendet sich dann wieder an den Oberleutnant. »Ich würde auch Herrn Oberleutnant raten, sich unverzüglich in die Hauptkampflinie zu begeben.«

Der Gefreite ist zwei Schritte vorwärts getaumelt, aber er setzt den Weg nicht fort, er wendet sich wieder zurück, nimmt vor Tolksdorff stramme Haltung an und legt die rechte Hand salutierend an den Stahlhelm. »Ich bitte Herrn Oberleutnant ...«

Weiter kommt er nicht. Der Unterscharführer hat die Maschinenpistole gehoben und viermal gefeuert, die Schüsse hallen wie Donnerschläge in dem Gange und übertönen sogar das Feuer der Artillerie und der Werfer, der Gefreite sinkt in sich zusammen und fällt zur Seite, der Helm schlägt hart gegen die Mauer, die Füße rutschen mit einem scharrenden Geräusch weg.

Der Hauptscharführer zuckt die Achseln. »Hab' genug Geduld mit dem gehabt«, sagt er gleichmütig. »So ein feiges Schwein ...«

Der Oberleutnant und seine Gruppe stehen für Sekunden wie erstarrt.

»Was steht ihr da und glotzt wie die Kälber!« brüllt der Hauptscharführer. »Paßt euch wohl nicht, daß die Feiglinge umgelegt werden? Elendes Drecksgesindel! Los, räumt den aus dem Wege, aber 'n bißchen fix, sonst knallt's gleich noch mal.«

Tolksdorff macht mit dem Kopf eine befehlende Bewegung, Lassehn und Schröter legen den Gefreiten auf eine Bank. Dr. Böttcher untersucht ihn flüchtig und bricht die untere Hälfte der Erkennungsmarke ab.

»Und Sie begeben sich mit Ihren Leuten in die HKL, Herr Oberleutnant«, sagt der Hauptscharführer befehlend. »Oder worauf warten Sie noch? Auf Schnee?«

Tolksdorff beißt sich auf die Lippen und dreht sich brüsk um. »Kommen Sie!« Er gibt sich Mühe, laut und im Befehlston zu sprechen, aber es gelingt ihm nicht ganz, Wut, Scham, Ekel drükken ihm fast die Kehle zu, aber es ist auch noch etwas anderes, was ihm die Sprache verschlägt, eine ohnmächtige Hilflosigkeit, diesen Bestien ausgeliefert zu sein, die kaltblütig Menschenleben vernichten, wie andere nicht einmal einen Käfer zertreten.

Sie verlassen den Bahnhof, gehen unter dem Eisenbahnviadukt hindurch, durch die Fruchtstraße, am großen Hochbunker, an den Lagerräumen vorbei, stolpern zwischen Güterwagen und Lokomotiven, über Geleise und Weichen. In aller Eile sind hier Einmannlöcher ausgehoben, Maschinengewehre in Stellwerken und auf Güterwagen aufgestellt, ein paar Feldartilleriegeschütze in Stellung gebracht, Volkssturmmänner, Bodenpersonal der Luftwaffe, ein paar Bahnpolizisten hocken dabei, und überall streunen SS-Leute umher, mit geröteten Gesichtern, zusammengekniffenen Augen, strichdünnen Mündern, die Stahlhelme oder Mützen in den Nacken geschoben, Maschinenpistolen in den Händen. Sie laufen herum wie bissige Köter, ihre Blicke sind hart, sie schlagen jeden Widerstand nieder, zerstampfen jede Bereitschaft, zerfleischen jede Auflehnung, sie schleudern Haß, Gemeinheit und Mord, die Worte spritzen wie Geifer aus den Mündern, rauh, heiser, gurgelnd, sie sprechen nicht, sie bellen, sie blicken nicht, sie lauern, sie lachen nicht, sie grinsen, sie gehen nicht, sie schleichen.

Die Gruppe Tolksdorff läuft über aufgerissene Geleise, die Schienen stechen gekrümmt in die Luft, als habe eine Riesenfaust begonnen, sie aufzurollen, sie stolpern über zerschmetterte Schwellen, umgestürzte Signal- und Lichtmasten, sie winden sich durch das Gewirr ausgebrannter und zerstörter Waggons, deren Eisengerüste bizarre Figuren in den hellblauen Himmel schneiden, über ihnen orgelt und pfeift es, Einschläge prasseln nieder, Fontänen von Schottersteinen spritzen nach allen Seiten auseinander, Güterwagen brennen, schwelen, qualmen, rauchen, lodern, Gestank von verbranntem Gummi streicht wie eine Gaswolke über das Gelände.

Inmitten der Gleisanlagen steht ein ausrangierter Güterwagen, er hat bisher als Unterkunft für Eisenbahnarbeiter gedient und ist merkwürdigerweise noch fast unbeschädigt, in das Dach haben Granatsplitter ein paar kleine Löcher gerissen, und aus einer Stirnwand ist ein Brett herausgebrochen und die ehemals dunkelrote Farbe ist einem verwaschenen Hellrot gewichen, aber die Personalien des Wagens sind noch klar zu erkennen: Kassel 16 741 Gh steht da in mißfarbenem Weiß, [15,0 t / 17,5 t], ‹21,3 m³›, [10 620 kg], sogar das Drahtnetz, das früher die Begleitzettel aufgenommen hat, ist noch vorhanden, aber alle diese Bezeichnungen sind längst außer Kraft gesetzt, denn der Waggon hat sich schon vor Jahren von seinen Kollegen aus Königsberg und Leipzig, München und Essen, Breslau und Frankfurt verabschiedet und sich auf dem Ostbahnhof zur Ruhe gesetzt. Seine vorzeitige Pensionierung hat ihn davor bewahrt, mit seinen zwangsverschleppten Brüdern SF France und FS Italia, PKP und CCCP, Nederland und BMB/ČSD in einem Zuge zu laufen; er ist gewissermaßen stationär geworden, und so wie ein alter Seebär sich in der Nähe des großen Wassers für seinen Lebensabend niederläßt, so ist der ausgediente Güterwagen hier auf dem weiten Gelände des Berliner Ostbahnhofes zwischen den eisernen Bändern der Geleise und inmitten des Rußes und Rauches der Lokomotiven vor Anker gegangen und hat sich der 63. Bahnmeisterei zur Verfügung gestellt. Jetzt aber hat sogar das Schild ›Geräteraum der 63. Bahnmeisterei‹ seine Gültigkeit verloren, denn er trägt jetzt verschiedene militärische Bezeichnungen, eilig mit Kreide hingeworfen und nur für den Eingeweihten verständlich.

»Da hinein«, sagt Tolksdorff und deutet auf den Waggon.

Lassehn schiebt die Tür auf, ein trübes Halbdunkel erfüllt den Waggon, nur durch die Oberluken und die Löcher im Dach dringt das von Wolken verhängte Licht des Tages. Ein paar Soldaten sitzen auf einer schmalen Bank, die Füße weit von sich gestreckt, die Rücken gegen die Längswand gelehnt, einer hockt auf einem Schemel, hat den Kopf auf eine Drehbank gelegt und schläft, allerlei Gerät liegt umher, Stopfhacken, Gabeln, Schraubenschlüssel,

Verlängerungsrohre, Teereimer, Holzhammer, Dübel, Wasserwaagen, Winden, Brechstangen, Schienenzangen, Karbidlampen. »Achtung!« ruft einer der Soldaten, als Tolksdorff eintritt.

Tolksdorff winkt rasch ab. »Hier kommt noch Zuwachs«, sagt er und wendet sich an Dr. Böttcher. »Komfortabel ist es hier gerade nicht, aber das haben Sie wohl auch nicht erwartet.«

»Und was nun weiter?« fragt Schröter und schiebt die Tür wieder zu.

Der Oberleutnant zuckt die Achseln. »Wird sich herausstellen«, antwortet er.

»Was ist das für ein Kommando?« fragt Gregor.

»Wir haben die ankommenden Züge und ihre Entladung zu überwachen«, erwidert Tolksdorff, »das heißt, wir hatten es, jetzt kommt ja kein Zug mehr. Woher denn auch? Der letzte Güterzug, den wir bewachten, brennt seit gestern nacht, das Kommando ist praktisch überflüssig geworden.« Er wirft einen raschen Blick auf die Soldaten. »Die Leute sind ziemlich fertig, sie wollen auch nicht mehr.«

»Wer will denn heute überhaupt noch?« fragt Schröter.

»Keiner«, erwidert Tolksdorff, »aber sie machen alle noch weiter mit, das ist es ja eben ...«

»Dem Soldaten ergeht es wie einem Hund«, sagt Dr. Böttcher und stützt sich auf einen schweren Vorschlaghammer, »er will von der Leine, aber je mehr er zieht und zerrt, um so mehr würgt ihn das Halsband. Er kann sich aus der Schlinge nur befreien, wenn er sich entschließen würde, denjenigen, der das andere Ende der Leine in der Hand hält, anzuspringen, aber das tut er nicht.«

»Nein, das tut er nicht«, wiederholt Tolksdorff leise.

»Da hinten in der Ecke liegen ein paar Brote, wenn ihr Hunger habt«, sagt einer der Soldaten, ohne seine Haltung zu ändern, er sitzt mit geschlossenen Augen da, hat die Ellenbogen auf die Knie gestützt und das Kinn in die offenen Hände gelegt.

»Danke«, sagt Lassehn, »wir sind nicht hungrig.«

»Man nicht so stolz«, sagt der Soldat. »Bist du wohl nicht gewöhnt, Karo einfach?«

»Wenn ihr unternehmenslustig seid«, sagt ein anderer Soldat,

»drüben an der Plaza ist noch 'n hübsches Lebensmitteldepot, da steht aber ss davor.«

Lassehn winkt flüchtig ab.

»Du liebst die Schwarzen wohl auch nicht?« sagt der erste Soldat. »Wo kommt ihr denn her?«

»Aus Stalingrad«, sagt Schröter, »wenn du es genau wissen willst.«

Der Soldat bewegt sich noch immer nicht, er öffnet nur die Augen und blinzelt Schröter nervös an. »Halt's Maul«, sagt er, nicht laut, nicht grob, er murmelt es nur daher, müde, resigniert. »Stalingrad, das kann ich schon nicht mehr hören.«

»Und warum nicht?« fragt Dr. Böttcher.

»Stalingrad«, sagt der Soldat mit müder Stimme, als spräche er mit sich selber, »da bin ich gewesen. Hab' Schwein gehabt, bin verwundet worden, da haben sie mich mit einer Ju ausgeflogen, das heißt, ich hab' mich in Gumrak in die Maschine reingemogelt, dann haben sie mich zusammengeflickt und wieder nach vorne gejagt.« Er raunzt kurz auf. »Das heißt, nach vorne ging's ja nicht mehr, sondern immer nur rückwärts. Schad't nischt, hab' ich gedacht, je schneller wir zurückgehen, um so eher bist du zu Hause.«

»Und wo bist du zu Hause?« fragt Schröter.

Der Soldat löst sich langsam von der Wand und schlägt die Augen auf. »Gar nicht weit von hier, in der Boddinstraße in Neukölln, weißt du, das ist die Straße, die vom Rathaus in der Berliner Straße so sachte ansteigt ...«

»Kenn' ich«, sagt Schröter und nickt ihm zu, »geht durch bis zur Hermannstraße, auf der linken Seite ist 'ne große Schule.«

Der Soldat wird fast lebhaft. »Genau da gegenüber wohn' ich, da hab' ich auch meinen Laden, 'n Zigarrengeschäft, man nicht groß, aber piksauber, und geklappert hat er auch ganz schön, sechs Bergmann, 'n Päckchen Villiger, 'n Paket Glücksmann, auch mal 'ne Fünfundzwanziger-Schachtel R 6, 'n paar bessere Zigarren, Ortolan ...«

»Hör auf, Ruppert«, sagt einer der Soldaten aus der Ecke, »das kenn' wir ja alle schon, haste ja oft genug erzählt.«

»Schwarz-weiß und Neumann hunderteins hat er vergessen«, ruft ein anderer.

Der Soldat wirft den Sprechern einen geringschätzigen Blick zu. »Ja, seht ihr«, spricht er weiter und wendet sich an Schröter und Dr. Böttcher, »so bin ich nun von Stalingrad über Rostow, Krementschug, Kamenez-Podolsk und wie die Nester alle heißen, wieder nach Berlin gekommen, zweitausend oder dreitausend Kilometer, weiß nicht, wieviel, hab' auch nicht nachgemessen, und jetzt sitz' ich hier am Schlesischen Bahnhof, und Neukölln ist wer weiß wie weit.«

»Du sollst aufhören«, ruft wieder einer aus der Ecke, »immer denselben Vers, wie'n Pastor, wird einem langsam über.«

Der Soldat Ruppert beachtet den Einwurf nicht. »Früher wär' ich in der Andreasstraße in die Eins gestiegen, bis Neanderstraße gefahren und dann mit der U-Bahn weiter bis Rathaus Neukölln, aber jetzt sitz' ich hier, nur 'n paar lausige Kilometer von zu Hause entfernt, aber keine Eins fährt, keine U-Bahn, nicht mal zu Fuß kommst du hin.«

»Nee«, sagt Schröter, »da kommst du nicht hin, in Neukölln sind nämlich schon die Russen.«

Der Soldat richtet sich steil auf.

»Was sagst du da?«

Schröter holt die Zeitung aus der Tasche. »Hier, Herr Generalfeldmarschall, ist die ›Berliner Frontzeitung, Völkischer Beobachter, Kampfblatt der Kriegsgemeinschaft aller Berliner Zeitungen‹ vom 26. April.«

»Gib her!« sagt der Soldat Ruppert heiser.

»Gleich«, antwortet Schröter, »aber erst mußt du die schöne Überschrift genießen, die mußt du dir auf der Zunge zergehen lassen.

›Hier muß die Entscheidung fallen‹
›Die Reichshauptstadt Schicksalsfeld
des Krieges‹«

Der Soldat Ruppert entreißt ihm die Zeitung und überfliegt die Zeilen. »Wo steht das von Neukölln?

›Führerhauptquartier, 25. April.

Beiderseits der unteren Weser …

Von der Weser südöstlich Bremen …

In der Schlacht um Berlin wird um jeden Fußbreit Boden gerungen. Im Süden drangen die Sowjets bis in die Linie Babelsberg–Zehlendorf–Neukölln vor …‹

Tatsächlich, du hast recht, Kamerad«, sagt er wie vernichtet und will sich wieder gegen die Wand lehnen, aber dann springt er plötzlich auf. »Verfluchte Scheiße! Nimmt der Mist denn gar kein Ende?« brüllt er los. »Jetzt entfernen wir uns schon wieder … Nee, da mach' ich nicht mehr mit, da mach' ich einfach nicht mehr mit.«

»Du, der Oberleutnant«, warnt einer.

»Ach was, der hat auch die Schnauze voll, seht ihr ihm doch an der Nasenspitze an«, entgegnet der Soldat Ruppert.

»Schon gut«, wehrt Tolksdorff ab. »Geben Sie jetzt mal ein bißchen Ruhe, Ruppert.«

Der Soldat Ruppert, Mitte der vierziger Jahre, Tabakwarenhändler aus Berlin-Neukölln, tritt dicht an Tolksdorff heran. »Sagen Sie mal ganz ehrlich, Herr Oberleutnant, so – als Mensch, nicht als Offizier: wie wär' Ihnen zumute, wenn Sie schon beinahe zu Hause sind, von dreitausend Kilometern fehlt nur noch 'n kleines Stückchen, so 'n ganz kleines, Sie könnten schon beinahe die Arme nach Ihrer Frau ausstrecken, die Sie schon fast zwei Jahre nicht mehr gesehen haben, Sie sehen schon fast die bunten Schilder von Ihrem Zigarrenladen, Saba, Juno, Hanewacker, Sie haben den Fuß schon nah an der Schwelle, über die Sie schon als kleiner Junge gestolpert sind, aber Sie können nicht oder dürfen nicht, oder Sie trauen sich bloß nicht …« Er schüttelt den Kopf. »Ist das nicht eine ganz große Scheiße …«

»Ist doch nun einmal nicht zu ändern, Ruppert«, sagt Tolksdorff und wendet sich ab, weil er sich der Banalität seiner Antwort schämt.

»Warum eigentlich nicht, Herr Oberleutnant?« fragt Ruppert hartnäckig weiter.

Tolksdorff zuckt die Achseln. »Die Frage kann ich Ihnen nicht beantworten, Ruppert.«

Ruppert steht noch immer dicht vor Tolksdorff. »Ich bin dem Herrn Oberleutnant erst seit ein paar Tagen zugeteilt«, sagt er, »und ich halte den Herrn Oberleutnant für einen anständigen Kerl, Verzeihung, einen anständigen Menschen, wollt' ich sagen ...«

Tolksdorff lächelt schmal. »Danke. Worauf wollen Sie hinaus?«

Ruppert holt tief Atem. »Wenn ich mich ... Na, sagen wir, verdünnisieren würde, würden der Herr Oberleutnant dann ...«

Für Sekunden ist es ganz still in dem Waggon. Draußen bellen die Granatwerfer, tackern die Maschinengewehre, stürzen vielfältige Geräusche ineinander, Krachen, Bersten, Dröhnen, Klirren, Zischen, Knacken, Splittern, Rufe und Geschrei, aber hier, im ausgedienten Güterwagen, direkt in der Hauptkampflinie auf dem Ostbahnhof, ist es für Sekunden ganz unheimlich still. Hier hat ein Soldat eine Frage gestellt, die den Untergang einer ganzen Welt blitzartig erhellt.

»Also der Herr Oberleutnant würden ...«, beginnt Ruppert dann wieder.

»Unsinn, Ruppert«, fährt ihm Tolksdorff in die Rede, »von mir aus können Sie tun, was Sie lustig sind.«

»Danke«, sagt Ruppert und atmet wie erleichtert auf, »das werde ich dem Herrn Oberleutnant nie vergessen.«

»Wie willst du denn das machen?« fragt einer der Soldaten aus der Ecke.

Ruppert lacht auf, es ist mehr ein befriedigtes Grunzen als ein Lachen, das aus ihm dröhnt. »Köppchen, lieber Poppe, Köppchen. Da, guck mal her!« Er gluckst noch einmal ein Lachen aus sich heraus und knöpft seinen grauen Uniformmantel auf.

Der Soldat Poppe steht auf und kommt aus seiner dunklen Ecke heraus. »Mensch, Karl Ruppert«, sagt er erstaunt, »das ist doch 'ne Eisenbahneruniform.«

»Stimmt, mein Lieber, das ist 'ne Eisenbahneruniform«, sagt Ruppert mit Stolz in der Stimme. »Wenn jetzt der Iwan kommt, dann schmeiß ich den Mantel weg, kletter' auf irgendeine Lokomotive oder geh' in ein Stellwerk und bin 'n Eisenbahner. Fertig ist die Laube!«

»Großartig!« sagt Poppe anerkennend. »Das müßte man auch machen. Wo hast du denn die Lumpen her?«

»Aus'm Stellwerk Sot, drüben hinter der Postrampe.«

»So ... organisiert, was?«

»Na klar! Oder dachtest du ...«

»Ob da noch mehr solche Klamotten sind?«

Ruppert hebt die Schultern.

»Weiß ich nicht, müßt ihr nachsehn.«

Poppe und zwei andere Soldaten blicken sich schweigend an und sehen dann auf Tolksdorff. »Ich möchte Herrn Oberleutnant bitten ...«, beginnt ein langer, hagerer Landser dann zaghaft.

»Was fragt ihr bloß soviel!« sagt Tolksdorff ungeduldig. »Macht, was ihr wollt, ich halte euch nicht.«

Die Soldaten stehen ein paar Sekunden unschlüssig an der Tür. Sie haben eine Antwort erhalten, die so unbegreiflich ist, als habe ein Inquisitor einer Hexe den Umgang mit dem Satan ausdrücklich erlaubt.

»Kommst du nicht mit?« fragt einer den Gefreiten, der immer noch in der dunklen Ecke des Waggons sitzt.

Der Gefreite Schumann stößt einen grunzenden Laut aus und winkt ab.

»Du willst also nicht?« fragt ein Soldat noch einmal.

»Nee«, antwortet der Gefreite, »das verträgt sich nicht mit meiner Auffassung.«

»Kiek mal einer den großdeutschen Helden an«, sagt Schröter und geht ein paar Schritte auf den Gefreiten zu. »Was ist denn das für 'ne Auffassung?«

»Verstehst du nicht, alter Knochen«, antwortet der Gefreite geringschätzig. »Bist wohl nie Soldat gewesen?«

»Doch, von vierzehn bis achtzehn.«

»Na, dann müßtest du ja eigentlich wissen, daß der Soldat nichts ohne Befehl tut. Ja, wenn der Herr Oberleutnant jetzt sagen würde: Sprung auf, marsch, marsch, holt euch Zivilsachen ...«

»Du bist ja total übergeschnappt«, sagt der lange, hagere Soldat und legt die Hand an die Schiebetür. »Das kannst du doch vom Herrn Oberleutnant nicht verlangen. Ist sowieso schon allerhand ...«

»Jawoll, ist schon genug, daß er uns so einfach gehen läßt«, ergänzt der Soldat Ruppert. »Wir danken dem Herrn Oberleutnant auch dafür. So, nun komm, Arthur, dann woll'n wir.«

Der lange, hagere Soldat schiebt die Tür auf. Als er den ersten Schritt ins Freie tun will, prallt er zurück, wendet sich halb um und ruft: »Achtung!«

»Was ist denn das hier für eine Räuberhöhle?« fragt eine schneidend scharfe Stimme. »Gehen Sie mal beiseite!«

Der Soldat tritt sofort zurück. In der Wagenöffnung steht Hauptsturmführer Robert Wiegand, streckt den Kopf vor und kneift die Augen zusammen. »Was ist denn hier los?« brüllt er. »Alles raus aus dem Laden, aber mit affenartiger Geschwindigkeit, wenn ich bitten darf.«

Nacheinander verlassen die Männer den Wagen. Der Hauptsturmführer mustert jeden mit einem finsteren, verächtlichen Blick, er hat die Lippen leicht geöffnet und stößt den Atem durch die zusammengebissenen Zähne.

»Ich verlange eine Erklärung von Ihnen, Herr Oberleutnant!«

»Wir sind hier in Deckung gegangen, Hauptsturmführer.«

Der Hauptsturmführer blickt ihn drohend an. »Darüber werden wir uns später noch mal unterhalten«, sagt er dann, »aber jetzt ist keine Zeit dafür. Sie schließen sich mir mit Ihren Leuten an. Los, 'n bißchen Laufschritt, die Bolschewisten sitzen uns schon in der linken Flanke, in der Plaza!«

XV

27. April

Es ist der Gruppe Tolksdorff nicht gelungen, sich abzusetzen, sie hat sich weder ihrer Uniformen entledigen noch irgendwo zwischen den Ruinen untertauchen oder sich in Gefangenschaft begeben können. Sie ist in ein ss-Sturmbataillon geraten und in den Kampf um die Plaza wie in einen Strudel hineingerissen worden. Trotz aller Bemühungen hat sie sich aus ihm nicht befreien können, sie hat den Kampf im Innern der Plaza, den Rückzug und den erneuten Sturm auf das Gebäude mitmachen müssen und ist dann von der Welle des zurückflutenden ss-Verbandes mitgeschwemmt worden, als die russischen Granatwerfer das Gebäude mit Dauerbeschuß belegten und in den anliegenden Häusern schon die russischen Scharfschützen saßen.

Die Plaza ist hinter ihnen in hellen Flammen aufgegangen, wie eine Lawine hat sich das Feuer durch die weiten Räume gefressen, bis das große Gebäude eine einzige lodernde Brandfackel war. Der Vorstoß der russischen Panzer über die Gleise des Ostbahnhofes von der Warschauer Brücke her ist mit solcher Wucht geführt worden, daß das ss-Bataillon bis hinter die Jannowitzbrücke zurückgedrückt worden ist und erst die anbrechende Nacht dem Kampf ein Ende gemacht hat.

Die Gruppe Tolksdorff ist fest zwischen den ss-Einheiten, die sie wie in einer Umklammerung hielten, eingekeilt gewesen, es gelang ihr nicht, sich an die Spitze oder das Ende des zurückgehenden Verbandes zu setzen, und erst durch die gelegentliche Äußerung eines Rottenführers hat Tolksdorff erkannt, daß dieser Umstand keineswegs einem Zufall zuzuschreiben ist. Die Gruppe gilt als unzuverlässig und steht auf besonderen Befehl des Hauptsturmführers Wiegand unter scharfer Überwachung. Plötzlich wird es Tolksdorff auch klar, daß jener Unterscharführer, der in der Vorhalle des Schlesischen Bahnhofes den verwundeten Soldaten erschossen hat, nicht der Verbindungsmann zwischen seiner Gruppe und dem Bataillon, sondern ein auf ihn angesetzter Wachhund ist, der jeden seiner Schritte argwöhnisch verfolgt und jeden Befehl, jede Äußerung, beinahe jede Bewegung mißtrauisch belauert.

Die Gruppe Tolksdorff besteht aus Dr. Böttcher, Gregor, Lassehn, Schröter, dem Soldaten Ruppert, dem Gefreiten Schumann und noch weiteren acht Mann, sie hat die Nacht im Keller eines ausgebrannten Hauses in der Stralauer Straße verbracht, der angeblich ein Teil der neuen Hauptkampflinie ist. Diese HKL ist nichts als eine lose, weitgespannte Kette von Stützpunkten, die sich in der Alexanderstraße an die Spree anlehnt und nach Norden zu über den Alexanderplatz verlaufen soll. Was jenseits der Spree, südlich der gesprengten Jannowitzbrücke geschieht, ist ebensowenig bekannt wie der Verlauf der sogenannten HKL nördlich des Alexanderplatzes, wo sie irgendwo zwischen den Häuserruinen versickert.

Der nächtliche Himmel, der dunkelrot von Bränden überflutet war, ist am Morgen einem bleichen, grauen Wolkenvorhang gewichen, unter dem dichte schwarze Rauchwolken dahinziehen. Mit dem ersten Licht des anbrechenden Tages setzt der Artilleriebeschuß wieder ein, zucken die grellen Blitze der Salvengeschütze in den qualmverhangenen Himmel hinein.

Lassehn hockt zwischen Schröter und dem Soldaten Ruppert in einer Ecke des Kellers, er hat die Augen weit offen und starrt unbeweglich in das flackernde Licht einer Hindenburg-Kerze, die blaugelbschweflig in die Dunkelheit züngelt und die Gesichter wie geisterhafte Masken aus der Finsternis hebt. Schröter lehnt mit dem Kopf gegen Lassehns Schulter und schläft mit offenem Mund. Der Soldat Ruppert bewegt sich unruhig und zuckt in kurzen Abständen zusammen, er liegt auf einer alten, aufgeschlitzten Matratze und hat seinen Mantel über sich gebreitet.

»Du«, flüstert Ruppert, »wie spät ist es?«

»Sieben Uhr vorbei«, antwortet Lassehn.

Ruppert nimmt die Antwort zur Kenntnis und richtet sich mit dem Oberkörper auf. »Ich hab' kaum geschlafen«, sagt er leise, »die Gedanken kreisen wie ein Gift in mir. Weißt du, Kamerad, ich hab' früher nicht viel nachgedacht, hab' gelernt und gearbeitet, alles mögliche zur Kenntnis genommen, denn ich hab' viel gelesen ... Weißt du, in so einem Geschäft, wie ich eins hab', da gibt's immer mal ein paar ruhige Stunden ...«

Da ist er nun glücklich wieder bei seinem Zigarrenladen angelangt, denkt Lassehn. »Was hast du denn gelesen?« fragt er, um nicht ganz stumm dabeizusitzen.

Der Soldat Ruppert wirft die Lippen auf. »Ach, so alles mögliche durcheinander, hauptsächlich natürlich Zeitungen«, antwortet er, »aber viel ist nicht hängengeblieben in mir. Wenn ich so richtig darüber nachdenke, weißt du, so hat in keinem Buch und keiner Zeitung was dringestanden über ...« Er zögert und blinzelt in das unsichere Kerzenlicht.

»Worüber?« ermuntert ihn Lassehn.

»Ich weiß nicht recht, wie ich das ausdrücken soll«, fährt Ruppert fort. »Na, so über das Leben, warum das alles so eingerichtet ist ... Weißt du, wenn ich gelesen hab', Revolution in Venezuela oder Streiks in England, Krieg in Abessinien oder Aufstand in Bengalen, dann hab' ich immer zu mir selbst gesagt: interessant, furchtbar interessant, und das beste daran ist, daß du hier in deinem hübschen, kleinen Laden in der Boddinstraße ruhig und bequem sitzt und daran teilnimmst, ohne daß du dich zu bemühen brauchst, ohne daß es dir weh tut und ohne daß es dich eigentlich was angeht. Ich hab' das alles eben nur zur Kenntnis genommen und die Nachrichten und das Wissen in mich hineingestopft wie in einen Sack. Aber jetzt ...«

»Und was ist jetzt?« fragt Lassehn.

Ruppert richtet sich ganz auf und zieht die Beine dicht an den Körper heran. »Und jetzt bohrt in mir immer die Frage: Warum ist das eigentlich alles, daß die in Venezuela Revolution machen, daß sie in Indien sich empören und sich in Palästina nicht vertragen können, daß ich hier in diesem schmuddeligen Kellerloch sitze ...«

Lassehn wendet sich dem Soldaten halb zu und blickt ihn mit einem verhalten-ernsten Lächeln an. »Du hast das Leben, das sich da irgendwo in der Welt abspielt, interessant gefunden, aber es ging dich nichts an, Gott sei Dank geht es mich nichts an, wirst du wohl gedacht haben. Aber es geht dich doch etwas an, du fängst nur erst jetzt an, darüber nachzudenken, weil das Leben dich aus der Beschaulichkeit deines Zigarrenladens gerissen, dich selbst mit gewalttätigen Händen ergriffen, dich bei der Kehle gepackt und dich durch den Kot des Krieges geschleift hat. Ist es nicht so?« Der Soldat Ruppert schweigt, er lehnt sich mit dem Rücken gegen die feuchte Kellerwand und hat die Augen halb geschlossen, das Haar hängt ihm wirr und verklebt in die faltige, hohe Stirn. »Du«, sagt er dann nach einer Weile, »warum werden wir eigentlich geboren?«

Lassehn zuckt mit den Achseln. Er blickt in die Kerze, die unruhig flackert und die Konturen verzerrt.

»Um zu leben, nicht wahr?« fragt Ruppert weiter. »Doch um zu leben?«

»Sicher, um zu leben«, gibt Lassehn zu. Worauf will er denn hinaus? denkt er.

Der Soldat Ruppert löst sich wieder von der Wand, beugt sich zu Lassehn hinüber und packt ihn bei den Schultern. »Sicher, um zu leben, sagst du«, spricht er mit erregt zitternder Stimme. »Ist das so sicher, Kamerad? Leben wir denn? Ist denn das hier ein Leben? Hast du dich denn nicht von deinem eigentlichen Leben weit entfernt, lebst du hier nicht im äußersten Zipfel des Schattens, den dein Leben wirft, so ganz hart an der Grenze, daß du jeden Augenblick aus dem Schatten in das Nichts treten kannst?«

Lassehn bleibt die Antwort schuldig.

Die erregte Stimme des Soldaten weht ihn heiß an und entfacht alle die Fragen, die er seit langem in sich zum Schweigen gebracht hat.

»Du sagst, wir sind geboren, um zu leben«, fährt der Soldat Ruppert fort. »Scheinen wir nicht dafür geboren, um uns gegenseitig zu zerfetzen, zerstückeln, abzuschießen, uns gegenseitig bluten zu machen?«

»Beruhige dich, Kamerad«, sagt Lassehn und nimmt Rupperts Hände behutsam von seinen Schultern.

»Ich kann mich nicht mehr beruhigen«, sagt der Soldat und zittert am ganzen Körper. »Wir werden geboren, weil die Männer die Frauen lieben, und wir werden gestorben, weil die Menschen einander hassen. Wie kann aus Liebe Haß werden? Wir werden durch Menschen erzeugt und durch Menschen vertilgt. Begreifst du, weshalb das so ist, Kamerad?«

»Es ist doch nicht immer so, daß Menschen durch Menschen sterben«, versucht Lassehn ihn zu beruhigen.

»Aber jetzt ist es so!« Rupperts Stimme gleitet in eine immer größere Erregung hinein. »Warum schießt der Bauer Iwan Soundso auf den Zigarettenhändler Karl Ruppert? Und warum sticht der Musikstudent Joachim Lassehn dem Schlosser Nikita Soundso das Bajonett in den Leib? Warum zieht der Bauer Iwan Soundso nicht in der Ukraine oder sonstwo friedlich seine Akkerfurche, und warum stehe ich nicht hinter meinem Ladentisch und verkaufe Zigaretten und Zigarren? Warum darf ich nicht mein ruhiges, friedliches, sauberes, bescheidenes Leben führen und nachts bei meiner Frau schlafen? Warum darf ich das nicht, Kamerad, warum?«

Lassehn zuckt die Achseln und macht eine unbestimmte Handbewegung.

»Müssen denn Menschen so leben?« fragt Ruppert in wütender Erregung. »Wie die Schweine, schlimmer als die Schweine? Ich hab' mal bei Romny gelegen, so halbwegs zwischen Kiew und Charkow, da ging die HKL mitten durch die Sümpfe. Mann, da konnten wir nicht einmal Schützenlöcher ausheben, da hockten wir hinter Baumstümpfen, auf der feuchten, kalten, schlüpfrigen Erde lagen wir und hatten über uns Zeltplanen gegen Regen und Schnee gespannt, ohne Ablösung, ohne Nachschub, ohne Verbindung zu anderen Gruppen vegetierten wir auf dieser Bauminsel, ein paar Tage später hockten wir dann in einem Bunkerloch, da konntest du nicht aufrecht stehen, und dauernd mußtest du Wasser schöpfen, sonst wärst du da drin elend versoffen, und der Iwan setzte dir seine Granaten genau vor den Eingang, da warst du wie in einer dunklen, nassen Falle. Daß wir da überhaupt rausgekommen sind … Ist das ein Leben, du?«

Ehe Lassehn etwas antworten kann, kommt aus der anderen Ecke des Kellers eine Stimme. »Mensch, du hast aber Nerven«, ruft der junge Gefreite Schumann, »daß du dir das Gequatsche so ruhig mit anhören kannst. Der Ruppert spinnt doch! Merkst du denn nicht, daß er bloß gieprig nach Weiberfleisch ist, daß ihm die Geilheit ins Gehirn gestiegen ist? Der faselt doch bloß immer von seiner Frau und noch mal von seiner Frau und immer wieder.«

Lassehn will etwas entgegnen, aber der Soldat Ruppert kommt ihm zuvor. »Was verstehst du denn davon, du Rotzer?« schreit er. »Was du Geilheit nennst, ist nur das Verlangen nach Ruhe, nach einem Leben mit Sauberkeit, Ordnung, auch mit Zärtlichkeit, selbstverständlich, und nach Freiheit. Weißt du überhaupt, was Freiheit ist, du Grünschnabel?«

»Reg dich man bloß nicht so auf«, sagt der Gefreite Schumann, und man ahnt die nachlässige Handbewegung mehr, als man sie sieht. »Warum soll ich denn nicht wissen, was Freiheit ist?«

»Gebt doch Ruhe«, sagt ein anderer Soldat dazwischen. »Schlaft lieber noch ’ne Mütze voll.«

»Woher willst du denn das wissen?« fragt Ruppert, ohne den Zwischenruf zu beachten. »Wo willst du die Freiheit denn kennengelernt haben? Bei den Pimpfen, in der Hitler-Jugend, im Arbeitsdienst oder gar beim Militär?«

»Na klar«, antwortet der Gefreite Schumann. »Mein Bedarf an Freiheit ist durchaus gedeckt worden, ich habe jedenfalls keinen Mangel gespürt.«

Ruppert wirft seinen Mantel beiseite und will aufstehen, die Erregung schüttelt ihn wie ein Krampf. »Gehört das auch zu deiner Freiheit, daß Zwölfjährige schon mit Gewehren herumlaufen?« schreit er.

»Quatsch doch nicht kariert, alter Zausel«, sagt der Gefreite verächtlich.

Ruppert stützt sich mit beiden Händen hoch. »Das habe ich selbst gesehen, so wahr mir Gott helfe«, sagt er mit erhobener Stimme und wendet sich wieder Lassehn zu. »Das war bei Greiffenberg in Schlesien, da war ein Transport von Frauen aus dem Zuchthaus von Jauer unterwegs, zu Fuß natürlich, bei Kälte und Schneegestöber, und da sind zwölf- und vierzehnjährige Hitler-Jungen mit Gewehren als Wachmannschaft dabei gewesen, haben auch ein paar Frauen dabei erschossen.«

»Mensch, Ruppert«, sagt der Gefreite mit wegwerfender Geste, »mach doch bloß nicht soviel Wind wegen so'n paar Weiber, Diebinnen, Abtreiberinnen und so'n Hurenzeugs.«

»Nein«, widerspricht Ruppert wütend, »das waren keine Kriminellen, das waren Politische.«

»Und wegen so ein Kroppzeug regst du dich auf?« fragt der Gefreite Schumann und lacht höhnisch auf. »Schade, daß sie nicht alle dabei vor die Hunde gegangen sind. Kann mir schon vorstellen, was das für Weiber gewesen sind, Kommunistinnen, Rassenschänderinnen, Nonnen, Bibelforscherinnen und solche vom zwanzigsten Juli, die sind schlimmer als Mörderinnen und Brandstifterinnen.«

Rupperts Gesicht wird dunkelrot, am Halse schwillt eine Ader bedrohlich an. »Du dummer Bengel«, zischt er zwischen den zusammengebissenen Zähnen hervor, »du mußt ja erst trokken werden hinter den Ohren.«

»Und du bist schon so alt und noch immer dußlig«, wehrt Schumann ab. »Hast du dir schon mal überlegt, Ruppert, daß an den Fronten täglich die Besten kaputtgehen, und da hast du dich wegen ein paar Weiber so belämmert?«

»Ein paar?« sagt Ruppert wild. »Das war'n paar hundert.«

»Na, wenn schon«, sagt Schumann und macht eine gleichgültige Handbewegung, indem er die Hand kurz hebt und wieder fallen läßt. »Immer weg mit Schaden!«

Ruppert versucht, sich ganz aufzurichten. »Du verdammter Grünschnabel ...«

Lassehn packt ihn bei der Hand. »Ruhig Blut, Kamerad«, sagt er. »Leg dich wieder hin.«

»Laß mich!« brüllt der Soldat Ruppert auf, reißt sich los und ist mit einem Ruck auf den Beinen. »Das war deine Freiheit, Gefreiter Winfried Schumann«, schreit er und stellt sich breitbeinig vor Schumann hin, »am Tage wie ein Großmogul unter der eingeschüchterten Bevölkerung umherzugehen und abends eine Matka mit auf die Pritsche zu nehmen, jeden Abend eine andere, wenn alles dir gehörte und wenn du alles durftest und wenn alles sich hündisch duckte, das ist deine Freiheit gewesen!«

»Mensch, Ruppert, geh mir vom Leibe!« sagt Schumann ruhig.

»Für mich war das Freiheit, ich hab' gar keine andere gebraucht. Bloß schade, daß jetzt alles so gekommen ist. Pech!«

»Geben Sie jetzt Ruhe, Ruppert«, greift Tolksdorff ein. »Wir wollen uns das Leben nicht noch schwerer machen, als es ohnehin ist.«

»Mit der Freiheit ist es wie mit der Höhenluft«, sagt Dr. Böttcher, »Höhenluft ist anerkanntermaßen reiner und gesünder, und dennoch verträgt sie der Mensch aus der Ebene nicht ohne weiteres. Wenn er auf seinem Balkon in der verräucherten Großstadt steht, dann glaubt er schon, reinen Ozon zu atmen. Genau so ergeht es euch Jungen mit der Freiheit, ihr vertragt sie nicht, ihr müßt euch erst daran gewöhnen. Als Landsknecht zu nomadisieren, das ist keine Freiheit, mein Herr Gefreiter.«

»Aber im Zigarrenladen hinterm Ladentisch stehen und für jeden x-beliebigen 'ne freundliche Grimasse ziehen, das ist Freiheit!« höhnt der Gefreite Schumann. »Und immer dieselbe Frau beschlafen, das ist auch Freiheit! Nee, danke für Backobst, Freiheit, die muffig riecht, nach Mottenpulver, nach Kinderwindeln ... Spießer seid ihr, verkalkt seid ihr, ihr versteht die neue Freiheit ja gar nicht!«

Neben Dr. Böttcher richtet sich jetzt der lange, hagere Landser auf, dessen runde Kopfform seine dürren Wangen besonders hohl erscheinen läßt. »Na, denn werde ich dir einmal etwas sagen, du weltweiser Philosoph von zwanzig Jahren, weil du die Freiheit mit deiner Nase zu spüren scheinst«, sagt er laut und fast drohend, »deine Freiheit, der du jetzt nachtrauerst, die stinkt nach Blut und Brand und schwimmt in einem Meer von Tränen!«

»Mensch, Schumann«, sagt ein junger Panzerschütze neben dem Gefreiten, »gegen die Alten kommst du nicht auf. Wenn wir den Krieg gewinnen würden, dann wär'n sie alle schwer begeistert, dann würde sich jeder gern 'ne Scheibe vom großen Siegeskuchen abschneiden, auch wenn er auf Leichenfeuer gebacken ist.«

»Ja«, fällt Schumann hastig ein, »jetzt, wo wir alle bis zum Hals in der Scheiße sitzen, da entdeckt ihr plötzlich euer Gewissen, da steigt euch plötzlich der Gestank des Krieges in eure empfindlichen Nasen. Ist das denn so was Außergewöhnliches, daß es in einem Kriege nach Blut und Brand riecht?«

»Und warum ist Krieg?« ruft jetzt Schröter.

»Weil die andern uns nicht leben lassen wollten«, erwidert der Gefreite, »weil sie uns unsern Aufstieg nicht gegönnt haben. Das ist doch klar ...«

»Ist Ihnen auch klar«, sagt Dr. Böttcher, »daß die Treppe, auf der sich dieser Aufstieg vollzogen hat, aus Hekatomben von Leichen gefügt ist?«

»Nicht immer gleich schimpfen«, sagt Gregor mit begütigender Handbewegung. »Der Gefreite weiß es eben nicht anders, er weiß nicht, daß sein Führer bereits vor dem Kriege gesagt hat:

›Nie werde ich anderen Völkern das gleiche Recht zuerkennen wie dem deutschen. Unsere Aufgabe ist es, andere Völker zu unterwerfen. Das deutsche Volk ist dazu berufen, die neue Herrenschicht in der Welt zu werden.‹«

»Das ist durchaus in Ordnung«, sagt der Gefreite.

»So?« sagt Gregor nur und zieht die Augenbrauen in die Höhe. »Finden Sie das auch richtig:

›Wir brauchen Raum, der uns unabhängig macht von jeder politischen Konstellation. Wir brauchen im Osten die Herrschaft bis zum Kaukasus oder bis Iran, im Westen die französische Küste, Flandern und Holland. Wir brauchen vor allem Schweden und Norwegen.‹«

»Ich weiß nicht, was Sie daran auszusetzen haben«, sagt der Gefreite ruhig, »das sind alles Gebiete, die schon vor Jahrhunderten mit deutschem Blute gedüngt wurden und die heute noch die Wahrzeichen deutscher Kultur tragen. Da ist es unser gutes Recht, diese Gebiete auch politisch zu beherrschen.«

»Die Eroberungsfeldzüge längst untergegangener germanischer Nomadenhorden und die Filialgründungen hansischer Pfeffersäcke, das nennen Sie gutes Recht?« ruft Gregor erregt.

»Ach, laßt mich doch zufrieden«, wehrt der Gefreite unwillig ab. »Ihr Alten und wir Jungen, wir verstehen uns eben nicht mehr, haben uns wahrscheinlich nie verstanden. Weil ihr Alten euch gegen die neuen Erkenntnisse sperrt, weil ihr immer eure Vorbehalte habt, weil ihr befangen seid in eurem traditionellen Denken, deshalb mußte es ja schließlich schiefgehen.«

»Da Sie mit den Zielen Ihres großen Führers einverstanden zu sein scheinen, will ich Ihnen auch andere seiner Äußerungen nicht vorenthalten«, sagt Gregor mit einer Stimme, in der eine erzwungene Ruhe deutlich spürbar ist. »Wie gefällt Ihnen zum Beispiel dieser Ausspruch:

›Wenn wir dies erreichen wollen, bin ich bereit, das Blutopfer einer ganzen deutschen Jugend zu verantworten. Ich werde nicht zögern, zwei oder drei Millionen Deutscher im vollen Bewußtsein der Schwere dieses Opfers auf mich zu nehmen.‹«

»Wo haben Sie denn das her?« fragt der Panzerschütze.

»Aus einem Buch, das vor fünf Jahren in der Schweiz erschienen und dessen Verfasser kein Geringerer als der frühere Danziger Senatspräsident Doktor Rauschning ist«, antwortet Gregor. »Hören Sie gut zu, Gefreiter, und auch Sie, junger Soldat. Ihr großer Führer, der Schirmherr aller Kultur und der große Freund der deutschen Jugend, hat noch folgendes gesagt:

›Wenn ich die Blüte der deutschen Jugend in die Stahlgewitter des kommenden Krieges schicke, ohne das leiseste Bedauern zu spüren, soll ich da nicht das Recht haben, Millionen einer minderwertigen, sich wie Ungeziefer vermehrenden Rasse zu beseitigen?‹

Was sagen Sie dazu?«

Der Gefreite zuckt mit den Achseln. »Adolf Hitler kann eben nicht mit der Elle der Spießbürgermoral gemessen werden«, sagt er überheblich. »Er ist schon der richtige Mann, bloß daß ihr Alten ... Na, siehe oben!«

»Du glaubst noch an ihn?« fragt Schröter.

»Klar!« erwidert der Gefreite schnell. »Warum auch nicht? Weil er jetzt im Unglück ist?«

»Du Idiot!« sagt Schröter wütend. »Weshalb ist er denn ins Unglück gekommen? Darüber denk mal gefälligst nach.«

Der Gefreite Schumann winkt mit nachlässiger Gebärde ab und streckt sich wieder lang aus.

»Du weißt wohl nichts mehr zu erwidern«, fragt Schröter weiter. »Da steht dir die Schlabberschnauze mit einmal still.«

»Ach, leck mich doch ...«, sagt der Gefreite und dreht sich auf die Seite. »Ist jetzt doch alles scheißegal.«

Schweigen sinkt wieder in den Keller hinein, nur der Atem der Männer ist in ihm und das dünne, flackernde Licht der Kerze.

Tolksdorff sitzt am Kellereingang auf einer Kiste, hat die Ellenbogen auf die Knie gestemmt und das Kinn in die Hände gestützt, seine Augen sind starr auf die kleine, erlöschende Flamme des Hindenburg-Lichtes gerichtet, durch den Kellereingang, der mit einem verbogenen, verrosteten Eisengitter verstellt ist, schimmert ein fahles, trübes, graues Tageslicht. Draußen donnern die Geschütze in längeren und kürzeren Abständen, fauchen die Granatwerfer, geht ein dröhnender Stahlhagel über der Stadt nieder, schüttet ein Salvengeschütz heulend und brausend seine Geschoßgarben über die Jannowitzbrücke, lassen die Einschläge den Keller erzittern und Staub und Kalk wie Geiser aufsteigen.

Ein naher Einschlag preßt seinen Luftdruck bis tief in den Kellerhals und wirft das Eisengitter um.

Die Schläfer fahren auf. »Ist der Iwan endlich da?« fragt einer mit schlaftrunkener Stimme.

»Kam ein Vöglein geflogen!« sagt der junge Panzerschütze, der neben Schumann liegt.

»Hellwig, sehen Sie nach dem Posten und lösen Sie ab«, befiehlt Tolksdorff mit matter Stimme.

Ein junger Soldat steht sofort auf. »Zu Befehl, Herr Oberleutnant!« Als er das Eisengitter anhebt, um es wieder aufzustellen, springt ihm Lassehn bei. »Ich komme mit raus«, sagt er, »'ne Lunge voll Luft nehmen.«

»Von mir aus«, sagt der junge Soldat.

Sie steigen die zerborstenen Stufen der Kellertreppe hoch und lösen den Posten ab, der in einer Nische lehnt und eine Zigarette raucht.

»Da hinten sitzt der Iwan«, sagt der Posten und deutet auf die Ruinen in der Alexanderstraße, von wo die Leuchtgarben eines Maschinengewehrs flach über den Boden fegen, den Asphalt peitschen und wieder hochspringen.

Lassehn und der junge Soldat stehen in der Nische und lassen den Blick über die Straße gehen. Der Morgen ist inzwischen gekommen, aber die Brandfackeln der brennenden Häuser haben eine schwarze Wolkenwand gebildet, die schwer und düster auf dem Hellblau des Frühlingshimmels lastet.

»Wie in Stalingrad sieht es hier aus«, sagt der junge Soldat.

»Ja«, sagt Lassehn, »wie in Stalingrad. Merkwürdig, wie unsere Gedanken immer wieder um Stalingrad kreisen. Stalingrad, der Name ist uns wie eingebrannt ...«

Der junge Soldat Hellwig blickt Lassehn prüfend ins Gesicht. »Ja, Stalingrad.« Die Worte tropfen schwer von seinen Lippen. »Stalingrad, das hat uns den ersten Stoß gegeben, den entscheidenden Stoß, er warf uns zu Boden, psychisch vielleicht mehr als militärisch, damals wurden wir eigentlich schon groggy geschlagen, wir wurden zwar nicht ausgezählt und kamen bei sieben oder acht immer noch einmal hoch, wir rechneten uns noch immer eine Chance aus, wenigstens über die Distanz zu kommen, aber jetzt ...«

»Aber jetzt, das ist der K. o.«, ergänzt Lassehn.

»Ja, der K. o.«

»Nicht nur des Krieges«, setzt Lassehn hinzu, sondern unseres ganzen Daseins.«

Der junge Soldat schluckt heftig, er zieht seinen Mantel fester um die Hüften und lehnt mit geschlossenen Augen gegen die Wand, in sein junges, noch fast knabenhaftes Gesicht mischen sich bereits scharfe, männliche Züge.

»Alles sinnlos«, sagt er leise, »das Postenstehen, der Krieg, das ganze Leben, manchmal ist man nah dran, sich eine Kugel in den Kopf zu schießen. Was kann aus uns denn noch werden? Hast du 'ne Ahnung, Kamerad?«

Lassehn nickt.

»Eine Ahnung habe ich schon«, antwortet er.

»Nämlich?«

»Ich will dir sagen, was wir werden können, was wir werden müssen: Menschen.«

Der junge Soldat lacht kurz auf. »Nachdem wir auf Tier abgerichtet sind, sollen wir Mensch werden? Nie und nimmer, Kamerad. Aus einem Tier kann nur ein menschenähnliches Wesen werden, nie ein Mensch.«

»Bist du denn ein Tier, Kamerad?« fragt Lassehn eindringlich.

»Ich übe nur die Funktionen eines Tieres aus, Fressen, Saufen, Verdauung und Beischlaf, Kampf um Leben, Deckung und Wärme, das hat unser ganzes Denken verschlungen«, antwortet der junge Soldat, »das sind die Pole, um die sich seit Jahren mein Leben schon dreht. Zum Kotzen!«

»Was bist du denn von Beruf?« fragt Lassehn.

Der andere öffnet die Augen und sieht Lassehn mit trübem Blicke an. »Beruf? MG-Schütze, Soldat, Held, Massengrabaspirant.«

»Nun mal im Ernst!«

»Das ist Ernst!«

»Wie alt bist du denn?«

»Angeblich zweiundzwanzig, aber ich muß älter sein, viel älter, unsere Jahrgänge sind alt, uralt.«

»Zweiundzwanzig?« fragt Lassehn zurück. »Und noch keinen Beruf gehabt? Bist gleich von der Schule aus Soldat geworden?«

»Ja, sogar freiwillig!«

»Freiwillig?«

»Ja, freiwillig, da staunst du, was? Als ich die mittlere Reifeprüfung hinter mir hatte und den Arbeitsdienst, da war ich knapp siebzehn und wollte Dentist werden, mein Alter hatte sogar schon 'ne Lehrstelle für mich.«

»Und warum hast du die Lehrstelle nicht angetreten und dich freiwillig gemeldet?«

»Weil ich mußte!«

»Du mußtest? Ich denke, du hast dich freiwillig …«

»Ja doch«, sagt der junge Soldat ungeduldig, »hört sich verrückt an, stimmt aber genau. So ist es doch überall, freiwilliger Zwang. Oder hast du das noch nicht gemerkt? Freiwilliger Zwang, mit moralischem Druck oder massiver Erpressung.«

»Mußt du mir erklären.«

»Da ist nicht viel zu erklären«, antwortet der junge Soldat. »Als wir unser Arbeitsdienstjahr heruntergerissen hatten, ließ uns der Oberfeldmeister antreten, hielt 'ne große Rede von Vaterland, aufgezwungenem Krieg und so, und zum Schluß fragte er ... Ja, nicht etwa: Wer meldet sich freiwillig zur Wehrmacht?, sondern: Ist da einer, der sich nicht freiwillig meldet?«

Lassehn nickt. »So also!«

»Ja, so. Konntest du da vortreten und sagen: Ich melde mich nicht! Konntest du ganz einfach nicht, selbst wenn du es wolltest. Na, und so kam es eben, halb zog es ihn, halb sank er hin. Und dann stößt dich der Krieg unbarmherzig vorwärts oder rückwärts oder seitwärts, du torkelst nur noch, du siehst den Abgrund deutlich vor dir, ganz deutlich, aber du bist zu müde, zu gleichgültig, zu sehr unterworfen, als daß du dich zurückreißen oder die Richtung ändern kannst, du gehorchst weiter, weil es das einfachste ist.«

»Der Krieg, der dir angeblich die Freiheit bringen sollte, hat dich zu seinem Gefangenen gemacht«, sagt Lassehn.

Der junge Soldat nickt. »Genau so ist es. Das ist mir nie so klar geworden, als ich für ein paar Tage Gefangene zu bewachen hatte; im Grunde hatte ich nicht mehr Bewegungsfreiheit als die Gefangenen, ich war genauso an einen Befehl gekettet wie sie, und der Unterschied bestand eigentlich nur darin, daß ich vor dem Stacheldraht und sie hinter ihm waren.«

»Wobei die Begriffe vor und hinter nur relativ sind«, ergänzt Lassehn.

Der junge Soldat nickt wieder. »Klar, da hast du recht, Kamerad. Das Bewußtsein der Unentrinnbarkeit hat mich schließlich völlig gleichgültig gemacht, du gehorchst, marschierst, kämpfst, und es spielt gar keine Rolle mehr, ob es am Ilmen-See oder am Müggelsee, an den Waldai-Höhen oder in den Rehbergen ist, ob ich durch die Straßen von Minsk patrouilliere oder jetzt hier Posten stehe in einem zerbombten Haus in Berlin ... Wie heißt die Straße?«

»Stralauer Straße«, antwortet Lassehn.

»... in Berlin, Stralauer Straße, Hausnummer unbekannt, zweihundert oder dreihundert Meter weiter sind die Russen… Mensch, wir sind ja längst tot!« Er richtet sich auf und schlägt sich auf die Brust. »Hier drin ist doch alles schon gestorben, wenn auch das Herz noch schlägt und die Lunge noch atmet, wir geistern nur noch als Lemuren umher. Du auch, Kamerad!«

Der ist jetzt da angelangt, wo ich bis vor acht Tagen gestanden habe, denkt Lassehn, er will noch einen Sinn erkennen im Rausch der Sinnlosigkeit, er sucht noch einen Lichtpunkt im Dickicht der Dunkelheit, er hat noch nicht das Ziel gefunden, das ihn über sein eigenes kleines Ich hinaushebt.

Er holt zwei Zigaretten aus der Tasche. »Rauch mal erst, Hellwig. So heißt du doch?«

Der junge Soldat nickt und läßt ein Feuerzeug anspringen. »Woher weißt du… Ach so, der Oberleutnant hat mich ja vorhin beim Namen gerufen. Gestatte mir, mich vorzustellen: Erhard Hellwig aus Poggendorf, Kreis Greifswald, zweiundzwanzig Jahre alt, von Beruf MG-Schütze. Und du?«

Lassehn antwortet.

»Musikstudent?« sagt der junge Soldat. »Du bist genau so'n Musikstudent wie ich 'n Dentist bin. Ist doch eine gottsverdammte Scheiße! Was der Landser, der Zigarrenfritze aus Neukölln, vorhin sagte, da war schon was dran.«

»Du meinst…«

»Ja, wir haben immer nur Dienst gemacht. Arbeit? Kennen wir doch gar nicht. Ein Ziel? Haben wir nicht. Kann den Alten ganz gut verstehen, will hinter seinem Ladentisch stehen, wie andere wieder hinter ihrer Hobelbank oder an der Dreschmaschine. Nur wir, wenn wir diesen Krieg überleben sollten, wir stehen dann da, mit leeren Händen, die nichts anderes können als schießen, laden, stechen, richten, Bomben werfen. Wir haben gelernt, wie man eine Haftladung anbringt, einen Gurt ins MG einführt, wir wissen, was ein Vorhaltewinkel und eine unabhängige Visierlinie ist, aber was wissen wir sonst, was haben wir sonst gelernt? Wir kommen eines Tages zurück und sollen dann erst anfangen zu lernen?« Er schüttelt den Kopf.

»Wie stellst du dir denn dein zukünftiges Leben vor?« fragt Lassehn.

»Gar nicht«, erwidert der junge Soldat Hellwig, »ich stell' mir überhaupt nichts vor, ich lass' mich einfach treiben, wie ein Stück Holz im Wasser. Vielleicht werde ich irgendwo angeschwemmt, dann ist es gut, vielleicht aber führt mich der Strom ins Meer, und ich schwimme mein Lebtag umher, ist auch gut, vielleicht aber erwischt mich vorher noch 'ne Kugel, ist mir auch recht. Mir ist überhaupt alles recht. Wer diesen Krieg überlebt, hat es sich selbst zuzuschreiben, sagte einmal ein alter Landser zu mir. Genauso ist es.«

»Nein, so darf man doch nicht denken«, sagt Lassehn hilflos und fühlt selbst, daß sein Einwand schwach und wirkungslos ist.

»Man darf nicht«, sagt der junge Soldat und lacht kurz auf. »Ich werd' dir mal etwas sagen, Kamerad«, fährt er dann ernst fort. »Ich hab' einfach Angst.«

»Angst?« fragt Lassehn erstaunt.

»Ja, Angst vor dem sogenannten zivilen Leben, Angst, diesem Leben, das uns bevorsteht, Angst, diesem Leben nicht gewachsen zu sein. Ich und du und wahrscheinlich wir alle, wir haben gedacht, einen sicheren Boden unter den Füßen zu haben, daß wir Sicherheit und Vertrauen aus der Zukunft saugen können, so gewissermaßen als Vorschuß, und jetzt stellt sich heraus, daß unsere Stützen weggebrochen sind wie Streichhölzer. Wo wir hingreifen, fassen wir ins Nichts, wo wir hindenken, fallen unsere Gedanken ins Leere.«

Sie rauchen schweigend ihre Zigaretten zu Ende. Das Maschinengewehr von der Alexanderstraße bestreicht in regelmäßigen Abständen die Schickler- und Stralauer Straße, vom Märkischen Platz her, jenseits der Spree, rückt das Feuer jetzt vor, schießen Granatwerfer in die Neue Friedrichstraße hinein.

Als eine kurze Feuerpause eintritt, ist es für Minuten unwirklich still, nur in der Ferne brodelt das Feuer der Schlacht, und plötzlich erinnert sich Lassehn, daß er als Knabe hier oft, keine zweihundert Schritte weiter, gestanden und den 37 Glocken der Parochialkirche gelauscht hat, alle siebeneinhalb Minuten klangen ein paar Töne auf, alle Viertelstunde ein Akkord, jede halbe Stunde ein Choral und zu jeder vollen Stunde ein Choral mit Vorspiel, und das ist auch damals schon seltsam unwirklich gewesen, wie die reinen, zarten Töne des Glockenspiels aus der Höhe des Turmes herabschwebten, über die unruhige Stadt wie Tropfen von Weihwasser gesprengt wurden. Jetzt ist der Turm unter der Faust des Krieges zusammengestürzt, sind die Glokken im brennenden Gestühl zur formlosen Masse zerschmolzen.

»Sag mal«, beginnt der junge Soldat wieder. »Glaubst du eigentlich an Gott?«

Lassehn blickt überrascht auf. »Das ist schwer zu sagen«, antwortet er.

»Wenn du schon so antwortest«, sagt der junge Soldat langsam, »dann ist das schon ein schlechtes Zeichen, auf solche Frage kann man entweder nur mit einem raschen Ja oder einem konsequenten Nein antworten.«

»Ganz so einfach ist es doch nicht«, widerspricht Lassehn. »Ich weiß ja nicht, ob sich dein Begriff von Gott mit dem meinen deckt.«

»Gott ist also, nach deiner Meinung, die ganz persönliche Angelegenheit, Einstellung, Auffassung eines jeden einzelnen?«

»Ganz recht«, antwortet Lassehn lebhaft. »Bist du sicher, daß deine Vorstellung von Gott völlig der theologischen Doktrin entspricht?«

Der junge Soldat zuckt die Achseln.

»Das weiß ich nicht, Lassehn, ich habe überhaupt nur eine unklare Empfindung dessen, was man Gott nennt. Aber natürlich muß Gott dasein, denn es muß doch etwas geben, das höher ist als der Mensch.«

»Gott ist in meiner eigenen Brust beschlossen«, sagt Lassehn langsam, »nur dort, nicht über diesem Himmel, zu dem der Brand der Städte, der Gestank von Millionen verbrannter Menschen, die Schreie der Gemarterten emporsteigen. Gott ist nur in meiner Brust, Kamerad, Gott ist Liebe, Mitleid, Güte, Gewissen, aber kein überirdisches Wesen, wie man es dich in der Konfirmationsstunde gelehrt hat, kein Wesen, das du anrufen, anflehen kannst, es sei denn, du rufst das Gute an, das in deiner eigenen Brust ist.«

»Und wenn da nichts mehr ist?« fragt der junge Soldat. »Wenn da nur noch Eingeweide sind, keine Seele mehr ist? Was dann?«

»Wenn da wirklich nichts mehr ist«, antwortet Lassehn eindringlich, »wenn wirklich kein Fünkchen mehr in dir aufglüht, dann allerdings bist du nur noch ein Tier.«

Der junge Soldat blickt starr in das kleine Stückchen hellen Himmels, das für Sekunden zwischen den ziehenden Rauchwolken auftaucht und in das die Detonationen ihre hellroten Pilze gegen den dunklen Hintergrund hochwerfen. »Gottes Wege sind wunderbar, haben wir in der Religionsstunde gelernt, unerforschlich, unergründlich, unserer Vernunft entzogen.«

»Ja«, fällt Lassehn heftig ein, »und die Verantwortung ist damit ins Überirdische verlagert, weil Gott ja allmächtig, allwissend, allgütig, allgegenwärtig ist, und wenn der allgewaltige Gott die irdischen Zustände nicht zu ändern vermag, wenn alles, was geschieht, sich nach seinem Willen und mit seinem Willen vollzieht, was können wir Menschen dann noch ändern, die wir nur Ton in seiner Hand sind? Wenn Gott allmächtig ist, warum geht *er* nicht mit Feuer und Schwert über die Erde, um alle diejenigen auszurotten, die seinen Namen schänden, indem sie ihn anrufen und gleichzeitig die Geschöpfe, die angeblich nach seinem Ebenbilde geschaffen sind, in Gaskammern, Luftschutzkellern und Schützengräben martern? Wo bist du, Gott, und wie bist du, Gott, frage ich, daß du der Tränen, der Schmerzen, der Ängste der Menschen nicht achtest, daß du sie immer tiefer in Haß, Schande, Schuld, Leiden, Feindschaft, Unglück, Elend und Not stürzen läßt?«

Der junge Soldat hat dem Ausbruch Lassehns schweratmend zugehört. »Aber Gott ist doch, mitunter wenigstens, in seltenen Minuten, der einzige Halt.«

Lassehn lacht bitter auf. »Der einzige Halt, Zuflucht zwischen Todesfurcht und Gewissensqual oder, wie Goethe es nennt, Supplement unserer Armseligkeit. Gerade weil die Menschen an einen quasi übergeordneten Gott glauben – und das ist besonders uns Deutschen eigen –, der das Leben letzten Endes doch sinnvoll und gerecht einrichtet, weil alles in die Transzendenz verlagert und dem Verstand entzogen wird, gerade deshalb wird der Gott in der eigenen Brust nicht angerufen. Der Blick in den Himmel, der nur Materie ist, verhindert den Blick in die eigene Brust, in der die Seele lebt.«

»Jetzt hast du mich ganz verwirrt«, sagt der junge Soldat, in seiner Stimme mischen sich Traurigkeit und Ärger.

»Wenn alte Begriffe stürzen, entsteht immer Verwirrung, bis sich das Neue erhebt«, antwortet Lassehn.

Dann schweigen sie wieder. Von der Alexanderstraße her schießt jetzt ein zweites Maschinengewehr im Kreuzfeuer, die Abschüsse der Granatwerfer liegen nun ebenfalls auf der Kreuzung Neue Friedrichstraße und Stralauer Straße, aus dem dunkel treibenden Strom steigen ab und zu zischende Wasser empor.

»Der Iwan bereitet den Sturm vor«, sagt Hellwig gleichmütig.

»Da kommen schon welche«, meint Lassehn. »Da!«

Vom Roland-Ufer her biegen zwei Schatten in die Stralauer Straße ein, sie sind von einer Qualmwolke verdeckt und nur in den Umrissen zu erkennen.

Der junge Soldat hebt das Gewehr, legt an und visiert.

Lassehn stößt ihm das Gewehr von der Schulter.

»Bist ja verrückt«, sagt er, »kann uns doch gar nichts Besseres zustoßen, wenn ...«

Er spricht den Satz nicht zu Ende, denn im gleichen Augenblicke heult eine Granate heran und wühlt sich in den aufgerissenen Fahrdamm. Sie gehen rasch in die Kniebeuge und warten auf die nächste Granate, aber die folgenden Einschläge liegen schon weiter.

Als sie sich wieder aufrichten, sind aus den beiden Schatten zwei Menschen geworden, sie haben die Rauchschleier durchlaufen und schmiegen sich jetzt eng an die zerborstenen Hauswände.

»Das sind ja keine Russen«, sagt Hellwig und stellt den Karabiner beiseite. »Kam mir ja gleich komisch vor, solange Beschuß hier drauf liegt, greifen sie doch nicht an.«

»Nein«, sagt Lassehn wie abwesend und starrt mit brennenden Augen auf die beiden Menschen, die sich jetzt langsam in die Straße hineintasten. Sein Herz pocht plötzlich mit gewaltigen Schlägen, der Schreck geht wie ein Zittern durch seinen Körper.

»Das scheinen zwei Volkssturmmänner zu sein«, sagt der junge Soldat und stellt sich auf die Zehenspitzen, um den Weg der beiden besser verfolgen zu können. »Nein, ein Volkssturmmann und eine Frau.«

Lassehn kann die Gesichter der beiden Menschen nicht erkennen, sie sind von Rauch geschwärzt und doch … Sein Hals ist wie zugeschnürt, er möchte rufen, aber nur ein heiseres Röcheln steigt aus seiner Kehle.

»Was ist denn mit dir?« fragt Hellwig. »Siehst ja plötzlich aus wie Braunbier mit Spucke.«

Endlich lockert sich die Klammer, die Lassehns Hals umspannt hält, wird seine Stimme frei. »Wiegand!« ruft er und legt die Hände wie einen Trichter vor den Mund. »Wiegand! Wiegand!« Die beiden Personen bleiben stehen, sie blicken sich um, als wollten sie einander bestätigen, im Lärm der Abschüsse und Explosionen einen Ruf gehört zu haben.

Lassehn kann nicht mehr an sich halten, er verläßt die Deckung und läuft mit gewaltigen Schritten über die Straße.

»Wiegand!« sagt er und stürzt auf die beiden zu.

»Lassehn!« ruft Lucie Wiegand und wirft beide Arme um seinen Hals.

XVI

27. April

Als Lassehn mit den Wiegands den Keller betritt, ist immer noch das Schweigen der Resignation über den Raum gebreitet. Tolksdorff sitzt unbeweglich auf der Kiste an der Tür, lehnt gegen die Wand und hat die Arme über der Brust gekreuzt.

»Doktor, Schröter!« ruft Lassehn erregt. »Hier kommen zwei gute Bekannte!«

»Macht nicht soviel Wind«, sagt Wiegand.

Dr. Böttcher hat zuerst verblüfft auf die Gestalten geblickt, deren Silhouetten sich im Türrahmen des Kellereinganges scharf abzeichnen, stellt sich mit einem Ruck auf die Beine und geht auf sie zu.

»Ich bin unglaublich froh, daß ihr da seid«, sagt er, und seine Stimme hat diesmal nicht die kühle Gelassenheit, die ihr sonst eigen ist.

»Das ist ein unerhörter Zufall«, sagt Schröter und schüttelt den beiden Wiegands lebhaft die Hände.

»Kein Zufall«, entgegnet Wiegand, »wir haben euch gesucht. Ist hier nicht irgendwo Platz für meine Frau?«

Tolksdorff erhebt sich schwerfällig. »Guten Tag«, sagt er mit matter Stimme und deutet auf die Kiste, »eine andere Sitzgelegenheit kann ich Ihnen leider nicht anbieten, gnädige Frau.«

»Ich kann es noch immer nicht fassen«, sagt Dr. Böttcher mit bewegter Stimme, »daß ihr wieder bei uns seid ... daß ihr hierhergefunden habt.«

»Weshalb seid ihr nicht am Schlesischen Bahnhof geblieben?« fragt Schröter. »Oder war es nicht möglich?«

Wiegand wehrt den Fragensturm lächelnd ab. »Langsam, langsam, immer der Reihe nach. Übrigens ist da gar nicht viel zu erzählen. Wir haben in Kloses Keller gesessen ...«

»... und an euch gedacht«, wirft Lucie Wiegand ein. »Wir waren schrecklich allein. Es ist doch eine besondere Bitternis, sich gerade in dem Augenblick trennen zu müssen, in dem man einander am dringendsten bedarf.«

»Wir saßen also im dunklen Keller«, fährt Wiegand fort, »er schien uns doppelt so groß in unserer Einsamkeit, wir hörten die SS in der Wohnung und im Laden umherpoltern, dann wurde es wieder still im Hause. Draußen ratterten schon die Maschinengewehre, die Granatwerfer spuckten ununterbrochen in die Straße. Ein paar Stunden vergingen so, wir schliefen und wachten abwechselnd. Gegen Abend wurde es dann im Hause lebendig, Laufen, Rufe, Schreie, Türenschlagen. Die Russen sind endlich da, dachten wir, beschlossen aber, noch etwas zu warten. Der Lärm wurde immer toller, und dann war es plötzlich ganz still. Draußen wurde zwar wild geschossen, aber im Haus war kein Laut mehr zu vernehmen. Wir konnten uns das nicht erklären. War uns der Keller vorher so riesengroß erschienen, waren seine Mauern durch unsere Einsamkeit so unendlich weit fortgerückt, daß sie keinen Schutz mehr boten, sondern uns auslieferten, so ...«

»... so wuchsen sie jetzt auf uns zu, rückten sie plötzlich ganz dicht an uns heran, so dicht, daß sie uns fast den Atem nahmen«, ergänzt Lucie Wiegand. »Ich habe vor langen Jahren einmal eine Novelle von Edgar Allan Poe gelesen, in der er schildert, wie sich die Decke der Gefängniszelle mit tödlich-langsamer Sicherheit auf den Delinquenten zu herabsenkte, so etwa war uns zumute.« Lucie Wiegand schüttelt sich in der Erinnerung an diese Stunden und zieht die Schultern fröstelnd zusammen.

»Wie meine Frau eben schon sagt«, spricht Wiegand jetzt weiter und ergreift die Hände seiner Frau, »es benahm uns den Atem, mit der eingebildeten Verkleinerung des Raumes schien auch der Vorrat an Luft rasend schnell abzunehmen. Aber es war keine Einbildung, Herrschaften, es war tatsächlich so, die Luft wurde uns knapp, und plötzlich entdeckten wir, daß es brandig roch. Zuerst wollten wir es nicht wahrhaben, denn schließlich riecht es heute überall nach Brand, aber der Geruch wurde schließlich so intensiv, daß wir den Keller verließen. Es war die höchste Zeit!«

»Denn das Haus brannte von oben bis unten«, setzte Lucie Wiegand hinzu.

»Der Rest ist rasch erzählt«, sagt Wiegand. »Wir versuchten zuerst, zu den Russen hinüberzukommen, aber das gelang uns nicht, und so machten wir uns auf die Suche nach euch.«

»Aber wie war es möglich ...«, beginnt Schröter.

»... daß wir euch gefunden haben?« fällt Wiegand ein. »War gar nicht so schwer, wie ihr vielleicht annehmt, wir wußten doch, daß die ganze Gegend um den Küstriner Platz vom ss-Bataillon Muchalla besetzt war, und so nahmen wir an, daß das Kommando von Oberleutnant Tolksdorff auch dazu gehörte. Wir haben uns durchgefragt ...«

»Hast du denn nicht bedacht, Wiegand ...«, beginnt Dr. Böttcher vorsichtig.

Wiegand schweigt und vermeidet den Blick seiner Frau. »Es geht jetzt doch aufs Ganze«, sagt er dann. »Es ist Unsinn, der Entscheidung ausweichen zu wollen.«

»Bravo!« ruft der Gefreite Schumann. »Das sind Führerworte! Worum handelt es sich eigentlich?«

»Ob Pflaumenkuchen mit Hefe oder Backpulver besser gerät«, fertigt Schröter ihn ab.

»Du bist furchtbar witzig, Opa«, pariert der Gefreite. »Seien Sie mir gegrüßt, deutsche Heldenjungfrau!« Er steht auf und macht eine ironische Verbeugung vor Lucie Wiegand.

»Du bist noch recht fidel«, sagt Schröter bissig.

»Galgenhumor«, sagt der Gefreite achselzuckend. »Sag mal, was gibt's denn draußen Neues?« wendet er sich an Wiegand. »Wo steht der Iwan jetzt?«

»Ich habe sogar eine Zeitung«, antwortet Wiegand.

»Es gibt sogar noch Zeitungen?« ruft der Soldat Ruppert und drängt sich in den Kreis. »Was schreibt denn die Völkische Beobachter-Morgenpost?«

»Das ist eine ganz besondere Zeitung«, antwortet Wiegand, »weder ›Völkischer Beobachter‹ noch ›Berliner Morgenpost‹. Da, seht her.«

Alle blicken auf das kleine Blatt, das Wiegand in der Hand hält.

»Der Panzerbär

27. April 1945

Kampfblatt für die Verteidiger Großberlins«

»Herrlich«, sagt Dr. Böttcher und mustert das Wappen, »der Berliner Bär mit Schippe und Panzerfaust. Die Überschriften lassen jedenfalls nichts zu wünschen übrig.

›Bollwerk gegen den Bolschewismus
Berlin: Massengrab für Sowjetpanzer.‹«

»Mann, red nicht soviel«, sagt einer der Landser, »lies lieber den Wehrmachtsbericht vor, wenn einer drin steht. Vielleicht haben sie die Russen schon wieder aus Berlin rausgehaun, und wir wissen von gar nichts.«

»Na, denn hört mal gut zu«, sagt Wiegand.

»›Aus dem Führerhauptquartier, 26. April

Die Schlacht um Berlin

Bei dem für die Zukunft des Reiches und für das Leben Europas entscheidenden Kampf um Berlin wurden gestern von beiden Seiten Reserven in die Schlacht geworfen. Im Südteil der Reichshauptstadt toben schwere Straßenkämpfe in Zehlendorf, Steglitz und am Südrand des Tempelhofer Feldes. Im Osten und Norden leisten unsere Truppen, tapfer unterstützt von Einheiten der Hitler-Jugend, der Partei und des Volkssturms, am Schlesischen und Görlitzer Bahnhof sowie zwischen Tegel und Siemensstadt erbitterten Widerstand. Auch in Charlottenburg ist der Kampf entbrannt. Zahlreiche Panzer der Sowjets wurden in diesen Kämpfen vernichtet.‹«

»Daraus ergibt sich«, sagt Dr. Böttcher, »daß von einer Einschließung Berlins nicht mehr die Rede sein kann, das ist längst überholt, die Innenstadt ist eingeschlossen, die Vororte sind bereits von den Russen erobert. Mag sein, daß da oder dort noch ein Widerstandsnest ist, aber aus diesem Bericht ergibt sich ganz klar, daß die Schlinge sich mit tödlicher Sicherheit zuzieht.«

»Und diese Schlinge erdrosselt uns mit«, sagt der Soldat Ruppert. »Mitgegangen, mitgefangen, mitgehangen«, sagt der Gefreite Schumann, »da kannst du nichts machen. Vorbei, du schöne Zigarrenladenherrlichkeit.«

Ruppert macht einen schnellen Schritt auf den Gefreiten zu und hebt drohend die Faust.

»Ruppert!« ruft Tolksdorff ihn zur Ordnung.

Ruppert schwingt sich wieder zurück, sein Gesicht ist dunkelrot, seine hageren, unrasierten Wangen zucken heftig auf und ab. »Herr Oberleutnant«, stößt er hervor. »Ich kann nicht mehr ... und dazu diese schnoddrigen Redensarten von dem Schumann ...« Schröter zieht den aufgebrachten Landser tiefer in den Keller hinein. »Nimm dich zusammen!« sagt er streng.

»Daß ihr den Lausejungen hier das große Wort führen laßt!« sagt Ruppert kopfschüttelnd.

»Was gibt es denn an den anderen Fronten?« fragt der Oberleutnant.

»Überall Abwehrerfolge«, antwortet Wiegand, »aber die anderen gehen trotzdem flott vorwärts, Ulm, Tuttlingen, Bremen, Troppau, der Po in der ganzen Breite verloren ... Aus dem totalen Krieg wird der totale Zusammenbruch.«

»Weshalb die nur nicht Schluß machen?« fragt der lange, hagere Landser, er spricht wie immer mit leiser und müder Stimme, als spräche er mit sich selbst.

Schröter dreht sich nach ihm um. »Hitler hat gesagt, er wird bis fünf Minuten nach zwölf kämpfen. *Das* Wort macht er wahr, darauf kannst du dich verlassen.«

»Hier ist noch eine höchst interessante Meldung«, ruft Wiegand und fächelt das Zeitungsblatt umher. »Das muß ...« Er stockt und dreht sich um, denn ein Schatten fällt über ihn her.

»Da kommt jemand«, sagt der Gefreite Schumann und richtet sich auf. »Hoffentlich kommt endlich Verpflegung, wenn man schon nichts zu tun hat, möcht' man wenigstens was zu fressen haben, und wenn's auch bloß die Henkersmahlzeit ist.«

Ein paar kräftige Stiefel poltern die Treppe herunter, Schutt kommt ins Rutschen und stäubt in den Keller herein, dann erscheint ein ss-Mann im Türrahmen.

»Herr Oberleutnant Tolksdorff«, sagt er und nimmt stramme Haltung an, »der Hauptsturmführer erwartet Sie zur Lagebesprechung. Bitte mir zu folgen!«

Tolksdorff erhebt sich schwerfällig und setzt den Stahlhelm auf. »Gefreiter Schumann, Sie übernehmen das Kommando in meiner Abwesenheit!«

Dann verlassen der Oberleutnant und der ss-Mann den Keller.

»Lagebesprechung!« sagt der Soldat Ruppert höhnisch. »Der ist ja verrückt.«

»Vielleicht will er Kapitulationsverhandlungen einleiten«, meint der lange, hagere Landser.

»*Du* bist verrückt!« fährt Schumann ihn an. »Und jetzt gebt Ruhe! Ich dulde nicht, daß solche Reden geführt werden!«

»Ich lass' mir doch nicht von dir den Mund verbieten«, sagt Ruppert, »von dir nicht.«

Schumann zupft an seinem Mantel und schnallt das Koppel um. »Ruppert, ich sag' dir noch einmal ...«

»Schau an«, höhnt Schröter, »jeder Zoll ein Gefreiter!«

»Und du hältst auch die Schnauze«, wendet sich der Gefreite an Schröter. »Der Herr Oberleutnant ist viel zu anständig, der hat euch viel zuviel durchgehen lassen.«

»Du«, sagt Ruppert drohend, »ich hab' hier noch 'ne Handgranate, die kannst du gern in die Fresse haben, und wenn ich selbst dabei mit hochgehe!«

»Seid doch vernünftig, Leute«, mischt sich Dr. Böttcher ein.

»Bin ich vielleicht unvernünftig?« fährt der Gefreite auf.

Dr. Böttcher macht eine beschwichtigende Handbewegung. »Das will ich damit nicht gesagt haben«, weicht er aus und wendet sich an Wiegand. »Wollen wir doch lieber hören, was sonst noch in der Zeitung steht.«

»Eine sehr interessante Meldung«, antwortet Wiegand.

»›Neuer Oberbefehlshaber der Luftwaffe. Reichsmarschall Hermann Göring erkrankt.

Berlin, 26. April

Reichsmarschall Hermann Göring ist an seinem seit längerer Zeit bestehenden chronischen Herzleiden, das nunmehr in ein akutes Stadium getreten ist, erkrankt. Er hat daher selbst darum gebeten, in dieser Zeit, die den Einsatz aller Kräfte erfordert, von der Führung der Luftwaffe und den damit zusammenhängenden Aufgaben entbunden zu werden.

Der Führer hat dieser Bitte entsprochen.

Zum neuen Oberbefehlshaber der Luftwaffe hat der Führer den Generaloberst Ritter von Greim unter gleichzeitiger Beförderung zum Generalfeldmarschall ernannt.‹«

»Der ist zur richtigen Zeit krank geworden«, sagt der Soldat Poppe. »Schade, daß man als gewöhnlicher Muschkot sich nicht auch einfach krank schreiben lassen kann.«

»Hochinteressant«, meint Dr. Böttcher, »vor allem, weil nicht gesagt wird, ob er seine anderen Ämter behält. Ist doch klar, die Sache stinkt. Der Stellvertreter des Führers wird plötzlich verrückt, und der Reichsmarschall hat ein chronisches Herzleiden.«

»Wo steht das von Göring?« fragt der Gefreite Schumann, seine Stimme ist unsicher geworden und hat die Schärfe fast ganz verloren.

»Glaubst du wohl nicht?« fragt Wiegand zurück. »Da, lies selbst, auf der dritten Seite. Und hier, überzeug dich, das ist der ›Panzerbär‹ und nicht die ›Prawda‹.«

Der Gefreite nimmt die Zeitung und liest halblaut.

»Wirst doch wohl deiner eigenen Zeitung glauben?« fragt Schröter.

»Die Zeitung kann eine ganz gemeine Fälschung sein«, sagt der Gefreite, aber seine Stimme klingt matt und ohne Überzeugungskraft.

»Was ist denn das für ein Verlag?«

Er dreht die Zeitung um und liest halblaut:

»Der Panzerbär, Herausgeber Fp.-Nr. 67 700.«
»Du möchtest nur das glauben, was dir in den Kram paßt«, sagt Schröter. »Mensch, gehn dir nicht endlich die Augen auf?«

Der Gefreite dreht sich um und zerknüllt die Zeitung.

»Nun bist du wohl schachmatt, Gefreiter Schumann?« fragt Ruppert.

»Wenn alles zum Teufel geht, dann will ich auch mit kaputtgehen!« sagt Schumann wütend. »Oder meint ihr, ich bleib' hier in diesem stinkigen Kellerloch sitzen, um in der eigenen Jauche zu versaufen oder mich von den Bolschewisten gefangennehmen zu lassen?«

»Sondern?« fragt Dr. Böttcher.

Der Gefreite schweigt verbissen. »Ich unternehm' irgendwas ...«, sagt er nach einer Weile.

Lucie Wiegand steht auf und legt eine Hand auf seinen Arm. »Sie sind doch fast noch ein Knabe«, sagt sie leise. »Weshalb wollen Sie Ihr Leben wegwerfen?«

Schumann blickt ihr mit einem schiefen, finsteren Lächeln ins Gesicht. »Das verstehn Sie nicht, junge Frau«, sagt er.

»Und warum nicht?«

»Weil das 'ne Männersache ist.«

Schröter will einen Einwand machen, aber Lucie Wiegand wehrt ihn mit einer raschen Handbewegung ab. »Sie sind wohl der Meinung, daß Ihr Leben wertlos ist?«

Schumann blickt an ihr vorbei und schweigt.

»Wie kann ein Leben wertlos sein?« fragt Lucie Wiegand weiter. »Ich habe vier Kinder, Sie junger Gefreiter, jedes habe ich neun Monate in meinem Leibe getragen, mit meinem Leibe geschützt, mit meinem Blute genährt, ich habe sie mit Schmerzen geboren, daß ich jedesmal glaubte, sterben zu müssen, so heftig wühlten die Schmerzen in mir und schüttelten mich die Krämpfe. Und ebenso ist es Ihrer Mutter gegangen.«

»Warum erzählen Sie das?« fragt der Gefreite immer noch unmutig.

»Wie kann ein Leben wertlos sein, das in Liebe gezeugt, in Hoffnung und Sehnsucht erwartet und unter seligen Schmerzen geboren wurde?« sagt Lucie Wiegand eindringlich.

»Schöne Worte sind das, nichts anderes«, sagt der Gefreite und dreht sich brüsk um, dann geht er an den Kellerausgang und starrt in das trübe, fließende Licht des Tages.

»Du hast doch noch gar nicht gelebt, Junge«, sagt Lucie Wiegand weich.

Der Gefreite antwortet nicht, er steht unbeweglich im Kellerausgang, ein junger, schmächtiger Mann in abgetragenem, feldgrauem Mantel, die Hände tief in den Taschen, mit strähnigem, langem blondem Haar, das bis in den Nacken hinabreicht.

»Siehst du nicht endlich ein ...«, beginnt der Soldat Ruppert.

Der Gefreite Schumann dreht sich mit einem heftigen Ruck um, reißt die Hände aus den Manteltaschen und stülpt sich den Stahlhelm mit geübter Bewegung auf.

»Laßt mich doch zufrieden, ihr alle!« schreit er los. »Gar nichts sehe ich ein!«

»Reg dich man wieder ab, Kleiner«, sagt der Soldat Poppe.

»Halt's Maul!« brüllt der Gefreite los. »Das ist hier ein Saustall, da muß mal ein bißchen Zug reinkommen!«

»Du bist ja nicht mehr ganz richtig«, sagt der Soldat Ruppert und deutet mit dem Zeigefinger auf die Stirn.

»Maul halten!« brüllt Schumann wieder los. »Steh gefälligst stramm, du alter Pfeifenheini! Los, steht auf, ist genug gepennt!«

»Wenn einer verrückt wird, wird er zuerst im Kopf verrückt«, sagt ein Soldat von seiner Matratze her.

»Los, ihr Affenärsche, alles antreten!«

»Der Gefreite rettet sich in den Befehlston«, sagt Dr. Böttcher ironisch. »Verdrängte Angstgefühle erzeugen Übersteigerung des Ichgefühls.«

»Quatsch nicht so dämlich!« fährt der Gefreite auf ihn los. »Du hast genau so die Schnauze zu halten wie die anderen! Los, aufstehen!«

»Leck mich doch, wo ich am schönsten bin«, sagt ein Landser, ohne sich auf seiner Matratze zu bewegen.

»Das ist Gehorsamsverweigerung, Meuterei!« brüllt Schumann. »Ihr wißt, was darauf steht.«

»Du solltest mal kalt baden«, sagt Schröter.

Der Gefreite reißt seine Maschinenpistole hoch.

»Der Herr Oberleutnant hat mir das Kommando für die Zeit seiner Abwesenheit übertragen«, schreit er. »Ich mache von der Waffe Gebrauch!«

Zwei Landser stehen schwerfällig auf. »Den Unteroffizierskoller hat er«, sagt einer von ihnen, als er sein Koppel richtet. »Da kannst du nischt machen.«

»Ich warte noch eine Minute«, sagt Schumann etwas ruhiger. »Wenn der Zug dann nicht ausgerichtet ist, mach' ich 'ne Meldung.«

»Am besten, du gehst gleich zum Führer«, sagt Poppe gemütlich und setzt sich umständlich langsam hin. »Der wohnt diesmal ausnahmsweise nicht weit weg von der Front.«

»Ich verbiete dir ...«, fährt der Gefreite auf und hebt die Maschinenpistole.

Schröter springt hinzu und schlägt ihm die Waffe aus der Hand. »Mensch, du bist wohl ganz übergeschnappt!« sagt er wütend.

Der Gefreite setzt sich nicht zur Wehr, er steht mit verkrampften Händen da, seine Schultern zucken, seine Wangen flattern, die Mundwinkel fallen herunter, das Gesicht sinkt in sich zusammen, dann winkelt er den Arm vor das Gesicht und lehnt sich gegen die Wand, ein trockenes Schluchzen stößt durch seinen Körper.

»Der ist fertig mit den Nerven«, sagt Schröter und hebt die Maschinenpistole auf.

Der Gefreite hebt den Kopf für ein paar Sekunden aus der Beuge seines Armes. »Ich hätte nicht auf dich geschossen, Poppe«, sagt er, »das mußt du mir glauben, die MP war ja auch gar nicht entsichert.« Dabei laufen ihm ein paar Tränen über die Wangen.

Lucie Wiegand streicht ihm mit der Hand sacht über den Rükken. »Wird alles wieder gut werden, Junge«, sagt sie zärtlich.

Der Gefreite wischt sich mit dem Mantelärmel die Tränen aus dem Gesicht. »Sie sollen mich zufrieden lassen!« sagt er schroff mit zuckenden Lippen.

Keiner sagt ein Wort. Der Zusammenbruch des jungen Gefreiten, seine Tränen und sein letztes Aufbäumen gegen ein unverständliches Schicksal, das ihn von den Höhen des Ruhmes in diesen Keller der zerschlagenen Reichshauptstadt riß, haben alle stumm gemacht. Der da jetzt mit hängenden Armen im Kellerausgang steht und in das graufließende Tageslicht starrt, ist gleichsam ein Symbol einer verlorenen, verlassenen, verratenen Jugend.

Plötzlich geht ein Aufzucken durch den jungen Gefreiten, er reißt sich zu einer strammen Haltung zusammen, tritt einen Schritt beiseite, um den Ausgang freizugeben, und ruft laut: »Achtung!« Tritte werden laut, zwei graue Schatten fallen durch die Tür, zwei große Männer bücken sich und betreten den Keller, Oberleutnant Tolksdorff und Hauptsturmführer Wiegand.

»Gruppe Tolksdorff mit fünfzehn Mann!« meldet der Gefreite Schumann.

Der Hauptsturmführer dankt und späht in den dunklen Keller, in dem sich das schwach züngelnde Licht der Hindenburg-Kerze und das dünne Grau des Tages zu einem halbdunklen Zwielicht mischen.

»Verdammt dunkel hier unten«, sagt der Hauptsturmführer.

Oberleutnant Tolksdorff späht mit angespanntem Blick in das Halbdunkel, seine Augen suchen die beiden Wiegands. Sie haben sich unauffällig in die entfernteste Ecke des Kellers zurückgezogen, die ganz in tiefe Schatten getaucht ist.

»Kameraden!« sagt der Hauptsturmführer, seine Stimme ist scharf und schwankt genau auf der Grenze zwischen Jovialität und Befehl. »Der Kampf um die Reichshauptstadt ist in voller Schärfe entbrannt, aber er ist noch keineswegs entschieden, wie unsere Feinde wähnen. Ich bin am heutigen Morgen ins Führerhauptquartier befohlen worden und habe dem Führer Auge in Auge gegenübergestanden, ich habe aus seiner Hand das Ritterkreuz des Eisernen Kreuzes und meine Beförderung zum Sturmbannführer empfangen.«

Da war doch etwas, was mir auffiel, denkt Lassehn, der mit Ruppert, Schröter und dem jungen Panzerschützen in der zweiten Reihe steht, da hängt ihm ja das Ritterkreuz am Hals, und er hat sogar Zeit gehabt, auf Achselklappen und Kragenspiegeln den vierten Stern hinzuzufügen.

»Kameraden!« fährt der Sturmbannführer Wiegand fort. »Ich betrachte diese Ordensverleihung und die Beförderung als Auszeichnung des ganzen Bataillons, zu dem auch ihr jetzt gehört. Kameraden! Unsere Lage ist ernst, aber nicht aussichtslos. Der Führer ist mitten unter uns, und er gab denen, die heute um ihn versammelt waren, die zuversichtliche Erklärung ab, daß die Entsatzarmeen von allen Seiten her auf Berlin zustoßen. Es kann sich nur noch um eine kurze Spanne Zeit handeln, bis der Einschließungsring von außen her aufgebrochen wird. Das aber wird dann der erste Schritt auf dem Wege sein, auf dem wir die Bolschewisten zurückwerfen. Bis zum Eintreffen der Reserven müssen wir uns in germanischer Gefolgschaftstreue eng um den Führer scharen und einen festen Kern des Widerstandes bilden.«

Er macht eine kleine Pause und läßt den Blick über die Gesichter gleiten.

»Kameraden! Ich verlasse mich auf euch. Seid eingedenk eures Eides. Heil unserm Führer!«

XVII

28. April

Bleiern schwer vertropft die Zeit, eine Minute ist wie die andere, eine Stunde einförmig wie die nächste. Die Feuerüberfälle werden heftig und lassen wieder nach, sie dehnen sich zu langem, betäubendem Trommelfeuer oder gehen nur kurz wie ein Platzregen nieder, die Artillerie murmelt fern wie ein heraufziehendes Gewitter oder brüllt wie ein naher Donner.

Eine Hausruine ist wie die andere, die eine vielleicht aller Eingeweide beraubt und nur noch das äußere Gesicht wahrend, die andere steinern in sich zusammengesunken. Ein Keller ist wie der andere, niedrig, feucht, von Modergeruch erfüllt und von Ratten bevölkert, der eine vielleicht rechteckig und der andere schief verwinkelt. Es gibt Keller, die sind wie eingeschlagene Schädel, aber es gibt zwischen und unter den Ruinen auch Keller, deren Schädeldecke gehalten und den Druck des einstürzenden Gemäuers überstanden hat.

In der ersteren Art Keller hocken noch die Skelette der Toten, mit verkrampften, verdrehten, eingedrückten, zerquetschten, zerschlagenen Gliedern, huschen die Ratten rasch und gefräßig umher, sie haben in diesen Tagen des Todes die Fülle, denn menschliche und tierische Kadaver stehen in großer Zahl in Kellern und Schächten, auf Höfen und Straßen zur Auswahl.

Die zweite Art Keller ist von Wesen belebt, die die Lehre von den Naturwissenschaften der Gattung des Homo sapiens zurechnet. Sie weichen allerdings in ihrer Lebensführung von der für diese Spezies bekannten Weise erheblich ab, sie legen vielmehr mit zunehmender Dauer ihres Keller- und Höhlendaseins die Eigenschaften ab, die ihre Lebensweise von der der Tiere unterscheidet, und entwickeln sich zur Gattung des Urmenschen zurück, der eben erst die Schwelle des menschbewußten Zeitalters überschritten hat.

Die Gruppe Tolksdorff im Verbande des ss-Bataillons hat sich von der Stralauer Straße weiter zur Innenstadt abgesetzt, da ihr vom Molkenmarkt her die Einschließung drohte, sie ist im Schutze der Nacht durch viele Straßen und über einige Plätze zurückgewichen, über Schutt- und Trümmerhaufen geklettert, über Auto- und Panzerwracks gestolpert, in Granattrichtern versunken, hat sich durch Ruinen, über Höfe und durch Mauerlücken gezwängt, ist durch brennende Straßen gelaufen und hat schließlich die Orientierung verloren. Das Dunkel der Nacht ist durchzuckt vom Mündungsfeuer der Salvengeschütze, das seltsam grünlich über den zackigen Silhouetten der Ruinen phosphoresziert, und wird für Sekunden ganz aufgehellt von den herabschwebenden Leuchtschirmen der Flugzeuge, die alles in ein widerlich grelles Licht tauchen und die Zerstörung brutal ins Blickfeld schleudern.

Die Gruppe Tolksdorff hat schließlich einen leeren Keller gefunden, dessen Decke nur ein wenig geborsten ist. In diesem Keller, von dem sie nicht einmal weiß, zu welcher Straße er gehört, von dem ihr nicht einmal bekannt ist, ob er noch in der Verteidigungszone oder schon im Besetzungsgebiet oder in dem Streifen des Trümmerfeldes liegt, der nach militärischer Terminologie Niemandsland heißt, in diesem Keller verbringt die Gruppe den Rest der Nacht. Die Keller zur Rechten und Linken sind von den anderen Einheiten des Bataillons besetzt, die durch Melder miteinander Fühlung halten.

Erst als die ersten Wellen des Morgenlichtes durch die Schicht von Qualm und Rauchwolken, die breit und schwer über den Häusertorsos liegen, die Dunkelheit ein wenig auflockern, ist eine Orientierung möglich. Ein umgestürztes Straßenschild zeigt an, daß der Keller zu einem Hause in der Anhalter Straße gehört, und bald erweist sich auch, daß der Rückzug in diese Gegend keineswegs zufällig gewesen ist, denn das Bataillon ist dazu ausersehen, einen Sperriegel zu bilden, der sich in der südlichen Friedrichstadt vor die von Tempelhof über die Belle-Alliance-Straße gegen das Hallesche Tor vorrückenden Russen legen soll. Dem Bataillon ist mithin die ehrenvolle Aufgabe zugefallen, den unmittelbaren Schutz des Regierungsviertels mit zu übernehmen.

In den Keller der Gruppe Tolksdorff dringt nur eine trübe Ahnung des heraufziehenden Morgens. Lassehn und der junge Panzerschütze stehen als Doppelposten in der Toreinfahrt, deren Rundbogen zerschmettert ist und dessen wuchtige Pfeiler die Spuren vieler Geschoßeinschläge tragen. Die Ruinen dieser Gegend sind schon ein wenig älteren Datums, zwischen den Trümmern und in den Lücken des aufgerissenen Asphalts, in der Gosse und zwischen den rostroten Straßenbahnschienen sprießt Gras, das trotz seiner Kümmerlichkeit die einzige Farbe in dieser grauen, zerklüfteten Steinlandschaft ist.

»Das sind alles einmal Häuser gewesen«, sagt Lassehn nachdenklich, »Häuser mit Wohnungen, Wohnungen mit Zimmern, Zimmer mit Möbeln, Möbel mit Geschirr und Kleidung ...«

»... und in den Wohnungen und zwischen den Möbeln bewegten sich Menschen«, ergänzt der Panzerschütze.

Lassehn blickt den jungen Soldaten in der schwarzen Uniform an. Er ist bisher ein wenig laut und prahlerisch und eigentlich der einzige gewesen, der die Partei des Gefreiten Schumann genommen hat. Seit dem Zusammenbruch des Gefreiten ist er ebenfalls kleinlaut geworden und hat sich zurückgehalten, die überlegene Ironie, mit der er und Schumann die älteren Landser und Volkssturmmänner gern gereizt hatten, ist Ratlosigkeit und Unsicherheit gewichen.

»Ja«, sagt Lassehn nach einer Weile und tritt einen Schritt hinter dem schützenden Pfeiler hervor, »und da haben einst Menschen gelebt.«

»Einst, das hört sich an, als sei es ewig lange her«, meint der Panzerschütze. »Wenn du am Rande der in Lava und Asche versunkenen Stadt Pompeji stehst, dann kannst du von einst reden, aber hier ...«

»Ja, die Ruinen sind noch beinahe warm vom Atem und den Leibern der Menschen, die sie bevölkerten«, fällt Lassehn ein, »und doch – wenn diejenigen, die vor einem halben Jahr oder einem Vierteljahr das Haus dort drüben« – er deutet auf ein Haus, dessen Mauern noch hoch aufragen und doch nur eine ausgebrannte Höhle umschließen – »bewohnt haben, jetzt davorstehen und ihre Blicke in die Winkel und Nischen laufen lassen, dann scheint es ihnen unfaßbar lange her, daß sie einmal in dieser Ecke im weichen Sessel unter dem warmen Licht einer Stehlampe gesessen und ein Buch in den Händen gehalten oder daß sie im Bett an jener Wand den Leib einer Frau umarmt haben oder daß in jenen vier Wänden, die einmal vielleicht eine Küche umschlossen haben, eine Frau umhergegangen ist, sie drehte einen Messinghahn auf, da sprudelte Wasser, sie stellte an einem Apparat einen Hebel, und da zischte Gas, sie drehte einen Schalter herum, und da strahlte Licht auf, es schrillte eine Klingel, sie hob ein Gehäuse aus Preßmasse auf, und da konnte sie mittels sinnvoller Aneinanderreihung von Mikrophon, Leitung und elektrischem Strom ein Telefongespräch führen. Alle diese äußeren Merkmale an früheres Glück, an frühere Selbstverständlichkeiten sind zerrieben, zermahlen, haben sich aufgelöst, das Leben, das sie einst innerhalb dieser Mauern geführt haben, ist unerreichbar wie ein ferner Horizont geworden, sie versuchen vergeblich, sich ihm zu nähern, und wenn sie sich ihm auch zu nähern scheinen, er entrückt sich ihnen, sie vermögen ihn nie einzuholen, zurück bleiben nur kahle Mauern und brandiger Geruch.«

Der Panzerschütze starrt wie gebannt in das leere Gemäuer. »Ist unser ganzes Leben nicht so, Kamerad?« fragt er, ohne den Blick von dem Haus zu wenden. »Eine Fassade ohne Inhalt?«

»Unser Leben ist wie die anderen Häuser in dieser Straße«, antwortet Lassehn, »sogar die Fassaden sind zusammengestürzt.«

»Und was bleibt?«

»Nur das rohe, zerstörte Material und unsere Hände, um etwas Neues aus ihm zu formen.«

Der junge Panzerschütze nimmt die Hände aus den Taschen und hält sie offen vor sich hin. »Unsere Hände?« sagt er und lacht kurz auf. »Was können sie denn? Was sie früher gekonnt haben, das haben sie längst verlernt, und was sie in den letzten sechs Jahren gelernt haben, das werden sie wohl nicht mehr gebrauchen können.«

»Wird sich alles finden«, sagt Lassehn, »wenn du nur willst.«

»Ich weiß gar nicht, ob ich will«, entgegnet der Panzerschütze.

»Ich bin nur müde, ich will nichts mehr hören, keine Versprechungen und nichts, ich will mich von keiner Rede und keinem Plakat mehr ansprechen lassen, ich will nicht.«

»Aus dir spricht nicht einmal Verzweiflung«, sagt Lassehn.

Der Panzerschütze nickt matt. »Stimmt, Verzweiflung ist nicht mehr in mir, nur noch Apathie und Ergebenheit, ob ich hier stehe oder irgendwo herumlaufe, ob ich esse oder auf der Latrine sitze, mir ist immer, als ob ich nachts unbeweglich steif, wie in einem Gipsverband, auf einem Krankenlager liege und in eine undurchdringliche Dunkelheit starre. So ist mir zumute.«

Lassehn tut einen Schritt hinter den Pfeiler zurück und zündet sich eine Zigarette an. Was der junge Panzerschütze eben gesagt hat, ist genau das, was auch ihn bewegt hat, aber er hat es sich nicht eingestehen, die Fragen unterdrücken wollen, um der Antwort enthoben zu sein. Was der junge Soldat in der vorhergehenden Nacht gesagt hat, hat auch ihn früher drohend angerührt. Wir sind wie Treibholz, hat er gesagt. Ist nicht immer ein Wirbel um uns gewesen, dem wir uns nicht zu entziehen vermochten? Wiegand, der Doktor, Schröter, Gregor, selbst der Ruppert, die wissen, was sie wollen, sie werden von ihrem eigenen Willen bewegt, auf ein bestimmtes Ziel hin, aber wir sind immer nur bewegt worden, und jetzt, da diejenigen, die uns bisher bewegt haben, nicht mehr da sind, treiben wir ziellos dahin, da sind wir Treibholz geworden.

Die Dämmerung lichtet sich immer mehr zum Tage auf. Irgendwo im Osten, hinter den ragenden Ruinen, über den brodelnden Qualmwolken, muß längst die Sonne aufgegangen sein, irgendwo leuchtet sie klar an einem wolkenlosen Frühlingshimmel, fächern ihre Strahlen wärmend auf die Erde, nur hier ist sie verhangen und umdüstert, am Horizont bilden Brandfackeln eine schwarze, durchlohte Wolkenwand, die sich schwer und düster in den Frühlingshimmel türmt.

Das Feuer der Artillerie tobt und orgelt in den Lüften, das Regierungsviertel liegt unter ununterbrochenem Beschuß. Melder laufen gebückt und mit Hasensprüngen über den Damm, Verpflegungs- und Munitionskolonnen rasen in halsbrecherischer Fahrt durch die zerwühlten Straßen, in denen feuerdurchzuckte

Vorhänge gespannt sind und schwerer Regen von Granatsplittern niedergeht, Verwundete drücken sich an den Häuserwänden entlang.

Auch die Gruppe Tolksdorff erhält Verpflegung und ein paar Exemplare der neuen Ausgabe des ›Panzerbär‹.

Im Schein des fahlen Lichtes reißt der junge Panzerschütze eine Zeitung an sich und liest halblaut den Leitartikel.

»›Heiliges Wort: BERLIN.

Die Hauptstadt des Reiches ist zur Hauptstadt des Kampfes geworden. In Berlin ergingen die Führerbefehle, die aus der inneren deutschen Zerrissenheit ein einiges Großdeutschland machten und dem Volk die Grundlagen einer mustergültigen sozialen Ordnung gaben. Aus Berlin kamen die Führerbefehle, die Europa Zug um Zug befriedeten. Aus Berlin kamen die Führerbefehle, die während des Krieges trotz aller Schwierigkeiten jahrelang dem von uns besetzten Europa Ruhe und Ordnung, Arbeit und Brot gaben. Berlin war die Hauptstadt der inneren deutschen Ordnung, Berlin war die Hauptstadt der europäischen Ordnung.

Heute schlägt der Bolschewismus auf das verhaßte Berlin ein. Er will das Haupt der deutschen Ordnung, der europäischen Ordnung, tödlich treffen. Wir bekennen uns zu diesem Kampf. Darum ist der Führer in Berlin. Er trägt mit uns alle Belastungen der hart umkämpften Frontstadt. Er steht mit uns im schweren Kampf. Von Berlin aus ergehen wieder seine Befehle zum Freiheitskampf, der Weltgeschichte macht. In Berlin wird es sich entscheiden, ob in Zukunft der Bolschewismus alle Völker unterjochen darf oder ob die Völker ihr Selbstbestimmungsrecht behalten. In Berlin werden wir den Bolschewismus entscheidend schlagen. Darum ist der Führer in Berlin. Er steht auf dem heißesten Schlachtfeld, das die Geschichte kennt. Es scharen sich um ihn die fanatischsten Soldaten, von denen man weiß.

Der Führer ist in Berlin. Der Weltfeind wird hier geschlagen.‹«

Als er zu Ende gelesen hat, blickt er betroffen auf.

»Was blickst du mich so an?« fragt Lassehn.

»Diese Sprache ... Du, jetzt bin ich ganz verwirrt«, sagt er. »Da muß doch etwas dran sein.«

»Natürlich, da ist etwas dran«, sagt Lassehn, »an jedem Wort hängt eine gemeine Lüge. Zergliedere doch den Artikel einmal in seine Bestandteile, Selbstbestimmungsrecht der Völker, Befriedung Europas, europäische Ordnung, und dann denk einmal nach.« Der Panzerschütze schüttelt den Kopf. »Und hier, die Überschrift des OKW.

›Heldischer Kampf um Berlin.
Anmarsch der Reserven von allen Seiten.‹

Hörst du, Anmarsch der Reserven von allen Seiten. Und gestern sagt der Staatssekretär Dr. Naumann laut ›Panzerbär‹ ...« Er holt die Zeitung aus der Tasche. »Hier.

›Berlin, 26. April

Der Staatssekretär im Reichsministerium für Volksaufklärung und Propaganda, Stabsleiter Dr. Naumann, hielt am Donnerstag folgende Rundfunkansprache:

An der Spitze der Führer.

An der Spitze der Verteidigung Berlins steht der Führer. Diese Tatsache allein schon gibt dem Kampf um Berlin sein einmaliges und entscheidendes Gesicht.‹

Das ist noch nicht die richtige Stelle«, sagt der Panzerschütze. »Hier, das meine ich.

›Die unter den Augen des Obersten Befehlshabers kämpfenden deutschen Soldaten sind davon überzeugt, daß ihre Standhaftigkeit der Lage gerecht sein muß und daß es ihnen gelingen wird, diesen Feind zu schlagen, wo sie ihn in den letzten Jahren in Hunderten von Kämpfen besiegt haben. An der ganzen Führung des Kampfes spüren sie die persönliche Hand des Führers.

Höchste Generale führen persönlich Einheiten zur Entlastung von Berlin heran.

Der Chef des Generalstabes überwacht jede Einzelheit der Verteidigung Berlins. Der zum 20. April vorgesehene Sieg der Bolschewisten ist verhindert worden. Das Wort des Führers aber wird bestehen: Berlin bleibt deutsch und Europa wird nicht russisch. Schon sind auch in verschiedenen Räumen die Kräfte aufmarschiert und bereitgestellt, die Berlin dabei unterstützen, den Bolschewisten eine entscheidende Niederlage beizubringen und damit die Lage Deutschlands grundlegend zu ändern. Die Verteidiger der Reichshauptstadt aber haben bei der Nachricht vom schnellen Aufmarsch kampfbewährter Verbände neuen Mut gefaßt und kämpfen mit Trotz und Verbissenheit in der festen Hoffnung, bald das Donnern der Geschütze der eingreifenden Reserven zu hören.‹«

Der Panzerschütze steckt die Zeitung wieder ein. »Da muß *doch* etwas dran sein. *So* kann man nicht lügen.«

»Man *kann* so lügen«, entgegnet Lassehn, »*die* können es, aber das Schlimmste an der ganzen Sache ist, daß du ihnen immer noch glaubt.«

Der Panzerschütze setzt sich auf den Prellstein der Toreinfahrt und legt sich die Maschinenpistole über die Knie. »Du weißt auch nicht alles«, sagt er nach einer Weile. »Wollen mal sehen, was im OKW drin steht.

›Aus dem Führerhauptquartier, 27. April

Das Oberkommando der Wehrmacht gibt bekannt:
Der Schwerpunkt der Kampfhandlungen in Nordwestdeutschland …

An der Elbefront verhielten sich die Anglo-Amerikaner weiterhin ruhig …

Im Mittelpunkt der Kämpfe stand auch gestern die Schlacht um Berlin. Schulter an Schulter mit allen waffenfähigen Männern führten unsere Truppen einen heldischen Kampf gegen den bolschewistischen Massenansturm, verteidigten jedes Haus und warfen den Feind durch Gegenangriffe aus dem inneren Verteidigungsring der Stadt wieder zurück.

Aus dem Raum südlich Fürstenwalde stießen unsere Verbände im Angriff nach Westen in die tiefe Flanke der im Süden von Berlin operierenden Bolschewisten und durchbrachen deren Hauptnachschubverbindung auf der Straße Baruth–Zossen. Unsere im Westen schwungvoll angreifenden jungen Divisionen erreichten den Raum von Beelitz und stehen dort in schweren Waldkämpfen mit den Sowjets.‹«

»Da kommt der Melder«, unterbricht ihn Lassehn.

»Wahrscheinlich holt er den Oberleutnant wieder zur Lagebesprechung«, meint der Panzerschütze.

Der Melder wirft ihnen einen raschen musternden Blick zu und verschwindet im Hauseingang. Wenige Minuten später erscheint er wieder mit Oberleutnant Tolksdorff.

»Ich hab' ja gesagt, du weißt nicht alles«, nimmt der Panzerschütze das Gespräch wieder auf. »Im OKW steht doch klar und deutlich, daß die Entsatzarmeen von Süden und Westen her anrücken.« Lassehn schüttelt den Kopf. »Das sind keine Entsatzarmeen«, widerspricht er, »das sind die schon seit einer Woche eingeschlossenen Divisionen der neunten Armee, die aus den Kesseln herauswollen.«

»Du weißt auch auf alles eine Antwort«, sagt der Panzerschütze ärgerlich.

»Und du setzt schon seit Jahren auf jede Niederlage eine irrlichternde Hoffnung«, entgegnet Lassehn.

Der junge Panzerschütze zuckt müde die Achseln und schiebt die Unterlippe vor.

»Mir ist schon alles egal.«

Lange Minuten sprechen sie nicht. In den Lüften donnert und orgelt es, Flugzeuge jagen im Tiefflug über die Häuser, ihre Bordwaffen reißen den Stuck von den Mauern, Vierlingsflak knattert los, in der Saarlandstraße rasseln ein paar Tigerpanzer über das Pflaster, in der Wilhelmstraße fährt schwere Flak auf und richtet ihre Rohre für Erdbeschuß ein.

»Jetzt scheint's hier loszugehen«, sagt Lassehn.

»Von mir aus«, sagt der Panzerschütze gleichgültig, »mal muß ja ein Ende sein. Da kommt unsere Ablösung.«

Sie werden abgelöst, durchschreiten das Gewölbe dieses ehemaligen Hausflures und klettern ein Dutzend zerbröckelnder Stufen in den Keller hinunter. Er ist in ein ungewisses Halbdunkel getaucht, denn er empfängt sein Licht nur durch das Loch in der Decke. Dieses Loch ist von der Größe eines Zeitungsblattes, aber man kann durch fünf Stockwerke bis in den Himmel blikken, die Balkenlagen sind entweder verbrannt oder spannen sich verkohlt von Mauer zu Mauer.

Wenige Minuten nach ihnen kommt der Oberleutnant zurück. Er springt die Stufen nicht hinab wie einer, der sich rasch wieder in Deckung begibt, er steigt langsam, fast schwerfällig Stufe um Stufe hinab. Er winkt müde ab, als der Gefreite Schumann aufspringt und sein »Achtung!« in den Keller brüllt, er lehnt sich gegen die Türwand und hängt den Stahlhelm an einen Haken. Sein blondes Haar hängt ihm schweißnaß in der Stirn, er streicht es mit einer matten Bewegung zurück und fährt sich mit der Hand über die Stirn, das Kinn hat er tief auf die Brust gesenkt. Er macht den Eindruck eines völlig erschöpften Menschen, seine Brust hebt sich in raschen, krampfhaften Stößen.

Alle sehen erschrocken auf den Oberleutnant, denn jedem ist klar, daß die Erschöpfung, die ihn befallen hat, nicht körperlicher Art ist.

»Der Sturmbannführer hat befohlen, daß wir um zehn Uhr fünfzehn in der Wilhelm-Ecke Anhalter Straße zum Gegenstoß in Richtung Blücherplatz und Belle-Alliance-Straße antreten«, sagt er, seine Stimme ist leise, tonlos, es schwingt kein Befehlston in ihr.

Zum Gegenstoß antreten, denkt er, Gegenstoß, um irgendeinen Häuserblock von den vielen tausend Häuserblocks Berlins zurückzuerobern, einen Häuserblock, der angeblich stategisch wichtig ist. Aber wie oft ist er schon mit seiner Kompanie zum Gegenstoß angetreten, immer hieß es strategisch wichtig, aber damals war es immerhin noch um eine beherrschende Höhe oder einen wichtigen Flußübergang gegangen, und auch da hieß es letzten Endes dann doch immer wieder Absetzung in eine günstigere, vorbereitete Auffangstellung, um dem Druck des Gegners elastisch zu begegnen. Und die Frontnase, die gestern noch unbedingt und ohne Rücksicht auf Verluste verbreitert werden mußte, um eine größere Basis für den Gegenangriff zu schaffen, wurde am folgenden Tag, vom Feind unbemerkt, geräumt, um die Front zu begradigen. Damals, das waren vielleicht militärische Notwendigkeiten, obwohl heute alles, was damals klar und notwendig erschien, in Frage gestellt ist, da er Abstand gewonnen hat und von der Niederlage überwältigt wird, aber das, was sich vorgestern, gestern und heute in dieser Stadt vollzieht und sich morgen und übermorgen vollziehen wird, das ist die zur blindwütigen Raserei gesteigerte Hysterie eines größenwahnsinnigen Individuums.

Den Worten des Oberleutnants ist eine lastende Stille gefolgt. Jeder weiß, was ein Gegenstoß in diesen vom Stahlhagel durchtobten und durch einen Feuervorhang versperrten Straßen bedeutet, jeder weiß, daß kein Gegenstoß den Griff des übermächtigen Gegners auch nur geringfügig zu lockern vermag, jeder weiß auch, daß ein Gegenstoß die Agonie nur um wenige kurze Atemzüge hinausschieben kann.

»Kommt nicht in Frage«, sagt Schröter als erster.

Der Oberleutnant winkt weitere Einwände ab.

»Ich habe nicht die Absicht, diesen Befehl auszuführen«, sagt er langsam, aber mit klarer Stimme. Ich werde in meinem ganzen Leben keinen Befehl mehr ausführen, der gegen Gewissen und Vernunft verstößt, denkt er, ich werde überhaupt keine Befehle mehr ausführen.

Wieder ist Schweigen im Keller. Dieser junge Mann da an der Wand ist ein Mensch wie jeder andere, aber das ist noch nicht offenbar geworden, da er seine Menschlichkeit bisher mit Epauletten besonderer Art verdeckt hat, einige Streifen Silberband und ein paar aus weißem Leichtmetall gestanzte Sterne haben ihn in eine Ebene gehoben, die ihn von unten her unangreifbar gemacht und ihm eine Macht in die Hand gegeben hat, die ihm im zivilen Leben niemals zugefallen wäre. Keiner der Soldaten in diesem Keller ist imstande, die beinahe übermenschliche Tat zu würdigen, die dieser junge Mann eben begangen hat, indem er sich mit ein paar einfachen Worten seiner Unnahbarkeit begeben hat, sie vermeinen im Gegenteil in dieser Handlungsweise ein Aussetzen seiner normalen Gehirntätigkeit zu sehen, und obwohl sie keineswegs wünschen, an diesem befohlenen sinnlosen Gegenstoß teilzunehmen, so stellt sie der Ausfall in der Kette der Befehlsgebung vor eine fast unlösbare Aufgabe.

»Und was sollen wir tun?« fragt der Gefreite Schumann schließlich.

»Was ihr wollt«, erwidert der Oberleutnant müde, »ihr könnt dem Befehl folgen, Sammelpunkt Wilhelm-Ecke Anhalter Straße um zehn Uhr fünfzehn Minuten, oder ihr könnt auch hierbleiben oder sonstwas unternehmen. Ich übe die Befehlsgewalt nicht länger aus.«

»Sie haben das dem Sturmbannführer selbstverständlich nicht gesagt?« fragt Dr. Böttcher.

Der Oberleutnant lächelt ein ganz klein wenig. »Nein, das habe ich nicht getan, es hätte nicht nur mich, sondern die ganze Gruppe gefährdet.«

Dr. Böttcher und Wiegand verständigen sich durch einen Blick. »Dann müssen wir diesen Keller sofort verlassen«, sagt Dr. Böttcher.

»Umgehend«, sagt Schröter.

Der Gefreite Schumann blickt ratlos von einem zum anderen. »Was soll denn aus der Gruppe werden, Herr Oberleutnant?« fragt er.

»Du kannst abhaun, Mensch«, sagt Schröter, »natürlich nur, wenn du willst.«

»Dich habe ich nicht gefragt«, fährt ihn der Gefreite an und blickt dann Tolksdorff an. »Herr Oberleutnant ...«

»Sie haben volle Handlungsfreiheit, Schumann«, sagt der Oberleutnant. »Genügt Ihnen das nicht?«

Schumann zuckt die Achseln. »Ich weiß damit nichts anzufangen, Herr Oberleutnant, ich weiß wirklich nicht ...«

»Überleg nur schön langsam, Kleiner, was du tun willst«, sagt Schröter ironisch, »wir verdrücken uns jedenfalls, denn wenn die erst merken, daß wir fehlen, dann holen sie uns.«

»Dann geh' ich lieber von selber«, sagt Schumann. »Was machst du denn, Ruppert?«

Ruppert zieht die Schultern langsam in die Höhe. »Das ist eine ganz verteufelte Zwickmühle«, sagt er. »Wenn nicht gerade der Gegenstoß befohlen wäre ...«

»Ach, du armseliger Scheißer«, sagt Schröter verächtlich, »möchtest ganz auf Nummer Sicher gehen?«

»Los«, sagt Dr. Böttcher, »wir gehen am besten durch die Ruinen, nicht über die Straße, irgendein Kellerloch wird sich schon finden.«

Dr. Böttcher, Wiegand, Schröter, Gregor, Lassehn gehen auf den Ausgang zu, Tolksdorff steht unbeweglich an der Eisentür, er hat die Augen halb geschlossen und die Arme über der Brust gekreuzt.

»Und Sie, Herr Oberleutnant?« fragt Dr. Böttcher und berührt ihn leicht an der Schulter.

Tolksdorff blickt ihn an, als habe er seine Frage nicht verstanden. »Dietrich«, sagt Lassehn und rüttelt ihn an der Schulter. »Komm mit!«

Der Oberleutnant schüttelt den Kopf. »Geht, es kann bald zu spät sein.«

Der Gefreite Schumann steht immer noch unschlüssig in der Mitte des Kellers, das Licht aus dem Loch in der Decke fällt schräg in sein Gesicht, es ist fahlgrün, seine Augen irrlichtern ratlos immer von einem zum anderen. »Es ist schon zehn Uhr zwanzig«, sagt er, auf seine Armbanduhr blickend. »Wir werden erst mal so tun, als ob ...«

Hinter Wiegand, der als letzter geht, steigen der Gefreite und die andern Soldaten die Kellertreppe hoch.

»Wir gehen hier quer durch die Ruinen«, sagt Wiegand, »in der Saarlandstraße stehen noch ein paar Häuser, da kommen wir schon irgendwo unter.«

»Ihr habt's gut«, sagt der Soldat Poppe mißmutig, »ihr schmeißt einfach eure Volkssturmbinden weg, und schon seid ihr Zivilisten.«

»Ist gut«, fährt Schröter dazwischen, »wir haben keine Zeit, um uns zu unterhalten.«

Sie überklettern eine Schutthalde, Grab eines zusammengebrochenen Hauses, der Gefreite Schumann und einige Soldaten stehen noch unschlüssig auf dem Hofe zwischen den aufragenden, schwarzgebrannten Mauern der leeren Ruine, über ihnen rast unaufhörlich das Feuer der russischen Artillerie und der Granatwerfer.

»Wo ist Oberleutnant Tolksdorff?« brüllt da eine Stimme los. »Was geht hier vor?«

Sturmbannführer Wiegand steht in der Toreinfahrt. »Antreten!« brüllt er. »Wo ist Oberleutnant Tolksdorff?«

Der Gefreite Schumann und die Soldaten nehmen sofort Haltung an, Dr. Böttcher und die anderen verhalten den Schritt.

Der Sturmbannführer läßt den Blick drohend rundum gehen. »Und ihr da auf dem Schutthaufen? Wo wollt ihr denn hin? Stehenbleiben!«

Schröter hebt den Karabiner und läßt ihn wieder sinken. »Verfluchter Mist«, murmelt er vor sich hin. »Muß dieser Kerl ausgerechnet der Sohn von dem Wiegand sein?«

»Melde ...«, beginnt der Gefreite Schumann.

»Wo Oberleutnant Tolksdorff ist, will ich wissen!« schreit der Sturmbannführer ihn an.

»Oberleutnant Tolksdorff ist noch im Keller, Sturmbannführer«, antwortet Schumann. »Er hat ...«

Im gleichen Augenblick kracht ein Schuß im Keller, dann folgt das dumpfe Geräusch eines niederfallenden Körpers.

Der Sturmbannführer kneift die Lippen zusammen. »Los, ihr da hinten, hierher. Worauf wartet ihr ...«

Er hält inne, sein Mund fällt plötzlich wie leblos in sich zusammen, sein Blick wird stier, seine Hände, die eine Maschinenpistole halten, fangen an zu zittern, dann macht er einen heftigen Schritt auf Wiegand zu und stößt den Kopf vor. »Du hier?« sagt er, in seiner Stimme liegt eine unheimliche Drohung, sein Mund wird wieder fest, sein Blick tastet die Gesichter ab. »Und du auch, Mutter?«

Wiegand atmet schwer und zieht seine Frau fester zu sich heran. »Jetzt wird mir auch klar, was mit dieser Gruppe los ist«, sagt der Sturmbannführer Wiegand mit schneidend scharfer Stimme.

»Robert ...«, sagt Lucie Wiegand leise.

»Keine Sentimentalitäten«, schneidet ihr der Sturmbannführer das Wort ab.

»Nein«, sagt Wiegand, »keine Sentimentalitäten.«

»Ihr habt Gelegenheit, euch jetzt zu bewähren«, sagt der Sturmbannführer, »ihr alle, ihr reiht euch ein ...«

Ruppert, der seinen feldgrauen Mantel abgeworfen hat, tritt einen Schritt vor. »Du wahnsinniger Hund!« brüllt er los. »Mach deinen Krieg alleine!«

Der Sturmbannführer hebt die Maschinenpistole. »Ich befehle euch ...«

Ruppert weicht wieder einen Schritt zurück, reißt die Handgranate vom Koppel und wirft sie nach dem Sturmbannführer. Explosion, zweifaches, hallendes Echo, herumfliegende Splitter, Rauch- und Staubwolken, sonst nichts. Der da eben noch stand, ist nicht mehr da, es ist, als habe sich die Erde aufgetan, um ihn zu verschlingen. Wenn jemand genauer hingeblickt hätte ... Aber niemand blickt auf die Stelle, an der eben noch ein junger Mann in der olivgrauen Uniform gestanden hat, mit Stahlhelm und ss-Rune, eine gespannte Maschinenpistole in der Hand, niemand läßt die Augen umhergehen, um die Spuren dieses jungen Mannes zu suchen.

»Die hatte ich mir noch aufgehoben«, sagt der Soldat Ruppert triumphierend, »für 'ne ganz besondre Sache.«

XVIII

29. April

Ein Keller ist wie der andere, die Erde wurde ausgehoben, ein Loch mit Beton ausgegossen oder mit Ziegelsteinen ummauert, eine niedrige Decke, ohne Licht und ohne Wärme, niedergehalten von dem Gewicht eines Hauses. Was in den Wohnungen dem Auge entzogen ist, innerhalb der Mauern oder unter Putz liegt, in den Kellern stellt es sich häßlich und unverhüllt zur Schau, Gasrohre, Wasserzuleitung, Abwasserrohre, Gedärm eines Berliner Mietshauses, aber was einst nur unbeachtetes Anhängsel war, Abstellraum für ausgediente Möbel oder sonstigen Kram, das ist heute Mittelpunkt, Zuflucht des Lebens.

Einen solchen Keller haben die Überreste der Gruppe Tolksdorff bezogen, er liegt unter einem Haus, das erst wenige Tage zuvor abgebrannt ist, noch ist die Asche auf der Kellerdecke nicht erkaltet, züngeln da und dort noch blaugelbe Flämmchen auf, knistern die Ziegel und Quadern fast vernehmlich. Der Keller ist anscheinend überstürzt geräumt worden, denn er enthält noch Sessel und Stühle, sogar eine Couch und ein paar Luftschutzbetten, alte Koffer und Kisten stehen herum. Dieser Keller gehört zum Seitenflügel eines Hauses in der Saarlandstraße, das Vorderhaus ist erhalten geblieben, es bietet den üblichen Anblick eines Berliner Hauses dieser Tage, mit herausgerissenem Putz und Geschoßeinschlägen, mit zersplitterten Fensterrahmen und abgedecktem Dach.

Die Saarlandstraße, früher Stresemann- und vordem Königgrätzer Straße, Hauptverkehrsstraße zwischen dem Halleschen Tor und dem Potsdamer Platz, mit Fern-, Vorort- und S-Bahnhof, mit Hoch- und Untergrundbahn, Straßenbahnen und Autobussen, zahllosen Taxis, Personen- und Lastwagen, Radfahrern und Scharen von Fußgängern, mit Theater und Völkerkundemuseum, Hotel Fürstenhof und Hotel Excelsior, Anhalter Bahnhof und Haus Vaterland, Europa-Hochhaus und Philharmonie, diese einst prächtige, lebensprühende Straße ist in diesen Tagen zur HKL geworden. Von Süden her sind die Russen vom Tempelhofer Feld die Belle-Alliance-Straße bis zum Halleschen Tor hinabgestoßen, von Westen her sind sie durch die Potsdamer Straße im Vordringen, und im Norden leisten SS-Verbände noch auf der Ost-West-Achse, am Reichstag und am Brandenburger Tor Widerstand. Auf der Kuppel des Reichstages aber weht bereits die rote Fahne. Etwas Bewegungsfreiheit hat diese seltsame HKL nur im Osten nach der Wilhelmstraße zu.

Schwere Artillerie und Granatwerfer hämmern pausenlos auf die Häuserblocks dieser Straße ein, Flugzeuge stoßen im Sturzflug auf sie herab, Artilleriegeschosse und Fliegerbomben wühlen den steinigen Grund um, Brandgeschosse stürzen Häuser in Feuerlohen, und unten in den Kellern kauern Menschen, in denen das schwache Flämmchen ihres Lebenswillens nahe am Verflackern ist.

Die ehemalige Gruppe Tolksdorff besteht noch aus vierzehn Männern, Dr. Böttcher, Wiegand, Schröter, Gregor, Lassehn, den Landsern Ruppert, Poppe, Kebschull, Hinzpeter, Behrend, Manthey, Dulinski, dem jungen Soldaten Hellwig, dem Panzerschützen Reithofer und schließlich Lucie Wiegand.

Das große Schweigen ist in sie hineingesunken. Draußen tobt das Feuer der Schlacht, das Heulen und Krachen der Granaten, das irrsinnige Knattern der Flugzeugmotoren, die Abschüsse der Flak, das Prasseln von Steinen wirbeln wild durcheinander. Der Keller wankt und schwankt, die Grundmauern zittern unter den Stößen der Einschläge, die Erde scheint zu kreisen, aber die fünfzehn Menschen sitzen unbeweglich in diesem Keller inmitten des entfesselten Orkans aus Eisen und Pulver, ihnen ist, als hätten sie sich ganz aus ihrem Leben herausgelöst, als säßen sie in diesem Keller wie auf einem Floß, das in einem aufgewühlten Meer steuerlos dahintreibt.

Wer sind diese Menschen, die der Sturm des Krieges in diesen Keller zusammengeweht hat? Und welches sind ihre Gedanken in diesem Augenblick, am 29. April 1945, vormittags um 11 Uhr, in diesem dunklen Keller unter einem ausgebombten Haus in der Saarlandstraße zu Berlin sw?

Da ist Dr. Walter Böttcher aus Berlin O, Frankfurter Allee 14, 56 Jahre alt, von Beruf praktischer Arzt, verwitwet, mit kühlem, überlegenem Verstand und sozialem Mitgefühl aus Verantwortungsbewußtsein, früher Mitglied der Sozialdemokratischen Partei und Bezirksverordneter, geistiger Kopf der Widerstandsgruppe ›Berolina‹, er sitzt mit übergeschlagenen Beinen und auf der Brust gekreuzten Armen halb zurückgelehnt da und denkt an die Handgranate des Soldaten Ruppert, die den Sturmbannführer Wiegand auseinanderfetzte wie ein Bündel Flicken. Ein junger Mann hat sich aufgelöst vor den Augen seiner Mutter in breiigen Dreck von Fleisch, Blut und Textilfasern.

Da ist Friedrich Wiegand aus Eichwalde, Kreis Teltow, 46 Jahre alt, von Beruf Buchdrucker, Schweizerdegen, später Gewerkschaftssekretär, seit zwölf Jahren den Verfolgungen der Gestapo ausgesetzt, seit vier Jahren illegal lebend, aktivstes Mitglied der Widerstandsgruppe ›Berolina‹, er lehnt entspannt in einem Sessel und memoriert russische Worte, um mit den Befreiern in ihrer Sprache reden zu können.

Da ist Lucie Wiegand geborene Rückert, seine Frau, 42 Jahre alt, klein und zierlich wie ein junges Mädchen, aber stark an Geist und Willen, sie hat, Stenotypistin in der Druckerei des ›Vorwärts‹, mit achtzehn Jahren den Buchdrucker Friedrich Wiegand kennengelernt und geheiratet, sie sitzt aufrecht da und reibt die Fingerspitzen ganz sacht gegeneinander, sie denkt an ihren Sohn Robert, den vor kaum vierundzwanzig Stunden eine Handgranate von der Erde hinweggehoben hat, und sie weiß nicht recht, ob das Gefühl, das in ihrer Brust wühlt, Trauer oder Erleichterung ist.

Da ist der Mann, der Gregor genannt wird und Dr. Josef Grabner heißt, in Berlin-Frohnau wohnt, 41 Jahre alt, überzeugter Katholik, Dozent für Kirchenrecht an der Berliner Friedrich-Wilhelm-Universität, seit über einem Jahre illegal lebend, weil man dahinterkam, daß er die Enzykliken des Papstes und die Reden Graf Galens, des Bischofs von Münster, vervielfältigte und verbreitete, Mitglied der Widerstandsgruppe ›Ringbahn‹, er liegt mit halbgeschlossenen Augen auf einer Couch und denkt darüber nach, ob es möglich sein wird, die Menschen zu neuer Gläubigkeit zu führen, da sie schon auf Erden durch das Fegefeuer schreiten müssen.

Da ist Richard Schröter aus Berlin O, Petersburger Straße, 62 Jahre alt, geschieden, von Beruf Feinmechaniker, dogmatischer und fanatischer Marxist, Motor der Widerstandsgruppe ›Ringbahn‹, listig und gewandt, er geht unruhig auf und ab und blickt auf den Kellereingang, durch den ein graues Licht in den Keller sinkt, er denkt, ich feuere auf jede Uniform, die sich dort zeigt, ob SS oder Wehrmacht, Hitler-Jugend oder Polizei, hier lass' ich mich nicht eher rausholen, als bis die Russen da sind.

Da ist Joachim Lassehn aus Berlin-Lankwitz, 22 Jahre alt, in achttägiger Urlauberehe verheiratet gewesen, Musikstudent, weich und empfindsam, aber hart geknetet vom Druck einer angeblich großen Zeit, er ruht in einem Liegesessel und läßt das Rondo des Dritten Beethovenschen Klavierkonzertes in sich ertönen, den eigenwilligen Wechsel von Moll in Dur und vom Zweiviertel- zum Sechsachteltakt im Presto.

Da ist der Soldat Karl Ruppert aus Berlin-Neukölln, Boddinstraße, 43 Jahre alt, verheiratet und Vater von zwei Kindern, von Beruf Kaufmann und Besitzer eines kleinen Tabakwarengeschäftes, ein bescheidener Mann, der Ruhe, Ordnung und Sauberkeit liebt, durch den Krieg aufgestört und schließlich in einen beinahe psychopathischen Zustand geraten, er hockt auf einer Kiste, wie zum Sprung bereit, und denkt: Jetzt müßten die Russen kommen, mich in ein Auto setzen und nach der Boddinstraße fahren, oder sie brauchen mich nur einfach laufenzulassen, da würde ich schon … ja, vom Halleschen Tor die Urbanstraße lang, über den Hermannplatz, den Berg die Hermannstraße hoch, vielleicht 'ne gute halbe Stunde zu laufen.

Da ist der Soldat Arthur Poppe aus Forst in der Lausitz, 38 Jahre alt, kinderlos verheiratet, von Beruf Tuchweber, ein ruhiger, etwas schwerfälliger Mann, der seine Arbeit gewissenhaft, aber ohne Schwung und inneren Antrieb verrichtet, Mitglied der nationalsozialistischen Zwangsorganisationen DAF und NSV, sonst politisch völlig indifferent, er hat den Kopf auf die linke Schulter gelegt und denkt an seine Frau, von der er nicht weiß, wo sie sich gegenwärtig befindet, er denkt an sie, indem er ihre flinken Hände sieht, die rasch und gewandt den Häkelhaken bewegen.

Da ist der Soldat Emil Kebschull aus Wendischfähre bei Bad Schandau, 51 Jahre alt, verheiratet, Vater einer erwachsenen Tochter und zweifacher Großvater ohne Schwiegersohn, ungelernter Arbeiter, während des Krieges in einen Dresdner Rüstungsbetrieb dienstverpflichtet und als Dreher angelernt, nach der Ausbombung des Betriebes zu den Landesschützen eingezogen, er sitzt steil aufgerichtet da und lauscht in den Lärm, hat den Blick zur Decke gerichtet, sein Kopf ist ständig in Bewegung, als folge er den Bahnen der Geschosse, die mit einem widerlichen Zischen, Heulen, Pfeifen, Kreischen, Orgeln über die Kellerdecke fliegen.

Da ist der Soldat Paul Hinzpeter aus Cosel in Oberschlesien, 40 Jahre alt, verheiratet, Vater eines 16jährigen Sohnes, Rottenführer der HJ, von Beruf Verkäufer im Eisenwarenhandel, Parteigenosse vor 1933, dann Steuersekretär, dauernd als unabkömmlich bis zur Russenbesetzung reklamiert, später einem Volkssturmbataillon zugeteilt, das am dritten Tage nach seiner Aufstellung zersprengt wurde, ein phlegmatischer, stur-gleichgültiger Mann, er sitzt mit verkniffenem Gesicht in halb liegender Stellung in zwei Korbsesseln da und denkt voller Besorgnis: Wenn wir den Krieg nun wirklich verlieren, was dann?

Da ist der Soldat Ernst Dulinski aus Nedlitz bei Potsdam, 36 Jahre alt, verheiratet und Vater von drei Kindern, von Beruf Maurer, früheres Mitglied des RFB und sofort nach dem 30. Januar 1933 von der SA in Haft genommen, nach unmenschlichen Prügeln wieder entlassen und durch die Ehe mit einem beschränkten Mädchen aus dem Osthavelland schließlich zu einem geduldigen Staatsbürger geworden, ohne indes den Geruch der Kommune ganz loszuwerden. Er denkt an den Güterzug, der am 20. Februar 1945 mit vielen hundert Flüchtlingen auf dem Bahnsteig C des Bahnhofes Kottbus einlief und den er mit ausladen helfen mußte, steifgefrorene Tote und fast leblos versteinerte Menschen, und ein Schaudern überläuft ihn noch jetzt, wenn das Wort Gefrierfleischkommando sein Hirn durchzuckt.

Da ist der Soldat Bruno Behrend aus Landau, Saarpfalz, 32 Jahre alt, ledig, verlobt mit einer Kriegerwitwe, Besitzerin eines guten Gemischtwarengeschäftes in Kaiserslautern, von Beruf Vertreter für die Pforzheimer Schmuckwarenindustrie, ein lebhafter, agiler Mann, gerissen und gewandt, ehemals Feldwebel in einer Versorgungstruppe, wegen Unterschlagung degradiert und in eine Strafkompanie versetzt, schließlich begnadigt und einer Infanterieeinheit zugeteilt. Er liegt auf einem Luftschutzbett, hat die Hände im Genick verschränkt und denkt: Mit Schmuckwarenindustrie wird es nach dem Kriege so oder so Essig sein, da wird man was ganz Neues anfangen müssen.

Da ist der Soldat Walter Manthey aus Altefähr auf Rügen, 35 Jahre alt, verwitwet, Vater von zwei kleinen Mädchen, die von der Großmutter aufgezogen werden, von Beruf Gärtner, Besitzer einer kleinen Samenzuchtanstalt, ein fleißiger, kenntnisreicher, ein wenig umständlicher Mann, seit 1941 Soldat, hat bei Rshew Erfrierungen an den Füßen davongetragen, wurde mühsam wiederhergestellt und bei Beginn der sowjetischen Offensive reaktiviert. Er lehnt gegen die Pfosten der Luftschutzbetten und denkt an seinen Garten, den er Jahr für Jahr umgegraben und den er seit drei Jahren nicht mehr gesehen hat, und an die Obstbäume, die in diesem Monat beschnitten und ausgeputzt werden müssen.

Da ist der junge Soldat Erhard Hellwig aus Poggendorf, Kreis Greifswald, 22 Jahre alt, Mittelschüler mit Berufsziel Dentist, nicht ganz freiwillig Soldat geworden, ein haltlos gewordener junger Mann, der sich immer widerstrebend hat treiben lassen, mit innerlicher Abneigung gegen das Militärische. Er liegt auf dem oberen Luftschutzbett und versucht zu schlafen, aber es gelingt ihm nicht, er muß an seinen kleinen Heimatort und an ein Mädchen denken, das er während seines letzten Urlaubs, Herbst 1943, geküßt hat, auf schöngeformte, dunkelrote Lippen, die erst fest und trotzig geschlossen waren und sich dann weich und warm und feucht öffneten.

Da ist der junge Panzerschütze Ulrich Reithofer aus Cham in der Oberpfalz, 19 Jahre alt, Sohn eines Bierbrauers, Fähnleinführer im Jungvolk, Gefolgschaftsführer in der HJ, mit 18 Jahren in die Partei übernommen, keineswegs fanatischer Nationalsozialist, eher einer, der mitmacht, weil alle mitmachen, ein etwas vorlauter, erstaunlich selbstbewußter Junge, der alles unbesehen glaubt, was bequem ist. Er hockt im Quersitz auf einem Küchenstuhl, ist unruhig und aufgestört, nicht weil die Luft von Geschossen dröhnt, er denkt an den Gefreiten Schumann, der nach Rupperts Handgranatenwurf verschwunden ist: wenn der die Sache meldet, sind wir aufgeschmissen, dann hängen wir alle eins-fix-drei.

Die Minuten fließen träge weiter, das Artilleriefeuer wird immer stärker, Mauerbrocken fallen polternd auf den Hof, Staub- und Rauchwolken werden durch die offene Kellertür gepreßt.

»Unerträglich, hier zu sitzen und nicht zu wissen, was rings um einen vorgeht«, sagt Schröter und stampft ärgerlich auf.

»Du kannst doch jetzt nicht raus«, sagt Wiegand. »Die schnappen dich doch sofort.«

»Weiß ich«, antwortet Schröter, »ich bleib' ja auch hier, aber trotzdem ... Im Luftschutzkeller hier nebenan scheint ein Haufen Leute zu sitzen.«

»Und?« fragt Dr. Böttcher. »Was willst du damit sagen?«

»Man müßte Verbindung mit ihnen aufnehmen«, erwidert Schröter.

Wiegand schüttelt den Kopf. »Solch eine sogenannte Luftschutzgemeinschaft ist wie eine geschlossene Gesellschaft, die wollen keinen Fremden sehen ...«

»... und noch dazu Männer, sogar Soldaten«, ergänzt Gregor. »Die liefern dich aus, nur um ihre Ruhe zu haben.«

»Ich kann ja mal hinübergehen«, meldet sich Lucie Wiegand.

Wiegand macht eine schnelle Handbewegung. »Das ist zu gefährlich, Lucie.«

»Ich gehe«, sagt Lucie Wiegand entschlossen, »wenn der Beschuß etwas nachläßt.«

»Ich gehe mit Ihnen«, sagt Lassehn, »wenn Sie ...«

Er spricht den Satz nicht zu Ende. Ein pfeifendes Zischen nähert sich rasend schnell, die Kellerdecke wird getroffen, bebt und wankt, eine Dreckfontäne spritzt bis in den Kellereingang, aber keine Explosion folgt.

»Blindgänger!« ruft der Soldat Kebschull und springt auf.

»Los, raus!« ruft Wiegand. »Schnell, schnell!«

Alle springen auf, laufen die Kellertreppe hoch. Der Hof hängt voll Qualm und Rauch, die aufgewühlte Asche wirbelt wie ein schwarzer Schneesturm umher, die ragende Ruine hat jetzt handbreite Risse, sie schwankt, vom oberen Rande der Mauer lösen sich bereits Ziegelsteine und stürzen mit dumpfem Poltern in den Hof.

»Los, los!« feuert Wiegand an.

Sie laufen in den Nebenhof, überklettern eine aufgesplitterte Zwischenmauer und stehen auf einem Hof, der noch von unzerstörten Vorder- und Hinterhäusern umschlossen ist. Ein Hausflur bietet zunächst einigen Schutz, sie bleiben mit keuchenden Lungen und hart paukenden Herzen stehen. Eine Granate reißt ein Loch in die Mauer des Hinterhauses, im gleichen Augenblick durchrast eine Fliegerbombe den Qualm, sie reißt die Luft wie einen Vorhang auseinander und fällt in die Ruine, in deren Keller sie noch vor weniger als einer Minute gesessen haben, sie schwankt wie ein Segel, neigt sich und stürzt mit ungeheurem Krach zusammen, Steine und Eisensplitter wirbeln umher, der Luftdruck stößt die Männer um, sie fallen durcheinander wie Kegel und sind fast bewußtlos vor Atemlosigkeit. Für Sekunden ist alles in Rauch und Staub gehüllt, der enge Hof ist wie ein qualmender Kamin. Erst nach endlosen Minuten lichtet sich die graue, schwere Wolke.

»Verflucht noch mal, wo ist denn hier der Luftschutzkeller?« ruft Schröter.

Lassehn hat inzwischen die Kellertür unter dem Aufgang zum Vorderhaus entdeckt. »Hier!« ruft er. »Die Tür neben dem Hausflur!« Er will die Tür öffnen, aber sie gibt nicht nach, er hämmert mit dem Kolben seines Karabiners dagegen. »Aufmachen!« ruft er. »Aufmachen!«

Die Tür wird geöffnet, nur ein ganz klein wenig, aber Lassehn reißt sie dem Manne, der hinter ihr steht, aus der Hand und schlägt sie weit auf.

»Halt!« ruft der Mann, dessen blauweiße Armbinde ihn als Luftschutzwart ausweist. »Halt! Der Keller ist überfüllt! Hier kommt keiner rein!«

Er stellt sich breitbeinig auf die oberste Treppenstufe und breitet die Arme aus.

Lassehn drängt ihn wortlos beiseite und läßt Lucie Wiegand vorangehen.

»Der Keller ist nicht für euch!« sagt der Luftschutzwart wütend. »Die Frau kann hier rein, aber ihr nicht!«

»Danach fragen wir dich gerade«, sagt Schröter. »Los, alle runter, und dann Tür zu!«

»Soldaten haben hier nichts zu suchen!« bellt der Luftschutzwart los und packt den Soldaten Ruppert. »Ihr gehört nach oben, haut ab, sonst ...«

Ruppert versetzt dem Luftschutzwart einen Stoß vor die Brust, daß er zurücktaumelt und sich am Geländer festhalten muß, um nicht die Treppe hinunterzustürzen.

»Was sonst?« fragt er und packt ihn vorn an der Jacke. »Du, was sonst?« fragt er drohend.

Der Luftschutzwart, ein Mann in mittleren Jahren, mittelgroß, breitschultrig, versucht sich aus dem Griff Rupperts zu befreien. »Laß mich los!« keucht er.

»Was sonst? Du, was sonst?« wiederholt der Soldat Ruppert seine Frage und entdeckt das Parteiabzeichen auf der Jacke des Luftschutzwartes. »Was sonst, Herr Parteigenosse?«

»Mach keine Geschichten, Ruppert«, sagt Soldat Manthey.

Ruppert lockert den Griff, aber er bleibt immer noch drohend vor dem Luftschutzwart stehen. »Du, ich will wissen, was sonst? Die ss auf uns hetzen oder die Feldgendarmerie, was?«

Der Luftschutzwart zieht seine Jacke gerade und mustert die Soldaten mit schiefem, bösem Blick. »Ist das 'ne Art, mit Leuten umzugehen?«

Ruppert läßt ihn jetzt ganz los. »Alles unten?« fragt er. »Dann mach die Tür zu, Hellwig!« Der junge Soldat Hellwig schließt die Tür. »Ihr seid ja ganz vornehm«, sagt er, während er die Treppe hinuntersteigt, »ihr habt ja sogar noch elektrisches Licht.«

Am Ende der Kellertreppe, im Vorraum zum eigentlichen Luftschutzkeller, versammelt sich der Trupp, sie sind alle heil durchgekommen, nur dem Soldaten Poppe hat ein Granatsplitter den Oberarm aufgerissen.

»Ist nicht so schlimm, Poppe«, sagt Dr. Böttcher und drückt ihn auf eine Sandkiste nieder, »blutet reichlich, ist aber sonst harmlos.« Er schneidet die Stoffetzen des Mantels und der Jacke aus, frisiert die Wundränder, tupft die Umgebung der Wunde mit Jod ab, heftet die Gewebe mit kleinen Metallklammern auseinander und wickelt eine Lage Mull darüber.

»So, mein Lieber«, sagt er, während er seine Instrumente wieder fortpackt, »das wird fürs erste genügen.«

Aus der eisernen Tür, die den eigentlichen Luftschutzraum vom Vorkeller abtrennt, ist unterdessen ein großer Mann mit einer randlosen Brille getreten und hat den Manipulationen Dr. Böttchers interessiert zugesehen.

»Bravo!« sagt er anerkennend. »Haben Sie wie ein approbierter Arzt gemacht!«

Dr. Böttcher blickt ihn über seine Brille hinweg an und unterdrückt mühsam ein Lächeln. »Das heilt per primam.«

Der Mann mit der randlosen Brille sieht ihn verdutzt an. »Sie sind ausgebildeter Sanitäter?« fragt er.

Jetzt lächelt Dr. Böttcher. »Doktor med., mein Herr«, antwortet er. Der andere lächelt jetzt auch, sein strenges Gesicht wird plötzlich ganz hell. »Dann sind wir ja Kollegen«, sagt er und streckt Dr. Böttcher die Hand hin. »Doktor Heinrich Wiedemann.«

Dr. Böttcher ergreift die Hand und nennt seinen Namen.

»Wie geht das zu?« fragt Dr. Wiedemann. »Sie als einfacher Volkssturmmann?«

»Hat seine besonderen Gründe«, sagt Dr. Böttcher kurz. »Sagen Sie, Herr Kollege, müssen wir hier im Vorraum bleiben? Ist da drin im Keller kein Platz mehr?«

»Selbst wenn da drin Platz wäre«, mischt sich der Luftschutzwart ein, »für euch kommt *der* Keller doch nicht in Frage. Meint ihr, ich lass' mir was anhängen wegen Fluchtbegünstigung und so?«

»Da hast du die Scheiße«, sagt der Panzerschütze zu Lassehn. »Ist ja klar, das stinkt doch sieben Meilen gegen den Wind.«

»Hören Sie mal, lieber Mann«, sagt der Soldat Ruppert und tritt wieder ganz dicht an den Luftschutzwart heran, »die SS und die Gestapo haben ausgezwitschert, du solltest dich auf *die* Brüder nicht mehr verlassen, sonst bist du nämlich verlassen.«

»Aber ...«, will der Luftschutzwart einwenden.

»Da gibt's gar kein Aber«, sagt Ruppert in überlegen-herablassender Art, »und den Bonbon solltest du endlich wegwerfen, wo ihn keiner findet.«

»Das mußt du mir schon überlassen«, sagt der Luftschutzwart hartnäckig.

»Klar, überlassen wir«, sagt Schröter.

»Mann«, sagt der Soldat Hinzpeter, »sei doch nicht so stur, mit dem Dritten Reich ist es aus, das merkt ja 'n Blinder. Mensch, hier hast du doch 'ne großartige Gelegenheit, dir'n Alibi zu verschaffen.«

»Alibi? Wie meinst'n das?«

»Guck mal, wenn du uns irgendwo unterbringst«, sagt der Soldat Hinzpeter eifrig, »dann haste was getan ... Na, eben was ...« Er schweigt verlegen und erinnert sich seiner eigenen Parteigenossenschaft.

»Na rede doch, Mensch«, sagt der Luftschutzwart ungeduldig.

»Na ja, unter uns, da sind so'n paar ...« Er blickt scheu auf Wiegand, Dr. Böttcher und Schröter. »Na, so'n paar Leute, die später vielleicht was für dich tun können, meine ich.«

»Ich weiß gar nicht, wovon du sprichst«, sagt der Luftschutzwart. »Bloß nicht soviel Gerede«, sagt Schröter. »Wenn du nicht willst, du Oberluftnazi, dann gibt's 'n paar probate Mittel.« Er richtet sein Gewehr auf den Luftschutzwart. »Hände hoch!«

Der Luftschutzwart wirft sofort die Arme hoch. »Um Gottes willen ...«, keucht er.

Schröter lacht kurz auf und läßt das Gewehr wieder sinken. »Verstehst du jetzt, was ich meine, Parteigenosse Luftschutzwart?«

Dr. Wiedemann legt eine Hand auf die Schulter des Luftschutzwartes. »Hier gibt es sicher doch irgendwo noch einen Raum, Herr Zimmer«, sagt er, »in dem Sie die Männer unterbringen können. Kann sich doch bloß um einen oder zwei Tage handeln, vielleicht sogar um ein paar Stunden.«

Der Luftschutzwart hat die Arme wieder langsam heruntergenommen. »Na ja, da wär' schon 'n Raum«, sagt er, »der Heizkeller.«

»Auf in den Heizkeller«, sagt Dr. Böttcher. »Los, zeigen Sie uns den Heizkeller.«

Der Luftschutzwart blickt verbissen vor sich nieder und rührt sich nicht von der Stelle.

»Den Gang da lang«, sagt er und deutet auf den Gang, der an einer Anzahl lattenumzäunter Verschläge vorbeiführt. »Steht groß dran, Heizkeller.«

»Einer bleibt hier vorn an der Tür«, sagt Dr. Böttcher, »damit der Herr Luftschutzwart nicht auf den Gedanken kommt ... Fängst du an, Lassehn?«

Der Heizkeller ist nicht sehr geräumig, mit großem Ofen und zwei Warmwasserboilern, aber er liegt fast unter Straßenniveau, die Luken sind mit Sandkästen verstellt, sogar das elektrische Licht brennt.

Dr. Wiedemann ist dem Trupp in den Heizkeller gefolgt. »Spätestens morgen sind die Russen hier«, sagt er, »vielleicht schon diese Nacht.«

»Wir sind über die Lage ziemlich im unklaren«, sagt Wiegand. »Wissen Sie Genaueres?«

»Auch nur so von ungefähr«, antwortet Dr. Wiedemann. »Die Russen sind schon auf dem Belle-Alliance-Platz, sie sollen sogar schon in die untere Friedrich- und Wilhelmstraße eingedrungen sein, auf der anderen Seite sitzen sie schon hinter dem Anhalter Bahnhof und dicht am Potsdamer Platz.«

»Wir sitzen also mittendrin«, sagt der Soldat Ruppert. »Mensch, wär'n wir man bloß in der Stralauer Straße geblieben, da wär' schon alles vorbei.«

»Sicher«, sagt Dr. Wiedemann, »der Heeresbericht nennt ja schon den Alexanderplatz.«

»Sie haben einen Heeresbericht?« fragt Schröter schnell. »Radio oder Zeitung?«

»Zeitung«, erwidert Dr. Wiedemann, »hier ist der ›Panzerbär‹ von heute.«

Schröter nimmt die Zeitung.

»Diese elenden Schmierfinken«, sagt er verächtlich.

»›Heroisches Ringen.
Bei Tag und Nacht Eingreifkräfte herangeführt.
Der Kampf um den Stadtkern entbrannt.
Entlastungsangriffe laufen.

Aus dem Führerhauptquartier, 28. April
Das Oberkommando der Wehrmacht gibt bekannt:
In dem heroischen Kampf der Stadt Berlin kommt noch einmal vor aller Welt der Schicksalskampf des deutschen Volkes gegen den Bolschewismus zum Ausdruck.

Während in einem in der Geschichte einmaligen grandiosen Ringen die Hauptstadt verteidigt wird, haben unsere Truppen an der Elbe den Amerikanern den Rücken gekehrt, um von außen her im Angriff die Verteidiger von Berlin zu entlasten.

In den inneren Verteidigungsring ist der Feind von Norden her in Charlottenburg und von Süden her in das Tempelhofer Feld eingedrungen. Am Halleschen Tor und am Alexanderplatz hat der Kampf um den Stadtkern begonnen. Die Ost-West-Achse liegt unter schwerem Feuer.

Fliegende Verbände unterstützen die Kämpfe unter aufopferndem Einsatz der Besatzungen. Trotz stärkster Jagd- und Flakabwehr wurden bei Tag und Nacht Eingreifreserven gelandet und Munition abgeworfen. Unsere Jagd- und Schlachtfliegerverbände vernichteten in den letzten vier Tagen 143 Flugzeuge, 58 Panzer und über 300 Fahrzeuge. Im Raum südlich Königs Wusterhausen setzten Divisionen der 9. Armee ihre Angriffe nach Nordwesten fort und erwehrten sich während des ganzen Tages konzentrischer Angriffe der Sowjets gegen die Flanken. Die von Westen angesetzten Divisionen warfen den Feind in erbittertem Ringen auf breiter Front zurück und haben Ferch erreicht.‹«

»Mensch«, sagt der Panzerschütze ängstlich, »das sieht ja mulmig aus. Wenn der Iwan wirklich zurückgeschlagen wird, dann sitzen wir bis zum Hals in der Scheiße.«

»Ja«, meint der Soldat Behrend und wiegt den Kopf hin und

her. »Ob man sich nicht doch lieber bei einer Truppe meldet? Was meint ihr?«

»Ich meine«, sagt Schröter bissig, »daß ihr ganz erbärmliche Waschlappen seid. Aber wenn ihr wollt, haut ab!«

»Du bist ja ein ganz Verbohrter«, sagt der Soldat Kebschull, »bist wohl 'n Kommuniste, 'n Museumsstück von vor dreiunddreißig?«

»Halt die Schnauze«, fährt Schröter wütend los. »Wenn ich ein Museumsstück bin, dann werd' ich dir auch sagen, wo du entsprungen bist.«

»Nämlich? Immer raus mit der Sprache!«

»Aus dem braunen Verbrecheralbum, damit du es genau weißt.«

»Herrschaften, seid friedlich«, sagt Dr. Wiedemann begütigend, »der Krieg ist gleich zu Ende. Was im OKW steht, ist doch alles Schwindel, das schreiben die doch bloß, um euch ein bißchen aufzupulvern.«

»Aber das hätte doch gar keinen Sinn«, sagt der Panzerschütze Reithofer zweifelnd.

»Es hat schon einen Sinn«, sagt Dr. Böttcher, »nämlich den, ein ganzes Volk mit in die eigene Katastrophe zu reißen.«

»So was kann es ja gar nicht geben«, sagt der Soldat Behrend kopfschüttelnd und nimmt die Zeitung, er überfliegt die erste Seite und wendet sie dann um.

»Da stehen noch mehr Artikel über den Einsatz drin«, sagt der Panzerschütze, der ihm über die Schulter blickt. »Den da zum Beispiel:

›Wo der Führer ist, ist der Sieg!
Klärung des Kampfbildes in Kürze zu erwarten.

Die von außen her in den Berliner Großraum hineinstoßenden deutschen Einsatztruppen haben sich dem Gegner bereits gefährlich genähert. Sie stören die feindlichen Nachschubbewegungen empfindlich und drücken immer stärker in unaufhaltsamem Vormarsch in den Rücken des Gegners.

Es ist klar, daß die Sowjets in letzter Stunde mit aller Kraft versuchen, ihr Ziel, die Besetzung Berlins, zu erreichen, um nicht zwischen zwei Feuer zu geraten. Der Gegner drückt also mit aller Kraft auf den inneren Verteidigungsring. Er versucht, schwache Stellen unserer Verteidigung ausfindig zu machen, um hier durchzustoßen, denn seine Kräfte reichen nicht aus, um einen Zernierungsring überall in gleicher Stärke zum Sturm anzusetzen.

Aus dieser Lage ergaben sich verschiedene Schwerpunkte des Kampfes, an denen es vorübergehend unübersichtliche und auch kritische Situationen gab, die aber dank des entschlossenen Einsatzes der Verteidiger, zum Teil im Gegenstoß, wieder geklärt wurden.

Wenn weiter mit der gleichen Tapferkeit gekämpft wird, dann muß sich in Kürze das Bild auf dem Kampfplatz Berlin grundlegend wandeln. Wie entschlossen der Berliner seine Heimatstadt verteidigt, geht schon daraus hervor, daß gestern wiederum über 50 Panzer und in den letzten fünf Tagen Insgesamt 300 Panzer abgeschossen wurden. Auch die Luftwaffe unterstützte wieder mit starkem Jagd- und Schlachtfliegereinsatz den Erdkampf.

Unsere Aufgabe ist klar. Wir stehen und halten. Bei uns ist der Führer. Wo aber der Führer ist, ist der Sieg!‹«

»Hast du vielleicht erwartet, daß in den anderen Artikeln das Gegenteil steht?« fragt Schröter. »Wo ist denn der Sieg des Führers? Seit der Führer da ist, gibt es doch nur Niederlage auf Niederlage!«

»Wer A lügt, muß auch B lügen«, sagt Dr. Böttcher.

»Welche Chancen rechnet ihr euch denn eigentlich noch aus?« fragt Wiegand und nimmt die Zeitung zur Hand. »Lest auch den zweiten Teil des Heeresberichtes. Bei Prenzlau tiefe Einbrüche, Regensburg und Ingolstadt verloren, zwischen Dillingen und Ulm Vorstoß nach Süden, das heißt auf Augsburg und München, Absetzbewegungen hinter den Tessin, das heißt aus der Poebene in die Alpen ...«

»Das ist die vernichtendste Niederlage, die je ein deutsches Heer erlitten hat«, sagt Gregor, »und da wollt ihr den Wahnsinn noch um ein paar Sekunden verlängern?«

»Wir wollen gar nicht, so blöd sind wir nicht«, sagt der Soldat Behrend, »aber wir wollen auch nicht in diesen letzten Sekunden hochgehen.«

Dr. Wiedemann läßt den Blick ein paarmal rundum gehen, setzt zum Sprechen an, schweigt, redet dann aber doch. »Es gibt noch etwas Interessantes«, sagt er, »es steht zwar nicht in der Zeitung, aber ich habe es im Rundfunk gehört. Mussolini wurde am Siebenundzwanzigsten bei Dongo von italienischen Partisanen auf der Flucht festgenommen und gestern nachmittag standrechtlich erschossen.«

»Bravo!« ruft Schröter. »Und wo sind die deutschen Partisanen?«

»Wir haben dafür Heldenfrauen«, sagt Dr. Wiedemann. »Ich werde Ihnen dazu nur einen kleinen Abschnitt aus einem Artikel vorlesen.

›Frauen an der HKL.

In Neukölln meldete sich eine ältere Frau mit gepacktem Rucksack auf einem Polizeirevier. Sie landete schließlich in der im gleichen Hause untergebrachten Kartenstelle und fragte: ‚Ich möcht' mir bei'n Volkssturm melden, det der mir eene Panzerfaust jibt. Ick muß jejen de Bolschewicken kämpfen.‹«

»Rührend«, sagt Schröter, »dann kann's uns ja gar nicht mehr schlechtgehen.«

»Ausgerechnet in Neukölln muß das passieren«, murmelt der Soldat Ruppert.

»Also langer Rede kurzer Sinn, gehen wir oder bleiben wir hier?« verschafft sich der Soldat Kebschull Gehör.

»Ach, ist schon egal«, sagt der Panzerschütze Reithofer und setzt sich auf eine Bank, »ob wir hier kaputtgehen oder draußen, einen Tod kann man nur sterben.«

»Hast recht, Junge«, meint der Soldat Kebschull und setzt sich neben ihn. »Also bleiben wir.«

»Scheinen recht schwankende Gestalten zu sein«, meint Dr. Wiedemann zu Dr. Böttcher.

»Was können Sie von diesen Leuten anderes verlangen?« sagt Dr. Böttcher.

»Immer unentschlossen und ängstlich nach oben blickend, auf Befehle wartend und unsicher, wenn sie ausbleiben, immer bereit, jeden Befehl auszuführen, aber niemals selbständig denkend und handelnd, da sie den Zwang des Gewissens und die Gewalt der Vernunft nicht kennen.«

Dr. Wiedemann nickt.

»Alles andere ist eine seltene Ausnahme. Ich bin da kürzlich in einen Fall hineingeraten, der nicht nur menschlich-erschütternd, medizinisch interessant ist, sondern der einmal aufzeigt, wie Menschen, friedliche, sanfte, ruhige, stille Menschen, in eine tragische Verstrickung gerissen werden können, es ist ein Schicksal unserer Tage.«

»Erzählen Sie«, sagt Dr. Böttcher.

XIX

Die Geschichte des Straßenbahnschaffners Max Eckert

›Was aber irgend übrigbleibt,
Wird der Kraft der Lebendigen einverleibt.‹
Frank Wedekind. Aus den ›Brettl-Liedern‹

Ein Tag dämmert herauf, wie vor ihm schon ungezählte Tage angebrochen sind, indem die Sonne sich zum Horizont hinhebt und über ihn hinaussteigt. Ihre Strahlen senden ihr Licht auf die Erde, und nichts kündigt an, was sich in jener Zeitspanne vollziehen wird, die zwischen das Aufsteigen der Sonne und ihr Absinken unter den Horizont gelegt ist. In diesen Stunden, da das Licht auf die Erde herabströmt oder durch dichte Wolkenvorhänge sickert, läuft die Lebensuhr von zwei Milliarden Menschen unaufhaltsam weiter. Für viele bleibt sie stehen, und für viele wird sie aufgezogen, alles ist noch im Dunkel verschlossen. Der Morgen, der sie nach der Nacht empfängt, ist wie jeder andere Morgen, keine Ahnung des Verhängnisses, das auf die Menschen zueilt, warnt ihre Seelen.

Am 3. Februar 1945 hat der Straßenbahnschaffner Max Eckert seine Wohnung in Berlin-Reinickendorf, Residenzallee 144, verlassen, um zum Frühdienst zu gehen, er ist Schaffner bei der BVG und fährt auf der Linie 141, deren erster Wagen kurz nach 5 Uhr vom Straßenbahnhof in der Pankower Allee abfährt. Kurz nach 16 Uhr kehrt Eckert, nachdem er abgelöst worden ist, in seine Wohnung zurück. Bisher ist der Tag verlaufen wie jeder andere, er hat seinen Dienst versehen, sich mit den Fahrgästen herumgeärgert und versucht, den Fahrplan einzuhalten, obwohl es einen längeren Fliegeralarm gegeben hat, aber das ist schon lange nicht mehr etwas Außergewöhnliches. Viel ungewöhnlicher ist, daß seine Frau und seine 16jährige Tochter nicht zu Hause sind. Das kommt eigentlich nie vor, und wenn es doch einmal der Fall gewesen ist, dann hat auf dem Küchentisch ein Zettelchen gelegen, auf dem ihm seine Frau mit ein paar Zeilen mitteilte, daß sie ins Kino oder zu Bekannten gegangen sei und er sich sein Essen nur zu wärmen brauche. Aber Eckert findet an diesem Tage nichts vor, weder seine Frau noch seine Tochter, weder einen Zettel noch sein Essen. Die Wohnung ist tadellos aufgeräumt, denn Frau Eckert ist eine Hausfrau von altem Schrot und Korn, die Betten im Schlafzimmer sind wie üblich sorgfältig gemacht, sogar die Steppdecken sind glatt darübergebreitet, aber in der Küche ist nichts zum Essen vorbereitet. Die Wohnung ist von seiner Frau offenbar bereits am Vormittag verlassen worden, und sie ist jetzt, am Nachmittag, noch nicht zurückgekehrt. Das ist völlig unverständlich, deshalb steigt in Eckert ein beunruhigendes Gefühl auf, aber dann fällt ihm ein, daß es ja um die Mittagszeit einen Tagesangriff der Amerikaner gegeben hat, der, soviel ihm bis zum Dienstschluß bekannt geworden ist, hauptsächlich die Innenstadt getroffen haben soll, und damit hat Eckert auch die Erklärung für das Ausbleiben seiner Frau. Sie pflegt zweimal in jeder Woche mit der Tochter einen Arzt in der Ritterstraße zu konsultieren, die Tochter leidet an hartnäckigen Ekzemen, die bisher jeder Art von Therapie widerstanden haben, und der Arzt in der Ritterstraße ist ihnen als besonders tüchtig empfohlen worden. Tatsächlich geht es dem Mädchen, seitdem es bei diesem Dr. Wiedemann in Behandlung ist, erheblich besser.

Eckert beruhigt sich also zunächst. Ihm ist bekannt, daß die Untergrundbahnlinie D Neukölln-Gesundbrunnen, die seine Frau zu benutzen pflegt, gestört ist und daß auch die Straßenbahnlinien, die den Süden und das Zentrum mit dem Norden verbinden, infolge des Luftangriffes ausgefallen sind, seine Frau und seine Tochter müssen also den Weg von der Ritterstraße nach Reinickendorf zu Fuß zurücklegen und wahrscheinlich noch beträchtliche Umwege machen, da es nach Luftangriffen erfahrungsgemäß stets zahlreiche Absperrungen und Umleitungen gibt.

Eckert wärmt sich einen Rest Kaffee, den er in der Kanne vorfindet, und macht sich ein paar Schnitten zurecht, dann liest er das ›12-Uhr-Blatt‹, aber er merkt bald, daß ihn das alles nichts angeht, jedenfalls nicht in seiner gegenwärtigen Verfassung, denn während seine Augen über die Zeilen gleiten und hier und da eine Überschrift, wie *›Das deutsche Volk ist heute einiger denn je‹*, *›718. und 719. Eichenlaub‹* und *›Volkssturm bewährt sich aufs neue‹*, erfassen, sind seine Sinne ganz auf die Geräusche eingestellt, die aus dem Treppenhaus dringen. Sobald ein Schritt hörbar wird, spannt sich sein ganzer Körper an, er ist bereit zum Sprung an die Tür, sobald ein Schlüssel ins Schloß gestoßen werden sollte, aber die Schritte verklingen stets, bevor sie das zweite Stockwerk erreichen, oder sie gehen an seiner Tür vorbei und steigen höher, einmal verhalten sie auch auf dem Treppenpodest der zweiten Etage, aber dann wird beim Flurnachbarn geklingelt. Eckert geht hin und her, die Hände auf dem Rücken ineinandergelegt, ab und zu blickt er aus dem Fenster, aber auch das lenkt nicht von der lastenden Stille der Wohnung und dem qualvollen Warten ab. Die Straße ist wie sonst mit eilenden, hastenden Menschen, überfüllten Straßenbahnen und ratternden Lastwagen belebt. Die Angst vor der hereinbrechenden Nacht, dem Heulton der Sirenen und dem auf sie zurasenden Verhängnis zittert schon in den Menschen.

Zwei Stunden vergehen, die Dämmerung bricht herein und fließt durch die Scheiben in die Küche. Eckert schaltet den Rundfunkapparat ein, aber der Lautsprecher bleibt stumm, und als er den Lichtschalter herumdreht, flammt die Lampe nicht auf. Es ist wieder einmal Sperrstunde über den Bezirk verhängt. So bleiben ihm die Tröstung durch das Licht und die Ablenkung durch die Musik versagt. Eckert tappt sich an den Korbsessel zurück und läßt sich schwer hineinfallen. Die Minuten schleichen noch langsamer dahin, denn zur Qual des Wartens hat sich jetzt noch das Bahrtuch der Dunkelheit gesellt. Eckert sitzt unbeweglich in der Küche und wartet, er hat die Hände auf den Knien liegen und blickt auf die Wand, die immer weiter entrückt, je mehr sich die Dunkelheit verdichtet. Nur ein Gedanke ist in ihm, er füllt ihn ganz aus und droht ihn zu zersprengen. Seine Frau müßte längst zu Hause sein, vom Moritzplatz bis zur Residenzstraße braucht man nicht mehr als anderthalb, höchstens jedoch zwei Stunden, gegen 14 Uhr – als Mann des Verkehrs denkt er nur in der Vierundzwanzigstundenzeit – ist entwarnt worden, also hätte seine Frau, wenn sie vielleicht einige Umwege hat machen müssen, spätestens gegen 17 Uhr zu Hause sein müssen, inzwischen ist es aber 18 Uhr 30 geworden, und sie ist immer noch nicht da.

Eckert ist ein sachlicher, nüchterner Mann, er schätzt verstiegene Worte nicht, er ist weder sentimental noch romantisch, er wäre erstaunt, wollte man das Gefühl, das er für seine Frau empfindet, als Liebe bezeichnen. Es sind eher eine handfeste Zuneigung, eine unbedingte Anhänglichkeit, eine erprobte und für gut befundene Gewohnheit, aber diese drei Komponenten, Zuneigung, Anhänglichkeit und Gewohnheit, sind ein festes Band, es ist haltbarer und dauerhafter als der Rosenkranz von ewiger Liebe und Treue. In diesen Stunden, da ihn eine dunkle Ahnung streift, befällt ihn daher auch keine Rührung, es ist eher die Furcht um einen wertvollen Besitz, der ein Teil seines Selbst ist. Es ist der letzte Besitz, der ihm verblieben ist, Frau und Tochter, nachdem zwei Söhne verlorengingen, wie man eine Uhr vermeintlich verliert, um dann später festzustellen, daß sie durch einen Taschenspielertrick entwendet worden ist. Der jüngere Sohn, der bei der Luftwaffe diente, ist ihm schon vor dem Krieg genommen worden, nachdem seine Briefe, die einen geheimnisvollen Weg zu nehmen schienen, in immer größeren Abständen kamen und schließlich ganz ausblieben, bis dann eines Tages die Mitteilung gekommen war, daß er bei einer Übung abgestürzt, tödlich verletzt und mit allen militärischen Ehren beigesetzt worden sei. Erst sehr viel später, als sich der Schleier des Geheimnisses um die ›Legion Condor‹ lüftete, erfuhr Eckert, daß sein Sohn im spanischen Bürgerkrieg, der großen Generalprobe der Naziluftwaffe, umgekommen war. Den älteren Sohn, Modelltischler bei ›Rheinmetall-Borsig‹ in Tegel, einen ruhigen, geschickten Jungen mit einer kleinen künstlerischen Neigung zur Bildschnitzerei, hat der Krieg verschlungen: er ist aus der kasachischen Steppe mit erfrorenen Händen und Füßen zurückgekommen, ein hilfloses, amputiertes Bündel Mensch mit schwarzen Gliedstümpfen, das sich beim ersten selbständigen Bewegungsversuch aus dem vierten Stock des Lazaretts auf die Straße stürzte und auf dem Pflaster zerschellte. So sind aus dem anscheinend so fest gefügten Lebenskreis zwei Steine herausgebrochen worden wie zwei gute Zähne aus einem gesunden Gebiß, und jedesmal war es wie ein gezielter Stoß auf das Herz, der mehr noch als Schmerz einen Zorn in ihm entfaltete, da der Tod seiner Söhne vom rohen Geschrei der Marschlieder begleitet wurde.

So waren dann nur die Frau und die Tochter geblieben. Alle Fürsorge und Zuneigung vereinigten sich nun auf sie, aber auch dieser Lebenskreis ist täglich und stündlich in Gefahr, wie die Lebenskreise aller Menschen. Sie ziehen sich enger und enger, sie schnüren die Herzen ein, die drohenden Schatten werden immer schwärzer und tiefer, aber es ist keine überirdische Macht, der sie sich widerstandslos und ergeben beugen müssen, keine Allmacht eines Gottes und keine Gewalt einer Naturkatastrophe außerhalb des menschlichen Willens und der menschlichen Voraussicht. Es ist der Griff der Tyrannis nach Leben und Sicherheit, Glück und Ruhe, und deshalb erwachsen aus dem Verlust an Leben und Gütern keine Trauer und Ergebenheit in ein unabwendbares Schicksal, sie werden zu Zorn und Empörung.

In dieser Stunde, da Eckert unbeweglich auf einem Küchenstuhl in seiner dunklen Küche hockt, begreift er, weshalb die Trauer um seine verlorenen Söhne sein Leben nicht völlig überschattet hat, und aus diesem Begreifen steigen Zorn, Wut und Haß aus dem Unbewußten ins Bewußte, aus der inneren Unruhe des Wartens wird eine explosive Unruhe, die handeln muß. Er steht auf und schiebt den Stuhl mit einem heftigen Ruck fort, schüttelt die Bedächtigkeit ab, setzt seine graugrüne Dienstmütze mit der Kokarde und dem goldenen Eichenkranz für 25jährige Diensttätigkeit auf, zieht seinen schweren, dunkelgrauen Uniformmantel an und verläßt die Wohnung. Er weiß eigentlich noch nicht, was er zu tun gedenkt, aber er muß irgend etwas unternehmen, das Warten ist unerträglich geworden und höhlt ihn innerlich aus, die Stille und Leere der Wohnung und die Dunkelheit erdrücken ihn. Er steht unschlüssig vor der Haustür und geht dann die Residenzstraße langsam bis zur Osloer Straße hinunter. Hier bleibt er wieder stehen. Die Schattenrisse der Hochspannungsmasten und die unendlichen Striche der Drähte schneiden gespenstisch dürre Figuren in den dunklen Abendhimmel, vor dem Judenlager der Gestapo in der Schulstraße brennen schon die Außenlampen, in deren trübem Schein ein Posten mit roter Armbinde und gelbem Stern auf und ab geht.

Eckert dreht sich unschlüssig auf den Absätzen und ist im Begriff, wieder in die Residenzstraße zurückzugehen, die jetzt leblos und grauverhüllt daliegt. Die abgeblendeten Fenster der Häuser sind wie verhangene Särge, in denen sich Lebewesen bewegen, die dem Tode zu entrinnen hoffen, die ihn zu überlisten versuchen, indem sie das Luftschutzgepäck, die Gasmasken und Schutzbrillen griffbereit legen, die Nachrichten der Flugmeldestationen abhören und alle Sinne zugunsten des Ohres betäuben. Aber dann verhält Eckert doch den Schritt, nein, er kann jetzt nicht zurück in die leere Stille seiner Wohnung, aber was soll er tun?

Er steht allein an der Straßenecke und blickt sich ratlos um. Alle Energie, die vorhin in ihm aufgezuckt ist, ist wieder gewichen, eine lähmende Entschlußlosigkeit beginnt sich seiner zu bemächtigen. Da fällt sein Blick auf die Telefonzelle vor der Schule in der Osloer Straße, und im gleichen Augenblick flutet die beginnende Lähmung zurück. Telefonieren, das ist es, was er jetzt tun muß. Mit langen Schritten eilt er auf das viereckige Häuschen mit dem roten Eisengerüst und den dicken Mattglasscheiben zu, öffnet die Tür und nimmt den Hörer ab. Das geschieht so spontan, daß ihm erst jetzt einfällt, daß er die Telefonnummer des Arztes gar nicht kennt. Das Telefonbuch ist zerfetzt, und außerdem ist es in der Zelle so dunkel, daß es aussichtslos ist, die Nummer suchen zu wollen. Er verläßt die Zelle und wirft die Tür hinter sich zu. Für Sekunden ist Eckert niedergeschlagen und lehnt sich gegen eine Laterne, aber dann geht er entschlossen in die Schwedenstraße hinein, er weiß, daß sich auf der rechten Seite, halbwegs zwischen Osloer und Exerzierstraße, ein großes Restaurant befindet, von dort aus wird er telefonieren.

Mit kurzem Gruß betritt er das Restaurant, bestellt eine Molle und verlangt das Telefonbuch. Wiedemann heißt der Doktor, Wiedemann, es gibt eine ganze Anzahl Leute dieses Namens im

Berliner Telefonbuch, schätzungsweise vier Dutzend. Langsam und gewissenhaft gleitet sein Finger von Zeile zu Zeile, Architekt, Malereigeschäft, Lackierer, Tabakwaren, dann hat er ihn gefunden, ziemlich am Fuß der ersten Kolonne. ›Wiedemann, Dr. med., Heinrich, Facharzt für Hautkrankheiten, Berlin SW 68, Ritterstr. 44, 17 48 64.‹ Eckert geht an den Apparat und dreht die Nummernscheibe, eins, sieben, vier, acht, sechs, vier, das Besetztzeichen brummt, Eckert hängt auf und versucht es nach ein paar Minuten noch einmal. Es ist wieder vergeblich, schon nach den ersten beiden Drehungen rauscht der tiefe Summerton des Besetztzeichens in der Muschel. Drei weitere Versuche, in kurzen Abständen unternommen, haben dasselbe Ergebnis.

Der Gastwirt erkennt Eckerts Ratlosigkeit und bedeutet ihm, daß alle Verbindungen mit den Telefonämtern des Zentrums und des Südens gestört sind, der Fliegerangriff … Eckert hört gar nicht mehr hin, wirft ein Fünfzigpfennigstück auf das Blech der Theke und verläßt das Lokal. In ihm ist ein Zwang aufgestanden, noch heute mit Dr. Wiedemann zu sprechen, er weiß selbst nicht recht, was er sich davon verspricht, aber der Zwang ist unwiderstehlich. An der Ecke Koloniestraße springt er auf die 88, fährt bis zum Gesundbrunnen und geht zur Untergrundbahn hinüber. ›Zugverkehr unregelmäßig‹ liest er mechanisch, ›Unterbrechung zwischen Alexanderplatz und Kottbuser Tor‹, und steigt den tiefen Schacht zum Bahnsteig hinunter. ›Zug fährt nur bis Alexanderplatz!‹ ruft die Bahnsteigschaffnerin mit heiserer, überschriener Stimme, ›Zug fährt nur bis Alexanderplatz!‹ Nur bis Alexanderplatz denkt Eckert. Er will zum Moritzplatz, das ist – er rechnet rasch nach, Jannowitzbrücke, Neanderstraße, Moritzplatz – drei Stationen weiter, aber das ist jetzt alles gleichgültig, wenn die Untergrundbahn nur bis Alexanderplatz fährt, wird er eben die Strecke vom Alexanderplatz bis zum Moritzplatz zu Fuß zurücklegen, und wenn er auf allen vieren kriechen müßte.

Menschen, die wie Eckert plötzlich in einen manischen Zwang gerissen werden, können in ihrer Unnachgiebigkeit zu Mördern werden, sie vermögen Taten zu begehen, die sie in ihrem ganzen bisherigen Leben nicht einmal auch nur mit einem Gedanken gestreift haben. Zunächst ist Eckert aber friedlich, da sich ihm keine Widerstände entgegenstellen, er ist nur unruhig und aufgescheucht, noch zwingt er die dunklen Ahnungen nieder, noch sind diese Ahnungen nicht mehr als dumpfe Empfindungen.

Eckert hängt in der Untergrundbahn an einem Haltegriff und läßt ihn auch nicht los, als in der Bernauer Straße der Platz unmittelbar vor ihm frei wird, er ist so völlig auf sein Ziel ausgerichtet, daß er nichts hört und sieht, in seinem Hirn kreist es unaufhörlich: Moritzplatz, Moritzplatz, Moritzplatz. Er kennt die Gegend genau, da er ganz in der Nähe, in der Sebastianstraße, in einer mechanischen Werkstätte gearbeitet hat, bevor er zur BVG gegangen ist. Moritzplatz, Schnittpunkt von Prinzen- und Oranienstraße, das ist ein viereckiger Platz, mit dem großen Gebäude von Wertheim (an den Namen Awag hat er sich bisher nicht gewöhnen können) und gegenüber mit den Tam-Lichtspielen und Festsälen, wo er früher unter Papiergirlanden manches Bockbierfest mitgemacht und manches kesse Berliner Mädchen im Tanz gedreht hat, mit der Aschinger-Filiale an der Ecke Oranienstraße, merkwürdigerweise bayrisch blau-weiß kariert und doch das gastronomische Wahrzeichen Berlins, und der Dresdner Bank an der Ecke Prinzenstraße, mit dem ewigen Pleitecafe gegenüber der Prinzessinnenstraße, aus der ununterbrochen die roten Wagen der Post vom Telegraphenbauamt herausrollen. Moritzplatz, das ist nicht nur eine Ortsbezeichnung, das ist für Eckert ein Begriff, auch wenn der Platz in den letzten Jahren seine Gestalt erheblich verändert hat, seit die vier Untergrundbahnausgänge hinzugekommen sind und der Rundverkehr eingeführt worden ist.

Am Alexanderplatz verläßt Eckert die Untergrundbahn, er kennt das unterirdische Labyrinth genau und verläßt es durch den richtigen Ausgang gegenüber dem Lehrervereinshaus. Es ist mittlerweile 20 Uhr und Alarmzeit geworden, vor den Bunkern an der Spitze, die von der Neuen König- und Landsberger Straße gebildet wird, ballt sich eine Traube von Wartenden, die im Vertrauen auf die bewährte Pünktlichkeit der englischen Flieger auf Alarm und Einlaß warten. Ein samtweicher Himmel spannt sich über der Stadt, viele Sterne glänzen und flimmern. Da es Neumond ist, ist es ganz dunkel, der Alexanderplatz ist ein weites, dunkles Feld mit hohen schwarzen Kulissen, die Richtleuchten hängen beziehungslos in der Luft, über den Stadtbahnviadukt gleiten die abgeblendeten S-Bahnzüge mit dumpfem Rollen und quietschenden Bremsen.

Eckert schreitet mit weit ausholenden Schritten in die Häuserschlucht der Alexanderstraße hinein. Sie ist leer, wie ausgestorben, der Polizist vor dem Eingang A des Polizeipräsidiums gegenüber der Kaiserstraße lehnt gelangweilt gegen das Gitter, er hält eine Zigarette in der hohlen Hand und raucht verstohlen. Eckerts Schritte klingen dumpf, aus den Ruinen rechts und links klingt kein Echo auf, hinter den leeren Fenstern schimmern die Sterne am dunkel gespannten Tuch des Nachthimmels. Als Ekkert hinter der Blumenstraße den Blick auf die Jannowitzbrücke gewinnt, ist der Himmel nicht mehr dunkelblau und samtschwarz, breite, rote Flächen schieben sich von Süden her hoch, der Widerschein steigt fast bis in den Zenith, und wenn es nicht Nacht wäre, könnte man für einen flüchtigen Augenblick an einen Sonnenuntergang denken. Dieser Gedanke streift Eckert allerdings nicht, er hat alle großen Tages- und Nachtangriffe miterlebt und weiß genau, was diese rote Wolkenwand bedeutet: die Stadt brennt immer noch, neun Stunden nach dem Angriff.

An der Jannowitzbrücke wird Eckert angehalten. Der Übergang ist gesperrt, ein Polizist erklärt ihm, daß er auf keinen Fall in die Brückenstraße hinein könnte, auf keinen Fall, es sei völlig unmöglich, das ganze Viertel jenseits der Spree sei gesperrt. Die Unruhe in Eckert gleitet in Erregung, da er sich von seinem Ziel abgedrängt sieht, aber noch ist er in einem Zustand, in dem jeder Gedanke, jedes Wort und jede Handlung kontrollierbar und seinem Willen unterworfen sind. Ehe sich seine Erregung in Aktion umsetzt, um den Durchgang zu erzwingen, schmettern die Sirenen ihre grausige Stimme in die nächtliche Stille hinein. Der Polizist deutet mit einer Kopfbewegung in die Richtung der Waisenbrücke, wo ein gelbrotgelbes Schild einen öffentlichen Luftschutzraum anzeigt. Eckert geht ein paar Schritte in die angedeutete Richtung und bleibt hinter einer zerborstenen Litfaßsäule stehen, er denkt gar nicht daran, einen Schutzraum aufzusuchen, der Alarm kann seinen Absichten nur förderlich sein, er wird sie gewissermaßen im Schutze des Alarms durchsetzen. Wenn der Beschuß einsetzt, wird auch der Polizist vermutlich in Deckung gehen und der Brückenübergang frei werden. Eckert wartet geduldig. Die Bögen der Jannowitzbrücke sind wie ein riesiges Spinngewebe in den dunklen Himmel gezeichnet, rechts erhebt sich der massige Turm des Märkischen Museums, links wächst die Fassade des zerstörten und ausgebrannten Gebäudes der Josetti-Zigarettenfabrik zackig wie eine Burgzinne empor.

Eckert empfindet keine Furcht, nur ein unsagbares Grauen ist in ihm. Wenn er auch nicht erkennen kann, was jenseits der Spree ist, so weiß er doch, daß da drüben die Hölle ist, aus der die Feuer immer noch in den Himmel schlagen und in der die Stadt verlodert. Die Zeit strömt zähflüssig dahin, der Himmel ist immer noch tiefdunkel, aber ein tiefes, gleichmäßiges Surren wird leise und dann immer deutlicher hörbar. Dann entfaltet sich ein großartiges Schauspiel auf dem schwarzen Hintergrunde, rote Pyramiden, wie aus unzähligen züngelnden Flämmchen zusammengesetzt, tauchen aus dem dunklen Himmel, strahlen nach allen Seiten und schweben sanft zur Erde, und gleich darauf sind noch andere Zeichen da, drei gelbe Bälle, die nach einigen Sekunden weiße Farben annehmen und wieder vom Dunkel aufgesogen werden.

Eckert ist wie gebannt, noch nie hat er das mit angesehen, aber er weiß doch, daß die roten Pyramiden, die sogenannten Weihnachtsbäume, die Zielpunkte für die Bomber abstecken und die bunten Kugeln die Markierungen der Jäger sind, und dann sind plötzlich die Scheinwerfer da, sie schießen aus dem Silhouettenkranz der Häuser auf, sie recken sich gespenstisch in die Dunkelheit, mit ihren langen, weißen Armen tasten sie den Himmel suchend ab, vereinigen sich zu einem Strahlenbündel und fächern wieder auseinander. Als einer der Scheinwerfer abschaltet, fällt das Dunkel um so schwerer zurück, und als ein anderer unmittelbar hinter der Sparkasse aufschießt, erscheint ein kleiner heller, silbriger Fleck in ihm: ein Flugzeug. Sofort stürzen sich alle anderen Scheinwerfer auf ihn, überschneiden sich und stolpern fast übereinander vor Aufregung, sie folgen beharrlich der Bahn des Flugzeuges, das gleichmäßig und unbeirrt seinen Kurs fliegt. Dann wird die Stille jäh unterbrochen, ein hartes, trockenes Knallen brüllt auf: die Flak hat zu schießen begonnen. Rings um das Flugzeug leuchtet es gelblich-rot auf und zerplatzt, rechts und links, darunter und darüber, dann steigt ein Leuchten am östlichen Horizont auf, Detonationen werfen ihre hellroten Pilze in den dunklen Hintergrund hoch, wenige Sekunden später rollt es wie ein naher Donnerschlag.

Eckert kann sich von dem Schauspiel nicht losreißen, aber dann setzt er sich doch in Bewegung und nähert sich vorsichtig der Brücke. Sie ist jetzt unbewacht. Eckert zieht den Mantel fester um den Leib und läuft über die Brücke, er keucht ein wenig die sanfte Steigung aufwärts, dann hat er den Scheitelpunkt der Brücke erreicht, und seine Beine laufen von ganz allein. In der Brückenstraße mäßigt er den Schritt, der Lauf und die Erregung haben ihm den Atem genommen. Je mehr sich Eckert der Kreuzung an der Köpenicker Straße nähert, um so heißer schlägt ihm der Atem der Flammen, wälzen sich ihm Rauch und Qualm entgegen. Es ist zu dunkel, als daß Eckert Einzelheiten zu unterscheiden vermag, aber soviel erkennt er doch, daß hier nicht ein Haus mehr steht, überall züngeln noch die Flammen, aus Fenstern und Dachluken, aus Läden und Kellern, der Sturm peitscht sie auf und nieder, drückt sie nach unten und zieht sie wieder empor. Die Straße ist wie ein Weg über eine Geröllhalde, steinig und uneben, die Haltemaste und Laternen sind abgeknickt, die Oberleitungen der Straßenbahn hängen herab. Eckert reißt sich an einem Draht die Wange blutig, aber er achtet kaum darauf, wischt das hervorschießende Blut mit dem Handschuh ab und preßt schließlich das Taschentuch auf die Wunde, er stolpert weiter über die Trümmer, jeder Schritt ist gefährlich, denn die Gesteinsmassen liegen noch lose, in den Fahrdamm sind tiefe Löcher eingesprengt, Eckert bleibt nicht einen Augenblick lang stehen, der Gedanke, umzukehren, kommt ihm gar nicht, es ist, als stoße ihn eine unsichtbare Faust vorwärts. Dunkelheit und Feuer, Schutt und Trümmer umklammern ihn, aus zerborstenen Leitungen strömt das Gas mit widerlichem Zischen, aus aufgerissenen Rohren sprudelt das Wasser, hoch oben zerplatzen die

Granaten der Flak, kreisen britische Moskitos und deutsche Jäger, aber Eckert stolpert weiter in das Trümmerfeld hinein. Als er fällt, faßt er in eine weiche, klebrige Masse, das Blut in seinen Adern stockt und scheint zu gerinnen, Fieberschauer und Schüttelfröste durchwühlen ihn, ein unfaßliches Grauen befällt ihn und treibt ihm den kalten Schweiß auf die Stirn. Die Hände, die er beim Fall schützend vorgestreckt hat, sind in einer glitschigen Masse versunken, aus der ein süßlicher Blutgeruch aufsteigt, und er ahnt mehr, als er es weiß, daß er in den aufgerissenen Leib eines Menschen gefaßt hat. Für ein paar Sekunden bleibt er wie gelähmt liegen, ihm ist, als habe er in die blutige Fratze des entfesselten Krieges gegriffen, dann rafft er sich wild auf und schwankt wieder weiter, nur ein Gedanke ist in ihm, Moritzplatz, Dr. Wiedemann, seine Frau, seine Tochter. Schließlich taumelt er nur noch, jeder Stein und jedes Loch ist eine tückische, hinterlistige Falle, und als die drei langen Töne der Vorentwarnung aufgellen, ist er erst bis zur Dresdner Straße gelangt, und immer wieder sind nur Feuer- und Trümmerberge, Blutdunst und Brandgeruch rings um ihn. Er kann kaum noch etwas sehen, denn seine Augen sind von Blut und Ruß und Staub verklebt, aber er gelangt doch bis zur Ritterstraße, er kennt ja die Gegend genau, und er findet auch das Haus des Dr. Wiedemann.

Als er in das Haustor fast hineinfällt, kommen gerade die letzten Hausbewohner aus dem Luftschutzkeller. Eine Frau bleibt stehen und verharrt einen Augenblick wie erstarrt, als sie ihn erblickt, dann röhren Schreie laut und schrill aus ihr, eine junge Frau kauert sich auf die unterste Treppenstufe und beginnt leise zu wimmern, ein Kind schlägt die Hände vor das Gesicht und weint lautlos.

Eckert sieht furchtbar aus, wie ein Toter, der einem entsetzlichen Massengrab entstiegen ist. Sein Gesicht ist von einer schrecklichen Wunde an der rechten Wange zerrissen, aus der Wunde sickert noch immer das Blut, sein Mantel ist blutüberströmt, staubig und zerrissen, an den Knöpfen seines rechten Ärmels haben sich menschliche Weichteile verfangen, aus dem Ruß, der sein Gesicht überzogen hat, starren zwei wilde, irre Augen mit blutunterlaufenen Pupillen. Eckert will etwas sagen, aber er kann nur lallen, die Worte quellen ihm im Munde, er macht noch ein paar Schritte, dann knicken seine Knie ein, er versucht noch einmal, sich hochzureißen, aber dann werden ihm die Füße weggezogen, er bricht zusammen.

Als er wieder zu sich kommt, liegt er auf einem Sofa, ein Mann mit einer strengen randlosen Brille beugt sich über ihn und fährt ihm mit einem nassen Gegenstand über die Wunde auf seiner Wange. Der Mann mit der Brille ermahnt ihn, ruhig liegenzubleiben, sich nicht zu bewegen, da die Wunde genäht werden müsse. Eckert läßt den Kopf wieder sinken, er hat plötzlich ein eiskaltes Gefühl auf der Wange und spürt feine Einstiche, ohne daß es ihn schmerzt. Wer ist der Mann mit der randlosen Brille? Ein Arzt? Natürlich ein Arzt, es muß der ...

»Doktor Wiedemann?« fragt Eckert mühsam.

Der andere nickt, er hat das Nähen der Wunde beendet, tritt an ein Waschbecken und wäscht sich sorgfältig und umständlich die Hände. »Woher kennen Sie mich?« fragt er über die Schulter.

Die Tatsache, daß der Mann, der jetzt mit ihm im selben Zimmer ist, tatsächlich der Dr. Wiedemann ist, zu dem er sich den Weg über Schutt und Trümmer, über Bombentrichter und Leichen, durch Feuer, Gas und Wasser gebahnt hat, belebt ihn sofort, er schwingt seine Beine vorsichtig vom Sofa und will aufstehen, aber Dr. Wiedemann drückt ihn mit leichter Hand auf das Sofa zurück. »Bleiben Sie liegen«, sagt er freundlich, aber bestimmt. »Sie sind in einem ganz desolaten Zustand«, fügt er hinzu. »Wo kommen Sie denn her?«

Aber Eckert ist jetzt nicht gewillt, Fragen zu beantworten, die Fragen, die er zu stellen hat, brennen in ihm. Er läßt sich vorsichtig in das Kissen zurückgleiten. »Mein Name ist Eckert«, sagt er.

Dr. Wiedemann sieht ihn fragend an.

»Eckert, Max Eckert aus Reinickendorf«, wiederholt Eckert, »meine Tochter ist bei Ihnen in Behandlung, Herr Doktor.«

»Richtig«, sagt der Arzt, »bin jetzt genau im Bilde.« Er sieht Eckert aufmerksam an. Fluxus salinus, denkt er, das ist also der Vater. »Und was führt Sie zu dieser späten Stunde zu mir?« fragt er.

Eckert holt tief Atem. Endlich ist er am Ziel, er ahnt noch nicht, daß es nur eine Etappe ist. Mit kurzen hastigen Worten, ohne Punkt und Komma, erzählt er.

Dr. Wiedemann hat ihm ruhig zugehört, ohne ihn zu unterbrechen. »Ja, Ihre Frau war mit Ihrer Tochter heute vormittag bei mir, Herr Eckert«, sagt er, als Eckert schweigt. »Ich habe Ihre Tochter unter der Höhensonne gehabt und ihr eine Einspritzung mit Detoxin gemacht. Ihre Frau hatte es sehr eilig, denn der Anflug der Bomberverbände war schon gemeldet, sie ist etwa ein Viertel nach elf von hier fortgegangen, da hat sie es wohl nicht mehr bis nach Hause geschafft, denn etwa zehn Minuten später gingen schon die Sirenen. Sie dürfte irgendwo in einem Bunker oder in der Untergrundbahn Schutz gesucht haben.«

Dr. Wiedemann verschweigt geflissentlich die Tatsache, daß eine Bombe die Decke des Untergrundbahnhofes Moritzplatz durchschlagen und eine noch nicht festgestellte Zahl von Menschen getötet hat, die im Innern des Bahnhofes gestanden haben, er spricht auch nicht darüber, daß nach der ersten Welle der Bomber bereits das ganze Viertel zwischen Moritzplatz und Köpenicker Brücke, Hallesches Tor und Bahnhof Friedrichstraße gebrannt hat und daß gerade in den Minuten, als die Menschen sich aus den Kellern der brennenden Häuser und Fabriken auf die Straßen flüchteten, die zweite und dritte Welle anflogen und über dem gleichen Zielgebiet noch einmal ungeheure Mengen von Spreng- und Brandbomben niedergehen ließen.

»Um achtzehn Uhr dreißig waren meine Frau und meine Tochter noch nicht zu Hause, Herr Doktor«, sagt Eckert erregt. »Es ist etwas passiert, die Ahnung sitzt mir schon wie eine Gewißheit im Blut.«

»Beruhigen Sie sich, Herr Eckert«, begütigt ihn Dr. Wiedemann. »Vielleicht hat der Angriff Ihre Frau so mitgenommen, daß sie bei Bekannten geblieben ist.«

»Wir haben hier in der Nähe keine Bekannten«, meint Eckert schroff.

»Oder vielleicht hat sie den langen Fußweg gescheut«, versucht Dr. Wiedemann die Befürchtungen abzuschwächen.

Auch davon will Eckert nichts wissen. »Bedenken Sie, Herr

Doktor, viereinhalb Stunden nach der Entwarnung waren sie noch nicht zu Hause«, sagt er eindringlich. »Viereinhalb Stunden!«

»Es hat wenig Sinn, sich in Vermutungen zu ergehen«, meint Dr. Wiedemann. »Aber während Sie unterwegs gewesen sind, kann Ihre Frau doch nach Hause gekommen sein, es ist jetzt halb zehn Uhr durch. Sie sind also immerhin über drei Stunden unterwegs. Während Sie hier mit mir sprechen, sitzt sie womöglich zu Hause und ist in Sorge um Sie.«

Eckert richtet sich steil auf. An diese Möglichkeit hat er noch gar nicht gedacht, er hat sich schon zu sehr in eine Katastrophenstimmung hineingesteigert. »So kann es sein«, sagt er schnell, nimmt die Beine vom Sofa und erhebt sich. »Wo wollen Sie denn jetzt hin?« fragt Dr. Wiedemann.

»Nach Hause«, antwortet Eckert, »das ist doch klar.«

»Ausgeschlossen«, widerspricht Dr. Wiedemann energisch. »In diesem Zustand, mitten in der Nacht? Haben Sie noch nicht genug vom ersten Mal?«

Minutenlang geht der Kampf um Gehen oder Bleiben, schließlich siegt Dr. Wiedemann, nachdem er versprochen hat, Eckert schon am frühen Morgen mit seinem Auto nach Reinickendorf zu bringen. Er mischt ihm heimlich eine kräftige Dosis Bromural in den Kaffee, und es dauert auch nicht lange, bis Eckert fest eingeschlafen ist. Dr. Wiedemann ist ein Arzt, dem sein Beruf zugleich innere Berufung ist, für den der leidende Mensch sich nicht in Privatpatient und Krankenkassenmitglied klassifiziert. Natürlich ist nicht nur die Humanität, sondern auch das spezielle medizinische Interesse maßgebend, da er mit einer Arbeit über die Dermatitis unter besonderer Berücksichtigung des Fluxus salinus, des Salzflusses, promoviert hat, aber das kann ihm nicht zur Last gelegt werden, das ist eigentlich auch nur im Unterbewußtsein wirksam, denn er hat erkannt, daß Eckert in einen schweren geistigen und seelischen Depressionszustand hineingeraten ist, daß ihn ein beinahe manischer Zwang von innen her aufzusprengen droht, und er nimmt sich vor, ganz behutsam mit dem Mann umzugehen.

Am nächsten Morgen, während Eckert noch fest schläft, holt

Dr. Wiedemann seinen Wagen schon um 7 Uhr aus der Garage, die inmitten der Zerstörung wunderbarerweise unbeschädigt geblieben ist, und fährt Eckert dann, wie er es versprochen hat, nach Reinickendorf. Er muß, um nach der Residenzstraße zu gelangen, einen gewaltigen Umweg machen, über Schöneberg, Friedenau, Charlottenburg und Moabit, da der Angriff vom Tage vorher unvorstellbare Verwüstungen angerichtet hat und Umleitungen den Wagen immer wieder nach Westen abdrängen. Gegen neun Uhr erst langen sie in der Residenzstraße an, Dr. Wiedemann geht mit Eckert hinauf in die Wohnung, er selbst ist von Unruhe erfaßt. Wenn Ursula Eckert auch nur irgendeiner seiner vielen Patienten ist, so sind sie und ihre Mutter, die sie stets begleitet hat, doch Menschen, die er persönlich kennt, und ein persönliches Schicksal spricht immer unmittelbarer an als das schrecklichste Massenunglück.

Eckerts Hände zittern so stark, daß er nicht in der Lage ist, die Wohnungstür aufzuschließen. Dr. Wiedemann nimmt ihm den Schlüssel aus der Hand, schließt auf und stößt die Tür heftig auf. Mit ein paar Blicken sieht er, daß die Wohnung leer ist: Frau Eckert und ihre Tochter sind immer noch nicht zurückgekehrt. Er weiß, was das bedeutet, und auch in Eckerts Antlitz steht es ganz deutlich. Trotzdem versucht er, Trost zuzusprechen, aber Eckert hört gar nicht hin, er geht mit ein paar schnellen Schritten durch die Wohnung, in der Küche bleibt er für ein paar Sekunden überlegend stehen, stellt einen Stuhl mit ganz mechanischer Bewegung pedantisch gerade und verläßt sie dann entschlossen.

Er sagt kein Wort, als sie nebeneinander die Treppe hinuntergehen. Er stürzt die Treppen nicht hinunter, er hat die Hände tief in die Manteltaschen gesteckt und nimmt bedächtig Stufe für Stufe, aber gerade diese Langsamkeit ist unheimlicher als Rasen und Schreien. Erst als Dr. Wiedemann seinen Wagen aufschließt, spricht Eckert die Bitte aus, wieder mitgenommen zu werden. Dr. Wiedemann wagt es nicht, ihm die Bitte abzuschlagen, er hält es auch für richtig, den wie versteinert blickenden Mann zunächst nicht allein zu lassen. Auf der Rückfahrt zur Ritterstraße versucht Dr. Wiedemann ein paarmal, Eckert in ein Gespräch zu ziehen, aber es gelingt ihm nicht, so läßt er es schließlich sein. Als der Arzt an der Ecke Ritter- und Prinzenstraße hält, um einen Zug von Feuerwehren vorbeizulassen, öffnet Eckert rasch die Tür, steigt aus, nickt dem Arzt flüchtig zu und wirft die Tür hinter sich zu. Das geschieht mit so schnellen und gewandten Bewegungen, wie sie Dr. Wiedemann dem etwas schwerfälligen und bedächtigen Mann nicht zugetraut hätte, daß er ganz überrascht ist und ihn nicht mehr zurückhalten kann. Er sieht gerade noch, wie Eckert mit entschlossenen Schritten geradewegs auf das Trümmerfeld zugeht. Und nun beginnt die Odyssee des Straßenbahnschaffners Max Eckert, am 4. Februar 1945, am Tage nach dem vernichtendsten Luftangriff der Amerikaner auf Berlin. Zwar ist das zerstörte Viertel in weitem Umkreis abgesperrt, aber Eckert versteht es doch, in die zerstörten Straßen einzudringen, seine Schaffneruniform kommt ihm dabei zustatten. Es steht für ihn fest, daß es überhaupt nur noch eine Möglichkeit gibt, daß seine Frau und seine Tochter leben, nämlich daß sie in irgendeinem Keller eingeschlossen sind. In der Schmidstraße, nahe der Kreuzung mit der Neanderstraße, arbeitet ein Bagger, weil dort noch Lebende unter den Trümmern vermutet werden. Eckert durchpflügt das Gelände zwischen Köpenicker Straße und Moritzplatz, aber immer wieder kehrt er zu dem Bagger zurück und beobachtet, wie die scharfen Kinnladen des Greifers sich in die Gesteinsberge hineinfressen, herumschwenken und ihre Bissen seitwärts wieder ausspeien. Er verfolgt den Fortgang der Arbeit genau, er ist oft in der Schmidstraße und sonst immer unterwegs. Was er in der Nacht nur undeutlich wahrgenommen, was sich in der Dunkelheit nur hat ahnen lassen, das ist jetzt, da das helle Tageslicht darüberstürzt, ein Inferno von nicht zu überbietender Furchtbarkeit. Zwischen den eingestürzten und immer noch brennenden Häusern stehen zerschmetterte Straßenbahnen, Autos und Fuhrwerke, liegen erschlagene Menschen und Pferde, Leichenteile und Kadaverreste, Köpfe ohne Körper, Körper ohne Köpfe, Rümpfe ohne Beine, Beine ohne Rümpfe, undefinierbare Anhäufungen von verbranntem, verkohltem, zerfetztem Menschenfleisch, irren verzweifelte, jammernde, halb irrsinnige Menschen umher, viele starren mit fassungslosen Augen und weisen mit kraftlosen Gebärden auf die rauchenden, zerschmetterten, verwüsteten Gebäude, die vor kaum vierundzwanzig Stunden noch Obdach und Wärme spendeten und einen kümmerlichen Rest von Eigenleben beherbergten, manche stürzen durch rauchverhangene Tore und klettern auf schwankenden Mauern, um aus den Trümmerhaufen noch armselige Überbleibsel ihrer Habe zu bergen.

Als es klar wird, daß in dem Keller in der Schmidstraße kein Mensch mehr am Leben sein kann, weil er bis zur Decke mit Wasser vollgelaufen ist, stellt der Bagger die Arbeit ein und wird zurückgezogen. Als er von einem Trecker abgeschleppt wird, geht mit Eckert eine ganz plötzliche Verwandlung vor sich. Er hat bis zuletzt noch die schwache Flamme seiner Hoffnung genährt, aber jetzt ist es gewiß, daß seine Frau und seine Tochter hier umgekommen sind, irgendwo in diesen Straßen. Ist Eckert bisher zwar erregt, aber noch verhältnismäßig ruhig und besonnen gewesen, so bemächtigt sich jetzt seiner eine Idee, die ihn nicht mehr losläßt, die ihn aufstachelt: er muß seine Frau und seine Tochter finden, gleich wo und gleich wie. Er blickt jedem Toten ins Gesicht, dreht jede Leiche, die auf dem Bauche liegt, herum und mustert die zerschundenen Züge, er prüft die Kleidung der Rümpfe und nimmt Schädel in die Hand, er steigt zwischen die noch rauchenden und schwelenden Ruinen, er klettert in eingestürzte Keller, zwängt sich durch verschüttete Zugänge. Immer wieder durchstreift er das Trümmerfeld von der Köpenicker Brücke bis zur Schmidstraße, vom Moritzplatz bis zur Alexandrinenstraße, vom Michaelkirchplatz bis zur Neanderstraße, er räumt Gesteinsmassen mit bloßen Händen beiseite, wenn er glaubt, dadurch einen Kellereingang freilegen zu können, er wühlt sich durch verschüttete Kellerfenster, er hat schon Hunderte von Toten gesehen und bei der Bergung der Leichen aus dem Untergrundbahnhof Moritzplatz geholfen, er hat in die schwarzen Gesichter verbrannter und verkohlter Menschen geblickt und nicht einmal feststellen können, ob sie Mann oder Frau gewesen sind, aber alles ist vergeblich gewesen. Er hat seine Frau und seine Tochter nicht finden können.

Er ist vollkommen verwahrlost und verhungert, er hat Leichengift an den Händen, er ist nahe am vollkommenen Zusammenbruch, aber immer noch irrt er im Trümmerfeld umher. Er weiß, daß seine Frau und seine Tochter umgekommen sind, aber er will auch wissen, wie sie sterben mußten und wo ihre Leichen sind. Wären sie gestorben an Tuberkulose oder Krebs oder irgendeiner ekelhaften Krankheit, es wäre ein Tod gewesen, den er miterlebt hätte, der in den Menschen selbst begründet gewesen wäre, der den überkommenen Anschauungen vom Sterben entsprochen hätte. Er wäre dann hinter einem Sarg hergegangen und hätte drei Hände voll Erde in das offene Grab geworfen, er hätte gewußt, wo sich dann ein Hügel gewölbt und später ein schlichter Marmorstein erhoben hätte, aber so weiß er nichts. Er kann es nicht fassen, daß die beiden einfach nicht mehr da sind, verschwunden, zerstampft, verstreut, einfach nicht mehr da. Die Phantasie dieses einfachen Mannes entzündet sich an den grauenhaften, scheußlichen Bildern, die er an diesem Tage geschaut hat und die sich ihm immer noch darbieten. Er sieht Frau und Tochter in einem Luftschutzkeller auf einer Bank sitzen, wie sie immer im Schutzraum ihres Wohnhauses gesessen haben, mit eingezogenen Köpfen, eng an den Körper gedrückten Armen, zusammengepreßten Knien, mit zitternden Kinnladen und irrlichternden Augen, in den Händen ein feuchtes Tuch, bereit, es in jeder Sekunde auf den Mund zu pressen, die Schutzbrillen in die Stirn geschoben, gewärtig, sie jeden Augenblick über die Augen zu stülpen, er sieht sie dasitzen, mit jeder Faser ihres Körpers den einfallenden Geräuschen zugewandt, dem Singen der Motoren, dem Donnerbellen der Flak, dem Rauschen, Orgeln und Pfeifen der auf sie zustürzenden Bomben. Er sieht sie dasitzen, in Sekundenschnelle, ehe sie noch einen Gedanken fassen können, ehe das auf sie zurasende Ereignis noch einen Reflex in ihre Hirne werfen und in ihr Bewußtsein treten kann, in dieser Sekundenschnelle die Kellerdecke wie eine urgewaltige Faust auf sie einschlagen. Es widerfuhr ihnen, ohne daß sie etwas sahen, hörten, fühlten, obwohl sie nach Hunderten von Alarmen darauf gefaßt waren.

Es kann sich so vollzogen haben, es kann aber auch ... Eckert vermag seiner Phantasie keinen Einhalt mehr zu gebieten, sie wird immer von neuem gespeist aus den Schmelzbächen des ihn umgebenden Leichenfeldes. Er ist, wie jeder Mensch, eingesperrt in die Welt empirischen Denkens und entbehrt die Erfahrung derer, deren Mund für immer verschlossen ist, weil sie bereits jenseits der Lethe sind, aber um so schrecklicher verzerrt die Phantasie die Konturen und verdüstert sie die Farben der Bilder.

Kann es nicht auch so gewesen sein, daß, als alles brannte, über Frau und Tochter Hitze, Beklemmung und Atemnot hergefallen sind, als der Kellerausgang durch lodernde Flammen verriegelt war, als der Mauerdurchbruch in rasender Eile aufgeschlagen wurde und das Feuer im Nebenkeller auch diesen Weg versperrte? Kann es nicht sein, daß die Feuer sie mit gierigen, klammernden Fingern ansprangen, ihnen ihre glühenden Zungen ins Fleisch stießen und sie in Asche oder armlange Kohlestümpfe verwandelten oder daß Rauch und Qualm sie niederwarfen und sie langsam zu Tode würgten? Kann es nicht sein, daß sie noch Zeit hatten, viele Gedanken zu denken und entsetzliche Gefühle zu empfinden, jähen Schrecken, beklemmende Angst, tödliche Furcht, unfaßbares Grauen, lähmendes Entsetzen?

Kann es auch nicht sein, daß sie von einer Trümmerlawine verschüttet wurden, eingeschlossen waren in einer dunklen Grabkammer, und daß aus einem geborstenen Rohr das Wasser zu sprudeln begann, unaufhörlich wie ein Wasserfall rann und rann, den Kellerboden überspülte, langsam, aber stetig stieg, an den Menschen emporkletterte, sie mit nassem Griff fest umschloß, immer weiter lief und lief und schließlich in die Menschen hineinstieg, das Blut ins Gehirn stieß und es lähmte, die Lungen überflutete und den Atem erstickte? Oder kann es nicht sein, daß eine Zuleitung abgeknickt war und das Gas zu strömen, eine unsichtbare, tödliche Wolke sich über den Keller zu breiten begann, zuerst an der Decke verschwebte und dann auf die Menschen herniederstieg, die Augen flimmern machte und in den Ohren ein unerträgliches Sausen anstimmte, die Menschen in Benommenheit zerrte und sanft in die Betäubung hinübergeleitete, die Gewebe verschloß und den Atem verdrängte, das Blut hellrot werden ließ und die Schleimhäute entfärbte?

Kann es nicht so gewesen sein, daß ein Steinbrocken sie niederriß und sie an den Boden heftete, wie ein Ringer den besiegten Gegner auf der Matte niederhält, daß die Last Leib oder Beine erdrückte, aber ihnen nichts weiter tat, nur sie festhielt, sie noch atmen, denken, fühlen, sogar sprechen ließ, aber sie steinern festband und ihnen den Platz, an dem der Steinblock sie getroffen hatte, als unveränderlichen letzten Lebensbereich zuwies, daß nur die Hand eines gewaltigen Wunders ihn wegzuräumen und sie zu befreien vermocht hätte, daß ihr Leben unter der steinernen Klammer im dunklen Gewölbe des eingestürzten Kellers verröchelte und ihre Körper ihre Funktionen qualvoll langsam einstellten?

Oder kann es nicht auch sein, daß ihnen nichts anderes geschah, als daß sie in ein unterirdisches Gewölbe eingeschlossen wurden, daß sie in ihm noch umhergingen, berieten und gegen Decke und Wand klopften, aber daß niemand ihr Klopfen hörte, weil sich riesige Trümmerberge über ihnen ausbreiteten, daß sie jetzt, während er, Eckert, über Geröllhalden steigt, noch leben und auf Befreiung hoffen, daß diese Hoffnung aber immer dünner und flüchtiger wird, Verzweiflung und Wahnsinn sich in ihren Hirnen entzünden, je mehr Hunger und Durst und Dunkelheit von ihnen Besitz ergreifen und je unwahrscheinlicher es wird, daß man ihr steinernes Grab ausfindig machen und sie aus ihm befreien würde?

Der Straßenbahnschaffner Eckert steht an der Schwelle zu jener Welt, zu der es keinen Zutritt gibt, die noch keines Menschen Auge geschaut hat, deren Wand nur von Gedanken durchdrungen werden kann und von der es doch kein Gleichnis, nur eine kalte, schaurige Ungewißheit gibt.

Er kennt das Wort vermißt, aber es ist ihm bisher kein Begriff gewesen, er hat es gelesen und nachgesprochen, aber es hat sich nichts weiter damit verbunden. Er hat in seinem Leben schon viele Worte gedankenlos und oberflächlich gebraucht, ohne sie mit einem Begriff zu erfüllen. Eines davon ist das Wort vermißt, es ist ihm bisher glatt über die Zunge gelaufen, aber jetzt steht es wie leibhaftig vor ihm, ein Ungeheuer, riesengroß, mit gähnendem Rachen und zermalmenden Zähnen, mit höhnisch grinsenden, blutunterlaufenen Augen, raubgierigen langen Armen: Vermißt. Jetzt weiß er, was es heißt, ins Leere zu stoßen, die Gedanken, Hoffnungen und Sehnsüchte um eine tödliche Ungewißheit kreisen zu lassen: Vermißt. Nie völlig Gewißheit zu haben, immer wieder die Gedanken in die Keller und Stollen, Höhlen und Trichter zu schicken, immer wieder Vermutungen anzustellen, ob sie von Gesteinsmassen erdrückt, vom Wasser überspült, vom Gas betäubt, von berstenden Granaten in die Lüfte geschleudert, von Ratten angenagt worden sind, ob ihre Schreie langsam verröchelten oder ob das Leben schnell aus ihnen entfloh: Vermißt.

Selbst in diesen Tagen des völligen Chaos mußte ein Mann wie Eckert auffallen. Eine Polizeistreife greift ihn schließlich auf und versucht, ihn zum Verlassen des Schadensgebietes zu bewegen, indem sie ihn erst anrufen und dann mit geübtem Griff packen. Eckert wehrt sich verzweifelt, aber die Polizisten sind stärker als er, so gibt er schließlich nach, läßt sich in die Mitte nehmen und abführen.

Einer der Polizisten, ein jüngerer Mensch mit einem glatten, nichtssagenden Gesicht, klopft ihm begütigend auf die Schulter und meint ganz beiläufig: »Ist schlimm, lieber Mann, aber trösten Sie sich, einen Tod kann man nur sterben.«

Eckert hört erst gar nicht recht hin, aber dann rieseln die Worte doch in sein Bewußtsein. Was hat der Grüne eben gesagt? Man kann nur einen Tod ... Eckert stellt sich vor den Polizisten hin und blickt ihm ins Gesicht, verzweifelt und drohend zugleich.

Dem Polizisten wird unter dem drohenden Blicke unbehaglich, er schiebt Eckert mit einer abweisenden Gebärde von sich und fragt: »Was ist denn los? Warum glotzen Sie mich so an?«

Eckert wendet seine Augen nicht ab, er blickt den Polizisten weiter an. »Man kann nur einen Tod sterben, sagst du?« murmelt er. »Ja, gewiß, einen Tod nur.« Seine Stimme wird lauter und steigert sich schließlich in ein tierisches Brüllen. »Ja, einen Tod nur, aber es ist nicht gleichgültig, was für ein Tod das ist, ob man stirbt, einfach stirbt, weil einen die Syphilis langsam auffrißt oder weil eines Tages das Herz nicht mehr kann, aber das hier ist doch kein Sterben, verbrennen, verkohlen, ersticken, ertrinken, erschlagen oder zermalmt, zerfetzt oder vom Luftdruck zerrieben werden ...«

»Schon gut«, sagt der Polizist und tritt einen Schritt zurück. »Kann ja alles sein, aber kommen Sie jetzt.«

»Müssen Sie doch einsehen, Mann«, sagt der andere Polizist, ein älterer Mann mit einem groben Gesicht, und macht dem anderen mit den Augen ein Zeichen, »daß Sie hier nicht länger auf den Schadensstellen herumkriechen können. Wen suchen Sie denn?«

»Meine Frau«, antwortet Eckert, »meine Frau und meine Tochter, hier irgendwo müssen sie sein.« Er weist mit der Rechten auf die Ruinen. »Hier oder da oder dort, irgendwo. Vielleicht sind sie schon tot, vielleicht aber leben sie noch, und wir stehen gerade auf ihrem Sarkophag.«

»Ist doch Unsinn, hier zu suchen, die finden Sie im Leben nicht«, sagt der ältere Polizist. »Und nun Schluß mit der Sucherei. Wir wollen Sie ja gar nicht mitnehmen. Gehen Sie!«

»Wohin denn?« fragt Eckert. »Können Sie mir das sagen?«

»Nach Hause natürlich«, erwidert der jüngere Polizist. »Wohin denn sonst? Oder sind Sie hier ausgebombt?«

Nach Hause? Das Wort dringt wie ein Stachel in Eckerts Bewußtsein. Nach Hause? In die leere, ausgestorbene Wohnung, wo jedes Stück daran erinnert, daß Frau und Tochter noch vor zwei oder drei Tagen darin gelebt haben? Dort zu sein ist beinahe schlimmer als das Suchen in diesem Leichenfeld.

»Nun seien Sie vernünftig, Mann«, sagt der ältere Polizist und legt ihm die Hand auf die Schulter. »Gehen Sie!«

»Mach's gut«, sagt der Jüngere. »Heil Hitler!«

Eckert, der sich schon halb abgewandt und den ersten Schritt von den Polizisten fort getan hat, fährt mit einem Ruck herum. Es ist, als ob plötzlich etwas in ihm aufgerissen ist, als ob die Kruste, die seine Seele bisher bedeckt hat, aufbricht und durch den Riß alles an die Oberfläche quillt, was jahrelang unterdrückt und immer wieder zurückgedrängt worden ist. Rasend schnell laufen die Bilder in seinem Gehirn ab: der Verlust der beiden Söhne, das Schicksal der Schwester seiner Frau, die mit einem Juden verheiratet gewesen und der in Sachsenhausen zu Tode geprügelt worden ist, die Verhaftung und kaltblütige Vernichtung des Dompropstes Lichtenberg (denn Eckert ist ein frommer Katholik), die völlige Vermaterialisierung des Volkes, die Anrufungen Gottes durch den Mund raubgieriger Mörder, die wahnwitzige Fortsetzung eines längst verlorenen Krieges.

»Heil Hitler sagst du hier auf den Trümmern von Berlin?« brüllt Eckert los und stößt den Kopf wie ein Stier vor, der den angreifenden Gegner erwartet. Es mag sein, es ist sogar wahrscheinlich, daß der junge Polizist den Hitler-Gruß nur ganz gewohnheitsmäßig und ohne besondere Absicht angewandt hat, aber das kann Eckert jetzt nicht mehr bedenken, sein Gehirn wird von einer roten Welle überflutet, alle Überlegungen sind ausgelöscht, Haß, Wut, Zorn, Verachtung, Verzweiflung füllen jede Zelle und jede Pore in ihm aus. Der da, mit dem glatten, frechen Gesicht, der grünen Uniform und dem Tschako, der ist in dieser Minute das System selbst, unter dem tief über die Augen gezogenen Schirm grinst die widerliche Fratze des verhaßten Braunauer Teufels, des Antichrist.

Mit einem Sprunge ist Eckert an ihm, seine beiden Hände umfassen den Hals, krallen sich fest, pressen die Kehle fest zusammen, der junge Polizist hat unter dem Anprall das Gleichgewicht verloren, er schwankt und stürzt zu Boden, aber Eckert läßt seine Kehle nicht frei. Ein Rausch ist über ihn gekommen, die Umwelt ist versunken, nur er ist da und unter ihm der andere, diese Teufelsfratze mit dem kleinen, schwarzen Bärtchen auf der Oberlippe.

Der andere Polizist ist durch den plötzlichen Ausbruch Eckerts so überrascht gewesen, daß er den richtigen Augenblick einzugreifen versäumt hat. Er reißt die Pistole aus der Seitentasche. »Loslassen!« brüllt er. »Sofort loslassen!«

Die Stimme dringt auf Eckert wie von ganz weit her ein, in seinen Ohren rauscht das Blut wild und ungebärdig, immer fester pressen seine Hände die Kehle zusammen, der junge Polizist ist schon ganz benommen, sein Gesicht ist hochrot angelaufen und färbt sich bereits blau.

Der andere Polizist versucht Eckert loszureißen, aber es gelingt ihm nicht, Eckerts Hände liegen wie eiserne Klammern um den Hals des jungen Polizisten.

»Loslassen!« brüllt der ältere Polizist noch einmal. »Oder ich schieße!« Er schlägt auf Eckert ein, aber dessen Griff löst sich nicht, er drückt den Kopf seines Gegners immer tiefer in das Gestein, sein Atem geht stoßweise, Schaum tritt ihm vor die Lippen. Da kniet der ältere Polizist neben Eckert nieder, setzt ihm die Pistole an die Schläfe und drückt ab.

Ein kurzer, scharfer Knall und ein dumpf knisterndes Geräusch, dann ist es vorbei. Eckerts Kopf fällt seitwärts, sein Körper bäumt sich auf, dann gleitet er herunter und rollt noch ein paar Meter über das abschüssige Gestein.

Nicht jedem, der sein Leben für Führer, Volk und Vaterland verloren hat, ist ein Nachruf in Form eines amtlichen Protokolls gewidmet worden. Es folgt daher der Bericht des Polizei-Hauptwachtmeisters Wilhelm Schikorra vom 13. Polizei-Revier.

»Am 6. Februar 1945 gingen der Revierwachtmeister d. R. Günther Dietzter und ich Streife durch die Schadensstellen des 13. Polizei-Reviers. Gegen 16.15 Uhr bemerkten wir, daß sich in der Ruine des Hauses Annenstraße 12 ein völlig verwahrloster Mann zu schaffen machte, der später als der Straßenbahnschaffner Max Josef Anton Eckert, geboren am 19. November 1894 zu Bielefeld, wohnhaft in Berlin-Reinikkendorf, Residenzstraße 144/11, festgestellt wurde. Schon bei der ersten Aufforderung, die Schadensstelle zu verlassen, leistete der p. Eckert heftigen Widerstand. Schließlich gelang es uns, ihn ohne Anwendung von Gewalt zum Verlassen der Schadensstelle zu bewegen. Der Revierwachtmeister d. R. Dietzler entbot ihm hierbei den Deutschen Gruß. Hierauf drehte sich der p. Eckert um und brüllte: ›Heil Hitler sagst du hier auf den Trümmern von Berlin?‹ Im gleichen Augenblick sprang er dem Revierwachtmeister d. R. Dietzler an die Kehle, warf ihn zu Boden und würgte ihn mit großer Heftigkeit. Dietzler war durch den Sturz und das Würgen völlig benommen und daher nicht in der Lage, sich zur Wehr zu setzen. Ich forderte daher den p. Eckert zweimal laut und deutlich auf, Dietzler loszulassen. Da er dieser Aufforderung nicht nachkam und andere Versuche, Dietzler aus der unmittelbaren Lebensgefahr zu befreien, keinen Erfolg hatten, machte ich von der Schußwaffe Gebrauch. Der p. Eckert war sofort tot.

Es handelt sich hier um den Fall III 1c des Polizei-Verwaltungsgesetzes vom 1. August 1931. Ferner ist der § 53 StGB gegeben.

Berlin, den 7. Februar 1945

gez.: Wilhelm Schikorra
Pol.-Hauptwachtmeister«

Das ist die Geschichte des Straßenbahnschaffners Max Eckert, wie es scheinen mag, das nebensächliche Schicksal eines unbekannten kleinen Mannes. Es vollzog sich im Strudel eines gewaltigen Geschehens, das die Kontinente erschütterte, und war nur ein Tropfen in einem Meer von Blut und Tränen, aber auch das größte und umfassendste Geschehen setzt sich aus kleinen und kleinsten Ereignissen zusammen, und erst ihre Summe ergibt das große Ganze. Der Tod des Straßenbahnschaffners Max Eckert ist nur ein winziges Steinchen im furchtbaren Mosaik dieses gewaltigen Krieges. Viele sind sinnloser, die meisten ohne den Triumph gestorben, dem verhaßten Gegner an der Kehle gewesen zu sein. Eckert ist gestorben, weil seine zerquälte und getretene Seele sich mit der Gewalt einer vulkanischen Eruption entlud. Er ist auch nicht umsonst und sinnlos gestorben, denn jeder Tod im Kampf gegen die Tyrannei wirkt, wenn auch nicht sichtbar, weiter. Er ist dann nicht Abschluß und Ende, er ist eine neue Saat und neuer Anfang.

XX

30. April

Es ist fünf Minuten nach zwölf. Der Atem der Stadt erstickt unter dem Brodem von Qualm und Rauch, der sich durch die Straßen wälzt, ihre Adern sind aufgerissen und lassen den geschundenen Körper verbluten. Eine Wolke von Pesthauch lagert über dem Ruinendschungel, Berge von Menschenleibern und Tierkadavern, Wracks von ausgebrannten, zerschossenen Panzern und Fahrzeugen, Halden von Schutt, Abgründe von Kratern, sich neigende Hausmauern, gesprengte Brücken, Lohen von Bränden versperren die Straßen, aber immer noch wütet der Kampf in der Innenstadt, am Kaiserdamm und um die großen Hochbunker im Friedrichshain, am Zoologischen Garten, und im Humboldthain am Bahnhof Gesundbrunnen werden Luftkämpfe zwischen russischen Jägern und deutschen Versorgungsfliegern ausgefochten, werden neue Kompanien aus Verwundeten und Versprengten, greisen Volkssturmmännern und fünfzehnjährigen Hitlerjungen zusammengestellt und unzureichend bewaffnet oder mit der Weisung, sich mit den Waffen der Gefallenen zu versehen, in den Kampf geworfen.

Der Wilhelmplatz liegt leer und ausgestorben unter dem rasenden Beschuß der russischen Artillerie, nur die Weite des Platzes erinnert noch an seine frühere Bestimmung, Aufmarschgelände der Begeisterung gewesen zu sein, der hysterischen Begeisterung eines irregeleiteten Volkes und der befohlenen Begeisterung von Heloten, nichts erinnert mehr an den Fackelzug der SA am 30. Januar 1933, an die Aufmärsche der Luftwaffenregimenter mit klingendem Spiel, an die befohlene Aufstellung von Schulklassen bei Besuchen illustrer Gäste, an die chorischen Rufe ›*Wir wollen den Führer sehen!*‹ und die sklavischen Schreie ›*Führer befiehl, wir folgen dir!*‹, nichts ist mehr da, Spruchbänder und Transparente, Hoheitszeichen und Standarten, Fackeln und Schellenbäume sind von den Granitplatten des Platzes erschlagen worden. Nur Ruinen säumen noch den Platz, der ›Kaiserhof‹, die Dreifaltigkeitskirche, das Finanzministerium, das Reichsbahn-Verkehrsamt, die Reichskanzlei, das Propagandaministerium.

Die Reichskanzlei liegt unter ununterbrochenem Beschuß, Stück für Stück reißen die Granaten aus dem Mauerwerk und enthüllen den Repräsentationsschwindel von falschem Marmor, dünnen Sandsteinplatten und billigen rosafarbigen Ziegeln. Wie auf einer Schießscheibe bohren sich die Geschosse der Tiefflieger in den Verputz der Mauern, Wände und Decken beginnen zu reißen, Spiegel zerbrechen, Kristallüster stürzen krachend und splitternd auf das Parkett.

Im Tiefbunker unter dem Garten der Reichskanzlei sitzt der Führer Adolf Hitler auf einer Holzkiste. Sein Gesicht ist entstellt und verzerrt, die Züge sind schlaff und kraftlos, die Haut ist bleich und mit hellroten Flecken durchsetzt, ein krampfhaftes Zucken reißt alle paar Sekunden an seinen Mundwinkeln, seine Augen sind weit aus den Höhlen gequollen und rot gerändert, sein Blick ist stier, seine Hände zittern, sein Haar ist feucht und verklebt, auf seiner Stirn steht der Schweiß in dicken Tropfen.

Der Führer des Großdeutschen Reiches, der da häßlich und angstzerwühlt auf einer armseligen Holzkiste sitzt, sieht nicht wie ein glücklicher Bräutigam aus, der am Abend zuvor seine langjährige Geliebte geheiratet und seine Gäste mit einem Sektgelage bewirtet hat. Die Trauungszeremonie ist nur der Auftakt zu der grausig-kolportagehaften Selbstmordoperette, die nach den exakten Regieanweisungen des entgleisten Kleinbürgers aus Braunau genau so in Szene gesetzt wird, wie er sie befohlen hat, so wie er vorher Millionen Menschen in Elend, Not, Tod, Verzweiflung, Hunger, Feuer, Gaskammern, Massengräber, Richtstätten, Zuchthäuser, Konzentrationslager, Lazarette, Arbeitsfront zu jagen befohlen hat. Dieser Führer, der eine tyrannische Macht über den Kontinent Europa ausgeübt hat, dem alle Machtmittel und alle Nachrichtenquellen zur Verfügung gestanden haben, der mit Generälen spielte wie Kinder mit Kieselsteinen, dem ein ganzes Volk in hysterischer Verzückung zu Füßen gelegen, das alle Gaben aus seiner Hand wie Gottesgeschenke entgegengenommen und seinen Worten wie Gottes Wort gelauscht hat, dieser große Führer sitzt nun im Tiefbunker auf einer einfachen Holzkiste und fragt seinen Chauffeur: *»Gibt's was Neues?«*

Aber sein Chauffeur ist nicht in der Lage, ihm die Neuigkeiten mitzuteilen, die er zu hören wünscht, nämlich, daß die Entsatzarmeen nahe seien oder daß der Generalfeldmarschall Ritter von Greim mit den Resten seiner Luftwaffe von Rechlin aus wirksam in den Kampf um Berlin eingegriffen habe. Es ist nicht länger zu verheimlichen, daß russische Panzer vom Brandenburger Tor her den Potsdamer Platz, den Tiergarten und die Weidendammer Brücke erreicht haben, daß auf dem Reichstag, auf dem vor zwölf Jahren die Brandfackel über die ganze Welt angesteckt worden ist, die rote Fahne der Sowjets flattert, daß sich von Süden her ebenfalls russische Panzer durch die Wilhelmstraße in nördlicher Richtung auf die Reichskanzlei zubewegen, daß russische Infanterie durch die Untergrundbahnschächte der Friedrichstraße vordringt. Es ist auch nicht mehr zu verheimlichen, daß rings um den Bunkereingang ein vernichtendes Artilleriefeuer niedergeht, das die Erde aufwühlt und schwarze Erdfontänen aufspritzen läßt, das die Bäume zerfetzt und die Mauer niederlegt, die den Garten der Reichskanzlei umgibt. Zwei Tage zuvor hat er den SS-Gruppenführer Fegelein, den Schwager Eva Brauns, aus der Wohnung holen und erschießen lassen, weil er den Versuch unternommen hatte, sich in das Zivilleben zurückzuziehen, hatte er in einer nächtlichen Ansprache allen Bunkerinsassen einen Treueid für Selbstmord auf Gegenseitigkeit abgenommen, sich immer noch mit der Verteidigung und dem Entsatz befaßt, sich am Endsieg berauscht und zu Greim geäußert: *»Verzweifelt nicht, es wird alles gutgehen.«* Dann aber war wieder ein Stimmungsumschlag eingetreten, und er ist noch einmal wie ein Irrsinniger durch die Gänge und Räume seines Bunkers getobt, als er die Nachricht erhält, daß seine zuverlässigste Stütze, der Reichsführer SS Heinrich Himmler, über den Vizepräsidenten des Schwedischen Roten Kreuzes, den Grafen Folke Bernadotte, mit den westlichen Alliierten in Verbindung getreten ist und die bedingungslose Kapitulation Deutschlands vor Großbritannien und den Vereinigten Staaten angeboten hat, ist der Wille zur totalen Vernichtung noch einmal verzehrend in ihm aufgeflammt. Er hat sofort das winzige Fünkchen von Vernunft ausgetreten, indem er jeglichen Funkverkehr mit dem Sonderzug ›Steiermark‹, Himmlers Hauptquartier, verbietet, durch seinen Parteikanzlisten Bormann ›*Auslandspresse berichtet von neuem Verrat, Führer erwartet von allen unwandelbare Treue*‹ in alle Himmelsrichtungen funken läßt und Schörner von der südlichen Ostfront, Dönitz aus Holstein, Vietinghoff aus Italien, Wenck von der Elbefront und Stumpf mit der Luftflotte zum Entsatz der Reichshauptstadt heranbefiehlt, aber seitdem sind zwei lange, bange Tage vergangen, und er hat nur Absagen oder überhaupt keine Antwort erhalten, was Bormann zu der Äußerung ›Überall Verrat‹ veranlaßt. Es gibt keinen Ausweg mehr, der Führer Adolf Hitler sieht sich umstellt und aus der Luft belagert, er ist in der eigenen Falle gefangen. Er hat seinen Bunker schon seit Tagen nicht mehr verlassen, er verläßt ihn auch zu dieser Stunde nicht, er hockt feige tief in der Erde unter meterdickem Beton, er weiß, daß sein Ende gekommen, daß das von ihm proklamierte tausendjährige Dritte Reich beendet, daß es bereits fünf Minuten nach zwölf ist, daß die Soldaten, deren junge Gläubigkeit er mit eitlen Gesten und prahlerischen Worten übertölpelte und sich hörig gemacht, die er vor sechs Jahren ausgesandt hat, um eine Welt zu erobern, die auf seinen Befehl Städte haben zusammenstürzen und Landschaften in Flammen aufgehen lassen, daß sie jetzt aus den Eisnächten Norwegens und der Wüstenglut Ägyptens, aus den weiten Steppen Rußlands und dem unbezwingbaren Wall an der Küste Frankreichs heim in des Reiches Hauptstadt gekehrt sind, aber noch immer nicht fällt er dem Knochenmann mit der Sense in den Arm, er will, daß auch die letzten Halme noch niedergemäht werden, daß diesmal ganze Ernte gemacht wird. Er diktiert sein politisches und privates Testament und entsendet drei Männer mit Kopien zu Dönitz, Schörner und zum Parteiarchiv nach München, er ernennt Dönitz zu seinem Nachfolger, stellt eine neue Ministerliste auf und setzt Bormann zu seinem Testamentsvollstrecker ein. Und so wie er als Betrüger gelebt hat, so handelt er auch in seiner letzten Stunde, indem er die Mitteilung auszugeben befiehlt, er sei an der Spitze seiner Soldaten in der Schlacht gefallen, aber er sucht den Tod nicht in den Kugeln des Feindes, er schleicht sich feige aus seinem verfluchten Leben, er befiehlt seinem Chauffeur, zweihundert Liter Benzin zu beschaffen, verabschiedet sich von seinen Helfershelfern und zieht sich in seine Zimmer zurück, und während die Bunkerwachen mit den Sekretärinnen nach Grammophonmusik tanzen, richtet er die Pistole gegen sich und schießt sich in den lästerlichen Mund, seine Frau vergiftet sich, ihre Leichen werden von Dr. Goebbels und Bormann im Garten der Reichskanzlei vor dem Notausgang des Bunkers niedergelegt und mit Benzin übergossen. Unter dem Donner der russischen Geschütze und den erhobenen, blutbefleckten Händen seiner Komplizen lodern die Körper Hitlers und seiner Geliebten in hellen Flammen empor. Der Gestank, der sich unter seiner Tyrannei über ganz Europa verbreitet hat, begleitet ihn auch auf seiner Höllenfahrt.

Gegen Morgen schwillt das Artilleriefeuer wieder zu ungeheuerlicher Stärke an, das große Haus bebt und zittert unter den schweren Detonationen, die Grundmauern scheinen zu schwanken, die Luft wird von einem unaufhörlichen Tosen und Dröhnen durchrast, über der Stadt wölbt sich ein feuerlohender Himmel, und immer noch regnen Pulver, Blei und Feuer auf sie herab, quellen sprühend Feuersäulen empor, wenn die Granaten der Stalinorgeln explodieren. Blutigrot, grauverhangen steigt die Sonne über dem Horizont im Osten auf und wirft ihre Strahlen über die niedergemähte Stadt, die aus tausend Wunden raucht, qualmt und brennt, auf die immer noch von allen Seiten mit allen Kalibern, mit Stalinorgeln, Feldhaubitzen, Flakgeschützen, Granatwerfern, Panzerkanonen, Pakgeschützen, Bordwaffen, schweren Maschinengewehren, Minenwerfern und aus Bombenschächten eingehämmert wird.

Als das trübe Licht des Tages die Qualmwolken durchstößt, kommt der Luftschutzwart in den Heizkeller. Er grüßt kurz und wendet sich an Dr. Böttcher. »Ich möchte Sie warnen, meine Herren!«

»Warnen?« fragt Dr. Böttcher und steht langsam auf. »Wovor?«

»Die SS ist in der Nähe, sie sitzt im Europahaus und im Excelsior«, antwortet der Luftschutzwart, »der Kampf konzentriert sich jetzt auf die Saarlandstraße.«

Dr. Böttcher lauscht auf den Lärm, aber das Getöse des Artilleriefeuers ist zu groß, um die Schüsse der Handfeuerwaffen herauszuhören.

»Sie können mir schon glauben«, sagt der Luftschutzwart, »es ist so, wie ich sage.«

»Sie wollen uns nur loswerden«, sagt Wiegand, der hinzutritt, »nicht wahr?«

Der Luftschutzwart blickt Wiegand böse an. »Das auch, klar, Sie reiten uns ganz eklig rein mit Ihren Leuten. Wenn die SS kommt, heißt es, ich habe Sie begünstigt, dann drehen sie mir den Schlunk ab, und wenn die Russen kommen, gibt es Kampf.«

»Wo ist Doktor Wiedemann?« fragt Dr. Böttcher.

»Drüben im öffentlichen Luftschutzkeller«, antwortet der Luftschutzwart, »guckt da nach dem Rechten. Da scheint er zu kommen.« Dr. Wiedemann kommt durch die Tür.

»Herrschaften«, sagt er lebhaft, »die Lage wird kritisch, die SS ist hier auf engstem Raum zusammengedrückt, sie verteidigt jedes Haus, jeden Hausflur, jeden Hof, jeden Keller ...«

»Ich sagt' es denen eben schon«, fällt der Luftschutzwart ein, »aber die glauben mir ja nicht!«

Dr. Wiedemann erklärt in kurzen, hastigen Worten die Situation. »Auf der westlichen Seite der Saarlandstraße sind die Russen, die östliche Seite ist noch von der SS besetzt, aber in ihrem Rücken in der Wilhelmstraße sind ebenfalls schon die Russen. Die HKL, wie man die vordere Linie, die hier auch zugleich die rückwärtige ist, immer noch nennt, läuft mitten durch den Häuserblock. Die Hofmauern, an die die Höfe der Saarland- und Wilhelmstraße angrenzen, und die Brandmauern, welche die Häuser der Saarland- und Wilhelmstraße trennen, das ist die HKL des heutigen Tages. Um die Verbindungsmauern der Höfe, um die Mauerdurchbrüche der Keller wird mit einer Erbitterung ohnegleichen gerungen, die SS nimmt keine Rücksicht darauf, daß in den Kellern noch Hunderte und Tausende von Frauen und Kindern sind.«

»Es gilt also schnell zu handeln«, sagt Wiegand entschlossen.

»Wenn ich Sie richtig verstanden habe, Doktor Wiedemann, dann brauchen wir nur über die Mauer des Hinterhofes. dann sind wir schon bei den Russen.«

»Haut bloß ab«, sagt der Luftschutzwart böse, »zu den Russen oder zur ss oder meinetwegen zu den Zulukaffern, nur macht, daß ihr aus meinem Keller rauskommt.«

»Wir könnten durch einen Mauerdurchbruch«, ergänzt Lassehn. »Ganz recht«, erwidert Dr. Wiedemann und hebt leicht die Schultern, »aber ich kann natürlich nicht dafür garantieren ...«

»Natürlich nicht«, sagt Wiegand, »aber Ihr Hinweis ist sehr wertvoll für uns.«

»Wir können aber Pech haben und auf einen Hof geraten, der noch von der ss besetzt ist«, sagt der Soldat Poppe.

»Du kannst auch auf 'nem Sandberg ausrutschen«, fertigt Schröter ihn ab. »Ich bin dafür, daß wir versuchen, in die Wilhelmstraße rüberzukommen.«

»Dabei erhebt sich eine wichtige Frage«, sagt jetzt Gregor. »Gehen wir mit oder ohne Waffen?«

»Ohne natürlich«, sagt Lassehn schnell.

»Das ist keineswegs natürlich«, widerspricht Gregor. »Wenn wir unterwegs auf ss treffen sollten, noch einmal lasse ich mich nicht mitschleppen wie damals am Schlesischen Bahnhof und später in der Stralauer Straße.«

»Sehr richtig«, sagt Wiegand, »mir aus dem Herzen gesprochen. Diesmal kämpfen wir uns durch, ich bin dafür, die Waffen mitzunehmen. Es wird für uns darauf ankommen, entweder von den Waffen im richtigen Augenblick Gebrauch zu machen oder uns ihrer im richtigen Moment zu entledigen.«

»Also mit Waffen«, sagt Dr. Böttcher.

»Und wie ist es mit euch?« wendet sich Schröter an die Soldaten. »Ich weiß nicht recht«, antwortet Soldat Kebschull.

»Überleg nur schön langsam«, sagt Schröter, »laß dir ruhig Zeit.«

»Wie kann man nur so fickrig sein«, sagt der junge Soldat Hellwig, »die Sache ist doch kein Kinderspiel.«

»Gut, daß du das endlich merkst«, gibt Schröter zurück.

»Überlegen Sie sich genau, was Sie tun«, sagt der Luftschutzwart feindselig. »Die Panzerarmeen von Wenck haben gestern abend den westlichen Stadtrand erreicht und stoßen auf die Innenstadt vor, die Bolschewisten weichen bereits zurück und sollen sogar eingekesselt sein. Und da wollen Sie ...«

»Ich hab' ja immer gesagt«, fällt der Soldat Hinzpeter triumphierend ein, »die Schlacht um Berlin ist nichts anderes als eine Falle, die der Führer den Bolschewisten gestellt hat, eine ganz große Falle, so wie es Hindenburg ihnen bei Tannenberg besorgt hat, rin in die Sümpfe, und dann auf ihn mit Gebrüll. Paßt mal auf, in ein paar Tagen ist Berlin wieder frei.«

Schröter blickt ihn verächtlich von oben bis unten an. »Mensch«, sagt er langsam, »das glaubst du doch nicht im Ernst?«

»Der ist dußlig für 'ne ganze Kompanie«, meint Ruppert und grinst breit. »Dir hab'n sie ins Hirn gemacht und vergessen umzurühren. Mensch, ich könnt' dir sonst was!«

»Du bist ein ganz gewöhnlicher Knochen«, sagt der Luftschutzwart wütend. »Der Kamerad hat schon recht, Berlin ist nichts anderes als eine Falle, eine Riesenfalle, wir werden die Bolschewisten unter den Trümmern begraben, und was noch übrigbleibt, wird in die Seen gejagt.«

Dr. Wiedemann lächelt ganz dünn in den Mundwinkeln. »Sie lassen sich heute täuschen, wie Sie bisher getäuscht worden sind, aber Sie haben nichts daraus gelernt«, sagt er. »Jede große Niederlage ist in einen genialen Schachzug des Führers umgelogen worden. Nach dem Rausschmiß aus Afrika erklärte ein Vertreter des OKW vor Presseleuten folgendes:

> ›Die Räumung Afrikas war in unseren strategischen Dispositionen schon seit vielen Monaten eingesetzt. Sie bringt im jetzigen Augenblick eine ungeheure Verstärkung der Festung Europa. Wir wollten überhaupt niemals in Afrika bleiben, vielmehr den Feind so lange vom europäischen Boden fernhalten, bis wir den Erdteil Europa unangreifbar gemacht hatten.‹«

»Aber ein paar Monate zuvor hatte Rommel im Sportpalast noch großartig erklärt:

›Wir stehen vor Alexandrien und haben den Schlüssel zum Suezkanal in der Hand. Wo der deutsche Soldat steht, da bleibt er.‹«

fällt Dr. Böttcher ein.

Dr. Wiedemann nickt ihm zu. »Und nach der Niederlage von Stalingrad äußerte sich Doktor Dietrich auf einer Sonderpressekonferenz etwa in dem Sinne:

›Wenn das Genie und die einmalige Genialität des Führers nicht wären, dann könnte man jetzt mit etwas Ernst in die Weiterentwicklung blicken. Aber Stalingrad ist nur einer der vielen genialen Schachzüge des Führers, die er dem Feinde auf dem Wege zum deutschen Siege bereitet.‹

Genügt Ihnen das noch nicht?«

Der Luftschutzwart schiebt die Augenbrauen mißmutig zusammen und schweigt.

»Braucht auch nicht zu stimmen«, sagt der Soldat Hinzpeter.

Dr. Wiedemann zuckt die Achseln. »Ja, wenn Sie nur das glauben, was Sie glauben wollen, ist Ihnen nicht zu helfen.«

»Also überlegt man gut, wir gehen einstweilen«, fügt Schröter hinzu.

Dr. Böttcher, Wiegand, Gregor, Lassehn, Schröter und Lucie Wiegand verlassen den Heizkeller.

»Du könntest hierbleiben, Lucie«, sagt Wiegand zu seiner Frau, »bist hier sicher und in guter Obhut.«

Lucie Wiegand lächelt ihren Mann an und bindet ihren Turban fester. »Das glaubst du wohl selbst nicht, Fritz, daß ich jetzt kneife.«

»Da ist kein Kneifen ...«, beginnt Dr. Böttcher.

»Schon gut«, sagt Lucie Wiegand rasch, »da gibt es gar nichts zu überlegen.«

Sie steigen langsam die Kellertreppe hoch.

»Wartet!« ruft da der Soldat Ruppert. »Ich komme mit euch!«

Lassehn öffnet vorsichtig die Kellertür und späht in den Hof. Der Himmel ist ein großes Gewölbe von Rauch, Ruß und Qualm, das Artilleriefeuer ist schwächer geworden, hat sich etwas entfernt, jetzt herrschen das Dröhnen und Rattern von Panzerketten, das Knattern der Maschinengewehre, die harten, trockenen Abschüsse der Maschinenpistolen, das kurze Knallen der Gewehre vor. Gewehrkugeln pfeifen durch die Hausflure, Querschläger schwirren umher.

»Der Hof ist leer«, sagt Lassehn.

»Sie müssen durch den Hausflur des Hinterhauses, über den zweiten Hof und über die Hofmauer, dann sind Sie auf dem Hinterhof des Hauses Wilhelmstraße einhundertsechzehn«, sagt Dr. Wiedemann.

»Danke«, sagt Dr. Böttcher und drückt ihm die Hand.

»Hals- und Beinbruch«, sagt Dr. Wiedemann.

Lassehn öffnet die Tür ganz. Sie stürzen die letzten Stufen der Kellertreppe hoch, laufen über den Hof durch den dunklen Hausflur des Hinterhauses, der zweite Hof, an drei Seiten von grauen Hinterhäusern umstellt, tut sich von ihnen auf, und da ist auch schon die Mauer, Grenze zwischen Freund und Feind, aber die Begriffe sind diesmal ins Gegenteil verkehrt, der Feind ist in Wirklichkeit der Freund, und der Freund ist der Feind.

»Langsam«, warnt Wiegand, der sich dicht hinter Lassehn hält.

Aber der zweite Hof ist ebenfalls leer. Wie gebannt verhalten alle noch einmal und starren mit brennenden Augen auf die Mauer, die verheißungsvolle Mauer, die ins freie Feindesland führt.

»Dann also ...«, beginnt Wiegand, aber er spricht nicht weiter.

Über die Mauer schwingen sich sechs SS-Leute, ihre genagelten Stiefel poltern auf den Steinboden, einer strauchelt und verliert seine Maschinenpistole, hinter ihnen peitschen ein paar Kugeln ins Mauerwerk.

Ein eisiger Schreck durchfährt Lassehn. So im letzten Augenblicke gefaßt zu werden ...

Wiegand scheint ganz ruhig, sein Gesicht ist ein einziger harter Muskel. Er ist zwar für eine Sekunde zusammengezuckt, aber er tut keine Bewegung rückwärts, die als Flucht aufgefaßt werden könnte.

Ruppert will den Mund auftun, um etwas zu sagen, er dreht sich bereits halb um, aber Gregor packt ihn hart an.

»Schweig!« zischt er.

»Wo wollt ihr denn hin?« fragt ein Unterscharführer noch ein wenig atemlos.

»Da rüber«, antwortet Wiegand und deutet auf die Mauer, »Aufklärungsvorstoß.«

»Da könnt ihr nicht mehr hin«, sagt der Unterscharführer, »da sind schon die Russen.«

Deshalb woll'n wir ja dahin, denkt Schröter grimmig, müssen uns die Hunde jetzt gerade in die Quere kommen. So ein ...

»Haut ab«, sagt ein SS-Mann. »Wo seid ihr denn eingesetzt?«

»Hier«, antwortet Wiegand, »zwischen Anhalter und Hedemannstraße.« Er dreht sich um und blinzelt den anderen zu. »Na, dann alles zurück, marsch, marsch!« Er grüßt die SS-Leute kurz und setzt sich in Bewegung.

Im Hausflur, der zur Saarlandstraße führt, bleiben sie stehen.

»Pech«, sagt Wiegand kurz, »aber immer noch gut abgelaufen, hätte schlimmer kommen können. Großartig, daß keiner von uns davonlief, dann hätten die nämlich den Braten gerochen.«

»Und was jetzt?« fragt der Soldat Ruppert. »Wieder zurück in den Heizkeller?«

»Nee, mein lieber Juno-Onkel aus Neukölln«, widerspricht Schröter, »jetzt sind wir einmal in Gang gekommen, jetzt wird auch gelaufen. Geht's oben nicht, dann muß es unten gehn.«

»Wie meinst'n das?« fragt Ruppert ungläubig.

»Mann, die Häuser haben doch alle Mauerdurchbrüche, da gehn wir durch«, antwortet Schröter.

»Gut, Schröter«, sagt Dr. Böttcher, »daran habe ich auch schon gedacht. Los, alles wieder in den Keller, unser guter Parteigenosse Luftschutzwart wird uns den Mauerdurchbruch nach der Wilhelmstraße zeigen.«

Der Luftschutzwart steht im Vorkeller in lebhaftem Gespräch mit Dr. Wiedemann, sein Gesicht ist hochrot, er gestikuliert wild mit den Armen und spricht unaufhörlich auf den Arzt ein.

Dr. Böttcher berichtet kurz, dann wendet er sich an den Luftschutzwart. »Wo ist der Durchbruch zur Wilhelmstraße?«

»Lassen Sie mich zufrieden«, sagt der Luftschutzwart unwillig. »Gibt wichtigere Dinge!«

»Was denn?« fragt Dr. Böttcher.

»Hitler soll tot sein«, antwortet Dr. Wiedemann und zuckt die Achseln. »Ob es wahr ist ...«

»Hoffentlich«, sagt Schröter und versetzt dem Luftschutzwart einen heftigen Stoß in den Rücken. »Los, du altverdienter Parteigenosse, dann zeig uns rasch das Mauseloch, wir woll'n zur Beerdigung deines großen Führers.« Er hebt sein Gewehr und hält es dem Luftschutzwart direkt unter die Nase. »Du weißt, ich lasse nicht mit mir spaßen.«

»Das ist ... das ist ...«, keucht der Luftschutzwart.

»Was du willst, mein Liebling«, sagt Schröter, »kannst von mir denken, was du willst, ist mir höchst schnuppe, aber den Durchbruch sollst du mir jetzt zeigen.«

»Und wenn ich es nicht tue?«

»Dann stirbst du auf der Stelle den Heldentod für deinen Führer«, sagt Schröter und spielt am Abzugshahn seines Gewehrs.

»Das ist Gewalt!« keucht der Luftschutzwart.

»Na klar!« sagt Schröter grimmig. »Was denn sonst?«

Der Luftschutzwart blickt Schröter finster an, seine Zähne graben sich fest in die Unterlippe. »Was du verlangst ...«

Schröter hebt das Gewehr. »Halt jetzt keine Reden. Willst du oder willst du nicht?«

Der Luftschutzwart öffnet die aufeinandergepreßten farblosen Lippen ganz langsam. »Dann kommt«, sagt er wütend.

Sie gehen durch verschiedene dunkle Gänge.

»Wenn du uns anführst ...«, sagt Schröter drohend und leuchtet ihm mit der Taschenlampe in das Gesicht.

»Laß das«, murrt der Luftschutzwart.

Dann stehen sie vor der Mauer. Es ist eine Mauer wie hunderttausend andere Kellermauern, flüchtig weiß überkalkt, Stein neben Stein, mit Spinnweben behängt, und doch ist es eine ganz besondere Mauer, in der Mitte zeichnet sich ein großer, dunkler Fleck ab, und auf diesem steht in schwarzer Blockschrift: ›Durchbruch zur Wilhelmstraße 116.‹

Lassehn ergreift die Spitzhacke, die neben dem Durchbruch

auf einem Haken hängt, und beginnt auf die Mauer einzuschlagen. Zuerst fallen nur Kalkstücke und Ziegelbrocken, dann entsteht ein kleines Loch, bald brechen ganze Ziegelsteine heraus, das Loch wächst rasch. Lassehn arbeitet wie rasend, ununterbrochen fällt die Spitzhacke auf die Mauer nieder.

Der Keller auf der anderen Seite ist tiefdunkel, Modergeruch entströmt ihm. Wiegand leuchtet hinein: er ist leer. Dann ist das Loch groß genug, daß sie durchsteigen können. Wiegand steht vor dem Loch und starrt in das Dunkel, in das nur der schmale Lichtkegel seiner Taschenlampe eingeschnitten ist, für Sekunden verharrt er unbeweglich, es ist unheimlich still hier unten.

Da ertönen feste Schritte, plötzlich sind fremde Laute im Keller. Im Scheinwerferkegel von Wiegands Taschenlampe steht ein russischer Soldat, im graugrünen langen Mantel, weißer Pelzmütze, an der ein roter Sowjetstern hell blinkt.

Wiegand holt tief Atem, dann klettert er gewandt durch das Mauerloch und geht auf den russischen Soldaten zu.

»Towarisch«, sagt er mit bewegter Stimme und hebt die Hände hoch. Der russische Soldat blickt ihn ruhig an, dann verzieht er die Lippen zu einem verächtlichen Lächeln und antwortet: »Nix Towarisch. Gib Uri. Dawai!«

Das Ende

›Von hier und heute geht eine neue Epoche der Weltgeschichte an, und ihr könnt sagen, ihr seid dabeigewesen.‹
Goethe nach der Kanonade von Valmy (1792)

2. Mai

Es ist 5 Uhr 30 Minuten, die Strahlen der aufgehenden Sonne durchstoßen die Wolkenwand, die sich grau und trostlos über der vernichteten Stadt spannt. In der Voßstraße, Verbindung zwischen Wilhelmplatz und Hermann-Göring-Straße, bewegt sich eine massive Decke langsam in die Höhe, sie hebt sich schwerfällig und widerwillig wie eine Zugbrücke, die den Zugang zu einer besiegten Burg freigibt. Diese Betondecke, die in der Voßstraße durch hydraulische Kraft hochgepreßt wird, öffnet den Eingang zu einer Höhle, zur letzten Befehlsstelle des letzten Berliner Kampfkommandanten. Sie ist von allen Seiten umstellt, ein Kommando russischer Offiziere hat vor ihr Aufstellung genommen, sie heben die entsicherten Maschinenpistolen und bringen sie auf den Bunkereingang in Anschlag, aber sie haben nicht nötig, von ihren Waffen Gebrauch zu machen, denn als erster erscheint ein Soldat, unrasiert, zerlumpt, ausgemergelt, und er trägt an der Spitze seines aufgepflanzten Bajonetts einen Fetzen weißen Tuches. Dann erst erscheinen die anderen, General der Artillerie Weidling, Oberbefehlshaber des Verteidigungsbereiches Berlin, in untadeliger Uniform, mit hochgeschlossenem Kragen und Ritterkreuz, goldenen Achselklappen mit zwei Sternen und Ordensschnalle, und nur die unordentlich umgeschlagenen Wickelgamaschen verraten die besondere Eile, mit denen er sie angelegt hat, Ministerialdirektor Hans Fritzsche, Goebbels' junger Mann und Imitator in Wort und Ton, in elegantem Anzug von tadellosem Sitz und scharfer Bügelfalte, und schließlich der Hauptschriftleiter Dr. Otto Kriegk, intellektueller Stimmungs- und Scharfmacher des Hugenberg-Konzerns, in der olivgrauen Uniform eines Arbeitsdienstführers mit silbergeflochtenen Schulterstücken. Für ein paar Sekunden stehen sie still da und blinzeln wie Nachtvögel in das über sie hereinbrechende Licht, dann steigen sie schwerfällig in einen Panzerspähwagen, der einige Meter weiter bereitsteht. Die Türen werden geschlossen, der Panzer fährt an, biegt in die Hermann-Göring-Straße ein und überquert den Potsdamer Platz, er schreit seine heiseren Signale durch die zertrümmerten Straßen, durchrast die Saarlandstraße, vorbei an den schauerlichen Skeletten des Potsdamer und Anhalter Bahnhofs, prescht durch das Hallesche Tor und die Anhöhe der Belle-Alliance-Straße hinauf nach Tempelhof. Der Panzer fährt rücksichtslos über Trümmer und durch Schlaglöcher, er rüttelt seine Insassen durcheinander und stößt sie gegen Wände und Decken, aber keiner sagt ein Wort, sie haben die Lippen fest zusammengekniffen und die Augen halb geschlossen, der General nimmt hin und wieder seine Brille ab und reibt sie blank, der Rundfunklügner nestelt nervös an seiner Krawatte, der Leitartikelschmierer ist ganz in sich zusammengesunken.

Dann bremst der Wagen hart, die Türen werden aufgerissen, General Weidling, Fritzsche und Dr. Kriegk steigen aus, sie stehen vor einem Haus am Schulenburg-Ring, einer der vielen Straßen Tempelhofs, an der sich die Neubauten einförmig aneinanderreihen. Sie steigen langsam die Treppen hoch, durch die leeren Fenster des Treppenhauses weht ein unangenehmer, feucht-kalter Wind, die Sonne ist hinter grauen Wolken verschwunden, ein feiner Regen beginnt herabzusprühen. Der General wirft einen flüchtigen Blick auf die Straße, dann betritt er eine Wohnung im ersten Stock, wird durch einen Korridor geleitet und steht in einem Zimmer. Es ist ein gutbürgerliches Herrenzimmer mit Schreibtisch und Bücherschrank, Ledersofa und einem Stilleben darüber, ein paar Stühlen und einem Aktenbock, ein gutbürgerliches Herrenzimmer, aber da sitzt hinter dem Schreibtisch kein glatter Bürger, da ist ein mittelgroßer, kräftiger, untersetzter Mann, mit breitflächigem, gerötetem Gesicht, hellem, kurzem, borstigem Haar, wasserblauen, entschlossenen Augen: Generaloberst Shukow, der Eroberer Berlins. Er erhebt sich kurz, deutet auf einen Stuhl und setzt sich wieder. General Weidling führt die Hand korrekt an die Mütze und nimmt sie ab, läßt sich müde nieder und blickt seinem Gegenüber verstohlen ins Gesicht. Dieser Shukow, mag er jetzt denken, das ist kein General von Geblüt, Erziehung und Privileg, das ist ein breiter, fast behäbiger Bauer, der eine Generalsuniform trägt, ein Mensch jenes unbegreiflichen Landes, er sitzt jetzt in dieser kleinen, fast spießbürgerlichen Wohnung in Berlin-Tempelhof hinter einem Schreibtisch und schiebt in diesem Augenblicke die Kapitulationsurkunde über die Schreibtischplatte. Der Schreibtisch ist sonst ganz leer, nichts unterbricht seine glatte, hellbraune Maserung, nur dieses weiße Blatt liegt da.

General Weidling schluckt ein paarmal heftig, reibt noch einmal seine Brille blank und schraubt seinen Füllfederhalter auf, seine Hände zittern dabei ein wenig, er setzt zur Unterschrift an, aber er zieht die Feder wieder zurück, ihm ist wohl eingefallen, daß er zwar den Inhalt der Urkunde, nicht aber ihren Text kennt, überliest sie flüchtig und senkt die Feder erneut auf das Papier. Es ist sechs Uhr morgens und ganz still im Zimmer, die Stenotypistin am Fenster hat ihre Arbeit unterbrochen und sich umgewandt, die russischen Offiziere beugen die Köpfe vor, selbst Fritzsche und Dr. Kriegk können sich der Spannung des Augenblicks nicht entziehen, nur Generaloberst Shukow sitzt ruhig, zurückgelehnt da, seine Augen ruhen auf der Hand des deutschen Generals, die den Füllhalter hält. Der General scheint die Blicke zu fühlen, er hebt die Augen für eine Sekunde und blickt dann selbst auf seine Hand, die mit der Feder halb zur Faust geschlossen wie eine wurmstichige Frucht vor ihm liegt, dann feuchtet er seine Lippen an und schreibt entschlossen seinen Namen unter die Urkunde. Berlin hat kapituliert.

Wenige Worte nur werden gewechselt, dann verläßt der General das Zimmer, er geht die Treppen schnell hinunter und kümmert sich nicht um seine Begleiter, er hat noch einen Auftrag, den er möglichst schnell hinter sich bringen will, und besteigt wieder den Panzerspähwagen. Diesmal wird die Tür nicht ganz geschlossen, der General vermag durch den offenen Spalt auf die Straßen zu sehen, die sie durchfahren, und er sieht die endlosen Kolonnen marschierender Rotarmisten, Rudel von Panzern, Batterien aufgefahrener Artillerie, Biwaks und die langen Reihen der Geschlagenen, die stumpf in die Gefangenschaft trotten, er sieht auch die dampfenden Feldküchen, die von der Bevölkerung umlagert werden, und die Lastwagen, zu denen sich die Hände nicht mehr zum Führergruß, sondern nach Brot emporrecken, das die Soldaten der siegreichen Armee verteilen.

Die Fahrt geht diesmal nach Johannisthal, in einem früheren Filmatelier steht der General vor einem Schallplattenaufnahmegerät, und hier spricht er seinen letzten Befehl auf eine Wachsmatrize:

»Berlin, den 2. Mai 1945

Am 30. April 1945 hat der Führer uns, die wir ihm die Treue geschworen hatten, im Stich gelassen. Auf den Befehl des Führers glaubt ihr noch immer, um Berlin kämpfen zu müssen, obwohl der Mangel an schweren Waffen, an Munition und die Gesamtlage den Kampf als sinnlos erscheinen lassen.

Jede Stunde, die ihr weiterkämpft, verlängert die entsetzlichen Leiden der Zivilbevölkerung Berlins und unserer Verwundeten. Im Einvernehmen mit dem Oberkommando der sowjetischen Truppen fordere ich euch daher auf, sofort den Kampf einzustellen.

Weidling
General der Artillerie und Befehlshaber
Verteidigungsbereich Berlin.«

Der neue Anfang?

Langsam steigen Dr. Böttcher, Wiegand und Schröter die Stufen einer breiten Treppe empor, sie ist der Mittelaufgang einer Volksschule, die bis auf zerbrochene Fensterscheiben keinen Schaden erlitten hat. Es ist ein kühler, regnerischer Tag, der Wind bläst durch die offenen Fenster, ab und zu klirrt ein Stück Glas zu Boden oder klappert ein Fensterrahmen. An den Kleiderhaken, an denen früher Kindermäntel, Mützen und Frühstückstaschen gehangen haben, hängen jetzt Stahlhelme, Maschinenpistolen, Gasmasken, Munitionsgurte, über die Treppen, die früher von vielen hundert Kinderfüßen belebt wurden, wenn die Glocke Anfang oder Ende der Schulstunden anzeigte, poltern jetzt eilige Schritte fester, genagelter Stiefel, in den Gängen und Zimmern, die früher vom fröhlichen Geplapper zahlreicher Kindermünder erfüllt waren, schwirren jetzt fremde Laute. Die Volksschule ist Sitz eines russischen Militärkommandanten geworden.

Vor einer Tür im zweiten Stock bleiben die Männer stehen und begrüßen andere, die mit ernsten Gesichtern warten. An der Tür ist das Schild ›Konferenzzimmer‹ gerade noch zu lesen, darüber ist eine Pappe mit russischer Aufschrift mit einem Reißnagel befestigt.

Dann treten alle in das Zimmer. An einem großen Tisch sitzt ein russischer Major mit dem Rücken zum Fenster, sein dunkles Haar ist an den Schläfen angegraut, sein Kinn zeigt den Bartwuchs einiger Tage, seine Augen sind rot gerändert, die Lider liegen dick und schwer auf ihnen, um Mund und Augen sind die tiefen Falten der Müdigkeit eingekerbt. An der Längsseite des Tisches sitzt ein junger Feldwebel mit schmalem, dunklem Kopf, er hat ein paar Bogen Papier vor sich liegen und hält einen Füllfederhalter in der Hand.

Der Major weist mit müder schwerer Handbewegung auf die Stühle, die rings um den Tisch stehen. Als die Männer sich gesetzt haben, blickt er aufmerksam und forschend in die Gesichter. Einige Sekunden vergehen so, von fern her rollen noch irgendwo Geschütze, auf dem Flur eilen polternde Schritte hin und her, aber hier in diesem Zimmer des Militärkommandanten ist es ruhig.

»Meine Herren!« beginnt der Major schließlich. »Sie sind mir als zuverlässig und vertrauenswürdig benannt worden, ich möchte Sie hiermit fragen, ob Sie bereit sind, die vorläufige Verwaltung dieses Bezirks zu übernehmen.«

Der Major spricht ein ausgezeichnetes Deutsch, leicht akzentuiert, mit rollendem R, die Silben in Stakkatomanier scharf trennend.

»Die Aufgabe, die Ihnen gestellt wird, ist ungeheuer schwer«, fährt der Major fort, »sie kann nicht mit bürokratischen Methoden bewältigt werden. Sie müssen auf schnellstem Wege eine Versorgung der Bevölkerung mit Lebensmitteln, Wasser und elektrischem Strom bewerkstelligen, und ich verspreche Ihnen, dabei zu helfen, soweit es in meiner Macht steht.«

»Davon bin ich fest überzeugt, Genosse Major!« ruft Schröter.

Dr. Böttcher und Wiegand schweigen.

Der Major blickt auf den Feldwebel, dessen Feder eilig über das Papier gleitet.

»Als Bürgermeisteramt können Sie zunächst einige Räume in dieser Schule beziehen. Ich werde Befehl geben, daß sie für Sie frei gemacht werden. Feldwebel Jenakiew wird Ihnen Ausweise ausstellen, mit denen Sie ungehindert passieren können, ferner werden Ihnen Armbinden zur äußeren Kennzeichnung ausgehändigt werden.«

Wieder läßt der Major seine Blicke über die Gesichter der Männer gehen.

»Ich erwarte von Ihnen, daß Sie Ihre ganze Kraft und Ihr ganzes Wissen einsetzen werden, um die Not Ihres Volkes zu überwinden. Gehen Sie unverzüglich an die Arbeit. Ich erwarte morgen um diese Zeit Ihren ersten Bericht. Ich danke Ihnen, meine Herren.«

Als Dr. Böttcher, Wiegand und Schröter wieder die Treppe hinabsteigen, bleiben sie an einem offenen Fenster stehen. Der

Blick geht von hier weit über das Häusermeer, über Schuttfelder und Brandherde, aufgerissene Straßen und zerwühlte Plätze. Da liegt die große Stadt vor ihnen, niedergemäht von der Sense des Todes, ausgelöscht von der Brandfackel des Krieges, zerstampft von den Tritten der Heere, ein Orkan der Vernichtung hat niedergeschlagen, was sich ihm entgegenstellte, aber es ist noch ein Hauch von Atem in ihr, noch ist das Blut in ihren Adern nicht ganz erstarrt, noch ist der Wille ihrer Menschen nicht völlig gebrochen. Schwere Rauchwolken steigen in den trüben Himmel, zackige Ruinen schließen den Horizont ab, da und dort ragt ein Kirchturm wie eine erloschene Fackel empor, überall zeigen die Dächer ihre nackten Sparren vor, klaffen Risse und Lücken in den Mauern, fehlen die Scheiben in den Fenstern. Unten in der Straßenzeile türmen sich Schuttberge, sind Laternen- und Straßenbahnmasten umgebrochen, ist das Pflaster aufgesprengt, sind die Schienen aufgerissen, hängt die Oberleitung herab, sind die Geschäfte nur leere, ausgeraubte Höhlen, irren verzweifelte, hunrige, müde, heimatlose Menschen, taumeln Soldaten mit stumpfen Mienen und glanzlosen Augen zu den Sammelstellen, gellen die Schreie der vergewaltigten Frauen aus den Häusern.

Dr. Böttcher schaudert zusammen, als er sich Wiegand zuwendet. »Es ist fast zu schwer«, sagt er. »Diese Schreie werden uns noch lange verfolgen ...«

»Ach was!« fällt ihm Schröter ins Wort. »Du siehst zu schwarz.«

»Wäre zu schön, wenn es so wäre«, sagt Wiegand. Seine Miene drückt Skepsis aus.

Dann gehen sie die Treppe hinunter. Auf der Straße weht ihnen ein feiner, dünner Regen entgegen. Sie schlagen die Mantelkragen hoch und gehen in die zerstörte Stadt hinein.

An der Ecke hält gerade ein Lautsprecherwagen. Er verkündet die Kapitulation.

Fritz J. Raddatz

Nachwort

Ein Film. Dieses Buch ist ein auf Papier gedrehter Film. Es hat den Rhythmus, auf den sich Dokumentar-Regisseure verstehen, den harten Schnitt eines Polit-Thrillers, die staunenswert akkurate Kulisse der großen Verkehrsadern, winzigen Seitenstraßen, kaum entwirrbaren »Durchhäuser« einer Millionenstadt und jene mal Pingpong-rasche, mal ausufernde Dialogregie, die etwa ein Roman nicht notwendigerweise benötigt, ohne die Kino aber nicht auskommt. Und es hat gleichsam eine Titelmelodie; deren Komponist ist Heinz Rein: sein Hass auf die Nazis, seine Wut über ihr Verbrechen, Krieg genannt, sein Grauen vor dem, was Menschen in Hitler-Deutschland angetan wurde, sein mit Flehen unterfüttertes Entsetzen über die gemordete Stadt namens Berlin, von menschenverachtenden – selber feigen – Wahnsinnigen in einen sinnlosen Endkampf getrieben, der nicht Frauen noch Kinder, nicht Greise noch Krüppel, noch blutjunge Verblendete verschonte: Finale Berlin. Gegenstück zu Walther Ruttmanns emphatischer »Sinfonie der Großstadt«, deren Celluloid ja noch Schönheit und Optimismus bannte; erweiternde Ergänzung zu Bernhard Wickis Film »Die Brücke«, der ja mehr eine schauerliche Kurzgeschichte ist; weit ausholende epische Variante jener französischen Résistance-Filme, deren Meister etwa Alain Resnais mit »Nacht und Nebel« (Musik Hanns Eisler!) war.

Heinz Reins weit hallendes »Wehe« erinnert mit dem bleiernen Grau, das er schließlich dem Leser auflastet, an Wolfgang Borcherts Fanal-Stück »Draußen vor der Tür«; an so manchen frühen Böll-Text; in der Treffsicherheit, mit der er das Tödliche im Banalen und das Widerborstige im Schnodderwitz vorführt, an Hans Fallada.

Nun trägt die mir vorliegende Ausgabe der Büchergilde Gutenberg von 1980 keine Genre-Bezeichnung. Hier nennt sich das Buch nicht »Roman«, nicht »Dokument«, auch nicht »Historische Beschreibung«, obgleich frühere Ausgaben durchaus die Angabe »Roman« trugen. Als es 1947 erstmals in Ostberlin (beim SED-Parteiverlag Dietz) erschien, war der Autor knapp vierzig Jahre alt, als junger Mann Bankangestellter und Sportjournalist, 1933 bereits mit Schreibverbot belegt, zeitweise in Gestapo-Haft und zu Zwangsarbeit verurteilt. Ob er, der Anfang der 50er Jahre aus der DDR floh, 1991 in Baden-Baden starb und zuvor ca. ein Dutzend Bücher veröffentlichte, ob er also eine profunde literarische Bildung besaß, ist nicht bekannt. Mir scheint: er hat sich nicht an Vorbilder gehalten, hat vielmehr mit diesem an einen Schlachtruf gemahnenden Frühwerk sich eine ganz eigene Machart erarbeitet. Das würde bedeuten, dass etwa sein jähes Einblenden von Dokumenten, Wehrmachtsberichten, perfiden Goebbels-Aufrufen in die Erzählung keineswegs geschult ist an der Collage-Technik, die von Georg Büchner bis Alfred Döblin erprobt und berühmt war. Das würde auch bedeuten, dass er vielleicht die aufrüttelnden Anti-Kriegspamphlete »Im Westen nichts Neues« von Remarque oder »Das Feuer« von Barbusse nicht kannte; geschweige denn Arnold Zweigs nur vordergründig literarisierten »Streit um den Sergeanten Grischa«. Stimmt diese Annahme, dann wäre das eine Erklärung für den verblüffenden Stil von »Finale Berlin«. Das Buch hat nämlich keinen Stil. Es ist ein Schrei. Und ein Schrei hat keinen Stil, gar einen einheitlichen. Mal gellt er, mal ebbt er ab, mal seufzt er, er kann auch weinen. Echo? Vielleicht. Einsamkeit? Zumeist. Flehen? Immer.

Liest man das Buch von Heinz Rein so, dann versteht man auch das Ungelenke der literarischen Dramaturgie, oft rasant abgefangen durch raffiniert eingesetzte Bilder oder Situationen. Zu allererst muss man sich klarmachen: diese Chronik ist offensichtlich rasend schnell geschrieben worden. Ein Buch, das bereits 1947 gedruckt vorlag, kann bei den damaligen Produktionsverhältnissen – Papierknappheit, veraltete Druckmaschinen, Bleisatz – im Manuskript nicht später als ca. Frühjahr 1946 abgeliefert worden sein, also genau ein Jahr nach Kriegsende. Das ist gewiss die Ursache für häufige sprachliche Schnitzer und Banalitäten (»er errötete bis unter die Haarwurzeln«). Mit dieser Eile werden auch die sachlichen Fehler zusammenhängen: natürlich standen im April 1945 der deutschen Luftwaffe keine Stukas mehr zur Verfügung, die im Buch noch scharenweise in den Kampf um Berlin eingreifen und massenweise Zivilisten in den Tod bomben. Es gab ja nicht mal mehr Benzin für die Kradmelder. Nun sind derlei Defekte durchaus auch aus der Hochliteratur bekannt. In Döblins »Berlin Alexanderplatz« faltet der eben armamputierte Franz Biberkopf die Hände; zu Thomas Manns Josephs-Tetralogie gibt es mehrere wissenschaftliche Untersuchungen von Ägyptologen, die ihm zahllose Faktenfehler, falsche Zuschreibungen, gar antisemitische Insinuationen nachweisen. Heinz Rein ist nicht Proust. Er ist ein Empörungs-Reporter.

Es ist eine Art Doppel-Empörung, die das Buch trägt und prägt. Empörung über die Vernichtungs-Euphorie wie die himmelschreienden Lügen der Nazi-Barbaren à la Hitler, Goebbels, Ley; Empörung über den Kadavergehorsam selbst eines allmählich nachdenklich werdenden jungen Offiziers, der dennoch bis zum krachenden Ende »sein Volk« verteidigen will; über die SS-Banditen, die bis zuletzt marodierend durch die Straßen der in Schutt und Asche liegenden Stadt ziehen, um tatsächlich unbeteiligte Menschen, sowjetische Gefangene, vermutete Deserteure »umzulegen«, aufzuhängen; Empörung letztlich über die Jubel-Massen, die in ihrem »Heil«-Rausch den Satrapen jahrelang applaudierten, auch über die Arbeiter, die – wenn auch murrend – durch ihr braves Granatendrehen und Panzerhochrüsten die Blutwalze einer gesinnungslosen Armee instand hielten und so zum allzu oft grinsenden Massenmord – ob in Oradour, Warschau oder in den Weiten Russlands – befähigten.

Der Impetus, diese Doppel-Empörung schmerzlich fühlbar zu machen, führt dem Autor die Feder. Nicht selten verbiegt sie sich. Immer dann nämlich, wenn sich Heinz Rein gleichsam selber zu Wort meldet, will sagen: seine hoch anständige politische Haltung qua Dialog den Figuren des Buches in den Mund legt. Das ist einerseits wiederum ein filmisches Prinzip; denn ein Film braucht Dialoge, er kommt nicht nur durch Atmosphärisches, durch das äußerliche Betrachten seiner Akteure und Aktricen in Gang. Rein überdehnt jedoch dieses Prinzip bis zur Unwahrscheinlichkeit. Er hat ja mit seinem etwas spröden Dr. Böttcher, dem kess-sympathischen Urberliner Klose, dem illegal als Widerstandskämpfer lebenden Wiegand und nicht zuletzt dem Deserteur Lassehn, der über seinen eigenen Mut noch immer, anfangs sehr zaudernd, erstaunt ist, ein interessantes Figurenensemble zusammengeführt. Aber sie reden zu viel. Seitenlang ermüden sie oft durch ihre mühsam in Gesprächsform, in Debatten aufgefächerten Vorträge über die Natur des NS-Systems, mögliche Staatsformen nach dem Krieg, über Gewissensnöte und mögliche Vergeblichkeit der illegalen Arbeit: kleine politologische Seminare in Kloses Kneipe. Jedes Kunstwerk lebt vom Unwahrscheinlichen, jedes Drama, jeder Roman, auch das Gedicht. Es kommt auf die Proportionen an, und die lässt Heinz Rein doch allzu oft außer Acht.

Diese Unbalance fängt er jedoch rasch wieder auf, und zwar durch die Rapidität des Grauens, von dem er berichtet – Straße für Straße, Platz für Platz, ein einstürzendes Haus nach dem anderen, das lodernd von der SS in Brand gesetzte Kaufhaus, in dem Hunderte Menschen mitverbrennen: man liest es atemlos. Heinz Rein hat sich da ein eigenes erzählerisches Gesetz gegeben – Unheil auf Millimeterpapier. Wie ein Berlin-Kartograph zeichnet er mit verblüffender Akkuratesse das sich in die Riesenstadt einfressende rasende Verderben. Ja, es ist spannend. Nicht zuletzt übrigens, weil der Autor vor Slapstick-ähnlichen Krimi-Knalleffekten nicht zurückschreckt. Der Leser bangt ja mit, wenn der fanatische Nazi-Blockwart die nur scheinbar harmlose Skatrunde in Kloses schummriger Bierkneipe auffliegen lässt – Pistolenschuss. Der zartbesaitete Ex-Soldat Lassehn war so rasch wie kaltblütig. Der gefährliche Denunziant wird in die klaffenden Kellertrümmer gleich nebenan geworfen. Oft hält man den Atem an. Der illegal Lokomotiven im kriegswichtigen Stellwerk per Sabotage »bremsende« Wiegand ist von der Gestapo enttarnt, ein Scherge wird zu der Frau, die vor den Toren der Stadt lebt, entsandt, sie sich »vorzunehmen«. Der Widerling kennt sein Geschäft. In der Sekunde, als er »Na warte, mein Täubchen ...« brüllt – Pistolenschuss. Der Zartbesaitete war wieder rechtzeitig zur Stelle.

Legitime Thriller-Effekte. Heinz Rein setzt sie ganz bewusst ein, weil er weiß, jeder Leser denkt automatisch: »Mein Gott, wie soll es jetzt nur weitergehen?« Es geht aber weiter. Ins Inferno. Und das schafft der Berichterstatter wiederum mit bewährtem Film-Trick unter Verzicht auf jegliche Psychologie. Handlung ist das Movens der Tragödie. Nicht die Seele des rettenden Schützen Lassehn wird seziert. Der ist ganz zielsicherer Akteur. Noch eine Film-Assoziation: Billy Wilders spätes Meisterwerk »Zeugin der Anklage« lebt ausschließlich von aufregender Nicht-Psychologie. Der Blick von außen, die kühle Marlene Dietrich in ihrer letzten großen Rolle. Knappe Dialoge. Seele – nein. Man riecht Lüge, Verrat, man bangt, man meint, ein Schicksal zu erspüren, weiß aber nicht, welches. Verwirrende, rätselhafte Fäden. »The End« ist der Mord.

So entwickelt Heinz Rein das Unheimliche, das sich nähert; mal hört man bereits dieses grässliche Scheppern von Panzerketten; mal sieht man die hoch mit Gepäck beladenen Wagen der türmenden »Goldfasane«; mal gellen uns die Sirenen in den Ohren; mal riecht man den Mörtelstaub, gemischt mit Angstschweiß und Röchelschleim in den Bunkern, deren Nebenhäuser als Riesenlohe brennen, bald krachend einstürzen; und mal zittert man, ob die Laute draußen schon russisch sind: Ich kenne dies Horror-Szenario des Heinz Rein ganz genau. Ich war vierzehn Jahre alt bei Kriegsende, ich habe das alles in Berlin erlebt – die Tagesangriffe, die nächtlich brennende Stadt, die wie Fackeln herumschwankenden Menschen, vom Phosphor übergossen, das noch nicht ganz tote Pferd, aus dem auch ich ein Stück Fleisch heraussäbelte, den im Feuerwehrteich gleich einem Riesenquirl treibenden toten Soldaten, die im Irresein schreiende Mutter mit dem von Granatsplittern zerfetzten Kind auf dem Leiterwagen, das fast nur noch lautlose Schluchzen der blutig aufgerissenen Frauen, vergewaltigt von zwölf betrunkenen Rotarmisten, die Infamie-Fetzen des diabolischen Lügenbarons Goebbels, die der »Volksempfänger« bei oft unterbrochenem

Strom ausspie – ich kann bezeugen, wie wahr, wie wahrhaftig, wie genau und ehrlich dieses Buch ist.

Nun ist »dabei gewesen« kein literarisches Kriterium. Keineswegs muss man »dabei gewesen« sein, um Literatur beurteilen zu können. Niemand muss Lübecker Senatorensohn sein, um die »Buddenbrooks« zu verstehen. Allzu oft ist es auch eine Umweg-Lüge, wenn Schuld oder Mitschuld abgewehrt werden, weil einer Zeitzeuge des Geschehens war, der Fragende aber nicht. Nach wie vor erschreckend die Frivolität von Loki Schmidt, als sie im Fernsehen von Stefan Troller gefragt wurde, was sie denn gefühlt habe als Volksgenossin im Nazi-Deutschland; die Antwort: »Das können Sie nicht beurteilen, Sie waren nicht dabei.« In der Tat – der jüdische Emigrant war nicht »dabei«, und wäre er es gewesen, so wäre er »ein bisschen vergast« worden, wie Walter Mehring es einmal so bitter-schrecklich formulierte.

Mit »Finale Berlin« haben wir ein unvergleichliches Zeugnis in Händen – hart, ohne Schluchzen, präzise, weniger Klage als Anklage. Der Literaturhistoriker Hans Mayer hat einmal geschrieben, »daß hier kein ›Romanschriftsteller‹ üblichen Sinnes zu uns zu sprechen gedenkt, sondern der Soziologe oder Historiker, dem es auf dokumentarische Genauigkeit ankommt«. Es ist jene Rapidität der Berichterstattung: je unaufhaltsamer der Strudel der Katastrophe gurgelt, desto stärker der Sog, der den Leser mit hineinzieht. Atemgepresst verfolgen wir den Gang der Ereignisse, ängstigen wir uns um das Schicksal der Protagonisten. Ein einziges »Wo ist Lassehn?« – »Wasserholen« setzt das Räderwerk von Angst und Hoffnung in Gang, ob ihn eine SS-Kugel erwischt, ein Granatsplitter ins Hirn getroffen hat. Auf seltsame Weise zwingt uns Heinz Rein zu der bitteren Erkenntnis: Alle diese tapfer Widerständigen werden es nicht schaffen, dem Feuersturm zu entkommen. Das ist literarisch groß. Man ist schließlich kaum mehr erstaunt, wenn in der letzten Minute dieser von den Nazi-Barbaren ruchlos befohlenen »Schlacht um Berlin« ausgerechnet der so ruppig-gütige Kneipenwirt Klose – der allen Schutzlosen Obdach bot – als hingemähte Puppe gliederverrenkt an einer Mauer klebt. Güte bringt Tod. Man lese noch einmal die Seiten 614 bis 616, um das Fluchgebet dieses

Buches »Warum werden wir eigentlich geboren?« zu verstehen. Und man lese noch einmal die Seiten 591 bis 593, um das Wimmern, die Schreie, den Fluch zu hören, aufsteigend zwischen Mauern, durch die sich Brände fressen, und neben Brücken, die wie gefällte Riesen in das Wasser und die Flüsse sinken, das Todesröcheln, über dem kein Gestirn Trost spendet: Allein diese wenigen Seiten eines Crescendo sondergleichen weisen den Regisseur Heinz Rein als bildmächtigen Überführer der Verbrecherclique und als Steinmetz eines Denkmals für die Opfer aus. Erinnern ist ja ein transitives wie intransitives Verb. Wir sollen uns erinnern. Und wir müssen diejenigen an jenes Purgatorium erinnern, die heute im Wohlstand leben, so sorglos und so angenehm. »Finale Berlin« ist ein Schwarzbuch der Schande.